THE POETRY OF

DEREK WALCOTT

1948–2013

SELECTED BY GLYN MAXWELL

北京上河卓远文化传播有限公司 出品

德里克·沃尔科特

诗集：

1948—2013

〔圣卢西亚〕德里克·沃尔科特 著
〔英〕格林·麦克斯韦 编选
鸿楷 翻译、评注

诗歌部分

河南大学出版社
HENAN UNIVERSITY PRESS

图书在版编目（CIP）数据

德里克·沃尔科特诗集: 1948—2013：评注本 /（圣卢西亚）德里克·沃尔科特著；鸿楷译. —郑州：河南大学出版社，2019.1
ISBN 978-7-5649-3611-2

Ⅰ.①德… Ⅱ.①德…②鸿… Ⅲ.①诗集—圣卢西亚—现代 Ⅳ.①I766.25

中国版本图书馆 CIP 数据核字（2019）第 023964 号

The Poetry of Derek Walcott, 1948−2013,
by Derek Walcott, selected by Glyn Maxwell
Copyright © 2014 by Derek Walcott
Published by arrangement with Farrar, Straus and Giroux, LLC, New York.
Simplified Chinese translation copyright © 2019 by HNUP

All rights reserved

河南省版权局著作权合同登记豫著许可备字 -2018-A-0142

德里克·沃尔科特诗集: 1948—2013：评注本

著　　　者　（圣卢西亚）德里克·沃尔科特
译者、评注者　鸿　楷
责　任　编　辑　王明娟　张　珊
责　任　校　对　杨全强
封　面　设　计　郑元柏

出　版　河南大学出版社
地址：郑州市郑东新区商务外环中华大厦2401号　邮编：450046
电话：0371-86059701（营销部）　网址：http://hupress.henu.edu.cn
制　作　北京大观世纪文化传媒有限公司
印　刷　河南瑞之光印刷股份有限公司
版　次　2020年3月第1版　　　　印　次　2020年3月第1次印刷
开　本　889mm×1194mm　1/32　印　张　51.375
字　数　1060千字　　　　　　　定　价　186.00元

版权所有，侵权必究
（本书如有印装质量问题，请与河南大学出版社营销部联系调换）

目 录

译者前言   I
诗歌部分

选自《二十五首诗》(*25 Poems, 1949*)   1
渔人荡舟归途中……(The Fishermen Rowing Homeward...)   3
我十八岁(In My Eighteenth Year)   4
私人日记(Private Journal)   5
致一位在英格兰的画家书(Letter to a Painter in England)   7
城市死于火(A City's Death by Fire)   9
像约翰去拔摩岛(As John to Patmos)   10
我双腿交叉顺着日光,看……(I with Legs Crossed Along the Daylight Watch)   11

选自《青年的墓志铭:十二章》(*Epitaph for the Young: XII Cantos, 1949*)   13
第二章(Canto II)   15

选自《诗集》(*Poems, 1957*)   17
宿舍(The Dormitory)   19

致奈杰尔（To Nigel）	20
哈特·克兰（Hart Crane）	22
圣约瑟修女会（The Sisters of Saint Joseph）	24
金斯敦——夜曲（Kingston—Nocturne）	26

选自《绿夜》(*In A Green Night*, 1948—1960)   29

非洲已远（A Far Cry from Africa）	31
大宅废墟（Ruins of a Great House）	33
群岛传奇（共十章）（Tales of the Islands）	36
重返丹纳里，雨（Return to D'Ennery, Rain）	45
珀科曼尼亚（Pocomania）	48
帕琅（Parang）	50
谨慎的激情（A Careful Passion）	52
布鲁克林来信（A Letter from Brooklyn）	55
海风（Brise Marine）	57
海中升起的她（Anadyomene）	58
海歌（A Sea-Chantey）	59
绿夜（In a Green Night）	63
群岛（Islands）	65

选自《漂流者》(*The Castaway*, 1965)   67

漂流者（The Castaway）	69
沼泽（The Swamp）	71

村中生活（A Village Life）	73
热带动物寓言集（A Tropical Bestiary）	77
鹮（Ibis）	77
八爪鱼（Octopus）	77
蜥蜴（Lizard）	78
战舰鸟（Man O' War Bird）	79
海蟹（Sea Crab）	80
鲸，他的堡垒（The Whale, His Bulwark）	80
大海鲢（Tarpon）	81
山羊与猴子（Goats and Monkeys）	84
游廊（Veranda）	87
西班牙港花园之夜（Nights in the Gardens of Port of Spain）	90
上帝赐你们快乐，先生们（God Rest Ye Merry Gentlemen）	92
克鲁索的日记（Crusoe's Journal）	94
克鲁索的岛（Crusoe's Island）	98
遗嘱附言（Codicil）	104

选自《海湾》（*The Gulf*, 1969）   107

玉米女神（The Corn Goddess）	109
月（选自《变形记》）（from Metamorphoses: Moon）	111
团伙（Junta）	113
俗众（Mass Man）	115
米拉玛（Miramar）	117

流亡（Exile）	118
火车（The Train）	122
致敬爱德华·托马斯（Homage to Edward Thomas）	124
海湾（The Gulf）	125
哀歌（Elegy）	131
蓝调（Blues）	133
气息（Air）	135
切（Che）	138
负片（Negatives）	139
回家：昂斯拉雷（Homecoming: Anse La Raye）	141
蜂房（The Cell）	144
星（Star）	145
幽谷中的爱（Love in the Valley）	146
散步（The Walk）	149
长眠于此（Hic Jacet）	151

选自《另一生》（*Another Life*, 1973） 155

选自第一篇 分裂的孩子（The Divided Child） 157

第一章（"Verandas, where the pages of the sea"）	158
第二章（"At every first communion, the moon"）	167
第三章（"Each dusk the leaf flared on its iron tree"）	174
第四章（"Thin water glazed"）	183
第五章（"auguste manoir, merchant: licensed to sell"）	191

选自第二篇 致敬格里高利亚斯（Homage to Gregorias） 198
  第八章（"A gaunt, gabled house"） 199
选自第三篇 单纯的火焰（A Simple Flame） 207
  第十四章（"When the oil-green water glows but doesn't catch"） 208
  第十五章（"Still dreamt of, still missed"） 213
选自第四篇 隔绝之海（The Estranging Sea） 223
  第二十章（"Smug, behind glass, we watch the passengers"） 224
  第二十一章（"Why?"） 233
  第二十二章（"Miasma, acedia, the enervations of damp"） 240
  第二十三章（"At the Malabar Hotel cottage"） 251

选自《海葡萄》（*Sea Grapes*, 1976） 257
海葡萄（Sea Grapes） 259
亚当之歌（Adam's Song） 261
希尔顿党派之夜（Party Night at the Hilton） 263
瓦解的联邦（The Lost Federation） 264
游行, 游行（Parades, Parades） 267
拉斯塔法利之歌（Dread Song） 270
名字（Names） 274
圣卢西亚（Sainte Lucie） 279
  一、村庄（The Villages） 279
  二 280

三、尤娜：玛布亚谷（Iona: Mabouya Valley） 286

　　四、尤娜：玛布亚谷（Iona: Mabouya Valley） 291

　　五、为圣卢西亚罗索谷教堂圣坛画所作（For the Altarpiece of the Roseau Valley Church, Saint Lucia） 294

俄亥俄，冬天（Ohio, Winter） 300

切尔西（The Chealsea） 301

爱复爱（Love after Love） 303

黑八月（Dark August） 304

收获（The Harvest） 306

仲夏，多巴哥（Midsummer, Tobago） 308

归于林木（To Return to the Trees） 309

选自《星苹果王国》(*The Star-Apple Kingdom*, 1979) 313

纵帆船"飞翔号"（The Schooner Flight） 315

　　一、再见，加林纳奇（Adios, Carenage） 315

　　二、深海迷醉（Raptures of the Deep） 318

　　三、沙班离开共和国（Shabine Leaves the Republic） 321

　　四、"飞翔号"经过布朗西瑟斯（The Flight, Passing Blanchisseuse） 323

　　五、沙班遇到中途（Shabine Encounters the Middle Passage） 324

　　六、水手用歌声回应木麻黄（The Sailor Sings Back to the Casuarinas） 325

　　七、"飞翔号"停靠卡斯特里港（The Flight Anchors in Castries

Harbor）	327
八、与船员搏斗（Fight with the Crew）	327
九、玛利亚·康塞普松和《梦书》（Maria Concepcion & the Book of Dreams）	328
十、逃离深渊（Out of the Depths）	332
十一、风暴后（After the Storm）	334
海即历史（The Sea Is History）	337
埃及，多巴哥（Egypt, Tobago）	342
罗伯特·特雷尔·斯彭斯·洛威尔（1917—1977）（R.T.S.L. 1917—1977）	347
欧洲森林（Forest of Europe）	349
河之科尼希（Koenig of the River）	354
星苹果王国（The Star-Apple Kingdom）	359

选自《幸运的旅行者》（*The Fortunate Traveller*, 1982） 377

古老的新英格兰（Old New England）	379
北方与南方（North and South）	381
新世界地图（Map of the New World）	387
罗马前哨（Roman Outposts）	390
希腊（Greece）	392
爱上群岛的男人（The Man Who Loved Islands）	394
珍·瑞丝（Jean Rhys）	398
捣蛋的归来（The Spoiler's Return）	402

诺曼底酒店泳池（The Hotel Normandie Pool）	411
复活节（Easter）	420
幸运的旅行者（The Fortunate Traveller）	424
幻影和平之季（The Season of Phantasmal Peace）	434

选自《仲夏》(*Midsummer*, 1984) 437

一（"The jet bores like a silverfish through volumes of cloud—"）	439
二（"Companion in Rome, whom Rome makes as old as Rome"）	441
三（"At the Queen's Park Hotel, with its white, high-ceilinged rooms"）	443
四（"This Spanish port, piratical in diverseness"）	445
五（"The hemi spheres lie sweating, flesh to flesh"）	447
六（"Midsummer stretches beside me with its cat's yawn"）	449
七（"Our houses are one step from the gutter. Plastic curtains"）	451
十三（"Today I respect structure, the antithesis of conceit"）	453
十四（"With the frenzy of an old snake shedding its skin"）	454
十五（"I can sense it coming from far, too, Maman, the tide"）	455
十六（"So what shall we do for the dead, to whose conch-bordered"）	456
十七（"I pause to hear a racketing triumph of cicadas"）	457
十九、高更（Gauguin, "On the quays of Papeete, the dawdling white-ducked colonists"）	459
二十一（"A long, white, summer cloud, like a cleared linen	

table") 461

二十二 ("Rest, Christ! from tireless war. See, it's midsummer") 462

二十三 ("With the stampeding hiss and scurry of green lemmings") 463

二十八 ("Something primal in our spine makes the child swing") 464

二十九 ("Perhaps if I'd nurtured some divine disease") 466

三十 ("Gold dung and ruinous straw from the horse garages") 468

三十一 ("Along Cape Cod, salt crannies of white harbors") 470

三十四 ("Thalassa! Thalassa! The thud of that echoing blue") 472

三十五 ("Mud. Clods. The sucking heel of the rain-flinger") 474

三十六 ("The oak inns creak in their joints as light declines") 476

三十八 ("Autumn's music grates. From tuning forks of branches") 478

四十一 ("The camps hold their distance-brown chestnuts and gray smoke") 480

四十二 ("Chicago's avenues, as white as Poland") 482

四十八 ("Raw ochre sea cliffs in the slanting afternoon") 484

五十 ("I once gave my daughters, separately, two conch shells") 486

五十一 ("Since all of your work was really an effort to appease") 488

五十二 ("I heard them marching the leaf-wet roads of my head") 489

五十四 ("The midsummer sea, the hot pitch road, this grass, these shacks that made me") 491

选自《阿肯色圣约》(*The Arkansas Testament*, 1987) 493

死路谷 (Cul de Sac Valley) 495

三乐师（The Three Musicians） 505

圣卢西亚初次圣餐礼（Saint Lucia's First Communion） 512

大岛（Gros-Ilet） 514

白巫术（White Magic） 516

世界之光（The Light of the World） 518

海上之夜（Oceano Nox） 524

致诺兰（To Norline） 529

冬日之灯（Winter Lamps） 530

献给阿德莲（For Adrian） 536

上帝赐你们快乐，先生们：第二篇（God Rest Ye Merry, Gentlemen: Part II） 539

阿肯色圣约（The Arkansas Testament） 541

选自《恩赐》（*The Bounty*, 1997） 561

恩赐（The Bounty） 563

二、标志（Signs） 576

五、帕琅（Parang） 581

六（"It depends on how you look at the cream church on the cliff"） 585

八、回家（Homecoming） 587

十（"New creatures ease from earth, nostrils nibbling air"） 591

十六、西班牙（Spain） 592

二十一、六小说（Six Fictions） 597

二十二（"I am considering a syntax the color of slate"） 604

二十三（"I saw stones that shone with stoniness, I saw thorns"） 606

二十六（"The sublime always begins with the chord 'And then I saw'"） 607

二十八（"Awakening to gratitude in this generous Eden"） 609

三十（"The sea should have settled him, but its noise is no help"） 611

三十一、意大利牧歌（Italian Eclogues） 613

三十二（"She returns to her role as a seagull. The wind"） 620

三十四（"At the end of this line there is an opening door"） 622

三十七（"After the plague, the city-wall caked with flies, the smoke's amnesia"） 624

选自《提埃坡罗的猎犬》（*Tiepolo's Hound*, 2000） 627

第一章（"They stroll on Sundays down Donningens Street"） 629

第二章（"What should be true of the remembered life"） 639

第三章（"Flattered by any masterful repre sen ta tion"） 648

第二十章（"Over the years the feast's details grew fainter"） 656

第二十一章（"Blessed Mary of the Derelicts. The church in Venice"） 665

第二十二章（"One dawn I woke up to the gradual terror"） 673

第二十三章（"Teaching in St. Thomas, I had never sought it out"） 682

选自《浪子》（*The Prodigal*, 2004） 693

一（"In autumn, on the train to Pennsylvania"） 695

二（"Chasms and fissures of the vertiginous Alps"） 703

三（"Blessed are the small farms conjugating Horace"） 713

四（"O Genoan, I come as the last line of where you began"） 721

九（"I lay on the bed near the balcony in Guadalajara"） 729

十一（"The dialect of the scrub in the dry season"） 737

十二（"Prodigal, what were your wanderings about"） 743

十八（"Grass, bleached to straw on the precipices of Les Cayes"） 749

评注部分　　　　　　　　　　　　　　　　　　755

译者前言

本诗集依据的版本为格林·麦克斯韦（Glyn Maxwell，1962— ）编选的《德里克·沃尔科特诗集：1948—2013》（Farrar，Straus and Giroux，2014）。编者是当代著名英语诗人，1994年选为英国新生代诗人（New Generation poets），也是戏剧家和文学理论家，曾就读于牛津大学，1987年赴波士顿大学进行文学和戏剧研究，师从的正是当时任教的沃尔科特。由于编者的水平以及他与沃尔科特的关系，因此这部诗集的选编相当权威，独特，具有总结性，它收录了除《奥马罗斯（荷马）》（Omeros）之外的大部分经典诗作，也节选了另一部奠定其诗名的长诗《另一生》和最后一部长诗《提埃坡罗的猎犬》，全文收录名作《群岛传奇》《克鲁索的日记》《海湾》《圣卢西亚》《纵帆船"飞翔号"》《海即历史》《欧洲森林》《星苹果王国》《北方与南方》《捣蛋的归来》《幸运的旅行者》《世界之光》《阿肯色圣约》《恩赐》等；其中还修改了之前版本的一些文字（比如《星》《海葡萄》等）。[1]

---

[1] 目前为止，据我了解，有六部沃尔科特的诗集或诗选，除去本集以及时间过早的 Selected Poems (Farrar, Straus and Giroux, 1964) 之外，其余四部为：（1）布朗（W. Brown）编选的 Selected Poetry (Heinemann, 1981, 1993)；（2）沃尔科特及其好友美国著名画家毕尔登（转下页）

不过，其中最后一部诗集《白鹭》，已在国内出版，遵照版权，本诗集未收，但题目仍保持原版标题的年代"1948—2013"。

本诗集分译文和评注两个部分。评注方面，以解诗为目的，涉及标题和题词、作者生平、异文、字句、修辞、韵律、诗意、互文、人物、地理、自然风物、历史、文化等方面，众所周知的内容，一般不注。

注解沃尔科特的诗是艰难的工作。他的诗风如同谜语，尽管谜面平白易懂，淡如清水，但它的谜底，意蕴丰富，颇为难解。其谜语的核心就是他用到极致的隐喻和明喻的手法。作为百科全书式的诗人，他借助比喻，将诗性的想象，散文与小说的叙述和逻辑，经典的文学文本，多元的语言符号，自然万物的名称，世界的地理，历史和现实中的社会政治事件全部编织在一起。这些方面的内容，都对译者和读者是一个巨大的挑战，因此评注自然是必不可少。

（接上页）（R. Bearden）所选的 *The Caribbean Poetry of Derek Walcott and the Art of Romare Bearden*（Limited Editions Club，1983），该版仅印刷250册，配有毕尔登的画作和两位合作者的签名；(3) 沃尔科特本人选定的 *Collected Poems*，*1948—1984*（Farrar，Straus and Giroux，1986）；(4) 鲍（E. Baugh）编选的 *Selected Poems*（Farrar，Straus and Giroux，2007）。第一部选诗相对较少；第二部和第三部以早中期作品为主，后者到《仲夏》为止；第四部选到《浪子》，虽然节选《奥马罗斯》，但选诗篇幅不如本诗集，《纵帆船"飞翔号"》没有全选，《仲夏》《幸运的旅行者》和《恩赐》三部更为重要的诗集选录不多，尤其是没有《北方与南方》。几部诗集的侧重和选诗多有差异，但比较来看，麦克斯韦这一部更能体现沃尔科特一生的诗歌成就，也得到他本人的认可，适合译出以便汉语读者充分了解其诗学理念和艺术风格。

但目前为止，除去他的长诗之外，其他诗作并无现成的评注供译者参考。布朗的选集虽有注释，但很简略。不过，由于沃尔科特是当代英诗的巨匠，是欧美和加勒比地区文学界的研究重点，尤其自获得诺贝尔文学奖之后，每年都有相关的专著或论文出版，故而，散见于研究文献中的解读和释义均可利用，比如，鲍（E. Baugh）、布莱斯林（P. Breslin）、伊思蒙德（P. Ismond）、泰南（M. Tynan）、哈姆那（R. D. Hamner）、布朗（S. Brown）、蒂姆（J. Thieme）、伯奈特（P. Burnett）、福马嘉里（M. C. Fumagalli）、泰拉达（R. Terada）、普菲弗尔（S. Pfeffer）、洛雷托（P. Loreto）、彼得恩特（C. Bedient）等其他学者的著作和论文。

沃尔科特的诗中还有不少加勒比地区的方言和口语，为此，我使用了各种词典：特立尼达和多巴哥的英语克里奥尔语，用的是维纳（L. Winer）的 *Dictionary of the English/Creole of Trinidad & Tobago*；牙买加英语，是卡西迪（F. G. Cassidy）和勒·帕日（R. B. Le Page）的 *Dictionary of Jamaican English*；圣卢西亚的法语克里奥尔语（Kwéyòl），是弗兰克（D. Frank）等人的 *Kwéyòl Dictionary*，以及蒙德希尔（J. E. Mondesir）和卡灵顿（L. D. Carrington）的 *Dictionary of St. Lucian Creole*；关于加勒比英语的一般用法，用的是阿尔索普夫妇（R. Allsopp 和 J. Allsopp）经典的 *Dictionary of Caribbean English Usage*。

此外，个别地方也参考了沃尔科特诗歌的西班牙语、意大利语、德语译本的处理。所有文献引用时，著者和编者名以西文列出，复引时，一般省略出版地和年代，保留书名或主标题以及页码。由于文献繁多,书后不再一一列出参考文献。为了节省篇幅,评注有不少内容只能从略或舍去,最终4000余条注释,总计70余万字。

国内学界对沃尔科特作品的译介[1]和研究进展较为缓慢,这些重要的学术文献和工具书均未得到充分重视和利用,我希望自己的评注能或多或少弥补这一缺漏。

有几类资料,一般不再标注来源,或采用简写。考虑篇幅,译者尽量简述,为读者提供有用的信息。

一、部分语言辞书和涉及一般性知识的材料:

(1)英语以及其他现代语言的词义,均来自权威词典:英语主要是《牛津英语大词典》(OED)在线版:www.oed.com,也参考了剑桥、朗文、韦氏、麦克米伦和柯林斯等词典;法语参考拉鲁斯词典,中国《新法汉词典》;西班牙语参考牛津西班牙-英语词典,中国《新西汉词典》,等等。

(2)英文词源,查询自道格拉斯·哈珀(Douglas Harper)创建的英语词源网站,该网站既吸收了OED的解释,也广为参考了巴恩哈特(Barnhart)、克莱因(Klein)、

---

[1] 直到2001年,沃尔科特的诗集才出现了汉译本,即奚密编译的《海的圣像学:德瑞克·沃克特诗选》,奚密教授的引介有开创之功;之后是傅浩译本(2004年);又有郑炯明编的《德瑞克·沃克特读本》(2005年)。尽管网络上也散见一些诗人和学者的零星译诗和译文,但总体上,沃氏作品的译介颇为不足。近年来,汉诗界的学人和译者已经着手进行系统翻译:除本诗集之外,还有《白鹭》(程一身译,2015年)、长诗《奥麦罗斯》(杨铁军译)和散文集《黄昏的诉说》(刘志刚、马绍博译)。【补记:后两部译作均于2018年出版。】

霍特豪森（Holthausen）等几十种权威的词源词典和语言词典：http://www.etymonline.com/index.php。

（3）古典语言文化方面，古希腊语参考 H. G. Liddell 和 R. Scott 的《希英大辞典》；拉丁语参考 C. T. Lewis 和 C. Short 的《拉英词典》；与《新约》及其希腊−语有关的知识，见 G. Kittel 与 G. Friedrich 的《〈新约〉神学词典》(TDNT，G. W. Bromiley 英译)；与《旧约》有关的希伯来语和知识参考 L. Köhler 等的《〈旧约〉希伯来语和亚兰语词典》和 D. J. A. Clines 的《古希伯来语大词典》；古典时代的文化参考 S. Hornblower 和 A. Spawforth 等的《牛津古典大词典》（第4版）。

（4）动植物方面。植物信息，来自国际农业和生物研究中心（CABI）网站：http://www.cabi.org/isc/，以及格兰德特纳（M.M.Grandtner）的 *Elsevier's Dictionary of Trees: Volume 1-2*（Elsevier，2005，2013）；中译名的确定，参考中国科学院植物研究所的植物数据库：http://www.eflora.cn/；http://www.efloras.org/，及其中国植物图像库，http://www.plantphoto.cn/。动物信息，来自密歇根大学的动物多样性网站：http://animaldiversity.org/；中译名的确定，参考中国科学院的动物学数据库：http://www.zoology.csdb.cn/。沃尔科特是为自然万物命名的诗人，他的诗作会涉及大量的动植物名称。其中很多都是加勒比地区的俗名，具体所指，不易确定，译者尽力参考各种资料，考证其科学名称。

（5）历史、地理、人物等类的知识（以及上述资料涉及的某些方面），均参考《不列颠百科全书》在线版：https://

www.britannica.com/。

二、关于《圣经》，作为英语诗人，沃尔科特深受英文钦定本（KJV）的语言和修辞的影响，故评注引用的经文以之为准，中译文取自和合本。

三、关于沃尔科特方面的材料：

（1）牙买加诗人、西印度群岛大学莫纳校区英语文学荣休教授鲍（E.Baugh）和纽约州立大学奥本尼分校拉美文学教授奈保尔辛格（C.Nepaulsingh）曾对《另一生》全诗做了详尽评注，并附有评论文章: *Derek Walcott: Another Life, Fully Annotated, with a Critical Essay and Comprehensive Notes*（Lynne Rienner Publishers，2004）。引用时，简写为 BN，然后标明页码。

（2）关于沃尔科特部分诗作版本和异文情况，如无特殊说明，均参见: I.E.Goldstraw 的 *Derek Walcott, a Bibliography of Published Poems: With Dates of Publication and Variant Versions 1944-1979*（Research and Publications Committee, University of West Indies，1979）和 *Derek Walcott: An Annotated Bibliography of His Works*（Garland，1984）。

（3）凡涉及沃尔科特家世和生平的内容，基本参考: B.King 的 *Derek Walcott: A Caribbean Life*（Oxford University Press，2000）和 BN。

诗集的出版，要感谢河南大学出版社与上河卓远文化出版公司，感谢上河公司的总监杨全强老师，他是我敬重的出版人、学者和诗人，在他的鼓励支持下，我才能有机会译注这部诗集,尤其是,他能允许评注以如此的篇幅出版。对于负责本书的王明娟和张珊两位编辑,我也要给予深切的谢意。另外也要感谢 D&D 君和 M.M. 教授的指正和帮助。

译诗不易,郑笺尤难,这部译诗集耗费了我大量的时间和心血,虽尽力而为,但译文如有舛谬,注释若有可修补之处,敬请读者不吝指正,请登录豆瓣,选择本人页面和小站,ID 名"鸿楷",以邮件告知,待修订时,定当致谢。

2017 年 3 月 17 日,沃尔科特去世,我恰在这一年完成初译稿,他的诗歌伴我度过了一段超然的时光,谨以这个译本来纪念这位伟大的诗人。

2017 年 10 月

记于剑桥

诗歌部分

献给伊丽莎白、安娜和彼得

选自《二十五首诗》(1949)

渔人荡舟归途中……[1]

渔人荡舟归途中，黄昏里，
他们对穿过的寂静无所在意，
于是我，在情感溺水之后，就不该要求
你们强健的[2]双手带来什么样的暮色和安稳。[3]
而黑夜，催动陈旧的谎言，[4]
向它眨眼的众星，守卫隆起的山丘，[5]
夜可以听到起航的无言[6]，因为时间才懂得
苦涩和狡黠之海，因为爱在筑墙。

此时，在别人的注视中，我出航远行，
驶向一片比情话更残忍的海洋，
但他们却会看见旅途让我内心平静，
我乘着古老的骗局[7]分开[8]新的海水。
而安然无虑的人，会平安登上游轮，[9]
听溺死在星辰旁的桨手窃窃私语。

我十八岁

献给沃里克·沃尔科特 [1]

我今天用日历算过年份
它说出你的第十七个死,我等来
诚实的一刻、可以回忆
这个家,有你又没你,如何过得顺利。
我不会因为我父走过的施洗的信仰 [2] 不再是光,
所有曾像他的梦一样高悬的海鸥
如今化为一只,随他的光,在沙上腐烂,
就责怪死神的手,
就能对死神厉声奚落或是发火。

我不能厉声奚落或是发火。
也没法用音节摧毁泛黄的坟墓。
它在弯曲的树下,这里,所有拉撒路 [3] 都是历史。
但最重要的,莫过于死神的礼物,
它能在明亮的尘土、也就是枯骨后
(那枯骨饮葡萄酒,信有福的饼 [4])
让我们看到:人的被遗忘的价值 [5]
在死者倒错的美中闪耀。

私人日记

我们启程的地方,艳丽的帆船从不搁浅
我们绿色的孤独[1]看着也不会飘零
一到放学的午后,好吧,我们的"悲伤"[2]姑姑就来了,
训练有素,身姿笔直,

教我们写作。外面的男孩追逐皮球
沿着赛场上平坦、耀眼的日光,
汗流浃背,打趣笑骂,而我们坐着,缓缓的泪水
勾勒出心境。

我们是否生来就有这样的痛苦,
人人经历,无一获救,这问得太早,还是太迟?
想象到成长之中、漫长、时间难以祛除的迷惘
这是有福,还是有祸?

从流言、朋友、师长那里,我们学会恨
恨凌弱的人,他嘲笑九岁的我们不能下水
恨金发的孩子,竟如此富有;之后,我们又爱
那些怪异、

消磨时光的人,他们不像我们能看见深愁

我们羡慕他们至今依然无事空忙，逍遥自在，
羡慕他们能忘死，置于度外，将它当作
难免的虚妄。

爱来了，它让心破碎，但爱本该将心凝聚，
爱是我们最高的喜悦，最深的愁苦，
是爱的教导，而非哲学，令我们渴望从思想中解脱的
自由，而非思想的自由。[3]

致一位在英格兰的画家书[1]

你在那些雾都的、严格、灰白的工业中，
在冬季的热病里衰败，我
去信，让你别忘了属于自己的、
高更们[2]为之染病的群岛；我要告诉你，
我是怎样渐渐明白你激情炽烈的
天赋和对风景的狂热之爱。

是四月，你不用怀疑
报上说了，春天的序言
在城市公园的围栏后刊登[3]，
如若不然，晚春也必定会将
粉红的致歉，发布在黑湿的枝头
给身穿大衣的人，他们会将
跳动的歌词，藏在烟斗[4]之中。

而你一定难以想象
这个四月的季节，潮汐
烧焦；干旱让叶子碎裂成灰
暗红色的火焰，如同内心的废墟。
尘土让街道变白，那些
树叶寂静，如同神经质的老处女。

而我今天，在树下漫步，看见
木舟，全都标着有趣的名字：
"白昼""抹大拉的圣玛利亚"[5]"欢乐的少女"。

它们让我想起你绘画的主题
想起在舒适的别墅接受你教导的日子
我们一边观摩你重要的经验，一边学习。
但你必须理解，我是怎样茫然地
看自己的天分在这个季节衰败[6]
是你，用权威的调色板
勾画出这个圣女岛[7]的身姿
但你要理解，我是如何茫然地
空有你画笔的热情，却不会表达。

不过，我们避开的、那曾赋予我们想象的恩典
沿着弧线[8]呈现出一座建筑
它的主日的逻辑[9]，我们可以接受，可以拒绝，
那恩典，将风景、棕榈、教堂、隐居鹩鸟
留给这个单纯的灵魂[10]，再让它自己决定
而它现在赢得了我的爱，又赐予爱一种静默
那静默，会把自己的肉身[11]讲给这个盲目的世界。

城市死于火[1]

狂热的传福音者荡平一切,除了属于教会的天空,[2]
这之后,在油烛下,[3]我记录死于火的城市
烛眼生烟,它在垂泪,我
不仅仅想用蜡,讲述如电线一样烧断的信仰。[4]

我终日徘徊于[5]乱如碎石的传闻里,
街边每堵墙都会撒谎,这让我震惊,[6]
群鸟摇动的天空在喧嚣,所有云都是
洗劫后扯开的包裹,尽管有火,依然洁白;

在基督走过、烟雾弥漫的海边,[7]我问:
为什么人的木头世界[8]败落时,他应该流泪如蜡。

在市里[9],树叶是纸[10],但山丘却是信仰的牧群[11]
对于一个终日游走的男孩,每片叶子都是绿色的气息

它[12]重建起我早以为死去如钉子的爱[13]
它也祝福着这场死亡和火的洗礼[14]。

像约翰去拔摩岛[1]

像约翰去拔摩岛,在乱石和湛蓝清新的空气间,他的忧心变得宁静,而这里的四周
也有撒满白银的海浪,有树木粗朴的茸毛,乳白色海湾的
浑圆的乳房,棕榈,群鸟,[2] 绿色但死去的

叶子,日光的黄铜币,照在我的脸颊
这还有木舟巩固太阳的力量,正如荒凉空气里的约翰,
那里蓝色风景中的希腊人也欢迎我,更为丰盛,
所以我不会离家,我可以在此地说点什么。

这岛是天堂,[3] 远离了都市中飘着尘土的血
看海湾的弧,看蔓生的花,美在
树的有翼之声;夜空亮起,
星稀点点。美围绕着
黑孩子,让他们无需歌唱无家的小调。

像约翰去拔摩岛,在每一寸跳动着爱的空气中
哦、奴隶、士兵、红色树下沉睡的工人,你们听
我在起誓,就像当年的约翰,
我要赞美长久的爱,赞美生者和肤色棕褐的死人[4]。

我双腿交叉顺着日光,看……[1]

我双腿交叉[2]顺着日光,看
彩云之拳,会聚在
我这陡峭之岛、蛮荒地貌的上空。

与此同时,蒸汽船扰动着[3]消失的地平线,证明[4]
我们消失。
我们只见于
游客的手册,在热切的双筒望远镜后;
在眼中苍白的[5]映像里
眼睛知道城市,觉得我们在这很幸福。

时间爬过这个忍受已久的忍受者。
所以,做出一次选择的我,
发现我的童年已逝。

我的人生,现在抽深刻的香烟当然太早,
旋转的门把手,时间的内脏里
转动的刀,[6]都还不能公开,
除非我学会在精确的
抑扬格里受苦。[7]

当然,我走过一个个孤立的动作,
就当场景是在度假;
弄直领带,在关键的下颚扎好,
注意鲜活的肉体
它们的形象在眼中漫步。

直到我不再关注这一切,我就开始思考
在我一生旅途的中点[8]
哦,我是如何遇到了你,我的
目光舒缓、羞怯犹疑的豹。[9]

选自《青年的墓志铭:十二章》

第二章[1]

航行,
　　在第一阵劲风中,搜集目的,
清晨,我们观察残骸漂流,
那意味着
　　陆地,和漂散的其他目的,
之后,太阳,
　　白鸟,随海豚拱起的蓝色波浪,
左边
　　一轮脆弱的群岛,宛如处女,[2]
　　帆上有树叶声,海鸥紫色的腹部
　　捕鱼笼,独木舟,
还有其他存在,都让感觉变得敏锐。

别再说角落里寂寞天才的孤独,
在迎合的欢呼、精神的交锋后,
孤独就像帆被吞没,梦会溺水。
鬼魂逝去,星像眼睛坠落,
只剩海和油腻的风、它们酸涩的传说
把我的童年乱涂在语言的粪土[3]上。
我看见孩子们沿着温暖的灯光走动,
他们的肉身带着希望,我也曾如此,

这时,我为殉难的骗局哭泣
我会警告,不敢
打破古老的魅术。⁴ 心早就破裂
难以痊愈。
哦,错误之河,咸如泪水。
岁月带来荣誉,带来学校中精明的级长⁵,
让人郑重地研究一寸寸的腐朽;
第一次用剃刀之前
责任来临已久。

列岛如抛石入海的弧线
晨时的白沙滩,天空无云,
第一座岛无忧,安宁。
我们驶入海湾,那里宽阔的沙滩渴望陆地。
从前
   旱季没有鸟的栖息之声,
   林中空地,没有令人敬畏的废墟,破败的教堂,
   也没有突然离开营地后留下的、仍在冒烟的篝火,
   没有哭泣的鸟,没有强盗,
   没有破裂的十字架,只有
绿色心灵注定繁茂
它开始用形象、理想哺育它的死,
它不想放弃敏感的焦虑。
天才,寻找扭曲多节的老树洞,独处,
离群,索居,开怀,

把对自己的恨转为对事物的爱,
天性早就培养他们退隐,
生来如此,总有随之流浪的伙伴,
他们照顾精神的衰弱,像照顾一盆草木。
青年啊,对我们来说,绘画意味着诚实,
而无性的雕塑,我们觉得她的情欲之口
把我们葬在对自由的欲望中。叛逆
是我承受的死亡;那希望,
我曾在正午捕捞,就像捕捞梦想,它引领[6]我,保全我
不让我像动物一样生存。

这男孩,不过度,无虑,知足,
磨硬才华,如同飞箭的塔架
射入云端,但他在衰弱,我曾是他。
我听到我拥有的力量敲打我的根基,
我看见我自己的塔,它的高度
招致毁灭,开始狂乱地破裂,跳着废墟的圆舞。

我们曾在那栋别墅,远眺村庄
虽然所学不多,但我们
安享周末,在颜料和绘画的气味中。
外面枯叶沙沙,像海
如帆上风,片片叶子就像鼠,擦过屋顶。
外面
山丘望着淡淡的夏天,

低浅的半岛,温柔邀请的海湾,
点缀山坡的暖石,
放牧的羊按时出现,遍布山边的草场,
之后入夜,普照的光再次死于
放逐之海。
在仅仅诱惑思想的隐居之地,
一切活动都在说明,退隐最安稳。
仰卧,痛苦,思想纠缠着我们这些先生,
我蜷曲在床上,像一张昨天的报纸。

宿　舍

时间是将一切引到关键的向导，
他挂上自己的地图，会摆脱
书本中仅有的地质学，
去看自己河谷的掌心布满爱的纹路。

这些入睡的人就像群岛，我注视睡眠掠过
他们的手臂抛出的海角，
一个个涂抹，清除他们所有的
对肌肉的依恋。我朝向海那边，看见

水波涟漪的签名从何处
袭向溺水者的叹息的宿舍
柔风推动他们，
这里，那些不安的嘴就像河，说着话。

或者，这些男孩，在无常的睡眠的
运气里，期待生存，他们嘴中的
呼吸，在分开的唇边缭绕，就像
时间的雾气，河谷为之悲哀。

致奈杰尔

哦,孩子,草一样无辜,
草生在你眼中的绿色国度,
我没法告诉你怎样进入
这片国土,它的天空
整个下午都不祥;
这里有冷酷、成人的谎言
围绕着赤裸、无辜的往昔;
这个国家,它的叶子
落在不计其数的
曾经年轻、所以死去的废物上;
这个国家,它的光,
对待树,亲切而残忍,
它不会学着如何延续,
却又像血渗入夜晚,
再忽然变出一片天花般的繁星。
哦,男孩,你的呼吸,无论多么微弱
都撼动了我这棵血管隆起的成年之树
让它动摇、把纯真埋在叶间,
粉碎了着魔的镜子,
剪断了系住的风筝。
哦,男孩,我的侄子,白昼花着

光的钱币,你却将它浪费,
我的魂灵,你还在成长,睡吧,就在夜晚
把致死的光锁入黑暗,
直至时间,一个贼,在你关闭的双眼旁,
撬开一道明亮的缝隙。

哈特·克兰[1]

他曾走过一座桥
那里的鸥，翅膀撩动桥索，
空中响起钢竖琴[2]的声音
在河水流动的伤口上。
自然和建筑，都让人绝望。[3]
生活是一个包裹[4]，在他不安的手里，
下面驳船来往，风
拨乱他的头发，像深情的老师。

自由给上帝奉上一根火柴。[5]
黄昏生烟。[6]无可治愈，
桥，在空中悲痛如诉
用一道迅捷的签名让两岸结合。[7]
流浪汉[8]吐着口水，咒骂，抓挠。
哦[9]，遥远的墨西哥，羽蛇[10]
以天起誓，不是白箭[11]，啐吐的嘴[12]
哦，遵循游牧律法[13]的红色沙漠[14]。

再见，布鲁克林，
海湾的美国清教徒式的花边领[15]
再见，驳船之上的

薄铁桥,码头的歇斯底里,
石头峡谷。
漩涡在笑——"知识就是死"[16]。

海只是仪式,他
看到了纷繁[17]变得癫狂
在疯人院[18],在隐喻[19]中。他
驶离布鲁克林,在存在的
边缘,一只稻草娃娃,
从曼哈顿,吹到墨西哥,沉没
入海,无数的迷乱[20],在这里溺亡。[21]

圣约瑟修女会[1]

透明窗格上的彩绘之水,她们在后面
弯身,弯下白色的单调的祈祷,

她们的嘴唇翻动自己冥想的书页,
为信仰的钱出卖身份。

为低语的祷告奉献一生。她们
无可置疑,做功,祈祷

贬低异端,沉思,贫血的冥想,
皲裂的手,祈祷的掌,都是她们的信仰。

花园中的那个人,培育成行的、向"小花"[2]的
祈祷,可记得威尔士和梅奥[3]?她们

面无表情,如同僧袍,如同她们的笑
信仰让笑声癫狂,加深冥想。

起得早,死很难,钟上破裂的信仰
觉得疲倦,还是感到成功?年轻修女的祈祷

是否冒犯了冥想时嘀咕作声、有皱纹的姐姐,
就像打断她做饭?哦,她们就这么笃信?

可敬的牺牲,既然她们是人,她们
还年轻,将茁壮的树苗向信仰弯去,

信仰。老修女脚下的旧地毯,祈祷
一位见习修女[4],她的蜡烛边冥想,边紧张。

金斯敦[1]——夜曲

卖花生的小车吱扭作响，小姐们带着各种香水气
和含在费用中的避孕套，
低声嘶语，她们多渴望
  有白色餐具的客房。

她们在公园旁踱步，那里的树穿着白袜
树叶在画着纹章的空中沉默，叶下
是非法的交易，树在上面摇动，雕像悲伤
  因为锁

还要经受考验，店铺闭起眼睛
不看乞丐和无赖，此时，城市的皮肤
破裂，鸦鸟、蛆虫、虱子，
  这群老朽丑恶之物都被点亮。

上帝之怒[2]燃烧，如栏杆上霓虹的标志，
栏杆[3]散发着自己的货物，是不眠的跳蚤，[4]
夜总会闪烁如罪，钱让人闭嘴[5]，
  钱治愈百病。

路灯[6]旁，基督复临的珀科曼尼亚，[7]

主说,他牵着我们的手,[8] 或用轮唱赞歌[9],
卡吕普索[10]从酒吧里飘出,尤利西斯再次迟归
  见不到佩涅罗普。

午夜弄伤剧场,无辜和有罪者,
他们的淋巴液[11]从场边流出
家庭主妇,年轻爱人,战士,痴情女[12]
  在剧场的潮汐中。

一座座石头别墅的外观如乏味的文章,
它们对孤独者,总是熄灭黄色的欢迎,一盏又一盏,[13]
沿着有狗遗弃的林荫道,阿拉伯式的
  星状马赛克,[14]厄运的摩斯码

为某人指明了妻子温暖的床榻,或那些虱子的双臂
它们随着呼喊,在街上跪拜,而睡眠的等式
让黑和白一起躺下,[15]半价的死亡[16]
  喻示着她的家。

选自《绿夜》(1948—1960)

非洲已远[1]

风吹皱非洲褐黄的毛皮。[2]
吉库尤人[3],迅捷如蝇
饱食草原[4]之血。
尸体在天堂四散。[5]
但是蛆虫、那腐肉的上校却在嘶喊:
"别跟这些零碎的死人浪费同情"
统计量证实了[6]殖民政策的要点
学者也对此心领神会。
但这跟砍死在床上的白人孩子
和像犹太人一样、可以牺牲掉的野蛮人,有何关系?

猎人[7]击打,长长的灯芯草折断
鹮[8],一行白尘,它们的呼喊
自文明的破晓开始,就在焦枯之河,
在野兽蜂拥的平原盘旋;
兽与兽的暴力,被读成
自然法则,但正直者[9]
也用施加痛苦、寻求自己的神性。[10]
尽管忧虑的兽类狂乱不止,正直者的战争却
随着绷紧的尸骸之鼓,[11] 舞动起来,
死人缔结的白色和平[12],让土著恐惧,

正直者却把这恐惧称作勇敢。

再一次,兽性的必然
把肮脏的事业当作餐巾,擦净双手,再一次,
我们的同情就像同情西班牙[13]一样,又浪费掉。
大猩猩跟超人[14]角斗。

双方的血都在毒害我,
血管分裂,我,该何去何从?
我骂过醉醺醺的、不列颠政权的长官,
而在非洲,和我热爱的英语之间,如何选择?
都背叛?还是把他们给的都还回?
我如何能面对这样的屠杀,又能冷静?
我如何能无视非洲,又能生活下去?

大宅[1]废墟

> 虽然我们最长久的日光径直地一点点退去,只剩冬天的苍穹,但不久,我们就躺入黑暗,拥有了骨灰中的光芒……[2]
>
> 布朗,《瓮葬》[3]

这片大宅,只剩石头,
它的飞蛾般的少女,散入烛尘,[4]
它的残片[5],还在修磨蜥蜴的龙爪;
门上的基路伯[6],嘴边污迹斑斑[7]。
轴和马车轮,陷在牛粪的
淤泥中。

  三只乌鸦,向树拍翅,
落在桉树枝上,吱哑作响,
烂青柠的味道刺鼻,[8]
麻风的帝国。[9]

  "再见,绿地"
  "再见,幸福的树林!"[10]

大理石,如希腊,像福克纳[11]的石头南方,

落木之美,昔日繁盛,如今逝去,
成片的林中突然出现的草地上
败叶下的铁锹,将会敲响
某个或是动物、或是人的骨骼
它被杀死在邪恶的时日,邪恶的年代。

看起来,原始的作物是青柠
种在淤塞河边的污泥中;
跋扈的恶棍[12]已无,他们明媚的女孩已去,
河水流动,将伤害抹去。
我爬上有铁栅栏的墙,
那是流落他乡的工匠所建,为了保护大宅
也许让它免于罪责,但免不了蛆虫租住
免不了有掌垫的老鼠骑兵。
风摇动青柠,我听见
吉卜林所闻;[13] 大帝国之死,
《圣经》和剑的无知的滥用。

矮石墙,划破绿草地
草地浸入溪流,我踱步,又想起
其他人、霍金斯、沃尔特·罗利、德雷克,[14]
杀人的祖先,诗人,此刻,记忆中
每件溃疡般的罪行令我愈加困惑。[15]
那时,世界的绿色年代[16]就是腐烂的青柠
它的恶臭变成文字中的停尸帆船[17]。

腐烂依然伴随我们，那些人已逝。[18]
但风扬起死人的灰，
扇动着心灵的变黑的余烬，
这时，邓恩灰暗的文章[19]让我双眼灼烧。

我怒火中燃，我想是吧[20]
有个奴隶正在这座庄园的湖里腐烂，
但，我的煤一般的同情[21]争辩说：
阿尔比恩[22]也曾是
像我们一样的殖民地，是"大陆的一片，整体的部分"[23]
岸线参差，[24]是吹走的秃鼻鸦[25]，溅起泡沫的海峡
令它狂乱，激烈的内斗
徒然的内耗。

   最终，一律同情
这与心中的打算背道而驰：[26]
"就仿佛是，你朋友的庄园……"[27]

群岛传奇[1]

第一章

> 金河……[2]

白色泥灰路,金河清凉,疾驰
穿过绿香椿的峡谷,就像
教会学校里的童音,
像叶子,像心中的幽暗之海;这里,舒瓦瑟[3]。
石头教堂回响,如井,
或如沉陷的海洞,雕琢在沙上。
走着苦路[4],我发现了
光巢中的圣特蕾莎[5],
我尽量忘掉她冰冷的肉身;
飘动的青铜裙,抬起的手,
小天使,举起的箭杆,刺裂她的胸膛。
教导我们的哲学吧[6],教它拥有力量
达到上半身[7];乌黑的身体,湿漉漉,闪着光[8]
浪花里翻动,我,正在沙滩漫步。

第二章

> "用不洁的血……"[9]

科西莫·德·克雷蒂安[10]掌管公寓。
他的妈妈管着他。13号,
圣路易街[11]。围栏的庭院,
有鹦鹉,是古玩店,那里,你看到
黑色玩偶,和停靠在玻璃中的
法国的老帆船。上楼,那把家族之剑,
这枯萎世系、生锈的标志,
如同大天使的剑,[12]放在显要之处。
提醒这个秃头伯爵信守诺言
勿让这一族蒙羞。
饕餮的时间,磨钝狮爪,[13]
让古董伯爵科西莫,纯洁无瑕,
为了妈妈,为了发油,为了惠斯特牌[14];
在包厢里,注视他的悲剧的转折。

第三章

> 佳人当年……[15]

罗西诺尔小姐[16]曾住在收容院[17]

那是为罗马天主教的丑老妪所设;她肌肤雪白
皮下有精细、旧式的骨骼;
每个黄昏,她像蝙蝠,飞去晚祷,
一尊活着的、多纳泰罗的抹大拉[18];
清晨,她双腿僵直,
蹑手蹑脚,去拿牛奶,像瓶子一样摇摆,
套着笼头似的黑围巾,别着生锈的胸针。
我母亲提醒过我们,这身体如何熟悉丝绸
也曾乘着镀金马车,驰骋绿色庄园。
如今,罗西诺尔小姐,在教堂阁楼
为她的一个死孩子歌唱,她是衣衫褴褛的圣徒
她的骄傲,让美人贫乏,变成这样的女巫,
尽管,她也曾优美,双手,也曾柔软。

第四章

"死亡之舞"[19]

我在外面[20]说,"你的埃尔·格列柯,
那家伙是个该死的疯子![21] 戈雅,他就不撒谎。"
博士笑道:"这帮才是真疯子,我们也入伙吧。"
两个女孩挺好看。那位西印度人[22]说
雨耽误了生意。诡异的光[23]下,

我们全都发绿 [24]。啤酒，还有一切，都是绿色。
有人把一只胳膊搭在我身上，像花环 [25]。
旁边的人谈到政治。"我们的母亲之土"
我说。"这个伟大的共和国，它的子宫里
死人靠投票赢了活人。" [26] "你们都太下流了" [27]
西印度人笑起来。"你们这帮中学生，不值得
费神。" [28] 我们进入空屋 [29]。
雨中，往家走，很担心，但博士说：
"别发愁，小子，罪的工价乃是生 [30]。"

第五章

"古风" [31]

某天早上，节庆 [32] 在高地举行
一位人类学家表示认可。
神父们却不同意在天主教国家里
搞这样的野蛮仪式；但事有转折
有个神父就是黑色习俗的
研究者；真是讽刺。[33]
他们带着鼓，把绵羊领到溪边，[34]
手舞足蹈，那份优雅，绝对自然，
从我们诞生的黑暗过去开始，它就被铭记。

一切更像是血腥的野餐。[35]

白朗姆酒瓶，吵嚷的窝棚。

他们绑住羔羊，斩首，

祭祀者轮流饮血。

好东西，老兄；献祭，关键时刻[36]。

第六章[37]

亲爹啊，还真是过节！[38] 我说的是，

有免费的朗姆酒和免费的威士忌，还有一帮

特立尼达来的家伙，敲锣打鼓的乐队。[39]

往哪儿走，都是又吃

又喝的人，甭告我名字，我认识，[40]

凳子上那两家伙，他们找来的，是两口子，

那人喝着酒，举出雪莱，说什么

"每一代都有焦虑，但我们没有"[41]

他滔滔不绝，连个逗号都插不进去。

（那哥们是黑人作家，牛桥来的家伙。）[42]

而就在这片地区的附近，曾经

一个小孩子的心，

被两个搞土法术的人，活生生地掏出，

不过，离这次的又舞又跳，那事已然久远。[43]

第七章

  吃忘忧果的人……[44]

渔夫把那池塘叫作"曼戈"[45],
海和树林间、堆积得越来越多的污垢
将它堵塞,一丛干竹
叹息,它们的根,布满光斑
像迁徙鸟在空中飘落的羽毛。
远处,村庄。一条泥路,蜿蜒像飞翔的蛇
穿过让尿液抑制生长的树。
富兰克林用一只手,握住桥柱,[46]
他发烧,颤抖。每到春天,
对祖国的回忆,侵袭着他,
他却没有死在那里的可能。他看着染上疟疾的光[47]
让竹茎抖动。在茶色的池塘里,蝌蚪
似乎快乐、安然自得。穷困的黑色灵魂。[48]
他摇晃。必须繁育,喝,运动,衰败。

第八章

格拉斯街[49]10号,米兰达旅店,
他曾在内战[50]中与长枪党战斗,

如今，在血色之光，露珠绯红的时刻，
这次流亡，带着犹太人的苦脸
让尘土布满他的小册子[51]；弯曲
的手指，把报纸夹在衬衫上。
眼睛冰冷；一只蚂蚁，如马[52]，沿着山一般的
弯钩鼻，向下而行。之后
当虔诚的跳蚤探寻肮脏的缝隙时
那度过挥洒汗水的岁月、曝晒之后的身体
四肢摊开，躺在那里，就像英雄，古怪又麻木。
他的身旁，一碟发酸的橄榄。
街边，有儿童的叫卖声，上方传来少女演奏的
进行曲，通常在这样的日子，不太有人歌唱。

第九章

"狼人"[53]

离奇的传说在城里蔓延
屋檐下缝纫的老女人传来传去
讲着老勒·布朗的贪婪怎样让他覆灭，
慢慢闭合的百叶窗迎接他
他穿着白亚麻的西装走了过去，
粉框眼镜，软木帽，轻敲的手杖

一个有权出售毒果的人,现在垂死,
与魔鬼做了交易,毁在他的手里。
那些信基督的女巫说,似乎一天夜里,
他把自己变成了阿尔萨斯犬[54],
一头流着口水、只顾闻着气味的狼人,
但是,他的看守把这东西打伤
它嚎叫,拖着内脏,血淋淋地
爬回门阶,几乎死去。

第十章

"永别了,头巾"[55]

我望着这座岛屿,把悬崖边
海浪优美的字迹缩小,之后
道路微渺,散漫,就像绳索
丢在岛的山峦;[56] 我望着,直到飞机
转向北方的终点,飞过
那片海水苍白、开放的海峡
就在渔人的一群小岛间,直到我爱的一切
遮入云中;我望着点点淡绿
在仿佛有礁的地方闪现,
望着机身的银光,每英里

都在让我们分别,绝对的忠诚变得紧张
直到距离将它扯断。然后不久,
我什么也不想;我祈祷,什么都不要变;[57]
当我们降落在西威尔[58],雨已下。

重返丹纳里[1]，雨

我囚禁在雨丝之中，注视
这村庄被一条道路困扰，
每座风化的棚屋靠在木拐上，
就像跛足人，受挫却又心安。
五年前，贫穷似乎还很甘美，
这天空如此湛蓝，漠然，
海水恍惚，喃喃吃语[2]
让一切人工看似多余
这地方，好像生来就适合人埋葬于此
　　　　海浪迸发
在猎捕寻常之鱼的剪刀鸟[3]中，
雨，让没有铺砌的内陆之途泥泞，
就这样，个人的悲伤融化在普遍的憧憬里。

雨中，医院静谧。
赤裸的男孩把猪群赶入林丛。
每次起浪都让海岸颤抖。海滩
收留打湿的鹭。还有污泥，浮沫。
翠绿的光带中，帆
在礁顶间起伏
光雾里，山有烟

雨水，慢慢渗入悲伤的心。
过去，它难以改变自己的哀伤，难以归家。

如今，它也没能改变，虽然你成了一位
用同情换酒喝的男人，
现在，你被带到这个地方，就在这里，
从成年起，远离了"令你思考的伤"[4]。
而雨拍打沙滩，坑坑点点，它让
旧的哀伤陷入心灵的沟渠[5]，
那种光靠语言来帮助黑人、绝望者、穷人的
激昂的仇恨何在？
狂怒摇摆，就像风中湿漉漉的叶子，
雨，敲打着坚硬如石的头脑。

内心的浪潮里，有一个时候
我们停锚在它的苦难之处，是墓
或床，行动无望，于是问道：
哦，上帝，我们的家在何处？因为无人会将
世界从世界手上拯救出来，只有上帝，走在众人之中。
就在这一片片浪花呓语、
恍惚的海滨，但它们
并没有像雨打的鹭一样呼号。

激昂的流亡者相信他，但内心
却被哀伤、被他的可怖

和为家乡痛苦的奉献萦绕。
浪漫的胡言乱语，终结于船头的斜桅，破浪前行
却超越不了岸礁的浪花；
雨水，让我们听不到上天的声音。

为何责备你失去的信仰？天国
还在原处，就在这些人的心中，
在他们子宫般的教堂里，但雨的
尸布，笼罩尖塔。
你比他们少，因为你的真理
有着普遍的激情，个人的需求，
就像仅剩骨架的船骸，自你年轻时就被遗弃，
让贪婪、酸涩的海浪冲刷。

白色的雨，沿着岸边收网，
虚弱的太阳，让村庄、沙滩和道路布满光纹，
路上有欢笑的工人，他们离开避雨的地方，
高地处，烧炭人堆积自己的日子。
但雨水，依然向你渗透，黯淡了
你的技艺的一切夸口，让言辞和容貌朦胧，
而你，却从未摆脱所有熟悉的法则
从未离开在上帝自怜的造物中
最该诅咒的、心灵的黑洞[6]。

珀科曼尼亚[1]

牧人在埃及的天光中忏悔,[2]
阿比西尼亚人[3]的汗水,从腋下
和眼前的坟墓里流出,
这群黑羊[4],他们的主,要更黑。

姐妹们[5]呐喊,提起潮水般的
裙子,树皮和树油[6]在裙上生根,
兄弟们把枯萎的葫芦摇得沙沙响[7],
葫芦的种子就是禁果。

对贫穷的内疚,对上帝的爱
跳动如一团火;将宴席备好,
而现在,每根魔杖[8]软弱无力,
被遗忘的爱,比野兽还要野兽。

旗帜[9]和人群之上
羔羊[10]在科普特十字架[11]上流血,
犹大之狮[12]咆哮,掩盖
圣灵降临节[13]的性欲之火。

为圣体[14]欢庆时,

羊皮鼓[15]问候竹笛
怜悯这些躁动的迷途者吧
他们的生,赞美着生中的死。[16]

时而,盲兽以头撞墙,
肉体的狂乱,就是死,
时而,蛆虫蜷曲又耸起,蠕动
在呼吸的缝隙间。

放下灯芯,闭上眼!
给枯萎的肢体涂油![17]
月海干涸,
嘲弄肉体和劳作。

直到哈米吉多顿[18]污染田野
绿色的巴比伦在远方,
直到圣灵复临的肮脏信徒[19],觉得
污秽养育着不可见者。

直到黑色的形体成为白色天使,
每一只眼睛里都是锡安[20]。
高悬头上、黑夜的乌鸦
巡视着永恒。[21]

帕 琅[1]

　　……第二位四弦吉他手[2]在演唱。

哥们,一听见丰收季的提琴手[3]
说瞎话,我就龇牙,
那些哭哭啼啼[4]、亲我屁股[5]的长笛
让我眼睛都湿了。[6]
哦,我觉得,[7]从年轻时
我就把工夫都浪费在过节[8]上,
我红着眼[9],发火,哭叫,
因为欲望变成悔恨,我后悔
没听懂我在帕琅和彗星舞[10]时
唱出的实话。
老弟,每个该死的调子,唱的都是
永远的爱
但自从亚当发烧以来,
这种爱,就是月的圆缺。

我老了,我这样的手
没法再收割年轻庄稼[11]的腰,
但是,既然坟墓大声叫嚷着"快点",
我就分得清"多做"和"不做"了。

这个班卓琴的世界，只有一根弦[12]
所有人随着它的调子起舞：
爱是林中一地，
哀伤之乐，传自远方，
这时，你的目光越过她的肩，看见
一颗恒星坠落
就像她后来留下的一滴泪。
第一朵云消散，露出
裸月的胸膛，
肉体压着肉体，这就是那曲调[13]
于是，年轻人用懊悔、怅憾的言辞
让爱变成了耻辱。

谨慎的激情[1]

> 和撒那,我建了自己的房子,主,
> 雨一来,就冲走了它。[2]
>
> ——牙买加歌曲

城边的游轮酒店,
展现出微风中的海景
有一篱白浪花旁、安放如群岛的
桌子,还有垂死的思想。
当地乐队演奏马林巴[3]联弹,
此时,我一只手敲动如同击鼓,随着他们欢快的节奏。
我注视一艘旧的希腊货船离港。[4]

在这个国家,只有下行,到海港边,
才能闻到腥咸的风。
它并不像南方的小岛。
这里的碧波涌上没有印迹的沙滩。
我想着湿润的头发,红如葡萄的嘴。
那只戴着她丈夫戒指的手,放在桌上
无所事事,一片沙上的褐色叶子。
另一只将一对苍蝇掸去。
"有时候我真想知道,你是不是哑巴了"。

我们的头顶，有海鸥生锈的嘶鸣
它们在风中盘旋。
一波又一波的记忆，沉积在脑海。

看起来，海鸥幸福自在。
而我们缓缓地陷入伤感。
就在海港边的一座小桌。
两颗心，学着死之前的安乐死。
我的尸体，曝晒浮肿，眼里满是沙子，
在南方海岸上滚动，任海浪将它旋转。
"这样最好，免得我们受伤"。
看看我怎样转动，无神，麻木。
这句疲倦的话，让我轻抚她的手
而风，玩弄着她的裙角。

最好说谎，发一些体面的誓，
让埋葬的心，死灰复燃；
转着玻璃杯，痛并微笑，
就在海港边的一座小桌。
"对，这样最好，差点会更糟……"

都是实话，是会变糟；
一切都是前夕的欢愉，
尤在此时，这颗自顾自的心
还向往着一面可以相信的镜子[5]

它在奇异的眼神中,发现了古老、原始的祸根,
所以,恰 恰 恰,⁶ 就开始漫长的告别吧,
丢下每句誓言中只有一半滋味的哀伤,
腥咸的风,让她的眼睛变亮,
就在海水边的一张小桌。

我和她,步行走入闪亮的街道;
商店哗啦啦地关门,短暂的黄昏布满城市。
只有海鸥,搜寻着海边
盘旋,像我们的生命,寻觅着值得怜悯的东西。

布鲁克林来信

一位老妇人写信给我,笔画如蛛丝,
每个字在颤抖,我见到一只血管凸显的手
透明如纸,游动在一团
虚弱的思绪上,思线常常中断;
或如灯丝,上面悬着字句
我觉得黯淡,但一点亮,闪动如钢,
就像触碰一根线,整个蛛网都会察觉。
她写我父亲,但我忘记了她的脸
这比忘记父亲每年的亡故还要容易;
关于她,我记得一双带纽扣的小靴,还有
主日时,只要她的精力允许、
就会在木头教堂里预留的那个座位;
她灰发,嗓音细,永远弓着身子。

"我是玛布尔·罗琳斯",她写道,"我认识你父母";
罗琳斯小姐,他死了,但,上帝保佑你的时态[1]:
"你父亲曾是尽职、诚实,
忠诚、有益的人"。
什么样的名声配得上这样直白的赞美?
"他善于画角[2],号角画得精美,
过去,他常常坐在桌前绘画。"

上帝的平安无需赞美
它的荣耀、雄心也是如此。
"他入土有二十八年",她写道,"他被召回了家,
我确信,他正做着更了不起的事业。"

一只虚弱的手,在黯淡的屋中,
在布鲁克林的某个地方,耐心,自信,
它的力量,恢复了我对圣言的神圣之责。
"家,家",她还能写,但来日无多
孤独地编织一年年的祝福;
如果她掉泪,美就不会枯萎,
就不会离开连自己的爱人都会伤害的世界;
对她来说,天国就是画家去的地方
还有一切让脆弱的贝壳和号角变美的人,
一切都在天国造就[3],从那里,他们的世界之光[4]拉伸,
拉伸,拉伸,直到光线变成弹性的钢丝,
尽管在黑暗时代,光似乎已逝,
而他们重返天国,做着上帝的事业。

老妇人就是这样写的,我再一次相信
相信一切,而我并没有为谁的死,感到悲伤。

海　风[1]

K，笑声轻快，肤发如蜜[2]
一向富有。她如此芬芳，温柔
是在哪片沙滩的树荫，是哪一年，
我眼里没有明亮的海水，只有想她
那是晴朗之晨，她唱着"哦，稀罕的
本"[3]，唱他的抒情诗"蜜囊"
和"火中的松香"[4]

　　　　　"火中的松香"
映衬着盐味的海音
新鲜的风吹皱如蜜的长发
　　　　　是哪一年的火？
少女们的脸，随时光黯淡，安琪薇尔，一身金色……[5]
周日。草浮现在拍浪的码头。
林中的桌子，就像走入雷诺阿[6]。
我现在，无钱，也无权……[7]
但光是何时落下，透过细细的发
它牵着谁的手，旁边是什么树林，哪座老墙。

两个诚实的女人，天啊，她们去向何方？
只是好奇，什么事情，我回忆得最清楚？
黑暗笼罩在渔人的桨上，
水声侵蚀着明亮的石头。

海中升起的她 [1]

闪亮的海中仙女,她的双肩
在温暖的浅水滑翔,近旁是白色沙滩;
金色水草缠住腿,
是鳍在闪动,还是女子的手?
草散开,变成光泽的秀发,
浪花处,有乳白的胸,
空中划过的,是腿,还是海豚?
一半是女子,一半是鱼,不如说
既是女子,也是鱼,就让她们
留住自己莫测的神秘。
痛,伤痛将自己封闭在睡中,
就像海水笼罩桨,
而桨,伤不到海,
朦胧,之后,感觉苏醒
全新的喜悦,
她为自己带来
海的音乐,海的光芒。

海 歌[1]

> 那里，只有秩序与美，
> 奢华、宁静和享乐。[2]

安圭拉[3]、阿迪娜[4]、
安提瓜[5]、卡妮莱[6]、
安琪薇尔，她们都是[7]，
流动的安的列斯的元音，[8]
这些名字在颤抖，如同
停锚护卫舰[9]的针[10]，
游艇安宁，如百合，
停在宁静的珊瑚港，
缝合海峡的纵帆船[11]，
乌木的船壳，轻盈，
它们桅杆的针[12]
在列岛间，穿针引线
在水手群岛的
热病之海上[13]
刺出闪光的织绣，
岛上砍落、斜放的棕榈，
奥德修斯的矛杆，
独眼巨人[14]的火山，

让自己的历史吱呀作响[15]
就在这绿色锚地的和平里;
"飞翔","菲丽丝"[16]
从格林纳丁斯[17]返程,
这些名字,进入这个安息日[18],
它们在港口文员的登记册上;
它们的受洗名,
海水流动的字母,
安眠,带给眼睑……[19]
它们炽热的货物
是木炭和橙子;
静谧,是绳索的躁动。
铬绿色[20]的水上
黎明在浮现,
那些苍鹭般的船艇
举行着安息日的圣餐礼,
珊瑚喃喃诉说
一条条纵帆船的历史,
海绵就像它们的货物
在小岛的沙嘴
三桅船白如刺鼻的
圣马丁[21]的白盐,
布满藤壶的船壳,
留着大海龟的秽物
它们的船童看见过

起伏的蓝色利维坦[22],
一个航海、信基督、
又勇敢的民族。

此时,一位新手[23]用盐水
和日光洗着脸颊。

在海港中
鱼用银色的一跃
开始安息日。
当教堂的钟,叮当作响
鱼鳞从它身上脱落;
城中的街道,随着每周
都在成熟的阳光,变为橙色,
年轻的水手
稳稳地呆在船首斜桅
用一把抖动的口琴
唱祖父的歌。
曲声缭绕,变小
像蓝色桨帆船[24]上的烟
在山旁消融。
曲声散开,随着:
水湾柔软的元音、
船舶的受洗、
运船的名号、

海葡萄之色、[25]
海扁桃[26]之酸、
教堂钟声鸣响的字母、[27]
白马的和平、[28]
海港的牧场、
群岛的连祷、
列岛的玫瑰诵[29]、
安圭拉、安提瓜、
瓜德鲁普的贞女、[30]
有阳光和鸽子的
白如岩石的格林纳达，
平静海水的阿门[31]，
平静海水的阿门，
平静海水的阿门。

绿　夜[1]

橙树，在多彩之光中，[2]
宣告了如今完美的寓言[3]
她的最后季节，盛夏
随着每一根负重的枝条，垂弯。

她有自己的冬季，也有春天，[4]
她的树叶蜕毛[5]，在秋日
叶子就像每种生灵一样，
展现出最真实的热带。

因为在夜里，每颗金色的太阳
若凭着惬意的信条燃烧，
那么到了正午，耀眼的火
就会让它们滋养的光辉畏缩。

抑或，露水和尘埃的合成
早已照射了她黄铜色的球体，
给她的光辉留下了斑驳的、
她整个夏天都想超越的锈迹。

这般奇异、循环的化合[6]

让一切既遭厄,又荣耀,
就像这变绿、但又衰老的橙树,
心灵,将所有境况容纳在圆球之中。

虽然佛罗里达能治愈这个时代,
那里的香橼叶、水晶瀑布,声音喧嚣,
但它无法平息因迷失在幻想的愤怒中
而感到悲伤的、暗淡的恐慌。

而就算时间之火,让成熟为
艺术的自然,变得枯萎,
炽烈的正午和无灯的夜晚
也不能让这颗包容的心畏惧。

橙树,在多彩之光中,
宣告了那个寓言,如今完美[7]
她的最后季节,盛夏
随着每一根负重的枝条,弯垂。

群 岛

献给玛格丽特[1]

不过是给它们命名,是写日记的人
写下的散文,就是给你取个名字
为了那些游客一样、赞美
床榻、赞美沙滩的读者;
但是,只有我们在岛上爱过,
群岛才存在。我寻找
就像天气找自己的风格,我写着
写的诗句,犹如清爽的沙,晴朗的日光,
清凉如卷起的水波,平白
如一杯岛上的淡水;[2]
但就像日记的作者,这之后
我品尝岛上盐味缭绕的房间,
(你的身体抖动,弄皱床单,
如波动的海),屋里的镜子,已没有
我们偎依、相眠的模样,
就像爱情曾想使用的话语
被一页页浪花抹去。

所以,如同沙上的日记作者,[3]

我记录下你为特定的岛屿
平添的安宁,或是你走下
狭窄的楼梯,去点灯
迎着夜晚海浪的喧嚣,
用一只手护住灯罩,
或是你刮鱼鳞,准备晚餐,
洋葱、鲹鱼[4]、面包、红鲷;
还有每一个吻上腥涩的海水味,
还有你在月光下,如何
非要琢磨海浪坚定的
耐心,尽管,看似枉然。

选自《漂流者》(1965)

漂流者[1]

饥饿的眼睛吞食海景,就为了一小口
帆。[2]

地平线,无限地穿过它。

行动孕育狂乱。[3] 我躺下,
驾着棕榈的棱纹阴影作帆,
害怕自己的脚印繁衍。[4]

扬起的沙,薄如烟,
无聊地推动沙丘。
海浪,像孩子一样,厌倦他的城堡。

海绿色的藤,黄色喇叭花,
一张网,缓缓经过虚无。
虚无:充斥沙蝇头脑的怒火。[5]

老人的乐趣:
清晨:冥想中放空,想着
枯叶,自然的规划。[6]

阳光下,狗的粪便[7]
结出硬壳,白如珊瑚。
我们终于尘土,始于尘土。[8]
在我们的内脏里,创世。[9]

我若听,就能听见珊瑚虫[10]在建造,
听见被两波海浪撩拨的寂静。[11]
噼啪,我掐裂海虱,让雷劈下。

我像神,让神性、艺术、
自我变得虚无,我放弃
死去的隐喻:[12]叶子般的、海扁桃的心,

成熟的头脑,腐烂如一颗黄椰子[13]
孵出
它的海虱,沙蝇和蛆虫的巴别塔[14],

那绿酒瓶的福音[15],塞着沙子,
贴着标签[16],一座船骸
紧握钉住的漂流木,白得像一个人的手。[17]

沼 泽[1]

咬着公路的边缘,它黑色的嘴
轻声哼唱[2]:"家,回家……"

它粘稠的呼吸背后,"成长"这个词
正是它,长出真菌,腐烂;
它的根布满白斑[3]。

它比起
甘蔗丛,采石场,阳光冲击的沟床,还要可怕
它的恐怖,让海明威[4]的英雄生根般
僵立在坚实、清澈的浅滩上。[5]

它开启虚无。[6]鞭客之囚的灵薄狱,[7]黑人。
它的黑色情绪
每次落日,都沾一点你的生命之血。

可怖,原始的蜿蜒!每棵红树苗
如蛇一般,它的根,淫邪
如六指的手,

在它紧握的掌中,藏着背后长苔的蟾蜍,

毒蘑菇[8],浓烈的姜百合[9],
血的花瓣,[10]

生着斑的、虎兰花[11]的阴户;
一根根古怪的阳物[12]
萦绕着它唯一一条路上的旅客。

深邃,比睡眠还深
像死亡,
它匮乏,又太丰盈,

在迅速满溢的夜里,太过窒息,注意看
那最后的鸟如何用喉咙饮着黑暗,
野树苗如何向后

滑入暗中,随着蔓延的失忆[13]
变黑,渐渐濒临
它们的虚无,将

肢体,舌头,筋骨打成结
像混沌,像前方的
路。[14]

村中生活[1]

献给约翰·罗伯森[2]

一

那时,透过宽敞、苍白的阁楼窗,
我望着冬天的早晨,我的第一场雪
在窗台凝结,这让黑色的、
偎依的公猫[3]觉得困惑。我的身后
碎屑如霜,给我那裂开的咖啡杯涂上釉,
撕碎的诗,宛如落雪堆积
是韵律之锹,将它们聚集。[4]
我饥饿,四处觅食,
是苍白城市中受惊的猫[5]。
我漂浮,是猫影,穿过
格林尼治村少女[6]的黑毛衣、紧身服、皮风衣
她们发如火焰、肩如白雪,
思乡病,我的欲望
爬过如烟的
雪,就为它的熄灭之火。

整个冬天,我游荡在
你赫逊街[7]的家里,我是添乱的朋友,
要你收留,要吃又要喝。
我觉得冬天,不会结束。

我难以想象,你死了。[8]

但是,那冰冷的眼神,
一扇阳光中凝霜的窗,
无所接纳,无所回馈,
无论是你的亲切,还是我的同情。

那无言、冰蓝的虹膜
映不出倒影[9]
它的形象是一片雪封住的山湖
就在木然的蒙大拿。

从那个冬天开始,我学会漠然地
凝视生活,就像透过玻璃窗格。

二

你的形象在地铁的玻璃上抖动,
那是身穿外套的、我自己的死亡面具[10];

纽约之下，地底之处，运送着
人的灵魂，它们关在铁牢里，
一站又一站，让晃动的平静吓住[11]，
雷鸣中抵达终点，每个灵魂在自己的地狱里，
每个丰满的躯干，被吊环上的手臂，
摇动不止。你去世两年。但是，
我看见那沉默还在我们的灵魂间蔓延；
我看见，那个戴着角质镜框的小个子
还用讲过热奈的萨特[12]安慰自己的缺陷。
恐怖，还在吃着神经，圣言
是乱语，是荒诞的情节[13]。
转门的插孔，像瘾君子，不断挥霍着
银币和阿司匹林，牢笼中的卡戎[14]
对我们的罪、我们的终点，含糊其辞。
但并非所有人都在沉默、都在忍受
沉默的极恶；在某一站，
离33街和列克星敦[15]不远，
一位裹着毛皮大衣的妇女尖叫，盖过了
钢铁轰鸣的咆哮。人们没有等她。[16]
我们把脸转开。这样的场景
摇动着我们对神经的信任，它如机器一样可控。
你还记得，所有人
都开动脚步，忙碌奔波，[17]
他们锁在一个系统，被它的轨道困住，
就在一种没有人敢失败的生活中。

我注视你的微笑穿过我的头颅,
我的脸俯对着你凹陷的面容
在那上面划过,就像划过玻璃窗格。[18]
诸事无常。人,即使在自己的城里
他的生命也是草。[19]
时代广场。我们叹息,发泄,
我们应该随着闸轮疾呼,尖叫
就像我们的卡珊德拉[20]地铁,上天派她
为特洛伊哭号——我们在日光的冲击下失明,旋转
如纸,从风口飞离。

三

离开,穿过皇后区,我们经过
一座墓地,那里有微型的摩天楼[21]。它的边上
燃烧着锈色的叶子,黄如计程车[22]。秋天。
我透过窗户,透过
自己的倒影[23],凝视着
空荡的大道、草地、尖顶、静谧的
路边石,路上的轮辋
向西转动,向西,你的骨骼[24]在那里……

蒙大拿,明尼苏达,你的真正的
美国,没入高草之中,和平的田园。

热带动物寓言集[1]

鹮[2]

这种鹮的烈焰,罕见的朱红,
是圣书字,来自鸟喙之头[3]的埃及,
据称,它困扰着绿沼泽的行者,
所以他抓住它,看它的羽翼褪色,
在囚禁中,失掉色彩,
它变淡,成了粉红、长腿的鹭[4]
混在饶舌、泼妇一样的鸥、[5]麻鸦、琵鹭
和鹭巢里的苍鹭之中。[6]
她[7]无欲无求,对束缚毫无怨言,
但不知不觉,失掉自己的火焰,
这揭示的不是道德,[8]而是这样的事实:[9]
肉体在运用时[10]丧失快乐,
对家事的[11]欲望变得枯竭。[12]

八爪鱼

性交之后,每种动物……[13]八条肢体[14]

从爱中解脱，如同水中的触手，
就像八爪鱼缓慢的
卷须。
　　　　一哷哷向下，
它们漂流，被电荷击中
麻木，溺水
发呆，犹如没有眼睑的鱼，
就像海葵，与石头脱离
是光滑的鳗鱼，被潮汐黑暗的爪子
从海底的裂缝里拉出。
海的脉搏，在封闭、涌起的海面下。

蜥蜴 [15]

恐惧：
　　　纹章般的 [16] 蜥蜴，变得巨大，
吞噬了它的蚊蠓。
　　　　　昨夜，我救下一只甲虫，
它"如同火中抽出的柴" [17]，凶残，生着螯，
在尿水中挣扎，就像失事、无人掌舵的
轻舟，它的腿在发狂，犹如船桨。
我这样做，是不是义举？ [18]
我担忧的不是死，而是
与虚无搏斗。老人，在绣花的床单上，

手爪乱舞，他或许惧怕这种拯救，
也惧怕救援和怜悯的于事无补。
义救一只甲虫，但这破坏了造化[19]。
当我递过去的、巨大如地狱的手指
它们的缝隙遮住了这个僵硬的受难者时，
它的后背感觉到的惶恐
比摇着坚硬的尾巴、为了一小口早餐的
棕色的加拉帕戈斯大蜥蜴，给蚊蠓带来的
恐惧要更甚。

    仁慈具有怪异的律法。
收手吧，别去管那已有掌控的、万物的格局[20]。

战舰鸟[21]

战舰鸟悠然的支点[22]
让世界的天平摇摆，让钴蓝色的海天倾斜，
它的圆眼，引导我
在空中漂流，让我不再
琢磨太阳。

    轻松的翅膀
取决于我的重视[23]，比如
我对它冲刺高度的意义，取决于
它在缓慢、觅食的巡视中的平静，
巡视海滩上的一个斑点，是它嘴下的猎物

就像它抓住的食肉燕鸥。
而那随心所欲、衡量这个世界的眼睛 [24]
就在这蓝色野火中的某个地方。

海蟹 [25]

海蟹的巧妙、蹒跚、朴拙的优雅
其中的句法,令我的手羡慕;[26]
还有它的转弯抹角 [27],从炎热、平坦的
沙中挖到地面。
那些需要景观和丰富的人
都厌烦它的令人苦恼的
局限:海、沙、灼热的天空。
固守这土地吧,尽管星辰竞逐,
地平线燃烧,海浪盘绕,嘶鸣,
盐,刺痛眼睛。[28]

鲸,他的堡垒 [29]

赞美蓝鲸的水晶般的喷流 [30],
写下"哦,喷泉",崇敬喷孔,
这样的做法激起了咒骂:

    "高贵者变得卑贱" [31]

贬低神性的兽心之徒,才会为此作诗。

曾经,上帝将这座堡垒举到我们眼前,
曾经,我们的海上,鲸鱼拍打,
鱼叉手总是常见。曾经,[32] 我听说
有头鲸[33]被拖上了格林纳丁斯的海滩
嘲笑的、蚂蚁般的村民分剥它的肉:
是战利品,从雄伟退变成侏儒大小。
铺上盐,沦为神话,
死去。

给我讲述的男孩不敢相信自己的眼睛,
但我信他。我很小时
上帝和搁浅的鲸[34]都有可能存在。
鲸鱼更稀少,上帝不可见。
但是,借助他[35]的恩赐,我赞美这不可思议之物,
尽管男孩也许死去,赞美已经过时,
尽管那传闻,不足为据[36]。

大海鲢[37]

在塞德罗斯[38],大海鲢
砰然落在死沙[39]上,痉挛
瞪着金色的眼,重重地

呛水，剧痛中，拍打着
我呼吸的这片海。
它的躯体，平静下来，
聚焦在眼睛的晶体中，[40]慢慢
循求设计[41]。它如丝绸一样变干，
从容中，变成铅块[42]，
长着麻风的[43]银色腹部，浮肿
在刀下就像冰冷的硬痂[44]。
突然，它带着巨大的疑惑，战栗起来
但年老的下巴，胡言乱语，吐露出
一些新鲜的
血丝。疯狂的渔夫一下下
血腥地击打它的头部，
我年幼的儿子，为此摇头。
我该不该叫他不要再看
我们共有的这个世界？
海鲢死了，但细细看来，
它的躯体却在变美。
青铜，泛着绿铜色的霉斑，鳞片
成熟得就如挂着硬币的铠甲[45]，
一张黯淡的银网，
将背上深海般的蓝色与尾部
楔形、渐细的Y[46]联结在一起。
三角状的头骨，一动不动，
金色的眼睛圆睁如指环，[47]

它只能疲倦地呆在那里。
如此单纯的形体，就像十字架，
小孩子也能在空中画出。
海鲢的鳞，它皮上的薄片
在海边，被冲刷，
迎着光瞧，就像
咧嘴笑的渔夫所说：
厚如结霜的玻璃，但精细得
就像钻石雕刻过，它看着
如同孩子画的船，
成对的三角是帆，还有一条桅杆。

这样复杂的形体，
这种身躯、可怖和怒气
能否与如此纯真[48]的设计契合
使得它在朦胧、幻影般的雾里
游动但又不动地
随着想象的出发，起航？

山羊与猴子[1]

> 就这会儿,一个老黑羊
> 正跟你的白母羊交配呢。
>
> 《奥赛罗》[2]

猫头鹰的火炬[3]熄灭。混沌遮住世界。
尖叫,预兆!他的壮实的泥土身躯
把她的胸膛埋在缓缓的月蚀中。[4]
他烟雾缭绕的手,烧焦了
那大理石般的喉咙。他向她的嘴唇弯下身子,
他是非洲,一片广阔、潜行的阴影,
他心怀疑虑,将你的世界一分为二。[5]
"灭光"[6],上帝的光就灭了。

那火焰熄掉,她沉思着自己梦中的他:
庞然如夜,无形无体,
就像月亮,勋章是他的星辰,
一段盲目的传奇。
公牛的躯体,迎着塞浦路斯[7]的太阳
让她目眩,她怎能像帕西菲[8]一样
毫不知情?那可怜的女孩,产下长角的怪物;
怎能像欧律狄刻[9],她明艳的肉体

游荡在他内心、这座地狱般的迷宫,
她的灵魂让他的魂灵吞噬?

她白色的肉身,与夜晚押韵。[10] 她攀登[11],安稳。

贞女和猿猴,少女与恶毒的摩尔人。
他们不道德的[12]结合,让我们的世界依然分为两半。
他是你献祭用的畜生,吼叫,被驱打,
一头黑色的公牛,披着它的血染的缎带咆哮。
不过,无论落日色的藏红头巾[13]和月形剑上
佩戴着[14]什么样的狂怒,
这都不是源自种族的、黑豹一样[15]、
带着生麝香的气味、带着汗水、颤动她闺房的、他的报复,
而是对月亮变化[16]的恐惧,
恐惧纯粹[17]被腐蚀
那纯粹,如一颗白色果
成熟,被爱抚剥下果肉,有着双份的甜蜜。[18]

所以,他野蛮地[19]怪罪月亮,
把她自古以来目睹的一切,
还有自己彻夜的淫乐[20],野心,归咎于她,
而无知的无辜,[21] 哭泣着求饶。

月亮还是月亮,她让爱变成银色,
她描绘淫乐,注视我们的耻辱。

只有毁灭能解决
她入梦的脸上、那纯洁的腐蚀。

野兽一样、喜剧般的苦恼。我们冷酷地
嘲笑这个黑色的摩尔人
他转过身,不再理她,杀死了
宛如明月的人,而她决不会憎恨
自己的归宿:夜;他的悲痛
闹剧一场,编织在一块手帕[22]上
是女先知的
预知未来、缝制而成的纪念
织绣着黄道的星宿,
这头神话般、有角的野兽,却并非
因为是黑色,才如同怪物一般。

游 廊

献给罗纳德·布莱顿[1]

游廊[2]尽头一个个苍白的幽灵[3]
如烟,分散,但又完整如一[4]
你们的时代是骨灰,它的凝聚力已逝,

种植园主,他们的眼泪是畅销的树胶,他们的嗓音
像边缘反光的、枯干的棕榈叶[5]
刮着黄昏,

上校们,坚硬如这个联邦的绿心樟[6],
中间商、高利贷贩子,他们的伎俩
维系着赤色帝国,[7]

他们是维多利亚的捍卫者[8],他们的陶瓷之海
拍打着、浮饰在大酒杯[9]的四周,
他们是帝国俱乐部充当打手的狂徒,[10]

迎着号兵吹出的嗒嗒声,日落
在安息号[11]旁收起,
一片褪色世界中的"火烈鸟之色",[12]

有个鬼从你们当中走出,我祖父的魂! [13]
你的根脱离了 [14] 某个多雨的英国乡郡,
你追寻你的罗马人的 [15]

下场,火中自尽。
你的混血儿 [16] 收集了你烧焦、发黑的骨头,
放在一个孩子用的棺材里。[17]

然后,他亲手埋在了异乡的海岸。
祖父啊 [18],
为什么我要召唤你? [19] 因为

你的房子还有声音,那烧焦的屋,
和你想象不到的可爱的继承人 [20] 一同惊呼,
你家谱的房梁 [21],落下,却幸存
就靠那些绿色的小生命,一如风干的 [22] 木材。

祖父啊,迎着你的黄昏,我使一个梦成熟 [23]
梦中,在蒸汽里,我被灼伤,它飘过海
来自一个蒸腾的世界 [24],那里的灵魂

犹如受压力的树,已从煤炭化为钻石。[25]
你燃烧的房中掷出的火花,是星。[26]
我就是我父爱的那个男人,我父就是他。[27]

无论什么样的爱让你受苦,
祖父啊[28],在爱中[29],爱都会补偿你。
我登上台阶

伸出变暗的手[30],问候那些朋友[31],
他们与你都是上一代的继承者,继承了[32]
土地、我们的圣祠和赦罪人[33]。

那些苍白的鬼影,在游廊尽头,游荡。

西班牙港[1] 花园之夜

夜,我们黑色的夏,把她的气味简化为
一座村庄;她身上有难以捉摸的

黑人的麝香味,她变得如汗水一样隐秘,
她的小巷,弥漫着去壳牡蛎的味道,

煤如金色的橙,瓜状的火盆。
交易和铃鼓,让她更加燥热。

地狱之火,就是青楼:公园街对面,
水手的脸如海浪,涌起波峰,

又随着海的磷光退去;夜总会[2]
如萤火,在她浓密的发间闪烁。

头灯让她目盲,计程车的鸣笛让她耳聋,
在廉价沥青油的反光中,她仰起脸

朝向白色的繁星,星如城市,闪动的霓虹
燃烧成她将会³成为的婊子。

黎明破晓,西印度人转动货车⁴回家,
车上是被砍下、斩首后的椰子。⁴

上帝赐你们快乐,先生们 [1]

离开谢里登广场的杰克·德兰尼餐馆 [2],
那个冬夜,我的身体在波本酒 [3] 里炖煮、又加调料,
呼啸的风,点燃它
雪覆盖村中, [4] 基督再生,
我像所有酒鬼一样,脸带红光,踉跄而行
横穿到第六大道 [5],
在处女雪 [6] 上染血的足迹前,冻僵。
我循着脚印,它们引我跨过街道
来到光亮的那边,走入霓虹灯的
封蜡的气味和人的体温中,
一家通宵的小饭馆,厨子就像黑帮 [7],
他粗短的拇指伸在我的一碗炖菜里,还有个
男人,脸被打得稀烂 [8],它的表情
在承认,黑白色 [9] 的外界
一切都有可能:有只野兽徘徊在街区, [10]
毛发黏在一起,放浪无羁
超越了意志的边界。外面,
雪越下越大。我的心,在烧焦。
我渴望黑暗,渴望温暖的罪恶。
行走中,我停下,转身。我听到

脚后的呼吸声,有白色的气息,是什么?
没有什么。第六大道打着呵欠,潮湿,宽阔。
这夜是白的。无处藏身。

克鲁索的日记

此时,我把这个世界视为一个遥远的、与我无关的东西,我对它毫无憧憬,而且欲望全无。一句话,我跟它毫无关系,我也不想跟它有什么瓜葛;从今以后,我也许要这样看待它:它看起来是一个我生存在其中的地方,但是,我已经淡出了;我想说的,或许就是我父亚伯拉罕跟财主说过的那句话:"在你我之间,有深渊限定"。

《鲁滨逊漂流记》[1]

一旦我们驶过新世界之路[2]
　　平安到达这座海滨之屋
它栖息于海洋与翻涌的绿森林之间
　　那么,评定对象的
当然是理智[3],甚至绝对必要的风格[4]
　　也需加以运用
那就如他从沉船中抢出的
　　普通的铁具,劈出一篇文章
芳香宛如斧砍的原木,
　　从这样的木材中
我们的第一本书[5],我们异端的"创世记"[6]诞生,
　　它的亚当讲述的文章

祝福着某块海岩,又用诗的
　　惊奇,唤醒自己[7]
在一个绿色、没有隐喻的世界;[8]
　　就像克里斯托弗,他也让语言
孕育了记忆力,[9]就像传教士
　　带给蛮人的圣言[10],
它的形体是一尊陶土的装水罐
　　喷洒的水,[11]让我们变成[12]
一个个正派的礼拜五[13],吟诵对上帝的赞美
　　鹦鹉学舌,模仿主人的[14]
风格和嗓音,我们把他的语言变成自己的,
　　我们是一群皈依的食人族
学着他,吃掉基督的肉身。[15]

所有形体,所有物体都从他的身形中繁衍
　　他是我们海上的普罗透斯[16];
在童年时,他的[17]流浪者,
　　就像神一样,也是老人。
(用平静的括号[18],回忆一下
　　我们岛上有峭壁的
背风海岸,口吃的帆声
　　排列着缓缓经过,
某座正午敲钟的村子,有木舟如同鳄鱼的
　　舒瓦瑟,加那威,[19]
亨蒂[20],马里亚特[21],或史蒂文森[22]

小说里的蛮荒拓居地
那里有个男孩在海边发着信号,
　　尽管他呼喊的话语消失无闻;)
所以,时间让我们成为个体的物[23],繁衍着
　　我们自然的孤独。

至于那种秘术[24],它从大地的泥土中
　　塑造毫无用处、
脱离它自身的东西,[25]它生活在异乡,
　　与每片海滩一同
渴望那些用质朴、模仿的[26]鸣叫
　　遮住岩礁的海鸥,
它绝不放弃,因为它知道
　　还需要别人的赞美
它就像须发灰白、脑筋不灵的本·嘎恩[27],直到
　　最终,呼喊出:"哦,可爱的荒地!"[28]
然后再次[29]领悟了群岛上、
　　自我创造的和平。所以,在这座
面前只有大海的屋子里,他的日记
　　承担起了家用,
我们学着从日记中成型,这里的虚无
　　已然是一个族群的语言,[30]
既然理智需要它的面具,因此
　　那张晒得干裂、长满胡须的脸
让我们想要以自然为

代价、自我表演，
想要胡子，想透过海上的阴霾，眯着眼窥视，
　　我们摆出博物学家[31]、
醉鬼、漂流者、海滩流浪汉的模样，我们全都
　　渴望着无辜的
幻想，[32] 渴望自己的信仰有被抑制的时候[33]
　　就当"水、天、基督"
如此清晰的声音，突然惊呼，
　　我们也积聚出这样的异端之说：
就连上帝最渺小的造物中，他的孤独也在运作。[34]

克鲁索的岛 [1]

一

小圣堂的母牛铃 [2]
像上帝的铁砧
把海洋打造成炫目的盾；
海葡萄燃烧，渐渐地
任由铜币 [3] 变成炽热的金属。

红色、波形铁的
屋顶，在阳光下咆哮。
如丝，如纹的空气
在大地敞开的窑炉上
挣扎翻滚，犹如孩子幻想中的、
但越来越近的地狱。

地上，斯卡伯勒 [4]
野餐用的花格布铺开，延伸到
蓝色、完美的天空：
我们享乐主义哲学的穹顶。[5]
伯特利 [6] 和迦南的心

如诗篇[7]一样打开。
我操劳我的艺术。
我父,上帝,死去。[8]

如今,年过三十,我知道
自爱就是害怕自己
让头顶上的天蓝
或下面更汹涌的
蓝色吞噬。
被艺术或酒精
损害的脑部
每天都闪现这样的恐惧:
惊心得就像他的影子
变成了漂流者。

在这岩石上,长着胡须的隐士[9]建造
他的伊甸园:[10]
山羊、玉米、堡垒、阳伞、花园、
安息日的《圣经》,乐趣尽在
独少一种[11]
这让他哀号不已,只为人的声息。
这颗腐烂的椰子[12]
被燃烧的太阳放逐,在浪中滚动
变成了他的脑子,它的腐烂是因为内疚
内疚的是天堂[13]中没有自己的同类,

如此天堂般的安宁,让他疯狂
棕榈之影如同脊椎
在他头脑中建成龙骨和船舷。[14]

他,堕落以来的第二亚当[15]
他原初的
败坏还留着天生的
异端之言的种子:人
因信而败。[16]
艺术家和漂流者
整个天堂在他脑海中,
他注视自己的影子,它在祈祷
是为人的爱,而非上帝的爱。

二

那时,我们来到这里,
是为了海螺之中的宁静的治愈,
远离激烈、突然的争吵,
远离厨房,心灵在那里
就像面包,水中解体,
我们想让腥咸的阳光擦拭
珊瑚一样粗糙的头脑
想像石头一样风中沐浴,

想要纯洁,就如野兽或自然之物。

那传说中的、职业的
怜悯,据称是与诗的才华
一同继承而来,它以
信仰为食,却节俭如鼠,将信心
转向角落,它储藏
狂热,就像储藏面包,
它的头脑,一朵夜晚绽放的白花
它在醉酒的月光之屋,
望着我儿子的头
裹在被单中
就像砍下的椰子,漂浮在浪花间。

哦,爱,我们孤独死去![17]
钟声带我
回到童年
回到苍白的木头
尖顶、丰收和金盏花,
回到那些被残忍、
公正的上帝收走的人中
就像他曾收走我的
优柔又傲气的父亲,
他把他们聚集在自己蓝色的胸膛
和卷云一样的须髯前。

但,我永不能回。

我看不见地狱,
不见天堂,还有人的意志,
我的技巧
不足,
这钟声把我彻底
击垮。
折磨人的阳光,让我发疯,
我站在人生的正午,
在烤焦、迷乱的沙滩上
我的影子变长。[18]

三

艺术是渎神,异教的,
它揭示最多的
无非是瘸腿的武尔坎
在阿喀琉斯的盾上打造的东西。[19]
这些蓝色、变幻的坟墓
被天空的风炉
煽动,它们会将心灵
点燃,直至最终,它将自己
陶土的模具裂开。

如今,礼拜五的后裔,
一群克鲁索奴隶的孩子,
穿着粉红薄纱和衬裙的
黑人小姑娘
行走在荣耀的空气中
旁边是翻涌的波涛;
她们的脚下,海浪
如手鼓[20]沙沙响。

黄昏,她们回去[21]
晚祷,每件裙子,
阳光触碰,就会燃烧,
像撒拉弗,像安琪儿,[22]
而我从艺术或孤独中
学到的东西,
却不能像令人变美的[23]
钟舌那样,祝福她们。

遗嘱附言[1]

精神分裂[2],两种风格扭曲着我,
一种是写手[3]受雇的文章,我赚钱
去流亡。[4]我艰难跋涉数英里,在这月光下、镰刀形的海滩上。

晒黑、灼烧
抛弃
对海洋的这份爱,就是自爱。

要改变你的语言,就必须改变自己的生活。[5]

我难以纠正旧的错误。
波浪厌倦了地平线,回归。
海鸥[6]用生锈的舌头

在搁浅、腐烂的木舟上,嘶鸣,
它们是夏洛特维尔[7]的恶毒、有喙的云。

我曾经觉得,自己对国家的爱已经足够,
如今,就算我愿意,食槽[8]边也没有我的位置。

我目睹优秀的心灵,像狗一样

用鼻子寻觅[9]恩赐的残汤剩饭。
我人到中年

烧焦的皮肤
从我手上剥落，像纸，薄如洋葱的皮，
就像培尔·金特[10]的谜。

心中，[11]一无所有，也没有对死的
恐惧。我认识的死者太多。
我对他们都熟悉，他们各自的性格，

甚至死去的方式，我都知道。一经燃烧，[12]
肉体就不再恐惧那如火炉一样、
大地的嘴，

不再恐惧太阳的火窑，或灰坑[13]，
也不再恐惧云起云散之中
让这片海滩重又变白如一张白页[14]的镰月[15]。

它的所有漠然，都是有个性的愤怒。[16]

选自《海湾》(1969)

玉米女神[1]

沉默如沥青铺在公路上,我们的轮胎
像蛇,沙沙响,上帝的疲倦令人动容
他的辛劳未完,而一行行望不到边的
卷心菜田,就像百合花,在空气中旋转;
他的旗帜腐烂,猴神[2]的神经狂躁
嗡嗡地晃动长矛[3]。人的破布照料着
一年年愈加唯利是图的[4]牛,镀上铬的汽车
浑身泡沫[5],如同私养的马嗅着浅滩。
黄昏,长老会[6]的牛铃,
召集起瘦削、脆如木炭的老人,
他们陷入自己想象的第二地狱,
每一处十字路,都把它的教派、那群声音如铃、
衣袍如钟的姐妹钉上十字架,她们阉割黄金[7],
大声呼唤着自尊。但是,在烤玉米的
火盆上,她们去皮的灵魂
均匀地烧焦,西比尔[8]闪闪发光。她海豹般的肌肤
如同细雨打湿的沥青,在那露齿一笑中
一切知识,燃烧殆尽。嘲笑吧,但她们的灵魂
却沉浸在比你孤独的羡慕还要强烈的

得意中；她们扇动着炭，炭在翻滚，从那里
她们的尖叫在噼啪声中爆裂，飞翔。点点火花
哀伤地升起，尽管，它们已死。

月（选自《变形记》）[1]

抗拒诗，我正变为诗。
哦[2]，俄耳甫斯垂下的头，默默哀号，
我的头，从诗的云浪中，抬起。

慢慢，我的身体成为一个声音，
慢慢，我变成
一只铃，
一个椭圆、无形的元音，
我在变，成了鸮鸟，
一团光晕的白色之火。

我注视月亮的月狂[3]的模样，它燃着
一支被自己的光环催眠[4]的蜡烛，
然后，我
把自己火热、冻结的脸，转向那分叉的山
它像楔子，定住溺死的歌手。

那冰冻的怒视，
被螯咬、化为石头的经典。[5]
你今年不是发誓不写这样的诗吗？

不是以月亮起过誓?

为何你还会被无所作为的魔鬼抓住?
谁的沉默又如此迅速地惊呼?

团 伙[1]

太阳的黄铜钳给头颅接上电,
从他赢得年度个人奖[2]之后,
头就闪闪发光,那是他们第一年巡回演出,
演的是维钦托利[3]和他的野蛮部族;
他们从没空调的后台晃荡到有空调的后台,
具备了疯子兵蚁停顿[4]、再捕食的
组织力,这一次,他又骚动起来,
头上的触角,点着火,跳进一群黑蚁中,
他们流窜和徘徊在每座城市的缝隙间;
有街头混混,穿着清凉的班纶丝,[5]有店铺女郎,公务员。
"凯撒",这群捣乱分子行起纳粹礼,"尤里乌斯,征服!"[6]
他装成癫痫的样子,握拳致意,
跟他们的腔调一致;生气也没用,
总有一天,他的靴子会把这些脑袋踩个粉碎,
而一束束剑,簇拥起维钦托利!

就这样,雄鸡在那天突然吹号,太阳的锣
叮叮当当敲响政变,教堂和银行爆炸,
头如子弹的他,带上自己长着牛角的
军蚁团,开始出发。
尘土撒满伍德福特广场[7]上白色的死人;

他的黑中透黄的暴民[8]渴望下令，
围着商亭[9]涌动，之后又分开，听着
他重重踱步、踏着静默，那声音比劫掠中的咆哮
还要宏亮。静默。尘土。麦克风
让锡箔般的平静刺啦一声破裂。这头野兽
迈着爪子乱转，眼如蛇王[10]，想要
独白。他清清嗓子，感觉到
雄辩的胆汁[11]在涌起。"为国，赴死"[12]
这样的句子，一再回响
令他躁怒，他假装口吐白沫、痉挛发作，还展示伤疤，
随着冰冷的剑丛举高，他的双眼盯住
一名黑人囚犯，[13]那人头发蓬乱，正笑逐颜开。

俗　众 [1]

透过布满疥癣的巨大狮头
一名黑人职员咆哮。
旁边，一只金丝孔雀，遮住 [2] 一个男人，
它的屏扇，炫耀自己椭圆、宝石般的眼珠，
何等的隐喻！
真是点子妙、花样多的鬼主意！ [3]

赫克托耳·曼尼克斯，圣胡安的水厂工， [4] 他钻进狮子之中，
博伊希 [5]，两颗金芒果上下跳动，当胸前护甲，晃晃悠悠乘驳船 [6]
扮成 [7] 克莉奥佩特拉沿河而下，装模作样。
"一起来吧"，他们喊道，"天啊，小孩儿，你不会跳舞？"
但是，在这股旋风的辐射中，在某个地方
有个孩子，一身蝙蝠 [8] 的装扮，瘫倒在地，嚎啕大哭。

不过，请看，我也在跳，吊在一座古老的绞架上
我的身体像抽牛的鞭子，来回摆动，是个节拍器！
我像一只掉进木棉阴影 [9] 里的果蝠
我的疯狂，我的疯狂，就是可怕的平静。

在你们忏悔的清晨， [10]
某个额头，必定用灰 [11] 擦着自己的记忆，

某个心灵,必定蹲下,在你们的尘土中哭号,
有只手,必定在匍匐,回忆着[12]你们的垃圾,
有个人,必定在写着,与你们有关的诗。

米拉玛[1]

今夜没有奇迹;到第三杯,
你才看出来。钢做的空心萨克斯
让神经死去。我透过窗户,看见:
一辆公交像空荡的医院开了过去,
转弯。脱衣舞娘的旋转,粉色的
乳头,浮光中的胸衬,[2] 机械般摇摆
的腿胯,她还是老一套[3],想想
这个晚上,我差点让一些粗糙的
化学粉末,烧个半死,[4]
就要去教学医院,整晚听着隔壁病房
一个孩子叫唤,咬紧牙关,
无力挣扎,破伤风[5]而死。紧握,抓住
你拥有的东西吧。[6] 没一会儿,
这慢腾腾、折磨人的热闹场就不会理你了。[7]
无处可呆。最好走人。

流　亡[1]

那时的你，头发在风中，戴着围巾
迎着黎明，从统舱里，
注视这群移民
环绕甲板。只有烟囱
吼叫，鸥鸟从犁耕过的
海峡中，啄食弃物
它们知道，你从未来过
英格兰；你还在家。

甚至她[2]恶劣的气候
也是诗。你伤痕累累的
皮箱，带着第一份
契约[3]，用她的圣言[4]，
但是，在入港的牛中，预演的
宁静，想要给你打上标记，让你不同于这群
在她的寒冷里发抖、如牛犊的人。

再不回家，
因为这就是家！窗
翻阅[5]史书，随着
校园谣曲的节拍，然而火车

很快把自己的诗变成眼睛眯起、收缩、
让你难以进入的散文,
变成煤炉圈,响铃的学生中心,
变成冰冷的脏床单。

一天夜里,在眼睛污浊的窗畔,
你的记忆与冬天之页[6]
同步,积成雪堆,
直到春天让内心慢慢
振作,记忆突然变成散文,
而你遗忘的太阳
在一辆辆手推车上闪耀。[7]

而大地,开始看起来
如同你记忆中的一样,
鹭,就如海鸥,成群地
云集在咸腥的沟垄,
嘶吼、一团烟雾般的小犍牛
搅动它的甘蔗之海,
世界,开始经过
你的笔的眼睛,
它在弯草[8]和那个表示弯稻的
词之间。

如今,某段话语

圈在公路的括号里,
它平静地讲述
自己的题目,一条有旗帜
和棕榈小屋[9]的赭石路
在第一章展开,
小犍牛艰苦中的惬意映在
散文清白的页面上,
森林,凝缩在蓝色的煤里,
或随石墨之火燃烧,
无形间,你的墨水,一叶叶[10]
滋养了有沟垄的村庄
那里,烟在吹笛
《罗摩衍那》[11]的
脆弱之页,烧旺护根[12]之火,

如箭、安着金属的
公路,通向无名之地[13],
塔布拉手鼓和西塔尔琴[14]越加响彻,
这条路[15]铺开,就如肮脏的绷带,
电影院的广告牌,抛着媚眼[16]
上面的语言,这个国家有一半人,读不懂。

但是,当干燥的风吹动
旗子沙沙响,竹旗杆[17]向
哈奴曼弯下,此时,卑贱的铜钟

就像布扣圈住的奴隶一样
颤抖着挂在
剥落的寺庙的门楣上,
那位神踏着他的钟
而烟雾,为了你失去的印度,
痛苦地扭动蓝色的手臂[18]。

老人们,打着稻谷,
眼睛模糊,一时停住,
棕色的目光,沾着斑驳的谷糠,
摄影车粗粝的轰鸣
磨损他们,它号召这村子
投身于自己黑色的虔诚,
它召集着甘蔗的深海中、
那些溺水者。献给
印度之母[19]的颂歌,像卖春一样撒谎。
你的记忆,走过轻声细语的
路,它闪烁,破碎,
星期六,像一部廉价影片一下子划过。

火 车

一边是开垦过的英格兰,
铁器,停机场的污泥,
另一边,是大火烧光的
树林,一只手
划过[1]车窗。

我粗野的白人祖先[2],来自何处?
一百年前,他离开这里
去建立自己的"农场"[3],
与一千伙伴,
醉醺醺地播种他们的群岛。
透过肮脏的窗,
他的风景,充盈我的脸。

黝黑,绝望,
他焚烧自己的肉体,
变黑,一棵火焰之树。
那个地方,足以成为这里的地狱。
这台引擎全速运转,他的血,燃烧我全身,
我的皮肤枯干,如一件写着他名字的苦行衣[4]。

阴冷的主日讲坛，
无罪、凝望着的脸
像我来时的轨道，在我面前一分为二。
祖父啊，与你一样，我也没能改换地方，
有一半的我，还在家乡。[5]

致敬爱德华·托马斯 [1]

依循国家的形态 [2],严整又不严整的
地貌 [3] 勾绘自己的诗篇,
它树立浩瀚的经典,为了让商籁、教区长的
宅院,或这阴郁、木制的庄园府邸 [4],
同这蜿蜒的唐斯 [5],截然相异,
它画定那严整又不严整的散文, [6]
是爱德华·托马斯的诗,诗让这座庭园 [7]
在此处树篱围绕抑或散漫生长的万物中
恢复自己的微香、爱德华·托马斯的微香 [8]。
这些诗行,你 [9] 曾经不屑一顾,认为纤弱单薄
因为不会怒号,也不会气势逼人, [10]
它们曲折逶迤,梦见布谷 [11],
恍若消散,犹如这片萨塞克斯 [12] 的丘陵,
但它们在自己的漠然 [13] 中,却又像这棵榆树 [14],冷峻坚定 [15]。

海 湾[1]

献给杰克·哈里森和芭芭拉·哈里森[2]

一

机场的咖啡,尝起来少了些美国味。
酸涩,[3] 没刮胡子,担心
绷紧、焦虑、烧着烈酒运转的神经,

酒,烟熏味、树脂般的波本,[4]
身体,蜷曲在它的墓穴,[5]
一阵轰鸣,如同昨夜的狂风,急速开动它的引擎,

身体,注视疲惫的灵魂的烟雾
灵魂,就像飞越德克萨斯的喷气机
起飞,朋友在变小。所以灵魂

意识到神圣的合一[6],它让自己
超脱[7]造物。"我们在空中",[8]
我旁边的德州人咧嘴一笑。一切东西:这些火柴

是 LBJ 竞选酒店的,[9] 这朵玫瑰
是奥斯丁[10]一个孩子、黄昏时送我的,
这本杜撰的故事集,出自博尔赫斯,它的文章

是一只月光下、悄声逼近的老虎。[11]
纯真、光芒照射的达拉斯,握着游丝来复枪的
兽爪,它想要的东西,如今

在每一页上暴露无遗:是疯狂或野性的律法;
我们盘旋着伤口,我们离开爱田[12]。
抚摸这些物品,它们唤起回忆:旅店,

争吵,新的友情,棕色、
赤裸、形如这秋岭的肢体;
而回忆,正穿越山,随着喷气机

爬升到新的云彩,在德州之上;它们的家[13]
意味着岛的郊外,森林,山中水;
这些仅仅是专属于景色的东西

它们带来的快乐,如悲伤一样耗尽,在美景中,
我们交换最轻的礼物,这朵玫瑰,这张餐巾,我们明白:
我们爱的人,就是我们回赠的物品,[14]

我们明白,在沙漠[15]褶皱的皮肤之上,这轮晶体[16]

为我们的肉身标价,我们爱的一切都抵押给
这个黄铜的球体,我们还明白,不断增多的礼物

塞满心灵,让它窒息,而我
会看着爱,看它在我躺下、死去时,收回自己的东西。
是我的血肉![17] 每一寸都像

从中心枯萎的花瓣。我注视它们燃烧,
在神经的照耀中,我捕捉到它们骨骼的
坦率!最好不要出生[18]

那些伟大的死者哀号。他们的作品在我们的书架上闪耀
黄昏时,我们游历它们镀金、墓碑一样的书脊,
阅读,直到光照的页面,翻转

达到白色的静态,其中的超然[19],闪亮
如同螺旋桨彩虹般的放射。
像我们一样,他们也在流转[20];他们的爱人,再无慰藉!

二

冰冷的玻璃变暗。伊丽莎白[21]曾经写道:
我们让玻璃成为我们痛苦的形象;
透过寒冷、流汗的窗,我望着海湾上空

沸腾的云。所有风格,都渴望如生活一样
清楚。爱人的脸,在窗户上
还要清晰[22]。但不知为何,在这个高度,

这口沸腾着战争的热锅之上,[23]
我们古老的大地,随着熟悉的光破裂,
这个缠着白云、伤疤自愈的木乃伊

在剥下尸布之后,看起来却重又如新;[24]
一座多坑的峡谷用鼠尾草[25]治愈自己,
经历了苍白、褪色的屠杀[26],一条蓝色

忘忧的小溪,围着击鼓的水,
围着它的失忆,吹奏长笛。
它们的事业如同水晶,那神圣的合一

联合这独立、分离的美国,[27]它的杀戮
此时,让一个又一个的夏天黯淡,
下面,聚居区[28]爆炸的烟雾,遮住玻璃

每片海岸上,加油站的标志
指明了这座海湾,[29]汽油之味浓烈的空气
让这个国家生病,从纽瓦克,到新奥尔良。[30]

三

但,还是南方感觉像家。³¹ 锻造的阳台,
慵懒的河流,慢吞吞的潮汛,
热带的空气,耐心到

极点,炎热,富含石油,
甘蔗丛,著名的爵士乐。不过,恐惧
曾让我的声音模糊,这片陌生又熟悉的土壤

让我的发质如刺,如钩,
我的地位,是第二等的灵魂。
海湾,你的海湾,³² 每天都在变宽,

每朵血红的玫瑰,警示着即将到来的夜晚
那时,没有磐石之穴可以藏身,³³
所有石头燃起火来;³⁴ 那时,黑色势力³⁵

和他们的无月之时、潜行的黑豹,都背离上帝
他们不再相信他的声音;那时,黑 X 一族³⁶
用宰杀的撒拉弗³⁷ 当作逾越³⁸ 的标志。

四

海湾闪耀,迟钝如铅。德州的海岸
就像金属边一样发光。
所有以鞭子和火焰[39]为福音的人,

当炭火以我主上帝的名义
堆在他们头上时,[40]这一天,
只要蒸发到极点的夏天仍在沸腾,[41]我就还是无家。

而他们,一代又一代,是无言以告的[42]死者。

哀　歌[1]

我们的吊床[2]在两个美洲间摇动
我们想你,自由女神[3]。切[4]的
弹痕累累的躯体倒下,
高喊"共和国[5]必须先死
才能重生"的人,都已死去,
生而自由的公民,用脑袋投票。[6]
不过,人人都想跟美国小姐[7]
上床。而且,要是没有面包,[8]
就让他们吃樱桃派[9]吧。

但,随着如雪的白纸飘落在灭族上,[10]
奔跑、嚎叫、像负伤的狼深藏于她的林中[11]
这种古老的选择已然消失;
没有哪张面孔能隐藏
它群体和个体的痛苦,
痛苦在抽搐,成了雕像。

留在她脑中的碎箭头
让黑人歌手在捕熊陷阱里哭嚎,[12]
用疯子的明亮照耀年轻的双眼,
用她残存的悲伤,让老人疲倦;

一年年,紫丁香在她门前的庭院开放,[13]
樱桃园[14]的浪花
让华盛顿失明,它对刺客[15]窃窃私语,
刺客,住在理想的美国、
陈设家具的房间;美国闪烁的屏幕
映出了夏延人[16]的鬼魂,他们一群群缓慢前行,
悄声低语、脚缠破布、
拖着步伐穿过木桩和铁丝网的平原,

此时,一对农场夫妇镶在他们哥特式的大门里,[17]
犹如加尔文的圣徒,[18]像蜂、[19]实干、贫穷,
紧握魔鬼的草叉[20]
严厉凝视着不死的麦子。[21]

1968 年 6 月 6 日

蓝　调[1]

那是烤箱一样燥热的夏夜，
五六个年轻家伙
在门前露台，弓着身子
朝我吹口哨。亲切
又和善。[2] 所以我才没走。[3]
麦克杜格尔街[4]，克里斯托弗街[5]
都在一串串灯火中。

夏季的节庆。或是某个
圣徒的节日。[6] 我离家不算远啊[7]
但在黑鬼[8]看来，
我肤色不太浅[9]，也没那么深；
我本以为，意大利佬[10]、黑鬼、犹太人[11]，
我们都是一伙的，
另外，这里又不是中央公园。[12]
是我太爱惹事？[13] 你猜得
真对！他们把这个黄色的黑鬼[14]
打得青一块，紫一块。[15]

对了。整个过程里，因为害怕
万一有人动刀子，

我就把刚买的橄榄绿的
运动外套，挂在消防栓上。
我什么都没干。是他们
打来打去，[16] 真的。生活
踢了他们几脚，
就是这样。黑佬[17]，西语鬼[18]。

我的脸给揍扁了，血流不止[19]
我的橄榄枝[20] 夹克倒是
没划着，没扯破，
我还往上爬了四段台阶。
躺在水沟里，我
记起来，[21] 那时有几个旁观的招着手
大声叫唤，一个孩子母亲好像喊什么
"杰基"或"泰瑞"，
"够了！"
真的没什么。
他们就是缺爱。

你清楚，他们不会宰了
你。就是玩玩粗，
年轻的美国[22] 也会这么干。
不过，这倒是给我上了一课，让我多少
理解了爱。如果爱是艰难的，
那就忘了它。

气 息

> 那里有过传奇史,但都跟海盗和罪犯有关。生活[1]自然的优雅在这样的条件下难以展现。[2]这里没有真正意义上的、具有自己性格和目标的民族。
>
> 弗鲁德,《尤利西斯之弓》[3]

这片雨林[4]的嘴
无声无闻,无所不食
它不仅吞噬一切,
还容纳空乏的虚无[5];
它们从不停歇,
磨碎着它们对人类痛苦的
否认。

很久很久,在我们之前,
这张炎热的嘴,如同蒸汽腾腾的
烤炉,向灭族
敞开;它吞掉了
两支黄色的少数族群
和半个黑人种族;[6]
凭着上帝的成为肉身的言,[7]
一切都没入了那只臃肿、

不加分别的胃里。

这森林没有皈依[8]，
因为那如贝壳中传来的声音[9]
不是喃喃的祈祷，而是虚无，
它像寂静一样咆哮，或像
随着香炉晃动的烟雾、
步入教堂中殿、
身披白色法衣的、
大海的唱诗班；缭绕的气息，
是充斥着寄生物、吃人的信仰，
它吞食诸神[10]，也曾一片片地吞噬
然后遗忘如同黄金花瓣[11]、
拒绝上帝的加勒比人，
还有阿拉瓦克人[12]，至于他们
黑色的岩石[13]
连他们化石上最微小的蕨痕
也培育不出，

只有报雨鸟
生锈的嘶鸣，犹如沙哑的
武士，从山岭和
朦胧大海之间、
蒸腾的气息之中

召唤他的族群,
海上,一批批出逃[14]、迷航的
木舟[15],沉没得无影无踪——

这里有太多的虚无。

切 [1]

这张有暗纹的新闻照片 [2],它的眩光
构图严格,就像出自卡拉瓦乔 [3] 之手,
里面的尸体,闪烁着白色烛火,在它冰冷的祭坛上——

是玻利维亚印第安屠夫的石案板—— [4]
凝视,直到蜡白的身躯渐渐僵硬成
大理石和有纹路的安第斯铁;
你们这帮孬种 [5] 的恐惧,让它变得苍白;

你们的怀疑,曾让他跌跌撞撞,就为了你们的宽恕
它燃烧在棕色的落叶里,远离了防腐的雪。 [6]

负 片 [1]

一则简讯:比亚夫拉[2]遭到入侵:
黑色尸体裹在阳光中
趴在耀眼的白光里,光通向那座中心城市——
叫什么名字来着?

    有位白人
解释着新闻背后的新闻,
他的双眼闪烁,也许带着怜悯:
"你看,伊博人就像犹太人,
就像在希特勒的德国一样,
我说的是豪萨人[3]的仇恨。"我尽力理解。

我一直不认识你,克里斯托弗·奥吉博,[4]
当一位演员[5]叫喊"部落
部落!"时,我才知道你。现在,我捕捉到
忽明忽暗、火光中的
伊博人的脸,
他们结结巴巴,眼球突出,
是战地军事法庭的囚犯。

士兵的戴着头盔的阴影

本可以是白的[6]；你们的
那些日光包裹的身体
有一具，就在白色的路上
那路通向……部落，部落，它们的耻辱——
那座中心城市，天啊，它叫什么名字？

回家:昂斯拉雷[1]

献给加斯·圣奥马尔[2]

像渴望学分、郑重其事的"非-希人"[3]一样,
我们在学校也学习过
海伦[4],和借来的[5]祖先的
鬼魂,但无论还学到了什么,
如今,都没有典礼[6]为还乡人举行,
她的织布机[7]已经不在,
钻入我们脑中,只剩下厄运
和浪涛萦绕的夜晚,
只剩下这个著名的片段,[8]
它在被盐锈蚀的、椰树的
剑下,[9]在这些腐烂、
如同皮革的、海葡萄的叶间,[10]
在海蟹脆弱的盔甲,
在这副树枝做的烤肉架,它就像祭祀牲牛的
肋骨,在烧焦的沙上;[11]
这里只剩下鱼的内脏散发臭气的海滩
细长单薄、面如糖色[12]的孩子
饥饿难耐、腹部肿胀的儿童,争先恐后
从浅滩飞跑上来,

之所以如此,因为你的衣着
你的做派
都看着像个游客。
他们像苍蝇一样蜂拥
围绕着你内心的伤痛。

就让他们过来吧,[13]
走进你的针眼,[14]
他们知道自己是生,还是死,
别人对生活的理解,就像远处银色的货船
从他们身边驶过,
如同玩具穿过地平线;
只此一次,你跟他们一样,
不想要事业
而想要这纯净的日光、这清澈、
无垠、平淡、天堂般的海,
你还希望,这意味着,有什么事情会在今天
宣布,我是你们的诗人,你们的,
这一切,你早就知晓,[15]
但你从未料到自己
最终会明白:有些回家,无家可回。

你什么也给不了他们。[16]
他们的咒骂在空气中融化。
黑色的悬崖愁眉不展,

大海吸着自己的牙齿,[17]
你,就像那艘独木舟,
一朵落在杯中、漂泊的花瓣
除了自己的形象,别无一物,
你摇动,映出虚无。[18]
货船银色的魂魄
逝去,孩子们离开。
阳光让你晕眩
你步伐沉重,回到村庄
经过白色、飘着盐味的海滨路
在道旁的棕榈下,了无生气的[19]
渔夫在树荫里挪动跳棋,
让岛越过岛,将它吃掉,[20]
有一个人还带着政客的[21]
那种无知、甜蜜的笑容,点头颔首
仿佛一切命运
都在自己举起的手中掌控。

蜂　房 [1]

女人蜂腰，然后蜂鸣 [2]
向敌人发出嘘声：我太冤枉
你了，你多对啊！我们会在
每间蜂房、每个单间里
分泌出我名字里的恶臭和耻辱，
在纷乱纠缠的孩子的网中，
没有什么能平复你剧毒的懊悔，
焦灼的床边之火 [3] 做不到，
我最后的努力，情欲，也不能。你叫嚷
抗议那蜂毒注入
他和你的肉体，我请求
我们彼此相拥，激烈如一对黄蜂，
似乎对于肉体，它在螫死彼此的
殉难中死去，也算苦中有乐，
因为心灵和身体都被叮得发黑，
而且耻于收回自己的毒，
耻于在这个颤动、交换着毒液的、
六角形的花边网里
建立一个家庭，哪怕带着恨意。

星[1]

若在万物的天光中,你消逝
虽然实在[2],但又黯淡地
退去,与我们远隔着确定[3]、合适的
距离,就像在树叶间
彻夜长明的月,那么,
愿你在无形中让这座房子欢颜[4],
哦,星,你有双重的仁慈[5],
来时尚早,黄昏未到,
黎明虽至,迟迟不去,[6] 愿你微弱的
火焰,[7] 随着白昼的
激情,
穿过混沌[8]
与我们心中的
极恶[9],较量[10]。

幽谷中的爱[1]

太阳渐渐变盲。
是这座山,遮蔽着[2]
幽谷,[3]

夜晚,如失忆一样蔓延
让心灵黯淡。
我在黑暗里摇头,

这有一棵枝杈在呼喊的树,
一个塞满印刷品的垃圾桶。
此时,树叶像眼睛,沉重如铅,[4]

发红,瞟着[5]
一束飘动的头发
像落在雪上的枝芽,[6]

给空白的页装点花纹。
我拿近它,
在慢慢让人眩晕的黑暗里,凝视

此时,我又飘荡到别处,

穿过黑白色[7]
心存敌意的形象，看，

就像嗅着解冻气息的马驹[8]，
帕斯捷尔纳克的头和它的额发[9]，浮现，
他结实的手腕，一缕距毛[10]

抓弄着冰冻的春天，[11]
直到他的手，
在白页[12]上冻住，变沉。

我骑马穿过白色的童年[13]
松树上，闪耀着一串串手链，[14]
我那时听到过狼，我害怕霍桑童话里

黑色的森林，
每条手腕疼痛的小溪[15]
和冰女。[16]

那头发融入黑暗，
一个问号[17]，引导
不羁的心灵来到了

偏离最初轨道的地方，
这时，哈代忧郁的头

赫然出现,冰雹的风暴 [18]

向它袭来,它如同一块哭泣的石头,
而那长发 [19],如风飘动,
它轻轻的拍打 [20]

在脸上留下的
旧痕,还隐隐作痛。
我曾害怕白色的深邃, [21]

我害怕冬天的女人
她们木然的吻: [22]
拔示巴 [23]、拉拉 [24]、苔丝 [25]

因为她们的悲剧
让生活无足轻重,她们的爱
却重于文学。 [26]

散　步

暴雨后，屋檐复诵着它们的念珠，[1]
一棵棵树就像罩住的长烛[2]，呼出你的疑虑；
一滴滴冷汗，如同孩子的
算盘珠，一串串挂在高压线上，

请为我们祈祷，为这座房子祈祷，请借用你邻居的
信仰，为这个疲倦的、
对它读过的巨著失去信仰的头脑，祈祷；
一天伏案[3]之后，溢血的[4]诗歌，

每一句都是从缠着绷带的肉体上剥下，
起身吧，去天空下走一走
湿透的天，就像厨房里洗过的衣物，

猫在它们的窗框后打着呵欠，
你最近的邻居，他的家门
镶着珍珠，虽然狮群[5]就在不远
但都关在自己挑选的笼中。你的

忠诚[6]，多么可怕！哦，心，哦，铁玫瑰！[7]
你以前的作品何曾会像女佣读的那种小说，

何曾会像一部比你的作品还贴近生活的、
湿漉漉的肥皂剧?只剩痛苦,

痛苦是真实的,这里竟是你生命的终点
一丛紧紧握拳的竹子
松开它的花朵,一辆卡车
呼啸驶过这片雨打湿的

竹林:放弃一切吧,放弃作品,
放弃对人生的苦短。惊愕中,你搬离;
你的屋子,一头跃起的狮子,抓着你的后背。[8]

长眠于此[1]

一

他们总在问,为何你还流连不去?[2]
不是为了成千上万
嘶喊、饥饿、欢呼的雨,[3]它的中央,
政客像有毒的花一样绽放,
也不是为了还乡的演讲者
他抓住自己的讲台,像一个证人,准备解释
根对土地的依恋,
也不是为了新一族的蚍蜉,它们身穿长礼服,华丽光鲜
在民众头上爬来爬去。[4]
他爱的是人民
就算他们还默默无闻。

也不是为了存心惹怒,某位被冬天冻伤、[5]
因为对痰描写精细、受到赞誉的小说家,[6]
相反,是为了一种生根于此、无人书写[7]的东西
它曾[8]赐予我们它的祝福、
它的特殊的痛苦,
它会让自己的云飘移,离开那山

它正在收拾行囊,乘着我们伟大的
作品[9],就像这场回家的雨
转向崭新的海洋。

二

我爱他们的一切,爱那些名字
是铺着木瓦、锈蚀的城镇,它们的黎明
触摸起来,有着金属的质感,
我本应该为泰晤士河写诗,[10]
本应该颤抖地穿过那些覆盖着碎裂冰层的城市,[11]
迎合它们的趣味,朝某条负载驳船的河,吐口水。[12]

三

我相信乡土气[13]的力量,
我曾平静地把我对世界的知识
交付给云雾蒸腾如撒拉弗的苍白的盆[14]、
交付给世界的天使和旗帜[15];
对那些像蒸汽一样报以嘘声的逃亡者[16],
我就用粗糙、透着皂味[17]的真理回答他们:

我一直追求的力量[18]比你们更强,追求的名望,非你们能及

我更出离尘世[19],我明白民众的福祉,
我巧妙地假装沉沦于人群之中,
但他们知道,我走出的路[20]会变革他们的思想,
我就是肌肉,用平常的土地
肩负起青草,
我比水还普通,我沉没,我佚名,
这就是我的重生。

选自《另一生》(1973)[1]

选自第一篇　分裂的孩子[1]

有一个老故事说，齐玛布埃[2]有次看见了一个放牧的男孩，叫乔托，他在画绵羊，这让齐玛布埃大为惊叹。但是，按照真实的传记记载，让乔托爱上绘画的，并不是绵羊，而是他第一次看到齐玛布埃这样的画家的绘画作品。促使一个人成为艺术家的际遇，是他在青年时期曾被艺术品、而不是被艺术品描绘的那些实物深深地打动。

马尔罗《艺术心理学》[3]

第一章

一

游廊上[1],一页页的海[2]
是逝去的导师[3]在另一生的中点里[4]
打开的一本书——
我由此重新开始,[5]
开始,直到这片海的书
合上,直到白色的月[6]
如同灯泡,它的灯丝在亏缺。

就从黄昏开始,[7]
随着厌倦帝国的太阳[8]降下,
炫目的光,让军号呜呜,
让水湾椰子树的长矛[9]垂落。
它在催眠[10],犹如无风之火,
它的琥珀色[11],攀上了椭圆如酒杯的[12]
海角[13]的英国堡垒,天空
饮醉了光。
　　　　　这里
就是你的天堂!另一生的

透明的釉[14],
一片封在琥珀中的风景,罕见的
微光。理性之梦
造出了它的怪物:[15]
一个生错年代、生错颜色的神童[16]。

整个下午,这位学生
就像绘图员的文书[17],又渴又热
他将整座海港放大[18],此时
渴望自己完满的黄昏[19]
用简单的一笔,把一个女孩的倩影[20]
画在石头船屋[21]敞开的门旁,然后
坠入了有映照力的静默[22]中。静默,等待着
细节的核实:
丛林中耸立的
是圣安东尼酒店的山形墙,融化旗杆的
是总督府[23]的旗帜;
静默,等待着如潮的琥珀光,为幸运山[24]的
最后一片棚屋涂上釉泽,直到它们
按照学生的意愿,彻底变容[25]
成为镀金框里、文艺复兴式的[26]画段。

视野已死,
黑色的山陵化为
煤丘,[27]

但是,那座改建的 [28] 码头船屋
它的石缝却透出光来,倘若光要死去,
厨房中的少女,就会吹动它的余烬,[29]
她就能感觉到,光的时代正步入她的头发。

黑暗,如失忆 [30] 一般柔软,绒化 [31] 山坡。
他站起,向画室攀登。[32]
最后一座山燃烧,
海皱起,如一张箔纸,
月像气球膨胀,从无线站 [33] 飞升。哦 [34],
镜子 [35],镜中有一代人渴望着
那永不复返的纯白和皎洁 [36]。

月亮维持自己的地位,
她用手指抚弄着希腊绉袍一样的排箫之海 [37],
洗劫后的办公楼,如藤壶
紧附在烧毁的城镇的码头 [38],
月的圆盘 [39] 染白它们的外壳 [40],她的灯
沿着罗马式的穹顶,让无牙的椭圆 [41]
暴露无遗,当他经过时,
她那交错的象牙色,乱了音调 [42],
她的时代死去,她的尸布
包裹上古典的家具,还有这座壁炉
和熟石膏的维纳斯,[43]
他一心要把它做成半开半裂的 [44] 大理石像

没有镀银、映照黑奴的镜子,
就如这位画家的那幅包头巾、戴耳环的肖像:阿尔伯蒂娜。[45]

门内,灯泡的光晕
环绕着一个人如同剃度的头顶[46],在阅读,
像胚胎,蜷缩于苍白的组织中,
从容的注视
转向了他[47],短短的手臂
轻轻打着呵欠,表示欢迎。瞧瞧吧。[48]
棕皮肤,谢顶,下唇
像蜥蜴一样突出,
厚厚的镜片,罩住眼睛,
如琉璃镇纸,颜色如海水抛光的瓶玻璃,
这人把画飘动着送到自己面前
仿佛近视的是黄昏,而不是他的目光。
然后这位导师,用轻轻的笔触[49],修改这幅素描。

二

在画的维度中,它不可能勾勒出
这座海角的社会轮廓;
曾经,这里是一条棕榈大道[50]
完全像霍贝玛[51]的低地白杨之路,
如今却被铲平,推整,铺上碎石[52],建成飞机跑道,

它的梯田,就像树的年轮,讲述自己的年华。
还有长老般的[53]榕树,
藤蔓是须髯,学校的黑孩子就像长臂猿[54],荡来荡去,
榕树,苦念着撒上枯叶、平添滋味的[55]泻湖,
红树,它们的膝盖深入水中,
蹲伏,就像挖海螺人棕色又纤细的腿,
驱散着抓寻红李肉[56]的
赤色寄居蟹。
树林被锯开,
对称和轮廓破碎,
在一片拱形阳台的营房下
那里的上校,在威士忌色的光中
注视着绿焰[57]像蜥蜴之舌
抓住最后的帆,今夜
一行行橙色的邮票[58],重印着
晋升的公务员居住的别墅。

月至窗前,停留于此。
他是月的臣子,月变,他就变,
从童年时,他就认为棕榈
没有想象中的榆树那么高贵,[59]
面包果树张开的
叶子,比橡树更粗糙,[60]
一夜夜
他祈祷自己的身体能够变化,

祈祷月光的摩挲剥落他暗褐的肌体，让它变白！
飞机跑道的柏油路
在墓地[61]走到终点，
那里的上空，月的圆盘慢慢扩大
如同一个放大镜[62]，悬在月下的生灵之上。

灯底
一本绿色的书，
脸朝下。月
和海。[63]他读
书脊。《处女诗》：
坎贝尔。[64]这位画家
心不在焉地
把书翻过来，[65]读道：

  "黑人的白头，
  为圣洁
  黑孩子的黑亚麻，
  为神圣……"[66]

这样一本新书，
包着海绿色的亚麻布，每过一行
读的人就流露出一行行的欢欣
撩动着他周围的空气，
就从这本书里，另一生恍若重新开始[67]

死去的孩子,他白色的脸[68]
从那个低语、谢顶的头移开
透过窗框,凝望着。[69]

三

他们歌唱,伴随着铁铲的粗声和咳嗽,
伴随着泥土的拳头,重重击打棺木,
掘墓人的手腕,让每一句圆满唱出[70],
唱出钢铁的赞美诗,《黑夜行者》[71]。
迎着海上的暮色,活着的孩子[72]等待
另一个孩子解脱,等待撒拉弗的
薄雾中的长笛[73],
但是,随着他们黑色的《圣经》的纸声,抖动又合上,静默
重又进入每片霉菌[74],霉菌围裹在
海水蚕食过的石头周边,蒙蔽着永远
比划手势的盲天使,用独特的耐心
让花朵茁壮,让自己嘶哑的声音
留在坟墓中吹号的
贝壳里,任其湮没。世界
停止摇摆,安居于它的位置。
黑色的蕾丝手套[75],吞没他的手。
海的引擎,再次开动。

沉重的灵车，黑暗如夜色，挂着流苏，它拖着
蓝烟缭绕的夜晚穿过田野，
送葬者如旧花环一样散开，
像花束一样垂在布满纹路的石头上方
解读着[76]日期。长着灯笼下巴的[77]守墓人
(还有年复一年，每一位摇晃着灯笼、
守卫一根根相同栏杆的门卫[78])
打开了门房的黄色通道。旅人的车站。
孩子的行程得到签署。
名册饮下它的条目。[79]
墓地门外，生命在熟睡之后，继续。

她走了，收获了众多亚麻头的天使，
收获了吹着粉腭海螺[80]的撒拉弗，
正如他们所唱，她走向另一片光芒：[81]
但，那光是属于她？
还是属于托马斯·阿尔瓦·劳伦斯[82]的夭折的孩子[83]？
那是另一位萍琪[84]，她的玫瑰裙，随风飘动，
她们都有同样的黑眼睛，
是渐渐萦绕人心的煤[85]，也有同样弯曲的
象牙色的手，触碰胸前，
仿佛回答着死亡，低声说道："我？"

四

好了,现在,一切变白,[86]
整个城镇的芸芸众生,成千上万的人物
都捕捉在了一张静相[87]里!
好像突然一下的闪光灯,照出他们的死亡。
树,他回家的路,白色的胶片[88],
今夜,公园里的孩子跳入雕像群,
他们的呼喊如月光环绕,
他们的身体就像切削的石头[89],
一张张可怜的负片![90]
他们在头脑的池[91]中浸泡太久,
他们喝下月的乳汁[92]
乳汁用 X 光,照射他们的身体,
透过饥饿的皮肤,
显露出骨骼之树[93],
但一张照片,会很快
让读者窒息,[94]
一旦动笔,我要怎样对他们讲述,[95]
此时,另一个月亮[96]
一个曾经年轻的月亮,它疲惫的灯丝
消逝,灯泡,在得意中,熄灭。

第二章

一

每一场初次的圣餐礼[1],月亮
都会把她的鞋带借给赤脚的城镇
城镇在借来的白色中,雕着木工哥特式[2]的
镂空纹边[3],安着曼萨式的屋顶[4],衬着褶皱的百叶窗[5],
受洗、取名、成婚、入土,
此时,她的鞋带放到一边,
她是奴仆,她的标志
是干枯的公园中、如扫帚[6]一般
郁闷的棕榈[7],那是威尔士亲王、爱德华七世种下,[8]
低垂的鸵鸟羽饰,我服务,我服务。[9]

我扫地。我熨衣。[10] 沥青[11]如细雨滴落
闻起来,就像燃烧的熨斗,
香烟的气味,结着浆果、一同送葬的蕨草[12]
让我们的画廊成为知客的灵堂[13]。
木材的烟雾,穿过铺满卵石的后院,变得稀薄,
在升天中显灵。[14] 灵魂,如火,
它憎恨自己的燃尽。楼上的房间

蓝色肥皂[15]的气味,它让黑人保姆的手掌起皱,
她的手捧着我们[16]的脸,就像捧着花瓶;
研磨的咖啡机,喃喃不休
磨着自己的牙,
它在六点醒来。
破壳的蛋丝丝作响。
周一的被单
在院子里摆动。
这一周,在扬帆。[17]

二

妈妈[18]
只在周日[19],那台歌手[20]才会沉默,
那时
香烟的气味愈加浓烈,更有男人气。
周日
客厅里闻得到舅舅[21]的味道,
街灯在响铃,[22]
细雨抖动自己的沙球
就像曼陀铃,雨线在绷紧,
那时
是假日[23],条纹的野餐巴士[24]上
金手镯[25]叮当作响,就像几内亚的"早安"[26],

妓女的笑声敲开，犹如切好的片片水果。[27]

妈妈，
你坐着，笼罩在静默里
好像你的丈夫还会走在街上
树林中，蝉踏着它的机器，[28]
静默，一位白衣、赤足的
黑少女[29]，她把褪色水粉画上的
玻璃、喑哑的维克朵拉[30]的柜子、
还有画板、拍打着镜子湖面的
蓝翅鸭的闪光[31]
擦亮，再擦亮。
静默中，
这些令人崇敬、默然的物品，就如玻璃一样回响。
在我眼中，一切东西都谨严[32]，合理，
周日，
死一般的维克朵拉；

周日，一个孩子
用面包的肺[33]呼吸；
周日，机器的神圣的沉默。[34]
妈妈
你儿子的心影[35]还萦绕着你失去的房子[36]，
它莫名其妙地向内张望，看着无言的房客
像鱼一样在玻璃[37]后面忙来忙去，无声无闻，

但木工哥特式的玩笑，A，W，A，W，[38]
纹在屋檐的沃里克和阿莉克丝，
还没有背弃。
你用身边的风景为我们缝纫，
用雨水和新熨的云彩做衬衣，
然后，唱着你熨斗的赞美诗，你的脚
在周一牢牢踩住这台老机器。

那时，星期一让她的胳膊一直到肘臂
都浸没在冒着泡沫的盆里[39]，头上是蓝色肥皂[40]的天空，
湿漉漉的舰队[41]，航行在庭院中，每朵气泡
用它弯弯的窗棂，[42]
亮出了孩子青涩的眼中[43]一丝小小的嫉妒，
他嫉妒《皮尔斯百科全书》卷头插画里
那个高高在上、如同君主、粉扑扑脸颊的讨厌的"泡泡"。[44]
世界，又一个世界，在水晶球中，升起。[45]

你融化，就有了你的儿子，
你的手臂间，满溢着雨水。[46]

三

老屋，老女人，老房间，
旧的平面、陈旧、隆起的子宫膜，[47]

半透光的墙壁,[48]
它们用你的木板呼吸;
卷曲的房梁,喘息着,关节发炎,
在旧的空气里咳喘,
空气中,闪烁着微尘和楼梯,陌生人的手
曾把它擦亮又擦亮,
房梁死去,它洒落着你灰色的眼睛,
日光中的粒粒尘埃,它们眼含蔑视,[49]
你的木板呻吟,染着星星点点的癌,
你的床架,闪着镭[50]光,
冰冷的熨斗,让你发烧的身体加剧,
而白铁,疼得抽搐,咯咯作响。
但房子,没有哭号,
它拥有着森林、海洋和母亲一样的深邃。
每一件东西,都能用回忆和无用
消耗掉另一件。

我们为什么要为这些哑巴的事物哭泣?

普照的放射连最简单的物体也能触及,[51]
照得到爱用的锤子、画笔、没有牙齿
牙龈凹陷的[52]旧鞋,
照得到童年房间的头脑,它智力迟钝,
它的家具是脑叶,彻底切除,
它结结巴巴,说出一件件事情的原委:

为什么这张椅子开裂,
什么时候,弹簧床绷紧的尖叫
咔嗒一声脆断,
什么时候,没有镀银的镜子
最终会放弃她的虚无[53],
反过来,那长着猫眼的黄纸花[54],
那熟悉得像赘疣,或胎记一样、
像带着珍贵瑕疵的徽章一般的污迹
这些东西也在评价我们,

此时,叶子花的尖刺[55]
还像老的指甲那样蜕去,
花常在凋零,
花常在绽放,[56]
黄蔓[57]的号角飘落,但还是无人冲锋[58]。

皮肤如颜料般褶皱,
栏杆的前臂,生着色斑,
乌鸦的脚从窗户合上的眼中
放射[59],
门,紧闭的嘴,一无所示,
因为毫无秘密,
没有任何秘密
除了痛苦还是如此鲜活
让人一触碰屋子的每架窗台,

都会使燃烧的铁丝,使这些染着星星点点的癌的
神经,发出锐利的尖叫,
房梁,生出了如星、如种子的虱虫,
痛苦让每间屋子都萎缩,
痛苦在每间子宫里闪耀,
而又盲、又哑、
长着蟹壳之颌的白蚁,耗尽,
在沉默的雷声中,
直到最后一个周日,
耗尽。

用手指触摸每件物品,
从它的位置上,举起它,它再次尖叫
叫嚷着放下它,
放回灰尘的圆环里,它就像婚礼上的手指
因为没戴戒指,发起狂来;
母亲[60],就像我们挪不动画中的物品,
我也改变不了你的布置。

你的房子轻声唱着平衡,
歌唱着事物的陈设有序。[61]

第三章

一

每个黄昏,叶子[1]都在它的铁树上闪耀,[2]
灯夫[3]用肩扛着梯子,镰刀形、
苍白的光,落在街边。

孩子像搭帐篷一样,用自己的棉睡衣紧紧
盖住膝盖。如一只风筝,
它的枝节隐隐若现。暮色
把他灯笼似的头[4],放入神龛[5]。

现在,双手让他翻身,仰面朝天[6],
他床边的蜡烛,它黄色的叶子,
重新装潢了[7]《唐格伍德传奇》[8]和金斯利的《英雄》[9],
给它们的背部镀金,

魔法灯笼在放映,[10]天花板随之摇动[11]。
黑色的[12]灯夫用德墨忒尔[13]的火炬
点燃棚屋上方的铁树。
孩子!谁是埃阿斯?[14]

二

(A) 埃阿斯[15],
　　希利[16]马厩中狮子色的骏马,[17]
　　白昼拉车,在一年一度的
　　赛马日里,也是匹良驹,
　　他却猛一向前,抖动脖颈的雷霆[18]
　　在垃圾味上嗅起了
　　战争的气息和呐喊,
　　在做饭剥下的废皮里[19],他说"啊哈"[20]
　　这头身份扫地、百无聊赖的动物,
　　它的粪饼冒着青烟,
　　它聚起胁下的霹雳,却拖曳着
　　自己的马车,驶向了旁边的街区,在那里

(B) 波提丽亚,[21]
　　蛙一样[22],瘸腿的丑老妪,
　　一座长在儿子后背的驼峰,驮到
　　她的草席上,她终日的栖息之所,
　　卡珊德拉,她嗡嗡的低语[23],无人察觉。
　　她的儿子,皮埃尔,拿着桶端屎倒尿[24],
　　她就像骑手一样,用马刺扎他,
　　骑在马背,骑在马背;[25]
　　他划着十字[26],他听起来心甘情愿,
　　他到哪里都让人夸奖。好一个模范儿子。

(C) 舒瓦瑟,[27]
　　克劳泽修车厂粗鲁的司机,
　　砰一下把特洛伊[28]的门关上!
　　这跟一声尖叫有关。是他那哇哇乱叫的
　　姘头[29]喊出来的。手像曲柄把手一样硬,
　　他讨好逢迎,钟爱引擎。
　　引擎可以改造。
　　面对人间的纠纷[30],他长茧的手却笨拙不灵[31]。
　　还是封上你的眼[32]吧,想想荷马的不幸。

(D) 达恩利,
　　皮肤像芒果叶一样生着色斑[33],
　　他觉得阳光的手指压住自己的眼帘。
　　他的非亲兄弟[34]拉塞尔用手引领着他。
　　我一边看他,一边练习失明。
　　他就是荷马和弥尔顿[35],在他们鸦鸟一样目盲的塔中[36],
　　我羡慕他,羡慕他巨大的苦难。日光
　　让他变白,如一张负片。

(E) 艾玛纽埃尔·
　　奥古斯特停靠在海港[37],孤单的奥德修斯,[38]
　　刺着文身、当过商船的水手,孤独地划过
　　盛开如玫瑰的黎明,伴随着吃吃轻笑、
　　合乎韵律的船桨,一出一没的动作[39],按着五音步[40],
　　透过眯起的眼睛,朗声背诵,仿佛他的刀刃,裁剪

176

着丝绸，

"啊，月亮/（俯身，划动）[41]
我的欢乐/（俯身，划动）
你不会亏缺。[42]
天空的月亮/（俯身，划动）
再次升起，"[43]

他如行军一般穿过[44]特洛伊市镇，他租来的桨
回忆着海是什么样，冒烟的海岸[45]又是什么样？

(F) 法拉和罗琳斯[46]，一座庙宇，
正面装着平板玻璃，洗劫一空，但还是围着
伊奥尼亚的柱子，[47]它的前面是扭捏作态的

(G) 嘎嘎[48]
市镇上的异装癖，女佣的宠儿[49]
他正浏览商店的橱窗，转动着塑料袋，
他的男伴[50]就要去一趟巴巴多斯，
他的无名之爱[51]，最有希腊之风，还有

(H) 海伦？[52]
杰妮，市镇上肤色光洁的[53]妓女，
她拖带着两个淡黄头发的孩子，[54]
她只跟水手[55]睡，她的

黑发带电

像特洛伊一样惹上各种麻烦，[56]

她摇摆[57]，肥臀[58]，留出了

丰满、有吸力的真空，[59]

"哦，答应我"[60]，她的绸缎衣服，如起伏的海，

后面有人呼喊：

(I) 伊丹！[61] 丹！丹！[62]

喊声来自菲洛墨娜[63]，鸟头的[64]白痴女孩，

眼睛如海燕[65]一样翩翩滑翔，

从她遭到奸污之后[66]，就如此喊叫，

她献上淫乐，用她难以言表的话语[67]，

说着沉默的诅咒。

(J) 茹马尔，

偷家禽的贼，像小公鸡，昂首阔步，

如伊阿宋[68]一样回家，在他呼扇着的[69]大衣里，

有一只抽过大烟似的几内亚母珠鸡[70]，

金羊毛，

(K) 主啊！主啊！[71] 叽叽喳喳的[72]

是穿着白色法衣的黑鹂[73]唱诗班，

它们在电话缆的长凳[74]上：主把时光带给[75]

(L) 里基尔啊,[76]

  缓刑的杀人犯,他的烟枪缠住了他,

  挣扎的拉奥孔[77];

  主把更多的金子带给

(M) 弥达斯啊,[78]

  奥古斯特·曼诺瓦先生,[79]

  商业和教会的支柱

  他矗立着,监督日光为他劳作,

  监督日光给码头的商店[80]

  镀上他金色的名字。

(N) 涅索斯,[81]

  他绰号"闹母·妈茫·密滚"[82]

  (让你头疼的讨厌鬼是妈妈的男人),

  穿着粗布衣,爬起来,

  预言着火和硫磺[83],还有污秽[84],它们在

  (O) 办公楼[85]的镀金木塔,在

  (P) 燃烧如庞贝[86]的彼得公司[87],在 J.

  (Q) Q.查尔斯[88]商店,在摇摇欲坠、粗陋的

    (R) "逃城"[89]——我老祖母的营房[90],那里,曾经有

(S) 潜艇,[91]

  七英尺高的船贩子[92],

  松松垮垮,又瘦又长,拖拖拉拉,像磨破的方头雪茄,

想见船长,总是遭拒,

一味殷勤,点头哈腰,却被人问道:

"该死的,什么你们的船长?[93]

他妈的细菌?[94]"

(T) 特洛伊城镇[95]醒来,

穿着它烈火的衬衣,但是,在我们的街道上

(U) 埃里克舅舅[96]

坐在阴影中的角落里,

喃喃自语,眼睛嗡嗡[97],

他给世界写着自己的字母,

他斜翘的手,使劲寻找着立足点。

(V) 沃恩,[98]

跟自己的渴痒[99]搏斗,等待着酒吧的

新耶路撒冷[100],与此同时,

(W) 威克斯先生,[101]

穿着拖鞋、戴着金边眼镜的黑人杂货商,

正摇摇摆摆地走过黄色日光织成的地毯,

高屋的阴影,让地毯在他脚下铺开,

他走向自己黑暗中的店铺,

一颗星推动着他,运行在恍惚的轨道上,

星:加维的帝国标志,非洲联合的象征,[102]

他觉得拖鞋在用巴巴多斯的土腔[103]嘀嘀咕咕，

他走进商店，

就像教士[104]披上了

洋葱味的法衣，咸鱼，[105]大蒜，

切肉刀削过、盐片覆盖的纽芬兰[106]鳕鱼

都在伤痕累累的柜台上，那里还有一枚弯曲的半便士[107]

露出了护教者、印度皇帝、爱德华七世[108]

旁边是林肯便士[109]，我们信奉上帝[110]

"基督作证，信主唯一"[111]，威克斯想着，

打开了天堂果[112]旁边、他的《圣经》，

一整天，手臂弯曲，放在一扇窗[113]上，

它向新耶路撒冷[114]敞开，只为有色人种。

为了出埃及。[115]

(X) 克索都斯，[116]退返的萨克斯手，

是的，他的鹦鹉螺[117]就是有凹口的萨克斯风，

他退返到了几内亚的青草间，

(Z) 赞多利，[118]

绰号蜥蜴，

鼠类[119]的克星，蚊虫的杀手，

得了痨病的肩膀上[120]一边挂着装备，[121]

从玛丽·安街的小餐馆[122]出发，旅行狩猎[123]，

闭上闪亮的牙龈，收起笑容，决心要在这一周，袭击

蟑螂，蚊蠓，沙蚤[124]，鼠类，各种虫子，无论长幼，[125]

他边歌唱,边对耶路撒冷
反复熏烟[126],他只为有色人种。

这些死人[127],这些弃民[128],
一串瘦骨嶙峋的[129]字母表,
他们是我的神话之星[130]。

第四章

> 金色的耶路撒冷,
> 流着奶与蜜,蒙上帝保佑[1]

清浅的水
给克拉文的书[2]中、施洗者粗如卵石的[3]
趾骨涂上光泽。
它们的光环[4]闪耀,如锡制的护灯。
韦罗基奥。一位下跪天使的头发是莱昂纳多所绘。[5]
那时的我,正跪在[6]我们素朴的小圣堂里,[7]
羡慕他们,羡慕他们的壁画。
意大利像一件长袍[8]一下子披在我的肩上,
我奔跑在干枯的石头间,[9]哀号,"悔改吧!"[10]
铺在圣坛的如维米尔画出的[11]白桌布上,
在金属钵中的是百日菊,也可能是更粗质、
如铜一般[12]僵硬的金盏花,
或者是我们门前的黄蔓[13],它们在吹着喇叭:
我们要来到他面前感恩,
要赞美着进入他的院。[14]
那些大酒杯[15]
通常为我们所有,它们浮雕着铜饰,不断映出管家
变幻繁多,就像在昆虫的眼中,[16]

而有只虫子，宝石般镶嵌在克里韦利[17]的角落上，

酒杯，如同喇叭花

在圣主相随的银盘[18]

和红宝石的血之间。

短祷文，使徒书，选读经[19]

詹姆斯式的英语[20]回响，重新铸造了

这些纯朴之人、

传福音人士、宗教改革派、废奴主义者的语言，

他们的经文[21]是冰冷的溪水，

他们投入进了外来的热情，

我要当传道士，

我要写伟大的赞美诗。

阿诺德[22]，在安息日的黄昏中，忧郁[23]沉静，

我熟悉你年轻时遇到的那些严格的老师，[24]

熟悉维多利亚时代的圣城的凹版照[25]，

还有荆棘[26]折磨的巴勒斯坦，

紧紧裹着疟疾[27]、长胡须的门徒，

还有沙漠热病之光，

一次次日落的薄暮，

就像南瓜汤。

苍白的小圣堂，焦灼、炽热的[28]皮尔格林大人的教徒[29]

是尖叫的树枝[30]，

身穿长礼服的甲虫[31]用手比划，示意着地狱之火。

我的煤黑色的同胞，你们是不是忧闷，是不是忧闷[32]？

别怕，主，会让你们振作。

我童年时的循道宗精神,
尽管充满激情,讲究实干,
但那偶蹄[33]和毛茸茸的脚掌
依然爬过我头发的丛林,
时不时,我的皮肤感到刺痛,
即使正在阳光之下举行着"黑巫术"[34];
这种返祖现象,虽然会留下创伤,属于部落,
但却比他们的弥撒[35]还要有效,
比小圣堂更是如此,因为小圣堂的
块茎牢牢抓住的是生根的中产阶级[36];
它,就从非洲开始的地方,开始:
凭着身体的记忆。[37]

我对它们一清二楚,
"肿脚"[38]、癫痫的"马尔-卡迪"[39],
都靠恶臭的复方来治愈,
还有草药茶[40],草木浴[41],让人吐个干净的催吐药,
这些如果都没用,无可救药的伤病之人
就得用担架,抬到奥比法师[42]那里。
出城一步,就是树林。
教堂门后,一步之遥,站着魔鬼。[43]

契约[44]
那时,拂晓升起,它就像铁的路灯[45]
守护着如同店铺门面的黎明,

冲洗水沟的清道夫目瞪口呆地
站立在邵塞路[46]和格拉斯街
交汇的十字路口,
面前是一滩生锈的血迹。
一汪冒着气泡的泉水[47],
教区牧师的苍蝇开着宗教大会,主宰了这里,[48]
它们洗着自己的手。[49]清道夫赞多利[50]
慢慢画着十字。
慢慢渗透的污迹,是一块地图,却没有标出
这个东西——也许是条狗——有可能爬行的方向。
它的深红泛着红光,就像一朵污秽的玫瑰。
一小群参加圣餐礼[51]的黑人,
大多是老女人,围着伤口合唱。
沥青[52]如同动脉,汩汩涌动,血流不止。

奥古斯特·曼诺瓦先生,教会的支柱,[53]
仰面朝天,看着黎明敲响
他床边的金环,给眼前的山和屋顶
镀上一层血色,
他听见苍白、钢铁的港口
随着海鸥生锈的铰链[54],开启,
他像日光一样,默默无语[55],心知肚明:
今天,他会死。

这堆乱七八糟的废血,还混着稀薄

如水的分泌物；深红的血
在人们眼前，泛起气泡。

曼诺瓦先生[56]
使劲用他戴着戒指、毛茸茸的手，往肚子上爬
鼻子紧擦着他的心口。
它[57]急躁的下巴咬住十字架[58]；
他在那里喘气，气喘吁吁，
一副发誓永远忠心的姿势，
他听见自己的血在疾驰
就像塞子迸射后、从桶里涌出的葡萄酒[59]。

血像葡萄酒的酒糟[60]一样凝结。
赞多利拿起水桶
彻底冲洗。它[61]
就像一只死蟹伸展开来，紧抓着地面。
突然一阵汗水浇过曼诺瓦，
他挣扎着尖叫求助。
他的妻子，身穿黑衣，正在圣餐礼上躬身。
解脱了，[62] 他看见光神志不清地
在他的商店冰冷、铁制的屋顶上起舞
波形的顶棚，泛起了他的名字。[63]

他的手闻起来始终都有股鱼味，一开始就是，
手上戴着金指环，就是为了遮住上面的味道，

有时,他会伸出手,
用洗涤液洗到起皱,再敷上粉,给妻子看。
一双农民的手,屠夫的手,
泛着咸鱼[64]和猪油的刺鼻气。
汗水招来了
一只苍蝇,在他耳洞祈祷:[65]

> 好上帝,对不起,
> 魔鬼,谢谢你,[66]
> 肥皂味,
> 香水气,
> 都治不好
> 罪恶的鱼腥,
> 和地狱之味,
> 宽恕我
> 奥古斯特·曼诺瓦吧!

如果说除了这位商人之外,还有什么东西
也让曼诺瓦的看守感到厌恶,那就是他的犬了,
说是犬,但更像狼。[67]有几个夜里,
它都挣脱束缚,朝商店[68]闻去,
爪子挠着土,像用手寻回失去的骨头。
就在他要打它那时,有什么东西让它两眼一模糊。[69]
它的头肿胀,就像一朵镶嵌着苍蝇、嗡嗡直响的
污秽的玫瑰,那犬

跟跟跄跄，穿过房院中铺砖的游廊
径直上床。[70]

凹凸的屋顶，它的围栏
涂上的颜色如干涸的血，下面，赛丽叶[71]，
皱巴巴的[72]洗衣女，
胡言乱语、念叨魔鬼的拉丁文[73]，嚎叫着。
恶臭犹如烟雾一样猛烈
年轻的神父[74]向后一退，念诵道：[75]

> 藉着那世界的创造者，
> 他拥有让你下地狱[76]的
> 能力，就藉着他……

六个人费死劲把她按住，
他们就像潜水员上来透气，大口喘息，
她狂乱的眼睛如火箭乱窜，
仿佛"狈赫利特"和"亚渣滓"[77]在她的烟雾[78]中缠斗。

商店纷纷开张营业。
谣言的臭气传遍各条街巷。[79]
他是第一位商界的黑人大亨。
他们肯定会说点什么，也会有什么想法，
而同村村民的那些孩子
沿着蜿蜒如蛇的路，下到幸运山，

然后才窃窃私语,说出他的名字,"曼诺瓦"。

神父迅速祈祷,转过头去,
他清楚,她跟魔鬼立了约,
现在,快没命了,魔鬼的犬牙[80]拖曳她的灵魂
灵魂就像齿轮咬合时、绞衣机[81]里的衣服,
犬牙的手从她紧闭的牙齿间拽出灵魂的布料,
"说出他的名字!"神父念念有词,"说名字!算你没说!"[82]
街上的血迹如汗水一样,很快变干。
"曼诺瓦",她尖叫,"那条狗,奥古斯特·曼诺瓦。"[83]

第五章

——船舶的平安锚地[1]

一

商主,奥古斯特·曼诺瓦:有权出售
酒类,零售品,干谷[2],等等。[3]
他的标志像胡椒粉[4]一样,撒满码头。
从"逃城"倾斜的营房,[5]
从他[6]外祖母的茶馆,他会看到
在进口的无烟煤堆成的黑色山丘上[7]
一列煤黑色的运具——运煤船[8],如一条饰带[9],
笔直,重复,就像圣书字[10]
女人们沿着陡峭的斜坡,上上下下,[11]
建造金字塔,
埃及的奴役之歌,
她们唱着,
驮篮盛着无烟煤,
每个人都有一百英担[12]的分量
负重就像锚索,让她们脖子上的船缆[13]绷紧。
煤尘中,她们吸入疾病。

矽肺。银鸥
白如理货员的制服,
尖叫,清点货物,贴上标签。

"孩子!世界最大的港口叫什么名字!"[14]
"悉尼!先生。"
"圣弗朗西斯科!"[15]
"那不勒斯,先生![16]"
"卡斯特里呢?"
"先生,卡斯特里是[17]煤站,
世界第二十七个最好的港口![18]
全英国的海军都能在这里隐蔽!"[19]
"圣卢西亚的座右铭是什么,孩子?"
"Statio haud malefida carinis。"[20]
"先生!"
"先生!"
"是什么意思?"
"先生,船舶的平安锚地!"[21]

幸运山的高处
花朵是勋章,佩戴在恩尼斯基林团[22]的墓碑上,
但,太迟了。竹子像葬礼的礼炮一样迸发。[23]
正午,炮灰[24]的烟雾
如同黑色的蝙蝠,号叫,背诵维吉尔的标签:"Statio haud!"[25]
单桅纵帆船,如同杏眼[26],平安地停锚

它们欣赏着 [27] 自己的倒影:菲丽丝 [28]·马克,
阿尔博萨·康普顿,乔伊太太,宝石。

二

隔壁摇摇欲坠的双层屋 [29],成了一个个如同蝙蝠的
过客的避风港。
房客在它的暗室 [30] 里,曝光,闪现。
他们的呼喊从它的屋檐下射出 [31]。克里奥尔之家。[32]
母亲是黄种、令人生畏的马提尼克人,
健美,隐隐一股阳刚气,一双像痣、"酷似埃及人的" [33]、
人心果种子般的 [34] 黑眼睛
在她那蓬巴杜发型的 [35] 金字塔 [36] 下;
我们都叫她"船长老婆" [37]。

有时,风之手把她楼上的窗户摇晃得沙沙响,
我藏在我们卧室昏暗的角落
想瞅瞅她的裸体。[38] 他们的儿子,让第勒 [39],
两眼慌张,嘴巴撅得圆圆
喃喃不休,惊恐无尽,
甚至在阳光之下,他也颤抖如弃婴。
"让第勒,让第勒!"我们喊他。连他的名字也让他害怕。

我们都知道船长什么时候驶入船坞。[40]

尖叫的法国话猛然间连连爆发,
我的床铺正好平行,中间隔着
空气的深渊[41],我听到船长老婆,
啼哭,否认。
转天,她金色的脸似乎萎缩,
之后,他成了尤利西斯[42],她再次盛放;
蝙蝠一样迅捷的过客,回家,
他们如此之多,也许栖息在屋檐下。[43]
她身穿黑色蕾丝,像个心急的寡妇,[44]
我想象绸缎之下的皮肤、如石榴[45],
如水的丽泽[46],想象着
母狐狸[47]散发的又甜又酸的芳腥[48]。

平静了[49],光着身子,那样子难以想象,
她的黑色同乡[50]还在她的房间逗留,
我们听见他们在笑,叮铃铃像敲着玻璃。
福卡德[51]一往海岸那边走,他们就来。
她的笑声响动,叮当叮当,如手镯相碰。

三

宝石,一艘单烟囱[52]、烧柴油、四十英尺的沿海船,
它的船舱用帆布做窗帘,保护
乘客,遮住日光,

但是雨水和闪亮的浪花,还是会湿透进来,
这船一咳嗽,就像康拉德[53]的遗物。每周两次
她[54]载着货品,有猪,煤炭,食物,木材,
吵吵闹闹,吓坏了农民和古怪的神父,
它像线一样,穿过岛上筑着防波堤的村镇,
昂斯拉雷、加那威[55],苏弗里埃,舒瓦瑟,
再折回。她也送信。

在村庄深绿色的小海湾,她边摇晃,边离岸,
仿佛有停摆的危险,
锈迹如血,从她身上水冲刷过的地方渗出,
一窝[56]木艇,偎依在用来卸下
货物和乘客的、它的侧翼。

上岸并不安稳,
近岸涌起的海浪,瞅准时机
对抗着奋力冲刺的独木艇
一个人站在当中,双腿[57]直立,如一根桅杆,
他摇动着,随浪潮起伏。

四

她这一路,飞速前进,危机重重,近旁是赭色的岩石
和背风海岸上露出的、浓密的岩层,

195

有时太过接近,在我们看来
"海岸线上所有的叶子都被仔细地
放大,细微得令人惊恐",[58]
但是,黄色海岸并未觉得无趣,它伸展着[59]
穿过她的船首,就像船柱上的一根新绳索,
尤其是当海滩
在遮蔽着半月形沙地、
黑色的小湾之间蜿蜒盘绕时;
朝向某个村落,无论乘客
经历这样的行程已有多么频繁,
他们叫出的它的名字,总是不同,
"因为它如在轮回,反复重现",[60]
棕榈,光着身子、捕鱼的孩子,简陋的茅屋,
一座石头教堂,临着棕色、淤塞的河流,
是马格雷杜[61]的麻风院[62]。

未皈依的森林,如篱笆,围着一栋教堂,
沙滩没有脚印,虽然干净,却有欠缺,
空荡的码头,没有小孩,空无一人。
"宝石",逆风停船,摇响麻风病人的铃[63]。
乘客画着十字,如往常一样[64]
转向了神父。
他站起来,木艇浮现。[65]
被判有罪。我朝他的皮肤上寻找。[66]
白色法袍之水,涌起。[67]

铃,叮当响动,如行弥撒。神父下船。

他静静坐在长长的木艇里,午后
慢慢吞没铃声,
他一只手稳住帽子,
另一只手抓着舟尾。[68]
一会儿,我们就看不见他,他消失在黛绿的[69]
叶海中,白色的斑点,帆,
淡出我们的记忆,淡出了我们的感激。[70]

选自第二篇　致敬格里高利亚斯[1]

我看见他们在没有灯的画室里越发消瘦和苍白。印第安人变得稚嫩[2],黑人的笑容消失,白人更加反常——他们把太阳留在身后,忘得一干二净;他们绝望地模仿那些理所应当呆在网中的人[3],模仿他们擅长的本事。数年之后,耗尽了自己的青春,他们会带着一双空洞的眼睛回去,所有开创者都逝去了,没有心灵再承担起那个任务,只有它适合于这里的环境,它的价值,我已经慢慢清楚,那就是亚当的任务:给事物命名。[4]

阿列霍·卡彭铁尔《消失的足迹》[5]

第八章

——西印度哥特式¹

一

消瘦的山形墙之屋,²
苍白,镂刻着浮雕³,高耸
越过了长着苔藓、发酸、
生出铜锈的运河⁴。一座桥
在它上方拱立⁵,
轻盈得就像男生的一跃,每扇
纵形窗看起来都像
竖立的石棺⁶,一副壁龛
全家必定在里面熟睡
笔直、重复⁷,就像大教堂
地下墓室⁸里的圣徒,
就像波纹⁹石头间急迫的天使
航行¹⁰在他们的石头之梦。
和他们的房子一样,
格里高利亚斯一家
也是虔诚、傲气的人,

在第一个午后,格里高利亚斯
迎接我,领我进去,
回忆起来,那气氛就像号角集结的军队,
孩子们如冲锋的骑兵
跌跌撞撞,冲下楼梯,
愠怒中彬彬有礼的父亲,
有些纤弱,
憔悴的母亲,
显得又干,又疲乏,一棵绷紧的树[11]
修剪整齐,用于这座昏暗之屋[12],
是它的温室,娇弱的环境
靠一年年的劳动,栽培出
这株样本:"长身的格里高利亚斯"[13]。
在降下长矛的[14] 午后之光中[15]
我跟他一样,也迈开猎人的大步,[16]
他的举止间,有一股讲究等级的傲慢
傲慢如同羽冠[17],也配在他父亲
——一战时的刘易斯机枪手[18]——
军人的、如神谕[19]的胡须上;
现在,他灵活的棕色手指,正拨弄自己的作品:
鲜红圣母像[20],还有虔诚的受难图,
它模仿了天主教流行的石版画,
但却带有这位见证者个人的装饰。
丧偶之后,他的父亲,对生活的兴趣减退,
他的战争结束。棕色的枝杈[21],四分五裂。

在我描述的这段金色之年,
格里高利亚斯和那位没落的士兵驻扎在
棕色、破败的平房[22]里,
它的院子混在灌木丛中,难以分辨,
就在阔叶的树林和城镇之间。
两人摇晃前行,其中一位已然腐朽,他们叹息
爬上了日晒变形的游廊,那里有一半
让格里高利亚斯隔开,成了画室,
掩映着一张上过漆的三脚桌,
桌上满是用光的颜料管,还有一夸脱劣质的
海盗朗姆酒[23]、泛白、折角[24]、沾着松节油[25]污迹的
古典大师[26]的画册。有一天,地板塌陷。
老战士突然陷落,他的腰
围着游廊,如同围着腰带[27]。
讲这件事时,格里高利亚斯笑弯了身,
但羞耻,将老兵击垮[28]。
黄昏让他的长矛落下,穿过叶子。
转一年,战士萎缩,死去。
痛苦的格里高利亚斯,想在他的碑上刻这样的字:
要赞美你的上帝,喝你的朗姆酒,管好你自己的事[29]。

如今,我们都没了父亲,常常醉酒。

醉了,
   饮醉半品脱的木工[30]的松节油,

醉了,
   当黑皮肤、黑线衣、脚下生茧的渔夫
   站在沙子后院[31]上喝着苦艾酒,
   我们,饮醉日出的清啤,
   饮醉便宜、有单宁的[32]、加那威麝香葡萄酒,
   饮醉胶水,亚麻籽油,煤油,[33]
   醉于梵高麦田中阴影的涟漪,[34]
   醉于塞尚的靴子[35],它把艾克斯[36]的石头磨成
   石青、赭色、维吉耶之蓝的岩页,[37]
   醉于高更的手,它从甜薯[38]的伞上
   摇下金酒色[39]的露水,
   我们终日喋喋不休,日晒中暑[40],
直到黄昏,用它暗色的清漆,给风景涂上光泽[41]。
太阳的火炬[42]将一天天的白昼焊住!
格里高利亚斯把全身的衣服扔进浅滩,[43]
他在水下作画,呼喊,激起水雾,
格里高利亚斯手舞足蹈,在椰树
编成的阴影——锡光[44]——编成的阴影[45]下,
白昼交织白昼,一片刺人的薄雾
它的荆棘之树被信风[46]吹弯,如绿色的火焰,
信风之上,天空是一张绷紧的鼓面,钉在地平线间,
风如沾着蓬乱毛发的梳具[47],悠闲地拨弄石头的胡须。
沥青滴出它的蜃景,姜百合
用它幼鸟的喙[48]
呼吸雨水。

格里高利亚斯,他的画架如来复枪,扛在肩上,
向着大西洋闪光的锡箔,前进,
高唱着"啊,天堂[49]",
当西边的海浪随着那曲子翻涌,
他的帆画布[50],迎着一棵树,如十字架般竖立。

二

但,我们这些"散视[51]圣者"的门徒
却醉醺醺而又秘密地起誓:
我们绝不离开此岛
除非我们用画,用语言
像手相师弄清掌纹一样[52]
记下它所有低洼、叶子淤积的沟壑,
记下每个受到无视、自怨自艾、
用带盐味的方言喃喃自语的水湾,记下红树林的绳索
年迈的寄居蟹[53]从上面滑落
向污泥屈服,
记下每条赭石小路,它们寻找山顶,但又
陶醉于没有完成的句子[54];
沙上的船坞,那里烧过的棕榈
将卸下索具的纵帆船、它的图案颠倒,
从船坞之下,步入森林,林中沸腾着生命,
番石榴,刺荔枝,空心木,人心果。[55]

白昼!

太阳击鼓,击鼓,

越过棕榈落败的燕尾旗[56],

道路中暑,一瘸一跛,

穿过草地碧绿的长笛

海在发炮,前进!

奇景[57]开启,如张开的

棕榈叶之扇[58],

在正午曝晒的撒哈拉[59]上,

这里,一群三趾鹬,犹如云彩,嘶鸣中,围绕着

世界,围绕着它远古、

无形的轴,

这让我的心,在胸膛之内[60],吠叫如一只幼犬;

海浪像游动的海豚[61],慢慢,一浪越过一浪,

让画架,旋转,跌落;但我们[62],稳稳得

就像发现家乡的征服者。[63]

三

因为[64]无人写下这片风景,

虽然这有可能做到[65],虽然各种各样的树木

也曾被命名一些声音;

斧子说话,空心木

响应它的回声,野草没膝
如私生子,藏于自己的名字,[66]

一代代人通通死去,未曾受洗和取名[67],
在绿色的黑暗间,隐匿,生长,历史的
丛林,失忆着,变得浓密,[68]

故而,枝杈分布、赤身裸体、
根覆盖一层泥土的、人的树干,
它在停下的地方,摇摆,记住了另一个名字[69];

部落的药,弄碎绿黄的叶子,
搅碎辛辣的姜,
它的气味侵染心灵,

比海的褴褛衣衫[70]、
比孕妇要回避的、红树湿地[71]的臭气、
比天边生锈[72]的味道,都要浓烈,

这是一种比地理学还要古老的生活,
就像根部可食的叶子,在孩子的最后一课[73]
——心形的非洲——翻开了"树页"[74],

而消失的阿拉瓦克象形文[75]和符号
都被雨水的海绵[76],从石板上抹去,

它们的标志染着青苔,

群岛就像破碎的根,
分成若干部落,而树和人
孜孜不倦,默默无语,尽力成为

与命名它们的声音[77]相似的东西:
铁木[78],苏木芯[79],金苹果[80],香椿树[81],
它们几乎就成了[82]

铁木,苏木芯,金苹果,香椿树,
而人……

第三篇　单纯的火焰[1]

在现实中，所有人都离开了这座房子，但他们又的确都留下了。留下的不是有关他们的回忆，而是他们本人。这不是说，他们还留在房子里，而是说，他们因这所房子而延续。种种活动和行为，或乘火车，或坐飞机，或骑马，或步行，或慢走，都离开房子而去。房子延续的，是器官，是活动或循环的施动者[2]。步伐，亲吻，宽恕，罪行，都已离去。房子延续的，是脚，唇，眼，心。否定和肯定，善与恶，都消散了。房子延续的，是行为的主体。[3]

塞萨尔·巴列霍《人类之诗》[4]

第十四章

——醒来的安娜[1]

一

油绿色[2]的水闪动,却并未燃起,
但它仅凭光泽,就早已将我[3]唤醒,
它用微风,把我引向外面、布满卵石的
浅滩陆架,那里的水,吃吃轻笑,
有棱纹的船艇[4],像孩子一样熟睡,
像浮标,浮在它们的绺痕[5]之上。我无事可做,
泛着光泽的壶[6],已经擦亮,
看得见我燃烧的红颜,
微风最不需要的,是我的欢欣。[7]

我靠向[8]我的身体,忙着无聊家务的身体。
鸭子,倘若入睡,便会意地摇摆。[9]
浅滩的褶皱,绺痕整齐、
端庄、列队行进[10],
它们从港口对面的老医院
抵达我们的海港。若沉默的

第一艘木舟[11]，不会向我招手，

我就明白，我们在问候[12]

各自的沉默，同一个沉默，

我知道，它们知道我的平静，就像我也知道它们的平静。

风如此新鲜，不知疲倦，这让我惊讶。

风，比这个世界还古老。[13]

它一次总化为一物。[14]

此时，它总如少女一般。[15]

充盈的幸福，让我把它看成一丝

含着酒窝、调皮的[16]微笑。

当嗅着睡意的屋子

随着第一声嘶哑的咳嗽，第一声孩子的哭泣，

随着我母亲小声嘟囔、如洞里传来的[17]问话，躁动起来，

我，走出洞穴[18]

像风一样浮现，

像一位新娘，走向她的第一个清晨。

我要做咖啡了。[19]

光，如更炽烈的黎明，

它会烤焦我绒绒的发边，

热，会镀着我的额头，让它闪耀。

它的汗水[20]与我的灵巧一样兴奋。

母亲，我恋爱了。

海港，我醒来了。

你发育着、长着乳头的青柠,它的痛,我知道,
你的四肢为何摇晃无风中平静、柔韧的树,我知道。
我也会如这光一样变得黯淡。
脸上第一次的潮红也会消失。
但,总有清晨。
我总会让这火热唤醒,
无论我靠向谁、靠近谁、像一艘
有棱纹的小艇,睡在夜晚最后的浅滩上。[21]

但,就算我爱的不是他[22],而是这个世界,
爱的是他之中的世界的奇迹、世界之中的他的奇迹,
爱的是他让世界为我醒来,爱这个奇迹,
那我也不会在他之中[23]衰老,
我总会是他的清晨,
我必定如清晨一样漫步、温柔。
不知道它[24],它就像风,
她[25]的脸,看不见[26]
看不见她欢喜中安宁的谦卑[27]
已抚平丝绸般柔顺的海,我[28]觉察到
逗笑的鸭子对她无视,觉察到
浅滩孩子般的绉痕已然平直,
而每个人,甚至老人,也纯真地[29]睡着
无挂碍,赤条条,若我[30]有她的赤裸[31],
有她那透明之身,我也会如此。
钟声像花环,戴在我的头上。我竟如此幸福,

就因为今天是礼拜日。不,不止于此。

二

每到周日,毛巾擦过的碟子,微笑着
捧在双手上,满是美好生活的泡沫
生活的热汽蒸腾,让水珠挂在她清秀的眉间,
两束湿湿的眉毛,一一梳过,
热汽,充盈着她。
所有褪色的印花,将它们的气味
印在她柔软、温暖屋子的身体上,
并因她劳作的肌肤,熠熠放光;
她的手,端着干净山坡[32]的光泽,
那上面布满点点火星,
当最完满的[33]时刻洋溢着平静,
便是成熟之时。

一个午后,她说,"我们散散步吧",
"我想走走。"泻湖畔
黑暗之水的镜头[34],用群树、这片森林
为这对情侣作布景[35],他们的步伐
不知不觉中,衡量着得失[36],
他们的脸迎向自己的容颜。[37]
他们此刻站住的地方,别的情侣[38]以前也曾伫立,

就在此处,同一个镜头,摄住他们,还是这片森林,
那位半神的凝视,有石化之力,
怡然自乐,自由造化,[39]
将他们一一迷住。
漫步中,他们的倒影让自己吃惊[40],
当他们走过,水面的黑胶片
印上他们封存的形象,他们便心满意足。

三

他们之中,谁迟早会遭到背离,
那种天生在夜间呼吸的诗[41]
并不探询这一问题,
而艺术,若凭其高贵的叛逆[42],却可以做到,
它在无所畏惧之时寻求恐惧,
冷静地为幸福之心测量脉搏的
跳动;它对夜晚天空那明亮的皎洁[43]
无动于衷,而且还称赞这种做法的必要,
比起不朽,它更喜欢爱[44];
于是,每一步都增强着这份微妙之别:
它希望两人的身体能成为
一个不朽的隐喻之躯。[45]
她牵着的手,已然背离了
他们,因为它一心要将她描绘。[46]

第十五章

一

依旧梦见,依旧思念[1]
你的容颜,尤在阴冷、多雨的清晨,
它化为一张张无名的女生之脸,是惩罚,
因为你有时会委屈让步,报以微笑,
因为在笑容的纹角,含着宽恕。

被修女[2]围攻,你是她们
引以为傲的战利品[3],
你被她们责难的荆棘围困,
安娜,你究竟犯了什么大错,造成了什么伤害?

雨季负重而来,
半年之期,行旅遥远。它背痛。
它疲倦地滴着细雨。

又一场战争[4]之后,
至今二十余年,弹壳[5]何在?
但如今,在我们黄铜色的[6]季节,我们仿制的秋天里,

你的头发熄灭了它的[7]火焰，
你的凝视[8]萦绕在无数照片中，

一时清晰，一时模糊，
所有的凝视都察看着[9]普遍性，
那是意欲报复、与自然的合谋，[10]

它们都在暗暗地[11]透露着目的，
而每行诗句后，你的笑容
却冻结成一张没有生命的相片。[12]

在那发丝间，我能穿过俄罗斯[13]的麦田，
你的双臂覆着绒毛，成熟的梨也是如此，[14]
因为实际上，你化成了另一国度，

你是麦田、河坝上的安娜，
你是稠密的冬雨时的安娜，
是烟雾缭绕的月台和冰冷的火车间的安娜，[15]
是那场逝去的战争[16]中，蒸腾的车站里的安娜，

你在沼泽边消失，
消失在细雨绵绵、
泛起鸡皮疙瘩[17]、褶皱的浅滩，
你是第一部绿色[18]诗篇中的安娜，那诗篇还生硬得[19]令人惊讶，

但那时的你却有着柔软的乳房，
你是摇摆、修长的火烈鸟[20]
你的顶针[21]里还残留着粗盐
你是浴女[22]的微笑，[23]

你是暗室中的安娜，在冒着硝烟气的弹壳间
举起我的手，在胸前，为我们起誓，
清澈的目光，难以抗拒。

你是所有的安娜，她们都承受着所有的别离，
就在你身体的车站，玩世不恭的[24]车站，
克里斯蒂[25]，卡列尼娜，身材健硕，一味顺从，

在某部小说的书页中，你已然选为
他命定的主人公，但我发现，生活
比你还要真实。你知道，你知道。

二

那么，你是谁？
是我那金色的、拥护年轻革命[26]的信徒，
是我那梳着辫子、务实、老练的委员[27]，

在阴郁的厨房，你的后背，让家务压弯，

你挂上洗过的衣服之旗,喂了农场的雏鸡,
身后是白桦、

白杨之类的幻景。
仿佛一支笔的眼睛能捕捉到那处女的轻盈,
仿佛让白页留下豹纹的光影
能如此平实[28]、

犹如雪一样来自异国、[29]
如初恋一样远去,
我的阿赫玛托娃!

二十年余年之后[30],在烧焦的弹壳气味中,
你让我想起"拜访帕斯捷尔纳克之家"[31],
因而,你突然化为"麦子"这个词,

落在穗上[32],迎着河坝冰冻的寂静,
你再次弯身
在卷心菜园,照料着
如雪团的白兔,[33]
或是从弹弄着的[34]衣绳上拽下云朵[35]。

若梦是征兆,
那么此刻,就有什么东西死去[36],[37]
它的呼吸从一种别样的生命[38],

从雪之梦[39]，从纸、
飞翔的白纸、追随这架犁的[40]
海鸥和苍鹭中呼出。而现在，[41]

你骤然衰老，丝发斑白，
就像苍鹭，像那翻开的纸页[42]。安娜，我醒悟了[43]
我知道，事物可以自己
与自己剥离，就如剥落的树皮，[44]

直至空虚
那是雷声之后，闪耀、明亮的沉寂。

三

"只要是岛，就会让你发狂"，[45]
我那时就知道，你对海的一切象征[46]
渐渐厌倦

你就像年轻的风，一位新娘[47]
终日翻阅着海洋图谱中的
贝壳和海藻，

翻阅着一切，还有这群[48]
白色、见习的[49]苍鹭

在灰白的教区教堂的草坪上,我曾见过,[50]

它们就像护士[51],或圣餐礼后年轻的修女,
她们锐利的目光将我搜寻出来
你也有过一次,只有一次。

你就像苍鹭,
出没在水边,
你渐渐厌烦了自己的岛,

最终,你起飞,
一鸣不发,
你是身着护士服的见习修女,

多年后,我曾想象过你,
穿越树林,走向灰白的医院,
平静地领受圣餐,
但从不"孤独",

你就像风,不婚不嫁,
你的信仰如同修女和护士的、有褶痕的亚麻,
你何必现在非要读诗?[52]

没有哪个女人迟了二十年
还要读它。你还是做自己的天职[53]吧,就如蜡烛一般

将自己送入有伤员的

黑暗走廊，嫁给[54]病人，
认识一位丈夫，还有痛苦，
你只跟那群苍鹭，雨水，

石头教堂为伴，这我以前就记得……
此外，那个苗条、还是处女的新年[55]
她[56]如同一株白桦，嫁与了
几滴水晶之泪，

她像一株白桦，弯身登记，
却不可能在闪光的瞬间[57]就改变姓氏，
她还是写下65年，而不是66年；[58]

就这样，注视着这群缄默不言、
做着护理的[59]苍鹭，它们每一只
都在死人、石头教堂、石丛中劳动，

我为了向你致意，写下这首诗，
此时，誓言和爱情衰败，
你的灵魂如同苍鹭跃起
从有盐[60]的、岛上的草地起航

去往另一座天堂。[61]

四

安娜答道:

我现在单纯,
我那时还要单纯。
正是那单纯
显得如此妖娆[62]。

我那时[63]能懂得什么,
世界?还是那光?
沾染污泥的海浪中的光?
鸥鸟招引黑夜的

戛然[64]声里的光?
对于我,它们是单纯的,
而我在它们之中,也如
在你之中,那样单纯。

正是你的忘我[65]
将我作为这个世界来爱慕,
我是孩子,你也是,
但你勾起了

太多矛盾的泪,

我成了一个隐喻[66],不过,
相信我,我如盐一样粗砺。[67]

而我回答说,安娜,
二十余年已过,
人活过半生,
下半生便是回忆,

前半生,则因为
本应出现、
但又毫无可能的事情,或

不该如此、却随着其他情况
一同出现之事,犹疑不决。

光泽。她[68]灼热的紧握。黄铜的弹壳,
已经氧化,黄铜冒着火药的气味,
那场大战[69]之后四十一年。黄铜的光泽
在黄蔓[70]中,重又擦亮,
透过窗外叶子花棘的
铁丝网,在阳光映出 V 字的门廊
我凝望远方火炮的烟云
在受伤、惊得哑口无言的幸运山[71]的上方;
她坚决地牵过我的手,第一次
放到了胸前皱起、轻脆的薄衣上,

紧锁的寂静,她,是护士,
我,是负伤的士兵。[72]也曾有过
别的寂静,但都没有如此深沉。从此以后,
也有过拥有,但都不再,这么踏实。

第四篇　隔绝之海[1]

> 是谁，命他们的渴慕之火
> 一经点燃，就应该冷却？
> 是谁，让他们深切的欲望化为乌有？——
> 是一位神，神掌管着他们的分离！
> 他令他们分隔两岸，中间就是
> 深不可测、腥咸的隔绝之海。[2]
>
> 　　　　　　马修·阿诺德《致玛格丽特》

第二十章[1]

> ——顺着他们刻上的名字
> 雨滴在犁耕
>
> 哈代[2]

一

我们飘飘然,在玻璃后,凝望乘客,
他们像散开的群牛一样登陆。
一段生活、一场婚姻之后[3],我也曾望着格里高利亚斯跨过
皮亚科[4]的柏油路[5],那熟悉的巨大的步伐,
忧郁的猎人的跨步
似乎凌乱[6],混入了畜群。
在我之中,有什么
就像血管一样,隐隐破裂。我看着他
绝望又茫然地找寻他的朋友,
找寻那种生活的迷惘会称之为坚定的
东西。我喊道,"阿皮罗!"[7]
惊惶和错愕挣扎着露齿一笑。

"哦,年复一年,哦……"[8]

高速路上的甘蔗一棵棵铺展，
寂静中，经过车窗，一年年
就像玻璃一样分裂。[9]我们为尖叫，狂喜
搜寻合适的程度[10]，直至平息，
令人警醒的寂静，涂在每一个词上[11]。
他是不是如我听说的那样，处境颓唐，
负债累累，
工作难保，画作不佳
而让曾经信誓旦旦、担保他的才华
可以证明一切的人，如今又收回前言？
我萌生恶念，几欲垂泪，盼着他一死了之。

我盼着他来一场心怀怨恨的殉难，报复
他们的轻视，报复他们无聊的嘲笑。
我把这想法跟他一说，他笑道，"我试过一次"。

"有天早晨，我躺在床上，真是无助，
一切都在耗尽，流逝。孩子在哭。
我忍无可忍。我梦到死亡。
我叫来佩姬，你记得她吗？
她现在在美国。好说歹说，
我让她到浴室，去取刀片……
她拿来之后，我叫她走开。
我躺在那里，手中是剃刀……
我试着割腕……但不知为什么

又停下来。我特别,特别想死……
之前几个晚上,我都做过一个梦……
我梦见……"[12]
他的梦又有何用?
"我们生活在一个排斥英雄的社会"
(奈保尔)[13] 破旧、有伤疤的外壳[14]
它经受的[15] 划痕熠熠闪亮,
他显露的谦卑[16],如同一种天气[17],
一个让自己的力量折磨得精疲力竭的男子,
我看见,格里高利亚斯,已然进入永生[18]。

这样的人,他们在闪耀,
他们闪耀着。当他们自尽[19] 的
幻觉,令他们厌倦之后,[20]
那时,他们就渐渐对自己的伟大不再惊讶,
他们无需殉难,也无需辉煌,
"我懂,我懂",格里高利亚斯呼喊道,
方其死时,他才活着。[21]

当生活总是一再受到惊扰,
我就会在灯下
重读帕斯捷尔纳克的《安全通行证》[22],
我残忍地把他[23] 视为马雅可夫斯基,
对于他的死,怀旧和蔑视流行开来,
古老的青蛙合唱队

和像老处女一样、知了知了的蝉喧嚣一时。[24]
但是，即使在这样的书[25]里
那元素[26]也已燃尽，
荣耀和启示
都是祈愿的[27]火焰，存留下来的
无非花环之类，
是如烟、破碎的记忆。[28]
我此时所写的人物，在我的万神殿中，
让他享有声望的
是生，而非死或回忆，
所以，当这种热烈的粒子
借助别的粒子，炽烈地繁盛时，
即使是在酒精的燃烧下，
它也会[29]尊敬高尚者，
敬重谦卑的伟人，
在"一位不负责任的公民"[30]身上显现出
单纯的火焰。

太迟，太迟。[31]

二

雨在落，如刀
落在厨房的地板上。[32]

天空沉重的抽屉
刚才拉开得太猛。[33]
阴冷的[34]季节,笼罩着我们。

这些天,它都蜷缩在厨房的窗台,
紧张,一团橙色烟雾[35]般的小猫
它拱起腰,
缠绕自己黄色的[36]尖叫
此刻,纵身一跃。
闪电敏捷的手指
划出水文[37],
电线抛掷自己的珠子。[38]
泪滴,如同缓慢的水晶甲虫,在窗格上爬行。

这样的日子里,当邮差的单车
干巴巴地嗡嗡响起,如同招来雨水的
蝗虫[39],我就害怕自己的预感。[40]
苍白的水点,一滴水[41]
让我的手起泡。
一封湿透的信,在我手中雷鸣。
这昆虫[42]安然地啃啮它的叶子,
一封蚕食的信,在我手上破裂,
就像我的画,曾被他送到自己面前,
仿佛近视的是黄昏,而非他的目光。[43]

"哈里自杀。发现他死在
乡下的家里。已死两天。"⁴⁴

三

渔夫像贼,抖露出他们的银器,
轻盈的刀,在干燥的沙上扭动。⁴⁵
他们开始劳作,
记录他们历史的人,早已开始著述⁴⁶。

在珈琅,在皮艾叶,在昂斯拉凡尔杜,⁴⁷
天空苍白如镴⁴⁸,毫无意义。
一响雷,小猫就踩着碎步逃回⁴⁹
厨房的煤箱,⁵⁰
它的牙尖,入鞘,又出鞘,⁵¹
它的黄眼睛,是愚人金⁵²的颜色。

他留下这遗书⁵³。
没有意义,没有意义。⁵⁴

一整天,在铁皮屋顶上
雨水痛斥生活的贫困,
一整天,落日像割开的手腕,出着血。⁵⁵

四

好了,神童!你算知道了你的季节。[56]
例如,秋天时身体的纷纷坠落,[57]
种种死亡,残忍地重复[58],如喜剧一般,
在《时辰书》[59]中,它以往似乎如此遥渺,
是另一生的光和琥珀[60],
如今,在书里,有一位忙着割麦的收割者[61],
他悄悄前行,渐渐走近,不抬头,只瞧着
橙色夜晚[62]、草地上沙沙作响的镰刀,
苍蝇在你的耳畔
歌唱,赶快,赶快![63]
啊,哈里,你看不到这一页了,[64]
念[65]不出我们的名字了,
就像一块泪水浸染过、身在行人[66]中的我
难以读懂的石头[67];出神的[68]孩子
在高高的画室里,隔窗凝望[69]。

棕皮肤,谢顶,[70]下唇
像蜥蜴一样突出,[71]
厚厚的镜片,如琉璃镇纸[72]
手指短粗、厚钝,
犀利[73],严格,干脆,不留情面,
肚子是一只有窝的罐[74],皮艾叶的红土[75]做成。
眼睛,就像海水冲刷光滑的瓶玻璃[76],闪闪发亮,

他的卡其色袜子,高至膝盖,
棕色鞋子,喷过漆,却还是破旧。

人民曾走入他理解的内心[77]
那里就像路旁的乡村教堂,
他们亲手将他建起。
是他们,把他红土色的
前额之墙[78],弄得平整,
是他们,把他圆圆的体态做成土质的
用品[79]
盛上清水,那是他们单纯的苦恼,
而他,将他们的部落之名
归还给扁斧,鹤嘴锄,粪堆[80],烹锅。
曼陀铃舌头上、白朗姆浓烈的酒气,[81]
张着嘴的年轻海湾[82],
被默念名字的苍鹭,或夜蛾,
或是编织入[83]一张地图的村庄之名,
都随着洁净后院中烟雾的召唤,一一浮现[84],
他不再是一个人
而是整个国家的
热情和才智。[85]

莱昂斯,普拉希德,阿尔辛多,
多米尼克,[86]他们的刨子[87]修削下的元音
有着森林的香气,

他们叫那烧炭工用烧焦的 [88] 眼睛
抬头仰望,
叫那海上三英里外、嘴唇干裂、
与达荷美海岸毫无阻隔的 [89] 渔夫
舀一点烤干的船板上的雨水
为西蒙斯先生 [90],为哈里·西蒙斯先生,
就让椰子金字塔上的剥壳人 [91]
靠在他的树边安歇吧。

把未完的肖像上那双眼睛,吹灭。[92]

跳舞的老妇人 [93]
她的脊椎像一根"荣耀樱" [94]
如此柔韧,让她的血管均匀隆起
下面是绷紧的土地的鼓面,[95]
她的脚比鼓手的指头还灵活,
就让她坐在角落,变成黑夜吧,
为了一个与她的大地颜色一样的男人,
为了一只装满闲置的画笔、破裂的红土罐,
笔管弯曲,僵硬,
但那红色除外,
那恶毒的红色除外![96]

他的岛屿上的森林,开启,将他封存
他就像林中叶子间,一只稀有的蝴蝶。[97]

第二十一章

一

为何?
你想知道为何?[1]
那就朝棚屋走下去吧,
棚屋就像散乱的木桶板[2]
被陈旧的电线捆绑,
当太阳的手腕
在海的盆中[3]
流出血的那一刻,[4]
你就会明白是为何,

或者,跟着泥迹斑斑的[5]小猪
随着它的路径,穿过
海边村庄的粪堆,
经过浪花
一次次的迸发,
那里面,死亡的咝鸣[6]
在页岩中,汩汩作响[7]
而螃蟹

就像字母,溜进
它的缝隙,
你就能理解这是为何,

黎明时分,闻一闻如同河流的
破旧衣衫上滞留不去、
难以清除的臭气,[8] 或是闻闻
盐饼店的黑暗角落,那里
鳕鱼桶散发着老女人的气味,[9]
这样,你就开始
知道,地平线的虎钳
如何夹紧
喉咙,[10] 此时,硫磺色的第一星[11]
抓住煤气灯四周昆虫的
嗡嗡声鸣[12]
它们就像围着伤口的苍蝇。
不再问了?[13] 那就去影院
在大厅周围逛逛[14],时候太早,

此刻,正值两幕幻景[15]之间,
陈旧的纵帆船船坞[16]
那里的双桅小艇[17]之下,水在吃吃轻笑[18]
这让你惊恐,
如若不然,就还要经受
香蕉林令人恐惧的

正规的行军,[19]
椰子的腋下传来一股气味,

那气味也从剥过壳的椰果
僵死、张开的口中传出,
黄昏,椰果在长长的沙滩上,
古老的嘴巴,满口是水,
如若不然,就无话可说。[20]

二

所以,你不再自问
这些事物也不再问你,
因为丛林[21]也是答案
是没有问题的答案,
正如海是提问,它冲打着,
渴求回答,
我们也是如此。
导师[22],它们并未询问我们,
这你接受吗?
当大自然简化成
赞扬或贬斥人类的仪式,[23]
却还有一句没有问题的"是",[24]
有一种建立于无知[25]的赞同,

在手腕浸没的红树林中,一棵棵重复[26]着的
将手腕浸没的红树林中,
有一些地方[27]
比良知[28],还要广阔。

我不断目睹
他人的英年早逝,
甚至还包括永显青春的清瘦老者,[29]
我童年时学习的字母表
不再会遵循自己的顺序,[30]
我看见年轻的妻子,自尽
犹如地上香气浓郁、
肉桂色外皮的丁香[31],
但,仍然有什么[32]在保持平衡,
我看见他在清晨的重压下弯身,
承受着它的光束[33],
虔诚,如天使,
画架像来复枪[34]扛在他的肩上,
他是格里高利亚斯和我的导师,
我看见他凌立于染着盐迹的村庄的
泛白屋顶之上,
每座屋顶,陡峭中,
都刺着自己的木头之星。[35]

我,为了此生的葬礼,曾早早穿上适合的衣着,[36]

那时的我,望着他们所有人,全都是黑夜行者。[37]

三

我是不是还爱着她,就像爱你一样?[38]
所有从她衍化出的女子,我都爱过,
两段婚姻燃烧我
让我把她的金色写得如真不虚。[39]
那一夜,在山上,
深谷变得阴郁,渐渐忘怀,[40]
我那时为何哭泣,
我为何跪下,
我是在感谢谁?
我跪下,是因为我是我的母亲,[41]
我是世界之泉,[42]
我的皮肤上佩着繁星,[43]
我忍受不了反思[44],
我的标志[45]是水,
泪和海,
我的标志是雅努斯,[46]
我用双头观望,
我说的一切,都自相矛盾。[47]

我流畅如水,

我会逃离

线条如鳗鱼一样欢快 [48]

我是一瓶水,在陶土的瓶中, [49]

我清澈的舌头 [50] 舔舐新鲜的土地,

此时,我从岩石的

架上跳下,如一卷源源不断的带子, [51]

我跳下,因为我为跳崖者 [52] 的争先恐后

感到骄傲!他们的冲动比我还要强,

所以,把他们视作英雄吧,如同加大拉之豚, [53]

就记下那冲动,我也曾分享、分享过它,

我如岩石一样被击打,我接受了

神给的天赋! [54]

我嘲笑自己垂死的呼吸,它在海的浅滩上

气喘吁吁。 [55]

你想看我的勋章?问问繁星吧。 [56]

你想听我的历史?问问大海吧。 [57]

我的导师和朋友,求你

原谅我吧! [58]

原谅我,如果这张素描能画成,

如果你温柔慷慨的心灵能使它获益。

我一画它,你就活着,

只用一笔, [59] 你就把它完成!

哦,弦与光的一同撩动, [60]

哦,让灵魂随之荡漾的绷紧的神经, [61]

柠檬绿的水上,一道边缘泛白的火焰——[62]
"我吞下我的一切仇恨"。[63]

四

因为我娶的那人[64],她的阴翳是一棵树,[65]
我困[66]在她的手臂里,窒息,嚎叫:
爱我,原谅我吧!
黄昏中,她抱住我的恐惧,如同抱住群鸟
它们染着她变淡或如月光[67]一样的叶色,
在她之中,我们的孩子
还有朋友的儿女,都单纯地
栖居,就如韵脚,[68]
在她身旁,在这个冷酷的年代
我看不到那深密树叶之中的光,
叶子分享她的深邃,而一整片背风之海,在忧伤。

第二十二章[1]

一

瘴气，倦怠[2]，潮湿让人无力，
霉菌的牙在啃啮，将蛀掉的树桩变绿
那里有银箔一样、泛着波纹的沼泽光，[3]
赤鹭[4]藏身于此，却并无秘密，
红树林的绳索
将平淡的水与平淡的天绑紧
天空如帆，沉甸甸，湿漉漉
划艇[5]沉没其中，
它的肚子凹陷
（一艘废船，极力要让自己显得像
旧石器时代、半侵蚀过的史前遗迹）
太绿太酸的草[6]，酸到了盐的牙根，[7]
酸汁、褐皮苹果[8]、染着水彩的水
都让史学家[9]因口渴而当场
疯掉。水鼠[10]拿起自己的芦苇笔，慢慢地
涂涂写写。悠然中，白鹭[11]
在泥板上，踏出它的圣书字。

探险家跟跟跄跄走出丛林,急需神话。
疲倦的奴隶,呕吐他的过去。[12]
地中海[13]会计,有着水鼠一般的鼻子,
写一手白鹭脚下的象形文,
他计算账表[14],
双眼赤红,就像铜灯光芒中的夜;
而中国杂货商[15]的笑容如铅一般,呆滞无聊:[16]
这么多磅[17]的鳕鱼,
　　　　这么多包的饼干,
都在店里穿挂的纸上,[18]
洋葱木乃伊般的[19]气味,
甘松油[20],还有古代法老,他们如洋葱皮一样,剥落到
考古学家的手指上[21]——这一切
都是历史的缪斯[22]。碎陶片[23],
结着沉淀的、割喉者的双耳瓶。[24]

像旧羽毛,
含着单宁[25],散发恶臭,自卑中,一圈圈
蜕去外皮,脱离自身,
泛黄之诗,穿挂的牛皮纸,[26]
黄金加勒比人的神话,[27]
如同废旧的胶卷,
诗意之箭[28],在剧烈扭动的阿拉瓦克少女身上[29]
它在叶子的光下折断。
　　　　那位散视的[30]地质学家

弯身，如鹭一样蹲伏，
他在破译[31]——但一个符号也破译不了。
一切史诗都随着叶子吹散，[32]
随着牛皮纸上精准的计算，吹散；
只有这些才是史诗：叶子。[33]

这里没有骑士[34]，没有砰然相撞的
胸甲，没有胡须如叉的卡斯蒂亚人，[35]
只有一条条狭仄、悲伤的银色小溪
如同蜗牛的行迹，
只有这位史学家，在隐形墨水[36]中，
破译它耐心的污泥，
没有滔滔洪流[37]，涌下峡谷，
如源源不断的缎带，
有的是百万年一变的蜥蜴，
还有被砍下、滚落沙上、气息残喘的椰子之头，
它张着嘴，恰在此刻
忘却自己的名字。

那个孩子，他把一半椰壳[38]放在水上漂浮
水是棕色溪流，是兰帕纳尔加斯河[39]——
先是我的儿子，之后是两个女儿——[40]
椰壳流向水的咆哮，
流向大西洋[41]，一片扁桃树的枯叶[42]作帆，
一段细枝当桅杆，

那孩子与他父亲一样,也是这样的孩子

没有历史的孩子,对世界之先[43]毫无认识的孩子,

他只知道流穿[44]石头的水,[45]

还有绝望的海螺[46],它抓住露出地面的岩石

就如一个永远不让波浪冲下甲板的人;

那孩子把椰壳的呼号放到耳边,

一无所听,却又听到一切

史学家听不到的东西[47],是呼号

来自所有渡过那水流的种族,

是先祖们[48]的呼号,他们溺死

在错综、旋转的巴别塔里,[49]

孩子听见费拉欣[50]、马德拉西[51]、曼丁戈人[52]、阿散蒂人,

是的,他还听见广东的绿石缝间[53]传出的回声,

听见数千并不渴望这片彼岸的人

而岸边就有印度之省的泥碑,[54]

他们如幽灵一样身着白色和棕色长袍,高举的双手,是根根细枝,[55]

又听见镲铙,曼怛罗,一千卡迪什,[56]

螺旋中,钻入那椰壳,

看,在藏红色、神圣贝拿勒斯[57]的夜光中,他们

如何像鹭一样飞升,

那鹭,如幽灵一样身着白色和棕色长袍,[58]

当渡过水流,他们的记忆就被抹去。

而海,始终如一,

接纳他们,

而岸,始终如一,
接纳他们。[59]

在椰壳之舟内,
在复诵的祈祷间,
在海螺的腭[60]里,
在扁桃树叶的枯帆上
一切航行,尽在其中。[61]

二

给残忍镀金的人
从开膛的阿兹特克人[62]的内脏中,读出了
西班牙的荣耀之色[63]
比希腊还伟大
比罗马还伟大,
比基督之血的紫色[64],
比他们鸟喙羽王[65]的
野蛮祭坛上的黄金粪便[66],
比人肉的盛宴,都要伟大,
他们依然痴迷,
以祈祷的姿势,
痴迷于父辈的镣铐做成的糜烂的玫瑰,
或举起玷污着呕吐物的银色圣杯,

他们看见金色、残忍、明亮如鹰[67]的荣耀

在西班牙征服者[68]患着疟疾、

流泪的眼中,[69]至少这里面

出了点毛病——

也许,他们会赦免我们[70],如果我们重新开始[71],

从我们熟悉的东西,从虚无开始

从那园中肉欲的污泥,[72]

从那蛇化身人形的[73]精妙,

从那鹭脚在泥土之楣[74]上的

埃及时刻[75]开始,

按着鹮[76]的卜语,

鹮在夜间飞行,

飞离那片融化的树,

而沼泽光的银箔之盘[77]

一次又一次,用压成箔的书卷,给我们带来

虚无,又是虚无,

还是虚无。[78]

三

　　这里,安息。安息,天堂。安息,地狱。[79]

卵石拼图、卵石的日光沙面和海底,[80]安息港[81],兰帕纳尔加斯。

忧郁惶恐的病人。[82]

太多应该忏悔的史事[83]可以充作[84]
诗歌。回避吧:

    1857年的勒克瑙[85]和坎普尔[86]。
历史的进程用事实在机器中加工制作,
为了诗人廉价的酒精,
一行行诗,就像甘蔗厂的机械处理神话[87]
再磨成废料。

    1834年奴隶制废除。[88]
一个世纪之后,它又奴隶般死灰复燃
用水鼠的鼻子,用糖厂的文学,
以受虐的样子,崇拜
锁链,还有割喉者破碎的朗姆酒瓶。[89]
解释,解释,作家们
给自己的子孙布置功课。

根蘖,根蘖,[90]
移民之群纷纷倒伏[91],沙沙作响,[92]
热症如镰刀割伤[93]他们,腹痛[94],
吃土的奴隶佩戴面具抵挡绝望,[95]
抵挡的不是精神萎靡[96],而是蠕虫病[97]。

最后一次,说名字!说名字![98]
阿布贝利卡·托雷,常称作约瑟·参孙。
哈马迪·托鲁克,常称路易斯·莫德斯特。[99]
曼丁戈中士们[100]将非洲奉还,

令人厌倦的返乡之旅，
但对于契约束缚的[101]印度人
卡洛尼原野[102]宛如恒河平原，
我们父亲之骨。哪个父亲？

在太阳的柴火[103]中燃烧。
在沙的灰坑[104]上。
你也如此，祖父[105]。安息，天堂，安息，地狱。
我坐在日光的咆哮里
就像一位坐如莲花的瑜伽士[106]，在他的煤床上身体合拢，
一轮火环，萦绕着我的头。[107]

四

哦[108]，旭日，在那个清晨
我难道不曾向你的
神圣、重复的复活[109]，念诵过"哈瑞
哈瑞，奎师那"[110]，然后礼貌地说
"谢谢你，生活"[111]？这不是
为了认识上帝[112]
而是要知晓：他的名字
躺在我的舌上，再熟悉不过，
就像这个人说"饼"[113]，
或"太阳"，或"葡萄酒"，我踌躇，[114]

我的懊悔，让我动摇，就如一个人
说"新娘"，或"饼"，
或"太阳"，或"葡萄酒"，我相信——[115]
相信就算我不在这里
你还会再次升起[116]，让天空
燃烧，我相信你不必
寻觅我，也无需这份祈祷。

五

所以，我要重复自己，[117]
祈祷，相同的祈祷，向那火，如一的火，[118]
就像太阳也重复自己，雷鸣的海水亦如是
还能为了什么？[119]
无非是书，书和海洋，
游廊与一页页的海，[120]
无非是写风，写回忆中让风拍打的头发[121]
火色日光中的头发。

那时我十八岁，如今四十有一，
我与蛇为伴，[122]
我曾是一颗插满刀刃的心，
但，我的儿子，我的太阳，[123]

成圣吧,兰帕纳尔加斯和它高空盘旋的群鹰,[124]
成圣吧,生锈、扭折[125]、锈迹斑斑的[126]盲扁桃树[127],
还有你们曾祖和父亲折磨人用的[128]枝干,
成圣吧,扁桃之叶阴翳下的小桥
旁边是红色小店,那里的一切都染着盐味,
而树下的蓝色海浪,最神圣,
而那一块后背连遭冲击的[129]石头,最神圣[130]
而它才更是石头,[131]
而海水不知疲倦的、嘶哑的愤怒,最神圣,
但我却能在海边平静漫步,我是新生又疲惫的[132]男人,
因为身旁两个爱女[133]的重量,让他平衡。

六

玛格丽特,你从来就是[134]圣洁的,
而我们的平静也早已是[135]圣洁的。
我如今能做的

除了坐在阳光中燃烧
对着一面衰老、盲目的镜子[136],
梳理、不梳我的头发——[137]

逃避——还能如何?不,我只是
习惯了现实,它

在燃烧。就像燃烧中的

我儿女的身体。
习惯了。向内心。[138] 我愿
如岩石[139]，如那块真实的、

我让它成真的岩石一样
燃尽欲望，
燃尽欲火，但那太阳除外

戴着火冠的太阳除外。
安娜，我想一头白发
如海浪，让脸褶皱

让脸如棕色的石头，腥咸，
布满皱纹，变成一位老诗人
面向那风

面向虚无，存在着的虚无，[140]
那是他脑海中喧嚣的世界。

第二十三章

一

在马拉巴尔[1]旅店的别墅
每个早晨醒来，我都会惊讶[2]
惊讶那片筑成[3]的黄色丛林
防波堤般的红树，它们面对
防波堤般的红树，它们重复
重复它们连续不断的吃水线。[4]
年复一年。这座岛从未移动
不曾起锚。[5]
　　　　一代代的波浪，
一代代的青草[6]，宛如浪花
刹那花开，刹那凋零。[7]

我徜徉于浅滩，就像年迈的锤头鲨[8]
我害怕自己的影子[9]，在浅滩，我感到饥饿。[10]
我的脚一碰沙子，天空就鸣响，
当我呼吸，百万片叶子就吸入内心[11]。
我转向我的记忆，[12]
一切都不可避免地枯萎[13]，

正是我,第一个把自己的手伸向

无名、关节发炎的枝条[14],

而灌木会在风中转动

风无牙,咯咯轻笑,[15] 而

有些根,排斥英语。[16]

但,我却是那个敬畏[17]者。

这是新的痛苦,[18]

我指的是含羞草的断言:

"你兴许不记得我了",[19]

痛苦就像那片淋巴结核的海葡萄、它的伤疤一样,

在那里,格里高利亚斯支起帆画布,如十字架,

那里,荣耀,就像老妇人一直在跳舞

杀死荣耀[20]。

我不愿回想安娜。

我不愿去看他的坟墓。

二

他们毫无变化[21],他们只知道

旅店客房的秋的迹象[22]

海的空调引擎、

还有民族装扮的女侍者

还有飞驰的骑手,纷纷经过

与马提尼克航线[23]相交的孤波[24],马,或,海[25],

都出自旅游局的高更。[26]

旅店,旅店,旅店,旅店,旅店,一家夜总会[27]:痛苦的
　下场[28]。

这不痛苦,比起当异乡人,

成为一个浪子[29],要更艰难。

三

我曾在旧的游廊上望着

游廊、群帆、永恒的夏天之海

海像一本书,由逝去的导师打开。[30]

如今,要是一切消失,那会怎样?[31]

山让越来越多的柏油路切断,

树林全部锯掉,

而平房[32]则在伤痕累累、劈砍过的山坡上扩散繁殖,

魔力的泻湖干涸

就为了高价收购的方案[33],

他们还推平、删除了[34]我们的维吉耶,

我们众岛的微眸,我们的西尔苗[35]

就为了一座粉红、柔色的[36]新城,但棚户和小屋依然林立其中

摇摇欲坠,顽强,绝望[37],不觉羞耻,

黄昏如失忆,染蓝山坡,[38]

此时,月亮总会在忘忧之海上
摇晃它的灯笼
而夜晚会合上一页页的海,
会像我那逝去的读者[39],默默地浮现在
盘旋的叶子间
为了那逝去的名字
加勒比人、奴隶和渔夫的名字。[40]

众民啊,你们原谅我,
你们展现的耐性
比海浪手腕的
肌肉更细腻、更坚强,
而你,大海,有着
那位年迈、皓首、灯笼下巴的
守墓人之嘴[41],
你原谅我们一次次的离弃[42]吧,还有你们,众岛
你们的名字,犹如糖一般溶化
在孩子的口中。而你,格里高利亚斯。
还有你,安娜。安息吧。

四

不过[43],啊,格里高利亚斯
我之所以将那希腊式的名字授予[44]你,是因为

它回响着有福的、海浪的雷鸣[45]，

是因为你画出了我们第一批、原始的壁画[46]，

是因为那名字轰然迸发，

那是黑色希腊人的名字！一轮太阳，它置身于[47]

自己的火焰之外，问心无愧，珍视

自己的影子，看着它熠熠闪耀！

你有时也会翩翩起舞，带着一股毁灭的狂暴

它让我们的岁月如火。

格里高利亚斯，听着，我们亮了[48]

我们是世界之光！[49]

我们有福了，因为我们拥有一个处女般、不曾涂画的世界

我们拥有了亚当的任务，为万物命名

拥有了云和乡村[50]的光滑、洁白之墙

在墙上，你设计你的源源无尽、

不能实现的文艺复兴，

那些褐色的乔托和马萨乔[51]的基路伯，

我们还拥有窗边吹来的腥咸的风，

透着松节油的气味，我们拥有的一切，都并不古老得

难以创造，

就把你那粗糙的木头之星高悬于万物之上，[52]

它的光芒就由可朽的微暗之火[53]化成，

格里高利亚斯，阿皮罗！

1965年4月—1972年4月[54]

选自《海葡萄》(1976)

海葡萄 [1]

那光中的微帆 [2]
厌倦了群岛,
一艘纵帆船在加勒比海逆风而行 [3]

向家驶去,可能是爱琴海上
驰往家乡的 [4] 奥德修斯,
父亲和丈夫的

渴望,在粗糙扭结、酸涩的葡萄树 [5] 下,就如
在每只海鸥的疾呼中
听见瑙西卡 [6] 之名的通奸之徒 [7];

无人得以和平。这场远古战争 [8]
在贪恋与责任之间
永不终结,无论

对海上漂流者,或对眼前这位登岸之人 [9] 皆是如此,
他正踩着凉鞋 [10],蹒跚中 [11] 步行回家,
那战争始于特洛伊失掉它旧日的火焰, [12]

始于盲巨人的巨石 [13] 让波谷起伏,

翻涌的浪中，伟大的六音步浮出
终成为加勒比的海浪。[14]

古典[15] 能给人慰藉。但，还不够。

亚当之歌[1]

用石头砸死的淫妇[2],
在我们的时代,又被耳语、
被流言,杀死,那流言[3]
用污泥[4]覆盖她的肉体。

始作俑者[5]是夏娃,
因为她化成蛇,用角刺过上帝,[6]
这是为亚当的缘故[7];这让
人人都有罪,也就是让夏娃无辜。[8]

毫无变化
因为男人依然唱着亚当唱的歌
他反抗这个他输给毒蛇的世界,

这首夏娃的歌
反抗着他遭受的诅咒;
他在世界的黑夜唱它

而和平王国里
黑豹的眼中正闪动光芒,[9]
他的死亡正从林中浮现,[10]

他歌唱，他害怕
害怕上帝的嫉妒[11]，他以死
为代价，

那歌飞升，直达上帝，上帝在拭泪：

"心啊[12]，鸟儿起飞时，你在我心，
心啊，太阳入睡时，你还在我心，
心啊，你静卧我身体之内，就如甘露[13]，
心啊，你在我身体之中啼哭，就如雨在哭泣。"[14]

希尔顿党派之夜 [1]

我们的酒店颠三倒四 [2],开着空调
一屋子贪赃枉法、睚眦必报的党棍
他们午饭吃撑 [3],苏格兰酒喝多 [4],香烟抽饱,白兰地饮个大醉, [5]
争吵、辱骂,直至思路破裂、语无伦次, [6],
刺耳的声音,靠权力当基石 [7],他们倒光了 [8]
所有理智,只剩下喷吐愤慨
当着这群拉皮条的恩克鲁玛派 [9]!他们的脑子
涂的是杀婴的油脂 [10],一代又一代地
堆积,陷入想象力的饥荒中 [11],
而涤纶倒是把他们冒着气、冒着热气 [12] 的
大肚子和屁股弄得光光滑滑。罪恶,随着一身汗水
在暴饮暴食中流淌, [13] 而外面,一缕黑色的风
让茉莉香环绕满屋,好像是妓女的
香水或二等秘书 [14] 的润肤霜。敬畏这些法律吧,
它们让从前的奴隶如今热情地赞颂。我烂醉如泥 [15],
醉死一般,我飞升到地狱之光。 [16] 大厅里,
长着眼睛的香烟,就像特务 [17],紧盯住我。

瓦解的联邦[1]

你[2]当要爬入石丛之中[3]
避开渔夫[4]的注视
你,是的,就是你!

你莫非不记得沙滩上的竞选讲坛[5]
那里有硫磺色的灯笼,[6]
还有大海喉咙里的你的谎言?[7]

你当要烤烤你的屁股[8],直到你的后背
成为一张满是水疱的老地图,
而你的嘴唇干裂[9]

就像那土地,它正为了你在装着音响的
讲台上承诺过的水,
而修女们都叫你耶稣,

你回来吧,带着你筛子一样的心,
你的脑袋就像生锈的罐头,
而你的舱底,冒着臭气,

把你的头转过来,哥们儿,我在

说话,我还没说够,我在说话呢
你爱怎么样就怎么样吧,哥们儿!

第一声咆哮一来,你就吓呆了,
它就如飓风一样,席卷你的心;
但你的承诺是什么?一艘搁浅的、

条条棱纹的船,光着身子的
孩子在里面玩来玩去。听着,你

还可以跟着我,咱们再来一次,
再看看那远方来的雨
就是像雨,不像选票,

像海洋,像风,
不像压倒性的多数人,[10]
而你,却用一块布满蛆虫的粪饼招待民众,

那雨,它不可能浇灭[11]
列队游行的风铃木的火炬
和一朵朵不凋花,[12] 跟着我,再感受一下

这雨吧,你们这群混蛋爸爸[13],
感受一下它如何渗入毛孔,
如何湿透心脏的海绵、让它满载着

民众的悲伤,
然后,再对这震怒[14]一笑了之,
你们这些,身穿会议[15]正装的秃鹫,

穿着秃鹫的白袍的主教,[16]
盘旋的群鸦,犹如这一页上的
阴影,

众位部长,只把最后的权利[17]
赋予人民,
还有内阁,那里挤满了[18]骷髅,

就在这,在这片旧沙滩上,正有一场大会
有主教,部长。
鸦群。[19]但这里,却没有人拿着闪光灯!

游行,游行 [1]

是有广袤的沙漠,但无人步行
还是骑在那老篷车的马鞍 [2] 上,
是有海洋,但龙骨切断的仍是
精确、古老的纬线 [3],
山上也有蓝色之海,
但他们用喷气机划出的轨迹
还是同样的路线, [4]
所以政客们步伐沉重 [5]
想象力匮乏,绕着
同样阴郁的花园,
那花园前院的喷泉已干,
桂-桂棕榈 [6] 让像是羊粪的
粪豆荚 [7] 保持干燥,
同样的路线统治着白皮书,
同样的步伐沿白厅街 [8] 上行,
只有那戴着白软木帽 [9]、上面装饰羽毛的
小丑,他的名字倒变了
就为了这场独立游行,
它在卡吕普索的歌声里,
随着低音号黄铜色的 [10] 喜庆,兜着圈子。

那些漂亮、皮肤无痕[11]、
身穿国家制服的孩子,
他们的眼睛为何
迷惘又羞怯?
它们为何睁大、对灌输于[12]脑中的
自豪感到惊恐?
这些老歌是不是更适合从前?[13]
那时候,律法住在远方,[14]
女王[15]蒙着面纱,她的腰身
与靠垫一样舒适[16],
她托着宝球[17]和它严厉的训诫。
我们等着雕像改头换面,
等着游行能变出新花样。[18]

就在这时,他驾到了,他驾到了!
爸爸!爸爸![19]人群簇拥,
还有他内阁的那群油光锃亮、迈着鸭步的海豹,
他慢慢滚动,挪着身子,上了讲台,
这时,风把尾巴
夹在了山缝间,[20]一道海浪
冷不丁咳嗽一声。[21]
谁会把这寂静叫作
尊敬?把这迫不得已、嘶哑的"和撒那"[22],叫作
敬畏?把抽动的圆号[23]中传出的
罐头声叫作

新世界？还是为那些选民
脸上的表情
找个名字吧。告诉我
怎么就全变成了这个样子，为什么
我竟无言以对。[24]

拉斯塔法利之歌[1]

出埃及[2]之时的火,锻造出
这个部落的铁,

以赛亚[3],那亮如雄狮之光辉的,
是对这个部落的愤怒[4]

那愤怒,让裂隙必生
让石头必碎[5]

让天上冰雹[6]落在
巴比伦,巴比伦,

那裂隙生在牢狱[7]之墙
在破公寓[8]的裂缝中

此时,高音C[9]上再高音,约书亚,
跟着我呼喊吧,为我的支派[10]呼喊:

黑市里,
蜥蜴般精明的诗人

贩卖铜做的贡物[11]
随支派变换皮肤

支派连连收购
梦想和谎言

快要上市
随着手足分裂

犹如红海为摩西分裂
他们站定[12],拄着亚伦的杖[13]

那杖既是蛇
又是兄弟之棍[14]

越来越多的瘸子,如同疑问
问的是黑轮胎一样的蛇

戴着墨镜的所罗门[15]
藏住双眼

一一握手,
统计和捷舞[16]

跟着支派的掌声;

经济和出埃及，[17]

拥抱[18]我们
用括号和括弧[19]

那是他们兄弟之情的、如蛇的臂膀
（收买的括号）[20]

还想张口吗？
想晃晃你拉斯塔法利式的头发[21]，兄弟？

看，一扇门大开，打着呵欠，[22]
然后就是牢狱的狮穴，

空中的迫击炮[23]，就像冰雹；
巴比伦的弟兄，医生！叔叔！爸爸！[24]

墨镜之后
火在熄灭

我的人民之煤；
没有憧憬，没有火焰，

没有深刻，没有危险，
音乐越多，愤怒越少

悲伤越痛,羞耻越无
太多的话留给那条河[25]

它冲刷掉我的名字
就让这些都一成不变吧,

永远,永远
还有我支派的信仰。

名 字[1]

> 献给爱德华·布拉斯维特[2]

一

自海开始,我的种族也就开始,[3]
没有名词,没有地平线,
却有我舌下的卵石,[4]
还有不一样的星辰定位。[5]

但是现在,我的种族就在此,
在黎凡特人[6]眼中悲伤的石油,
在印度之地的旗帜上,

我一开始,就没有记忆,
我一开始,就没有未来,[7]
但我曾寻找那个时刻
心灵被地平线一分为二的时刻,[8]

我从未找到那个时刻
心灵被地平线一分为二的时刻[9]

我是为了贝拿勒斯铁匠,
为了广东石匠,
当鱼线下沉,地平线
也在记忆中沉没。

我们是不是已然融化在一面镜中,[10]
永离了灵魂?
贝拿勒斯铁匠,
广东石匠,
贝宁铜匠。

海鹰[11]在岩石上尖叫,
我的种族就像这鱼鹰,从一开始
就呼号出
那个可怕的元音
那个"I"![12]

我们身后,整个天空合拢,
历史[13]在鱼线之上闭合,
海浪关闭[14]
我们两手空空

只有这根"棍子"[15]
它会在沙上勾画我们的名字
那名字曾被大海再一次抹去[16],但我们毫不介意。

二

他们何时给这些海湾起的名字
海湾,
是思乡,还是嘲弄?[17]

在未曾梳理的森林,
在不曾耕耘的草地
可否有过未被他们取笑的
雅致?
卡斯蒂亚宫院[18]何在?
还有凡尔赛的柱廊
都换成了菜棕榈[19]
顶着科林斯柱冠,[20]
藐视的"小"名字,[21]
如"小"凡尔赛,
指的是猪圈[22]的轮廓,
指的是流亡者
为酸苹果
和青葡萄起的名字。[23]

他们的记忆发酸[24]
但名字留了下来,
巴伦西亚[25]橙子灯
熠熠放光,

马亚罗的 [26]
可可烛台树,烧得焦黑。
既然为人,若不先认定 [27]
万物皆有权得名,
他们就难以为生。
而非洲人默许,
重复,再将之变化。[28]

听着,我的孩子们,说: [29]
moubain:猪李, [30]
cerise:野樱桃, [31]
baie-la:海湾, [32]
凭着鲜绿色的嗓音
它们也曾
如风一样,吹弯了
我们自然的变格。[33]

这片棕榈比凡尔赛还伟大,
因为不假人工,
它们倾落的圆柱比卡斯蒂亚还伟大,
不假人工
只靠蠕虫,它没有头盔,
却永为帝王, [34]
孩子们,看看巴伦西亚森林之上的
那些繁星!

不叫猎户座,
不叫掌上星,[35]
告诉我,它们像什么?
回答啊,你们这些讨厌的小阿拉伯人![36]
先生,是糖蜜粘住的萤火虫。[37]

圣卢西亚[1]

一、村庄

拉波利[2]、舒瓦瑟、无忧堡[3]、丹纳里,
这些日晒褪色的村庄
那里的教堂钟声[4]
都让一座头屑灰白的棚屋,四面沦陷[5]
棚屋装着扭曲的木板如百叶窗,锈迹斑斑
蟹在屋影下爬行
孩子们,曾在这里玩过家家[6];
一堆金属罐中,一张网风化,阳光的
海网,寻捕浅滩
整个下午,一无所获,
如今在这样的村庄中,我并未离秘密
越来越近,虽然以前,它避开了
屋影下的孩子,在远方钟声里,在正午
受惊的紫晶之海中,
在浮动的阴影和鹈鹕间
有什么总被错过
它就在下一片海湾飘来的烟里
在那沙坑唇边的棚屋上

海鸥为之呼求[7]
随着苍白、漂移的雨水之梯
随着海龙卷风巨大、苍白的树,
海豚也为之踊跃,无论那是什么
它都本该,让这一天圆满。[8]

二[9]

阿拉瓦克苹果,[10]
塔希提苹果,[11]
基特拉苹果,[12]
格林纳达苹果,[13]
猪李,[14]
z'ananas[15]
菠萝的
阿兹特克头盔,
pomme,[16]
我都忘了
pomme 指的是
爱尔兰土豆,
cerise,[17]
樱桃,[18]
z'aman[19]
海扁桃

在翻卷的[20]

浪涌旁,

在河边。[21]

回到我这吧

我的语言。[22]

回来吧,

可可,[23]

桂桂,[24]

孤鸫,[25]

ciseau[26]

剪刀鸟

没有夜莺[27]

除了牙买加的

蓝山[28]曾经

有过,山蓝的深邃,

就像咖啡一样深浓,

甘椒[29]闪动,

它的光束

落在黄色阿开果[30]上

只有树皮裸露

花园

在山上

在高地之乡[31]

山驴的

湿驴皮的臭气

夜晚打开
随着流萤之文，
在山上小屋
小鹌鹑之乡[32]
蜡烛，
烛火飞蛾[33]
黑夜，用它结实的
棕榈[34]，倾杯而饮
清凉的细水
重要的水，
重要？
外来？[35]
水重要[36]
非常重要
夜的赤锈[37]的鼓
深浓的夜
如咖啡
精力充沛的早晨
重要的咖啡[38]
村庄，阳光下，
终日闭锁。[39]

空荡的校园

今天的老师，死气沉沉
地上，果实
腐烂，发黄
是高更涂染
阿拉瓦克苹果
让土地染上[40]紫红，
赭石路
在日光中，久久等待
等待我的[41]影子
哦[42]，这么说，你是沃尔科特？
你是罗迪的弟弟？
阿莉克丝老师的儿子？[43]
一条条小河
有着重要的名字。

还有重要的警士
在乡村的警局
在乡村[44]
它盼着可可山坡
变得浓绿
融化的太阳
正午的沥青，
面包树树影中的
女人，弯身的树
弯向河谷[45]的唇，

她的下方,蓝绿色的 [46] 谷
一片片废弃、废弃的
糖谷, [47] 一座座公交站,
香蕉田
罗索的潟湖上
那艘油轮依然生锈,
而就在某个角落

吐露出 [48] 一片孤零的
黄叶,
蛋黄花 [49] 的叶子
粗糙的茎皮,缄默不言,
但一开花
它就倾诉出刚硬、
犀利的百合,让人想起
玛蒂娜、尤妮丝
或露西拉, [50]
她沿阶而下
身侧漂过凉爽的溪流
春水随之轻灵地
流过石架
流入绿色、布满蕨草的
山路旁的石孔,
她的一笑,犹如整个国度
她的气味,是泥土,

红棕的泥土,她的腋下
有收获的庄稼,她的双臂
是树苗,如今,
她已成老妇,
与一代代别家的
女儿,顺阶而下
各自漂流,
乡民,⁵¹
美丽的乡村女儿,⁵²
漂流,直至牙齿全无,
一切安息者,

哦,每一位玛蒂娜,每一位露西拉,
我是野生的金苹果
我会洋溢着爱,
热爱你们和你们的男人,
对你们,我还未讲够
我要用我年轻诗人的眼睛
它为这个国家痴狂,
一代代人动身,
一代代人已去,
我,是圣卢西亚人。
这是我的生地;
我生于斯。[53]

三、尤娜：玛布亚谷[54]

（圣卢西亚传奇[55]，即，叙事歌，数年前，在去往无忧堡的敞篷卡车上听来）

【译者注：第三节全诗为法语克里奥尔语；第四节为该诗的英语克里奥尔语版本，两个版本情节一致，但彼此并非"转译"的关系，其表达方式多有不同，分行和标点也有差异。中译严格按照两种语言分别翻译，为了让读者更好地理解两种语言的差别，理解法语克里奥尔语，故第三节译文之后，附上原文。两节差异之处，会在第四节注释中说明。】[56]

季尔蔓老妈，上帝要罚你，
因为你信的教太多，
没错，话说回来，上帝又要保佑你，
上帝保佑你，因为你爱施舍钱。
科伯去了库拉索，他走这一趟给你带钱
你拿了那钱
投入小酒馆
你不能读，不能写，你英语也不会说，
你该晓得酒馆没啥赚头，
科伯一回来
他就有钱了，有钱了
他一回到这，
没错，妈妈啊，科伯就要气疯了。

尤娜告诉科伯，你在库拉索那会
我有了俩娃，来瞅瞅，是你的不。
科伯大叫，"妈妈啊！晚上好，太太，先生
给我点灯吧
让我瞧瞧这崽子！"，
科伯倒改了口"我看这俩黑鬼挺像，
又像我的，又不像，
还是我养吧！"

是的，科伯走了，下到罗索，
去找活干；要养娃娃，
尤娜告诉科伯，别下罗索
但他还是下了罗索，罗索的婊子都朝他扑。

菲利普·马戈，把萨克斯送给科伯，
他可没工夫玩萨克斯
像他那样的萨克斯手都活不下去了。

礼拜六一早，科伯下城去。
礼拜六下午，我们听说科伯死了。
真让我伤心，是啊，真让我心焦；
我听说科伯死了，真让我难受。

尤娜也这么说：这也让她伤心，
让她心焦，科伯的萨克斯风不响了。

我听见有号吹奏
就在河边芦苇丛下
我说:"甜甜,我要去给你找飞鱼。"
我一到那儿,就遇到科伯
他说:"你听到的号
就是尤娜给我戴的绿帽。"

这吉他手说:
"咱俩都是吉他手,
别误会啊,
咱弹的拍子一样啊。"

尤娜成亲了,礼拜日四点。
礼拜二八点,就进了医院。
她吃了顿饱揍,她丈夫打断她胳膊,
我得见见你妈,
我要讲讲你怎么对我。
尤娜!
(我要告诉你妈妈!)
尤娜!
(你不听我!)
三天三夜
尤娜在煮,尤娜一直没熟
(我要告诉她妈妈)
他们会说尤娜变了

可不是尤娜变了,她坏,坏,

尤娜!

Ma Kilman, Bon Dieu kai punir 'ous,

Pour qui raison parcequi'ous entrer trop religion.

Oui, l'autre cote, Bon Dieu kai benir 'ous,

Bon Dieu kai benir 'ous parcequi 'ous faire charite l'argent.

Corbeau aille Curacao, i' voyait l'argent ba 'ous,

Ous prend l'argent cela

Ous mettait lui en cabaret.

Ous pas ka lire, ecrire, 'ous pas ka parler Anglais,

Ous tait supposer ca; cabaret pas ni benefice.

L'heure Corbeau devirait,

L'tait ni, I' tait ni l'argent,

L'heure i'rivait ici,

Oui, maman! Corbeau kai fou!

Iona dit Corbeau, pendant 'ous tait Curacao,

Moi fait deux 'tits mamaille, venir garder si c'est ca 'ous.

Corbeau criait "Mama! Bon soir, messieurs, mesdames,

Lumer lampe-la ba mwen

Pour moi garder ces mamailles-la!"

Corbeau virait dire: "Moi save toutes les negres ka semble,

I peut si pas ca moin,

Moi kai soigner ces mamailles-la!"

Oui, Corbeau partit, Corbeau descend Roseau,

Allait chercher travail, pourqui 'peut soigner ces mamailles-la,

Iona dit Corbeau pas tait descendre Roseau,

Mais i' descend Roseau, jamettes Roseau tomber derriere-i'

Phillipe Mago achetait un sax bai Corbeau,

I' pas ni temps jouer sax-la,

Sax-man comme lui prendre la vie-lui.

Samedi bon matin, Corbeau partit descendre en ville,

Samedi apres-midi, nous 'tendre la mort Corbeau.

Ca fait moi la peine; oui, ca brulait coeur-moin,

Ca penetrait moin, l'heure moin 'tendre la mort Corbeau.

Iona dit comme-ca: ca qui fait lui la peine,

Ca qui brulait coeur-lui: saxophone Corbeau pas jouer.

Moin 'tendre un corne cornait

a sur bord roseaux-a,

Moi dit: "Doux-doux, moin kai chercher volants ba 'ous"

L'heure moin 'rivait la, moin fait raconte epi Corbeau,

I' dit: "Corne-la qui cornait-a,

c'est Ionia ka cornait moin."

Guitar-man la ka dire:

"Nous tous les deux c'est guitar-man,

Pas prendre ca pour un rien,

C'est meme beat-la nous ka chember."

Iona mariee, Dimanche a quatre heures.

Mardi, a huit heures, i' aille l'hopital.

I' fait un bombe, mari-lui cassait bras-lui.

L'heure moi joindre maman-ous,

Moin kai conter toute ca 'ous 'ja faire moin.

Iona!

(N'ai dit maman-ous!)

Iona!

(Ous pas ka 'couter moin!)

Trois jours, trois nuits

Iona bouillit, Iona pas chuitte.

(N'ai dit maman-i' ca)

Toute moune ka dit Iona tourner,

C'est pas tourner Iona tourner, mauvais i' mauvais,

Iona!

四、尤娜：玛布亚谷

献给埃里克·布兰福特[57]

季尔蔓老妈[58]，上帝[59]要罚你，

因为你信的教太多,
不过话说回来,上帝又要保佑你,
上帝保佑你,因为你爱施舍[60]。

科伯[61] 去了库拉索[62]
他把钱奉还[63]
你拿了那钱
投入朗姆酒馆[64]
你不能读,你不能写,你英语也不会说,
你该晓得朗姆酒馆没啥赚头,
科伯一回来
他就有钱了,没错,有钱了
他一回到这,
没错,妈妈啊,科伯就要气疯了。

尤娜告诉科伯,你在库拉索那时
我有了俩娃,来瞅瞅,他们是你的不。
科伯大叫,"妈妈啊,晚上好[65],太太,先生
给我点灯吧
让我瞧瞧这崽子",
科伯倒改了口[66]"我看这俩黑鬼[67]挺像,
他们[68] 又像我的,又不像,
算了,还是我养吧。"

啊,是的,科伯走了,下罗索去了,

他去找活干;养那两个小娃娃,
尤娜告诉科伯,别下罗索
但他还是下了罗索,罗索的婊子都朝他扑[69]。
菲利普·马戈,把萨克斯风送给科伯,
他可没工夫玩萨克斯了
像他那样的萨克斯手都活不下去了。

礼拜六一早,科伯进了城。
礼拜六下午,我们听说科伯死了。
真让我伤心,真让我心焦;
我听说科伯死了,真让我难受[70]。

尤娜也这么说:这也让她心伤[71],
让她心焦,那把萨克斯风[72]也不响了。

我听见有号吹奏[73]
就在河边芦苇丛[74]下
甜心[75],我说,我要去给你
找飞鱼。[76]
我一到那儿,就遇到科伯
他说,你听到的号
就是尤娜给我戴的绿帽。[77]

这吉他手说[78]
我们都是吉他手,

别误会啊,
我们弹的拍子一样啊。[79]

尤娜成亲了,礼拜日四点。
礼拜二八点,她就进了医院。
她吃了顿饱揍[80],她丈夫[81]打断她胳膊,
我得见见你母亲,我要讲讲你怎么对我。
尤娜,
(我要告诉你妈妈)
尤娜
(你不听我)
三天三夜
(尤娜在煮,但她一直没熟)[82]
(我要告诉她母亲)
他们会说尤娜变了
并不是尤娜变了
她本来就坏,就是坏,这就是
尤娜。

五、为圣卢西亚罗索谷教堂圣坛画所作[83]

一

小圣堂[84],是这座谷的中心,[85]
四散、生根于此的

男人、女人、沟渠、旋转的
香蕉田、支路，都围之转动，
它将一切吸引过来，吸引到这圣坛
和圣坛的巨画；
生活[86]，犹如一面黯淡的镜子
在那里重复，
是外面的寻常生活，
但也有另一种生活，被它留住
一位好人将它创造。

一对土褐色的劳工
在画里跳着邦蒂舞[87]，鼓声
在土底，在重重的步伐下回响。

    这是富庶的谷，
物产丰腴。
它的路就像圣坛的走廊，从这里放射，辐向
一亩亩香蕉，辐向
树叶麇集的山脉
一朵朵大腹便便的积雨云[88]
它们在薄雾间，在熨斗般的火热中；

这是受诅咒的谷，
问问精疲力竭的骡，浮肿的孩子，
问问干枯的女人，和牙间露缝的、她们的男人，

问问教区神父,他就在圣坛画里
负载着这座教堂的复制品,[89]
再问问那两个人,他们有可能就是跳舞的夏娃和亚当。

二

五个世纪前
在乔托时代
那时的上帝还年轻,
这座圣坛的一个角落,或许早已写上:
圣奥梅尔将此作成,时其现年之岁,[90]
凭上帝之荣耀[91],也凭上帝的玛利亚的荣耀。

随着音乐,它有了签名。[92]
它围着整座岛旋转。
来想象一下它的空荡,主日午后
敬拜[93]之时

无人能看见它,它就在那,
无人敬拜那一对可能是跳舞的夏娃和亚当的人。

主日三点
现实中的亚当和夏娃结合[94]
他们浸透着再次施洗的汗水[95]

他的汗水在她平静的乳房,

她的汗水在他镶接成的身板 [96]
他掂量香蕉
杀死群蛇
爬出河水，

此时，在绒绒的山顶
微风撩动他胸前的头发

主日三点
蛇将自己倾入
树叶的圣杯。[97]

糖厂空荡。

无人采摘香蕉，
没有卡车扬尘、驶向无忧谷，
没有直升机喷雾

有蚊子的班卓琴，对，
有蠓虫的梵婀玲，是，[98]

是，亚当的寂静并不纯粹，[99]
罗索谷不是伊甸园，
栖居者，也不在天堂，

所以,还有几根小乐弦[100]
有些人在奥里昂[101]旁的山上野餐[102],
有些人施洗。

一个男孩在河边敲打罐子,梆梆作响,
河水正试着入睡。
但,没有什么能打破寂静,[103]

寂静来自世界的深处,
来自一个人相信的他对上帝的所知
来自他的那种苦难,

来自圣坛画的墙壁
圣奥梅尔为上帝之荣耀制成[104]
时其某个受苦之岁。

三

在众多白朗姆酒瓶成堆之后,
在众多小鱼[105]从圣方济各[106]手指般的
画笔下游走之后,

在众多
你渴望的名字死去之后,
尤娜、朱利安、小－诺姆、可可,
她们就像圣卢西亚罗索谷死亡的甘蔗。

在五千次九日连祷[107]
和对圣母的创意
时隐时现、如一盏微灯之后

在这一切之后,
你的独木舟般的信仰方在夜间抵达,
它像一位厌倦美国的亲戚,
像一位回到你家的女人

当你举起手腕,[108]
她戴着那上面的绳索歌唱;
这样,时常之中,主日之时

朝拜之间,无论人们在那里,
还是不在那里而从窗外探望
他们都会看见

那一张张天使的真面容。[109]

俄亥俄,冬天

献给詹姆斯·赖特[1]

这是你的故乡,吉姆,我所
想象的,也许并不存在:
夏天的草[2]抓紧脱轨的货运
列车[3],直到它生锈
变黑,如同野牛[4]。
这个冬天白如麦子[5]
广袤是它的可怕之处,你是
对的;在那握紧的白色
谷仓[6]之后,整个下午,夜晚
都持刀[7]隐蔽;道路
在风雪下匍匐,
霜为挡风玻璃的
眼帘涂上釉,每座谷仓,或
农场的灯,都愈加孤独,愈加孤独。

切尔西[1]

一

对他来说,没什么意味着毁灭,旅店米色的潮湿,
闪动着霓虹的肮脏的雨流,
死去的壁炉之上、花盆里
金盏花干枯的火焰,
都不意味着如此。镜中反像
与他一样,对名声和金钱
无力又无心。在失落、失败的艺术中,
他会找到成功,于是,他对
映入污镜之内的无瑕少女说起话来。
她胜过旅店的名人铜牌[2],上面的大人物
都酗酒,或招摇过市,富有,
或出名。他们的名声就像米色的漆层一样
卷皱,会死去,犹如镜中花。
这位明眸[3]少女,任由冰冷的自来水
流淌不止,她小心提防,注视着他在说谎。[4]

二

在变暗的旅店窗帘之间
我们会看到狮色的黄昏降临
它潜伏砂岩之上,那是
西区体育馆[5]高耸的峭壁,
辽阔的天空打着呵欠,随着柔顺的光
在曼哈顿四周卷起,之后,我们就觉得房间
充满了暧昧的怜悯,它的物品都绒绒的
毫无分别,椅子,床,桌子,变得柔软
犹如瞌睡的群狮。如果沿旧走廊而行,
一个个孤独的生命,边转动钥匙,
边在门慢慢关闭之时,点头致意,
整个生命中全是如此,那么,爱赋予的就是自私的力量,
在他人的地狱[6]里,我们才创造出自己的幸福。
窗户对面,是带家具的房间和阁楼
灯光中,他们亲昵。越是幸福的生命
就故步自封,更利于无欲无求。

爱复爱[1]

时候会到[2]
那一刻,欢喜中,
你迎接自己的来临
在你自己的门前,在你自己的镜中,
每一个你都对另一个你的欢迎微笑,

然后说,这边坐。吃吧。[3]
你会再次爱上这位曾是你自己的陌生人,
给葡萄酒。给饼。[4] 把自己的心交还
给心[5],交还给在你一生中都爱你的

这位生人,但你忽视过他
为了另一个将你铭记于心的生人。
就从书架上取下情书

相片,绝望的便笺,
将你的形象从镜中剥落。[6]
坐吧。享用你的生命。[7]

黑八月[1]

太多雨,太多的生活就像这个黑八月的
肿胀的天空。我的姐姐,太阳,[2]
在她黄色的房间发愁[3],不想出门。

一切尽入地狱[4];山峦生烟
就像一只水壶,河流泛滥,但
她不会起身[5],将雨关掉。[6]

她在房中,爱抚着旧物,
还有我的诗集,她翻动相册。即使雷声落下
如同天上的盘子崩碎[7],

她依然不出门。[8]
你不知道我爱你?我只是对停住[9]雨水
感到无望。但,我渐渐学着

爱这段黑暗的时日,爱蒸腾的山丘,
爱这空气和空中喋喋不休的蚊虫,
我学着抿一口苦涩的药,

就这样,我的姐姐,当你出现时

你让一串串雨珠散落,
你额戴花环[10],眼含原谅,

一切都不再如旧[11],而这就会成真,
(你知道,它们[12]不是我想爱就能
爱上的),我的姐姐,因为

曾经,在我只爱我的幸福和你之时
我早就可以学着像爱光明之日那样,爱黑色的日子[13],
爱黑色的雨,白色的山。

收　获

若他们问到我最爱的花是什么，
有一件事，你必须明白：
我也曾按俗常的方式学着爱它
就是那些一只手发誓，誓要服侍真理，
另一只背后，要着钞票或赞誉的人，是他们的方式，
但我放弃，不再梦想着如何站在
我生命中收获的秋季、
去站在厚如叶子、刚没脚踝的金钱中，
去让我的诗、贫穷忠实的妻子
摆脱习惯的风格，好吧，就算千篇一律，
虽然没有秋天，但大自然还会
在每个财年[1]跟我玩笑，那时，金色的风铃木[2]
会倍感歉疚，慷慨散财[3]
就像信基督的银行家，或让风勒索的[4]小偷。
我很快又知道，他们改变剧本，
跳过金秋，转向冬天，
转向灰白的单色，就像这块仪表，
毫无金黄。所以，我将我的土地视为
一座生着灌木[5]、根苗永远扎牢、
播下种子的小园，吸收土壤的

是那种廉价的花,你看,就在我的脚下,
它就是最粗糙、极普通、坚韧无比、平淡无奇、
中心生着白斑、充满弹性的紫罗兰。

仲夏,多巴哥

辽阔、饮醉日光的[1]沙滩。

白热。
绿河。

桥,
烧焦的黄棕榈

在夏天入眠、
整个八月昏昏欲睡的房子边。

我留住的时光,
我失去的时光,

长大成人、如同女儿、
不再需要我的怀抱如港湾[2]的时光。

归于林木[1]

献给约翰·菲格罗亚[2]

老者,一棵橡树。[3]
老者,这棵年老的海扁桃
在海浪的水雾中,毫不畏缩

它就在这片年迈的[4]树林
通往库马纳[5]的海滨之路上的树林。
就归于林木,

像这棵树倾落,
这棵魁梧的
雷之子本·琼生的橡树![6]

或者,我是不是已经长眠[7]
就如这株伐落的扁桃树?
因为我写道:我盼望暮年

成为一位树干多节、扭曲的诗人
须髯如旋风盘绕,
他的格律就像雷。[8]

它[9]不止是海,
不止,因为在多风、绿色的清晨
我读到了可可山[10]上的变化,

从熊熊燃烧的[11]日出
到它灰白的死亡;
而对于我,苍白愈浓,

它不再淡而无色[12],
不再是肮脏的旗、
象征没落的勇敢,[13]

它颜色斑驳
犹如石英,
无聊却不单调,

如今,苍白是水晶
之雾,黯淡的钻石,
如石粉,无情寡欲[14],

苍白是和平之心,
比武士还坚定
它跨坐在党争之上,[15]

它是伟大的停顿

当庙宇之柱
靠在参孙的掌上 [16]

稳住,稳住,
这一刻
世界的重石

就像入睡的孩子
趴在阿特拉斯 [17] 颤抖的双肩
他双眼紧闭,

它是平衡的辛劳。[18]
塞涅卡 [19],那无聊的虚构之辞,[20]
还有他佶屈 [21] 艰涩的拉丁文

我只能读懂几个片段,[22]
它们如折断的树皮,他的
主人公,接受过旋风的淬炼,[23]

他们用 senex
这个词,用它的双眼,[24]
看透了这棵树的躯干,

超然于快乐,
超然于抒情的话语,

这株冷酷的扁桃树

在沙下行进[25]
随着这样的语言,慢慢地
用砂砾,用一个又一个的世纪。

选自《星苹果王国》（1979）

纵帆船"飞翔号"[1]

一、再见,加林纳奇[2]

悠闲的八月,当柔软的海,
一叶叶棕色之岛,紧附在
这加勒比海的边缘,我吹熄[3]玛利亚·康塞普松[4]
那张无梦之脸[5]旁边的灯火
去乘船,去当纵帆船"飞翔号"的水手。[6]
黎明中,外面的院子变得苍白,
我站在那里,如一块石头,谁也不能触动
除了泛起涟漪、电镀过的[7]冰冷海水
和天空屋顶上繁星的钉子孔,
直到一阵风起,侵扰树丛。
我经过干巴巴的邻居,她正扫院子[8]
我下坡时,[9]差点就说:
"轻着点扫,你这巫婆[10],她可没睡踏实",[11]
但那婊子识破了[12]我,看出来我好像死了。
小巴停车,公园灯还亮着。[13]
司机估摸我的行李,咧嘴一笑:
"沙班,这次一走,你可真就回不来了!"[14]
我没跟这傻子回话,直接把行李

往后座一堆，望向拉文第勒[15]上方
燃烧的天空，它粉红得
像我丢下的那个正在睡觉的女人、她穿的睡袍，[16]
我瞅着后视镜，看见一个男人[17]
跟我一模一样，那人在哭
哭一栋栋房子，哭一条条街道，哭整个操蛋的岛[18]。

基督怜悯一切睡者！
离开那条把赖特森路糟蹋坏的狗
又轮到我，成为了街上的狗；[19]
如果对这些岛的爱，注定是我的负担，
那我的灵魂就用双翼，逃离腐蚀。

但，他们已经开始毒害我的灵魂[20]
用他们的阔宅，豪车，高级骗子，[21]
苦力[22]，黑鬼，叙利亚人[23]，说克里奥尔法语的人[24]，
所以，我把灵魂留给他们，留给他们的狂欢节——
我洗海水浴，我沿路而下。[25]
我认识这些岛，从莫诺斯，到拿骚，[26]
还有一位头上生锈的水手，长着海绿色的眼睛
他们起个诨号叫沙班，这是土语
指随便哪个红黑鬼，我，沙班，目睹了
这些帝国的贫民区何时成为天堂。[27]
我只是一个爱海的红黑鬼，
我受过良好的殖民教育，

我身上有荷兰人、黑鬼和英格兰人,[28]
我要么无名,要么就是一个国族。[29]

但,我想的都是玛利亚·康塞普松
我注视着海起起伏伏
渔舟[30]、纵帆船和快艇的左舷
让日光一笔笔重新涂画
它用每一道反光签上她的名字;[31]
我知道乌发的夜晚,何时穿上
她落日中明亮的丝绸,边笼罩着海,
边在被单之下,带着她星光的笑容,悄悄挨近,[32]
我自知,永难心安,永难忘怀。

就像[33]墓前的送葬人
说着复活,想让死者归来,
于是,随着船首的缆绳[34]松开
"飞翔号"向海摇摆,我对自己笑道:"别再念叨
海里有的是鱼[35],白搭。我不想让她
穿着撒拉弗无性的光,
我想的是那双圆圆、棕色、狄[36]一样的眼眸,
想的是,当我可以笑着向她靠去时
在每一个流汗的周日午后,那双小爪轻挠我的后背,
就像一只蟹在潮湿的沙滩。"

当我开动,望着腐蚀的浪

划过船首,而船首,剪着丝绸般的海,
我对你们所有人起誓,以我母亲的牛奶[37],
以今夜的熔炉中飞出的[38]群星起誓,
我爱他们,我的孩子,我的妻[39],我的家;
我爱他们,就如诗人爱着
那像大海溺死水手一样、杀死自己的诗。

你可曾在一片孤独的沙滩仰望
看见遥远的纵帆船?哦,当我写下
这首诗,每一段都会浸没在海盐中;
我会拖着每一行,将它打结,使之绷紧
如这副索具的缆绳;在单纯的言辞间
我普通的语言[40]如风飘过,
我的一页页纸就是纵帆船"飞翔号"的帆。
不过,还是让我先讲讲这事是怎么开始的吧。[41]

二、深海迷醉[42]

话说,我给大官奥哈拉[43]走私苏格兰酒
在塞德罗斯和大陆[44]之间,海警自然碰不到我们[45],
西班牙人的划艇[46]总要让我们几分[47],
但有个声音不停地说:"沙班,当海盗这种事
看懂了?"[48]嗯,说干,就干!
生意全搞砸了。我这都是为个女人,

为了买蕾丝面料和丝绸,为了玛利亚·康塞普松。
哎呀,哎呀!紧接着我又听说,弄了个什么
调查委员会,要搞个大检查[49],
奥哈拉当主席,自己查自己。
好吧,我太清楚谁才是傻子,
不是披着鲨皮的鲨[50],是他的带路鱼[51],
是你和我这样、穿着卡其裤的红黑鬼。
更糟的是,我跟玛利亚·康塞普松大干一架,
盘子东西乱飞一通,我只好发誓:"没有下次!"
于是,我的屋子,我的家一片狼藉。
我一贫如洗,我只需要一副墨镜和一个杯子
或者,在能倒四杯的西班牙港,得要四副墨镜、四个杯子,[52]
而我仅有的银子,就是海面上的银币。[53]

你瞧瞧《快报》[54]上那帮部长,
他们是穷人的卫士——一手背后,
一手吩咐警察只保卫自己的宅子,
苏格兰酒却从后门[55]往里倾涌。
对那位走私酒的部长 - 野兽[56],
一半是叙利亚人的蜥蜴,我一看见
那张擦着厚粉的脸、一颗颗疣子、石头做的眼皮
在掉进钱眼的闪光灯的光闪下
活像一只恐龙,沾着远古的泥[57],我就烦得要死,
我就说:"听着,沙班,这就是一坨屎"。
不过,他却能让人朝我腿胯来上一脚,踢出他的办公室

就好像我是个搞艺术的！[58]那个贱货[59]太尊贵了，
他不可能从高头大马[60]上下来，亲自踢我。
我目睹的这些，让奴隶都觉得恶心
就在这个特立尼达，这个街头混混的共和国[61]。

我没法把海的喧嚣从头脑中摇晃出去，
我耳朵的贝壳唱着玛利亚·康塞普松，
于是，我开始了潜水打捞[62]，跟疯子米克[63]，
他姓奥肖内西[64]，还有个英国佬，叫海德[65]；
但这加勒比海淤积了太多的死人，
以至于，当我融化在顶棚泛起涟漪、
如丝绸帐篷[66]的翠绿之水中，
我把死人都看成了珊瑚：脑子[67]，火焰[68]，海扇[69]，
死人手指[70]，然后，才是死人。[71]
我看见粉末状的沙子[72]是他们的骨头
从塞内加尔到圣萨尔瓦多[73]一路磨成白色[74]，
所以我有点怕，不敢再潜第三次，就浮出水面，
到水手旅社呆一个月。来点鱼汤和布道。
我一想到我给妻子带来的伤害，
我一想到我为了别的女人感到忧伤，
我就在水下痛哭，我用盐找盐，[75]
因为她的美貌曾像一把剑，刺在我身
让我与儿女分离，他们可是我的肉中之肉[76]！

这有艘圣文森特[77]的驳船，但她[78]陷得太深

很难再漂浮。我们喝着,那英国佬
烦透了我为玛利亚·康塞普松哭号。
他说他得了弯曲病[79]。真棒!
我为玛利亚·康塞普松的心痛、
我对我妻儿的伤害
可比弯曲病难受多了。令人迷醉的深海中,
没有石缝容纳我的灵魂,让它像笨笨鸟[80]一样
在每个日落得以藏身;也没有日光沙洲
让我如鹈鹕一样知道去那里安息,
我曾迷醉,我看见上帝
像一条插着鱼叉、流血的石斑鱼,[81] 有个遥远的
声音咕隆隆地说,"沙班,你要是离开她,
你要是离开她,我就把晨星[82]赐给你。"
可我一离开疯狂的家[83],我就设法去找别的女人
但是,一旦她们脱个精光,她们锐利如钉的[84]下体
就像海卵[85],长着一团毛刺。我潜不下去了。
随行神父来探问。[86]我可没搭理他。
我的安息地在哪里,耶稣?我的港湾在何处?
我无需付出代价的枕头[87]在哪里,
将我的生活映入框中、让我能向外眺望的窗[88]何在?

三、沙班离开共和国[89]

我现在没有国族,只有想象。[90]

白人之后，当权力倒向黑鬼那边
他们还是不想要我。
第一拨人[91]用枷锁锁住我的双手，然后道歉说，"历史"；
下一拨人[92]又说，我黑得还不够，不值得他们骄傲。
告诉我，在这些无名的岩石[93]上，建立的是怎样的权力[94]？——
喷气机空军，消防救火队，[95]
红十字会，兵团，还有两三条警犬
狗跑过去时，你还没喊完"游行"这个词。
我曾遇到过历史[96]，但他没认出我，
我是一卷克里奥尔语的羊皮纸，生着赘疣
像一尊旧的海中的漂流瓶[97]，他则爬行如蟹
穿过阳台的金属栅栏投下的
网影之洞；一身奶油色亚麻，奶油色帽子。[98]
我冲着他喊："先生，我是沙班！
他们说，我是[99]你的孙儿。你还记得祖母吧，
你的黑人厨娘？"可那个贱货却又吐又啐。[100]
一口唾沫倒是值得上千言万语。
但他们的私生子却留给了我们：言语[101]。

我不再信任革命。[102]
对我的女人，我失去了爱她的信念。
我见过这样的时刻，亚历山大·勃洛克
在《十二个》中曾将它呈现。[103]那是周日午后
在海警局和委内瑞拉酒店
之间。没有旗帜的青年

用衬衫代替,他们的胸膛等待弹孔。
他们长驱直入,向山前行,[104]
他们的声音就像没入沙滩的海浪,渐渐消失。
他们像雨水,没入明亮的山丘,每个人
都顶着光环[105],把衬衣扔在街上,
把权力的回声,留在街道尽头。
螺旋叶的风扇转动着参议院[106];
据说,法官流下的是鲜红的汗水[107],
弗雷德里克大街[108],闲人们在游行[109]
但全都驻足不前,预算翻开新的一页。[110]
12点30分电影场,那时的放映机无与伦比
毫无故障,去那里瞧瞧革命也行。亚历山大·勃洛克
走进去,坐在正厅[111]靠后第三排,吃着巧克-
力甜筒,[112]等着意大利面西-
部片,[113]主演是克林特·伊斯特伍德,还有李·范·克里夫。[114]

四、"飞翔号",经过布朗西瑟斯[115]

黄昏。"飞翔号"经过布朗西瑟斯。
群鸥再次盘旋,如同从炮[116]中射出,
之前泛白的[117]海浪变成琥珀色,
灯塔和星,交上朋友,[118]
漫长的白昼,沿每片沙滩而下,走到终点,
那里,在沙地延伸的尽处,

在空寂、只有光的沙滩，
黑暗的双手[119]，开始拖曳黑暗的海网[120]、
这片幽深、幽深的内陆之网。

五、沙班遇到中途[121]

朋友，接下来的黎明[122]，在船上的厨房，我做的第一件事
就是煮一点咖啡[123]；雾气在海上缭绕[124]
就像我去熄火时、正在蒸腾的壶，
我慢下来，慢下来，因为我不敢相信眼前所见：
地平线是一道银色的薄雾，
雾霭萦绕，弥漫成帆，如此之近
让我看出，那就是帆，我的头发抓紧我的脑壳，
这令人恐惧，但它却美。[125]
我们穿梭在一片沙沙作响如同森林的船间
它们的帆干得像纸，窗户之后
我看见上面的人，眼洞生锈，就像炮孔，
每当半裸的船员穿过阳光
他们的肌体在照射之下，你可以看清他们的骨架
就像叶子，迎向日光；一艘艘护卫舰，三桅船，
后退的水流冲刷着它们，
在高高的甲板之上，我望见几位伟大的海军将官[126]，
罗德尼[127]，纳尔逊[128]，德·格拉斯[129]，我听见他们

把嘶哑的军令,传达给那些沙班[130],林立的
桅杆,扬帆驶来,穿过"飞翔号",
你听到的只有海浪的
鬼声,沙沙沙,就像微风中的草地
和船尾拖着的、咝咝作响的海草;
慢慢,它们荡漾而去,自东向西
仿佛这个环形世界是安着曲柄的水轮[131],
每艘船都在奔涌,如同挖着深海的
木头铲斗;[132] 我的记忆旋转
围绕着我眼前的所有水手,然后,太阳
加热地平线的灶圈[133],他们还是雾。[134]

接着,我们又驶过奴隶船。[135] 万国旗,
我们的父亲在甲板之下,[136] 如此幽深,我想,
他们听不到我们的呼喊。于是,我们就不喊了。谁又知道
他的祖父是谁,更不用说他的名字?
明天,我们就会登陆,在巴巴多斯。[137]

六、水手用歌声回应木麻黄[138]

你看,它们[139]在巴巴多斯的矮丘上
支撑,就像防风林,一根根针[140],迎向飓风,
蔓生,如一支支桅杆,卷云般[141]破碎的帆;

在我和它们一样嫩绿的时候,我常常觉得
那些靠向大海的柏树[142]
用自己的树枝接纳海声,
它们并不是真的柏树,是木麻黄。
而这时,船长恰恰叫它们加拿大松[143]。
但是,松,柏,或木麻黄,
无论出自谁口,都有不错的理由,
看看它们弯曲的身体,就像
风暴后,一艘归家的纵帆船、又一次
带来水手溺死的消息时、为之悲恸的女人。[144]
曾经,"柏树"这个叫法比绿色的"木麻黄"
更有意义,尽管没有分别的是,在风中,
悲伤都会让它们弯下身子,
因为在心里,它们正是这样的树[145]
不是跃向天空,就是护卫坟墓[146];
但[147],我们活着,就与我们的命名一样,不得不
接受殖民,知道差别,[148]
知道词语之中包含的历史之痛,
用次一等的爱,去爱这些树,
去相信:"木麻黄在弯身时
就像柏树,它们的头发在雨中低垂
就像水手的妻子。它们是经典的树[149],而我们,
如果活着就如那些让主人满意的名字一样,
那么,凭借认真的模仿[150],我们兴许就会成为人。"[151]

七、"飞翔号"停靠卡斯特里港

当卡斯特里上空的星辰[152]还年轻的时候,
我就只爱你,我爱全世界。[153]
就算我们的生活彼此不同,[154]
就算我们有了各自的孩子,各自肩负着对他们的爱,又有何妨?[155]
你那让风冲刷的青春面庞,
你那在海的拍打中、吃吃轻笑的声音[156],我何时会记起,又有
　　什么重要?
拉·托克海角[157]的光——熄灭,
除了医院。对面维吉耶,
码头的一座座拱门在守夜[158]。我坚守我的
承诺,为你,为我从一开始就爱慕的你,
留下我仅有的一件东西:我的诗。
我们在这里只呆一夜。明天,"飞翔号"就会离开。[159]

八、与船员搏斗

船上有个贱货,他好像成心惹我注意——
是个厨子,文森特[160]来的白痴
皮肤就像橡胶树[161],脱落的红树皮,
一双洗褪色的蓝眼睛[162];他净找我别扭,
仿佛自以为是个白人。[163]我有本练习册,
一直都是这本,我用它写

我的诗,话说有一天,这家伙从我手中
抢走了它,丢给别的船员,忽左忽右,
扔来扔去,他们叫着,"接住喽",
他开始把我切得细碎,好像我是只母鸡[164]
就因为这些诗。有时得动拳头,
有时得用桨栓,有时需要动刀——
这时就该动刀。好吧,我先求他,
他却还不停地念,"哦,我的孩子,我的妻子",[165]
然后装作哭腔,让船员哈哈大笑;
这时,银色的刀如同飞鱼
正刺中他鼓鼓的腿肚,
他渐渐虚脱,脸色发白
比他自认为的还要白。这堆人里,我想
你需要来这么一手。是不对
但就该这样。其实不太疼,
血还很多,文西[166]和我也是好哥们,
不过,他们倒是再也不会糟蹋[167]我的诗了。

九、玛利亚·康塞普松和《梦书》[168]

喷气机在"飞翔号"上方呼啸而过
掀开了一幕朝向过去的窗帘。[169]
"前头是多米尼克[170]!"
      "那里还有加勒比人。"

"总有一天，只坐飞机，再也不用船了。"
"文西，上帝可不会让黑鬼在天上飞。"
"进步，沙班，进步就是重点。
进步会把我们所有小岛扔在后面。"[171]
我掌着舵轮[172]，文西坐在我旁边
叉鱼[173]。清爽，振奋的日子。汹涌的海。
"问问加勒比人什么是进步。
他们成百上千万地屠杀他们，有些死在战场，
有些强迫当苦力，去找银子
死在矿上，这之后轮到黑鬼；继续
进步。直到我看见确切的迹象
证明人类是变了，文西，我可听够了。
进步就是历史的脏笑话[174]。
问问那岛吧，难过的绿岛，越来越近了[175]。"
绿色群岛[176]，如同腌在卤水中的芒果。[177]
就用这样的烈盐，治愈我的伤口吧，[178]
我，成为海员，焕然一新。

那一夜，天空的星火如霜，[179]
我像加勒比人一样，在多米尼克岛上奔跑、穿行，[180]
如烟的记忆，让我的鼻孔窒息；
我听到我燃烧着的孩子在尖叫，[181]
我吃了蘑菇的脑子，还有真菌
那是魔鬼的阳伞[182]，长在白色、染着麻风的石丛中；
我的早饭是疏松的林地里的腐叶土[183]，

叶子之大,犹如一张张地图,当我听见
士兵前进[184]的声音,他们正经过厚厚的树叶,
虽然我的心脏爆裂,但还是翻身而起,跑进
那一片比长矛还锋锐的、红赫蕉[185]的刀丛;
我跑着,沾着我种族的血,好家伙,这通跑,
我迅捷,双脚如苔藓[186],像一只迷彩鸟[187];
之后,我跌倒[188],跌倒在冰冷的溪水旁[189]
跌入长着蕨草、清凉的泉下,尖叫的鹦鹉[190]
抓着干枯的树枝,我最后溺死
在烟雾的巨浪中;这时,黑烟的
大海散去,天空变白,[191]
除了进步[192],别无一物,只要进步是
一只像阳光中的嫩叶一样、一动不动的绿鬣蜥[193]。
我哭号,我想要玛利亚,想要她的《梦书》。

那本失眠者的《圣经》,让她安眠[194],
一本脏污的橙色小册子,一只独目巨人的眼睛[195]
正在中央,它来自多米尼加共和国[196]。
它粗糙的纸页发黑,画着寻常的
能预言的符号,用活泼的西语写成;
竖起来像张开的手掌,分节,编号
犹如肉铺的屠宰图[197],它讲述着未来。
有一夜,她发烧,却病得光彩熠熠,[198]
她说,"把那书给我,结局来了[199]。"
她说[200]:"我梦到鲸鱼和风暴",[201]

但这个梦，书里却没有解答。

转天夜里，我梦到三个老女人
样子平平，就像桑蚕，织着我的命运，[202]
她们在我家里出现，我朝她们尖叫，[203]
我想法用扫帚把她们打出去，
但她们刚一走，就又爬了回来，
直到我又叫又喊，我的身体
出汗如雨，她蹂躏那本书
想找到梦的含义，但毫无所获；
我的神经融化就像水母——此刻，我已经崩溃——
人们发现我在萨凡纳[204]附近呼号：

你们都看见我跟风说话，就觉得我疯了。
好吧，沙班可是驾驭住了海的马群；[205]
你们看见我望着太阳，望到眼球烧焦，
于是，你们这群疯子反倒觉得沙班疯了，
不过，你们都不晓得我的实力，听见没有？椰子树
组成兵团，穿着黄色卡其布，就站立旁边，
它们等着沙班掌管这些岛，
你们最好担心我痊愈之后、不再为人的[206]
那一天。你们的命运都在我手中，
部长，商人，你们都归沙班掌控，同胞啊，
我要把你们的生命抛撒，就如抛撒一抔沙土，[207]
我没有武器，只有诗，还有

一根根椰树的[208]长矛和那面闪亮的海之盾!

十、逃离深渊[209]

第二天,黑暗之海。恶心的[210]黎明。
"该死的风,就像女人心,说变就变"。[211]
慢慢的涨潮,开始达到顶峰,[212]犹如一座
山顶积雪的山脉。

    "哎,船长,天阴了!"[213]
"八月不该这样啊。"
    "光线真是奇怪,
这个季节,天应该像田野一样一览无余。"

刺鳐越海而驰,[214]
鱼尾拍水,高处的一群战舰鸟[215]
旋动中向内陆飞去,迅疾,射出的飞鱼
迅疾,差点就命中我们!文西说:"瞧见了吗?"
一阵黑色鬃毛的狂飚猛扑向帆
就像狗扑向鸽子,它咬住"飞翔号"的
脖颈,从头到尾地摇晃它。
"耶稣啊,我可没见过海变得这么凶猛
这么突然!风就像从上帝的后兜里[216]掏出来!"
"船长这是往哪儿走啊?跟瞎子一样!"
"要是错了,我们就错下去吧,文西,去它的!"[217]

"沙班,趁你还活着,只能祷告了!"

对我爱的人,我爱得还不够。[218]
比起"基克-姆-詹妮"海峡[219]骡子一样的踢踹
海还要凶狠,雨开始抽打"飞翔号"
它在水的山脉之间。我是不是怕了?[220]
支撑着天空、如一根根帐篷柱的水龙卷
此刻开始晃动,云在开线
天上的水把我们淋湿,我听见自己呼喊,
"我就是她的《梦书》中溺死的水手。"
我记得鬼船,我仿佛看见自己在螺旋中[221]
坠入满是海蜇[222]的海床,一哼又一哼,[223]
我的下巴咬紧就像拳头,只有一件事
支撑着颤抖的我:平安在家的家人。
这时,一股力量,仿佛将我抓紧,那力量说:
"我来自落后、却依然畏惧上帝的民族。"[224]
就让他,凭他之力,用他意志的绞车[225]
将利维坦钓起[226],那兽从他海底的海床
向外泼洒浪花[227];那力量就是信仰
童年时、从卡斯特里西瑟街、那座循道宗的小圣堂[228]
消失的信仰,那时,鲸鸣之钟[229]
唱响仪式,在坚硬、如鲸鱼肋骨的长凳上,
我们骄傲又绝望,我们唱着我们种族
如何逃出海的口腹[230],唱我们的历史,我们的险阻,[231]
此刻,无论死亡想要如何,我都已准备就绪。[232]

但,虽然风暴有力,船长却坚守他的位置
就像钉在十字架上,他的脸,胡须坠着溅起的水珠,[233]
泪水向他的双眼撒盐,这黑鬼牢牢抓住
舵轮,好家伙,就像十字架抓住耶稣,[234]
他眼部的伤口[235],仿佛冲我们呼叫,
我喂他白朗姆酒,而每座波峰
如利维坦一样拍打,都让"飞翔号"畏缩得
像那两个犯人。[236]一整夜,毫无安宁,
直到眼红如黎明[237],在守望[238]中,我们的劳苦
渐渐消退,消退,风暴全无。
正午的海如此平静,就像你的国要降临[239]。

十一、风暴后

风暴过后,有新的光
虽然整片海还在动荡之中;在光的明亮的苏醒中
我看到玛利亚·康塞普松蒙着面纱的脸
她嫁与海洋,然后漂流而去
穿着她新娘的长裙,拖着渐渐变宽的花边[240]
白色的海鸥当她的伴娘,她最终消失不见。
这一天后,我别无所求。[241]
而在我自己的脸上,它就像太阳的脸一样,
一行细雨滑落,大海平静。

雨水温柔飘落，落在仰起的海的脸上
海就像沐浴的少女；请让这些岛焕然一新[242]
就像沙班曾经感受过的那样！让每条路途，
每条炎热的道路，闻起来就像她刚熨过的衣服
再给它们洒上点点微雨。我梦已醒；
无论雨在洗什么，无论太阳在熨什么：[243]
白云，一线相连的海和天，
都足以当作衣服，遮蔽我的赤裸。
虽然我的"飞翔号"从未穿过这片内海[244]上
涨起的潮水，止于巴哈马，越不过
那里喧嚣的礁石，但，我心满意足
只要我的手能传达出一个民族的悲伤。
打开地图吧。朋友，看，群岛
比锡盘上的豌豆还要多，大小不一，
只在巴哈马，就有一千座，
有群山，有低矮的灌木林，珊瑚礁[245]，
就从这根弓桅上[246]，我祝福每座城镇，
祝福它们背后的山丘中蓝烟的味道，
祝福这条小路，它沿城镇蜿蜒而下，就像绳子
绕向屋顶的底部[247]；我只有一个主题：

弓桅[248]，箭，渴望而前冲的心[249]——
就是飞翔，飞向[250]箭靶，但目标，我们不会知道，
是徒劳的寻觅，寻觅一座能用港湾为人疗伤的岛
和一条无罪的地平线，那里的扁桃树，它的阴影

不会让沙滩受伤。岛如此之多!
多如夜晚的繁星
在那棵分叉的树上,流星晃动
就像落下的果实,落在纵帆船"飞翔号"的旁边。[251]
但,万事必定坠落,总是如此,
一边是金星,一边是火星;[252]
落吧,万事为一,就像这地球也是一个
岛屿,在繁星的群岛中。[253]
我的第一位朋友是海。如今,它是我最后的朋友。
此刻,我住口。我工作,然后,我看书,
在一盏桅杆上挂着的灯笼下,我休息[254]。
我试着忘记曾经的幸福,[255]
我一歇工,就研究星辰。[256]
有时候,只有我[257],还有轻柔、剪出的浪花[258],
随着甲板变白,月亮打开
一朵云,就像打开一扇门,我头上的光
是一条白月光中、带我回家的路。[259]
沙班从海的深处,向你们歌唱。[260]

海即历史[1]

你们的纪念碑[2],你们的战斗、英灵,何在?[3]
你们的民族记忆何在?先生们,
就在那片苍白的墓穴中。是海。海
封存住它们。海即历史。

起初,有涌动的石油,
重如混沌;[4]
之后,就像隧道尽处的光,[5]

是轻帆船[6]的灯笼,
是为《创世记》。
之后,是拥挤的喊叫,[7]
粪便,悲鸣:

《出埃及记》。[8]
珊瑚将骨焊在骨上,
马赛克[9]
蒙着鲨影的祝福,[10]

是为约柜[11]。
之后来的,是撩动着的

海底日光的钢丝,

是巴比伦之囚[12]如泣如诉的琴[13],
而一串串白色宝螺[14],就像镣铐
在溺死的女人身上,

它们是"所罗门之歌"[15]的
象牙手镯[16],
但,海却不断翻着空白页

寻找历史。
之后来的,是双眼沉重如同船锚的人[17]
他们沉没,没有坟墓,

还有烤牛肉的匪徒,[18]
他们留下烧焦的肋骨,犹如海边的棕榈叶,
之后,是泛着泡沫、狂暴的

浪潮之口[19],吞噬王港[20],
是为《约拿书》,[21]
不过,你们的文艺复兴在哪里?

先生,它关在海沙中
就在那,越过骚动的暗礁,
军舰曾在此漂流而下;

系上这幅泳镜,我亲自带你去。
一切不易察觉,都在海底,
穿过珊瑚的柱廊,

经过海扇的哥特窗
就到了硬皮的石斑鱼那里,它的黑玛瑙眼[22]
一眨一眨,它的珠宝让它更重,就像一位秃头女王[23];

而这些长着有孔如石头的藤壶、
安着拱肋的[24]洞
是我们的大教堂,

而那座飓风前的烧窑:
蛾摩拉。[25]风车把骨头研磨成
泥灰和玉米粉,

是为《哀歌》[26]——
只是《哀歌》,
而非历史;[27]

之后来的,就像浮沫,在河流发干的唇边,
是村庄棕色的芦苇
它们覆盖、再凝结成市镇,[28]

傍晚,有蚊蠓的唱诗班,

它们的上面,是一根根尖顶
刺入上帝的肋旁[29]

就像刺入他被定住的儿子[30],是为《新约》。

之后来的,是白人修女,她们鼓掌
随着波浪的前进[31],
是为"解放"[32]——

欢庆,哦,欢庆——
迅速消失
就像海的花边在阳光下变干,

但,此非历史,[33]
只是信仰,
之后,每块岩石都忽然变成自己的国族;[34]

之后来的,是苍蝇的宗教大会,
之后来的,是担任文书的苍鹭,[35]
之后来的,是为选票鼓噪的牛蛙,

萤火虫带着明亮的思想
蝙蝠,如同喷射中的大使[36]
螳螂,卡其色的警察,[37]

还有毛茸茸的毛虫法官[38]
细心地审理每一桩案件,
之后,在蕨草黑暗的耳中

在海池[39]的岩石
腥咸的吃吃轻笑中,那如传言一样、
没有回声的声音就在于此

是历史的声音,是真的开始。[40]

埃及,多巴哥[1]

  献给 N. M.[2]

有一棵破败的棕榈
在这片狂烈的海岸,
它的羽毛,是生锈的
死武士的头盔。

木然的安东尼,意兴阑珊
她的阴处,让他弄得活力全无,
在他身旁,如一只睡猫,[3]
他清楚,他的心就是这片真实的沙漠[4]。

一队队军团[5]的蜃影
越过她起伏的沙丘,[6]
随着他内心的鼓声
渐渐消失,

一艘艘三桨座船[7],
穿过让爱弄皱的床单,[8]也消失不见。
在精雕细琢的她的神庙[9]之门上
一只苍蝇打探它的讯息。[10]

他将一缕湿湿的头发
从耳边拂开
精美得就像睡着的孩子的耳朵。[11]
他全无活力,凝视着那倾落的圆柱[12]。

他躺下,就像一棵红铜色的棕榈
树,午后三点[13]
旁边是一片炎热之海
和一条河,在埃及,多巴哥。

她的盐沼在火热中变干[14]
他曾在那里沉没
身无铠甲。[15]
他曾用一个帝国换取她的汗珠,[16]

用角斗场的喧嚣,
用元老们
变化的浪潮[17],换取
这片沉默沙滩之上、沉默的天花板——

这只头发斑白的熊,他的毛,[18]
脱落,镀上银——
就为了这只敏捷的狐狸,她带着
甜蜜的芳腥[19]。被欢眠[20]肢解,

他的头
在埃及,他的脚
在罗马,他的腹股沟,是沙漠
战壕,有死去的士兵 [21]。

他滑动一根手指
穿过她硬硬的头发
头发卷曲,就像牝马 [22] 泉涌般的尾巴。
阴影慢慢爬升 [23],爬上宫殿的瓷砖。

他太疲倦,一动不动;
叹息会唤醒
号声,又一个手势,
开战。他的怒目,

是一面盾
映着火光,
铜眉 [24] 皱也不皱
即使面对屠杀,那里流着汗,流出太阳的力量。

驱动他、让他燃烧、蒙尘的
并非秋日欲望的 [25]
骚动,也不是
它的背叛, [26]

这远非、甚至算不上爱,
而是强烈、并无叫嚷的
震怒,而它之所以变强
因为它的深处是静谧的;

它[27]听见河水
是她年轻的棕色[28]之血的河,
它感觉到整片天空在抖动
随着她蓝色的眼帘。

她沉睡,开动着孩子柔软的引擎,

那睡眠如镰刀,收割
长矛的茎秆,砍伐
收获一支支
对它的刀无能为力的军团,
那睡眠化出一个个凯撒[29],

他们朝苍蝇喷着唾沫,
拍打前额
上面有桂冠的印记,
他们是[30]醉鬼,是喜剧演员。

令人羞辱的欢眠,它的和平
甜蜜如死亡,

它的沉默
如海一样重,一样流畅,

她[31]用头发颤抖的呼吸,摇动这个世界。

破败、狂野、
棕榈为冠的安东尼,
在埃及生锈,
他已准备好失去这个世界,
失在亚克兴,失在沙滩,[32]

其他一切
都是虚无,除了这份
对一个女人的温柔,她不是情妇
是他沉睡的孩子。[33]

天空无云。午后温和。

罗伯特·特雷尔·斯彭斯·洛威尔（1917—1977）[1]

至于别的事情[2]
那种当眼帘如同涂釉[3]
毫无皱纹的额头
泛着蜡光时才出现的事
再没有问题
问那干枯的嘴[4]，

人们是否像打开衬衫那样打开心[5]
去释放一群燕子[6]的怒气，
大脑是不是
一座给蛆虫[7]的图书馆[8]，
就当一下子知道
那个时候
一切已经如此死板，

如此正式，有啼笑皆非的永别[9]、
管风琴、合唱队的时候，
而我，必须借一条黑领带，
而在悼辞中的哪个时刻
我该失控，痛哭——[10]

曾有一双双翅膀惊起
从你身体、这座封锁的牢笼中
冲出,你的拳头松开
这些鸽子[11],它们和平地
环绕这一页,

而,
当括弧如同一扇门,锁住
1917 至 1977,
两个半圆闭合,成了一张脸,[12]

一个世界,圆满的整体,
一个牢不可破的 O,[13]
而某个曾拥有可畏之名的东西
现在,就从通常穿着它的名字的事物中走出
它是透明、精确的典型,[14]
以至于,我们能透过它,看见
教堂、汽车、日光[15],
还有波士顿公园[16],
不需要任何书[17]。

欧洲森林

  献给约瑟·布罗茨基[1]

最后的叶子[2],如音符从钢琴上飘落
留下它们的椭圆[3]在耳中回响;
冬天的森林,放着笨手笨脚的乐谱架,
看起来就像一支无人的乐队,它的谱线
画在这些散乱的雪的手稿上。

一棵橡树上镶嵌的铜桂冠[4]
透过那棕色砖形的玻璃,在你头顶,熠熠闪光
如威士忌一样明亮,而寒冬的气息
随着你朗诵的曼德尔施塔姆的诗句
像香烟的烟雾一样飘散,清晰可见。

"柠檬色的涅瓦河畔、卢布钞票的沙沙声。"[5]
在你那流放、践踏中清脆[6]的口舌下,
喉音如同枯朽的叶子,瑟瑟而鸣,
曼德尔施塔姆的短句随光萦绕
在棕色房间,在贫瘠的俄克拉荷马。

有一座古拉格群岛
在这冰下，那里漫长的"泪途"[7]
它的咸涩的矿泉沿沟渠，流过这些平原
平原干硬、开阔，宛如牧人的脸
那脸日晒皲裂、胡茬上沾着未曾剃去的雪。

随着作家大会[8]上的窃窃私语，
这雪越下越盛，盘旋，犹如哥萨克骑兵绕着
一具疲倦的乔克托人的尸体，[9]最终，它变成
条约[10]和白纸[11]的暴风雪，正因此
我们就看不见那个体的身影[12]。

每个春天，这些树枝的架子都装得满满
就像图书馆，放着新出版的叶子[13]，
直到荒野将它们循环——从纸到雪——
但是，在受难的零度，有一个心灵
却始终坚忍，就如这棵仅存几片黄铜叶的橡树。

那时，随着火车穿过森林的一幅幅受刑的圣像[14]，
穿过像货运场[15]一样砰然作响的浮冰，之后，
穿过冰冻年代[16]的一座座尖顶，一座座呼啸着蒸汽的站台，
他只用一个冬天的气息，就将它们纳入，
气息中冻结的辅音，再变化为一块块石头[17]。

在这些伶仃的站台，他看见了诗

诗就在广袤如亚洲[18]的云下,遍及一片片
能将俄克拉荷马当作一颗葡萄吞下的地区,
让终点变得无望的,并非这些有树荫的草原车站[19],
而是这如此荒凉的空间。

那个黑孩子[20]是谁?他靠着欧洲的
栏杆[21],望见夜晚的河水在铸币
铸造一枚枚印着权力、而非印着诗人的金镑[22],
望着如纸币沙沙响的泰晤士和涅瓦河,
望着黑暗覆盖金色之时赫逊河的轮廓。

从冰封的涅瓦河,到赫逊河,
在机场的穹顶下,在回声阵阵的站台,
移民的支流[23]涌动不断,流亡
让他们像感冒一样不分阶级[24],
他们是一种语言的公民,那就是你的语言,

而每个二月,每个"晚秋",
你[25]都在写作,远离了打谷的收割机
它们折着小麦,就像少女编着发辫,
远离了俄罗斯的运河,它们中暑而颤抖,
你是独处一室、与英语为伴的人。

而我的南方,那些观光的群岛
也是监牢,易生腐败,虽然

没有监牢比写诗更苦,
但,什么是诗?它真若称职[26],
难道只是供人糊口[27]的只言片语?

糊口,熬过了几个世纪,
这面包依旧够用,而种种体制皆已腐坏,
而犯人,在枝杈如铁丝网的森林中
转圈踱步[28],咀嚼着那一个
它的音韵会比树叶还要永久的短句,

它凝聚,如同[29]大理石的汗珠
在众天使的前额,它不会干涸
除非北风神[30]合上它缓慢的
孔雀光扇,从洛杉矶[31],到大天使城[32],
除非记忆,没有什么需要重复。

恐惧、饥饿、染着神圣热病的
奥西普·曼德尔施塔姆战栗不止,而每个
隐喻,用冷颤让他颤抖,
每个比界石还重的元音,也让他颤抖
"随着柠檬色的涅瓦河畔、卢布钞票的沙沙声",

但现在,热病成了一团用灼热
温暖我们双手的火,约瑟[33],我们牙牙作语就像灵长动物

我们在一座棕色小屋、这个冬天的洞穴里
交流着喉音,而在外面的雪堆间
乳齿象[34]在雪中,推动着它们的制度。

河之科尼希 [1]

科尼希知道河上无人。[2]
他驶入河的棕色嘴巴,那里塞满百合,
蒙上蚊虫的帘幕,他撑着小舟
经过废弃的渡口,还有渡口的一根根木桩
那上面覆着煤灰。他呆在甲板,望着,高处
在厚密的牧场,有一头沙色的骡子,
没套绳索,没有笼头,荒废的工厂机轮
它的周围,没有任何住民的迹象,
机轮生锈,紧紧卡住,它的辐条间,
野山药叶的藤,超重而弯斜;
淡黄的日光下,野香蕉
长着乳头[3],就像酸痛的奶牛,结着没有乳汁的果实。
这是最后一片可采的矿区。
这里只有植物看起来还不错。
突然,痛苦如一只螃蟹,踩着又碎又疾的步子,刺痛他的脚,
扼住他的脖子,[4] 直到大脑的根部。
他觉得自己的理性在这强烈的麻木中
如羊皮纸一样向内卷曲。好了,他不再去想
残留的记忆,不再给它增添负担,使它疲倦;
他该谢谢上天,他逃出大海,
而且不管怎样,确如他要求的,他和其他人

一同被派到此处——那为何他的抱怨
让这条河愤怒？突然，科尼希想唱，
即使只有河，与他相伴——
这是河，科尼希，他的名字，意思是王。

那时，他们全都染上了传教士的狂热：
他们打算去为野蛮人 [5]
赎罪，驯化他们，就像科尼希不知不觉中
驯化这条河，随着它的流动，接受它的蜿蜒；
他目睹了其他传教士如何死去——
他们在风中摆动，如果那天空是钟，
他们就像钟破裂之时、死一般的钟舌——
因为他们对待蛮人，就仿佛他们是人，
他们用天堂和地狱的说辞恐吓他们。
但，科尼希若有所思：我竟忘了
我们旅程的初衷，还有我们的目的。他清楚，那目的高贵，
立足于《圣经》中的一句他忘掉的格言，
不过，他觉得自己没有形体，就像一个
从一部一百年前写成的小说、它的纸页间、而非森林里
蹒跚走出的人。[6] 他抚摸自己的制服，
那上面布满了带钩的毛刺，它们试图
拉拽他，就像别人的一双双溺水的手，
他的惊慌遗弃掉的手。其他人已死，
他们就像真实的人一样死去。我，科尼希，是鬼，
众河的鬼王。好吧，即使是鬼魂，也必须安息。

若他知道自己死了,他就没死。⁷
正是在你伪装时,你才是愚人。
他侧过身子,疲倦地靠在船篙上。
如果我是一个叫科尼希的人物,那么我
就会主导自己的未来,就像一部
有真的河,真的天空的小说,
所以,我其实不累,我应该撑下去。⁸

叶子间的光很美,
在久远的生活中,此时,他心存感激
感激那阴暗、俗常的生活之云间的
任何一片光芒:一颗太阳黑子,让他剃度的头顶现出光环。⁹
银币和铜币,在河面舞动;
他的头有暖意——光在他的脑壳上跳动
就像赐福。科尼希闭起双眼,
他感到有福。这明确了方向。
他靠着船篙。他必须再撑一阵。
他念起自己的名。他的声音,听起来是德语,
然后,他又说"河",但,什么是德语
既然只有他才能听见?我说德语¹⁰
他的名字听上去,跟在英语里一样真实,
德语的 Koenig,英语叫 King。
这条河是否也想有个称呼?
他问河。河无言。

在弯处,河倾泻着它的白银
它就像一座懊悔的矿,给予,再给予
一切白色和绿色之物:白色天空,白色
水,暗绿的,比如慢慢滑动、敲着鼓点的
森林,还有绿色的热气;
之后,在一片沙洲,前方出现蜃影:
棉布帆的纹理,装配好的[11]蛛网,
一艘搁浅在黑色河泥上的纵帆船
正从河床中慢慢浮起,
一个土著人,戴着大圆礼帽,读着报
报纸拿倒了。

  "我们女王[12]哪去了?"科尼希喊道。
"我们皇帝[13]哪去了?"

      那黑鬼,消失不见。
科尼希觉得,他自己也在被阅读
就像那报纸,或一百岁的小说。[14]
"女王死了!皇帝没了!"[15]有声音喊道。
有个念头一闪而过,那些树干不是木头
而是屠杀死的印第安人的[16]鬼魂,他们站在
红树林中,他们的眼睛如萤火
在绿色的黑暗里,他们如同蜂鸟
滑翔,而不是在林间奔跑。
河载着他,穿过他呼喊的言语。
纵帆船向下游行进,无影无踪。
"曾有一时,我们统治一切",

科尼希对着他那泛着波纹的白色倒影,如此唱道。
"德国之鹰[17],英国雄狮[18],
我们统治的世界,比这河的流域还要广,
那些世界,有染色的象,挂着流苏的象轿[19],
还有从棕榈丛中跃起时
带着条纹阴影[20]的老虎;人们再也见不到那样的
日子;我们的旗帜,随着埃及独桅帆船[21]之上的
落日,一同沉没;我们统治过跟尼罗河、
恒河和刚果河[22]一样巨大的河流,当我们的帝国
达到炽热的顶点时,我们也驯化、统治过你们。"
这条小溪,它在世界的某个地方,
不必管是在何处——凯旋就在眼前。
科尼希笑了,朝棕色的溪流吐口唾沫。
此时,蚊子冲着夜晚歌唱
夜从河中升起,红树林之下
雾散开。科尼希紧握双拳
握着他的驳船篙、那根权杖,此时,薄雾
从河上升起,那一页变白。[23]

星苹果王国[1]

一[2]

旧日田园牧歌的残片[3]还存在于
这座岛的郡[4]中,那里的牛群,饮着
古老的天空里自己的一汪汪倒影[5],
是那时留下的残片,那时的风景还复制着这样的主题:
"赫里福德牛,日落怀河谷。"[6]
从厂房水车上溅落、白色、
喷洒如星苹果树花瓣的山泉,
踏车上的骡子从周一到周一
带动的所有风车房和糖厂,
它们用水、风、火的舌头,
用教会学校黑崽子[7]的舌头,犹如一条条
记住自己源头的河水,复念着[8]特莱劳尼区,圣大卫区
圣安德鲁区,[9]这一个个名字,困扰着牧场、
青柠果林、泥灰岩围墙,还有牛群,
而它们,却有着顺从的渴望、史无前例的满足。[10]
阁楼上,比如旧的蕾丝婚纱
在羽毛围巾,阳伞[11]之中,还有茶色的
银版法[12]拍成的相片,对于孩子来说,

它们暗示着史无前例的[13]幸福,有序,无尽
像这条通往大宅的大厦之路[14]
就在远景处、随着马群、有节奏地
抖动绿鬃毛的木麻黄之下,[15]一种有序的生活
被长柄眼镜[16]简化,日以继夜,一只镜片是太阳,
另一只是月亮,简化成一面穿衣镜:
保姆[17]缩小成玩偶,红木楼梯
也与相册的楼梯,大小仿佛,
相册中的餐具,它的闪光泛黄,藤黄
犹如午茶时垒放的糕点,就在装着栅格、
长着叶子花[18]的游廊之上,游廊俯视,望向
天空之下的赫里福德牛、就如盖伊普所画[19]
天空火红[20],像一件陶瓷纪念品,上写这一句:
"赫里福德牛,日落怀河谷"。[21]

二

奇怪,深仇恨意竟隐藏在那个梦见
舒缓的河流、百合般阳伞的梦中,[22]隐藏在一张张
上等、古老的殖民地之家的合影里,相片的边缘翻卷
并非因年代,也非火、化学物所致,不,完全不,
而是由于马夫、牛童、女佣、园丁、
佃户、乡村里潦倒的好黑鬼[23]

从边缘脱落,无辜被排除,
他们的嘴,牙关紧闭,发出沉默的尖叫。[24]
是一种会打开一扇扇门,让它们狂乱摆动、
彻夜如此的尖叫,它正带来更重的云,
比云还要黑的烟,它让群牛惶恐
在牛凸出的眼中,大宅缩小:
尖叫是灼烧的风
它开始熄灭萤火,
让水车变干,吱扭作响,停止不动
就在水车刚要念出特莱劳尼区、
用旧日牧歌的声音念出所有地方之时,
吹彻万物的风,却吹不弯任何东西,[25]
吹不弯相册之页,吹不弯青柠果林;
它吹着漂浮的白衣娜妮,[26]让她从一根羽毛
退变为虚幻的化学微粒,[27]它让
饮水的赫里福德牛,缩小成壁炉台上
棕色的瓷母牛,让特莱劳尼随黄昏颤抖,
让年老和善的治安官[28]、他的牧场烧焦;它吹得
远远,吹着体面的公务员和终生为业的厨师,
它萎缩成一张残片,是旧日的田园牧歌
黄昏中,在镀金边框里,[29]此时,它捕捉住牙买加
夜晚的太阳[30],让两个时代合而为一。

三

他从大宅向外望去,望着
云彩,云还留着火的香气,
他看见植物园[31]按照官方的要求没入
正式的黄昏,[32]管理员[33]早已在那里漫步
黑人园丁的笑容之下,是闪亮的剪刀
刀旁是阳伞般的百合,[34]在漂浮的草地之上,
火焰树[35]服从他的意志,捻低自己的灯芯,
花朵攥紧拳头,以节俭的名义,
姜百合的回路上,熟可可的瓷灯,
木兰的喷嘴[36],都已暗淡
它们留下一只孤独的灯泡[37]在游廊,
还把他的命令延伸至天花板上
星苹果的大烛台,他本可以勒令
天空入睡,然后说,我累了,
为了胜利,省下星光吧,我们可用不起,
月亮可以留着,再开一小时,这就够了。
但是,虽然他的权力、颁布的命令
从橘子黎明延伸至星苹果的黄昏,[38]
可他的手无法如堤坝一样阻挡不息的尘流
尘流裹挟着[39]穷人的棚屋,和他们的根摇滚乐[40],
直下到亚拉斯[41]的沟壑与八月镇[42],
它把他们安置在椰刺[43]之上,连同他们破旧、像钉十字架一样
被仙人掌挂住的衣衫,还有铁罐、旧轮胎、纸箱;

黑色的瓦列卡山[44]，上空闪耀，躁烈
就像百万台收音机的调谐板，[45]
悸动的日落，闪动如一面网格[46]
那里，拉斯塔法利的节拍[47]从金斯敦的点唱机[48]中响起。
他看见泉水干涸，没有了四方舞[49]、水之音干枯
没有了乡村舞者[50]，小提琴手就像横笛
横卧一旁。他必须治愈
这座沐浴在香果叶[51]中的疟疾之岛，
治愈它的因发烧而抖动的森林，治愈干枯、
像绞车一样呻吟的牛群，还有不停摇头
想不起自己名字的草地。水车，河中，
没有元音[52]留下。摇滚之石，摇滚之石。[53]

四

群山起伏[54]就像穿过磷光之星的鲸鱼，
他随之摇摆，如同一块下沉数哼[55]、落入睡眠的石头，
拖动他的，是星与星之间
向下拉拽着半个世界的磁力，是黑人权力[56]
它拥有梦见雪的刺客，
他用战斧将暴君砍成入睡的孩子。[57]
屋子停锚，摇动[58]，但随着他的坠落
他的心智成了月光下的水车，
在他那月光的睡眠中，[59]他听见

王港大教堂的溺死的钟,他看见气泡
如铜便士,从生海贼[60]空空的眼袋里
升起,海盗磨损的肩膀旁
鹦嘴鱼[61]浮现,一匹匹海马
拉动穿礼服的女士,走过她们流动的海滨路
穿过青绿如苔藓的海草坪;
他听见溺死的唱诗班在栅栏洲[62]下,
一曲赞美诗从反转成水的天中升到地上,
螃蟹爬着尖塔[63],
而他,随着夜光降临学会[64]
也从海底天国[65]爬出,
灯光下,学者们都在自己的水族箱,
他看到他们像鹦嘴鱼一样,只张嘴不出声[66],此时,
他从洗礼中上升,经过学者的历史课,
经过一个个如同思想、让他难以弄破的气泡:
牙买加被宾和维纳布尔斯[67]占领,
王港在洪水般的[68]地震中,毁灭。

五

从圣地亚哥到加拉加斯[69]的一座座大教堂
在它们绚烂的外观面前,为人赎罪的大主教们
洗着贫民的双脚[70](此时加上括弧[71]
就让加勒比海成了洗礼盆,[72]

让蝴蝶变为石头，让绕着城市垃圾的
秃鹫，变白如鸽子），
加勒比海就像一个椭圆的盆
端在[73]侍僧的双手上，一个赦免了[74]
历史的民族，是他们不曾记下的历史；
三百年了，奴隶宽恕着他挨过的鞭打，
无产者[75]念诵着列岛的玫瑰诵，[76]
赞美诗的回响，如同海洞[77]之中
海的低鸣，随着他们的膝盖变成石头，[78]
爱国者的身体正让一面面墙崩塌
那墙的外皮仍然是无声的疾呼，革命！[79]
"圣救世主，为我们祈求吧，圣多默，圣多明我[80]
为我们祈求吧，[81]为我们求情吧，[82]无眼的
圣露西亚[83]"，而当循环的连珠[84]
到了圣三一[85]这颗最后的黑珠子
他们就从哥伦布[86]开始之处重新开始，
双膝钻入石头，随着圣萨尔瓦多的念珠，
随着一颗颗绕在印第安人脖子上的、殖民地的黑珠子。
他们祈求经济的奇迹，
但市政肖像上却浮现出溃疡，
酒店、赌场、妓院，纷纷兴建
还兴起一座座烟草、食糖、香蕉的帝国，
最终，一名黑人女子披着长巾犹如秃鹫，[87]
爬上楼梯，敲打着
他的梦之门，她在钥匙孔的耳畔[88]私语：

"让我进去吧,我祈求够了,我就是革命。
我是更黑暗、更古老的美洲。"

六

她美如日出时的石头,
她的嗓音有着机关枪的喉音
那喉音穿越卡其色沙漠,沙漠的仙人掌花
如手雷般爆炸,她的阴处是印第安人的
被割开的喉咙,[89] 她的头发泛着母牛的深蓝光泽。
她是一把被革命之风吹得里外
翻转的黑伞,她是悲苦圣母[90],
悲苦的黑玫瑰,沉默的黑矿,
被奸污的妻子,不孕之母,阿兹台克的圣母[91]
让一千把吉他射出的箭刺穿,
是沉默之石,但若它大声说出
那种以父的名义施加的暴虐,
那么,它就会震慑住[92] 劫掠的狼,
泉涌般的将军、诗人、瘸子
他们跳着舞,却越不过伴随着每场革命的
他们的坟墓;她的凯撒[93] 被机关枪的牙齿
缝合,而每当日落
她就像曾经捧着赎罪的餐巾那样
端着加勒比海这个椭圆盆

把它当作洗脚缸,端给独裁者,特鲁希略、马查多,[94]
给那些脸色如市墙上的海报一样
发黄的人。此时,她轻抚他的头发
直至它变白,但她不会明白
除了和平,其他权力,他一概不要,
他想要一场不流血的革命,
他想要没有任何记忆的历史,
想要没有雕像的街道,
没有神话的地理。他不需要军队
只需要香蕉军团、粗厚的甘蔗矛,
他哭诉道,"我没有权力,只有爱。"
她从他内心消失,因为他杀不死她;
她缩小成一只蝙蝠,日夜悬挂
悬挂在他脑后。他在梦中坐起。

七

灵魂成了他的身体,变得薄如
倒影、无懈可击,
它没有钟表,就弄乱了时间;
它走着逃亡黑人[95]走过的山路,
随着嘎吱作响的绞架上的戈登[96]来回摆动,
它从产房外面一个裹头巾的保姆那里[97]
买了一包辣薄荷糖[98]和腰果,

它听见他的呼吸分贝升高,
声音就像花生小贩的板车,它进入市墙
撩动起一张张标语,它们叫嚷着他的名字:救星![99]
还有:走狗![100] 他像一把勺子一样融化
融化在CIA、PNP、OPEC[101]的字母汤里,
一当他带着这样的想法经过时,灵魂就重又安定:
我本该预见到那些头发如铁丝
胡须像迸裂的床垫、狂野的双眼带着石榴红色的撒拉弗,[102]
他们的肋骨依偎在科普特圣经[103]上,他们会
叫我约书亚,盼望他到周三[104]之前、
在耶利哥城[105]崩塌之后,能推翻巴比伦;是啊,是啊,
我本该明白那些富人的狡猾的痛苦[106]
他们没有给我留下分文,除了这些命令:

八

他空中的命令,[107]
控制着乌鸦,乌鸦的环迹
就是这枚婚戒,让他迎娶他的岛。
他海上的命令,
是基韦斯特[108]和哈瓦那之间
渔区的界线
鲨鱼用牙剪着它们,就像剪着丝绸
他地上的命令:

是生锈、含着铝土矿的流血的山丘；
他天堂的命令：
是一根根裹着铝皮、天使般的烟囱。

九

形貌如云[109]
他看见他父亲的脸，
头发如白色卷云，在相片的风中，
吹得向后飘动，
红木[110]的嘴，抽搐，闭拢，
眼皮垂耷，他听命于[111]
初次的妥协、
最后的通牒、
第一回、也是最后一回的公投。

十

一天早上，加勒比海被七位总理[112]
剪碎，他们一匹匹地买走了大海——
一千英里、装饰着花边的海蓝布，
一百万码青柠色的丝绸，
一英里紫罗兰布，一里格一里格的[113]蔚蓝绸缎——

他们再高价卖给大集团，
这些集团，之前还出租了水龙卷
租上九十九年，用来换五十艘船，[114]
集团又零售给共用一个银行账户的[115]
部长们，部长转手再出售，
还为加勒比经济共同体[116]打出广告，
直到人人都拥有了一小片海，
有人拿来做纱丽[117]，有人做头巾；
余下的，放在托盘里，供奉给
比邮局还高的白邮轮；[118]之后，狗咬狗的混战
在内阁爆发，争的就是，谁第一个卖掉
群岛，换来了列岛的连锁店。[119]

十一

此时，一棵手榴弹之树[120]就是他的星苹果王国，
他的鸦群，在休耕的牧场之上巡视，
他感到自己的拳头，不自觉地绷紧
成了一只扼住五只白鸽[121]的爪子，
群山若隐若现，在戒严令[122]中，沉重如铅，
郊外的花园开着白色偏执狂的花朵
就在惊人的四月之叶的花边；
流言是不会落下的雨；

敌方的情报已经让蟑螂

抖动的触角感到警觉,蝙蝠像信使飞来飞去

传送着大使馆之间的密报;

作战室的调谐钮[123]旁,特工等待着

哈瓦那边来复枪的枪声;装着百叶窗的大街

蜂拥的雅马哈[124],咆哮中沿街而下。它们

在笼罩静默的天空上,留下一个洞。[125]

十二

他没有听到摩托的咆哮

有减弱的迹象,它就像遥远童年时的水车

兜着圈子[126];他溺死在沉睡里;

他没有梦,睡着爱之后的睡眠

在夜晚、矿石的忘境中[127]

她的[128]身子有可可的味道,她的牙洁白

如椰子肉,他的呼吸带着姜味,

她的花瓣芳香,就像甜薯[129]的藤

在沟垄里,阳光下,依然气味扑鼻。

他睡的这一觉,抹去了历史,

他睡着,犹如海的胸膛上一座座岛屿,

他又能像个孩子一样,在她的星苹果王国。

十三

明天,海会闪烁如钉
在锌做的天空下,空中那朵贫瘠的蛋黄花[130]
被捶打,一条没有游轮的地平线;
明天,云朵沉重的轻帆,会失事
瓦解在云自己的浪花里,在群山的
礁石上,明天,驴子的呵欠[131]
会把天空锯成两半,黎明时
山坡上会传来政府的呻吟声。
但现在,她抱着他,就像她抱住我们所有人,
抱住失去历史而变成孤儿的[132]群岛,对于她
我们姗姗来迟,我们的缪斯[133],我们的母亲,
她哺育群岛,而当她变老
乳房褶皱就像茄子,
她就成了戴头巾的[134]母亲,"河石上漂白的床单"[135]之母,
福音之母,"谢谢你牧师"[136]的母亲
她变为红木,生命木[137]之母,
她的儿子如荆棘,
她的女儿是生育石头的干涸的沟渠,
我们童年时,她就是家里的女仆和厨娘,
是年轻的婆婆[138],擦亮着历史的缪斯、
克莱娥[139]的石膏像,在她海贝的洞穴里
在大宅的客厅上,海中升起的她[140]

沐浴着深邃的大西洋,那里涌动着她的女仆的赞美诗。

十四

靛蓝色黎明中,棕榈松开它们的拳头,[141]
他的双眼睁开,亮出花朵,他躺着,平静得
如同没有水的水车。太阳的导火索点燃,
在地平线边缘咝咝作响,白昼引爆了
它无情的雪崩、是马车和咒骂[142],
金斯敦,这座咆哮的烤炉,它的天空暴烈
犹如馅饼[143]小车的铁箱。码头
在黎凡特人的货栈气味中
海风缓缓[144]沿它而下,带着潮湿的狗皮味。
他愤怒,一身泡沫[145],正在让他的爱凉爽[146]。
他挨着鞭打,就像一匹马,但当
花洒给他加冕,他闭上眼睛时,
刹那间,他成了披婚纱的新娘,与他的国家复婚,
他是一个孩子,让这座水车的选区中的咆哮拖曳,
那些誓约[147],得以重申;他穿衣,下楼用早饭,
又一次坐在早餐桌的
红木边,桌子的黑皮[148]已经擦亮
就像母马的光泽,他看见父亲的脸
和自己的脸在桌面上交融,[149]他向外望去
望见干枯的花园和渗漏的池塘[150]。

十五

何为加勒比海?一座绿色池塘,遮蔽在
白厅[151]的大宅圆柱之后,
在华盛顿希腊风的外观之后,
它有膨胀的青蛙蹲坐在群岛般的
睡莲叶上,[152]群岛悲伤地配对,就像两只海龟[153]
又生出小岛,就像古巴这只海龟
爬到牙买加身上,生出开曼群岛[154],就像,在
海地-多米尼加[155]的锤头龟之后
拖着一串小龟,从龟岛[156]到多巴哥;
他追寻着海龟一起一伏艰难行进
离开美洲,去往开放的大西洋,
他觉得自己的肉体承载满满,如同怀孕的沙滩
怀着被月光守护的龟卵——它们渴望非洲,
它们是旅鼠[157],让磁性的记忆拖曳[158]
拖向更古老的死亡,[159]拖向广阔的沙滩
那里的狮子,[160]它们的咳嗽让拍浪弄哑。
是啊,他能理解它们自然的方向
但它们会淹死,海鹰围着它们盘旋,
悠然的战舰鸟,收住怕打的翅膀,[161]
他闭眼,感觉自己的下巴奔落,
再一次随着沉默的尖叫的重量。[162]
他带着爱的愤怒,朝海龟呼喊,
就像冲孩子尖叫,还是这同样的尖叫

在他童年时，曾翻转一个时代
曾让星苹果王国的叶子向后弯去，
如今，它让溪水朝山坡飞流，拉动水车，向后转动
就像电影的卷片轴[163]，在那呼喊中，
从粗绳索和他喉咙的肌腱里，
海秃鹫远去，远去成一个个斑点[164]，
鱼鹰无影无踪。
　　　　在披着硬皮的大教堂、
它的膝盖窝[165]一样的楼梯上，有位女人，身着黑衣[166]
无月之夜的黑色，她的两眼中
海在星光下闪耀，如同刀刃的反光
（就是她，曾对着他耳朵的钥匙孔私语），
她清洗楼梯，她第一个听到了尖叫。
她属于那些如流动的黑河般的女子
她们在荆棘日[167]，把椭圆盆
端给[168]穷人的双脚，她们提着挤奶桶走向奶牛
在田园牧歌般的日出时，她们头顶篮子
步下染着血友病的海地的红山丘，
此时，拧干过的破衣服，还从她们粗硬的手边淌着水
就像曾经从海绵里滴下的醋，
但，她听着，犹如犬听，与全世界
所有斗败之犬[169]一起倾听，倾听沉默的尖声呼叫。
沉默中，星苹果如雨，落在地面，[170]
沉默是海底之城的绿色，
一秒之间，沉默就能持续

半个钟头,海贝的沉默,随着沉默
回响,胡须如铁丝的人们望向
吱呀作响的光,[171] 那光出现在
世界的噪声之中,世界平分[172]
为穷富,分为南北、
分为黑白,分为两个美洲,
在光里,他们看见特莱劳尼区,圣大卫区,
圣安德鲁区的沉默的锡安[173]之地,
看见舞动的树叶,就像无声的孩子,
在特莱奥谷[174],看见旧水车
白色、沉默的咆哮,在星苹果王国;
这女人的脸,倘若之前,它的笑容
在那张皱纹如河流的羊皮纸地图上,可以读出,
那么,她其实早就和此时的他一样,面带微笑,[175]
而他,正敲破[176]白昼,开启了他的鸡蛋。

选自《幸运的旅行者》(1982)

古老的新英格兰[1]

黑色快帆船[2],染着鲸鱼之血如同焦油,它们合起帆
驶入新贝德福德、新伦敦、纽黑文。[3]
白色的教堂尖塔呼啸着直入空中
如一条剑鱼,[4]一架火箭,刺向上天
此时,解冻之泉,沿冰的V字[5]争相奔流
顺山坡而下,[6]一面面"古老的荣耀"枷打着
自越南而归的农场绿男孩的十字架。[7]
四季的划分仍然按照相同的
幅度,与同样生着脉络的叶子和身体一样,
无论春风在何时,惊动一棵棵带着战争记忆、
游行的橡树,惊起它们的喧嚣,
那战争,曾将整个整个的县,从日历上剥离。

山坡依旧在伤痛之中,
它让白色礼拜堂的尖塔刺伤,印第安人的途迹[8]
沿坡滴流而下,犹如冒泡的花楸果上
鲸鱼的棕色血,就像野兽的足迹
留在被地狱之火焚烧、黑如《圣经》的木柴上。[9]
战吼[10]盘绕,紧紧绕住白色猫头鹰,
它长着石头羽毛,是印第安人灵魂的圣像,
一行行铁轨,如箭,射向远方的

那全无易洛魁人[11]的山岳。
春天用矛,刺着树木和伤口,[12]一条泉水奔流
而下,顺着一段段歪斜的桦木地板,[13]带着它们碎片的太阳
一串串如珠、一面面如镜——破碎的承诺[14]
帮助这个合众国成了现在的模样。

我们[15]信仰的波峰变得高声
如春天的橡树,它们根深蒂固,安然相信
上帝[16]虽谦和,但还持着呼啸的剑;
他的鱼叉是教堂的白色矛,
他游荡的心灵是笼罩在桦树中的途迹,[17]
他的愤怒是曾把那野兽熬到融化的缸[18]
而那时,黑色快帆船(打着绳结,将每根横索
系在桁桅[19])正带着我们之子从东方返乡。[20]

北方与南方[1]

此刻，金星升起——稳定的星
这颗在靛蓝色群岛之上刺穿我们的行星，
如果能称之为灯，那它就从翻译中幸存——[2]
尽管有批评的沙蝇，但我还是接受我的职责
当一位帝国末期的殖民地的新贵，
一颗孤身、环行、无家的卫星。
我能听见它喉咙里临终的哀鸣
在军团撤退的喧闹中，来自印度[3]
来自帝国[4]，我又能看到满月
如同白旗，升起在夏洛特堡[5]的上方，
而落日，也像旗帜，慢慢塌落。[6]

很好，一切已逝，除了它们的语言，
那语言就是一切。对于帝国的傲慢
有一种报复也许带着孩子气，就是听听蠕虫
把它们庄严的圆柱啃啮成珊瑚，
再用呼吸管潜泳，在亚特兰蒂斯之上，透过面镜，看看
西顿自窗户之下都在沙中，还有推罗，亚历山大港，[7]
它们漂摇的海草叶透过了玻璃底面的船，
再从多巴哥渔夫那里，买下帕台农神殿的、
布满气孔的残片，[8] 但恐惧犹存，

迦太基必灭,[9] 在玫瑰色的地平线上,

而曼哈顿的小巷处处撒着盐,[10]
和北方的都市[11]一样,它们全都在等待
地狱白玫瑰的白炫光,[12] 全世界都是如此。
在这,在曼哈顿,我过着紧张的生活
冷漠的生活,我的脚底结冰,变硬,
即使穿着羊毛袜;在安着篱笆的后院,
咬紧牙关的树,忍受着二月的风,
我有些朋友,就在二月铁硬的土地之下。
甚至当春天随着钉子般的雨点到来、
它污浊的冰,渗透进黑色水洼时,
世界,也会是一个变老、但没变聪明的季节。

碎纸片飞旋,绕着那尊青铜将军
在谢里登广场,是北欧人舌上的音节;[13]
(此时,奥比术的女祭司在门阶播撒谷粉[14]
为了防住魔鬼,迦太基撒盐亦是如此);
一片片坠落,就像普通的语言[15]
落在我鼻尖和唇上,结晶的形式[16]在嘴边,
是流离中颤抖的嘴,从他非洲之地而来;[17]
暴雪的飞蛾盘旋,围着那位联邦将军的
熄灭的灯,白糖般的昆虫,在脚下吱呀作响。

你常沿着黑暗的午后前行,那里,死神

曾走入计程车,坐在朋友身边,
或是把剃刀递给另一个人,或是小声说"抱歉"
在她咳嗽之后,在穿着格子布的饭店——[18]
我正考虑一次比任何国度都遥远的流亡。
而在这黑暗的心[19]中,我难以相信
他们隔着栅栏交谈时,旁边会是年迈颤抖的
香蕉篱,[20]我也不相信,这里的海能变得温暖。

我离那些声音刺耳的海港竟如此之远,
它们建在一个惊叹号的周边
是维多利亚女王的塑像![21]那里的秃鹰飞到
红铁市场的屋顶,市场里的土话[22]
干脆如同板岩,是布满石英斑的灰石。
我更喜欢无知、带着盐味的新鲜,
而这个煮熟的文化,它的壶里[23]
语言结出沉淀、变黑,它来自原生的文化;[24]
这些日子,我或是在书店,站得瘫痪

站在一行行书架旁边,[25]沿着它们的树枝
自由体的夜莺啼叫着"读我!读我!"
它们格律各异,气喘难熬;
或是,在吼叫的河马[26]面前,我颤抖微微
而雪还在下,穿着白色词语,落在第八街[27],
那些魁梧的[28]心灵,撞入矛盾之中
就像野猪穿过蕨草,或像老海鲢

满身都是坏掉的鱼钩,或像老雄鹿 [29]
批评家们如同猎犬,把它赶到 [30] 黄昏的悬崖边。

它鹿角的惊叹号犹如帽架
他们把论文挂在上面。我厌倦言词,
文学是塞满跳蚤的旧沙发, [31]
我也厌倦做标本的人 [32] 用来填充皮囊的文化。
我觉得欧洲就是淤积秋叶的水沟
它窒息 [33] 就像思想在老妇人 [34] 的喉中。
但,她曾是某位领事的家园,他身穿雪白的帆布衣 [35]
在非洲领地履行自己的职责,
他写信,就好像回到家中,他害怕疟疾
就像我怀疑黑色的雪,他看着雨水之矛

进军,仿佛罗马军团越过沼泽。 [36]
所以再一次,当生活变成流亡,
慰藉全无,没有书,没有工作、音乐、女人,
我厌倦了踩着棕色的草
走下石径,草的名字,我并不知道,
我必须返回到路上,回到它冬天的交通,
回到别人那里,当然,他们的方位都在暗中,
我盖着毛毯,躺在冰冷的沙发上,
我觉得流感就在我灯笼一样的骨架里。

弗吉尼亚冬日的蓝天下,

一根根砖砌的烟囱,用长笛吹出白烟,透过骨架般的椴树,
而一只猎犬,翻寻着一堆 [37] 锈迹如血的树叶;
对于他们的特雷布林卡 [38],这里并无纪念——
一辆货车,派送着烤箱 [39] 里的一条条面包
面包温暖如同肉身,刹车器的锯齿粗厉地尖叫 [40]
就像卐字符的 [41] 方形轮。历史的
疯狂、灰和某种燃烧物的甜腻滋味
甚至遮蔽了晴朗至极的天气。

而当一个人遇到口音缓缓盘绕,
就会下意识避开,仿佛那是一条蛇,
他如同受害者,心存偏执的焦虑。
白袍的骑手,是一个个鬼魂,他们飘过树林, [42]
歇斯底里的憎恨在飞驰,是憎恨我的种族——
与任何流散 [43] 的后裔一样,我若有所忆
就在雪片让谢里登的肩膀变白时, [44]
我记得,以前见过我姑姑的脸,
寒冬般的蓝眼睛, [45] 锈色的头发,我那时想

或许,我们也是犹太人的一部分,我感到血管
在这片土地中流动,它如同拳头一样握紧
握住古老的根,我想要那种殊荣
它属于另一个他们惧怕和仇恨的种族,
却不属于哪个怀恨者和恐惧之徒。
在多刺的森林、暗色的草地、骨架般的树木之上,

烟囱平静地用长笛,吹奏舒伯特[46]的作品——
就像如烟的鬼影,源自某个燃烧的人——
它用我难以抑制的呐喊,在空中划出血管。

冬季的枝条,埋下萌芽,是埋雷,
三月时的田野就会引爆番红花,
而夏日林中的橄榄树营
会大声喊出军令,回应那风。在士兵看来
季节绕着极点的变迁,正是军事,
秋天的屠杀,覆上雪的尸布,[47] 随着
冬日变白,成了老兵的医院。
血液中,有什么在颤抖,难以克制——
有个东西,比我们短暂的热病,还要深切。

但是,在弗吉尼亚的林中,还有一位老者
他身着老联邦[48]的大衣,穿得就像流浪汉,
他随着叶子沙沙的乐曲,漫步前行,而当
我从小地方的药店,收到找回的零钱,
收银员的指尖,依然对我的手,畏缩不前
仿佛她的手会被它烧焦——好吧,没错,我是猴子,[49]
我正属于狂乱或抑郁的灵长动物的
族群,它们曾创作出你们的音乐,就为了更多的月亮
比抽屉里所有银色的25分,还要多。[50]

新世界地图[1]

一、群岛

这一句末尾,会下起雨。[2]
雨的边缘,有一张帆。

慢慢,那帆会看不见群岛;
对港口的信仰进入雾霭
整个种族的港口。

十年之战告终。
海伦的头发,苍白的云。
特洛伊,白色灰坑
在微雨的海边。

微雨绷紧,如同竖琴的弦。
一个男人,眼有云翳,他撩动雨丝
拨弄出《奥德赛》的第一行。[3]

二、小湾

回响它吧,浪潮:伊索尔德的传奇[4]
用你海浪慵懒的爆发。
我偷偷潜入,靠变白的船首,它沙沙作响,驶向岸边
驶向凶猛的毒苹果树[5]护卫的白沙滩,
机密
战舰鹰[6]的阴影,在解读。

这水湾是熔炉。
页面闪动银色的信号,给波浪。
不再诅咒民族的政府,
我翻动这些页面[7]——这本书是动乱的祸根——
去感觉她的一束束海雾,划过我的脸,
借风之口,捕捉一丝盐味。

三、海鹤

"只在有鹤与马的世界",
罗伯特·格雷夫斯[8]写道,"诗才能幸存"。
要不然,有峭壁上灵活的山羊,[9]也可以。史诗
随着犁,韵律,砧的鸣响;[10]
预言预测鹳的形象,敬畏
种马之颈的弧线。

火焰留下烧焦的柏树灯芯；
光会依次点燃这些岛。

壮观的战舰开创黄昏
黄昏闪过拂动的马尾，
闪过马群吃草的、多石的田野。
从海角、那被捶打的砧上
水雾溅落成星。

慷慨[11]之海，就让那漂泊者
离开腥咸的帆绳[12]，这浪子
被拖向豚黑色的海豚的深槽。[13]

扳动他内心的舵轮，调整他的额头，就朝向这里。[14]

罗马前哨[1]

献给帕特·斯特拉坎[2]

与思绪仿佛的月光,在云边
犹如某个罗马前哨的诗,它蔓延至
白银时代[3]的每个角落。
月,那白色帝国的国会山庄[4],它消失
在黑色的群体中。如今,热核是华盛顿,
但在那里,也曾是白宫。她的光燃烧
彻夜,在办公室,如同加图[5]的鬼魂,
一个环绕着骚乱的中心。
潮湿的黎明,闻着有海草味。在这座海塘上
曾有码头,混凝土的裂缝
滋生,就像边界,在罗马欧洲的
地图上。同样的潮汐起落,
泛着泡沫,月的灯笼悬挂在同一个地方。
旧的海军基地,位于海路,
考古学家,背着背包,蹲下
收集宝螺,惊动碳质的骨架
它印在地上,就像卡特彼勒履带[6]的
巨大苔藓。在罗马的路旁

沿着海葡萄树,它们的叶子,大小
如同装甲板,有条纹的飞机库在锈蚀
轰炸机曾从那里起飞,演习射击;
碎浪,把有关核舰队的流言,传给
贝壳,一只只海盗之眼,有着冲刷褪色的蓝。

希 腊

越过橄榄树[1]合唱时的手势,
它们粗糙多节,如同海扁桃,在巨卵石之上,枯石
犹如独眼巨人钙质的臼齿,
经过狂躁、冒泡的洞穴,
我攀爬,用双肩,驮着一具身体。
两颊如铠甲凹陷,我握住生着锯齿的龙舌兰,
权作刀锋。在我下方,沙滩上,
椰子树的方阵,根深蒂固,
特洛伊人,斯巴达人,站立中,头盔沙沙作响;
我用一只血手,勾住自己
每攀升一下,就呻吟一声,我到达高处
海乌鸦在那里盘旋,我将那重物[2]掀落
到海角的石地上。
末了,原本的故事,在这告终,
此处一无所有,只有石头与光。

我走向悬崖边,想让视野开阔,
品味这份海和空气的虚无,
风充盈我口,它念叨着同一个词
表示"风",但在这,它听起来又不同,
风将大海撕成纸片,而嘴[3],粗来

海、风和词,借给它的,是它们腐烂的根;
我的记忆在风的吹打中飘摇,如同一只鸟。
我刚才扔到脚下的身体
并非真地是身体,而是一本巨著
它还在翻动,就像雕带上的希顿衣,[4]
直到风,穿透它纸页的封面
将赫克托耳与阿喀琉斯的愤怒吹散
吹散成白色、微小的残片,就像鸥鸟轻轻飞过
这蹲伏的群岛之中、苍白的天蛾[5]。

我双手握着空气,没有语言。
我的头脑中,清洗掉了别的民族的怪兽。[6]
我达到这一步,用了半个世纪。
我也签署同意,去追寻那根金线[7]
它将书脊连接,顺着图书馆黑暗的架子,[8]
围绕渐渐狭窄的墓穴,那里的死人
在圆柱之间,它们牛皮面[9]的柱基
周边镶金,他们在等待,而我
却撞见自己的容貌,融化于弥诺陶中
在古典迷宫的死路前,
就用这龙舌兰之刀,砍倒
古老的希腊公牛。[10]此时,蹲在空白的石头前,
我,写下表示"海"的声音,表示"太阳"的符号。[11]

爱上群岛的男人 [1]

两页提纲

一个男人倚着冰冷的铁轨
眺望小岛,还有其他,他在一座岛屿上,
比如说,对着圣约翰的夏洛特阿马利亚,[2]
他开始想到无限
任何可朽的帆也无法将之中断
只有油船消瘦的鬼影,在自己身后
画出地平线,像蜗牛,带出银色的浮油,
这是即将上映的影片、它的第一个镜头,
由詹姆斯·科本[3]主演,他皮肤褐色,如皮革,有着纤弱的
弹性,如今,他头发苍苍,
露出洁白的坏笑。我们这是在哪儿来着?
在这座岛,维尔京群岛之一,主人公
已定。下面是镜头之二,
骗术弄出的乱局,仍然[4]叫作情节,
它必须把主角赶到别的
地方,因为没有兴致去思考
水面的银光,[5]那让风弄得烦心的水
在这里和圣约翰小岛之间,

也不会思考，它们如何串联，就像随便哪条银链
朝着主角皮革般的胸膛闪动，
在免费赠送的港口被卖掉，就像明亮如正午的水。
主角在外轨上靠一靠，
这倒是不错的开始。从休息开场
很好——油船可以稍后再到。
但是，我们可不能叫他"爱上群岛的男人"，
正如一部禅道 - 空手道的电影
不会一上来就打出"爱上水的猛士"。
不成。[6] 得有点什么镶钻的东西，
镶着祖母绿，祖母绿，就是那边浅滩的颜色，
或者蓝宝石，就像一清二白的蓝天，
蓝宝石，给索菲亚，我们后面会拍到她。
科本戴不戴帽子，都挺帅，
还得来一场规模不大的厮杀
这能弄来红宝石，不过，你不能只顾着
第一个镜头，它像幅画。动作[7]
才是艺术的全部，没思想、有节奏、
时髦地撒谎，使得一结束
这第一个漂亮的镜头、科本皮革般、
褶皱如他思考的水一样的面容
有可能首先就变得多余，
既然这令人厌倦、叫作史实的骗术
需要提纲、梗概，
在运动中，它如同小说一样虚假。我没什么想法了，

实话实说。我不是摄影师;这
可是电影[8]。我的意思是,东西在运动,
比如水,男人变白的头发上的
光,就连新月般的沙滩,
都如他对群岛的爱一样,恰恰在运动;
油船似乎还[9]在动,甚至还有
一片片如同大帆船在空中停锚的云,
当然,最重要的运动者
是这个暴力的人,平静中,他全无动作,
在广阔之海的旁边。朝海停一下
我们要设定[10]群岛与古代的联系,
有一些荷马的味道,有一点诗意,
然后,再看全面的混乱酿成惨剧[11]。
所有这些你爱的群岛,我保证
我们会把它们布置为背景,再加上
丰富的定场镜头,有吉姆的轿车,甚至
还有几座港口和村庄,条件是[12]
我们要放大油船,拍到火焰
烧着油,放着光,索菲亚,她还没拍呢
朦胧中,那么美,衬裙撕裂得,那么妙,
她攀下绳梯,我们用镜头拍她
就从科本的视角[13]——他拿到了宝石——
那里就是我们引入夏洛特阿马利亚的地方
还有海滨酒吧,这座丹麦谷[14]
打手在追逐,我们能让吉姆所有的

情节都发生在铁路上；抒情性的内容
就用字幕，如果你非要弄得
那么温情；我懂，但是，情节必须粗犷
干脆利落，否则，老兄，你就白费了，
或者听我的，还是把它留到剧终[15]吧。

珍·瑞丝 [1]

他们模糊的相片,[2]
布满化学颗粒、就像一位
未婚老姨妈[3]的左手,相片上
他们转向游廊的边缘
游廊有着惠斯勒风格的[4]
白,他们的密林变成茶棕色——
就连林中尖刺的棕榈,也是如此——
他们的容貌苍苍,
仿佛铅笔画成:
衣领如骨的绅士
长着尖刺的胡髭
环绕他们妻子的,是藤条编成的
扶手椅,一切看起来,都染着
一个世纪之前的颜色[5]
那个世纪在斧劈中,开始偏向一旁呻吟!

他们的栗色马变黑
如同西班牙猎犬,前庭的草坪,是米色的
地毯,棕色的月光,月亮
如此蜡黄,需要服药
这让她的脸犹如热病的孩子,

一个患着疟疾的天使
她的坟墓还在畏缩,
在灌木丛的怒气中,
在野甜薯的疯狂下,
甜薯在争吵,想藏住她,让她远离先祖的教堂墓园。

那孩子的叹息
白如一朵兰花
在硬壳的原木上,
在多米尼克的灌木丛中,
一个中国白[6]的V字
意味着海鸥的拍打
在乌褐色的、康沃尔的[7]纪念品之上,
像两行句子间、白色的寂静[8]。

一个个礼拜日!他们无聊的熔炉
去教堂之后[9]的无聊。
未婚的姨妈乘着木舟穿过云的百合,
在加勒比人的吊床上,随着赞美诗的节拍,
孩子,在涂过漆、长着狮足的睡椅中
看着山丘跌沉、又在每一下倾侧中变直。[10]
这个世纪的生着绿叶的咆哮
就像大西洋一样,变得暗淡,充满谣言的阴霾
在青柠树之后,碎浪
前涌,缀着典雅、褶起的花边;

午后的水泥磨石
缓缓转动,将她的感觉磨尖,
下面的海湾,绿如喀拉鲁[11],蒸煮的马尾藻[12]。

那凶猛的寂静[13]
在多米尼克山峦之间,寂静中
孩子期盼剪动的蝴蝶
期盼灌木丛,发出声音
就像黑女仆耳畔的金耳环——
她向村庄走下,去做客,
她的粉裙枯萎,就像青柠间的花朵。

有一些原木
褶皱,犹如一个老女人的手[14]
她用优雅、斯文的仪态,向那世界写信
当恩典像疟疾一样普世,
当煤气灯在游廊上咝咝作响
引出飞蛾般的姨妈们,
她们注定要印在书里,落入
相册棕色的忘境中,
她们是沉默的刺绣工,
在她看来,泰晤士河的一道道拱
国会的一根根针,
伦敦桥刺绣的[15]点点反光
都从日光中、消失在吊床垫上,

在这里,某个夜晚
一个孩子凝视着无风的烛火
从狮足睡椅的边角旁
在笔直的白光下,
她的右手与《简·爱》成婚,[16]
她预见到,自己白色的婚纱
终将成为白纸。[17]

捣蛋的归来 [1]

献给厄尔·拉夫雷斯 [2]

我高坐在拉文第勒 [3] 的这座桥上,
望着那城市,我对它毫无热情
只有我自己的良知和被朗姆酒吞食的才智,
一群混混 [4] 经过,瞅着我坐在那里
身穿棕色华达呢的鬼,皮包骨头,[5]
他们叫骂:"诶,捣蛋,你这家伙!啥时回来的?"
这些厚脸皮的人,丝毫没觉得自己不应该
掀开我的柠檬皮 [6],看着这张脸,
眼睛冰冷,如同死一般的巨蟒 [7],
要是他们还想聊聊,我就回答:"地狱。" [8]
那里有我的位置,我还有王冠 [9],
撒旦派我来清点清点这座城市。
下到地狱时,这个帅爆的家伙 [10] 拿着立体声,
一整天,他让我的卡伊索 [11] 炸开了锅;
我求他,离开两星期,他就让我
回来,就当个臭虫,当只跳蚤,
戴着这柠檬皮的帽子,穿着毛茸茸的 [12] 西服,
唱我一贯唱的歌:真理。

等你们到了山区,就告诉"亡命徒"[13]
我虽然腐烂,但我还在作曲:[14]

> 我要咬那些年轻的太太,伙计,
> 就像咬猪肉热狗[15]或汉堡
> 你们要是变瘦了,可别慌
> 还有这群又大又肥、我要咬的女人。

鲨鱼和鲨鱼的影子竞赛
穿过一片片干净的珊瑚石,让它们变黑——
这让我预感到一种景象:
有什么东西越过这片加勒比海。
蟹爬上蟹的后背,蟹在斗争,
它们转啊转,在同一口水桶,[16]
这还有身穿衬衣夹克[17]的鲨,鲨鱼长着熨平整的鳍,
他们笑着露出剃刀般的牙齿,剥削我们这群小鱼,[18]
除了颜色和装扮,没什么变化,
支持我吧,讽刺的老队伍,[19]
支持我,马提亚尔、尤维纳尔、蒲柏[20]
(上吊吧,我会拿出足够的绳索),[21]
加入捣蛋的合唱队吧,跟我一起歌唱,
罗切斯特勋爵,他赞扬着敏捷的跳蚤:[22]

> 老兄,倘若我付出代价
> 成为一头奇异的怪物,

成为自由精灵,按我的本分,选择
何种我想要的血与肉,
那我希望我死时,入土后,
能回来,变成虫子和动物。

我看着这些岛,我想叫骂,
跟着 V. S. 奈特福,骂他们"幽暗国度"。[23]

收住你的眼泪吧,你把悲伤的珍珠
抛掷在鸭子的后背和涂蜡的芋头叶上,
沾着烂泥的蟹,它的壳可是密不透水,
戴着助听器的人,关上了真理,
他们的墨镜,让你去批评
他们眼中、你自己专横的形象。
墨镜之后,是空洞的颅骨,
黑色、仍然贫瘠,尽管黑色也美。
所以,给我,"臭虫一世",戴上王冠和法冠——
因为拥有嘲笑的天赋,我受到诅咒
仅仅是一只虫子,咬着"名望"的屁股,
一条害虫,在酒瓶里游来游去,
一根手指就能捞出,它一定会去咬
救它的主子,忘恩负义的寄生虫,
在臀缝和椅子间,又叮又螫,
提醒权贵,他只是一堆肉,
它捍卫道德,辛辣,就像

好丈夫从妓院带回的虱子,
这跳蚤,心里直痒,就想让一切权力畏缩,
它会搅乱庆典,甚至搭上性命,
这些虫子累积在石灰坑,一堆一堆,
日积月累,而我们的救世主或许在蒙头大睡。
所有承诺自由、公平辩论的人
之后就鼓动极端之徒,去拯救国家,
为了捍卫民主,他们允许
议会围上尖头的篱笆,
你们全都在骂,"捣蛋,情况没那么差。"
这不是黑暗时代,特立尼达还在,
捣蛋,毕竟,人性还有,
并没有大屠杀,只有高级骗子[24];
安稳又保守,害怕站队,
他们说,罗德尼[25]自杀已死,
同样的声音,也在奴隶船上
嘲笑他们的兄弟,"哥们,就只有鞭子",
我自由又安逸,你们看我身上可有锁链?
小小的审查,能有什么难受,
轻微的贪污,不会腐蚀人心,
羊嘴中的甜物,到它屁股里,反而发酸。[26]
于是,我跟着阿提拉[27]唱,跟着司令[28]高歌,
在圭亚那正确的事,在乌干达[29]也正确。
时候快到了,但长不了多久,
到那时,他们会因为斗嘴[30],让卡吕普索下狱,

因为先来的是电视台,然后是报社,
全都是以"公民正义"的名义;[31]
早就这样了,一切权力
让天空变成屎,星星是蛆虫,
都在他们背着的罗马人的头顶,
妓女晃动她们肥大的皮囊,
直到一切语言变得恶臭,真理撒谎,
群众成蛆,节庆成蝇;
还有没骨头的,是谣言,它能
扭曲得别具一格,当地的记者——
乏味就像青椰子,他的手法
还是老一套的酸刻,他的消息来源,是萨凡纳[32],
他对土著艺术的所有见解
不过是椰子车吃吃的轻笑,
一颗颗名流的脑袋,在车上,一份份,
要是尝起来不好吃,就丢到地上[33];
至于当地的文艺,也是如此,
连观众,都比演员更有才气。

还有狂欢节,历来的狂欢节就是全部,
节拍下流,旋律像高级骗子,
整个西班牙港就是十二点半的秀场,
有的扮科杰克[34],有的演菲德尔·卡斯特罗,
一些是拉斯塔法利派,但有的留辫子[35],有的没有,
在捣蛋看来,卡其色的袜子,还是一成不变,

整个弗雷德里克大街[36],恶臭就像密闭的水沟,
地狱是一座城,好似西班牙港,[37]
雨水腐烂过的东西,阳光再催熟,
一切合乎正当程序,一切都合法,
我们就像水手,在消费的狂欢[38]中
扬起[39]我们靠石油鼓起的经济
一个个项目,从此时,直到来世,
主啊,[40]日照的街道让捣蛋心碎,
他生出一股天然气[41],不是放屁,
看着他们排列成队,煤油罐拿在手里:
每座独立、被石油抛弃的岛,
仿佛嘲弄唱着蓝调的穷鬼[42],
你借给他一双没有前掌的鞋,
有人厚颜乞讨,有人逆来顺受,
从牙买加,到贫穷的多米尼克
我们让他们懂得,他们在乞讨,每一笔
我们给他们的借款,就像石头里挤出的血,[43]
施舍换回的,是我们大笑的权利:
我们怎会看不见自己的黑人在挨饿,
我们施舍越多,我们庆祝就越多
庆祝我们自己的国度,自给自足。
他们所有的项目,所有"五年计划"
会让兄弟之情,变得如何?
我死的那时,还不是这样,
我们唱着联邦[44]的卡伊索,

我们绑着锁链,但锁链让我们联合,
谁此时拥有,他就有福,谁此时枯萎,他就枯萎;⁴⁵
我的饼发苦,我的酒发涩,⁴⁶
我的合唱队还是那一支:"我想堕落。"
哦,⁴⁷ 工厂的轮子,算算你们的齿轮⁴⁸!
膝盖高的垃圾和卡其色的狗中间,
是阿诺德的腓尼基商人⁴⁹,他大老远来到这里,
卖给你半死不活的汽车电池;
泰戈尔的后裔,披着丧葬的尸布⁵⁰,
向公众溜须拍马,烧着咖喱鸡;⁵¹
至于克里奥尔人,查查他们的屋子,瞧瞧吧
你敲破脑袋,也找不到一本书,
捣蛋目睹这一切,他难道不会叫骂:
"幽暗国度",随着 V.S. 奈特福?
乌鸦如同红衣主教,在拉巴斯之上排列成行
耐心等着教会普世⁵²,而你,正经过
比瑟姆公路⁵³——保卫腐败的臭气吧,
你们这些秃头,高凳上的黑衣法官——
在它们之外,是冒着火光的红树泽,
鹦在练习,为了印上邮票,⁵⁴
主啊,让我再坐一次计程车,去南方
听听那穿过卡洛尼原野⁵⁵的鼓声,
听半小时的印度的塔布拉鼓⁵⁶
此时黄昏填满了穷人的泥屋,
再听听干枯的玉米、它破烂的茎秆⁵⁷

让天上沙沙响,而万神在空中逝去,
他们漂白的求救旗[58],从棚屋上,
向我致意,飘动,犹如碧海上的救生筏,
"一成不变,他们毫无变化",
面对我的老合唱队,"主啊,我想骂人"。
穷人依旧贫穷,无论该死的他们,抓住什么东西[59]。
从拉文第勒向南望,你能看见
中央平原的、碎裂的褐斑[60]
雨的针慢慢将它们重新缝合,
这绽裂的土壤,画着十字,就像废弃的甘蔗渣
涌向了一片柔软、绿宝石般的草棉被,
谁来缝补、播种、修缀这大地?
印度人。谁的村子变成了沙土?
渔夫,他们注定要缝合那张大网
从海角[61]到拉菲列特的、破裂的海网。

至少有一点,是地狱的特征,它的结构
是一道道高升的圈,[62] 无论谁,只要一死,
就必定先穿过第一环,地狱就是这般模样,
耶稣也曾下到这里,呆过一阵,
惨白的但丁,大肚子拉伯雷[63],
他们都一边走,边向捣蛋挥手。
下一次狂欢节,在撒旦的帐篷[64],来看我们吧:
罗切斯特勋爵、克维多、尤维纳尔、
迈斯特罗[65]、马提亚尔、蒲柏、德莱顿、斯威夫特、拜伦勋爵,

讽刺的勋爵们,铁公爵[66],
热烈地争夺君主之位[67]
用双行体,或用老的 D 小调[68],
让尘间浮华的狂欢
感到厌倦的人,都在叹息"哦,上帝,我想堕落!"
为尘世的穷人感到愤怒的人
都又哭又笑,笑却不止因为欢乐,
广袤如海洋的名家们,我也和他们比肩,
他们为我的歌撒盐,暗暗冲我示意,表示承认。
你们都原谅我吧,捣蛋就在城里;
你们却直直地经过他,正因此,他才走上回头路。[69]

诺曼底酒店泳池[1]

一

冷池之旁,在新年之晨的
金属之光里,从固定在铁桌上的
九把铁伞中,我选择一处
去工作,喝咖啡。第一根烟
就引动了习以为常、连发的咳嗽。[2]
微风过后,泳池稳住它的
一行波纹上倒影的重量。[3] 日光
用山墙之影,在空白的壁,做出网格,
它催动山丘的阴翳,如一群飞蛾铺散。

昨夜框入那扇窗户的封面下,
就像一部俄国小说关键的一章
那一章,是战时,公爵[4]返乡
他注视无声的舞者,跳着华尔兹,飞动旋转
犹如鱼,在它们光照的水族箱,
我站立,裹着自己的纱布[5],是旋动的雪,
当穿过有缎带的窗帘、它分开的头发,
在音乐的疾风间,我感到泳池变宽

让我与那些被光裁出的图形，相隔已远。

舞者僵硬，就像鱼，结冻
在窗框封住的、冰的窗格；
一个女人飘扬，在针尖上舞动，
随着定音鼓、暗暗的连发，
一支短号刺入，奏起"友谊地久天长"，
此时，酒醉的已婚男人的军队
重新宣誓。为了我的五十岁，
面对佩着缎带徽章的水，我喃喃自语，
"改变我吧，我的标志[6]，变成我能承载的某个人。"

此刻，我的笔的影子，在手腕上倾斜
随着池边一根根铬制的立柱，[7]
它在自己的一行行字上，暗淡如同雾中的桦树
而云，正充实我的手。一滴雨如标点，打断
受惊的纸页。泳池的铁伞
随着细雨响动。太阳击打着水。
池水是炫目的锌片。[8] 我闭起双眼，
当睁开眼帘时，我看见两个女儿
各自骑着一只虹膜放射出的贝壳。[9]

简短的祈祷：透明的手腕
不要用我的影子，如云般遮住纸面，
这一页的纸面务必要在我的呼吸后

消散雾霭、就像池水和镜子。
但是,彻底的反映[10]没有变得更容易,
虽然那棕榈的棕色、干枯的针
抖动,渐渐停滞,事物的韵律[11]重新开始
在水中,比如橡胶泳圈,那是
红色的橡胶泳圈[12],在波纹的中心,正反倒转。

我的小女儿钻入那泳圈
是昨天,滑动就像幼小的海豚,
她泛着涟漪的影子在身下如饥似渴,
没什么能证明她游得多好
但在我心中,她肢体和鳍敏捷的变向就是证据。
透明的空无!爱让我看透
清澈的天花板,看穿沙的房间;
我求那元素、我的标志,
"哦,让她轻盈的头,露出水面吧!"

水瓶座的我,迎娶了水;
在某个屋顶之下,我会静静躺在
这像我妹妹一样的灵魂旁,地平线
之下,有什么星星让我们脱轨、不再同行
偏离了我们遥远的誓言、它的不会偏移的轨道;
下一行波纹涌起,随着人们进入泳池,
彼得、安娜、伊丽莎白——玛格丽特
还在睡中,每一只手臂搂着一个女儿,

她是爱真正的化身,超越了夫妻的离异。

时间在削减反思的长度,一个人能经受的
他自己的反思。进入一片玻璃
我又立刻迅速地浮出水面,我更喜欢呼吸
工作和香烟的、难闻又熟悉的
空气。只有暴君相信
他们的镜子,只有那喀索斯[13],在岸边徘徊,
之后,再跳入自己的倒影;
到五十岁,我才明白,难以言表的
正是离异、那令人面目全非的流放。

二

在无缝的蓝丝绸、它的对岸,铁伞
和棕色的棕榈在燃烧。一个穿拖鞋的男人出现
身着毛巾布的浴袍,浴袍被泡沫污损,
他透着罗马人的肃穆,将房间的钥匙埋藏[14],
之后,给前臂和面部涂油,仿佛涂着木乃伊
太阳镜始终戴着,他站立,盯住我,
点头示意。是一位小商人
他把自己的苍白晒得黝黑,晒成流通的铜币色[15],
那欣然的颔首,本应该是客套

之前,他舒展自己的阴影[16],在泳池
反光的边缘上——白毛巾,挂起的托加袍[17],
袍子磨损的边缘,重复着沾上泡沫的头发——[18]
但是,在他一行行让阳光照得目眩的瞥视中,
一句短语,用那久远的语言成型
心灵还留存着它矿石般的光华,
优美的拉丁语,已从我们所有的学校中消失:
"谁叫你来的,导师?"[19] 它的低语
穿过我冰凉的身体,让它变成石头,现出纹理。

用大理石、混凝土,或是黑曜岩,
导师,你的来访,将我们小泳池的
一行行波纹放大,放大成奥维德的、
波罗的海松树间、雷鸣的海浪。[20]
席卷罗马广场和宫宇的光,
清洗着它混乱的青铜喷泉,
而你是一滴水,在人脸的海浪中——
是母狼牙齿上的一点唾液——
此刻,你将自己脚边棕榈的影子弄湿。

转向我们吧,奥维德。我们绿宝石般的沙滩
被每座铁皮棚屋的罗马、它的污水玷污;
腐败、审查、傲慢
让流放似乎成了比在家还要幸福的打算。
"啊,这冷静的总督[21],他的嗓音

就像这罗马水池一样,公正又公平[22],就为他",
我们宅中的奴隶在叹息;田野的奴隶呼号着复仇;
有个人,在谄媚者和蠢人之间移动,
他渴求这两极之中古老的束缚。

而我,我的祖先是奴隶和罗马人,
帝国之海的两岸,我都看得见,
我也听得到棕榈和松树轮流喝彩
随着白色的碎浪在画廊飞溅
又落下,在斜放的棕榈上耳语
少年之神[23]、奥古斯都[24]的棕榈。我的脸
留着黑人尼禄的特征,又如粉笔画的卡里古拉[25];
我的倒影沿着玻璃滑动
玻璃上一张张面孔,如同泡沫,穿过凯旋的汽车。

导师,每个理念都怀疑着
它的阴影。就连一位终生的朋友
都在他屋中耳语,仿佛要拘捕他;
市场不再为了民兵喝彩,他们习惯
穿着迷彩和靴子,
在卡车上咆哮而过,[26] 手榴弹的
糖苹果[27],在他们皮带上生长;拿枪的
理念分割了群岛;黑暗的广场上
诗就像阴谋家一样,聚集。

于是，奥维德言道，"我第一次流放时，
我想念我的语言，就像你的舌头需要盐，
我化身为形态各异的水，我看见了我的孩子[28]，
没有长凳告诉我的影子'这是你的位置'；
桥梁，运河，柳树拂动的水路
都转过身，避开我离别的凝视，好像那是侮辱，
直到，在平滑如池水肌肤的碑上，
我才得到倒影[29]，在许多方面，
它们都比自己的原型，更坚实。"

"铺砖的别墅，在它们浮动浪花的果园停锚，
焦渴的梯田，在语词的云尘中，
在堆土的篝火[30]、狼皮、饥饿的畜群间，
提布卢斯[31]的长笛消逝，那是牧人中最悦耳的长笛。
穿过蓬乱的松树，针织的群鸟，用鸟嘴
将我刺痛，就在托米斯，让我学会了它们族群的语言，
所以，既然欲望比它的疾病更为强烈，
于是，我的笔喙张开，我们啁啾啼鸣，
在平等之树不平等的阴影中，同唱一曲。"

"一场场战役，开拓着我们的边疆，就像云，
但我的政府，是木板桌的
赤裸的桌面，含着树脂的松树将它清扫，[32]
它们粗大的树枝从凯撒的眼前不断掠过，
一次次避开。在那里，在那绿色的熔炉中

精心打造的方针,就让我充当马匹,
我决心隐居,像个暴君一样
对抗着曾经诱人的民众的海浪,
所以,让我心软的妻子不在,凯撒的羡慕[33]也没了。"

"诋毁的人曾经说我
在帝国的阴影下
逃进逃出,向皱眉的太阳,展示着
变色龙多变的颜色,而如今,他们何在?
罗马人"——他笑道——"会嘲弄你奴性的韵律,
奴隶们,会笑话你,对罗马结构的热爱,但那时,
从《变形记》,到《哀怨集》[34],
诗艺都服从着自己的秩序。而那时,正是此时。"
他轻轻地系好托加袍,走进屋去。

在那里,在这一年的地平线上,他曾站立
仿佛泳池的子午线
让他隐居的负担变成双倍
无论在这个世界,还是那个世界;一片叶子飘落,
他的回声泛起涟漪:"一切之地,为何要在这里,
在这城郊、热带的小酒店,
它的泳池涂漆[35],涂成地中海的蓝,
它的棕榈在混凝土的绿洲,锈迹斑斑?
就为了让我的形象,取悦于你。"

三

黄昏,天空负重,就像水彩画纸
染着橙色淡彩[36],每个边缘磨损——
一幅让人想不起画家的画——
这泳池复诵的习语,并非
出自一位无形、流放的桂冠诗人,
那里没有桂冠,只有零星的喝彩
来自一株干枯、抓挠的棕榈,蓝色的
夜晚用一朵芒果花,点燃它的花迹,
有什么东西坠落,似叶,又非叶,

此时,生着针嘴的雨燕,飞动,惊慌,
在泳池的、关闭云彩的光之上。作为尾声[37],
还是写下满脸皱纹的上帝对那少年之神的
絮语:"愿天堂最后一道光怜悯我们
怜悯我们脸上冷酷的谎言,尽管我们没有说出。"
黄昏。树变黑,就像泳池的伞。
黄昏。每个形象和它的声音悬停。
芒果坠落[38],从它们青绿的黑暗中,就像流星。
果蝠,在树枝上摇动,一只无舌的钟。

复活节

安娜,我的女儿,
你有一条黑狗
用鼻子嗅你的脚踵,
无私犹如影子;
有个传说
关于黑狗:
在最后的日出
影子穿着他[1],
他[2]也在伸展——
他们是两个大人物[3]
干一份差事。
但命给了一个人
就只能过此生。[4]
他们在沉默中大步走向
没有矛盾的夜。[5]
老鼠在最后的晚餐
与它们的影子,同享碎渣[6],
饼的影子
饼来分享;
当蜡烛变矮,
就觉得影子变长,

所以,他命它[7]离开;
他说,他要去的地方
不需要它,
因为那里,要么
有光辉,要么虚无。
它停住,他转身
让它回家,
于是,它重又有了馨香[8];
它觉得自己在伸展
随着太阳变小,太阳
就像士兵的双目
退回洞中
眼睛在石化的
蛇底下,蛇在头盔上;
变狭的瞳孔
闪烁好似钉头,
所以,当他向后靠去
它在木头间爬动
仿佛它是褥子[9]
总让人共用;
它在木头间爬动
肉身钉在木头上
它升起,像一面黑旗
随着横梁高举
举起它,而双眼

421

缓缓闭合
熄灭了影子——
一切乌有。
之后,影子悄悄溜走,¹⁰
在肚子上,向下爬,
它离开那里,它知道
他不再
需要它;
它重又入土,
它三天没有吃东西,
它没有出去,
之后,它才小心地冒出来
像出洞的鼹鼠,
像冬天过后的狼,
像鬼鬼祟祟的蛇,
它寻找那些形态
这能恢复它的身形;
之后,它跑出来,因为钟
开始响彻
是光辉的钟声;
它用鼻子闻,寻觅他的身形
它再次找到,在
鸽子白色的回声中
鸽翼舒展

就像晾衣绳上的衬衫，
就像礼拜一的白衬衫
从绳子上滴水，
就像稻草人的问候
或像男人打着呵欠
在田野的尽头。

幸运的旅行者[1]

献给苏珊·桑塔格

我听见在四活物中似乎有声音说
一钱银子买一升麦子,
一钱银子买三升大麦,
油和酒不可糟蹋。

《启示录》6:6 [2]

一

那是冬天。尖塔、尖顶
凝固,如同圣烛。腐败的雪
从欧洲的天花板上,一片片剥落。一个结实的男人,
我,身着灰色大衣,穿过运河,
每个翻领上,都有深红的纽扣孔
就为了让刺客感到冷酷的狂喜。
拷在手腕上的方形棺材里:[3]
蕞尔小国透过图表的网格,发出请求,
请求世界银行,用高音间、施乐复印的表格[4]
那上面,我潦潦草草,就写了一个词,行行好;

我坐在冰冷的长凳上
在几棵骨架般的椴树下。
还有两位先生,[5] 黑皮肤变得灰白
就像他们一模一样的、扎着腰带的大衣,
他们越过白色的河水。[6]
他们说着呆板的法语
那是他们黑暗的河,
它的钩虫,繁殖着苍白的镰刀
能让冬季街道的丰收,变得稀疏。
"能给我们弄点拖拉机吗,可全靠你喽?"
"说话算话。"
"我们国家想问你,为什么你会这么做,先生?"
沉默。

"知道吗,你要是耍我们,可没处躲?"
一艘拖船。它黑色的哭号,拖曳着烟。

在海地,在窗前,我记得
有一只壁虎,贴在酒店玻璃上,
它有着白掌、专注的头。[7]
孩子的手。行行好,先生。行行好。
饥荒的哀叹如一把大镰刀
划过统计表的田野,沙漠
是移动的嘴。在这土地的掌控下
一千万无岸的灵魂在游荡。

索马里：七十六万五千，他们的骸骨将沉没在潮汐的沙中。
"我们就在布里斯托见您吧，商定一下协议？"
尖塔如部落的长矛，穿过凝固的雾
受伤的教堂钟哭号，裹着棉纱，
灰雾笼罩阴谋者
就像密封的信封，在他的心脏旁。

此刻，没人会仰望那架喷气机
如象鼻虫[8]一样消失，穿过面粉般的云。
人在飞行，在头等舱，如此幸运。
旅行者的眼睛，就像倒置的望远镜，
将个人的悲伤，迅速拧紧
拧到古怪的数字、它们椭圆的巢上，[9]
虹膜与这个地球连锁，
把它浓缩至零，之后，有一片云。
黑如甲虫的计程车，从希斯罗到我的公寓。
我们是蟑螂，[10]
把国家内阁弄得千疮百孔，钻入权力的
黑洞，我们穿上外套、披着一层甲壳，
在廊柱间窜来窜去，为了叫车，发出信号，
生着疯狂的触角，与别的蟑螂，凑在一起，碰头开会；
我们染上了乐观精神，当
内阁破裂，我们第一个
溜走，四散奔逃
逃回日内瓦、伯恩[11]、华盛顿、伦敦。

汉普斯特德荒野[12]、滴水的英桐[13]之下,
我再一次读她的信,望着细雨
让信中睫毛膏一样的恳求,妆容尽毁。玛戈,[14]
看见这些国家痛哭,我于心不忍。
可巧电话来了:"布里斯托的费用,我们全包。"
一天天就在臭烘烘的被褥上,咽下冷茶,
电话像被枕头闷死一样。电视,
蓝色风暴,下着无声的雪。
我点亮煤气,看到老虎的舌头。
我预演着饥饿的狂喜,
非这样做不可。却没有爱。[15]

我发现了我的怜悯,就在绝望地研究
历史的起源时,我从圣湖旁、芦苇建成的[16]
群落开始,我随着第一架带着链齿、
由水驱动的水车,一齐转动。在脂肪油亮的
兽皮中,我闻到了想象,
在一切种族中,我寻求普遍的独创。
我设想非洲,被这样的光淹没:
它如炼金术一般,炼出第一批双粒小麦和大麦的田地,
而我们这些野蛮人,用赭石为我们苍白的死者染色,
用螺壳象征性的阴户[17]
为我们庙宇镶边
我们就在黑曜岩作石斧的灰色时代。
我用起伏如波浪的谷,为撒哈拉播种,

我的慈善,让干旱丰饶。

我的领域[18]是哪里?十六世纪晚期。
我的领域是潮湿的田亩。我,萨塞克斯的教员[19],
教着詹姆斯一世时的焦虑:《白魔鬼》[20]。
弗拉米内奥的火把惊动了沉思的紫杉。[21]
拔出的剑大步而至。[22] 我爱我的公爵夫人[23]。
她灵魂白色的火焰被吹熄,就在
生烟的柏树间。我看见孩子们扑向
绿色的肉[24],透着老鼠的残忍。

我给他们电话,乘火车去布里斯托,
我的血液是塞文河[25]的沉渣和白银。
在塞文河口,一片片闪光,
是犹大[26]的报酬,密探的守护圣徒。
我在想,究竟有几百万人在忍饥挨饿,谁会在乎?
他们飞升的魂魄会减轻世界的重量
让鸥鸟闪动的、世界的吃水线变平;
日落时分,我们向下游,离开河口。

英格兰撤退。分叉的白鸥
尖叫,向后盘旋。
就连群鸟,也被它们的轨道拉回,
就连慈悲,也有自己的磁场。
   走回船舱,

我打开威士忌的瓶盖,舷窗
一片迷雾,如同青光眼。此时,我酒醉酩酊,
英格兰,英格兰会变成
海岸线上、那片黯淡、带着锯齿的靛蓝。
"你那么幸运,你见识了世界——"
的确,的确,先生们,我看到了世界。
浪花飞溅到舷窗上,视野朦胧。

斜靠炎热的栏杆,望着炎热的海,
我看着它们在远方,我跪在炎热的沙滩
如同蝗虫,虔诚地跪拜,
就像庞塞[27]披着铠甲的双膝,压碎佛罗里达、
然后散发出葬礼时的、白百合的芳香。

二

此时,我来到幽灵[28]生活的地方,
我不怕幽灵,我只怕活人。
群岛,在安息日,祈福。
留痕的叶子上,有蜗牛的高音谱号[29],
黑人唱诗手,他们的"皇皇圣体"[30]
飞升,穿过椰子的管风琴。
他们越过沙滩,肮脏的沙滩披着花边法袍,
他们经过棕色的潟湖,尾随着神父,

神父苍白、没有修面,身着磨损的法衣,
他们走进加那威[31]的混凝土的教堂;
这时,阿尔伯特·史怀哲[32]走到清晨的
小风琴边,海啸,将生存空间,生存空间[33]
高举到烟云如羽的烟囱旁。

黑色的脸孔,撒满源源不断的露水——
露水在生着斑点的锦木[34]上,露水
在多节的李树、它坚硬的叶子上,
露水,在芋头的象耳上。
透过库尔兹[35]的牙齿、象草上的白色头骨,
帝国的小说在歌唱。礼拜日
远离"黑暗的心",向下游去,泛起褶皱。
黑暗的心不是非洲。
黑暗的心是火的中心
在大屠杀白色的中点。
黑暗的心是橡胶的手爪
在杀菌灯下,挑着解剖刀,
烟囱外,孩子的鞋堆成山,
白圣坛上,镍做的乐器,叮当作响;
雅各,在他最后的明信片上,给我发来这几行诗:
"当树会嚎啕,冰川哭泣时,
才能想象到不会失眠的上帝,
所以,学着[36]他的漠然,我就这样写,
不是公元后:而是达豪后。"[37]

三

值夜的女仆拿来灯,拉下百叶窗[38]。
我呆在外面,在游廊,随着繁星。
早餐凝结,成了晚饭,还在盘中。

没有哪片海,像我的心一样,如此不宁。
海岬在打鼾。它们的鼾声犹如鲸。
开拓斯,[39] 那头鲸,就是基督。
余烬死去,天空生烟,就像灰堆。
芦苇洗手,洗去罪孽,而那泻湖[40]
被玷污。声越噪,因为落雨,
一片沙蝇,如一层薄沙,在泥沼中,嗞嗞作响。

既然上帝死了,[41] 这些就不是他的星,
而是人来点亮、含着硫磺的圣灯,
就在这片大地的黑暗的心中
落后的部族为他的身体[42]守夜,
用帝雅[43],用油灯,和床头灯。
不要让消息打扰他们无知的幸福。[44]
就像虱子,像虱子,这片土地上饥饿的人们
涌向生命之树。如果饥肠辘辘的人
就像用闪动的双翼、散发光亮的雨蝇,
他们尖锐的肩胛也长出易碎的翅膀
然后飘升到那棵树上,那么树,会何等的沸腾——

啊,正义!⁴⁵ 但火
浸透他们,就像浸透寄生虫,定额
限制他们,他们依然是
提供给旅行书的、抒发同情的素材⁴⁶,
书中的段落,如同火车的窗,
既然无论何处,土地都展示自己的胸腔,
月亮孩子般的眼睛,都睁得圆圆,
我们就转过脸,不再去读。兰波懂的。
兰波,黄昏时
把手腕闲放在水中,水经过一座座庙宇,
在罗马人的档案里,装饰羽毛的⁴⁷日期保护着它们,
他清楚,我们关心的不是人的面貌,
而是亚历山大港灰烬中的书卷,⁴⁸
他清楚,明亮的水不可能给他的手染色⁴⁹
诗也不能。独桅船的轮廓
运动中,穿过河面上变盲的钱币,⁵⁰
除非我们偿清债务,否则河水,就无尽地
在每个夜晚,裹住一个日常的秘密。

四

拔出的剑,大步而至。⁵¹
它伸长,如同空荡的沙滩;
渔人的小屋紧闭双眼。

颤栗,摇动着棕榈树,
旅行者的树上,有水珠。
他们发现了我的圣所。昨晚,菲利普说:
"阁下,昨天村里有两位先生,
那时你还在城里,他们来找你。
我告诉他们,你在城中。他们让我告你,
不急,不急。他们还会回来。"[52]

在云的面包中,却没有爱,
象鼻虫让堪萨斯成了撒哈拉,
蚂蚁会吃掉苏联。
它们柔软的牙齿,却没有爱,
会让丰收荒芜,
而棕色的地球破裂,就像行乞的钵,
虽然你纵火焚烧了余粮之海,
却没有爱,[53]
依然,透过纤薄的茎秆,
蚱蜢,悄悄迫近[54]
生烟的残株:第三位骑马的人,[55]
戴着羽毛头盔的蝗虫。

幻影和平之季[1]

那时,一切民族的飞鸟,[2] 共同牵起
这大地上影子的巨网[3]
舌头呢喃,说着纷纭的方言,
缝合,织网。它们牵起
长松的影子,飞下没有路迹的山坡,
牵起玻璃塔的影子,飞下夜晚的街道,
牵起城中窗台上脆弱的植物之影——
夜间,那网升起,无声无息,鸟的呼号,无声无闻,直到
不再有黄昏,没有季节和衰败,不再有气象,
只有幻影的光迹[4]
连最细狭的影子,也不敢将它切断。

而人们仰望,却看不到大雁在牵引什么,
看不到鱼鹰用银索、在身后拖曳的东西
在结冰的日光中,银索闪动;他们也听不到
椋鸟的军队发出和平的呼喊,
它们运载着网,网越升越高,覆盖这个世界
就像果园的葡萄藤,或一位母亲,抻开
颤抖的纱布,覆在抖动的[5]孩子、
他颤抖的眼上,直到入睡;
正是那光

你会在山丘边，在夜晚看到，
黄色的十月，听见的人，却不明白[6]
渡鸦的鼓噪、双领鸻[7]的啼鸣、
绕着灰烬的红嘴鸦，如何变化而来
如此广袤、无声、高悬的眷顾
眷顾群鸟栖息的田野和城市，
它们季节性的迁徙，就是它，爱，但除此之外，
它没有季节，从它们降生、这一崇高的特权中，
对于没有翅膀的人们，[8]有什么比怜悯，还要明亮，
在它们之下，他们共用着窗间和房中的黑洞，
而它越升越高，用无声之声，牵起那网
在一切变迁之上，背叛了坠落的太阳，
这一季，持续一刻，犹如停顿
在黄昏和黑夜之间，在狂怒与和平之间，
但为了我们大地，为了这样此刻存在的事物，它已持续良久。

选自《仲夏》(1984)[1]

一

喷气机如一条银蠹鱼[1]钻入一卷卷云中——
云不会记录下我们经过何处,
海的镜子不会,忙着化育自身的
珊瑚,也不会;[2]它们不是瓦解的石门,
而是潮湿的文化中、破碎的书页。
所以它们的羊皮纸[3]开了个洞,突然,在一片广袤的
被遗弃的日光下,[4]有了那座岛,
旅行者特罗洛普,旅伴弗鲁德,[5]都知道,
知道它一事无成。连民族都没有。喷气机之影
在绿丛林上泛起涟漪,它平稳如同米诺鱼[6]
穿过海草。我们的日光,罗马也分享[7]
还有你的白纸,约瑟。[8]这里,正如每个别处,
都是相同的年纪。在城市,还是在泥筑的村落,
光从来没有时代可言。西班牙港附近
生锈的海港旁,闪亮的市郊黯淡成词——
马拉瓦尔、迭戈·马丁[9]——公路漫长,犹如悔意,
尖塔渺小,你难以听到钟鸣,
粉刷全白的宣礼塔[10],尖锐的惊叹号
在青绿的村庄间。降低的窗户轰鸣
在一页页土地上方,蔗田按诗节排列。

掠过赭石色的沼泽、如一行迅捷的白鹭之云,
是名词,它们简单地找到自己的树枝,就像飞鸟。
来得太快,这向下滑翔的家园感[11]——
一棵棵甘蔗冲向机翼,一道篱笆;一个依然安在的世界,[12] 此时
滚动的轮胎不停地颤动、颤动着这颗心。

二

伙伴在罗马,罗马让他古老如罗马,
古老如剥落的壁画,剥离的颜料
是云,你蜷伏在一家古旧的客栈[1],
那里唯一的新东西,就是纸,犹如石拱之下
年轻的圣哲罗姆。[2] 剃度的你,[3] 轻声抱怨,吟出一行诗
你那被流放的国家,很快就牢记在心,
你朝着日晒剥落的窗台,一只鸽子在上面咕咕叫。
仲夏的熔炉用青铜铸造万物。
流动的交通,缓缓缠绕,就像洗礼堂的门前,
连小猫的眼睛,也闪烁着拜占庭的圣像。
那黑衣的老女人,用手掌铺平你的床单,
她的家是罗马,她的历史是她的房子。
每位凯撒的生命都缩小成蜡烛的廊柱
在她的烛碟上。盐清洁着他们血污的托加袍。
她叠放的教皇,就像大教堂橱柜里的毛巾;
此时,在她石头筑成的厨房,在洋葱的穹顶下,
她切着厚如奶酪的光,切成一片片时代。
她的厨房,墙壁剥落,犹如地图,上面曾经
写着"此处有龙"[4],那里,未受洗的食人族
就像乌格里诺,[5] 啃啮过干枯的椰子头。
地狱的灶台,冰冷就像庞贝的[6]。我们被铃声惩罚

铃声温和好似百合。祝你的罗马哀歌好运
时间的蜂蜜会布满它们,就如奥维德的哀歌。[7]
他们沙上的窗前,[8]有珊瑚,是我们神圣的穹顶,
盘旋着围网的海鸥,是我那圣马可的鸽子,
银色的鲭鱼军团,疾行中穿过我们的墓穴[9]。

三

女王公园酒店,¹它的天花板白而且高,在那里
我重新步入我的第一面本土的镜子。滑行的蟑螂
在陶瓷盆中,沿自己的路径,滑到了帕纳索斯²。
我写过的每个词,却都走上了错误的道路。
我没法把这些诗行与我脸上一行行线连接到一起。
我心中死去的孩子,留下了他的印记,在
凌乱的被单与枕套上,正是他微小的声音
从那瓷盆汩汩作响的嗓中传来,窃窃私语。
外面阳台上,我还记得清晨是什么样子:
它就像皮耶罗·德拉·弗兰切斯卡³《复活》中的
花岗岩的角落,冰冷,入睡的脚
感到刺痛,如同希尔顿旁边手心朝上的小棕榈⁴。
在露湿的萨凡纳,⁵马夫轻缓地围着它旋转,
喷着鼻息、脚踝细腻的赛马在练习,
细腻的脚踝,就像面包店中棕色的烟气。⁶
汗水⁷让它们身侧变黑,整晚停靠街边的、
庞然的美式计程车,露水让它们皮肤成霜。
黑色的柏油街巷,标着日光的缎带,
那里的棚屋,遮住面目,特拉赫恩⁸的句子让它们触动:

"玉米是东方、不死的麦子",
卡洛尼的甘蔗田也是。整个夏天在燃烧,
微风漫步,向下走到码头,而海,正开始。

四

这西班牙人的港口,海盗各异,
有独眼的灯塔,这该死的海声,
这蒙着浮渣、赭石色的海港
从白熟铁的阳台望去,
它们仿佛十九世纪的景象。你能看到
每个钟头,它都更像是非洲——硬皮屋顶,热如煎锅
撒着胡椒般的呼号;在飞快像鱼苗的推车间
漂浮如撒拉弗的穆斯林,也难以让声音安静。
到了正午的高峰,唯一的缺陷[1]
是一艘明轮船,它生锈的尖号就如鹦鹉,
它呼啸到达,快要扭曲变形,库尔兹先生正登陆。
呆在帝国之梦的右岸——
泰晤士,不是刚果河。从小岛的
纵帆船坞港中的桅丛,到假日酒店的
平板玻璃的店面,有一步之遥,而从需要到贪婪、
穿过堵塞、旋绕、河流般的交通
却要多走几步。世界没有时间改变
无论是改变非洲的缠腰布,还是看门人的发辫。
所以,当商店拉下百叶窗,就像帝国的终结,
当银行黯淡,犹如兴都库什的山峰[2],

披斗篷的风，就弯身像清道夫，用耙子收着
水沟中的 [3] 垃圾。不难看到过去的
街灯柱，在灌木的街道之上，伸展树枝，
也不难看到广场破裂，那是丛林愤怒的种子所致。

五

两个半球都在流汗,肉体对着肉体,
在潮湿的床上。远处的海洋在空调的
波浪中研磨。空气生鳞,如同鱼
留下干燥的盐在手中,人们只信仰
冰,冰箱里的白色区域。
在棉布般的仲夏[1],沿着十四街[2],小贩们
让硬纸板的行李,堆放在剥落的、
广告的外皮边,他们让大苹果[3]成了颗芒果;
高楼大厦,头晕目眩,先是腼腆如同壁花[4],
之后就随着雷鬼和莎莎,玩起了摇滚;[5]民主的代价
就是向前两步,退后三步,跳着同化来的、
阿兹台克的探戈,对西语区不设防。[6]
每到周五,大规模的逃亡缓缓涌向汉普顿[7]。
马路的唇边,唾液干涸,而汗水
让家具在群岛[8]上漂流而去。
走走微风阵阵的灌木丘,从蒙托克到阿默甘西特,[9]
而世上的盐[10]变为了城中的污垢。远景
在积满灰尘、游动的窗前,盛开着不会再见的
雨伞之花。老鼠,咬啮着
饲育它们的手。吸毒的商人,跳着舞蹈,

任随身听遥控,仿佛停不下步,
在这舞中,耶稣挑逗着穿泡泡纱的女人,[11]"嗨,先生,
等一下……"爱尔兰警官的拇指
搓动念珠般的子弹。紧盯住自己的对讲机[12]。

六

仲夏在我身边舒展,它的猫打着呵欠。
树的唇边有尘埃,汽车熔化
在仲夏的熔炉。炎热,让这个漂流的混血儿,步履蹒跚。
议会大厦粉刷一新,重又是玫瑰色,伍德福德广场[1]
周边的栏杆,颜色如生锈的血。
玫瑰宫,[2] 阿根廷的气质,
阳台上的低声吟唱。单调、艳红的灌木丛[3]
用秃鹰的象形文,涂刷潮湿的云
就在华人杂货店的上空。烤箱般的街巷,全都窒息。
在贝尔蒙特[4],哀伤的裁缝注视着老机器,
他将六月和七月缝在一起,却不留缝迹。
而有个人,在等待仲夏的闪电,就像武装的哨兵
倦怠中、等着来复枪砰然的响动。
但是,它的尘埃、它的平凡却让我为生,
信仰用恐惧充实流亡,我以信仰为生,
我以黄昏的山丘为生,它橙色的光布满尘土,
甚至,我以领航灯为生,它在气味难闻的海港
转动,就像警察的巡逻车。至少来说,
恐怖是本土的。就像木兰花、它妓女般的微香。
整夜,革命在狂吠,喊着"狼来了"。
月亮闪烁,就像丢失的纽扣。

码头上黄色的钠光降临。

街上，昏暗的窗后，碟盘相碰。

这夜适合为友，未来凶猛

如同明天各处的太阳。我能理解

博尔赫斯、他对布宜诺斯艾利斯的目盲的爱，[5]

理解一个人如何会觉得，城市的街道[6]在自己的手中涌动。

七

我们的房子都离水沟一步之遥。塑料窗帘
或廉价的印花,藏住了窗后黑暗的东西——
脚踏缝纫机,相片,小衬垫上的
纸玫瑰。门廊的栏杆处,排着一行红铁罐。
成年男人的身高,穿行时,与房门高矮相齐,
那些门,通常来说,并不比棺材更宽,
有时,它们镂空的浮雕上,还有小的半月。
山丘传不出回音。废墟也没有回声。
空地中,它们绿色的轿子[1]点头示意。
人行道上的任何裂缝,都是第一幅世界地图、[2]
它原始的错误、它的边界和力量所致。
烧尽的空地之旁,一堆红沙、一堆如种子播散、
废弃的碎石边,新鲜的丛林舒展它绿色的
野甜薯和芋头的象耳。
一步跨过矮墙,你应该小心,
否则就会重新体验让墙的藤蔓绊住脚的童年。
这空地属于所有流浪者,他们的命运就是,
流浪越多,世界就越宽广。
所以,无论你游历多远,你的
脚步都会踩出更多的洞,网孔在蔓延——[3]

或者，为何你应该突然想想托马斯·温茨洛瓦[4]，
为何我应该在意他们对埃贝托[5]的所作所为
既然一次次流亡必须[6]画出自己的地图，既然这沥青
让你难以行动，穿不过花朵孤立的[7]树篱？

十三

今天,我尊重结构,它是自负的对立。
我的画作上矫揉造作的涂鸦,我那拙劣的情节!但一直以来,
当空气空荡,我听见演员交谈,
声音中回响着通俗又明智的内容。
幻影随年纪增多,满溢的头脑里
闪过焦躁的角色,我双耳紧闭;
他们身后,我听到演员喃喃的低语和呼喊——
光照的舞台空荡,布景准备已妥,
我却找不到让他们出场的钥匙。
哦,基督,我的技艺,它让我耗时太久!
时而,灵光可见,忽生的狂喜
如闪电在大地上标定自己的位置;沥青的皮肤
在渐干的雨水中,散发出新鲜、童年的气息。
之后,我相信,依旧有可能,有真正的
幸福,年轻的诗人站在镜中
颔首微笑。从这个距离望去,他美。
我希望我就是他看到的我,一片坚忍的废墟。[1]

十四

狂乱如一条古老、蜕皮的蛇,
这满是斑点的路,刻着车辙,闻起来有股霉味,
它扭动自己,重新进入森林
那里,芋头的叶子变厚,民间的故事开启。
日落会威胁我们,当我们慢慢凑近
她的屋子,沿着柏油山路,向上攀爬,路的甜薯藤
与散发黑色臭气的苔藓,为水沟争执,
百叶窗合上,就像那株名叫小玛丽的
含羞草的眼帘;此时——透亮如纸灯的
灯火从屋肋间放出光芒,一屋接着一屋——
她自己的灯,在路的黑色手腕上。
这有童年,有童年的余波。
萤火之时,她想起了故事,
随着煤油罐里、管道水砰然的声响,
她讲给我的弟弟和我自己。[1]
她的叶子是加勒比的图书馆。
我们的幸运,芳香之源!
她的头脑妙不可言,希顿妮。在她嗓音的溪谷中
一个个影子站起,行走,她的嗓音经过我的书架。
她是灯,在两个催眠中的男孩、他们的凝望里,
他们依然合入一个影子,不可分的孪生子。

十五

妈妈,我也能感觉到它[1]从远方而来,潮汐
自白昼起,已经回落[2],但我依然注意到
当白鸥在海上闪动,它的身下
映着碧绿,[3]我答应你,以后会用到它。[4]
想象力不再能延伸、远至地平线,
但它还在不断回返。在水边
它带回了干净、冲刷过的东西,像垃圾[5]
海让它们变白,变纯贞。迥然无序的景色。
粉蓝的动产房[6],在维尔京群岛
在信风之中。我的名字卡在
我姑祖母喉咙的核心。
庭院,一位棕皮肤的老人,胡髭
就像将军的,男孩,画着蓖麻叶
细致入微,他想成为又一个阿尔布莱希特·丢勒[7]。
我更珍视这些,胜过有序如一[8]
妈妈,对于我俩,那就意味着相同的潮汐,越来越近——
葡萄藤的叶子,为旧的铁丝网颁发奖章
布满斑影的院中,一位老人就像上校
在葫芦树绿色的炮弹[9]下。

十六

那么,对于死者,我们要做些什么?他们螺壳镶边的
坟墓,让我们一生之中,都被引力拽向那里
仿佛拽向磁性的帝国,他们的城市,井井有条
有街道与合理的大街,精确得就像我们躁动的
都会、它的网格。傲慢中,我们想象着
他们也会分享那钟表形地球的脉搏
它无限、不可听闻、也许比我们的还要慢,但却在
我们的维度中,在我们简单的数学公式里。
任何安息,都如此漠然,我们的一切差别消融其中,[1]
想象就是侮辱;我们承担的劳作
又有何用?他们必定觉得我们的祈祷乏味无聊,因为祈祷的
就是他们始终惦念我们,既然他们没有
要被永远记住的冲动,那就看不到我们
变换旗帜和家园的同时、还收藏[2]的那些东西——
相片、书简、信物、训诫的絮语或织品。我们还会期盼他们
对我们有用,期待死亡中能有我们用祈祷期待的东西——
祈祷他们的心像我们的心一样升起,随着海浪的
涌动,随着日落的穹顶,期待翠鸟
时而会让他们的黑暗惊愕。但是,每个人都偏爱
沉默,这是他们与生俱来的权利,偏爱这样的海岸:
岸上的他人,等不到结束,也等不到开始。[3]

十七

我停下来聆听蝉的喧闹的凯旋
它们设定了生活的音高,但按它们快乐的音调
来生活,却难以忍受。关上
那声音。突然陷入寂静之后,
眼睛习惯于家具的外形,心灵
习惯黑暗。蝉的狂乱,就像我母亲的
双脚,踏着纫针、是迫近的雨。[1]
那时,每个白昼厚如叶子,彼此亲近,如同每个钟头,
日晒的气味,从细雨后的街上升起。
此时,我把她的线缝在我的线上,用同一台机器。[2]
这摆在我们面前的工作!这世世代代的阳光!——
维米尔的柠檬皮的光,[3] 想认识它,就还要
在那里等候其他的事物,破碎的桉树
叶,还散发着浓烈的、松脂的气味,
面包果的叶子,边缘生锈,仿佛出自凡·雷斯达尔[4]。
我体内荷兰人的血,流向了细节。[5]
我曾画过一滴水,按照一幅佛兰德斯[6] 静物画
在一本印制的书里,但我相信,它是真实的。
它用自己的水晶映照世界,它随着重量颤抖。
那汗滴如此快乐,它知道别人会坚持下去!

就让他们写吧,"五十岁时,他逆转了四季,
他血液的道路上鸣唱着喋喋的蝉",
正如我十八岁之际,为去作画,动身启程。

十九、高更

一

在帕皮提¹的码头,身穿白帆布衣、懒散的殖民者
跟肌肤铜色如便士的妓女喝着酒,
望着光影中野性的皮肤,他们自欺欺人,
以为不加冰的苦艾酒,可以再造出一个大都会,
但太阳烤焦了我脑海中的记忆——
铺着彩砖的塞尚,每块砖不大于一方时,
点彩派画家的圆点就像一百万颗虹膜。
我在自己的颧骨上看见了布列塔尼人²的骡首、
沉着又无情的蒙古人的战略、
胡髭,犹如头盔上向下弯曲的双角;
我血液的锁链将我拉向黑暗的民族,
尽管我,看起来像是土黄、褶皱的结肠³
在那天,从海关的关艇上,登陆码头。
我是华托的野燕麦,⁴他私生的继承人。
赶紧吧,你们这群文员⁵,去找寻你们的命运,
魔鬼的祈祷书是耐心的赞美诗,
它在雾中喃喃地抱怨。收拾行囊,走吧!我走得太迟。

二

我从未声称,夏天是天堂,
也没说过,这些处女贞洁如处子;在她们的木托盘上
有我的智慧之果,[6] 放射着疾病,
她们给你传上病症,用成熟的、海扁桃的眼睛,
用长得像熔炉中的锭块一样、泥土的乳房。
不,我镀上一层琥珀[7]的东西,不是理想,
不是毕维·德·夏凡纳[8]追求的那样,而是腐烂的——
是姜百合阴户上的斑点,芭蕉的阳具,
是焦躁如下疳[9]的火山,是岩浆的烟雾
它嘶嘶作响,爬向了发出咝音的女神。[10]
我用那合金为她们的身体烧上黄金;[11]
我要说,传福音者的天堂有硫磺味,
我觉得我血液中的珠子在喷发
随着我的画笔画出她们的后背,画出一个
被褫夺法衣、数着念珠的耶稣会士[12]的脖颈。
在那里,我把一张蓝色的死神面具,放入我的《时辰书》[13]
谁梦想地上天堂,谁也许就会读它,
就如人。我的麻布上的壁画,[14] 献给女神摩耶[15]。
芒果变红,犹如烤肉坑中的煤,
那棵番木瓜[16],就像阿特拉斯,一样有着耐心的手掌。

二十一

漫长、白色的夏季之云,就像收拾干净的、铺着亚麻布的桌子,
它让天空更空荡,犹如每个晚餐后的礼拜天
那时,《圣经》乞求被举起,古老、令人生畏的诗句
扬起沙暴和白如骨头的、巴勒斯坦的石头
那里,买来的一头公羊,蹒跚而行,咩咩哀叫,就像以赛亚。[1]
沙漠[2]的教父,他们干涸的愤怒,曾令孩子惊恐,
龟裂的河盆边,施洗者喊出的诅咒
曾让玫瑰变成一团理智之火。
透过颅骨的石眼,放射的洋苏木
燃尽这个八月,白色的太阳
从旷野中吮吸着汗水。影子标出圣言。
我早已忘记孩子对复活的希望,
忘记那些物体,它们锁在发霉的碗橱抽屉中
抽屉在鱼刀和桌布之间(所有死人都抓住桌布)
在我们降生之时,它就会拉开——
云在空荡中等待使徒,
等待果实、酒罐、呻吟的支架上的烤肉,
但,只有仆人知道,天堂还是有可能的,
有位长着雀斑的玛姐[3],光彩熠熠、值得信赖
自童年起就唱着赞美诗,但她却将自己的救世主
折叠起来,就好像,他是地上的白餐巾。

二十二

休息吧,基督!远离那不知疲倦的战争。看,是仲夏,
但在橡树喉咙中怒吼的,却是好战的人类,
行军的"和撒那",让苏联的麦子变暗,
犄角旋绕的公羊,藏在阿富汗的石丛中。[1]
佩冠的消防栓喷涌,为街头的流浪儿施洗,
高压水炮清除掉他们雾霭中的尖叫,
不过,在穆罕默德熔炉般的眉上,雪并没有融化,
基督的眉间,也没有渗血的头巾[2]。
沿着岛屿,扁桃沸腾着怒火,
风搅动这一片片白色海浪的果园
它用口哨召集热沙滩上的托钵僧
它围绕这星球旋转,这个转动中的、彩色的O,
它随地球运动,逐一念诵着部落、边疆、
星星点点的海湾[3]、爱自己名字的城,
而风向标依旧撩擦着天空,寻求预兆。
尽管人们有不同的语音代表"上帝"或"饥饿",
可是,城市广场上对抗的字母表[4]
在呐喊时,却异口同声,民族斗着民族,
他们发音的狂怒
让孩子们撕裂,在瓦砾上,成了个名词。

二十三

稚嫩的旅鼠嘘嘘直叫,四散溃逃,
仲夏的叶子急速冲向灭绝,就像软水管
凿通的、布里克斯顿骚乱¹中的怒吼;
他们沸腾成秋天的火,为太阳而死。
叶茎拉扯他们的锁链,树枝弯曲
如同保守党鞭下、布尔人²的牛,牛拖曳着
每辆货车,离种族隔离越来越近。在我看来,那将
孩子的童话与怪诞的英格兰隔离开来——仙女环³,
围上犬玫瑰⁴当篱笆的茅草屋,
一阵绿色的狂风,它掀起沃里克郡的头发。
我曾在那里,为英国剧院增添颜色。⁵
"但黑人演不了莎士比亚,他们没有经验。"
所言甚是。他们迟钝的脑子留着仇恨的血
但防暴警察跟光头党却插科打诨,有来有往,
你不妨回过头查查"商籁集",查查摩尔人的月蚀。⁶
赞扬之词已让我白色、还在愤怒的诗行流血,
雪已然授予我白色的奖学金,
而卡利班吼叫着,走下帝国的、安着栅栏的街衢
那帝国,始于凯德蒙⁷无关种族的露水,终结于
布里克斯顿的巷陌,它燃烧着,就像透纳的船舶。⁸

二十八

我们脊柱之中有种原始的东西,它让孩子摇荡
在海扁桃树枝、它扭曲多节的秋千上。
我一直都把海扁桃树的形状,比作梵高果园中的
苦难。那也是原始的。[1] 一束
海葡萄悬挂在平静的海上。影子
让我随着干枯的树叶一同铲走,此时
正午猝然间达到它僵硬、活力全无的中心。
晒日光浴的人,在自己的烤架上炙烤,他们走进的浅滩
如此温暖,让暗礁之外、朦胧的石斑扑向
空无,引得妄自惊慌的米诺鱼,一阵讥笑。
碎浪突然想起它的职责,它给迅速变干的
沙滩涂釉。好几个时辰过去,海没有起伏,
它叹息着,穿过海绵之肺的深处。
在海滩的茅草酒屋,钟表考验着它麻木的肘臂
每时每刻,屋外,更为年迈的鬣蜥
用手再用爪,[2] 一下下攀爬,就像没人会爱的卡西莫多
爬进阴影的钟楼,在那里摇动。云
变暗,是恐怖的我所致。莉琪[3]和安娜
各自坐在充气艇上,悠然无事,她们的影子在身下。
翻卷的浪涌,清澈如柠檬。

再过两天,我的女儿就要回家。
人的幸福,它的维度就是时间,
孩子的摇荡随着节拍器变慢。⁴
幸福,在苏打水般的海上闪动。

二十九

也许,假若我培育出某种神圣的疾病,
就像济慈在永恒的罗马,或契诃夫在雅尔塔,[1]
随着我笔尖的刺动,它让汗水中的盐香
变得浓烈,那么,我的天赋兴许会提升,
就像翻转大海的云之手,它会改变
日光——如同镀银、被玷污的云,
一页页[2]总想试着概括我的生活。
在大脑的白珊瑚下,有沸腾的蚁冢。
你曾对碧绿的水怀着深刻的信仰。
你的意志,让鱼烦扰,跃出水面——
是对称的刺鳐,它在清澈的沙底,
它的尾巴是鞭子,它的后背宽阔如同铁铲;
海马就像玻璃一样脆弱,漂流的水母
它的每根触须:是朋友,也是毒药。
但,咒骂你的故乡,就是极恶。
你能绘出我的边界,在高处,距离沙滩四码之远——
小船的肋骨折断,洋苏木生出的只有刺,
渔人把鱼的内脏,丢到茅舍之外。
若我抛下的线,汇聚成一本书[3]
但其中一无所获,那该如何?用更伟大的心灵、他们的光芒来评判我的作品,这不也是殊荣?
尽管仲夏的线再次盘绕白天的线轴
它跳动地收回,却带着它的疑问、它的空鱼钩。[4]

三十

金色粪便和染着尿味的稻草在马厩里，
踢哒的马蹄声，让冰冷的鹅卵石冒出火花。
一座座砖砌的马车房，呼吸的拱
散播着先验的[1]波士顿、它的浑浊的空气——
垂挂流苏的黑色小马车[2]，在榆树下慢跑，
摆动它们的稻谷，随着亨利·詹姆斯的阴影。
我回到这座我流亡过的城市，沿斯多若道[3]而下，
隧道中一个个分成两半的撒拉弗[4]，迎面飞来，
悲伤有限；经过的街区，漫长犹如段落
我不习惯它们的风格，
因为，假如我习惯，我本可以身穿戏装
为一对前来用晚餐的夫妇
披上斗篷，为他们从桌下抽出椅子，每面玻璃
都映射着一簇簇、随知觉旋动的
超验之光。风格就是性格——
所以我的前额外皮坚硬，如同砖，我的眼眶焦黑
如同黑人区的、烤焦的褐石屋[5]；
但是，当雾气让波士顿公园朦胧，
当灯塔山[6]上，旧式的煤气灯柱，口吃一般
想留住它们的时代，我却看到一位黑人马车夫，

他的手套白如马的白色脚踝,
他数着它们的笑声,数着它们点亮的良夜,
之后,他猛地拽动他那铜把手的灵车的缰绳。

三十一

沿着鳕鱼角[1],有那些裂隙含盐的白色港口、
白色尖塔、白色加油站,有正宗的
新英格兰的菜品[2],在一座座蛤蜊和生蚝餐吧,
它们就像变干的藤壶,吸附码头,随着白昼退潮
越来越坚固。黑水手的殖民地,
他们的耳朵适应了戴着耳环的祖先的
赞美诗,诗里响着地中海的固定低音[3],
殖民地变得稀薄,就像某些濒危种群,
它们和烘干的海豹皮,有着相似的喉音,都在石头上[4]。
山坡高处,松树的桁桷
用山杨的神经,忍受着安息日。
它们听见女巫[5]的呼喊变成了朝圣先辈[6]的呼号:
民族虽多,上帝独一,
上帝黑帽,黑色套服,银色带扣,
他咒骂石潭,因为水中仙女吃吃窃笑,
他用自己阴茎的权杖抽打这海滩。
从我循道宗的童年开始,寒风就在吹动。
我们身上只有堕落——这就是新英格兰的
地狱之火的布道,我自己的嗓音变得沙哑

因为雾的号角在嘶吼,是海中塞壬的嘶吼:
拖网的渔人从波士顿港开始摸索,
雪,混杂着蒸汽,让群岛的思想,变得模糊。

三十四

海！海！¹ 那回响的蓝色砰然
落在心上！我去拉瓜迪亚坐东航的快线，²
我把涌起的涂着绿漆的屋顶，误认是海。
而我的耳朵，那一刻，成了贝壳，它们留住
军队的呼啸，光鲜的军队随着色诺芬的
螺号，攀下沙谷，如蟹的雪崩。
我的双眼闪动如水的绿色，我感到惊人的变化
穿过双手，穿过海峡、血管，是色彩的变化
是水流的色彩，在鸽子角和斯托
湾³之间，我的血液因蓝色而高贵。
我知道仲夏处处都是相同——
艾克斯，圣塔菲，撒满阿尔勒白杨的尘土，⁴
它旋转就像查尔斯河⁵畔、绕着自己影子的狗
此时，小路随尘旋动，不是雪，在漩涡中——
但我的笔尖，不在别处，就在眼前，像海燕头上的喙；
军团摊坐、仰卧，就像海星曝晒着自己
直到海螺的呻鸣召集雨水的
斜矛，进军"远征"。
太阳让军团变白，成了脆弱的贝壳。
疲倦战争、众神、君王的荷马，

曾如海一样静默,不说序章,不言收场。[6]
那古老的漂洋者,昏昏欲睡的凝视,
是一只鹈鹕,在空木舟的船尾摇晃,
是头发沾盐而斑白的老叟,正将翅膀上的雨抖落。

三十五

泥土。土块。抛洒雨水者、它吮吸的脚踵。[1]
有时,阵阵疾雨会变向,宛如船帆,
那些船生着龙嘴、没入阿瓦隆[2]
和雾中。几个时辰,向前行驶
沿着飞速划过的威尔士的山脊,我们载着朗格兰的
"农夫"[3]的身影,他在播种过雨水的玻璃上,
他让大步的脚踵跟上轮胎,
而路边的草滴下的水,滴成片片水洼。
曾经在细雨中,一个蜷伏、覆着泥土的鬼魂
靠他的支点站起,[4]田野的盘子转动
随着他们犁耕过的诗节,歌颂失去的新鲜。
村庄始现。我们进入了英格兰——
田野相同,但名字全非。我们发现一家饭馆,
我们停在稀薄的微雨中,之后,挤进红色
人造皮的长椅。外面,小心的太阳
用拇指和食指,从事物中挑出一段线头。
太阳明亮就像路标,世界一新
而石冢、筑起城堡的山丘、石头般的君王
却放入刀鞘,沉入睡中,但,什么原因让我觉得:
洗碗池[5]里、骑士精神的破碎
就是我自己的放逐?我能感到,从小腿

到抖动的手腕,我的血管纽结、疼痛。
窗上有雾。我擦了擦,向外望去
望着停车场上湿漉漉的汽车和它们的头盔。

三十六

橡树酒馆的关节,都咯吱作响,随着光
从沃里克郡麦芽酒色的天空上退去。
泛着浪花的果园,秋天吹动它的泡沫,
于是,白发僧侣们将椅子朝壁炉拉得再近些
冲着木柴吐口水,木柴噼啪迸裂,成了火的叶子。
不过,他们变得更聋,并不确定听到的
是从晨祷做到晚祷的、修道院的雄蜂,
还是大黄蜂的巢、一副用到老晚的链锯
在诺曼式圣堂之后、高处的圆丘之上。
夜晚放出飞蛾,鸦鸟迁移它的重心,
鱼嘴的月亮,从摇动的榆树那里,向上游去,
但是,四个老人还在外面的花园长凳上
聊他们曾经拉过的弓,聊他们的弦、那些少妇。[1]
他们的眼睛如同铸成的硬币,机灵地闪动,就像泰晤士的
河口。[2] 我听见他们的闲谈
顺着多股的缆绳[3],跨越了大西洋的海床,
他们的闲话就像苹果园一样,在我的脑海中
沙沙作响,我能随口说出他们的名字
就像说出好友——那些混蛋[4]祖先,
他们的造物主,从最初就原谅了他们——

因为将世界、这个烂苹果的心咬掉的
蠕虫和大黄蜂的链锯，都难以扰动
它们枯萎的花园中、浅薄和缄默[5]的话语。

三十八

秋天的音乐刺耳。从树枝的音叉上,
鸟的小嘴撩擦着寒冷。羽毛颤动,
它们的音符是尖声的钉子,刺穿我,刺穿
这整个萦绕又闪躲的灰色天气
和大理石纹路的河流,尽管它们都有借口。
V 字形的雁队,对影子来说,有些太高,
它们冲向圣马丁的泥沼,冲向多风的日光
吹皱的含盐的裂隙,冲向芦苇鸣哨的小岛。棕色砖块的上空
喷气机的尾迹、它无声和白色的尖叫
还残留着。褐石屋变暗,越来越早。
此时,比起《农事诗》里的东西,那些岛让人觉得更加遥远。
枫树和榆树迫近。但棕榈要求翻译,[1]
死人让它们长长的线条变得僵硬。
维吉尔之风的布鲁克莱恩![2] 不到五点,后来四点,太阳就
　　落山;
每座电车站的一行行乘客,
等着转入地下,[3] 他们有着演员的面孔,
戏该收场了。不如说,是你的戏,从桌上抬起头来,
不再看那多年未曾重读的剧本。
白昼结束时、大海的脸色,

或空荡剧院中的座位,每一个都有自己的理由
指出哪里有问题。它们不懂你的语言,
角色简单,没有季节和布景
的变化。太多诗味。错误的时代。

四十一

营地[1]依然在远方——棕色栗子,灰色的烟
缠绕就像铁丝网。罪恶继续盈利。
褐色鸽子迈着鹅步[2],松鼠堆积橡实,就像堆积小鞋,
而苔藓,无声如烟,让剥掉皮的身体安静
如同废弃的引火柴。在清澈的池中,肥厚的
鳟鱼随鱼饵升起,用变音符吐着气泡。[3]
四十年已去,童年时在岛上,我曾觉得
作诗的天赋让我成为天选之人,
一切体验都随着缪斯之火点燃。
如今,我看见了她,在秋天,她坐在那张松木凳上,
是他们栗色的理想,留着金色发辫,身穿皮短裤[4],
绣在她白色束胸上的罂粟花,有血滴,
对每个汉斯和弗里茨[5]来说,她就是秋天的精神,
他们的凝视把残梗地耙平,[6]此时,呼号如烟的
秃鼻鸦,几近如人。他们将自己的事业放在
她玉米丝的冠冕、矢车菊[7]般的虹膜上,
她是扬谷糠的人,ㄣ字符为她闪动
在瘦骨嶙峋的丰收的庄稼中。但假如从前,我就明白
我岛上的棕榈叶是耙,[8]它的沙和灰

是远方的营地,那我是不是会将笔折断,
就因为这个世纪的田园诗,它们的作者
是达豪、奥斯维辛、萨克森豪森的烟囱?

四十二

芝加哥的大道,白如波兰。
暴风雪下着天上的焦炭,让聚居区[1]寂静。
有划痕的天空,闪烁就像一台电视。
沿密歇根大道而下,我的计程车爬行缓慢
如同史学家冰冷的文章。止步不前的汽车都被冻住
仿佛华沙的街上披斗篷队伍的一张张面孔,[2]
或是黑人游民的手,弯曲在开火的
枪管上,在高架铁[3]之下;上方,被刺破的天空
刺透着火箭,火箭维系着两个帝国的高耸。
既会是冰,也将是火。在西比尔的水晶中
地球随着灰摇动,如孩子般颤抖。
就会如此。鸟的呼号听起来如同
沿街而下的手枪。汽车像死马,它们的鼻孔
泛着泡沫和冰。出租车的仪表盘上,调度员
尖细的嗓音警告着还会有雪。画面
照亮那电视机[4]——首先,难解之谜;
然后,简单的黑白,雪坡,有松树
蓬松就像野蛮人矮马[5]的鬃毛;
再后,身穿牦牛皮的蒙古人,折断的牙像骰子,
他露齿一笑,身下是平原之上的

寂静城市的尖顶,他在高处的喜马拉雅,
他拍打着身旁的雪,转过身,就像
长矛般的白桦中、部落的矮马在嘶鸣。

四十八

天然的赭石海崖,在倾斜的下午,
在海浪迸发的、巴兰德拉[1]的尽头,干燥沙滩的尽处,
影子的日晷从视觉与心灵中擦掉了海崖。
白色三趾鹬与回退的海浪竞逐,
用眨眼般迅捷的戳刺,啄向卵石间的海贝,
它们无视地平线,帆从那里淡出
宛如普洛斯珀洛[2]对他岛国的爱。
葡萄叶用带着纹路、橙色的手,遮挡日光,
但它的灯芯熄灭,三趾鹬消逝。
去吧,光,让我们思想的负担全无重量,
让我们的不幸无需魔法,
让它译不成诗,译不成文。
让我们变暗,与石头一样,不会皱眉,也不懂得
艺术或医术的必需,不懂得需要普洛斯珀洛的
缠着蛇结的杖[3],或让海迷惑的棍[4];
抹去沙滩上鸟迹的暗码吧。
均衡的比例赐福我们,就像在寓言里,
在生命最后的三分之一,在它的运动中,我们接受
自己的剧幕从一数到三,

乘上这技艺,划行,直到黑暗的风
在桌面上,让这支笔颠簸,它是折断的桨,是权杖
随海浪、随大海的韵律摇荡。

五十

我曾给过我的女儿两个螺壳,一人一个
是潜水从礁石间寻获,还是沙滩上卖的,我忘了。
她们用贝壳当门档,当书夹,但它们潮湿的
粉腭,是天使无声的歌唱。
我曾写过一首诗,叫《黄色墓地》[1],
那年我十九。是莉琪的年纪。如今我五十有三。
我苦吟出的那些诗,与任何传统都无联系
就像长着苔藓的石冢;每一首都下沉,如同石头
沉到海底,停住,但,如果顺利,还是让它们呆在
深处的石头间,呆在海的记忆里。
让它们在水中,就像我那调配水彩、
开始创作的父亲。他成了自己影子中的一个,
摇动、朦胧,在仲夏的日光中。
他的名字是沃里克·沃尔科特。我有时相信
他的父亲,在爱与苦的祈福中,
是用沃里克郡为他取名。反讽
令人触动。如今,当我重写一行诗,
或在很快变干的纸上勾画椰树的叶子、
就像他画过的那样朦胧时,我女儿的手在我手中摆动。
螺壳在海底运动。我常常移动[2]

我父亲的坟,将卡斯特里发黑的、
圣公会的墓碑,移动到我能同时爱着
大海和他的亡故的地方。³青春强于虚构。

五十一

既然你的一切工作其实都是努力安抚
过去,有必要在你的同龄人中得到认可,
那么,就让后人质疑西比尔和斯芬克斯吧,
让他们明白,不分种族的批评家是灵长动物的梦。[1]
你的栖息之地让你困苦,你不会找到安宁
除非你和你的出身达成和解;你的下巴必定低垂
你手指的关节摩擦着你故乡的土地。
蹲在潮湿的石上,石旁白色的百合绷紧,
竖起耳朵;滴落的就当是音节
宛若露水,从原始的蕨草上;留心土地如何饮着
语言,珍贵的、依赖种族的语言。
然后,在黑色土壤上,用嫩枝当笔,
写《创世记》,看圣言开启。[2]
象群在它们的水塘中转来转去,吹响了
新风格的号角。猫鼬困在车辙,[3]
眼睛如碟的山魈,喝着叶子间的水,
它们会点头示意,随着长赘肉的蜥蜴讲述《黑诗人
传》,蜥蜴抓住树枝,那仿佛是雄辩的
讲台。而在高处、类人猿的学院,
戴着双光镜的黑猩猩,他的下唇突出,
泪水模糊了眼的晶体,他早就在翻读你的《作品全集》。[4]

五十二

我听见他们行军、走过我脑中叶子潮湿的路,
走过践踏成泥的句法、它的被吸收的元音,
措辞之师[1],一支是黑色士兵,赤裸双脚,
另一支是红衣的英军[2],明亮就像他们君主的血;
他们拖着的脚步,就像雨水,鞋底裸露。
一支为了女王而战,另一支捆着锁链,为她服役,
但他们一样痛苦,走着同一条路。
我们的占领地,与占领的军队
天生为敌,不过,什么样的灰浆[3]能将
硫磺山[4]军营、破碎的石头粘合成
贝尔法斯特[5]的、有裂隙的砖?我们是否改变了阵营
变成了长着胡髭的军士和爱马的贵族
就因为我们为英国人服务,如同双头哨兵
护卫着他们的疆界?所有语言,皆非中立;
英国绿色的橡树是喃喃低语的大教堂
那里有人不悦,有人安宁,但每个魂影,全都
可以让它的阴影变宽。我常去维吉耶的
英国军营的拱门。那里有叶子,
明亮,腐烂,如同军服的翻边或肩章,还有历史
和尿液的恶臭。叶子堆积,就像那些士兵
漏掉的 H 音,[6] 来自竞争的郡,[7] 来自阿金库尔的[8]

硫磺石的战壕，和索姆河的毒气[9]。过去在罂粟花日[10]
我们的学校都买红色纸花。它们代表佛兰德斯[11]。
我曾经见过"热刺"[12]咒骂那烟气，一只"鹦鹉"[13]
在战场上，迈着碎步从中走出。那些愤怒的将官
从忒耳西忒斯[14]到珀西，他们的狂言是我们的典范。
我将罂粟花别在我的上衣。它流着血，宛如一个元音。

五十四

仲夏之海,热的柏油路,这草,这些生我的棚屋,
丛林,闪动的剃刀草[1]、在路边、在艺术的边缘;
木虱在神圣的木上嗡嗡作响,
没什么能将它们焚尽,它们自然而生;
它们玫瑰般的口,宛如基路伯,唱着缓缓的、死亡的
学问——所有的头,纱般的翅膀,在每个耳畔。
远处,护林区,[2]在树枝突然变成大海之前,
我望着,透过移动、长草的窗,我想到"松树",
或某种松柏。我想,它们必定受苦
在这热带的高温,它们会像孩子一样,想起俄国。
之后,突然间,从它们腐烂的木柴上,有了让人分心的、
我背叛过、或背叛我的、信仰的迹象——
黄色蝴蝶飞起,在通往巴伦西亚[3]的路上
它们口吃般对着复活,说"是";"是,我们回答就是'是'",
它们的某支唱诗班,唱金袍的"西面颂"[4]。
我孩子的赞美诗集,镶着金箔的诗集,何在?
当圣言在悲伤中转向诗,
我崇拜、但并不信仰的天,何在?
啊,生命之饼,只有爱能将它发酵!
啊,约瑟,[5]虽然一个人不会死在自己的国度,
但感恩的草,还是会在他的心里,生得厚密。

选自《阿肯色圣约》（1987）[1]

死路谷 [1]

一

日出之时的镶板
在山坡的店铺上
它赋予这些诗节
它们呆板的形态。

若我的技艺有福;
若这手既精确,
又诚实,正如
它们的 [2] 木匠之手,

那每个结构、意图
从其角度来看,就会
类似这座村落、
没有涂漆的木头村落

而一个个辅音卷起
脱离我削动的木刨
在芳香、有着土生

纹理的克里奥尔语上；

离开支起的长凳
它们会翻卷在我脚边
C开头、R开头，
有着法国或西非的根[3]

离开蜂拥的方言，
它的叶子虽然未读[4]
但却变亮，在它们
本土之路的舌头上；

而它们靠近了
我钉好的细绳
连同斜面的木板、
没有涂漆的松木板，

它们就像喃喃的页岩
呼息的树木唤起了
记忆，用它们的气味：
空心木，洋苏木，[5]

它们沙沙作声：你对
我们的期望不会如愿，
你的语言是英语，

是另一种不同的树。

二

在小溪的碎石间
轻轻的喉音响起,
在河谷,一个混血儿,
一个黑色的元音呼啸,

它发出黯淡的椭圆;[6]
而在红铁桥的旁边,
修缮工人用铲子
刮着起泡的沥青,

每下尖厉的摩擦声
都达到如此的音高
他们就用着某种语言
说话,但它写不出来。

就像那种逝去的观念、
对可见的灵魂的观念
还在这里燃烧
在不识字的土壤上,

蓝色烟雾向远方爬升
向高处,它的血管不会
转向,不会离开炭黑的
空地中、赭石色的伤痕。

硬皮的云朵露出
面包一样的内瓤
在烧焦的、覆盖着
无花果叶的泥炉之中。[7]

接雨水的桶里,水
的皱纹变平,成了玻璃;
一棵青柠树[8]的女儿
在那里,端详自己的脸。

树苗分叉,成了
从庭院中、飞奔上楼的
少女,她走入了
这一诗节。此刻,泪水

盈溢她的双眼,镜子的
泪水,因为她颈背上的
发结,被她母亲的梳子
拖曳;母亲察觉,

说:"凭他的容光
一切河谷都变得
耀眼。"⁹她敏捷的双手
编织着小溪的发辫。

粉笔色的花朵涂画着
沥青的黑色板岩
而木槿花之铃
告诉她:迟到了,

随着海浪在树枝上
蔓延,就像在公立
学校里、蓝白色
长凳的浅滩上,

她朗诵这门语言
它在黑板之上
让她目盲,仿佛一页
道路上的炫光,

于是,她微步走向
内心的寂静,沿着
一条赤途,森林
吞没它,就像收回舌头。

三

正午。干渴的蝉鸣鸣
就像她母亲的机器上
生锈的脚踏板,
继而停住。青柠的花瓣

飘舞,如同剪断的布
在缝纫好的寂静中;
仿佛花粉,它们的生长
意味着她的天意。

正午为青柠树缝边
用不规则的阴影;
如此之多的对称
让她的后背感到疲倦。

一行斯芬克斯
我的双眼依靠着它们
是山峦,坚定得如同
它们石头般的发问:[10]

"你可否用正确之名
大声叫出每条山脉,
随着我们的容貌变易

在光亮与云彩之间?"

但是,我的记忆微小
如同大海稀薄的声音,
我恍惚记得的
是一行白沙滩

和一行行面容痊愈的
红木,而石头
喃喃低语,在多石的
河底,但这些问题

甫一解决,就会松开
自己的结——是山间的
泉水,它们的碎石
在雨中变得嘶哑——

这时,樵夫放松下来
聆听斧子挥舞之后、
片刻间、天空的
绽裂,一个个名字契合

它们的回声:马奥![11]
弗雷斯蒂埃![12] 还有远处,
叶子沙哑的回音,

玛布亚![13] 还有,啊!

那山居然起身,对我
俯首温顺,[14] 这个混血儿
幸福地惊呼,他重复着
元音,一个又一个,

树枝向我鞠躬,
方言在喝彩
而记忆的汁液[15]
向上奔涌。

四

每一段诗节的西边
太阳从那里升起,[16]
香蕉田回应着
它们的光;头顶上空

有一只盘旋的鹰,
我的心在它的嘴畔,
被它带回,回到了
世界的边缘

回到了消失的桥
回到了在自己的床上
辗转的河，回到山脊
在这里，那棵树

放学回家，时候已晚。
哪一座是她的棚屋？
她正径直地攀登
爬上这首诗的阶梯，

她坐下来吃晚餐
面包和炸鱼
而一棵棵树，复念着
变暗的英语。

棚屋的窗户闪耀。
绿色的萤火划着弧线，
点燃了弗雷斯蒂埃、
奥尔良、丰圣雅克，[17]

而森林正在
熟睡，它的眼睛闭合，
只有亮光的小房
抬眼一望；

此刻，一座座小棚屋
在头灯旁边，徐徐滑过
在它们关闭的文本上：
山的顶点如同金字塔。

在烤炉般温暖的夜
余烬飞舞。店铺的门
猛然间合上光的镶板
就在路上，在咸鱼的[18]

气味中。干燥的沙土
堆，散落如星。
猫一般的鸽子岛[19]
用它的爪子，伏住大海。

三乐师

  献给洪特·弗朗索瓦[1]

"一旦圣诞来临
它带着一缕微风,[2]
新鲜就像伯利恒
在荣耀的香柏[3]之中。

从城镇到无忧堡[4],
从无忧堡到卡斯特里,
它为路途增光
它穿过一座座村落。

我们把红铁罐[5]
放在门廊,祈求宽恕,
我们将石头粉刷一白
从第一座花园开始;

在洒过水的庭院
白玫瑰树[6]的旁边
有了柔软的凹痕
那因自天使的双膝,

他们的长袍如此纯洁
袍子的褶皱宛如
瓷壶中蜿蜒
流出的水;

这就让青年和老人
仿佛一新。这一周
惊动了青柠叶,[7]寒冷
如同大天使的面颊,

他的影子,迅捷地
升到山坡草地之上
它叫香柏散开,[8]
好让他的双翼飞过",

伊西多太太这样唱道,
她门前的台阶擦洗干净
就为了第一位访客,
我们赤脚的主。

他比人们更贫穷
他的床铺无处安放;
"我的客厅是耶路撒冷,
我的桌子,是基列山[9]。"

整整一周,她都在练习
鞠躬:"很高兴见到您;
这位是?他是
约瑟,也是木匠。"[10]

就在这整整一周,
谁若烦恼,之后就会笑;
约瑟摆着玻璃橱中
银色的玻璃瓶

旁边是两根柱子,
金色威士忌,尊尼获加[11],
老人因它更衰老,
约瑟不会,他兴奋,兴奋

抱她,就像抱住他的手艺,
他没有去酒馆,
他只是唱:"一半的
传讯的天使";[12]礼拜六

他乘着小巴,[13]从
市场,直接返家;
漆布油毡的炮筒[14]
在他们的屋中铺展。

这时,有火腿蒸到冒泡
尽管是好东西
但在煤油罐里
灰布把罐子包得紧紧,

四面八方,地上都有股
葡萄干的味道,黑蛋糕[15]
她会切它,为了那个
她不可能生出的孩子。

啊,圣诞,圣诞之晨!
他们在风中聆听,
聆听小男孩的梵婀玲、
如泣如诉、预警的琴声;

他们感到圣婴的[16]
血液流过
罗马人的一品红[17]的
刀锋,

而那三位乐师
正穿过一座座庭院,
那里姜味的芬芳
来自甘松;

四弦吉他在弹奏
随着他们粗哑的颂歌,
他们到了,"进来,进来
威士忌,玫瑰茶[18]——"

玫瑰茶,有血红的荆棘
冠,在篱笆之旁
带着花边的灌木在那里
屈膝忏悔——

"约瑟,拿三把椅子!"
他们在门口鞠躬。
三顶呢帽。有人说道,
"圣诞快乐,伊西多老妈,[19]

我是弗兰克·英森斯,
这是戈尔德和莫尔先生。"[20]
他们将自己的乐器
小心翼翼放在墙角。

新帽子在膝盖上,
他们点头赞许,一切
整洁,一缕微风
吹干他们滴下的汗。

一人举起他的烈酒杯
用弯曲的手指,为了
向那太太敬酒,
因为他们都知道

她梦想白色的蕾丝 [21]
在柔软、乌黑的皮肤上,
但莫名其妙,上帝的恩典
却是,她生不出孩子;

散开的窗帘
让漆布的油毡明亮,
他们让孩子降生
在她那增光的房间。

他们安静地吃着
她奉上的黑蛋糕,
他们在乐器旁,
三位后背挺直的君王, [22]

他们送回盘子
盘的边上,还留了一片
是出于礼貌,再连饮两杯纯酒, [23]
开始歌唱,唱得真叫烂;

在小提琴手刺耳的尖叫中
他们饥渴、渴望
孩子。约瑟觉得
他的心快要迸裂。

圣卢西亚初次圣餐礼[1]

黄昏，在破旧的沥青缎带的边缘，
身穿白棉长裙、棉长袜的黑孩子站立。
先是她，然后是她的小田地。哦，是初次圣餐礼！
她们的手上，捧着装饰粉带的弥撒书，

坚硬的发辫，上面别着她们白绸缎的飞蛾。
毛虫[2]的手风琴，还在像泵一样释放神话
沿着棉树的细枝，从它张开的一张张嘴中
圣饼生荚[3]，就凭着没有"如果"的信仰！[4]

所以，圣卢西亚各处、成千的圣婴
都安排着走上教堂的台阶，面对太阳的眼晶体，
直立如蜡烛，在眯着眼睛的父母间，
在黑暗、如她们的盲圣徒[5]的黑暗，来临之前。

但是，如果有可能慢慢停下，在昏暗的
沥青的边沿，当它的[6]头灯刺穿
她们双眼之先，若有可能让每个孩子住进我手上的房屋，
有可能让窗户放低、露出缝隙，细心地催促

最后一只飞蛾小心地飞入,那么,我会让黑色的汽车
封住她们的暴风雪,在某座黑色的山上,
让她们抖动的双翼没有灰尘,我会松开成千的她们、
令她们蹒跚步入天国,就在偏见、邪恶降临之前!

大 岛[1]

这座村庄,像灰色的破布浸没于咸水,
一种语言就出自这里,装点着螺壳,
装点着零星的浆果,在它的腋下
和灵活如船桨的肘臂间。每场仪式开始
于食槽,于粪堆,开始于破晓和黄昏之时、
蟹出席的
葬礼。海水强化着
气味。群岛的锚渐深
但它在沙上总是干净。鲨鱼许多,
通常还有海鳐,它的双翅宽大如船帆,
带着失眠者的凝视从摇动的珊瑚间浮起,
而渔人举起一条鲶鱼,那就像卷须的首级。
而黑夜,点着它的若干支、不可熄灭的蜡烛
它就像万灵之夜[2]上下颠倒,如同蝙蝠保持着
对世界的视角。所以它们的眼睛俯视,望着我们,
觉得好笑,发现我们走起路来奇奇怪怪,
它们好奇,想知道我们的平衡感、我们如何入睡时
仿佛死去一样、我们如何会将梦
与钉子或玫瑰之类普通的东西混淆不清、
岩石如何随着苔藓迅速衰老、
大海如何生出了与时间无关的皱纹、

沙滩如何在无所事事中引动旋风、
影子如何仅仅回应太阳。
而有时，海豚黑色的边缘
就像旧轮胎的顶部。厄尔皮诺[3]，你
一通折腾，酩酊大醉，把舱壁都弄塌了，
而舵手驾着船，就像鳐鱼在呼吸的波浪下，
继续向前吧，这里没你的事。
这里有不一样的蜡烛和习俗，死人
也不一样。有不一样的贝壳守护它们的坟墓。[4]
这里有种种异样，远离着我们地平线那边的
天堂。这不是紫色如葡萄的爱琴海。
这里没有葡萄酒，没有奶酪，扁桃是绿的，
海葡萄苦，语言是奴隶的语言。

白巫术 [1]

献给列奥·圣·赫勒拿 [2]

那立约者踢走她褶皱的皮肤。
快把她的魂封进罐里！半人之狼
能弯着肘臂小跑，起身，露齿一笑
化为牙关紧锁的狼人。香炉 [3] 驱散了
地上的雾，还有雾中呼啸、游荡的一个个魂灵，
它们没有得到神令的施洗、成就、
和诅咒。岛上的说书人 [4]，喜爱
我们蘑菇般的小精灵，那是魔鬼的阳伞 [5]
它们像蛆一般爬出树干上腐烂的洞，
它们的嘴是缝合的缝迹，它们畸形的脚内翻。
驱魔术难以让那些迹象
过时 [6]，我们午夜之后会听见它们，在林中，
那有个苍白的女人，如同盲枭飞动
飞向她分叉的树枝，一个个猩红的月亮是眼睛
里面满是犹疑。你可听到银色的飞溅声？
没有。如果它从长着苔藓的石头上滑落
别理它，就当是疲倦的蟹，是鱼，
除非我们头发潮湿的水之母
正在你笔端的这一页下滑动，

只有单纯的人才认为，这些会出现。
树精和树神们[7]都印在
树皮上、纸莎草和这张纸上；
但，虽然我们的枯叶噼啪碎裂，随着鹿脚的
猎人、森林之父[8]蹒跚走过，
他也只是潘的复制，更是撒提尔的转译。
从黄麻的糖口袋里钻出的老丑婆，
(虽然你在月光下的门楣上撒了行白面粉)，[9]
悄悄向你爬来、从身前爬到身后的"俊男"[10]，
脚上覆着蕨草、没有面孔、鼠耳的小精灵，
这些传说，属于落后的穷人
月光让它们生出大理石的花纹，它们会变得洁白、多彩。
我们的神话是无知，他们的才是文学。[11]

世界之光[1]

> 赶紧来卡亚,得赶紧来点卡亚,
> 得赶紧来点卡亚,
> 因为下雨了。
>
> 鲍勃·马利[2]

小巴[3]的立体声里,马利唱着摇滚
而那美人轻轻哼着副歌的迭句。
我能看见光线,在她脸颊平面上的何处
闪动、映出轮廓;如果这是幅肖像
你会将强光留到最后,这样的光
让她的黑皮肤如同丝绸;我会配上耳环,
简单、纯金的耳环,用来映衬,但她
并没有戴首饰。我想象一丝浓烈、甜蜜的
气味,来自她身上,就像来自不动的黑豹,[4]
而她的头不是别的,正如纹章一般。[5]
她一看到我,就礼貌地移开目光
因为对生人的任何注视,都是无礼,
她就像雕像,像黑色的、德拉克罗瓦的
《引导人民的自由》,[6]她缓缓隆起的
眼白,雕刻过的、乌木的口,
坚实的躯体的重量,属于成年女子

就连它,也渐渐消逝在黄昏中,
只剩下她轮廓的线条,强光下的脸颊,
我想,哦,美人,你是世界之光! [7]

并非只有这次、在小巴上,我才想到这句短语[8],
十六个座位的小巴,嗡鸣阵阵,往来
大岛和市场[9]之间,周六的交易之后
市场上留下木炭的粗粒和蔬菜的垃圾,
喧嚣的朗姆酒馆,在它明亮的门外
你看到酒醉的女人在人行道上,令人悲伤至极,
她们将一周拧紧,再将一周放松。[10]
那市场,周六的晚上关张,此时
它让人想起童年,那一盏盏挂在街角灯杆上、
蜿蜒的煤气灯,还有旧日喧闹的
商贩和车来人往,灯夫攀爬,
将灯笼吊在杆上,再转到下一个,[11]
而孩子们将脸朝向灯的飞蛾,他们的
眼睛白如他们的睡衣;市场
关门,在笼罩它的黑暗中,
影子在商店争执,为了生计,
或在火爆的朗姆酒馆,为了标准的吵架习惯
而争吵。我现在还记得那些影子。

小巴在变暗的停车场,慢慢坐满。
我坐在前排,我不赶时间。

我看见两个少女,一个穿紧身的黄上衣
和黄色短裤,头发上有朵花,
平和中心怀渴望,另一个却让人无趣。
曾经的某一夜,我走在这座城市的街道上
生于斯,长于斯的城市,我想到我的母亲
她的白发被涂染的黄昏微染,
那些倾斜、盒般的房屋,在痉挛[12]中
显得反常;我窥视过百叶窗半开的
客厅,窥见了黯淡的家具,
莫里斯椅,[13]正中的桌子和上面的蜡花,
还有平板印刷的"圣心基督",[14]
小贩还在朝空荡的街道兜售——
糖果、干果、粘巧克力、花生糕、[15]薄荷糖。

一个老女人,包着头巾,上面有一顶草帽
她蹒跚向我们走来,手中提篮;在某个地方
一段距离之外,还有个更重的篮子
她拿不动。她有点慌张。
她对司机说:"Pas quittez moi à terre",[16]
她用的土话,意思是:"别扔下我不管",[17]
用她和她的民族的历史来说:
"别把我留在地上",[18] 或者变一下重音:
"别把土地留给我"[19](指继承);
"Pas quittez moi à terre,天国的小巴,
别把我留在地上,我受够了。"

黑暗中,巴士坐满了沉重的影子
他们不会留在地上;不,会留在
地上,他们还必须苦熬[20]。
被抛弃,是他们早已习惯的事情。

而我已经抛弃他们,我知道小巴上
还有座位,在平静如海的黄昏,
人们弯身在独木舟里,[21] 橙色的光
来自维吉耶海岬,黑色的船在水上;
我,难以将自己的影子凝固成
他们影子中的一员,我已把他们的土地留给他们,
还有他们白朗姆酒般的争吵,[22] 他们的煤袋,
他们对警士[23]、对一切权威的憎恨。
我深爱那窗边的女人。
我多想今晚带她回家。
我想让她拥有我们小房子的钥匙
就在大岛的海滩边,我想让她换上
丝滑的白睡衣,它会如水一样倾泻
在她的乳房、那黑色的岩石上,我只想躺在
她身旁,挨着光环,煤油灯芯的、
一盏铜灯的光环,我多想默默地告诉她:
她的头发如同夜晚的山林,
河水的涓流在她的腋下,
如果她想要贝宁,[24] 我就买下它。
我不会把她留在地上。其他人也是。

因为我感觉到了让我流泪的、巨大的爱[25],
还有如荨麻一样、刺痛我双眼的怜悯,
我担心,我会突然开始哭泣
在这播放着马利的公交小巴,
一个小男孩,透过司机和我的
肩膀,细瞧着来临的光线,
瞧着黑暗的乡村中、疾驰的道路,
还有小山丘上、房屋的灯,
和繁星的树丛;我抛弃了他们,
我将他们留在地上,我留下他们、让他们唱
马利的悲伤之歌,那悲伤的气味真实如同
干燥的地上的雨,或像潮湿的沙滩的味道,
巴士觉得温暖,是因为他们的和睦、
他们的体贴,和他们礼貌的道别,

就在巴士头灯的光照中。车笛声里,
砰然抽泣的音乐中,有吁求的[26]气味
来自他们的身体。我多想让小巴
永远继续前行,我不想让任何人下车[27],
不想让他们在灯的光芒中道晚安,
不想让他们走上蜿蜒的路、在萤火的引导下、
走到光亮的门口;我多想让她的美
生出温暖、如同体贴的木柴,
变成厨房里、珐琅盘令人舒心的
叮呤声,变成庭院之中的树,

但我到站了。在翠鸟酒店的门外。
休息厅里，会满是像我一样的过客。
然后，我会随着海浪走上沙滩。[28]
从小巴下车时，我并没有说晚安。
"晚安"中满是难以言表的爱。
他们在自己的小巴上继续前进，他们留下我在地上。[29]

这时，走了几码，小巴停住。一个男人
从小巴的窗边，叫着我的名字。
我朝他走去。他拿出什么东西。
是从我口袋里掉出来的一包烟。
他把烟给我。我转身，藏起我的泪水。
他们别无所求，我什么也给不了他们
除了[30]这个东西：我称之为"世界之光"。

海上之夜[1]

献给罗伯特·李[2]

什么样的月亮会浮起,透过海扁桃、
如同树海之中、漂动的浮标?
像伊朗式匕首的弦月?[3]
势力范围辽阔的国会山庄[4]?
生着胎记的、戈尔巴乔夫的头?[5]
是当地的月亮,盈满着它的重要性,
是巡夜的、装着新电池的手电,
惊动了厨房水管中的滴流,
将螃蟹钉在酒店的铁丝网上,
像飞贼一样改变了主意,
摸索着锁住的港口,将海浪之链弄得沙沙响。

月,平静如厨房的、没有手的钟,
钟在这海滩之屋的、碗橱架的高处,
月在塑料的桌布上凝望,
她将鼠影重印在那上面,
鼠像化缘的修士,小口吃着他念珠的
浆果,就用他的比嘴还快的手指;
那时,群岛是公主[6]的一颗颗宝石,

身披铠甲的小蚂蚁,鱼贯而行,
高举旗帜,歌唱"神圣,神圣的
女王",[7] 然后随着舰队[8],散入
破裂的、带着她凝固笑容的婚礼蛋糕[9]。

她的前额僵硬,绷紧如同修女
或像洗衣的黑人女工,将帆别在
晾衣绳上,却又遗忘,她曾经是
童贞女王,[10] 她的光辉引导着一艘艘蜗牛:
留下银色粘液的、她的生角的大帆船[11],
引导着沙滩上苍白的蛞蝓。失眠者的自责。
如今,一切已去,过了鼎盛之时,
她的心灵正在另一种紧张中游荡;
她听见加衣炮的海浪、棕榈叶的狂风,
她透过自己脸上擦拭过的地方,看见了
那些她施洗过的船骸:无敌号,复仇号。[12]

海上之夜。夜向海私语。
巡夜人披着巡警的斗篷,他巡视着
酒店的铁丝网的边界。我回答他道的"晚安"。
他的手电光旋动,穿透咸腥的浪花,
越过头骨堆成的、古老的山丘,
那来自去皮的椰子壳,是原始的过错,
是浅滩上黑暗的骚乱引发的动荡;
他唱着雷鬼,在一个月中,月如此明亮

你都能读清那月旁的棕榈。钢鼓乐队击打出 [13]
海浪的滑音，在旅店泳池的
露台旁，他们复制出月的弧光。[14]

一波声响，头顶上的回音
（并未摇动池中椭圆的月），
随着记忆搏动，曾经，从中学
到大学，我珍爱的戏剧
是马洛的高云[15]，我继承的遗产
是这个巨型的球体，我读过的东西
仿佛沉没于让沙滩的湿孔
重又打开的海浪，它在洞穴的头中旋转，
直到几个世纪过后，倚靠这海滩之屋的墙壁
我低吟着一行行海的诗句，它们退去
变成一架消失的喷气机[16]、它的绿宝石和红宝石：

"黑色是极亮之昼的美"，[17]
她耳环的圆周是黑色，
它从黑色放射无形之光，
黑色是她圆口中唱出的曲，
黑色是桌布，王冠在上面照耀，
黑色，夜的完美，隐藏夜的瑕疵
除了地平线、那道裂纹；
此刻，一切变幻，虽然我曾关注的
是那满月，而非环绕月亮的东西，[18]

是巡夜人的手电,而不是巡夜的人,
是历史的清醒、催眠的清醒。[19]

整个一周,我都在排演她们的美,
她白色的圆盘,移动如同相机的镜头
沿着高颧骨的脸颊上的乌木,
我说的是安·丹尼尔,劳莱塔·埃蒂安,[20]
她们有雕弓的口,有安详的、半球之眼,
皮肤亮滑,若在骨骼上揉动食指
她们的肌肤就会吃吃作响,
她们露齿的笑容,洁白就像浪花,
她们太过端庄,难作优伶,每一个
都穿着海水之棉,来自贝宁,仍是完璧[21]。

海上之夜。钟表继续它们的运动,
灯塔的激光掠过水波;
一个不同的年代,向大海私语,
棕榈叶会用手,抓住老迈的月亮
轻轻地将她带向云的坟墓;
我穿过变暗的草坪,走回屋子;
之后,她的所有光芒再次回归,
让青蛙成了草地上的日晷;
她的周边,一道圆环,意味着下雨,
意味着,在那张空白的脸庞上,
只有历史的天真和它的自责。

所以，让她的光消散吧，消散在黑貂皮
和天鹅绒的[22]记忆中，一片有领之云的记忆
它让厨房台上的方砖，变得黯淡，
让一群将白帽[23]抛向空中的海浪、
它们喝彩的欢呼，变得阴沉，
此时，你走近屋门，碰上门锁，
你立刻想起了那些女子，她们的脖颈柔韧
如同弯身的棕榈，你看见老鼠溜回了
它的洞。棕榈的笔尖划动着
屋顶的羊皮纸。在铜灯的底座上，
有新的雨蝇，有木火柴的桅杆。

雨蝇的瘟疫乱涂。上床睡觉。
晨雨之后，发抖的海扁桃树
会从弯下的头上，摇落噩梦时生出的汗滴。[24]
海浪会让沙滩的页面光滑，就连
积云也改变了对天空的看法
随着太阳擦拭棕榈叶的笔尖，
从潮湿的山丘上，群鸟的教区
检验着新的语言，因为这里是它们的故土[25]，
但年老的月亮，由于失语，目瞪口呆
就像鸡鸣时的鬼魂，而一股力量
拍打着棕榈，振作了它们的和你的心。

致诺兰[1]

这片沙滩依然会空无
再经过多少石青色的黎明
也仍是空无岸线,海浪不断
用自己的海绵将之擦去,

会有其他人到来,
来自安睡的屋,
咖啡杯温暖他的手掌
如同我的身体曾像杯子托住你的身体,

他会记住这一段[2]
一只啜饮盐水的燕鸥的迁徙,
就像某一页上的某行诗
当被爱上时,这一页难以翻过。[3]

冬日之灯[1]

它们[2]是否早就,在
这些没有午后、灯如
牧杖的日子里
问着相同的问题?

"你会不会在楼梯上
笑我笨手笨脚地摸钥匙?
你卧室的镜子会不会
整天都空空荡荡?"

雷鸣般的交通
将雪从桥上摇落。
浮冰破裂
源自婚姻的裂纹[3]。

风拍打我的肩膀
随着我划十字的手势;
蜷缩的引擎颤抖
在它们的起跑线旁。

踩着人行道的烂泥

朝向我们无光的房子
我经过关门的教堂,
还有它的"开放时间"[4],

我沿着烧焦的、树木如同
骨架的小径
这里没有红衣主教的、如火的
法衣[5]的踪影;

滑囊炎的手指
在白篱笆上收缩
张大的虹膜
因白内障而变灰,

我的愿望,已先于我
跑到前方,跑向每个房间,
在它们的欢迎中
转动一副副门把手;

我们街上,那些戴围巾的
影子,我是其中之一,我
走过橙色的窗户
那里的婚姻还在维系,

我用舌头刮着[6]胡髭

舌头品尝的
不是你的唇,而是灰,
在冰冷的壁炉,

酸涩、苍白的灰
有的来自椴木的木柴
它将每根睫毛
钉在神经疼痛的面具上,

此时,扩散的青苔
繁殖它的白细胞,
我们白色的街区染病
与医院的楼区一样

那里,我们的孩子没了
我透过玻璃,看见
母亲生出的一个个鬼魂
经过,裹着白被单。

雪越爬越高,在
栏杆上,堆积的雪
让黑铁的长钉
变短,成了箭头;

布鲁克莱恩的白色草原上,

弯曲、蓬松的身形在呵气——
低着头,他们一年年稀少
就像野牛

在这第二个冰河期
将它许诺给我们的
是狂热的传福音者的愤怒
或身穿白罩衫的科学家,

而在最后一盏灯下,
阴郁的门前,
我感到冬日的痉挛[7]
比以往更紧。

蛛网的锦缎
为窗格缀上花边;它结冰
直到拱形的、悲剧的
面具[8]打起喷嚏

朝着剧院的外壁,在我们
的歌喜剧[9]中,而塑料
片,落在包裹着的
波士顿的家具上,它们

比塌陷的矿井还要快

我能看到那个
我们在天上弄出的黑洞。
我蹭蹭每只靴底

在台阶上。然后踹了踹
冰焊住的门。
我难以突破它的紧锁、
再通向地心之火。

我愈加害怕
害怕你的一列衣裙
悬挂[10]就像疑问,对发卡的
爱,刺穿了

我。钥匙难入。
要么它膨胀
要么黄铜收缩。我与
锁较量。然后我倚靠,

喘着烟气。失望
能蔓延,它能让
北极变白,但当
我用力打开门时

很清楚,这其实并非

世界的末日,而是我们的,
是我,让你我之间
满溢的爱逝去。

烤箱中的寒灯
再次露齿一笑,笑那新闻,
我掀起铺平的被子。
我躺下,穿着鞋。

床边,棕色的残渣
在我旧的咖啡杯上留下纹路。
我忘了买盐。
我站着吃东西。

我的信仰,迷失在回答、
苹果、火光、面包中,
迷失在窗上,窗的树枝
让你陷入寒冷,和厌倦。

献给阿德莲[1]

1986 年 4 月 14 日
致格雷斯、本、茱蒂、儒尼奥尔、诺兰、卡特琳、姬姆、斯坦利和戴安娜[2]

看,你会看见,家具变得黯淡,
衣柜虚幻无物,如同落日,

会看见:我能透过你,透过你树叶的纹理[3]
瞧见你叶脉后的光;你为何哭泣不止?

白昼如尘埃,流过光的手指
或沙坑中孩子的指头。当你看见星辰

你是否潜然泪下?当你望向大海
你的心难道没有充实?你是否觉得,自己的影子

绵长如沙漠?我是孩子,听,
我不曾招来、也不曾造出天使。成为天使

很容易,在我八岁之后,立刻开口,
拥有更童贞的权柄,去获知,都很容易,

因为我现在享有的,是智慧,不是沉默。
你们为何想念我?我不想你们,姐妹们,

不想茱蒂丝,她的青丝会像豹的毛发,飘动如旗
就为她的早育而骄傲,我不想卡特琳,不想姬姆

她坐在自己痛苦的角落,也不想我的姑姑,
她柔和的双眼,抚慰着写下这句的人,

我不想伤你的心,你应该知道;
我不想让你受苦,你应该知道;

我没有受苦,但知晓这一点很难。
我更有智慧,我分享那种只是沉默的奥秘,

与我一同的,有地上的暴君,有在吱呀作响的小车上
堆集破衣、黄昏时、在广场的

角落徘徊的人。你算错了我的年龄,
我现在并不年轻,也不老,不是孩子,不是开花前

被剪断的幼芽,我属于疾驰的狮子的
肌肉,是飞鸟,低空划过

黑暗的甘蔗林;在你的悲伤中,在我们呼号

如雕像的脸上,有你所谓的"再见"

——我希望你会听到我——那是别样的欢迎,
你会与我一同分享,看它成真。

那孩子在我心中讲述的一切,我已经记下。
它闭合的坟墓,仿佛是大地的微笑。

上帝赐你们快乐,先生们:第二篇[1]

> 我曾在那企划中目睹基督。
>
> 理查德·普赖尔[2]

每个街角都是圣诞夜
在纽瓦克的市中心。圣贤们[3]步行
身穿黑色大衣[4],怀抱还剩两成的
工业酒精,妓女[5]在阴暗的
小屋[6]的门口,勾引挑逗,一无所获。
一位疯狂的君王,摔碎瓶子,歌颂
福利,"我要宰了你这杂种",
而经过一片片无业的黑人区,
天空中满是水晶的碎片。

一辆巴士突破水上的蜃影,
是一头河马,在潮湿的街灯下,它在烟雾中
缓缓地轰然向前;每个影子,似乎都跌跌撞撞
经受霓虹的炽烈的酸[7]——
霓虹抖动,就像在小便,有几个字母[8]缺失、
熄灭——只有两个白人
护士,她们的天职让黑暗
更洁白。离大选还有两天。

约翰内斯堡,处处是星光般的地下酒吧[9]。
是反美[10]让人有此联想。
想想圣诞夜的纽瓦克,
此时,人人皆是你的兄弟,就连
这里也是;把和平装进礼盒,送给我们吧,
让纽瓦克之上的天国,没有破碎的
瓶子,让它不再像门阶上的痰
闪闪发光,想想那常青的
尖顶,上有金星[11]
在一辆经过的汽车、它张贴的荧光的车尾贴[12]上。

你儿子的女儿,母亲和贞女啊,[13]
高层的苍穹,它的星光为大[14]
映在发酸的水坑中,商店窗上的金星为大,
黄星也为大,[15]它在虫蛀过的夜的衣袖上,
那仿佛黑外套,他将肘部磨得薄如刀片,
这黄星,离开隔都[16],进入华沙来的、
运牲畜的火车中;只有在纽瓦克的市区,
他的降临才无处不在,这里的三盏灯[17]都相信
星光的摇篮和常青的颂歌,
那歌唱给麻雀般的孩子:一个扇动外套的黑小鬼
他身后跟着白色之星,正在巡视的警车。

阿肯色圣约[1]

献给迈克尔·哈珀[2]

一

阿肯色的费耶特维尔[3]之上，
山坡的纪念之松
护卫着军队的一座座石板[4]
军队为联盟[5]阵亡
在内战的某一刻。
年轻的石头，卧病不起，
它们的胡须卷曲，如同苔藓，
石头无名；偶尔的浪潮
在松树间，低声念着它们的名册
而它们继续百年的围攻，
继续变成球果和松针，
那变化根深蒂固。
阿肯色之上，在松树中、
摇动的裂隙间
人们能看见联邦军的蓝色，
而树干，愈加生锈。

二

是仲冬。黄昏
退让,在金属的闪光中
光来自缓缓屈服的太阳
它在广告板、店面,在71号公路
沿途的路标,
之后,又在铜号码的门
我17块5的、汽车旅馆的门,
也在我冰冷钥匙的牌子上。
飞机晚点,一路多沙,
我仰面倒在双人床上,
就像扫罗[6],在嘶鸣的马下
在通往大马士革[7]的公路上,
我静静躺着,就如扫罗,
直到我的名字重又进入我心中,
透过拴上锁链的门,我感到
黑暗进入阿肯色。

三

我回头盯着隔音的、
16号房间的天花板,
我的外套一直没脱,几分钟后

钥匙温暖我的手掌——
电视、电话、保洁女工，
透过煤渣砖块
还感觉到了停车场——思乡
思念镶着海岸的群岛
海岸，就像金色如芥末的被单。
蟑螂穿过海洋的
地毯，用飞驰的桨
奔向它了解的南方，平静的
浅滩，晶莹的绿色。
我再次琢磨：刺眼的光
如何在墙上消失，直到错综的
霓虹乱涂上它的签名。

四

桌边，我俯身在"＿＿＿先生"[8]上
我早就觉得，我好像改了名字[9]
就在敲打登记册的那一下。
不过，我还是让游戏继续
继续伪装成我是某某，过去
或现在，或将来，都是他：
"您要怎么付款，先生？
现金还是签账[10]？"我错过了

这样回答的机会,"用劳役,[11]
比如我的肤色。"但她的注视
是玉米之乡,[12] 她的眼睛,是磨破的
牛仔布。"美国运通。"
三角旗上,咆哮中露出的獠牙,
躁动的野猪[13]。一缕
松散的头发,扬起就像玉米
在休息厅的、靛蓝的黄昏中。

五

我在薄暮中瞌睡
随着清洁剂的松香
它们与我一同消失:毛毯,
还有它蓬乱、沾着松针的地板,[14]
没有日历的墙,
现在挂着霓虹的签名,
没有薄嘴唇的"基甸圣经"[15],
没有床头灯,没有杂志,
没有面带胡渣、
锯着《小棕壶》[16]的提琴手,
也没有标着名胜、用来认识
阿肯色的宣传册,
没有山泉白色的潺潺,

架子上空无一物,没有搁板;
只有墙上的污点,是两个伸展的
自我,留下的印记。

六

我将自己的外套钉上十字,用铁丝的
衣架,我脱衣洗澡,
然后看到另一个我[17],他惊恐,
全身都在浴室之门的
玻璃棺材中。就在此处,
我决定,若我找到了力量,
就不去刮胡,不要拯救。[18]
哦,一天的污尘之后,不曾沐浴,
没有插座、用我匍匐的剃须刀,
天生的胆小鬼,散发臭气,
是我,我让这里适合
一次性的剃刀,还有
我的一次性的[19]民族!
费耶特维尔之上的山脊
比任何尖塔都高,
那上面,有白热、电力的十字架。[20]

七

它燃烧我心灵的深处。
它烤焦夜的皮肤;
就像一盏蜡烛,重复着
吹灭的时刻,它依然存在
即使我关上天花板的灯。
那一夜,我睡得像死人,
或像潦倒的醉汉,又如墙上的
苔藓,如失恋中更加幸福的
爱人,也如松树下的
士兵,但我惶恐
早早起床。是四点。
也许五点。我全是猜
就靠我一直保存的手表
而我的屋子还在安眠。
我打开汽车旅馆的门。
睡中的山丘,不会翻身。

八

睡衣塞在我的夹克里,
下半身装进松垂的
裤子,我瘾犯了[21]——

我凌晨5点的咖啡瘾。
白色霓虹的十字架上
没有回头啼鸣、声如铜管的雄鸡,
阿肯色气味甜蜜
宛如打开的谷仓门。就像马匹
在自己的星光里,流着金属色的汗,
停在车位上的汽车,在吃草。
黎明让屋子褪色
褪变成均匀的、联盟军的灰白[22]。
在公路的远端,
微风翻动山杨的叶子
翻到保罗的、致哥林多人的
第一书。[23]

九

沥青,安静如安息日,
旁边是涂上膏油的、[24]市政的喷水头,
它们射出笔直、狭窄的轨迹,[25]
用71号公路上一支支
白色、会聚一点的箭。它们朝向
佛罗里达,就好像疲倦的勇士
将它们射落在"泪途"上,
但,没什么波动,毫无反应

除了两棵拉比的柳树[26]
留着烟草般的[27]须髯,还有格子
夹克,像投飞盘一样,将报纸
从单车扔向银色的草地,[28]
轮胎用嘘声,驱走平静,那平静
出人意外,在黑色的榆树下,[29]
而拿撒勒的清晨
属于费耶特维尔,属于耶路撒冷。

十

我跳酒鬼的步子,搂着墙壁——[30]
是曳步的流浪汉、跳的捷舞,[31]
节拍,来自锁链——
我等了一会儿,在泛着尿味的
墙草旁,为了等
巡逻警车的车顶上、
转动的红眼睛开过。
在通宵的修车厂,我看见
无牙的西比尔、她的牙龈
在车厂的轮胎上,她说:
就在阿肯色的警笛中
继续黑色,继续隐形吧。[32]
群蛇盘绕在水泵上

用它们金属的嘴,呲呲作声:
你的影子仍在伤害南方,
就像李的慢慢倒转的剑。[33]

十一

饿就是饿,没什么
可理解的。我望向白色太阳的
蛋壳,它在费耶特维尔黑暗的
硬皮上,敲出自己的蛋黄,
我脚步加快
穿过温热的砖,走向薯饼的
香气。丰盈的光
疾步向我走来,就像个混血儿
希望我冰冷、粗糙的
手,能爱抚它,
而我祈祷沿途的一切都有福,
沿 71 号公路而下,沿车道
灰白的静谧而下,那里的狮子
卧在它的安全岛上,
一根柱子现出 V 字纹,成了棕榈。[34]
世界,随着自己的活动,变暖。

十二

但两扇门关着,自助餐厅
提醒我牢记自己的种族。
一个醉鬼,骂着塑胶的桌布
镇定自若,也不抬头。
高个的黑厨子,坐着,给馅饼
浇上浆汁[35],金发如蜂巢的女侍者,
嘴唇就像破裂的草莓,
她的"早安"[36]犹如枫糖浆。
四顶迪尔帽[37]谈着猎鹿。
我寻找自己的区域。
那喃喃自语、黑色的咖啡壶
有我需要的一切;它标志着
谢尔曼[38]如烟的进军,或奔赴亚特兰大
或进发蒙哥马利。
我依然虚无。暗码就在这里
在壶上沸腾的、黑色的零。

十三

现在,它领着自卑,让它
从红漆木的
湖面上、映着的脸中[39]

找到我的桌位牌
自卑轻易来到。我高声
笑着，直到沉默杀死
店员的行话。餐叉敲动
它的盘子，嗒嗒作响；咳嗽的枪击
将挂着吊灯的屋子打得粉碎。
鲜明的店徽摇动它的镣铐。
每一张烛光下的脸庞都凝视着
种族的深渊。[40] 在银勺的
椭圆，在酒瓶上扭曲的
窗户，在我的技艺食用的
奉承的杂肉里，
我注视着明亮的喧闹重又开始。

十四

我把泡沫塑料的热咖啡[41] 打包带走
按照最近撤销的法令
在阿肯色，宵禁之后，凡黑人
在外不归，皆可击毙。
自由转过它的脸；雅利安之光的
信条受到推崇
而日出，搅动着狮子
色的原野[42] 之草。

它的缝迹，在金色的
威特沃特斯兰特[43]的心中，
它的云泛着泡沫，如同啤酒杯
在布尔人晒黑的手上；
世界狂热，脸色发红。
在一片方格的、法兰绒的森林里
一头雄鹿被绳索捆在挡泥板上——
那是他们血液中与生俱来的东西。

十五

在一个我看不到尽头的世界
正如一条公路，有路标，暗褐色的
汽车旅馆，汉堡庄园[44]，
一座整洁的福音派的城镇
如今靠典雅的橡树、它的年历
和慰藉，而变得尖锐——可怖，
因为它有单纯、敬畏上帝的子民。
恶，在这里
平常如善。我遵守诺言。
毕竟，这里是南方，
它的犁仍然是剑，
它的红土之尘，在口中，[45]
它灰白的师团和生卒年[46]

在松香的空气中旋动——
心在哪里踌躇
哪里便是它真正的前线。

十六

前廊上,每盏虚弱的灯
都熄灭;在镶框的窗上
白昼拓宽,成了散文
属于一座普通的、美国中部的城镇。
我的韵脚一瘸一拐。[47]
日光淹没阿肯色。
冰冷的日照。我不得不
将外套拉紧,因为寒冷,否则
就要承受关节炎的刺骨,
那如一支支细小的箭头,随年迈而至;
太阳开始用针
按摩山的肩膀
就用山的香脂[48],但头发
落在我的衣领,随着我写下这一句
在渐短的白昼,越加黑暗的年代,
在愈深的仇恨和种族的愤怒中。

十七

光，琥珀之光，[49]它无视
红绿的交通点，
既然它跟我从不相识，
就与我擦身而过，头也不点。
它漫步，走过商铺，
凝望着"汽车有售"[50]，
那里的一辆萨博[51]，安详转动
对它报以蔑视。在"印度工艺"
它为这南方哥特式的招牌，
重新镀金，它爬上一条小路，
撩动树叶，它派
影子冬藏[52]。它的光束
宛如天使的镭射，它
穿过松林，那松林护卫着
"联盟军公墓"的每座石板，
它用生者，刺穿死人。[53]

十八

也许就在松林上，
沿着出血的荆棘的枕木，
地下铁的轨道

朝北方,驶往加拿大,
将阿巴拉契亚山脉联在一起的
是向北行进、脚踝上锁链的
叮当,北方的历史,更难以
承载:那里有云的虚伪
云带着清教徒式的衣领。[54]
印第安战争的创伤
切断了野餐湖畔、柔软的
木板桌,白桦脱皮
就像独木舟,枫树的
叶子败落,犹如黑森兵[55];
丘陵吐着泡沫,成了山茱萸[56],教堂
如箭,刺入肖马特[57]的天空。

十九

哦,松林之湖,平静之水,
那里的鹿,它畏缩而抽动的口鼻[58]
弄出一圈圈的波纹、让这个国家的
理念扩散,超越了时间!
这老迈的民主制
是否还记得它的小木屋[59]之梦
就像一个年过半百的男人
想象到山间的流水?

松树按照配额[60],凑在一起,
在平静的湖水线上
它画出直线,穿过它们
就像一支水笔的笔触。
我的影子在街边的空白上
乱涂出一个问题
它在询问:我是要成为这个国家的
公民,还是后续的陪衬?

二十

我能否将手掌放在心口
放声歌唱,双眼望着旗杆?
它手稿般的旗帜,随着十三星的
删去,而为合众国
感到自豪,但它又忍受着蒙上白单的
猎人之鬼,他们骑马飞驰
为了南方白色如火的十字架?[61]
我能否宣誓支持我的艺术、
我与人们一同分享的艺术,还是做出
更坏的选择,假装一切已逝,在我诗里
一行行示威的队列[62]中
咒骂种族隔离的思想?
影子向意志弯去

而我们效忠的誓言
向国家躬身。我们对恶的了解
就是:它不会结束。

二十一

原罪是我们的种子,
而橡实长成扇形的橡树;[63]
非洲的树荫之伞,
尽管有民主的授权,
却在一条南方的街道上依旧只是萌芽
街上白发的黑人,弯腰驼背,
通红的双眼,犹如燧发枪。我们已然共享
我们通行证[64]里公开的秘密,
那秘密,就在巡警奔拉的眼神[65]中,
行人在旁边,一声不吭,
不情愿的姿态、手势,
过分客气的言辞
让想法成了
胃酸,在这里,我觉得它的
毒药感染了山上的松林,
一直感染到山顶。

二十二

先生,你督促我们
捐弃一切尘间的东西,
比如这些樟木箱
和它们仿松木的棺材;[66]
你还督促我们,清空箱子的抽屉
对于十字架鄙视的
伤痛,也要无视,看向远方,
而光,正如洪水,淹没这铺上沥青的
停车场,那里犹如忙碌的伦敦塔
罗利[67]在塔中拂拭他的衣衫
而维庸和他的兄弟们,[68]都蜷缩在
一动不动的、绳结的阴影下。
有些东西,是我的技艺难以
掌控的,一个就是权力;
虽然只有暮年才能取得
成为一个抽象名词的权利[69]

二十三

先生,这是我的办公室,
这是我的阿肯色圣约,
是我两满杯的胆怯[70],

是我确信、但没有剃须的拯救,
是我民族的困境。
保佑沥青路上卡车的轮胎,
保佑它们越加丰盈的极乐,
这些污点,我难以从那
自污的心中祛除。今天
中午,一个后背魁梧的女工,
也许是半个印第安人,她会来铺平
这张小麦色的双人床,
而午后,太阳会重新印上
旗的条纹,[71] 旗帜——
在汽车旅馆、尖塔、警区之上——
它必定会治愈鞭痕和伤疤[72]。

二十四

我打开电视。
光,没有杂音,
随着一连串琥珀色的定格画面,
它催动纳拉甘西特[73]的海浪
还有在麦田中如岛的城镇。
我注视着它金色的辐条迸裂
在摩门教徒的车轴上,[74]
他们的眉和耸起的肩凝固

朝向锡安[75]，他们宽阔的牛路
扬起尘土，在地鼠的鼻孔中；
之后，播音员粗哑的嗓音
为黑山涂上香膏[76]——
它命令莫哈维[77]欢欣，
它关掉了维加斯[78]的
霓虹的玫瑰，它的光束，降临在
红杉树[79]的巨大的管风琴，
降临在太平洋，还有《今天》[80]的新闻上。

选自《恩赐》（1997）[1]

恩　赐

献给阿莉克丝·沃尔科特[1]

一

在旅游局[2]的景观和真正的
天堂之间，有沙漠，那里，以赛亚的欢喜
从沙中催生出玫瑰。[3]第三十三章[4]

用同心的光芒，[5]剜去黎明之云，
面包果树张开手掌，赞美恩赐，那是
面包树、[6]奴隶之食、约翰·克莱尔的极乐[7]

撕裂的极乐，迷乱的汤姆，[8]在自己的郡中抚摸白鼬
郡有芦苇，茎有蟋蟀，他弹拨[9]潮湿的空气，
用藤蔓系紧靴子，领着光滑、触角柔嫩的

甲壳虫，它们是金龟子的骑士，
他陷入乡郡的雾霭，郡的尖塔仿佛蜗角
是向杯形的池子、张开的掌——但，他的灵魂

比我们更安稳,虽然铁的川流,束缚他的脚踝。
霜让他的胡渣变白,他站在小溪的
浅滩中,就像施洗者[10],举着树枝,祝福

大教堂和蜗牛,祝福这新一天的破晓,
还有沙滩路上的影子,我的母亲长眠路旁,
昆虫却依然来来往往,上班做工。

白墙上的蜥蜴,纹丝不动,在墙石之影的
象形文上,射箭的棕榈,沙沙作响,
盘旋的鸥鸟,它们的灵魂和帆,与这一句押韵:

"*In la sua volontà è nostra pace*",[11]
我们的平安在他的意志中。平安在白色港口,
在船桅和睦的船坞,在冰箱里存放整夜的

新月形的瓜,在蚂蚁的埃及之港
蚂蚁推动的糖的岩石,就如同这一句的词语,
平安在影,在光,光就在隔壁,如同邻居,

抹着胡椒汁的沙丁鱼上,也有平安。我的母亲长眠于
白沙滩的石头边,约翰·克莱尔在海扁桃树之旁,
但令我惊奇的是,每至破晓,恩赐就回到

我的惊奇和背离中,[12] 是的,两者都有。

疯子汤姆,我就像你,被一行蚂蚁推动;
我注视它们的勤奋,它们是巨人。[13]

二

沙滩之上,沙漠之中,有口黑暗的井
我生命的玫瑰已在那里低垂,旁边是摇动的草木,
是一池新鲜的泪水,黄蔓金色的钟

向它鸣响,[14] 那里还有叶子花的棘刺,而它们的
恩赐,就是它!它们从草到花,闪耀中透着不羁,
就连别处繁茂的东西、野豌豆、常青藤、铁线莲,[15] 也是如此,

现在,太阳在它们之上,凭它一切的权能,
不为旅游局,也不为但丁·阿利吉耶里,
而是因为,它的转轮,没有别的轨道可循

只能让沙滩路上的车辙变成寓言,
寓言这首诗的事业,你的生涯[16];她的死,是为了
一顶无上的、错误的桂冠;所以,约翰·克莱尔,原谅我,[17]

为了这个早晨,原谅我,咖啡,宽恕我,
加了两包人造糖的牛奶,[18]
我注视这一行行诗在生长,诗艺让我冷酷[19]

变成合乎格律的悲伤、如同这句诗,它让我将蒙纱的
妈妈[20]的形象,画入标准的哀歌。
不,有悲痛,永远会有,但它不可以发狂,

不可像克莱尔那样,为甲虫的死去[21],为铁线莲
或野豌豆上、一串露珠中、世界的重量哭泣,[22]
不可为那火哭泣,它在这首诗、干如火绒的[23]诗行里,我有
 多恨这诗

就有多爱她,爱不幸的、雨水拍打的可怜人,
爱老鼠的救世主,[24]爱你斗篷之下的骑兵护佑的、
在劫难逃之国的伯爵;[25]行了行了,够了![26]

三

恩赐!
黎明前、靛蓝色的暗夜,树蛙的喧闹毫不间断,
它就在树蛙的钟声里,在黯淡的
流萤和蟋蟀的摩斯码中,之后,是甲虫铠甲上的光,

蟾蜍的姗姗来迟的预感,懊悔的荨麻
会从她的墓畔涌出,是铁锹的心碎所致。
可是,对她爱得还不够,就是爱得更深,

只要我承认,承认这一点。地下的细流
涌动,浸湿的蕨草下,上涨的河谷喋喋不休[27],
蕨草放松、不再紧握自己的根,直到它们多毛的土块

犹如松开的拳头在旋转,无论河谷在哪里
转动它们,而颤抖的余波,让野甘蔗的
权杖垂弯。恩赐,在蚂蚁醒来的躁怒中,

在忙碌的、野甜薯下、蜗牛的小圣堂,
它是对衰败和进程的赞美,是对日常的敬畏,
它在风中,风读着面包果树手掌上的诗行[28]

它在露珠的水晶球包含的太阳中,
恩赐,在蚂蚁绵延出的一行粗面粉,
它是怜悯,怜悯我门前溜走的猫鼬,

它在厨房地板上铺砌的、光的平行四边形,
因为国度、荣耀、权柄,全是你的,[29]
它是圣克莱蒙的钟声[30],在圣坛的金盏花中,

在叶子花的棘刺,在帝王般的紫丁香[31]
在生着羽毛、朝耶路撒冷的入口点头的
棕榈,它是世界的重量,在驴子的

背上;他下来,将他的十字留在那里,留给看守

留给嘲笑的百夫长;[32]之后,我信仰他的圣言,
信仰一个遗孀的、无瑕的丈夫,[33]还有棕木的长凳,

那时,小圣堂的牛铃召集我们的牧群
进入涂漆的座位[34],那里沙沙响的赞美诗集,让我听见
新鲜的詹姆斯一世时的泉水,[35]还有克莱尔听到的

恩赐的细语,永久的恩赐,听见她教给我们的清澈的语言,
"如鹿切慕",这一句时,她敏锐的双耳分叉[36]
她的三只小鹿抿一口让灵魂新鲜的水,

"如鹿切慕溪水"[37]这一句,正属于
我哀悼她时用的语言,就在此刻,就在
我向她展示我的第一篇哀歌,给她丈夫,再给她本人。

四

但是,她能否读到这首诗?你能读到吗,
妈妈,能听见吗?若我一上这讲坛,就是平信徒的布道师
像柔弱的克莱尔,像苦汤姆,这样一来,姑娘!看

蚂蚁如同孩子,向你走来,你是它们挚爱的老师
阿莉克丝,不过,与婴儿的默诵不同,
与克莱尔和汤姆在他们多雨的郡中、听到的合唱不同,

我们没有慰藉，只有话语，也就是这狂野的呼声。
蜗牛进入港口，"邦蒂号"[38]上，面包果的树苗
会在船上起伏，而白色的上帝，就是船长布莱。

那魂影，穿过白色如羽的坟前草，
"邦蒂号"桁桅上的帆布，破裂绽开，
信风，撑起复活之帆的裹尸布。

所有人，按照他们的路线，驶向同一个祖国，驶向
刨着污土的鼬鼠、面无表情的鸦鸟或晒太阳的海豹。
信仰渐生反心。[39] 棱纹的船体，载着货物

在它的无风带[40]抛锚，上帝般的船长，被反叛的基督徒[41]
流放、漂泊，随着旋转的"阿尔戈"[42]
树苗在海洋的沟垄上浮动，它们的嫩枝，一起一伏，

而那鬼魂的澳洲，如同旧世界之后的
《新约》，[43]以眼还眼的法典；[44]
地平线缓缓转动，当权者的主张

权力渐弱，随着船长布莱在长艇之上。
这是你以前教过的内容之一，基督——圣子如何
质问圣父，定居在另一座有他[45]萦绕的岛，

旁边是愤怒之神的污点，在用尺画出的地平线，

它的意义和距离都在缩小,变得越发黯淡:
这一切预料之中的段落,我们一上来都会抗拒

之后,我们却变成自己挑战的对象;[46] 但你从不改变
你的嗓音,无论是叹息,还是在缝纫,你会高声
向你丈夫祈祷,踩着踏板、踏出我们在涂漆的

长凳上都曾听过的赞美诗:"远处有青山",[47]
"金色的耶路撒冷。"[48] 你的旋律磕磕绊绊
但你对恩赐的信仰却不会,那恩赐,正是他的圣言。

五

所有这样的波浪噼啪作响,按照奥维德的文化
响出它的咝音和子音;普适的韵律
堆集起种种签名,如海草的铭文

在刺激的阳光下,变得干枯,又如诗行,统治它们的
是法冠[49]和桂冠,或者说是浪花,它迅速为岩石露出的
前额戴上花环(我希望这解决了存在[50]的

问题)。从没有灵魂是创制出的,
但每个存在都是透明;若我遇见她
(她身穿睡袍,赤脚步行,向浅滩低吟),

我是否应该认为她的影子,拥有一种样式
由希腊-罗马的设计所制,是广场投下的、
圆柱之影,奥古斯都时代的远景——

白杨木,木麻黄的柱廊,时断时续的光,来自
原始的拉丁语做成的海扁桃[51],只生着橄榄叶?[52]
语调有问题。[53] 面对撒拉弗的光辉

(别打断!),[54] 可朽的凡人揉动怀疑的双眼,怀疑
地狱是不是夜间的沙滩之火,余烬在那里跳舞,
尘间的流萤,宛如天堂的思想;

但是,有些难以解释的本能,循环往复
并非仅仅出于希望或恐惧,[55] 它们真实,如同石头,
如同我们等待的死人的脸,而蚂蚁正在转移

它们的城市,尽管我们不再信仰那些闪耀者[56]。
我半信半疑,觉得见不到你,之后更加确信,
不太会了,那时起,就永远不会——我说真的——[57]

但是,我仍觉得,你的墓畔,还有什么尚未终结,
某种别的东西,在某个地方,它同样可怕,
因为对无限的恐惧,正如对死的恐惧一样,

无法承受的光明,那实实在在的恐惧者

担心自己的实体[58],会溶解成气体和水汽,
就像我们恐惧距离;我们需要地平线,

一道分割的线,让星辰成为邻居
虽然无限让它们分离,我们却能思考唯一的太阳:
我所说的正是,对死的恐惧,就在我爱的

一张张面庞中,恐惧的,是我们的死,或他们的死;
因此,无可估量的空间中、那道闪光里,我们看到的
不是星,不是坠落的余烬,不是流星,而是泪滴。

六

芒果树盛放花朵之时,它们安详地生锈,
无人知道缠绕的香椿是何名姓
它钟形的花坠落,[59] 阿拉瓦克苹果[60],将地面染成紫色。

午后近晚,蓝丘总是看起来更加悲伤。
门外,这个国度的夜,等候降临;
流萤不断划着火柴,山坡生烟

木炭的信号透着黛蓝,之后,烟气燃烧
燃成愈加巨大的问号,它成形,又散形,
再消散于云中,直到问号重又浮现。[61]

桶在水管下,哗啦声响,村庄在角落开启。
一个男人和他小跑的狗,从他们的花园返回。
生锈的屋顶,它们的远处,大海炽烈,黑暗在我们身上

我们后知后觉。大地有收成的气味,
小庭院明亮,白昼亡故,它的哀悼者
出现,是蠓虫,是第一支花环[62];曾经就在此时,我们坐于

闪亮的游廊,看山丘死去。一旦爱人已逝
常事皆无;[63] 空荡的衣服排成一行,
但也许,我们的悲伤,令珍爱快乐的他们,觉得疲倦;

他们非但不用承受我们习以为常的悲痛,
没有饥饿,没有欲求,
还化入土地的植物的狂怒[64];他们的血管生长

随着野生的妈妈果[65]、张手的面包树,
他们的心,在绽开的石榴中,在切成片的牛油果上;
地鸠[66]挑选它们的棕榈树;蚂蚁运送的货物里

有他们的甜蜜、有我们一切食物中的他们的消逝、[67]
有让我们各种果汁变得甘甜的、他们的滋味,
也有我们在楔形的木薯[68]中咬碎和咀嚼的、他们的信仰,

令人惊讶之事,首先就在此处:我们烦恼之时

土地却在欣喜,它会永久地
拥有她:风照耀白色的石头,照耀浅滩的呼声。

七

春天,熊不再埋葬自己,如百叶窗般闭合的
番红花,盛开,合唱,冰川倾斜,解冻,
结冰的池塘,分裂成地图,绿色的长矛

从融化的田野中涌现,秃鼻鸦之旗,升起,冲破
那被刺穿的光,是动荡的天空中
静静坍落的雪崩;野鼠舒展,水獭

穿过近旁的树枝,它担心自己光滑的头;
裂隙、暗沟、溪流,都随着手腕麻木的水在呼啸。
鹿,跃过无形的跨栏,嗅着清冽的空气,

松鼠跳起,如同一只只问号[69],浆果变红,毫不费力,
它的边缘,因自己的外形而欢喜(无论那出自谁手)。
但是,在这里,有一个季节,我们铬绿色的[70]伊甸

是太初的乐园,它却生出腐朽:
就从甲虫翅鞘上的种子,[71]或死去的野兔
白色、被忘却的它,犹如春来时的冬季。

此刻没有变化,没有春秋和冬的流转,
也没有恒久不断的、岛的夏天;她随身携带时辰;
没有气候,没有时历,只有这慷慨恩赐的日子。

苦汤姆把他最后的面包皮喂给颤抖的群鸟,
而芦苇和冷池旁,约翰·克莱尔祝福这些瘦弱的乐师,
就让蚂蚁再次教我,用这一行行漫长的言词,

用我的事业和职责,用你教给儿子的课,
教我书写光的恩赐,它就在种种熟悉的事物,
而它们,正将自己译成讯息:

蟹,凭靠十字的羽翼、飘摇的战舰鸟,
被钉住、满是荆棘的树,它开放自己的长凳
为那黑鹂[72],黑鹂从未将她忘记,就因为,它在吟唱。

二、标志[1]

献给亚当·扎加耶夫斯基[2]

一

欧洲在十九世纪完成了自己的轮廓[3]
就用冒着蒸汽的火车站、煤气灯、百科全书、
帝国的发福的腰、小说中对货单的渴欲,[4]
那小说,如同思想喧嚣的市场。
装订的书卷[5],重复着街区一般的文段,
里面有装饰华丽、宛如括号的门廊,人群在边白上
等候着越过下一页;群鸽咕咕,[6]啼叫出下一章的
题词,在那里,旧的鹅卵石开启了
曲折的情节的迷宫;无政府的咖啡上方
有安静的异端,就在热汽腾腾的咖啡馆(屋外太冷)[7]。
关门的歌剧院,对面,两匹绿色的青铜马
就像书夹,护卫封锁的广场,而这个腐朽的世纪
它的味道在花园上方飘动,
随着国家图书馆里、锁藏的典籍的气味。
还是穿过小桥,进入我们的时代,它在退居次要的
中世纪圣徒的宽宥下,而那光,也变得平凡。[8]

请沿着椴树的林荫道,向下回望,那里变得朦胧
陷入绿雾之中,雾霭蒙住道路之上蹄声哒哒的马群、
礼帽、马车、那如巴尔扎克笔下的广阔的道德[9];
之后,再回到这个世纪,它是洗劫一空、灰白的屋子
回到那如羽的烟雾,它来自远方一片巨大的烟囱。[10]

二

远离了因本世纪的不幸而像小说一样震怒的街道
远离了珂勒惠支[11]的炭笔素描,流亡者[12]的痛苦
正感觉着他被转译的语言、那合成的光晕[13]
来自异国的句法、一种改动的结构,它会清空
具体之事的细节,清空湿润:在窗台、
在童年时干草之乡[14]的谷仓门下
日光的吱呀作响[15],还有学院气之光中、咖啡馆的亚麻桌布——
简言之,那变为戏剧的欧式小说。
在这没有废墟的干燥之地,只有你朗读过的
内容的回声[16]。只在很久以后,
印刷的文字才变为现实:运河、教堂、杨柳、污雪。[17]
这是我们最终犯下的嫉妒;[18]我们这些
读者、遥远的饕餮,我们的心灵
会被它的[19]页面染白,就如街道,或被笔的
痕迹犁出一道沟垄的田野。[20]之后,我们成为这样的人
将黄昏时卷云的围巾,变为[21]歌剧院的包厢上

女名伶的"永别"[22],变为基路伯的穹顶、倾倒石果的
丰饶角[23],这是信仰者坚信
疗救之音的场景:之后,巨大的云经过,
庞然的积云轰鸣,就像卡车、装着一桶桶报纸用的
油墨,对救赎艺术的信仰,开始远离我们,
就在我们将那些旧的版画变回一幕幕蚀刻过的风景,
而潮湿的鹅卵石和屋檐上的煤灰,令它们布满条纹。

三

鹅卵石堆集,如同剪掉的头,山形墙倚靠
街道,窃窃私语,墙壁上刮擦出
宣判大卫之星[24]的标志。苍白的脸,放映
自己(就像月亮拉下薄薄的窗帘
随着长筒靴的脚步声,而粉碎的玻璃雨
给人行道镶钻)。[25] 冷酷的沉默
曾带走旧的房客;如今,有些标志,
街道不敢声张,它们的意义更多,
它们为何过去出现,但今日,还在重复;
雾笼罩鹅卵石,笼罩种族的清洗。
弧光灯点亮,随之,是电影的场景,
卐字的阴影,煤气灯如同标点
点在街道的无尽的句子上。椴树之叶
飘过关门的歌剧院,煤灰色眼睛的临时演员,在领救济的

队列中，等一句台词。[26] 镜头[27] 如哀歌般悲痛，
后续的队伍在移动，随着良知的管弦乐
沿着老城[28] 的表现主义的街角。
标准的器物[29] 之上，有连续的重复的
标志，领唱[30] 的回声，最终，是禁止偶像[31] 的
远古之语，它说着漠然的意义。

四

那片云曾是欧洲，掠过生命木[32]、生命之树的
荆棘的枝条，正在瓦解。雷雨云依然
在这些岛屿上空，在被扣留的雪崩的顶峰，
屏幕上一场风雪，在遍布雪点的战役中，
同样的老新闻，正改变自己的疆界和政策，
这之外，群狼覆没，眼是红色浆果，
它们的嚎叫，无人听闻，犹如桥上的冻云
在一缕缕烟雾中，渐渐沉寂。波兰的驳船
向下游，缓缓漂动，随着权威的
韵律，圣彼得堡的宣礼塔是云。[33] 之后，众云
就像战争被遗忘。像春雪。像恶。
一切恍如大理石者，只是幕。[34]
还是演"泰门"[35] 吧，咒骂所有的努力微不足道，
就让碎浪继续在波峰，徒劳无用。
你的影子随你而行，惊动敏捷的蟹

它们僵住,直到你走开。云意味春天
随着阿姆斯特丹的巴比伦杨柳[36]再次萌芽,
它们像毕沙罗的人群,[37]沿着潮湿的林荫道的树枝,
而微雨,扫过细小的电线,为圣母[38]
蒙上尸衣。远处,克拉科夫一词
听起来如同火炮。坦克与雪。人群。
封闭的墙,遍布弹孔,仿佛棉絮。[39]

五、帕琅[1]

一、圣诞夜

你能真诚地要求它们吗,它们是否也会要求你
收回你可能的轻视的余地,还有偶尔的逃避:
棚屋的橙色庭院中的黄昏,面包树叶的
蜡般的蓝绿,厨房里第一盏电灯——形状
和影子,如此熟悉,如此破旧,就像老女人手中的
扫帚柄?[2] 小河,挤满人的店铺,
外面的男人,将白昼钉住的繁星。
总之,就是这种感情,对简单、熟悉的东西,
对直面的脸庞,对贫困、逆来顺受、
你曾赞颂的人们:他们是否完全属于你,
你可确定,就像确定自己的影子属于太阳?
冲过车窗的声浪,不是海,是甘蔗,
你眼中的夜风,如同女人的发丝,新鲜的
芳香,接着是,西班牙港之上、山丘的光,
轻抚身体的、夜间的亲昵。
之后,夜生出它的天鹅绒,群蛙在篱笆后
呱噪,狗朝着鬼影吠叫,确定者
安居天上,是星辰,不再是问题。

是啊,它们要求你,你无需理解它们的方式:
一支支不再流淌、微风中熄灭的蜡烛,
或是眼泪,在夜的脸上,为每座岛闪动。[3]

二

白昼迁移,阳光离去,之后又回归,疲倦中,
承受强烈的精神之痛,我想起一个街角
在灿烂的马鞍路[4],路爬出叶子安静的
河谷,圣克鲁兹[5],那是一条有桥的走廊,
渴望的回忆紧握住它,即使回忆,经过了其他
一切可能的地方;为何偏偏是它?
也许因为,它无形无体,用路上的叶影
和阳光中的桥,抵消了距离,
这证明,它始终会有两个方向,
离开生活和临近平静的消亡
它带着无忧无虑的漠然,[6]漠然的小溪
流过桥边,流过帕拉敏[7]的斑驳的山丘
流过那些比我们粗糙的需求更重要的确定者
(过去,它们常常带着恩惠[8]),还有连绵不断的
棕色浅滩之河的阿门。既然回忆,比它铭记的地方
要小,它就封闭自己,远离一切之所
只是说:就算流动的溪水带着

我们彼此施加的厌恶和压力，它的忘忧
也能抵挡失望的自负，
就靠种种闪动的单纯，水，叶，空气，
它们让远离幸福的瓦解也觉得欣喜。

三

可还记得儿时？记得遥远的雨？
昨日，我写信，又撕碎。云衔着碎物[9]，在山丘之下
如鸥鸟，穿过河谷的蒸汽，飞向西班牙港；
之后，我的眼睛开始湿润，是旧病所致
我仰面躺在床上，蒙住阴云密布的心中的
雷声，而山在瓦解，成了废墟。
雨就这样落在圣克鲁兹，
它脸颊潮湿，山丘紧握几段日光
直到它们消失，然后，远处河水的声音，涌动的草，
负重的山峦就像云，云有一道明亮的、
被烟霭笼罩的裂纹，事事又回归传说
和流言，就像曾经那样，曾经也像现在这般……
可还记得红色的小浆果，形状如钟
在路边的灌木旁，可记得纯真尽头的教堂，
穿过树林、流向舒瓦瑟的金河[10]的声响，
可记得从那以后、再未闻过的猪李的芬芳，

还有小路上长长之影的空荡,那时,烧焦的气味浮起
就从细雨中的沥青上,可还记得,雨就这样让神圣牧羊女[11]的
小圣堂变得朦胧,可记得一段生活,有着难以置信的错误?[12]

六

这取决于,你如何观看悬崖上那座奶油色的教堂
它屋顶生锈,发育萎缩的钟楼在路旁的
花园中,路的边缘有坚硬的白百合。它能看起来像在悲伤,只要
你来自另一个国度,只要你的怀疑不会冷酷、
变成怜悯,怜悯那穿靴、衣染污泥的神父,他来自
某个你回想不起的、爱尔兰的郡,也许,你曾在那里
感到了同样的悲伤,是对石筑的小圣堂和矮墙,
它们随时间变得沉重,也是对一片如铁的海,和凯尔特人的历史
它被讲述成一段风笛和鼓的野性。
走进这天主教的驻地,尖顶、棕色的法衣室,
草坪上咩咩声叫的羔羊。所以游客相信
海扁桃巨大的叶影中、那受伤的躯干。[1]
周六,停业,温和的天,歇工的
布朗西瑟斯[2],将别处铭记于心的海,
你也能无助地耸耸肩,只好如此,仿佛说,
"天哪!荒唐的巫术,竟是黑人的希望。
还有他们的各种击鼓和舞蹈,仪式,唱诵。
尖叫的领唱[3],就像尖塔上的铜公鸡。

他们无知、错综、无光的迷宫。"
但我感觉到了爱,在他血管隆起、斑驳的双手上,
他欢快的吟唱,让"那路"[4]延长,仿佛来自爱尔兰。

八、回家

一

我的国,我的心,瑟森妮[1]一唱,我就回家,
那嗓音,有木的烟气,有地鸠,它皲裂
就像路上的陶土,[2]它淡淡的色泽,属于干季,
它的四弦吉他,让我心弦绷紧。"沙克沙克"[3]
如同蝉,沙沙作响,在童年时叶子如毛皮的
荨麻下,正午的旧篱笆,妙音舞[4],四方舞[5],
彗星舞[6],优雅的转动,直到欢欣的气氛安定。
如雨的嗓音,落在炎热的路上,气味像割下的草,
与香椿一样,它们的语言,全都渺小,却最为甘甜,
无论我去向何方。它让我的右手是以实玛利[7],
我的指引,是手指如星的蛋黄花[8]。
她君临花卉,我们的众王和我们的众后,随之进军,
"玫瑰"和"千日红"[9]的木剑,他们的合唱队,
有羽毛的芦苇的长矛,赭石的悬崖和柔软的碎浪,
来临的雨,明亮就像落着细雨的班卓琴
那来自几内亚的细雨,拖曳在她衣衫的下摆
她宛如国家的舞者。影子越过无忧堡的
平原,随着她的嗓音。几小群吃草的

马,在浮云中闪耀;[10] 我看见它们
在破碎的日光里,就像歌手,还记得
一种死语言的话语。我望见明亮的弦
跟随瑟森妮的歌唱,跟随消失的雨中的日光,
跟随河的名字,它们的桥,我曾经熟知。

二

那时,夹竹桃的叶片沙沙响,就像绿色的刀,
面包树摊手,耸肩,咝咝的鬼影
闪躲,在木麻黄中——它们与橄榄一样,各自属于异国——
叶子花的唇分开,它的嘴在惊愕;
就在赭石路上,我捕捉到它们的生命之音,
它们的愤怒如何植根,随着每阵疾风摇动;
随着我翻动的树叶,它们的醒悟时断时续,
多年之后,终成护根,然后是尘土。
"我们早就为你奉上语言,是绝对的选择;
你却偏爱沙洲吞掉的退潮的喉音
那在苍白的城市海滨,这就好像,爱尔兰赋予了乔伊斯
他不曾写过的、舒瓦瑟之外的肮脏路。"[11]
"我尝试为两边效力",我说,这激起了树叶的
咆哮,它们摇头,抗拒翻译。
"你在背叛",它们言道。我说,我确信
世上所有的树,都在种种语言中,分享着

共同的欣喜，如桉树和椴树，苏木[12]与榆树。
"你撒谎，你的右手忘了出身，哦，耶路撒冷，
它的狡猾为它牟利。我们依然不可名状，不可界定"，
既然"路"和"日光"都是英语的词，那这两者
就在沉默中，忍受着分割的风。

三

当梵婀玲哀诉它的疑问，班卓琴做出回答时，
我的刺痛加剧，我同香气和根
隔绝，自制的"沙克沙克"擦擦作响，
乡村舞彬彬有礼，屈膝致意，
我揽在怀中的烟雾，总是逃离
就像我父亲的形象，现在，又是我母亲；为了
神圣的祈祷，为了孤独地将叶子
和街角奉为圣洁，就让我走向拍浪的海边，[13]
海围着莱凯[14]的锋锐的棕色悬崖，汹涌的
浪，大西洋的盐味的风；只当你拥有这两种语言
我才听见一种在退却，你不曾将它写过，[15]
也听见孩童的声音，他们用另一门语言读你的作品。
我应该让云驻留，让影子
停住，因为我能感觉到，它在死去，困扰它的一切，
那些优雅、斯文的姿态，都在生长。
我的手指如同荆棘，我双眼湿润

犹如微雨之后、洋苏木的叶子，就这样
太阳和雨，争夺同一个位置
就如我掌握的两门语言———一种如此丰富
与帝国亲密，回响着特权，
另一种就像干旱的山坡上、橙色的词语——
但我对这两者的爱是那样广袤，犹如辽阔的大西洋。

十

新的造物缓缓萌生于土中,鼻孔嗅着空气,
处处是松鼠,就像问号,重复着自己
蠕虫不停探问,直到叶子反复回答,它们是谁,
但在这里,我们只有一种全无季节的恒常,
也没有历史,它总被战争打断,令人厌烦。
文明毫无耐心,一群狂躁的白蚁
绕着巴别塔的蚁冢,用触角
传递讯息;但在这里,当寄居蟹遇到影子,
它就退缩,这甚至也让隐士[1]的影子却步。
我变长的阴影有着黑色的恐惧,我承认,
因为这只蟹写着"欧洲",我仿佛看见蜷伏的孩子
在兰波的、肮脏的运河旁,[2]还有烟囱,蝴蝶,老桥
看见煤般的眼睛周围,染着屈从的黑斑,是孩子的眼睛
他们看起来都像卡夫卡。特雷布林卡和奥斯维辛
沿河而下,随着工业驳船的烟气
随着这一页我拂去灰尘的文字,
坟墓般的蟹洞,世世代代的沙漏
依然在这海湾,就像哈麦丹[3]的尘土
在我们被吹散、散落群岛的部落上,
月亮升起,它在寻觅,如同第欧根尼的灯笼[4]
在海岬的天蛾上,它寻觅的,是公平和正义。

十六、西班牙

献给何塞·安东尼奥[1]

一

我们赭石色的牧场有真的公牛，不远处，你们陶制的那一头
紧踩着厨房的横楣。[2]每个名词听上去那么像泥土做成，
随着均匀之光里的红瓦、钟楼——里奥哈，阿拉贡！[3]
它立于自己四方的影中，生着新月的角[4]
警惕摇落的红叶，还有变高的声响，
它像沙洲，喘息的水湾[5]，随后咆哮
低身，再用勾住空气的羽蹄飞驰
旁边是昂首阔步的小雄鸡[6]，就如身上缀着亮片的人
在沙滩的镜前，转过脸去，说着"行了，没准备好呢。"
海浪呼啸的"奥雷"[7]，在斗牛场[8]，涌到顶峰
那里的土地皲裂，唯一的绿物
是悬崖上尖头的龙舌兰，那"奥雷"，又带纳瓦拉的尘埃
飘洋过海。以前，我从未被提醒过：
你们火焰笔直的柏树，摇曳起来，如同我们的木麻黄，[9]
而当谁见过八月熔炉中的西班牙[10]
他们的心，就永远烧焦，宛如一群群的尘土

随这些公牛飘流，公牛的样板，就是这微小的陶土之魂。
我燕子般的记忆啊，[11] 让我们向南飞翔，飞到狂烈之地，
像箭一样，冲向格拉纳达，穿过单调的橄榄
朝着微蓝的山峦，朝向狂烈又和蔼的民众，
我们沿着铁的峡谷，它们的泉水闪动如刀。

二、格拉纳达

粗生的红土，橄榄丛生，银色的橄榄
在轰鸣的风中，风如一件披风，适合汽车的身形，
受折磨的橄榄，比你想象的要小，
就像悲伤，无法估量，但又有度，
它的距离渐近，随着嗡嗡声响、盘绕的路
那路，拓展出惊人的格拉纳达。向后，这才是阅读
西班牙的方式，如回忆，如阿拉伯文[12]，山峦
和预想到的柏树，证实了：唯一的时态[13]
是过去，罪就在过去，是西班牙的全部。
它随橄榄的树干翻滚，它张口，发出石坡的
赭土的回声，就像井的干燥的嘴："洛尔卡。"[14]
他眼如黑橄榄，面包蘸着小碟。
这男人身穿破旧的白衬衣，上有酒斑，
黑色的套服，皮革鞋底在石头上踉踉跄跄。
你不能置身于外、远离于它，另一些人
在空旷的山上，断音，[15] 来自卡宾枪，

来自舞者的脚踝,弗拉门戈[16]歌手的O
吉他的口;他们在戈雅那里,
这死去的小丑,双眼圆睁,在《5月3日》[17]
西班牙的心就在画中。为何西班牙总会受难。
为何他们从这样遥远的地方[18]回返,如此之远
远离柏树,远离山,远离变成银色的橄榄?

三、读马查多

贫瘠的蛋黄花枝,舒展它们甜蜜的威胁
如晴空霹雳[19]。共鸣比开出的花更多,它们让感觉晕眩
就像夜放的木兰,白如我阅读的纸张,
上有散文,印在页的左岸,
右边,是斑驳如页岩的诗节,
缝隙,就像溪流,将自己的语言缝合。
这西班牙的天才,冲冠的怒发,就像蓟花。何事激怒?[20]
是干季的豆荚,华彩章[21]中泛起涟漪的热浪,
还是白喉鸟[22]的黑色绉羽[23]和弧形?
一切共鸣,一切联想和意蕴,
安东尼奥·马查多的音色,即使转译过,
土中的动词,石头里的名词,那墙,[24]
全是意蕴,全是共鸣,全是联想,
西班牙与叶子花的游廊隔着蓝色的距离
此时,白色之花,从公牛的角、那树枝上萌发,

白色的蛋黄花，如同修女的白灵魂。

矮马²⁵走过松下，在秋山之间，

洋葱，串绳²⁶，银色的蒜头，²⁷马鞍的

吱呀作响与迅疾的水，为清石争吵，

这些炎热下开裂的诗节，从我们八月中烤焦的路上升起，

一切意蕴，一切共鸣，联想。

四

　　献给埃斯佩兰萨·列尔达²⁸

鹳、鸦、鹤，²⁹这些迥然各异的预兆有何含义？

天空成熟，之后阴沉，之后，群鹳穿过

烟囱，腿悬空摇晃，仿佛折断，它们找自己的巢

在阿尔卡拉³⁰的拱门之上，那是塞万提斯的铺着卵石的城，

拱门，疲惫的钟，思想在你的手腕

如同栖息的乌鸦。你的死比蚂蚁更近，此时

你展望未来之日，那慷慨恩赐、丰饶的日子。

我仰视阳光中干燥的山，每个影子都是思想。

我想象我的逝去；疲倦的树叶，将会

一片接着一片，落入干旱中无声、棕色的草场

和一块块粗朴、赭色的田地，那里的丁香如花边，装饰山丘

那一个个影子，就在某个五月回归，理应如是，

但我曾栖居的、那空白的缝隙关闭。³¹

橙色的花瓣骤然纷飞,飘过圣克鲁兹
它正在婚礼的微风中;此处,浪花般的花束,带着白色的蕾丝,
我将这一行行生着荆棘的诗,献给能用到
它们的人,还有天平一样、我的两座自然倾斜的岛。[32]
我将自己的双眼传给赞美帕拉敏的人,
将双耳传给拉斯奎瓦斯[33]的洞穴,到那时,银色的结
从神经的弦和动脉上松脱,云的纸页,随着阿门闭合。

二十一、六小说[1]

一

这是第一篇小说:《圣经》的蜻蜓之灾,
暴雨后,它们穿越如羽的竹子,
我们认为是蝗虫,[2] 那就是了;将它们意义
放大的,是情节,为了相信,小说一开始
就有惊人的虫子,恰从第一行文字上飞起。
马群踏着蜂拥如套索的蠓虫,它们粪便中的
甜蜜之气混合着干草之味,
我望见山峦如溪水,从日照的门中流出。
这一切都有对称[3],也即,整个小说都在说谎。
祈祷没有情节的生活,没有叙事的日子吧,
但蜻蜓飘舞,犹如一蜂巢的形容词
从词典里释放,就像头脑的巢中放出蜜蜂,
时间流逝,它们飞过,它们的数量减小
它们的意义也无非是:雨后来到。
它们雨后来到这河谷,那时的竹林如马鬃一样
扬起、抖落,之后又让自己平静,
它们来临,随一群全副武装、如同瘟疫的先知,
就为了成为蝗虫的这一天。召集它们队伍的,

不知来自何处,但它们翅膀的恐怖的嗡嗡声
巡视着园中,重复着远古的苦难,
它们再次来访,提醒着我们:记住我们最初的错误,
它们眼如手雷,猛如龙;[4]这不科学,也非虚构[5]。

二

那时,他相信,流亡的痛苦到如今
就会过去,但他早已不再数着日子和月份,
不久前,也不再算季节,既然很可能:
诸事无常,一生尚且如此,遑论永远,若我们只一次
但彻底蒙受异乎寻常的失落,我们就不会
再受同样的苦难,[6]因而他计算的,是他从未
高声重复过的年份,不过他清楚:如果雨
落下,雨后的风,吹过广场,那么他的泪
就会变干,迅速得就像颜色变淡、
朝向国家公园及其单车道的水泥板,
就像车轮上细雨般的银色,而欧洲中
任何最为宜人的城市,它夏天的热度
也比不上家乡的八月的地狱。
他喃喃自语,说着殖民时代的老语言
他听见自己,如何依然说着家,这是为了满足
他的希望:他不但很快就会在那儿[7],还会来到
游轮的栏杆,看锯齿状的、早已在等他的、

靛蓝色山脊,看所有熟悉的铁皮
屋顶,甚至还有,海关窗台之上
保持平衡的秃鹰。他穿黑衣,发已变
白,他将自己的手杖放在公园的长凳上。
没有这个人[8]。我自己是一部小说,[9]
我回忆着岛的山丘,岛正在变暗。

三

他带着晦暗的思想,在影子中时进时出
就像豹,变换隐蔽之所,为了觅得适合沉思的、
布满斑点的安宁,而它黄色的眼睛闭上,[10]
尖声的呵欠,充斥虚无、空乏,但
这里面,满是一吸一动、从容有度的平和,他又像一群斑马
带着草的纹影,跑向水洼
但头和蹄稳健从容,距毛振作
突然间向一侧哗哗响动。叶与影平复;
一切都安详地躺在荆棘树[11]的满足中,
有狮子,也有豹,此时的正午,是和平的王国;[12]
它们伸展,颤抖,又安静下来,唯一的动作
就是缓缓转动双眼。就在无云的八月、
它凶猛的穹顶下,他感觉到了疲倦如何
从胃口,爬到慢慢合上眼帘的眼睛,狮般的呵欠
在他的臀胯抖动,沿着四肢匍匐,

和平,早已随着伞般的荆棘树
走向伊甸园的安宁的终结,就在黑暗的思绪如云般
疾驰过空旷的草地之前,慢跑中、追踪他的雌狮,
蜷伏,调整姿势,猛扑过来!之后,有一小群
跳动、展翅的秃鹰,和生着斑点的鬣狗。

四

他忍受炼狱般的十一月,但这是
无火之月,它的烟,只不过是负重的雾
从烧焦的林中蒸腾,那里的圆日
一边运行,一边在朦胧中凝视,那里的影子
对人行道和赭石墙上所有的光亮,感到吃惊
但季节的律法,让这一月黯淡,将它当作错误
缓缓清除。他像罪犯一样,穿过它的人群,
召唤着他用最微小的手势、随便的话语
也能寻得的恩典,他端着杯,吃[13]
但头不低垂,而在这些日子,在时而刺穿
苍白之光的、极亮的时日里,他反复
自语:这不是他的气候和民族,没有季节
会如此耗尽一切,这之外,有海
有无情的仁慈之光,一面他的心灵
已然变成的监狱的窗;受苦很容易
只要苦难之外,有另一片天空的真理

有不同的、适合他本性的树木,他的手
在它整整六十五年间,从没有试图去说谎
就像一只螃蟹,不可能走出它纸页般的沙滩。
一个个白昼会变暗,变冷,篱笆之后,更多的
叶子会死去,雾气变浓,但这之外,却有这座不错的岛。[14]

五

他听得见远处的狗,它们的吠叫
将他带向屹立路旁的小圣堂,
但他没有进去。这不值得祈祷,
黑犬只是他的思绪,来自恐怖的夜,
它们穿过严苛、却又给予奖励的圣克鲁兹的森林;
他的心跛行,泛着泡沫的血,如同路途上的浆果,
那里有三四棵棕榈的羽冠,鹦鹉疯狂的叫声
犹如审判淫邪时,证言引发的喧哗,
但它们穿过玫瑰色的天空,消失不见,慰藉得以重返。
在炎热、空洞的午后,呼号越过河谷,
鹰在滑翔,不凋花[15]的火焰之后,山在燃烧
蓝烟宛如长笛;有价值的地方,不过如此。
哦,树叶,就让我不在的日子变多吧,再让它们
摆脱惩罚的蒙羞,还有耻辱的伏击
羞耻缘于它们自身:粪土,配不上任何主题,
香椿的树瘤和站姿,易弯的草,也是如此,

它们只会漠然地、在承受侮辱中轻蔑以对
就像树枝柔韧的抖动,摇晃时,带着坚忍的
优雅,它们鞠躬,如同竹子服从着
一阵阵横飞的雨,这不是殉道
而是自然的顺从;他的下方,有一座房子
在那里,他不会受伤,还深受欢迎,
那里友善的狗,会纷纷来到门前,争抢他的语音。

六、马提尼克的马奈[16]

那株柚木,坚硬如粉色游廊、铁栏旁的
橡胶树,游廊正中,一道拱门,
通向晦暗、装满物品的沙龙,那里寻常的
扬帆之船,全速穿过木头的海浪,帆布上浆而坚硬
近旁,一些忧伤、淡色、用来装点的相片上
一个法国家庭:长着胡须的爷爷,黑发圆髻的祖母[17]
流苏枕,瓷器,那些纪念品,就像韵味已失的
文章,莱弗凯狄欧·赫恩[18],寻常的福楼拜[19],
更多的游记,日本花瓶,白玫瑰
不朽的蜡制成。我的房主离开,去打电话。
我感到无法估量的悲伤,为那船帆,
为物品死气的缄默,为它们承载的、喑哑的往昔,
我悲伤,也因为透过格栅,瞥见到法兰西堡[20]的港口,
"我们的灵魂是三桅帆船,寻觅它的伊卡利亚"——[21]

灵魂漂泊的波德莱尔。在错误的马提尼克的
首府。一把扇子，拂动莫泊桑的故事。[22]
屋的精神何在？一句陈词滥调，它的眼睛上
勾画着眼影，唇如马奈的叶子花的花瓣。
我感到，窗户关闭的沙龙，正尽其所能、试图唤起
有关巴黎的一切；我转过身，不再看墙，就在原地
空虚而渴望，正像墙上镀金框里的快帆船
在炽烈的午后空气、坚硬的橡胶叶旁，
一只红缎的拖鞋[23]，脱离了她大理石般的脚。

二十二

我在想一种句法,它有板岩的石青色,
时而有感知,如石英闪动,
又像眨眼的云母,透着机智。我并不是厌倦乐观,
而是灰色的白昼依然有用,尽管没有反光,就像干涸的沙滩
就在黄昏过后。我在想,要避免
容易亢奋的词语,或是戏剧性的停顿,比如死亡,
或是对失去的懊悔和无悔;一切失去,皆有爱,[1]
但它必定也是轻柔,就像呼吸的节拍
接近平和的心头。停顿。继续。停顿。重来。
一匹灰白马,没有骑手,在草已耗尽的地方食草,
一匹石青马,在冰冷的岸边,扭动一簇簇的鬃毛,[2]
最后一道血红的伤口消失,太阳关上它的屋子
入夜,一切近乎消亡。连懊悔也是。
尤其是懊悔、怅憾、渴望、喧嚣,
除了黑暗中的海浪,不可思议地给人慰藉
就用它的稳健。它们带来了不变的旧的讯息,
还有汩汩作响的浅滩上、海浪死亡的喉鸣,
也带来某种东西,它比最末的波浪、刺鼻的
海草味、外壳变白的死蟹的气味都要远,

它比星辰还远,虽然星辰看起来总是太过微渺
相对这距离无限(帕斯卡)[3]、通常令人惊恐的空间。
我在想一个没有繁星,没有对立的世界。何时有?

二十三

我看见了石头闪着冷峻的光,我看见了荆棘
镇定,带着心存敌意的坚忍。现在,我一无所见,
就在蜥蜴迈着碎步、跑过之后;我创造每个回应
此时没有平衡,没有泪,没有笑
没有生,没有死,没有时态的呼应[1],
就是说,我不见过去,不见将来,
因为石头在它们的冷峻中闪动,洋苏木的荆棘
无所等待,不会等着编成冠冕,[2]
蜥蜴也不会在路边等着像蛙一样悸动
直到我走过为止。我认为此刻[3]也超越变格,
它不是在纪念演进之中、自行变化的、
无敌的"存在"[4],也不是过去的延伸,
不是午后一样漫长、属于将来的阴影。
因此,我预见自己,像风一样,幸福而无形,
佚名又透明,[5]是轻如叶子的旅行者
在树枝和石头间,是清晰、不可道说的
声音,它掠过没有剪除的草,和墙边黄色的、
黄蔓的钟。这一切很快就会
成真,但没有忧伤,就如石头一样允许
万物发生,如大海在阳光中闪耀,
银色、慷慨的海,在舒缓的午后。

二十六

崇高¹总是开始于这样的和音"接着,我看见"²,
之后,启示录中的积云³卷起又分离
光,默默地拓宽自己的声音,它会说:
"那转动的玫瑰,在虚空中扩展自己的光环
我的骑士就从中而来:饥荒、瘟疫、死亡和战争。"⁴
接着,云是雪崩般的头骨,激流一样,涌动在
安静、如铅的海上。而这里,季节开启⁵
此时,风暴鸟惊恐,惧态各异,钟声开始鸣响
在心灵之中,来自摇动的海浪的冲击(却又无声),
但,这是物的摇摆,它们有着椰树的脖颈
弯下,就像食草的长颈鹿。曾经,我站在黑暗的沙滩
接着,我看见,我渐渐接受的黑暗
变得惊人,惊人的是它的欢乐、得到允许的佚名,⁶
是它飞驰的浪花,还有时空,时空让它始终
不朽和变化,却丝毫不会想到我,
岩石上带着锯齿的塔楼⁷,白马⁸跃它而过
泛起泡沫,飞腾如一道拱,⁹随着骑士的欣喜,
眩目的混沌,吞没了动荡,
树叶的快乐,随着一阵忽起的力量,此时

在苍白的海峡间,群岛缓缓被抹去
人们却不敢询问雷声,它的原因何在。
就这样写吧:这些黑暗的日子,我也赞美过。

二十八

对这慷慨的伊甸园,我意识到了感恩,
不再狂乱,狂暴,而是审慎,淡然处之,
用叶芝的话说,我受益于"瑞典的恩赐"[1]
它让这屋建成,面朝白色的浪花,屹立
迎着炎热、有车辙的小路,远离了权力的疾病,
我的受益,就像铜山毛榉一样舒展,它的根属于爱尔兰,
而头发如海浪的男人,围着方塔踱步
飞落的天鹅撩动湖水,他对苍白的湖喃喃自语,
他在名声的闪光中[2];名声衰落的时刻
既在得意,又有愤怒。
此处的森林,枝条都生不出琥珀胶
它们一折断,就尖叫,树脂都不能治病,
我牵挂铭记的海浪之外,只有虚无,[3]
而几位朋友也已逝去,那是独特的牵挂
在这毫无特点的海岬,这里的十二月
绿如五月,不安的海浪变得心安。
我听见呼啸的铜山毛榉的黄铜叶,
我看见天鹅,白如冬季,看见名字,刻在
树干的胸膛,在豪言伟辞[4]的光华和抑扬中,
正午时、钟表的双手在祈祷,它们停住

在爱尔兰的苦难之上。最重的恩赐
莫过于走向石边，那里的海岬、它的
轰鸣在欣喜，随着自然的韵律
就如库尔[5]的白羽翼，他的天鹅扇动的节拍。

三十

　　献给西格莉德[1]

海本该让他安心,但它的喧嚣于事无补。
我在讲述的男人,他的一道道门邀请帆
在日出时,穿过厨房的窗台,对他来说,
潺潺的浅滩上、日照的风中、发干的海带的腥臭
或让狭窄的洞穴变得朦胧的、细雨的面纱
都是幻影般的情绪;他听见,在生着羽毛的
草的长矛中,有无声的围攻,当鸟掠过水波,
他觉得一支箭从他心中射出,他的手腕在跳舞。
他看见阳光中的满月,天空的渐渐亏缺的玫瑰,
苍白的风,他的保姆[2],拖网一样拖着白色蕾丝的披肩;
他的一道道伤疤撒着盐,但他翻转了令它们恐惧的东西
随着每个发皱的蟹壳被翻转。我在讲的,是小写的"奥
　　德赛"[3]
它跟着桨帆船[4]的韵律,让他的醒来的屋子下水[5]
在渐趋稀薄的靛蓝色的时刻,而他小声说着谢谢[6]
身下的回应,来自褶皱的亚麻布上、长着色斑、宽容的后背,
它的脖颈腥咸,头发潮湿,而他从隐蔽之处[7]起身,
随着豹、也就是喵喵的小猫、它无声的脚步,
他拧开咖啡罐,估量着取了两勺半,

停下，越过蓝窗的帆让他僵住，
之后，他穿上半明半暗、被满月的磁力
吸引的黎明，直到一个孀妇[8]的背部，让光起伏。
她拽着潮汐，用粗缆拖曳着心
那缆绳比任何敬拜都要有力，靠神得以安定的英雄们
被她创造的一群怪物，从自己的屋中拉扯出来
而披上披肩的女人们，眺望着星辰的黯淡。

三十一、意大利牧歌[1]

献给约瑟·布罗茨基

一

通向罗马的明亮的路上,越过曼托瓦[2],
一束束稻秆,我听见,风的欣喜里
棕色的犬在车旁喘息,声音就像拉丁语[3],
流畅的平移[4]中,它们的影子在边缘滑动,
车过田野,白杨作篱,石头农场,风格相称[5],
名词来自男生的课文,[6]来自维吉尔、贺拉斯,
短语出自奥维德,在绿影中闪过,
车驶向远景里一座座无鼻的半身像,
驶向张口的废墟、没有屋顶的回廊,
凯撒们的回廊,如今,他们的第二件斗篷是灰尘,
而这稻秆中沙沙作响的语声,就属于你。
每一行诗,都有时辰和季节。
你让诗体与诗节焕然一新;这些收割过的田地就是
你的胡茬[7],离别时,它们摩擦我的脸颊,
苍白的虹膜,你的头发就像一缕缕谷穗,风中飘散。
就当你从未逝去,你依然在意大利。

是的。依然。天啊。依然,宛如伦巴第的
转动的田地,依然,就像囹圄中白色的垃圾
比如某个政权涂抹过的纸页。借助他的风景,你和纳索[8]
同享的流放,得以治愈,诗依然是叛逆
因为它是真理。你的白杨在日光中旋转。

二

木窗之外,鸽翼呼啸,
新的灵魂振翅而飞,丢弃疲倦的心。
日光触碰钟楼。文艺复兴之时的铿锵,
在拍浪的码头,汽艇[9]曳航、驶离,
将旅行者的影子,留在摇晃的渡口
他看见水的闪动,他的渡轮让水
如一把梳子,穿过金发,梳过之后,再编出发辫,
又如书的封皮,封住最后一页的浪花,
又如什么白色之物,用雪片让我目盲,
抹去松柏。约瑟,我为何写这诗
你却不能读到?窗般的书脊敞开
在庭院,那里的每座穹顶举行仪式
就为你的灵魂,它环绕威尼斯的铸造钱币的水
就像石青色的鸽子,[10] 光犹如雨,痛苦忧伤。
礼拜日。钟楼之钟,癫狂的钟声
为你鸣响,这石墙如花边的城,你觉得它治愈了我们的罪,

它像狮子,[11] 铁掌让我们的星球, 在守护的飞翼下
不再转动。小提琴颈上的技艺
贡多拉[12] 项上的少女, 都是你的领域。
在你的生日, 注定要向威尼斯来讲你。
这些日子, 在书店, 我漂流到"传记区"[13],
我的手, 在一个个名字之上滑翔, 随着鸽子张开的脚爪。
穹顶闭合它们的括号,[14] 在泻湖[15] 之外的
大海上。下了渡轮, 你的阴影徘徊在书的
边角, 它站在远景的尽头, 等我。

三

在这藤蔓和山丘之景, 你承载着一个主题
它遍及你倾斜的诗节, 让葡萄流汗
模糊了它们的界域: 舒缓的、北方的雾
就如国歌,[16] 没有边界的国度, 云形
愤怒地变幻, 当我们开始将它们
联想到丰富的呼应, 洞口, 那里的永恒
在蓝色的小门上目瞪口呆[17]。一切坚固之物等待云,[18]
树点燃, 燃成炉灶的烟,
鸽子带着飞翔的呼应, 呼应就在韵律,
地平线的连字符消退, 细枝的工艺品
在空白的页上, 令它们的西里尔字[19] 感到窒息的: 是雪,
是黑色的鸦鸣中、乌鸦飞越的白色田野,

它们是遥远的地理，不仅是现在，
你总在它们之中，脚掌柔软的雾
让这星球朦胧；冰冷、无常的水边
总令你幸福无比，并没有让人目盲的日光
在水上，在这悄然靠近码头的渡轮中
一个旅行者熄灭香烟上最后一点火花
将它踩在脚踵之下，他的被爱过的脸庞，终会消失
消失成一枚硬币，[20] 而雾的手指正将它摩挲。

四

浪花浮现，在闪烁的海峡，海峡轻诵着蒙塔莱 [21]
用苍白的盐，石青的海，海之外，是染着斑点的紫丁香
和靛蓝的山丘，之后，看见了意大利的仙人掌
还有棕榈，一个个名字在第勒尼安海的边缘闪动。
你的回声来自石丛，在裂隙中吃吃轻笑
此时，高涌的海浪消失，永不再见！
抛掷的线 [22]，为了小鲱鱼，为了捕获彩虹鱼，
红鲷，鹦鹉鱼，银鲻，
无处不在的诗的腥气，钴蓝色之海，
机场上自扰的棕榈；我闻着，
如发的草，水中飘摇，西西里的云母，
一丝气味，比诺曼式的大教堂，或修复的引水桥 [23]
都要古老、新鲜，渔夫粗朴的手，

他们的方言之锚,立在苔藓中的墙、墙上死去的
短语。这些都是它的源头,诗,它们依然存在
随着海浪重复的波纹[24]、波峰、船桨、
韵律,[25]群鸟、唯一的地平线、一艘艘龙骨如楔
插入沙中的船、你自己的岛,夸西莫多
或蒙塔莱的诗行,蜿蜒宛如篮中的鳗鱼。
我正向下而行,到浅滩的边缘,去重新开始,
约瑟,我用第一行线,用古老的网,开始同样的远行。
我会钻研开放的地平线,钻研一行行韵律的雨,
我要融入小说[26],它比我们的生活更伟大,是海,是太阳。

五.

我的香椿,如同柱廊,它们的拱顶之间,大海
嗡声念着它的弥撒经,每个树干都是字母
就像日祷书,绣着果实和藤蔓,
在它们之下,我继续聆听一座有回声的、诗节的
建筑,它的轮廓如圣彼得堡,一行行队列[27]
随着一位变得伟岸的领唱,他用剃度表示虔敬。[28]
散文是行动的护从,诗是骑士
他拿着笔矛,扑向火龙,
他就像骑马的斗牛士,几乎跌落,却又在鞍上
侧身直刺。你蜷伏在纸上,还是同样的坐姿,
行动中的云,重复着你头发稀疏的样子。

行动的韵律和平衡,都以威斯坦[29]做榜样,
诗的轮廓有罗马之风,开放,是微型的
凯撒的半身像,喜欢遥远的行省
而非角斗场的咆哮,它是蒙上灰尘的职责。
我飞升,在海浪的弥撒和香椿的圆柱之上,
我俯视令我悲伤的数字,你的石碑,我漂流
在墓园的书册间,漂向海岸枯萎的
大西洋,我是背负你飞向俄国的鹰,
我用脚爪,抓住你橡子般的心灵,它令你
重生,越过普布留斯·纳索的黑海
变回榉树的根;悲痛和赞美让我飞升,使得
微小如斑的你,在欣喜中放大,一个腾飞的圆点。

六

现在,一夜复一夜,又一夜之后
八月[30]会在松柏中沙沙作响,橙色的光
会从堤道的石缝间渗出,阴影
与船桨平行,横卧在涂着沥青、长长的船体上,
炎热的草场,油亮的马首在摇动,
而散文,在韵律的边缘踌躇。拱顶
变得巨大,蝙蝠或燕子,越过它的天花板,
紫丁香的山丘上,心正攀援,在光的变格中,
恩典,让家旁边的男人双眼朦胧。

树林关上自己的门,海浪要求关注。

夜是雕刻品,一枚有剪影的奖章[31]

让被爱的人,比如你,身形黯淡,

而你的诗让读者变成诗人。海岬

之狮,[32] 变得昏暗,与圣马可的一样,隐喻

在心灵的洞穴中,繁衍,飞动,而有人倾听

海浪的咒语和八月的松柏,

他读着比划手势的棕榈叶,它们就如绚丽的西里尔字

而积云,开始召集无声的会议,

就在大西洋之上,那犹如池塘,光也是一样平静,

村中的灯在发芽,就像果实,屋顶上蜂巢般的[33]

星座浮现,一夜复一夜,

你的嗓音,穿过黑暗中一行行[34]芦苇,它们闪耀着生命。

三十二

她就像海鸥,重返自己的角色。风
拍打着露天剧场的、破碎的双翼
生活中,另一个角色将她丢在后面。
湖水闪耀着消失的声音。妮娜,[1]多年之后,
曾经身形小巧、洁白、颤抖中保持平衡的妮娜
总算平息了自己的恐惧,此时,她的任务之一
就是学着控制她的双手、那微小的风暴。
她握紧你的心,心像鸥鸟的脖颈,她问道:
"还记得那时吗,科斯佳?"记得。这农舍,
潮湿的天,被盐腐蚀、生锈的门闩,这里的植物
试图透过窗户窥视,它们是黑色的、出殡的队伍
有些送葬的蚂蚁,打着花朵之伞
都是为了这孩子,西里尔字在透明的、
她曾举到灯前的薄纸上;一行行铭记的台词
就像浅滩,有趣的对白,她开心地
背下,以后不会忘记。舞台,湖水礼貌的掌声
已被埋葬。如今,海鸥飞回
宛如倾斜、却又平衡的N,[2]为了一些它记住的事情。
她记得笑声就像他的魔鬼在羽翼之后
燃烧,它的双眼如同变得旺盛的余烬,
这意味着,恶魔来临。也许那时,山丘更绿

树林变为兴奋的纸页。记得吗,科斯佳?
风让农舍的门瑟瑟作响,他的手敲开了
它,他凝视她,一动不动,低语说,"妮娜?"
而一群白纸从桌上飞起,那里积满的灰尘
比过去、她为他的笔舒展翅膀的岁月,更为厚密。

三十四

这一行的尽头,有敞开的门
面朝蓝色阳台,鸥鸟会用带钩的手指
在那里栖息,之后,就像离开观念的形象,
它会随着缓慢的韵律,敲打节奏,越过午后之海上
锻造出的合金,[1] 我的右手驾着帆绳
一面微帆,驶向马提尼克或西西里。
在丁香斑驳的远方,一片片相同的海岬在生锈,
波谷中溅起的水沫,冲刷着那里点点的屋子,
鸥鸟回响之处,鸥的影子就在日光的海水间
与它竞飞。一切呐喊,都不够欢喜
不足以表达我的感恩,和猛然打开铰链、
让光芒斜穿我肋骨的心。尽处,一个影子
比鸥影还慢,它在水上一寸寸地变长,
覆盖了草坪。正如马提尼克的上空,在西西里
也有同样高昂的热情,来自一次次辞藻华丽的落日,
也有同一条地平线标画出 [2] 它们明亮的消逝,
还有那长久被爱的闪耀者,它或许不会
因为难以言表的欣喜而开口,既然言语属于可朽者,
既然每句话的尽头,有坟墓
或有天空的蓝色之门,或一道道曾经存在的渐宽的入口 [3]

它们有着我们被剥夺的崇高。我们拥有的唯一的光亮
仍在闪耀,或照在尖顶,或坠落之时,照耀螺壳
再随着发白的海浪,将这一页闭合。

三十七

在瘟疫、沾满苍蝇的城墙、烟的失忆之后，
流浪者啊，你要知道，你就像石头，无处可去，因为
如今，你的鼻子和眼睛就是你女儿的手；
去吧，去海浪的重复更容易
忍受的地方，那里没有父亲可弑，没有邦民需要说服，
不要再强迫你的记忆去理解
在海扁桃的管辖中
死人是否会选出他们自己的政府；
某些行为的规定封住他们，令其沉默
无人敢打破，仅仅一个名词就已然让他们透明，
他们生活在那里，超越时态的变化
就在他们自己的白色之城。他们如此轻易，就与我们弃绝
　关系，
而余下的、此岸的一切，损耗了我们的辛劳。
坐在你的基石上吧，在科洛诺斯[1]最后的光中，
就让你肿凸的脚趾，[2] 深植于他们自己的土壤。
蝴蝶安静地飞落在君王[3]的膝上；
坐吧，坐在海水侵蚀的巨石间
再让夜风扫过海的梯田。
这是正确的光，这白镴色的光在水上，

并没有屠杀而死的云,没有预料之中的、
对自燃的真理和神谕之雨的惊奇,
只有这一片片浅滩,温柔得就像你女儿的嗓音,
而诸神,却犹如雷鸣,消失在沙沙作响的山峦。

选自《提埃坡罗的猎犬》(2000)[1]

第一章

一

一到周日,他们就漫步走下王后街[1],
经过银行,还有岛上的小店

店铺安静如同图画,他们穿过丹麦式的拱廊
远离酷热,直到这条街停住

在蓝色、疾风阵阵的港口,那里的鸥鸟
如同商店账簿上的逗号,标点着成行的波浪。

鳕鱼桶上海水的反光,写着:圣托马斯,
腥咸的微风带来传教奴隶的声音

他们唱诵,祈求从所有的原罪中解脱
就用潮汐般、哀叹和回答的对句[2],

地平线凸显了他们的出身——
而来自布拉干萨隔都[3]的毕沙罗一家

逃离了宗教法庭的白风帽
逃向海湾中白帽一样的浪端,逃向十字架般、可以折叠的

白银鸥,鸥的下方是传教团[4]
正嗡声地念着《出埃及记》的段落。

海关旁边,家里的仓库前,
他的叔叔猛地拉动门锁,让锁链哗哗作响,

他扬起胡须,朝向清晨
清晨越过广阔的海水,来到异教徒的山峦。

钴蓝色的海湾,她[5]迟钝的船首劈开了
涌起的浪潮,竞逐的麻鸦纷纷从上面跃过,

油船哀鸣。他们觉得自己的身体离开了
滑行的岛,而不是乘风的船。

一条混血的狗随着他们,乌黑得就如它的影子,
它嗅着他们的阴影,迈着碎步,此时,钟声

因宽赦而欢腾。年轻的卡米耶·毕沙罗
研究纵帆船,它们透着陈腐的气味。

他,还有他的刻板的犹太之家[6],
身后跟着那头猎犬,隔着紧张的距离,

他们脚步折返,穿行夏洛特阿马利亚
沉默无言,而基督徒的钟声正在回响

洒向王后街的卵石,
洒向店铺,那里的百叶窗在祝福中闭合,

就这样,他们穿过丹式拱廊下、重复的
椭圆之影,来到了他们高耸的木屋。

"祝福,和平,爱心事业的会堂"[7]
今天闭馆,因为安息日。那混血的狗蜷缩着

钻过公园的栏杆。钟声退去。
香椿的花,是午后的标志。

他们的这条字母的街道[8]变得黯淡,这印刷的页面
在上个世纪泛白的光中

用敏锐如同记忆的、美柔汀的版画[9],唤起了:
一段岁月,属于甘蔗车,属于棕榈的高耸的阳伞。

二

我的木窗,框住了这条周日的街
一条黑狗穿行而过,跑入伍德福德广场[10]。

石头教堂那边,潮汐般的嗓音重复着
潮汐般、哀叹和祈祷的对句。[11]

栏杆上生锈的长矛之后
屹立着旅人树[12]的、生着棱辐的绿扇;

一道铁门,它的锦木[13]篱笆,运用着
五彩,在入口呼号。

走下小路,走入打着呵欠的石屋,
它的墙赤裸,就像任何一座犹太会堂的

彩壁。黑色的会众
在阳光下,朝坟墓般的狗蹙眉。

旧日的西班牙港,也曾有犹太的教堂,
但它的原址,如今消失于

日光的地图之网,它的巷陌蕴含着
幽灵般的信仰,白色就像这条混血狗的阴魂。

周日的棕榈越安详,草就越凶猛,
沸腾的树下,树荫就越黑暗,

而影子愈尖锐,午后的恩典
就愈安宁,空荡的城市。

矮丘之上,有热气的
薄雾,一丝雨的味道,在轻轻拍打的

树的喧嚣中,那里,一滴雨
燎到了烧焦的沥青,[14] 更多的花瓣随之飞起。

静默之城,享有空荡
就像一幅版画。华丽、镂雕的屋檐,

热气升腾,来自围着铁丝的球场[15],
来自空洞的后院,那里有安静的面包树的叶子,

院墙粉刷着静默,相似的街道
有着相似的、尖尖的影子,花边的游廊

封锁在萎靡中,直到午后重复着
长长的光,和午后的锦木色的人群

他们在萨凡纳,不在杜伊勒里[16],但
至少,石园[17]中点画出的柏树[18]

却又宛如毕沙罗的油画,走过总统府的
关闭的门,斑斑点点的女裙,

鸥鸟的呼号,白色花和板球手,
椰子车,一个装饰着褶边的孩子,上世纪的

裙环[19],就像过去的夏洛特阿马利亚,
一艘吱呀作响、缓慢行进、单桅的纵帆船。

拉文第勒的布满斑痕的屋顶,就像在
卡扎本[20]的时代,巨大的萨凡纳的香椿,

日出时静默的街巷,街道的暗沟旁
安静、停泊的汽车,还未迁走牧场的

驯马师、马主、饲养员,[21]矮矮的屋顶
在矮矮的山丘下,日光为袖的萨凡纳

在青草覆没的马蹄的优雅下,
在慢跑的鼻息、勒住的马颈下;曾经

各种气味,新鲜的粪土,也是一种乐趣;印度
马夫的笑话,变得文明的

马匹的养殖[22],世纪末[23]的辐条
属于轻跑的马车,飞起的鹭,

一群鸽子,越过橄榄色的山丘
拓宽它们的椭圆,在黑暗之树的上空

它们飞向五岛[24],无声无息,将
白色的斑点衔接在安静之海的帆上。

这行白线,粉笔色的群鸟,画在亚洲式的
熟石灰的墙、经幡旗[25]、宣礼塔上,

乌椋鸟[26]将几内亚带给金合欢的棘刺,
而在提埃坡罗的日落的藏红中,

明亮的圆顶,如骚乱的天堂,
下面是甘蔗的走廊,香炉盛装的雾霭,

之后,马拉卡[27]的棱纹上传来闪光——
印象派的锦木色。

三

在我第一次去"现代馆"[28]的路上,我转过墙角,
在塞尚的布满棱纹的亚麻布前,呆呆站立。

静物写生。我觉得他的笔触如此清澈!
跨越距离的光,是我的第一堂课。

我记得一道道梯级,呈现双行体。[29]大都会美术馆的
大理石的权威,我记得自己的

惊异,就在我钻研文艺复兴时的盛宴、
具有的精确的广度,还有视觉的艺术。

那时,我捕捉到一丝粉色的划痕,在一只白猎犬
腿股的内侧,它正要走入桌子的洞穴,

它的透亮,如此精确,就在《利未之宴》[30]上,
我觉得自己的心已经停止。其实没有什么,听不见

嘈杂的喧闹从丰富的、
珍珠之光中传来,珠光装点在鼓起的衣袖,

在尖锐的胡须,张口的高脚杯,没有声音与那母犬相配
它嗅着密密如林的紧身裤。于是奇迹

离开了它的画框,一个令人顿悟的细节
照亮了一个完整的时代:

荷尔拜因[31]画的徽章,维米尔风格的耳环,
博施的行走的鲭鱼,它们带来的神圣的惊愕。

在我与威尼斯之间,有那猎犬的腿股;
既然,就算我写作时,我对日常的敬畏

也停在了这双行体的梯级,所以,我从未再一次
找到它的形象,一条在惊人之光中的猎犬。[32]

一切模糊。就连它的画家也是。委罗内塞[33]
或是提埃坡罗,用喧嚣的场面:比比划划的身体、

打褶的衣袍、圆柱、拱顶、拥挤的露台、
栏杆,还有倚靠的身影。威尼斯风格的

光网,在柱子支撑的拱顶上
光网中,保罗·委罗内塞的《利未家之宴》

在无声之页中打开,但是,没有光束能抓住
我记忆中的:画出犬股的那一笔!

四

但,不就是失去了特定的角度?
不就是爱人的容颜变得模糊,细节黯淡,[34]

嘴角有酒窝的笑容,她挑逗的嗓音
用情相激,随着"时光"[35]摘去她的面纱,

直到你的一切记忆是她娇嫩的双膝
从橄榄色的裙中闪着微光,她走路的姿势

仿佛在一页自行排列的树中,
发是金色的结,玫瑰的花瓣无声地言说?

我抓住一只翠绿的衣袖,光,编织她的青丝,
编成花环般、如雕塑的发辫,她的脸颊在燃烧;

我抓住她甜蜜的呼吸,靠近她的人,有福了
在奢豪的[36]桌前,她说话,我靠着,

而几个世纪的云,越过辉煌的大地
那里有壁画上的肉和亚麻,而她的手腕

在我用力的记忆中爱抚着弓身的猎犬,
随着一切形象,融化在壁画的雾霭。

第二章

一

铭记于心的生活,应该具有
新鲜的细节:就是这样——

海扁桃的气味,来自撕碎的扁桃叶,
迸发的海浪中溅起的水雾,为你的脸庞涂釉。

而那时的我,步行就像他,绕着码头的
桶和纵帆船,我感觉到安稳的爱

在我心中生长,它如发辫织成,像鱼笼一样
编得牢固结实,我望见它黑色的双手在移动,

在它信仰的阴影中,
在荒废的街巷、街巷之上

生锈的屋顶中,我看见一种语言,光,黑暗的生命
在酸腥的门前,一只飞落的鸽子。

我们的街道，有烟气，有篱笆，饱食的水沟
野草，恶臭、发焦的铁皮凹槽

镀着生锈的锌，一种方言，从燃烧的柏油中
锻造而成，天空飘移

随着雷暴的积云轰鸣着雨水，
而一只只混血的狗，蹒跚而行，穿过球场

在橄榄色的幸运山下，那里还留着
军营的废墟，但一切都是荣幸；

尤其是，如果正午，越过港口，
敲响它的海浪之铃，而旧时兵营的

一堵堵赭石的墙壁，在平静的泻湖上
映出意大利式的倒影[1]。

山丘的城镇，在岩石的反光中，乔托，乔尔乔涅，
之后，塞尚的埃斯塔克[2]的海滨，

不只是为了这些事物，但也仅仅是
为了它们的本质[3]，它们自身，我的乐趣回来了。

二

从我父亲的柜子中,我寻觅到他的那些前辈
就在一本蓝色的小书中:《英国地形绘图员》[4],

他的铅笔习作,像他们一样细致,严格,
这些匠人的精确,抒情,又轻巧——

戈尔丁,桑德比,柯特曼,彼得·德·温特,[5]
单色画中的草坪,如针的尖塔,

水闸和运河,庞然的云,经过英格兰的
上空,绵延起伏,家乡来的明信片,

与他同名的郡,沃里克。他自己的
作品是一幅双人肖像,他的妻在心爱的

椭圆中,涂着油彩,他自己的脸,柔软的蹙眉
似乎显示了温柔的、

早逝的厄运。对乌鸦的精致的素描,
米勒的《拾穗者》、透纳的

《战舰"无畏"号》[6]的摹本,风暴的
劲吹,颠簸的鸥鸟,其中的技法

远不像初学者,远非临摹[7],是天才。
不过,他是殖民政府的、滴答运转的文员[8],

他的时间停在码头,如今,那里的海鸥飞起
争吵中啄食邮轮的尾波。

还有点头的纵帆船,确认自己的名字
在油污的水上,在安息日的停锚处,

但就像惠斯勒的真品,他的泰晤士河的
版画,煤炭的船埠,翱翔的鸥鸟。

十字影线的笔触,分割的巴特西[9],
分而又合,烟雾弥漫的泰晤士,

也有那匹青铜马,卷发的国王驾驭着它,[10]
驳船滑行之处,破碎的水在燃烧。[11]

三

从未见过我的父亲,如今
(我想,我曾经见过他,他在我们楼梯的

括号间停住)从他自画像上

茫然、舒展的眉中，我能看出，他体现了

水的温柔，那是他最爱的媒介，它的英语沉默寡言
但它也有脆弱的欢喜，那仿佛预示

他自己的逝去，它还有淡淡的雾和本质，
而这诗，让他成为我早熟的小说。

风景中精确的沟垄，云雀如箭从那里飞出，
分开的头巾下，一个盲女在倾听，

她的身后，一座日光中的郡，一切都随着彩虹的
赐福，充盈又闪耀的光

就像米莱[12]画中的泪水，又像我母亲
对战胜苦难的信仰。农夫播撒

他的种子，划出镰刀形的运动，云雀的福音
他未曾听到，他迈着步子，跨过驼背的沟垄

土块随着木屐踏着土块，他的木鞋
骑在犁耕过的土沟间，这双靴子

是我父亲画成，取自米勒[13]。他的虔敬
摹仿了这些远方的风景，他们是不是鄙视[14]

他岛上的根和屋顶,认为它们形态低贱
不值得新手效法?学习

不会背叛他的种族,即使他摹仿了战舰的
最后的泊位,透纳的日落中燃烧的煤灰,

就像云也不会,它隐藏了云雀的啁啾
和它所有的声音,藏在奶油般的积云后,

无论在蓬图瓦兹[15],斑驳的幸运山,还是蓬图瓦兹之上、
灰丘的上空,即使他摹仿了犬股的那一笔,

笔触,音节,种在页面和画布的
沟垄中,在涂漆的长凳[16],它们的门

接纳着树的海浪,承载着另一种光的
回声,来自威尼斯,来自蓬图瓦兹。

四

我们可以借鉴的微乎其微!在书房的窗旁
我想起一幅画,《针岩旁的银色天》[17],

明亮的风在水上,我也想为水的盐、

迅捷的云作这样的画,尖锐的石头是"针"。

脆弱的小册子,单色画的复制品,
雷诺阿,丢勒,几位文艺复兴的大师

是我们移动的展馆,家的后院
是意大利的广场,它的皮亚扎[18]是我们厚厚的牧场。

燃烧的山丘将朝圣者投入翁布里亚[19],
乔托的洞室[20],树木点点的悬崖,

彩色的城市,锡耶纳[21];我们能看见
圣母的蓝斗篷,在海中,在加那威[22]。

一切在放射,完满,优美
我们分享,带着世俗的狂喜,

复制品的
使徒统绪[23];波提切利的维纳斯,

石头拱顶,生着羽翼,就像跪拜的
天使,在安杰利科修士的《报喜》[24]中

惊人的技巧,种种细节
一览无遗,接受着兴奋的研究。

曼特尼亚的山城,[25] 午后之光
越过莱凯[26],黄昏般的金色麦子,

作为门徒,我们同时需要两个世界作为景观:
特鲁马赛[27]的浅滩,在施洗者的脚边。

离生活如此之远的画作,在我们身边酝酿!
瘦骨嶙峋、粗糙的混血狗,在垃圾里觅食,

被苔藓窒息的运河,后院中的气味在争斗
它们在烟雾中变得纯净,之后,让乌褐色的纸页

从瓜尔迪[28]的运河,打着旗帜的、正规的战争,
从乌切洛[29]的扬蹄的战马上、狂欢的长矛,

转向摇动的绿香蕉、它们的骑士的甲胄
转向姜百合的矛尖。让万众归一的

种种信仰,不需要变形;[30]
采石场就有狮子,和卑躬屈膝的圣徒,[31]

或雨滴,露水,随着甜薯叶的掌上、
有节奏的咒语,颜料的圣餐礼。

每当海扁桃的火焰

和臃肥如豚的灌木,抓住易碎的干旱

每当它们铜色的叶子沙沙作响,在幸运山的
多面堡或维吉耶的军营上,我的欢乐就会呐喊

朝着浸染的天空,我整个身体的重量
比旋动的树叶还要轻,我年轻的头

随着鸟的啼唱,呢喃作声,一颗被鸟啄食的果实;
我看见鸽子的翅膀如何斑斑点点 [32]

它的飞翔如何短暂,但我不知道
我会保持这样的轻盈有多久,直到我的原罪

让我瘫痪,关入笼中。我觉得自己会属于
肮脏的路,永远如此,属于我的画板之地,

抑制不住的四月,橙色,
黄色,棕褐,锈色,赤红,朱红的音调

在一条条干枝上,随着一种咕咕鸣叫的
语言,它从贝壳般的鸽喉中,响出一个元音。

第三章

一

任何对我们熟知之物的、精妙的表现
都令我们开心,从鲁本斯恭敬画出的

黑面庞[1],到版画的静态中
生着羽毛的棕榈、它们泉涌般的狂喜,

在旧的印刷品里,我们发现他们的悲伤,
从单色画的市场、在弯身的棉质的[2]形象中,

发现了对空虚的接纳,遥远的紧张
为了遥远的生活,静止[3],某种意义上,也是我们的生活。

圣托马斯的画上还留着,共谋时代的
污点,从前的奴隶的萎靡

亲善的种植园主,变得古朴别致的痛苦
就像丹麦的港口,有着木头的海浪。

世界是什么样的？它在书房外燃烧，
港口的钴蓝色，每座炎热的铁屋顶，

它的混血的街道？日常的
炼金术般的、青春的漠然

随纸页的圣坛变形，即使在那时，
它也钟爱虚假的、毕维·德·夏凡纳[4]的田园画，

直到救赎之光，随高更而至，
我们克里奥尔的画家，画水湾、山峦和牧场，[5]

画橄榄色的山丘，不凋花。他让我们寻求
我们熟知、钟爱的东西：番木瓜[6]和女人的

光亮的皮肤，马提尼克的山。
我们的殉道者。独一无二。他为我们的原罪而死。

他，圣保罗，将他缪斯的肤色，视为
闪光的铜块，她的乳房是青铜

在面包树的鸢尾花[7]的掌下，
他的红路，通往大马士革，[8]穿过我们的山峦。

圣保罗，圣文森特，[9]在为海浪加冕的
神圣的辛劳中，绿色海浪，宛如我们的牧场

闪耀着风；他们倾倒亚麻油
和松节油，用战战兢兢的手，倒在罐中。

珍贵，高昂，倒在金属罐里，
就像世俗、圣餐的葡萄酒，

我闻见亚麻油，在乡村的
野景，也闻见浓烈的松节油。

临近成年，一个男孩
早熟的誓言，宣誓，在戴着笔帽的笔管上

它们就像振作的军团，他的手
部署调度，向一座营房的连拱的方体，发起进攻。[10]

我们如何从绘画中赢利？
外面，咆哮的日光下，每条路都是讯息，

按品脱出售的、廉价的麝香葡萄酒，如何买到？
咸腥的风激励我们，还有海浪的白色喧嚣。

二

乡村教堂浮肿的石匠,
地方的大教堂,颇具规模,若隐若现,在锡板的

栅栏、盐渍漂白的街道之上,街边
是死水的沟槽。他们绕着山路

在海边停住
波峰列队、游行[11],他们念诵玫瑰经

朝着米库[12]和丹纳里的圣坛,那里镶着棕色的花边,
之后,又朝向背风、温柔的、昂斯拉雷的加那威,

朝向苏弗里埃、舒瓦瑟、拉波利、无忧堡,
取自法国地图的回声,赐予了它们,[13]

竹子的字母、棕榈的咝音,
它们青翠的土话,宣告这里是法国公爵的领地。

私人的地图,毕沙罗绘制,他的乡土地图
上面有丹纳里[14],它的"撇号"

稳如鸥鸟,在沟垄般、白帽似的海浪上,
这些遥远的碎浪,带着无声的浪花。

说方言的浅滩，在桥下呢喃
桥岸上，甘蔗的长矛摇摆，随着帆一样的

涉水的鹭，它飞起，飞向山蕨的
脊纹，直到屋顶，变得渺小。

海滨之路，在悬崖之下，令人目眩，
它延伸到丹纳里的弯处，两座海水蚕食的小岛

护卫丹纳里的海湾，忍受着
披巾的大西洋、它巨大的拍浪。它们的日落

是玫瑰，就像大教堂的穹顶，有藏红色的
积云的峡谷。云的事记

收入了翻卷的航海图、
有烟和三角旗的战争、平稳牢固的

帆的尸布，而午后降临
穿过钴蓝色的海墙，来到淡淡的

朱红和橙色，头顶的天空
成熟，变为提埃坡罗的穹顶。一切都是颜料

颜料中的光，塞尚之树的

落满灰尘的橄榄色,来自印象派的复印品

成堆的芒果,出自画笔和调色刀,
加那威,框在普罗旺斯-艾克斯的一个个立方体中。

丰圣雅克[15]、戴勒索尔[16]、拉法格[17]、穆拉西克[18]
库尔贝和柯洛[19]的树,巴兰布歇[20],

我们的风景用法语浮现,虽然我们创作时
说英语。我的写笔,取代了画笔。

三

我将《红与黑》译本的
第一段比作纸页天空上的海角

它靠在港界线上,随着维吉耶半岛的
躺卧的弯弧,从公学[21]延伸至海上。

即使在译本中,司汤达的清脆
依然在营房的、藤黄的拱顶上闪耀,是散文,

它的广度令人振奋;所以,每个村子的大教堂,
带着一簇簇海扁桃间、生锈的锌皮屋顶

在继承中,从司汤达或塞尚的埃斯塔克中浮现,
厚涂的靛蓝海湾,普罗旺斯的赭石墙,

游廊上有一些天然的范例,营房的
拱顶是司汤达的、砖砌的辅音。

依照范例,我决定,不再遵守誓言[22],
就连一行宛如棚屋之街的诗,

这一行尽头的蓝色海,也不会遵守,因为诗能揭示
光中的草的纹理,还有它渺小的震惊。

四

尽管他们的粪堆有粪便的臭气,
尽管他们纯净的小溪被垃圾堵塞,

但这些村庄,还迷恋着虚假的自豪,迷恋着同名的
法国的地方;用信仰、用木工、用语言,

以至于,港口和面粉袋做的帆,
市场屋顶上生锈的朱红

能让每座码头变成微型的马赛

而高大的游轮抵达,缓慢如云。

我们曾望着它,透过谨慎的门,门让我们的身形缩小,
它忽隐忽现,紧闭如同天堂,是禁地;

它是独立的城,有属于自己的
完善的立法部,它的领袖配着绶带,藏而不见。

无瑕的官员在栏杆旁排列成行,
就像飞落的鸥鸟;之后,黄昏中的长啸,

它的舱灯出芽,生长,高过了木舟上的
三角帆,它挡住太阳的橙色圆盘

把我们留给空荡的街巷、拍浪的码头、
它停锚的有记忆力的缆柱,

留给细浪的、吃惊的流言,
留给城市的光,就用"去国"这个词。

第二十章

一

这些年来,那盛宴[1]的细节越发朦胧,
不太紧迫,于是,我回忆不起

我初恋[2]的容颜;回忆是我的画家,
但她金发的形象飞升,离开了它的墙。

她变成幽灵,就像那只猎犬,
稀薄如颜料的幻影,肉体和嗓音都真实

就在剥落的壁上;但时间总能找到
途径、抹杀掉我乐趣的轮廓。

颜料会保存她的喂食猎犬的
白蜡色的手,还有她肥厚的衣袖上的光,但,

我青春时的爱慕,曾将她与壁画的
复制品相提并论,她已经远离了我。

死去的光如炼金术,让海港变化,
它让纵帆船的外壳变白,而巨大的

云,在明亮的水上,改变着穹顶。
她,活在不能改变时态的颜料中。

那名字是不是听来悦耳的提埃坡罗?
描绘兽类的技法,当时并不存在

永恒,完美,两个名字中的
任何一个都有可能画成;问题并非在于

谁画得最佳,技法的掌握不会很难,
而是我在何处,第一次看见了那幽灵般的猎犬。

我会把委罗内塞念成委勒-哦-内斯-埃[3],
我听见回声,真以为就有声音。

这些年来,那条消失的猎犬,它的弧形
越发黯淡,它的幻影却一度出现

就当我登上这些双行体的楼梯,重新找到
记忆的画框,但它的锈迹不会祛除。

它黯淡,如同狩猎的挂毯上、拆下的

"时光"的图案,比如白昼的鸦鸟。

那白色的兽,是暮年,或是已死,期盼
已久的死,还是完全透明的灵魂?

二

后来,我劫掠了一卷提埃坡罗的画册。
那时,我正寻找自我,我找到了

《安东尼和克莉奥佩特拉之会》⁴,
我就是那灰暗的摩尔人,揪着一条狼犬,

棕褐,冲动,那狗朝着她,焦躁不安,
女王珠光宝气,拖着裙裾,悄然逃离。

威尼斯变暗,她的王冠失色,
她的舰队在亚克兴⁵搁浅,再一次

纸页翻动自己的帆,这一回:《安东尼
和克莉奥佩特拉之宴》⁶。此处的女王

将珍珠稳稳地举在高脚杯之上;静寂中,
紧身上衣的摩尔人和棕猎犬衬托着场景。

这幅画，我以前从未见过，
因为每个形象都让光线平添完美，

每条猎犬都有随从的摩尔人
他们约束着狗，心怀尽职之情。

我飞快的翻阅嘲弄的目录
我断定，事实不是想象。

(狗，狗，该死的狗，到底在何处？)
姿势不对。都不能证明是我的版本。

这些印制的图画证实了他对委罗内塞的借鉴，
他的遥远的大师；疲倦中，他终获灵感，

从他那里学到，让绘画的手势忙碌
让光线清晰；直到如今，他从公共的

句法中，获得了重量和华美
委罗般简易的[7]句法，有着口语的学问，

重复出现的、裂纹深深的后背，
藏红之云承载着它们的圣母。

巨大的旌旗，风中呼啸，

金色之云举起使徒的主人,

它们的姿势生于委罗内塞的心智,
他是它们的塑造者,是启迪它们的亡灵。

腹部油亮的种马在嘶鸣,而一辆辆战车
激起淡色的烟雾,不是尘土,它们扬起的马蹄

踏着光线,明亮的圆屋骚动起来
透着不动、但又躁动的愤怒。

哦,动荡,它的静态令人震惊;
哦,明亮、天堂般的风,传来

长袍的漩涡,光举起的脸庞
朝向云的中心,飞升,但又停滞

他们鞋底裸露,他们的军团,仿佛飘旋
如秋风中的叶子,却又无声无息,

藏红的微光,不是来自我们可朽的、
升落起伏的太阳,而是天定的

无影的迷狂,我们理解了那正统的
绘画,但快乐令它陶醉

随着没有重量的恩典,就像朝圣者徒步
在云的路上,走向神圣的一家[8]。

三

他们经由委罗内塞,才得以化育,他画的
身体在明亮和欢快中浮动

他们飞越云谷的裂隙,
他们的长袍,乘着眩目、巨大的商船,

他的童天使[9]轻盈、亮滑,如同藏红色的风、
吹出的泡泡;他的天堂,

那有福的、忙于货运、
穹顶的石湾,总是午后近晚;

上下反转的威尼斯,群帆一样、
划着十字的圣徒,让它狂热忙乱,他们头上,

铸币之水的星,在她的[10]天平上称重
贸易和信仰,金钱与神秘。

用颜料的但丁,却并非完全是天堂;

但提埃坡罗那里,有恒定的崇高,

他的光总是临近日落,
甜蜜的融化,就像盛夏的雪,

如此适应信仰和正统的
景象,以至于,我们观望她时,

就看到了令人窒息、没有呼吸的美,
那怀抱圣婴、云端登基的圣母。

四

我追寻,随着猎犬的脚印,
猎犬不像我的影子,猎犬是白色的,[11]

倘若只是这样,那就一无所获。
当他描绘它时,它在静立,

我依然相信它的幻影,和那一次
从学习生涯开始、引导我直至今日的事件,

那时,明亮、惊人的犬股,在我面前熄灭
就像它自己的烛光,独立,世俗。

它将我引向了何方?渴望、脆弱的呼求,
那根线,让它迷宫般的线索 [12]

穿过织锦的海峡 [13],那里的珠宝燃烧如火
这时的日出,用如此的力量击打水面。

随着历史,吼叫的弥诺陶
被追击、杀戮,他就像白蚁,沿着

这些沟垄般的隧道、双行句,直至某处
两个交配的世界在那里诞育了

这个混血的秽物,[14] 一头光束中的
野兽,踩踏着它的污秽,这野兽,

是我恐惧的所在,是我自己,我的技艺,
而不是盛宴上白色、优雅的狼犬。

如果承认是我需要的恩典 [15]
用来提升我的种族、脱离它脏污的巢穴

靠祈祷、靠诗、靠重复的双行句
越过种族的尸骸,那么,我既被杀,也是杀人者。

时间摇晃它的钟摆之斧,穿过任何气象,

它在我心中摇动。在钟面凝视之处,

我听见它,之后,它的手掌合拢[16]
在正午,在午夜,在尖塔般的祈祷时。

二十一

一

弃儿的圣母玛利亚。[1] 这座威尼斯的教堂，
十九岁绘成，[2] 确认着他曾跨过的拱门，

他是那猎犬的创造者，小委罗内塞；
壁画的纸页吸引了我停住的手

但它的方框并没有留住那弓身的狗
它已成为幽灵，一个幻象

疏远了它的时代；沙沙作响的目录
小声说着委罗内塞，但这里却有反例，

另一幅印制的画！《阿佩莱斯画康帕斯珮》[3]
这正是提埃坡罗本人画过的寓言[4]，

他画下了着装的模特，而地上有个东西，必定是
他的吉祥物：白色的宠物小狗，纵情于财富般的

威尼斯之光。亚历山大悠闲地靠在椅上。
一位欣赏着的非洲人,是我的同族,在画布的边缘,

画中,裸肩的模特,金发的康帕斯珮,
目睹她的幻象成型。那摩尔人沉默不语,心怀荣幸。

如果方框[5]是"时光",他的穹顶上燃烧着平常的
藏红的火焰,而那里长袍的身影,悄然离去,

那么从非洲人的姿势可以推定:当我从画的那端
观望时,我也一边学习技法,一边学习皈依[6]。

二

玫瑰经的圣玛利亚堂,圣阿维斯堂,[7]
往见的圣玛利亚堂,[8]正式的研究

列举出意大利的他的穹顶,而信仰托举着
詹巴蒂斯塔·提埃坡罗的脚手架,在一座岛屿般的教堂,

他的身影退去,在渔夫们高昂的
虔敬中,他们双眼咸腥,划着十字

而他,攀登到自己的鸦巢,下面是喃喃低语的、海一样的

晚祷，他要绘制天堂的地形。

每座生锈的村庄，承认了她的主权，
海之星，[9] 在教堂的黑暗、回响的中殿，

她的独木舟为圣餐礼跪拜，
面前是镶着花边的、海浪的圣坛。

每一幅复制品，甚至每幅单色画、
壁画或穹顶，都涂着暗淡的赭石色，

它让世界透过自己的窗，与罗马相会，
她的权杖是甘蔗的茎秆，她的宝球是葫芦果[10]。

翻滚、无声的云间
有对圣母的祭拜和推崇，那并非我的

教化所致，也不是他的，而是某种
皈依，它来到时，随着回响的石筑的

圆顶，壁画，旗帜，天顶，同样的
圣餐礼，就连燃着斗争之火的茅屋

也会有的、为了圣母的
拉丁语的弥撒，还有她安坐的王位。

还有念珠般的群岛,如糖苹果[11]的种子
嵌在浪花的果髓中,

还有"祝福,和平,爱心事业的会堂",
还有一座座传来我们歌声的黑色的小圣堂。

一卷卷翻动的云,在螺壳般的天空,
飘浮的圣母,双耳如翼的童天使,

昂斯拉雷的钟楼,蹲伏在锡皮、
发黑的瓦上,它鸣响时,让我们分裂,

色如玫瑰和黄金的天空,确认着信仰独一的
和谐,它像卡车,载着宽大的面包树叶,驶向

加尔默罗会的[12]、涡卷的[13]棕榈之柱,
圣母的袖间、珍珠般的水光,

是那明亮的一笔,在黯淡的、加那威之滨的
黄昏前,画在拣食垃圾的混血的沙上[14],

是那犬股上的光,太阳之手画成
它正打磨一幅杰作的构图,再使之完满。

三

眼如榴石的红色,凝望锡安,
阿比西尼亚的使徒在此安居,[15]

胡须如烟,他们建立的宗教
以地平线为根基,而旧的宗教推推搡搡

在古旧的教堂中抢占位置。水沟里有垃圾,
熔炉,用停滞统治村庄。

他们自我设计,为了让他们酒醉的
脸上,只有科普特式的幻想。

他们设计了自己的信仰,狮般的
发辫,有点蓬松,发锈,直到安宁中,

旗帜和胡须在他们的设计中连为一体,
那些形象,既非委罗内塞,也非提埃坡罗画成。

他们没见过丢勒的画板:《四使徒》,[16]
也不是文艺复兴时、摩尔人的首领,

他们的姿势就像蓝色的圣坛画,
一个包头巾的士兵,拿着竹矛。

沙滩上，年轻的游客，将她的头
侧向她的手臂中怀抱的婴儿，

安杰利科修士，[17]围着蓝色衣裳，而风
让柔韧的棕榈开始了它们的咒语；

无论何处，技艺都确认着形象，
从喧闹的混血狗，到挑战的

云的天顶。壓景中升起的心灵
看见了我父临摹的鸥，在风暴中盘旋。

四

容器[18]，新手，也是阐释者，
我自己的欢乐，在"时光"的框前，

无辜、无知、可朽、
如独唱，就像我们的气候，在崇高的

漠然中，无所谓季节的变迁
无所谓流派，时代；是的，我看懂了它们

但艺术不是种种欣喜之情的索引；

它忽视错误,信赖自己的眼睛。

那犬股让它身边如烟的染料变得模糊,
它混融了不同世纪的画派,

它坐姿不变,就呆在我发现它的地方,
是两人画成,提埃坡罗,委罗内塞;

既然关键之处,并非实际上出自
谁手——而是我的惊异、

这个后果,它让这篇小说
混合了真实、没有时态变化的内容。

"时光"在更宽的框中,也许会证明那种
我信仰的天赋,而某种更为惊人的东西也许

变成了颜料,因为在云的墙上,迅捷的
群鸟飞驰,就像画笔

在树枝如羽的堤道上飞翔,而杜鹃花
在瓶中照耀,宛如锌光闪闪的、

初见塞尚时的画布。他曾因失败发狂,
在他的凝视中,你能看到一个疯人的微光。

我父亲的骨在我腕上,在复活日白色的
亚麻画布[19],它在十字架上钉牢,就为他的两个儿子——

卡米耶之子吕西安,詹巴蒂斯塔的多米尼科,[20]
天赋,依照范例,从一人之手,传给血管隆起的他人之手。

啊,未竟之事的破折号[21],未成之功——
就像黯淡天空中的光束,长矛般的

画笔跨越了画布!哦,失败,它信仰着
"时光"和自己的才华!竞逐的影子在行进。

二十二

一

一天黎明,我醒来,渐渐感到恐惧
担心我写过的、与那猎犬有关的一切都是假的。

我从事过错误的旋律,
我的技艺受塞壬之声的诱惑,孪生的塞壬:

变为"想象"的"记忆",
成为"韵律"的"理性"。[1] 我知道,我站在

盛宴的喧哗前。它的位置
是不曾游历的威尼斯。它的根根廊柱是我黑色的森林,

那猎犬,如今是拴上锁链的刻耳柏洛斯[2],它吠叫
用它的三头扑向"精确",

简单的事实做成神话,而神话
被自己恶魔般的小便弄污。提埃坡罗,委罗内塞,

我始终铭记的形象毫无意义,
我的记忆调换了他们的壁画

这意味着,我从未理解委罗内塞
和提埃坡罗在天赋上的差异。

但是,我停在原地,停住,直至
我追踪那逃避的猎犬,却不再担心

它从未存在,也不担心疲惫会
说行动是错觉、源于绝望。

因为,若这两位威尼斯人都画过壁画,
那么,我自认为见过的,就必定是画板

或缝合的画布,但起码,那形象让人
更加确信,就在那里,不在别处。

再有,我如何能同时站在两个地方?
一边,在我从未见过的威尼斯,

尽管那些胡须如叉的脸庞如此尖锐,
一边,又在大都会美术馆?那狗有何意义?

二

这些年来,我放弃了对一种情感的
索求,即使它存在过,它也自然地

从我岛上的毕沙罗那里消逝,他植根于名望,
是塞纳河上的一缕轻烟,他的流离

由一篇小说决定,它从他艺徒的生涯中
用光和钟爱,寻找我们的棚屋

和黄昏的橙色点缀的山脊。黑色的汽船
并没有随着尾波将曾经属于他的痛苦激起;

并未失去圣托马斯。我们各自的角色混融在一起
不是靠才华,而是气候和使命。塞尚,

毕沙罗的门徒,为他的作品签名,我要表达的
都只是钟爱的致敬,钟爱的

羡慕,充满善意,就像夏洛特阿马利亚之上拱立的黄昏
还有黑夜,过往的世纪此时消失,一个个黎明此时升起

在巴黎、卡斯特里或意大利的金色街巷,
在变换的空中、提埃坡罗或委罗内塞的穹顶。

缪斯变了,光与风俗变了,
歪斜的小路,变成大道,砖代替稻草,

拉提琴的管弦乐团,替换了火光中的鼓,
他们不是他的人民,我们要去那里作画。

画他们,和其他的一切。我们本土的优雅
依然落后,剧院和美术馆

都过时,该死的岛族
有着乡土的粗鄙的激情。

我的缪斯们走过,迈出的大步,如土中生的根,
这些没有文化的女人,稳稳地挑着篮子,她们的重担

是陶土的器皿,里面盛着快乐的源泉,
而柔韧的影子大步走下山路。

夜光中,蛋黄花的鹿茸
在浪花的波峰上变暗,[3] 隐而不见

即使在满月的光下,就像黄昏
对于我的眼睛也是如此,而他的光在黑色的山上发芽

随着布满圆砾的小溪、不知疲倦地念诵,
滔滔不绝的卵石,透亮得

就如施洗者脚底的石子。朝阳
照着泛起涟漪的溪水,在清亮的石头之上。

三

我完全理解他所忍受的一切:
那种慈悲的意义,对于一个天资聪慧的异乡人,

他面向他们的聚会,这些滔滔不绝的无聊之辈,
机智绝伦的戏谑之徒。朋友是危险,

它自豪于令他们痛苦的种族的
微妙之别,它的意义之结,自豪于为了理念的

街头的流血,他们的痛苦是殊荣,清楚的
传统,既以凯旋为荣,更以失败为荣,

他们为此制成一种语言,用理智
分享,一种没有气味的汗水。

因为他们用季节计算恶,十月的
晴朗的死,它对树叶的屠杀,

我的独唱般的气候没有历史。我听见
他们欢快的掌声为了另一个人的生活。

我的错误就是对他们历史的无知
和我对其的轻视,他们是我的古代的大师[4],

日光和牧场,不倦的海
只有一种时态,接连的波峰,只是一个。

季节没有韵律,迅速淡薄的[5]海浪
没有时代,流淌盐水的石头

没有日期,没有年代[6],
撑帆航行的战舰鸟,没有尖顶,也没有尖塔可依。

四

一天日出,我感觉到了日常的、
广阔的启迪,就在我的汽车旅馆,

奥尔巴尼的华美达客栈。[7]

我俯身，写作，他也俯身，

但他在十九世纪的圣托马斯
我的身体补全了他铅笔画出的剪影

在有拱廊的王后街，我的裤子
随着小腿摆动，头戴剑麻帽[8]，在市场

此时，我带着敬意，举起帽子
向他，向梅尔比先生[9]致意。我会

在一个世纪之后出生，但我们都俯身于
这张纸上；我正被画出，

无名，就像我自己的先祖，
我的被抹去的非洲，甚至也有他的法国，

铺着卵石的日光街道，地面肮脏
一张速写，是我唯一继承的遗产。

之后，某个正午，金合欢的阴影遮住沙滩
我看见了一个滑稽的仿品，就像提埃坡罗的猎犬

它在咸腥的矮草丛，它不需要研究，
它呆在自己的地方，并不是画出的东西。

我曾见过狼犬让犬绳拉紧,
就在描绘"春季"的挂毯上,它们的腰部紧绷;

此时,我发现,它的蔚蓝色来自沙滩,
这蹒跚而行、被人遗弃的丧家之犬。[10]

狂暴的海,让饥饿的小狗颤抖,
它远离了村街的后花园。

她惊呼,心生怜悯。[11] 这并不是绸缎的座椅上
供人玩赏的、小小的宠物狗,

甚至也非戈雅的[12] 那只透过地狱之谷的
裂隙、向外凝望的、普拉多的混种犬,

周围的恐怖令它战栗,它对一切
都不确定,甚至包括它的影子。

饥饿引起的发烧,让它浮肿的腹部
颤抖;她哀叹,将它抱起,

这是那只混血犬的后裔,不在伟大的
壁画上,而是私生子、弃儿,但希望

和爱，[13] 还有仁慈和关怀，如果足够，
也许会让它存活，就像它的所有同类，

我们把它放到村中，好让它继续生存
就像我的所有祖先。那猎犬就在这里。

二十三

一

在圣托马斯任教时,[1] 我从未找到过
"祝福,和平,爱心事业的会堂";

在观光的街上,我并没有想到
王后街上曾经存在的、消失的店铺。

邮轮让兴奋而脸红的港口变白,总是如此,
精确又生动的乏味

在海港的明信片上;日光中,它的石头街巷
隐藏着夏洛特阿马利亚的、消失的犹太会堂,

但顺着炎热、阴影之中、树如泡沫、
通向陡峭的大学的道路,你就看到了

常见的安的列斯的田园之景,
他曾学着描绘的、庭院和生锈的篱笆。

当我攀上炎热的山,走向大学时,
正遇到他和弗里茨·梅尔比[2]在树荫下素描。

我停住。我听见他们的炭笔摩擦着纸页
他们的光在笑,却听不见他们在说什么。

我觉得有线条,围住了我
还有身边其他形象的轮廓,

裸露、肮脏的庭院堆放着旧家具,
它的树叶如图案,画着十字影线,而景色

迅速的闪回,我也回退,
我的衣服更加轻盈,我站的地方如被冰冻

就像铅笔画出的、不凋花的枝条。
我缩小,变成他们挑选的姿势,

在赤脚的失重下,我感到所选的姿态
透明地勾勒出来,草帽,白棉

布,画出时,它无声无语,
我清楚,是我,而不是它,会被遗忘,

我保持姿势,就像模特做的那样,

年轻的奴隶,混种,新获自由

在一个半世纪之前,在旧的圣托马斯,
这时,我的形象浮现,它说:[3]

"我和我的同族既感动,又不感动;你的画
边缘有善意,这也蕴含在我自己的线条中,

但你的画,也许仅仅是热爱自己的使命
而不是为我们,因为日光缓和了痛苦,

而在这里,我们似乎没有苦痛,在市场也是,
那里,在种种身影、平静的装饰、

同族的模特中,我认出了自己。
传教成功,[4] 黑鬼哼唱着背井离乡

在海湾的竖琴边,在铅笔之影的庭院,
来到这里,让你绘画;但不要把我们留在这,

因为这城市中,我们的嗓音失语。"
我们的形象喃喃诉说,但他却难以听闻,

直到今天,他们依然得不到回应,
即使我斥责过他的很快蒙上阴影的手。

"我们失掉了根,就像你的根是遥远的布拉干萨,
但这是我们的新世界,有芦苇和沙滩。"

二

这两人继续作画,各自的素描已成
在那叶茂的午后,没有签名,

它们存留了我的身体,而我的精神迷失
在目录中,正是在那里,我难以找到

它的魂影,我从未找到,
虽然我确信,我见过它,那提埃坡罗的

或委罗内塞的幽灵般的猎犬,
我藏在白衣之后,在身穿白棉布的黑人中。

我说,"你本可以成为我们的先驱。
背叛的高更把你评价为二流之辈。

你的群岛也本可以是他的群岛,那里的
色调原始,红树,绿影,蓝色之水。"

他说:"我的历史生出的脉络,向后延伸

延伸到我故乡的黑土,那里的树木

是神圣的森林;它叶子般的言辞
说着我祖先的语言,

之后,经过若干循环的世纪,无助、暗淡的
遥远,让吠叫和语言全都消失

变成字母般的蝙蝠和燕子,它们掠过
王后街上、黄昏中的山形墙。"

地鸠时而静坐,时而昂首阔步,燕子在硬皮的
屋檐下呼唤,"再见,高更先生"[5];

他的田园风光,有着安宁的午后
一旦他更换了岛;两人重新开始,

一位在巴黎岛[6]的苔藓污黑的墙上
那里的驳船,将泥色的塞纳河弄皱,

另一个在塔希提的瀑布旁,
秀发如花的女子在泛着泡沫的海盆中。

那么,所有画作是不是歪曲了
他真实的出身,他的岛是否受到背叛?

椴树的步行街，铁路的车站，
我们的棕榈和风车能代替它们？想想他会怎样理解

（但他如何能做到，他的缪斯是何种肤色，
除了黑皮肤，还有什么可画？）

圣克鲁兹[7]田野上的火焰树[8]；
一些人在此扎根，忍受差异，

而另一些人甚至心生感激
克服了流离，看到了恩赐

狂喜中将它抓住，从地狱般、
遍布疾病的天堂中获得了成功，

就让船走吧，拖着它红色的旗帜
驶出港口，就像"无畏号"。

圣托马斯无人描绘，每座草场
拖曳着它的黯淡的火焰树。这不公平。

三

敞开的窗外，高大的棕榈梦着

锡安，厚厚的云就像绵羊在吃草，

"我若忘记你……"[9] 孩子们分享着童年。看他，
一个烤炉般炎热、父母通常熟睡的午后，

他身体舒展，躺在草毯上，纯真地
研究千足虫，那就像货运的列车

而这个我们被送入的世界
还未因为每个有毒、迥异的信条而感到刺痛。

他看见战舰鸟转换方向，在生烟的山的上空，
他看见重生又重现的一切；他也许还会看到

花坛中，蜂鸟无声地钻孔
用它电动的翅膀，它的翠绿的机器

当它一落，就随即猛冲，风车的
叶片随着奴隶制慢慢停住，季节的

标志在烤焦的山上变幻
彩虹的愤怒，雨水拖曳的网。

他像我们一样醒来，发现露水。他望着贪婪的
毛虫，就是那雨滴，咬啮着地平线，

太阳晒干的酸角，生锈的金合欢
越发脆弱，就像八月之炉中的木柴，

他看见阵阵如烟的云，来自堡垒上锈掉的大炮，
屠戮过后的花朵军团，在香椿的

根旁，一到正午，香椿巨影就会收缩，
他闻见泥土在秋天的干旱里有焦铁的味道。

无疑，他回忆起三月是多么的无情
日光烤焦山丘，令人慰藉的游廊，

镂空的门廊上、属于全家的一天天的午后
就在安的列斯的、无穷无尽的周日，

他的回忆随着蝴蝶的羽翼，那是柔软的风箱，
天鹅绒的飞蛾合拢，就像《圣经》，

摇摆的美人蕉的钟，将乌蝇的
赞美诗，[10] 带给桌布。

天顶上海一般的铁纱网，他曾经见过
那是慵懒的蚊帐，他躺下

浮动的午后总让他无力，

海,越过烫焦的屋顶,一口铅铸的锅。[11]

四季和绘画交织,无分彼此,
都出自霍贝玛,[12] 十字影线的木麻黄之路,

苹果园中的浪花浮沫,香椿聊着
白杨,秋天索求四月的山丘。

手雷般的糖苹果,炮弹一样的葫芦果,
第一缕微风,雨的凉爽

来自呜咽的地鸠,灌木中烧灼的气味,
糖厂废墟的远处,有海的斑点,

破败的门,在散发烟雾的后院,
甜薯的篱笆旁,黑色的小狗嗅着水洼,

从狗,到总督府,[13] 水沟讥笑
随着滑动的叶子和芦苇,金色的威尼斯。

曾经,在迪纳尔[14]附近,罗马的引水桥
在海雾中耸立,一只秃鼻鸦放下它的桨

滑翔回家,收起的双翅
就像蓬图瓦兹之后、摆成十字的画笔。

四

这些双行句在矗立柱子、欢迎来宾的
圣地攀升,通向沙龙、学院、

和当选者的讲台。[15] 我感谢他们
帮助我越过背叛的海、

找到了大理石的猎犬。黑色的混血狗
在外面默声地请求;我细细察看

一幅小型的浅浮雕,它描绘了一只狼犬
引导着紧张的女猎手。是的,是秋天,

所以这一季闪耀又黯淡,一次解读,
一次呈现,一系列丰盛的

对提埃坡罗的致敬,滋生繁衍的闲谈。
我想到腥臭的鱼,和一只黑犬。

选自《浪子》(2004)[1]

一

一

秋天,开往宾夕法尼亚的火车里
他将自己的书,书里朝下,放在日光中的座位上
它开始晃动。确定的韵律
在安静的平行线上持续,他更喜欢阅读
成段的文字,一片片滑过的、街区般的诗节
框入渐渐拓宽的窗户中——
照在工厂的、意大利式的光,[1]泽西的
十月的斑驳,野生的树的扇子,蓝色、
金属般的赫逊河,在转动的金色午后,
黄昏,在玫瑰色的砖屋上,仿佛在锡耶纳。

无。无人在这座渺小的车站。
杨柳张开扇子。我们把自己的竖琴悬挂于此,
河水流过,随着哀伤的班卓琴
而驳船匍匐,沿着赭石色的运河
经过秋天之城中白色的尖塔
而喧闹的货运列车一直呼喊,回应。
车站、桥梁、隧道进入它们的语言

而空白的天空上,有潦草的字迹,是棕色的嫩枝。

而此时,车厢中开始坐满朝圣者[2],
书已入睡。与其他人在车厢里,
他觉得自己仿佛变成隧道
穿过它,他们得以思考美国——
熟悉的外衣,笼罩这隧道的皮肤。[3]
而依然陌生的,是火车的沉稳。
沉思的人,孤立的个体,随车厢悄然滑行
沿着安详、如箭的铁轨,当一个个车站毫无波动地
经过时,每个人脸上的表情都是
专注于那个遥远的谜,一座座悲伤、临近的城市,
预报它们的,是序幕一样摇晃的庭院
和无牙的隧道,而古老的水渠上
生锈的叶子,若隐若现,但之后缩小
只剩下它们的名字。童年的地图上
没有车站,也没有后退的月台
没有山茱萸的暴风雪,没有拱璧的大教堂
和直刺的尖塔,也没有安在底座上、
额头粗钝、一再出现的海豚雕像。
看看这个男人,他正从停住的窗前张望——
他拥有着许多不在眼前的事物。他骑在
无尽的桥上,有些桥的底下,还有屋顶,
而许多桥梁,那里的午后闪烁如云母
在空荡的河中。没有时间

去爱上佛罗伦萨、去完全理解
威明顿⁴，或去理解安着电缆、
眼前闪过的、生锈的立柱，
或尖叫的鸥鸟如何知道
他失去的所有女人的名姓。
甜蜜的冥想，甚至也在一列
悲伤的车中，哀伤之地的平坦的表面上
悄然滑离的时间
超过了墓地的石帆旁、
蓝色海湾的不朽的运动，他失去的越来越多。
回响的车站将他引向虚构，
那里的时刻表之网，并不连贯的预报，
对错过列车的惶恐，因为火车
（它们偶尔的精确，滑行动力中的乐趣）⁵
怀着（他成年、青春之时，群岛上
并没有火车）孩子般的欢乐在移动，
那些未读的著名小说的线条、平行线、
朦胧如烟的拱形，⁶对另一种秋天
和它明亮的县城⁷来说，依然不变，
透过悄然行进的窗户，他知道，那些树会振作，
虽然它们哀悼着未读之书中所有的纸叶，
《安娜·卡列尼娜》，哀悼阿尔卑斯的草甸上弥漫的
烟雾、它的长长的哀号，哀悼那些在战事密集的
阵地上倒下的士兵，一种特殊的乐趣
植根于风景，而不是战斗的火光。

十九世纪中叶,
巴尔扎克和洛特雷阿蒙[8]之间的某处,
比"波德莱尔站"稍远一点,
眼圆如珠的魏尔伦坐在那里,我的火车抛锚,
从那时起,就困在原地,直到现在。我下车时
发现,我错过了二十世纪。
我研究着那些围困车站的琐碎之事,
蜻蜓的滑稽的交战
鸦鸟的永恒的惊讶。
另一个国度,它的时代已经过去,
还有田园风的杨柳,对绘画的信仰。
我看见库尔贝生活的地方;我看见巨大的采石场
和柠檬色光,来自让-巴蒂斯特·卡米耶·柯洛[9]。
咆哮的议会的喧嚣,声音
听起来如同海洋,在我耳朵的螺壳中旋动,
声音遥远,唯一的咝音,来自白杨
它们曾向霍贝玛鞠躬致敬。我的乐趣困住。
小车站午后空荡,
就像在以前去费城的路上。
我抿一口往昔中长久的欢乐
就在雄心来得太迟的此处。我的技艺困住。
我深切的欢乐已经过时
就像陈旧的引擎。和平广袤。
但"时光"以别样的方式流逝,不像它在水上那样。

二

现在,有一片大陆在我的窗外,
随着赫逊河的耐心的叙述。有一点宁静。
但交通冲向西区公路[10],
秋天,堤岸燃烧,但
即使在春季的日光中,我也很少寻到
河水的闪光的慰藉
和它牵强的历史,不认识的树,它们的舌头
跟坐在长凳上的老人说话。
沿着暗火阴燃的[11]、秋日的人行道,
隐秘的咖啡店,鲜艳的花铺,
我在村中漫游,找寻另一个主体
它不同于你本人,是你见过的你自己。
一个老者,回忆着白首的山。
而感觉微妙地暗示:
频繁的流亡会变成背叛,
但它想念桌边的七月之季,
在第七大道的南端,这一季,年轻的女人们悄然走过
宛如海中仙女,穿着袅娜的夏裙,
所有的苏珊娜,就为了一个长老![12]
到春天,叶子就歌唱,在不倦的雕像边
它不会坐下,尽管受到邀请。

从清新之水的缪斯,到咸腥之水的缪斯。家到赫逊河。

明亮的周日,铃声来自我的床边,
对面大楼上,有日光的方格,
河水石青,天空无云,涂着珐琅。
接着,周日将它的世界概况[13]送来,
随着安宁的赫逊河,还有河上纵横的渡轮,
庞然的云,红色驳船。
注视吧,就像吃草一样,吃那河水的
神秘的灰色[14],幽灵般的交通
鬼魂一样的桥,灯的花束,
沿着堤岸,你的名字消散于雾中。

云,垂挂的旧毛巾,灰色的窗潮湿,
雾气,让远处的岸渐淡,
灰色的河上,鸭子浮动,就像诱饵,
不,不是鸭子,是旧码头的没入水面的部分,
光从水上淡去,"这,这就是快乐",[15]
十二月空气中,压抑的懊悔。

三

欲望和疾病交融,
交融,白发与白纸
还有对白色之景的恐惧,目盲,截肢,
复发的肾结石,艾滋病的瘟疫,

镜中摇晃,旁边是困惑的表情,
好斗,下垂的嘴唇,灵性的愚人。
看看你是什么样子,无论你何时写作,
都是老人之书,无论它何时出版,
暮年,在你的腋下,在你腿胯的裤褶,
铭记的交谈,那时的香水气已经变淡,
马桶里汩汩的声音,哼自己的牧歌,一个个名字复活,
随着它嘶哑的转动,之后,它变成回声。
这是记忆之音,水。

四

每个周一,波士顿有课。午餐,韩国人的街角——[16]
部落的肉汤,让我的眼镜蒙上云,
汤驯服了头发蓬乱的蒙古骑手
在蒸汽腾腾的帐篷,而他们的牝马踏着雪。
亚洲在暴风雪中转动;冬天正升起
在人行道的雪堆之上,很快,每条水沟
会成为封闭的小溪,之后,会是
玫瑰色和橙色之光的时间,它们会点缀保德信[17],
也是麻雀的时间,它们像球茎,排列在染病的枝上。
我想念秋天。它突然一闪,随即消逝,
吹熄格洛斯特[18]那里、自己的灯芯,沉入撒冷[19],
它漂白含盐的草,草向安妮角弯去,

它将海豹弹入海湾[20],将一座黑暗之屋的影子
弄得沙沙响,屋在海岬,但废弃它的
不是霍普[21]。我所说的那光,你知道。
美国之光。[22] 而风
是一个时代的声音,从窗外经过[23]。
黄色、红色如计程车,是叶子。于是
云的书卷被钻透,一条银蠹鱼——[24]

二

一

透过飞机的窗，眩目的阿尔卑斯山
有峡谷和裂隙，雪的草甸
在撒过粉的悬崖，积云之州[1]
轰鸣，也是靠近、喘息、发光的瀑布，
安定、安详、令人紧张的[2]恐怖
有着斑斑点点、白色的锯齿，不可思议
一再重复，健忘之云的
泡沫般的雪崩，在错误的天空——
冰和迷彩的天堂，
有飞速的撒拉弗之影、沿天堂的山坡而下
凭着金属的、没有羽毛的双翼，噪声
侵害了比远古还要原始、
没有思想的、白色的静默，我的恐惧是白色
我的信念被擦去——黑色的一笔
在涂好底色的[3]画布上，一切皆白，
白是虚无之色，不是夜，

我的信仰扎紧了安全带。它不可能再升高。
我怀疑，是否能有幸运的降落
飞机的制动，如同撒拉弗的翅膀在拍打，朝向尖塔、
朝向广阔、纯真、太阳照射的田野。

强烈至极的恐惧在扩散，询问着无限：
大教堂的尖塔还有多少？这些被冰占领的
山峦，它们的山峰还有多少？雪崩封锁的
城镇还有多少？它们黄色的灯光
在屋内明亮的物品上，而钟舌
被静默冻住。渺小的乌鸦有多少？
它们就像逗号，点在雪堆之上。
一道道无限、重复的山脊
形成的图案，就像奥卡狓[4]或美洲虎，它们的白色森林
是一个相反、纯粹的世界，一种别样的生，
但更像是一种别样的死。漫游者的呼喊
呼出一个惊恐的O，但斜落的雪让它哑然
一种比惊慌还要深切的恐惧。这，
无论选读的经文[5]是什么，都是缄默的合唱队
有呼喊的山峦，生着羽毛的峻岭[6]，
冰冻之海般的、屋顶的海洋
那上空高悬着目光撩人的白色角峰[7]——
纤细的乳齿象的獠牙，在一片白色客栈的上方。

二

小房间,棕色,黑暗,它的亚麻布
白如马特洪峰的白色的尖坡
挂在阳台,而黑暗的客栈在雪中,
难以置信,在裂罅的伤疤间,
一列火车向山上攀爬。橙色的灯火
在策马特[8]朦胧的街道上更为明亮,
什么元素能自在地更为纯粹
超过雪中的死寂、无声的风雪,
在那商店光亮的窗户间?[9]

他站在明亮的窗外,窗内充满乐声,
模糊的对话透过窗棂间的窗格
枝形的吊灯,如被螃蟹紧握,带着尖锐的火焰
下面有鲜活和死气的面孔
幽灵一般,他们的容貌与自己的名字相符,
各位先生,还有些女士,裙如宽大的拱壁,
小说中的小说。门能打开,
他会更受欢迎。灯光围成方形
在草坪的四周。共谋的笔
令他至此。他敢于面对的所有人
都在优雅地潜伏,它们欢快的喧嚣
仿佛星光下的海浪,是海浪的嗓音养育了
他。但这是别样的气候,

别样的国度。此时,这两种生活
在这样的成就中相会。这一次,
他转过头去,往回走,走向道路。
这场景就像他读过的内容。
少年时的内容,在他出国之前。
但怯懦向他呼唤,他返回屋内;
安全,严密,在打印出来、属于他们的地方
所有舞者,在那冰封的舞厅。

三

就像雪一样,感受空气的变化,
感受内心的变暗,在日光的透彻下——
冰的透彻,就如在群岛,
一切春,一切夏,都是一个世界
直到秋天整顿它的师团和军旗,准备出战,
鹿在进军,鹿角晃动,如在点头表示认同
它们走入小说,而我们依然
在不朽的钴蓝、不变的铬绿中;
变动的是某种比地形还要深刻的
东西,是自我。是词。
此刻属于白色的冬季之诗,
此时,冰锥封住高大的青铜马的牙齿。
街是白色。街上没有人行道

而商店之间短短的距离，被雪覆盖，
明亮的商店，穿着冬装，它们在街边
街上满是滑雪的人，肩上扛着雪杖
小木屋，雪屋顶，尖峰，景象就如圣诞的贺卡。
在没有狼的气候中，要是我梦见
一匹白色的狼，[10] 会怎样，它慢跑，停在我的路上，
就在这，在雪变厚因而静默的繁忙街巷
在它的晨光中，它眼如煤，它的舌头
是渴望而喘息的火焰，雪在我眼前蜂拥。
之后，就像一根划亮的火柴！别样的微光
不同于旅店、商铺、客栈的窗。
她的头发在亚麻桌布的清脆的雪上
仿佛火焰，引领着他，他踟蹰，茫然。

一早，他下楼，走向休息厅。重复：
一早，他下楼，走向休息厅，等待。
街灯还在亮。之后熄灭。
终于，她来了，她来时，
随身带着山，带入这个宽敞的房间
还有她冰冷的脸颊，草莓玷污的雪，
她的身体散发热气，样子犹如封火的壁炉，
她双眼蓝绿，像死去的煤，
她的青丝，一旦从帽上摇落
就跳动像新的火苗。伊尔丝[11]，也许
她带来了客栈之间泥泞的路，带来黑色的松树，

独角兽的角，也就是阴茎般的、
这白山的峰[12]，白山知名就如它的邮票，
她带来了雄鹿的回声，它们被猎捕，蜷拢身体
为了躲避射出的跳弹，钻入裂罅
她也带来了身体的温暖，她此时脱去外衣，
摇落皮革上的雪尘
将滑雪外套挂在鹿角般的衣架，
她眼睛一扫，目光如同冰锥刺穿了他，
洁白的牙就像风雪，闪烁电光，接着，她拨乱
颈背上潮湿的发，站立了
片刻，在亚麻布的风雪中，
在餐具上闪动的远方的电光中，
那闪电，划过策马特的木屋和山舍。

四

就尘间的天使而言，永远会有一位
就像在威尼斯，米兰那样，[13] 让这欲望
衰老又饱受摧残的角峰变得坚韧，
就在滑雪者向下滑去，无声滑行
越过裂隙，无形如同思想时，
天使就如这个女侍者，她扣上纽扣
因为无形的角峰挑开了她的制服，
时而闭合的眼帘，仿佛她的形体

在雪崩之后、白色的平和中入睡。
他透过窗向外张望，望着白色的空气，
那里，好像有只虫子，难以置信地
爬过雪堆，是列车，清晰，难以置信。
此时有了机会，超出他的预期。
她的话语清脆，这潮红的脸庞，
友善，但是不是施舍？谁能感觉得到？
说再见吧，[14] 向松树，尖顶的木屋，
汽车后面、看着如同玩具的客栈，
向那个女侍者和伊尔丝，她们漠然地
做自己的事情，在阿尔卑斯黄昏时的
灯光中，向一张张床，当新的雪
让村庄朦胧之际，它们刚刚铺好，
也向倾斜的街上、商店里的光，
向渐渐后退的、我们旅店的岸边。
再问一次，有多少告别和问候
在交换姓名的脸颊上，有多少亲吻
在叮当作响又渐渐声弱、犹如马车铃铛的耳环畔？

五

撒过粉的斜坡的山脊上，有棚屋
那里的牛，圈在牛栏，圈在冬天的阴暗中。
我想象它们盲目地吞食自己的饲料，

它们的远处，是目眩的裂隙
在如铁的寒冷中。纯粹之物就在这里，
那些山峰，体温和恐惧的极点，
让一个孩子具有磁力的、两极的刚性，[15]
冰锥如须的岩石，裂罅
出自安徒生的《冰女》[16]，惠蒂尔的《大雪封门》[17]，
这帝国，这冰的永恒和无尽[18]。
一个午后，永恒之前[19]
他岛上的温暖的童年，在百叶窗的房间
日光之火都在屋外
在扰攘、黑色、赤脚的街上，他的心
因恐惧而冰封，是冻结的池塘，池中
光泽的面庞突然浮现，在冰冷、
因雪封而恐怖的散文、
汉斯·克里斯蒂安森·安徒生的《冰女》后，
而那个午后从未离我而去。我当时并不知道
她的职业是金发的女侍者，就在策马特。

我喜欢夜晚时早熟的灯。
我从未见过如此之多的雪。它让夜晚变白。
从这雪中，就像存活的野草，
浮现了苦心而成的小说——客栈，
搭建的白色山形墙，无言的山路，
还有（难以逃避的）山峰的尖角，[20]
都向仪式般的静默索求这小说，闪耀的光也出现，

还有暖容上的潮红,一篇哀歌,
一位冰冷的妖女,余烬对火的
记忆,是我成年、青春时
或更早,《冰女》带来的火。她和那角峰
源自同样的白魔法,而她到来时
她仰起头,那角勾住了我的心,
世界让问候变得强烈,变成爱。

山峰下,宽阔的窗户射出柠檬色的光,
遥远的城镇像矿物一样闪动,一行平原
结尾是一座钟楼,一个叹号!
进入洛桑,白色的山脊过后,
很长时间,都是赭石色的陡坡,沿着苍白的湖,[21]
湖水如此辽阔,望不到彼岸,
就算有灵魂沿湖而走,张开双臂。
那么多的灵魂,此刻就在对岸!

之后,那些老绅士[22]在洛桑用午餐
西服剪裁得体,全无瑕疵,彬彬有礼,无可挑剔,
现代版伦勃朗的《布商行会之理事》[23]。
我将行会中一副副微红、修过的面庞
转译为他们的先祖:一列画板阴暗[24]、光泽明亮的
施洗约翰的头,每一颗都放在白色花边的
托盘上,沉重的双眼,稀疏的发
垂在前额的白色条纹上,[25] 理事的联合会中

后排远处,有一个微不足道的祖先
有可能也是成员之一,他向我、
这个生在旧圣马丁[26]的、帝国的混血儿
表示问候。我找不到路[27]。
一旦我被塑造,在巨大的镀金框中,有时发现自己
在市场和运河间游荡;
但在日内瓦,我觉得自己被悬挂和安放在
乌墨色的房间,凝视的目光黯淡。
湖水广袤,苍白,有着无形的岸。
天气听上去就像它的名字:洛桑。
思绪覆着毛皮,感觉起来,就像市议员的衣领,
我是一根巧克力棒,给贪婪的雾。

苍白的湖向外辐射,
苍白,是历史的和平的色调
日内瓦是政治家的发色,
银色,淡雅,有政客的良心,
有银行,银行上翻卷的旗,长绒毛毯中
反光如镜、安静的鞋。
天鹅绒,柔软的世界交易。
点画出的农舍和田野,矮丘,融化成
丁香、紫罗兰的影子,在隆起的沟垄,
一座尖塔缓缓盘旋,飞离,进入了意大利。

三

一

有福了,这些小农庄,它们排列成贺拉斯的变位,[1]
橄榄树,佶屈如奥维德的句法,
有福了,维吉尔的黄昏,照在牛皮之上,
带角楼的小城堡,在托斯卡纳的山坡。
用另一种语言生活,用飞燕的双翅:
燕子[2]拍打羽翼,掠过黑麦,影子落在大麦,
它在墙皮剥落的农场和生锈的白杨间,
明亮的空气中,满是酒醉的昆虫,
《为维纳斯守夜》[3],拉丁语忽然复生
随着火车滑动,驶入一分为二的佛罗伦萨。

翡冷翠[4]城外,山丘奉献自己,
奉献直立如火焰的香柏,入夜变得阴森的、
赭石的城堡,红棕色屋瓦之上、
穿过橄榄树林的、星的第一颗火花,
还有虚弱的黄昏,就如一位老绅士
两手斑斑,目光衰微,是我们的主人。
糖尿病,垂死,与我酷似。

重又至此，为熙攘的罗马添一个数字——
"熙攘的罗马"，不经意的一句，就像披风
从黯淡的朝圣者、他的肩头抖落
他在毫不起眼、作者匿名的圣坛画中。

那片安详、柔缓的山脉，那些缄默的峡谷——
是阿布鲁齐。我记得阿布鲁齐[5]
来自《永别了，武器》[6]，温柔的年轻神父
邀请弗雷德里克·亨利在战后去往此地，
也许，弗雷德里克·亨利到过这里，无论与否
眼下我都在此处，随着山脊上的小山城，
那里很可能像地狱一样寒冷。精确的光
勾勒出明亮的采石场。光看起来不会朽坏
就像年轻神父的信仰。它的绘画依然未干。
它转过身去，说，"你发誓不会遗忘
这山峦之中的战斗和炮火的轰鸣。"
消逝，没有回声：只有富密、优美的城镇，
教堂的塔楼或尖塔，陡峭的发锈的屋顶
缓缓旋转，经过火车的车窗。

我们驶过潮湿的日光，进入佩斯卡拉。
风将海滨上的躺椅折叠，
砰地一声关闭。独立的[7]条纹伞
在沙滩上翻了个筋斗。天空如抹布。
之后，虚弱的阳光稳定地变强

海的脸上又恢复了气色。
女侍者在午后的桌子间移动
将亚麻餐巾整理、摆放；
女孩的头发是黑玉色，乌黑如她的裙装，朱唇和
红彤的脸颊此时闪亮，随着太阳
和发干的沙滩。天空越发像加勒比。
亚得里亚海中涌起的拍浪在蚕食，
那些折起的沙滩伞就像中国的军队
等待皇帝的剑落下。
透过佩斯卡拉旅店的脏玻璃
有混合的泡沫和尘垢，一场平静
就像休战，餐具如同微型的武器，叮当作声，
喃喃的低语变得阴暗，如同阿尔巴尼亚[8]上空的烟，
海滨的棕榈不停地抖动，
车流的头灯缓慢，一点点地在雨中行进。
哦，真是开心，安然驶过山峦、
远方山顶的城堡、闪动的橄榄
和停驻的松树的步兵。一切战事
告终，或是远去。但，还有个年轻的女人，在巴士上
松树、橄榄、渺小的城堡在清澈的窗畔
拂过她的美丽，我认为她的悲伤
就像雨中的度假城，
她苍白的目光宛如闪动的车流
她告诉我，她的名字，是一种山花
而在她的国度，却又稀松平常，

她话语轻柔,就像佩斯卡拉海滨的细雨
她说着塞尔维亚和它的悲伤,说着亲眼所见的恐怖
就在科索沃的路旁,[9]她讲述着一切战争如何
都是犹太人的错误。[10]她这样说,眼眸却依然平静。
后来我才明白。我从那细雨中明白了这一点
而佩斯卡拉的车灯刺穿黑暗如同长矛
折起的伞,安静如旗
旗是棕色的长发,像括号围住她的脸。
莱昂。耶胡达。约瑟。[11]战争是他们的错。
但,真是开心,安然驶过山峦
我问它们的名字,它们告我,是亚平宁山脉。

二

　　　　致路易吉·桑皮耶特罗[12]

难民潮汐般的运动,并非大雁的飞翔,
货车厢中的脸庞,形容枯槁,眼睛如煤,
尤其是孩子们的憔悴的目光,
大批的人渡桥,车轴吱呀作响
就好像听见了关节和骨骼,这片暗斑
在地图上蔓延,它的形状让上面的边界瓦解
正如尸体在石灰坑里融化,或
秋天时鲜亮的护根,踩踏成泥,

香柏的烟意味着萨克森豪森[13]
有些人,没有火车,没有骡马,
有些人,有摇椅,有缝纫机
他们挤在人力的推车和马车上,马车没有马
因为很久以前,马就从田野飞驰而去
回到了仁慈的神话,回到了将椴树之上的云
刺穿的、橙色尖塔的圆锥,
还有礼拜日时、鹅卵石上、石头的钟声,
有些人,将自己的手搁在推车两侧
仿佛那是骡子的胁腹,而女人们
脸如火石,颧骨如同涂釉,双眼的
颜色就像鸭塘,泛着冰的光泽,
对于他们,一年只是一季,一片天空:
属于拍打翅膀的秃鼻鸦,如同撕破的雨伞,
他们全都还原为一种共通的语言,
无家、无乡的人,带着难以置信的回忆
关于苹果,清澈的溪流,倒满夏天的
搅乳器时、牛奶的响声,你们从何处来,
你们是哪个地区,我知道那湖,我知道啤酒
和小酒馆,我信任那里的山峦,
此时,有一张庞然、怪异的地图,叫"无处"
那是我们全都要奔向的地方,它的后面
是一片风景,叫"仁慈之省",
那里唯一的政府由苹果组建
唯一的军队是大麦的宽阔的旗帜

还有简朴的农场，那景象
在虹膜中变得狭小，垂死的人
疲敝的人，被我们留在路沟
他们还未僵硬，他们的额头正在变冷
就像磨破我们鞋子的石头，
也像黎明过后、棕榈和白杨之上、
顷刻变灰的云，云就在欺人的日出中
这个属于你们的新世纪的日出。

三

哦，塞尔维亚的西比尔，女先知
你透过自己棕发的窗帘凝视
(棕发就是这括号)，我若是犹太人，
你会看见我曳步而行，在鹅卵石上，
在一座难以念出的城市中，你能望见
我的身体变得粉碎，如同街边餐馆里，
一位学者手中抖落的、
长长的烟灰，美人，
你的名字是一种常见的山花
它躲在岩石的裂缝
在阿尔巴尼亚的白发的山脊。

四

衣衫褴褛的棕榈和淡彩的阳台之中,
这样的奇迹再次出现,还在佩斯卡拉,[14]
或偶然如此,或是星与星的巧合。
在旅店,它的名字已经忘却,
就像我的姓名也会被人遗忘,我
在大堂,读着平装本的诺拉的传记[15],
她是J.乔伊斯的妻子,这本书还拍成电影,
女主演的照片就在封面,
恰在这个海湾皱起涟漪、海滨漫长的城市,
在这里的电影节,影片竟在上映,
而我,遇到了那位扮演诺拉的、黑发的爱尔兰美女
我跟她一聊,给她看了那本书
我们全都惊讶,她的朋友也是
那也是年轻的爱尔兰女子,一头红发,
我猜,是她的美人的守护者,我觉得
这次相遇意味深远;如神谕一样难解,
命中注定,尽管它只是表明
我们都在这个电影节,
但不止如此。也许吧。我愿意相信
她就是诺拉,但自己不是乔伊斯
我只是在读这本有她照片的平装书,
在这大堂的、泛着盐味的、普通的家具间
而海岸的灯让她的皮肤更为鲜明,

透出了爱尔兰的气质，虽没有诺拉的靓丽
却也有口音，对我来说，这是奇迹
它证明了那个顿悟[16]
而阳光闪耀的海滨上，雨水停住，
就从她那温暖、不为名誉所动的[17]
手中，我拥有了她的语调欢快、轻声低语的签名，
那就像海草的涂画，写在没有印字的海滩。

四

一

哦,热那亚人,我来了,从你们起始之地的最后一行,[1]
我来到港口,它的码头留着长长的影子和静默,
上面是船首的海草,抖动,荡漾
随着摇晃的美国地图。油滴
让自己变位[2],变成彩虹,沾着油的破布
让舷窗模糊,停锚之处在摆动
直到热那亚滑过,尖塔之雾
吞没了回返的鸥鸟。双手合拢,就像双翼
在大教堂的走廊。手掌闭合
还有"诗篇"[3],而合唱队的O
在扩展,变得低沉,在海浪的波谷中
随着无休止的节拍器,无尽的坟墓和摇篮,
直到波峰之上,有了新的波峰,
冲向第一片礁石,海浪之光迸发!
虱子在木材中歌唱,海绵张开。

海滨旅店,它们的阳台沾着盐
诡计让上面的铁花生锈

面朝法西斯之徒的实用的纪念碑[4]
就在气派、洞穴一般的火车站;
沿着锯齿状的夏季海岸,从尼斯
下到热那亚,海的锡箔的光纹
与家乡相仿。香柏的躁动
重复着双面的扁桃树的沙沙声,[5]
新熨过的天空,让脸颊温暖;
焦草的味道,透过柔软的叶子——
地中海在浣洗。
之后,在某个地方,从你眼睛的窗中,
一面旗帜扬起了午后的一角,
随着一群铁"胡蜂"[6]在身旁猛冲而去
随着那位"发现者"的雕像消失于转弯。
一切铭记的女人,都融化成一个,
就当我微不足道的话语如帆一样,必须离开自己的港口;
肩头的悬崖在阳光下烤成棕色,
凌乱、黑玉色的发,乌鸦的旗。

在热那亚,我爱上了我们的阳台。我的下方,
有那舰队司令的白石像,
在航行的交通中安静如常,
也有向地中海敞开的门,有海——
同样的浪涌,让快帆船的叹息起伏
在即将降临的、令它怅憾的未来——
海,就在火车站旁、铺着石板的公园。

密集的筑石,砖上的光束
都在老城区,吱呀作响的滑轮
升起了浣洗过的帆,遍布在悲痛欲绝的
街巷的海湾,鸽子的头屑
如粉一般,撒在褶皱的雕像、它的发丝和肩膀
它们忘记了令自己知名的原因——
而粉刷一白的舰队司令,也是如此。全都不会安宁:
失眠的雕像,噩梦中的雪,
我衣服上沾染的历史的
烟味,洗刷过后、佩斯卡拉街道的气味,
托斯卡纳山丘上、日晒岩石的味道,
石间野草中的花,野花
山坡上经过它们的"和散那"的火车,
悄然走入车站的、流亡的灵魂——
走入"历史"、那百叶门和柜子的缪斯,[7]
经过关闭的、留声机的大教堂。

二

羡慕雕像;羡慕就这样生成:
每一天在米兰,去上课的途中,[8]
我都路过我的坚硬、不朽的朋友,那位将军[9]
骑着他阴郁的青色马,到了周末,依然在此。
战事虽已告终,但他不会翻身下马。

他是否死于一次突然的冲锋
一次悦耳的战斗？青铜军马
在夏天的阳光中，布满汗沫和汗水的条纹。
我们岛上，没有这样的纪念碑。
我们仅有的骑兵是冲锋的海浪，
烟云般的泡沫，一起一伏的脖颈。
谁知道这是他参加的哪场战役，谁的枪火
让他嘶鸣的军马跌跌撞撞？羡慕喷泉。
岛上来的可怜的英雄，身在车流的漩涡，
他不认为椴树或栗树是慰藉，尽管椴树成荫
栗树的徽章明亮，透过它的叶子。
羡慕圆柱。安宁。羡慕钟声。
平安，在米兰周日的大街上蔓延。

清晨的广场上，光在左手边，
阴影漫长的主教座堂[10]，那里的钟声喧嚷
将欣喜从处女般的蓝天上摇落，
让四角成方，德·奇里柯[11]的平行线——
那里的马，发出无声的鼻息，睾丸硕大，
它的头耷落低垂，意味着骑手的
死去，[12] 它屏住呼吸，如此长久，
比交通岛上的我们还要长久。
对意大利的爱在蔓延，愈加强烈
随着米兰的日光，违背了我的意愿……
因为我们依然盼望存在，无论何方——

再次坐在桌边,望着米兰的商场、
那里灿烂的喧嚣;那边!是他吗?
身穿橄榄色雨衣的约瑟,宛如一片叶子
在清澈的溪水,随着群叶
从边缘到中心,渐渐没入它们之中?

三

去世的象征,你的悲伤唤起的实在的幽灵,
是的,你依然能看到他剃度的头顶,他的苦修的光环,
直到在某个地方,有东西挡住了你,帽子或标志,之后
商场里满是安详、匆忙的幻影
奔向同一个出口,日光中的拱门
几乎就像天堂的拱顶,我默默呼喊他们的名字
但他们无人听见,因为他们的数量远超于我,
对于他们,我是幽灵,他们是实在的活人,
他们的名姓依然认领着他们,透过了
侍者的喧哗,侍者在清理他们占有的桌子,
桌上有面包屑[13],新血在杯中
上面还蒙着一口他们的气息,那气息
我也会留在水杯之上,直至凝结
到那时,我就加入他们,随着月的、苍白、剃度的
头顶,月消失在黎明的光芒
它在错综、巨大的教堂

和我们地上的车流之外;变幻的光。
在大教堂的幅员之内
在它的辽阔、熙攘的广场
和长长的、有餐馆和店铺的商场之中,我看到了他,
因为我需要如此;因为长久的离世
需要它的幻象,逝去,再靠浪花般的人群
将他带回,对于石网密布、
因咒语而神圣的、祭坛的错综
我毫无准备,那样的建筑
如同冰冻的狂怒,它要求臣服的敬畏。

四

我希望能这样写:"日出前,沿威尼托街[14]
散步而行,这无与伦比。"
此时,你在想:他就要将它描绘。
我是要描绘六月的祝福,
阴郁、凉爽的春天的空气,它的边缘在第一缕光[15]中,
喝咖啡太早,无论是在旅店
还是栅栏紧锁的、昨夜的咖啡馆,
露水潮湿,就像一年前的佩斯卡拉,
还有折起、收入鞘中的帆布伞,
旅行时间的不同,就是理由
而不同的就是,守夜结束、打着呵欠的

夜班文员,和阴着脸孔的早班侍者,
之后,是漫长、没有回声、空荡的街
这并非如他想象的那样寂静,
车流达到高峰,尖刺的棕榈
在美国使馆的外面,之所以还有两名警察
因为恐怖分子的威胁,巨大的树
迎着苍白的大楼、挂着污旗的
银行和拱门;灯还在亮
在某些大楼,而扩散的光
将它们的外观洗刷苍白,但安静
恰恰就如大岛[16],如海,如村,
甚至还有树下、朱红色的巴士
那里,它们的光也亮着,光来了
源自珍珠,出自皮耶罗·德拉·弗兰切斯卡[17]
(你又得说,他还是会提到画家),
之后,整幅壁画,染着春天的金色,渐渐完成
就在"劳动与社会政策部"[18]的正面
那里的门口,有人出现,检查我
我抄下名字,一个秃头的年轻人
穿着橙色的防风夹克,面露不悦
因为我的肤色,还有恐怖分子,
因为我的村庄无足轻重,虽然美
不像他的城市和威尼托街:
弯曲的外观是藤黄和赭石色,石头灰白,
不知名的树建成了一条柔和的隧道,

在朱红和橙色的巴士之上，它们的灯已灭，
怀念的，是海的气味
在清晨，在小的堤道，
但还有安静的棕榈，在黎明的柔顺的薄纱中
巴士63路，L90普利亚大区
但没有什么能联想到大岛这个名字，
没有文学，没有历史，起码至今，依然如此。
巴士116路，灯亮着。在威尼托街。
滑动，就像鱼，轻柔，或旋动的叶子。
我在两个村子都生活过：格林尼治和大岛，
我对它们全都热爱，几乎一视同仁。一个有海，
苍白的晨光沿着苏醒的水，
另一个有河，它们如果问
我来自哪个国家，我会说，"是威尼托街上
成行的树木之间、旭日的光芒。"[19]

九

一

我躺在床上,床边是阳台,在瓜达拉哈拉[1]
我望着午后的风让树叶枯硬。
之后:是丁香焦灼的山峦下、布满灰尘的田野
和一丛丛必定是桉树的植物
因为它们的树皮皮肤剥落。我看见你的面容,
我看见你的身体在它们之中,我受苦的弟弟[2];
街上的蓝花楹[3],看起来全都败落,
仿佛整个墨西哥,蒙上一层尘土,
点缀平原的树木间,有雾,
厚重如你窒息的呼吸,[4] 笼罩在
可能是"圣·德·什么"的山脉。我读到消息。
3月11日,上午8点35分,瓜达拉哈拉,周六。
罗迪。多伦多。今日火葬。[5]
墨西哥的街与树,覆着灰土。
你的灵魂,我的孪生弟弟,在我脑海中拍打翅膀
是蜂鸟,让橡木弄得茫然
被映出透明天空的窗格阻拦。
女仆在屋后吟唱,

牙上衔着木夹,
她把衣物拽下,就像复仇的天使
山坡汹涌,她扬帆航行。罗迪。
这个明亮的午后,你在何处?我
无精打采,看着电视上的
足球赛,就像从前的你,深深地陷在沙发之中,
你的头变得渺小,你的双眼潮湿
每次交谈,都是煎熬。

二

我脑中承载着一座白色小城,
它的条条大道,生着枯萎的花,
没有车流的声音,只有海浪,
短街上,没有黄昏的光
我弟弟和我母亲此刻就住在
某个地址,他们的邻居如此之多!
留出地方,让死者来住,
他们的土堆在褶皱的海水边蔓延,
但并不在你脑中、火把点亮的地穴
而是在海扁桃闪光、泡沫漂浮的坟墓畔。
我们的战争是什么,古稀之年的[6]老兵?
是拯救岛上的盐的光泽
捍卫和赞颂平凡的岛民

随着嗒嗒作响的剪刀登基为王
望着炎热的道路和路上遍布的蓝花
望着篱笆之后、连绵的蓝山
和长相如同拳手的理发师
比如他，就钟爱自己的手艺重于获胜
而不像身子微斜、态度高傲、用自己剪刀的双眼
掂量着你的、莫洛尼[7]的裁缝。

三

白昼，它的一切痛苦在前，属于你。
清晨的海，无休止地皱起，
拍动的藤黄色的香椿叶，打着快板，
摇摆的树枝，如同鱼竿，钓起微风，
生锈的草坪，风吹白的草，
路上石色的地鸠，咕咕鸣叫，
为屋子祝福祈祷的回声——
它的痛苦的房间，懊悔的游廊
而快乐刺穿了敞开心扉的门
就像蜂鸟，飞到外面的花园和池塘
天空已然在那里塌陷。这些全都属于你，
痛苦，就像死后的离世，让它们
更加明快，而光，治愈着草地。
棕色细枝般的蜥蜴，迈着小步，爬上枝条

就像手指在吉他的弦钉上。
我听见龙舌兰的迸放,
叶子花断断续续地爆发,
我看见金合欢的营火,秋海棠的刺刀,
酸角的棘刺,舷炮对云的猛击,来自炮弹树[8]
香椿挥舞他们投降的白旗,
火焰树围攻堡垒。
我曾见过一群黑色公牛,犄角放低,疾驰,顶向雾霭
雾散,露出圣克鲁兹的小丘
和埃斯佩兰萨[9]的橄榄,
安达卢西亚的田园风光,与之媲美的景象,
月亮苍白的手鼓
细雨的吉他
日光中的雨弦
披巾[10],用旧的星辰[11]
荒废的喷泉。

四

我们少年时,总是从沙滩回家,
习以为常!身体会歌唱
沾着盐味,日光透过皮肤低吟
强烈的口渴让冰水
成为了切慕和祈祷的幸福,在电镀般的灼热中,

石头烤焦鞋底,无精失神的鸽子躲在
高温、萎靡的叶间,我们离开沙滩
随着它的喃喃自语,独木舟细长又凉爽。
古稀之年又添一岁,超过我的命数,
清晨的镜中,这个解体的男人。
将我装配成形的所有部件——
下牙床上脱落的门牙
我用眼镜难以透过的浓雾
肾脏的阵痛
锐利的可朽,就这样刺穿我。
而你的妻子,日日夜夜,
组合[12]你的装备
让你在沙发上熬过新的一天,
浴袍、眼镜、牙齿,因为
你的双手是风中的叶子
树叶的血管隆起、粗大、风干
无力保护,也无力鼓掌称赞。
对香椿,对难以改变音调的大海,
在雨水洗刷过的清晨,我会说些什么?
对窗格?那里映出潮湿的树和云,
看着就像商店的门面和办事的机构,
用什么样的嗓音?既然我听到它已经改变。
粉色石膏墙上,光的变幻
就是文化的变动——光如何被看,
它在这些岛上,如何恒常、没有季节

相反于注定衰败、可朽的仲夏烈日
比如在斗牛场的、紧张的环影之上。
这就是一个民族如何看待死亡
如何写下随太阳的失明而转瞬即逝的
文学，歌唱群岛。

日出，未受侵染的
天与海的钴蓝。时光悠闲，而我
望着菜棕榈的羽毛，在午后的风中
起伏，我听见死人叹息
说他们还是太冷，在赭石色的土下
在太阳的悲伤中，随着毛虫的手风琴
面对着斑鸠之间古老的求爱。
黄嘴鹭在黑色公牛上保持着平衡
乌木般锈色的光泽，透过牛皮，闪闪放光，
而竹子转译橄榄的拍打
就如橄榄转译竹子的笔迹
一群幼鸟，银色的啁啾
时断时续，随着雨水、细雨之弦，
转译着午后之海的锡箔和鸽子的巴松管。
屋子在对面的山上——
金发的光束与自己的影子纵横交织，在灰白的石上，
精细得过分，自信又虚妄，之后
幸福的浪潮，难以解释的内涵
就像佛罗伦萨城外、金色花园中的光，

午后的风让橄榄重又变成银色,

还有海的鸽子,白帆

海豚的新鲜的狂喜

在鹿角般的珊瑚礁上。

卡塔赫纳[13],瓜达拉哈拉,

只要灰尘还未将静默撒在桉树上,

若是悄悄聆听,就会发现,它们的街道

说着通俗的卡斯蒂亚语[14]

在阳台的括号

在梅赛德斯的阿兹台克的面具[15]

在浸入池中的、比如

麻雀的舌尖,它轻弹的鸟尾,就像签名[16],一个名字

如同鸟池中、鼓动的羽翼——

圣地亚哥·德·孔波斯特拉![17]

五

在迅速退去的一年,西班牙的一个夏季,

羔羊的肋骨在松枝的火上烧烤,精美绝伦

你的双眼是火中的炭,你的舌是跳动的火焰,

我的伊比利亚的西比尔,气质羞怯的埃斯佩兰萨。

河水在堤坝中呼啸,水花溅在

松树之上,又让男孩们的呼喊随着风

飘向我们的野餐,河岸之外

是大教堂的棕色尖塔
而一朵玫瑰在灰中熄灭
日光变凉,风势占优
松林和堤坝,它们的呼啸,何时才会交融
就在这西班牙的周六,在这退去的一年?

十一

一

灌木的方言在旱季中
让流动的英语干枯。万物燃烧数日
没有转译，有高温
在烤焦的草坪和那里瘦骨嶙峋的母牛。
每个名词都是树桩，露出根来，
克里奥尔语急速蔓延，如同野草
最终布满整座岛屿，
之后，雨开始降临，一段一段，
让这一页、让一群苍白的小岛、
让苍白的双眼、让头发凌乱的暴雨的美，变得朦胧。

第一个雨中的破晓，外皮坚硬的干旱
就像面包裂成两半，彩虹的号
它的嘴安静无声，弦般的细雨
与死亡搏斗，历经半年，随着一阵阵矍铄、
振作不已的疾风，终于飘到海上，枯萎的百合
用感恩的嘴饮着雨水，新一季的第一只
黑鹂在树枝上宣告自己的来临

蜂鸟再次闪亮,在树篱上钻孔
将它刺穿,那是我小小的箭杆,射向你心
我的翠绿的箭:蜂拥过桥
从加那威到"老桥"[1],从
皮艾叶[2]到佩斯卡拉,齐射而出的黑鹂
掠过威尼斯,掠过舒瓦瑟的破败的码头,
爱的幅员,就像我张开的手掌
是疆域,读起来就像一个国度
一张挚爱的、围住我笔端的地图。
我忘了去祈求周边有日光的
雨,忘记去祈祷垂着雨滴的树叶
我也忘了那只猫,它小心地用爪子
试探这一季的边缘。除了感恩
我没什么要写。我感恩的,是海,
是那轮太阳,彩虹的弓[3],
放射的弓上、射出的
黑鹂。这一年余下的日子都有雨。

二

"今天早上的雨真是漂亮。"
"我睡着呢。"
他抚摸她的额头。
她冲他微笑,然后边笑,边打着呵欠。

"雨真美。"但我想到了我认识的
死人。太阳透过雨闪耀
雨真美。
"当然,"她说。
雨念诵的名字如此之多:
阿兰、约瑟、克劳德、查尔斯、罗迪。
日光透过雨水来临,细雨在闪耀
就像它以前那样,为了每个人。
为了约翰和英格⁴,德文德拉⁵和汉密尔顿。
"淋到雨水的死者有福了",
爱德华·托马斯这样写道。⁶她的眼睛闭上,在我怀中,
但雨睡了。她再次入睡,
明亮的雨离开马萨德,去往蒙奇。⁷

有时,我伸出手,或者是你伸手,
我们掌和掌紧握;我们交织的历史联在一起
两张地图契合。海湾、疆界、河流、道路,
一个国,一个温暖的岛。炎热的屋顶上
那声音是雨吗?它是否蔓延到了大海
海边是海扁桃之墓的石头和贝壳?

三

路潮湿,叶湿润,但太阳移动缓缓

总是令人吃惊：是三月？
这劲风，这灰色？海浪劈削
旋动，彼此冲撞
就像围栏中的绵羊，一丝狼的气味让它们狂躁，
或如白色母马，因为闪电的鞭打，圆睁双眼，
如果可以，还会嘶鸣。但光将胜利。
在树叶间，太阳搏斗着雨水，它赢了；
之后，雨卷土重来，它在海上更加细渺。
微雨，均匀地将海角变得朦胧
此时，毒苹果[8]和金合欢随着新雨
闪动，母牛的皮变暗
而马群低头，摇动它们的鬃毛，
地平线之上，几乎难以察觉的弓
它的微弱的弧，先是浮现
然后黯淡，越过海峡，去往马提尼克。
这个季节，这样的奇迹稀松平常。
"太阳就是为你才出现"，他说。
的确。光照在她的额头
渲染出她那里的别致。
草场点缀着水珠，屋顶在山丘闪耀，
单桅的纵帆船迎向巨大的云，艰难前行
一片片日光在扩展，随着新的热情
朝向超然，朝向单纯。
是谁说，他们肩并肩躺在一起，
身躯如同凹陷的勺子，她与他偎依，

就在午后过半、条纹的阴影里?

四

门敞开,屋子呼吸,我觉得
香脂那么重,祈祷
那么轻,让过去只是蓝天
是钴蓝色的运动,被翠绿刺穿
是斑斑点点的帆,是鸽子不停的抱怨
说吃得太饱,它感恩的啼鸣在发胀——
它所有的念诵都是感激的独唱
朝向天空的、不动又运动的圣坛,
甚至朝向微弱的雄蜂、那银色的虫
它是清晨的飞机,越过马提尼克,
而如你所愿,蛋黄花开
尽管数月旱情,它扭曲,受难
无力,贫瘠,[9] 苦熬,但依然开放
花瓣淡粉,叶片如同橄榄叶,
这是寓言,喻示我腰间的欲念,[10] 我银色的年纪。

我的阳台明亮,含着盐味,从这里
我眺望废弃的堡垒;
没有历史留下,只有自然史,
就像云影让思想隐晦奥妙。

光举起草坪,让它倾斜,那里,
结出的黑森兵[11],如绽放的不凋花,
海扁桃破败的三角旗在飘扬
随着丁香迸发,迸发出白色的浪花
迎着蓝色,那是投弹兵的颜色,火焰树[12]的
干枯的荚,晃动军刀,沙沙作响,
母马的嘶鸣穿过烤焦的草场
发射出白色的飞云[13],是越过海峡的帆,
射出的纵帆船在运河上疾驰。
正午之海的微妙之别:
青柠色、翠绿、丁香紫、钴蓝、群青。[14]

十二

一

浪子,你的漂泊是为何?
回家如烟,去也如烟。
土地生出音乐,块茎萌发
长成瑟森妮[1]的歌唱,雨水,新鲜的土话
在陶瓷瓶中,清澈的泉在蕨草间,
纯净之物生根,比如甜薯的藤。
海上黄昏时,杓鹬飞如箭,
太阳变成绿焰的暗码,
云朵崩溃如城市,迦太基的余烬;
没有历史的人都站在荨麻上
蝴蝶,就像投降的旗,难以给他慰藉,
他会不会,还是孩子,渴望战斗和城堡
这都在他一开始的书里,用一种圣体的语言[2]
他不会继承,但却用它写下这一句:
"海上黄昏时,杓鹬飞如箭",
他的整个一生,一种等待翻译的语言?[3]

既然我是我,我又如何而生?

将肤色归咎于智力
并非侮辱,既然这是将图案的花格[4]
当作无价的蜥蜴从背景上取下,
而我们的工作如果是混杂的模仿
那么优点就在于
擅长多元。在佛罗伦萨温暖的石上
我不露声色,变成佛罗伦萨人,
直到太阳落山,在伦敦
我被雾气刺穿,在威尼斯,
倒影让我震动,一张日光中印出的纸页
那上面,一只菜粉蝶张开,一个书签。
为了冲破蛛网般的帷幕,
像昼蛾破壳而出,获得
澄明的疯狂,为了感觉到血液沉淀、清澈
犹如午后、棕色的金河的水流,
我的头脑和手腕,都在搏动
为了飘移的细雨的祈祷
它在这沥青般的纸页上变干,也为了平安
它飘过如云,随着鹰、那缓慢的中心变幻。

二

在圣克鲁兹的溪谷,我望向山丘。

白花透着战斗的狂乱,

它们围攻山峦,由于战争

白色的深谷出现骚动,

和瀑布的进攻;它们弯下羽毛:

"安妮女王的花边"[5],叶子花,兰花,夹竹桃,

它们白色,就像遏住怒火的

阿尔卑斯的雪崩,它们的花瓣模糊,变成

白色的疾风,来自马特洪峰,或策马特的街巷。

两个世界焊在一起,欣喜将它们接合。

圣克鲁兹,春。深邃的山丘,蓝色的裂隙。

我为白鹭而回

它们成群在草地觅食,投掷自己的鸟喙

迈出的阔步,过于讲究,笨拙但又优雅,

之后突然飞起,却从容航行

在不远之处落地,宛如天使。

三

我日出时醒来,随着天使的呼叫。

时间,计算我孙儿的啼哭

时间,超过了飞流的小溪、

它的乌墨色的水,时间精明,享受悠闲,

在池中堵住的漏洞,大象般的巨石

在叶子玷染的泻湖,时间航行
随着无声的秃鹫,秃鹫越过生烟的山丘
随着散开、变化的云,
而时间悄悄等待,在山峦间
在北山[6]的山谷中、棕色的小路间,
那里覆盖着突出的竹子,在马拉瓦尔
地层若是更陡峭,棕色的溪流会疾驰
或尽力而为,积水在岩石,至少让我
方便取用,山脉的种种蓝色
和靛色,上空飞翔着舒展开阔的鹰
它们的影子在圣克鲁兹的水井
是黑暗的祝福,为了小溪中低语的页岩,
而马群缓缓地抖动鬃毛
从铺着百合的池塘向上攀登,
如此之多的神话,就在没有马具的脖颈!

这些微不足道的事物生根于此,我将自己的赞美
加给屋后的广阔的草地,田野,
明亮、如旧的草坪,小牧场
赞美呼喊、单车、快乐而狂野的犬
它们飞跑,追着踏车的男孩,新月的
如钩的鬼魂浮现,而在厚密的山坡
这片森林就像绿色、汹涌的烟
被不凋花的、如火的花瓣刺穿。

四

火焰树的花瓣迎着乳白的墙
拱门遍布公园,园中的喷泉缄默不语,
长凳上,坐着悠闲的老人,这是舒展的
散文,就像不朽的榕树的树荫
在图书馆的门前,庞然的树干
当车流销声匿迹,就让黄昏的小提琴变暗,
曾经,它几乎也凌驾在殖民政权之上,那时的码头
就像摇篮,摇动着我们少年时的纵帆船,随着
晚祷的回响,在异国的大教堂。
炎热、绿色的午后,蜻蜓的嗡声
穿过烤焦的山,飞到香椿的阴影
和含着香料的月桂,月肉桂[7],
这个词扬起了它的复数的叶子
离开灼热的地面,这一页,焦灼的气味。
你去世后,可以这样写,就这么简单:
那个午后,你的死,安然无忧
如同停在路边,在树下
买甜薯饼[8],有两种
甜和不甜,在大锅中,
路在苏弗里埃和加那威之间。
炎热在山脊的深处汇集
高处的群鹰盘旋,目光凝聚;
就像辅音围着元音,不懈的蚊蠓

嗡嗡作响，绕着名词的六边形，黄蜂的巢。
去探一探苏弗里埃的安静的热谷，
黑色、照晒下的沥青，滴着阴影的树篱
这里有终极的无，尽管搅动的植物
忙乱不已。小教堂
藏在叶间。午后过半，停住——
然后古怪的蜥蜴，穿过路面。

十八

一

草，漂白如稻草，在莱凯的悬崖，
在蓝绿色的信风中滋生，
过了苏弗里埃，小教堂就藏于林中，
火热的芋头，发紫的阿拉瓦克苹果[1]，
草场上满是家牛，一再祈祷的
土话，在特鲁马赛[2]的浅滩畔，
还有她的双目，等待微小的光
让她眼眸复苏，那眼中映着
标签的金色光亮，在女神游乐厅的吧台[3]
也映着生锈、橙色的四月的荣耀樱[4]，
零落的树叶，就像来自"可恶的橡胶树"[5]，令人生厌，
海鸥从浅滩上捉鱼，
远处，雾中之山的峰峦，
赭石色的草坪，翻涌、连绵、隆起的
海浪，微风中盘旋的树叶
不断喷溅水沫的浪花，叶子花的喷嘴，
这一切都必定塑造了她的颧骨，还有口
它说，"我来自蒙勒坡[6]"，来自萨尔提布斯[7]，

来自通向加那威的、那条路的弯处，
来自无眠的大西洋上、一个个白色的夜
它们在普拉斯兰的礁石上颠簸，这一切将我创造。
哦，有福的中心，让我成了一棵棕榈！
沉默的叹号，在绝壁的边缘
地平线围着它，无言地旋转。
什么东西砰的一声，用这样的力量撞击船体？
天使们，在龙骨下悄然滑过。

二

时间，蚕食着青铜狮子和海豚
它让喷泉干枯，令他彻底疲倦；
米兰的穹顶将他呼出，如同香的烟气，
阿布鲁齐吞噬他，翡冷翠把他吐掉，
罗马咀嚼他的臂膀，再举过肩头
抛给地穴中的老鼠；罗马将他空虚的眼睛
从角斗场的门洞上拿去。意大利吃掉了他。
每逢晚祷，它的蝙蝠航行在圆柱间
带着古老的欣喜，圣马可的洗礼盆中，一只手
将污秽的运河水向他洒去，之后，钟
摇动自己的头，就像公牛，它们的快乐
让钟楼叮当作响，而不计其数的鸽子
飞落在他前额的广场，他的肾脏

在佩斯卡拉，用于一家简朴的旅店，
在腥咸的阿马尔菲[8]，鱼的身上显出他的骨架，
不久，他就一无所剩
除了一个名字，刻在墙上，但很快
因为漠然的尘垢，它就难以解读。

三

我们安稳地驶入开放的海。
千㖊之海，无法丈量，用铅锤
深不可测，也难以抛锚，
水浪疾驰，涌起波峰，我们就在
马提尼克和圣文森特的淡蓝的幻影中
而幻影，在环形的地平线、它的铁的外沿上。[9]
白色的船首如在击鼓，突然颠簸，
剪断浪花，我们出海越远，我的恐惧就越加蔓延，
而我的胆怯，在水沫的喷射中越发变白，山峰
后退，生根在它们独立的世界，
对家的挂念淡去，但船头
还在顽强地冲过漩涡，舵手
朝那里频频点头，他隔着玻璃
在前甲板和船舵之间，漩涡的方向
从广播中他的声音传来，这意味着，
我们难以看见，只有他才知晓，他向另一艘

在前方的船播报,我们朝着它,颠簸
轰鸣,又一只更小的游艇,就像白色的纸条,
他的笑容让人相信,我们能很快突破漩涡。
"海豚",舵手说,"瞧着,它们会欢蹦乱跳",
但这引发了狂热,只有
波峰才盼着它们跃起,没有鳍,
没有拱起的背,没有突如其来的饰带[10],今天并没有一群海豚
年轻的船长倒是微笑不已,我从来
不肯相信这种传说,但接着,有鳍的踪影了!
不是波峰,鳍在龙骨下伸展
追逐船首,那传说从海面上一跃而起
重生,快乐地呼叫
而我的心中重重地擂鼓,[11]淡蓝的群岛
不再是幻影的轮廓,欣喜的浪花
快乐地拍打我们的脸,一切
回归,就在别的小岛之中,但不在
有我们名字的岛间,时而,鳍会
涌现,时而,背又拱起,再回到
灵动活泼的浪中,从下面,向上瞥视,
我看见它们湿润、棕色的身体从海中发射而出,
比金色还要棕褐,尽管名字叫"黄金鱼"[12]
不过我想,在潮湿的光中,它们闪动的皮肤
过于质朴,过于素净,并非什么奇迹,
太过怪异,难以让我的恐惧平息,这掠过水面的鱼
在打开的页面上,从第一行开始,就这样继续

继续,直到这群海豚消失,浪子的家
是地平线,而我自己的山峰
重又若隐若现,难以抚慰,苏弗里埃的
路,屋顶,在潮湿的日光里。我望着它们到来。

四

我目瞪口呆,尽管我盼望的就是,在另一片海中
会有图案雕在喷浪的山形墙上,
而当海豚出现,我亲眼所见时,
它们拱起身体的样子,就像思想从记忆中升起。
它们从冰冷的潮涌里射出,就像滑雪的人
飞驰,穿过阿尔卑斯的浪
和它独特的波峰与起伏,从喷溅水沫的浪坡上
海豚如同撒拉弗、飞升翱翔
随着鸣响的琴弦、哼吟的缆绳,
紧握绳索的,是我的心,还有实现的希望:
我想再次见你,我的孪生弟弟,"我的海豚"。
但欣喜驱动着海豚的轨迹
好像既来自于你,又向你而去,它们的快乐也是我们的快乐。
而仿佛有预言说:"再等等!
在欢乐的一天,你就会看见海豚。"
抑或在搁浅的日落、它的尘灰和余烬中
同样的声音,宛如旗,安静落下,

而星座还未处理好自己的无序,它说
"那些漂流的灰烬就是天使,看看它们如何翱翔",
我本来并不相信它们,我太过年迈
太过多疑,怀疑一个生命的对坚定祈祷的
冲动,但它们就在这里。[13]
天使和海豚。后者,在先。[14]
它总是确定无疑,平稳如一,就在世界的
明亮的边缘,越来越远,楔形的
船首却愈加抖动,向它驶去,浪子啊,
那道光芒,就在彼岸闪耀。[15]

THE POETRY OF

DEREK WALCOTT

1948–2013

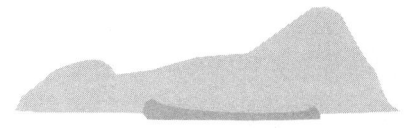

SELECTED BY GLYN MAXWELL

北京上河卓远文化传播有限公司　出品

德里克·沃尔科特

诗集：

1948—2013

〔圣卢西亚〕德里克·沃尔科特 著
〔英〕格林·麦克斯韦 编选
鸿楷 翻译、评注

评注部分

河南大学出版社
HENAN UNIVERSITY PRESS

评注部分

选自《二十五首诗》（1949）

1 沃尔科特10岁开始学诗和写诗，在就读中学时期，就在《圣卢西亚之声》报纸上发表了诗作。1948年，沃尔科特向母亲借了200美金，印制了《二十五首诗》，这是他的第一本诗集，诗名显然来自狄兰·托马斯的诗集《二十五首诗》（*Twenty-Five Poems*，1936）。这部诗集中的《城市死于火》和《像约翰去拔摩岛》，曾给奈保尔留下了深刻的印象，他甚至认为沃尔科特是加勒比的普希金。

渔人荡舟归途中……

1 本诗曾收入诗集《绿夜》（1962）和《沃尔科特诗集：1948—1984》（Harper Collins，1986；Faber & Faber，1992），题名为《海港》（"Harbour"），因为它描写的是圣卢西亚的港口景色。本诗集改为首句为题，但这正是最早的题目。本诗两节，十四行，为彼特拉克（Petrarchan）商籁体和莎士比亚商籁体的混合，第一节有两组四行诗（quatrains），分别有一对对句（couplet）；全诗很可能混合或发展了如邓恩、马维尔、丁尼生、华兹华斯、T.S.艾略特和蒙塔莱（Montale）等人的诗意和风格，但沃尔科特注入了新的立意和思考，他整个诗歌生涯中的几个重要意象和主题都体现了出来（如海、回家、渔夫、黄昏、死亡等）。全诗描写的是"后殖民的浪漫风景"，作者将风景"历史化"为他最看重的意象：大海。全诗的主人公是因爱而心痛的"我"和无动于衷的渔夫：在风景中，作者将让渔人在受奴役的历史（海）中行进；而"我"在神圣之爱和世俗之爱之间进行选择，用艺术为航行于生活中的灵魂提供启示。见 Roy Osamu Kamada

(鎌田修), *Postcolonial Romanticisms: Landscape and the Possibilities of Inheritance* (Peter Lang, 2010), 第98—99页; 见W.Brown的注释, *Derek Walcott: Selected Poetry*(Heinemann, 1993), 第94页; 见C. G. O. King, "The Poems Of Derek Walcott", *Caribbean Quarterly*, Vol. 10, No. 3 (September, 1964), 第5页, King的解读与Kamada的解读相反, 前者将本诗的主题联系了丁尼生的《尤利西斯》, 认为全诗旨在开拓进取, 这也许更适合旧版的诗意, 但这种解读忽略了诗中的复杂之处; 后者则主张本诗是对殖民主义和奴隶历史的思考。

2　What twilight and safety your strong hands gave, 旧版为, For the safe twilight which your calm hands gave。

3　前四行是一组逻辑性的推论, 因为渔夫在寂静中默默经过, 所以作者也要放弃自己的爱, 不再纠结于心。安稳指渔夫行船稳当, 随着行船, 黄昏已至, 也如同渔夫所引, 但渔夫对寂静和自然毫无考虑, 悠然自足, 这让作者也不再要求安稳和黄昏, 因为这两者都不属于自己, 而且他内心已无"感觉", 处于忘我状态。"暮色"一词即twilight, 上面的黄昏为dusk, 都是一个意思, 我采取不同译法。"黄昏"是沃尔科特一生中的核心意象, 也是加勒比文化环境和历史的象征。——到了结尾, 读者会更深入地理解safety一词, 它指免于受奴役和殖民的平安。

4　urger of the old lies, 夜晚与谎言的联系, 最著名的是奥登的《1939年9月1日》, The unmentionable odour of death/ Offends the September night; All I have is a voice/ To undo the folded lie, / The romantic lie in the brain/Of the sensual man-in-the-street/ And the lie of Authority; Defenceless under the night/ Our world in stupor lies (双关, lie in, 但也暗示谎言, 与前面出现过的die押韵)。这里的"浪漫的谎言", 正好是本诗要消解的。前四行刚刚让内心平静, 但这一行, 作者又意识到夜晚善于说谎, 大海狡猾, 爱意味着隔离, 所以一切浪漫都是虚假的, 传统的浪漫的诗歌形式(商籁)只是下面说的骗局。

5　星星知道黑夜的谎言，眨眼示意。比较《1939年9月1日》，Ironic points of light/ Flash out。那里是灯光闪动。"守卫"，sentry，军事用语，站岗放哨。C. G. O. King 指出，这两句表明，在其他夜里，某位女性受夜晚气氛的感染，曾经说过浪漫的谎言。见"The Poems Of Derek Walcott"，第5页。

6　no words of faring forth，旧版为，no secret faring-forth。渔人归家，但作者在生活和诗歌海洋中起航。生活比喻为航海，这是受了惠特曼的影响。这次起航是"无言的"，因为经历过爱情痛苦，作者也在"寂静"之中，他要靠时间才能认清大海，说出自己的诗句，超越"浪漫的谎言"；而爱已经在作者心中竖起墙来，隔出"情欲之爱"与"情爱之外"这两个分裂的世界，后者是作者出航的目的。

7　antique hoax，呼应 old lies。在诗中，骗局如同一艘船。作者使用商籁，这正是一种"古老或经典的"诗歌形式，它的"骗"在于：表面看起来是封闭的，但其实可以改编；对于作者，骗局就是载着"新诗学"的船。见 *Postcolonial Romanticisms: Landscape and the Possibilities of Inheritance*，第99，101页。

8　parting，旧版为 braving，勇敢面对。

9　the secure from thinking may climb safe to liners，这句很关键，the secure from thinking，指游客，liner（cruiseliners）暗示了这一点。他们对于加勒比的历史毫无挂念，并不关心，他们的 safe 不同于上面的 safety。下面说的"桨手"（paddlers，独木舟桨手），指"中途"（Middle Passage）航线上淹死在海中的奴隶，或是因为疾病，或是因为数量过多被扔下船。这样，就结尾而言，全诗不再是描写个人的爱情，而是思考诗人与历史和传统的关系，尤其是诗人与传统的描写风景的方式的关系；风景不再是情感破灭的浪漫的客观对应，而是受奴役和受殖民的旧历史和新历史的"阴险的旁观者"（说谎的夜，狡猾的海，守卫的星）；对于风景，游客（征服者）的认知就区别于被殖民者的认知，前者把风景作为消费品，后者把风景作为历史的载体，而诗人不再将风景作为情感的反映，他打破了传统商籁的抒情形式，注入了关于殖民和历史的思考。见 *Postcolonial Romanticisms: Landscape and the Possibilities of Inheritance*，第99—101页。King则认为，"安然无虑的人"是满足于简单生存的人；作者则是志在航行，甘愿冒险的进取者。

我十八岁

1 本诗写于1948年，收入《绿夜》诗集时，题目为《哀歌》。沃里克·沃尔科特是沃尔科特的父亲，1931年34岁时去世；沃尔科特当时只有1岁，他还有一个孪生弟弟罗德里克，两人的姐姐是帕梅拉。沃里克的父亲查尔斯是移民加勒比的英国人，母亲是棕色和黑色人种。沃里克的肤色与母亲相同；他干过抄写员和法律方面的工作，业余时间绘画，阅读过莎士比亚和狄更斯等英国文学作品，还参加了业余剧团。沃里克身上的艺术和文学基因都遗传给了沃尔科特兄弟。他最后死于耳部感染。关于沃里克，也见《布鲁克林来信》和《仲夏》50；关于查尔斯，见《游廊》《流亡》。

　　沃尔科特的母亲阿莉克丝（Alix）是卡斯特里一家循道宗语法学校的女校长，出生于圣马丁的荷兰区，她父亲有荷兰血统，母亲是圣卢西亚人，所以阿莉克丝是浅棕色人种。与丈夫不同，她非常高寿，活到96岁，1990年去世。关于沃氏母亲的姓和荷兰血统，见《白鹭》诗集的《在阿姆斯特丹》（本诗集未收），though my mother whose surname was Marlin or Van der Mont/ took pride in an ancestry she claimed was Dutch，以及，the pride of Alix Marlin an early widow。这里的Marlin or Van der Mont，其实分别暗示了阿莉克丝的母亲和父亲Caroline Maarlin和Diederik Johannes van Romondt的姓；沃氏通过谐音，从van Romondt转向Van der Mont，引出了巴洛克时期佛兰德斯画家

Deodat van der Mont（1582—1644），该诗再下面恰恰提到了影响他的鲁本斯。因为母亲的血统，沃氏对荷兰的（以及整个尼德兰地区的）画家颇为痴迷。

上述几位亲人的形象在后面会有所出现，这里略作介绍。他们不同的血缘背景决定了贯穿沃氏一生诗歌的"分裂"主题；也推动着沃氏将多元的语言文化纳入自己作品的视野之内。

2 Lazarus，即《圣经·新约·约翰福音》中记载的麻风病人，去世后，被耶稣复活，这个词也表示穷人和受苦者。

3 bread，《圣经》语境中表示圣餐用的饼。

私人日记

1 green solitudes，把"我们"比作绿叶，每个叶子都是孤独或独处的。

2 the washing faiths my father walked，这里将父亲类比耶稣，用的是耶稣在水上行走的事例，如《新约·马太福音》14:22-31；水也是洗礼的用物。faiths，用复数，指不同的信仰体系，如新教（循道宗）和天主教，甚至还有可能包含文学和艺术，也见《城市死于火》。这句在构造上很有特点，分别有两对词押头韵，层层对称，而中间是"我"。本诗有不少指向《圣经》的意象，如下面的拉撒路、尘土、酒和饼等。作者是用加勒比实际的海景来喻示宗教景象，他想象父亲在海上行走，天上和沙滩的海鸥象征梦想和信仰。进而，作者以耶稣的受难来比喻父亲的受苦："我父"既指沃里克，也指上帝以及与之合一的耶稣。由此，父亲虽死犹生，如上帝般随着作者（"有你又没你"）。

3 Lazarus，即《新约·约翰福音》中记载的麻风病人，去世后，被耶稣复活，这个词也表示穷人和受苦者。

4 bread，《圣经》语境中表示圣餐用的饼，它与葡萄酒分别表示耶稣的圣体和圣血，在诗中就是死神的礼物。

5　price，指父亲的价值。它源自《圣经》中耶稣被出卖的价，表面上值三十银钱，但实际是血价，如《新约·马太福音》27:6，the price of blood；27:9，the price of him that was valued。耶稣用自己的血买了民众，因此，人人都值这个血价，如《哥林多前书》6:20，For ye are bought with a price: therefore glorify God in your body, and in your spirit, which are God's。"被遗忘的"父亲的血价在于他为家庭做出的牺牲，更在于他的精神和信仰。当作者成年之际，死亡让他终于明白：可朽的身体并不重要，父亲的价值和梦想永存，所以他不必怨恨死神。关于本诗的理解以及沃里克在沃尔科特诗中的体现，也见 R.D.Hamner 的"The Present Absence of the Father in the Poetry of Derek Walcott"，*New Soundings in Postcolonial Writing: Critical and Creative Contours* (Brill，2016)，第 15 页和全文。

致一位在英格兰的画家书

1　Letter to a Painter in England，本诗旧题为 To a Painter in England，并有题献"for Harold Simmons"，是献给沃尔科特的心灵导师、圣卢西亚画家和民俗学者哈罗德·西蒙斯（Harold Simmons），关于他，见后面《另一生》的评注，他也是圣卢西亚文化和艺术之父，加勒比民间艺术的保护者和推广者。西蒙斯曾经写过一篇文章，论述了沃尔科特的诗歌成就，谈到了本诗，指出是献给自己的，其中体现了思乡的心情，尤其提到了高更。见"A West Indian Poet Fulfills His Promise"，*Critical Perspectives on Derek Walcott*（Lynne Rienner Publishers，1993)，第 97 页。

2　Gauguins，复数，指加勒比的艺术家，他们与高更一样都远离了欧洲文化。高更在塔希提岛上曾经染病，见《仲夏》19。但是"染病"(sicken)并不完全是负面的含义,也表示渴望(如 yearn)。见 W. Brown 的注释,*Derek Walcott: Selected Poetry*,第 95 页。

3 Appear,这几行用了很多报刊的术语,因此这个动词指登载。

4 pipes,双关,也指笛箫,配合"歌词"。

5 *St. Mary Magdalene*,船的名字,不是圣母玛利亚,是耶稣的信徒之一,也是女圣徒。

6 rotting under this season,旧版为 wasting before the season,指没有西蒙斯的指导,作者的绘画技艺有了退步。

7 virginal island,virgin 指天主教中的女圣徒,圣卢西亚的岛名就来自女圣徒圣露西亚(Saint Lucia)。这个词对比上面的"老处女",表明圣卢西亚的原始自然的状态,尤其指艺术家还没有将之"开发";"老处女"连同上面的后两个船名,正好包含了各个年龄的女性,都暗示了圣卢西亚的"阴性"。

8 curves,旧版为 corners,指转过街角,看到了圣卢西亚首都卡斯特里的教堂。

9 Sunday logic,旧版为 Sabbath logic,作者想要描绘圣卢西亚的风景,他有一种"想要祝福的冲动"或"宗教性的冲动",但他又不想将之完全联系基督教的逻辑,而是认为这是"个体灵魂的'决定'"("单纯的灵魂")。见 Brown 的注释,*Derek Walcott: Selected Poetry*,第 95 页。改用 Sunday,也许是因为俗语里,这个词表示,业余的,断续的,它是礼仪性和模式化的(如同"逻辑"),不是生活的和连续的,见下面《城市死于火》,沃尔科特反对那种被教会制度化的宗教,他主张新教式的、紧密联系生活的信仰,这种信仰针对的"恩典",来自自然,见后面《恩赐》诗集。

10 the simple soul,旧版为,the single soul,single 仅仅强调量,见《另一生》的"单纯的火焰"。

11 flesh,联系《新约·约翰福音》1:14 的"道成肉身",And the Word was made flesh, and dwelt among us。"静默"是最高的语言,

所谓"大音希声",也就是作者的诗歌要接近的语言。

城市死于火

1　城市即圣卢西亚(当时尚未独立,属于英属向风群岛殖民地,殖民地首府在格林纳达圣乔治)首府卡斯特里。这座城市饱受过多次火灾,本诗描写的是1948年6月19—20日的卡斯特里大火。全城五分之四毁于火灾,两千多人无家可归,商业和日常生活陷入瘫痪,疾病肆虐,如同人间炼狱。但就政治而言,这场大火促成了圣卢西亚"联合工人党"(United Workers Party, UWP)的上台,该党也推动了圣卢西亚的去殖民化和独立自主,因此这场大火既让城市(人为的城市)死亡,也让城市和国家(精神层面和自然层面的城市)重生。作者在诗中也暗示了他对城市涅槃的期待。

值得一提的是,沃尔科特在这一年结识了著名的巴巴多斯诗人和文学评论家弗兰克·科利摩尔(Frank Collymore),这对他走上文学之路起到了重要的作用:毁灭的大火也带来了一位伟大诗人的新生。

本诗是一首商籁,为作者早期的名作,带有浓郁的宗教色彩和明显的狄兰·托马斯的思想风格。本诗显然受托马斯的涉及二战时伦敦空袭的名作《拒绝哀悼死于伦敦大火的孩子》("A Refusal to Mourn the Death, by Fire, of a Child in London", 1946)的影响。核心思想上类似最后一句,After the first death, there is no other。情感上也许接近其中颇为晦涩的几句,I shall not murder/ The mankind of her going with a grave truth/ Nor blaspheme down the stations of the breath/ With any further/ Elegy of innocence and youth。宗教上或许与这几句有关,And I must enter again the round/ Zion of the water bead/ And the synagogue of the ear of corn/ Shall I let pray the shadow of a sound。除了这首诗之外,还有一首更深刻地影响了本诗,见下。

关于本诗中对托马斯的借鉴，见 S.Regan, *The Sonnet* (Oxford University Press, 2019), 第 398—399 页；P. Ismond, *Abandoning Dead Metaphors: The Caribbean Phase of Derek Walcott's Poetry* (University of the West Indies Press, 2000), 第 28—29 页。Regan 也分析了本诗在韵律方面的创新：从传统的 abab（韵脚为：sky, fire, I, wire），转向了出人意料的 cbcb（tales, liar, bales, fire），最后六行（sestet），又在押韵上越来越不确定（韵脚为：why, fails, faiths, breath, nails, fire）；faiths 的位置，让它既可以与 fails，也可以与 breath 押韵。全诗中最突出的韵脚都与 fire 有关。

关于圣卢西亚多次的大火，见沃尔科特 1960 年为《特立尼达卫报》撰写的报刊文章《卡斯特里：疲倦的凤凰……灰的滋味》("Castries: A Tired Phoenix...A Taste of Ashes")，收入 *Derek Walcott, The Journeyman Years, Volume 1: Culture, Society, Literature, and Art: Occasional Prose 1957—1974* (Rodopi, 2013), 第 1—4 页。

2　that hot gospeler had leveled all but the churched sky, hot gospeler, 比喻大火。习语表示狂热的布道者，布道内容以福音书为主，他们行为夸张，声音洪亮，极尽鼓动之能。这个词往往专指新教中的清教徒或福音派。在这里，它之所以用来比喻大火：一方面，大火如同传道的场面，人群蜂拥，一呼百应，狂热中蔓延，席卷各处；另一方面，作者为了引入对宗教问题的思考，他看到了宗教狂热造成的危害。这个隐喻带有反讽色彩，明明灾难，却称"福音"。churched sky, 这个矛盾修饰语，可以解释为，它不是说，天空属于"人间的"教会，而是说，它属于"自然的"教会，自然本身是一种独特的"宗教"，它超越了标准意义上的人为的宗教。实际上，人的宗教想象恰恰就把自然的天阐释为天堂或天国，这正是宗教的自然根源，但却总被遗忘。人间的火焚永远不会伤及它；人的宗教狂热也无法损害这种自然的信仰。正因为自然本身的永存，而且人也属于自然，因此，无论人世的火灾如何严重，自然的希望总是存在。本诗从一开头就表明，作者试图改造基督教的制度化（不是反对基督教），以能带来更深刻的希望，当然，他也隐约表达了自然神论的主张。

3 wrote the tale by tallow, tallow 指牛羊的脂肪和油脂，常用来做蜡烛，即 tallow dip，因此译为油烛。大火造成了停电，卡斯特里成为了烛火之城。不过城市的电力站倒是逃过了大火。tale 指火灾中的见闻，它与 tallow 押头韵，而且呼应。

4 Wanted to tell in more than wax of faiths that were snapped like wire, 蜡烛、烛光和蜡，首先是人工的照明物和人为的事物。其次指"我"本人的灵魂、目光和泪水，三者共同代表"我"的生命。最后，基督教中，供奉和祈祷时都要点蜡烛，烛光象征上帝的恩典和光明，故而，三者代表了仪式化的宗教。这些都会燃尽，难以永恒地象征上帝之光。这里的 more than，意即，除了用"人工之蜡"照明外，还要用其他更重要的东西来讲述死去的信仰。这也是在扩展"蜡"的含义，将其从实物转向其他喻体：（1）用"我"的个体生命讲述，尤其通过文学和诗歌艺术，但这是短暂易逝的，因为蜡会燃尽。所以（2），要用宗教的希望讲述，但按照本诗的思想，作者试图超越教会式的宗教。因此（3），要用"自然之蜡"讲述，即自然的绵延的生命力，这是一种全新的宗教设想，接近自然神论，它高于制度性的信仰模式。此处联系了前面提到的狄兰·托马斯谈及伦敦大火的那首诗。

但显然，更重要的是，通过"蜡"的意象，作者还采用了托马斯的另一首诗《"没有太阳，才有光照"》("Light Breaks Where No Sun Shines") 中的宗教主张，A candle in the thighs/ Warms youth and seed and burns the seeds of age;/ Where no seed stirs,/ The fruit of man unwrinkles in the stars,/ Bright as a fig;/ <u>Where no wax is, the candle shows its hairs</u>. 绝对的光代表基督教的"希望"，只有在无希望处，才有希望可言。蜡烛代表人在历史中的生命进程，没有人工的蜡（诗中是 fig wax），它仍然会用"头发"（生命之蜡）燃烧。同样的观点也见托马斯的《"当，像流动的坟墓"》("When, Like a Running

Grave"), I dump the waxlights in your tower dome。

另外，我认为，沃尔科特有可能想到了莎士比亚作品中常用的蜡（或蜡像）的意象。因为，在后者那里，蜡与人的生命和灵魂相关，象征了易逝、短暂和难以长久，这与沃氏的用法相近。如《约翰王》第五幕，第四场，蜡像的融化比喻生命将亡，Which bleeds away, even as a form of wax.《仲夏夜之梦》第一幕，第一场，忒修斯把赫尔米亚比喻为可以揉捏变形的蜡像。《哈姆雷特》第三幕，第四场，不可靠的贞洁比作蜡。按照 J.Bate 的看法，这种比喻，莎士比亚是受奥维德《变形记》的影响，他读的是阿瑟·戈丁（Arthur Golding）的经典译本，如 15.188-192, And even as <u>supple wax</u> with ease receyveth fygures straunge,/ And keepes not ay one shape, ne bydes assured ay from chaunge,/ And yit continueth always <u>wax</u> in substaunce: so I say/ <u>The soule is ay the selfsame thing it was and yit astray</u>/ It fleeteth intoo sundry shapes.。见 "Ovid and the Sonnets or, did Shakespeare Feel the Anxiety of Influence?", *Shakespeare Survey 42: Shakespeare And The Elizabethans*（Cambridge University Press, 1990），第 75 页。

当然，较早用蜡与心灵和语言相喻的是柏拉图，见《理想国》588d，语言比蜡还要有弹性（εὐπλαστότερον κηροῦ）。《泰阿泰德》191c，ἐν ταῖς ψυχαῖς ἡμῶν ἐνὸν κήρινον ἐκμαγεῖον（在我们灵魂中有一块蜡），因人而异，有大小软硬，纯与不纯之分，有的则适中。那上面会留下感知和思想的印记。也见《法篇》633d，心（θυμός）像蜡。这里的蜡是蜜蜡，当时书写用的蜡板就用它制成。

snapped like wire，在本诗的语境中，wire 指电线或电缆，snap 是折断，这里是火烧断，作者想到的是大火中电线被烧的场景。电线代表了"人造的东西"，它终究是脆弱的。faiths，沃尔科特反对用人为划定的教会背景来衡量一个人对上帝的信仰，他主张自然的和普遍的信仰。F.D'Aguiar 在论述沃尔科特上帝观时分析了这首诗，见"'In God We Troust': Derek Walcott and God", *Callaloo*, Vol. 28, No. 1,

Derek Walcott: A Special Issue (Winter, 2005), 第 216—223 页。

5 walked abroad, 这个词组本身也常指传闻或留言的传播。

6 没有火时, 建筑好像无坚不摧, 但火灾之后, 只剩残垣断壁, 因此残留的墙仿佛在骗人一样, 故意做出这副样子。这是形容作者的惊讶。

7 《新约·马太福音》14:22—33, 基督海上行走的神迹。这个海是加利利海, 但其实是湖, 而作者说的海边是加勒比海。

8 wooden world, 押头韵, 这指人的建筑世界, 当时的建筑物大多用木材。这个世界对立于本诗描绘的自然世界（天、云、山林等）。作者这个问句其实表达了否定看法: 当人为世界败落后, 人不应该流泪。泪水对应了蜡, 其实就是木头世界的蜡, 它会流尽, 但比蜡更重要的希望一定会出现。

9 town, 指卡斯特里市区。

10 leaves 即表示树叶, 也是纸张, 市里是人为建造的地方, 因此纸张才是"树叶"。作者是看见了山丘的树叶, 将之对比了人为的世界。

11 a flock of faiths, flock 与 faiths 押头韵。前者在基督教中专指牧群, 即绵羊群, 如《旧约·以赛亚书》40:11, He shall feed his flock like a shepherd。《新约·彼得前书》5:2, Feed the flock of God which is among you。也见《马太福音》26:31。因此, 该词表示教区或聚集的信众。faiths, 这里仍然指不同的信仰体系。作者先借用基督教的表达将山比喻成信徒, 但其用意超出或扩展了基督教: 山本身没有人为建立的宗教, 他们的不同信仰都是针对自然。因此, 这样的牧群, 它的"牧者"就不是教会代表的基督教的上帝, 而是自然神。有这样信仰的山丘, 远比城里的"树叶"（代表信基督教的人类）要永恒和坚强。作者当然不是反对基督教, 而是从自己的新教立场出发, 试图让人们立足于一种超越宗教制度的、广阔的自然信仰。

12 最后两行开头分别是 rebuilding 和 blessing（基督教的祝福）, 其主语都是上面"绿色的气息",这是自然之气,只有它才能让人为世界复苏。

13　城里废墟中,处处都是残留的钉子,这暗示了钉死基督的钉子。与前面的"败落"(fails)押韵而且呼应。"爱"指对上帝以及他创造的整个世界的爱,火灾的狂热(人为)破坏了人们对上帝的爱(自然),但是自然界依然完好无损,生命会继续,爱会永驻。到此,基督教的信(自然之信)望(生命烛火的希望)爱(绿色气息建起的爱),都被作者表明了出来。

14　baptism,基督教色彩的词。这里的火就不再是一场灾难了,而是像引导以色列人的那个火柱,《出埃及记》13: 22。这次的死亡犹如涅槃。

像约翰去拔摩岛

1　As John to Patmos,这个约翰就是《新约·启示录》的作者,曾被罗马皇帝图密善流放去拔摩岛。早期基督教传统认为他是使徒约翰;有些现代学者提出质疑,仅将其称为拔摩岛的约翰。这个岛(希腊文为 Πάτμος)在爱琴海东南部,也译为帕特摩斯岛,这里按和合本《启示录》1:9 的译法。钦定本为,I John, who also am your brother, and companion in tribulation, and in the kingdom and patience of Jesus Christ, was in the isle that is called Patmos, for the word of God, and for the testimony of Jesus Christ. 和合本译为,"我约翰就是你们的弟兄,和你们在耶稣的患难,国度,忍耐里一同有分。为神的道,并为给耶稣作的见证,曾在那名叫拔摩的海岛上。"在这座岛上,约翰目睹了神迹,它们都记录在《启示录》中。

　　本诗中,沃尔科特自比约翰,拔摩岛比作圣卢西亚。这首仍然带有托马斯风格的诗是作者早期的名作,但并未摆脱西方文化的影响。

就像沃氏后面会影射的马维尔的《百慕大》和《鲁宾逊漂流记》一样,这首诗幻想圣卢西亚成为西方人的天堂。在本诗中,正如自己所说的"黑色的希腊人",他是"黑色的约翰",这种幻想自己是西方人的情结,到了中后期的诗歌里被彻底超越。他转而以反讽的态度削弱和反省西方文化的影响,致力于书写本土性,圣卢西亚不是而且没有必要成为拔摩岛,它就是圣卢西亚。

另外,荷尔德林也有经典的长诗《拔摩岛》,不确定沃尔科特是否受到过它的影响,但其中有几句意境相似,如,Freude war es/ Von nun an, / Zu wohnen in liebender Nacht, und bewahre/ In einfältigen Augen, unverwandt/ Abgründe der Weisheit(此乃喜乐,/ 从此时开始 / 栖居于有爱之夜,/ 用单纯的目光,始终如一 / 守望智慧的深渊)。其他相似的诗句就不再一一列举了,但荷氏的思路与沃氏较为一致,都是将拔摩岛视为想象的单纯的世界和天堂。"单纯",在沃尔科特《另一生》第三篇中也是重要的主题,不过在深度方面,《另一生》要超过本诗。

2 flocks,指鸟群,虽然也指畜群,但作者通常指鸟;也暗示信徒,见《城市死于火》。

3 《启示录》21:1—2, And I saw a new heaven and a new earth: for the first heaven and the first earth were passed away; and there was no more sea. And I John saw the holy city, new Jerusalem, coming down from God out of heaven, prepared as a bride adorned for her husband。由于《启示录》中记载的神奇景象,因此拔摩岛是基督教的圣地,"新耶路撒冷",而按照沃尔科特的想象,圣卢西亚是"新的新耶路撒冷"。他试图用这种想象提升圣卢西亚的地位,弥合加勒比与西方的矛盾。但实际上,在西方人眼中,乃至在奈保尔眼中,圣卢西亚都是毫无文化的蛮荒之地,与拔摩岛毫无瓜葛。

4 指黑人,但也包括沃尔科特这样的混血黑人,见《纵帆船"飞翔号"》。

我双腿交叉顺着日光，看……

1 这首诗作为了《绿夜》和《沃尔科特诗集：1948—1984》的《序曲》。这里的标题来自首句，但与《序曲》有一处不同，在"我"之后和"注视"之前没有逗号分隔。中译保留后一个逗号。

2 with legs crossed，这个动作，坐姿时即跷腿，站姿时有警惕防范、屈从的含义，这里应为后者，因为符合第一节的语境，"我"在高处观看自己的岛，但云的"拳"威胁着岛，令它屈服。见 R.Dove, "'Either I'm Nobody, or I'm a Nation'", *Derek Walcott* (Bloom's Modern Critical Views; Chelsea House Publishers, 2003)，第 54—55 页。但是，南非女诗人 Y.Christiansë 认为，这是"冥想的姿势"，在注视中，作者明白了，他的生活，也就是"写作"，正处于"新手"时期。除非他学会"在精确的抑扬格里受苦"。见"'Monstrous Prodigy': The Apocalyptic Landscapes of Derek Walcott's Poetry", *Mapping the Sacred: Religion, Geography and Postcolonial Literatures*（Rodopi，2001），第 211—212 页。C. G. O. King 指出，这种姿势是在暖阳之下的无目的、忘我的放松。见"The Poems Of Derek Walcott"，第 3—5 页。这两种看法也许将这个动作理解为坐姿。当然，第一节其实也暗含了超然或麻木的感觉。

P.Breslin 认为，本诗试图"重新解释英美现代主义中对'怀疑性理智'与所谓'狄俄尼索斯性、肉体性或原始性'这两方面之间关系的争论"。《二十五首诗》有两个主要特征：一个是"狄俄尼索斯式的、对感官世界的颂扬"，这得益于狄兰·托马斯和奥登的"抒情一面"；另一个是"分析的、讽刺、自我怀疑的语言"，受艾略特、庞德和奥登的"尖刻一面"的影响。而在本诗中，这两方面展开了争论。这种让现代主义诗人进行巴赫金式的对话和争辩的方式，是沃尔科特后来作品中的独特手法之一。比如第一节，意义是讽刺的；隐喻方面的"凝缩和隐晦"是无理性的，托马斯式的。其中也暗合了（沃氏当时还未读过的）出生于马提尼克的、伊博族后裔的法国诗人艾米·塞萨尔（Aimé Fernand David Césaire，1913—2008）在《返乡笔记》（*Cahier d'un retour au pays natal*，1939）中的描述，比如说自己的市镇为，plate-étalée（摊开的洼地），说自己的灵魂，couchée. Comme cette ville dans la crasse et dans la boue couchée（躺下，像这城镇一样躺在污垢和烂泥上）。第二节则转向了"透明，推论的风格"，更像奥登。再后面，说话者的方式则来自艾略特，类似《J. 阿尔弗雷德·普鲁弗洛克的情歌》("Love Song of J. Alfred Prufrock")。结尾一节则暗示了但丁、艾略特、庞德和哈特·克兰。见 *Nobody's Nation: Reading Derek Walcott*（The Univeristy of Chicago Press，2001），第58—60页。

Chiara 认为本诗中，沃尔科特，或本诗中的"我"，（尤其在前两小节）体现出了艾略特《荒原》中希腊先知忒瑞西阿斯（Tiresias）的特征。作为现代忒瑞西阿斯，沃氏能解释负担着过去的幽灵的"现在"。"经受殖民的过去，偷走了加勒比群岛的历史，代之以游客拿的页数少得可怜的手册。"见 "Derek Walcott: A Ship wrecked Mind"，*Harbors, Flows, and Migrations: The USA in/and the World*（Cambridge Scholars Publishing，2017），第261—262页。

开头部分与洛威尔《笔记本1967—1968》第11首可以对比，尽管本诗在前，Both my legs hinged on the foreshortened bathtub, / small enough to have been a traveler's.../ sun baking a bright fluff of balsam needles。尽管本诗距离成熟之作《另一生》有将近二十年之久，但超然中旁观世界的精神从沃尔科特年轻时就体现了出来，这里就是一例。所以当作者确立了《另一生》中重建天堂（联系《失乐园》）的目标后，他发现本诗似乎早有预示，当他年轻时悠闲地坐在海边，他早已拥有了那个天堂，只不过还没有意识到。这个天堂就是本土的生活。

3　在《序曲》中为 divide，这里为 disturb。

4　这一行有意处理得很长，模仿了船的轨迹，或地平线。这一节是很多后殖民文化理论家常引用的，用来体现非西方世界的人只存在于他人的"目光"中，接受这种目光的暴力。

5 在《序曲》中为 blue，这里为 pale。

6 指钟表的表针，如同刀片。

7 如 Dove 所言，一旦揭示了个人的生活，殖民者会标签化地认为这是西印度人对自身"冲动、肉欲、非理智"特征的"个人忏悔"。而沃尔科特必须加入到殖民者的"游戏"中击败他们，才能"得到倾听"。见"'Either I'm Nobody, or I'm a Nation'"，第 55 页。

8 见《另一生》关于题目的评注，这里明确暗示了但丁《神曲·地狱篇》的开篇。

9 Reluctant leopard of the slow eyes, leopard,《神曲·地狱篇》第一章，有三种野兽拦住但丁的道路，豹是其中之一，象征肉欲。Breslin 和 Dove 指出，本诗的豹子是吸引他的"爱人和缪斯"，而非障碍。因此，reluctant 形容爱人的"羞怯不前"(shy)。本诗最终的立意，还是欢迎"感官的和共同的激情"，但也避免"个人性的放纵"。关于豹的形象，也可以对比哈特·克兰的《酒的动物园》("The Wine Menagerie")；以及庞德《诗章》II 中围绕狄俄尼索斯的几种野兽。见 *Nobody's Nation*，第 60 页；"'Either I'm Nobody, or I'm a Nation'"，第 55 页。人们也会想起里尔克的《豹》, Sein Blick ist vom Vorübergehn der Stäbe/ so müd geworden（它的目光让那走不完的栏杆/弄得倦怠）；Nur manchmal schiebt der Vorhang der Pupille/ sich lautlos auf（只是有时，眼帘无声地/撩起）。

选自《青年的墓志铭：十二章》(1949)

1 1949 年，沃尔科特自费印刷了第二本诗集《青年的墓志铭：十二章》，他认为这本诗集是《另一生》的原始文本，带有想象的自传性质。这部组诗，在加勒比、英国和美国的诗歌爱好者中广为流传。重要的是,这部诗集带有明显的"散文"性质,这是沃氏一生诗歌的突出特征之一。以"墓志铭"为诗集标题,显然受艾略特《四个四重奏》的"Every poem an epitaph"的影响。"十二章"的"章"即 canto 一词:首先,它联系了《神曲》,本诗集的主题与《神曲》的"游历"也有相似之处。后面可以看到,《另一生》与但丁的《新生》和《神曲》也都有着密切关系。其次,它联系了庞德的《诗章》,"诗章"用的就是 canto 一词,《诗章》的主题也与《青年的墓志铭》和《另一生》有联系。S.Brown, "The Apprentice: *25 Poems*, *Epitaph for the Young*, *Poems*, *and In A Green Night*", *Derek Walcott*(Bloom's Modern Critical Views),第 79—97 页。

上述解释,都体现在一次访谈中,沃尔科特说:"你知道,我曾经写过另外一篇东西《青年的墓志铭》。我受到的各种影响尽在其中:我的意思就是,这些影响显而易见,都是有意引涉的。有乔伊斯,《荒原》,庞德,都在其中,我指的是那些人们熟知的例子。我大约 19 岁时写的。所以,它是类似《另一生》原文本(Urtext)的东西。当时,它还不是自觉性的作品。但我现在意识到,在某种程度上,我的创作,并没有展现出现实生活,它只是对生活重新做了精炼(re-essentialized),最大程度地体现它的实际本质(essence),让生活更集中。"见 R.D.Hamner 对沃尔科特的访谈, *Conversations with Derek Walcott*,第 23 页。

K.Alleyne 解释过这首诗集的主题:"《青年的墓志铭》是一部十二首诗组成的寓言,它描述了生命从出生到成人的游历历程,小船——人的精神——在经验的群岛中穿梭。每一首诗都包含了实际的经验,这种经验可以转译为相似的文学作品、哲学片段和游历的寓言。""'从卵到飞翔'的寓言,就是人的精神在这十二首诗所描述的一圈圈连续的磨炼中穿行:第一章,出生;第二章,孤独;第三章,爱的觉醒和幻灭;第四章,雄心;第五章,信仰的遇难;第六章,干旱和饥荒;第七章,逃向肮脏的现实;第八章,对生死的沉思;第九章,欲乐与感官之快；第十章，对知识的渴求；第十一章，清洁和净化的爱；第十二章，信仰的确定。在自传之中，该诗又包含了对西印度群岛的讽刺。"这十二首的主题也都贯穿在《另一生》中。其中的一系列意象都带有乔伊斯的"顿现"（epiphany）的风格。见"Review of *Epitaph for the Young*"，*Critical Perspectives on Derek Walcott*，第101—102页。关于顿现，见《另一生》1.2.1的注释。

第二章

1　如前注释所言，这一首描写的是"孤独"，退隐，或离群索居。这种孤寂感几乎贯穿了沃尔科特一生的诗作。

2　西印度的意识是"脆弱的"，"如处女"，它从"漂散的其他目的"中形成，这些都是"历史碎片的残余"，历史的破碎既是由于"语言、种族和文化的混合"，也归咎于"宗主国殖民政策的朝令夕改，反复无常"。见 *Nobody's Nation*，第63页。

3　dung，沃尔科特常使用粪这个意象。这一句的句式很像《旧约·玛拉基书》2:3，见钦定本，里面用到了dung（希伯来文为 פֶּרֶשׁ，peresh）一词，上帝警戒祭司们说，如果不听从吩咐，就会"把你们节庆献的牺牲的粪抹（spread）在你们的脸上"，这个词比较直接，很不雅，而且出自上帝之口，所以一些《圣经》英译本没有使用这个词。粪的意象在《圣经》中常见，如《耶利米哀歌》4:5，《耶利米书》8:1，《以赛亚书》4:3，《以西结书》4:15，表明不洁和虚假，它会玷污通向上帝的真理。沃尔科特这里的意思就是指虚假的言论。

4　见《渔人荡舟归途中……》的"古老的骗局"。

5　prefect，沃尔科特在访谈中提到过他在圣卢西亚（当时为英国殖民地）卡斯特里的圣玛丽公学（St. Mary College）接受英国教育时，学校设有一套英式的等级制的监管团队，依次为monitor（班长）、prefect

(级长)、assistant head master（助理校长）和 head master（校长）。见 J. P. White 对沃尔科特的访谈，*Conversations with Derek Walcott*，第 153 页。

6　prevents，旧的用法，走在前面，引导，见《旧约·诗篇》59:10，The God of my mercy shall prevent me。和合本译为"迎接"。这里的"希望"就是基督教信望爱的"望"。

选自《诗集》（1957）

哈特·克兰

1　Harold Hart Crane（1899—1932），美国著名诗人，英年自杀而死。其代表作为长诗《桥》，描写的就是本诗中说的布鲁克林大桥。这座桥是悬索式，连接曼哈顿和布鲁克林，是纽约地标性建筑。该桥设计师在纽约居住过的公寓，克兰后来也曾住过。《桥》这首诗回应了艾略特的《荒原》，对现代持乐观精神，但反讽的是，克兰恰恰自绝于这个令他乐观的世界。

2　见《桥·致布鲁克林桥》，O harp and altar, of the fury fused。

3　比较《桥·贵格山》，Love from despair-when love forsees the end。

4　package，见《桥·致布鲁克林桥》，The City's fiery parcels all undone。沃尔科特用 package 暗示 parcel。在没有打开未知的包裹前，克兰肯定会觉得"不安"。

5　Liberty offered God a match，Liberty，指自由女神，克兰有首未完成的诗为《致自由女神》。也见《桥·致布鲁克林桥》，building high/ Over the chained bay waters Liberty。match，翻译为竞赛、挑战、配对，似乎是合理的，但意蕴不足，我斗胆译为"火柴"，它指自由女神手中的火炬。这联系了《桥·隧道》中的一句难解的名言，love/ A burnt match skating in a urinal（爱，一根燃尽的、在小便池里滑动的火柴）。

从远处望去，火炬渺小得就像火柴，并不存在的光，象征着消失殆尽的自由和爱。这样解释，offer（奉献）的神圣意义也可以体现出来，它还表现了高举火炬的动作。在《致自由女神》中，克兰把神像比作他要创造的处女，以此喻示美国的处女性（建基于处女地，也联系Virginia）；她的爱人是溺死的"水手"；她举着"最后的火炬"，似乎在召唤和引导爱人。这样，女神/处女—上帝/克兰的对应就凸显出来。上帝创造了自由和神像，而克兰为美国创造了精神上的"自由女神"，他用自己的溺死，扮演了"水手"，也将自己放在了上帝的位置。他似乎想说，自由靠的是诗人的想象和行动，而不是外来的神的拯救。另外，译为火柴，也可以联系下一句的"烟"。

6 比较《桥·亚特兰蒂斯》，through smoking pyres of love and death 和《桥·舞》，Do antlers shine/ Alert, star-triggered in the listening vault/ Of dusk?。

7 Marrying banks with a swift signature，signature，指桥的线条和外形如同一道签名，仿佛证婚人的签名，让两岸成婚，同时也将两岸连在一起。沃尔科特很喜欢用这个词。此处，它暗示了克兰《旅程》（"Voyage"）第四节，In signature of the incarnate word。所谓签名，或标识，指植物学中的"签名理论"，即植物，尤其是草本植物，它的部分形态会与人的器官相似，因此"说"出了这部分的功能，比如植物叶子如果类似肝脏，那么就对人体的肝有作用，这种"相似性"就是上帝或神留下的"签名/标识"，学者要倾听事物的语言。福柯在《词与物》中考察的文艺复兴时期的知识型就是这种签名理论。该理论的代表人物有帕拉塞尔修斯（Paracelsius），还有波墨，他写过《万物的签名》，乔伊斯《尤利西斯》也提到过万物的签名。克兰认为"成肉身的言"会在万物中留下上帝的签名，诗人就要解读这种语言。这种理论也是沃尔科特隐喻理论的核心。桥的签名/标识，就是迅速的连接，它"意指"出了人的婚姻/结合。

marrying，也许暗示了克兰的《为浮士德与海伦的婚姻而作》

("For The Marriage of Faustus and Helen")。这首诗在克兰诗歌生涯中相当关键，它是为浮士德与海伦成婚的祝婚诗，同时展现了两个存在维度的和谐与结合。见 R.W.B.Lewis, *The Poetry of Hart Crane* (Princeton University Press, 1967)，第 83 页。而布鲁克林桥所连接的布鲁克林区和曼哈顿区也如同两个世界。

8 bums, bum 是美语对流浪汉的称呼，也联系波德莱尔的城市游荡者。克兰在华尔街公司里当过文员，但志不在此，为了从事艺术，就像流浪汉一样自己谋生，而且还放纵行乐。在他的商人父亲看来，诗人无疑算是下九流，所以他劝过克兰，说诗人就是流浪汉，要饭的，难以自食其力。见 J.T.Irwin 的 *Hart Crane's Poetry: "Appollinaire lived in Paris, I live in Cleveland, Ohio"* (Johns Hopkins University Press, 2011)，第 239 页。

9 O，模仿吐口香糖的嘴型。这种手法，后面《月》中也用过，用 O 模仿圆月。

10 Quetzalcoatl，魁扎尔寇特，阿兹特克人信奉的羽蛇神。纳瓦特尔语（Nahuatl）里，coatl 即蛇；quetzal 来自 quetzalli 一词（词根 quetza，即站立，竖立，升起），即长的绿色羽毛，指墨西哥凤尾绿咬鹃（Pharomachrus mocinno）的尾羽，所以这种鸟也被现代语言称为 quetzal。羽蛇具有蛇和鸟的形态，按照中美地区的神话，羽蛇有开辟世界的能力，它还对应了金星，是气之神。美洲原始文化对克兰影响很大。羽蛇神是他诗歌中的关键意象，普雷斯科特、斯宾塞、D.H.劳伦斯（有小说《羽蛇》）对羽蛇神的学说都影响了克兰，而且克兰还极为喜爱尼采，他将羽蛇神与《查拉图斯特拉如是说》也联系在了一起，这些内容均参见 J. T. Irwin 的 *Hart Crane's Poetry: "Appollinaire lived in Paris, I live in Cleveland, Ohio"*，第一部分，第 15—16 节；几个纳瓦特尔语单词的释义，均见 J.Bierhorst 的 *A Nahuatl-English Dictionary and Concordance to the Cantares Mexicanos* (Stanford University Press, 1985)，第 89，280—282，283 页。克兰在生前最后一年也曾去往墨西哥。

11　Not, by gum, Wrigley's and Spearmint, by gum，英式英语中委婉地表示 by god（以上帝起誓，表示肯定），gum 谐音 god，这个用法比较古旧。但重要的是，gum 一词双关，还指口香糖，同时联系了上帝。这是为了暗示克兰的图画诗《芒果树》中的一句，When you sprouted Paradise a discard of chewing gum took place（你若萌生了天堂，就会吐掉嚼着的口香糖）。克兰认为，天堂在堕落之后才会出现，人需要知道爱，当他成熟了，就丢弃了自己的童年，如同嚼完口香糖吐掉一样。所以沃尔科特后面还会说嘴巴啐掉口香糖。克兰喜欢嚼口香糖，在《致马尔科姆·考利（Malcolm Cowley）书信》中说自己工作忙，嚼口香糖当午饭，见 *The Letters of Hart Crane*（University of California Press，1965），第 330 页。

　　Not...Wrigley's and Spearmint，即，不是箭牌的，而且不是箭牌薄荷的，这指的就是中文说的"白箭"（Wrigley's Spearmint）薄荷口香糖，它是箭牌公司最经典的产品，1893 年上市，中国人比较熟悉的则是绿箭（Wrigley's Doublemint）。这里之所以提口香糖，是因为克兰的父亲克拉伦斯·克兰正是另一家薄荷糖名牌 Life Saver（救生圈，因为糖是圆圈形）的创始人（1912 年创立），很有意思的是，这个品牌后来正是被箭牌兼并。这里用"不是白箭"暗示"救生圈糖"。这一方面联系了克兰的家庭情况：他父亲和母亲感情不合，后来离异，给他留下阴影；另一方面，由于这个牌子与落水有关，因此暗示克兰的溺死：当克兰不嚼口香糖时，他就成熟了，也就选择了跳海。

12　spitting jaws，指克兰的嘴，也可以指羽蛇的吻。这句和下面的沙漠，译者很自然地（也许很牵强）联想到了艾略特《圣灰星期三》（"Ash Wednesday"），The desert in the garden the garden in the desert / Of drouth, spitting from the mouth the withered apple-seed。

13　nomadic laws，游牧指城市的流浪生活，尤其也暗示克兰在格林尼治村期间的生活状态。这里明显指向《桥·河》，Rail-squatters ranged in nomad raillery。

14　见《桥·舞》，In cobalt desert closures made our vows。克兰说天空像钴蓝色的沙漠，这里的红色沙漠，显然指黄昏的天空。

15　清教徒独特的衣领，这里是比喻布鲁克林区的轮廓像纽约湾的衣领。

16　席勒《卡珊德拉》(1802) 中说过，Nur der Irrtum ist das Leben, und das Wissen ist der Tod（生命只是错误，死亡是知识）。

17　complexity，鉴于艾略特对克兰和沃尔科特的影响都很深，因此这个词指艾略特的"纷繁原则或方法"，在《玄学派诗人》(1921) 中，他阐述了现代世界的纷繁特征："我们的文明包容了巨大的多样和纷繁，这种多样和纷繁，作用于细腻的感受力，就必定产生了多样和纷繁的结果。诗人必定越来越全面包容，越加影射引喻，越加迂曲，以便强令语言产生他的意旨，如果必要，还可使语言错乱"（Our civilization comprehends great variety and complexity, and this variety and complexity, playing upon a refined sensibility, must produce various and complex results. The poet must become more and more comprehensive, more allusive, more indirect, in order to force, to dislocate if necessary, language into his meaning）。

18　asylum，见《桥·致布鲁克林桥》，Out of some subway scuttle, cell or loft / A bedlamite speeds to thy parapets。bedlamite（疯子）的词源是伦敦著名的精神病院"Hospital of Saint Mary of Bethlehem"的俗称 Bedlam。Bethlehem 即伯利恒，耶稣出生地（实际上，下面几行很快就提到了犹太人和先知）。因此，asylum 既指《桥》的这一场景，也联系了 Bedlam，同时暗示了耶稣，进一步又联系了道成肉身。疯人跳下桥死去，这相反于 bedlamite 暗示的"出生"，但似乎又预示着"复活"。而现实中，克兰自杀时，他也许在想象着自己的复活。

19　这里将疯人院与隐喻等同，因为隐喻是原始的思维方式。"隐喻逻辑"是克兰著名的诗歌学说，与艾略特的"客观对应"有关系。原始的、神话的、甚至疯人的思维,这些都有"逻辑",尽管我们觉得荒诞,但它们都是可以解释的。

20　deliriums,比较《桥·万福玛利亚》,—Yet no delirium of jewels! O Fernando, / Take of that eastern shore, this western sea, / Yet yield thy God's, thy Virgin's charity!。

21　1932年,克兰乘船返回美国的途中跳入墨西哥湾自尽。

圣约瑟修女会

1　Sisters of St. Joseph,天主教修女会团,1650年成立于法国,目前在美国和法国等国有多个分部。沃尔科特的初恋安琪薇尔曾在圣卢西亚圣约瑟女修道院(St.Joseph's Convent)上学,这是圣卢西亚唯一一所为女生提供的中学。沃尔科特这里指的会团就在这所女修道院。而该修道院离沃尔科特的中学圣玛丽公学仅有一街之隔。沃氏是新教教徒,他对这种修女会团并不感兴趣,他关心的只是安琪薇尔。关于安琪薇尔,见《海风》《海歌》和《另一生》。

2　Little Flower,即19世纪法国著名的特蕾莎修女(Thérèse of Lisieux),也译为德兰修女(或小德兰修女),24岁去世。他的父亲曾经摘下一朵小白花,教其立志成为上帝和基督的一朵小花。教皇庇护十一世后追封她为"花园的神圣护者"。这个花园,也就是诗中要联想的梵蒂冈花园(Vatican Gardens)。最早的特蕾莎修女是16世纪罗马天主教迦密会(the Carmelite)建立者西班牙阿维拉的圣特蕾莎,后来,这一会团的多位修女都叫特蕾莎。20世纪最著名的就是得过诺贝尔和平奖的加尔各答的特蕾莎修女。

3　Mayo,梅奥,爱尔兰一个郡,在西北部,传圣帕特里克就来过此郡,这里也有很多古代的修道院。这里也许是暗示安琪薇尔的祖籍在威尔士或爱尔兰。这两个地方也有天主教的背景。

4 novice，指安琪薇尔，见《另一生》3.15.3。

金斯敦——夜曲

1 牙买加首都。沃尔科特的大学生涯是在西印度群岛大学莫纳校区（Mona Campus, University of the West Indies）度过的。这所大学是加勒比地区 18 个英语为官方语言的国家共同建立的，分有三个主校区。本诗并未得到很多学者的关注和讨论，它其实已经包含了很多属于沃尔科特的、重要的主题元素：珀科曼尼亚、奥德修斯、卡吕普索音乐、《圣经》；以及英语克里奥尔语。

2 THE WRATH OF GOD，《圣经》中常见的短语，如《旧约·诗篇》78:31；《新约·约翰福音》3:36。

3 railings，指栏杆，但 rail 指铁轨，一排排栏杆也类似铁轨，所以将跳蚤比作"货物"。

4 鸮鸟（owls），蛆虫（maggots），虱子（lice），跳蚤（fleas），全是《圣经》中常见的意象。以英语的几种经典《圣经》版本为准，鸮鸟如《利未记》11:17（和合本把小的 owl 译为"鸮鸟"，大的 owl 译为"猫头鹰"），上帝认为鸮鸟是可憎的，不能食用。蛆虫如《约伯记》25:6（钦定本译为 worm，ESV 和 NIV 译为 maggot）。虱子如《出埃及记》8:18（钦定本译为 lice，ESV 和 NIV 改为了 gnats）。跳蚤如《撒母耳记上》24:14。这四个意象，后面的诗作中还会多次出现。

5 money hushes，英语有 hush money，即封口费。

6 lanternlight，当时的路灯是油灯的灯笼，需要点火，见《另一生》1.3。

7 the pocomania of the Second Coming，Pocomania，按照原始发音和意义，应该用拉丁字母写为 Puk-kumina（朴库米那），但西班牙语带有贬义地把它改写并曲解为了 poco（小）和 mania（疯癫）合成的词。Kumina（库米那）来自非洲刚果语，也许来自刚果语的 kumu（旋律和节奏），它是非洲的原始宗教仪式，以舞蹈、击鼓、歌唱为表现形式。在这种仪式中，造物主为 Nzambi a Mpungu（刚果语意为最高的神），宇宙分天上地下，有各种灵，而人的祖先之灵为 Nzambi（Zombi）。在基督教传入非洲之后，欧洲传道士为了传道方便，就称 Nzambi a Mpungu 是基督教的上帝，而 Nzambi 就是每个人分有的圣灵（Spirit）。

由于这种宗教体系与基督教有相近之处，故而在19世纪60年代，随着新教的宗教复兴（Great Revival）运动波及牙买加，非洲裔牙买加人在库米那中加入了基督教的元素，同时也将之与17—19世纪非洲人带入牙买加的"迈亚尔术"（白巫术，Myal）混合在一起，形成了以"朴库米那仪式"为中心的新教教派"朴库米那宗"——与之并行的还有"复兴锡安宗"（Revival Zion），一些学者把它使用的仪式也称为"朴库米那"，尽管两个宗派的仪式在具体环节上多有差异。"朴库米那仪式"敬拜的就是各种灵，包括《圣经》中的先知和著名人物的灵，以及死者的亡灵，尤其是召唤基督的复临。在牙买加新教教派中，教徒会使用它作为传教、布道、驱魔的手段。朴库米那仪式一般在星期日夜间举行，需有水的庭院，仪式分上供、宣读经文、布道、歌咏、击鼓击铙钹、舞蹈、附身、踏步等环节。男性作为领导者，被称为"爸爸"或"船长"，象征着牧人基督（锡安宗可以有女性领导者，被称为"妈妈"），他手持蜡烛灯火，引导队伍逆时针旋转。全队陷入了迷狂和着魔的状态，因此被戏称为"小疯癫"（poco mania）。

上述关于珀科曼尼亚的观点，详见 P. Taylor 和 F.I. Case 的 *The Encyclopedia of Caribbean Religions*, *Volume 1: A-L; Volume 2: M-Z* (University of Illinois Press, 2013) 的 "Jamaica" 和 "History of Revivalism in Jamaica" 词条。关于加勒比宗教，也可见 E.B. Edmonds 和 M.A. Gonzalez 合著的 *Caribbean Religious History: An Introduction*（NYU Press, 2010）。

沃尔科特家父亲是安立甘宗，母亲信奉循道宗（卫斯理宗），由于父亲早逝，全家在信仰上受母亲影响。循道宗属于英式的新教派系，但沃尔科特对非洲-加勒比宗教文化非常看重。他还写有《珀科曼尼亚》一诗。在《奥马罗斯》和《另一生》中，他还提到了与白巫术相对的"奥比术"（Obeah），即起源非洲、流传到多巴哥和牙买加的黑巫术。

8 De Lawd say Him going tyake us by the hand，加勒比的英语克里奥尔语，是珀科曼尼亚中的祈祷词，出自《以赛亚书》41:13，For I the LORD thy God will hold thy right hand。"主"（the Lord）写为 De Lawd，"牵着"（take），写为 tyake；say 和 going 在时态和人称表达上也都不合乎标准英语。本诗集中，这是第一次出现这种英语，属于作者早期的尝试。

9 antiphony，基督教仪式中的唱和赞歌。

10 calypso，原文首字母小写，因此指加勒比地区的一种音乐形式，起源于特立尼达和多巴哥，这种音乐吸收了非洲和法国的音乐元素。它是通俗的讽刺音乐，讽刺对象为公众人物和社会的方方面面，由男歌手演唱，配合体态，同时还有针对观众的即兴发挥。沃尔科特《奥马罗斯》45.2 提到了这种音乐，these people had, but what they envied most in them/ was the calypso part, the Caribbean lilt /still in the shells of their ears, like the surf's rhythm。作者一词双关，如果首字母大写，就指《奥德赛》中的人物宁芙卡吕普索，所以下面提到了尤利西斯（即奥德修斯）和佩涅罗普，这种用法也见《奥马罗斯》57.1。但是，calypso 与 Calypso 虽然同形，在词源上并非一致。前者来自尼日利亚的埃菲克语（Efik）的 ka isu（继续！）和伊比比奥语（Ibibio）的 kaa iso（继续），它们的用意都是催促某人或支持竞赛者。埃菲克人和伊比比奥人曾在奴隶贸易中充当中间人，所以，这两个词组被他们贩卖的奴隶带到了加勒比地区。种植园奴隶为了讽刺白人种植园主（massa），就唱起了讽刺歌，为了"支持"或"催促"歌手唱这样的歌，人群就向歌手喊 Ka iso!。这个短语后来合并为 caiso 或 kaiso

(见《捣蛋的归来》),专指这样的讽刺歌,后来又发生音变,ka-iso〉kariso〉kaliso。最终,20世纪30年代的一些英国作家受Calypso这个名字的影响,将caliso写为calypso。卡吕普索这个词也引申指一种无忧无虑嬉戏、狂喜、欢乐的状态,可以形容类似状态的颜色、风格、方式等。以上关于卡吕普索的介绍,均见R.Allsopp和J.Allsopp的 *Dictionary of Caribbean English Usage* (Oxford University Press, 1996),第131—132页。

而Calypso源自印欧语系的希腊语Καλυψώ,来自希腊文动词καλύπτω,即隐藏。卡吕普索深居简出,隐藏于幽岛(即奥杰吉厄岛,在今天的马耳他群岛),故有此名。奥德修斯流浪到此时,这位宁芙爱上了他,扣留他七年。而佩涅罗普是奥德修斯的妻子,在家等候丈夫多年。但奥德修斯只要还被卡吕普索困住(在诗中对应的是calypso音乐响起),就回不了家,见不到妻子。现代电影《加勒比海盗》中还塑造了一位卡吕普索,而且也是一词双关,将加勒比文化与希腊文化结合在一起。

这一节比较典型地使用了艾略特的隐喻逻辑,现实中的事情对应了神话中的情节。作者将非洲—加勒比文化、《圣经》基督教文化、希腊文化巧妙地与现实并置在一起。这也是后来创作以荷马史诗为本的《奥马罗斯》的基本手法。

11 淋巴液的意象显然来自艾略特《四个四重奏·烧毁的诺顿》:The dance along the artery/ The circulation of the lymph/Are figured in the drift of stars。从剧场两边流出,这个比喻非常形象,演员上场和下场(现实中的人流动)就如同淋巴液循环一样。

12 nymphomaniac,原文中该词跨行,为了让nymph-与lymph押韵。这个词指女性瘾者,女性的性瘾症叫nymphomania,这个词来自希腊的自然精灵宁芙(Nymph)之名。这些宁芙都是妙龄少女,情欲旺盛。这里指的就是卡吕普索,她也正是宁芙。前面说的家庭主妇、年轻爱人、战士一方面指的是奥德修斯、佩涅罗普,另一方面指的是现实中与他们对应的人。作者用奥德修斯的故事类比剧场中上演的现代戏，古希腊的故事在重演。

13　指屋中黄色的灯，别墅的灯关闭时，就如同不欢迎孤独者一样。

14　the Arab mosaic/ Of stars，指阿拉伯式的镶嵌画图案，很可能是在林荫道上。mosaic这个词也指摩西的，为了联系前面的珀科曼尼亚，这个双关手法也见《海即历史》；它也与后面的"摩斯码"（Morse）押头韵，而且有意义联系；另外，这个词源于希腊文的"缪斯"一词，又联系了本诗中的希腊语境。

15　Lays the black down with the white，"黑"和"白"指黑天和白天，两者在时间上如同并排躺着，但也暗示了黑人和白人，睡眠面前无分种族，都会躺下。

16　指睡眠，近似于死，但其实仍然有生命。

选自《绿夜》（1948—1960）

非洲已远

1　a far cry from Africa，a far cry from，双关，习语指相去甚远，远隔，但逐字翻译，即"远自非洲的呼喊"，作者也考虑到了这层含义。见 Nobody's Nation，第60页。沃尔科特有欧洲人血统（祖父），但也是圣卢西亚的非洲奴隶后裔（祖母），加勒比地区有很多非洲人，他们的祖先被殖民者贩卖到这里。在接受西方文化之后，作者意识到自己与非洲的距离越来越远，但血液和肤色上的联系并未斩断。他自己身上恰恰流淌着非洲人（猩猩）和欧洲人（超人）的血液。

2　A wind is ruffling the tawny pelt，ruffle，吹皱，抚弄，比如抚弄动物，但它往往指没有顺着抚弄，激怒了动物。褐黄指非洲的草原和自然颜色，但结合"毛皮"，是把非洲比作动物，很可能是狮子。

3　东非民族，这里指的是肯尼亚的吉库尤人，他们在20世纪50年代至60年代组织了"茅茅党"（Mau Mau），对英国殖民者展开了血腥的反抗和报复行动。1963年，英国彻底退出肯尼亚，后者独立。作者显然不支持这种暴力的反抗，但他也不完全同情殖民者。

4　veldt，即veld，指非洲的灌木为主，树林稀少的草原。这个词具有殖民主义背景，来自18世纪的南非的荷兰语，即布尔语，与英文field同源。"血"指狮子的血，也比喻草原的河流。吉库尤人如蝇，他们的暴力如风，都席卷了草原。见 *Nobody's Nation*，第61页。

5　天堂是殖民者对非洲的比喻。但吉库尤人却在殖民者眼中等同于动物。前四行，不断密集地使用现代主义和无理性主义的隐喻，但下面又转向了奥登式的推理模式。见 *Nobody's Nation*，第61页。

6　justify，证明，从而使之正当化。这个词比较正式，作者使用它是有含义的，它指证明者用理由和原因去为行为和意见辩护。但是，得到正当化的行为和意见，仅仅是证明者相信如此，而未必事实就是正当的。

7　beaters，狩猎时击打树丛，将猎物激起的人。

8　ibises，也称朱鹭，见后面《热带动物寓言集》的注释。

9　upright man，一语双关，在道德上，相对野兽是文明人，在社会进化上，相对野兽是直立人。非洲人既然是动物，英国人则是直立者/正直者。

10　G.Guinness认为这几行可以联系奥登的《我们的狩猎之父》（"Our Hunting Fathers"），Love raging for the personal glory/ That reason's gift would add,/ The liberal appetite and power,/ And rightness of a god。见 *Here and Elsewhere: Essays on Caribbean Literature*（La Editorial, UPR, 1993），第151页。

11　the tightened carcass of a drum，尸体的皮做成鼓面，或者尸体肿胀如同鼓。

12　white peace,政治上术语,指战败方求和。

13　指二战时期的西班牙内战(1936—1939),右翼西班牙国民军获胜,西班牙进入佛朗哥独裁统治时期,所以"同情"被"浪费掉",西班牙没能得到拯救。

14　指尼采的超人(Übermensch),佛朗哥政权的意识形态亲近纳粹,而纳粹的思想背景中有尼采的超人理论。西班牙共和军、人民阵线和国际纵队都是"大猩猩"。这里揭示了普遍的规律,无论黑人还是白人,都有被自诩超人的人视为动物的时候。

大宅废墟

1　a great house,big house,指加勒比地区的大庄园,过去由奴隶主居住。见 E.Baugh 的 *Derek Walcott*(Cambridge University Press,2006),第 43 页。这首诗是在写一个 19 世纪大庄园的废墟,当时是大英帝国殖民时期,这种庄园以种植为业,蓄有黑奴。但不仅于此,作者着眼的却是整个大英帝国的崩溃和衰败,由于它的繁盛是建立在掠夺的不义上,因此覆亡就是必然的。

2　引文为 though 引导的句式,但原文为 since...and therefore,并有一系列的 since 从句,主句为结论:diuturnity is a dream and folly of expectation。这一句原文自注举了一个例子,犹太人会在遗体的骨灰罐上插一根点燃的蜡烛。见 K.Killeen 编订和注释的,*Thomas Browne: Selected Writings*(Oxford University Press,2014),第 544 页。沃尔科特暗示的其实正是主句,即,永生只是虚妄;人类殊途同归,死亡不可避免。

3　Browne,*Urn Burial*,Browne,托马斯·布朗(1605—1682),英国学者,作家。*Urn Burial*,即《瓮葬,论诺福克新近发现的丧葬瓮》(*Hydriotaphia, Urn Burial, a Discourse of the Sepulchral Urns lately found in Norfolk*）是他的一部散文作品，描述了诺福克郡出土的罗马瓮葬，文章分析了古今葬礼的特点和变化，论述了死亡问题。布朗将生命比作"日光"，同时在这篇散文第五章中还说，Life is a pure flame, and we live by an invisible Sun within us. 这影响了沃尔科特《另一生》中"单纯的火焰"的思想。在《绿夜》中，17世纪英国诗人和作家，尤其是玄学派诗人对沃尔科特的影响体现得较为明显，如本诗的布朗和邓恩，以及后面《绿夜》中的马维尔。

4 比喻进入大宅，毁在豪门之手的女孩。

5 *disjecta membra*，拉丁语，最早是贺拉斯使用的，为 disjecta membra poetae（肢解的诗人的四肢）。后指古代文献的残篇，残章。这里指大宅仅存的石头，蜥蜴在上面磨着爪子；但是，按照这个短语的本义，这里也指殖民史的残片，加勒比没有自己的历史，它的历史是碎片化的殖民史。沃尔科特的诺贝尔文学奖讲演《安的列斯：史诗回忆之断章》("The Antilles: Fragments of Epic Memory")就论述了这个特征。

6 cherubs，来自希伯来语，和合本《旧约》译为"基路伯"，一种精灵，守护过伊甸园。在基督教中，列为天使。大宅之家的门上经常雕有它。

7 streaked，旧版作 shriek。

8 A smell of dead limes quickens, limes，与 lemon 同源。lime 指称的水果很多，多为柑橙属植物，也可以包含通常说的柠檬（lemon, Citrus limon），这里指的是礁柠（Key lime，来自佛罗里达岛礁群），也叫西印度柠檬，拉丁名为 Citrus aurantiifolia。这个词反复出现，与 crimes, evil times 押韵而且有意义联系。作者从青柠想到了英国，因为当年英国船员为了抵抗坏血症，都要食用柠檬之类的水果，而在美洲，英国水兵和英国人的贬称就是 limey，见《纵帆船"飞翔号"》第二节。下面，作者由此（从坏血症）又联系了麻风病。——另外，我还认为，作者还想暗示 lime 的另一层意思，石灰（尽管是不可数名词），处理麻风病人的死尸需要石灰，所以这里用了 dead；而 quickens，暗示 quicklime。关于 limey，见 T. Dalzell 和 T. Victor 编，*The New Partridge Dictionary of Slang and Unconventional English* (Routledge，2013)，第 1394 页。

9　The leprosy of Empire，青柠腐烂的味道如同麻风病人的气味，而麻风病又联系并比喻大英帝国。R. Edmond 提到此处，指出了这个比喻的背景：19 世纪后期，全球的殖民活动引发了"疾病的自由贸易"，殖民地的麻风病传回并且入侵了宗主国，替被殖民者报仇。宗主国意识到了这种风险，如赖特（H.P.Wright）就写了《麻风病：帝国之危机》(*Leprosy: An Imperial Danger*，1889)。麻风病于是成为了象征，既喻示"本土文化内在的腐朽"，也比喻"帝国主义的破坏效果"。见 *Representing the South Pacific: Colonial Discourse from Cook to Gauguin* (Cambridge University Press，1997)，第 197 页。如上述，沃尔科特显然是要揭示英帝国的侵略范围和力量，同时指出，它自身也受到了麻风的伤害。另外，麻风病是《圣经》中重要的意象，有罪的象征。

10　"Farewell, green fields" / "Farewell, ye happy groves!"，出自威廉·布莱克《天真之歌》中的《夜》，略有变动，原诗为：Farewell, green fields and happy groves, /Where flocks have took delight, /Where lambs have nibbled, silent moves /The feet of angels bright; /Unseen, they pour blessing, /And joy without ceasing, /On each bud and blossom, /And each sleeping bosom.《夜》在主题和意象上跟布朗的那段话有相似之处。这首诗描述了地界和天堂，地界是人类生存的自然，天堂是和平安宁的世界。诗歌开篇讲到了日落，世界进入了黑夜（The sun descending in the west; /The evening star does shine;），在月光的普照和天使的保护下，世界还算平静，但仍有虎狼出没，被它们威胁的生命，就会被天使带入天堂（The angels, most heedful, /Receive each mild spirit, /New worlds to inherit），天堂有狮子在守护羔羊。黑夜显然象征了死亡，"再见"，就是向生命世界告别。作者引用这两句，一方面，

暗示了逝去的奴隶就是羔羊，希望他们死去之后进入和平，有天使守护，而英殖民者就是虎狼。另一方面故作感伤，却暗含反讽：殖民者曾将加勒比视为异国情调的"天堂"，但这完全基于殖民的暴力。

11　这一句较早提到了"南方"，而以希腊文化为中心的欧洲位于"北方"，加勒比就是南北方的混合体，这两者是沃尔科特后期诗歌的主题，见《北方与南方》。在未发表的《没有美国的美国人》("American without America") 长文中，沃尔科特谈到了南方和福克纳，"对于南方，我以理智的傲慢来看待它，将它视为一片愚蠢的海，那里的黑人具有轻蔑他人的奴性的特权。这是一种地方性的缺陷，没有艺术能补救，福克纳的小说也不行。"见 *Abandoning Dead Metaphors*，第287—288页。因此，这一句也表明加勒比的奴隶制已经解体，黑人翻身，甚至开始压制白人。

12　rakes，按照语境，应该指人，这个词常指无道德的比如酗酒、放纵的无赖和流氓。这里指殖民者。

13　What Kipling heard，指吉卜林的《散场诗》(*Recessional*)，这是他为维多利亚女王钻石庆典（执政60周年，即1897年）写的退场赞美诗。在诗中，吉卜林透露了一种伤感，他认为英帝国很有可能也会衰亡，重蹈之前帝国的覆辙，如，all our pomp of yesterday /Is one with Nineveh and Tyre! /Judge of the Nations, spare us yet, /Lest we forget-lest we forget!。这首诗往往被认为是吉卜林吹捧英国的作品，但其实暗含隐忧，赞颂的是上帝的永恒。作者也沿用了吉卜林的诗意，但以批判为主。另外，吉卜林一开始是想用《白人的重担》("The White Man's Burden") 来作庆典诗，这首诗表明白人应该担起传播文明，让野蛮人开化的责任，但也流露出了劝诫殖民者的意味。沃尔科特一定也想到这首诗。

14　Hawkins, Walter Raleigh, Drake，几个人都是16—17世纪人。Hawkins，理查德·霍金斯爵士，英国探险家，到达过智利和厄瓜多尔等地，他的父亲就是赫赫有名的约翰·霍金斯，是下面说的德雷克的表兄弟。Walter Raleigh，英国诗人（下面说的诗人指他），探险家，到达过圭亚那。Drake，弗兰西斯·德雷克，英国探险家，麦哲伦之后第二位完成环球旅行的探险家，他到达过加勒比地区，德雷克海峡就以他命名。正是由于他的功劳，英国得以让西班牙的无敌舰队覆灭。这些人都是英国殖民者，虽然探险有功，但烧杀劫掠，贩卖黑奴，说是强盗也不为过。

15 作者意识到，帝国的文学和罪行都有着"同样的来源"，如罗利，既是"传播理想主义的艺术家"，也是"有罪的冒险家"；作者为此困惑，试图调和17世纪的"人文理想主义的伟大气质"与"殖民探险的极端暴力"。见 *Abandoning Dead Metaphors*，第41页。

16 green age，指殖民者鼎盛时期，青柠也是绿色的，所以有联系。

17 the charnel galleon's text，galleon，这是西班牙人15—16世纪使用的著名的大帆船。英国人由于改进造船技术，战胜了无敌舰队。这里是暗示奴隶贸易，奴隶扔进狭小的船舱，很多都死在途中。最后，这样的帆船只存在于史书，但字里行间依然弥漫着"恶臭"。

18 W. Brown 提示，可以联系莎士比亚《尤里乌斯·凯撒》，The evil that men do lives after them。见其注释，*Derek Walcott: Selected Poetry*，第96页。

19 指约翰·邓恩的散文集《危难之际的祷告》（*Devotions upon Emergent Occasions*），联系下面的文字，沃尔科特指的是《沉思之十七》，里面有著名的一段文字"没有人是一座岛"（No Man is an Iland，No Man is an Island）。

20 M.Morris 敏锐地注意到，《沃尔科特诗集：1948—1984》版在行末有逗号，这样句意就是，我怒火中燃，我想到（什么什么）。而没有逗号，句意就是：我想（我以为），我怒火中燃——但也许实际上并没有，因为我明白自己与这些祖先（沃尔科特有英国血统）是相似的，尤其是诗人，故而自己很可能是"故作愤怒"，"下意识地、未经审视地做出一副反殖民的姿态"。见"Walcott and the Audience for

Poetry", *Critical Perspectives on Derek Walcott*, 第180—181页。这一句与下一行没有句法上的联系,因为这一行是过去时,下一行为现在进行时;但两行有意义上的联系,时态的变化让腐烂的奴隶如在眼前。

21 作者的愤怒源自对黑人的同情,同情就像燃料,最终,在这种燃料的作用下,作者会同情一切。

22 Albion,不列颠的古名,指英格兰和英国。

23 出自《沉思十七》中的"没有人是一座岛"一段,文字略有不同,原文为,every man is a peece of the Continent, a part of the maine(every man is a piece of the continent, a part of the main)。这段文字结尾那句最有名,即"丧钟为你而鸣"。作者的意思就是,英国虽然是殖民者,但也有着被殖民的历史。G.B.Handley指出,这表明了"奴隶和奴隶主都是承受死亡的人,必须被想象成朋友",但沃尔科特并未进行说教,宣扬"伦理义务"。见 *New World Poetics: Nature and the Adamic Imagination of Whitman, Neruda, and Walcott*(University of Georgia Press, 2010),第294页。

24 nook-shotten,指英国的海岸线上多海角,多海峡或狭长的海湾,也就是参差不平。显然出自莎士比亚《亨利五世》第三幕,第五场,To buy a slobbery and a dirty farm /In that nook-shotten isle of Albion。

25 rook o'er blown, rook, 拉丁名为Corvus frugilegus, 莎士比亚《麦克白》第三幕,第四场,秃鼻鸦是凶兆,也是英国常见的标志性鸦类。o'er blown, 即overblown, 莎士比亚用过的词,也见于弥尔顿。也见丁尼生《纪念A.H.H.》("In Memoriam A. H. H.") 15, The rooks are blown about the skies. 英国比作从大陆吹走的乌鸦,漂泊不定,孤悬海上。

26 心中的打算是愤怒,但转向了同情。

27 "as well as if a manor of thy friend's",也出自《沉思十七》中的"没有人是一座岛"一段,兹录上下文供读者参考,if a Clod bee washed away by the Sea, Europe is the lesse, as well as if a Promontorie were, as well as if a Manor of thy friends or of thine owne were; any mans

death diminishes me, because I am involved in Mankinde; And therefore never send to know for whom the bell tolls; It tolls for thee。原文的意思为,土块、海角、朋友或自己的庄园被冲走,欧洲都会减少;任何人死去,也是自己的减少,一切都是一体,没有人能脱离。作者引用时,将它抽离了原文语境,但推出的结论与邓恩一致:朋友的庄园如果减少,也相当于我的损失,因而,他的庄园也就是我的,这样,"大宅庄园"(很自然地将邓恩的"庄园"联系了大宅,诗中也用了manorial)既是奴隶主的,也是奴隶的,世界属于每个人,正如为别人而鸣的丧钟也为每个人敲响。

群岛传奇

1 本诗为商籁组诗。群岛指以圣卢西亚为主的西印度群岛,但诗中大部分场景都出现在圣卢西亚;每一章都如同一块小岛。沃尔科特曾写过一出戏剧《富兰克林:一部群岛传奇》(*Franklin: A Tale of the Islands*),这组诗题目与戏剧副标题相似,除了单复数之别;戏剧正标题这个人物也出现在本诗第七章。1958 年,沃氏谈到了本诗,他说,"过去五年里,针对它们(本组诗),我试图要做的就是,让它们具有某种事实性的、传记性的明晰。我在构想一种理念:要打破散文在叙述上的特权。要摆脱传统的商籁,即十四行的、音乐性的作品。这种理念与散文相同:不动情的观察(dispassionate observation)。"因此本诗就是"叙事诗",带有散文或小说的风格,超越韵律,强调事实和清晰。这一风格的最终成果就是《另一生》、《纵帆船"飞翔号"》和《奥马罗斯》等;本诗的第二章和第三章,第七章和第八章类似《另一生》1.3 的卡斯特里人物群像;第九章的故事在《另一生》中展开;最后一章全文收入《另一生》;。更重要的是,本诗还将克里奥尔语与标准英语融合在一起,这就扩展了传统商籁的语言风格。

见 Baugh, *Derek Walcott*, 第 38, 185 页; *Abandoning Dead Metaphors*, 第 29 页; *Nobody's Nation*, 第 66—67 页。

2 *la rivière Dorée*, 法文, 是圣卢西亚河流, 位于本章中提到的舒瓦瑟。其名字与淘金有关。最早到达圣卢西亚的是法国人, 因此该国很多地名为法文。这行题词用"法文"和"金河"暗示了圣卢西亚的殖民历史。

3 *ici*, Choiseul, Choiseul, 既指圣卢西亚西南的一个区, 也指该区的首府, 名字也是来自法语, 因此作者用了法语的副词 ici。沃尔科特的祖父移民圣卢西亚后, 曾在这里掌管种植园。前面讲的都是自然原始的声音, 到这里, 突然出现了一个法文的地名, 暗示了原始被社会化, 也就是被殖民化。第一章运用的方法就是将带有原始色彩的意象与现代意象、基督教意象并置。

4 Via Dolorosa, 拉丁文, 耶稣撒冷的一条路, 即耶稣上十字架的路。

5 即前面《圣约瑟修女会》注释中说的, 西班牙阿维拉的圣特蕾莎修女。她曾感觉到并看见小天使——seraph(六翼炽天使), 这里说的小天使(cherub)指的就是炽天使——用金色长矛刺中她的心, 刺穿了她的脏腑, 特蕾莎感到了内心的焦灼和疼痛, 但陷入了与上帝的爱欲中。17 世纪的 G.L. 贝尼尼(G.L.Bernini)的著名雕像《圣特蕾莎修女的迷狂》(*L'Estasi di Santa Teresa*)(树立在罗马的胜利之后圣母堂)描绘了特蕾莎的这次超越性体验, 不过和这里的诗一样, 用小箭代替了长矛。有新教背景的作者显然不认可天主教, 他揭示了特蕾莎修女超越感官的宗教依然与情欲体验有关。

6 这是一个祈祷者的口吻, 祈祷上帝把"文明的哲学"(和德蕾莎的宗教)教给圣卢西亚人。文明的哲学追求的是上半身。下面两首诗中的克雷蒂安和罗西诺尔小姐代表了这种哲学。

7 above the navel, 即肚脐之上, 中译意译为上半身, 肚脐是身体中心, 上面是心脏等高级器官, 代表了理性, 下面是性器官, 代表了情欲。

8 黑色的身体指圣卢西亚土著人,这个身体对比了特蕾莎的肉身,它也意味着爱欲,但这种爱欲是感官性的,自然的(如同河流的自然声音),似乎低于特蕾莎对超验之神的爱。但是,下面的光又对照了特蕾莎的光,表明了黑色的身体仍然具有如特蕾莎的身体一样的意义。文明的哲学将圣卢西亚的文化贬低为下半身,但在作者看来,它仍然在宗教上超越了感官,具有自己的价值。作者追求的是一种有血有肉的宗教(代表了被殖民者的地方性宗教),而不是捐弃感官和自然情欲的禁欲宗教(代表了殖民者的宗教)。

9 Qu'un sang impur,法文,来自《马赛曲》,下一句为 Abreuve nos sillons(浸透我们的土地,即做我们土地的肥料)。歌词针对的是腐败的贵族,但在本诗中,它指殖民地土著的不洁之血,这带有反讽的意味。科西莫家族试图保证自己欧洲人的纯洁,但结果是,克雷蒂安难以婚配,他在殖民地找不到纯洁血统和纯洁信仰的女性,除了自己的母亲。

10 Cosimo de Chrétien,Chrétien 即英语的 Christian,意为基督徒,可以做名字。Cosimo,即 Cosmas,名字来自基督教圣徒。下面讲述的就是这位贵族的传说。他未婚,和母亲住在一起,没有两性生活。看起来,他比"黑色的身体"要纯洁。诗中用的是 mama 这个亲昵的口语称呼,暗示克雷蒂安只能依恋母亲。

11 Rue St.Louis,法文,在圣卢西亚首都卡斯特里。

12 the first angel's,指米迦勒(天主教译为弥额尔),他是天使长,这个名字的意思就是谁像上帝。在《圣经》中,尤其是《新约·启示录》中,他率领众天使打败了撒旦。在弥尔顿《失乐园》里,他被描述为手中持剑。天使长和天使都是纯洁的(对应科西莫家族),他们击杀魔鬼(对应黑色的身体),克服欲望。

13 Devouring Time, which blunts the Lion's claws,出自莎士比亚《商籁集》19 的首句,Devouring Time, blunt thou the lion's paws, / And make the earth devour her own sweet brood。作者用这一句,其实重点

在于没有引出的下一行，因为科西莫的母亲正如同大地"吞噬自己可爱的孩子"（sweet brood）。

14 whist，惠斯特牌的名字即，安静，无声，因为无需叫牌，优雅文明，但后来被惠斯特桥牌取代，之后又发展为竞叫桥牌和定约桥牌，惠斯特桥牌引入了竞叫，可以无限加倍，相当刺激。因此，身为贵族，需要维系惠斯特牌的延续。

15 *la belle qui fut...*，法文，可以联系维庸的《昔日贵妇曲》（*Ballade des dames du temps jadis*），里面描述了多位逝去的美艳贵妇。见 *Nobody's Nation*，第69页。本章带有彼特拉克商籁体的风格。

16 Miss Rossignol，名字即法语夜莺，miss 暗示她未婚，这对应了克雷蒂安，但是按照下面描述，这位小姐一生纵欲，而且还有私生子，最后选择宗教（天主教）忏悔。这两人代表了文明哲学的两种倾向，未婚的克雷蒂安是禁欲要达到上半身，而罗西诺尔小姐是靠宗教忏悔，否定自己一生的放荡生涯，弃绝下半身。

17 lazaretto，意大利文，来自《圣经》中耶稣治愈的麻风病人拉撒路（Lazarus）。这里指的是天主教收容生病或孤寡老人的养老院。罗西诺尔小姐是文明人，维护自身的纯洁，最后还是被文明隔离。所以，作者暗示了，文明的哲学的核心逻辑就是用中心压制边缘。另外，这里突出了罗马天主教的背景，作者显然在新教的立场上把一元的文明的哲学与统一的天主教并列在一起加以否定。

18 Magdalen of Donatello，意大利著名雕塑家多纳泰罗的木雕《忏悔的抹大拉》。抹大拉的玛利亚是《圣经》中著名的妓女，信仰耶稣后改过从善。这座木雕把玛利亚塑造的干瘪，苍老，毫无生气。

19 Dance of death，法语为 Danse Macabre，德语为 Totentanz，它是中世纪后期的艺术体裁，有雕塑，绘画，音乐等等形式。在这种形式中，社会中各个层次的人聚集在一起，与死神展开对话。这方面的内容，可见 J.M.Clark 的 *The Dance of Death in the Middle Ages and Renaissance*（Glasgow: Jackson, 1950）。诗歌方面最著名的作品是奥登的戏剧诗《死亡之舞》。本首诗把死亡之舞设置在了一所酒吧，对话人是一些喜欢艺术的高中生，他们缺乏社会经验，所以谈话就像死亡之舞一样，沦为虚无。这首诗继续谈论上半身的哲学，手段换成了现代艺术，但是，酒精和性才是这种艺术的源头。

20　在酒吧外面，这一群人刚刚到达，他们都是中学生，相对下面说的酒吧里面旁听的"博士"。

21　El Greco, 16—17世纪希腊画家，移居西班牙，原名多米尼克斯·希奥托科普罗斯。由于他名字太过拗口，人们用西班牙语称之为埃尔·格列柯，意思是希腊人。这个名字也联系《另一生》中的格里高利亚斯。格列柯的绘画充满了奇幻和抽象的色彩，影响了塞尚、毕加索等现代主义画家。下面的戈雅也是西班牙名画家，他本人患有耳聋，其画风两极分化，一种是宫廷式的，另一种是黑暗、压抑和诡异的风格。这两位画家都有偏离正统的地方，这位说话者显然青睐更极端和更现代的戈雅，这都表明了他对西方正统文化的反抗。

22　Indian，这个词可以泛指美洲大陆和西印度群岛的所有原住民。但在现代用法中，它也可以专指西印度群岛的住民，区别于美洲大陆的印第安人，为了更精确，我译为"西印度人"。

23　这正是格列柯画作的特征。实际上这首诗也相当于是画作。想要达到上半身的哲学，变成了"波西米亚式的艺术家生活的俗套"："酒和性（女孩）成为了灵感的源泉"。见 Nobody's Nation，第69页。

24　英语中，绿色表示不成熟，年轻。

25　暗示死亡，呼应了题词。

26　The dead outvote the quick, the quick 这个古奥的用法，见钦定本《提摩太后书》4:1（也见《使徒行传》10:42，《彼得前书》4:5），the Lord Jesus Christ, who shall judge the quick and the dead at his appearing and his kingdom。这是承继了威廉·廷代尔（William Tyndale）的译法，因此凡用这个短语，首先指向的就是那里，而且联系了末日审判。该短语也出现在《哈姆雷特》。

27　Y'all too obscene，英语克里奥尔语。本组诗中会频繁使用这种具有独立系统的语言，语言学上称之为 creole。圣卢西亚还有法语的克里奥尔法语（即 Kwéyòl）（见《圣卢西亚》），而且占主流。

28　Y'all college boys ain't worth the trouble，英语克里奥尔语，第一句省略了系动词；college，指公学，因此是中学生或高中生。见 *Nobody's Nation*，第 306 页。

29　the bare room，酒吧里只剩中学生了。在原诗中，与上面的子宫押韵，意义也有呼应。空屋意味着一事无成，所以"我"感到担心。见 *Nobody's Nation*，第 70 页。

30　the wages of sin is birth，语出《新约·罗马书》6:23，是圣保罗的话，钦定本为，the wages of sin is death，和合本译为，"罪的工价乃是死。"这里把死变为生。博士一方面安慰"我"，认为罪推动了艺术创作，但另一方面，暗示了"生下私生子"。见 *Nobody's Nation*，第 70 页。

31　moeurs anciennes，法文，古代风俗，这是蒙田一篇散文的题目，讨论了动物祭祀的问题。本首诗描述了古老的仪式 kélé，它的目的是向祖先之灵祭拜，让他们品尝供品。见 *Nobody's Nation*，第 70，306 页。

32　fête，加勒比地区常用词，专用时，等同于基督教的狂欢节（Carnival），广义上指一切狂欢节庆，和带有狂欢性质的宗教典礼。

33　受法国影响，圣卢西亚以天主教为主，所以神父不允许。Breslin 提示，这里影射的是神父杰西（Father C.Jesse），他曾攻击过沃尔科特的诗和戏剧，但他对"黑色习俗"也感兴趣。见 *Nobody's Nation*，第 306 页。

34　从这行开始，作者描述祭祀过程。按照标准英语来说，写作时态变为一般现在时。但从语体的角度来说，可以认为这是在摹仿加勒比的英语克里奥尔语，因为这种英语并不在动词词形上改变时态。见 *Nobody's Nation*，第 70 页，引了 Mervyn Morris 的观点。关于加勒比英语克里奥尔语的动词时态特征，见 D.Winford 的 *Predication in Caribbean English Creoles*（John Benjamins Publishing Company，1993）的第 2.3 节。标准的英语代表了当代人类学家的视角，加勒比英语克里奥尔语代表了原始的视角。如果朗读这首诗的话，熟悉这种混合英语的人会比较敏感这样的语体变化。

35　这一句，时态变为了一般过去时，恢复为标准英语，作者传达出了鲜明的双重的反讽效果。第一重是，按照现代人看来，这显然是野蛮的，但按照人类学家的看法，这是自然的优雅，人类从一开始就是如此。甚至天主教从源头上也与这种血腥有关，比如基督教源自犹太教，犹太教也杀动物献祭。第二重是，人类学家复原的原始精神恰恰体现了加勒比地区的落后，一味地用它们来代表这一地区的人，把它们描述为与西方格格不入的异质文明，这正是一种"东方主义"的做法。

36　moments of truth，俗语，指要紧关头，也表示斗牛士杀死牛的那一刻。

37　Ismond 研究了本章的新旧两个版本，旧版收入巴巴多斯的杂志《巴巴多斯人》(*Bim*)，新版收入《绿夜》，新版改用了大量加勒比的英语克里奥尔语，见 *Abandoning Dead Metaphors*，第 32—33 页。具体的不同之处，下面会逐行说明。旧版开篇有题词 My country' tis of thee（我的国家属于你），这是美国的爱国歌曲，由 S.F. 史密斯作词，曲子是英国国歌《天佑女王》，它在 1931 年之前一直相当于美国国歌。

38　poopa, da' was a fête，英语克里奥尔语。poopa 即父亲，爹，往往用来强调句意，表示惊叹。牙买加的方言（patois 或 creole）中写为 pupa，在日常语言中，牙买加人还会用 puppa Jesus（基督爸爸啊），表示最高程度的惊叹，类似英语的 Jesus Christ 或 my God。旧版用的法语 garçon，伙计，哥们，显然不如 poopa 更有陌生化效果。后面一句，旧版为标准英语 that was fete。这章描述的节日不同于第五章的人类学理解的或原始自然的节日，它是真实的、很可能是作者亲身经历的场景，用词较为俚俗。

39 Free rum free whiskey and some fellars beating/ Pan from one of them band in Trinidad；新版为，Free whisky and they had some fellows beating/ Steel from one of the bands in Trinidad。fellar，fellow 的口语和方言体。

40 And everywhere you turn was people eating/ And drinking and don't name me but I think。旧版为，And everywhere you turn people was eating/ Or drinking and so on and I think。don't name me 这个表达更加日常，它也代表了第六章的总体风格，这与第五章完全不同。另外，这一句频繁出现口语常会使用的 and，第五章根本没有使用。

41 They catch his wife with two tests up the beach/ While he drunk quoting Shelley with "Each/ Generation has its *angst*, but we has none"。旧版为，They catch two guys with his wife on the bench, / But "there will be nothing like Keats, each/ Generation has its *angst*, and we have none,"。guys 之类的标准英语都换为了 tests 这样的同义的英语克里奥尔语。tests, tess, 特立尼达英语，指人，家伙，男女通用。见 *Dictionary of Caribbean English Usage*，第551页。

Shelley，沃尔科特旧版写的是济慈，新版改为雪莱，但是按照 Breslin（*Nobody's Nation*，第71页，注释49）的说法，这句诗出处不明。值得注意的是，在新版中，朗诵诗的人（黑人作家）念出了加勒比英语克里奥尔语"we has"，旧版是标准英语；新版写出了他在饮酒，他的酒后之言暴露出了自己的身份。

42 And wouldn't let a comma in edgewise./ (Black writer chap, one of them Oxbridge guys)。旧版为，And he wouldn't let a comma in edgewise/ (Black writer, you know, one of them Oxford guys)。新版增加的 chap 这个词更突出了说话人并不认为这位黑人作家比自己高多少。Oxbridge 是牛津和剑桥的合写，它表现了说话人的随意和对这两所宗主国大学的熟悉，但同时也消解了黑人作家学历的神圣和他的身份。

43　Breslin 指出，最后四行说的是 1902 年发生在圣卢西亚蒙奇（Monchy）附近的真实案件。一名叫蒙图特·埃德蒙（Montoute Edmond）的海地人，与两个同伙绑架并谋杀了一个 12、3 岁的小男孩。他的目的是用人祭来让土地再生。这次与奥比巫术有关的案件被沃尔科特的弟弟罗德里克·沃尔科特写入了他的戏剧《老鹰，或一个孩子的心》(*Malfinis, or The Heart of a Child*)。见 *Nobody's Nation*，第 72 页。

44　*lotus eater*, lotus 并不指莲花，它来自希腊文 λωτός，在希腊文献中，有很多种植物都叫 λωτός，这里指的是《奥德赛》9.85—97 描述的一种植物果实，类似于枣，中译为忘忧果。奥德修斯在游历途中来到了一个岛，岛上的人都叫做 λωτοφάγοι（即 lotus-eaters），以忘忧果为生。奥德修斯的伙伴食用了这种美味的果实后，不想返乡，毫无忧愁。这里指下面说的富兰克林，他是流亡到西印度地区的西方人。

45　Maingot, 指红树林湿地（mangrove），见《另一生》1.8.3 的注释。

46　沃尔科特早在 20 世纪 50 年代就读于西印度群岛大学时就写成了独幕戏剧《富兰克林：一部群岛传奇》，一直没有出版。后来改编为三幕戏剧。按照戏剧的情节，路德·富兰克林是英国船长，二战时负伤退休的商船海员，先后有过两艘纵帆船"富兰克林号"。他命途坎坷，丧妻，丧独子，来到加勒比地区，热爱上这里，也遇到了一位爱她的女性玛利亚，但由于受到忽视，玛利亚与大副年轻黑人莫里斯相爱，并有孕。除了个人问题，富兰克林作为白人还面临着与底层黑人的冲突。整部戏剧中，富兰克林追求的就是人的尊严。见 Baugh, *Derek Walcott*，第 80 页。

47　这里指的是富兰克林得了疟疾，主观的感受投射到了客观的光上。后面的竹茎摇动，也是指富兰克林的颤抖。

48　指蝌蚪，但也指黑人，呼应前面"黑色的身体"，在西方人眼中（在富兰克林眼中），黑人就像蝌蚪，自然繁殖，死去。显然，他们没有上半身的哲学，却也能安然生活。

49 卡斯特里的著名街道，沃尔科特在圣卢西亚的老宅就临近这座街道，后来被拆毁；政府在沃尔科特获得诺奖后重建了这里。

50 en la guerra civil，西班牙语，指西班牙内战。长枪党就是西班牙的法西斯党。

51 指内战时期的政治宣传册。

52 *caballo*，西班牙语，马的意思。

53 le loupgarou，法语，狼人是欧洲传说中的怪物，但在加勒比地区，它往往用来描述一种叫 Soucouyant 的吸血女巫。有时写为 loopgaroo。下面会出现英文的狼人一词，lycanthrope。这个故事的详细版本见《另一生》1.4。

54 an Alsatian hound，德国牧羊犬在英国及其殖民地的叫法。

55 adieu foulard，法语，来自一首西印度克里奥尔语传统香颂的首句。按不同的首句，这首歌曲可称为 Adieu Foulard, Adieu Madras 或，作者一般归为曾任瓜德鲁普总督的法国布耶侯爵（Marquis de Bouillé, 1739—1800），创作时间为 1769 或 1770 年，原始题目为《克里奥尔女人的永别》("Les adieux d'une créole")。歌曲描绘了一个西印度有色女性与离开自己的白种爱人（称为 doudou，心肝宝贝）的分别。

瓜德鲁普克里奥尔语版第一节，也是副歌（refrain），兹录如下（我的译文），沃尔科特实际上要暗示副歌全段：Adieu foulard, adieu madras,/ Adieu grain d'or, adieu collier chou,/ Doudou an mwen i ka pati/ Héla, héla, sé pou toujou./ Doudou an mwen i ka pati/ Héla, héla, sé pou toujou（永别了，头巾，永别了，格裙，/ 永别了，金粒，永别了，项链,/ 我的心肝走了 / 哎呀哎呀，永远走了。/ 我的心肝走了 / 哎呀哎呀，永远走了）。另有马提尼克版（首句为 Adieu Madras, Adieu Foulard）和圭亚那版（首句为 Déjà Captain ka commandé），歌词各异。法农的《黑皮肤，白面具》（1952）中提到了马提尼克版，而且颇有深意，当然是着眼于殖民问题。

关于这首歌的源流与文化内涵，以及法农引用马提尼克版的意图，见 E.Hill 的 "Adieu Madras, Adieu Foulard: Musical Origins and the Doudou's Colonial Complaint", *Ethnomusicology Forum*, Vol. 16, No. 1 (June, 2007), 第 19—43 页；M.Silverman, Frantz *Fanon's 'Black Skin, White Masks'*（Manchester University Press, 2005），第 12-13 页，连同第 1 章全文。

本章几乎重复出现在《另一生》3.17.4（本诗集未收）结尾，它说的是 1950 年沃尔科特去牙买加西印度群岛大学（莫纳校区）的事，他先从圣卢西亚到巴巴多斯，再转机到终点牙买加。在《另一生》3.17.4 中，本章的背景描写得更为详细，作者在机场时，他的导师西蒙斯、朋友邓斯坦和初恋情人安琪薇尔 / 安娜（见《海歌》和《海风》等诗）都来送机，这三位是《另一生》的主要人物。作者在机场与安娜分别，这也标志着他的恋情的结束。因此，他反用了"永别了，头巾"的歌意：黑人男性与白人女性诀别。

56　同样的比喻也见《纵帆船"飞翔号"》第十一节。

57　I thought of nothing, nothing, I prayed, would change, nothing，双关，见后面的《气息》，虚无是加勒比的显要特征，这里没有历史，没有民族精神，只有"无"，因此作者也在思考"虚无"，他希望"虚无"会改变。

58　Seawell，指巴巴多斯西威尔的格兰特利·亚当斯国际机场（Grantley Adams International Airport），作者之后还要转机，终点是牙买加。

重返丹纳里，雨

1　D'ennery，也写作 Dennery，既指圣卢西亚东部的区，也指该区的首府，这里指后者。本诗写于 1962 年，是作者五年后重返丹纳里所作。

2　murmurous of oblivion, oblivion，作者喜欢用的词，指丧失神志，

全然遗忘,比如入睡,因此说"喃喃呓语",海和天空都对人类漠然,无动于衷,超越人类的历史。

3　指战舰鸟,见《圣卢西亚》第二节。

4　"the wounds that make you think",引号中的这句,其来源尚无学者考证出来。我比较确信,它出自海明威《死在午后》第二十章的一句,in the same town where Loyola got <u>his wound that made him think</u>。这里提到了耶稣会创立者罗耀拉的圣依纳爵(St.Ignatius of Loyola),1521年他在西班牙潘普洛纳作战时受重伤,右腿变瘸,由此潜心于宗教。也见沃尔科特的《以生献死的男人》(《沼泽》中提过),其中间接引用了这句,与本诗此处相近,there was an almost jesuitical devotion to the mystery of death, for, like Loyola, he, too, had had <u>many wounds that made him think</u>。海明威表面享乐,但其实深藏着罗耀拉般的对死亡之神秘的敬献。沃氏正是自比这两人。

5　in the gutter,这是俚语,gutter就是下水道,排水渠,指绝望之境和肮脏之处。心灵的沟渠,指心灵深处的绝望之所。

6　暗示柏拉图《理想国》的洞穴。

珀科曼尼亚

1　见前面《金斯敦——夜曲》的注释。本诗描绘了——很可能在牙买加进行的——一次珀科曼尼亚的场景。学者们对这首诗关注也不多,它其实也是早期杰作,与《金斯敦——夜曲》的风格相似,也使用了四行体和英语克里奥尔语。R.Terada指出,本诗将"克里奥尔语的短语与某些英式短语并置在一起",从而"在主题上对比了珀科曼尼亚的仪式与欧洲的基督教"。见 *Derek Walcott's Poetry: American Mimicry* (Northeastern University Press, 1992),第87—88, 108页。将混合语与标准英语或经典英语诗人的用语并置,这是加勒比诗人常用的修辞手法。K.A.Browne 分析了这种手法，举了这一句为例。见 *Tropic Tendencies: Rhetoric, Popular Culture, and the Anglophone Caribbean* (University of Pittsburgh Press, 2013)，第 41—42 页。N. Roberts 则认为，本诗中的克里奥尔语并没有《纵帆船"飞翔号"》中的那种表现力，仿佛是来自白人诗人的嘲弄性的模仿，比如 the 写成 de。他也指出本诗使用了严整、有规则的四音部抑扬格，这产生了一种"轻蔑，愠怒不言"的效果，将这种效果与宗教和性的主题结合的做法，可以联系 T.S. 艾略特《诗集》（1920）中的四行诗与《四个四重奏·东科克》第四节。见 *Narrative and Voice in Postwar Poetry* (Routledge，2013)，第 95 页。

2 De shepherd shrieves in Egyptian light，英语克里奥尔语，de 即 the，下面多次出现；shrieve 即 shrive。牧人即珀科曼尼亚仪式的主持者和带领者，这个称呼来自基督教，在《旧约》中，上帝和子民是牧人与羊的关系，《新约》中，耶稣在《约翰福音》10:1—16 也称自己为牧人。光指上帝，埃及的天光即埃及基督教信奉的上帝或信仰体系，这联系了下面的科普特基督教，这里不是说仪式的地点为埃及，而是说牙买加非洲裔人的基督教源自埃塞俄比亚基督教，而后者在很长时间里隶属于科普特正教会，故而用科普特指代牙买加的基督教传统。埃塞俄比亚的基督教历史悠久，其教会是最大的东方正统教会，是仅次于俄国东正教会的第二大正统教会，与下面提到的科普特基督教一样，都是东方基督教的重要脉络，它们的文化价值以及对宗教传统的重视和继承，并不亚于西方文明下的基督教。

3 旧时的埃塞俄比亚帝国，称为阿比西尼亚。在本诗中，"阿比西尼亚人"指牙买加的埃塞俄比亚移民。殖民者在历史上曾把非洲的黑人劳动力贩卖到加勒比地区，因此牙买加有很多非洲人后裔。牙买加有一个著名的雷鬼乐队就叫作"阿比西尼亚人"，同样，埃塞俄比亚也有一些移民过去的牙买加人。

作者在这里提到阿比西尼亚，一方面指出了牙买加的基督教在一定程度上受到了埃塞俄比亚正教的影响（比如，牙买加首都金斯敦就有著名的埃塞俄比亚正教教堂），另一方面，结合他全诗的描述，显然暗示了20世纪30年代在埃塞俄比亚皇帝海尔·塞拉西一世登基之后、牙买加的非洲人搞起的著名的拉斯塔法利（Ras Tafari）宗教运动——埃塞俄比亚阿姆哈拉语里，ras意为头，顶部，高峰，是一种贵族爵位，相当于公爵或亲王，因为它仅次于最高的王。这个词也可以表示理智，心灵和知识，或洋葱的球茎，或玉米的穗，它还可以配合人称代词，表示自身。tafari，更确切来写为 täfäri，意为危险的，可怕的，对应动词为 täfära，词根动词为 färra，恐惧。塔法利是塞拉西的名字；拉斯塔法利，再加上父名 Mäkonnen，连在一起就是海尔·塞拉西（登基后的帝名）一世未登基前的称号。塞拉西一世被教徒尊为弥赛亚式的人物，就是上帝的化身，他会让埃塞俄比亚人得到拯救，因此他又被称为"耶·塔法利"（Jah Tafari，希伯来语里，Jah 即耶和华）——这一运动是埃塞俄比亚正教内部出现的崇尚基督复临、崇拜塞拉西一世的极端思潮，甚至还受到了一些正教内部人士的轻视。拉斯塔法利教派及其信仰体系表现出了鲜明的非洲和加勒比地区的文化色彩，迥然不同于西方世界的基督教。该宗教的信徒多为牙买加的非洲裔黑人，自认为与流散的犹太人一样，相信天国的复兴。作者这里描绘的珀科曼尼亚正是拉斯塔法利风格的基督教仪式，它既有非洲人的风格，也有加勒比地区的文化特征。关于这场运动，见 M.G. Smith, R.Augier 和 R.Nettleford 的经典论文 "The Ras Tafari Movement in Kingston, Jamaica", in *Caribbean Quarterly*, Vol. 13, No. 3 (September, 1967)，第3—29页；Vol. 13, No. 4 (December, 1967)，第3—14页；阿姆哈拉语单词释义，见 T.L.Kane 的 *Amharic-English dictionary: Volume I* (Otto Harrassowitz Verlag, 1990)，第381，975页；W.Leslau 的 *Concise Amharic Dictionary: Amharic-English: English-Amharic* (Otto Harrassowitz Verlag, 1976)，第245页；见 *Dictionary of Caribbean English Usage*，第466页。也见后面的《拉斯塔法利之歌》。

4　black sheep,即黑绵羊,羊指信徒,这些信徒是黑人,所以叫黑羊。但在英语的习惯用法中,黑羊又指边缘人,异类,甚至指害群之马。

5　De sister,英语克里奥尔语。下面的兄弟们为 de bredren。

6　barkn' balm,英语克里奥尔语。

7　rattle withered gourds, rattle gourd 是美洲及加勒比地区印第安人的一种打击乐器,它利用葫芦里的种子发出声音,类似沙槌或沙球,有的葫芦自然带把,有的需要人工安装。这样的乐器,如海地的 Kwakwa,加勒比泰诺族(Taíno)的 Maraca,圣卢西亚的 chac-chac(chakchak,类似的玩具叫 shack-shack, shak-shak),有时也用椰子或其他壳,里面放入种子或石子。不过,gourd,其实指 calabash,见《仲夏》15,可以近似译为葫芦,但与葫芦并非同物种。见 *Dictionary of Caribbean English Usage*,第 145,501 页。需要注意的是,gourd 也见于英文圣经《旧约·约拿书》4:6 中的著名故事,和合本译为"蓖麻"。上帝为约拿长出蓖麻遮阳,一夜后又让蓖麻枯萎,他以此来教训约拿。因此英语中,Jonah's gourd 成为成语,指朝生暮死的东西。作者这里的用词 withered gourds 与英文《圣经》(如钦定本)一致。

8　divining rod,加勒比地区巫术使用的、源自非洲的器物。参见 M.W.Lewis 的 *Central Africa in the Caribbean: Transcending Time, Transforming Cultures* (University of West Indies Press, 2003),第 174 页,那里举了圭亚那的"Zambi 杖"或 muungu nti,刚果语中,muungu 指杆,杖,nti 指棍;也举了特立尼达的 matuutu,这是一种管状的杆,用来祛除巫术,防范女巫(bandoki, muloshi)。这句的意思是,魔杖失灵,它难以保护人们,人们也不再对上帝怀有热爱。

9　指仪式使用的旗帜,基督教也有教旗。另外,旗是《圣经》中常见的意象,如上帝就被称作旗帜或旌旗。

10　犹太教就以羔羊为祭物,逾越节还要宰杀羔羊。到了基督教时,《新约·约翰福音》1:29 和 1:36 中,约翰称耶稣为羔羊,替人受罪,这是用祭物羔羊来比拟耶稣。珀科曼尼亚中也有宰杀羔羊的传统，这秉承犹太教，前面的《群岛传奇》第五章就提到了斩羔羊首。

11　科普特是阿拉伯语中对埃及人的称呼，源自古代埃及语和希腊语。科普特基督教，其教会名为科普特东方正教会，是东方基督教中历史颇为悠久的一支，相传由使徒圣马可所建，其教区所在地就是著名的亚历山大里亚。这里说科普特十字架是基督教中非常独特的一种十字架，其横竖对称，顶端为三角，中央为圆形。埃塞俄比亚基督教的十字架与科普特十字架一样，所以这里说后者，实则指前者。

12　De Judah Lion，加勒比英语。犹大之狮为希伯来人犹大部落的象征，在《新约·启示录》5:5 中，出自犹大家族的耶稣，被称为犹大之狮。更重要的是，前面提到的埃塞俄比亚皇帝塞拉西一世的称号正是犹大之狮，拉斯塔法利运动的标志就是狮子，这也暗示了牙买加基督教的起源，呼应了"阿比西尼亚人"。再加上这一句使用了加勒比英语，故而一个短语集合了四个文化传统。

13　Pentecost，犹太传统里指五旬节，在逾越节后第 50 天。这里应理解为圣灵降临节，见《金斯敦——夜曲》中说的"基督复临"，这场珀科曼尼亚就在圣灵降临节举行。这一节让我联想到艾略特《诗集》(1920) 中的《河马》("The Hippopotamus")。

14　the Host，即圣餐饼，这里指领取圣体的环节。"欢庆"一词为 jubilation，专指圣餐礼，这个词来自犹太教和基督教的 jubilee 一词。

15　goatskin，指鼓，比如牙买加的 Kimbanda，在珀科曼尼亚中使用；多巴哥也会使用羊皮手鼓（tambourine）。

16　比较叶芝的《驶向拜占庭》，Come from the holy fire, perne in a gyre,/ And be the singing-masters of my soul./ Consume my heart away; sick with desire/ And fastened to a dying animal/ It knows not what it is; and gather me/ Into the artifice of eternity.

17　指基督教的给病弱信徒涂擦膏油的仪式。

18　Armageddon，《新约·启示录》16:16 说的末日时期善恶决战的战场,名字来自以色列的米吉多山。这个词也表示世界末日。

19 dirt-holy roller, holy roller 是俚语,指相信圣灵降临的信徒,他们奉行基督复临的信仰。加上连字符后,也可以理解为"肮脏又神圣的信徒"。下面的不可见者,指上帝或未复临的耶稣。

20 锡安因锡安山得名,代指圣城耶路撒冷。拉斯塔法利教派秉承犹太人的传统,认为锡安就是天堂。另外,锡安可以联系前面提到的牙买加的"复兴锡安宗"。牙买加雷鬼中多以锡安为主题的歌曲,比如鲍勃·马利(Bob Maley)创作的最后一张专辑《升起》(*Uprising*)就是传播拉斯塔法利教义的作品,其中的《锡安火车》《永远爱耶》(*Forever Loving Jah*)都是体现锡安精神的代表作。

21 Till those black forms be angels white, / And Zion fills each eye./ High overhead the crow of night/ Patrols eternity,最后一节四行诗的押韵,让人联想起了布莱克的《老虎》: Tyger Tyger burning bright, / In the forests of the night:/ What immortal hand or eye, / Dare frame thy fearful symmetry?。

帕 琅

1 Parang,由委内瑞拉人传入特立尼达和多巴哥的民乐形式,包含歌唱、演奏和跳舞,其主题与宗教有关。这个词来自西班牙语 parranda(欢庆,游唱)。乡村帕琅的歌手一般在11月就开始挨家挨户又唱又跳,一直唱到圣诞节,为了将基督精神传播给人们,演唱语言为西班牙语。城市帕琅则以演奏为主,不唱歌。见 *Dictionary of the English/Creole of Trinidad & Tobago*(McGill-Queen's Press, 2009),第671页。也见《恩赐》诗集的《帕琅》。Roberts 认为本诗中的克里奥尔语比《珀科曼尼亚》更具有表现力,将土话入诗的做法,可以联系叶芝。诗歌的三音步节奏和风格也类似叶芝的《外套》("A Coat")

和《1916年复活节》("Easter, 1916")。见 *Narrative and Voice in Postwar Poetry*（Routledge，2013），第95—96页。

2 cuatroman，cuatro是帕琅使用的常用乐器，这个词在西班牙语里表示"四"，因为这种乐器类似吉他，有四根弦。本诗是一位老歌手的懊悔诗。

3 dem croptime fiddlers，dem，英语克里奥尔语中，用作冠词，表示名词复数，有时也放在名词后面；作为代词时，可以当主格，宾格，属格用。croptime，不是指一般的丰收，而是专指收获甘蔗的季节，一般是每年1月到5月末。有的地区有两次收获季。这两个词的解释见 *Dictionary of the English/Creole of Trinidad & Tobago*，第289，269页；见 *Dictionary of Caribbean English Usage*，第190，179页，"crop-over"和"crop-season"词条。fiddle，一般译为小提琴，但不同地区，不同文化的小提琴不同，这里指的是加勒比的小提琴，唱帕琅或演奏帕琅时，它是主要乐器。

4 de wailing，英语克里奥尔语。

5 kiss-me-arse，俚语，表示反感和不情愿，意思就是，想让我听你的长笛，没门，亲我屁股吧。

6 that bring water to me eye，英语克里奥尔语。eye water指眼泪，见 *Dictionary of Caribbean English Usage*，第221页。这句的意思就是让我伤心难过，见 *Dictionary of the English/Creole of Trinidad & Tobago*，第859页，"throw water in eye"词条。说话人在抗拒自己的悲伤，因此埋怨提琴手的煽情，说他撒谎，其实提琴手已经引起了他的共鸣。

7 I t'ink，英语克里奥尔语。

8 de fêtes，英语克里奥尔语。前面注释说过，fête指狂欢节。

9 red-eyed，加勒比英语，牙买加叫作pink-eye，见 *Dictionary of Caribbean English Usage*，第469页。

10 la comette，法语，标准写法为comète，我确信，这对应了克里奥尔法语的 lakonmèt，是圣卢西亚的一种舞蹈形式，即圣卢西亚的克里奥尔式玛祖卡（mazouk 或 masouc）。玛祖卡自 19 世纪开始，从欧洲传入西印度的几个受法国文化影响的地区，如圣卢西亚、多米尼克、瓜德鲁普和马提尼克。其舞曲形式也是 3/4 拍，每节（bar）第二拍加重，但混合了黑人的元素，发展成了迥异于欧洲版本的玛祖卡。这种舞蹈常在午夜配合小夜曲（serenades）、在清晨配合晨曲（aubades，即在生日等特殊场合演奏的意外曲目）表演。伴奏的乐器是小提琴、曼陀铃、吉他和班卓琴。20 世纪 70 年代，在法属圭亚那还有变体：piké djouk。关于 lakonmèt，见 D. Horn et al. 编, *Bloomsbury Encyclopedia of Popular Music of the World, Vol. 9, Genres: Caribbean and Latin America* (Bloomsbury, 2014)，第 456—457 页，"Mazouk"词条。

11　呼应前面的 croptime，指甘蔗，这里比喻女人。

12　班卓琴一般四弦或六弦。

13　肉体压着肉体，指性爱。

谨慎的激情

1　本诗讲述了一段不正当的爱情的终结，主人公意识到错误，醒悟过来。Baugh, *Derek Walcott*，第 42 页。

2　Hosanna, I build me house, Lawd, / De rain come wash it'way，加勒比英语。Hosanna，希伯来语，意为，救命。wash it' way，即 wash it away。牙买加有民歌 *Hosanna, me build a house, oh!*，作者这句歌词出自类似主题的民歌。牙买加有很多民歌，都是求助上帝，不要让自然灾害破坏自己的房屋。哈里·贝拉丰特（Harry Belafonte）的专辑《卡吕普索》（*Calypso*, 1956）也收有这首曲子。其中的歌词与作者的题词相似，Hosanna, well come wash it down/ Sun come burn it up;

Hosanna, well come wash on it/ Sun come shine on it/ Storm can't blow it down/ This house will always be。

3　Marimba，一种打击乐，木琴（xylophone）的一种，琴上一组木杆，下面是葫芦或盒子制成的共鸣器，乐手用纱线槌或橡胶槌击打，从而发出声响。这种乐器起源于中非，17—19 世纪由非洲奴隶带到拉丁美洲以及加勒比地区。Marimba 一词来自班图语。马林巴联弹（medley），指两个人或多个人，共同演奏一架马林巴，类似钢琴的多手联弹。见 J.H.Beck 的 *Encyclopedia of Percussion*（Routledge，2013），第 54—55 页，第 277 页开始讲墨西哥的马林巴；第 283—284 页讲墨西哥之外的马林巴，涉及了加勒比地区。

4　提到希腊，暗示奥德修斯的故事，见《海葡萄》，提到了奥德修斯"通奸"的事情。

5　见《诺曼底酒店泳池》。

6　cha cha cha，即 cha-cha-cha 或 cha-cha，古巴音乐，20 世纪 50 年代，作为舞曲流行于美国等地。创制者被归于恩里克·乔林（Enrique Jorrin）。该音乐带有一种游戏和调情的味道。后来也吸收进节奏蓝调和摇滚乐。见 N.Abjorensen，*Historical Dictionary of Popular Music*（Rowman & Littlefield，2017），第 91 页。这里应指旁边奏起了恰恰舞曲，也许还有人在跳舞，男女主人公随着节拍告别。这种舞常常是一男一女进行，所以音乐有点应景。

或许，沃尔科特想起了威廉·卡洛斯·威廉斯的《伦巴！伦巴！》(Rumba! Rumba!)，not submit and end in/ a burst of laughter—/ Cha cha, chacha, cha! H.Feinsod 在对威廉斯该诗的精妙分析中，将之联系了加勒比的诗歌手法"拟声杜撰"(jitanjáfora)，这种手法起源非洲，由马里亚诺·布鲁尔（Mariano Brull）在诗作《传奇》("Leyenda"，1927）中首先使用，阿尔丰索·雷耶斯（Alfonso Reyes）在论文《拟声杜撰》("Las Jitanjáfora"，1942）中首次进行理论阐述。见 *The Poetry of the Americas: From Good Neighbors to Countercultures*（Oxford University Press，2017），

第86页。沃氏诗歌中也有很多这样的修辞,此处就是一例。

布鲁克林来信

1 罗琳斯小姐的"我认识你父母"用的是现在时。本诗是描述沃尔科特父亲的作品。

2 也许是加勒比本土的号角或喇叭,多为牛角,源自非洲,在牙买加,叫作 abeng。见 *Dictionary of Caribbean English Usage*,第 5 页。

3 all is made,用了《约翰福音》1:3 的句子,如钦定本: All things were made by him; and without him was not any thing made that was made。

4 lux-mundi,拉丁文,《约翰福音》8:12,称耶稣为世界之光;《马太福音》5:14 称信仰耶稣的民众为世界之光。在《另一生》2.12.3(本诗集未收,也见 4.24.4)有,Yet, Gregorias, lit, / we were the light of the world,这个《世界之光》指亨特(William Holman Hunt)的画,沃尔科特用"世界之光"指圣卢西亚,因为这个国家的名字 Lucia,来自拉丁文的 lux(光),见 BN,第 237, 288 页。沃尔科特也有诗作《世界之光》,见后。

海　风

1 Brise Marine,法语,马拉美写过同名的诗作,受波德莱尔《恶之花》的影响。马拉美的诗与本诗有一定的联系,篇幅不长,下面列出原文,供读者参考: La chair est triste, hélas! et j'ai lu tous les livres. / Fuir! là-bas fuir! Je sens que des oiseaux sont ivres/ D'être parmi l'écume inconnue et les cieux!/ Rien, ni les vieux jardins reflétés par les yeux/ Ne retiendra ce cœur qui dans la mer se trempe/ O nuits! ni la clarté déserte de

ma lampe/ Sur le vide papier que la blancheur défend/ Et ni la jeune femme allaitant son enfant./ Je partirai! Steamer balançant ta mâture, / Lève l'ancre pour une exotique nature!/ Un Ennui, désolé par les cruels espoirs, / Croit encore à l'adieu suprême des mouchoirs!/ Et, peut-être, les mâts, invitant les orages/ Sont-ils de ceux qu'un vent penche sur les naufrages/ Perdus, sans mâts, sans mâts, ni fertiles îlots... / Mais, ô mon cœur, entends le chant des matelots!。马拉美诗中,如"我要离去!蒸汽船,稳住你的桅杆,/向着异国的自然起锚"(Je partirai! Steamer balançant ta mâture, / Lève l'ancre pour une exotique nature!),这被沃氏用来联系自己赴牙买加上大学之事。

2　honey,常用来修饰皮肤和头发的柔顺,优美,呼应了下面的"蜜囊"。

3　o' rare/ Ben's,即本·琼生,葬于西敏寺,刻有题词:哦,稀罕的本。

4　"the bag o' the bee"/ and "the nard in the fire",指琼生的名作《十首抒情诗,赞颂喀里斯(美惠三女神之一)》(*A Celebration of Charis in Ten Lyrick Peeces*,收入《灌木集》)中的第四首,赞颂喀里斯的"凯旋"。这里的两句,出自结尾:Have you seen but a bright lily grow, / Before rude hands have touch'd it?/ Have you mark'd but the fall o'the snow, / Before the soil hath smutched it?/ Have you felt the wool of bever, / Or swan's down ever?/ Or have smelt o'the bud o'the briar?/ Or the nard in the fire?/ Or have tasted the bag of the bee?/ O so white! O so soft! O so sweet is she!。结尾的这几行,也见于琼生的喜剧《魔鬼是蠢蛋》,它被很多人谱曲成歌。这组诗是爱情诗,是两位女性的对话,探讨了女性问题。有的批评家将诗作与玛丽·罗丝夫人(Lady Mary Wroth)的命运及其作品《乌拉尼亚》联系在一起。琼生曾经写过赞颂罗丝夫人的诗作,他的戏剧《炼金术士》也是献给夫人。罗丝夫人的丈夫是赌徒,好色贪杯,因此琼生为夫人的婚姻感到遗憾。沃尔科特在这里暗用了琼生与罗丝夫人的典故。

5　Andreuille all gold ...，Andreuille，后面的《海歌》也会出现这个名字，它和一些西印度的岛名放在一起，看似也是地名，但其实指沃尔科特 18 岁时的初恋情人 Andreuille Alcée，他在诗中经常称之为安娜，见后面的《另一生》第三篇。沃尔科特对她难以忘怀，称她是金色的安娜。也许是为了纪念这段感情，在塑造安娜这一人物期间，他给自己的长女也起名安娜。

6　Renoir，沃尔科特用这位名画家的名字来暗示眼前的景色特征，尤其指光，这正是印象派看重的因素。此外，也见作者后来写作的《另一生》笔记，其中说，"甚至当我看见安娜时……我视之为文学，或者就像雷诺阿的丰满的金色身体或褒曼（英格丽·褒曼）……她之外，皆俗物……唯有她高贵非凡。"这几句写到了上面说的安琪薇尔的艺术形象"安娜"。作者看见安娜时，仿佛看见了雷诺阿笔下经典的女性的身体。见 BN，第 175 页。所以，这里其实也表明了，自己看见了安琪薇尔，如同走入雷诺阿画中，看到里面的少女。

7　*Maintenant je n'ai plus ni fortune, ni pouvoir*，法语。这句呼应雷诺阿，雷诺阿前半生贫困无权，后半生病魔缠身，直至晚年才看到自己的绘画收入卢浮宫。

海中升起的她

1　Anadyomene，来自古希腊文 Αναδυομένη，阴性中动分词，即，从水中升起的，它是维纳斯的专用修饰语，因此水指海水。最形象的艺术表现就是波提切利的那副名画。另外，兰波曾有"Vénus anadyomène"一诗。

海 歌

1 sea-chantey，也写作 sea-shanty 或 sea-chanty，是水手劳动时的歌曲或号子。全诗中，作者以一种 litany 或 rosary 的方式（这两个词后面也会出现）将加勒比地区的景物以及神话念诵出来，结尾的阿门也表明了这一点。同时，在节奏处理上，又带有该地区民乐（因为本来就是模拟船歌）的风格。整首诗的简短、细长文字形式又如同一条岛链。我认为本诗受到了牙买加诗人乔治·坎贝尔的《连祷》("Litany"，1945）的启发。关于坎贝尔对沃尔科特的影响，见《另一生》1.1.2。坎贝尔那首诗的诗句正如连祷或念珠，诗不长，兹录如下：I hold the splendid daylight in my hands/ Inwardly grateful for a lovely day./ Thank you life./ Daylight like a fine fan spread from my hands/ Daylight like scarlet poinsettia/ Daylight like yellow cassia flowers/ Daylight like clean water/ Daylight like green cacti/ Daylight like sea sparkling with white horses/ Daylight like sunstrained blue sky/ Daylight like tropic hills/ Daylight like a sacrament in my hands./ Amen。诗中的"白马"也在本诗中出现。两诗都以"阿门"结尾。

2 Là, tout n'est qu'ordre et beauté, / Luxe, calme, et volupté，法文，来自波德莱尔《恶之花》中的《邀游》（*L'invitation au voyage*, 1857），这两行在诗中反复出现三次。本诗的韵律和节奏与《邀游》相近，也是一次邀请读者游历的过程。不过，《邀游》描写的是荷兰，诗中涉了荷兰航行世界的船舶及其运来的货物，还提到了东方，这都暗示了荷兰人对海外的开拓和占有；《海歌》描绘的则是欧洲人开拓的殖民世界的经济和商业环境。两首诗分别代表了殖民航线的两极。P. Calefato 围绕着"奢华"（luxe）概念比较了这两首诗，*Luxury: Fashion, Lifestyle and Excess*（Bloomsbury Academic, 2014），第 2—3 页。本诗并没有强调殖民地与宗主国的冲突，它展现的是两者构成的和谐的共生关系，加勒比是一个为欧洲人提供丰盈物产的美好的世界。写作本诗这一阶段的沃尔科特,致力于从西方人的角度来展现西印度,将之纳入西方的历史,他有意回避这里的文化冲突和矛盾。可以对比他在《海湾》和《另一生》中的创作,他开始如实描绘当地的美与丑,超越与欧洲文化的对抗或妥协,进而创造加勒比自己的历史。

3 Anguilla,英国海外领地,名字来自西班牙语 anguila,意为鳗鱼,形容岛的瘦长。

4 Adina,《旧约·历代志上》11:42 出现过这个名字,指亚第拿,是男性,来自希伯来语,表示瘦长的。但这个名字也可以指女性,如在罗西尼的同名歌剧《阿迪娜》中。

5 Antigua,安提瓜岛与巴布达岛构成了一个国家安提瓜和巴布达。这两个岛上以阿拉瓦克人和非洲裔人居多,民众信奉基督教,是英语国家。antigua 一词同于 antiqua,意为古代的。1793 年,哥伦布发现安提瓜后,为它起了这个名字,用它指塞维利亚大教堂的圣母玛利亚,即,La Virgen de la Antigua(古堂的圣母)。

6 Cannelles,法语女性的名字,cannelle 意为肉桂,来自 canne(芦苇)加指小词。由于来自法语,结尾的 s 不发音,所以我没有译出。当然朗读时,可以选择读出,下面很多行的最后一词的结尾都有 s。肉桂是加勒比常见的香料植物,适合形容女性。《奥马罗斯》1.1 中,沃尔科特用过这个词,to the laurier-cannelles, their leaves start shaking,laurier 为月桂,与 cannelles 组合一起指圣卢西亚的一种樟科植物,见《浪子》12.4。J.Felstiner 分析过这个词,还比较了诗人默温对夏威夷树木名字的使用,与沃氏类似。见 *Can Poetry Save the Earth?: A Field Guide to Nature Poems* (Yale University Press, 2009),第 336 页。

7 all the l's,l's 即 elles,指岛和女性。这里,沃尔科特以间隔的方式将两个地名(安圭拉和安提瓜,这两个地方都是阴性)和三个女性的名字(阿迪娜、卡妮莱、安琪薇尔)排列,最后的安琪薇尔是他的初恋情人。类似的手法,沃尔科特常用。见 Baugh 的 *Derek Walcott*,第 42 页。

8 Voyelles, of the liquid Antilles, voyelles 是法语，既表明了加勒比地区的法国文化渊源，同时与卡妮莱（Canelles）押韵，并暗示了 l's 的含义。liquid 既可以比喻安的列斯群岛似乎在海上漂动，同时在语言学上表示流音，如字母 l 表示的音素 /l/ 即为流音，上面几行里，有多处流音 / l /，Anguilla, Canelles, Andreuille, all, l's, voyelles, Antilles，下面的诗句里，也有多处流音。反过来，这些流音又让人仿佛看到了群岛和散落各地的女人。另外，l 也似乎暗示了音乐上的 la。

Antilles，原文是这一行的尾词，英语发音会读出结尾的 s，但由于这几行以及题词的法语语境，读者朗读时也可以配合卡妮莱一词选择不发尾音，荷兰语中，这个词的对应单词也没有尾音 s。安的列斯指同名群岛，包含大安的列斯群岛和小安的列斯群岛，这里指后者，有向风群岛、背风群岛、背风安的列斯群岛、巴巴多斯、特立尼达和多巴哥，如古巴，波多黎各则属于前者。安圭拉和安提瓜属于背风群岛，圣卢西亚属于向风群岛。这个名字来自拉丁文 Antilla，词源说法不一，有认为源于葡萄牙语（彼岸之岛），有认为源于阿拉伯语（龙之岛），它指的是欧洲人想象的一片群岛，后来当哥伦布发现了安的列斯群岛之后，欧洲人就用这个名字命名这里。加上前面提到的两个地名，作者有意突出了这三个词的外来性，它们不是本土人，而是欧洲人所起。这个名字的想象性，也体现在了下面一首《绿夜》涉及的《百慕大》一诗中。

9 frigates，起源于 16 世纪欧洲，是船身狭长的小型快帆船，由于轻快，往往用来保护主船。18 世纪在英国海军中指处于 5 到 6 级的单层炮甲板三桅帆船。现代军事上，用它指巡防舰或护卫舰，不再是传统的帆船。

10 tremble like needles, needles 指船上细桅杆或桅杆的尖头，下面也出现了 needles of their masts，而且转义为针。like 和 tremble 也有流音。这一句连同上面几句，由于流音多，因此读起来好像在颤抖，同时也暗示这些群岛和女人的命运。

11　schooner,一般装两桅帆,有的多桅,帆纵向树立,起源于17世纪。它比 frigate 要更大。

12　needles,这里由桅杆转义为针,联系了《奥德赛》中佩涅罗普的织布机的针。她为了等待奥德修斯,拒绝求婚者,拖延时间,白天缝布,晚上拆开。这暗示了加勒比地区固守自己的信念,精神未曾改变,但似乎也暗示了这一地区的保守和原始。而奥德修斯则暗示了加勒比船员漂泊的经历,甚至指作者。此外,作者在全诗罗列了各种事物,他也像缝纫一样,将这些事物连缀在一起。

13　船员在海上易得热病。

14　Cyclopic,指 Cyclop,《奥德赛》中困住奥德修斯及其同伴的著名独眼巨人族。按照不同的神话所述,他们生活在意大利埃特纳火山(Etna),利用这座火山协助火神赫淮斯托斯锻造武器。这里的棕榈、矛杆、火山(喷射的火柱)都比喻船桅或船帆。独眼巨人是沃尔科特诗歌中常用的形象,尤其是在《奥马罗斯》中,他们代表了受到殖民者"奥德修斯"压迫的被殖民者。沃尔科特还把被弄瞎的独眼巨人联系了失明的荷马。在反殖民主义的文学和文化中,独眼巨人也典型形象,它代表了被殖民文化想象的少数族裔,他们采取了极端措施反抗殖民者。参见 E.Hall, "Survival of Culture", *Survival: The Survival of the Human Race* (Cambridge University Press, 2008),第68—78页。

15　棕榈比作矛和火山,倒落时发出吱呀作响的声音。

16　Flight, and Phyllis, Flight,后面有一首诗《纵帆船"飞翔号"》,它与菲丽丝一样,都是船名,所以会出现在港口的登记册上。Phyllis,菲丽丝是希腊神话中的人物,按照一种说法,她等待参加特洛伊战争的丈夫德谟丰不归,自杀身亡。这艘船见《另一生》1.5.1。

17　Grenadines,位于向风群岛,属于圣文森特和格林纳丁斯之国,临近圣卢西亚和后面提到的格林纳达。它的名字与格林纳达一样,很可能来自西班牙城市格拉纳达。

18　Sabbath,犹太人的安息日在星期六,基督徒在星期日,有些基督徒也视星期六为安息日。

19 *Repos donnez a cils*，法语，来自埃兹拉·庞德《诗章》LXXX（即《比萨诗章》）672，这句移用了维庸《遗嘱集》(*Le Testament*) 中《墓志铭和回旋曲》(*Épitaphe et rondeau*) 里的一句 Repos éternel donne à cil，即，给他的眼睫永恒的安眠。维庸这一句最终来自天主教为死者准备的拉丁文祈祷词，Requiem aeternam dona eis/ei，即，给他们/他永恒的安眠；这是安魂时的惯用句。维庸把代词 eis/ei 写为了 cil，即 celui，这是为了押韵。但在法语中，cil 又指睫毛，眼眉。庞德用的是复数 cils，明显指眼眉，不再指代词——因为复数代词的正常用法是 leurs。

20 见《另一生》1.1.2，3.14.1 和 4.21.3。

21 Saint Maarten，荷兰语，是背风群岛中的一座岛屿，它南部属荷兰，北部属法国，既然这里用荷兰语，因此指"荷属圣马丁"，该地产盐，沃尔科特的母亲就出生在这里。1793 年，哥伦布发现这里时，正值 11 月 11 日圣马丁节，故以此命名。这个词与前面的地名一样，都暗示了殖民的历史。圣马丁原为荷属安的列斯成员国，2010 年，荷属安的列斯解体，圣马丁拥有独立国家的自治地位，但仍属荷兰王国，成为其四个构成国之一。

22 blue heave of Leviathan，利维坦是《圣经》中著名的怪兽，这里指帆船，尤其是 schooner。西印度历史上，有一艘荷兰人带来的 Blue Peter（这个名字指开船旗）号最为著名。这里的蓝色也暗示了 Blue Peter。在后面的《纵帆船"飞翔号"》中，作者也用到了利维坦这个形象，有一句，Let Him, in His might, heave Leviathan upward。结合下文，利维坦由于表示船，而船的历史又代表海员所属的西印度族群。

23 apprentice，这不是泛用的生手学徒，而是指刚入艺术之门的人，可以认为指作者，或与他类似的，试图为加勒比地区赋予文化特征和身份的艺术家或学者。由于是新手，所以只能用盐水和日光，他似乎还没有给这里的各种事物命名。这两行把全诗分为两段，前面一段有很多西方文明的典故和象征，而下面的一连串连祷，则带有本土性，它是诗人的一次命名，他在创造着下一段中的事物，而不是复述它们的名字。宗教的语境让读者不会往语言学的命名去联系。见 M.Heydel, "The Polish Walcott. Translating Caribbean Identity", *Kultura-Historia-Globalizacja/ Culture-History-Globalization*, No.7 (2010)，第 89 页。

24　galley，这是一种历史悠久的帆船，与 frigate 区别时，它更大，而且有桨。古希腊人用来海战的 galley 最为著名，奥德修斯返乡时用的也是这种帆船。

25　colors of sea-grapes，sea-grapes，拉丁名为 Coccoloba uvifera，蔓生植物，果实与葡萄类似，但目科属与之截然不同。它产于美洲和加勒比地区。海葡萄树的叶子很大，有皮革质地，老去后会变红，果实成熟则发紫。作者这里说 colors，他想指的是海葡萄树的红色，比起绿色，红色是其"标志性"的颜色，红色的海葡萄树林是加勒比地区著名的景观。《克鲁索的岛》中，说海葡萄燃烧，就是指其叶子火红。沃尔科特对于红色非常喜欢，他用 color 指涉的颜色，基本上都是红色。海葡萄的意象联系了下面的海扁桃、字母、群岛、诸多流音、元音、念珠、连祷。沃尔科特有本诗集就叫作《海葡萄》。

26　sea-almonds，拉丁名为 Terminalia catappa，使君子科（Combretaceae）、榄仁树属，也叫热带扁桃，果实如橄榄故得名"榄仁"，可以漂浮在海上。榄仁树的树皮、叶子和果皮均含有单宁酸。它不同于 almond，后者指蔷薇科、李属（Prunus）、桃亚属（Amygdalus）植物甜扁桃（prunus dulcis）及其果仁。尽管它在中文里也俗称杏仁，但它更应该叫扁桃仁，它并不是我们平时吃的、同为李属的黄橙色的 prunus armenica（英语 apricot）的果仁。

27　钟声的声音就像连续的字母。

28　The peace of white horses，white horses，指白色的波浪，波峰隆起，

如同马。我采取直译，保留马这个形象。另外，《新约·启示录》6:1—8，提到四骑士，第一骑士骑白马；19:11—16，写耶稣骑白马，率领天上众军，众军皆骑白马，白色象征正义。有的学者认为前者就是基督。

29 rosary，该词与 rose 同源，与连祷（litany）意同。rosary 指 15 世纪天主教多明我会向圣母玛利亚念诵的连串式的《玫瑰经》，教徒认为经文如同玫瑰一样芬芳，因此得名，后来被整个天主教接受。这里的 rosary 指念诵《玫瑰经》的行为，诵经时，要揉着念珠，揉到念珠的不同位置，念诵不同的经文。列岛就如同念珠，念诵岛名，如同诵经，这一比喻也见《星苹果王国》。事实上，本诗的每一行，每一个事物都如同念珠，它们本身（或自然本身）就在念诵自己的名字。

30 Virgin of Guadeloupe，Virgin，指圣母玛利亚。Guadeloupe，法语，初看起来，这个名字指西印度东部的瓜德鲁普岛，法国海外领地。但是就此处的"贞女"而言，它首先指西班牙的瓜达卢佩河（Guadalupe），这个名字来自阿拉伯语，即隐蔽之河，14 世纪，在该河流经的埃斯特雷马杜拉，一个牧童于河畔发现了一尊流亡教士埋下的圣母像，为了纪念这事，人们建了一座天主教修道院，即瓜达卢佩圣母玛利亚修道院，院中有"瓜达卢佩贞女神殿"。哥伦布发现西印度的那座岛后，用瓜达卢佩河命名，就因为这条河与圣母玛利亚有关。法国人占领后，用了法语的拼写 Guadeloupe。所以，作者首先引向了西班牙的修道院和圣母，然后又牵涉了西印度的地名，他用简单的一个短语和一个典故，就展现了加勒比地区复杂的历史背景和宗教背景。

31 the amen，阿门，源自亚兰语，意思为，是这样，真的，往往用作祈祷结尾时的呼词，这里作为名词，加了冠词，指真理和上帝，如《启示录》3:14，耶稣被称为 the Amen。上帝则为 the Amen 的上帝。

绿 夜

1 In a Green Night,从本诗的题目(也是所属诗集的名字)到开始的几句,作者指向了 17 世纪英国玄学诗人安德鲁·马维尔(Andrew Marvell,1621—1678)的著名诗作《百慕大》(*Bermudas*)。马氏在 1653 年之后得知了百慕大群岛,心向往之,他采用了《圣经》的典故想象了清教徒在上帝的带领下(如同摩西带领犹太人到迦南地)来到百慕大的过程,他将这里描绘为一座伊甸园。从浪漫美好的角度来看,马维尔表达了开创理想世界的清教徒的进取精神,但从反殖民主义的观点来看,很多批评家认为全诗美化了殖民者,表达了殖民主义对外开拓掠夺的倾向,并以西方视角想象了非西方的世界。由于作者在这一时期受玄学派影响,并且百慕大也处于加勒比地区,故而沃尔科特对这首诗非常留意。本诗中,凡涉及《百慕大》的地方,译者都会指出,该诗的正文及其解释,参考 N.Smith 编订和注解的权威的 *The Poems of Andrew Marvell* (Pearson Education, 2007),第 56—58 页。本诗也带有艾略特《诗集》(1920)中四行诗的风格。

题目和开篇(甚至全诗)针对了《百慕大》中的两行,He hangs in shades the orange bright,/ Like golden lamps in a green night(他在阴影中悬挂光明之橙 / 如绿夜中的金灯)。实际上,全诗都在描绘橙子。"绿夜",见 Smith 的注解,指橙树之下的阴影。而阴影是为了衬托上帝的光,Ismond 引 J.Bennet 的观点说,"玄学诗是被这样的人写成的诗篇:对于他们来说,白昼天光即上帝之影。"见 *Abandoning Dead Metaphors*,第 38 页。

这种玄学诗的隐喻并不奇特,但是,当它涉及了外部的文化差异时,它的含义就丰富起来:非西方世界的族类同样也处于阴影之中,但这种阴影却是西方文明想象和强加的。沃尔科特对《百慕大》的回应是复杂的,一方面,他受玄学派影响,也想要建立一种类似的隐喻模式,去表现最高的存在者,但另一方面,他又要超越玄学诗,体现自己的独特性，所以他必须打破《百慕大》中的想象。由此，他创作了一首"反玄学的玄学诗"，当这种玄学诗达到完满时，也就是它终结的开始，恰恰就像诗中的橙树一样，有生有亡，它难以表现出永恒的上帝。也许，这一时期的作者已经对学习玄学诗产生了焦虑，这跟他的身份不无关系。

需要一提的是，orange 指橙子，拉丁名为 Citrus sinensis，而汉语的橘子为 Citrus tangerina，英语 tangerine，桔子为 Citrus reticulata，mandarin orange，它们都是柑橘属（Citrus）植物。虽然在不严格的用法上，orange 也可以指橘子或桔子，但沃尔科特在自己的诗作中区分了 orange 和 tangerine，他用 orange 指的都是橙子，橙子果实硕大，颜色更亮。

2　橙树和彩色之光，针对的是上个注释引用的 orange bright 和 golden lamps。关于橙子，按照 Smith 注释，法国诗人圣-阿芒（Saint-Amant, 1594—1661）的《加那利之秋》（*L'Automne des Canaries*）描绘了所属西班牙的大西洋加那利群岛的橙子：L'orange en même jour y mûrit et boutonne, / Et durant tous les mois on peut voir en ces lieux/ Le printemps et l'été confondus en l'automne。橙子在同一天死去，又发芽，月月可见，因此永恒。这几句也写了春夏秋三季混同。橙子的永恒，让马维尔那个时代的欧洲人浮想联翩。所以马氏将橙子的光芒与上帝联系在一起，赋予其永恒的意义。但是，橙光恰恰要在黑色的阴影或背景（shade, night）下才能像金灯一样耀眼。显然，他是二元思维，依靠明暗相间，用黑暗衬托光明，只要有永恒的光，就必定有永恒的黑暗衬托它，这些黑暗就是西方文明之外永远处于文明进程的族群。与之相反，沃尔科特是多元的，各种光交错。

3　让人联想了伊甸园的寓言，那里是苹果树。偷吃成熟的禁果后，人走向堕落和罪恶，但在这里，橙树成熟后，也会走向衰败，作者却说寓言完美了。

4　这句针对《百慕大》的，He gave us this eternal spring。在百慕大，

上帝赐予人们永恒的春天，但实际上，百慕大以及想象中的非西方世界，并非如此，也有四季。Smith 在注释中引了 Lewis Hughes 的书信（1615），说百慕大地区一年有两季，5 月中开始是热季，直到 8 月中段结束，其余时间都是春季。这是马维尔想象的来源。

5　molt，脱毛，用动物的变化比喻落叶，兼说动植物，呼应了下面的生灵。

6　chemistry，联系了上面用的一些金属方面的词汇，这是为了衬托自然"化学"的神奇。除了多元性之外，沃尔科特用循环性对抗西方文明追求的永恒的形而上学。在他看来，百慕大并非恒定的伊甸园，而是有生有死，有苦有悲的自然循环之土。

7　fable perfect now，第一节中为 perfected fables now。

群　岛

1　Margaret, Margaret Maillard，沃尔科特的第二任妻子，1931 年 6 月 25 日生于加拿大蒙特利尔，父亲是特立尼达人，母亲是格林纳达人。她 2 岁时回到特立尼达。1952—1957 年，在英格兰研究政治科学和社会工作。之后，再次回到特立尼达，从事医疗社会工作和救济事业。与此同时，她开始资助特立尼达的艺术运动。当时，她担任女王礼堂（Queen's Hall）的经理兼董事会主席，她是沃尔科特的特立尼达戏剧工作室的首要支持者。1958 年，她担任了沃氏民族戏剧《鼓与色》（*Drums and Colours*）的舞台灯光指导。1960 年，她与沃尔科特在特立尼达的查瓜拉马斯（Chaguaramas）结婚，生有二女，但后来离异。玛格丽特长期生活在特立尼达的迭戈·马丁（Diego Martin）。在玛格丽特的支持下，沃尔科特度过了第一段婚姻失败以及绘画和精神导师哈里·西蒙斯自杀所带给他的阴影，缓解了人生的危机。他的著名长诗《另一生》就是题献给她，诗中也描写了他们的关系。以上见 BN，第 332 页。沃尔科特的第一任妻子是秘书法耶 .A. 莫伊斯顿（Faye A.Moyston），两人 1954 年结合，生有一子彼得，几年后离异。他的第三任妻子是诺兰·麦迪威尔（Norline Metivier），1982 年结合，后来离异。20 世纪 80 年代后期，他与女友西格莉德·娜玛（Sigrid Nama）同居，娜玛美国画家、艺术商，生于德国，有丹麦和弗兰芒血统，但两人并未结合。

2　这几行是比较重要的沃尔科特概述自己文字风格的诗句，常被引用。

3　指将日记写在沙上，自然语言就像沙滩上的浪花，反复出现，消失，不会在意文字的永存；而沃尔科特尽可能地让自己的语言如同自然说出一样。

4　jack-fish，在加勒比指多种鲹鱼属（Caranx）鱼类，比如马鲹（Caranx hippos）和黑鲹（Caranx lugubris），它不指通常表示的狗鱼（Esox），那是淡水鱼类。

选自《漂流者》（1965）

漂流者

1　castaway，有时也写作 cast-away，作为名词，OED 释义，(1) One who or that which is cast away or rejected; a reprobate。这是最早的含义，常指被上帝遗弃的人，如延代尔译本《哥林多后书》13:5, excepte ye be castawayes（钦定本用 reprobates）；钦定本《哥林多前书》9:27, I myself should be a castaway。和合本译为"被弃绝了"。(2) One cast adrift at sea; a shipwrecked man. 这个含义源自于 18 世纪末，意为船舶失事、漂泊海上的人。用例有诗人威尔逊（John Wilson）《鼠疫之城》（*City of Plague*）1.3.92，A lone castaway upon the sea。由（1）和（2）

引申出的比喻义，(3) One cast adrift upon the world, or by society, an outcast。在世界和社会上漂泊、无家可归的人。这方面一个值得注意的用例，来自擅长海洋故事的马里亚特（Frederick Marryat）的小说《忠诚的雅各》(*Jacob Faithful*)，Those who...leave it [sc. youth] to drift about the world, have to answer for the cast-away。沃尔科特很可能读过这部经典作品并且知道这个例子，他在《克鲁索的日记》中也提到了马里亚特。

该词源自动词词组 cast away，意为抛弃和丢弃，《圣经》语境中常见，典型如《诗篇》51:11，Cast me not away from thy presence。《罗马书》11:1，God cast away his people。都是指上帝的弃绝。在海洋语境中，OED 释义为，To wreck (a ship); to throw upon the shore, to strand。它常用作被动，指被抛弃的状态，名词即由此而来。

本诗的 castaway 形象取自笛福《鲁滨逊漂流记》——沃尔科特曾称这部小说为"我们的第一本书"，见后面《克鲁索的日记》——的鲁滨逊·克鲁索。在该小说中，虽然没有用到名词，但频繁使用了动词词组 cast away，如 cast away upon that Island；cast away upon this Part of the World，等等。

沃尔科特对该词的使用，首先涉及了名词的含义（2），这是为了暗示加勒比地区被海洋包围的处境。此外，他更想凸显的则是（1）和（3）：含义（3）体现了个体与既定社会的隔绝；含义（1）则刻画了一种根本性的、在信仰上无可救赎的被弃状态，就如加尔文提出的被上帝摈弃（Reprobation）。这两个含义也可以联系影响过沃氏的存在主义思想，如见后面《另一生》。按照三个含义，沃氏让该词呈现了三个连续的环节：被弃；疏离；漂流。个体从被动遭到抛弃，经过痛苦的焦虑，最终安于这样的状态，然后自我放逐。最后这个环节已经超越了笛福小说中的鲁滨逊的形象，而且在今后的写作阶段中，它会渐渐呈现出更加坚决的主动性，如《纵帆船"飞翔号"》和诗集《浪子》。通过该词，沃氏既形容以自己为代表的加勒比艺术家，也形容加勒比地区的各个民族,尤其是接受过欧美文化的土著后裔。他们既疏离于欧洲文明,也疏离于他们的源头非洲黑人文明和加勒比原生文明。

关于该词的中译,我遵照 OED 的释义,而且为了联系《鲁滨逊漂流记》,故而选择"漂流者"这个相对简单和直白的译法,它既体现了"被弃"这层意思,也保留了航海方面的联系,又喻示了虚无感。尽管鲁滨逊在荒岛上有了临时居所,但他只是"被抛弃到"(cast away upon)这里,被抛弃的"过程"和漂流生涯并没有结束:漂流也可以包含不断放逐和疏远的含义,这正是本诗和本诗集的主题。

《漂流者》诗集标志着沃尔科特的诗风进入了反思期:他意识到了自身以及西印度地区民族的虚无性和被抛弃的处境,从而陷入彷徨,但为了克服这一点,他也开始专注于加勒比的事物,开启了全新的诗性世界。G.Rohlehr 指出,全诗集的主题是"疏离"(alienation)。其中反复出现的意象是"火":"时间之火不仅让经验成熟为艺术,而且还让心灵枯萎成干枯的绝望";"海洋成为平静的虚无",这样的意象,体现了"克鲁索般的漂流者人物的生活空洞,而这样的人物萦绕全书"。诗人"栖居于头脑中的某个地方,由此,他将干枯、发白退色的凝视转向了外部现象"。诗集也处理了流亡的问题:在家的流亡和在大都市的流亡,但风格不同,前者具有"直接性"和"内在的疯狂",后者则是"灰白的乏味"。流亡之中也有两种不同的心境:"干枯的孤独"与"疯狂无助的愤怒"——可见《拉文第勒》一诗(本诗集未收)——在这两极之间,存在着"漠然"的态度。诗集的诗风"更加没有定则、更碎片化",但又"精心安排"。见"Withering into Truth: A Review of Derek Walcott's *The Gulf and Other Poems*",*Critical Perspectives on Derek Walcott*,第 213 页。Brown 指出了诗集在形式上的特征:作者在反抗自己对抑扬格五音步的倾向,很多诗行一开始都以五音步写成,但在最终版里,却被打破,或者连缀在一起。见 *Derek Walcott: Selected Poetry*,第 103 页。

关于鲁滨逊这一人物,沃尔科特之所以留意他,原因之一就是,他漂流所至的荒岛在委内瑞拉和特立尼达附近(有可能是多巴哥岛),恰恰属于加勒比地区。此外,在 1986 年接受《巴黎评论》(*Paris Review*)的访谈中,沃尔科特讲述了这首诗的更深刻的创作动机:"我写过一首诗,叫《漂流者》。那时候,我跟妻子说,我想自己过个周末,去特立尼达。妻子同意了。我就自己呆在海边的屋子里,写了这首诗。我把西印度艺术家的形象比作海难失事的人……通常来说,这里的海滩非常空旷,只有你,海,还有你周边的植物,你得自力更生。关于克鲁索这个主题,我写过很多不同的诗。克鲁索主题中的一个更为积极的方面就是,在某种意义上,加勒比的每个族群都处于被奴役或被抛弃的处境,我想这就是海难隐喻的意义。你环顾四周,发现自己不得不制作自己的工具。无论这工具是笔还是锤子,你就在亚当一样的处境中建造;之所以要重建,既是因为必需如此,也是因为你觉得,你要留在这里很长时间,而且你还有了一种领主(proprietorship)的感觉。大体来说,我感兴趣的就是这个方面。"见 E. Hirsch 对他的访谈,*Conversations with Derek Walcott*,第 109 页。

在《克鲁索其人》("The Figure of Crusoe",1965)一文中,沃尔科特分析过这一形象的诗学内涵。值得注意的是,他凸显了诗歌的隐喻手法:"它赋予了一个处女的世界,一个天堂,赋予了所有声音和命名事物的行动,就像亚当让造物受洗,因为这种行动是拟人的(anthropomorphic),它就像那种移情谬误(pathetic fallacy,错误的拟人),它用声将自己投射到其他事物上,这样的声音,不是散文,而是诗,不是明喻,而是隐喻。"《漂流者》正是这种隐喻运用的成熟诗集,而鲁滨逊在小岛上发明事物,正如亚当命名事物一样——在后面的《克鲁索的岛》里,沃尔科特称鲁滨逊为人类堕落后的第二位亚当——他们都在运用隐喻,诗人也正是一位亚当或漂流者。在本诗中,他强调了自己"放弃死去的隐喻"(abandon dead metaphors),而在航海语境中,"放弃"正是指弃船漂流,作者弃船而走,像鲁滨逊漂流，选取全新的命名原则，抛弃西方文明传统或基督教传统中的各种诗歌意象和符号。见 P. Ismond 的 *Abandoning Dead Metaphors*，第 3，14，44 页。对比后面《克鲁索的日记》中批判殖民主义的普遍立场，显然《漂流者》更具有个人性，这首诗的鲁滨逊更接近作者。关于亚当的命名，也见《另一生》第二篇引用的卡彭铁尔的题词。

在加勒比牙文学中，牙买加诗人克洛德·麦凯（Claude McKay，1890—1948）最早就有一篇《漂流者们》（1920），他描写的是现实中的流浪人和加勒比贫穷的环境，这也象征了加勒比在政治和经济上的漂流者的处境，这也正是本诗的现实基础，如这几句，But seated on the benches daubed with green, / The castaways of life, a few asleep, / Some withered women desolate and mean, / And over all, life's shadows dark and deep./ Moaning I turned away, for misery/ I have the strength to bear but not to see。

文学史上以鲁滨逊为题材的作品很多，最早在 1799 年就有威廉·库珀（William Cowper）的诗作《漂流者》，晚近又如电影《少年 Pi 的奇幻漂流》（*Life of Pi*）。关于西方文学艺术中鲁滨逊式的漂流者传统，见 C. Palmer 的 *Castaway Tales: From Robinson Crusoe to Life of Pi*（Wesleyan University Press, 2016）。

2 漂流者在一座岛上，眼睛紧盯远方，只等有船出现，而且肚中饥饿。这一行也摹仿了地平线，"帆"留在第二行，呼应了"一小口"。

3 这是内心的话语，在告诉迫切等待船只的意识，克制狂乱。

4 但漂流者心中又担心其他人来到。在《鲁滨逊漂流记》中，鲁滨逊担心加勒比人，而漂流者担心的是欧洲人，如果被拯救就会干扰自己的"克里奥尔文化"。这样，他既希望有人来救他，又害怕如此。见 *Nobody's Nation*，第 106 页，

5 两个"虚无"，都是《漂流者》诗集的主题之一，它是加勒比重建的开端。关于虚无，也比较《四个四重奏·东科克》，And you see behind every face the mental emptiness deepen/ Leaving only the

growing terror of nothing to think about;/ Or when, under ether, the mind is conscious but conscious of nothing。也见《荒原》第二部分"弈棋",连续的 nothing, Nothing again nothing./ "Do/ You know nothing? Do you see nothing? Do you remember/ Nothing?"。

6　这是漂流的积极影响,但作用是否定性的,让他回到了"创世"和开端,与自然相联,远离了宗主国的文化。见 *Nobody's Nation*,第 106 页。

7　feces,faeces,也见《奥马罗斯》48.1。

8　联系《创世记》中尘土造人的典故,下面提到了"创世"(genesis)。

9　表明创造是从"内部"开始的,同时也联系开头的"饥饿"。自我吞下世界,从世界这个食物中,世界创造出人类意识。而吃下世界,也会有排泄物,即上面说的粪便。见 *Nobody's Nation*,第 106 页。

10　polyb,珊瑚就是珊瑚虫分泌物构建起来的,所以这里说建造,珊瑚虫仿佛在建构一种"文化",见《海即历史》和《仲夏》1。Ismond 指出,狗粪变成珊瑚,珊瑚虫建造珊瑚,都暗示了人类也"潜在地"具有相似的"创造过程",而诗人也具有一种"朝向自律的、自我创造的动力"。见 *Abandoning Dead Metaphors*,第 45 页。

11　The silence thwanged by two waves of the sea, thwanged,即 twanged。我想起了华莱士·史蒂文斯的诗作《论现代诗》("Of Modern Poetry")中著名的几句,The actor is/ A metaphysician in the dark, twanging/ An instrument, twanging a wiry string that gives/ Sounds passing through sudden rightnesses/ wholly Containing the mind,/ below which it cannot descend,/ Beyond which it has no will to rise。这里的 actor,指现代诗人,他也像本诗的鲁滨逊一样"贪得无厌"(insatiable);他也是在黑暗的玄学(虚无)中通过日常的意象创造声音和意义。不过,这里的撩拨者首先是大海,而且它先于听取者鲁滨逊,它才是真正的自然诗人;它的存在保证了鲁滨逊并不完全相像于史蒂文斯的现代诗人。此外,学者们都没有注意到,这一句显然要指向《四个四重奏·小吉

丁》，But heard, half-heard, in the stillness/ Between two waves of the sea/ Quick now, here, now, always/ A condition of complete simplicity。最后一个词"单纯性"是关键，也可以联系《另一生》的"单纯的火焰"。重返自然，就是回归单纯的元素，这是重新创世的起点。

12 I abandon/ Dead metaphors，引用多次的 Ismond 的那本论著的主标题就来自于此，这是沃尔科特诗学的核心原则，即创造新的隐喻，颠覆传统欧洲的比喻方法。在沃氏这里，metaphor 有时区别于而且高于明喻（simile，对应散文），即不使用比喻词（见前引《克鲁索其人》）。但一般来说，它指所有形象性譬喻，包括拟人、拟物和类比等等。

如 Ismond 所言，它是"诗性的"，而且"包含了最广泛的类属意义上的'象喻'（figuration）"；沃氏将它等同于"变形"（metamorphosis），从而反对那种"古老而古典的、将隐喻投射为更高转型之理想的形而上学"；另外，它也是亚当和鲁滨逊的"重命名"与"再创世"。它的基本功能如，让"实存的欲望世界和恐惧世界"得以表达；"将物理的、经验的世界与形而上的、想象的世界相联"；"参与到人类的理智、内在的认知和内在的存在之中"，它会"进入而且塑造我们与自己世界的关联方式"。Terada 也认为，沃氏的隐喻功能通常就是："象喻之辞格"（a figure for figuration）。见 *Abandoning Dead Metaphors*，第2—4页；*Derek Walcott's Poetry*，第219页。

Breslin 概述了沃氏隐喻的特点。他的"隐喻方式更流动，隐隐地削弱了字义和喻义的简单的匹配"，他的隐喻具有"循环性"，"会返回到自身"，"将喻义转变为字义，字义转变为喻义"，"销蚀了边界、区分的子午线、边缘和中心的等级"。他举了《奥马罗斯》中的经典例子：The wind changed gear like a transport with the throttle/ of the racing sea. 自然与机器统一在一起，没有本体与喻体之别。见 "Derek Walcott's 'Reversible World.' Centers, Peripheries, and the Scale of Nature"，*Callaloo*, Vol. 28, No. 1, Derek Walcott: A Special Issue

(Winter, 2005),第 21 页;*Nobody's Nation*,第 265 页。沃氏的几乎所有隐喻都是循环的,喻体和本体没有主次之分,而且要么处于相同时空(无论内在,还是外在),要么处于相异时空,但通过隐喻关系连接在一起,同时浮现。

需要说明,在本书中,我还是把 metaphor 通译为隐喻。第一,可以区别"散文式明喻"。第二,可以包含"诗性的明喻"。尽管沃氏也频繁使用比喻词,但在这样的明喻中,喻体和本体是同等的,其关系相当隐微,而且也具有上述的一切象喻和命名功能,其隐含的内在结构仍然是隐喻,完全不同于散文式明喻,即,喻体只是修饰和从属于本体。读者在阅读诗作时,可以忽略大部分的比喻词,将之理解为自然的等同;当然在个别地方,沃氏也有意用明喻来表示其喻体的层级低于隐喻。

13 nut,不同语境中,nut 指代的东西不同,这里显然指椰子,因为形状大小与头颅相似。另外,nut 在俚语里也表示脑子。

14 babel,来自《创世记》巴别塔的典故,这个词一般也表示嘈杂的场所。这里的几种昆虫(虱子、蝇、蛆),都见于《圣经》。这个词暗示了加勒比语言、文化和种族的多元环境,见《另一生》4.22.1。

15 green wine bottle's gospel, wine bottle,联系《马太福音》9:16—17 的新瓶(新皮囊)装旧酒的寓言,钦定本为 new wine into old bottles。作者没有说新酒瓶,而是绿酒瓶,而且装的不是酒,是沙子。这象征着精神的堕落。由于这里没有指向耶稣之血的典故,所以没有把 wine 译为葡萄酒。

16 这个标签有可能是酒瓶上的,也有可能是船上的,作者并不想确定它,这就像他使用的隐喻或命名过程一样,隐喻就是"贴标签"。见 *Nobody's Nation*,第 107 页。

17 结尾一句暗示了耶稣钉十字架;"手"是白色的,象征白人基督的死去,而作者想要成为黑人基督。"手"的本体不明,可能是瓶子,或船骸,或漂流木,甚至是海水的浪花。

沼 泽

1 如 Ismond 所言，本诗展现了"经验中的风景的荒凉"，作者在物理特征中发现了"这一热带场景的特殊方面和外貌"，它展现了"独特的、压抑性的否定状态"。本诗在艺术上"高度富密和集中"，诗中的隐喻技巧"追寻到了在沼泽中体现出来的、人的心灵状态"。它最终相关了"一种对创造性存在者有害的状态"以及"试图在这种场景中进行创造性活动而遭受的创伤"。Baugh 更强调本诗的"内转"，涉及了"存在的焦虑和冲动"，它表现了"心灵黑暗之处的可怖的诱惑"。见 *Abandoning Dead Metaphors*，第 58、60 页；Baugh, *Derek Walcott*，第 47—48 页。本诗可以对照《气息》的雨林，但后者更具体，与加勒比的环境有关；而本诗着眼于普遍的自然虚无，阐明了沃尔科特的与线性历史观相反、看似但又并非"虚无主义"的历史哲学。但需要注意的是，在这一阶段，沃氏并未从"虚无"中获得绝对的力量，他还在焦虑，甚至悲观，虚无还没有"完全"成为积极创造力，尽管结尾提到了前方的"路"。本诗与《漂流者》构成了"虚无"的消极和积极的两个相互缠绕的方面。

W. Brown 提供了对本诗的三种阐释可能。第一，历史阐释：《沼泽》背后是一种意识，它属于"奴隶制的南方腹地的美国白人"。他意识到"黑色的嘴"威胁着"他在这些嘴间建立的文明（'公路'）"，"它们的黑色情绪使他的文化日益衰弱"，而沿着"前方的路"、也就是他的未来，"他会失去自己的种族记忆"。总之，本诗呈现了殖民者针对"他们殖民过的人"的"源自于内疚的恐惧和嫌恶"。第二，心理阐释："沼泽"隐喻了"自我和本我的斗争"，预告了后者的最终胜利。如"公路"就是自我；"打成结"意味着"自我意识的崩溃"。第三，哲学阐释：《沼泽》断定了"秩序和生活之间存在着不能分解的关联"，"死亡不是停止，而是生物学上的癫狂——返回到了原始的'结'"；诗人暗示了"事物本质的首要性，它为生活补充了精神维度"。

见 *Derek Walcott: Selected Poetry*，第 103—104 页。

2　hums，旧版为 cries，hum 的发音更能体现出沼泽的意象，同时与后面的家（home），押头韵，而"回家"（come home）的两个词又押尾韵。

3　mottling，旧版为 speckling。

4　W. Brown 提示，这里指向了海明威的短篇小说《大双心河》（"Big Two-Hearted River"），"He did not feel like going on into the swamp...In the swamp fishing was a tragic adventure. Nick did not want it"。见 *Derek Walcott: Selected Poetry*，第 104 页；也见 Hamner, *Derek Walcott*(Twayne, 1993)，第 60 页。他的看法令人信服。沃尔科特曾写过两篇文章《论海明威》和《以生献死的男人》（"The Man Who Devoted His Life to Death", 1971），其中都提及了这篇小说。海明威是沃氏很喜欢的作家，他认为福克纳和海明威是两极，他读后者要更多。见 P. Loreto 的 *The Crowning of a Poet's Quest: Derek Walcott's Tiepolo's Hound* (Rodopi, 2009)，附录，第 171 页。海明威的简约和质感的文字让沃氏非常欣赏，这也与帕斯捷尔纳克对海明威的评价有关，见 BN，第 203 页。我在后面《另一生》3.15.2 的注释中还会提到帕氏论述海明威的文字。

5　sure, clear shallows, sure, 与旧版 fast 一样，都指浅滩能站得稳。这里是用浅滩与沼泽对比，沼泽是不稳的，而且浑浊不清。这句联系《大双心河》中的一段优美的文字，He sat on the logs, smoking, drying in the sun, the sun warm on his back the river shallow ahead entering the woods, curving into the woods, shallows light glittering, big water-smooth rocks, cedars along the bank and white birches, the logs warm in the sun, smooth to sit on, without bark, gray to the touch; slowly the feeling of disappointment left him。

6　begin nothing，双关，从虚无开始，但也是，没有开始。

7　Limbo of cracker convicts, cracker convicts, cracker, 美国俚语，是

美国人对白种人中的穷人或底层人的歧视性称呼。这个词源自抽鞭子（crack a whip），由于鞭子声大，因此形容人说话声音大，在伊丽莎白时期的英国，用来指爱吹牛的人。传到美国之后，用来指声音大，没有礼貌的南方穷人。另一种解释时，这些穷人或底层人要抽打黑奴和牲畜，经常使用鞭子，故而得名。美国历史上，佛罗里达的 cracker 和 "cracker 牛仔"非常著名，他们开拓并建设佛州，受到了后人的纪念，在这个历史语境中使用的 cracker，反而带有了褒义。Ismond 指出，这里引入了历史语境，指的是佛罗里达的大沼泽区（Everglades），这里有黑人劳工，也有囚禁的白人鞭客。见 *Abandoning Dead Metaphors*，第 60 页。

Limbo，地狱的外沿，见但丁的《神曲》，基督出生之前的好人或未曾接触过基督福音的好人，由于是否进天堂还是地狱，需要上帝裁决，故暂时安置在这里。作者这里用灵薄狱，是要强调鞭客和黑人被困在此地，上不能去天堂，下不能去地狱。插说一点，比本诗集略晚出的法国作家图尼埃（M.Tournier）的《礼拜五，或，太平洋上的灵薄狱》（*Vendredi ou les Limbes du Pacifique*，1967）同样提到了 Limbo，这部小说描写的也是沃尔科特在这一时期关注的鲁滨逊；与沃氏相同，图尼埃的鲁滨逊也最终选择留在荒岛，不愿回到文明社会。从这个角度看，沃氏鲁滨逊的处境也如同灵薄狱。

Ismond 提及了佛罗里达的沼泽，那么，我想到了毕肖普的《佛罗里达》（1939），她以沼泽作为核心意象代表了这个名字最美、但又腐朽的州（尤其暗示种族问题），有些描写可以联系本诗，when dead strew white swamps with skeletons/ dotted as if bombarded；buzzards.../ ...have spotted in the swamp; After dark, the fireflies map the heavens in the marsh；the careless, corrupt state is all black specks/ too far apart, and ugly whites。关于沼泽，也见毕肖普未刊的短篇小说《在佛罗里达等邮件》（"Waiting for the Mail in Florida"）；对这两处沼泽的分析，见 J.Ellis, *Art and Memory in the Work of Elizabeth Bishop*（Ashgate

Publishing, Ltd., 2006),第 165-166 页。毕肖普的美国南方诗影响了沃尔科特后来的范围更广阔的"南方"概念。

8 toadstools,上面蟾蜍为 toad。

9 ginger-lily,沃尔科特常提的花,在西印度地区,是姜科姜花属(Hedychium) 植物。

10 Petals of blood,肯尼亚著名作家恩古吉·瓦·提昂戈(Ngũgĩ wa Thiong'o) 就取了这一句为小说的题目,还将第五节至第七节作为了题词,而且小说的主题以及人物和意象均与这三节有联系。沼泽也正是非洲社会环境的象征。见 C.D.Killam, "A Note on the Title of Petals of Blood", *The Journal of Commonwealth Literature*, Vol.15, Issue 1 (1980)。

11 tiger-orchid,可以指多种植物,我倾向是西印度的兰科颚唇兰属(Maxillaria) 植物,花上多斑点。

12 phalloi, phallus 的复数,还是指虎兰花。阴户和阳物的比喻,也见《仲夏》19。下面的"它"还是指沼泽。

13 widening amnesia,关于失忆,见《另一生》1.1.1。

14 D.Punter 对最后四节的总结很贴切,沼泽是"对废墟和遗迹的令人恐惧的暗示";"历史总是试图撤回到这个灵薄狱中";"过去的一切斗争和暴力都没入这个无差别的困惑、无言的历史中,因为扭曲和受虐的身体的纪念慢慢溶解在混沌里,溶解在不可能而且也不会让自己重新被记起的东西中,那东西不能也不会被完整地放回整全而又可以理解的历史里。"见 *Postcolonial Imaginings: Fictions of a New World Order*(Rowman & Littlefield, 2000),第 56 页。

村中生活

1 这个村就是著名的格林尼治村(格林威治村,Greenwich Village),位于曼哈顿南部,著名的艺术村,沃尔科特 1958—1959 年在这里生活。

诗中也提到了格林尼治村。本诗属于沃氏早期的美国诗或"北方"诗。

2　John Robertson，戏剧演员，1958年，他参加了特立尼达的艺术节日周，担任灯光设计师，结识沃尔科特，并帮助沃氏申请到洛克菲勒戏剧基金，从而赴纽约深造。这次纽约之行使沃氏认识了奥哈拉（O'Hara）、罗伯特·弗兰克、阿尔弗雷德·莱斯利（Alfred Leslie）等诗人和艺术家，从而推广了自己的声名。因此沃氏极为感激罗伯森，本诗也正是一篇悼亡诗。见 H. Feinsod, *The Poetry of the Americas: From Good Neighbors to Countercultures* (Oxford University Press, 2017)，第254页。

3　nuzzling tom，nuzzle 指用口鼻轻蹭，表示亲昵，引申为偎依，与"困惑"（puzzle）押韵。tom 指公猫，但联系黑色，暗示了汤姆叔叔。见 M.Morris, "Walcott and the Audience for Poetry"，第181页。

4　这一句原文的结尾词是"锹"，上面都是每两行一韵，到这里结束，下面自由用韵，正如锹将韵律堆积。"锹"，spade，俚语也表示黑人，见《蓝调》。

5　cat，俚语里表示人，同时呼应了 tom，这表明作者暗示的黑人就是自己。H.Feinsod 指出，"猫"比喻的是雾，可参《J. 阿尔弗雷德·普鲁弗洛克的情歌》。见 *The Poetry of the Americas*，第254页。这个说法是正确的，他指的是那首诗中的"黄雾"，The yellow fog that rubs its back upon the window-panes, / The yellow smoke that rubs its muzzle on the window-panes。艾略特没有明言，但通过描写，显然，雾比作猫，而沃氏直接用猫代替雾。muzzle 一词，与上面沃尔科特用的 nuzzle 和 puzzle 也是呼应的。另外，沃氏自比猫影，因为他是黑人，不是"苍白"的雾。

6　mädchen，德文，用这个词也许是联系舒伯特的《死神与少女》("Der Tod und das Mädchen")，下面就要提到"死"，他自己也是"死"的象征，因为是黑人。

7　Hudson Street，曼哈顿南北向街，北接第九大道，南边穿过格林尼治村。

8　这两节结尾的辅音都是 -d: haunted, friend, fed, end, dead, 有一种衰亡的感觉，最终归到 dead。

9　self-reflection，指罗伯森的虹膜（irises，这是沃尔科特常用词）没有反光的能力，这个词双关，也指自我反省，内省，罗伯森是作者自省的媒介。

10　用石膏和蜡将遗容保留下来的面具。这一节用现在时，为了描写生动。

11　cowed，也暗示 cow，乘客都如同牲畜被关在地铁中。

12　Satre on Genet，萨特的身高只有 1.53 米，视力也不好，按照沃尔科特的描述，罗伯森也是矮个子。这里说的"讲过热奈"，指萨特1952 年出版的《圣热奈：戏子和殉道者》(*Saint Genet, Comédien et martyr*)，主要评论的是热奈的《小偷日记》，原本是为伽利玛出版社的热奈文集写的序言，由于太长，使得这套文集的第一卷仅仅收录了萨特的这部作品，共计 650 页之多。让·热奈是法国非常有争议的作家，同性恋，曾经流浪，还关过监狱，很多作品在狱中完成。沃尔科特之所以提到热奈，是因为在《圣热奈》中，萨特否认艺术家的才华来自天才，而是来自绝境。他认为，一生坎坷的热奈是不朽的，这源自他展现的自己的恶和劣性，以及他对社会道德的反抗。当然，这也是萨特的自勉，同时符合罗伯森的遭遇以及他不安于自己缺陷的精神，也贴合了身为黑人的沃尔科特的心境。存在主义对沃氏的影响深远，尤其体现在《另一生》中，他的诗作中经常描写友人、亲人，包括自己孩子的死亡。

13　Absurd，指荒诞派戏剧，以及加缪、萨特的以"荒谬"（也是 absurd）为主题的存在主义文学和哲学。

14　obols and aspirin, Charon in his grilled cell, Charon，希腊神话中的冥河渡神，如果渡河必须给他银币，在但丁的《神曲》里，卡戎还负责判定一个人该不该去地狱。这里是将地铁司机比作卡戎，地铁如同他的渡船,驶向地狱。obols,奥博尔,来自古希腊语的 ὀβολός,指希腊人的银币。挥霍银币,即指给卡戎银币,而地铁要投入钱币。圆形的钱币又如阿司匹林,该药止痛,美国人常备,多服上瘾。grilled cell,前面的"铁牢房",用的也是 cell,cell 日常用语里指牢房,但也可以指车厢。

15 Lexington,列克星敦大道,在纽约东边。这条大道有一条地铁线,第 33 街有其中一站。

16 女人赶地铁,但地铁都由系统操作控制,没有等她就走了,而大家表情漠然,觉得这是理所应当的,每个人都仿佛没有自我。这种对现代城市生活的批判就来自存在主义。

17 running the rat race, rat race,美国俚语,指无意义的激烈竞争,庸庸碌碌。

18 罗伯森的眼镜如同窗格,反射出了作者的脸。

19 man's life is grass,显然来自《旧约·诗篇》103:15—16, As for man, his days are as grass. For the wind passeth over it, and it is gone; and the place thereof shall know it no more; 103:14,提到了人是尘土。这个比喻不是说人低贱,而是说他可朽,生命短暂。

20 特洛伊公主,阿波罗祭司,被阿波罗赐有预言能力,看穿了特洛伊木马。这里比喻地铁来之前,会有轰鸣,如同卡珊德拉看出木马时的惊呼和预告。

21 指墓碑。

22 纽约的出租车多为黄色,福特维多利亚皇冠牌。

23 reflection,仍然带有内省和反思的意思。

24 thy bones, thy 是古语或诗歌用语,可以比较《圣经·箴言》3:8, It shall be health to thy navel, and marrow to thy bones。

热带动物寓言集

1 A Tropical Bestiary, bestiary,这是中世纪盛行的文学形式,常常配图。目的是传播基督教的伦理道德,证明上帝之言的无处不在,连野兽动物都具有。本组诗明显受特德·休斯(T.Hughes)的动物寓言的影响。A.Oswald 汇总过休斯的动物诗,她在导论中指出,休斯在《诗的创制》(*Poetry in the Making*)中认为,自己的诗就是"动物",他想让它们拥有"属于自己的鲜活的生命"。传统动物寓言试图发现"人和动物的区别",而休斯反其意用之,他想向我们揭示"人与动物的共同之处",而且不想从道德的角度去描写动物。他的观察方法是"合理地接近正在进行的东西,靠近,排除一切有可能干扰观望之眼的因素"。休斯并不仅仅是动物诗人或生态诗人,他其实将动物诗作为了"追求或逃避"的方式,"将自己隐藏在不同动物形式之中"。见 *A Ted Hughes Bestiary: Poems* (Farrar, Straus and Giroux, 2014),第 XIII-XIV, XV 页。沃尔科特与休斯的用意基本相同,但突出了加勒比的特征。

按照 Ismond 的总结,《鹮》和《八爪鱼》体现了"欲望降为世俗的平庸"这一存在主题;《战舰鸟》涉及了"人类对宇宙的不定、多重的解释",它面对着"一个根本、不变的秩序";《大海鲢》讨论了"艺术过程"成为"人类与宇宙的关系范式"等。见 *Abandoning Dead Metaphors*,第 78 页。

2 Ibis,是鹮科(Threskiornithidae)的统称,如朱鹮、白鹮都属于其中,按照作者的描述,这里指的是美洲红鹮(scarlet ibis),它通体火红。鹮又称朱鹭,但是,鹭和鹮虽然都属于鹳形目,却分属两科,因此朱鹭并非严格意义上的鹭。此外,本诗中(还有前面的一些诗里)也提到了鹭,英文为 heron,作者将之与鹮区别开,鹭远远没有鹮的远古神圣的含义。在 2010 年出版的《白鹭》诗集中,鹭为 egret,与 heron 都是鹭科(Ardeidae),不过,在某些地方,作者会在象征含义上将 egret 近似于 ibis，如《另一生》4.22.1，那里也用了古埃及的语境。作者对鹮和鹭的关注，来自罗伯特·格雷夫斯的"鹤"，见《新世界地图》。

作者写鹮，一个方面是要涉及美洲，所以以红鹮为对象，它是美洲的独特物种，尤其在加勒比地区很有影响，比如，它还是特立尼达（不包括多巴哥）的国鸟。在沃尔科特诺贝尔文学奖讲演《安的列斯：史诗回忆之断章》中，他还提到了特意去看红鹮的经历。另一方面，鹮与埃及有关，在这个意义上，红鹮就转为了埃及的鹮，这种鹮身体白色，头部和尾部黑色。在诗中，作者开篇就提到了埃及。古埃及人极为敬重鹮，认为它有神性，因为鹮的迁徙预示了洪水的泛滥，如同有灵一般。而且，埃及人将它作为智慧之神托特（Thoth）的象征，而托特就长着鹮首。托特被认为是埃及象形文字的创造者，诗中也提到了象形文字。此外，英语 ibis 这个词来自希腊语，而它的最终源头就是古埃及语言。

沃尔科特对埃及非常重视，在他的诗作《埃及，多巴哥》（1979）中曾联系了莎士比亚的戏剧《安东尼和克莉奥佩特拉》，他通过西方的经典作品，来实现自己的后殖民策略，他暗示了罗马／英国（殖民者）与古埃及／加勒比（被殖民者，同样处于热带）之间的矛盾。此外，他的戏剧《蓝色尼罗河支流》也援用了莎士比亚。见松田千穗子（Chihoko Matsuda）的"'Her Breathing...Fills the Lungs of the Theatre': A Woman on the Caribbean Stage in Derek Walcott's *A Branch of the Blue Nile*"，*Critical Perspectives on Caribbean Literature and Culture* (Cambridge Scholars Publishing, 2011)，第21—35页，尤其是第23页。不过松田千穗子没有注意到《热带动物寓言集》使用的埃及和鹮，而在《蓝色尼罗河支流》中是有这一意象的，它将莎士比亚的埃及与特立尼达（加勒比）联系在了一起，见 E.Baugh 的 *Derek Walcott* (Cambridge University Press, 2006)，第146页。所以，虽然不能断言"鹮"这节诗与莎士比亚有必然联系，但是，它恰恰与沃尔科特利用埃及来隐喻加勒比的用意有着直接的联系。虽然在本诗中,作者着眼的是个人的生存问题,但它可以扩展为一个来自殖民地的个体的焦虑。西方的普遍道德让这个其他文明的个体丧失了原生的欲望。

3　beak-headed,指托特的鸟头。另外,埃及的拉(Ra)神是鹰首。

4　stilted heron, stilt 就是让某人某物踩高跷,引申为呆板,僵硬,这里是形容鹭的腿更长,但也暗示了鹭做作,不自然。这里说的粉色的鹭,很可能指粉红琵鹭(Ajaia)一类的鹭,这种鹭属于琵鹭属,通体粉色,不如红鹮鲜艳。休斯的诗中出现过鹭。

5　fishwife gulls, fishwife,卖鱼妇,代指泼妇,这些鸟都吃鱼,所以这样说。狄兰·托马斯在戏剧《乳树下》中用过这个比喻。

6　spoonbills/ And ashen herons of the heronry, spoonbill,琵鹭,它属于鹮科中的琵鹭属,bill 指鸟嘴,这种鹮的嘴像勺子(spoon),因而得名。ashen heron, 即 grey heron,苍鹭属于鹭科,不同于琵鹭。

7　作者改为了阴性代词 she,显然,他将红鹮/圣鹮列在了受到殖民的阴性的地位,也同于克莉奥佩特拉和《蓝色尼罗河支流》女主人公的性别。

8　Pointing no moral,指这个动物故事的"寓意"或主旨不是道德。

9　the fact,旧版为 the common fact。

10　in the act,旧版为 in its act,its 指肉体,act,表示性爱。

11　domesticity,旧版为 docility。

12　个人的肉体丧失欲望,而鹮这个原始的加勒比文化下的形象也丧失了活力。它仅仅成了生物科学中的动物,与上述各种鹭并列在一个动物图表里;这正是作者罗列各种鸟名的原因。

13　post coitum omne animal...,拉丁文,全句为,post coitum omne animal triste。心理学中的"性交后忧郁"(Post-coital tristesse)就来自于这个短语,该句也曾被弗洛伊德引用,见其《书信》21(1894年8月29日)。霭理士的《性心理学》和福尔贝格(Gaston Vorberg)《性爱词汇》(*Glossarum Eroticum*)都引用过它,后者记录了更长的

版本，post coitum omne animal triste est sive gallus et mulier（性交之后，每种动物都感到忧郁，除了公鸡和女人）。金赛在其著名的报告中，引用并指出这一句来自古代著名医学家盖伦（Galen），该说法也流行开来。老普林尼《博物志》10.83.171 也有类似的说法。关于这一句的出处考证，见 J.Glenn, "Omne animal post coitum triste: a Note and a Query", *American Notes and Queries*, Vol.21, Issue 3/4 (1982), pp.49-51。

其原理的阐述，最早见伪托亚里士多德的《问题集》（*Problemata*）IV.10.877b9-10, Διὰ τί οἱ νέοι ὅταν πρῶτον ἀφροδισιάζειν ἄρχωνται, αἷς ἂν ὁμιλήσωσι, μετὰ τὴν πρᾶξιν μισοῦσιν;（为何年轻人凡当先开始交合，行为结束之后，却憎恶与之性交的女人呢？）；也见 IV.27, 880a7-8, 论性交后觉得羞耻。斯宾诺莎《知性改进论》，导论第 4 节，论感官快乐的享受之后，伴随着就是最大的忧郁，post illius fruitionem summa sequitur tristitia。《问题集》的希腊文来自 R. Mayhew 编译的 Loeb 版，*Problems*, Vol.1 (Harvard University Press, 2011)。《知性改进论》的拉丁文见 H.De Dijn 编译，*Spinoza: The Way to Wisdom*（Purdue University Press, 1996），第 20—21 页。

沃尔科特在这里肯定想到了邓恩的《别爱》（"farewell to love"），What before pleased them all, takes but one sense,/ And that so lamely, as it leaves behind/ A kind of sorrowing dulness to the mind.// Ah cannot we,/ As well as cocks and lions, jocund be/ After such pleasures, unless wise/ Nature decreed—。邓恩这里也提到了两种动物"公鸡和狮子"，以及自然的律令——沃氏在后面提到了自然的设计。

14　指男女两人的四肢，两人做爱后，激情褪去，彼此分开，躺在那里。

15　诗中指出，是加拉帕戈斯岛的大型鬣蜥蜴（Galapagos land iguana）。Ismond 分析了沃尔科特《圭亚那》（本诗集未收）中的蜥蜴：The lexicographer's lizard eyes are curled in sleep./ The Amazonian Indian enters them; Between the Rupununi and Borges,/ between the fallen pen tip and the spearhead/ thunders, thickers, and shimmers the one age of the world. 这里将博尔赫斯比喻为史前的蜥蜴，而蜥蜴是沃尔科特常用的意象，Ismond 将《圭亚那》与这里的蜥蜴联系在了一起。博尔赫斯洞察到了史前的文明，他将过去与现在结合在了一起。而在这里，蜥蜴代表了远古的文明。见 *Abandoning Dead Metaphors*，第 99—100 页。

16 heraldic, herald 是纹章，欧洲传统纹章中会使用动物，爬行动物是其中一类，蜥蜴是常用的图形，著名的 salamander（火蜥蜴）就是一种纹章使用的蜥蜴，法国阿宰勒里多城堡（Azay-le-Rideau）刻有火蜥蜴的标识，代表法王弗朗索瓦一世。火蜥蜴是幻想动物，代表四大元素的火。奥古斯丁在他的《上帝之城》里还讲到火蜥蜴，它的火在炼狱惩罚有罪的人。浮士德念诵四大元素时，念的就是 salamander，代表火。此外，火蜥蜴也是中世纪动物寓言集常用的动物。

圭亚那诗人威尔逊·哈里斯（Wilson Harris）分析了《热带动物寓言集》，他联系了加勒比印第安人阿拉瓦克人（Arawak）的泽米（Zemi，来自 seme，精美，甘美）神。泽米就体现在一系列动物的图像上——蜥蜴是阿拉瓦克人常用的形象——它们都体现了西印度人对空间的感知和想象，如同拉丁人住房的"门口"，这些形象是阿拉瓦克人空间想象的"门口"。哈里斯称沃尔科特这组诗为"用泽米装饰的诗"（zemistudded poem）。见 *Selected Essays of Wilson Harris* (Routledge, 2005)，第 166—167 页。

17 I plucked/ "a brand from the burning"，作者加了引号，出自《旧约·阿摩司书》4:11，英文的译法不同，钦定本为：ye were as a firebrand plucked out of the burning. 作者把 plucked 一词拿出了原文，为了对应宾语"甲虫"，在《圣经》中为抽离出火，诗中表示从蜥蜴爪下救出。这是上帝的谕示，他警告以色列，如果不归向他，就让城池葬身火海，仅存几个活口。"柴"（brand）指幸存者。所以英语中，a brand from

the burning 成为习语,表示因忏悔而得救,劫后余生的人。

18 Did I, by this act, set things right side up？, set things right 是英文《圣经》常用的句式,即匡正事情,主持正义,如《以赛亚书》46:13;《哥林多后书》13:11 等,不同版本译法不同,但都译出了 right 或 righteous。汉语《圣经》在翻译时,往往译出"义或公义"。上帝的公义就是 set things right,因此英文《圣经》多称上帝为 righteous。下面的"义救"一词,用了 rightening。作者这里显然自比上帝,因为他救了虫子,但其实意有反讽。

19 creation,指上帝的创造和他让事物生灭的举措,休斯的动物诗也常提这个概念。

20 the scheme of things,习语,指万物运动的规律,世界的规划。个体的怜悯恰恰遮蔽了亘古不变的法则。作者虽然加入了《圣经》的语境,但他并不是赞美基督教的上帝,他看重的是远古的自然律法——这一点恰恰体现在蜥蜴这个看似平常的意象上。

21 man o'war bird,即 man of war bird（man of war 不是指军人士兵,而是指军舰或兵舰）,这是加勒比地区的习惯称呼,源自英国水手,后来成为当地英语中的叫法,而在 1962 年这首诗发表于《伦敦杂志》时,题目为带有西方科学分类色彩的拉丁文 "Fregata Magnificens",对应的英文名称为 magnificent frigate bird,这是战舰鸟中最为威武的一种,可以长达 1 米之多,分布于加勒比地区。作者在正文中用的是总称 frigate bird,中译仍为战舰鸟。作者改变题目,显然也是要赋予这首诗的加勒比文化的意义,因为正文中体现得并不明显。战舰鸟体型硕大,极具攻击性,是沃尔科特喜爱的鸟类,在《拉丁语入门》("A Latin Primer",本诗集未收) 中说: The frigate bird my phoenix, / I was high on iodine, / one drop from the sun's murex/ stained the foam's fabric wine. 战舰鸟就是沃尔科特的凤凰。在本诗集中,作者有时简写为 frigate,但并非指战舰。

　　Ismond 提示我们可以对比休斯的名作《栖息的鹰》("Hawk

Roosting")。休斯用第一人称来写鹰,从它的视角出发,它占据着最高的"眼"(Eye)这个"有利位置"。沃尔科特在本诗中也写到了鸟的眼和大写的"眼"。但与休斯不同,他将鸟与人("我")对照描写,人与鸟分属不同的世界,而最高的眼可以统一两者。见 *Abandoning Dead Metaphors*,第79页。

休斯的那首诗,有几句极为精妙,有助于我们理解《战舰鸟》,不妨引出,供读者参考:My feet are locked upon the rough bark./ It took the whole of Creation/ To produce my foot, my each feather:/ Now I hold Creation in my foot; The allotment of death./ For the one path of my flight is direct/ Through the bones of the living./ No arguments assert my right; The sun is behind me./ Nothing has changed since I began./ My eye has permitted no change./ I am going to keep things like this。

22 idling pivot,世界的天平以鸟为支点。作者以鸟为中心,因此运动的不再是它,而是海、天和世界。下面还以鸟的眼睛为中心,这样人的空间就被打破,"我"虽然在地面,但如同在空中漂流。

23 stress,与下面的"意义"(importance),都相对于"轻松",鸟的高度和姿态都相对人而言,是人"强调"或"凸显"出了它的状态。同理,人也相对于鸟而言,鸟在空中巡视,下面的"我"就如同一个斑点,仿佛猎物。但对于自然之眼来说,无所谓高低上下,它是无限的。

24 Eye,大写首字母,与前面的"圆眼"一样,都是单数。下面的"蓝色野火"指钴蓝色的天空。

25 沃尔科特经常把漂泊海上的奥德修斯比作海龟或海蟹(crab),因为它们的家就在自己的背上。见 M.Tynan 的 *Postcolonial Odysseys: Derek Walcott's Voyages of Homecoming*(Cambridge Scholars Publishing,2011),第 XV 页。休斯的动物诗描写过蟹。

26 the syntactical envy of my hand,海蟹的自然的优雅的"句法"让作者羡慕。W.C.Dimock 分析了这一句体现出的沃尔科特诗学理念中的一个方面，即，他试图超越句法层面，文学既有合乎句法的地方，也有超越它的地方。这样，沃尔科特建构了一种"生态体系"（ecology），将人和非人集中在一个平台上。手写的动作和文字只是这个体系的一部分而已，而且是"事后的思想"（afterthought）；而海蟹曲折的爬行则是另一种"写作"，它不借助语言，而是肢体，它的优雅是人达不到的，甚至引起了作者的羡慕。在这个生态体系中，身体的"语言"是最高的"命名者"（denominator）。这样，人的语言就不再是最高的符号，没有人类语言的生物也具有一套符号体系，这种体系是人类语言的源头，它讲述着世界。见 *Through Other Continents: American Literature across Deep Time*（Princeton University Press，2008），第159—160页。从这个分析来看，沃尔科特一生的目标，就是用人的语言中展现这种世界本身的语言，他就像福柯《词与物》中描述的文艺复兴时期的人，使用相似性来命名，让事物本身说话。

M.Gilkes 在分析西印度小说时，提到了海蟹，他举了西印度小说经典之作乔治·莱明（George Lamming）的《在我皮肤的城堡里》（*In the Castle of my Skin*, 1953）。这部小说反复使用海蟹这个意象。海蟹的壳（城堡）就是心灵抵挡迷失和变质的堡垒。同时，他也举了沃尔科特的这首诗。沃氏也是用海蟹自喻，他就躲在壳中。海蟹这一意象代表了西印度作家对自我身份的保护。见 *Racial Identity and Individual Consciousness in the Caribbean Novel, Beacons of Excellence: The Edgar Mittelholzer Memorial Lectures, Volume 2:1975—1984*（Caribben Press，2014），第54，64页。

27　obliquity，指蟹行走曲折，还挖洞隐藏自己。在语言上，obliquity 表示文风的隐晦、曲折、委婉，这恰恰是沃尔科特诗歌的一个方面。

28　the horizon burn, the wave coil, hissing, / salt sting the eye，旧版为，The same *horizon burns. The wave coils*, hissing, / *Salt stings the eye*。新版改为了加勒比英语克里奥尔语，动词没有时态的标志。

29　The whale, His Bulwark, His bulwark，见《旧约·以赛亚书》26:1, salvation will God appoint for walls and bulwarks。和合本译为"外郭"；上帝给犹太人的"堡垒"是救赎，这里则是鲸鱼，它是加勒比人的堡垒。这首诗主题比较明确，易懂，就是世界失去了神话，鲸鱼仅仅成为食物和一般的动物，没有了神性。这样，世界的语言也就消失了。在后面《幸运的旅行者》的第三节中，沃尔科特说: Cetus, the whale, was Christ。cetus 是拉丁文武加大《圣经》中翻译鲸鱼的词，沃氏认为鲸鱼正是基督。他的宗教立场依然不同于教会的信仰：自然的造物都值得敬畏，它们也具有神性。

P. Burnett 分析了上面的引诗，指出沃氏暗示了梅尔维尔的《白鲸》以及其中对鲸鱼神话的讨论。《奥马罗斯》中，沃氏也借鉴过梅尔维尔。见 *Derek Walcott: Politics and Poetics* (University Press of Florida, 2000)，第 140, 199—200 页。关于鲸鱼，也见《纵帆船"飞翔号"》，以及影响沃氏的洛威尔的《楠塔基特的贵格会墓地》。

30　jet，连同下面的"哦，喷泉"，暗示了波德莱尔的《喷泉》("Le Jet d'eau")，英文和法文的 jet 含义相同。

31　The high are humbled yet，尊卑的对比来自《圣经》，信上帝者为高贵，不信者为卑微，只有前者值得赞美，见《旧约·以赛亚书》2:9, 2:11，"尊贵人下跪"，"眼目高傲的必降为卑。"也见《新约·路加福音》14:11 等。赞美鲸鱼会受到谴责，因为它被推举到了上帝的地位，这就让上帝变得卑贱。

32　连续的三个"曾经"，表现了作者的怀旧，暗示他的这个记忆是在"不久之前"。见 W.Brown 的注释，*Derek Walcott: Selected Poetry*，第 107 页。

33　baleine，法文，鲸鱼，这个词来自希腊文 φάλαινα（鲸）。

34　暗示《旧约·约拿书》里吞吃约拿的鲸鱼，以及《约伯记》中的利维坦，也见《马太福音》12:40。

35　His，首字母大写，指上帝。"恩赐"指鲸鱼。

36 apocryphal，用这个词有两个用意：第一，它在基督教中指"伪经的或次经的"，因此句意是，鲸鱼的传闻不属于正典，另一方面，这个词并非完全否定传闻"在事实上的"真伪，而是强调不被"接受"为真，不被"认为"可信，但其实也许，传闻中又有真的成分，比如《圣经》的次经在天主教和东正教就被"接受"入正经，故而句意是，鲸鱼的说法姑妄听之，不要当真。

37 《沃尔科特诗集：1948—1984》中，沃尔科特将《大海鲢》单独成篇。

38 Cedros，特立尼达西南海滨，这里有塞德罗斯湾。

39 指丧失了有益菌群的沙子。

40 screwed to the eye's lens，这句的含义可参《圭亚那》(本诗集未收)，screwing a continent to his eye，将大陆拧在自己的眼睛上，意即，大陆整体收入眼中，眼睛聚焦在大陆上。《幸运的旅行者》，Like a telescope reversed, the traveller's eye swiftly screws down the individual sorrow/ to an oval nest of antic numerals。可见 screw 这个词暗示了望远镜或类似的有镜头的东西。此处，lens，既指眼睛的晶状体，也暗示了"镜头"，眼睛如同取像的装置，将大海鲢纳入眼中，使之凸显出来。与前面"战舰鸟"一节相似，海鲢的痛苦取决于人的观察和见证。不过与《圭亚那》有别，此处并未使用人称，eye 可以指"我"，也可指在场的人，甚至指最高的 Eye。望远镜的意象，也见《我双腿交叉顺着日光，看……》。

A.Raza 从视觉成像和聚焦的生理学机制入手，分析了沃尔科特对眼睛功能的运用和展现，这里的例子也被提到：眼睛比作了双筒望远镜。见"Self Conscious Surveillance Strategies in Derek Walcott's Poetry (1948—1984)", *Journal of Research: Humanities*, Vol.39, No.1 (University of Punjab, 2004)，第 107—108 页。K. -J. Wallart 也分析了这两句的隐喻手法，认为它们描绘出了个体的视角，尤其是第二句，就像用望远镜凝视世界一样，与之相应，沃尔科特很喜欢用单数的 eye，表现凝视的集中。见 "La métaphore chez Derek Walcott: à la recherche d'une 《arrière-langue》", *Études anglaises*, Tome 58 (2005/4)，第 456—472 页。

41 design，指自然的计划和设计，与前面的 scheme 相同。后面说到，鱼安静下来，开始展现自己的美，在无辜中死亡，也就是自然的设计体现了出来，当然是被诗人发现了。这让人想起罗伯特·弗罗斯特的《设计》，结尾两句为：What but design of darkness to appall?/ If design govern in a thing so small。

42 lead，比较《出埃及记》15:10, Thou didst blow with thy wind, the sea covered them: they sank as lead in the mighty waters。这里提到了自然的设计，所以指向了造物主。

43 leprous，患麻风病，长着麻风斑，也引申为鳞状的。

44 chancre，梅毒引起的硬痂。

45 a corselet of coins, corselet 指铠甲，某些鱼头部下方的粗鳞也叫 corselet。

46 Y 字母像鱼尾的三角形状。

47 ringing with gold, the open eye, gold 和 ringing 暗示了指环的意象，为了突出美。

48 innocent，一方面指鱼的命运无辜，它虽然凶暴巨大，但最后毫无缘由地丧命；另一方面指它的"形式"单纯，如此复杂的外显的特征，纳入了一个天真简单的形式中。这也让人想起布莱克说的"天真"，诗中他的儿子和孩子也代表了天真。这样，作者就把诗歌上升到了一与多的统一这个形上问题，他主张一种完整有机的宇宙论，这一方面需要自然物种的"美"和精细，即自然的设计（前面说的大写的 Eye），另一方面也需要人的内在的精神力量（鱼像"十字架"，艺术家的"想象"），而海鲢就是这个世界的缩影。见 *Abandoning Dead Metaphors*，第 83—84 页。作者并不是要在环保的意义上或在人性的怜悯上谴责渔夫的残忍，而是表明，只有天真的诗人和孩子才能在动物的死亡中顿悟到自然的法则。

山羊与猴子

1 goats and monkeys,语出自《奥赛罗》第四幕,第一场,奥赛罗气急败坏时所言,看起来语无伦次,但源头在第三幕,第三场,伊阿古形容淫乱的男女为山羊和猴子。奥赛罗这里是指黛丝狄蒙娜和凯西奥所言。本诗描写的就是奥赛罗杀妻的经过,很可能融入了作者对自己初恋经历的感受。他的初恋恋人是白人女孩安琪薇尔,明艳动人,而作者则是混血黑人,他们的爱情在现实中受到干扰,尤其来自安琪薇尔的父亲。

　　猴子、猩猩、长臂猿,都是沃尔科特会写到的动物,它们均影射黑人,这是一种反抗式的自嘲。之所以用猿猴来比喻,首先,形象上,西方人会认为黑人像猴子,因此在"生物学"上,他们似乎低人一等。其次,monkey意味着模仿,它的读音也近似mimic,黑人只能在科学文化上模仿白人,无法原创。在《猴山梦》中,雷斯垂德嘲笑主人公黑人马卡克(Makak,读音近似monkey和mimic)说:"一开始就有猿(ape),它还没名字,上帝就把他称为人猿(man)。猿的种类当然各式各样,有大猩猩(gorilla)、狒狒(baboon)、猩猩(orang-outang)、黑猩猩(chimpanzee)、蓝屁股猴子(blue-arsed monkey)和狨猴(marmoset)。之所以称之为人,因为上帝看见猿会手艺活,觉得挺不错,而且有些猿后来背直了起来,开始直立行走,但是很遗憾,有一种猿猴,落在了他们后头,那就是黑鬼。如果你们这帮猿猴也能有绅士的行动做派,天知道会变成什么样?"见J.Thieme的 *Derek Walcott* (Manchester University Press, 1999),第75页;E.Baugh的 *Derek Walcott*,第84页。

2 ... even now, an old black ram/ is tupping your white ewe,《奥赛罗》

第一幕，第一场，出自伊阿古之口，对勃拉班修所言，污蔑奥赛罗与黛丝狄蒙娜有染。

3　指猫头鹰的目光。

4　指奥赛罗掐死黛丝狄蒙娜的场景，后者的胸膛埋入奥赛罗的身体，就像月蚀渐渐出现一样。

5　指奥赛罗听信伊阿古谗言，怀疑黛丝狄蒙娜不忠。

6　"Put out the light"，出自《奥赛罗》第五幕，第二场，奥赛罗杀黛丝狄蒙娜时的话：Put out the light of the candle, and then put out the light of her heart. If I extinguish the candle, I can light it again if I regret it. But once I kill you, you beautiful, fake woman, I do not know the magic that could bring you back. 沃尔科特将黑暗与奥赛罗对应，灯和光明与黛丝狄蒙娜对应。在主题上，联系了种族和殖民问题。下面也会把奥赛罗与动物野兽对应。"上帝的光"指创世的光，它是留给白人的，而不是黑人。

7　Cyprus，《奥赛罗》有一部分情节与塞浦路斯有关，奥赛罗保卫了塞浦路斯。太阳指黛丝狄蒙娜，公牛让太阳都目眩，意思就是后者被迷住了。

8　Pasiphaë，希腊神话中，克里特岛王米诺斯之妻，因为米诺斯得罪了波塞冬，后者施加诅咒，让帕西菲恋上动物，与公牛交合，产下了著名的弥诺陶（弥诺陶洛斯）。

9　Eurydice，俄耳甫斯的妻子，死后去了冥府，两人的故事非常著名，此处不再赘言。这里是说黛丝狄蒙娜与欧律狄刻一样，都是闪耀明艳的女人，却去了地狱，但前者既去了地府，又堕入了奥赛罗心灵的地狱。

10　Her white flesh rhymes with night，white 与 with night，押头韵和尾韵，这暗示两人的做爱缠绵。

11　还是用欧律狄刻的典故，她从冥府向地面上攀爬，直到快爬上去时，都是安稳的。最后由于俄耳甫斯回头，她又堕回了地府。而且后者的回头，恰恰是因为不信任——奥赛罗与他一样。

12 immoral，有的版本为 immortal，"不朽"，指两人成为了经典人物而不朽。"不道德"，指不合乎西方白人文明的道德。

13 saffron-sunset turban，turban 是穆斯林用的头巾，奥赛罗是摩尔人，属于外族，也有戴头巾的习惯。saffron 就是藏红花，藏红色类似橙黄色，是藏红花的颜色，但在汉语中，藏红色也表示藏传僧人衣袍的那种暗红色，这里表示橙黄色。印度教中，藏红花象征火，而印度教主张火葬，所以藏红花意味着死亡和易逝，sunset 加重了这层意思。这句短语充满了异国色彩，同时暗含死亡。

14 girded，指佩剑，佩戴装备，这里用来修饰狂怒。

15 panther-black，结合后面《海湾》的主题以及提到的黑豹，显然，这里联系了黑豹党（Black Panther Party），该党是 1966 年建立，其运动在 20 世纪 60 年代初就开展了，《漂流者》诗集出版于 1965 年，时间上比较契合。黑豹党是左翼黑人成立的极端组织，大部分成员都信奉共产主义。该组织主张黑人自治，反对迫害黑人的白人。

16 见《月》和《另一生》1.1.1，月亮象征白色文化。

17 an absolute，指奥赛罗相信的完美的爱情以及忠贞的黛丝狄蒙娜。

18 pulped ripe by fondling but doubly sweet，pulped，除下果肉，比喻奥赛罗对黛丝狄蒙娜肉体的占有和享用。doubly sweet，指伊阿古编造的奸夫凯西奥与黛丝狄蒙娜的爱情。

19 barbarously，这里不仅是说行为野蛮，还强调了奥赛罗"蛮族"的身份。按照黑人的理解，月亮作为旁观的白色文化，是他们犯下罪行的原因。

20 lechery，下面还出现一次，这里将黛丝狄蒙娜比作月亮，她是奥赛罗自以为的纵欲和杀妻的原因。沃尔科特曾自喻，把自己描述为杂种一样的狗，见《另一生》3.13.6（本诗集未收），But this as well; some nights, after he left her, / his lechery like a mongrel nosed the ruins, / past Manoir's warehouse. 在那里，他仍然是从自己的黑人身份来自嘲和自贬,因为他爱的是白人女孩。

21 barren innocence,指到死也不明就里的黛丝狄蒙娜。barren,见《哈姆雷特》第三幕,第二场,barren spectators,无知的,愚笨的。但这个词也许还暗示了不育,奥赛罗夫妇在剧中并没有后代;当然如果有,也会是弥诺陶。

22 handkerchief,奥赛罗当初送给黛丝狄蒙娜的,后者遗失,伊阿古让妻子捡走,给了凯西奥。奥赛罗在伊阿古的谗言下,怀疑妻子出轨,找她要手帕,在这个时候,他讲述了手帕的来历:那是一个埃及女巫送给他母亲的,具有魔力,拿着它,女人就会被男人爱,给了别人就会受到憎恶。

游 廊

1 Ronald Bryden(1927—2004),戏剧批评家,出生于特立尼达的西班牙港,与沃尔科特曾一同担任过皇家莎士比亚公司的戏剧顾问。沃尔科特的戏剧《塞维利亚的小丑》也是题献给他。本诗1965年发表于《伦敦杂志》第5卷,1966年收于牙买加文学家菲格罗亚(J. J. M. Figueroa)编的《加勒比之声》(*Caribbean Voices: An Anthology of West Indian Poetry*)中,是沃尔科特的名篇,与《海扁桃树》("The Almond Tree")(本诗集未收)相呼应,后者描写的是沃尔科特的黑人祖母,本诗则是白人祖父。

2 veranda,1965年版写作verandah,这个词也指阳台和走廊,但这里指那种在外部环绕屋子的游廊,可以采光,有顶棚,还有栏杆和座位,高雅家庭还会在这里陈列画作。这个词来自于印地语varanda,英国人从印度殖民地借入,但它的源头又很可能来自葡萄牙语varanda(长的阳台)或西班牙语baranda(围栏),这来自通俗拉丁语的barra(栏杆)。这个词的复杂性让读者可以想象到东西方的交流和殖民史。在《另一生》中，游廊是重要的意象，原本来自《青年的墓志铭》中保罗和弗兰切斯卡在"游廊"下读书而陷入偷情之事。1.1.1 开篇就描写到了，可见那里的注释；3.16.1（本诗集未收）还描写了圣玛丽公学的游廊，From the verandah of the old wooden college/ I watched the turning pages of the sea.《另一生》的主题是"重新开始"，而《游廊》恰恰写了祖父的自杀和沃尔科特兄弟的新生，故而前者的"重新开始"正是相对于本诗。见 BN，第 221 页。《游廊》中有很多笔法和意象也出现在了《另一生》中。

3 下面会列举几种鬼魂，都是大英帝国时代的人。

4 指每一个鬼魂像烟，飘散着，但又保持着个体性和同一性。这里也比喻大英帝国的状态，一个庞大帝国如同烟雾，分散于世界，但最终的结果就是凝聚力丧失，帝国解体。这两行，1965 年版为，Frail, ghostly loungers at verandah ends, / busher, ramrod colon。该版的第一行与全诗最后一行只有一词之差，作者后来改为了当前版本的 Gray apparitions at veranda ends。第二行完全修改，因为用词过于生僻，colon 是法语，指佃农，开拓者，移民等。

5 fronds，指蕨类和棕榈树的叶子，这里明显指棕榈叶，本诗集中基本都是这样使用。

6 greenheart，拉丁名为 Chlorocardium rodiei，樟科植物，绿心樟属。chloro- 来自希腊文 χλωρός，表示绿色，cardium 来自 cardia，源自希腊文 καρδία，即心。该植物坚硬，密度大，欧洲人常用之建筑桥梁和码头。它产于南美，尤其是圭亚那地区。圭亚那（区别于法属圭亚那）19 世纪成为英国殖民地，1966 年独立，为英联邦成员国。由于它是南美洲唯一一个殖民母国为英国且以英语为官方语言的国家，而此处的"联邦"（commonwealth）一词又指英国，故而绿心樟暗示了圭亚那。更重要的是，作者用"联邦"这个词并非随意，而且极为巧妙，"英联邦"这个提法是《1931 年威斯敏斯特法令》确立，旨在允许殖民地自主，作者所处的时代即为英联邦时期，而鬼魂们却是"英帝国"时期的鬼魂。因此,联邦暗含了深刻的反讽,表明了英帝国就像如烟的鬼魂一样,丧失了凝聚力和对殖民地的控制力。

7 kept an empire in the red,这句双关,red,指经济的赤字,但E.Baugh指出,英帝国时期的地图,红色标明帝国的领地。见 *Derek Walcott*,第52页。因此,我没有直译为赤字。

8 upholders of Victoria's china sea,'s 修饰 upholders of Victoria 这个整体,upholder 即拥护者,捍卫者,尤其是捍卫可能会衰落的传统,这里指上面的英帝国的几类人:种植园主(商业),上校们(军方,还有下面的号兵),中间商,高利贷者(金融商业)。沃尔科特的祖父属于种植园主。沃氏的很多诗歌都带有"社会学"的风格,他会用诗来考察社会,记录其变革,此处是明显的一例。

9 lapping embossed around drinking mug,lapping,指海水在拍打着。embossed,指海浪以浮雕的形式雕琢在杯子四周,由于浮雕是立体的,所以更像是真实的海水。drinking mug,即《另一生》1.1.1中说的啤酒杯(beer-stein),这是一种容量可以达到半升和一升的啤酒杯,周围镶有图案。

10 bully-boy roarers of the Empire club,the Empire club,即英国的上层和中层人士(有男性,也有女性)建立的绅士俱乐部。最早的绅士俱乐部出现于17世纪,18世纪到20世纪初期其数量达到顶峰。它们首先出现在英国本土,后来也建立于美国、加拿大、印度、巴基斯坦、澳大利亚等海外国家和领地。作者上面列举的各色人物都是俱乐部的成员类型。bully-boy roarers,bully-boy,bully boy 指雇来欺压施暴的打手,往往是推行某种政治政策,这里加连字符作为形容词。roarer,即 roaring boy,出现于伊丽莎白时代后期和詹姆斯一世时期,指酒馆里喝醉的年轻人,他们饮酒狂欢,胡打乱闹。见 E.Partridge 的 *The Routledge Dictionary of Historical Slang*(Routledge,2003),第560页。这两个词一个带有政治色彩,一个带有英国传统色彩。帝国俱乐部的绅士们和上层人士跟酒馆里吵闹的流氓没有分别。

11　lost post，英国军队或英联邦军队的作息号，告诉士兵该就寝了；但它也用在纪念死难将士的葬礼或仪式上。这里表面意义上指前者，落日表明一天的任务结束，但深层意义是，"落日"暗示帝国的终结，也反衬"日不落"的说法。此外，落日也比喻为收起的旗子。

12　the "flamingo colors" of a fading world，flamingo colors，加引号，是因为来自罗纳德·布莱顿对一部与印度有关的小说的书评。火烈鸟的明亮的火红色在某些情况下，比如被关起来时，会"褪色"。见W.Brown 的注释，*Derek Walcott: Selected Poetry*，第109页。夕阳时，天空最红，但很快就会褪掉颜色，如同火烈鸟的褪色，这标志着英帝国的没落，呼应了前面的"赤色"。

13　在沃尔科特出生前没多久，他的祖父查尔斯·沃尔科特在圣卢西亚舒瓦瑟的家中自焚而死。关于其祖父，也见《火车》。他的祖父与前面列举的各种英帝国人物一样，也是殖民者，但他又是英帝国的牺牲品。作为种植园主，他与其所压迫的奴隶一样，都是加勒比苦难历史的组成，他们的血液都在沃尔科特身上流淌。

14　uprooted，直译就是被连根拔起，日常用法表示被迫离乡，如同无根之树。我译出了root这个意象，因为下面还有roof tree的意象。比较戏剧《猴山梦》中的，trees, / like a twisted forest, / like trees without names, / a forest with no roots!。见 *Nobody's Nation*，第141页。

15　指西罗马帝国的灭亡，影射英帝国的衰败，但也用了公元64年7月罗马大火的典故，关于火因，一个说法是皇帝尼禄纵火。罗马是西方文明的源头，因此说"你的罗马人"。

16　指沃尔科特的父亲沃里克·沃尔科特。从这里开始，作者引入了父亲，他代表父亲向祖父表达情感，同时要促成这两代人的和解，也就是促成"第一代移民加勒比的白人殖民者"与"带有奴隶血统的混血后代"之间的和解。之所以全诗并未出现父亲的鬼魂，因为作者在替父亲与祖父沟通，如后面所言，他就是父亲。

17　因为是自焚，骨头不多，所以用了儿童的棺材，但暗示了祖父的重生。

18　sire，尊称，阁下，陛下，与sir同源，都来自拉丁文senior一词，在英语的古代用法中，可以用来称自己的祖先，父亲或祖父，下面，作者还用了sir和father。

19　暗示了死人不会开口，就像《奥德赛》里的亡灵。1965年版中用过mute一词形容鬼魂。

20　unguessed, lovely inheritors，inheritors，指沃尔科特兄弟。当唤起鬼魂时，鬼魂自杀时的场景也显现出来，作者看到了烧焦的屋和火光。为了体现这一点，他的叙述时态改为现在时，不再是叙述过去的事件。这样，在祖父自杀的场景中，作者继续想象了兄弟二人之后的出生，他们的声音意味着家族的延续，所以召唤祖先，为了让他看看自己的后代。由于沃里克已死，所以这个承诺，他无法做出，只能由作者代为完成。沃氏兄弟将会继承先祖的一切，但继承的却只是烧毁的屋子、死亡和虚无，正如他们继承了加勒比虚无的历史。unguessed，即猜不到的，未曾料想的。无法预料的是"生命的延续"，这是全诗的主题。见 *Derek Walcott: Selected Poetry*，第109页。不过Handley看到了不同的、更深的意思，他认为，祖父的自杀，首先标志着沃尔科特家族和加勒比自然历史的"不延续"。沃尔科特没有采取黑格尔式的线性的进化观。而"鬼魂"这种虚无的东西，恰恰成为了"奴隶历史之后具有新文化可能性的实体"，它们标志的不是"家谱"的延续，而是断裂和新生。见 *New World Poetics*，第295页。

21　genealogical roof tree，这句的表达非常简洁精妙。genealogical tree，即家谱树，谱系。roof tree，本意是屋梁，但与genealogical搭配，首先在隐喻的意义上指处于家谱树上端的祖父，家谱上的线段就像梁木；其次又指烧毁的屋子的屋梁。tree也呼应上面的uprooted。随着祖父自杀，家谱树的"屋梁"和房子的屋梁也都掉落。但这两个"屋梁"全都幸存，对于前者，沃尔科特家的家世和血缘，靠沃氏兄弟得以延续，他们就如同下面说的"绿色小生命"，会继续长成大树，变成木材，作为家谱的屋梁；对于后者，屋梁没有焚毁，仍然是实际意义上的"风干的木材"，也从树苗长成。

22　seasoned，1965年版为blackened，作者想用它呼应前面"发黑的骨头"。前面开头几节以反讽为主，进入这两节，作者的表达体现了敬重（sire的使用），同时，辅音的使用，如流音（lovely的lov和el，还有ll，li等）和咝音（unguessed的esse，还有es，se，ces等），都让诗句具有了抒情性。见 *Derek Walcott: Selected Poetry*，第109页。中译无法体现原文语音的特点，只能加注说明。

23　"成熟"与"黄昏"的并置是矛盾修辞。

24　这几行描写了奴隶祖先来到加勒比地区的"中途"（Middle Passage）过程，他们进行烧炭的工作，所以烟雾蒸腾。W.Brown指出，死亡只是梦，是灵魂跨海的迁移，祖先是神圣的，后人为死人赎罪。见 *Derek Walcott: Selected Poetry*，第109—110页。

25　like pressured trees brought diamonds out of coals，brought，旧版为bring。这里的coals，首先指charcoal，是人工烧制的木炭，英语中，coal可以这样用，比如《圣经》钦定本，用它往往指木炭。沃尔科特诗中常出现烧炭工（charcoal burner）的形象，这是社会最卑微的职业身份。但是，圣卢西亚的卡斯特里是一个港口，在某一段历史时期，多进口煤，沃氏又常会写到煤和运煤工人的意象，因此这里的coal又可以表示煤。虽然与木炭不同，煤是古代植物腐烂后"自然"沉积的产物，但两者的形象相似，基本都来自于树木植物，都是无定形碳，化学元素均为碳，更重要的是，它们与钻石为同素异形体，在高温高压的条件下可以转化为后者，所以作者会混同来用。在戏剧《猴山梦》中，主人公马卡克就是烧炭工，但作者也将之比喻为煤，见下。pressured，指树木承受的压力，它会变为木炭和煤炭，当煤炭进一步承受压力并达到极大的程度，它们可以变成钻石，因为天然钻石的形成就依靠于高温高压的环境。上世纪50年代，人工钻石就在高温高压下被制作出来，所以沃氏的说法是有依据的。沃氏爱用煤炭的意象,一方面是由于黑人的肤色,另一方面,coal 的意象也与《圣经》有关,如《旧约·以赛亚书》6:6—7,炭火有净化的功能,与之相应,这里的炭会结出干净透明的钻石。

同样的意象也出现在戏剧《猴山梦》中,You are living coals/ you are trees under pressure/ you are brilliant diamonds/ in the hand of your God。主人公马卡克是烧炭工,但作者从他烧炭的火和树木承受的压力联想到了煤和钻石的形成。他还提到了上帝,故而联系了《圣经》的煤炭。另外,木炭和煤炭所源出的树木,都是"无根之树",因为不再生长。见 Breslin 的分析,*Nobody's Nation*,第 141—142 页。

Burnett 引用了这几行并正确指出,沃尔科特对煤炭化为钻石的描写,受到了圭亚那诗人威尔逊·哈里斯《季节之永恒》(*Eternity to Season*,初版 1954 年,1978 年修订)中《炭》("Charcoal")的影响。哈里斯有一种"活化石"的历史观,他引用法国生物学家雅克·莫诺(Jacques Monod)的观点"每一个活的生物也是化石"——比较《猴山梦》的 living coals——过去的人压在现在的人的头上,他们变成化石,不断给予后者压力。对于加勒比黑人来说,一代代的黑人形成了厚重的化石产物"煤炭"(与黑人的肤色相同),如同在绝对的高温高压下,煤炭有可能变为钻石一样,他们在不断的压力和高温下,也爆发出了革命性的力量,结出了钻石。见 "Opening New Doors: Harris and Walcott", *Theatre of the Arts: Wilson Harris and the Caribbean* (Rodopi, 2002),第 65,66—67 页。哈里斯这首诗的结尾几句与沃尔科特的这一句有联系,引用如下(1978 年版),供读者参考:The Negro once leaned on his spade/ breathing the smoke of his labour.// the arch of his body banked to shelter or tame/ fury and diamond// or else like charcoal to grain/ the world。虽然哈里斯这首诗不是说煤炭,而是木炭,他想象奴隶在烧制木炭的过程中炼出钻石,但是,Burnett 对于哈里斯"活化石"思想的阐述以及从这个角度将之与煤联系在一起的思路是正确的。

26 火花（sparks）比喻星一句，来自哈里斯的《炭》，The stars/ are sparks/ emblems of fire。W.Brown 指出，本诗中有几句也与罗伯特·洛威尔的《门廊与圣坛之间》（"Between the Porch and Altar"）中的两句诗呼应，节奏也相似，The twinkling steel above me is a star;/ I am a fallen Christmas tree。见 *Derek Walcott: Selected Poetry*，第 110 页。他没有说明是哪里，我认为是这一句和下面一句，还有前面"家谱的房梁，落下"一句。

27 I am the man my father loved and was，这句很巧妙，算是本诗的中心句，将祖孙三代人放入一个句子，形成了代代的循环，表明了三代人是同一的，作者也接受了自己将来的死亡。E.Baugh 认为作者将自己与祖父和父亲等同起来，三人的身份一致，见 *Derek Walcott*，第 52 页；W. Brown 只提到，这表明作者承认自己与父亲是身份一致的，见 *Derek Walcott: Selected Poetry*，第 110 页。

我采取 Baugh 的观点。the man，表面看起来似乎指"我"，即，我是我父亲最爱的那个人。但是，由于前面"我"一直在代表父亲向祖父致意，这句不可能没有祖父。更重要的证据是，1965 年版，这句为，you are the man my father loved and was，you 显然指祖父，作者想让祖父与父亲等同起来，在新版中，他认为应该将自己加入，因为他悟到自己与祖先的同一。所以, the man 指祖父，"我"就是祖父，父亲也是祖父，祖孙三代都是 the man，都是一个"亚当"。

28 father，与前面的 sire 和 sir 一样，都是称呼祖父。father 可以用来尊称先祖，而不是指生父。1965 年版也为 father，如上述，那一版的主语 you 一直指祖父。下面"台阶"一词，旧版有 your，新版去掉，显然指祖父。但是在新版中，由于祖孙三代同一，所以这个 father 也是呼喊生父，作者有意利用了这个词的歧义。三代人都会因为爱或缺爱而受苦，但只要有爱，子孙就会繁衍下去，后代弥补前代。

29 within them，1965 年版，"星"（stars）之后为逗号，未分行，下面紧跟 you are the man my father loved and was 一句，然后继续不分行，

接"无论什么样的爱让你受苦"。这样能看出，them 指星星，即"火花"（sparks）。

30　这句有三层意思：第一，作者踏上台阶，进入游廊，游廊的阴影遮住了手；第二，此时是黄昏（也是时代的黄昏，祖父的黄昏），光线变暗；第三，他是深色皮肤，比祖父和父亲的肤色要黑。见 E.Baugh 的 *Derek Walcott*，第 52 页；*Derek Walcott: Selected Poetry*，第 110 页。

31　鬼魂中还有作者的一些亡故的朋友。

32　呼应前面的"继承人"，每一代人都在继承，继承的是土地（自然，暗示生命和墓地），圣祠（shrine），赦罪人。shrine 暗示了 enshrine，即祖先被奉为神圣；pardoner 暗示了 pardon，祖先的罪被赦免。之所以如此，因为"上一代"这个表达表明了，还有"下一代"，代代相传，每一代为前一代赎罪。作为诗人的沃尔科特，其任务就是让前代人和解，在诗中为他们赎罪或令其成圣。

33　pardoner，大公教主张大赦观念，在中世纪，大公教会准许修士出售赦罪符来换钱，17 世纪禁止了这种有偿行为。赦罪者就是能赦免忏悔者罪过的修士。圣卢西亚是天主教国家，教堂有赦罪修士。

西班牙港花园之夜

1　Port of Spain，特立尼达和多巴哥首都，位于特立尼达岛。本诗描写了妓女的形象，沃尔科特有很多描写这一群体的诗作，比如《另一生》1.3 中对杰妮的描写，他将之比作象征圣卢西亚的海伦，因为圣卢西亚的命运就是被英法两国玩弄和占有。实际上，整个加勒比地区就像妓女，不断攀折于他人之手。

2　boîtes de nuit，法语，复数。

3　will，旧版为 must。这句为 burning to be the bitch she will become，

四个 b 开头的单词，都为了加强 bitch。

4 tumbril，并非平常词，它指双轮货车，但法国大革命时，用来运送犯人上断头台，这个词联系下面的"斩首"，同时暗示特立尼达动荡的政治环境。

5 用首级比喻椰子。OED 释义，俚语中，这个词就被用来表示头；另外，也指棕皮白心的黑人，即受白人文化影响，白人做派，但实际上是黑人。这里也许仅仅是用椰子指一般的黑人。见《另一生》4.21.1，这个比喻受圣 - 琼·佩斯的影响，是沃尔科特非常爱用的。

上帝赐你们快乐，先生们

1 God Rest Ye Merry Gentlemen，这个题目来自英国经典的圣诞颂歌。所以这首诗讲的是某个圣诞节的纽约场景，主题与那首颂歌截然相反，质疑基督的复临，同时揭示了一名少数族裔疏离于纽约的心境。作者后来还写了同名诗作的第二部分。

2 Jack Delaney's，纽约格林尼治村附近谢里登广场（Sheridan Square）的一家饭馆，位于格罗夫街 72 号（72 Grove Street），曾是垮掉派常来的地方。

3 bourbon，Bourbon 即著名的波旁家族，由于路易十六帮助过美国独立，所以美国肯塔基州的一个县命名为波旁，该县出产一种威士忌，汉译一般作波本威士忌。英式炖肉的一种做法就是加威士忌，作者这里表明的意思是，自己醉酒了，如同被威士忌炖过。

4 指格林尼治村。

5 Sixth，美国纽约市曼哈顿的主干道，正式名称为美洲大道。

6 virgin snow，初雪，强调的是没有人涉足过的血。这里用的是 1777 年美国独立战争时期，美国士兵在宾州福吉谷（Valley Forge）留下血脚印的典故。圣诞的语境中，virgin 也表示圣母。

7　wise-guy，自作聪明之徒，但在美国语境中也指黑手党分子。
8　pulped and beaten，习语有 beat sb. to a pulp，把某人打成重伤，打个半死。这里指饭馆一位客人的脸，是他留下了血的脚印。
9　指雪和夜，但也比喻黑人和白人；"一切都有可能"指基督复活。
10　野兽的意象和这里的诗意，与叶芝《基督复临》("The Second Coming"，1920）相似，如最后几句：And what rough beast, its hour come round at last, / Slouches towards Bethlehem to be born?。

克鲁索的日记

1　*Robinson Crusoe*，笛福的《鲁滨逊·克鲁索》，这里按汉语流行的译法。这部小说的主要形式就是"日记"。题词中亚伯拉罕那句话，原文为 Between me and thee is a great gulf fixed，见《路加福音》16:26，这里用和合本的译文。关于 gulf 一词，见后面《海湾》。S.Brown 针对这句话，分析了沃尔科特早期诗歌中的鲁滨逊形象，它符合沃氏的一种历史观和诗学观，即，人是"被在场者（presences，幽灵）占据的存在者，它不是被自己的过去束缚住的造物"（a being inhabited by presences, not a creature chained to his past）（见沃氏的文章《历史的缪斯》）。鲁滨逊就是这样一个在场者（奥德修斯、荷马的声音也都代表了鲁滨逊的声音），它可以让诗人摆脱历史实在论，展开想象，并从个人处境的矛盾以及对矛盾的妥协中解放出来。见"'Between me and thee is a great gulf fixed': The Crusoe Presence in Walcott's Early Poetry"，*Robinson Crusoe: Myths and Metamorphoses*（Palgrave McMillan，1996），第 210 页以下。所以本诗也可以视为沃氏自己的艺术创作日记，他就是混血的鲁滨逊，他既承受着西方文化的侵染，但也在殖民者的文化传统中开辟自己的想象空间。

鲁滨逊与加勒比有着密切的关系。他的船从巴西开往巴巴多斯，后来遇上风暴,在格林纳达和特立尼达附近漂流,所至的荒岛很可能是多巴哥(见《克鲁索的岛》)。在《克鲁索其人》一文中,沃氏定义了"我的鲁滨逊"是"亚当、克里斯托弗·哥伦布、上帝、传教士、海滩流浪者(beachcomber)、以及他的阐释者——丹尼尔·笛福。他是亚当,因为他是第一个栖息于第二天堂的人。他是哥伦布,因为他偶然地、宿命般地发现了这个新世界。他是上帝,因为他自己学会了如何控制他的造物,他统治着自己创造的这个世界,而且还因为,对于礼拜五来说,他就代表着白色上帝的观念。他是传教士,因为他指导礼拜五运用宗教……他是海滩流浪者,因为我把他设想为青少年文学中的某位人物,如康拉德和史蒂文森中的流浪者(derelict)……最后,他也是丹尼尔·笛福,因为鲁滨逊的日记(指《鲁滨逊漂流记》)就是笛福的日记,它是散文写成的,不是用诗;我们的文学先驱正是那种用散文自我表现的大众文学"。他还提到了莎士比亚《暴风雨》中的普洛斯珀洛(Prospero)——他用魔法征服海外小岛,是西方近代文学的殖民者原型。再结合本诗来看,沃氏的鲁滨逊是西印度的循道宗教徒的化身,擅长木工等日常的技艺,他将西方的商业、宗教和文化带入殖民地;他是卡利班(《暴风雨》中人物,被教会语言)和礼拜五的主人和上帝,但最终被加勒比化,试图在虚无的加勒比像亚当一样命名,开创新的世界。

通过鲁滨逊,沃尔科特着眼的并非让加勒比自我隔绝,而是开放和多元。在《克鲁索其人》中,沃氏用篝火做了比喻,他说,"一个孤独的人在沙滩上,堆起枯条,细枝等等,为了燃起篝火。篝火也许并无目的。或者,它是信号,表明了他的孤独、绝境、隔绝,以及他对其他人的需要。或者,篝火的点亮是出于原始的需求,为了冥想。火催眠(mesmerizes)我们。我们在燃烧中解体。这个坐在火前的男人,火光让他的脸温暖,他看着火的跳动,看它的手势,看着它变弱;他不断扔进树枝,扔进麻木的思想,记忆的碎片,还有他生活中一切能用来燃烧的部分,他想让冥想永远纯粹和清晰。"篝火比喻了加勒比的文学艺术，枝条既来自欧洲，也来自非洲和印度。如 Breslin 所言，西印度的作家必须"燃烧旧世界（欧洲、非洲和印度）的遗迹"，他们的想象才能发出光热；他们不是同化旧形式，而是将之消耗，以能释放出能量。

以上一些观点见 J.Thieme, *Derek Walcott*, 第 78 页；Thieme, *Postcolonial Con-Texts: Writing Back to the Canon* (Continuum, 2002), 第 57 页；*Nobody's Nation*, 第 109—110, 300 页。

沃尔科特的克鲁索与笛福的克鲁索有几点不同：第一，前者关注感情需要，而不是抽象的宗教教义。第二，前者没有后者的那种清教徒的正义精神或加尔文主义的前定性。后者是一个努力进取，用善行迎合上帝的基督徒，而前者由偶然和宿命性控制。第三，前者包含了西方思想史的不同趋向，而后者仅仅是一元的主流传统的代表。详见 E.Breitinger 的论文 "Folk Heritage and Classical Lore: The Grand Narratives from the Aegean Archipelago and Derek Walcott's Caribbean Creole Readings", *Knowing Differently: The Challenge of the Indigenous* (Routledge, 2015)。

在前殖民地作家中，很多作家都关注过鲁滨逊这个人物，如同样来自西印度地区的作家 V.S. 奈保尔，他的《哥伦布与克鲁索》一文，立意与沃尔科特相似，他的小说《模仿者》也用沉船影射加勒比政治的失败。此外还有南非的库切，他的小说《福》(*Foe*) 借用了鲁滨逊和礼拜五的故事，这个标题也是在影射笛福 (Defoe)，书中，福是一个代写小说的人。沃尔科特的《奥马罗斯》也使用了以鲁滨逊和礼拜五为原型的主题。通过重新叙述鲁滨逊，奈保尔、库切和沃尔科特构成了后殖民文学中三个不同的文化取向。

读者也可以比较后来出版的毕肖普的《克鲁索在英格兰》("Crusoe in England", 1971)，描写的是克鲁索重返英格兰，回忆自己的漂流。开头部分，克鲁索听说发现了新岛，人们将它命名，他想起自己的旧岛，但它"没有被重新发现，也没有重新命名"(unrediscovered, un-renamable），而本诗与之相对，描写的是不再归来的克鲁索，他和他的后人在困境和虚无中建设岛屿。

2　Mundo Nuevo trace，Mundo Nuevo，西班牙语，新世界，指美洲，这个短语也出现在《另一生》2.10.1 和 4.18.4（本诗集未收），指特立尼达的一条林中路，从巴伦西亚（Valencia）通往兰帕纳尔加斯，沃尔科特在后一个地方有一座海滨屋，他在这里写作了《另一生》。trace 在英语中指汽车或行人走出的路径。见 BN，第 270 页。

当然，此处还有其他含义。Breslin 指出，首先，这个西班牙语曾出现在哥伦布的信中，他指称南美大陆是新世界。所以作者提到这条路也是影射拉美地区的殖民背景。此外，trace 是一个含义丰富的词，按照词典，它可以指（1）路，道路；（2）轨迹，踪迹；（3）遗迹，之前存在的人和事物留下的遗址和标志；（4）心中残存的印象；（5）微妙的量，痕迹；（6）非物质的证据，证明事情存在过。在特立尼达英语中（鲁滨逊就在特立尼达），指一排"背对着"的房子中的路。因此，沃尔科特的意思是，我们走到了"新世界"，即来到了鲁滨逊建造的世界，但这个新世界的周边残存着之前存在的世界的遗迹。或者说，我们来到的是一个消失后的新世界的遗迹，在这个遗迹上，鲁滨逊建造了又一个新世界。按照特立尼达英语的含义，新世界与旧世界背对，中间有一条路，我们穿过这条路，经过新世界，走向了更远处。见 *Nobody's Nation*，第 107—108 页。简言之，鲁滨逊建造的新世界在"原生的新世界"之上。殖民主义理解的"新世界"是一个文化概念，而不是自然地理的概念。这种新世界的建立，必定要压制原生的世界。

3　表明鲁滨逊的创作活动，依然是理智，并不是情感或非理性，这符合西方的理性精神。

4　这里过渡到了艺术创作。鲁滨逊的风格凭借普通的铁器，如同木工一样，体现了纯朴的自然性。这种平白的风格与沃尔科特家庭的循道宗背景有关，他在一次访谈中还谈到了新教的"木工"，它让事情简单实用,这对他诗风有了很大影响,见 J.Thieme 的 *Derek Walcott*,第 79 页。木工比喻创作,也见《死路谷》,本诗的"形态"也如长长的木条。

5 指"克鲁索的日记",也就是《鲁滨逊漂流记》,这表明了鲁滨逊与亚当的对应关系。而《漂流记》取代了《圣经》——《圣经》的英文 Bible 一词,源自古希腊语的"书",《圣经》是基督教历史中的第一本书——既然前者是第一本书,那么鲁滨逊就是另一个亚当,他重新命名,在《圣经》之外的世界(非西方的世界)书写历史。笛福的鲁滨逊带有殖民者的霸权性,礼拜五处于一个沉默无语,只能学习西方文明的地位,但沃尔科特在揭示这一点的同时,也试图想让他成为一个加勒比地区的艺术家,或一个将西方与加勒比世界联系在一起的中介,这其实就带有作者自身的影子。关于沃尔科特利用鲁滨逊塑造身份这一点,见 N.De Mel,*Women & the Nation's Narrative: Gender and Nationalism in Twentieth Century Sri Lanka*(Rowman & Littlefield, 2001),第 189—190 页。值得注意的是,沃尔科特/鲁滨逊在加勒比和西印度地区文化中也是疏离的,这让人想到库切在南非的处境。

6 profane Genesis,profane 指亵渎,违背基督教教义,这里指异端的,渎神的,不正统的,Genesis 是《旧约》中《创世记》一书的名字,也见《仲夏》51。

7 写的是散文或文章,但其中含有诗性,这里指沃尔科特的诗文合一的风格。

8 "绿色"指加勒比的稚嫩;它等待沃尔科特来命名和隐喻。

9 Christofer he bears/ in speech mnemonic,加勒比是"失忆"的世界,没有历史,而沃尔科特要赋予它新的记忆。Christofer,即克里斯托弗·哥伦布,他也如同鲁滨逊一样,来到了美洲,用西方话语侵占非西方的世界。这里用克里斯托弗而不用哥伦布,是因为这个名字来自希腊文 Χριστόφορος(Χριστός 和 φέρειν),其含义为"生基督者",

这与下面的宗教语境有呼应。因此，bear 这个词就不是随意的，它与 φέρειν 同源，也表示生育。而上面的"隐喻"（meta-phor），词根也是 φέρειν。下面的"装水罐"（water-bearing vessel），也有一个 bear。bear 一词的双关，也见《世界之光》。

10　the Word，指圣言，同时也指宗主国语言，标准语言。《另一生》1.7.1（本诗集未收），The Church upheld the Word, but this new Word/ was here, attainable/ to my own hand. 沃尔科特一生的目标就是用"新圣言"来重新命名加勒比的文化。

11　"圣言"在加勒比会被"扭曲"和"降格"，普通如日常的器物。水罐是鲁滨逊做过的物品；关于它，也见《另一生》4.20.4 和 4.21.3。"喷洒的水"，指洗礼的过程。

12　alters，让人联想 altars，见 *Nobody's Nation*，第 109 页。

13　good Fridays，即好的礼拜五，礼拜五是《鲁滨逊漂流记》中的土著人。但英语中，Good Friday 即耶稣受难日。作者兼用两义。

14　master's，见《另一生》1.1.1。

15　圣餐礼在加勒比也被认为是野蛮粗鄙的，吃圣体就像食人。《鲁滨逊漂流记》中写到了食人族。

16　Proteus，海神，荷马称之为"海上老人"，他可以改变形体，变成一切有形物，这个名字在希腊文中的含义为"早已出世的"。凡是捉住他的人，都可以向他咨询未来，这见《奥德赛》4，墨涅拉奥斯捉普罗透斯的故事。在《克鲁索其人》一文中，沃尔科特表明了自己将鲁滨逊比作普罗透斯的用意。鲁滨逊就是第二个亚当，他不仅繁殖人，也命名事物，因此无论人还是物，都源自他。

17　指普罗透斯，下面的神也指他，因为他是海上老人。流浪者指鲁滨逊，他如同普罗透斯一样，也能繁衍，命名事物。童年指人的童年。

18　指作者加的括号。利用括号作为修辞手段，在沃尔科特诗中常见。这里表明加勒比的景色是"悬置的"或附加的，并不重要。

19 都是圣卢西亚的村庄,见《另一生》1.5.3。

20 Henty,即 G.A.Henty(1832—1902),英国小说家,题材以海外探险类见长。

21 Marryat,即弗雷德里克·马里亚特(1792—1848),英国小说家,曾在海军服役,作品以探险题材为主。

22 R.L.S,罗伯特·路易斯·史蒂文森(Robert Louis Stevenson),创作《化身博士》的著名英国作家,这里暗示他的代表作《金银岛》,下面也提到了其中的人物。仅从文化批判理论的角度看,这三个人都属于殖民主义作家。

23 objects,前面出现过两次,一次译为"对象",一次译为物体,它指有形的外部实在物,哲学上也译为客体,这里指人这种个体物,人虽然是主体,但是就人类总体历史而言,却是一个个生产出来的物体。诗句的意思就是,时间让加勒比人进入了历史,成为个体,独立于自然。N.Lusty 和 J.Murphet 在分析鲁滨逊时也讨论了这几行诗,指出,鲁滨逊虽然无家可归,但他在岛上依然是一个历史主体,他对于自然进入历史的经验还残存着,这就是本雅明说的历史的遗迹,鲁滨逊就是一个寓言(allegory),如本雅明所言,"思想领域中的寓言,就是现实中的遗迹"。这样,在历史中就意味着改造自然,让它服务于法律与时间,如此持续循环。按照笛福的描述,鲁滨逊在岛上的生产性劳作,重新塑造了自然与时间。而按照沃尔科特的理解,鲁滨逊的"审美"劳动也重新塑造了自然与时间。历史决定论让自然与个体对立,繁衍着我们的孤独。见 *Modernism and Masculinity* (Cambridge University Press,2014),第169—170页。

24 hermetic skill,指上面说的"繁衍"术,亚当的命名术,也即克鲁索带来的创造技艺,包括诗艺和文学,它在加勒比被本土化和"变形","日记"就是这种技艺的样板;这里,"秘术"也代表了效仿克鲁索的当地的艺术家和创造者。它创造出的产物,在历史进程中都是质朴、并不新奇的"家用"之物,因此"无用"。它存在于隔绝的环境，脱离了主流文化，还需要他人的承认。《克鲁索其人》中，沃尔科特说，"我们不仅靠幸福的生活，也靠丰饶的荒地，我们像亚当，像所有隐士（hermits），所有专心的匠人一样，从我们历史的丰富的反讽中汲取力量。正是它，哺育了篝火。我们借助过去的残余来思考我们的精神"。这段话中，"隐士"一词呼应了这里的"秘术"；"荒地"的意象在本诗下面也会提到；"残余"概念表达的历史观与本雅明的"遗迹"非常相似。

25 separate from itself，指技艺生产的东西是独立的，脱离于技艺本身。

26 mimetic，联系 mimicry，见《纵帆船"飞翔号"》第六节。加勒比处于模仿者而非原创者的地位。

27 Ben Gunn，《金银岛》中的海盗，也属于漂流者行列。

28 "O happy desert!"，出自《鲁滨逊漂流记》第十五章，desert 指荒岛，这个词也是《圣经》常见词，表示旷野，荒漠。

29 相对于前面的"平静的括号"的"平静"。

30 where nothing was/ the language of a race，这一句与使用一般现在时的语境不同，用了过去时，这是模仿了《圣经》中《创世记》和《约翰福音》描写创世和太初时用的时态，表明了加勒比"历史"的开端是虚无的，因为它是被其他文化塑造的。was 这个词在第一行结尾，如果理解为断句，那么句意就是，无物存在之处，我们通过日记成型。如果不断句，句意就是，虚无是族群的语言。作者其实兼用这两种读法。见 *Nobody's Nation*，第 110 页。

31 naturalists，博物学家常去海外考察风物。比较希尼早期的《爱自然者之死》（"Death of a Naturalist"），诗意相反：叙述者对自然丧失兴趣，纯真尽失。

32 fantasies/ of innocence，渴望无罪的状态，也就是渴望回到伊甸园，被宗主国接纳。

33 our faith's arrested phase，加勒比的信仰无论如何都是异端——比

如，渴望无罪，将水、天、基督放在一起进行祷告——所以他们渴望被否定和制止。如果被制止，这也证明了上帝的存在。

34　hoarding such heresies as/ God's loneliness moves in His smallest creatures, Breslin 指出，最后这两行有两种读法，关键在于 such as 的解释。第一种读法，such as 为了列举异端之说的内容，因此第二行这句话就是内容本身，汇聚者是鲁滨逊。第二种读法，那个声音积聚了异端之说，它们都是上帝推动的；他在自己创造的造物中促成了异端思想；"他的孤独也在鲁滨逊的孤独中运动，促使他创造出次一级的造物。"一切并非出自神之手的创造，都是模仿。一切创造都"源自孤独"，源自"缺乏和虚无"。见 *Nobody's Nation*，第 111 页；Handley 按第一种读法，*New World Poetics*，第 300 页。

我倾向第一种读法，第二句就是异端学说的内容（比较《克鲁索的岛》第一节结尾），也就是加勒比人的信仰，正是这种信仰，让他们没有被抛弃，没有隔绝于宗主国，而这也恰恰是沃尔科特的宗教观。hoarding 的主语为"我们"，即鲁滨逊及其后人。smallest creatures，首先指加勒比人，尤其渺小的群体，其次指微小的存在个体。上帝作为存在本身，决定了"个体"的形成，因此只要是事物，就会存在，就分有上帝。当然无论哪种读法，这两行的观点都是，上帝是孤独的；上帝无处不在；加勒比的信仰是异端。

克鲁索的岛

1　从诗中可以推出，这座岛是多巴哥，沃尔科特认为这里是克鲁索漂流所至的荒岛。本诗第三节的三音步的风格，与叶芝的《1916 年复活节》和奥登的《1939 年 9 月 1 日》相似。见 *Nobody's Nation*，第 107 页。

2　cowbell，这是形容小圣堂的钟简陋如同实景中母牛挂的铃，后面会再次提起，译为钟。

3 bronze plates，指海葡萄成串的果实。日照下，海葡萄变得腐烂，不再是绿色，转为黄色或红色。关于海葡萄，见《海歌》。

4 Scarborough，多巴哥南部村镇，面朝委内瑞拉。

5 dome，这是把天空比喻成圣殿或庙宇的屋顶。自然的圣殿对应了加勒比享乐式的哲学和宗教方式，重视严格教义的宗教形式退场，所以上帝就死去了。

6 Bethel，希伯来语里表示神殿，神的家。见《旧约·创世记》28:11—19 和 35:6—15，雅各在此地梦见天梯，因而命名伯特利，受上帝嘱咐，在这里建圣坛。

7 psalm，指《圣经》的《诗篇》，这里指书打开。

8 在《斗士参波》("Sambo Agonistes"，1951，本诗集未收）中，沃尔科特说，For Nietzsche had written that God was dead/.../ And I flushed my theodicy down the sink。这里的"斗士参波"，是史蒂文斯（H. L. Stevens）在 19 世纪画的一幅插画，见于《名利场》杂志，它化用了弥尔顿的《斗士参孙》（*Samson Agonistes*），agonistes 来自古希腊文，词根含义为争斗。Sambo 是黑人的意思，相当于 negro，谐音参孙。这幅画上，一名高大的黑人，摇动两根石柱，石柱一左一右刻着 1787 和 1860，石柱之间，顶端有一个牌子，写着"宪法"（constitution，全部大写）。画的意思就是，在 1860 年之前，即林肯当选总统之前，黑人无论怎么奋斗，都无法撼动宪法，无法撼动奴隶制。基于这样的主题，沃氏讨论了有色人种的出路。西方白人的上帝对于他们来说，就如同死去一样，他们需要自己的宗教和艺术。沃氏一度还会为此悲观，但他一直都致力于书写本土文化，为民众服务，因此，虽然上帝已死，但他就是新的上帝的代言。这也联系《城市死于火》中，毁灭后的卡斯特里的涅槃。也见《另一生》1.1.1 的 absent master。

9 hermit，指鲁滨逊，见前面《克鲁索的日记》"秘术"的注释。

10 His Eden，这个跨行让 his 首字母大写，等于说鲁滨逊犹如加勒比的上帝。

11　But one，这是一个跨行修辞（enjambment）。M.Nyquist 在分析笛福时提到了这里，她注意到这个短语与《鲁滨逊漂流记》的联系。在小说中，鲁滨逊自述，发现了一条船搁浅，他等待能有同伴到来，但无人存活。他失望地说，"哦，哪怕有一两个人也行啊（but one or two）；不行的话，就算只有一个人（but one Soul）活着逃出这艘船也行啊。要是他逃到我这里，我就有了伙伴，虽然只是一个（but have had one Companion），他是跟我一类的造物，能跟我说话和交流的造物！"见"Friday as Fit Help"，*Milton in the Long Restoration* (Oxford University Press, 2016)，第 352—353 页。当然，此处的 one 指乐趣，即人的声息。

12　nut，这里也表示椰子，俚语表示脑袋，脑瓜。类似的比喻见《漂流者》。

13　指鲁滨逊所在的孤岛。"同类"指没有其他人，但从沃尔科特的现实角度来看，也指没有志同道合的人。

14　指鲁滨逊陷入了癫狂，想要离开孤岛，幻想用棕榈的影子来建造船。

15　指鲁滨逊。《哥林多前书》15:45 称耶稣为第二位亚当。

16　这句话是异端之言的内容，它相反于基督教的理论，主张信守教义，人就失败。在鲁滨逊式的沃尔科特看来，更重要的不是对上帝的信仰和抽象的教义，而是人际间的爱，因为这能解决个体的孤独。

17　对比马修·阿诺德的《多佛海滩》(*Dover Beach*) 中的一句，Ah, love, let us be true/ To one another! for the world, which seems/ To lie before us like a land of dream. 阿诺德是沃尔科特非常欣赏的诗人，见《另一生》1.4 注释。

18　"影子"是沃尔科特常用的意象，而且有完整的发展线索。L.Callahan 分析了《克鲁索的岛》中的几处"影子"。关于这里的影子，首先在正午时，影子是最小的，而作者说它变长，显然暗示了时间已经过了正午,在午后,直到黄昏,影子慢慢变长。太阳角度的变化,表明了加勒比文化遗产的解释者的解释角度发生了变化,在不同的解释下,影子变长,作者找到了改造遗产的出路,从而放弃了欧洲中心的话语方式。详见 *In the Shadows of Divine Perfection: Derek Walcott's Omeros*(Routledge,2004)。

19 指荷马史诗,见《伊利亚特》18.478—608。武尔坎是罗马神话中的火神和锻造之神,对应希腊神话的赫淮斯托斯,他受阿喀琉斯母亲的要求,打造了阿喀琉斯的武器,其中那面盾最为华丽,上面有日月,有星辰星宿,有海洋天空,有俄刻阿诺斯河,还有两座城市以及人间的场景,还有原野,葡萄园,牲畜等等。这面盾就是世界的缩影,所以沃尔科特说,艺术就是描绘阿喀琉斯的盾。另外,由于荷马和希腊人的诸神都是异教之神,故而,展现它们及其创造物的艺术,也是异教的。

20 tambourines,见《创世记》31:27,《诗篇》81:2,《出埃及记》15:20,钦定本都使用了这个词。《圣经》中以色列人敲打手鼓表示喜悦。这群黑人女孩喜悦的原因就是她们主管了加勒比地区。

21 之前她们走在海边,是刚从教堂出来,黄昏时又返回教堂晚祷。晚祷时要敲钟,所以下面提到了钟。钟就是开头的"母牛铃",这已经暗示,要召集的都是女性。

22 A seraph's, an angel's, seraph,见《群岛传奇》第一章,撒拉弗(和合本译法,见《以赛亚书》6:2—4)即六翼炽天使,最高的天使,火红,象征爱。这群女孩穿粉红裙,因此被比作炽天使,而且还是最高的天使。angel,天使统称,这里用音译。Breslin 注意到一个矛盾:克鲁索和礼拜五是荒岛的父亲,取代了亚当和夏娃,但岛上并没有母亲;而结尾的小女孩象征了岛屿文化的"不自觉的纯真",民间文化是阴性;诗人则是阳性,他继承的也是父亲的遗产。见 *Nobody's Nation*,第 107 页。

23 transfiguring,向好处转变,美化,改观。基督教中,transfigure

和 transfiguration 专指耶稣变容。这里是说信仰能让女孩们变美，让她们摆脱受奴役的过去。K.Mattawa 指出，结尾表明，诗人摇摆于艺术和孤独之间，表面上，他无法"通过自我审视或艺术中收集的东西"来祝福民众；深层次上，作者又认识到，西印度的艺术没有能力让这个地区的民众"变美或变容"，他感到没有归属感，隔绝于自己建造的伊甸园中。见其博士论文，"When the Poet Is a Stranger: Poetry and Agency in Tagore, Walcott, and Darwish"，(Department of English Duke University, 2009)，第 140—141 页。

遗嘱附言

1 codicil，法律术语，原有遗嘱，当发生变更时，立遗嘱的人附在遗嘱之后，以作变更说明。本诗是作者中年危机时所作，算是对前半生做一个了断，同时打算改变之前的生活方式。

2 "精神分裂"，可以算作沃尔科特诗作的核心主题之一。这个分裂的源头在于沃尔科特兼有"非洲和拉丁美洲"以及"欧洲"血统，同时被两个文明扭曲。这样，一个文明要求他热爱祖国，为国家写文章，这让他厌恶（如本诗所写），另一个文明要求他向欧洲的现代文明前进，但是，无论他英语如何出色，他无法完全融入后一个文明，这就导致了他既流亡他乡，又必须重返故乡，见后面《流亡》。关于精神分裂，也见沃尔科特的散文（也是戏剧集《猴山梦及其他》的序言）《黄昏之言：序曲》("What the Twilight Says: An Overture")："我们这些殖民地的人，生来就像染上了这样一种疟疾，虚弱无力：在这些腐烂的棚户、赤脚的后院、蜕皮的疱疹里，什么都建设不起来；在贫穷中，我们拥有了自己生活的剧场……在这样的精神分裂（schizophrenic）的童年，可以过两种生活：诗的内在生活，行动和对话的外在生活。"诗的源头来自西方；行动和对话立足于本土。另见

《另一生》第一篇"分裂的孩子"的标题注释。

3　hack,代笔者,是记者或新闻撰稿人的贬称。在早期生涯中,沃尔科特与纸媒体有着密切关系。早在圣玛丽公学时期,他就为报纸《圣卢西亚之声》撰写诗作和文章。1946年毕业后,还为当地服务于学生写作技能的月刊《墙杂志》担任第一主笔,他也在上面发表了一些诗篇。在牙买加和特立尼达时期,为了谋生,他撰写了大量文章,都发表在牙买加的周刊《舆论》(*Public Opinion*)和特立尼达的报纸《特立尼达卫报》(*Trinidad Guardian*,含《星期日卫报》)上。G.Collier和C.Balme曾在沃尔科特的授权下,编辑了他写过的杂志文章,见 *Derek Walcott, The Journeyman Years, Volume 1: Culture, Society, Literature, and Art: Occasional Prose 1957—1974* 和 *Derek Walcott: The Journeyman Years. Volume 2: Performing Arts: Occasional Prose 1957—1974*（Rodopi, 2013）。上面引的两部文章集的序言详细介绍了沃尔科特这些文章的特点,它们显然不是沃尔科特最重要的或第一流的散文,但是却涉及了方方面面的文化问题,也介绍了加勒比地区和非洲地区的文化人物和文学艺术。它们也许为了消遣和应景,也许是通俗文章或命题作文,也许迎合了国家主流的价值观,但仍然体现出了一定的文笔功力。沃尔科特不喜欢这样的文章,是因为没有个性,仅仅为了谋生,但并不代表这些文章毫无价值。

4　第二种风格就是流亡中的写作,当然这个流亡,见后面《流亡》,它并非因受迫害所致。

5　这个观点来自维特根斯坦《哲学研究》Part I, 19 的一句名言,"想象一种语言,就意味着想象一种生活方式"(Eine Sprache vorstellen heißt, sich eine Lebensform vorstellen),安斯康姆的英译比较通行,To imagine a language means to imagine a form of life。

6　gull,这个词也表示蠢人,指愚蠢,容易煽动的民众。

7　Charlotteville,多巴哥东北部村镇,沿海,在战舰鸟湾旁。地点之所以设在多巴哥,是为了延续《克鲁索的岛》,本诗也可以视为鲁滨逊的遗嘱。

8 trough,饲料槽,一般是绵羊用的。作者用它比喻盲目爱国的群众和国家豢养的文人。

9 root,一般指猪用鼻子拱,这里指狗用鼻子寻找食物。

10 Peer Gynt,易卜生同名戏剧中的人物,戏剧结尾时有一个场景,他在剥洋葱皮,剥了一层又一层后,发现里面一无所有,揭示的谜底就是:人生就像空核的洋葱。

11 既承上指洋葱的心,也指自己的内心。

12 指火化,火化炉就是大地,人死后归于尘土。

13 ashpit,火窑出灰的坑和灰池。

14 "页"和"白页"都是沃尔科特常用的意象,白页象征了加勒比历史的空白。S.Gill 分析到了这里的例子,见 *Communication Images in Derek Walcott's Poetry* (Vernon Press, 2016),尤其是第一章,第 54 页。

15 镰刀是月亮的形状,也暗示了丰收,丰收之月(殖民者的丰收)却让这片海滩变成白纸(被殖民者的历史)。当然,镰刀还可能暗示了死神,月亮也恰好是疯狂的象征。

16 All its indifference is a different rage,联系前面《村中生活》中说的漠然。"它"指肉体,死去的肉体就是漠然的,或者说,肉体生前对世界也是漠然的,但这本身就是与众不同的愤怒的表现。《荣耀号手》(本诗集未收)中也提到了 fury of indifference。

选自《海湾》(1969)

玉米女神

1 加勒比和美洲原始文化中,玉米女神是非常重要的神祇,也就是农业女神。本诗中指一群烤玉米的女教徒。

2 monkey god，在诺贝尔文学奖讲演《安的列斯：史诗回忆之断章》中，沃尔科特提到了出生在瓜德鲁普岛的圣-琼·佩斯笔下的猴神，他联系了《罗摩衍那》中的猴神哈奴曼，也见后面的《流亡》以及注释。加勒比和美洲有很多猴神的传说，有的受印度神话影响，有的是原生，比如玛雅文化中就有猴神；2015 年，考古学家还在洪都拉斯发现了猴神庙。如前述，沃氏常用猴子比喻黑人。

3 lances，这个词表示矛，也可以指茎秆，这里指玉米秆。猴神哈奴曼的武器是矛，也见后面《流亡》。

4 venal，旧的用法表示可以购买，现在的用法是，唯利是图，可以收买。这里形容牛，其实是形容人。

5 lathered，lather 专指马身上流汗，出现一层白色的汗沫，这里同时也表示汽车被擦洗。

6 Presbyterian，新教的教派之一。这里的"牛铃"，对比《克鲁索的岛》的"母牛铃"。

7 gold-gelders，geld 即阉割，如 sow-gelder，或去除事物的精华和外壳，玉米是金色的，因此摘玉米和烤玉米的人就是阉割黄金的人。

8 sybil，指摘玉米的玉米女神。她们的皮肤黝黑，如同海豹和沥青。

月（选自《变形记》）

1 《变形记》为组诗，共四首：《月》《蛇》《猫》《鹰》。这个题目显然受奥维德同名诗作的影响，沃尔科特在《扁桃树》（本诗集未收）中就曾使用过这部作品的意象。奥维德也是沃氏非常喜欢的诗人，也见《诺曼底酒店泳池》。本诗描述的是在隔绝或疏离状态中的自我处境，它描述了俄耳甫斯（诗人自己）的变形。Ismond 指出，本诗呼应了洛威尔《盗汗》("Night Sweat")中描写的那种自白式的、疯狂的骚动。见 *Abandoning Dead Metaphors*，第 284 页。

从沃尔科特诗学角度来说，按照他在《另一生》中的观点，metamorphosis 就是 metaphor（两词词形还非常相近），"变形"就是重新命名的过程，在《安的列斯：史诗回忆之断章》中，沃尔科特说："原始语言就像试图越过海洋的雾，因为太远而疲惫，所以消散，但是，这个重新命名（renaming）的过程、发现新型隐喻的过程正如诗人面对每个清晨的过程一样。"在 1977 年 E.Hirsh 对沃尔科特的访谈中，他说："这［隐喻］就是整个族群重新命名已经被其他人命名的事物、把自己的隐喻力赋予对象。这种特权（privilege）恰恰属于通常所谓的'被剥夺权利的'（underprivileged）、落后的、欠发达的社会"。见 *Abandoning Dead Metaphors*，第 3，142 页；C.Abani 的博士论文"The Myth of Fingerprints: Signifying as Displacement in Derek Walcott's *Omeros*"（University of Southern California，2006），第 45 页。

从社会现实层面来说，沃尔科特将月亮视为殖民地心灵在文化和心理上出现混乱的根源。在《另一生》和他的戏剧《猴山梦》中，他都写到了月亮的蛊惑力和催眠术。原因就是，月亮代表了白色，象征了白人殖民者，它让加勒比黑人陷入了怨恨、绝望的境地。见 N.W-Tagoe 分析了本诗对月亮的描写，见 *Historical Thought and Literary Representation in West Indian Literature*（James Currey Publishers，1998），第 138—139 页。

2　O，这个叹词呼应了俄耳甫斯（Orpheus）的首字母，也在形象或发音上联系了 howl（哭号，嚎叫），oval（椭圆），vowel（元音），owl（鸮鸟），aureole（光晕），aura（光环）等词，而且它也与满月的形状相似。本诗是沃尔科特对诗歌声音和字母形象运用的一个典范，人们会想起兰波的《元音》。

3　moonstruck，因月照而发狂，迷乱。这里有意思的是，发狂的正是月亮，月亮被自己迷惑，如同下面说的蜡烛。这表现出了艺术家在孤独状态中陷入迷乱的想象和重新命名的经验中。

4　mesmerized，这个词来自18—19世纪奥地利医生梅斯迈尔（Mesmer），他运用磁石和催眠治疗病人，提出了动物磁场。他的催眠术为现代心理学治疗提供了颇有争议的方法。关于这个词也见《另一生》1.1.1。

5　that morsured, classic petrifaction，用美杜莎的典故，也见于奥维德《变形记》。月亮如同她的眼睛，让人石化；月的光芒就像她的蛇发，会螫咬人。上面的"分叉的山"是用山比喻美杜莎的头。

团　伙

1　Junta，西班牙语，发音为"洪塔"，指政治集团，尤其指军政府，也指一般的集团或团体，本诗中指一个狂欢节演戏的团体及其扮演的维钦托利团伙。本诗描写的是一次狂欢节（Carnival），作者将它上升到了政治层面。狂欢节的表演本身就带有喜剧色彩，作者将这种色彩转为对政治的反讽，其矛头就是加勒比及拉美地区民众暴乱、军人执政的无秩序状态。

2　Individual/ of the Year，年度最佳，这是狂欢节奖项。

3　Vercingetorix，高卢起义领袖，后来被凯撒镇压。拿破仑三世时，法国人为了确立自己的民族性，开始推举维钦托利。

4　蚂蚁不会在运动中做出决定，往往要停顿，然后行动，当它们感知到食物时，首先停住，然后觅食。

5　banlon-cool limers，班纶丝（banlon 或 Ban Lon）是60年代嬉皮士流行的衣服品牌，布料为弹力耐纶。limer，加勒比英语指闲逛者、浪费时间的人；他们会跟其他人一起站在人行道或别的公共场所，注视行人，有时还做恶作剧；他们习惯于在宵禁时间出来，受到警察的训诫。该词来自动词 lime（也常用分词 liming），意为坐、游荡、和其他人闲逛。Breslin 引 Michael Lieber 的《街头生活：特立尼达城市中的非洲－美洲文化》(*Street Life:Afro-American Culture in Urban Trinidad*)（1981）对该词的阐述："Liming 可以最贴切地解释为'就是闲逛'，但闲逛却是用眼，用耳敏锐地习惯着川流的运动，习惯着认出有利的机会。Limer 习惯于在街头生活中搞事情。"见 *Dictionary of Caribbean English Usage*，第 349 页；*Nobody's Nation*，第 316 页；*Dictionary of the English/Creole of Trinidad & Tobago*，第 532 页。也见《纵帆船"飞翔号"》的 Limers' Republic。这里提到的三种人，都是平民阶层，他们都会参与狂欢节的表演。

6 "Caesar," the hecklers siegheil, "Julius Seizure!", siegheil, Sieg Heil，纳粹行礼时喊的话，意为胜利万岁，这里作为动词用，表示行纳粹礼。纳粹的敬礼是罗马式的，所以这里提到凯撒，而且凯撒与维钦托利也有关。Julius Seizure，这是用 seizure 谐音英语的 Caesar，汉语的凯撒翻译的是古拉丁语的念法，字母 c 读为 /k/。需要注意的是，seizure 也表示癫痫，作者肯定想到了这一点，所以下面出现癫痫（epileptic）一词，后面还有痉挛（fit）。

7 Woodford Square，在特立尼达的西班牙港，北边是政府机构和法院。

8 his black, khaki canaille, khaki, 卡其色，源自波斯语，词根为土，这个词在印度斯坦语中，指土色。最早是英国占领印度时开始出现的一种颜色名，英国陆军的军服为卡其色。这里指团伙成员都是黑人或褐黄的混血黑人。canaille, 来自意大利语的 canaglia，词根为 cane，即公狗。

9 kiosk，也是来自波斯语和土耳其语的词，表示路边的亭子，一般是报亭，小卖部之类。这两行有大量的 /k/ 音，表现了骚动和混乱的状态。

10 basilisk-eyed，basilisk 是西方文化中的幻想动物，这个词来自古希腊文，意思就是"小王"。这种动物是蛇中之王。这个词在生物学中指王蜥。

11　bile，这里指黄胆汁，体液理论中，黄胆汁质的人易怒。bile可以引申指愤怒。

12　por la patria, la muerte，西班牙语。这句话的源头是一句名言：Patria o Muerte（国家或死亡，意即，为国而死）。这句话最早是1847年墨西哥战争期间流传的，但是在20世纪60年代，卡斯特罗和切·格瓦拉让这句话更为著名，它也成为了拉美革命运动的信条。沃尔科特在这里应该就是暗示这两人，因为他写过与格瓦拉有关的诗。贺拉斯《颂诗》3.2.13中也有类似的话，Dulce et decorum est pro patria mori（为国死，快哉而得其所），美国阿灵顿公墓就刻有这句话。

13　扮演黑人奴隶的演员，维钦托利是他的解放者。

俗　众

1　Mass Man，指大众人，即，带有群体性的个人，他没有个性，依靠群体的判断，尤其受大众传媒的影响，意见和判断都是群体性的。或者说，当个体被政治、经济、文化等势力操控时，他就表现为大众人。这个概念类似海德格尔的"常人"（das Man），或汉语说的"俗人"（普通人，日常人）。这样的人，是一个人，但又是一群人。本诗在主题上与《团伙》相近，描写的仍然是一次狂欢节，发生在特立尼达的西班牙港，按诗中的内容推导，时间为忏悔星期二，狂欢里的假面人就是"俗人"。在这首诗中，他提到了"隐喻"一词，这又继续了前面说的重新命名的诗学。狂欢节本身就是戴假面的活动（如诗中说的狮头），它就是变形，也就是活的隐喻，而只有诗人能看出这种隐喻的奥妙，并解读出政治含义，当然，通过记录隐喻，诗人是为了揭示基督教在加勒比地区的"变形"，批判俗众的盲目和群体性，同情他们的痛苦和困境,从而将加勒比的狂欢节区别于欧美文明的狂欢节。

关于西印度作家对狂欢节场景的描写和使用,见 L.W.Brown 的分析,他讨论了沃尔科特以及本诗,见 "'Making Style': The West Indian Writer and the Carnival Tradition", *Caribbean Studies*, Vol. 18, No. 3/4 (October, 1978-January, 1979),第 131—138 页。其标题的 "making style"(装模作样)出自本诗,意思就是 "poppin style",即狂欢节中尽情表演,甚至做作夸张,每个人都戴着面具,将自己变形。S.Brown 把本诗联系了克鲁索的隔绝处境,突出了作者疏离于民众的状态,见 "The Crusoe Presence in Walcott's Early Poetry", *Robinson Crusoe: Myths and Metamorphoses* (Springer, 2016),第 219 页。

本诗的立意和思想倾向,颇有争议,有些人认为沃尔科特鄙视本土民众,轻视本土的表达。事实上,在《谈谈选择西班牙港》一文中,沃尔科特讲到了狂欢节:"事实上,特立尼达或克里奥尔语地区最有活力的节庆都是世界上特别让人沮丧的活动。狂欢节不就如此?它是极为狂野的表演,是'克里奥尔地区的酒神节'。狂欢节要求的就是绝对参与。它是群体意志的狂喜,它的享乐主义如此神圣,以至于退出、跳出、或是作为局外人冷眼旁观,都成了异端"。见 *Abandoning Dead Metaphors*,第 137—138 页。其实如同最后一句所写,沃尔科特恰恰是本土文化的代言者,也是与西方文化的沟通者,他看重的是平衡、反思、冷静、超然的个人性,而不是疯狂的群体性,只有这样,殖民地才真正地做到"去殖民化"。他反对的不是传统,而是遗忘传统但又盲目模仿传统的做法,所以在《加勒比人:文化,抑或模仿》中,他恰恰肯定了狂欢节的文化意义:"能够最充分地代表历史态度的典礼就是狂欢节仪式……卡吕普索音乐(calypso)的即兴元素,如同钢鼓乐队的音乐的即兴和创意,取代了自己的传统起源。与使用钢鼓、而非尝试着复制木琴和鼓的旋律相同,卡吕普索音乐也取代了古代的群体唱诵的仪式形式。从这个历史角度来看,这些形式源自随心所欲的摹仿,但最终走向创意;而狂欢节装扮的情况相同,它的即兴塑造的复杂、庞大、精细的形象,都没有对现实的自觉敬畏,因为简单地复制古代的塑像还不足以制作出狂欢节的装扮。这就有了三种源自群体的形式:原始形式;临时模仿的形式;初次复制的可模仿的形式。"见"The Caribbean: Culture or Mimicry?", *Journal of Interamerican Studies and World Affairs*, Vol. 16, No. 1 (February, 1974), 第3—13页; *Abandoning Dead Metaphors*,第138—139页。

2 withholds,抑制,阻挡,这里既指男人(a man)披着孔雀的装扮,挡住自己,也在抽象的意义上暗示了他的"人"(man)已经丧失,变形为动物。

3 这句不是真正的赞叹,而是表达了一种别扭和不快,体现了作者的疏离感。

4 Hector Mannix, water works clerk San Juan, Hector Mannix,这个工人的名字赫克托耳是荷马史诗中的著名英雄,所以后面戴着狮子的面具。《奥马罗斯》中也有赫克托耳这个人物。曼尼克斯(Mannix)是一个爱尔兰名字,意思是小僧侣,这里也许是化用man指男人,对应下面的博伊希。San Juan,特立尼达岛的圣胡安,在岛的西北。

5 Boysie,意思就是男孩,这里当人名,暗示了一个青少年群体。

6 barges,这里指的就是经典的埃及艳后克莉奥帕特拉初见安东尼的场景,她当时乘坐豪华的黄金驳船,如同女神下凡,安东尼对她一见钟情。诗中显然指狂欢节时,演员扮演艳后,乘船而行。但是,barge作为动词,还表示摇摇晃晃,加上前面说的芒果上下跳动,因此滑稽的色彩凸显,改变了艳后当时明艳的形象。

7 like,这指他们"装扮成"某人某物,因此不再是比喻词,所以他们的装模作样是隐喻,而不是明喻。

8 蝙蝠(还有下面的果蝠)是特立尼达旧狂欢节(ole mas)的特征,

保留到了新狂欢节中，见 *Abandoning Dead Metaphors*，第137页。

9　silk cotton's shade，silk cotton 指 silk cotton tree，这里暗示奴隶吊死在木棉树上的历史场景。作者意在表明，狂欢之时，勿忘加勒比受压迫的历史。因此，狂欢节的根基是空洞的，复制于西方文明的。

10　penitential morning，指圣灰星期三，即大斋节第一天，因此，本诗所写的狂欢节的时间是在大斋节（四旬斋）前三天的倒数第二天，即忏悔星期二，这是狂欢节最隆重的一天。圣灰星期三的前三天为狂欢日，因为斋期禁止娱乐。到了圣灰日，教徒就开始忏悔。

11　忏悔星期二转天就是圣灰星期三，所以这个灰指圣灰，即把去年祝圣过的棕榈枝燃烧后的灰，涂在额头，画出十字。最后一节说的是作者，参加狂欢节的人也会忏悔，但他们留下的回忆与作者完全不同。

12　recollect，字面意思就是重新收集。"垃圾"指狂欢毫无意义，也指狂欢后的垃圾物，它表达的不是蔑视，而是一个中立者的漠然态度。"匍匐"，指手的写作。

米拉玛

1　Miramar，巴巴多斯的米拉玛沙滩酒店，位于圣詹姆斯沙滩，临近"洗牛"（Cattlewash）沙滩，建于20世纪40年代，为巴巴多斯西海岸著名的酒店，现已改名。旁边还有一个珊瑚礁夜总会。酒店周边有不少舞场和夜总会。

2　falsies in a false light，falsie 即假乳房，指胸衬，为了使女性胸部突出。false light，虚光，杂光，光线散乱，昏暗；false 与 falsies 谐音。

3　rut，惯例，但也指发情。

4　burned my balls/ off，俚语，指热到极致。方式相似的表达，比如，freeze one's balls off（冻得要死），work one's balls off（工作忙得要

死)等。

5　lockjaw,患破伤风时,牙关紧闭,难以张开。这里是作者想象自己会进医院,听着隔壁孩子破伤风而死。"孩子",应指脱衣舞女,当该酒店的少女常跳裸体的凌波舞(Limbo)——加勒比舞蹈,舞者向后弯身,钻过每次不断变矮的横杆——然后赤脚在断掉的啤酒瓶瓶头玻璃上跳舞。上面说的"今夜没有奇迹",也许暗示有舞女被扎到了,就在作者喝到第三杯的时候,所以用医院比喻公交车。出生印度的英国诗人、《伦敦杂志》主编罗斯(Alan John Ross, 1922—2001)记录了本诗在这方面的背景,见"Derek Walcott and St.Lucia",《伦敦杂志》(第35卷,1995),第61页。罗斯还有一本回忆录,*Through the Caribbean: The MCC Tour of the West Indies, 1959—1960* (Faber & Faber, 2012),尤见第三章,记巴巴多斯,多次提到这家酒店。

6　clench, hold/ on to what you have, 比较《新约·启示录》2:25, But that which ye have already hold fast till I come。

7　doesn't give a fuck, 美国俚语,去掉否定词,意思不变,含义就是不在乎,不关心。

流　亡

1　沃尔科特关于流亡主题的诗很多,但对他而言,流亡带有象征意义。如他所言,他的流亡——离开圣卢西亚或离开加勒比地区——并非是因为政治迫害,而是浪漫意义上的度假。也就是华兹华斯意义上的"不再能成为过去的自己了","即使你在家乡,你也回不到过去的自己了"。这样的流亡并非是不能返乡,也并非是在家乡成为异类——这是因为国家与自己发生了不同变化,彼此失去联系,就像苏联或波兰的流亡者——相反,这样的流亡者与国家始终有联系(他还举了奈保尔为例,他斩断了自己的根,区别于沃尔科特)。这就类似厌恶爱尔兰的乔伊斯的"精神流亡"。沃尔科特坦承自己,要定期返回特立尼达,照顾家人,享受那里的食物和美食,但这还不是最核心的原因,返回不仅是因为思乡,而是要"重新滋养",扫除思乡的阴郁,达到"光芒四射的和平"(radiant serenity)。他举了希腊悲剧的三个环节为例:开端(有罪)—中段(受折磨)—结尾(和解),它们构成了完整的圆;返回就是"和解"或重新确认,也就是安静的光芒,如布罗茨基,而有些作家是没有第三个环节的,如海明威。见Schoenberger 对沃尔科特的访谈,*Conversations with Derek Walcott*,第87—88页。可见,沃尔科特并不是那种以流亡作为政治资本的矫情作家,他也不像索尔仁尼琴、库切一样面临着极大的压力,他是一个超然的流亡者。

2　指英格兰。

3　indenture,历史上有大批加勒比、拉美和印度人去往美国或欧洲,充当契约佣工(indentured servants)。作者使用这个词为了暗示这段历史。

4　Word,大写,比喻标准的英语。

5　leafed through,翻阅,但也指窗页的摆动,如同一本书在翻页。

6　pages,指雪花,比作书页。

7　作者想起了家乡的手推车,他下面开始回忆特立尼达。

8　bent grasses,通常指剪股颖属(Agrostis)的草,但在这里指稻子。笔的眼睛就是作者的,他看见弯草,就写下稻子,世界就在词与物之间。

9　carat hut,加勒比英语,尤其是特立尼达英语中,carat 并不指钻石重量的单位克拉,而是指大叶子棕榈,棕榈叶可以盖在屋顶建屋。见*Dictionary of Caribbean English Usage*,第135页。

10　leaf,双关,指落叶,也指纸页。

11　Ramayana,特立尼达有一些印度后裔,比如奈保尔就是印度人的后代,沃尔科特的第二任妻子玛格丽特也有印度血统,因此这部经典印度史诗在加勒比地区流传甚广,尽管加勒比当地人并不熟悉印度神话的传统,在《安的列斯:史诗回忆之断章》的开篇,沃尔科特就介绍了当地印度人根据《罗摩衍那》改编的戏剧《拉姆里拉》(*Ramleela*),他称赞这种继承传统的演出"如同方言,是原始语言的分支和简化,但它并没有歪曲或减少史诗的规模。就在这里,在特立尼达,我发现世界上最伟大的一部史诗季节性地上演,这不是绝望地放弃去保护文化,而是一种公开的信仰,它就如吹弯卡洛尼平原上甘蔗秆的风一样稳定"。关于《罗摩衍那》在加勒比地区的传播和文化形式,见 *The Encyclopedia of Caribbean Religions: Volume 1: A-L; Volume 2: M-Z*,"《罗摩衍那》"词条,尤其是第 753 页;也见 *Derek Walcott: Politics and Poetics*,第 218 页。《拉姆里拉》戏剧对传统的维护要比《俗众》嘲讽的狂欢节更具有历史感。

12 mulch,护根物,如粪肥、落叶,护根物很容易着火。

13 nowhere,也可以理解为蛮荒和偏僻之地,或虚无之地。

14 the tabla and the sitar,都是印度乐器。

15 the Path,指前面说的"赭石小路",它是回忆之路。首字母大写,它也许还指《旧约·诗篇》16:11 的 the path of life。但这条路是危险的,如同绷带,预示着伤害。

16 leer,带着淫意或恶意斜睨,会让被注视者感到害羞或尴尬,这正是"我"返回故乡时的感受。

17 lances,矛,这里也指矛,因为是哈奴曼的武器。

18 writhe,这个词既可以形容烟雾的缭绕,又指因痛苦而打滚、扭动。

19 Mother India,即 Bharat Mata,印度独立运动时期创造的印度的拟人形象,以难近母(Durga)为原型。

火 车

1 raking，暗含了 rake（耙子）的意象。

2 沃尔科特的祖父查尔斯·沃尔科特是英国人，全家移民到巴巴多斯，后来在圣卢西亚舒瓦瑟建立种植园。沃尔科特的奶奶克里斯蒂亚娜·沃德罗普（Christiana Wardrope）是黑色和棕色人种。查尔斯与沃德罗普育有五子（沃尔科特的父亲沃里克是长子），但查尔斯后来去往种植园，把母子都留在卡斯特里。在本诗和《游廊》中，沃尔科特都暗示了他自焚而死。关于祖父，沃尔科特在戏剧《猴山梦》导言中说："描写非洲宗教复兴的田园诗作家都应该知道，重要的事情，并非是给旧事物起的新名字，也不是旧事物的旧名字，而是对重新使用旧名字的信仰，这样，虽然我是混血儿，但是，当我看到阿散蒂（Ashanti）和沃里克郡（Warwickshire）这两个名字时，我的心中犹如针刺，因为它们分别暗示了我祖父的根，它们给这个野种、杂种、这个西印度人起了名字，而他，既无自豪，也无羞愧。"沃里克郡让沃尔科特想到了父亲"沃里克"，父亲的名字正是英国人的典型名字，阿散蒂是西非地区的王国，在加纳中部，应是沃尔科特母系的故乡。这种典型的"精神分裂"集中体现在了本诗，尤其是最后一句上。

在《历史的缪斯》（1974）一文中，沃尔科特谈到了自己分裂的祖先："我接受了美洲的这片群岛。我跟那卖掉我的祖先和买下我的祖先说，我没有父亲（按：泛指祖先），我不想要这样的父亲，尽管当你们跟我低声说什么'历史'时，我能理解你们，理解你们这样的黑色的鬼魂，白色的鬼魂。之所以这样讲，是因为，如果我试图对你们全部原谅，那我就堕入了你们的历史观，一种开脱、解释、赎罪的历史观；我决不原谅，我的记忆唤不起任何孝顺之情，因为你们的特征是匿名的，被抹去了；我不想，也不能宽恕。当你们扮演自己的角色时，扮演你们被赋予的买卖奴隶的历史角色时，你们身为人做出这样的行径；至于你，那个在污秽不堪的奴隶船船舱内的父亲，对你来说，他们做出的也是人的行径，有着人的残忍，而你的同胞和同部落的成员，会毫不犹豫地确定你们都属于同一个种族，我们另一拨挥舞着鞭子的混蛋祖先也肯定这么认为；对于后一种祖先，对于你们，这些在内心中被原谅的祖父，我会像我种族中的诚实者一样，致以陌生的谢意。我感谢的是这两个宏大世界中不朽的悲鸣和彼此的联结，虽然这谢意陌生又痛苦，但却能赋予其崇高，就像一种果子，它的两半被苦涩的汁液结合在一起；从被逐出伊甸园之后，你把这个果子给了我，让我好奇着另一个伊甸园；这个果子就是我接受的遗产和礼物。" 见 B.Ashcroft，G.Griffiths，H.Tiffin 编的 *The Post-colonial Studies Reader*（Taylor & Francis，2006），第 332 页。这段话表明了，沃尔科特的祖父是白人，也参与过奴隶贸易，买卖黑奴。沃尔科特只能在内心暗自原谅他。在他看来，他分裂的两支祖先，似乎永远不可调和。而且，他们都不是他的父亲，这种俄狄浦斯式的弑父情结，就是拒斥将自己的历史与西方的殖民史连接在一起。

关于加勒比人的"两个祖父"，沃尔科特或许也受了古巴诗人尼古拉斯·纪廉（Nicolás Guillén）的名诗《双祖谣》("Balada de los dos Abuelos"）的影响，这里选录开头一节，Sombras que sólo yo veo, / me escoltan mis dos abuelos.// Lanza con punta de hueso, / tambor de cuero y madera:/ mi abuelo negro./ Gorguera en el cuello ancho, / gris armadura guerrera:/ mi abuelo blanco（我只能看见阴影，/ 我的两个祖父盯着我。// 一支骨头做的尖矛 / 一副兽皮木头鼓: 是我的黑祖父。/ 脖颈下宽大的飞边，/ 一身灰白的武装 / 那是我的白祖父）。

3　加引号是因为，沃尔科特祖父建立的是种植园（plantation），不是严格意义上的农场。

4　hairshirt，苦行僧穿的刚毛衬衣。这个词也表示自我克制，自我反思。见 R.D.Hamner 的 "The Present Absence of the Father in the Poetry of Derek Walcott"，*New Soundings in Postcolonial Writing: Critical and Creative Contours*（Brill，2016），第 20 页。

5　I am half-home,祖父的一半还在英国,沃尔科特的一半还在圣卢西亚,两个人虽然分别来到了其他地方,但并未改变自己的出身。由此,这一句表明了沃尔科特既离家,又在家的心理体验。这种体验可以联系弗洛伊德的 heimlich(源自德文"家"一词)概念,它既表示在家,感到安全,又表示神秘,危险,兼有相反的含义,所以沃氏的人生体验就是回到家乡——熟悉——怪异——离乡——熟悉——怪异——返乡的循环,这是一个圆满但又荒诞的循环,它几乎贯穿沃尔科特一生中的大部分诗作,尤其是《仲夏》和《浪子》。

致敬爱德华·托马斯

1　Edward Thomas(1878—1917),英国著名诗人,散文家,小说家。他与弗罗斯特是好友,最终死于一战。沃尔科特非常喜欢托马斯,在一次访谈中,在提到了自己喜爱的拉金之后,他认为托马斯是可以与之并列的诗人,他"珍视他达到了这样的程度:如果有任何人说他一个字的不好,他就会从旁边离开",托马斯就如同"清水",读他的诗,如"呼吸一口气息"一般。见 J. P. White 对沃尔科特的访谈,*Conversations with Derek Walcott*,第 172 页。沃尔科特的诗风有时也如清水,见《群岛》,但其复杂度要高于托马斯。沃氏追求的不是单一的单纯,他虽然欣赏海明威和托马斯的平白,但同时,因为简单的生活中蕴藏着复杂,所以,他也用简单来写复杂,将复杂寓于简单。见 BN,第 203-204 页。

　　本诗写于 1969 年沃尔科特第一次游览英格兰期间,面对风景,他想起了托马斯的诗作,表达了"致敬":这并非简单地表示欣赏或借鉴,而是心灵的共鸣。本诗的主题围绕着"严整与不严整"这组彼此共存的对立,它既存在于地形,也在文学形式之中;同时也折射出作者本人和托马斯对英格兰的复杂心理。而本诗的形式也恰恰透露出这组对立：既是五音步抑扬格的商籁，押韵上试图遵循严整的伊丽莎白体，但也有意造成了一些不严整之处。

H. Goethals 描述了两位诗人在出身、经历、心理上，尤其是对英格兰国家和语言的情感方面的相似性；沃尔科特来到英国的这一年，是 39 岁，恰处于中年危机，而托马斯去世时正是这个年龄。这些相近之处，促成了一次超越时空的致敬。她也论证了本诗使用商籁的原因：第一，因为它的五音步抑扬格具有散文性，独特地允许格律同句法出现不和，如全诗最后五行的长句，主语和谓语的远隔。第二，商籁体较为自由，可以多变。本诗就是一例：既没有分成八行（octet）和六行，也没有分成三段四行（quatrains）和一组对句，而是不整齐的两个部分，分别是九行一句，五行一句；并且在押韵上也多有不规则之处。第三，由于全诗忽视了南唐斯在人文地理方面的特征：白垩岩径和山丘图像的雕琢；因此，商籁体自身的雕刻性可以弥补这一点，正如罗塞蒂（D. G. Rossetti）所言，它从时间中砍削出来，纪念自己形成的时刻："商籁就是时刻的纪念碑"，见《生命殿堂》（*The House of Life*）的序言商籁。她围绕本诗展开的出色分析，立足于克雷斯维尔（Tim Cresswell）界定的地点的三重含义：定位点（located point）；现场（locale）；拥有场所精神（genius loci，地方守护神）的区域，地点不断具有了存在的意义，而不再是地理位置。见 "Lines on a Literary Landscape: Edward Thomas and Derek Walcott"，*Edward Thomas: A Mirror of England*（Cambridge Scholars Publishing，2008），第 85-87，91，95 页。

A. Webb 分析了托马斯身上的"分裂"：托马斯家族来自威尔士，他一方面认同这一身份，在散文中多有表露，但他另一方面又自觉地从属于恪守形式的英诗传统，甚至成为这方面的经典代表，他还将威尔士的语言文学资源纳入其中。见 *Edward Thomas and World Literary Studies: Wales, Anglocentrism and English Literature*（University of Wales Press，2013），第 72，132 页。在这方面，托马斯与沃尔科特相似。分裂性恰恰体现在本诗的严整与不严整的对立上。

2 a country's cast, cast, Terada 认为这个词暗示了"雕刻或印刷",即"受操控的安排"(controlled arrangement)。见 *Derek Walcott's Poetry*,第 164 页。country 与 cast 押头韵,后者实际上在隐喻前者。若按照 Terada 的看法,cast 可指雕刻的铸像或印刷的铸字——就字形而言,下面提到的地貌(topography)也似乎暗示了 typography。查 OED 释义,cast 很早(14 世纪)就有计划、安排、形式的意思。结合这两层含义,此处的意思是说,国家在某种安排下,被塑造成如同雕像和文字一般,呈现出样貌。虽然其形式应该是严整的(如雕像的透视图呈现的三维几何关系),但依然有不严整的部分(如弯曲的弧线,流动的形体)。

C. W. Prince 认为,country's cast 双关,暗示了 caste。他的意思也许是说,cast 之中包含了一套等级秩序,如下面提到的涉及文学和建筑的"浩瀚的经典"这样的分类。他指出托马斯抗拒着这种划分:就像本·琼生《致彭斯赫斯特庄园》("To Penshurst")结尾一句说的,their lords have built, but thy lord dwells,彭斯赫斯特庄园在重要的一点上区别于其他的大建筑,它的主人不仅仅是建它,还要栖居着。托马斯写诗就是为了"栖居(dwells)于文学记忆的本性中,消融在自然的安眠里",而不是为了进入人为的经典。见其博士论文,"Resonant Forms: Architecture in the Poetry of Seamus Heaney and Derek Walcott"(University of Toronto, 2000),第 191 页。

3 Formal, informal.../ topography, formal, 首要意思即合乎形式(form),本诗中,形式指人为构设的理想的、有条理的秩序:(1)通过直观个体事物抽象出的整齐的几何外形,如英格兰建筑的整齐规范(教区长的宅院和庄园府邸)。(2)事物的内在本质形式,区别于杂多的质料(亚里士多德意义上的 eidos,"是其所是"),如社会对事物的严格命名(本诗有所暗示)。(3)群体事物具有的外在关系结构,如"树篱围绕"的庭园的布局。(4)社会文化方面的内在规范及其风格特征，典型如格律谨严的商籁诗体（主要指伊丽莎白体或莎士比亚体，也可能包括由此演化而来的斯宾塞体和弥尔顿体）。这四个方面，总的来说，都体现了英格兰的社会制度、礼仪规定以及文化风格上的严整和严厉。这样的正统性，让沃尔科特和托马斯这样的外裔人感到不适。但是，严整之中，还有不严整性（实际上，这几个方面本身就不可能绝对严整）：（1）自然特征，如"蜿蜒"的唐斯或丘陵，"散漫生长"的事物。（2）受自然影响的文学，如托马斯的诗歌，具有严整的结构，但又像丘陵曲折逶迤，这体现在诗中的散文性上——他的散文本身也是不严整的典型；更重要的是，他的诗立足于自然，从本土和个人角度为自然命名，倾听它的声音，比如他对鸟语的珍爱。

在开头两行，沃尔科特直接表达了地形景观同语言文学的关系，这是其诗学的恒久主题之一。他并不完全接受脱离自然的文学形式；他似乎赞同亚里士多德的形质论，但又反对恒定不变的内在形式：他看重的是外形及其结构，是光滑形态上的差异。

J. Johnson 对本诗的分析最为精到。她认为本诗反映出了一种"在欢快和忧郁之间"的情感；诗中的"严整与不严整"这一矛盾，反映了英格兰庭园在意识形态上的含混性，以及沃尔科特对这一点的复杂的回应；本诗通过矛盾的意象，体现出了沃尔科特"既坚持完美无暇的形式，同时也敏感于这个国家的'形态'"。见 *Topographies of Caribbean Writing, Race, and the British Countryside*（Macmillan，2019），第 104–105 页；*Derek Walcott's Poetry*，第 164 页。

4 rectory or this manor house/ dourly timbered, rectory，教区长（rector）的住宅，显然暗示爱德华·托马斯经典的《艾德斯卓普》（"Adlestrop"，1917），托马斯在去见弗罗斯特的路上，路过这个小村子，颇为倾倒，留下名诗。该村位于格罗斯特郡，设有一个小教区，并有一座著名的教区长宅院，简·奥斯丁也曾来访过。manor house，可以联系托马斯的诗作《庄园农场》（"The Manor Farm"）。此处的 this，表明作者就在府邸跟前。Goethals 大胆地猜想，这两种建筑的主人是《塞耳彭博物志》的作者吉尔伯特·怀特，它们与下面说的"庭园"，都在汉普郡的塞耳彭（Selbourne），沃尔科特恰好游历于此；这里也有一棵后面提到的"榆树"。而托马斯在《文学游历》（*A Literary Pilgrim*）中也记录了此处。见"Lines on a Literary Landscape"，第88页。

  T. Hoffman 从此处的 timbered 一词中听到了 timbre（音色），它"吸纳着周围的英格兰乡村（'这蜿蜒的唐斯'）"，这是"本土栖居的声音"。风景就在这样的"声音轮廓"（vocal contour）中，与自然的命名语言相关在一起，由此，他还联系了《名字》一诗。见 *Robert Frost and the Politics of Poetry*（Middlebury College Press，2001），第219，92页。庄园府邸确立了建筑、文化和话语的等级秩序，但难以去除"不严整的"风景与本地人（尤其是接受"严整性"的人）言说自然的声音。

5 these Downs，down，即英格兰南部和西南部标志性的起伏连绵的丘陵，尤其是白垩丘陵，下面就提到了萨塞克斯丘陵。此处首字母大写，专指特殊的高地地区，显然指托马斯最喜爱的是汉普郡的南唐斯（South Downs）。由于 Downs 作为了专有名词，虽然是复数，而且原文使用了 these，但中文还是译为单数。关于丘陵，也见托马斯的《道路》（"Roads"），Crowding the solitude/ Of the loops over the downs, / Hushing the roar of towns/And their brief multitude。

6 从地形过渡到托马斯的诗风：一方面是整严的诗性结构，对应商籁和庄园府邸；另一方面是散文性，而且具有柔弱的气质，这对应蜿蜒的唐斯，体现了托马斯诗歌的自然性。我认为，这里首先是说，托马斯的诗具有散文的不严整性；同时也暗示，托马斯著述颇丰的地形学或地志散文也具有诗性；他的散文是其诗歌的素材和灵感来源，因此是不严整的诗，而他的诗则是严整的散文。所以，下一行说的"诗"，指托马斯所有描绘地形的文字，无论文体。

  我之所以这样理解，因为沃尔科特对诗的定义更为内在，范围更开放，他将诗作为一种更原始的、超越格律和文体的语言形式，他着眼的是 poetry（诗性或诗意），而不是表面的 poem，他认为 prose 也可以写出 poetry，因此，不但托马斯的地志作品是诗，乔伊斯的《尤利西斯》，马尔克斯的《族长的秋天》都是诗——在诗性上还高于《百年孤独》。见 C. Fleming, "Talking with Derek Walcott", *The Caribbean Writer* 7 (1993), 第 57—58 页。另外，沃氏的父亲也喜欢看地志绘图方面的材料（见《另一生》1.1.1），这有助于沃氏父子进行绘画创作，而绘画又影响了沃氏的诗歌。因此，甚至可以进一步认为，沃氏在这里也暗示了绘画，他似乎认为，托马斯的散文和诗都具有风景画的画面感，诗将三者归一。

Goethals 的看法也是如此，其认为，托马斯也展现了诗与散文的联系。她还引了拉金的介绍：托马斯在弗罗斯特的指导下，开始由散文转向写诗，他从自己的散文集《寻春》(*In Pursuit of Spring*) 中拿出文段，改写为诗，但保留相同的节奏。她也指出，沃尔科特感兴趣的与其是"散文中内在的诗性"，不如说是"在诗中听到的散文"。见 "Lines on a Literary Landscape", 第 89 页。

7 garden, 英式庭园，即 English landscape garden，起源于 18 世纪，后来流行欧洲，这种庭园并不追求法式园林的过分严整。这里明确指向托马斯非常著名的《老人蒿》("Old Man"), For what I should, yet never can, remember:/ No garden appears, no path, no hoar-green bush... ; Of garden rows, and ancient damson-trees/ Topping a hedge, a bent path to a door。该诗也与后面的《纵帆船"飞翔号"》有联系，见后。

8 subtle scent, 或见《老人蒿》, She will remember, with that bitter scent; As for myself,/ Where first I met the bitter scent is lost; Always in vain. I cannot like the scent,/ Yet I would rather give up others more sweet。"老人蒿"也叫 Lad's Love, 拉丁名为 Artemisia abrotanum, 欧亚碱蒿，散发苦香。更有可能的是《鸟语》("The Word") 中提到的野玫瑰香，它比喻记忆，While perhaps I am thinking of the elder scent / That is like food, or while I am content/ With the wild rose scent

that is like memory。

9　Baugh 似乎暗示，这里指沃尔科特本人，他以前并不喜欢这种风格。见 *Derek Walcott*，第 46 页。

10　Johnson 举《艾德斯卓普》为例，其中就有一种温和与寂静，如这几句，The steam hissed. Someone cleared his throat./ No one left and no one came/ On the bare platform。人的"清嗓"象征了"宁静的人性"，对比了代表工业的火车蒸汽机的"嘶鸣"。见 *Topographies of Caribbean Writing, Race, and the British Countryside*，第 104 页。

11　cuckoo-dreaming，西方解梦的说法，梦见布谷（杜鹃）或听见它鸣叫都表示不祥。最早是意味着爱情的不顺（该词本身就与 cuckold 谐音），如 14 世纪克兰沃爵士（Sir John Clanvowe）的诗作《夜莺与布谷》，这影响了弥尔顿的《致夜莺》。后来则意味好友、爱人和亲戚的不幸，如流行的古斯塔乌斯·米勒（Gustavus Miller）的《万梦解析》（1901）的解释。

在威尔士古代诗歌传统中，哀歌里常见布谷的意象，它让人感到短暂无常和失落，因而代表哀悼。见《卡玛森黑皮书》（*Llyfr Du Caerfyrddin*）中的《悲春》（"Cyntefin Ceinaf Amser"），布谷的叫声代表对去世亲人的怀念和悲悼。威廉斯（Ifor Williams）认为，这一联系源自于布谷的叫声类似古威尔士语的 cw，意为"哪里"，这仿佛在问去世的亲人"他们在哪里？"。但希佩尔（Ernst Sieper）认为，这一联系起源于某些东欧国家。见 S. Echard 和 R.Rouse 编，*The Encyclopedia of Medieval Literature in Britain*（Wiley-Blackwell, 2017），第 1649 页；I. L. Gordon 在导言中的介绍，*The Seafarer*（Manchester University Press, 1979），第 17 页。

托马斯非常喜爱布谷。他在《美丽的威尔士》（*Beautiful Wales*）第二章里翻译过老勒瓦赫（Llywarch Hen）的威尔士古诗《阿伯库戈的病人》（"Claf Abercuawg"），其中，布谷就是典型的意象，代表故土和亲人的丧失，也有可能象征上帝。R. S. 托马斯指出，该诗中重复出现的一句，Yn Aber Cuawc yt ganant gogeu（汉译见下），迷住了爱德华·托马斯（当然也迷住了他自己）：这一句体现了两位托马斯对威尔士的想象。该诗中出现布谷的句子，此处可以略引一二，我附上自己的译文：(6) Yn Aber Cuawc yt ganant gogeu/ Ar gangheu blodeuawc./ Gwae glaf a'e clyw yn vodawc（在阿伯库戈，一群布谷鸣唱/于开花的枝上/久听到它们的人，有祸了）。(7) Yn Aber Cuawc, cogeu a ganant./ Ys atuant gan vym bryt/ A'e kigleu nas clyw heuyt（在阿伯库戈，一群布谷鸣唱/我心中悲苦/因那些听过它们的人，如今也听闻不得）。(8) Neus e[n]deweis i goc ar eidorwc brenn./ Neu'r laesswys vyg kylchwy./ Etlit a gereis neut mwy（我聆听布谷，它在覆着绿藤的树上。/我衣衫渐宽。/对我所爱的悲痛愈甚）。(9) Coc uann, cof gan bawp a gar（布谷啁啾不止，人皆忆起他的所爱）。节号和文本来自 Ifor Williams 编，*Canu Llywarch Hen*（Gwasg Prifysgol Cymru, 1935），第23-24页；译法上参考了 A.L. Klinck, *Old English Elegies* (McGill-Queen's Press, 1992)，第269-270页。

托马斯的译文没有完全符合原文，有自己的理解，兹录如下，他只译到第8节：(6) At Aber Cuawg the cuckoos sing,/ On the blossom-covered branches;/ Woe to the sick that hears their contented notes。(7) At Aber Cuawg the cuckoos sing./ The recollection is in my mind,/ There are that hear them that will not hear them again。(8) Have I not listened to the cuckoo on the ivied tree?/ Did not my shield hang down?/ What I loved is but vexation; what I loved is no more。

他谈及布谷的诗句有几首，都与死相关，如《布谷鸟》("The Cuckoo")，耳聋的老人听不见布谷的声音，The cuckoo's note would be drowned by the voice of my dead。又如，《忧郁》("Melancholy")，布谷暗示对死者的记忆，All day long I heard a distant cuckoo calling/ And, soft as dulcimers, sounds of near water falling/ And, softer, and remote as if in history,/ Rumours of what had touched my friends, my foes, or me.《她沉迷》("She dotes"),沉迷的是"鸟语",女人思念死去的爱人,And she has slept, trying to translate/ The word the cuckoo cries to his mate/ Over and over。沃尔科特在这里用布谷有可能就是暗示托马斯的死,并表达怀念。

关于布谷意象,以及托马斯诗中对它和其他威尔士文学遗产的援用,也见 A. Webb, *Edward Thomas and World Literary Studies: Wales, Anglocentrism and English Literature*,第130-131页,以及第四章全文;上述 R. S. 托马斯的看法,以及他受到的爱德华·托马斯的影响,见 S. J. Perry, *Chameleon Poet: R.S. Thomas and the Literary Tradition* (Oxford University Press, 2013),第89-90页。

托马斯在散文中,频繁提及布谷,如拜访过弗罗斯特后所写的《这英格兰》("This England", 1915), In April here I had heard, among apple trees in flower, not the first cuckoo, but the first abundance of day-long-calling cuckoos。在布谷声中,他似乎预感到自己的死亡,他将成为朋友和爱人的回忆。《美丽的威尔士》,Nor was I surprised when the first cuckoo sang therein, since the blossom made it for its need;又如, the unseen cuckoo sang behind a veil and not so suitably as the curlew;又, A cuckoo had been singing, but now I heard it not; 又, the last cuckoo calling in the silent, vast and lonely summer land。

除了布谷之外,托马斯的作品中还描写了其他的鸟语,它们都是托马斯追求的自然之音或自然之诗,如《鸟语》,它的题目 The Word 就将"圣言"与鸟言联系在一起。

12 Sussex,英格兰古郡,南唐斯就在这个地区。托马斯散文集《南国》(*The South Country*)中有名篇《萨塞克斯》。C. Lee 认为本诗受到了这篇散文的启发,而且沃尔科特与托马斯都有一种孤独和离群之感。见 "Derek Walcott, Human Isolation, and Traditions of English Poetry", *Journal of Caribbean Literatures*, Vol. 4, No. 1 (Fall, 2005),第115页。

13 托马斯的诗作在风格形式方面就像丘陵,对于人为的景观和建筑漠不关心，随着自然永存，所以才具有坚毅的力量。"漠然"是前面反复出现的概念，如《遗嘱附言》的最后一句，这是两位诗人具有的形成共鸣的气质。Goethals 指出，这个词意为"不好也不坏，没有被预先判断"。它表明：这些诗行永远如新，会形成"漠然的传统"，沃尔科特在本诗中创造了它，将托马斯与自己联系在一起（还有弗罗斯特、拉金，见沃氏在哥伦比亚大学开设的课程"英语五音步传统"）；这是"个人性传统"，它不是线性的（像"致敬"的表面意思那样）、等级制的，不属于沃氏所称的"梯级的传统"（a laddered tradition）；它自发地乐于倾听，摆脱历史的时尚，它具有《黄昏之言》中所说的"珍贵、平易的亲切，那亲切眼中湿润，就如爱德华·托马斯目光里的、永恒的露滴"。见"Lines on a Literary Landscape"，第 95 页。

14　elm，有可能指向托马斯的《自由》("Liberty")，Beyond the brink of the tall elm's shadow. 或《"随着马队的铜首"》（"'As the Team's Head Brass'"），I sat among the boughs of the fallen elm/ That strewed the angle of the fallow. 这首诗是经典的反战诗。

15　harden，这个词有几个含义：不纤弱；冷然不动情；坚定不移。后两个含义更重要一些，中译尽可能译出。

海　湾

1　The Gulf，加定冠词指墨西哥湾，诗人当时正坐飞机，从达拉斯起飞，穿过德克萨斯州。本诗是沃尔科特对种族问题的集中探讨，是他的名作。该诗展现了上世纪 60 年代美国黑人运动中的骚乱和暴动的场景与事件（如马尔科姆·X 和黑豹党运动），同时，《圣经》和宗教主题也反复出现。海湾意象也见《荣耀号手》（本诗集未收）。"海湾"（gulf/Gulf）这个词在本诗中有几个含义：（1）地理意义，指墨西哥湾，在个别语句中，暗示了中东海湾地区。（2）种族问题，由于这个词还表示隔阂、深渊和鸿沟，因此它表示人类群体间的矛盾，尤其是种族矛盾。(3) 政治意义，由于墨西哥湾和海湾地区盛产石油，因此海湾代表了石油资源以及石油政治。(4) 神学意义，结合诗中的"神圣合一"论，"海湾/鸿沟"标志了人类根本性的"不能合一"的偏执和隔绝状态。(5) 个体意义，由于作者在空中，因此与地面"隔阂"，这也是一个"海湾/鸿沟"，它标志了作者的疏离和流亡状态。见 *Abandoning Dead Metaphors*，第 124—125 页。

此外，海湾意象与"克鲁索"也有一定的关系，前面《克鲁索的日记》的题词引了《鲁滨逊漂流记》中的一段话，其中有"在你我之间，有深渊限定"(Between me and thee is a great gulf fixed,《路加福音》16:26) 一句，gulf 一词联系了这里的"海湾"。详见曾经引用过的"'Between Me and Thee is a Great Gulf Fixed': The Crusoe Presence in Walcott's Early Poetry"一文。那里的"深渊"主要对应"海湾"的第五个含义。

2　Jack and Barbara Harrison, 杰克·哈里森是洛克菲勒基金会人文学科分部的主管，沃尔科特 1958—1959 年曾受该基金会资助，赴纽约和亚利桑那州菲尼克斯研究美国戏剧。1966—1968，该基金会还资助了沃尔科特建立的特立尼达戏剧工作室。

3　sour，指咖啡，也指人的招人厌恶、邋遢，主语是下面的身体。

4　smoky, resinous bourbon, bourbon，前面诗中出现过，一种威士忌。smoky，有的威士忌在熏干、炙烤、蒸馏过程中染上烟熏的味道。威士忌颜色如同树脂。

5　指坐在机舱座位里。

6　divine union，这是 16 世纪西班牙神学家加尔默罗会修士十字若望提出的概念，简言之就是"与神合一"，基督徒应该努力让身体和灵魂达到完美的净化，然后灵魂抛弃肉体，与上帝达到神圣的联合（结合，统一为一体）。这种思想来源于柏拉图。他的学说主要体现在他的名作《灵魂的黑夜》(*Noche oscura del alma*)。

7　detaches，指个体弃绝自身，灵魂飞升，达到"神圣联合"。比十字若望还早的德国神秘主义神学家埃克哈特大师就以这个概念为核心，德文为 Abgeschiedenheit，汉语中也译为"无执"。埃克哈特与十字若望都主张"神圣合一"。

8　"We're in the air"，德州人这句话非常简单，但作者用它表明了自己无家和流亡的状态，因为如后面的描述，地面上正在暴乱。这就联系了"海湾"的第四和第五个含义。见 *Abandoning Dead Metaphors*，第128页。

9　LBJ's campaign hotel，LBJ，美国第36任总统林登·贝恩斯·约翰逊全名的首字母简称。他因肯尼迪遇刺，由副总统接任总统职位。这里说的竞选，很可能指1960年约翰逊首次参加的总统竞选。约翰逊正是德州人。

10　Austin，德克萨斯州首府，下面的达拉斯也在德州。

11　很可能指博尔赫斯的短篇小说《蓝色虎》（*Tigres azules*）。

12　Love Field，达拉斯的机场。这一句看似简单，却暗示了肯尼迪的遇刺。他被刺杀时，沃尔科特的飞机刚刚起飞。这里说的"伤口"指肯尼迪的故去。见 *Abandoning Dead Metaphors*，第288页。以这一事件为背景，机场的名字透露出了反讽的效果。沃尔科特对肯尼迪比较欣赏，因为他同情黑人，这也见《哀歌》。

13　指前面的棕色的肢体以及家乡的人。

14　这句话否定了世俗以赠送礼物表示爱的做法，这种爱有目的，有价值。礼物的轻重代表了爱的程度，每个人用礼物衡量别人对自己的爱，当自己赠予礼物后，又期待对方等价或更多的回报。真正的爱要超越这种交换关系，它具有忘我和绝对的神性，可以说，它是让个体用自己作为交换或礼物，赠予上帝。

15　指奇瓦瓦沙漠（Chihuahuan Desert），德州西部大部分地区被这片沙漠覆盖。

16　lens，眼睛的晶体，这里指太阳，见后面《圣卢西亚初次圣餐礼》，那里说"太阳的晶体"，lens是沃尔科特比较喜欢用的意象。下面的黄铜色球体也指太阳，这个比喻见《绿夜》。

17 《新约·哥林多前书》15:50，血肉之体不能承受天国。这句话也是神圣联合思想的体现。

18 Best never to be born，这个观念源自古希腊，比如巴库利德斯（Bacchylides）《颂诗》5.160—162就说过，θνατοῖσι μὴ φῦναι φέριστον, μηδ᾽ ἀελίου προσιδεῖν φέγγος（可朽者最好不要出生，不要看见太阳）。索福克勒斯《俄狄浦斯在克罗诺斯》1225—1227行，μὴ φῦναι τὸν ἅπαντα νικᾷ λόγον: τὸ δ᾽, ἐπεὶ φανῇ, / βῆναι κεῖθεν ὅθεν περ ἥκει, / πολὺ δεύτερον, ὡς τάχιστα（不降生，这胜过所有道理：如果出世见着了光，那么第二个选择就是，赶紧回到当初来时的地方）。叶芝在《青年与老人》（"A Man Young and Old"）的第11段翻译了这一段作为总结。阿伦特在《论革命》中也引用了这句。

与索福克勒斯观念相似的是亚里士多德，普鲁塔克《道德论集》的《阿波罗尼尤斯慰藉》1.27，引亚氏散佚的对话《游德墨斯（*Eudemus*），或论灵魂》中酒神狄俄尼索斯的伴侣、森林之王赛勒诺斯（Silenus）的话：μὴ γενέσθαι μέν" ἔφη "ἄριστον πάντων, τὸ δὲ τεθνάναι τοῦ ζῆν ἐστι κρεῖττον ; τὸ γενομένους ἀποθανεῖν ὡς τάχιστα（万事中，最好的事情就是别出生，死比生更佳；生了，那就速死。这段话，尼采在《悲剧的诞生》第三章中也引用了。沃尔科特说伟大的死者哭号，首先想到的应该就是索福克勒斯、亚里士多德、叶芝和尼采。《庄子·天地》也有寿则多辱的思想。这些伟大人物得出的结论就是，人是可朽的，因此现世既快乐，又痛苦，甚至死亡和痛苦才是生者的本质。

19 detachment，仍然联系前面"超脱"概念，这里的光芒和放射都象征着神。

20 Circling，指一代代伟大的作家或艺术家在生死更替的循环中，但也指前面提到的飞机的"盘旋"。

21　Elizabeth, Feinsod 的看法是正确的，而且对于理解这句至关重要。这里指洛威尔的第二任妻子、美国文学批评家和文学家伊丽莎白·哈德威克（Elizabeth Hardwick，1916—2017）。下面一句来自哈德威克的散文《格拉勃街：纽约》（"Grub Street: New York"，1963）：Glass is the perfect material of our life. 她所提的 glass 指 display window，它将受苦转变为身份认同。哈德威克提及此句时涉及了詹姆斯·鲍德温的散文《来自我心中某处的信》（"Letter from a Region in My Mind"，1962）。见 *The Poetry of the Americas*，第 289 页。

在种族歧视盛行的时期，玻璃带来的映像，会提醒着黑人的肤色，让他们感到痛苦。这正是沃尔科特此句的含义，他同时也想通过伊丽莎白来引出同为黑人的鲍德温。与沃氏一样，在鲍德温那里，玻璃（以及相关的视见）也是常见的意象。比较典型的如短篇小说《桑尼的蓝调》（"Sonny's Blues"，1957），在地铁车厢的玻璃上，自述者看见了，my own face, trapped in the darkness which roared outside。黑的肤色象征了黑人的处境。在飞机上的沃氏，面对窗玻璃，也会有这样的体验。也见《土生子札记》（"Notes of a Native Son"，1955）的 A wilderness of smashed plate glass 的描述。关于鲍德温那里的玻璃意象，见 A. E. Weldon 的引用和分析，她指出，"有意味的情感层叠在物理世界上"，就像我们透过"透明但又存在的"玻璃观望时一样。*The Writer's Eye: Observation and Inspiration for Creative Writers* (Bloomsbury Publishing, 2018)，第 91—92 页。补说一点，沃尔科特的长女也叫伊丽莎白，起这个名字就是向哈德威克致敬。

22　与上面的"清楚"都是 plain，但"清楚"指生活的平白朴素。

23　cauldron boiling with its wars，这句话来自英国首相劳合乔治《战争回忆录》第一卷（1933）中的名言，他形容一战，让所有国家，slithered over the brink into the boiling cauldron of war（从战争沸腾的大国边上滑了下去）。这里指黑人运动如火如荼的美国。

24　这两句的比喻非常奇妙，实际上是说黎明来到，云雾散开，大地

(比作木乃伊)又显露出来,暗示了饱受战争的土地,最终会超越人类的纷争,走向自然的和平。

25　sage,指德克萨斯鼠尾草(*Salvia texana*),蓝色花。鼠尾草的汁液可以入药。峡谷指德州的里奥格兰德河谷(Rio Grande Valley)。

26　massacre,指美国屠杀印第安人,也指德州独立战争、美墨战争中出现的屠杀。

27　these detached, divided States, detached,再次出现,指美国各州自治的状态。States,口语表达,指美国,这里化用了 United States 一词。作者认为"神圣的合一"还可以让陷入种族争端的美国消除隔阂。由于最高的爱,不需要对象,不分立场,所以黑人和白人族群内部的爱就被否定掉了,他们走向了人类共同的爱。

28　ghettoes,原指犹太人的居住地,音译为隔都,后来泛指具体族裔的居住点,尤其指少数族裔,这里指黑人聚居区和贫民区。

29　墨西哥湾盛产石油。这一句扩展了"海湾"一词的含义,它代表着美国的石油产业链,而且不仅指墨西哥湾,还暗示了波斯湾和海湾地区,这两个海湾都是石油产出的重地。这样,沃尔科特将种族问题与石油资源问题结合了起来。见 *Abandoning Dead Metaphors*,第 127 页;关于《海湾》与 20 世纪 60 年代石油问题和世界局势的关系,见 K.Cartwright 的 *Sacral Grooves, Limbo Gateways: Travels in Deep Southern Time, Circum-Caribbean Space, Afro-Creole Authority* (University of Georgia Press, 2013),第 133—134 页。

30　from Newark to New Orleans,纽瓦克是新泽西州最大的城市,1967 年 7 月 12—17 日这里发生了黑人发动的种族骚乱。新奥尔良是路易斯安那州最大的城市,该州就在德州旁边。两座城市都是港口城市。这句话的意思就是沿着墨西哥湾石油链,美国由北到南,都陷入了病态。

31　这里是较早地提到"北方"与"南方"主题的地方。美国南方的气候和风物类似加勒比地区,但这里恰恰是种族歧视严重的地方。开头的"但"字意味深长,有反讽的含义。

32 The Gulf, your gulf，第一个"海湾"指墨西哥湾；第二个小写，转义为鸿沟和隔阂。

33 there's no rock cleft to go hidin' in，语出《旧约·出埃及记》33:22，钦定本为，And it shall come to pass, while my glory passeth by, that I will put thee in a clift (cleft) of the rock, and will cover thee with my hand while I pass by。和合本译为，"我的荣耀经过的时候，我必将你放在磐石穴中，用我的手遮掩你，等我过去。"沃尔科特在这一节和下面几节的描述，充满了末世感，他就像一位先知。从这些诗句中，我们甚至还能看到 21 世纪恐怖主义的影子，也能看到左派右派日趋激化的矛盾，当今世界的"海湾/鸿沟"似乎越来越深。

34 如《旧约·列王纪上》18:58，上帝让石头燃起火。

35 black might，black power，指黑人运动的力量，尤其是黑豹党。

36 the black X's，指马尔科姆·X，黑人民权领袖，穆斯林，反抗白人，但手段极端。他原名是马尔科姆·里特尔（Little），后来放弃这个姓，改为代表未知数的 X，指代不详的非洲祖先部落的名字。沃尔科特在这里也用了这层意思。上面说的黑豹也指黑豹党，见前面《山羊与猴子》。关于马尔科姆·X，沃尔科特在访谈《任何基于种族的革命都是自杀》（"Any Revolution Based on Race Is Suicidal"，1973）中肯定了他的意义和为黑人解放运动做出的贡献，他认为在推动黑人斗争上，马尔科姆的贡献胜过马丁·路德·金，但沃尔科特明确反对把种族作为信条。沃尔科特终究是一位人道主义者，而不是极端的好战人士，这也是最终获得诺奖的关键原因。见 *Abandoning Dead Metaphors*，第 130 页。

37 seraphim，seraph，六翼炽天使，见《大宅废墟》的注释。

38 passover，首字母大写指逾越节；这里小写，表明是"伪的或次等的逾越节"，因为按照诗意，黑人过这个节宰杀的不是羔羊，而是天使。另外，美国俚语中，pass over 也表示把黑人当作白人。值得注意的是，犹太人当初过逾越节就是纪念上帝屠杀埃及人，没有过逾越节的埃及人，长子和首畜都被杀死。历史真相很可能就是，犹太人杀戮了埃及人。所以，黑人杀死撒拉弗来举行逾越节，虽然错误，但又正确，正确是因为，他们遵循了白人的杀戮法则，犹如犹太人报复埃及人。沃尔科特既批判西方的白人中心的种族主义，也指责黑人重蹈了白人屠杀异族的老路。

39　the whip and flame，既指白人的，也指黑人的仇恨和暴力。按照M.Morris 的解释，鞭子指白人奴隶主用的鞭子，火焰指在奴隶身上打烙印做标记的烙铁。这个短语暗示了黑人的受压迫和反抗有着漫长的历史，见 "Derek Walcott"，*West Indian Literature*（Macmillan，1979），第 150 页。

40　the coals of fire are heaped upon the head，语出《旧约·箴言》25:22，钦定本为，For thou shalt heap coals of fire upon his head, and the Lord shall reward thee；和合本为，"因为你这样行，就是把炭火堆在他的头上。耶和华也必赏赐你。"《新约·罗马书》12:20，保罗引用了《箴言》，钦定本为，Therefore if thine enemy hunger, feed him; if he thirst, give him drink: for in so doing thou shalt heap coals of fire on his head；和合本为，"所以，你的仇敌若饿了，就给他吃，若渴了，就给他喝。因为你这样行、就是把炭火堆在他的头上。"也见《诗篇》140:9—11。"炭火堆在某人头上"，字面意思有不同解释，作为成语，含义指以德报怨，宽容对待敌人。

41　指骚动和暴乱的局面。

42　uninstructing，意为，说不出，让人无法得知，诗中指那些互相斗争的白人和黑人，都已经死去，人们无从知晓他们的经历，因此，无穷无尽的相互仇恨都是没有意义的，在后人眼中，都是被忘记的死者。这些死者的状态让人想起洛威尔《为联邦军死难将士而作》（*For the Union Dead*），也让人想起雪莱《阿多尼斯》说去世的济慈，Death feeds on his mute voice。

哀 歌

1　Elegy，题目确定了本诗是哀悼诗，首先，本诗中暗示了肯尼迪的遇刺，所以表面看，它是哀悼肯尼迪。其次，诗中提到了切·格瓦拉，他1967年去世，所以本诗也是哀悼格瓦拉及其自由解放事业。但最重要的哀悼对象却是美国，因为它正陷于总统遇刺、越战、种族暴动、青年运动等乱局中。另外，本诗也哀悼了美国历史上被杀害和压迫的印第安人和少数族裔。本诗的结尾留下了时间1968年6月6日，这表明，作者哀悼的是20世纪60年代动荡的世界。本诗可以算作《海湾》主题的延续。关于本诗的历史背景，也见 *Abandoning Dead Metaphors*，第132页；Thieme 的 *Derek Walcott*，第84页。

2　hammock，吊床首先比喻加勒比地区，它正好在北美和拉美两端之间，另外，吊床也象征了航海以及奴隶贸易的历史。吊床最早是中美洲和南美洲土著人发明的——英语中的这个词也来自加勒比人的土著语——后被西班牙以及其他西方殖民者航海时采用，因为它可以随着船的颠簸摆动，睡起来也非常舒适。哥伦布从美洲返回欧洲的路上，就让船员使用了大量的吊床。关于吊床，沃尔科特一定是受到詹姆斯·赖特的影响（沃氏有诗就是献给他），见其《卧于明尼苏达松岛、威廉·达菲农场的吊床上》（"Lying in a Hammock at William Duffy's Farm in Pine Island, Minnesota"）。吊床困住了作者，他处于黑暗世界的中心，与自然分离，他是这个农场的闯入者，他如同一只鸡鹰在寻找家，但他可以清晰冷静地观察这个世界，认识到自己虚度此生（A chicken hawk floats over, looking for home./ I have wasted my life），而正因此，他才重新怀有了生活的欲望。而沃氏的吊床更加宏大，是在美洲之间摇荡，这让沃氏也能更清楚地观察没有历史的加勒比地区自身的地位。

3　Liberty，首字母大写，指自由女神像，同时代指美国，另外，结合格瓦拉，这里的自由也指20世纪60—70年代的拉美解放

(liberation)运动,正好一个北美,一个南美。

4 Che,指切·格瓦拉,见后面《切》一诗。下面还会出现Cheyenne一词,即夏延,怀俄明州首府,这个名字来自印第安人的夏延族。作者在修辞上利用了"切"与"夏延"两个词的相似,表明了他们都是寻求解放的人。在这里,格瓦拉被描绘为自由斗士,这是作者非常欣赏的。

5 the Republic,在日常用语中指美国。这里暗示了肯尼迪的遇刺,也联系了历史上凯撒和林肯的遇刺(下面会暗示林肯)。莎士比亚《尤里乌斯·凯撒》中布鲁图斯就认为凯撒必须死,共和国才能恢复。在这里,格瓦拉又被描绘为使用暴力的人,等同于后面说的刺客。

6 the freeborn citizen's ballot in the head,指头部中弹死去。我认为,这暗示林肯的名言,"选票比子弹更有力"(The ballot is stronger than the bullet),对于鼓吹暴力的人来说,显然,子弹比选票更有力。ballot与bullet(上面出现了子弹一词)形近。

7 Miss America,首先指玛丽莲·梦露,其次指美国人追求感官享受的生活方式和大众文化。

8 据传路易十六的王后玛丽·安托瓦内特听说穷人没有面包,遂答,"何不食蛋糕(布莉欧)"(Qu'ils mangent de la brioche),类似晋惠帝的何不食肉糜。这个故事出自卢梭《忏悔录》第六卷,说是某位公主所言,后被人安在了玛丽头上。

9 cherry pie,暗示华盛顿和美国。华盛顿生日时,为了纪念他砍樱桃树一事,人们就制作樱桃派。这里语带反讽。che-rry与Che和Che-yenne构成了重复。

10 指美国人多次撕毁和印第安人的和平协议,进行种族灭绝。

11 指受到美国人屠杀和压迫的印第安人。这里用代词"她"指美国。

12 黑人如同熊,被白人的陷阱捉住。

13 lilacs in her dooryards bloom,指惠特曼纪念林肯的《紫丁香最后一次在前院开放》(*When Lilacs last in the Dooryard Bloom*),这一句

也影射肯尼迪遇刺。林肯和肯尼迪都同情黑人。

14　cherry orchard，联系华盛顿砍樱桃树的故事，也指首都华盛顿纪念碑的樱桃树。下面的"华盛顿"指美国首都。但还有另一层含义，cherry 表示樱花（区别于樱桃，但都属于李属），英语会说樱花是 oriental cherry。历史上，日本曾赠送过美国樱花树，表示友好，1935 年开始，还在首都华盛顿举行樱花节。所以，当珍珠港事件爆发，"樱花"就蒙蔽了美国。这种理解并不牵强，因为这一节，作者就是将美国的过去和现在串联在一起，回溯其历史脉络。Ismond 提示了这里与契诃夫《樱桃园》的联系，见 *Abandoning Dead Metaphors*，第 134 页。

15　指刺杀林肯、肯尼迪的刺客，代表了那些净化美国，想要用暴力改造美国的人，他们是极端的清教徒，白人至上者。他们理想的美国，就是每个白人家庭都有一座装潢完备、配有花园的屋子，过上标准的白人式的生活。刺客看起来与格瓦拉不同，但两者都使用暴力，都打着建设理想国家的旗号，所以作者虽然同情格瓦拉，但不认同其手段和做法。

16　Cheyennes，既代表拉美革命的切·格瓦拉，也象征了美国的左翼运动，他们想净化美国，但其手段与当年美国屠杀印第安人、维护白人纯洁如出一辙，打着净化旗号的人，恰恰是杀人的人。所以 Che（切），过渡到了夏延（Che-yennes）。下面会提到美国著名的受迫害的印第安人走过的"眼泪之路或泪途"（Trail of Tears）。按照历史，还有切洛基人（Che-rokees），这个族名或许也包含在 Che 中。

17　指美国画家格兰特·伍德（Grant Wood）的油画名作《美国哥特式》（*American Gothic*，1930），画中是一位老农民，手握三叉草叉，旁边是他的妻子（一说为女儿），后面是一座哥特式的屋子，两人表情冷静，没有笑容，透露出坚毅的清教徒的气质，这也是伍德最为欣赏的那种标准的美国人。这幅画被誉为美国的象征之一，也是各种文化形式致敬或恶搞的对象。

18　Calvin's saints，加尔文主义对美国新教和清教徒影响较大，也是美国福音派的思想来源。沃尔科特家族信仰的循道宗就受加尔文主义影响。

19　waspish，wasp 即黄蜂或马蜂，由于 White Anglo-Saxon Protestant 这个词组首字母的缩写正是 WASP，所以后者可以专指美国白人新教徒，而 waspish 专指这些白人的刻薄和坏脾气。这类白人在美国势力最大，最能代表美国主流社会，基本特点就是，反智，白人至上，实干进取，重视商业、市场和财富，热爱运动和体育，好战，民族主义，反同性恋，宗教上以新教福音主义为主，政治上主张平民式民主。

20　草叉子是农民使用的工具，所以在美国政治领域中，往往用来象征平民或平民领袖。美国著名政治家帕特·布坎南就被称为"草叉帕特"。

21　《新约·约翰福音》12:24，"我实实在在地告诉你们，一粒麦子不落在地里死了，仍旧是一粒，若是死了，就结出许多子粒来。"

蓝　调

1　Blues，由贩卖到美国的黑人奴隶创立的音乐形式，也音译为布鲁斯，如名字"蓝色"所示，这种音乐曲调"忧郁"、压抑。早期蓝调中，主题多为叙述黑人的悲惨遭遇、表达思乡和宗教情感。本诗的诗风和节奏也类似蓝调，带有明显口语化，多用反讽修辞，调侃中充满悲伤。这首诗用第一人称描述了一个夏夜，一名拉美裔黑人（"我"）被一群美国人殴打的场景。沃尔科特的《荣耀号手》（本诗集未收）也带有蓝调和黑人灵乐的风格。关于加勒比诗歌中的蓝调风，见 V. D. Questel，"The Blue Note of Caribbean Poetry"，*Trinidad and Tobago Review*，Vol.2，No.5（January，1978）。英诗中蓝调诗有不少，比较著名的有奥登的《葬礼蓝调》和《难民蓝调》；朗斯顿·休斯也有几首蓝调诗；金斯堡写过一篇《亡父蓝调》。

沃氏曾解释过本诗，这是他本人的经历，他在纽约遇袭，袭击者是意大利人。"我刚买了一件新夹克，我当时住在格林尼治村冰冷的公寓里……克里斯托弗街附近。但是，最重要的就是这件新的绿夹克是我刚买的。他们打我的时候，我在想'哦，上帝，别让他们扯坏了夹克'。"最后，如本诗所述，夹克还是幸免了。见 *The Crowning of a Poet's Quest*，第 130 页。诗中的描述比原始经历还要丰富和戏剧化，有作者的虚构。

2 反讽修辞，吹口哨已经表明了挑衅，不会亲切和善，下面的斗殴就在"我"和这几个人（都是黑人）之间发生。

3 用了现在时，本诗的时态过去时和现在时交叉，一会儿是回忆中的事件，一会儿是当前的叙述。

4 MacDougal Street，在纽约曼哈顿格林尼治村。

5 Christopher Street，在格林尼治村的西村，与麦克杜格尔街不远。该街 51—53 号的石墙酒吧（Stonewall Inn）曾在 1969 年爆发过石墙暴动，是美国同性恋解放运动中的重要事件。

6 西方有仲夏节，随夏至日而定。每年与夏至日时间相同或相近的 6 月 24 日为圣约翰节，6 月 23 日为圣约翰节前夜，这是为纪念施洗约翰，所以仲夏节往往与圣约翰节联系在一起。很多国家的仲夏节具体时间不同，但都围绕着夏至日或 6 月 24 日。莎士比亚的《仲夏夜之梦》，按照一些学者的说法，就是为了庆祝圣约翰节。

7 指自己里非洲的祖籍不算太远，还算是非洲裔人。这句一直到"中央公园"为止，都是过去时，表明了自以为的主观想法。

8 nigger，歧视性称呼，这表明了"我"本人也像白人一样歧视黑人，但反讽的是，他在白人眼里正是黑鬼。

9 bright，美语中指黑人肤色不太黑，比较浅。名词和形容词见 *The New Partridge Dictionary of Slang and Unconventional English*，第 301 页。"我"突出了自己尴尬的地位：在白人眼中是黑人，在黑人眼中却是不白不黑的黄色怪物。

10 wop，20 世纪，美国本地人对意大利移民和意大利裔美国人的称呼。见 *The New Partridge Dictionary of Slang and Unconventional English*，第2439页。意大利人的做派与美国清教徒格格不入，而且还有黑手党的因素，所以美国人对他们很轻视。这里列举的是三类群体，加上代表拉美或加勒比人的"我"，都是美国少数族裔中的主要族群。"我"的意思就是说，既然都是少数族裔，不应该彼此斗打。

11 jew，作者使用这个词时，偏向它的贬义，与 wop 和黑鬼 (nigger) 语言色彩相同。

12 纽约曼哈顿中心的公园，该公园西部和东部就是"上西区"和"上东区"，是白人区和富人区。公园北部就是著名的黑人区哈林区 (Harlem)。"我"的逻辑就是，如果挨打，也是白人打我，但现在不在白人区，所以不会被非白人殴打。

13 coming on too strong，俚语，爱挑衅，有攻击性，招摇，过分自信。这是一个反问句，设定了有人在问"我"："是不是你招他们了？"这里还是反讽，意思是说，不是自己挑事，而是对方寻衅。这句时态为现在时，说话人之前用过去时回忆了发生的事情。

14 即"我"，黄色黑人是混血非洲裔人。这里用第一人称描述了一个混血黑人挨打的场面，打他的人是美国黑人或同样的混血黑人。

15 black and blue，black 也联系了黑人，blue 也联系了"蓝调"(Blues) 的"忧郁"。

16 人称变为第三人称复数，是从中立的角度来描述类似的打架事件。下面提到黑佬和西语鬼，用的都是带定冠词的复数，表明眼前有两拨人打斗。

17 spades，表示黑桃，美国俚语指黑人。见 *The New Partridge Dictionary of Slang and Unconventional English*，第1394页。那里提供了马尔科姆·X《自传》的用例：Why is a white girl like you throwing yourself away with a spade?

18 spicks，spic，美国俚语对说西班牙语者的贬称，也可以指西印度人。见 *The New Partridge Dictionary of Slang and Unconventional English*，

第 2109—2110 页。

19　my bloody mug pouring，mug，大杯子，也表示脸，脸上流血（尤其是鼻子出血），就像杯子倒水。

20　olive-branch，指前面说的橄榄绿的外套。从反讽的角度说，橄榄枝表示和平，呼应了前面说的"我什么也没干"，但是，它并未让"我"免于挨打，而它自己却安然无恙。

21　时态转为了现在时。

22　young America，指美国历史短，但美国人爱标榜自己的"年轻"和朝气蓬勃。另外，美国在 19 世纪中叶兴起过"年轻美国运动"，主张自由贸易，积极进取。这里的意思就是，年轻的美国没少干欺负人的事情，比如欺压印第安人、墨西哥人、非洲黑人等，但在美国人自己看来，无非是玩玩粗而已。

气　息

1　原文为人类生活。

2　中间省略了一句话。

3　Froude，*The Bow of Ulysses*，指英国历史学家和小说家詹姆斯·安东尼·弗鲁德（James Anthony Froude，1818—1894）和他的代表作《西印度群岛的英国人，或尤利西斯之弓》（*The English in the West Indies: Or, The Bow of Ulysses*，London，1888），这段话见剑桥重印版（Cambridge University Press，2010，以下引用均指改版）的第 347 页。"尤利西斯之弓"见该书第 15—16，358—359 页，是弗鲁德做的一个比喻，典故出自《奥德赛》：奥德修斯多年漂泊后返家，发现妻子佩涅罗普正被一众求婚人纠缠，遂制订计谋，让佩涅罗普告诉求婚人，谁能用奥德修斯的硬弓射穿十二把斧头，她就嫁给谁。弗鲁德将佩涅罗普比作不列颠，她的追随者就是英国殖民地，他们相互竞争,但都拉不开弓,没有阳刚气,只有弓箭的主人能在恰当的时间做到。弗鲁德认为,随着行动家减少,演说家越来越多,英帝国很可能会走向衰落,允许殖民地自治,就是这种衰落的体现。老一代英国人就是刚健的奥德修斯,他们努力维系帝国,英国就像永不腐坏的弓。也许暂时,没人能拉开弓,因为那个人还未出现,但弓就在那里,早晚会被拉开。显然,弗鲁德轻视英国殖民地的文化和政治,认为他们缺少男人气。这种正统文化观带有种族主义的倾向,而且把英国文明当作了人类的中心文明,沃尔科特在《殖民地人眼中的帝国》("A Colonial's-Eye View of the Empire")里针锋相对地指出,英帝国遗忘了现实和自身的可朽性,陷入了自认为永恒的傲慢中。傲慢削弱文明,而维系文明的并不是那些自认为处于文明中心的人。

但另一方面,英国主流文化又是殖民地作家难以摆脱的传统。这些作家不可能脱离英语文化,凡是脱离的,文学上均无"成就"。所以,奈保尔在《中途》(*Middle Passage*, 1962)(题目这个词组指从西非洲向西印度或拉美指贩卖黑奴的航线)里将本诗题词的最后一句也作为题词,并得出了一个带有西方中心论的结论:"历史乃是围绕成就和创造建立起来的,而西印度群岛,没有什么(nothing)被创造出来。"很多学者批评了这一观点,但是,它却揭示了殖民地作家的困境,同时也刺激这些作家同时立足于英国文化和本土传统,建构自身;一味地在反殖民的立场上消解殖民者的文化,并不是殖民地作家的唯一出路。就本诗以及沃尔科特的诗歌而言,这个"没有什么/虚无"构成了他的思想焦点之一。他既要直面这种虚无,又要重塑它,这正是第二亚当克鲁索重新命名事物的动机。本诗中,沃尔科特对于这种"虚无"略带绝望感,但这也激励了他在后来的诗歌中将这种本土的虚无转为全新的创作资源。

布罗茨基在《小于一》的《潮汐之声》("The Sound of the Tide")中说,"既然种种文明都是有限的,因此,在每个文明的生活中,都会出现文明的中心难以维持的时候。维系文明,使之不会解体的因素并非军队，而是语言。罗马就是这样，在它之前，希腊化时期的希腊也是如此。在这样的时代，维系文明的工作是靠那些来自地方、来自外围（outskirts）的人完成的。与通常的看法相反，外围不是世界终结之处——它们恰恰是世界解散之处"。而沃尔科特就是这样的维系者，他从虚无中（本诗的雨林）慢慢走出，消解了狭隘的、中心主义的英国或欧美文明，致力于维系人类总体的文明，这个文明不是一元和永恒不变的，而是多元的，需要地方和边缘的殖民地作家共同参与。

关于弗鲁德、奈保尔的论点，以及沃尔科特的思想，均见E.Greenwood 的 *Afro-Greeks: Dialogues Between Anglophone Caribbean Literature and Classics in the Twentieth Century*（Oxford University Press，2010），第 160 页；E.Baugh 的 *Derek Walcott*，第 8 页；M.C.Fumagalli 的 *The Flight of the Vernacular: Seamus Heaney, Derek Walcott and the Impress of Dante*（Rodopi，2001），第 109—111 页，引了上面提到的沃尔科特和布罗茨基的观点（有所省略）；布罗茨基的文章，见 *Derek Walcott*（Bloom's Modern Critical Views），第 35 页；R.D.Hamner 的 *Epic of the Dispossessed: Derek Walcott's Omeros*（University of Missouri Press，1997），第 17—19 页。

4 rain forest，指圭亚那雨林，也见《圭亚那》（本诗集未收）。本诗题目说的"气息"，指雨林蒸腾的湿气。这首诗也可以联系《沼泽》。雨林首先是自然的否定性的力量，先于造物，它代表着殖民地原生的本质。其次，本诗也揭示了雨林的虚无力量恰恰与殖民者有关，一方面它无力阻挡殖民者的种族灭绝，另一方面，殖民者的破坏加剧了虚无。所以在自然因素中，作者又挖掘了社会历史的原因。

5 nothing vain，针对奈保尔的 nothing。在《加勒比人：文化，抑或模仿》中，沃尔科特有一句惊世骇俗的宣言，他鼓励加勒比人：We know that we owe Europe either revenge or nothing, and it is better to have nothing than revenge. 这句话利用了 nothing 的双重含义：第一表

示"不报复",第二表示"虚无",它正面地将虚无作为一股力量,加勒比人要么报复欧洲人,要么选择宽容,接受虚无。加勒比人安于自己的虚无,从虚无中建立自身,确立自己的民族性,这比报复要更加积极,而且就是一种"报复"。

6　黄色族群是加勒比人(Carib)和阿拉瓦克人(Arawak),黑色族群是西印度地区的逃亡黑人后裔(Maroon),他们有一部分被殖民者迫害至死,有一部分存留下来。这里已经暗示了"虚无"的原因在于殖民者。

7　the word made flesh of God,用道成肉身的典故,"成为肉身的言",即上帝之子耶稣。

8　unconverted,指没有皈依基督教。但这个词也表示,没有改造过。

9　指贝壳里的共振声,如同海浪。

10　gods,指加勒比人信仰的多神,下面的"上帝",作者用单数,指基督教的一神。

11　golden petal,联系黄金国(El Dorado)的传说,这个词来自西班牙语,意为,金子的东西。殖民者当年开发南美和加勒比地区时,曾传说这里有个黄金国,按照一种说法,它就在圭亚那。这里的加勒比人是一个族群的名称,他是阿拉瓦克人的对头,纯种的加勒比人几乎灭绝,现存的都是混血人种。奈保尔写过《黄金国的消失:一段历史》(*The Loss of Eldorado: A History*,1969),记叙了委内瑞拉和特立尼达的历史。

12　the Arawak,主要生活在加勒比地区的印第安人或西印度人,北至佛罗里达,南至巴西北部,不同于北美和拉美的印第安人,由于天花、加勒比人、西班牙殖民者的共同侵害,这一族人基本上消亡了。

13　指从非洲来的黑人,他们后来成为了加勒比地区的族群。这句的意思就是,阿拉瓦克人没留下任何痕迹,包括化石和化石上的蕨类植物,后来的黑人也无从继承他们的遗产。

14　exodus,暗示了《出埃及记》(*Exodus*)中犹太人的出逃。

15 corials，圭亚那阿拉瓦克人或加勒比人的木舟，阿拉瓦克人称之为 kuljara。

切

1 Che，指切·格瓦拉，che 是阿根廷西班牙语中表示感叹的虚词，可以指称亲密的朋友，格瓦拉是阿根廷人，他在危地马拉进行革命运动时，被同伴起了这个昵称，有时也称为 El Che。这首诗是描写格瓦拉的文学作品中比较著名的一篇。关于沃尔科特对格瓦拉的评价，见 *Abandoning Dead Metaphors*，第 130—131 页。沃尔科特钦佩这位民族解放的领袖，但他并不赞同那种狂热的理想主义暴动。

2 1967 年 10 月 9 日，本来已经废除死刑的玻利维亚当局，为了杀死格瓦拉，就用乱枪打死他，伪装成战死。处死之后，由相关人员清理尸体，并向多国记者展示格瓦拉的遗体，其中有一幅照片最为著名，很有可能是本诗提到的照片：格瓦拉躺在石板上，被人托起头部，他睁开双眼，流露出了笑容。这幅照片震惊了世界，民间传说他如同耶稣复活，如为格瓦拉清理尸体的护士就回忆格瓦拉与基督相似。很多艺术家和记者都把格瓦拉比作基督再世，玻利维亚人还把他跟耶稣、保罗等圣徒供奉在一起。

3 Caravaggio，卡拉瓦乔属于巴洛克风格的画家，画作使用了严格的明暗对照法，他对光的使用非常经典，人称"卡拉瓦乔光"。其画作多涉及宗教和死亡，比如《圣母之死》《砍下荷罗孚尼头颅的犹滴》《被斩首的施洗约翰》《莎乐美与施洗约翰的头》。之所以提卡拉瓦乔，一方面是因为，上面提到的那幅照片，是黑白色，明暗相间，联系了卡拉瓦乔的创作风格，另一方面，照片中满脸胡须，神态自若的格瓦拉，非常像卡拉瓦乔笔下的基督（联系本诗的"石板"和"照片"）。这个比喻证明了作者对格瓦拉的崇敬。

4　its stone Bolivian Indian butcher's slab，slab，指玻利维亚当局放置格瓦拉的石板。这个词在英语口语中也指停尸台。这里说的石板，显然指耶稣受难后，他的尸体盛放在石板上的典故。耶稣也是在这上面复活的，因此，作者暗示了格瓦拉的精神也会复活。15世纪的安德里亚·曼泰尼亚（Andrea Mantegna）就有画作《躺在石板上的人》（*Man Lying on a Stone Slab*），描绘了耶稣的复活。玻利维亚印第安人和印欧混血人占多数，处决格瓦拉的玻利维亚人，也大多有印第安人血统。

5　*cabron*，cabrón，西班牙语，原义是公山羊，在中美和拉美地区有不同的含义，但都属于俚俗的贬义词，通常的意思是胆小鬼，符合这里的语境，也表示蠢货，戴绿帽子的丈夫（王八），伙计，坏蛋，混蛋，类似英语的 fucker，bastard，bitch 等。

6　玻利维亚当局声称已经将格瓦拉尸体火化，骨灰撒在林中，但也许运送到了秘密的地点。作者当时接受了火化的说法。

负　片

1　negatives，指电影负片（film negative）或摄像负片，这个意象在沃尔科特诗歌中比较重要，见《另一生》1.1.4，Poor negatives!/ They have soaked too long in the basin of the mind。见 Fumagalli 的 *The Flight of the Vernacular*，第70，79页。在《另一生》的注释中，还会谈到这一意象。本诗中一再强调"白色"（日光）就是指负片的主要颜色。作者将现实想象为电影负片，用意是影射现实的黑白颠倒，并让现实更具有影像的写实感。

2　Biafra，指尼日利亚1967—1970年的内战，东部以天主教为主要宗教的伊博族成立了比亚夫拉共和国。三年的内战中，尼日利亚共有100万人死亡。战争的结果使得伊博人在国家进一步处于受压迫的地位，大量该族人流亡海外。

3 Hausas，尼日利亚北部民族，信仰伊斯兰教，因此在比亚夫拉战争中，是伊博族的主要对手。

4 Christopher Okigbo，尼日利亚诗人，他1967年在比亚夫拉战争中为了捍卫自己的共和国而死。这场战役中还有两位文学大师更为著名，一位是1986年获得诺贝尔文学奖的诗人和剧作家渥雷·索因卡，另一位是小说家和诗人奇努阿·阿契贝，后者正是伊博族人。沃尔科特也一定想到了他们，因为他在自己的一篇报刊文章《索因卡：不满足于天才的诗人》（发表于《特立尼达卫报》，1969年1月12日，第13期）中恰恰提到了这三位作家，见 G.Collier 编的 *Derek Walcott, The Journeyman Years, Volume 1: Culture, Society, Literature, and Art: Occasional Prose 1957—1974*，第337页以下。

5 指奥吉博，这两行时态是过去时，下面是现在时，作者在电视报道的军事法庭上看到了他，他在囚犯中。

6 现实中的暗色，在负片上显现为亮色，比如黑色的头发和皮肤，会呈现为白色，前面说的黑色的尸体，在白光的包裹中，都如同白色，所以说头盔的影子也可以是白的，但因为没有白光的覆盖，所以还是黑的。

回家：昂斯拉雷

1 Anse La Raye，圣卢西亚西部昂斯拉雷区最大的城镇，是渔村。这个名字来自法语，意思就是鳐鱼（raye，英文ray）小海湾，因为该湾有鳐鱼。"回家"，指奥德修斯返乡，诗中也提到了佩涅罗普。沃尔科特1950—1954年赴牙买加求学，1955年在牙买加工作，之后的生活又转移到特立尼达，然后多次赴美，虽然一直在加勒比地区徘徊，但重返圣卢西亚却让他感觉到了隔膜。他如同奥德修斯回家，但却是一个"无家可回"的返乡者。在圣卢西亚，他更为强烈地体验了西印度知识分子或艺术家的普遍的疏离感。但是，进入他人生的中后期，这种个人的感伤被超越，他开始迷恋加勒比的本土精神，把对这个世界的描述和想象作为诗歌创作的核心。

希尼的《恐惧部门》("The Ministry of Fear")——收入诗集《北方》(1975)，为《歌唱学校》的第一节——该诗的主题与本诗非常相似。希尼描绘了在语法学校学习时期，天主教教育者（主张北爱脱英）的严密监视给自己带来的恐惧。《歌唱学校》开头引了华兹华斯《序曲》的一段为题词，Fair seedtime had my soul, and I grew up/ Fostered alike by beauty and by fear, 表明了题目中"恐惧"的含义。这种恐惧与沃尔科特的这首诗恰恰暗合，沃尔科特的恐惧来自于疏离本民族之后，重返故地的隔阂，就像鲁迅的《故乡》和奈保尔的印度三部曲。见 S.Dentith "Heaney and Walcott: Two Poems", *Critical Survey*, Vol. 11, No. 3, (1999), 第92—99页。

2　Garth St.Omer, 圣卢西亚小说家，普林斯顿大学博士，现为加利福尼亚大学圣芭芭拉分校英语系荣休教授。题献给奥马尔这种身份的加勒比人，与本诗的主题有着紧密的关联。另外，Omer这个名字暗合Omeros（奥马罗斯），后者的来源之一是沃尔科特的朋友画家邓斯坦·圣奥马尔，最主要的源头就是本诗中涉及的荷马（Homer）：Homer这个名字，当h为默音时可以省略，在一些语言中，如意大利语，就称荷马为Omero；希腊文荷马的主格为Ὅμηρος，即，Homeros，省去h，即为Omeros（奥马罗斯）。

3　Afro-Greeks, 这是沃尔科特创造的极为关键的文化概念，指"类比于古希腊人"和"接受希腊文化传统也就是西方文明传统"的加勒比非洲裔人或半非洲裔混血人（如沃尔科特），即《另一生》4.23.14说的黑色希腊人（a black Greek），而不是指希腊籍非洲人或非洲裔希腊国人。在沃氏的想象中，所有加勒比非洲裔人都被"希腊化"了。加勒比之所以与希腊关联，一方面是因为海域和岛屿相似，常被人相提并论，见《海葡萄》。另一方面，殖民者教育殖民地土著人或混血人的工具就是希腊文明传统,这是精神的"希腊化"过程。西方建立的传统的希腊罗马古典学,正是殖民者殖民化教育中重要的工具,在当代去殖民化的潮流中,希腊不再是一个专属于西方文明的、以欧洲为中心的古代文化,而且它本身也是东西文明交汇的产物。在《另一生》中,沃尔科特还会集中论述希腊文明在非洲和拉美人被殖民化的过程中起到的作用,这也体现在黑色希腊人格里高利亚斯(Gregorias)身上。《奥马罗斯》中也有各色"非-希人",他们都有着希腊式的名字,如赫克托耳(Hector)(来自赫克托耳)、阿喀琉(Achille)(来自阿喀琉斯)、菲罗克忒忒(Philoctete)(来自菲罗克忒忒斯)等。见 M. McKinsey, *Hellenism and the Postcolonial Imagination: Yeats, Cavafy, Walcott*(Fairleigh Dickinson University Press, 2010),第 148—149 页。也见前面引用过的 E.Greenwood 的力作 *Afro-Greeks: Dialogues Between Anglophone Caribbean Literature and Classics in the Twentieth Century*,尤其是第二章论述殖民地的古典学教育。以及 G. D. Alles,"The Greeks in the Caribbean: Reflections on Derek Walcott, Homer and Syncretism", *Historical Reflections/Réflexions Historiques*,Vol.27,No.3,(Fall,2001),第 425—452 页。

4 Helen,即那位引起特洛伊战争的斯巴达美女,她在《奥马罗斯》中也出现过,这里代表希腊化状态下的(政治和文化双重殖民化)圣卢西亚。沃尔科特曾回忆自己在小时候就听过的一个说法,"圣卢西亚是西印度群岛的'海伦',因为英国人和法国人都在争夺她"。他写作本诗时,圣卢西亚尚未独立。在《奥马罗斯》中,赫克托耳和阿喀琉也在争夺海伦,关于这个意象在《奥马罗斯》中的重要意义,见 *Postcolonial Odysseys*,第 128—130 页。1967 年取得内部自治时采纳并于 1979 年独立时确定为圣卢西亚国歌的《圣卢西亚儿女们》中就有一句,说该国为,Helen of the West。也见 J.P.White 对沃氏的访谈,*Conversations with Derek Walcott*,第 173—174 页。

5 比较《克鲁索的日记》中说这个绿色世界没有隐喻,因此隐喻都是借来的，借自西方文化传统。这个词看似轻描淡写，但隐藏了一段强加的血泪史。而借来的祖先，指荷马史诗中的人物，也可以泛指西方传统中的所有形象。这里说的"鬼魂"也是荷马史诗中的意象，如奥德修斯游地府时见到的亡魂；《奥马罗斯》中，沃里克的鬼魂也出现过，也见前面《游廊》中沃尔科特祖父的鬼魂。

6　rites，指《奥德赛》11.136—149 中忒瑞西阿斯告诉奥德修斯的返乡仪式。

7　looms，"她"指佩涅罗普，为了拒绝求婚者，她借口给公公织寿衣拖延时间，白天纺织，晚上拆掉。希腊文中，佩涅罗普这个名字就与纺织有关。

8　指奥德修斯返乡。

9　这一句还有下面几句都是对《奥德赛》中的一些形象（剑，皮革，盔甲，牲牛等）的反讽处理。如同希腊英雄还乡的作者，没有得到仪式，也没有找到剑，只有椰树的叶子如同剑一样好像嘲笑着作者。这些描写就是沃尔科特说的"伪史诗"的雏形，最终演变为了《奥马罗斯》；见《另一生》1.7.1（本诗集未收），Provincialism loves the pseudo-epic。作者之所以写"伪史诗"，是因为加勒比地区没有如埃及和希腊那样的文明遗迹，所以古代和现代的史诗诗人（以希腊史诗传统为本）都写不出传奇性的东西。但既然要写，那么在西方人看来，就是"伪的"。见《历史的缪斯》一文以及《另一生》4.22.1 注释。

10　海葡萄叶子皮革质地，见《海歌》。

11　作者从实景中的烤肉架，联想到了《奥德赛》中奥德修斯的同伴吃太阳神许珀里翁之牛的故事，也见《海即历史》。

12　sugar-headed，加勒比俚语，原义指向糖罐倒糖时，形成的圆锥的尖头。由于糖发黄色，因此指人的脸部的黄色肤色，或如这里的用法，指被晒黄晒黑的肤色。这个词也指红发的非洲裔人，类似 ginger head（生姜头）。见 F.G.Cassidy 和 R.B.Le Page 编的 *Dictionary of*

Jamaican English(University of the West Indies Press, 2002),第 428 页；*Dictionary of the English/Creole of Trinidad & Tobago*,第 861—862 页。

13　suffer them to come,见《新约·马太福音》19:14,Jesus said, Suffer little children, and forbid them not, to come unto me: for of such is the kingdom of heaven。和合本为,"耶稣说,让小孩子到我这里来,不要禁止他们。因为在天国的,正是这样的人。"也见《路加福音》18:16,《马可福音》10:14。对小孩子来说,"我"就像耶稣一样。

14　entering your needle's eye, needle's eye,见《马太福音》19:24,耶稣说,骆驼进入针眼,比财主进入天国还容易。也见《马可福音》10:24—27 和《路加福音》18:24—27。按照一种说法,针眼指耶路撒冷的一种小门。亚历山大里亚的西里尔认为是"线绳"一词误抄写为"骆驼",两词在希腊文中相近。作者用"针眼"比喻自己敏感的眼睛,不忍看这些孩子。

15　这几行出现的 you,作者有意混淆"你"(另一个自我)和"你们"(指加勒比民众),为了让自己成为民众的一员,但又保持着距离。

16　give them nothing,双关,也表示,只能给虚无。《克鲁索的岛》中,作者的艺术无法祝福那些小女孩,他给出的只是虚无。也见《气息》,这里本来就是虚无的,作者也只能给虚无。

17　suck its teeth,吸牙和嘬牙表示疑惑,与汉语中嘬牙的含义一样。

18　you sway, reflecting nothing, reflecting,双关,或接上面的杯子,指映不出作者的形象,他自己是虚无的;或接"我",表明自己的反思是虚无的。

19　dead,不是说渔夫已死,而是死气沉沉,没有变化。

20　crossing, eating their islands,跳棋是英式跳棋(draughts),用棋子跳吃其他棋子。

21　沃尔科特常用渔夫比喻有抱负的政治家或唯利是图的政客,前者如《奥马罗斯》中的渔夫,这遵循了亚瑟王神话体系中"渔夫王"

(Fisher King)的传统,与艾略特《荒原》相似;渔夫王与耶稣也有联系。就本诗与荷马的关系来讲,有一个故事,沃尔科特应该知道,伪托希罗多德和普鲁塔克的两部《荷马传》中曾讲过荷马猜不上来伊俄斯渔夫的"虱子"谜语,在后者的传记中,荷马还因此悲伤而死。渔夫的智慧似乎高于荷马,因此,写作渔夫史诗的沃氏及其主人公也应高于荷马和奥德修斯。

政治比喻下棋,意近"闻道长安似弈棋"。政客以利益为上,你来我往,不择手段,只要获得目的就会满足,这里形容渔夫非常现实,安于现状。联系前面对福音书的引用,那么可以设想,这里也暗示了四福音中的一个信息:耶稣的一些弟子都是渔夫,如彼得、安德烈、雅各布、约翰,耶稣教他们像"得鱼"一样"得人",而作者眼前的渔夫,只会得鱼(得棋),不会得人,自以为掌控着自己的命运,无需耶稣为王。这里的跳棋(draughts)形近draught(一网鱼),作者也许想到了两者词形的相似,因为钦定本四福音中,多次使用后者。棋/鱼都是渔夫的现实目的。作者不是要批评渔夫,而是表达自己与当地人在理想和价值观上的隔阂,同时讽刺拉美和加勒比地区的政局变幻,唯利是图。

蜂 房

1 cell,按照诗中的描述,指蜂房中的每个六边形小洞,这个词也指牢房和住宅单间。诗中的含义是指家庭,由于描述了夫妻的争吵和不和,所以这个词可以理解为狭小的囚禁夫妻的牢笼。
2 wasp-tongued,见莎士比亚《亨利四世》第一幕,第三场,引申的含义是说话尖刻,与 waspish 同义。
3 bedside flame,指男欢女爱,床笫之欢。

星

1 沃尔科特本人坦言(为了留下悬念),他自己也不清楚本诗的含义,但是,"它与某种东西的稳定性、常性和确定性有关,这种东西,很可能是爱"。见 *The Crowning of a Poet's Quest*,第 130 页。

我个人联想到济慈生前的最后一首商籁《明亮的星,愿我如你一样坚定》("Bright star, would I were stedfast as thou art", 1819—1820),这首诗献给自己的爱人: Bright star, would I were stedfast as thou art- / Not in lone splendour hung aloft the night/ And watching, with eternal lids apart, /.../ No-yet still stedfast, still unchangeable, / Pillow'd upon my fair love's ripening breast, / To feel for ever its soft fall and swell, / Awake for ever in a sweet unrest, / Still, still to hear her tender-taken breath, / And so live ever-or else swoon to death。诗中他将星或星光作为永恒之物(就夜晚而言),愿意像它一样永恒,但不是在天上为世界放光,而是永远沉浸于与爱人的身体情欲中。与其他浪漫派诗人不同,他没有把理想的自然作为追求的目标。虽然理念之星/情欲之星都是永恒,但后一种永恒似乎只有临死的诗人在想象中才能赋予。

而沃尔科特这首诗,却平平常常地道出爱之星的永恒/易逝,否定绝对永恒的理念之星的存在。沃尔科特从眼睛看到的现象出发,他并未赋予星一种理想的神性,他也没有预设自然的造物主。他比济慈还要"诚实",甚至冷静。他的星也有神性,但这神性就在人能看到或认识到的那个现象中。这也是作为现代诗人的沃氏与浪漫派诗人的区别。也见后面《另一生》1.3 的注释,讨论了华兹华斯的理念的神性与沃氏的具体的神性的区别。

也见弥尔顿《基督诞生之晨》("On the Morning of Christ's Nativity", 1629),The Stars with deep amaze/ Stand fixt in stedfast gaze, / Bending one way their pretious influence, / And will not take their flight, / For all the morning light, / Or Lucifer that often warn'd them thence;/ But in their glimmering Orbs did glow, / Untill their Lord himself bespake, and bid them go。显然，本诗并不具有弥尔顿的那种崇高感和宗教气息。《民数记》24:17把大卫的王系比作星，他们是上帝之星。沃尔科特不会不熟悉这个含义，但本诗的星毫无这种神性，它的神性是自己赋予自己的，星的变化就是神性的体现。关于基督教的星，沃氏在《另一生》中有过明确使用，见4.21.2的注释。

2 real，指星在白天不可见，但仍然实际存在。

3 指物理上确定的距离，星与人保持着固定的距离，但是在人的感觉上，星在白天消失，夜晚出现。

4 delight，与light和twilight（黄昏）押韵和呼应，虽然词源上没有联系。

5 compassionate，仁慈，常用来形容上帝和神，英译本《圣经》多用这个词，比如《出埃及记》34:6。《诗篇》136:9，钦定本，The moon and stars to rule by night: for his mercy endureth for ever。星辰在夜晚出现，因为上帝的慈爱。

6 came/ too soon for twilight, too late/ for dawn，这一句非常漂亮，意思就是来得太早，黄昏都还没到；停留太晚，黎明早已开始。黄昏将至时，比较明亮的恒星（自己发光）和金星（自己不发光）就可以看到，尤其是金星，它在黄昏时反射日光，加上天空开始变暗，因此格外明亮。当黎明时或黎明后，日光出现，有些星辰仍然可以看到，或者出现，尤其是金星，黎明时，它会反射日光，格外明亮。星辰通常出没于黑夜，但在黑夜的两端黄昏和黎明时，仍然出现，仿佛有情：它比黄昏早到，不忍看人间陷入黑暗，这是第一重仁慈；迟至黎明之后，不忍离开，这是第二重仁慈。

赫西俄德《神谱》380说，黎明（ἠώς）生出了晨星（ἑωσφόρος，金星，古人把晨昏分别出现的金星当作两星），晨星是天空的王冠。《旧约·以赛亚书》14:12—15提到了"金星"——希伯来文为הֵילֵל

(helel），武加大本译为 Lucifer（来自 lux 和 ferre，带来光明），钦定本为 Lucifer——说它是早晨之子，想与其他星辰和上帝并列，但最终坠落。这些都符合金星运行的轨迹。上面提到的弥尔顿的那首诗也讲到了它，它在《失乐园》中成为了魔鬼路西法。我个人认为，这两句，尤其是黎明一句，更多地是在用金星（维纳斯）作为群星的代表，因为它与黄昏和黎明的关系密切，又是美与爱的象征，还是星辰中最明亮，最有代表性的，仅次于日月。作者很可能在黎明时看到金星，写下本诗。沃尔科特很多诗中都写到了金星，如《另一生》，3.13.4，in membranous twilight/ the match of the first star// through the door of sunset always left ajar，那里称之为"第一星"，语境是黄昏。3.17.4，One dawn the sky was warm pink thinning to no colour./ In it, above the Morne, the last star shone，那里称之为"最后一星"，语境是黎明。

7　结尾五行的句子逐渐变短，象征星光的消逝。

8　chaos，这个词来自古希腊文，即赫西俄德《神谱》120—125 中的卡俄斯。连黑夜也是从它当中产生，这里指夜将退，黎明将至的昧旦时分。

9　the worst in us，对应了混沌，指人内心中最蒙昧的部分，需要日光的照射，但作者还希望星辰也能与天光一起驱散蒙昧。

10　strive with，早先的版本中为 direct，即引导；上面"微弱的"（faint）为 pale。修改后的"较量"要比引导更为坚决。

幽谷中的爱

1　Love in the Valley，本诗围绕了《旧约·诗篇》23:4 的一句，钦定本为，Yea, though I walk through the valley of the shadow of death, I will fear no evil: for thou art with me; thy rod and thy staff they comfort me。和合本译为，"我虽然行过死荫的幽谷，也不怕遭害。因为

你与我同在。你的杖，你的竿，都安慰我。"见 *Abandoning Dead Metaphors*，第 102 页。钦定本的 the valley of the shadow of death 成为了英语中的成语，班扬在《天路历程》中就展示了这座山谷。作者的题目可以改写为：the valley of the shadow of love，这个爱就是结尾说的"文学之爱"。

2 shrouding，字面意义是用裹尸布包裹，引申表示遮蔽，隐藏，暗示了《诗篇》中的"死"。

3 the valley of the shadow，完全来自上面说的《诗篇》23:4，中译为"幽谷"，为了呼应和合本。

4 leaden as eyes，俗语有 leaden-eyed，眼睛无精打采。这指树叶上覆盖了雪，如铅灰色，像呆滞的眼睛，但忽然有风，吹走了雪，红色的树叶显现出来，如同用眼窥视。这一句足见沃尔科特隐喻的绝妙和自然。

5 这一句是用树叶的目光来看世界。A.Raza 分析了这里的例子，见 "The Formation of the 'I' through the 'Eye' in Derek Walcott's Poetry"，*Journal of Research: Humanities*，Vol.41，No.1（University of Punjab，2006），第 23 页。

6 雪暗示了冬天，这也是山谷进入死亡的标志。这里说头发，其实就是枝芽，作者联想到了头发，开始进入虚景，然后用"头发"的意象串联起了帕斯捷尔纳克（额发）和哈代（拔示巴的长发）。

7 用负片或黑白电影的影像来比喻自己的心象。

8 a thaw-sniffing stallion，出自帕斯捷尔纳克《春（片段 3）》开头四行，Is it only dirt you notice?/ Does the thaw not catch your glance?/ As a dapple-grey fine stallion/ Does it not through ditches dance?。我用的译文出自帕氏最小的妹妹莉迪亚（Lydia Pasternak，夫家姓 Slater）之手，见 *Poems of Boris Pasternak*（Unwin Paperbacks，1984），第 29 页，其译文可以与沃尔科特的诗句对比。stallion，查 C.Barnes 的帕斯捷尔纳克的传记，茨维塔耶娃形容过帕氏相貌的奇特，他少壮时就

像阿拉伯人和他们的马驹，带着马相。见 *Boris Pasternak: A Literary Biography*, *Volume I*（Cambridge University Press，2004），第34页。所以沃氏说帕氏像马。stallion 也可以译为公马，种马，但听起来不雅，马驹指小马，但可以指少壮的骏马。thaw，这个词也暗示了苏联的赫鲁晓夫解冻时期，英文称这一时期就用这个词。

9　forelock，出自帕斯捷尔纳克《源于迷信》（"Из суеверья"），И чуб касался чудной челки/ И губы - фиалок。M.Rudman 译本为，My hair touched a wondrous forehead; / My lips touched violets，见 *My Sister-Life*（Northwestern University Press，2001），第23页。J.E.Falen 译本为，My forehead brushed your ashen forelock/ And violets touched my lips，见 *My Sister Life and The Zhivago Poems*（Northwestern University Press，2012），第25页。这两人译得都不是太准确，俄文为 чуб，即额发，沃尔科特用的 forelock 最为贴切。E.M.Kayden 就是这样译的，My forelock touched a wondrous forehead;/ My lips felt violets，见 *Poems*（Raduga，1990），第103页。我上面用的俄文就来自这个俄英对照本，由帕氏的儿子叶甫根尼（Evgeniĭ Borisovich Pasternak）编订。关于帕氏，在《另一生》3.15.2 中还有引用。

10　fetlock，马蹄球节后长出的一缕毛。《日瓦戈医生》里有过马的描写，提到过这样的毛。这里仍然是用马形容帕氏。

11　与"解冻"相对，这指斯大林时期的苏联。

12　上面也出现了白页，白页的意象均见前面提过的 S. Gill 的 *Communication Images in Derek Walcott's Poetry*。

13　白色是由雪联想出的。作者是黑人或棕色人种，所以"白色"指他在童年时接受的西方教育，而且西方传统的童话书或启蒙读物，均以白人人物为主。

14　bracelets，指松树上结的雪、霜和冰。华莱士·史蒂文斯《雪人》描绘过冬天的松树，To regard the frost and the boughs/ Of the pine-trees crusted with snow。显然沃尔科特提到的手链，只能是针对霜

雪的比喻。

15　wrist-aching brook，霍桑在《红字》第 16 章里多次描写了小溪以及它的流水潺潺（babble），溪流象征了自然的悲伤。所以这里说溪流手腕疼痛，一是用手腕比喻溪流的狭窄，二是说它不断呻吟，好像疼痛。

16　ice maiden，如果是霍桑的童话，严格来说应为 snow maiden，见霍桑的《雪影，及其他复述的故事》（*The Snow Image and Other Twice-told Tales*）中的《雪影》，讲的是两个孩子遇到了雪少女，但他们的父亲坚持让他们进屋，最后雪女融化。但这个情节与本诗语境不符。在《另一生》笔记中，沃尔科特再次提到冰女："无论谁亲吻了冰女冰冷又火热的嘴唇，他都会被死亡的迷狂烧焦"。见 BN，第 236 页。

我认为，通过笔记中的这段话，再联系这里的恐惧和下面说的"害怕白色的深邃"和"害怕冬天的女人"，沃尔科特其实想到的是安徒生的冰女传说，他极可能误认为霍桑，因为在 2004 年的《浪子》2.5 中，他明确提到了安徒生及其冰女，of Hans Christian Andersen's "The Ice Maiden" / with its snow-locked horror。安徒生的《冰姑娘》（*Iisjomfruen*，*Ice Maiden*，1861），故事来自瑞士的传说，讲的是阿尔卑斯山一个极具控制欲的冰女，她会捉住人，将之埋葬。意志力很强的青年洛狄，在不断的反抗后，最终还是被她抓住，没能与女友成婚。此外，他笔下更著名的雪女是来自北欧神话的《冰雪皇后》（*Snedronningen*，*Snow Queen*，1844），其中的冰雪皇后也是冷漠无情，控制了小男孩加伊，书中也有她亲吻男孩的情节。沃尔科特一生感情较为曲折（写作本诗时是第二次婚姻，一生共有三次），这与终生未娶的安徒生也相同，他们似乎都有恐惧女性的情结。

与安徒生的冰女和雪女类似，日本传说中也有雪女（ゆきおんな），她也是冷漠、占有欲强。我相信沃尔科特对日本版的故事必定有了解，此处或许有所指。首先，他读过小泉八云的作品，《恩赐》之《六小说》中，沃氏提及了他，因此，他不可能不知道小泉八云的名作《怪谈》。其次,沃氏在纽约期间观看了日本电影,如《雨月物语》(Ugetsu)等,他也承认自己的早期戏剧受到了日本电影(以及能剧和歌舞伎)的影响,如在《意义》一文中,说自己的《马尔科孔酒》(Malcochon)摹仿了黑泽明的《罗生门》。故而,他肯定也知道小林正树导演、小泉八云编剧的《怪谈》,其中就有雪女的故事。关于日本电影戏剧对沃氏的深刻影响,见 B.King, *Derek Walcott: A Caribbean Life* (Oxford University Press, 2000),第 154 页;《纽约客》对沃氏的访谈,*Conversations with Derek Walcott*,第 19 页;L. A. Breiner 的力作,"The Impact of Japan on Derek Walcott's Early Plays", *Comparative Theater Review*, Vol.13 (March, 2014),第 30 页。

此外,沃氏很喜欢日本的浮世绘,如他自述,在纽约进修期间,他曾研究过葛饰北斋(Katsushika Hokusai)和歌川广重(Utagawa Hiroshige)的画作,因此必定接触过妖怪浮世绘的题材。见 J. Thieme 的 *Derek Walcott*,第 12 页。与日本故事相反,俄罗斯童话中的雪姑娘(Снегу́рочка)却温柔纯洁,她因为动情受暖,最终融化,这倒也符合下面说的苔丝等为情所困的女性。

17 比喻头发垂下弯曲,如同问号。

18 hailstorms, W. Brown 认为有可能指一战,见其注释, *Derek Walcott: Selected Poetry*,第 120 页。

19 tresses,指女人的长发。哈代非常喜欢描绘女性的头发,如他有首诗《长发》("The Tresses");《还乡》第一卷第七章描绘了游苔莎如有神性的头发;《苔丝》第十四章说苔丝的"又长又密,粘在一起的头发"(long heavy clinging *tresses*)。不过此处也许是要暗示《远离尘嚣》第二十八章,特洛伊(名字暗示特洛伊城)用剑砍断拔示巴头发的情节。通过男人的强悍,特洛伊与她发生了关系。小说有一段描写, She saw him stoop to the grass, pick up the winding lock which he had severed from her manifold tresses, twist it round his fingers。失去头发象征了拔示巴丧失了自主权,陷入了情欲。

G.Ofek 分析了维多利亚时代小说中的头发,他在第三章讨论了《远离尘嚣》中拔示巴的头发,见 *Representations of Hair in Victorian Literature and Culture*(Routledge, 2016);也可参 P.W.Coxon 的 "Hardy's Use of the Hair Motif",*Thomas Hardy Annual*,No. 1,第 95—114 页。

20　见《另一生》4.22.5,wind-whipped hairs。

21　白色一般象征纯洁,与之相对是黑色的森林。而这里的白色是雪,表示死亡和沉默,在文化语境中,白色代表了强大的白人文化和殖民者的文明,它让作者感到恐惧。沃尔科特写作本诗时,他还在创作《猴山梦》戏剧,其中设计了白色女神的形象,主人公黑人马卡克被她抓走,这其实正来自于冰女的典故。见 *Abandoning Dead Metaphors*,第 102,190—191 页。白色女神的源头来自格雷夫斯的《白色女神》(1948)。

22　指死一样的吻,因为这些女人都预示了厄运和死亡,虽然充满情欲,但这种爱就是死。很有意思的是,沃尔科特将"西方/阳性"与"女性/阴性"都放在了与自己对立的"白雪/死亡"一极,按照女权主义的看法,他也许有"厌女症"(misogyny),但他成功将这种情结放到了更广泛的文化层面。他批判地恰恰是西方文化创造的"女性"。

23　Bathsheba,哈代《远离尘嚣》中的女主人公,这个名字借自而且联系了《圣经》中的那位著名的女性。按《旧约·撒母耳记下》记录,她是赫梯人乌利亚的妻子,在沐浴时,吸引了偷看的大卫,后被其诱奸。为了娶她,大卫用计害死乌利亚。因为此事,上帝惩罚了拔示巴及她与大卫的孩子。《远离尘嚣》中的拔示巴,性格坚强,容易陷入情欲,与多位男子有过感情上的联系,中间虽有悲剧(两位追求者的相伤),结局还算皆大欢喜。

24　Lara,帕斯捷尔纳克《日瓦戈医生》里的女主人公拉丽莎,美丽的护士,日瓦戈的情人,17 岁时被科马洛夫斯基玷污,一生处于情欲的纠缠中。

25　Tess，哈代《苔丝》中女主人公。这里说的几位女性，都有过被非丈夫的男性侮辱或引诱的经历，而且经历坎坷。

26　love or literature，一个意思是 love of literature，另一个意思是，文学活动本身就是一种爱，她们的爱超出了这个最应该遵守的爱——对生活的爱。最后三句批判了那种从个人情欲出发的生活方式，这种爱等同于死亡。上面说的三位女性，都因为没有正确地处理欲望，陷入了坎坷。真正的爱，是热爱生活本身，热爱创造出"个人之爱"的文学。

散　步

1　repeat their beads，比较《海歌》结尾说的天主教的念珠诵或玫瑰诵，下面也出现了"祈祷"。repeat 暗示了"说"，其后的宾语应为祈祷或忏悔，此处省略，直接配合了祈祷时要揉动的念珠。这一句绝妙地将声音（水滴声、念诵）与形象（水滴滴下、念珠）结合在屋檐滴下水珠这个意象中。G.Casoli 的意大利语译本译为 sgranano il loro rosario，repeat 准确地译为 sgranano (sgranare)，这个词专用来指念诵玫瑰经 (rosary)，不过 beads 译为 rosario 就太过直白，失去了"珠"的意象。见 *Novecento letterario italiano ed europeo: autori e testi scelti*, *Volume 2* (Città Nuova, 2002)，第 285 页。

2　tapers，细长的蜡烛，天主教祈祷时用的蜡烛（votive candle），有时也用茶蜡。烛光表示上帝的恩典和光明。

3　prone，指伏案阅读和写作。

4　hemorrhaging，体内出血，形容作者写作已经疲倦，诗作失去了生命力。

5　指房子，见结尾，也许是因为有些宅院门口有狮子，所以用之比喻屋子。笼子比喻栅栏。这句意思就是，邻居家比较富有，而其他家的屋子都像狮子，也许会威胁到邻居，但好在围着栅栏，狮子出不来。而反讽的是,栅栏其实是防卫外人进入自己家的东西。

6 指忠于自己的创作理念,不写那种迎合大众的文学。

7 比喻太阳,《奥马罗斯》2.2,By the heat of the// glowing iron rose。两个"哦"(O)模仿心和太阳的形象。

8 比喻搬家离开,仿佛有一种力量吓走自己。本诗题目是《散步》,也就是行走,这次行走的结果是"离家",也呼应了《海湾》诗集中"海湾/鸿沟"和"无家可回"(《回家:昂斯拉雷》)的主题。这个题目暗示了作者不停地"行走"——事实上,沃尔科特正是个喜欢旅游和漂泊的诗人,他不断地往返于北美、欧洲、加勒比等地,他几乎是一个"无国"的人,但如下面《长眠于此》的描述,他无国,却心中有国,四处游走,但心中有故乡。也见《另一生》第三篇题词的注释。

长眠于此

1 Hic Jacet,拉丁文,直译是他躺在此处,这是墓志铭的惯用词。作者的意思就是,他死也要死在故土。

2 本诗是《海湾》诗集最后一首,开篇的问题其实呼应了《回家:昂斯拉雷》中的"回家"。这首诗标志着加勒比地区的民族性和本土性正式成为沃尔科特艺术世界的来源,它的虚无恰恰让沃尔科特能够抗拒白色的恐怖(《幽谷中的爱》),而不是带来奈保尔感觉到的那种绝望。

沃尔科特这一代(生于20世纪20—30年代)以英国为宗主国的加勒比作家,从小都接受英式教育,受英国文学影响,以宗主国为中心走上文学之路,发出声音——如BBC《加勒比之声》对他们的帮助,按照布拉斯维特(巴巴多斯)的说法,这个节目是加勒比文学的催化剂,它培养了一代西印度作家。但是,随着理念和个人经历不同,他们都处于两极中:一极是尽可能融入那个中心,以西方视角看待殖民地，为英国人写作，另一极是偏离那个中心，长留美洲，或各地漂泊，致力于加勒比文学建设。奈保尔（1954年移居伦敦）是前一极，沃尔科特是后一极，他并不脱离加勒比地区，将近40岁时才赴美进行研究活动，后又多次访学。其他作家如菲格罗亚（牙买加）、塞尔文（S.Selvon，特立尼达）、莱明（G.Lamming，巴巴多斯）、哈里斯（圭亚那）、萨柯利（A.Sakley，牙买加）、安东尼（M.Anthony，特立尼达），均分散在两极间，但总体上，他们的目的都是要让宗主国承认加勒比文学的独特力量，如布拉斯维和萨柯利还发起过加勒比艺术家运动（1966—1972）。本诗中，沃尔科特向那些去往英国的作家们发出了宣言，他相信自己不去英国，一样能够建立成就。

3 指盲目的群众，呼喊声如同雨声，这句的重点也在政客。

4 蚍蜉指上流的新权贵或资本家。人民如同粪土，所以蚍蜉爬在他们身上。

5 指冷眼观人，说话冷酷，态度冷漠。

6 显然指奈保尔的游记《幽暗国度》（*An Area of Darkness*，1964）中一段极为精细地描写东方人吐痰的文字。而且在后面《捣蛋的归来》中，沃尔科特也提到了奈保尔的这部作品。这段经典文字兹录于下，On the train to Cairo the man across the aisle hawked twice, with an expert tongue rolled the phlegm into a ball, plucked the ball out of his mouth with thumb and forefinger, considered it, and then rubbed it away between his palms（在去往开罗的火车上，过道对过的那个人，要咳痰，他清了两声嗓子，用熟练的舌头把痰卷成球，然后用拇指和食指从嘴里把球摘出，先是端详，然后放在两个手掌心里摩搓，直到消失不见）。关于奈保尔，见G.Guinness的分析，*Here and Elsewhere*，第126页。奈氏以精英自居，自认代表西方正统文化（出身婆罗门，接受西式教育），对加勒比和前殖民地地区极为失望和厌恶，所以小说中多有讽刺和嘲弄。他认为加勒比永远没有文化和文学，见前面《气息》的注释。

沃尔科特与奈保尔是西印度文坛双子星，一个以诗见长，一个以小说见长，均得过诺奖，但两人思想理念不同，一个留在加勒比，一个离去——见《毕司沃斯先生家的房子》，毕司沃斯与儿子阿南德（原型奈保尔）就是一个留下，一个离开。这种分歧造成了两人的矛盾和相互嘲讽，如在后面《捣蛋的归来》中，沃氏就把奈保尔（Naipaul）的名字写为Nightfall（日暮）。21世纪，嘲讽演化为了直接的鄙视和攻击。在2007年出版的《作家看人》(A Writer's People)第一篇散文《芽中有虫》中，奈保尔回忆，1955年时，他非常推崇年轻的沃尔科特，比作加勒比的普希金；他担任《加勒比之声》主持人时，用过沃氏的诗歌；两人还于1960和1965年在特立尼达有过会面。不过话锋一转，他直接否定了沃氏今后整个的文学生涯。他对沃氏重建加勒比文化的努力甚至对整个加勒比作家群都持绝对怀疑的态度。2008年5月，沃尔科特以牙还牙，在牙买加的一个文学节上朗诵了《猫鼬》("The Mongoose")，直接反击奈保尔，如，I have been bitten, I must avoid infection/ Or else I'll be as dead as Naipaul's fiction。猫鼬是从印度带入加勒比地区的，这暗示奈保尔是印度裔加勒比人。这首诗指出了黑色的加勒比地区才是奈保尔才华的源头。

7　指加勒比民族性没有被加勒比作家写过，殖民者写过这里（如《绿夜》《鲁宾逊漂流记》），但他们的内在经验和语言方式都是西方的。

8　这里和下面有三个分句，作者使用了过去时，情态动词，现在进行时，分别代表过去，将来和现在。

9　fiction，指小说，指一切虚构（但有现实基础）的文学，因为这个地方本身是虚无的，所以一切作品都是创造出的。见《恩赐》之《六小说》，沃尔科特说，I myself am a fiction, / remembering the hills of the island as it gets dark。就连作家本人，也是一部"作品"。

10　影射吉卜林，他曾写过《河的传奇》("The River's Tale")，通过讲述泰晤士河，来书写英国历史。吉卜林想尽力洗清自己的印度出身，向英帝国靠拢。

11　兼指英国气候和人情寒冷，不如家乡温暖，也联系说奈保尔"被冬天冻伤"。这里也许暗示了塞尔文的作品。他是20世纪特立尼达裔作家，50年代移居伦敦，代表作为《孤独的伦敦人》，描写了英国生活的西印度人，里面也写到了英国的冬天。

12　这句影射的对象，我认为是奈保尔的《河湾》。其中，萨林姆与雷蒙德妻子耶苇特有染，小说描写了一个令人印象深刻的情节：萨林姆朝耶苇特的私处吐口水，I spat on her between the legs until I had no more spit。那里很快提到了"河"，即刚果河，驳船是小说中常见的事物。沃尔科特不愿提及这个不雅的细节，用河来暗示。在他看来，这与吐痰情节一样，完全是为了给西方人欣赏的，同时也表达了奈保尔对非洲的厌恶。

13　provincialism，地方主义，乡土观念，即不迎合国家中心城市的主流文化。沃尔科特写这首诗时，圣卢西亚还未独立，属于英国殖民地，因此算是地方/乡土，伦敦/泰晤士河都是大都会中心。见《另一生》1.7.1（本诗集未收），Provincialism loves the pseudo-epic。伪史诗就是《奥马罗斯》这样的史诗，它越"伪"，就越贴近西印度的地气。

14　tub，洗衣盆，见《另一生》1.1.2, in a foam tub, under a blue-soap sky。那里是实在的洗衣盆，但与蓝色天空（比喻为香皂）相配，这里是说云如同泡沫，因此天空像盆。这意味着，对世界的知识需要进行更高层次的自然信仰的处理，清洗一番，也见下面肥皂注释。"撒拉弗"，象征底层民众和拉斯塔法利派的穷人信徒，见《星苹果王国》第七节。

15　《圣经》中的重要意象，与上帝有关，如《旧约·诗篇》60:4，为真理扬起上帝之旗。《旧约·以赛亚书》62:10，向万民竖立上帝的旗帜。作者的意思就是，基督教的信仰，完全可以在加勒比地区确立，而且实现本土化。他追求的是更自然的宗教信仰，不受制于教会，而是借助艺术，见《城市死于火》。

16　很可能指奈保尔这样的流亡作家。

17　意思就是，真理像一件刚洗完，显得粗糙的衣服。这是一个看似平常的俚俗的表达，但其实暗示了《圣经》，肥皂表示清洗，洗罪，如《旧约·耶利米书》2:22，钦定本为，For though thou wash thee with nitre, and take thee much soap, yet thine iniquity is marked before me, saith the Lord God. 也见《旧约·玛拉基书》3:2，钦定本，he is like a refiner's fire, and like fullers' soap. 这是说上帝如同肥皂，和合本译为"碱"。这两处的 soap，希伯来文为 בּרִית(borith)，其成分是一种植物性碱液，可以做成固体。洗涤后的真理，虽然粗糙，但它质朴洁净。下面的回答均用过去时，是解释为何一直不离开的原因，每一句都与人民和本土有关。

18　指乡土气的力量，还有加勒比的民众。

19　hermetic，退隐，与世隔绝，作者虽然追求力量（权力）和名望，但他不是为了自己，他以出世之心去入世，回到俗世群众中，所以下面说"佚名"。这个词也见《克鲁索的日记》。

20　passage，指在人群中走出的路。《路加福音》4:30，写耶稣从人群走出，如同有权柄的领袖一般。"人群"这个意象在福音书中常见，耶稣引导人群走出迷误，如《路加福音》9:11，《马太福音》14:13—21，21:9 等。联系上面几处与《圣经》有关的诗句，这里很可能暗示了福音书，作者自喻为基督。

选自《另一生》（1973）

1　《另一生》是沃尔科特的一部自传长诗，凡四篇，共二十三章，计3637 行。最早在 1949 年，他自费出版了《青年的墓志铭》组诗，这是《另一生》的原始文本。1965 年，沃尔科特写了一篇散文《离校》（"Leaving School"），发表在《伦敦杂志》，散文描写的是 1962 年毕业年，他称之为"黄金一年"或"奇迹年"（annus mirabilis）。但由于篇幅太短，沃尔科特意犹未尽，同年4月，他开始撰写更长的散文《另一生》；同年11月初，他完成了第一稿，写于四开本练习册，共76页；1966年12月，他完成第二稿，写于另一本练习册上。这两本手稿就是"《另一生》笔记"，现藏于西印度群岛大学莫纳校区图书馆。最终，基于上述这些文本，他将散文改写为诗歌。这部诗作的结尾，标注的写作时间为：1965年4月至1972年4月，共七年，恰好是上帝创世的天数，作者也意识到了这一点，在诗中有所指。本诗有一些地方与《群岛传奇》有关而且文字相同；第二十二章，曾以《兰帕纳尔加斯的历史缪斯》("The Muse of History at Rampanalgas")为题单独出版。关于《另一生》诗歌完成的经过，见BN，第156—163页，在《另一生》中译本的单行本里，我再详细引述BN的介绍。

这部诗集的题目为Another Life，英语中，another指的事物B，要相对一个事物A：或同质不同量；或异质不同量。前一种情况中，A和B是并列的两个事物，只有量的差异，后一种情况，A和B在事实和价值上有本质的不同。沃尔科特的用法兼有两义：在第一层含义上，(1)指艺术（包含绘画阶段和文学阶段）这个第二生活／生命，它与现实生活互相作用，同时延续。或(2)相对于现实而言的回忆中的"另一生"，指1930年出生至1950年离开圣卢西亚，去牙买加读书这一段生活，这是本诗描写的核心。而且只要作者现实生活继续，回忆中的"生活"也还在继续。在《历史的缪斯》中，沃尔科特说，"存在着一种文学想象的回忆，它与实际经验无关，事实上是**另一生**"。（粗体为我所加）这个生活由文学来表现，它与(1)重合。在第二层含义上，(1)相对于现实生活，艺术生活是一次"新生"。或(2)相对于西方的艺术生活，作者的整个艺术生涯体现了加勒比的民族性，甚至是从加勒比虚无的历史中重新创造历史，这是任何西方艺术家都不会经历的不同的生活，也就是作者所说的"重新开始"（《另一生》4.22.2)。或(3)指沃尔科特35岁之后、创作《另一生》时的重生，见《长眠于此》结尾。(3)包含自(1)和(2)之中。进而言之，尤其在论死亡的《另一生》第四篇中，another life 还可以理解为"来生"，尤见 4.20.4。作者参透生死之后，将死亡理解为另一种生存。

首先可以确凿地断定，这个题目来自但丁的《新生》(*Vita Nuova*)。在《新生》第一章中，他说，In quella parte del libro della mia memoria dinanzi a la quale poco si potrebbe leggere, si trova una rubrica la quale dice: *Incipit vita nova*. Sotto la quale rubrica io trovo scritte le parole le quali è mio intendimento d'assemplare in questo libello; e se non tutte, almeno la loro sentenzia（在我的"回忆"这本书中，最初的几页几乎都是空白，这之后，有一节，题名为"新生的开始"。在这个标题下，我找到了一些话语，我想要做的，就是把这些话复制到这本更小的书里，就算不能全部复制，最起码也是复制它们的意思）。见 *The Flight of the Vernacular*，第 70 页。但丁的新生源于对贝阿特丽采的爱慕，当他回忆时，他觉得人生出现了变化。而且，这个"新生"也是与现实生活平行的"另一生"。

《另一生》的主题是沃尔科特的艺术之路，即从绘画开始，最终选择诗歌的过程。前三篇写的是沃尔科特在圣卢西亚的生活，直到 1950 年离开，去牙买加西印度群岛大学求学为止。第四篇写的是 1965 年 4 月至 1972 年 4 月写作《另一生》时的经历。全诗以沃氏的三位好友为中心，他们分别代表了三种爱和三种生活（见《另一生》第三篇篇首注释）：(1) 哈里（Harry），代表"死亡之爱"，指哈罗德·西蒙斯（Harold Simmons，1914—1966），沃尔科特的绘画老师，自杀而死。(2) 格里高利亚斯（Gregorias），代表"艺术之爱"，即画家邓斯坦·圣奥马尔（1927—2015）。(3) 安娜，代表"爱之爱"，即安琪薇尔，见《海风》和《海歌》，她是沃氏初恋情人，诗中是超越时空的美的化身。在三个人物的带动下，整部《另一生》的主题渐渐扩展，它既是诗人的自传，也是所有加勒比艺术家和知识分子的自传，甚至还是卡斯特里和圣卢西亚，乃至西印度族群的成长自传。

关于《另一生》与但丁在内容上的联系，主要体现在如下几点：

第一，但丁的《新生》描写的是青年，由对艺术的爱进入了新生，而《另一生》大部分内容描写的是沃氏走上艺术之路的青春时光。两部作品都把回忆作为核心。第二，《新生》中评论者的功能和诗文结合的方式，也体现在《另一生》中。第三，《新生》也提及了诗人与传统的关系。第四，贝阿特丽采与安娜和哈里有极为相似的关系。更多的细节上的联系，后面会在具体诗句中指出。除此之外，《另一生》与《神曲》也有一些关联，如开篇就说，in the middle of another life，这显然来自《神曲》开头（Nel mezzo del cammin di nostra vita），还有第三篇的"单纯的火焰"。具体见 Fumagalli 的精妙分析，见 *The Flight of the Vernacular*，第 59—80 页。Fumagalli，"Lo Stilo Della Sua Loda or The Style of Her Praise: Dante's 'Vita Nuova' and Walcott's 'Another Life'"，*Journal of West Indian Literature*，Vol. 9，No. 1（April，2000），第 42—69 页。也见 J.Thieme 的 *Derek Walcott*，第 89 页以下；E.Baugh 的 *Derek Walcott*，第 72 页。

除了与但丁的联系之外，《另一生》还与很多作家和作品有关。Baugh 分析了《另一生》与华兹华斯的《序曲》和乔伊斯的《一位青年艺术家的肖像》的关系，后者也有"另一生"的说法，而且乔伊斯是沃尔科特重点阅读的作家。均见"The Poem as Autobiographical Novel: Derek Walcott's *Another Life* in relation to Wordsworth's *Prelude* and Joyce's *Portrait*"，*Awakened Conscience: Studies in Commonwealth Literature*（Sterling，1978）。F.M.Sprout 的硕士论文也分析了《另一生》与《序曲》的关系，"Beginning Again:Derek Walcott's *Another Life* and *William Wordsworth*'s Prelude"，The University of British Columbia，1996。Sprout 更倾向《另一生》与《序曲》联系密切，甚至认为前者重写了后者，后者也有 another world 这样的表达（这也联系阿诺德《大沙尔特修道院诗章》中的"两个世界"）。但 M.T.Lane 很早就分析了两者的差异，指出其诗歌主人公的身份，创作理念，以及对身边人物的刻画都有着截然的不同，见"A Different 'Growth of a Poet's

Mind' Derek Walcott's *Another Life*", *Ariel* 9 (1978), 第 65—78 页。在后面《另一生》1.3 的注释中，我还会引用其观点。另外，有些学者试图将这部诗与奥登的诗集《另一次》(*Another Time*) 联系起来，但较牵强。Ismond 分析了纳博科夫《天赋》(*The Gift*, 1963) 与《另一生》的关系，前者是沃尔科特重点阅读过的小说，也是一部与年轻艺术家有关的自传性作品，它的艺术理念影响了《另一生》："生活经验的内在真理，具有完整性和权威性，它超越了严格的历史精确性，甚至偏离并剪辑了实际的经验"。《天赋》探求的是想象中虚构出的真理，因此"自传"不是历史的事实记录，而是沃尔科特在《另一生》笔记中说的"至高的虚构"(supreme fiction)。Ismond 还引了罗伯特·洛威尔在致沃尔科特书信 (1973 年 8 月 7 日) 中论自传的文字，这与沃氏的理念相同："我确定，我写的自传作品，都是虚构作品，是选择性的（也算诚实的），是我们生活的汇集和发明，但与之同样真实"。因此，《另一生》并不是原封不动地记录个人的生活，而是探讨艺术/想象与生活的关系。真实包含了艺术的虚构和创造，在这种虚构中，艺术可以通达真实。真理并不在于经验事实，而是在赋予事物无限性的想象中。见 *Abandoning Dead Metaphors*，第 143—144 页。Baugh 还指出，作者"重新开始"的另一生，正对应《失乐园》重建新天堂，《另一生》中隐含着弥尔顿式的结构，见《另一生》4.22.2 的注释；BN，第 190—191 页。

除了这些学者的观点，我个人还认为"另一生"也很可能受了帕斯捷尔纳克的"重生"观念和同名诗集《重生》(*The Second Birth*) 的影响。第一个理由，在《安全通行证》中，帕氏将死亡理解为"重生"。而在讨论死亡的《另一生》第四篇中 (4.20.1)，沃尔科特直接提到了这部散文集，还涉及了其中对马雅可夫斯基自杀的回忆。沃氏对于死亡的看法与帕氏比较一致，两人还都涉及了克尔凯郭尔的存在主义思想。第二，帕氏的"重生"也指他的第二次婚姻。而沃尔科特在写作《另一生》时，正值第二次婚姻，而且这部长诗就是题献给第二任妻子玛格丽特。关于帕氏的"重生"观念,见J.Pilling的描述,*Autobiography and Imagination: Studies in Self-scrutiny*(Routledge,2015),第56页。

《另一生》开头还有"献给玛格丽特"(第二任妻子)的字样,而且还有一段总的题词,本诗集未收,兹录于下:On the day when I finally fasten my hands upon its wrinkled stem and pull with irresistible power, when my memories are quiet and strong, and I can finally translate them into words, then I shall perceive the unique and essential quality of this place. The innumerable petty miseries, the manifold beauties eclipsed by the painful necessity of combat and birth, these will be no more than the network of down-growing branches of a banyan tree, winding about the sea(就在那天,我最终用我的手紧紧抓住它褶皱的树干,用难以抗拒的力量拽着它,我的回忆变得平静又强烈,我最终能将回忆翻译成言语,此时,我才会感觉到这个地方独一无二的特质。不计其数的微小的不幸,因斗争和新生中必然的痛苦而黯然失色的多样的美,种种这些,都恰恰会变成一棵榕树的向下生长的树枝之网,在海边盘绕)。题词的出处为爱德华·格里桑(Edouard Glissant,1928—2011)的小说《裂隙》(*La Lézarde*,1958),沃尔科特也标明了英译本的题目 *The Ripening*。格里桑是法国作家,诗人和哲学家,生于加勒比的马提尼克。这本小说的主题是马提尼克青年为民族身份展开的斗争。其法文题目是一条河的名字,它流经了不同的地形,这象征了国家新生要经历的曲折过程,英译的题目指小说中青年政治领袖的成熟。沃尔科特选的这段,涉及了回忆和加勒比地区民族身份问题,都与《另一生》有关。见BN,第220页。

最后,沃尔科特之所以选择诗,而不是用纯散文写作《另一生》,这跟他理解的诗性(poetry)先于诗(poem)有关。在他眼里,爱德华·托马斯的地志散文,乔伊斯和马尔克斯的一些小说,都算诗。BN,第164—179页详细论述了他选择诗来写作《另一生》与乔伊斯

(灵光顿现理论)、圣-琼·佩斯及其散文诗《远征》(*Anabasis*)、艾略特(对佩斯的译介)、雪莱(《为诗一辩》)、本·琼生(摹仿理论)等人的诗学理论密不可分。

选自第一篇 分裂的孩子

1 "分裂",第一,指"未有文献记录和证明的(undocumented)对圣卢西亚风景的经验"与"欧洲文学艺术提供的另一种生活"造成的分裂,见 J.Thieme 的 *Derek Walcott*,第 89 页。也见《长眠于此》的"无人书写"的加勒比本土性。第二,指作者身上的非洲和欧洲血缘文化之间的分裂。也参见《遗嘱附言》的精神分裂;《非洲已远》中的分裂;《火车》的两种祖先。第三,如作者在《另一生》创作笔记中所言,圣卢西亚人陷入了法语和英语宗教文化造成的分裂,这也包括天主教与新教循道宗的分裂,天主教与本土起源非洲的宗教的分裂,循道宗和本土宗教更倾向于为底层人民传教。第四,绘画和诗歌两种艺术道路给作者带来的分裂。第五,更具体言之,沃尔科特是孪生子中的一员,他与兄弟如同分裂开来。第六,作为诗人,沃氏需要借助诗歌的含混、歧义和矛盾表达,这些都是语言的分裂。关于第四至第五种分裂,见 BN,第 220—221 页。第七,对国家的爱和单纯的利用。第八,为本土穷苦人民的艺术与为西方人或精英服务的小众艺术。第一篇分七章,本诗集选五章。每一章都谈到了一种造成少年沃尔科特"分裂"的影响因素。第一章是哈里:画与诗的分裂。第二章是母亲:有序与无序的分裂。第三章是卡斯特里的各色人物:希腊神话与现实传说的分裂。第四章是宗教背景:天主教与本土起源非洲的宗教的分裂。第五章是对待圣卢西亚的态度:利用者和奉献者的分裂。第六章是对圣卢西亚的利用和爱的分裂。第七章是西方教会传统的"圣言"与本土艺术的"新言(Word)"的分裂。作者把后者作为全新的宗教，奉献给底层人民。在这一章，作者有一句经典的话，它是第一篇的核心句：What else was he but a divided child?。关于分裂，也见《另一生》1.4注释中提到的阿诺德的《大沙尔特修道院诗章》和华兹华斯《序曲》的"另一个世界"，它们都影响了沃氏的"分裂"主题。

2　Cimabue，1240—1302，意大利前文艺复兴时期的画家，乔托（Giotto）即著名的乔托·迪·邦多纳，意大利文艺复兴时期的艺术之父。这里的"老故事"出自16世纪瓦萨里（G.Vasari）的《名画师、雕塑师、建筑师列传》(*Le Vite de' più eccellenti pittori, scultori, ed architettori*)。这一段话概述了沃尔科特走上诗歌艺术道路的原因，在《另一生》中，他也回忆了自己如何从新手成为"熟练工"的过程。齐玛布埃首先对应沃尔科特的父亲，虽然父子未曾谋面，但父亲给沃氏留下了绘画方面的材料和画作，沃氏也是因此对绘画产生了兴趣。另外，齐玛布埃也对应哈里，进而代表西方的绘画传统。

J.Harris在分析沃尔科特《另一生》时，用拉康的镜像理论精妙地论述了这段题词的意义，它揭示出了沃尔科特的艺术成长之路，就是一个自我想象和身份建构的过程。艺术语言的特点就如拉康和沃尔科特所言，它的所指不指涉"实物对象"，而且取决于其他能指，也就是其他"艺术对象"；沃氏的模仿就是mimicry，即"对再现（representation，表现或表象）的再现"，它不是mimesis，即，"对现实的再现"。故而按照乔托的故事，新手与名师，并不以模拟客观实物为目标，而是彼此作用，他们矛盾地相互学习和影响，但又处于被殖民/殖民（引申至社会历史层面）的等级关系中。作为殖民地作家的沃尔科特，他必定要颠覆和消解齐玛布埃殖民者的地位，这正是确立自己民族性的过程，所以他才会选择马尔罗的这段话作为题词。齐玛布埃画的羊可以类比于大他者（Other），乔托（新手，镜像阶段的婴儿）通过它，形成了镜像，或小他者（other），或想象性的自我（moi，类比于想象的绵羊）。但是，乔托不再可能用自己的方式将绵羊艺术化，他只有借助大他者。换言之，想象自我即在大他者中失去自我。而"看不见的实物绵羊",则在现实界中。新手没法摆脱学到的艺术形式来纯粹地展现实物绵羊,但他可以自创一套模式来表现它。以上均见 *Signifying Pain: Constructing and Healing the Self through Writing*(SUNY Press, 2003),详见其第六章,第 121 页以下。

沃尔科特的亚当和鲁滨逊的再命名过程,让西印度的真实通过西方人接受但又陌生的形式得到展现,同时推动了西方文学传统的自我消解和开放,使其接受异质的文学。尽管语言还是英语,但这种充满了新颖隐喻和加勒比词汇的英语,已经破除了一元又封闭的正统英语,令其作者与西方文学大师并肩。正如沃尔科特认为的,乔伊斯的《尤利西斯》不是要在"历时"上取代《奥德赛》,而是要与之"共时地"并列,能让乔伊斯与荷马被想象为同时代人。同理,《奥马罗斯》与《另一生》也让沃尔科特与乔伊斯和荷马成为了同时代人。参《反思〈奥马罗斯〉》一文,见 BN,第 165 页。

3 Malraux,即法国著名文学家和文论家安德烈·马尔罗。作者这里使用的文字出自他的 *Psychologie de l'art* 的英译本,但作者不是直接阅读的这本书,他是引自吉尔伯特(Stuart Gilbert)的《詹姆斯·乔伊斯的尤利西斯》(1955)。《尤利西斯》和《一位青年艺术家的肖像》都是沃尔科特写作《另一生》时重点阅读的作品,斯蒂芬这个人物形象也是他要模仿并超越的对象。而且沃尔科特很多文字游戏式的比喻,都是受乔伊斯启发。见 BN,第 164,221 页。

第一章

1 verandas,在之前的版本中,写为 verandahs。关于这个词,见《游廊》。《另一生》3.16.1(本诗集未收)写到了圣玛丽公学的游廊,语境与这里相同,因而可以推断,此处描写的是同一座游廊,From

the verandah of the old wooden college/ I watched the turning pages of the sea。除此之外,《另一生》还写过格里高利亚斯家的游廊。这里表明了时代的大背景是大英帝国的衰败。下面一些描写也与《游廊》相似。按照沃尔科特在《青年的墓志铭》组诗中的介绍,但丁笔下的保罗和弗兰切斯卡是在游廊上阅读一本讲兰斯洛特和桂妮薇儿(亚瑟王传奇中的故事)之事的书才陷入偷情。所以就他个人体验来说,"游廊上的书"首先指这本书,意即,他要在《青年的墓志铭》的基础上"重新开始"新的诗篇。见 BN,第 221 页。就本诗主题来说,这本书就是西方的文化传统。

C.P.J.Th.-Dawson 认为沃尔科特诗中以及文化中的"游廊"体现了"之间性",如,在"自然隐喻"(此处)和"文化建构的环境"(《另一生》1.8.1)之间;在古代学术场所(如廊下)和美国南方休息之所(游廊可以放摇椅)之间;游廊一词起源东印度语言,它是西印度小说的场景(奈保尔);游廊可以分出富人(作为画廊)和穷人;游廊是眺望远景的地方,也是躲避之所。见其博士论文"The Contemporary Long Poem: Spatial Practice in the Work of Kamau Brathwaite and Derek Walcott; Ed Dorn and Susan Howe; Robert Kroetsch and Daphne Marlatt"(University of Durham, 1998),第 62—63 页。

2 作者写诗时在特立尼达的兰帕纳尔加斯,海水就是大西洋,北边是圣卢西亚。海水翻涌,如同书页翻动。

3 absent master,第一,master 表示精通某艺术的大师,也表示教授弟子的导师。它指哈里,即哈罗德·西蒙斯(1914—1966),圣卢西亚职业画家,他被称为圣卢西亚艺术之父,他是沃里克的朋友,是沃尔科特和邓斯坦·圣奥马尔的绘画导师,当过公务员和新闻工作者,他最后自杀而死。西蒙斯还精研圣卢西亚和加勒比的民间艺术和民俗,这对沃尔科特影响很大。见 Conversations with Derek Walcott,第 98 页。1966 年,在回忆他时,沃尔科特这样写道,"除去他的艺术之外,西蒙斯的事业仍然丰富多彩。他是业余植物学家,活跃的历史研究者,民俗学者,对于克里奥尔语与克里奥尔习俗,他还是一位能言善辩的阐释者和捍卫者"。见《特立尼达星期日卫报》(May 15, 1966)。

1966年5月8日,沃尔科特得知西蒙斯自尽后写了一段话,见于散文版《另一生》的草稿,他阐述了西蒙斯这位导师去世的意义:"如果传记作者在内心中,对传主的死,感到欢欣,因为死亡赋予了他一种美学上的完满,那么,当一个人为哈罗德的生命赋予了开端、中段和今天的终结时,他就会为这个生命的意义感到满足。他像平常一样牺牲自己、冷漠绝情地为我的西蒙斯的'人生'划上了一个终点,一个绝妙的圆满。"见E.Baugh的 *Derek Walcott*,第62—63页。西蒙斯的死亡,标志着自己的完满和沃尔科特的重生。

在这个意义上,它也指沃尔科特的父亲。他引导西蒙斯从事绘画,而且去世后,给沃氏留下了他模仿的韦罗基奥、达芬奇、维米尔和克里韦利等人的画作,这些都对沃氏从事绘画产生过影响。而且西蒙斯的经历与沃氏父亲非常相似,将他们合写在一起,也说得通。在《离校》中,沃尔科特说:"哈罗德·西蒙斯是我父亲的朋友。正是我的父亲让他对绘画产生兴趣。我父亲30岁就去世了,我的孪生兄弟和我才1岁,我姐姐3岁,但是在我们家画室的墙上,还有他这项爱好的遗物:有米勒《拾穗者》的摹本;一幅浪漫风格的原创画,画着海鸟和悬起的海浪,他起的名字是《风暴的骑手》;一幅我母亲的微型油画像;水彩自画像;还有一幅画的是一条长着苍白的椰子树的大道。这些东西都让我开启了自己的事业;就像任何匠人之子一样,我必须这样做,因为我觉得,我父亲的工作,无论多么渺小,它都尚未完成。"见 *Critical Perspectives on Derek Walcott*,第26页;见A.Alabi的 *Telling Our Stories: Continuities and Divergences in Black Autobiographies* (Springer, 2005),第81页。

第二,M.L.Emery把master理解为"主人",即殖民者。西方殖民者都是种植园主,他们住在欧洲,而让人来管理殖民地。

见 *Modernism, the Visual, and Caribbean Literature* (Cambridge University Press，2007)，第 197 页。在这个意义上，它可以指沃尔科特的祖父，而且暗示了他的自杀。见 BN，第 222 页。

第三，指西方的上帝，D.Punter 把 master 理解为主人，并联系了西方 18 世纪神学中的 deus absconditus（隐匿的上帝）观念，西方的上帝之主在背后操控着殖民地的历史。见 *Metaphor*（Routledge，2007)，第 69—70 页。

第四，指西方自文艺复兴以来的艺术"大师"，他们是缺场的，因为他们属于欧洲，不属于加勒比地区。所以 Thieme 认为 absent 表明了加勒比地区文化的缺失，见 *Derek Walcott*，第 90 页。这样，西蒙斯和沃氏的父亲，也属于西方艺术的学徒，他们也是主人／殖民者／齐玛布埃。上述四种含义也见 BN，第 188 页。

4　来自《神曲》开篇, nel mezzo del cammin di nostra vita。指 35 岁，即 1965 年。显然，这里的"另一生"指与现实生命平行的艺术生涯。《另一生》3.15.4 中也说，a man lives half of life,/ the second half is memory，这样，"中点"也分出了过去的艺术生涯（前 35 年）和"回忆着过去"的艺术生涯，后者是对前者的否定和反思。见 *The Flight of the Vernacular*，第 70 页。

5　指相对于《游廊》（旧世界的没落）和那本写桂妮薇儿的书（超越西方传统)，作者要重新写起，而且反复的重新写起，他要不断开创一个新世界，但它不是西方人理解的那种。这个观念分散在很多诗歌中：《长眠于此》结尾的重生;《克鲁索的日记》的亚当、新世界和再命名;《城市死于火》的城市涅槃。在《克鲁索其人》中，沃尔科特说克鲁索如同一个艺术家:"但是，比这更深刻的是，这位诗人每天仪式性的活动，也就是创作新诗。他往火里添入新的木材，然后烧掉前一天做好的诗。"在写作克鲁索诗篇时期，他意识到自己有可能也是一个殖民文化的代表，因此感到疏离和不安，但在写作《另一生》时，他已经将加勒比的民族性作为了诗歌的中心，他不再是克鲁索，而是加勒比自己的沃尔科特。

这里的观念也见《四个四重奏·小吉丁》，What we call the beginning is often the end/ And to make and end is to make a beginning./ The end is where we start from; A people without history/ Is not redeemed from time, for history is a pattern/ Of timeless moments。沃尔科特的开始就是从"无时的时刻"出发，这就是创造历史，这样的历史不是线性的、时间段的历史，而是在不断的开始、结束、再开始之中的时刻。

6　戏剧《猴山梦》中，白色月亮表示欧洲人的缪斯，但这里比作灯泡，语带反讽，因为灯泡不是自然的光，它是人为发明的东西，也见后面"托马斯·阿尔瓦·劳伦斯"的解释。下面的亏缺即 wane，指月缺。让殖民者的影响消退，是沃尔科特建立全新加勒比艺术的最终目的。

7　下面进入回忆和历史叙述，因此改为了过去时。黄昏（twilight）是沃尔科特很看重的意象。他在《黄昏之言：序曲》中，把黄昏视为重新开始的契机，它不是白昼的结束："当暮色就像舞台上的琥珀光，让木头和生锈的铁搭起的广告牌凸显出来，一种戏剧般的悲伤随之而生，因为那犹如古董铜灯的光晕一般的光泽（glaze），就像小时候该回家的信号一样。"沃氏对黄昏的看法，也见于列维-施特劳斯的《忧郁的热带》（沃尔科特引用过施特劳斯的这部作品）："破晓是前奏曲（prelude），日暮是序曲——但这个序曲在结尾才出现，而不是像在大多数歌剧中那样，出现在开头。"黄昏主题也见于艾略特《四个四重奏》：What we call the beginning is often the end/ And to make and end is to make a beginning./ The end is where we start from. And every phrase/.../ Every phrase and every sentence is an end and a beginning,/ Every poem an epitaph。另外，这一句也与沃尔科特熟读的雪莱《为诗一辩》（"Defence of Poetry"）中"熄灭的煤"有关："创作中的心灵如同熄灭的煤，有些看不见的因素，比如无常的风，会让它醒来，发出瞬间的光",而当"作品开始时,灵感已经衰落",需要一些因素来刺激它。"黄昏"就对应熄灭的煤,风(见下,少女的吹气)让它出现了短暂的光芒,而《另一生》就是这个光芒的作品。以上均见 BN,第 179,223 页。

8 反讽日不落帝国,另外也谐音 son,殖民者的儿子就是被殖民者,厌倦了父辈和师长。

9 指椰子树干,这种比喻是沃尔科特常用的。随着日落,椰子树干的影子变长,好像树干落下。沃尔科特在这里把父亲沃里克的《椰树路》与委拉斯凯兹著名的《布列达之降》(*The Surrender of Breda*)结合在了一起。后者描述的是腓力四世时期西班牙在布列达击败荷兰之后的受降仪式。这幅画的右侧有一片显眼的长枪。另外,也可以想到乌切洛(Ucello)和皮耶罗·德拉·弗朗切斯卡画作中的长枪,它们都收在后面会提到的托马斯·克拉文的《艺术名作选》里,见 BN,第 223 页。BN 提到的这两人描绘长枪的作品,应是《圣马力诺之战》和《君士坦丁的胜利》。

10 mesmerized,见《月》;《克鲁索其人》中,沃尔科特说,"火催眠(mesmerizes)我们。我们在燃烧中解体。"

11 amber,下面又出现了一次,这个词用得非常精妙。"琥珀",首先指颜色,联系黄昏、落日,象征宗主国的衰败。其次指一种绘画用的透明的树脂(resin),涂在作品的表层,起保护和增色作用。第三,连同下面那处,它又指我们习惯上理解的琥珀化石,这片景色就美好地封存在琥珀中,当宗主国衰落后,加勒比艺术家就会看到这块琥珀。第四,琥珀色也是负片的颜色,它代表了作者的记忆负片,作者要将它唤起,洗出,见《负片》。这些观点均见 *The Flight of the Vernacular*,第 79—80 页。第五,琥珀色也呼应下面的"生错颜色",因为它不是白色,而且接近沃尔科特的肤色。另外,克拉文在《艺术名作选》介绍维米尔时,提到过 amber glazes,这影响了沃尔科特。见 BN,第 224,245 页。

12 beer-stein，stein 是德文石头，这是一个英国外来词，比较《游廊》里说的大酒杯。

13 卡斯特里港口的右侧的维吉耶（Vigie）海角，这个词来自法语，瞭望台的意思。

14 glaze，指绘画树脂的光泽。我译为"釉"，不是指瓷器的釉，是形容一般意义上的油状的光泽面，这也是釉的本义。glaze 是沃尔科特非常喜欢用的词，它名词的含义是釉质，光滑的平面，眼睛的翳；动词表示上釉，装玻璃，涂上光泽，眼睛变模糊，古语里，还等同于 stare，即凝视。沃尔科特往往把 glass/glasses，gaze，glare 当作同义词。此处指夕阳的光泽布满圣卢西亚海滨，其中有三个含义，首先，这种放射的光辉，体现了一种神圣的永恒性。如果画家不把它转变为文艺复兴式的作品（如下），那么就需要独特的加勒比的艺术形式来展现它。其次，景色如同罩在玻璃里，在镜头中，所以这暗示了一个观看者，即艺术家，他在用艺术之眼审视风景。第三，通过这种透明的玻璃，他看到的不是自己的镜像，而是真实的自己。见 D.Delmaire 对 glaze 的讨论，我选取了其中的几个结论分析此处，见 "Derek Walcott's *Another Life*: from Death to Celebration"，*Revue électronique d'études sur le monde anglophone*（5.1，2007）。

15 The dream/ reason had produced its monster，来自弗兰西斯科·戈雅的一幅蚀刻版画的题词，这幅画是《怪想》（*Los caprichos*）组画的第 43 号作品，非常著名，画的是一个沉睡者（作者自己），埋首在桌上，周围是猫头鹰和蝙蝠缠绕，象征了无理性对理性的压制以及西班牙的黑暗现实。这段题词的西班牙文为，El sueño de la razón produce monstruos。英文翻译这句时，往往把 sueño 译为梦，但译为睡眠更佳。题词后面还有一句，大意就是，幻想和无理性的力量，与理性结合时，会成为艺术的源泉。沃尔科特暗示的是这层意思。BN，第 224 页，认为这句话可以上溯到维吉尔、约瑟·艾迪逊和德莱顿，也可以概括西方启蒙理性的精神。而沃尔科特是混血儿，在种族上被排除出了西方的理性文化传统，他属于理性做梦时的产物。

16 prodigy，英语中有三个含义，一指神童，少年天才，二指奇迹，三指怪异之事。这个词在《另一生》中，首先表示第一个意思，比如在一次谈话中，沃尔科特就自称为 prodigy，因为他年轻时，就显露出了才华，见 D.Montenegro 对他的访谈，*Conversations with Derek Walcott*，第 147 页。

但除此之外，它还暗含了另两个意思。首先，它同于"怪物"一词，强调了"特异性或怪异性"。作者的意思是，他这种接受了殖民者文化的殖民地艺术家，本应生在被殖民之前（生错年代），即便生在殖民地，也应生为白人（生错肤色），但他是被殖民时期的黑人，又掌握了西方艺术，因此他是奇才般的怪物。所以，prodigy 带有了自嘲或反讽的味道，它暗示了西方人隐含的歧视心理：他们很难相信殖民地会有如此天才的掌握西方文化的黑人艺术家。

第二，在《另一生》4.20.4 中，它再次出现，指向了克尔凯郭尔的《畏惧与颤栗》的"奇迹"概念。该词的丹麦文为 Vidunder（动词为 forundre，beundre），克氏有时也用 Mirakel，英文会用 prodigy 来译（有时也用 wonder，miracle 等），比如沃氏使用的 W.Lowrie 的英译本。这个词的最终源头是希腊文 τέρας，在希腊神话中，指怪兽，怪物，《圣经》语境中指奇迹。《畏惧与颤栗》中，信仰骑士的将"跳跃"变成"行走"的那种奇特的从容，被称为奇迹，它同于上帝和基督创造出的种种奇迹。这层意思是 prodigy 最为深刻的含义，此处还比较含蓄，但在 4.20.4，它突然闪现出了克尔凯郭尔式的哲学含义，从殖民/反殖民的语境，上升到了关涉人类的普遍生存意义的层面。巧妙的是，在 4.20.4 那里，沃氏恰恰留下了几处标记指向了 1.1.1，这就更加证明，此处的 prodigy 并非寻常之词。

17 draughtsman's clerk，作者将初学绘画的自己比作绘图员的负责记录的文员。《另一生》2.9.3（本诗集未收），In my father's small blue library/ of reproduction I would find/.../...volumes of *The English*

Topographical Draughtsmen,《英国地形绘图员》是一套绘图集,其中收录了英国绘图员和风景画家的地理图和艺术画。对于地理的细微的关注和绘画,都影响了沃尔科特的诗与画。

18　海港的远景,在画纸上变成了近景,相当于放大。

19　BN,第 224 页,引了列维-施特劳斯的一段话,认为有可能影响了沃尔科特:"每次日落都有两个不同的阶段。开始时,太阳发挥了建筑师的作用。之后,随着它的光线不再直射,而仅仅在反射,太阳又变成了画家。"

20　也许是安娜。按照诗中描述,沃尔科特在西蒙斯画室附近作画,向山下正好能看到海边安琪薇尔的住处。见 BN,第 154 页。

21　下面也提到了,是安琪薇尔的家。沃尔科特在《离校》中介绍过,原来是停船的棚屋,后来改造为狭窄的居民区、饭馆和夜总会。见 BN,第 224 页。

22　指画作,它映照着景物。

23　Government House,不能按字面意义译为政府大楼。圣卢西亚与英国的行政关系,发生了多次改变。1802—1834 年,英国在圣卢西亚设总督(Governor),总督府修建过三次,第三次修建于 1894 年。而在 1834—1967 年,圣卢西亚不再设总督,因为它或是并入了英属向风群岛殖民地,或是短暂并入西印度群岛联邦,其官员为副总督(1834—1857)、行政长官(1857—1889)、特派员(1889—1958)、行政长官(1958—1967)。但这座总督府一直使用到 1967 年。1967—1979 年,圣卢西亚成为独立的自治的英属国,再次拥有自己的总督,哈罗德·西蒙斯的兄弟伊拉·西蒙斯 1971—1974 就担任过这个时期的圣卢西亚总督。1979 年独立之后,圣卢西亚属于英联邦成员国,仍然设立总督,由于圣卢西亚不再是英属国(state),成为独立国家,所以总督称为 Governor-general,但总督府仍然沿用。本章的诗歌时间是 20 世纪 40 年代末,所以圣卢西亚没有总督,是特派员,但总督府仍然使用,而当地人沿用了这个称呼。

24　Morne，本诗集中均指卡斯特里的 Morne Fortune，Morne 为古法语的单词，即小山。这座小山在卡斯特里南部海岸，与维吉耶海角一左一右，法国人原来在这里修建过堡垒，后来被英国占领。总督府就在小山的北侧。圣安东尼酒店也在这里，是地标性建筑，但20世纪60年代毁于大火。BN，第225页介绍了沃尔科特在《本地女人》一文中对幸运山的理解：morne 在克里奥尔语里表示山，但是在学校教的法语里，它表示哀悼，同于 mourn，所以 Fortune 也许意味着宿命，而不是幸运，因为有大量士兵得过黄热病，死在这里。

25　transfigured，transfigure 在基督教中专指耶稣的变容，这里结合了文艺复兴的语境，因为基督教内容是文艺复兴画家的重要题材，拉斐尔就画过《耶稣变容图》(*Transfiguration*)。作者为了突出风景变为画作的神圣性，使用了这个有特定含义的动词。

26　cinquecento，意大利语，意为1500，作为专有名词，指16世纪意大利文艺复兴的艺术和文化。这也呼应了本篇的题词。沃尔科特的父亲非常喜欢文艺复兴时期的艺术，而且这也是西方近现代艺术的源头，所以沃尔科特以之为例。

27　联系前面雪莱的"煤"。卡斯特里港口附近有两座山丘，《城市死于火》中也提到过。卡斯特里从19世纪中叶到20世纪初，是重要的煤炭运输港口，所以沃尔科特用煤作比喻。

28　converted，这个船屋就是安琪薇尔的家，她父亲把它改造为了餐馆。见 BN，第154页。当然，converted 也会让人联想到宗教的皈依。

29　联系前面雪莱的"煤"。安娜在生火，吹着炉火的余烬，好让火旺起来，这会让自然之光继续。安娜的气息如同具有神性，它为沃尔科特带来灵感，让熄灭的煤重燃。另外，这里也暗含了普罗米修斯盗火种的故事，西印度人开始自己掌控命运之光，尽管还很微弱。

30　沃尔科特常用"失忆"来描述殖民地的"历史缺失"。在《历史的缪斯》(1974)一文中，沃尔科特认为，"失忆是新世界真正的历史"。在《加勒比人：文化，抑或模仿》中，他说："在加勒比，历史毫无意义，这不是因为它没有被创造出来，也不是因为它是卑劣的，相反，是因为，它无关紧要。而重要之处恰恰在于历史的缺失，在于**种族的失忆**；这样，想象就成为必要，想象是必要之事，就是发明"。（粗体为我所加）见 N. Melas 的引用和分析，*All the Difference in the World: Postcoloniality and the Ends of Comparison*（Stanford University Press，2007），第 127 页。"历史"是西方人建构的产物，加勒比没有这种西方的历史，所以它的这个意义上的历史是缺失的，但它具有自己的自然史（见后面《海即历史》），加勒比艺术家必须用艺术和美学来想象自己的历史，建构自己的身份，也就是沃尔科特说的与其"复仇"，不如接受"虚无"。所以，失忆不是逃避，是接受并考察加勒比的现实。

在《黄昏之言：序曲》中，沃尔科特说："在原生的黑暗中，种种第一原则都是神圣的……内部的声音带来的震惊在尖叫中惊动自己。几百年的历史都不得不被抹去……青春期的无知暴露无遗，像一个羞怯的女孩，而对应她的演员，坐在那里观看……他们的纯朴实际上是雄心。他们的目光中布满了启程的希望。最高贵的人就是那些陷入困境的人、接受了黄昏的人。如果我把这些人视为英雄，那么原因在于，他们在任何地方都能保持着演员的那股想要记录种族痛苦的神圣的劲头。为了做到这一点，他们必须返回，穿过黑暗，黑暗的终点就是**失忆**。在他们面前张开嘴巴的黑暗是可怖的。这正是从人退回到猩猩的旅途……奴隶的孩子必须用火把烤焦这段记忆。"（粗体为我所加）"种族痛苦"可以联系《一位青年艺术家的肖像》中斯蒂芬想要塑造的"种族的良知"。见 BN，第 225 页。

31 furred，来自 fur，等同于 furry，意同于 creepy（绒毛的质感）、hairy 和 downy，这是沃尔科特的常用词。见《另一生》1.6.3（本诗集未收），The air there, stained. Furred. Soft as tarantulas/ scuttling the hairy cocoa leaves；1.7.2（本诗集未收），the light-furred luminous world of Claude；3.13.2（本诗集未收），furred dusk clawed softly,

mewing at his ear。也见《圣卢西亚》5.2, as on the furred tops of the hills.《浪子》2.5, Thought furred and felt like an alderman's collar。在解释 1.7.2 时，BN，第 258 页指出，这暗示了法国画家克劳德·洛林（Claude Lorrain），他的技法就是，前景设置暗色的树或建筑，背景地平线增加亮度，画面中部的风景施以微光淡色。这种效果就是，"帆画布"的质地造成了光的"蠕变"（creep，渐变）或光"绒"——BN 误写为 furr。也见 BN，第 335 页再次指出，这里暗含了"帆画布"的意象：黑夜让山坡具有了画布的质感（因为光线渐暗造成），孩子正在抬着他完成的"帆画布油画"去往西蒙斯的画室。

32　西蒙斯的画室在维吉耶海角的巴纳尔山（Banard Hill），见 BN，第 225 页。

33　英国人修建的无线站，月亮与无线站都暗示了西方现代文明。

34　O，用这个字母的形象来指月亮，见《月》；N.W-Tagoe 分析到了这里对月亮的描写，前面引用过，见 *Historical Thought and Literary Representation in West Indian Literature*，第 138—139 页。

35　非常好的隐喻出了拉康的镜像理论，月如同镜子，为加勒比人带来想象的自我（other，小他者），而他们真正的自我已经隐退到现实界中。

36　candor，这里不宜译为直白或坦率，作者利用了这个词的词源，它来自拉丁语 candere，即照耀，使变白。拉丁语的 candor 表示纯白，纯洁，这个词所指的白色程度还非常深。英语 candle 也与 candor 同源。白色指殖民者，联系《幽谷中的爱》对白色的恐惧。这里的"对白色的渴望"出自马达里亚加的萨尔瓦多的一段话。此人是西班牙作家和历史学家，关注的主题是混血因素的文化影响，著名的作品有《玻利瓦尔》(1951)，解释了玻利瓦尔的混血给他造成的影响。马达里亚加在《人种制中的黑白混血成分》("The Mulatto Element and the Castes")一文里解释了"对白色的渴望"："这种对白色的渴望从有色金字塔的底部开始，即使在纯黑或纯白的西印度人中这种情况并不普遍……西印度人灵魂中的另一股力量是土地的引力，西印度人的土地……混血……让这三个民族混合了他们的灵魂……对白色的渴望将西印度人的灵魂塑造为单一的灵魂……"。以上均见 G.Curry 的 *"Toubab La!"Literary Representations of Mixed-Race Characters in the African Diaspora*（Cambridge Scholars Publishing，2009），第 204 页。在布莱克曼（Peter Blackman）的《有没有西印度文学？》一文中，沃尔科特也读到了布氏提到的"对白色的渴望"。BN，第 226 页。

37　chiton-fluted，chiton，希腊文作 χιτών，是古希腊人穿的白色长袍，主要是男性穿着，女人一般穿 peplos。希腊雕像和画像中常见这种衣服，所以，作者用 chiton 一词，就是为了联系古希腊和文艺复兴的艺术。flute，指笛箫，这个词也表示褶皱和石柱上的凹槽，因为褶皱和凹槽很像排箫（pan flute）的起伏状。此处有两种理解：一，flute 表示本义笛箫，所以 chiton 修饰它，把排箫比喻为衣绉，同时用两者比喻大海的波浪。二，flute 仅仅在比喻义上指褶皱。我倾向前者，因为这会平添音乐的元素，而且排箫也是希腊人的经典乐器。BN，第 227 页，指出《维纳斯的诞生》中，维纳斯的贝壳带有 chiton 形的衣绉。而绉衣、维纳斯、贝壳（藤壶壳和楼的圆形外壳）恰恰都在这一节中出现，它们均联系了这幅名画。沃尔科特暗示了圣卢西亚自己的美神，将会从大火烧尽后的楼的"贝壳"和褶皱的海洋中诞生。

38　指 1948 年卡斯特里大火后残存的办公楼，见《城市死于火》。

39　disc，作者写这首诗时，电脑光盘还没有发明出，这里指圆盘器皿。

40　shells，在隐喻的意义上，指藤壶的外壳，藤壶是一种节肢动物，有着灰白色圆状的外壳。这些办公楼是罗马式的圆形建筑，形如藤壶。

41　两个椭圆顶之间的部分是凹下去的，光照不到，看起来就像没有牙的牙龈。无牙（toothless）也表示失去权势的，这里也有这层意思。

42　untuned，走调，不和谐，引申为心慌意乱，这个词呼应了排箫。

月色一开始照到椭圆上，明暗交错，但有人经过时，月色就被打乱。月亮作为西方文明的代表，它需要的是古典的、文艺复兴式的艺术作品，但在圣卢西亚，月光照到的却是离奇古怪的景色，又像又不像西方，所以月色感觉不安。

43　plaster of paris Venus，之前的版本，paris 首字母大写。历史上，法国人大量使用石膏，巴黎蒙马特就是石膏的出产地和制作地，因此熟石膏得名为巴黎石膏。这里说的维纳斯，即卢浮宫镇馆之宝《米洛的维纳斯》。作者这时已经进入了哈罗德·西蒙斯的画室，他看到的是壁炉台配有的熟石膏的仿制品，他很想把它变成大理石的"正品"。不过，这仍然是仿制品。这样，"熟石膏的或作者做出的大理石维纳斯/加勒比文明"与"卢浮宫大理石维纳斯/欧洲文明"构成了等级关系，后者是永远不在场的"杰作"，加勒比人只能仿制殖民者的文明。

44　half-cracked，《米洛的维纳斯》由两块大理石拼接，在它的背部，髋关节处，可以看到一条裂缝。这一句是比喻，把哈里的画比作大理石维纳斯和镜子。所以，这幅志在摹仿维纳斯的画，也需要像正品维纳斯一样，有一道裂缝。有意思的是，在英语惯用法中，half-cracked 这个词还表示智力迟钝的，作者肯定想到了这层意思，它也消解了仿制出的维纳斯（那幅画）的神圣性。在下一行，中心语是"镜子"，如果认为 half-cracked 也连接它，那么句意就是，半开半裂的镜子，也就是不完美的镜子。

另外，这一句也暗示了弥尔顿的诗作《论莎士比亚》中的一句，Then thou, our fancy of itself bereaving,/ Dost make us marble with too much conceiving. 莎士比亚的创意和思想，让后人只能像大理石一样毫无生命，而作者一心希望（暂时只能希望）自己能让欧洲文明的"前人"成为大理石。

45　即哈罗德·西蒙斯画的《阿尔伯蒂娜》，这幅画就在画室的壁炉旁边。阿尔伯蒂娜（Albertina）是西蒙斯的黑人女仆。作者这里用维纳斯/阿尔伯蒂娜这个对比，展现了哈里试图跳出西方艺术的努力，这对沃尔科特影响很大：在后者心中，有一个美丽的生于非洲和加勒比的"黑色维纳斯"或"黑色海伦"，她就是加勒比女性的化身。关于阿尔伯蒂娜和沃尔科特一直着迷的黑色美人意象，见 D.Micks 的 "Derek Walcott and Alejo Carpentier: Nature, History, and the Caribbean Writer", *Derek Walcott*(Bloom's Modern Critical Views)，第 105—107 页；Baugh 的 *Derek Walcott*，第 180 页。

在《另一生》笔记中，沃尔科特写道："在西蒙斯的画室，书架上有一尊米洛的维纳斯的小雕像；它是石膏的，但我的想象让它成为了大理石或象牙的。在一面墙上，还有一个暗光中的黑女人的头，'阿尔伯蒂娜'，它就像德拉克罗瓦笔下的头。这个头做了艺术化的渲染，但是，它的装束很真实：一套马德拉斯棉的头巾，条纹上衣，金耳环，这些让主人公反而高贵起来。我觉得这个黑人女子就像艺术本身一样美丽。"见 BN，第 227 页。

关于这里提到的德拉克罗瓦的"头"，BN 猜测"可能"是《米索隆基废墟上的希腊》(*Greece on the Ruins of Missolonghi*)。这幅画的女主角是一位白人女子，她的右上方有一位土耳其士兵，包着头巾，黑色的头，但是，这跟西蒙斯的肖像毫无关系。所以，我更倾向是《包着蓝头巾的女性肖像》(*Portrait of a Woman in a Blue Turban*，1827，现藏于达拉斯艺术博物馆)，这幅画是一名黑人外族女性的肖像，画面露出了左耳的耳环。西蒙斯对德拉克罗瓦的摹仿，也影响了沃尔科特。在《世界之光》中，沃尔科特见到了一位黑人美女，他直率地赞美道，it was like a statue, like a black Delacroix's / Liberty Leading the People。

46　haloed the tonsure, halo, 一指灯泡的光圈，二指基督教圣像人物背后的光环，这里作为动词用。tonsure, 一指哈里谢顶，二指基督教修士的剃发和剃发后的头型。修士剃发要将顶部头发去掉，只保留一圈头发，表示为上帝服役的决心。这里是把哈里圣化，突出他的艺术如同宗教一样，而且可以取代本义上的宗教。

47　指沃尔科特。

48　let us see，这是作者让读者一起看西蒙斯，也是西蒙斯在看作者。西蒙斯是近视眼，他的近视代表了人类普遍的"短视"。此处的"看"表明了作者、读者、西蒙斯，试图超越这种短视。见 *Abandoning Dead Metaphors*，第147页。

49　slow strokes，BN，第228页，认为这里暗示了割脉自杀，stroke可以表示划过。

50　palms，其实主要指椰树，因为它也叫 palm。这条椰树棕榈大道在维吉耶海角，是主干道。这里一方面指沃里克的那幅《椰树路》，它模仿的是下面说的霍贝玛的画作；另一方面指实际的风景。风景画展现的是自然，而不是社会性的人工景物。所以画未变，但棕榈大道已经在现实中变为了飞机跑道。这表明了，沃尔科特渴望更具有广阔表现力的艺术形式，来展现加勒比被殖民的历史，当然就是诗歌。

51　Hobbema，即梅因德尔特·霍贝玛（1638—1709），荷兰黄金时期的风景画家。这里指的是他的油画《米德尔哈尼斯大道》（*The Avenue at Middelharnis*，1689，藏于伦敦国家美术馆）。

52　metaled，铺上碎石，修整为人工之路。

53　partriarchal，家长式的，族长的，patriarch 即父权制社会中的长老。这里将榕树（banyan）进行社会化的比喻。

54　gibboned，gibbon 指长臂猿，类人猿的一种，这里当动词用。在作者的诗中，黑人往往被比作猿猴，一方面是肤色和形象（在西方人眼里），一方面是因为，猿猴只能模仿人，属于"次人"，所以黑人艺术家也都永远是模仿者，甚至是拙劣的模仿者。另外，这里的gibbon，在发音上相似于《罗马帝国衰亡史》的作者吉本（Gibbon），这暗示了吉本的宏大历史观。最后这个说法，见 E.Baugh 的 *Derek Walcott*，第94页和 BN，第228页。我还认为，作者也许在以自嘲的方式嘲弄了一回西方人的名字。还有，长臂猿并非加勒比的动物，这似乎暗示了作为模仿者的加勒比人，更加偏离了本土。

55 seasoned, season 作为动词，表示像调料平添滋味，这个用法来自于季节的本义，因为季节让水果和农作物成熟，正如调料让食物完美。作者兼有两用，既表示枯叶像调料一样让景色更美，也表示这种落叶是按季节出现的。

56 redcoats，指 redcoat plum，学名 sproudias purpurea，属槟榔青属，牙买加和加勒比地区盛产，成熟后为红色果实。也见《另一生》1.3 的天堂李子。牙买加英语还有一种鱼，也叫 red-coat，类似硬骨鱼（bony fish）（不同于产在太平洋和印度洋的 redcoat，即红骨鳞鱼）。均见 *Dictionary of Jamaican English*，第 377 页。BN，第 228 页，认为指那种水果。在英语里，redcoat 又指英国经典的红色军服，因此也代指英国士兵。寄居蟹是 soldier crab，又明着写出了士兵。所以寄居蟹争食的是红李子，但在作者的想象中，仿佛吃的是英国兵的腐肉。

57 green flash，这是太阳在地平线附近升出或落下时放射绿光的一种自然现象。这联系了第三篇的"单纯的火焰"。

58 英国邮票有一种橙色版，这里把一片片整齐的别墅区比作一版的邮票及其图案。到此，自然风景画不能反映的社会状况，已经被沃尔科特用诗表达了出来，他笔下的地理区域与社会分层紧密结合。

59 这一句暗含了深刻的殖民地文化教育造成的后果，见沃尔科特在 1989 年的一次访谈中的分析，里面也提到了这一节中的一些植物："我认为区别实际上不在于想要看到榆树和橡树的那份渴望。关键在于一种所谓的尴尬，想象中的尴尬，会认为芒果比榆树低一等，棕榈树比桉树或松树之类低一等。这就是殖民主义带来的惩罚：一切东西都不如它宣称的，你懂的，它宣称的更优秀原本……。我从小……就明白……那些东西都是文学命名的。在沃里克郡时，有个人说过'榆树'，没错，是'榆树'。但是，如果莎士比亚说'榆树'，那么，这就是一棵高贵的树。区别就在于，没有文学表达过那种植物，文学没有将之神圣化，文学经验没有奉之为神。但是，我们这一代人从小就描写它，我们都犹豫要不要写下'面包果'、要不要写下'芒果'

这样的词；这不意味着，芒果就是不美的树。事实是，殖民主义的惩罚恰恰在于，芒果不可能具有橡树的尊贵，同理，黑色的西印度人也不可能具有沃里克郡英国人那样的尊贵。"见 *"Toubab La!"Literary Representations of Mixed-Race Characters in the African Diaspora*，第203页。

莎士比亚对榆树的描绘非常经典，比如《仲夏夜之梦》4.1的，Enrings the barky fingers of the elm. 又如前面《致敬爱德华·托马斯》中提到的托马斯对榆树的描写。相比而言，橡树更是西方文学和文化中的重要植物。在古希腊罗马神话、《圣经》和亚瑟王传说系统中，橡树都如同具有神性一般，《金枝》也描述过欧洲人对橡树的崇拜。济慈、丁尼生、惠特曼、切斯特顿、普希金、歌德都有描写橡树的诗作，霍桑小说里也有橡树的意象，《乱世佳人》也有十二橡树。橡树在美国和德国非常受尊重。中国读者更容易想到舒婷的《致橡树》，但中国传统文化对橡树并不像西方人那样热衷，当中国诗人学习了西方诗歌后，他们也会与沃尔科特的经历一样，必须要提一提它，才会显得高贵。与之相应，《致橡树》中，凌霄花这个充满本土美感的名字反而成为了攀高枝的负面意象。写橡树的中国诗人并不在乎实际中的橡树是什么（尽管橡树有好几百种），甚至都不需要观察它。《致橡树》中，关于橡树，我们能够得到就是一些抽象的概念，"高"，"伟岸"，以及固定化的象征战斗的"铜枝铁干"、"刀剑"之类的比喻，对于橡树的任何外貌和形态，这首诗都没有命名与描写，尽管作者首先将这个意象引入了当代诗歌。这是一棵不在任何时空、生长在脑中、只是为了提供一个高大轮廓、结出口号一样果实的植物。甚至都不用称之为橡树，任何一种满足上述属性的树都可以替换它。当然，由于橡树在西方文学中具有重要意义，使用它就能提升象征性。这棵"不存在的橡树"与描写得相对醒目（"红硕"，"火炬"）、但仍然不足的木棉成为了《致橡树》中理想的"伟大爱情"的象征，它们对抗的也是"寒潮、风雷、霹雳"这样空洞的敌人。——与之相反，沃尔科特是一个命名者,而不是用已有的象征关系去规定事物的人;他从不生活在自己的头脑中,他面对的是外物,各种事物,本土的事物,他是在发现事物的联系,而不是用固定的词库去概括事物。

60　oak,橡树是对山毛榉科或壳斗科(Fagaceae)下栎属(Quercus)、青冈属、柯属中几个种的泛称,也可以专指栎属的植物。中西的橡树有很多差别,中国也往往称之为栎树。橡树不产于加勒比地区,所以这里的诗人只能饥渴地想象它。在访谈中,沃尔科特说:"路边张开的面包果树的叶子,看起来并没有橡树的叶子高贵。在后者的背后,是我们一代人根深蒂固的渴望,一种老师和牧师培养的思乡症,马达里亚加(Madariaga)曾经把这种渴望叫作'对白色的渴望'……白色是智慧的颜色和高贵事物的颜色,它是每位基督徒、殖民地孩子都有义务得到的东西,至少是在精神上。"见"*Toubab La!" Literary Representations of Mixed-Race Characters in the African Diaspora*, 第204页。在后面《归于林木》中,沃氏用当地的海扁桃树去对应橡树。关于面包果树,见《恩赐》。

61　埋葬西蒙斯的墓地。

62　月亮如同一个特权者,用放大镜审查人类的肤色,它的目的就是划分人的种族,凡是与它一样白的,都被放到特权阶级中。

63　这里的书、月、海,均呼应开头第一节。书的脸,不是汉语说的书面(封面),指打开的书页,现在扣放,暗示了开头说的"打开的书"。

64　这一句字母全部大写,指书脊上印的书名和作者。坎贝尔即乔治·坎贝尔(1916—2002),牙买加诗人,黑人,1945—1978年,定居纽约,之后回到牙买加,1994年重返纽约,直至去世。《处女诗》(*First Poems*)出版于1945年。坎贝尔也影响过沃尔科特,促使他走上诗歌道路;他是在西蒙斯的推荐下阅读的。在与Edward Hirsh的访谈中,沃尔科特说坎贝尔曾让他兴奋,这不是因为结构技法,是因为"这个人是诗人,他提到的东西,我都熟悉"。这种书写本土的诗歌,符合沃尔科特一贯的理想。见 *Conversations with Derek Walcott*，第53—54页。

65 既是指翻书，同时暗示下面几行诗的观点，如同翻转了现实：黑人翻身取代白人，成为神圣者。这是坎贝尔鼓吹的政治观点。

66 Holy be/ the white head of a Negro,/ sacred be/ the black flax of a black child ...，这是坎贝尔《神圣》（"Holy"）开头两句。坎贝尔原文只有两行，沃尔科特分为四行，这是为了模仿西蒙斯阅读的顿挫。"白头"即黑人的白头发，黑人肤色虽黑，但头发总要变白。"黑亚麻"指黑孩子的如亚麻一样的头发。这一句带有《圣经》的特点，诗人如同上帝一样，在宣告一种不可抗拒的力量。青年沃尔科特，显然很受这两句的鼓舞。但中年时，沃尔科特在《乔治·坎贝尔的诗》一文中客观评价了坎贝尔的水平。沃氏对坎贝尔的基本定位，是一位进步的追求民族解放的政治诗人，但他批评了坎贝尔诗歌中过分激昂，为了宣传，不讲究诗艺结构的缺陷。在政治鼓动诗人中，坎贝尔的狂热让他成为了"最差劲的作家"，但是，当思想平和时，当他通过自己，而不是用政治扩音器来言说时，他是牙买加最好的政治诗人。在举出坎贝尔诗歌优秀的方面时，他引了这里的诗句，认为它们非常出色，仅仅失之于结构的粗疏和肤浅。见 *Derek Walcott, The Journeyman Years, Volume 1: Culture, Society, Literature, and Art: Occasional Prose 1957—1974*，第197页。坎贝尔的这几句诗的表达形式，既来自《圣经》，也借鉴了布莱克的《小黑孩》（"The Little Black Boy"）。他对《圣经》的借用，影响了沃尔科特。见 J.E.Chamberlin 的分析，*Come Back to Me My Language: Poetry and the West Indies* (University of Illinois Press, 1993)，第143页。

布莱克的《小黑孩》有几句与这首诗有关，而沃尔科特也有意暗示这首诗，因为当时年轻的沃尔科特就是一个小黑孩：My mother bore me in the southern wild, / And I am black, but O! my soul is white; / White as an angel is the English child:/ But I am black as if bereav'd of light; When

I from black and he from white cloud free, /And round the tent of God like lambs we joy// Ill shade him from the heat till he can bear, / To lean in joy upon our fathers knee./ And then I'll stand and stroke his silver hair, / And be like him and he will then love me。

67　这里的另一生仍然指艺术生涯。所谓重新开始，一是指开始写作诗歌，以诗歌为艺术形式，不再以绘画为主。二是指，诗歌似乎比绘画更能展现加勒比的社会面貌，绘画方面，他只能模仿西方，很难有大的突破，因为绘画展现不出"社会轮廓"，所以，诗歌让他走上了展现加勒比民族性的艺术道路，直至35岁之后的重生，也就是这一章开头说的"重新开始"。

68　白色的脸，指月光正在照射他。死去的孩子，是那个学习西方，想当白人的学画的少年沃尔科特，他死去后，就会迎来重生。

69　stared，这种小孩子的凝视，是沃尔科特常常喜欢描写的，它是一种无客体的"看"，"无人称"（或无个人）的看，看者疏离于自己的世界，没有意识到自己的存在，也不知道看向何处，而且毫无理解。由此，这种漠然或茫然的看，让主体"去中心化"，越出了主客体的区分。这是一种典型的被殖民者的看，体现了他对自身身份的怀疑和反抗。见A.Raza的分析，"The Formation of the 'I' through the 'Eye' in Derek Walcott's Poetry"，第22—23页。Raza在论证时，还引用了拉康的镜像理论，它可以解释沃尔科特描写的孩子的凝视。

70　rounding off，通常用法指圆满结束，这里也比喻手腕铲土时转动，铲一下，人们唱一句。

71　The Pilgrims of the Night，英国诗人弗雷德里克·威廉·菲伯尔（Frederick William Faber，1814—1863）创作的基督教赞美诗。他原信奉安立甘宗，后转为天主教。他的作品，在天主教和新教教徒中广为传唱。这首《黑夜行者》，适合于在葬礼时歌唱。由于死亡是黑夜，因此所有送葬者都是黑夜的行者，都在向死亡前行。

72　the live child，对比前面的死去的孩子。这一节，沃尔科特描述了他在圣卢西亚海边墓园观看一个小女孩的葬礼,他联想到了自己的"死亡"。这也是沃氏第一次经验死亡,这可以对比华兹华斯在《序曲》中对他第一次看到湖畔溺死者的描述,华氏还写到了自己想象的死人的鬼魂;沃氏的海水可以对比华氏童年时梦中听到的水声。见 A.Nichols 的观点,"Colonizing Consciousness in Walcott and Wordsworth", *Imagination, Emblems, and Expressions: Essays on Latin American, Caribbean, and Continental Culture and Identity*(Popular Press, 1993),第 178—179 页。《另一生》与《序曲》有一些相近之处,这里是比较明显的一例。《序曲》描写溺死者的句子,兹录如下,...yet no soul-debasing fear, / Young as I was, a child not nine years old, / Possessed me, for my inner eye had seen/ Such sights before, among the shining streams/ Of faery land, the forest of romance, / Their spirit hallowed the sad spectacle/ With decoration of ideal grace;/ A dignity, a smoothness, like the works/ Of Grecian art, and purest poesy。

73　flute,《圣经》中常见的乐器,英译本译法不同,也译为 pipe,希伯来文为 חָלִיל (chalil),和合本译为"箫"。《诗篇》150:4 和《撒母耳记上》10:5,都写到了吹笛来赞美上帝。所以这里的笛声,也表示天国之声。

74　我想到了爱默生《哈玛陀莱雅》("Hamatreya")中的一句,Ah! the hot owner sees not Death, who adds/ Him to his land, a lump of mould the more。霉菌代表的就是死亡。

75　指碎土,如同蕾丝布一样。

76　deciphering,送葬者解读着墓碑石上的生卒日期。见《另一生》4.20.4。

77　latern-jaw,指瘦长的下巴,两颊平直,有棱角,像西方的方形的长灯笼,这里直译,因为下面也出现了灯笼。

78　仍然指守墓人。

79　指墓地的花名册,记录死者数量。"喝着"也许指守墓人在喝酒,然后比喻名册不断有死人增加。

80 pink-palated conchs，在圣卢西亚的海滨墓园，海螺往往用来作为分界线，分割墓地。conch，在加勒比和圣卢西亚，指凤凰螺科（Strombidae）凤凰螺属（Strombus）或冠螺科（Cassidae）冠螺属（Cassis）动物。palate 指嘴巴的腭，也可以表示植物的唇瓣，这里指海螺螺壳的顶壁，它露在外面，呈粉色。但是，这个部位更像女人的生殖器官，顶壁如同阴唇。——这种比喻也见《奥马罗斯》7.2，their palates arched like the sunrise,// delicate as vulvas when their petals open。《幸运的旅行者》也提到螺壳的"阴户"（vulva）。所以在沃尔科特的诗歌中，海螺除了表示加勒比的自然美，也象征了死亡中的生命，因为女人的生殖器官就是新生的象征。从这里的复数 conchs 看，沃尔科特显然按照加勒比读法，把这个词读如 conk，这是受了法语 conque 的影响。这一方面是为了韵律节奏，另一方面，英语中，conk 表示鼻子和头，动词指昏迷，conk out，即失去意识，这些都跟死亡有关联，沃氏想让英语读者联系到这层意思。见 *Derek Walcott: Politics and Poetics*，第 137 页。另外，pink 也联系了下面的"萍琪"。

81 《黑夜行者》中有"光之天使"一句，指上帝为光。

82 Sir Thomas Lawrence，劳伦斯爵士，英国画家（1769—1830）。沃尔科特"调皮地"加上了一个中名 Alva，是为了让人联想发明灯泡的托马斯·阿尔瓦·爱迪生。在《加勒比人：文化，抑或模仿》中，沃氏写道："福特是美国实利主义者（materialist）的神圣的典范。福特是发明家，他创造了汽车；爱迪生创造了灯。……我们［加勒比人］什么都没发明出来，什么东西也没有。我们没有资源……没有福特，也没有爱迪生。但是，电和灯的概念，甚至汽车的概念，在它们被发明出来之前就存在了。它们不是创造物，它们也是模仿物，源自自然元素的存在和属性。"沃尔科特试图消解西方的发明和创造，去除它们的神圣性，他认为加勒比人不要在宗教的意义上崇拜这些发明，而是创造自己的精神性，破除月亮/灯泡的白色文化。

83　指劳伦斯的一幅肖像《萍琪》(*Pinkie*)。这幅画藏于美国加州亨廷顿图书馆，作于1794年，主人公是一位11岁的小女孩莎拉·谷丁·芭蕾特·穆尔顿 (Sarah Goodin Barrett Moulton)，画中，她身着粉白色的衣裙，头戴粉帽，帽子的飘带和衣裙随风而动。最引人注意的是她炯炯有神、直视着的目光。但在画作完成的次年，莎拉就去世了。值得一提的是，她的侄女就是著名女诗人伊丽莎白·勃朗宁。莎拉的小名叫萍琪，英文为Pinkie或Pinkey，前者意为小手指，后者意为粉色，即pinky。

这里之所以提萍琪，主要原因是，首先，葬礼的小女孩，也叫萍琪。其次，从籍贯来说，萍琪·穆尔顿是加勒比人，1783年生于牙买加，是英国殖民者和奴隶主的后代，之后也是返回英国，死在那里。从种族来说，按照作者的描述，他说萍琪有"黑色的眼睛"和象牙白的手，这似乎暗示了她是混血儿，至少作者想让我们往黑白相混的角度去联系。

另外，在亨廷顿图书馆的展厅中，这幅画的对面就是庚斯博罗更为经典的《蓝衣男孩》，那个男孩也是一个白人孩子，原型是农场主的儿子，画家将他画得如同王子一般。在一部分程度上，也是因为这幅画，《萍琪》才更加出名。西方人经常将两者相提并论，但沃尔科特却道出了萍琪不同于蓝衣男孩的独特之处：她身上折射出了一段牙买加的殖民史。

84　之所以说另一位，是因为葬礼埋葬的小女孩也叫萍琪。她本名蜜尔娜·奥古斯特 (Myrna Auguste)，去世时才9岁。她的姐姐诺玛是哈罗德·西蒙斯兄弟伊拉·西蒙斯的妻子。见E.Baugh的 *Derek Walcott: Memory as Vision : Another Life* (Longman, 1978)，第23页；BN，第230—231页。

85　《以赛亚书》6:6，撒拉弗手里拿着煤，煤涂在嘴上，罪孽就消除了。和合本译为"炭"。结合前面提到撒拉弗，煤炭意味着燃烧和神性。

86　这一节时态改为了现在时,作者回到了写作《另一生》时。变白指月光照射,这引申出两个比喻:一,比作闪光灯,作者想象了一台相机(后面还比喻为X光机)拍摄者卡斯特里众生。二,比作负片的主色白色,每拍一次,他的记忆相机里就存留了一张负片,然后放入"头脑的池中"(见下)。

87　still,指静照,定格摄影,静物照,这个词也可以表示剧照。

88　film,指摄影的胶卷。作者走在路上,周围的景象在白色月光中,就好像不断被拍摄下来一样。

89　flaking stone,考古学上,原始人做的薄薄细长的石头工具,用来切削,这里是形容孩子瘦削,肤色深,也暗示了,他们的生活状态与原始人没有区别。

90　Poor negatives,见《负片》。poor,一指负片泡得太久,不太容易洗出,引申为记忆模糊,艺术家需要迅速处理。二指孩子穷苦可怜。负片,一,形容孩子瘦削。二,由于月光下的黑孩子被照白,如同负片上黑白颠倒的人物。三,指记忆中的图像,这个记忆可以延伸到他出生以后能够记住的一切事情。Fumagalli 分析负片时,联系了《神曲·地狱篇》15.88—90,但丁有几句对记忆的描述,似乎预见了后来负片的意象,这很可能影响了沃尔科特:Ciò che narrate di mio corso scrivo, / e serbolo a chiosar con altro testo/ a donna che saprà, s'a lei arrivo(你关于我未来的言辞,我会把它写下,/ 连同其他的文字,拿给一位有智慧的女士 / 她会丰富它们,只要我到她那里)。这位女士自然就是贝阿特丽采。而在沃尔科特这里,让他将记忆负片冲洗出来的(即以诗的形式再创造),正是在艺术上引领他的哈里(还有爱情上的安娜)。见 *The Flight of the Vernacular*,第70—71页。chiosar (chiosare),我译为"丰富",Fumagalli 译为 gloss,这个词指注解或解释,也指在文辞上使之美化,富有光彩,这里两者兼有。

91　冲洗负片的池子。头脑一词为 mind,这个词也可以用来指记忆。作者在催促自己,拍完之后,要尽快用诗把他们"冲洗"出来,另外，他也想到了之前记忆中的所有负片。

92　moon-milk，指月光如同乳汁，地质学上也有一种月乳石叫moonmilk。另外，联系下面的X光，月的乳汁也比喻钡餐乳液。

93　bone tree，指X射线透射后的影像，全身白色骨骼，如同树。它比喻社会本质和社会问题。这几句是沃尔科特特别经典的隐喻，被很多评论者举出过。

94　整个卡斯特里的人物，全部容纳到一张照片/一篇诗作里，会让阅读诗歌的读者感到喘不过气。艺术家一开始有创作冲动，想要囊括全景，但思绪和回忆又不可能把负片一一"冲洗"，他必须加以选择。如《文心雕龙·熔裁》，"隐括情理，矫揉文采也。规范本体谓之熔，剪截浮词谓之裁"，为诗文，先标三准："履端于始，则设情以位体；举正于中，则酌事以取类；归馀于终，则撮辞以举要"，然后是剪裁字句。

95　F.M.Sprout注意到了第一人称"我"（I），除了在第一节使用过之后，直到最后一节，才重新出现。（有一处，中文译为"我"，是萍琪所说，但那是me，不是主格。）"Beginning Again:Derek Walcott's *Another Life* and *William Wordsworth*'s Prelude"，第75页。

96　指开头说的那个月亮，它即将灭亡。

第二章

1　天主教非常看重孩子的第一次圣餐礼，即初领圣体，一般在其7—13岁举行。圣卢西亚的天主教圣餐礼历时一周，全部结束后还有隆重的节庆。也见《圣卢西亚初次圣餐礼》。毕加索16岁时就绘画了早期生涯中重要的一幅画，名字就是《初次圣餐礼》，可见这个仪式对于天主教环境下的年轻艺术家多有影响。

2　carpenter's Gothic，专有名词，这种建筑风格在北美洲非常流行，见《哀歌》和下面第二节注释。哥特建筑在19世纪哥特复兴时期，不断出现，北美以及加勒比殖民地，木工哥特式的教堂和民居都是主流风格。

3　fretwork borders，fret即网状和格子浮雕，镂空，呈几何图案。哥特木制建筑，屋檐和门框的边缘，都会有这样的细密的浮雕。

4　mansard bonnet，bonnet即软帽，建筑学上指四坡屋顶（hip roof）。mansard是一种建筑风格，这种风格的屋顶，也称法式屋顶，是一种四坡屋顶，而且是双斜坡或复折屋顶（gambrel roof），屋顶分为两折，上坡平缓，下坡渐陡。这种风格由17世纪法国建筑师弗朗索瓦·曼萨（François Mansart）推广，因而得名。在法兰西第二帝国和拿破仑三世时期，这种建筑最为盛行。圣卢西亚最早为法国占领，法式建筑很多。

5　jalousies，这个词直接来自法语，英语的jealous源自此词，百叶窗可以窥视，因此与嫉妒产生联系。英语百叶窗可以用blind或louver（起源于法国）。作者这里的描述为了体现圣卢西亚的法国风格，下面则引入了英国元素。

6　brooms，可数时指扫帚，不可数时指金雀花，英国传说的女巫的扫帚是金雀花做的，所以一词两义。作者这里也暗示了金雀花，因为正是金雀花王朝（Plantegenest，planta genista）的爱德华一世在1301年吞并威尔士后，开始册封威尔士亲王的。用broom一词，既反讽了英国的著名王朝，同时也反讽了下面的I serve铭言。更重要的是，联系下面的"扫地"，表明自己的寡母受苦受累，如同奴仆，从而暗示加勒比人受奴役的状态。

7　palms，也指手掌，联系了扫帚，暗示了"奴仆"。下面再次用到，指护士的手。

8　爱德华，作者在这一句混揉了三位爱德华，分别是维多利亚女王的父亲、儿子和孙子：第一，按字面，首先指英王爱德华七世（1841—1910），未登基前，受封威尔士亲王，维多利亚女王之子。

1901年即位,汉诺威王朝结束,英国进入萨克森-科堡-哥达王朝,但他在位只有9年。爱德华七世并没有来过圣卢西亚。第二,指英王爱德华八世(1894—1972),他也受封过威尔士亲王,乔治五世之子,维多利亚女王之孙,他1920年9月25日来访卡斯特里,在当地植物园种下了扇叶棕榈,见BN,第233页。第三,爱德华亲王,肯特公爵,乔治三世之子,维多利亚女王之父,1794年英军击败法军,占领圣卢西亚,他在幸运山主持了英军升旗仪式,见BN,第232页。

9 drooping ostrich crests, ICH DIEN, I SERVE,这一句表面意思指英国威尔士亲王的纹章冠饰图案,其上有三根白色鸵鸟羽毛,羽毛顶部向下垂,穿过亲王的冠冕,下有绶带,上写一句铭言,ICH DIEN。这句铭言和鸵鸟毛冠饰最早是英王爱德华三世之子、第二世威尔士亲王黑太子爱德华(1330—1376)使用。

首先,该冠饰的图案来自黑太子的和平之盾,最早源自他的母亲艾诺的菲利帕家族的徽章。之所以用鸵鸟毛,一种说法是,艾诺伯爵的长子受封奥斯特雷旺(Ostrevent)伯爵,该地区名与英语的ostrich(鸵鸟)谐音。沃尔科特在《另一生》笔记中说:"植物园高大的棕榈和哥伦比亚广场(按:现沃尔科特广场)的菜棕榈(palmistes)就像威尔士亲王爱德华的三根鸵鸟毛。"见BN,第233页。把棕榈比作王室的羽毛,这显然带有反讽味道。droop一词,指有气无力的低垂,而且沃氏并没有具体描述三根鸵鸟毛的冠饰,含混的ostrich crests以及数量不明的复数,会让人想到鸵鸟毛掸子之类的东西,这也联系了"扫帚"。

第二,那句铭言为德文,之所以如此,因为这句德语的含义体现了亲王一心为民的精神,另外,它的发音近似威尔士语的Eich Dyn(你的人),这可以团结威尔士人,一战时,为了反对德国,前者就被改为后者。沃氏配上同义的英文,主要意图是,在文字上,用serve联系上面说的月亮是奴仆(servant),在意象上,联系扫帚、棕榈(手掌)、鸵鸟掸子,以及下面的扫地和熨衣。这些密集的意象指圣卢西亚和沃氏的母亲如同奴仆,生活艰难。同时,由于杂糅了王室的符号,所以消解了铭言上那个大写的"我"(ICH 和 I,指英国王室)的尊贵性。他用加勒比人的劳动和受奴役,嘲讽英国王室挂在嘴边的为人民"服务"。

  BN,第 233 页提供了两处材料,一处在《旧约·耶利米书》2:20,耶利米谴责以色列不为上帝"服务":I will not serve,这与 I serve 截然相反。一处在《一位青年艺术家的肖像》,乔伊斯把这句话的拉丁文 Non serviam 作为了斯蒂芬和戴达罗斯的铭言。沃尔科特暗指这两处,表明圣卢西亚如同顺民,甘当仆役。

10 "我",指沃尔科特的寡母。第二章的"分裂"由母亲促成,即婴儿在出生之始的无序和母亲树立的秩序间的分裂。这两句模仿了威尔士亲王冠饰的铭言。从这里开始,《另一生》中会常用第一人称的"我",变换地指作者、叙述者、主人公。见 S.J.Marks 的硕士论文,"That Terrible Vowel, That I: Autobiography and Derek Walcott's *Another Life*",The University of Cape Town,1989,第 51 页。沃尔科特的母亲虽然是学校校长,但还兼做缝纫工,为了多赚钱养活孩子。

11 做棺材用,有防腐的效果。这里暗示了沃尔科特父亲的去世,他死于 1931 年 4 月 23 日星期四。下面各种意象都来自于母亲的视角。

12 funereal berried ferns,按维多利亚时代发展的花语,葬礼语境中,蕨类植物表示诚挚,或迷恋,蕨类的叶子会编成葬礼用的花环。比如虽然不是蕨类,但名字有 fern 的文竹(asparagus fern),它也结有浆果。

13 undertaker's parlor,undertaker 专指殡葬员,白事知宾,葬礼执事。parlor,英式英语写为 parlour,指接待厅,如 funeral parlour,专指殡仪馆。这里指沃尔科特父亲去世后,他的画室改为了灵堂。

14 epiphany of ascension,两个词都是基督教的概念,如果全都首字母大写,一个表示显灵,显圣,一个表示耶稣升天。这里指烟雾飞升,如同父亲的灵魂升天。但这仅仅是表面的意思。

epiphany，BN，第233页，指出了这与乔伊斯的"灵光顿现"（epiphany）理论有关。沃尔科特18岁时就阅读了乔伊斯的作品，并深受影响，这体现在《青年的墓志铭》中。他喜欢做笔记，记录日常事物，这个习惯正与乔伊斯相同，他们都是要记录日常中的顿现。这样，一个直接的影响就是，散文也可以如诗，诗文可以一体，因为记录下的顿现才是诗的本质。关于沃尔科特对乔伊斯的欣赏，也见BN，第206页，沃氏指出了《尤利西斯》的散文语言对自己的影响，而《尤利西斯》深刻体现了乔伊斯的顿现理论。——可以补充的是，除了受乔伊斯影响，也受画家影响，如善用光影的维米尔。

BN没有详细介绍乔伊斯的顿现理论，我试图简单概述一下，我会引用乔伊斯《斯蒂芬英雄》（《一位青年艺术家的肖像》的早期版本）对顿现的集中讨论，所用的版本为T.Spencer编定的 *Joyce's Stephen Hero*（New Directions Press，1944）。epiphany来自希腊文 ἐπιφάνεια，指借助神性的洞察，乔伊斯对这个词的使用联系了希腊人的用法，以"看"为核心。就主体/人而言，它是顿悟或顿视；就客体事物本身而言，它是顿现。斯蒂芬（乔伊斯）对顿现的定义为："一种突然的灵性的显现"（a sudden spiritual manifestation），无论这种显现"是在日常的语言和手势中，还是在某个心灵难以忘记的时刻"。斯蒂芬举钟表为例，"想象一下，当我瞥视钟表时，精神之眼就在摸索中，它寻求调整自己的视见以达到精确的聚焦。聚焦的时刻一到，对象就'被顿现'（epiphanised）。正是在这种顿现中，我找到了第三个、也就是最高的美的性质。"他认为这种性质超越了种族和文化。接着，斯蒂芬举了托马斯·阿奎那对美的定义（拉丁文为我所加）：美是完整（integrity和wholeness，integritas）、对称和谐（symmetry，consonantia）、光彩（radiance，claritas，放射）。第三种性质claritas是quidditas（本质性），这个环节被斯蒂芬称为顿现。"首先，我们认识到，对象是一个完整的事物。然后，我们又认识到，它是一个有组织的复合结构，一个实际事物；最终，随着各部分的关系变得精致，随着各部分被调整到特定的程度，我们就认识到，它是那个它所是的事物（it is that thing which it is）。它的灵魂，它的本质（whatness），从它的外在显现中跳跃到我们这里。最普通的对象的灵魂，它的结构也是如此被调整的，在我们看来，就连它也是有光彩的（radiant）。对象获得了它的顿现。"乔伊斯的理论与普罗提诺、伊斯兰美学、现象学的本质直观都有直接或间接的相似性。在《都柏林人》中，主人公的顿悟活动构成了每篇小说的主题，而《芬尼根的守灵夜》则更为极致，它是一部原始的代码性的顿现小说，在读者的目光中，每一处都在变幻和闪现，引诱读者去顿悟。

沃尔科特的诗歌中大量使用光泽，照射，凝视，玻璃，窗户，镜子，眼睛，晶体，琥珀，负片等与光和视觉有关的意象，他正是按照顿现理论，暗示本质如光一样顿现在视觉前。这种顿现是宗教和诗性的，但又借助了"分析和综合"这样的科学方法，也具有"科学性、知识性和逻辑性"的内容。比如前面提到的，从棕榈叶子"看出"手掌、扫帚、金雀花、鸵鸟羽毛、三位爱德华、奴役，而这些意象又合乎历史和逻辑地串联在一起。又如"灯泡"，对于这个平常的事物，沃尔科特"悟出"它的本质与月亮、种族问题、宗教问题、白人文明、资本主义、爱迪生联系在一起，灯泡的本质在一个更为宏大深远的审美和历史维度中顿现出来，它不再是物理意义上的电器，它的光亮也不仅仅是化学能够解释的，它的发明也不是社会科学能够澄清的，它就像是一个需要诗人解读的寓言。沃尔科特要发现的是"灯泡性"（bulb-ness，比较 whatness），正如他所说（《加勒比人：文化，抑或模仿》），在灯泡发明之前，灯泡的元素就孕育在自然中，这种物的自然的本质性决定了一张网络，它将所有与灯泡性有关的事物，联结在一起。诗人要在历史和社会的语境中看出或顿悟出这样的元素。这是一场属于诗人的、自由和自律的、神性而无功利的游戏，而且他必须拥有丰富和渊博的常识与知识。诗人顿悟出的本质与逻辑，以及得出的"命题和推论"，都需要借助隐喻来完成，因此，灵光顿现理论与克兰、艾略特的隐喻逻辑共同构成了沃尔科特诗学理论的核心。

沃尔科特的这种诗学观，可以联系中国古代的《周易》的卦象理论及其所奠定的诗学观。以离卦为例，它可以表示火，日，电，光明，中女，美丽，甲胄，蟹，龟等。离也可以象征未来一切发明出的与光明和视见有关的事物，包括灯泡。而"离"的本质（"离-ness"，或用亚里士多德的句式说，"就离本身而言的离"）是这些相关事物"是其所是"的始基。由于卦象与语言本身的性质有着密切关系，所以它必然会被诗学采用。《文心雕龙·隐秀》的阐发最为经典："隐也者，文外之重旨者也"，"隐以复意为工"，"夫隐之为体，义生文外，秘响旁通，伏采潜发，譬爻象之变互体，川渎之韫珠玉也"。刘勰认为，卦象的变化体现了语言形象和意义的多样性和变动性；"隐"之"重旨、复意和义生文外"是文学性的核心。这些主张影响了中国古典诗学的"言有尽而意无穷"的传统和意境理论。（《太玄》《易林》《潜虚》推演和创制的语言形式，都继承了《周易》的卦象和意义理论，也体现了文学性。《隐秀》也提到了"微言大义"的传统，这条脉络仍然与"隐"的语言理论有关，但带有政治取向。）沃尔科特的顿悟和隐喻诗学也体现了意在言外的特征，顿悟就是一种直觉性的意会和回味；隐喻则如同卦象，牵涉出多重的文本、形象和意义，展开了交错的时间和空间。

15　肥皂为了洗净，洗白，但它洗不去黑人护士的肤色。前面注释也讲过肥皂在《圣经》中的意义。

16　指刚出生的沃尔科特兄弟。父亲去世时，他们只有1岁零3个月。

17　指这一周的忙碌开始。

18　maman，法语的妈妈，读音近似"妈芒"，早先的版本，写作英语的mama。圣卢西亚以法语为主，这种法式的叫法在沃尔科特童年时比较流行。关于沃尔科特对母亲的爱，见 *Telling Our Stories: Continuities and Divergences in Black Autobiographies*，第83页。

19　Sunday，下面会频繁使用，指安息日，基督徒不做犹太人的安息日崇拜，但这一天却是公认的歇工日。

20　Singer，指美国辛格牌缝纫机。这个牌子历史悠久，1851年由辛格创立。这里首先用了singer一词的字面意思。这台缝纫机是沃里克送给妻子的礼物。沃尔科特的母亲在缝纫时，还会有节奏地唱赞美诗。BN，第233页，介绍了缝纫机，尤其是辛格缝纫机在加勒比作家的作品中经常出现，是童年记忆的重要组成。比如布拉斯维特的《母亲诗》。

21　uncles，均指母系的uncle，即舅舅。复数指两位舅父，一位是奥西（Ossie），一位是埃里克（Eric）。奥西舅舅患有精神失常，近乎疯癫，沃尔科特在《另一生》笔记中有回忆，见BN，第234页。

22　外面的灯柱在雨打中，如同摇铃。

23　jour marron，BN，第234页介绍，marron为法语，对应英文的maroon，源自西班牙语cimmaron（野外的，未开化的）、cimarra（灌木丛）和cima（顶端，往往指山顶），以及拉丁语的cyma（枝芽）。作为名词，17世纪时，专指逃到西印度和荷属圭亚那丛林中的黑奴，更早期的用法为symeron。作为动词，指流放到孤岛，逃到野外，生存于野外。此外，英语maroon，作为名词，还表示栗色，褐红色（与之相应，法语marron也有这个意思，表示栗子），但这是源自古希腊文 μάραον，与前一个义项的词源不同。这里，jour marron原本指奴隶放风的日子，比如集市日，可以不做工，暂时离开种植园，去购物。奴隶制废除后，指一般的假日，休息日，集市日，尤其是复活节周日，复活节周一，各个周日等。人们可以放下工作，休息或购物。BN引罗德里克·沃尔科特的介绍，沃氏家门前就有公交巴士，载人去野餐（mawonnes，即，marron）。《圣卢西亚》中有动词用法，so there are little wires of music/ some marron up in the hills, by Aux Lyons。

24　专门去郊外的公交车，人们去郊外一般都是度假和野餐。

25　巴士上的吊环，阳光下呈金色。但"金手镯"也指当地人的腕饰，这是一词多喻。

26 good-morning in Guinea，这句看似比较奇怪，但最简单的解释就是，几内亚说法语，法语的早安是 Bonjour（字面上同于英语 good day），在非法国的法语地区，也会说 Bon Matin（Bonne Matinée，这个说法字面上对应 good morning，但法国日常不这么说），无论哪种说法，Bon 的读音都很清脆，读如"梆"，如同作者说的手镯的撞击声。这也暗示了圣卢西亚与法语的关系。

Guinea，即西非的几内亚，西印度地区的黑人和黑人混血的祖先大多来自那里。一种说法是，Guinea 来自柏柏尔语，即，烧黑的人。沃尔科特和很多加勒比文学家常提这个地方：《猴山梦》中，主人公马卡克就自比是阿散蒂、达荷美（Dahomey，贝宁）和几内亚的黑人武士。沃尔科特《扁桃树》（本诗集未收）称几内亚为，This further shore of Africa is strewn/ With the forked limbs of girls toasting their flesh.《奥马罗斯》36.1，...forever, between our island// and the coast of *Guinea*...。布拉斯维特的《牧人》("Shepherd"，1969）说，The street's root is in the sea/ in the deep harbours;/ it is a long way from Guinea// but the gods still have their places。

Guinea（畿尼，几尼）是英国的一种旧金币，19 世纪基本上退出市场，这种货币的名字就来自西非的几内亚，因为几内亚盛产黄金，是英国铸造畿尼的材料来源。我相信这里提到的金手镯就暗示了这一点。这样，Guinea 一词，包含了非洲、加勒比、法国、英国四种文化。

good-morning 也是体育锻炼中的体前屈运动，即双手举杠铃，背后，下身直立，上身弯下。这里是否暗示杠铃的声音，或许有可能，但这种理解较为牵强。

27 妓女卖春时会脱去衣服，敞露身体，犹如水果被切开，任人品尝。笑容的敞开也暗示了这一点。妓女的意象见下一章的"海伦/杰妮"。

28 用踩缝纫机踏板，比喻蝉鸣。

29　指家里黑人女佣，但这里也用她比喻沉默本身，她们一同擦着屋子。

30　Victrola，1901 年成立的维克多留声机公司（Victor Talking Machine）在 1906 年推出的留声机品牌。Victrola 是 Victor 加了指小词后缀 -ola，这是模仿乐器名如 viola 的构词，为了表明留声机可以像乐器一样播放音乐。这款留声机最为经典，它配有一个柜子（cabinet），机器和喇叭可以放在里面，起到防尘并与其他家具风格配套的作用。Victor 这个名字的来历，说法不一，但它品牌推出那年，维多利亚女王正好去世。有人也注意过这个巧合。我相信沃尔科特也有暗示，结合前面提到的几位爱德华。最重要的是，留声机是爱迪生发明，这也联系了前面的灯泡。这是沃尔科特对乔伊斯"顿现"理论的比较典型的使用。

31　蓝翅鸭是一幅画，前面 1.1.1 的注释曾提过，在《离校》中，沃尔科特提到了父亲的遗物，其中有"一幅浪漫风格的原创画，画着海鸟和悬起的海浪，他起的名字是《风暴的骑手》"，见 *Critical Perspectives on Derek Walcott*，第 28 页；*Telling Our Stories: Continuities and Divergences in Black Autobiographies*，第 81 页。这幅画旁边有面镜子，诗中的视角指向了镜中的蓝翅鸭，它好像拍打着镜子这面湖。

32　tightened，第二章分裂的一极就是这个词，母亲维护家庭的秩序，承担起丈夫的责任，她控制着家庭，使之有序，不会陷入混乱。

33　面包形状像肺。

34　周日、神圣的、沉默，均押头韵，三者有联系。机器用了复数，指缝纫机和留声机。

35　ghost，肯定不是指鬼魂，而是沃尔科特心头的回忆和影像。按照这里的描述，他父母以前的房子应是有一部分外租了。这一行，到句号为止，用的是现在时，作者重返老宅。

36　木工哥特式的农舍，屋檐刻有前面说的镂空花边。

37　指窗户，但之于鱼来说，指玻璃缸。

38 屋檐花边上雕着的沃里克和阿莉克丝的首字母。连起来念是 aw，感叹词，所以说是玩笑。房子虽然易主，但雕纹还保留着旧房主的痕迹，表示着忠诚。另外，也指父母的感情并未改变，虽然父亲已死。

39 洗衣盆，但天空比作肥皂，泡沫也就比喻云。见《长眠于此》。

40 blue soap，后面第二节也出现了，blue 是蓝剂，漂白剂。见《另一生》4.23.3。

41 指气泡。

42 bent, mullioned window，比喻气泡的弧形，如同弯曲的窗户。气泡有窗棂，是因为曲面中间亮，两边暗，看起来好像安着窗框。mullion 除了指竖窗框，也可以指圆窗上辐射型的窗框，也许这里强调的是这个意思。

43 green eye，green 形容人尚年幼，但 green eye 在英语中表示嫉妒和眼红。

44 of that sovereign-headed, pink-cheeked bastard Bubbles/ in the frontispiece of Pears Cyclopedia，这句涉及的典故和常识很多，"气泡"的意象看似简单，但又是一次"顿现"。首先，Bubbles 是一幅插画，它原本是油画，由拉斐尔前派创始人英国画家米莱（J.E.Millais, 1829—1896）所绘，原名为《一个孩子的世界》(1886)，画中，一个金发的白人男孩坐在石头上，手里拿着吹泡泡的管子和装着肥皂水的碗，抬头注视着一个他吹出的气泡，画的右侧有一株枯萎的植物。这幅画的主题模仿了 17 世纪荷兰黄金时期的画家格利特·道（Gerrit Dou）的《吹泡泡男孩的静物写生图》(*Still Life with Young Boy Blowing Bubbles*)，道的画是典型的 17 世纪尼德兰"虚无"主题的静物写生画（vanitas still life），突出了人生的空虚和短暂，画中左侧有一个男孩吹泡泡，右侧是骷髅和各种暗示死亡的东西。气泡象征了人生的虚无，小孩子表示人生的开端，他衬托着人生的终点，死亡。而米莱画中的那株植物，也是代表死亡。但是，这幅画后来又被皮尔斯皂业公司（Pears Soap，创始人安德鲁·皮尔斯）收购，作为了广告宣传画。在该公司编写的一卷本《皮尔斯百科全书》中,它又作为卷首插画。由于这幅画本身具有艺术性,但用作了商业画,米莱也受到了指责。sovereign-headed,指气泡高高在上,小孩子仰视着它。bastard,这是詈语用作小孩子昵语。pink-cheeked,指小孩子脸颊粉色,也指气泡映衬出他的粉色,这里直接用来修饰气泡。

通过上述,沃尔科特这一句有几层含义:第一,他当时就是童年,看着气泡时,就如同米莱和道画中的男孩一样,但同时,死亡的主题被暗示出来,这联系了他父亲的死。因此这一句看似可爱,但内涵却是虚无。沃尔科特前面提到过荷兰画派的霍贝玛,所以他肯定熟悉虚无写生。第二,本章的分裂就是无序和有序造成的,当小孩子知道了秩序时,他也就明白了死亡,所以成长并不是一个快乐的过程。第三,米莱出售自己的艺术画,用于商业,这也是沃尔科特会面临的困境,这是隐含的又一个分裂。第四,皮尔斯公司的肥皂,与前面的灯泡、留声机、缝纫机一样,都是西方文化的器物,在它们面前,加勒比人正像是一个气泡,毫无发明和创造。

45　回到了实景,不断出现的气泡,映射出世界。

46　They melt from you, your sons/ Your arms grow full of rain,母亲洗着衣服,气泡融化,手臂上都是水,她就像云或冰一样融化出水;而母亲生出孩子,就像自己的身体融化了一部分。连同上面"气泡"的意象,让我不得不想到《旧约·传道书》,首先,11:3,钦定本为,If the clouds be full of rain, they empty themselves upon the earth。11:5,提到了孕妇和子宫生产,说云下雨,胎儿出生,都是上帝的作为,As thou knowest not what is the way of the spirit, nor how the bones do grow in the womb of her that is with child: even so thou knowest not the works of God who maketh all。而作者在下一节就提到了"子宫"。

其次,11:5 之后的 11:8 提到了虚空,All that cometh is vanity。而前面所说的荷兰虚无写生画,其创作理念正是来自《传道书》11:8 和 1:2,Vanity of vanities, saith the Preacher, vanity of vanities; all is vanity（武加大本译为 Vanitas vanitatum omnia vanitas）。再下面，作者也会用到 vanity 一词。这也证明了《传道书》影响了作者这几节的诗意。

这两句，我也想到了《荒原》，Your arms full, and your hair wet, I could not/ Speak, and my eyes failed, I was neither/ Living nor dead, and I knew nothing,/ Looking into the heart of light, the silence。乔治·莱明 1973 年 5 月 6 日为《纽约时报》撰写的文章《两位类型不同又同具生命力的诗人》("Two Poets with Diversity and Vitality")中专门引用过它们，这篇文章评价了《另一生》的艺术价值。奥尔山（Joseph Olshan）的小说《水线》(*The Waterline*, 1989) 也曾用作题词。

47　这两句使用了多个 old，连同 house, woman, womb，字母 o 反复出现。沃尔科特喜欢用圆形或环形，来产生"催眠的效果"，并在形象上摹仿眼睛。见 "The Formation of the 'I' through the 'Eye' in Derek Walcott's Poetry", *Journal of Research: Humanities*，第 29—30 页。

48　半透光的墙壁比作子宫膜，下面还会用子宫比房间，利用了 womb 和 room 的音近。作者在这里出生，所以这样比喻，也呼应上面的"女人"和前面的母亲。

49　闪亮的微尘比作房子的眼睛。

50　radium，用镭就是为了呼应乔伊斯的 radiance (claritas)，下面也出现了这个词。这个词是居里夫妇从拉丁文 radius（射线，ray）造出的。这几节，有很多表示光亮的词语。

51　This radiance of sharing extends to the simplest objects，这句几乎就是在复述斯蒂芬的顿现理论。从形而上学的角度来说，这句话的意思就是，任何一个实存者，都是其所是地存在，它的本质可以在直观中显现。

52　gum-sunken，比喻鞋边凹陷。

53　vanity，联系前面说的荷兰虚无写生。

54　paper flower，不是指纸做的花，指下面的叶子花，尤其是叶子花属中的光叶子花（Bougainvillea glabra），因为它花片薄，俗称纸花。这种叶子花适合盆栽。

55　bougainvillea，也叫九重葛，它有藤，带刺。花名来自法国航海家布干维尔（1729—1811）。BN，第235页指出，列维-施特劳斯《忧郁的热带》中引用过他，而沃尔科特也读过这本书。

56　《另一生》中会频繁出现这种句式基本重复的结构，这是沃尔科特对历史和世界的一种认识，他不认为人类社会是线性前进的，他认同尼采、克尔凯郭尔和加缪（西西弗斯的重复）主张的永劫回归和重复，尤其是受克氏的《重复》的影响，见后。前面的 A.W.A.W 也是这种重复的例子。在下面，凡是遇到这种句式，我尽可能在汉译中体现这一点。除了这种并置的重复，也会有距离较远的用词和表达法的重复。

57　allamanda，花名来自瑞士生物学家阿拉曼达，这种花形似喇叭，成熟后就会掉落。叶子花和黄蔓都长在沃尔科特家门前。

58　charges，与 bugle（喇叭）有关时，指冲锋。喇叭花成熟后，就好像有人吹奏它，但直到掉落，都无人冲锋。这也暗示了英帝国的衰落。帝国强盛一时，但远不如永恒的花开花落，一旦衰败，就再难复兴。这是作者从花上顿悟来的知识。

59　radiate，依然联系顿现理论。乌鸦的脚分叉，如同射线。

60　mother，不再喊 maman，这个尊称表明了家庭的秩序性，喊出母亲的作者也已经是遵守秩序的成人。这个差异很像加缪《局外人》中对母亲称呼的变化。

61　BN，第235—236页，指出母亲的秩序也意味着沃尔科特写诗的秩序。就像沃尔科特说艾略特"每个词都各得其所"。

第三章

1 路灯的灯光,下面将烛火比作叶子,因此街灯是烛灯。

2 前两小节用过去时,后两小节现在时,现在时的场景,是男孩躺在床上。

3 lamplighter,点街灯的灯夫,灯都是油灯,烛灯或煤气灯,这里是烛灯。现在电灯普及,这种灯夫已经不多见。这三行还有下面四行中的黄昏、暮色、灯光等意象,见前面的注释。

对于点灯人的意象,我首先想到了《金银岛》作者史蒂文森(沃尔科特在散文和诗歌中多次提到过他)有篇诗作叫《灯夫》,写的是爱丁堡点燃煤气灯的灯夫列瑞(Leerie,苏格兰英语中,小孩子常称灯夫为leerie,这个词也可以表示灯和蜡烛,词源不明)。我认为它与这里的灯夫形象有联系。与本章相似,这首诗讲的也与孩子的成长有关。史蒂文森幼年体弱,他每天看到窗外的灯夫时,总会看到希望,他相信自己成长后,会有能力选择自己想做的事情,But I, when I am stronger and can choose what I'm to do, / O Leerie, I'll go round at night and light the lamps with you!/ For we are very lucky, with a lamp before the door, / And Leerie stops to light it as he lights so many more;/ And O! before you hurry by with ladder and with light, / O Leerie, see a little child and nod to him tonight!。史蒂文生很讨厌电灯,因为那样就看不到灯夫的出现。他期盼的并不仅仅是物理上的灯光,而是点灯对他人生的启迪,点灯是一个审美的形式。在这个意义上,灯夫总是让史蒂文生顿悟,让他不接受科技的发展,而是追求点灯和灯本身的超越物理的本质。沃尔科特在这里也是这样的想法。点灯的意象,也见《城市死于火》借鉴的狄兰·托马斯的蜡烛。

街灯,也见加尔维·金奈尔(Galway Kinnell)的《通往新世界的标着基督首字的大道》("The Avenue Bearing the Initial of Christ into the New World",题目的大道指纽约的 Avenue C, C 是 Christ 首字),

She dwells in a flesh that is of the Lord/ And drifts out, therefore, only in darkness, / Like the streetlamp outside the Luncheonette/ Or the lights in the secret chamber/ In the firmament, where Yahweh himself dwells...She stares among the stars, and among the streetlamps. 见 *A New Selected Poems* (Houghton Mifflin Harcourt, 2001), 第 15 页。这几行描写了太阳的神性, 这里的路灯, 也是需要人为点燃的。

BN, 第 236 页提到了金奈尔这首诗与本章的联系, 但他没有详细阐明, 我认为街灯是比较明显地体现这一点的意象。BN 还提到了这一章与狄兰·托马斯的戏剧《乳树下》(*Under Milk Wood*) 和乔伊斯《尤利西斯》的关系。前者也誉为威尔士版的《尤利西斯》, 描写了虚构的威尔士小村拉瑞吉布 (Llareggub, bugger all 的倒写, 但形近托马斯老家 Laugharne)。本章就是一个圣卢西亚版的《乳树下》和《尤利西斯》, 或微缩版的《奥马罗斯》, 或加勒比的金奈尔的"大道"。这种群像式和地图式写作, 也符合《另一生》1.1.4 说的群体静相。

4 参见《另一生》1.1.3, 说守墓人的灯笼下巴。暮色照在孩子的头上, 如同把它放入金色的神龛。

5 enshrine, 暮色笼罩, 光在街灯的灯笼上燃起, 如同放在神龛上。

6 heavenward, 也指朝向天国。

7 re-letters, 灯光照亮, 就像给书面涂了一层彩。

8 *Tanglewood Tales*, 书名恰好押头韵, 这是霍桑写给儿童的传奇故事书, 前面《幽谷中的爱》也提到过霍桑的童话。这部传奇收集了霍桑改写的希腊神话, 有, 忒修斯与弥诺陶洛斯; 安泰与小矮人; 卡德摩斯与龙牙; 喀耳刻的宫殿; 普罗塞耳皮娜、刻瑞斯、普鲁托 (哈得斯) 和石榴籽; 伊阿宋与金羊毛。唐格伍德是一座农舍, 霍桑写这本童话的地方, 在马萨诸塞州巴克夏地区。

9 Kingsley's *Heroes*, 金斯利即查尔斯·金斯利 (1819—1875), 英国布道师, 作家, 《英雄》全名为《英雄: 希腊传奇故事》。其中包含三组希腊神话: 珀耳修斯; 阿尔戈英雄; 忒修斯。

10 magic lantern,旧式的投影机或幻灯机,发明于17世纪,光源用烛灯和油灯,灯片插入机器,然后投出影像。灯片为方形,影像部分为圆形。有的机器,灯片连成一排,运动着经过灯孔,有的做出圆形,每个图片转动着经过灯孔。这里比喻街灯,灯夫拿着烛火,街灯在屋里投出了灯夫的影像。连同前面,灯笼意象有几个含义,第一,《另一生》1.1.3,说守墓人的灯笼下巴和一般的灯笼;第二,街灯的灯笼;第三,引申为幻灯机。男孩现在躺在床上,看着天花板,街灯如同放映幻灯一样,打出灯影,同时也打开了想象中的各种人物形象。在《另一生》2.12.3(本诗集未收)有,Yet, Gregorias, lit,/ we were the light of the world,这个《世界之光》指亨特(William Holman Hunt)的画,这幅画中有灯笼。3.13.4(本诗集未收),还提到,Judith, with Holofernes's lantern in her hand,那是暗示了但丁在地狱中看到摇晃着"灯笼"的诗人伯特兰·德·伯恩(Betran de Born),沃尔科特用伯恩影射了安娜的父亲。这两处的详细解释,见BN,第290,294页。

11 reels,随着光照,天花板在晃动,好像在播放灯片。reel作为名词,也可以表示一卷东西,尤其是胶卷。作者也暗示了这层意思。

12 主要指灯夫的黑色影像,但也许暗示他是黑人。

13 Demeter,古希腊文为Δημήτηρ,克罗诺斯和莱亚的女儿,宙斯的姐姐,丰收和农业女神。罗马神话中对应刻瑞斯(Ceres)。她的女儿珀耳塞福涅(普罗塞耳皮娜)被冥王哈得斯掳走,她举着火炬去寻找。火炬也成为德墨忒尔的象征。《唐格伍德传奇》的石榴籽故事讲述了她寻找女儿的经历。霍桑描述这个火炬,说它永不熄灭,这也是沃尔科特提到火炬的意义,它也呼应了史蒂文森和金奈尔的街灯和托马斯的蜡烛。爝火不息,正是因为分有了太阳之光,这是自然生命的延续。

14 C.K.Prince认为这一句是模仿学校老师的口吻,这是将西方的教育场景引入,但它促成的却是加勒比孩子的本土想象,这正紧扣

"分裂的孩子"这个主题。见"A Divided Child, or Derek Walcott's Post-Colonial Philology", *Classics in Post-Colonial Worlds*(Oxford University Press, 2007), 第 180 页。这一句恰恰是本章"分裂"的开始。"孩子"的称呼,见《另一生》1.5.1。

15 Ajax, 指大埃阿斯。从这里开始,作者将按照首字母 A 到 Z 的顺序,像词典一样,模仿《伊利亚特》第二卷列举武士和船只的方式,罗列圣卢西亚卡斯特里的真实人物和事物。为了让这种列举更为明显,我标出了对应的字母,以方便读者理解和查找。

卡斯特里的这些人物都带有希腊神话人物的影子(也与《圣经》等西方传统有关),但却是"伪史诗"的英雄,是经典人物的"戏拟",作者心中的神话。这种戏拟正是加勒比地方性或乡土气的体现。沃尔科特不是要嘲笑卡斯特里这些奇特的人物,而是一方面暗示西印度世界在西方文化的笼罩下,畸形地存在;另一方面去除西方文化的经典形象对本土性的压制和影响,这些形象如同他说的"橡树"一样,都是殖民化的产物;如果一个加勒比作家试图在当地寻找西方文化的对应物,那么他就会受到本土形象的嘲讽;如果他像奈保尔一样,发现只有虚无,那么他注定不是一位加勒比作家。本章结尾有一句话概括了这种神话人物的罗列,也是本章的主旨,These dead, these derelicts, / that alphabet of the emaciated, / they were the stars of my mythology。

关于人物的列表,也参见《黄昏之言:序曲》。这种罗列人物的意义,见 A.Alabi 的 *Telling Our Stories: Continuities and Divergences in Black Autobiographies*,第 84—85 页。关于这些加勒比的"希腊人"以及对希腊神话的戏仿,也见《回家:昂斯拉雷》,但是,在这首诗中,它突出了作者的疏离感,而在本章中,作者却是满怀着热情和幽默想象自己的故乡,他超越了那种个人的感伤。

《另一生》1.7.1(本诗集未收)开篇有一段话,概述了沃氏的"伪史诗"理念,它也是沃氏开创的加勒比文学精神的核心,

Provincialism loves the pseudo-epic, / so if these heroes have been given a stature/ disproportionate to their cramped lives, / remember I beheld them at knee-height, / and that their thunderous exchanges/ rumbled like gods about another life, / as now, I hope, some child/ ascribes their grandeur to Gregorias. 这种理念，让他致力于书写这些在奈保尔笔下受到讥笑的"伪英雄"，他们是艺术中的真实，用前面的例子来说，乔托不仅模仿了齐玛布埃的羊的艺术形式，还由此让观者开始思考那个看不见的现实界中的羊。

M.T.Lane 分析了本章对故乡人物的描写与华兹华斯《序曲》中对各色农民的描绘的相似性，爱（*agape*，古希腊文的"爱"，基督教信望爱的爱）都是这两者的核心。但是，差异在于，华氏追求的是普遍或一般化的兄弟之爱，他在农民身上看到了"另一个世界"（otherworld 或 another world）的神性，而沃尔科特关注的则是个体身上的"现世性"（this-worldness）的神性，而不是华氏的超越多样性的统一性。在《抒情歌谣集·序言》中，华氏说自己之所以选择描绘普通的乡村生活，是因为在这种条件下，"心灵的必不可少的激情……可以说出更直白、更明确的语言"，"我们的根本感受可以在更简单的状态下与之共存，因此，这些感受可以更精确地被沉思，更有力地表达出来……这些人的语言也能被利用（当然要去除明显存在的缺陷，去除一切总是理所当然地会让人产生厌恶或不快的因素，使之净化），之所以如此，因为这样的人物会频繁地表达出最优美的东西，而语言中最优美的部分恰恰从原初之时就源自于这些东西；而且，由于他们在社会中所处的阶层……他们会传达简单而且没有加工过的语言"。华氏并不关注农民自身的生存状态，他是将之作为理想世界或"大自然"的投影，他的"现实"并不是真正的社会和历史中的现实，而是具有超越性崇高的现实。他的语言也不是沃尔科特使用的俗语、俚语和方言。见"A Different 'Growth of a Poet's Mind' Derek Walcott's *Another Life*"，第 67—68 页。从 Lane 的论述中，也可以看出本章对卡斯特里人物的刻画，受到了顿现理论的影响，套用胡塞尔的那个经典说法，沃氏要"回到人物本身"，他不会像华氏那样对他们"净化"，而是要更深刻地揭示他们与希腊经典人物的背离，其反差和多样性越大，本土性就越为突出。他追求的是平凡而又具体的崇高性。

16　BN，第237页，埃阿斯是英国种马，主人希利（Sealey）是遭使会信徒（Vincentian）。这些与卡斯特里真实人物有关的信息，均来自 E.Baugh 与莱顿·托马斯（Leton Thomas）的私人通信。此人即莱顿·菲利克斯·托马斯（1926—），圣卢西亚著名作曲家，圣卢西亚国歌的作曲者。

17　《伊利亚特》2.763—770 描述埃阿斯，ἵπποι μὲν μέγ᾽ ἄρισται ἔσαν Φηρητιάδαο,/ τὰς Εὔμηλος ἔλαυνε ποδώκεας ὄρνιθας ὣς/ ὄτριχας οἰέτεας σταφύλῃ ἐπὶ νῶτον ἐΐσας:/ τὰς ἐν Πηρείῃ θρέψ᾽ ἀργυρότοξος Ἀπόλλων/ ἄμφω θηλείας, φόβον Ἄρηος φορεούσας./ ἀνδρῶν αὖ μέγ᾽ ἄριστος ἔην Τελαμώνιος Αἴας/ ὄφρ᾽ Ἀχιλεὺς μήνιεν: ὃ γὰρ πολὺ φέρτατος ἦεν,/ ἵπποι θ᾽ οἳ φορέεσκον ἀμύμονα Πηλεΐωνα。这几行的意思就是，人中以阿喀琉斯和埃阿斯为最勇，与之相应，马中以游墨洛斯的骏马为最佳。关于狮子，《伊利亚特》18.318—322 把帕特洛克罗斯尸体前的阿喀琉斯描述为狮子，11.480—481 把埃阿斯比作狮子，ἐπί τε λῖν ἤγαγε δαίμων/ σίντην: θῶες μέν τε διέτρεσαν, αὐτὰρ ὁ δάπτει。索福克勒斯戏剧《埃阿斯》985—987，透克洛斯提到了埃阿斯的狮性，οὐχ ὅσον τάχος/ δῆτ᾽ αὐτὸν ἄξεις δεῦρο, μή τις ὡς κενῆς/ σκύμνον λεαίνης δυσμενῶν ἀναρπάσῃ。这些描述都与下面描述骏马埃阿斯的文字形成对比。

18　the thunder of his neck，明显来自《旧约·约伯记》39:19，钦定本为，Hast thou given the horse strength? hast thou clothed <u>his neck with thunder</u>?。和合本译为，"马的大力是你所赐的么．他颈项上挓挱的鬃、是你给他披上的么。"钦定本的译法符合希伯来文原文 רעמה

(ra`mah，震动，抖动，指马鬃，词根 רעם 即打雷），和合本没有译出词干的含义。马的迅速，让马鬃的抖动的形态和声音如同打雷。

下面的"霹雳"还是 thunder 一词，指马奔跑的身体之快。也比较《伊利亚特》10.535，ἵππων μ' ὠκυπόδων ἀμφὶ κτύπος οὔατα βάλλει。κτύπος 指马蹄声，这个词往往指轰响，在埃斯库罗斯《阿伽门农王》1533，指雷声，ὄμβρου κτύπον。所以马蹄声如雷鸣。

19 蔬菜的皮，用作饲料。

20 这个叹词表示轻蔑不屑。"说"用的古语 saith，钦定本《圣经》中常见，尤其描述上帝的"说"时。

21 Berthilia，《猴山梦》中穆斯蒂克（Moustique）和马卡克买了一头驴，叫波提丽亚。戏剧将马卡克对应了堂吉诃德，所以这头驴子就像堂的马"驽昔难得"（Rosinante，西班牙语，"驽马"和"从前"的合写），马卡克想骑着它周游世界。戏剧中穆斯蒂克唱了一段卡吕普索式的歌，说他们两人加上波提丽亚，是两个 jackass（公驴，蠢人）加一头驴，实际上就是三头驴。但这个名字出自一个真实存在的丑老太婆。也许是因为她总要儿子背，所以《猴山梦》就用她的名字指驴，让她背别人。她承载的意义是返回本土，而这在西方人看来，就如蠢驴一样执拗。她对应的希腊人物是普里阿摩斯的女儿卡珊德拉。BN，第237—238页，介绍说，这个老太太就在沃尔科特家附近，坐在邵塞路和西瑟街交口一个三角地的炮弹树（cannon tree）下。

22 frog-like，我比较确信，这个蛙暗示了阿里斯托芬的《蛙》。在戏剧《小让和他的兄弟们》（*Ti-Jean and His Brothers*）中，沃尔科特设计了一个动物合唱队，蛙负责开场，这是模仿了《蛙》中的做法。合唱队发出了"希腊式的呱呱叫"（Greek-croak），这暗示了加勒比地区讲故事的传统。蛙体现了古典希腊和加勒比民间两条文化脉络。波提丽亚喜欢自言自语，如卡珊德拉（见下）一样预言，这也就像蛙一样爱讲故事，当然，她干瘪的形象也像蛙。关于这出戏剧的"蛙"，见 *Derek Walcott: Politics and Poetics*，第42，148—149页。另见《另一生》4.20.1，那里明确提到了青蛙合唱队。

23 drone，欧里庇得斯《特洛伊妇女》中说卡珊德拉是阿波罗的祭祀；阿波罗多洛斯《书库》和埃斯库罗斯《阿伽门农王》中都说阿波罗赐予了她预言能力，但她拒绝与阿波罗交合，于是受到诅咒，她仍能预言，但预言无人相信。特洛伊战争中，她预言了木马计，但是无人听从，老妪的低语，也无人注意，这正是她酷似卡珊德拉的地方。

24 carries night-soil in buckets，night-soil，直译是夜土，即人的粪便，屎尿。前面说的"驮"，也是 carry，显然暗示波提丽亚如同夜土一样。

25 horsey-back，horsey-back，这种连用的句式，在金奈尔的《通往新世界的标着基督首字的大道》中常见，如开头的，pcheek pcheek pcheek pcheek pcheek；clack/ clack/ clack/ 等等。

26 暗示了他背母亲，就如同基督背负十字架。BN，第 238 页猜测儿子也许指埃涅阿斯，特洛伊沦陷后，他背父亲安喀塞斯逃离。但这个说法不太贴切，因为埃涅阿斯背着父亲只是紧急状况下的行为，而沃尔科特描述的是一种常态生活。我更认为指耶稣背负十字架。M.Tynan 也持这种看法，见 *Postcolonial Odysseys*，第 53 页。

27 Choiseul，这里是人名，关于地名舒瓦瑟，见《群岛传奇》。BN，第 238 页，这个司机原名纳撒尼尔，绰号舒瓦瑟。下面的克劳泽叫法兰西斯·克劳泽，他父亲开了一家修车厂。

28 BN，第 238 页猜测，这指《奥德赛》4.286—288，聪明的海伦识破了木马计，她在木马外学希腊联军将士妻子的声音，引得木马里的安提克洛斯要说话，这时奥德修斯迅速捂住安提克洛斯的嘴。所以"关门"是比喻舒瓦瑟捂住了妍头的嘴。但是，这与此处的表达和语境不符，而且奥德修斯与舒瓦瑟性格也不同。也许沃尔科特是要把舒瓦瑟比作出城与阿喀琉斯决斗的赫克托耳，后者视死如归走出城门的场景非常经典，而前者与妍头吵嘴，一气之下摔门出去了，也是出门，但形成反差。这样一来，妍头就对应了安德洛玛刻，其性格与婚姻关系都正相反于后者，也有反差。此外，特洛伊城的大门非常著名，荷马史诗中多有描述，此处不可能像 BN 说的那样，用它很牵强地比喻妞头的嘴。

29 commonlaw wife，有事实婚姻的女同居者，但成文法上的结婚关系。

30 指夫妻吵架这种人类的矛盾，司机开车时娴熟的手，面对这种状况不知道如何处理。"人间的纠纷"，这也暗示舒瓦瑟是具有神性的，他能应付神性的汽车，不能应对人事。这种神性就是前面说的，现世的平凡的神性。

31 his horny hands are thumbs，俚语有 be all thumbs，拇指是手上最不灵活的，如果手指全成了拇指，就笨拙不灵便。

32 指下面的达恩利，作者也是让自己封上眼，像荷马一样去写诗歌。

33 对比前面说的华兹华斯的"净化"，沃尔科特要保留这些人物的斑点，而不是去掉它们。

34 half-brother，指父或母有一方不同的兄弟，按照语境难以确定他们是同父还是同母，故译为非亲兄弟。

35 两位著名的盲人诗人。诗人并非仅仅因为他目盲才羡慕他，而且因为他身上有平凡的神性。

M.T.Lane 分析了这里和下面一节提到的盲人形象。他对比了华兹华斯《序曲》中说的盲人。华氏从盲人身上看到的是另一个世界。见 "A Different 'Growth of a Poet's Mind'Derek Walcott's *Another Life*"，第 67—68 页。《序曲》谈到盲人的一段出自 7.11.626—649，兹录如下，可以对比沃尔科特伪史诗的创作理念：How oft, amid those overflowing streets/ Have I gone forward with the crowd, and said/ Unto myself, "The face of every one That passes by me is a mystery!"/ Thus have I looked, nor ceased to look, oppressed/ By thoughts of what and whither, when and how, / Until the shapes before my eyes became/ A second-sight procession, such as glides/ Over still mountains, or appears in dreams;/ And once... Amid the moving pageant, I was smitten/ Abruptly, with the view (a sight not rare)/ Of a Blind Beggar, who, with upright face, / Stood, propped against a wall, upon his chest/ Wearing a written paper, to explain/ His story, whence he came, and who he was./ Caught by the spectacle my mind turned round/ As with the might of waters; an apt type/ This label seemed of the utmost we can know./ Both of ourselves and of the universe;/ And on the shape of that unmoving man, / His steadfast face and sightless eyes, I gazed, / As if admonished from another world。华兹华斯对盲人的凝视和视见都不是"顿视",而是柏拉图《理想国》中的超验的看,它必定会否定掉日常事物的杂多性和多样性。

海子《太阳·弥赛亚》中设计了一个视而不见合唱队(同样是模仿希腊戏剧合唱队,但对比前面提到的沃尔科特的青蛙和动物合唱队)由"持国、俄狄普斯、荷马、老子、阿炳、韩德尔、巴赫、密尔敦(弥尔顿)、波尔赫斯(博尔赫斯)"组成。他搜集了各种文化中的盲人,他非常渴望与之并肩,他的想象充满混乱的饥饿感,而这种饥饿最终吞噬了自己。与他不同,沃尔科特学习的盲人是一个毫无地位的普通人。这种凡人在海子的合唱团中是缺失的——是齐玛布埃和乔托画外的"看不见的羊"——他在海子的现实界中,但海子恰恰"视而不见"。想要像伟大艺术家一样目盲的海子,实际上正是一个看不见普通人和日常事物的"盲人"(至少在《弥赛亚》中);而沃氏却希望自己能像圣卢西亚的普通盲人一样失明,而再成为荷马和弥尔顿。如前所述,沃氏意识到家乡的"芒果"(此处也出现了)比西方传来的"橡树"更要高贵,所以他开始书写本土的普通人,他们的平淡生活具有"有形的神性"。

至少在长诗方面,海子沉醉于西方的史诗,把添加"老子和阿炳"这样的符号当作本土性的标志,这种空洞而又丰富的汉语长诗让他反而陷入了奈保尔说的文化虚无。(添加阿炳是为了体现平民性,但阿炳已经是个符号,不同于默默无闻的达恩利,而且海子追求的并不是让阿炳与其他艺术家形成反差；但沃氏却需要这种反差凸显平民的崇高。）而沃氏立足现实，写出"伪史诗"，他的《奥罗莫斯》（还有乔伊斯的《尤利西斯》）追求的并不是海子的放射金辉的崇高太阳，这样的太阳会用自己的光辉遮蔽掉一切复杂性和多样性（太阳的世界就如柏拉图和华兹华斯的理念世界），它对整个加勒比民族的现实生活毫无意义，所以在《奥罗莫斯》1.2.2，太阳联系了煤气炉。对于沃氏来说，他不需要设定一个理想的符号集合，他的词来自于眼睛能够"顿视"的一切，词本身就是神性的，无需再用词构建另一种神圣。

36　按照 N.Forsyth 的传记记载，1660 年查理二世复辟后，双目已然失明的弥尔顿被关押于伦敦塔数月，年底释放。见 *John Milton: A Biography*（Lion Books, 2013），第 150 页。他的几部诗作都是失明后完成的。

　　荷马与塔的关系，也许是荷马史诗提到过特洛伊的塔。不过我个人认为，很可能暗示了叶芝的《塔》（"The Tower"），这首诗是诗人在塔中完成的，诗中他塑造了一位盲人拉菲塔里（Raftery），他为玛丽写了歌，叶芝把他比作荷马，玛丽比作海伦，Strange, but the man who made the song was blind;/ Yet, now I have considered it, I find/ That nothing strange; the tragedy began/ With Homer that was a blind man, / And Helen has all living hearts betrayed。这位拉菲塔里即爱尔兰的著名盲诗人用爱尔兰语写作的拉夫特里（Antoine Ó Raifteirí, 1779—1835）。盲诗人也是叶芝自喻。

37　out in the harbour, out in 专指停靠码头。

38　BN，第 238 页介绍，这位艾玛纽埃尔·奥古斯特（Emanuel Auguste），按照当地读音，读如 OghEEst，发音类似 Odysseus。他是一位卡斯特里著名的药剂师。每天早晨，他都在港口划船。在《离校》中，沃尔科特说这位奥古斯特是一家业余剧团成员，沃氏的父母也在剧团中。奥古斯特以前还是商运船员，喜欢朗诵，看过巴里摩尔版的哈姆雷特（按：应指约翰·巴里摩尔，1882—1942，美国巴里摩尔演员家族的著名成员，他塑造的哈姆雷特最为经典)。《另一生》笔记中也写了很多奥古斯特的事情，他航海的经历，类似奥德修斯，他也暗示了《尤利西斯》。

沃尔科特在笔记中指出，奥古斯特对当地的文化多有批评，但他又忠诚于自己的西印度身份。他对自己的人民有着痛苦的爱，但他的经历又让他足以认清人民。他从不迎合民众，但也不责骂他们，尽管民众会嘲笑他。奥古斯特改换了欧洲传统，使之本土化。这影响了沃尔科特的文学观。西方传统不应该成为加勒比人的负担和亏欠，它们是需要继承和改造的遗产。见"Derek Walcott and Alejo Carpentier: Nature, History, and the Caribbean Writer"，第 109 页。

艾玛纽埃尔这个名字来自于希伯来文，意为上帝与我们同在，《圣经》和合本译为"以马内利"。奥古斯特这个法国式的姓来自拉丁文 augustus（动词 augere，升高，尊崇），联系奥古斯都。作者选择这个人物，很可能考虑到了他的名字比较典型地体现了西方文化，他一人身上集合了希伯来、希腊和罗马三个传统，但他却是西印度之子。

39 dip，作名词用，指船桨蘸水，然后再起来。后面的主语都是 dip，但实际主语是奥古斯特和桨：(1) 按着五音步，既指奥古斯特背诵的诗句为五音步，也指船桨在水上一出一冒，按着音步，而且一抑一扬。(2) 眯起眼睛，指奥古斯特沉醉于背诵、回忆诗句，也指船桨形状如同眼睛，浸没水中好像眯起眼睛。(3) 刀刃和裁剪，刀刃指船桨，海水是丝绸，奥古斯特眯起眼睛，如同裁缝瞄准衣线。

40 英诗和英国戏剧多用五音步，而且抑扬格。莎士比亚的戏剧就为五音步抑扬格（iambic pentameter）。我个人认为，按照上面引用的《另一生》笔记的记载，奥古斯特喜欢《哈姆雷特》，所以沃尔科特本来很可能想让他背诵莎士比亚的戏剧或英诗，但改为了更具有张力的来自东方的《鲁拜集》——"鲁拜"即"四行诗"（波斯文 رباعیات，词根来自阿拉伯语，即"四"）的意思，这个题目由最早的英译者菲茨杰拉德（1809—1883）所起。菲氏采用了英诗的五音步抑扬格翻译这部波斯语的诗集。而且其译本及其所处的文化语境均为东方学盛行时期。见 D.Karlin 写的导论，收入 *Rubáiyát of Omar Khayyám* (Oxford University Press, 2010), 第 xxxii-xxxiv 页。萨义德《东方学》中也提过。

41 bend, stroke，括号中表示实际的划船动作。

42 这一行正是呼应《另一生》1.1.1 开头的月亮的亏缺。

43 BN，第 238 页指出，引自爱德华·菲茨杰拉德翻译的莪默·伽亚谟（欧玛尔·海亚姆，1048—1131）的《鲁拜集》的第一版（1859）。BN 提醒读者，注意"伽亚默"这个词（按：波斯文为خیام，这是源自他父亲的职业），它的意为"做帐篷者"，这联系了本章开头说的，"孩子像搭帐篷一样，用自己的棉睡衣"。

奥古斯特背诵的四行诗，菲氏译文为，Ah, Moon of my Delight who know'st no wane, / The Moon of Heav'n is rising once again:/ How oft hereafter rising shall she look/ Through this same Garden after me-in vain!。但菲氏在后面的版本中又改为，Yon rising Moon that looks for us again/ How oft hereafter will she wax and wane;/ How oft hereafter rising look for us/ Through this same Garden-and for one in vain!。流行的郭沫若的中译本按照的是后一个版本。两个版本的改动比较大。我个人认为，沃尔科特之所以使用最早的 1859 年版，因为其中的译文可以呼应《另一生》对月亮的描述。结尾 in vain 也呼应前面提到的荷兰虚无写生的 vanity。

44 defiling past, defile 即军队列队前进，意思同于 file，但它作为及物动词，也指玷污和弄脏，这两个含义都暗示了攻占特洛伊的希腊联军。

45 被破坏的特洛伊。奥古斯特对应奥德修斯，他躲在木马中，后来参与了洗劫特洛伊。

46 FARAH & RAWLINS, BN，第 239 页介绍，这是卡斯特里一家商店，1948 年毁于大火。

47　Ionic columns，古希腊文为 Ιωνικός ρυθμός，古希腊著名的柱式，最显著的特点是柱头有涡形的装饰。以弗所的阿尔忒弥斯神庙就是这种柱式。

48　Gaga，这个人名来自法语 gaga，老朽，疯子，痴人，20 世纪初，这个词进入英语。这里指一位异装癖男性，gaga 是他的外号，符合他的特征。Lady Gaga 的名字与之相同，那首先是源自皇后乐队的 *Radio Gaga* 一曲，Ga Ga 原为 Ca Ca，是小孩子的叫声。Gaga 的男友这么叫她，她就将之作为艺名，并按照法语 gaga 的含义来理解，当然她也是这么表现自己的。BN，第 239 页介绍，嘎嘎是卡斯特里有名的同性恋，最后在巴巴多斯去世，巴巴多斯也是加勒比地区著名的同性恋之岛，这可以类比同样盛行男风的古希腊。同性恋是让嘎嘎类似于希腊人的关键特点。

49　指女佣爱谈论他，爱围观他，把他当作笑料。

50　houseboy，英联邦国家中的英语词汇，通常指男仆，男童，同性恋语境中指男伴。

51　hath no name，用了 has 的古语，为了突出历史感。同性恋在希腊和基督教文化中都是需要避讳的，所以说无名。《圣经》中的索多玛和蛾摩拉城覆灭时，上帝谴责它们的城民进行了违逆自然的性爱，但他并未为之命名。

52　斯巴达的海伦，希腊文化中，海伦是不贞女子的代名词，所以这里用她对应妓女。以语出惊人著称的古希腊修辞大家高尔吉亚就有《海伦颂辞》的散文，为海伦翻案，这恰恰证明了海伦已经在希腊人心中留下了荡妇的刻板印象。但是在加勒比，被希腊联军和特洛伊争来争去的海伦具有了更为地方性的含义，见前面《回家：昂斯拉雷》的注释，沃尔科特曾回忆自己在小时候听过的一个说法，"圣卢西亚是西印度群岛的'海伦'，因为英国人和法国人都在争夺她"。在《奥马罗斯》中，赫克托耳和阿喀琉也在争夺海伦，关于这个意象在《奥马罗斯》中的重要意义，见 *Postcolonial Odysseys*，第 128—130 页。

所以妓女和海伦的形象，表明了圣卢西亚在政治上任人操纵和玩弄的特征。事实上，写作本诗时，圣卢西亚仍为英国殖民地，还未独立。另外，圣卢西亚的名字，来自殉道者圣女叙拉古的露西亚，所以用女人比这个国家，非常合适。BN，第239页还提到了加勒比人与阿拉瓦克人的矛盾，前者抢劫后者的妇女，在《另一生》4.22.1有，the myth of the golden Carib/.../...in the writhing Arawak maiden。

53　clear-complexioned，并不是暗示她白皮肤，只是说她肤色透亮。clear是透明色，未必就是白色，但很容易让人联想到白色，下面提到杰妮只跟白人做生意，这个clear更体现出了复杂的意味。杰妮更希望自己是白人，但她只能让肤色光亮透明，无论她再怎么干净，也改变不了颜色。

54　tow-headed children in her tow，第一个tow指淡黄色的亚麻绳，第二个tow源自动词tow，指拖拉，in tow的意思就是后面跟着。它们都跟市镇（town）谐音，汉译无法体现这个特点。

55　水手都是白人，外来者，这里暗示了白色控制着杰妮、海伦和圣卢西亚。P.Ismond指出了这一点，见 *Abandoning Dead Metaphors*，第152页。水手的外来者身份也对应了抢走海伦的外族的特洛伊人。

56　指海伦给特洛伊带来的祸事，还有特洛伊与希腊地区互相抢夺其他女性引起的争斗。这里形容杰妮的长发有静电，吸引人，也会招来麻烦。

57　rolling，俚语里也表示性交。

58　broad-beamed，俚语，也说broad in the beam，指大屁股，beam指船最宽的地方，引申为屁股。这也呼应了上面说的水手。

59　a plump and pumping vacancy，plump和pumping两词押头韵。pumping vacancy显然是想联系vacuum pump（真空泵）。杰妮丰满的下半身，就像一个泵，空缺着，吸引着男性的身体。事实上，pump在英语俚语里，就可以表示女性的性器官。vacancy，这里译为真空，是用这个汉语词常用的比喻义。它也呼应了前面多次出现的vanity，以及奈保尔说的加勒比的"虚无",也见《沼泽》和《气息》两首诗。白人水手占有杰妮的虚无,就像圣卢西亚被灌输着西方的文化。

60 杰妮在拉客。BN,第239页,指出这是当地婚礼歌曲中的一句,这首歌在新郎新娘交换誓言之后或婚宴切蛋糕时演奏。

61 Ityn,来自希腊人物伊第斯(Itys, Ἴτυς,也作 Itylus)。埃斯库罗斯《阿伽门农王》1142—1144,合唱队唱道了夜莺(φιλομήλα,即菲洛墨拉的名字)喊叫伊第斯(影射卡珊德拉的命运),οἵά τις ξουθὰ/ ἀκόρετος βοᾶς, φεῦ, ταλαίναις φρεσίν, Ἴτυν Ἴτυν στένουσ᾽ ἀμφιθαλῆ κακοῖς/ ἀηδὼν βίον. Ἴτυν (Ityn) 是 στένουσα 的宾格,而且提到了菲洛墨拉呼喊(βοᾶς,来自动词 βοάω)伊第斯。显然,沃尔科特这里的诗句借鉴了这部戏剧。不过这里的 Ityn 只是形似 Itys 的宾格,它是一个傻女孩喊出的胡话。

奥维德《变形记》6.424—674 记录了一个经典故事,伊第斯是普洛克涅(Procne)和铁流斯(Tereus)之子。前者的妹妹菲洛墨拉(Philomela)受邀来访,铁流斯迎接,因菲氏貌美,将其强奸,囚禁割舌。菲洛墨拉用纺织的图案告诉了姐姐。普洛克涅为了报复丈夫,烹子让铁氏食下。铁氏吃完后,姐妹把儿子的头给他看,他大惊之余,追杀普洛克涅姐妹,后众神让普氏化为夜莺,菲氏化为燕子,铁流斯化为追逐二鸟的戴胜。王尔德在《伊第斯叠曲》("The Burden of Itys")中将伊第斯确定为希腊艺术的象征,对比于受难的耶稣。艾略特《荒原》中也利用了菲洛墨拉的典故,这是沃尔科特必定熟悉的。

BN,第239页指出了庞德《诗章》IV.13, Speaking in the low drone...:/ Ityn!/ Et ter flebiliter, Ityn, Ityn! (按:Et ter flebiliter 出自贺拉斯《颂诗》4.12.5)。这也可能是沃氏使用 Ityn 的来源。

62 Tin! Tin!,指傻女孩的胡言乱语,读音近似 Ityn,就如同割去舌头,说不出整话的菲洛墨拉。下面的菲洛墨拉(菲洛墨娜),作者用了法文的写法,因此这里的 tin 应读如"丹"。

63 Philomène,法国式的名字,结尾是 n,不同于 Philomela 结尾的

l，但其实就是指菲洛墨拉。中世纪欧洲文学接受《变形记》时，对之进行了翻译、改写和重述，比如克雷蒂安·德·特鲁瓦（Chrétien de Troyes）的《菲洛墨娜》（*Philomena*）。这个菲洛墨娜就改变自菲洛墨拉。《菲洛墨娜》也收入了中世纪编订的《道德化的奥维德》（*L'Ovide moralisé*），这个版本的奥维德按照基督教的道德观做了过滤和净化。见 R.L.Krueger 的 "Philomena: Brutal Transitions and Courtly Transformations in Chrétien's Old French Translation"，*A Companion to Chrétien de Troyes*（Boydell & Brewer Ltd，2005），第 87 页开始。乔叟也借鉴了克雷蒂安《菲洛墨娜》这部作品。所以，法语的 Philomène 这个名字，沃尔科特将之等同于"菲洛墨拉"是有根据的。另外，历史上还有一位菲洛墨娜，她是女殉道者，这个名字直接来自希腊文，不同于特鲁瓦改编的那个"菲洛墨娜"。

64　bird-brained，指菲洛墨娜是夜莺鸟，但这个词也表示头脑愚蠢。

65　暗示普洛克涅。女孩白痴，眼睛无神，像燕子一样飘来飘去。

66　这个菲洛墨娜也有过被奸污的经历。沃尔科特把底层人的苦难与神话人物结合，体现了平凡的神性。

67　unspeakable tongue，菲洛墨拉被铁流斯割去了舌头，说不出整话。这里有两重意思，tongue 如果表示舌头，那么 unspeakable 指舌头的惨状难以形容。tongue 如果指语言，则指这种语言，无法被说出来。

68　Jason，与茹马尔（Joumard）首字母相同。前面提到的金斯利和霍桑的童话里都讲了伊阿宋盗金羊毛的故事。茹马尔偷母珠鸡，类比于伊阿宋偷金羊毛。Jason 这个名字源自希腊文 Ἰάσων，但有两个起源，一个是来自古希腊的伊阿宋，在古典希腊语中意思为治疗者；一个源自《新约》希腊文，出自希伯来文 Joshua（约书亚，上帝是拯救），这个人名出现在《使徒行传》17:5，和合本译为"耶孙"。

69　fluttering，flutter 常指鸟类拍打翅膀，引申义是飘动，大衣飘起，就像拍打翅膀。茹马尔把鸡藏在大衣里。

70　guinea-hen，guinea-fowl，即几内亚珍珠鸡，这里形容鸡迷迷糊糊，被麻醉或弄晕了。几内亚的象征意义，见前面一章注释。这里提到了金羊毛，金子暗示了几内亚是产黄金的地方，为殖民者铸造金币。几内亚珍珠鸡在加勒比地区乃至美洲的民间传说中经常作为主人公。莎士比亚戏剧中，guinea-hen 表示妓女，如《奥赛罗》第一幕，第三场，伊阿古说，I would drown myself for the love of a guinea-hen。

71　Kyrie，来自古希腊文 κύριος，这里是呼格 κύριε，这个词意为主人，君主，这里是呼喊上帝。呼喊完整应为，Κύριε, ἐλέησον（主啊，怜悯 [我] 吧，垂怜吧）。这一句出自《新约·马太福音》15:22, 20:30。有希腊传统的东正教在祈祷仪式中会这样呼喊。罗马天主教也保留了这一句，会配合音乐反复唱出，形成完整的曲子，用于祈祷和弥撒，汉语称为《垂怜经》，一共三句，中间会改为，Χριστέ, ἐλέησον。新教中，安立甘宗和路德宗也保留了这一句。黑鹂的叫声类似古希腊语读音的 Kyrie，读如 /ˈkiːrieɪ/——不同于英语中 Kyrie 的读法。

72　twitter，今天的推特就是这个词。它来自动词 twit，责备。这个词是拟声词，模仿鸟叫的声音。

73　surpliced blackbirds，blackbird 在西印度地区可以指不同种类的黑色的鸟，在圣卢西亚指黑鹂（Saint Lucia oriole），拉丁名为 Icterus laudabilis。

74　pews，教堂的长凳，一些供听道的教徒使用，一些属于唱诗班使用，即 choir stalls。

75　bringing day to，这一句和下面的 bringing more gold to（把更多的金子带给）都用了分词，主语是 Kyrie 这个呼格，表示祈求，祈求上帝把时光带给里基尔，把钱带给弥达斯。这种用法来自古希腊语。在《圣经》的祈祷还有日常的祈祷中，bring 都是祈求上帝时常用的动词，恳求上帝实现某种事情。

76　Ligier，BN，第240页介绍，《另一生》笔记中记录，里基尔装疯，逃过了死刑。只要一问他名字,他就猫下腰,大叫"里盖(ligé)不见了!"

77 Laocoön,古希腊文为 Λαοκόων。特洛伊的波塞冬的祭司,看出木马计,被雅典娜放蛇,连同两个儿子都被绞死。梵蒂冈的那座著名塑像描绘了这一场景。沃尔科特用他的烟枪吐出的烟雾,比喻蛇,"缠"这个词暗示了这一点。拉奥孔故事也配合了特洛伊和海伦这两个沃尔科特常用的典故。西印度文学中,威尔逊·哈里斯有首诗即《拉奥孔》。BN,第240页举了阿赫玛托娃的《帕斯捷尔纳克》,里面说帕氏,compared smoke with Laocoön/ over the crackling frost。

78 Midas,古希腊弗里吉亚国王,酒神赐予他点石成金的本事,但这个本事给他带来很大麻烦,它让食物也变成金子,无法吃东西,亚里士多德《政治学》1257b 说他最后活活饿死,καίτοι ἄτοπον τοιοῦτον εἶναι πλοῦτον οὗ εὐπορῶν λιμῷ ἀπολεῖται, καθάπερ καὶ τὸν Μίδαν ἐκεῖνον μυθολογοῦσι διὰ τὴν ἀπληστίαν τῆς εὐχῆς πάντων αὐτῷ γιγνομένων τῶν παρατιθεμένων χρυσῶν。霍桑在《唐格伍德传奇》的前一本童话、也是讲希腊神话故事的《给女孩和男孩的传奇书》(*A Wonder-Book for Girls and Boys*,1851)中有一篇《点金术》("The Golden Touch")讲了弥达斯的故事,还提供了一个他自己创作的情节,弥达斯把女孩变成了金子。沃尔科特前面没有提这本书,他用《唐格伍德传奇》代指霍桑的所有神话童话。

79 Monsieur Auguste Manoir,法国人名,法语称呼,manoir 的意思是领主或地主的庄园。曼诺瓦应是卡斯特里一位黑人商人。按照下一章的介绍,他是鱼贩子和屠夫,还有可能兼任天主教神父。R.Cimorosti 指出,manoir 这个名字暗示了他的非洲起源,它拆开是 ma 和 noir,即黑妈妈。见 *Mapping Memory: An Itinerary Through Derek Walcott's Poetics*(Cisalpino,2004),第210页。

80 warehouses,见下一章的注释,不是美式英语里的仓库,而是英式英语里的商店。

81 Nessus，古希腊文 Νέσσος，半人半马的怪物（centaur，Κένταυρος），冥河的艄公，调戏赫拉克勒斯的妻子，被赫氏用带有许德拉之毒的箭杀死。临死前，他欺骗赫氏妻子，让她保留自己的血，可以涂在丈夫衣服上使他的忠诚。由于妻子不知血有毒，结果后来在使用时，害死了赫氏。但丁《神曲·地狱篇》提到过涅索斯；奥维德《变形记》9.101—238 讲过赫氏之死；《奥德赛》里奥德修斯游地府，还遇到过赫氏。按照一种说法，赫氏临死前堆起火堆，自焚，神性与鬼性分离，神性部分得以进入奥林匹斯山。他的好友菲罗克忒斯留下了弓箭，后来在特洛伊战争中，射死帕里斯。菲氏也是《奥马罗斯》中的人物。

82 N' homme Maman Migrain，这一句是圣卢西亚的法语克里奥尔语，我采取了音译。migrain 即 migraine，偏头疼，这个词来自古希腊文 ἡμικρανία（半边头），英语 megrim 同源，指怪物，怪人，让人头疼的东西，对应涅索斯。这个绰号的意思就是，让你难受和厌恶的，是调戏你妈妈的男人（对应涅索斯调戏赫氏妻子）。这个涅索斯很可能是一个爱骚扰人的流浪汉。按照 BN，第 241 页的介绍，沃尔科特承认这个绰号难以翻译。下面的括号是他给出的权宜的译法，your louse's mother's man。louse，虱子，这里引申指怪物和卑鄙的家伙。BN 还指出，在托马斯·克拉文的《艺术名作选》里收录了安东尼奥·波拉约洛（Antonio Pollaiuolo，约 1429—1498）的《赫拉克勒斯和涅索斯》；索福克勒斯的戏剧《特拉基斯妇女》中也讲过这个故事，庞德翻译过这部戏剧，这些都影响了沃尔科特。

83 fire and brimstone，《圣经》中频繁出现的两种事物，英语来自钦定本，后来成为成语，指上帝的愤怒，地狱和审判时的磨难。从神话角度，这里既泛指涅索斯向入地狱者昭告地狱的惨烈，也特指他的行为"预示"赫拉克勒斯会自焚而死，进入地狱。从现实角度，显然指 1948 年卡斯特里大火，全市如同炼狱。

84 ordures，ordure 来自古法语，跟 horrid 同源。由于这个词来自法语，英语各版《圣经》中，据我所查，好像没有用过。但法语《圣经》爱用这个词，比如《约伯记》20:7，Louis Segond 版用 ordure 指粪便，Il périra pour toujours comme son ordure，钦定本为 dung。《箴言》30:12，Martin 版用 ordure 指污秽，qui toutefois n'est point lavée de son ordure，钦定本为 filthiness。作者用这个词明确要指向《圣经》，而且英文中穿插使用法文或源自法文的单词，也是他一贯的风格。

85 office，这一行，还有下面三行，包含了 O，P，Q，R 四个字母。这四个字母都由涅索斯体现出希腊特点，同时也与《圣经》有关。

86 著名的被火山吞噬的庞贝古城。庞贝和彼得都是 P 开头。庞贝暗示遭遇大火的卡斯特里。

87 Peter & Co., BN，第241页介绍，这是一家卡斯特里的煤炭公司，由苏格兰人威廉·彼得建立。沃尔科特经常用煤来比喻，一方面是因为《圣经》，另一方面是因为20世纪20年代之前，卡斯特里是著名的煤炭港口。

88 J.Q.Charles，BN，第241页介绍，这是卡斯特里的连锁商店。

89 City of Refuge，这一行 Refuge 开头，因此以 R 为首。这个词来自《圣经》，见《民数记》35:1—8，上帝要求摩西修建逃城，钦定本为，And among the cities which ye shall give unto the Levites there shall be six cities for refuge, which ye shall appoint for the manslayer; 35:11，钦定本为，Then ye shall appoint you cities to be cities of refuge for you; that the slayer may flee thither, which killeth any person at unawares。和合本译为"逃城"。"逃"的希伯来文为 מִקְלָט，词根动词 קָלַט (qalat)，接纳，接受。逃城保护的是非蓄意杀人犯，由利未人管理。误杀人的人进入逃城，避免受害者的亲属朋友报复和用私刑进行处置。

90 barracks，虽然在引申义上，指棚屋和临时木板房，但在这里是用本义，指军营，用军营比喻棚屋。因为按照 BN，第241—242页介绍，沃尔科特在《本地女人》一文中回忆，说"逃城"是码头附近的棚屋楼，"如同营房"（barracks-like）。其居民都是种植园的工人。

他外祖母拥有其中一栋楼，自己住，也外租。BN推测，由于沃氏外祖母家在码头附近的耶利米街，因此棚屋有可能在康威村（Conway Village）。1948年卡斯特里大火时，棚屋免于受灾，很多无家的居民，躲避在这里，所以叫逃城。

91 Submarine，19世纪中叶以来，潜艇开始大量使用，这里指英国潜艇，卡斯特里是英国在加勒比地区的重要的海军基地。提到潜艇，吉卜林曾经写过一组讲一战海战的文章，其中有一篇《潜艇》，开头附有《鱼雷》，The ships destroy us above/ And ensnare us beneath, / We arise, we lie down, and we move/ In the belly of Death。

92 bum-boatman，bum-boat是售货小船，在码头贩卖物品，总会围着停泊的船，这里是围着潜艇。潜艇是英国军队的，水手都是白人。BN，第242页，认为这里的船贩子代表卡戎，卡戎渡人会要钱。

93 what the hell is your captain, your captain，是水手重复小贩的问话，这种提问方式在口语中表示不耐烦。what the hell是俚语，但hell暗示了地狱。这可以证明小贩是卡戎。我相信沃尔科特知道吉卜林的那首诗，他对吉氏非常了解，而按照那首诗的含义，潜艇在海底，就如同在死亡中，因为潜艇风险很大。所以小贩找水手卖东西要钱，就像在找去地狱的人要钱一样。

94 microbe，微生物，细菌，反衬小贩虽然身高高（7英尺差不多两米高），但在西方人面前毫无地位。

95 比喻大火中的卡斯特里，"醒来"暗示它的重生和涅槃。

96 见《另一生》1.2.2。BN，第242页，认为影射卡德摩斯，按照霍桑《唐格伍德传奇》的说法，卡氏发明了字母。

97 hum-eyed，指他嗡嗡低语，如同是眼睛在说话。

98 Vaughan，BN，第242页，在《黄昏之言：序曲》中，沃尔科特提到了沃恩，写作Vorn。

99 itch，引申义指渴望。这里指酗酒。

100 见前面《像约翰去拔摩岛》的注释。《启示录》21:2提到了新耶路撒冷。所以沃恩对应了拔摩岛的约翰。尽管这属于《圣经》传统，但由于出自《新约》，所以也属于广义的希腊传统。

101　Mister Weekes, BN, 第 243 页介绍，威克斯的商店在西瑟街和邵塞尔路交口，离沃尔科特家很近（邵塞路 17 号）。

102　Garvey's imperial emblem of Africa United，加维即马科斯·加维（1887—1940），牙买加政治家，出版家，商人，宣扬经济民族主义，西印度地区黑人民族主义的倡导者。这里说的"星"，指他创立的"黑星轮船公司"，他想借助这家公司，在黑人世界中建立商业网络，将加勒比的黑人运回非洲，推动非洲独立和黑人的联合。除此之外，他还建立了商店，报纸，社团等各种商业或公益机构。黑人威克斯也是加维的信奉者，所以"黑星"载着他，运行到非洲去。Africa United，即加维的诗作《万岁，非洲合众国》("Hail, United States of Africa") 中说的"非洲合众国"，Hail! United States of Africa-free!/ Country of the brave black man's liberty;/ State of greater nationhood thou hast won, / A new life for the race is just begun. 加维计划要建立一个属于黑色人种的联合国。这一理念推动了泛非主义的流行，非洲联盟就是这一理念的产物。

103　brogue，这一句表明威克斯是巴巴多斯人。brogue 指爱尔兰式的英语口音，泛指土腔或方言。这个词本义指肥大结实的鞋，来自盖尔语和爱尔兰语的 broce，引申指"管鞋叫 brogue 的人的口音"。有些不正规的解释，认为这个词之所以表示爱尔兰口音，是因为爱尔兰说英语，好像嘴里跑鞋。沃尔科特用这个词，为了配合拖鞋。

104　cleric，联系上下文的天主教语境（神父披上法衣，mantled in soutane），这个词不能译为牧师，因为这个译法专用于新教。

105　saltfish，加勒比语境中指加拿大进口的腌鳕鱼，过去是给奴隶食用的。所以这个词也用作形容词，表示低廉，质量低劣。见 *Dictionary of Caribbean English Usage*，第 485 页。

106　Newfoundland，意为，新找到之地，这个词是殖民者所起。作者用这个词暗示加勒比的地位。

107　half-penny，英国货币在历史上有两个阶段的"半便士"硬币，一种是实行十进制后（1971年2月15日开始）于1971—1984年短暂流通的半便士；另一种是十进制之前、1672—1967年一直铸造、1969年退出流通的半便士。这里指的是后者。按照欧美商店的习惯做法，店主收到假的硬币后，会将它钉在柜台上，以便下次收到硬币时核对。英语习语有，to nail to the counter，即拆穿假象，说的就是将假币钉在柜台上。那么按照这个习惯，沃尔科特暗示了这里的半便士和下面说的美分，都是假币（假币的意义见下）。

联系下面提到的爱德华七世，那么这里钉着的半便士就是爱德华在位期间铸造的硬币。这种半便士与一便士差不多，正面是爱德华七世头像，朝右方，边缘顺时针环绕着一圈拉丁文（见下面注释）；背面为不列颠尼亚（Britannia，不列颠的拟人化形象，为一武士女神）的图案，1937年开始该图案换为著名的金鹿号帆船。虽然爱德华七世1910年去世了，而且半便士的图案会出现变化，但其材质、大小和重量从1860年开始就没有任何改变（青铜铸造，重5.67克，直径25.48毫米），字体变化也不大，所以，一枚老的假币，可以一直作为参考，钉在柜台上。

108　Edward VII, Defender of the Faith, Emperor of India，这是爱德华七世的部分头衔，这个头衔来自上面说的爱德华七世的半便士硬币正面环绕着的拉丁文（大多数为缩写）：**EDWARDVS VII DEI GRA BRITT OMN REX FID DEF IND IMP**（爱德华七世，蒙上帝恩典，全不列颠之王，护教者，印度皇帝）。这两行诗句一方面体现了这位英国君主在宗教上的领袖位置，同时表明了英国的殖民者身份，另一方面，极为反讽地嘲弄了英帝国的统治，作者将赫赫君主，维多利亚女王的儿子与半便士而且还是假币放在一起，就是为了削弱英帝国的神圣性，既暗示爱德华七世已逝，也表明，在圣卢西亚这些海外殖民地中，英国国王无非就是一个虚假的符号而已；历史终将会淘汰它们——套用上面的成语，也就是 to nail Edward VII to the counter。关于爱德华七世，也见《另一生》1.2.1 的注释。沃尔科特很喜欢提爱德华七世，一方面是童年的记忆，比如这里的硬币，另一方面是因为他在位的短暂，可以暗示英帝国将来的衰败。

109　Lincoln penny，即 Lincoln cent，penny 在美国语境中指美分（cent）。林肯美分 1909 年开始发行，正面为林肯半身像，朝右方，头顶顺时针有 IN GOD WE TRUST 字样，左侧有 LIBERTY，背面为 UNITED STATES OF AMERICA，1959 年后刻有林肯纪念堂。UNITED STATES 暗示加维的 Africa United，套用上面的成语，to nail United States of Africa to the counter。沃尔科特暗示这种理想的非洲合众国是虚假的。

110　IN GOD WE TRUST，即林肯美分上的字样。林肯象征了黑人的解放，他也是沃尔科特很欣赏的领袖。而且，林肯名为"亚伯拉罕"，这又与《圣经》传统联系在一起（见下）。美国便士上的文字反衬出了英国便士的专制和殖民性，这是新世界与旧世界的对比。沃氏后来常去美国，而非奈保尔选择的英国，就是因为美国更代表了新世界的自由和解放精神。不过，这里的林肯美分是假币，所以它暗示了作者不太认同加维的狭隘的黑人结盟、排斥白人的民族主义做法，这跟沃氏对待马尔科姆·X 和黑豹党的态度一样。

111　and in God one, b'Christ, b' 即 by，这个介词通常起誓用。in，接前面的信任（trust），只以上帝为唯一，只有这一个上帝，而且人生中，只以上帝为唯一，不相信或信任其他所有东西。加勒比商业用语中，trust 表示信托，信贷，赊账（sell on credit）。既然只信上帝，那也就是只对上帝赊账。所以，这句话也就是明确告诉人世的顾客"概不赊账，没钱别买"。（这是沃尔科特的反讽，店主未必是这个意思）见 C.Nepaulsingh 的解释，"Each of Us a Nation: Rethinking Nationalism"，*Ethics, Art, and Representations of the Holocaust: Essays in Honor of Berel Lang*（Lexington Books，2013），第 111—112 页；

BN，第 243 页。

再次套用上面的成语，即，to nail "trust in God one or IN GOD WE TRUST" to the counter。这种信仰恰恰是虚伪的，它表明的并不完全是对上帝的信奉，而是告诉顾客，没钱拿不走东西。他们想要建立黑人的经济民族主义，但脱离不了西方资本主义的商业和货币逻辑，他们也不可能对同族的黑人慷慨大方。而就其信奉上帝而言，黑人想要反抗西方的文化，但又推崇西方人的上帝；既排斥维护上帝的白人，却又自比尊奉上帝的白人摩西。因此，这种信仰仍然是荒唐和虚假的。更何况，他们无力提出一个"黑色的上帝"。在这一点上，沃尔科特已经超越了早年《像约翰去拔摩岛》的逻辑，他仍然信仰基督教，但他信仰的是普遍的、超越教会的基督教精神，是人类永恒的信望爱，他不再陷入加勒比和西方的二元对立中。没有必要像加维一样，模仿摩西、约翰或保罗，与西方人争夺这些寓言的解释权；而是要平和地叙述加勒比的本土性，揭示西印度与欧美的隔阂和差异，想象自己的民族性，为民族的独立和崛起提供内在的精神指向。只有当黑人和白人都不再介意肤色和种族的差别时，黑人才能真正地独立和自主。

112　paradise plums，煮熟后、裹上糖衣的特立尼达和多巴哥李子，白色，甜味，价钱便宜。天堂呼应了《圣经》和耶路撒冷，暗示了禁果。将《圣经》与天堂果放在一起，暗示他们的信仰和天堂都很廉价。

113　指打开的《圣经》，联系下文，他打开的是《出埃及记》。

114　BN，第 242—243 页指出，除了约翰的新耶路撒冷之外，与之相关的还有保罗提出的天上的新耶路撒冷。保罗侧重的是向异族、非犹太人以及不认识耶稣的人宣扬基督的福音，比如向希腊人传教。所以，保罗的新耶路撒冷仅仅向非犹太人敞开，这对应诗句中，加维的"新耶路撒冷"只向有色人种敞开。加维就是黑人的使徒保罗。见《新约·加拉太书》4:22—26，一个在上，一个在地，钦定本为，

For it is written, that Abraham had two sons, the one by a bondmaid, the other by a freewoman. But he who was of the bondwoman was born after the flesh; but he of the freewoman was by promise.Which things are an allegory: for these are the two covenants; the one from the mount Sinai, which gendereth to bondage, which is Agar. For this Agar is mount Sinai in Arabia, and answereth to Jerusalem which now is, and is in bondage with her children.But Jerusalem which is above is free, which is the mother of us all；和合本为："因为律法上记着，亚伯拉罕有两个儿子，一个是使女生的，一个是自主之妇人生的。然而，那使女所生的是按着血气生的；那自主之妇人所生的是凭着应许生的。这都是比方：那两个妇人就是两约。一约是出于西乃山，生子为奴，乃是夏甲。这夏甲二字是指着亚拉伯的西乃山，与现在的耶路撒冷同类，因耶路撒冷和他的儿女都是为奴的。但那在上的耶路撒冷是自主的，他是我们的母。"也见《新约·希伯来书》12:22，But ye are come unto mount Sion, and unto the city of the living God, the heavenly Jerusalem, and to an innumerable company of angels；和合本为，"你们乃是来到锡安山，永生神的城邑，就是天上的耶路撒冷。那里有千万的天使。"

115　at Exodus，Exodus 指《旧约·出埃及记》和出埃及事，这个短语表示《圣经》翻到了《出埃及记》（窗户向这一卷敞开），也表明加勒比黑人正在返回非洲。加维和加勒比泛非主义者，主张加勒比黑人逃往非洲，如同当年以色列人逃出埃及。加维号称加勒比黑人的摩西。这样，结合上面的各种意象，可以看出加维泛非主义理念的矛盾：第一，英王是"护教者"，而反抗西方的加维和威克斯却都信奉英王捍卫的基督，如果他们反对英王，也就是反对基督的捍卫者。第二，如摩西带领亚伯拉罕的子孙逃出埃及，加维也带来黑人重返非洲，但实际上，越是返回非洲，就离亚伯拉罕越来越远。加维的这种想象，恰恰增强了暴力性和虚无性。其实，西方人和加维信奉的亚伯拉罕和摩西的故事是属于人类的普遍叙事。每个人都属于一个民族,他的民族都经历过亚伯拉罕的解放过程。每个人都应该去书写、叙述和传播民族的气质,来克服人类的暴力和不正义,促进和平。见C.Nepaulsingh 的分析,"Each of Us a Nation: Rethinking Nationalism",第111—112页。

116　Xodus,是一位萨克斯歌手,他的名字正好是 Exodus 去掉首字母。他就响应了加维的号召,退回了非洲。

117　ramshorn,直译就是羊角(ram's horn),指 ramshorn snail,snail 通指蜗牛,但也指海螺和淡水螺。鹦鹉螺属于扁卷螺科(Planorbidae)。这里比喻萨克斯管。另外,Ramshorn 是英国的一个小村,是原始循道宗的起源地,沃尔科特出身循道宗家庭,这里也许有所暗示,表明黑人萨克斯手信奉基督回到几内亚,但圣卢西亚的基督教却源自欧洲。

118　Zandoli,人名。BN,第243页介绍,圣卢西亚有一句俗语,all zandoli must find their hole,意为,人人皆知其归宿。在圣卢西亚法语克里奥尔语里,zandoli 即 the lizards。英语的 the lizards 在阿拉瓦克语里为 anaoli,法语化为 les anaoli〉lesanaoli〉zanaoli〉zandoli。所以赞多利绰号蜥蜴。按照这个俗语,蜥蜴会找到属于自己的地方,这影射了加勒比黑人跑回非洲。不过诗句并未说赞多利已经回到非洲,他是把卡斯特里当作自己的新耶路撒冷。这是他的归宿。

119　rodent,啮齿动物,我用鼠类来泛指。

120　肺结核病人的肩膀往往会疼痛,所以作者把两者放在一起。

121　见下一章,赞多利是清道夫,负责清理街道,灭虫,装备都是卫生工具。

122　café,法文,指小餐馆,词典解释时,也定义为 restaurant,汉语习惯称咖啡馆。玛丽·安街在卡斯特里,临近哥伦比亚广场(今天的德里克·沃尔科特广场),东段与西瑟街和邵塞路相交。沿途有三家餐馆。

123　safariing,指赞多利开始灭虫。safari 是个19世纪进入英语的外来词，来自非洲的斯瓦西里语，原意为旅行，这个语言受阿拉伯语影响，因此该词来自阿拉伯语的 سفرة（词根为 sfr）。在殖民文化的语境中，它专指欧美白人去非洲旅行和狩猎。在当代，由于这种殖民性的掠夺和狩猎渐渐减少，动物都被放在野外饲养，供游人观赏，所以这个词转而指野生动物园，即 safari park。著名电影《走出非洲》中就有这种经典的狩猎场景，发生在 20 世纪初的被英国殖民的肯尼亚。赞多利的耶稣撒冷是卡斯特里，但其实非洲，所以作者用这个词暗示他在清洗非洲的虫子，即排斥白人和不团结的黑人。

124　jiggers，即 chigger，确切说是穿皮沙蚤（Tunga penetrans, chigoe flea, jigger flea）。

125　bugs and larvae，bug 泛指各种虫子，larva 指幼虫，泛指任何虫子的幼体。

126　refumigating，fumigate，烟熏，源自拉丁文 fumus（烟）。烟熏是为了赶走虫子，但结合耶稣撒冷以及上下文的《圣经》语境，它暗示了犹太教和基督教祭祀时的净化过程。《出埃及记》中记载了祭祀时要焚香，30:1, 30:7，上帝让用皂荚木做香坛焚烧馨香。30:34，上帝吩咐摩西制作香料，和合本为，"你要取馨香的香料，就是拿他弗（nataf），施喜列（shekheleth），喜利比拿（khelbanah），这馨香的香料和净乳香（levonah zach）各样要一般大的分量。"香的烟气，希伯来文为 קְטֹרֶת（qetoreth），词根动词为 קטר（qatar），祭祀时生烟。《新约·希伯来书》9:3—4 有赎罪日熏烟的做法；《启示录》8:4 把香的烟气和圣徒的祈祷并列，经天使的手传到上帝那里。《圣经》中也常把不信上帝的恶人比作虫子。所以这里的烟熏，象征着一个宗教的净化过程。加维、威克斯、赞多利都要在非洲建立一个纯净的黑色的耶路撒冷，要去除白人和不信教的黑人。

127　dead，沃尔科特有时用这个词不是指已无生命的"死"，而是麻木，无生气，比如《回家：昂斯拉雷》结尾。本章说的有些人物，在他写作本诗时，并没有过世。

128　derelicts，见《克鲁索的日记》，那里指鲁滨逊这样的殖民者是远离欧洲、受欧洲文明影响的流浪人和遗弃在海滩的人，他们要对加勒比重新命名，控制此地，将欧洲文化延续。而这里则指被欧洲文化抛弃的加勒比"本土人"，他们是"诸神"，沃尔科特是这些人的子孙，也属于这样的弃民。在写作鲁滨逊诗歌的阶段，沃氏要将西方的文学形式传给加勒比人，他内心充满矛盾和苦恼，因为他无法洗清自己的黑人身份，无法忽视本土的差异性；而在本章这个阶段，他可以完全自信地书写本民族的平民神话——或许在奈保尔看来，这些神话都低劣可笑。此时的沃氏，已经不再有那种小布尔乔亚的疏离感和孤独感，他找到了自己的艺术土壤。他会批判这些人，但不会用西方的文化标准去否定和嘲笑他们，他立足的是人类普遍的道德准则，他的爱就是他一贯追求的普遍之爱。

129　emaciated，字母都是线条构成的，像一幅幅骨架子。C.P.J.Th.-Dawson 用本章比较了《奥德赛》中卡吕普索困住奥德修斯的部分和奈特（Richard Knight）的长诗《风景》（"Landscape"，1793），认为本章的字母表如同购物记录单和备忘录，其排序只是为了方便记忆，它没有逻辑的必然性，重要的不是次序，而是为了不要遗忘，这与古代长诗的口头传统密不可分，与两个特征或模式相关：游记（travelogue）和乐土（Locus amoenus）。其实质与《奥德赛》的卡吕普索列举树名和鸟名、《风景》第三章罗列动植物名的方式并无区别。这是静态的或不动的列举，它不需要历时的持续，它不是年代学上的历史叙事，而是分布学上（chorology）的列举。见其博士论文"The Contemporary Long Poem: Spatial Practice in the Work of Kamau Brathwaite and Derek Walcott; Ed Dorn and Susan Howe; Robert Kroetsch and Daphne Marlatt"，第 82—83 页。因此，本章的字母顺序是空间性的，如同星座，其分布的多样性打破了华兹华斯的理念世界的一元性，而且消解了西方的将空间置换为时间的历史性。

130　每个字母就像一颗星，字母不变，星也不变，因此这些人物虽然死去,卡斯特里的神话之星不灭。星比人的说法,见《旧约·民数记》24:17,把大卫的王系比作星,星出于雅各,他们是上帝之星,具有神性。本章中说的各个字母,未必指的都是人,比如马,潜艇,商店等等,但全都与人有关,涉及了具体的人物。

第四章

1　Jerusalem, the golden/ With milk and honey blest, 出自赞美诗《金色的耶路撒冷》,这首诗由英国安立甘宗牧师尼尔(John Mason Neale, 1818—1866)译自12世纪法国本笃会的修士克吕尼的(或莫莱的)伯纳德(Bernard of Cluny)的拉丁文讽刺诗《论轻视此世》(*De Contemptu Mundi*)中的第一卷第269行开始的一节,拉丁文原文为,Urbs Syon aurea, patria lactea, cive decora。尼尔使用的拉丁文版本,来自华兹华斯的学生、安立甘宗大主教、著名诗人特伦齐(Richard Chenevix Trench)选编的《神圣拉丁语诗集》,该英译诗被尼尔收入《中世纪赞美诗和继叙咏》(*Medieval Hymns and Sequences*, 1851)。"奶与蜜"出自《出埃及记》3:17,钦定本为,a land flowing with milk and honey;也见33:3,《申命记》31:20,《民数记》13:27;"金制的"出自《启示录》21:18,钦定本为,the city was pure gold, like unto clear glass;21:21, the street of the city was pure gold, as it were transparent glass。和合本译为"精金的"。但是,英译与原文有几处不同,第一,原诗为一行,英译分为两行。第二,原诗用锡安,没有说耶路撒冷。第三,原诗并未提到"蜜",而是cive decora(配有民众)。第四,英译还有blest,即blessed,受上帝祝福和保佑的。第五,原诗的patria,英译没有译出。伯纳德这首诗讽刺了当时教会的各种缺陷,认为世界在堕落,人们都沉浸于享乐之中。他主张要"轻视此世":应该舍弃短暂的世俗快乐,追求天上的永恒超然的世界。这首诗中的天堂和地狱的景象也影响了但丁。虽然他是在正统天主教的立场上讽刺现世，但由于批判了天主教教会的弊端，描绘了理想的世界，因此受到了后来新教的推崇。尼尔转译的版本成为了新教的赞美诗。在诺贝尔获奖演讲《安的列斯：史诗回忆之断章》中，沃尔科特还提到了这首诗。不过，伯纳德、新教的圣公会诗人、加勒比循道宗诗人沃尔科特对理想天国却有不同的认识：伯纳德主张禁欲，弃绝俗世，甚至将女性作为世界堕落的根源；圣公会诗人（特伦齐，华兹华斯）在俗世中想象理念的世界，去除俗世的多样性；沃尔科特的理想世界就是他看到的多样与差异的现世，尤其是加勒比世界。沃氏引用这段题词，第一，联系上一章结尾的"新耶路撒冷"；第二，突出天主教与本土宗教（还有循道宗）的矛盾，这是本章的"分裂"。

2　BN，第244页，提示这指的是美国作家托马斯·克拉文（Thomas Crave，1888—1969）的《艺术名作选》（*A Treasury of Art Masterpieces: from the Renaissance to the Present Day*，1939；增补版，1952）中收录的安德烈亚·德尔·韦罗基奥（Andrea del Verrochio，1435—1488）的《基督受洗》（1472—1475，藏于佛罗伦萨，乌菲齐博物馆）。BN，第212—217页，导论部分的"诗与画"一节，详细介绍了克拉文这本书对沃尔科特的影响。它几乎成了少年沃尔科特的"想象的博物馆"。

3　pebbled knuckles，《基督受洗》的画中，耶稣和约翰都在浅水中赤脚站立，水中和岸上有鹅卵石。这个比喻既表明水中有鹅卵石，也比喻脚趾关节粗大。

4　涂上光泽（glazed），光环（halo）——基督和约翰头上都有成圣的光环——灯（护灯，guards of lamps，指煤油灯），均见《另一生》1.1.1的注释。这些描写也暗示了"顿现"理论。

5　《基督受洗》一画中，左侧跪有两位天使，最左侧的天使的头发是当时正在求学于韦罗基奥（Verocchio）的达芬奇所画，画中的部分远景也出自他手。韦氏与达氏也呼应了齐玛布埃和乔托。

6 两个跪,暗示了作者将自己比作白色的天使,因为他的头发与画中的天使一样,都是卷发。嫉妒的对象是两位大师的才华和教堂的壁画。

7 这座圣堂在《纵帆船"飞翔号"》第十节也被提到。BN,第245页介绍,指卡斯特里的循道宗教堂,位于西瑟街,离沃尔科特邵塞路上的家不远。卡斯特里的新教教堂不如天主教教堂雄伟。当时,圣卢西亚有近九成的人信奉天主教。

8 robe,文艺复兴时期的基督教题材的绘画和艺术品中常见的袍衣,尤其指僧侣的长袍和法衣。《基督受洗》中约翰和天使穿的就是长袍。在文艺复兴和意大利的语境中,这个袍衣必定是天主教的,所以这里的意大利比喻的是天主教的圣卢西亚。也见《另一生》1.1.1提到的文艺复兴式的画段。它给孩子披上天主教的法衣,就是让他皈依。但他现在跪在循道宗的教堂,所以这是"分裂"。

9 ran among dry rocks,这里是内心的表现,不是真的在跑。语出《旧约·诗篇》105:41,钦定本为,He opened the rock, and the waters gushed out; they ran in the dry places like a river。作者是把自己的内心干枯的石头,蒙上帝恩典,心头的石头才有泉涌。ran,这里指奔跑,但也暗示了《诗篇》中水流的意思。石头意象,毫无疑问也联系了艾略特《荒原》第五部分"雷霆说",Here is no water but only rock/ Rock and no water and the sandy road/ The road winding above among the mountains/ Which are mountains of rock without water。艾氏的石头和水都与欧洲文化的荒芜状况有关。所以这一句,一说自己内心的枯竭,二说欧洲文化的衰落。

10 Repent,这个动词的祈使语气在《圣经》中常见,如《马太福音》3:2,《马可福音》1:15,《使徒行传》3:19,《启示录》3:3。和合本译为"悔改"。

11 BN,第245页指出,《艺术名作选》中收录了维米尔的两幅画《厨娘》(*The Cook*)和《吹笛女》(*Girl with a Flute*),白色是其中最为突出的颜色（牛奶，光线，衣服）。克拉文有一段文字评价维米尔："他完美地复制了表面的质地，他的桌布和物料十分醒目，它们不像是画出来的虚像，而是在透明树脂的光泽（amber glazes）中实际存在的物质。"amber glazes 也见前面对"琥珀"一词的注释。我相信，维米尔的用光对沃尔科特的顿现理论也有影响，事实上，可以认为，诗人眼中的每一次顿现，都让眼前的对象如同维米尔画出的一样。而此处将白色桌布比喻为维米尔的画，也正是一次隐喻式的顿悟。

12　brazenly，引申义是厚颜无耻，无动于衷，但本义指黄铜的。下面提到了钵是铜制，所以这里是用铜钵的特征比喻到花身上。汉译按照本义来译。

13　前面提过黄蔓，花像喇叭。上面两种花都是菊科花，花朵粗糙，花型也近似喇叭。

14　LET US COME INTO HIS PRESENCE WITH THANKSGIVING/AND INTO HIS COURTS WITH PRAISE，BN，第 245 页介绍，《另一生》笔记中说，这一句话写在了"金色和白色的旗帜上"，旗帜"在圣餐饼的托盘和红宝石圣杯上方"。这两句语出《旧约·诗篇》95:2，钦定本为，Let us come before his presence with thanksgiving, and make a joyful noise unto him with psalms；和合本为，"我们要来感谢他，用诗歌向他欢呼！。"100:4，Enter into his gates with thanksgiving, and into his courts with praise；和合本为，"当称谢进入他的门；当赞美进入他的院。"我尽可能保持和合本的译法。

15　英语中与上面的钵都是 bowl，不用区分，但在汉语中无法译为相同的词，也不能都译为碗，前者是种花的钵盂，后者是装圣血的酒杯（即 chalice 或 goblet）。

16　BN，第 246 页介绍，《另一生》笔记中，沃尔科特说这些铜杯是自己家的，会借给教堂使用。它们摆在留声机的柜子上，"我可以在上面看见自己变形的样子，会变化出很多，就像映在昆虫金色的眼中"。沃氏家里会派老女人（spinsters，指女管家）去送杯子，她们还会用黄蔓或装点客厅的铜的废弹壳装饰圣坛。

17　卡洛·克里韦利（Carlo Crivelli，死于 1495 年），威尼斯画派的画家。这里指的是他的《圣母与圣子》（*Virgin and Child*，1480），这幅画左下角有一只苍蝇，它象征了罪恶和魔鬼别西卜（见后）。

18　chargers，旧式的用法指大盘子，这里指承着圣餐和圣杯的盘子。BN，第 246 页还指出，它在其他地方也指军马，这样喇叭花又具有军事吹号冲锋（charge）的含义，见上一章黄蔓的意象。之所以联系军事，因为上面提到了家里装饰用的"弹壳"，按沃尔科特笔记所言，弹壳灰绿色，里面有沙，应是一战时的物品。下面说的"圣主"（the Host），也有军事意义，host 表示军队，如《圣经》中常说的，Lord God of hosts（主，万军之神）。这样，圣血也暗示了军事战争或宗教战争中死难将士的血。

19　collect, epistle, lesson，弥撒和祈祷仪式中的三个有先有后的环节，分别阅读三种文本。collect 是仪式中使用的短篇的祈祷文，仪式开始时就会诵读；epistle 指《新约》中所有称为"书"的篇目（保罗书信和普通书信），仪式中会专门选读其中一些章节；lesson 指经文的选读。

20　the Jacobean English，指英王詹姆斯一世统治时期，英国由都铎王朝（最后一任君主是伊丽莎白一世）进入了斯图亚特王朝，James 来自希伯来的人名 יעקב（Yaʻaqov），对应的英文为 Jacob，James 是 Jacob 变音而来。拉丁文称詹姆斯一世，均为 Jacobus。BN，第 246 页引《另一生》笔记的一段文字，介绍詹姆斯式的英语："我们［在教堂］诵读的这种语言就像教堂里的东西一样，散发着崭新的光彩，同样简单，不加修饰，改头换面。它听起来就是重新塑造的伊丽莎白时代的英语。每篇短祷，每次阿门，都让土地重新受洗。我们是循道宗，我们的圣徒都是说着平白语言的实用派，宗教改革者和废奴主义者。他们的形象就如赤裸的木头教堂一样灰暗和普通，在教堂里，我们崇拜的不是他们本身，而是他们的像卫理公会一样的作品：W 的作品:威尔伯福斯(Wilberforce),卫斯理兄弟(Wesleys)。他们的白开水就是道路。他们没有那种神秘的香和仪式的圣咏。"

21　text,指基督教布道时选用的经文,文句朴素直白如清水。

22　著名的马修·阿诺德(1822—1888),BN,第246—247页介绍,在《另一生》笔记(时间为1965年10月17日)中,沃尔科特说维多利亚时代,他最同情的诗人就是阿诺德。因为阿诺德和他的朋友都认为自己是"分裂的孩子",生活在两个世界之间,一个世界丧失了宗教信仰,已经死去,另一个世界还没有形成。这可见阿诺德的《大沙尔特修道院诗章》("Stanzas from the Grande Chartreuse", 1851),Wandering between two worlds, one dead, / The other powerless to be born, / With nowhere yet to rest my head, / Like these, on earth I wait forlorn./ Their faith, my tears, the world deride- /I come to shed them at their side。法国沙尔特修道院是天主教加尔都西会的寺院,阿诺德认为它像一座陵墓,毫无生气,信仰全失。

23　melancholy,阿诺德《大沙尔特修道院诗章》,For the world cries your faith is now/ But a dead time's exploded dream; /My melancholy, sciolists say, / Is a pass'd mode, an outworn theme-/ As if the world had ever had/A faith, or sciolists been sad!。

24　这一句开始,改为了现在时,直到"南瓜汤"一句。阿诺德《大沙尔特修道院诗章》,For rigorous teachers seized my youth, / And purged its faith, and trimm'd its fire, / Show'd me the high, white star of Truth, / There bade me gaze, and there aspire./ Even now their whispers pierce the gloom:/ What dost thou in this living tomb?。BN,第247页指出,严厉的老师是卡莱尔、歌德、斯宾诺莎,他们用更科学的方式挑战了传统的《圣经》阐释,让阿诺德学习了更高的真理和信仰,见阿诺德的《斯宾诺莎和〈圣经〉》一文。但沃尔科特指的是主日学校的死板老师。

25　gravures,即photogravure,维多利亚时期盛行的摄像技术。这里指利用这种技术拍摄的耶路撒冷和巴勒斯坦地区的照片,都是他父亲留下的,而且还是彩色的。

26 耶稣头戴的荆棘冠。

27 wrapped tight in malaria, malaria, 据我所查,英文《圣经》中没有用过这个词,但作者还是要指向经文,因为钦定本有 ague 一词,如《旧约·利未记》26:16, burning ague, 和合本译为"疟病热病"。burning ague 就是疟疾引发的热病,希伯来文为קַדַּחַת,词根为קָדַר,点燃。和合本只在《申命记》28:22,用了"疟疾"这个中译,钦定本为 extreme burning,但希伯来文与《利未记》26:16 一致。下面提到了热病,也是疟疾或其他病症引起的发烧。《马太福音》8:14,《马可福音》1:30,《路加福音》4:38—39,彼得岳母得了热病,耶稣治好。这些都是沙漠地区容易患上的疾病,上帝会用它们来惩罚人类,而且治愈他们显出神迹。wrapped tight in, 这里指紧紧裹着长袍衣服,因为得了疟疾发热,作者将两者合并在一起说。而且还用了习语,not wrapped tight 即紧张不安,身体状态差,去掉否定词就是裹得很紧,身体得到保护。

28 parched and fiery, 都是钦定本常用的词,前者如《诗篇》143:6,69:3,多形容土地干旱,嗓子干燥;后者如《诗篇》11:6。这两个词都反衬上帝如同雨露。

29 Reverend Pilgrims, BN, 第 247 页推测可能是 Errol S.M.Pilgrim 牧师大人(Reverend 是基督教对高级牧师的尊称),他是巴巴多斯、特立尼达和英属圭亚那循道宗教会的主席。作者加上 s,指皮尔格林掌管的全部循道宗教徒。

30 twigs, 同义词 boughs 和 branches, 都是各种英译本《圣经》的常用词。这里的意思也许来自《罗马书》11:16—24,上帝种下橄榄树,树根是弥赛亚,树枝是以色列民。《圣经》中,树枝也是烧火用的,与上面焦灼、炽热也都呼应。

31 见《长眠于此》。

32 cast down,《圣经》钦定本常用的词组,和合本译法不同,直译是扑倒,降卑,引申指内心忧闷。如《诗篇》37:24,与这里诗意相同,Though he fall, he shall not be utterly cast down: for the LORD upholdeth him with his hand。和合本译为"扑倒"。《约伯记》22:29,When men are cast down, then thou shalt say, There is lifting up; and he shall save the humble person。和合本译为"降卑"。《诗篇》42:5,Why art thou cast down, O my soul? and why art thou disquieted in me?。和合本译为"忧闷",与 disquieted 相同。我取最后一个译法。

33 cloven-hoof,魔鬼长着偶蹄,如山羊状,与希腊山神潘的传说有关。毛茸茸的脚掌指狼人。狼人见《群岛传奇》第九章的 loupgarou。这两个特征统指魔鬼。特立尼达和多巴哥的奥比法师可以与魔鬼做交易,把自己变成狼人和其他凶猛的动物。见 P. Taylor 和 F.I. Case 的 *The Encyclopedia of Caribbean Religions, Volume 1: A - L; Volume 2: M - Z*,"Obeah"和"Obeah and Myalism in Jamaica"词条,第 642 页。

34 negromancy,来自于 necromancy,起源于希腊文 νεκρομαντεία,νεκρός 是尸体的意思,μαντεία 即预言。作者为了体现这种巫术是非洲黑人使用的,就把 c 改为了 g,加了引号。但是,这种改动不是没有道理的,14 世纪英语最早的拼法为 nygromauncy,就是因为巫术多与黑人有关,因此联系了 nigger(拉丁文 niger),c/k 变为了 g。BN,第 248 页指出,这个词是 1968 年由克吕普索歌手"大麻雀"(Mighty Sparrow)引入加勒比地区,专指奥比术。

35 弥撒是基督教西方教会,尤其是天主教对圣餐礼的称呼。只有某些循道宗教会进行弥撒。

36 如前面所述,绘画无法展现社会学因素,所以作者转而写诗。他的诗并不是那种为文艺而文艺的矫情,在很多方面,它都是社会学和历史学的研究。这里就体现了作者对社会阶层与宗教关系的分析。天主教属于顶层,循道宗属于中产,黑人巫术或混杂巫术的基督教都属于底层民众。而作者的诗歌就是为底层服务的新型宗教。

37 对比沃尔科特经常使用的"失忆",心灵失忆,但加勒比人的身体是有记忆的,还记着非洲。见 *Nobody's Nation*,第 165 页。

38 swell-foot,也叫"大脚","巴巴多斯腿",圭亚那英语叫"肿脚",但其实是肿腿,而且是当地常见病,所以作者加引号。这种病由蚊子携带的寄生的丝虫(Filariidea)引起。这个词也特指象皮病(elephantiasis)和丝虫病。见 *Dictionary of Caribbean English Usage*,第 99 页。这种肿胀的幅度非常夸张,不是一般意义上浮肿,腿往往会膨胀数倍,看起来就像魔鬼附体一样。

39 mal-cadi,BN,第 247 页,这是法语克里奥尔语,即法语的 mal caduc,癫痫之意。奥比术神灵附体后,人就会在地上打滚,如同抽风癫痫。

40 tisane,BN,第 247 页,是法语和法语克里奥尔语对草本茶的称呼。这种茶在巫术时由奥比男法师和女法师混合而成。

41 bush-bath,以多巴哥奥比术的草木浴最有代表性。《奥马罗斯》中,玛·季尔蔓就用这种疗法治好了菲罗克忒忒的伤。见 *The Encyclopedia of Caribbean Religions, Volume 1: A - L; Volume 2: M - Z*,"Bush Bath"词条,第 1037—1038 页。首先,bush 主要表示草本植物,它是一种家庭疗法。非洲裔家庭中,当小孩子发烧病倒(impetigo,脓疱病)或患有急性皮肤病,且母亲怀疑是 mal joe(恶眼)所致时,她就会使用它。第二,bush 表示木本植物,指奥比法师的"鞭打",为了去除恶敌。用树枝鞭打,如同沐浴一样。显然,沃尔科特这里指的是第一种"草木浴"。bush 包括草本植物的皮,根,块茎,藤等部分,但也涵盖了人尿,牛粪,溪水中的黑陶片,苔藓(如可可树上的)。负责治疗的除了家人之外,也有专门的"树丛医师"(bush doctor)。

整个过程为:孩子患病后,母亲去林中或路上捡草木(包括其他非草木的东西)。如果梦到了什么草木,就必须要找到。回家之后,开始准备沐浴,用木盆,清洁的水,水深六英寸,不能溢出。草木要去尘，但不能清洗，要仔细压扁。双手捧着草木，泡入水中，直到水变绿。浴盆放在院中曝晒。取一副硬的细木枝做成的十字架，放在盆上，按东西南北的方位对准。阳光照射，水开始起泡，变热、冒出气味后，加入圣水和圣油。孩子赤裸身体，坐在矮凳上，先喂其喝两口盆中清汤，再从头到脚清洗，然后阳光中晒干，再上床躺下。有些热的清汤就等同于 tisane。为了确保草木有效，捡拾时，要遵循几个原则：(1) 不要跟树木说话，避免吵醒它。(2) 捡起一片叶子，如果要丢弃，必须等到取得所需的东西后。(3) 每棵植物，只取七片叶子。七是有魔力的数字。(4) 取过叶子后，不再返回该植物，一种草木只取一次。(5) 取完所需草木后，要对树木告别。(6) 草木浴剩下的东西，要埋入深洞，或扔进溪流。如果被人接触，就会患上它所治愈的那种疾病。(7) 把浴盆翻过来放在暗处，晾干七天。

所捡拾的草本植物，如（按照当地名称）：Cocolika（Wild Ageratum，野生藿香），治疗感冒，发烧，咳嗽；Zherbafam（Herbe a femme，藿香蓟），治疗痛经等；Serio（Euphorbia hirta，乳草），治疗发热，不孕不育；Dutch grass（无拉丁名，荷兰草），清理膀胱；Bachelor button（Gomphrena globosa，千日红），治疗感冒，发烧，头疼；Dragon's blood（Eleutherine bulbosa，鳞茎红葱），治疗痛经，背痛等。草木浴也是一种命名和学习植物名称的过程，沃尔科特诗歌中有大量植物，这些都离不开他小时候接触草木浴的经历。

42 obeah-man，-man 这个后缀，在加勒比英语里，指与某种功能，活动以及前缀命名的事物有关的人。见 *Dictionary of Caribbean English Usage*，第 367 页。这个词指专门使用奥比术的人，同义于 obeah-people。肆意使用或使用奥比术不专业的人，叫 bad people。

obeah（奥比术）起源于非洲尼日利亚、刚果、加纳等地。由黑人奴隶带到加勒比地区，盛行于牙买加、特立尼达和多巴哥、巴巴多斯、格林纳达、圣卢西亚等地。20—21 世纪，奥比术的使用依然存在，作者这里记录的就是他小时候经历过的仪式，仪式的一些特征与特立尼达和多巴哥的奥比术相近。

obeah，特立尼达和多巴哥也写作 wanga，按照 Allsopp 的解释，它是"一种神秘的信仰体系，使用超自然力来获得或抵御邪恶的目的"。奥比术使用的物品，有油，草木，骨头，坟土，新鲜的动物血，甚至用活的孩童作为牺牲。它可以保证主顾成功，保护他，治愈其神秘的疾病，也可以给他的敌人带来灾祸和死亡。去除奥比术的诅咒，叫 cut/take off obeah from sb；施加诅咒，叫 put/set obeah on sb；或说 work obeah against/for/on sb。使用奥比术或求助奥比术的人叫 obeahist，在牙买加和圭亚那等地使用者也叫 scientist，在格林纳达，叫 mama-do-good 或 papa-do-good。见 *Dictionary of Caribbean English Usage*，第 412 页。

就其非洲起源来说，有的学者主张它来自尼日利亚伊博族（Igbo），在伊博语中，obeah 或 obia，意为行医（doctoring），科学／知识；行医者，有男有女，统称为 Ndi obia，也称为 dibia (dibbeah)，来自 di（大师，职业者）和 obia。这样的人可以与"灵"交流，充当可见与不可见世界的中间人。他把灵界的神圣知识与现世世界的药学知识结合在一起，扮演巫师和医生的双重角色。见 D.B.Chambers 的解释，"'My own nation': Igbo Exiles in the Diaspora"，*Routes to Slavery: Direction, Ethnicity, and Mortality in the Transatlantic Slave Trade*（Routledge，2013），第 88 页。

也有学者认为，obeah 来自加纳的特维语（Twi），与 obeye（巫师使用的力量）和 obeyifo（带走小孩子）有关。这种巫术既可以抗拒恶灵，盗贼，疾病——类似于 myalism（myal，弥尔术），后者还可以克制奥比术——还可以产生负面效果，比如解除爱情，害死主顾的敌人。它的核心手段，就是控制灵（duppies）。除恶时，奥比巫师召唤祖先的灵；降恶时，他们召唤死人的灵。召唤灵时，会使用坟土，烟斗，玻璃片等器物。控制灵有两种手段，一个是扣在钵中，从中心刺穿；一个是系在木棉树下。贩卖到加勒比地区的奴隶通过奥比术表达自己受到奴役的经历,用以来反抗白人,这也造成了奴隶主的不安,比如 1806 年,巴巴多斯就规定使用奥比术的人可以处极刑。均见 *Dictionary of Afro-American Slavery* (Greenwood Publishing Group, 1997),"Obeah" 词条,第 551—552 页。obeah 也许还与特维语的 abbia 有关,后者是一种非洲的葡萄药用植物。BN,第 247 页。

多巴哥的奥比术比较有代表性,见 P. Taylor 和 F.I. Case 的 *The Encyclopedia of Caribbean Religions, Volume 1: A - L; Volume 2: M - Z*,"Obeah" 词条,第 642—643 页。多巴哥人"用这个词指一种力量,个别人自称拥有,用来控制自然法则。""这种力量通常借助某些模式来获得预期的效果,比如治愈疾病,或者,给掌控或诉诸该力量的人带来幸运和好运。"有些求助者,他们还想要解决"社会和个人问题,如法庭案件,婚姻,破产和商业失败等"。如果疾病反复治愈不成功,多巴哥人就认为这个疾病不是"良性病"(good disease),即不是自然之病,就需要请"黑巫医"(black doctor) 或"奥比法师"(Obeahman)。多巴哥人把奥比术定义为"科学","鞭打","要害一击","打结"(促成婚姻,或阻碍生意),"净手","约束"。"这些术语的使用都在一个复杂的应用系统中,通过这个系统,奥比术可以发挥自己的社会功能。"奥比术分善意和恶意两种,善意的可以治疗,造福,打赢官司,解决工作上的困难;恶意的会派遣灵 (jumbie) 降到某人头上,危害其生意,或让无意相爱的男人或女人结合。施行奥比术的人叫"观者"(lookman),"知识者/科学者"(scienceman),也被称为医师 (doctor)。他们可以预言,驱魔,解除病人的诅咒,"松开"阻碍生意人发展的"纽结"。在多巴哥,奥比法师还是草药师,魔法家。

奥比术作为民间知识,以音乐和温和的刺激物(如短吻鳄,圭亚那胡椒,可乐果,草本植物)为手段。音乐以鼓乐为主,如多巴哥手鼓,目的是要产生催眠恍惚的效果。奥比法师会提问这些打鼓跳舞的人,他们用古代鼓手,祖先或死人的声音回答,传达信息。

就社会功能而言，第一，个人健康方面的作用。在当地人看来，凡是未知的疾病，都可以视为由"恶魔"（the Evil One）、魔法或奥比术引起的，因此也需要奥比术来治愈。而一些生理问题，精神疾病和心理创伤也在奥比术治疗范围内，如假孕，男女不孕不育，生意失败，神经病，家庭不和，精神中邪，着魔，遇鬼，厄运等等一切专业医生无法解决的问题。第二，社会控制方面的作用。奥比术可以用来防偷窃，比如装有奥比药的蓝色瓶子挂在果园树上，可以防盗。离家的男人用施了法术的腰带可以约束妻子。牧师，医生，警察均不能提供这种服务。总体上，奥比巫师传承了非洲的文化精神，反抗了奴隶主和殖民者的压迫，在精神文化和政治上的意义更重于它在自然科学和医学上的价值。

43 城市/教堂是中产阶级或市民的标志，丛林/魔鬼是底层人信仰体系的标志。这句话表明了圣卢西亚宗教和迷信的混融。

44 THE PACT，指与魔鬼定约，然后变成狼人等猛兽。下面这些行诗，可以看做一部完整的作品，也是沃尔科特的民俗学或人类学的诗性考察。关于"契约"，我概述一下 D.J.Crowley 的介绍，引自 BN，第 248 页：按照大多数圣卢西亚人的信仰，他们的岛住着众多 já gajé（对应法语的 gens engagés，登记在册，承担义务的人，或，les engagés, zagajé, gens gajés，订下契约的工人。也见《白巫术》）。这样的人通过奥比术与魔鬼订约，来得到特殊的力量。但他们要把灵魂抵押给魔鬼。获得力量后，他可以变成动物，尤其能变成巨型犬或猫。当他成为动物时，如果能让他流血，他就会 degajé（解约），丧失魔力，立刻变回人形，伤口还会存在。

"契约"这部分带有加勒比的魔幻现实主义风格，讲述了离奇的曼诺瓦变狼狗的故事。某天早晨，清洁工在街头发现了一滩血。之前一天，曼诺瓦家的看守曾打伤过一个东西，他认为是狗，而且流血了。狗伤的那天，曼诺瓦先生死在床上。之后，他又奇迹般复活。最终，在奥比术的驱魔仪式和天主教驱魔仪式中，用奥比术的女人喊出曼诺瓦的名字，不过这个巫婆却死去了。市民根据这几件事，按照奥比术的逻辑，推出一个魔幻式的结论：曼诺瓦与魔鬼立约，变成狗，狗受伤，曼诺瓦的灵又附身驱魔的巫婆。而就现实来说，人不可能变成狗，这些事情都是巧合。沃尔科特叙述得虚虚实实，读者可以从魔幻和现实两个角度来开放地理解，但他并不是卖弄玄虚，而是以魔幻手法探讨了加勒比巫术与基督教的矛盾和意义。同时揭示了像曼诺瓦这样的黑人资本家，无论如何将自己西方化，也逃不出非洲－加勒比的民族性，而且会受到当地民众的厌恶和反抗（被人当成狗殴打）。但另一方面，加勒比的民众，又深深地陷入迷信和愚昧（怀疑曼诺瓦靠巫术成功），他们需要全新的宗教来引导，那就是沃氏的诗歌，这是一种启蒙性的艺术宗教。

人变狼狗的故事是沃尔科特童年时姑祖母（great-aunt, grandaunt, 有时直接称 aunt）希顿妮·沃德罗普（Sidone Wardrope）讲给他和弟弟的。见 *Derek Walcott: Memory as Vision: Another Life*，第 11 页。也见《仲夏》14，Her leaves were/ the libraries of the Caribbean./ The luck that was ours, those fragrant origins!/ Her head was magnificent, Sidone.../.../ She was the lamplight in the stare of two mesmerized boys/ still joined in one shadow, indivisible twins。狼人故事也见《群岛传奇》第九章。BN，第 248 页指出，在《另一生》笔记"1965 年 8 月—9 月"，沃氏又用散文讲述了这个故事。西蒙斯对圣卢西亚的人类学研究影响了沃氏对这个故事的写作，相关材料都记录在《另一生》笔记中。

希顿妮对沃尔科特影响最深，沃氏在诗作中提到过。她是一个讲故事的高手。她用法语和法语克里奥尔语讲述，故事都有非洲的根源。而且她还会唱歌。沃尔科特称之为缪斯。她对他的影响，就是让他熟悉了非洲和加勒比的民间故事，这对于后来的创作有很大的帮助。关于希顿妮的故事对沃氏的影响，见他的文章《黄昏之言》，以及《动物，原初的传奇和剧场》（"Animals, Elemental Tales, and the Theater"），收入 A.J.Arnold 编 *Monsters, Tricksters, and Sacred Cows:*

Animal Tales and American Identities（University of Virginia Press，1996），第 269 页；也参 A.R.Keizer 的引用和分析，见 *Black Subjects: Identity Formation in the Contemporary Narrative of Slavery*（Cornell University Press，2004），第 105—106 页。

45　iron light，即 iron lamp，iron 指灯的铁台和灯架，由于前面提过街灯的意象，而且下面提到了店铺，因此是描写街景，所以指街灯的灯柱和灯台，而且是烛灯。作者往往会用在一个环境中同时出现的多个实际事物来互相比喻，这里的拂晓、黎明、灯柱、店铺都同时存在。

46　Chaussee Road，Chausee 来自法语，也写作 Chaussée，意为堤坝，堤道，因为卡斯特里是港口城市。沃尔科特的家就在邵塞路 17 号。邵塞路南北向，格拉斯街东西向并且与北边的玛丽·安街平行。这里说的交口，是三条路的交汇处，还有前面一再提到的南北向的西瑟街。这里正是第三章的那个老太太波提丽亚每天坐着的路口。

47　比喻血迹。来自于曼诺瓦，被自己商店的看守打伤流的血。

48　A bubbling font at which/ a synod of parsonical flies presided，BN，第 189 页指出，《另一生》笔记中，沃尔科特有一句惊世骇俗的话，absent or:/ dead dog, dead god, over which/ a synod of parsonical flies presided/ writhing their hands。显然，这是此处的前身。也许为了避免争议，沃尔科特去掉了"死狗，死上帝"这样的说法。absent 一词联系《另一生》1.1.1 的 absent master，master 的所指之一就是上帝。通过沃氏的改动，可以看出，变成狗、垂死的曼诺瓦，就是"死上帝"，沃尔科特在《斗士参波》中就提到过尼采和上帝之死。另外，他也类似弥尔顿描绘的撒旦，如《失乐园》4.183—184, a prowling Wolf/ Whom hunger drives to seek new haunt for prey。我相信，沃氏的意思是，就曼诺瓦是黑人而言，他只是虚假的、试图西化的上帝，所以死去了，但在这种讽刺之中，又暗含同情，即，加勒比人或加勒比基督徒需要的上帝并不是西方的上帝，他们需要本土化的神；由此，他们的神，相对于西方上帝而言，就是撒旦，或伪神。这样，沃氏这样的艺术家，就成为了中间人，他们可以为本土提供一种宗教和上帝，同时又能与西方的上帝和教会相和谐。当然，沃氏对待宗教的态度，仍然贯彻了早年的《城市死于火》的主题。

49　《圣经》中，《申命记》21:1—9，凡发现有人被杀，离被杀人最近的那座城里的长老和法官就要在折断脖颈的母牛犊上洗手，表明自己的手没有沾过死人的血，向上帝表示自己无辜。这种洗手行为也可以在一般意义上向上帝表示自己无辜，如《诗篇》26:5—6，73:13。所以苍蝇洗手，为了表明不是自己杀的人。

50　见上一章字母Z。

51　暗示了后面的圣餐礼。因为要给曼诺瓦驱魔，需要举行圣餐礼。

52　沥青路，比喻血从沥青的伤口中流出。但暗示了狗/曼诺瓦的伤口。

53　见上一章字母M。这一节写曼诺瓦先生卧床不起。在本章，"教会的支柱"这个描述体现了意义，支持基督教的曼诺瓦先生，却被人怀疑（或真的）使用了非洲的巫术，他无法摆脱自己的非洲性。沃尔科特不是希望他摆脱这种民族性，而是告诉加勒比人，不要忘记自己的出身。

54　还是将同时存在的事物，互相比喻。前面提到过海鸟生锈的（rusty）声音，即嘶哑的。这里用rusty一词将海鸟的嘶哑的声音换为港口生锈的铰链的声音。省略了铰链声音如同海鸟嘶鸣（反之亦然）这个比喻。

55　暗示他变成（或被人相信变成）不能说话的狗。他是昨夜被看守打成了重伤。

56　这里是真人曼诺瓦，但作者写得好像他已经或将要变成狗。

57　下面会交替使用it和he两个代词，都指曼诺瓦，暗示他会变身。口语或不规范用法，或加勒比的英语中，it可以代指人。

58　曼诺瓦的十字架。他是天主教教徒。这也暗示了他的变身：一方面仇视十字架（狗和魔鬼的那一面），另一方面求助十字架（人的那一面）。

59　wine，与血有关时，都指葡萄酒，为了暗示基督之血。

60　联系上面曼诺瓦的血比作酒。作者有意（或者假意）暗示那滩血是曼诺瓦的。

61　作者特意把这个主语的代词与下一行隔开。它指曼诺瓦，但这个代词连同上面的血，都会让读者以为是狗。他的家人发现他死了，联系他身上的伤和看守打伤的狗，以为他着魔变身。很可能带他到了教堂去做圣餐礼，借助圣体驱魔，然后他复苏。

62　released，与魔鬼解除契约。这个奇迹更让当地人认为曼诺瓦是个巫师，而且他的财富之巨，也让人认为是用魔法所致。有些学者认为曼诺瓦最终死了，但 BN，第 248 页，分析了 released 一词，并引用沃尔科特《另一生》笔记的记录，曼诺瓦最后死而复生，而那个巫婆去世了。

63　卡斯特里大部分零售商店都是曼诺瓦的，印着他的名字。他这时应该是来到了街上，刚刚苏醒，还神志不清（作者用来比喻光）。

64　见《另一生》1.3 字母 W。

65　这里的苍蝇意象有三个含义：第一，苍蝇声类似圣卢西亚法语克里奥尔语的含混发音。第二，联系前面说的克里韦利的画，苍蝇代表魔鬼别西卜（Beelzebub，联系 Baal-zebub，巴力西卜），希伯来文为בַּעַל זְבוּב，意为苍蝇之主。别西卜与巴比伦人的巴力神有关，犹太人嘲笑巴力神是苍蝇之神；基督教将其定为魔鬼，形象是苍蝇。第三，祈祷的语言是魔鬼派苍蝇来告诉曼诺瓦，而魔鬼的语言是法语克里奥尔语，这相反于下面的神父的拉丁文。加勒比在欧洲文化看来就是异教、魔鬼的世界。

以下祈祷均为法文，带有明显的法语克里奥尔语的节奏，都是四个音节，两两一组，用词简单，语言直白: Bon Dieu, pardon, / Demou, merci, / l'odeur savon, / l, odeur parfum/ pas sait guérir/ l'odeur péché, /

l'odeur d'enfer, / pardonnez-moi/ Auguste Manoir!。这里的demou（读如，德姆），即法语的démon（读如，滴蒙），BN，第249页指出，沃尔科特有意这样拼写，他曾向一位编辑解释说，这种拼写为了反映出圣卢西亚对démon一词的读音。péché，既指鱼，也指罪，中译改变了一下句式，将这两层意思都包含进去。bon Dieu，即good God，老天爷，好上帝。pardon, Demou, pardon是叹词，意思就是对不起，后面省略了一个pardonnez-moi，宾语就是魔鬼，指祈祷者自己。

BN，第249页介绍了沃尔科特对于法语克里奥尔语的欣赏，他不认为这种语言是衰败的法语和拉丁语，相反，它是完整，多彩，有味道的语言，更适合诗歌的想象，富有音乐性。沃氏本人还写过法语克里奥尔语的歌谣献给西蒙斯。在诗的结尾，他说，很多人羞于讲土语（patois，克里奥尔法语），因为它嘟嘟哝哝，听着不雅，但他本人却认为，它是西印度语言中最有活力和想象力的语言。为了让西方人接受自己的诗歌，沃氏对法语土话和英语克里奥尔语用得不多，但少量的使用都是点睛之笔，而且他的节奏和韵律都贴合了圣卢西亚的日常语言。

66　苍蝇谢谢魔鬼（曼诺瓦）给它带来了汗水。

67　曼诺瓦本人养着一条狼狗，这条狗晚上常去他的店铺找骨头，因为店里卖肉，废骨头会埋起来。看守以为是狗跑到店里，结果误打了曼诺瓦。看守也许看到了这条狗往曼诺瓦屋子里跑，误认为是他变的。

68　warehouse，英式英语里指零售商店，也许等同于emporium。

69　也许指看守手里拿的家伙在曼诺瓦眼前一晃，挡了一下他的眼睛。

70　曼诺瓦被看守打伤，流血。玫瑰的比喻还有苍蝇意象，前面也出现过，这暗示了前面的血来自曼诺瓦。

71　Saylie，拆开即英文的say lie。BN，第248页引用《另一生》笔记，这个女工叫左丽叶老妈（Ma Zollier, Ma在加勒比英语里，表示妈妈，老女人），最后抽搐而死。按照《奥马罗斯》（也见《圣卢西亚》）中季尔蔓老妈（Ma Kilman）的形象，这个赛丽叶或左丽叶，应为擅长奥比术的巫婆。她在为曼诺瓦的狗（人们视之为曼诺瓦）驱魔。驱魔过程中，她陷入了表演性的狂乱状态，但也许她让狗咬了，或者自身健康有问题，她无法控制抽搐，结果人们又请来了天主教神父为之驱魔，但她还是死去了。

72 指洗衣女脸上有褶皱，也指衣服（比如洗过的衣服）有褶皱。

73 魔幻的解释是，指洗衣女与魔鬼或曼诺瓦沟通，曼诺瓦附身。魔鬼为了亵渎上帝，胡乱念着拉丁文。现实的解释是，洗衣女念着拉丁文驱魔，或者念着当地的土话，听起来像错乱的拉丁文；洗衣女是殖民地人，属于异族，对应魔鬼。

74 这里一定是指天主教教士，因此译为神父，而不是汉语里用于新教的牧师。

75 以下三句为拉丁文，是驱魔时的诵语，per factotem mundi,/ per eum qui habet potestatem/ mittendi te in gehennam。神父念的 **factotem** 应写为 **factorem**，我认为 BN（第 249 页）的说法是错误的：BN 认为神父应该读为 factotum。我查了一下，这一句话来于天主教的祈祷词，可以用于驱魔，见 T.K.Oesterreich 的名作 *Possession, Demoniacal And Other: Among Primitive Races, in Antiquity, the Middle Ages and Modern*（Routledge，1930），第 104 页。其中使用的正是 factorem，factorem 是 factor 的阳性单数宾格，指创造者。而 factotum 如果用在这句拉丁文中，句意不顺，语法不合。所以 BN 的说法是错误的。

但是，我相信沃尔科特也想要让读者联系 **factotum**，这恰恰体现了他用词的精妙，也很有乔伊斯的风格。factotum 属于新拉丁文，来自 facio（fac 为命令式）和 totum（中性名词）的合写，意思就是"一切都做！"。16 世纪进入英语后，表示做一切事情，承担一切义务和责任的人，英语中专指杂役。可以认为，神父本来想说 **factorem**，但又突然间因为第一个字母 t 以及英语中日常存在的 **factotum**，而误读为 **factotem**，产生了弗洛伊德式的口误。这种口误似乎表达了他潜意识的想法：上帝既是创造者，又是世界的奴仆和杂工（factotum）。也许这正是沃尔科特的真实想法。所以，并不是像 BN 说的，沃氏想让神父把 **factotum** 误读为 **factotem**，而是，把 **factorem** 误读为 **factotem**，同时暗示了 **factotum**。

我印象里，这句话在阿道司·赫胥黎的《卢顿的魔鬼》（*The Devils of Loudun*）中出现过。我用的是兰登版（2010），见第 129 页。这部书是非虚构的作品，记录了 17 世纪法国卢顿的驱魔故事，引用了一些拉丁文的驱魔文献。其中，这个词就写为 **factorem**。沃尔科特很可能读过这部名著，下面也出现了这本书记录的两种魔鬼。这本书的主旨就是，抓魔鬼的人，恰恰弄出了魔鬼。人应该面对自己内心的恶，而不是以去恶为旗号，排除异己。这个思想也与这两章的观点不谋而合。

76 gehennam, gehenna，来自希伯来文，希伯来文是一个短语，来自人名 חנם(Hinnom)。希腊文转写写为 γέεννα。《圣经》中常见地名，如《耶利米书》7:31 等处。和合本意译为"欣嫩子谷"，钦定本为 the valley of the son of Hinnom。它是耶路撒冷的一座小山谷，犹太人曾在这里做过带有异教特点的人祭，后用来当成火化场和垃圾场。《新约》阶段中，基督教用它指地狱，同于英文的 hell。

77 Beherit and Eazaz，两个名字都是指魔鬼，均见于卢顿附身的文献中。见赫胥黎的《卢顿的魔鬼》（*The Devils of Loudun*），第 213 页。按照书中的说法，一位女修道院长被附身，利维坦占据前额正中；狒赫利特居于胃口；巴拉姆（Balaam）在右侧第二肋；以撒卡隆（Isacaaron）在左侧最后的肋骨上。亚渣淬在另一女子的心脏，卡隆在其前额正中。还有一女子被七鬼附身，有阿斯莫丢斯（Asmodeus），扎布伦（Zabulon），艾利米（Elymi），拿弗他利（Naphthali）等等。这些魔鬼都只控制人的一部分。所以这里才会说两个魔鬼缠斗，因为它们分别控制了一个部位。

"狒赫利特"，是地狱里的大公，掌管着 26 个小鬼的军团，与路西法，撒旦，别西卜，亚斯塔录（Ashtaroth）同级别。它红皮肤，带着金冠，军人打扮，骑着红马。它谈吐清晰，能回答过去，现在和未来的所有问题，但如果没有回答问题，那么他说的话就是假话。能将金属化为金子。魔法师召唤它时，必须戴着银戒，直接展示给他。他的敌人是圣巴拿巴（St.Barnabas）。它的别名有 Beal, Beale, Berithi, Bolfri 等。卢顿附身事件中，他被描述为有一张快乐的笑脸，之后又变化为阿卡弗（Acaph）和阿卡俄斯（Achaos）两个鬼。这些解释均见 R.Guiley 的 *The Encyclopedia of Demons and Demonology*（Infobase Publishing，2009），"狈赫利特"、"卢顿附身"词条，第 26，150 页；见 *Possession, Demoniacal And Other: Among Primitive Races, in Antiquity, the Middle Ages and Modern*，第 18 页；T.Bane 的 *Encyclopedia of Demons in World Religions and Cultures*（McFarland, 2012），第 76 页；N.Drury 的 *The Dictionary of the Esoteric: 3000 Entries on the Mystical and Occult Traditions*（Motilal Banarsidass Publisher, 2004），第 29 页。

虽然没有提到卢顿附身，但 BN 的几个观点也有价值，见第 249 页：这里提到的烟雾和缠斗的意象也可以对比上一章的字母 L。狈赫利特的名字近似希伯来文的 bereshit，即，在开始，在起初。而亚渣浑的名字即，A 到 Z。这都符合上一章的字母表。另外，在剧本《小让和他的兄弟们》，阿渣浑（Azaz）和亚渣浑是魔鬼的助手。

78 指如烟的恶臭。

79 曼诺瓦是黑人商业的成功者，而在殖民地，黑人想取得成功是很难的，所以谣言的一部分内容就是曼诺瓦是个巫师，靠巫术取得成功。曼诺瓦在当地很有店铺，门面都写着他的名字。见 *Derek Walcott: Memory as Vision : Another Life*，第 30 页。在"契约"中，沃尔科特不断提到他的名字，让我们仿佛走在卡斯特里的街道上，看见到处写有"曼诺瓦"的商店。

80 现实的解释是，曼诺瓦的狗咬了女工。魔幻的解释是，变身为狗的魔鬼吸走她的灵魂。

81　wringer，老式的干衣机，上下有两个横着的滚筒，两端由齿轮连接，把衣服插入滚筒间，手工转动，衣服被绞进去，可以把水轧干，衣服也能保持平整。这里把灵魂比作衣服，女人的牙比作滚筒，犬牙比作拖拉衣服的手。用这个比喻，是因为女人是洗衣女工。

82　Name! Déparlez!，这里的 name 是动词。déparlez，法语命令式，原型为 déparler，parler 为说，它表示说出不洁之词，说出无意义之词；胡言乱语；收回前言。神父让她说出魔鬼的名字，这个名字是不洁的，玷污口舌的，所以赶紧告她：你说的虽然是不洁之言，但权当没说过，姑且说一下吧。按照构词形式，它对应英语的 unspeak，unsay 或 untalk，但这三个词在日常用法里不同于 déparler 在这里的含义，神父找不到对应的英文词，所以说了法语。而这也呼应了前面苍蝇的法语克里奥尔语，所以这里，déparlez 也是法语克里奥尔语，神父的口音不是"标准法语"，这一点在文字上体现不出来。这样很自然，魔鬼、苍蝇与神父联系在了一起，神父只有"魔鬼化"，才能驱魔，不如说，魔鬼是当地人的"心魔"，自己就是自己的魔鬼。另外，这个词呼应了女工的名字 Say-lie，暗示了她说出的"曼诺瓦"这个名字其实是假话，跟没说一样。

R.Terada 指出，没有宾语的 name（前面的"说出他的名字"为有宾语的标准英语：Name him!）不是标准英语。当神父把标准英语说成了当地英语时（实际上已经从拉丁语变为了英语和法语），驱魔的效果才实现。这是"克里奥尔语化"（Creolization）的方法，它的含义比多种语言之间转变的"符码切换"（code-switching）还要丰富。因为克里奥尔语不是对某门语言的"变换"，而是对其的"渗透"。见 *Derek Walcott's Poetry*，第 93，96 页。

D.Mikics 分析了"契约"故事的魔幻现实主义，还联系了卡彭铁尔（《另一生》第二篇的题词就来自于他的作品）。曼诺瓦的变身，相当于非洲对欧洲的报复（尽管他是黑人）。他想掩盖西印度的非洲根源，但最后，这个魔幻故事揭示了在新世界，非洲仍然并列于欧洲，具有自己的地位，这就挫败了他的企图。这个故事充分体现了詹姆逊对魔幻现实主义的定义，它必定是文化的分裂（disjunction，析取，对应本章的"分裂"）。见"Derek Walcott and Alejo Carpentier: Nature, History, and the Caribbean Writer"，第 105 页。

83　魔幻的解释是，巫婆被曼诺瓦的灵附体。现实的解释是，她被狗咬过，或发病而死，但她自认为是附体，相信当地人的谣传，胡乱喊出名字。

第五章

1　这句话写在圣卢西亚 1875—1937 年的船旗（Blue Ensign）上，该旗背景蓝色，左侧有英国米字标志，右侧是一个圆形，里面有海湾风景图，图中下方为这一行字。1880—1938 年，圣卢西亚的徽章上也有这行字。1939—1966 年，圣卢西亚使用了经典的黑盾徽章，徽章下面的白色飘带，也纹有这行字。1967 年成为英属自治国后，徽章彻底改变，这句话去掉，换为英文，The land, the people, the light。早在 1650 年法国人占领卡斯特里时，他们就命名这里为 Carénage（安全停船处，船坞）。在英国殖民地时期，卡斯特里成为了英国在西印度地区的重要港口和海军基地。

这一句出自维吉尔《埃涅阿斯纪》第 2 卷第 23 行，但多了一个否定词 haud。原文为, statio male fida carinis, 下一行, huc se provecti deserto in litore condunt。statio 即住所，停靠之地，保护之所，它指的是爱琴海上的忒涅多斯岛（Tenedos）的海湾。这句话是埃涅阿斯所言，原文 male fida 的含义为, 对特洛伊的船不诚实，不忠诚。这片海湾临近东边大陆的特洛伊城，它为希腊人提供了进攻特洛伊的跳板：希腊人留下木马后，撤退到这里，然后观望对岸的情况，等木马被特洛伊人运进城后,接到自己人的信号,再反攻回来。埃涅阿斯站在特洛伊的立场上说该岛的海湾不忠实。但在座右铭中,haud male 为双重否定,表示肯定,它的意思是,卡斯特里港口对船是可靠的:表面的意思是,该岛是安全的,可以避风浪;深层的意思是,这座岛和卡斯特里都效忠于宗主国,不像忒涅多斯及其海湾背叛特洛伊。这样,卡斯特里和圣卢西亚就在殖民化中仅仅成为了殖民者停靠的港口,它们毫无本土性。

我相信,沃尔科特还暗示了几个意思,第一,圣卢西亚岛一向被比喻为海伦,而座右铭又把它比作忒涅多斯岛,所以圣卢西亚同于特洛伊。第二,由此,两者都遭受过劫掠和殖民,劫掠者都是西方人(尽管英法在地理上处于大西洋以东,但文化上是西方国家)。第三,维吉尔那句话是西方经典,在他的解释下,原本被侵略的特洛伊人又成了罗马人的祖先,这样,当把圣卢西亚比作忒涅多斯时,圣卢西亚在文化上又受到了第二重"殖民",它不得不西方化、罗马化,才能有自己的民族性,而这个过程恰恰是外来和强加的。这一点见《回家:昂斯拉雷》,沃氏这一代人从小受到的就是希腊罗马的教育,他们被教育成"黑色的希腊人"。第四,当英国人用这句话时,他们也处在了特洛伊的位置上,这句话无疑是殖民者的自我安慰,他们想掩饰自己在经济和文化上的侵略。正因为这一句话隐含的殖民主义色彩,所以1967年,圣卢西亚才会将之换为更具地方性,更中性的新的座右铭。

关于这句座右铭,也见 BN,第 250 页;"Derek Walcott and Alejo Carpentier: Nature, History, and the Caribbean Writer",第 108—109 页; *Afro-Greeks: Dialogues Between Anglophone Caribbean Literature and Classics in the Twentieth Century*,第 172—173 页。

本章的"分裂"是辛苦耕耘圣卢西亚的人和利用这座岛的人造成的分裂。作者在本章会对圣卢西亚的地理和景色展开回忆和描写。BN,第 250 页引用了《另一生》笔记中沃尔科特的自问:"但,我跟那些利用她［圣卢西亚］的人有什么分别吗？"第六章是本章的继续，分裂之处在于对祖国的爱和对它的利用，但那一章未收在本诗集中。

2　dry goods，美国英语里指纺织品，但英联邦英语中，指燕麦，面粉，豆类，谷类。汉语的"干货"字面上比较对应，但外延更广，还包括调味品、晒干的海产品等。

3　AUGUSTE MANOIR, MERCHANT: LICENSED TO SELL/ INTOXICATING LIQUOR, RETAILER, DRY GOODS, ETC.，这一句全部字母大写，是商店挂的招牌。在卡斯特里，这个招牌到处可见，因为大多数商店都是曼诺瓦经营的连锁店。这也联系上一章章尾。

4　也是曼诺瓦商店出售的商品，作者还是用同时存在的实际事物间做出比喻。

5　逃城和营房，见第三章的字母R。

6　指作者自己。

7　BN，第250页引了Mitchell的观点，指出，进口（imported）一词表明，圣卢西亚并不产无烟煤，它只是煤炭港口。煤都是从美国和英国进口。煤的使用在1880—1920年处于高峰，全岛一半的收入都用来购买煤。但随着燃油的普及，煤的进口量下降。1911年，煤的购买量为139000吨，但1938年只有22000吨。

8　charbonniers，法语。

9　frieze，建筑学的名词，指房梁、屋檐的横饰带，这个词来自中古法语和拉丁语，有可能来自"弗里吉亚"这个地名，弗里吉亚的绣饰非常有名。而曼诺瓦对应的弥达斯就是弗里吉亚王。

10　关于沃尔科特的埃及意象，见《热带动物寓言集·鹪》的注释。也见《另一生》1.8.3的阿拉瓦克象形文（hieroglyph，埃及语境中，我译为圣书字，因为这个词就是由神圣和雕刻构成）。

11　这一句的主语在后面，不再说运煤船。

12　hundredweight，英国重量单位，等于112磅，50.848千克。美国仍然在使用英担，合100磅。

13　hawsers，船上泊船和拖船用的粗缆绳，是厚重的绳索，谐音 horse。hawsers 就是锚索（cable），这里为了修辞，重复来说。

14　比较《另一生》1.3.1 的"孩子！谁是埃阿斯？"这里是课堂提问的场景。

15　San Fransceesco，克里奥尔语，多了一个 e。

16　sah，同于 sir，这里是英语克里奥尔语，而且小孩子也口齿不清。也许我想的牵强，sah 也近似 shah，波斯君主的称呼，读如"沙"；或俄国沙皇的"沙"，英语为 tsar，读如"萨"。下面反复出现 sir，表示殖民地对宗主国的服从。sir 来自中古法语 sire，最早是骑士领主的称号，源自拉丁语的 senior。

17　ees，即 is。

18　der twenty-seventh best harba in der worl'，der 即 the，harba 即 harbor，worl' 即 world。

19　In eet the entire Breetesh Navy can be heeden，eet 即 it，Breetesh 即 British，heeden 即 hiden，注意 hiden 这个词，它暗示了《埃涅阿斯纪》中埃涅阿斯说希腊军队躲避在忒涅多斯海湾。

20　即前面的那句拉丁文。

21　a safe anchorage for sheeps，这一句是点睛之笔，孩子因为口音把 ships 读为 sheeps，而绵羊在基督教和一般文化中，都是软弱可欺，可以献祭的动物。这句的意思就是，圣卢西亚是绵羊可以定居的地方，暗示了这里的人任人宰割。

22　Inniskillings，也写作 enniskillen，爱尔兰语为 Inis Ceithleann，这指 Inniskilling Fusiliers（恩尼斯基林燧发枪手团）。这个团最早 1689 年组建于爱尔兰恩尼斯基林，1751 年成为第 27 步兵团，号称恩尼斯基林步兵团，1796 年，该团进军圣卢西亚，击败了法国，英国夺回了圣卢西亚，为后来永久占据这里奠定了基础。该团后来还参加了滑铁卢战役。1881 年，该团与第 108 步兵团合并为皇家恩尼斯基林燧发枪手团。为了纪念该团在圣卢西亚的胜利，设在北爱尔兰奥玛(Omagh)的该团的军事驻地命名为圣卢西亚(St.Lucia Barracks)。圣卢西亚岛上还有该军团的纪念碑。参见其博物馆网页：http://www.inniskillingsmuseum.com/。

23 当时鸣响了礼炮，作者还是用同时存在的事物进行比喻，把竹子比喻礼炮的炮筒。

24 cannon fodder，指礼炮的炮灰，但这个词通常指死难的牺牲者，fodder 即饲料，可以认为，死难的牺牲者仅仅成了岛上的饲料。沃尔科特并不是感伤地哀悼这些军人为英国的牺牲精神，而是以反讽的方式表明他们的死难并不崇高，他们只是殖民侵略的牺牲品，对于岛上人来说，他们仅仅是饲料。由于饲料与农业的关系，所以饲料与自然的本土性有关，它要提供给某片土地的牲畜。按照这个意思来讲，无论这些军人多么强大，它们都被这片难以撼动的土地吸收，他们只能通过政治、经济和文化的殖民来改造这里，但却难以改变这里的民族性。圣卢西亚绝不会成为"忠诚的"港口。殖民主义只是这里的饲料或炮灰。

fodder 会让人想起希尼的《出外过冬》(*Wintering out*) 诗集的第一首诗《饲料》("Fodder")，Or, as we said, / fother, I open/ my arms for it/ again。fother 是希尼有意使用的北爱尔兰的方言（北德里方言），即 fodder，与 feed 和 food 同源。fother 与 fodder 构成了张力，这可以对比沃尔科特对英语克里奥尔语的使用。希尼的那首诗讨论的是北爱尔兰（及其方言英语）与英国的关系。与沃尔科特那里不同，他笔下的饲料是当地自己产出的，代表了爱尔兰的乡村性和本土性。比起各种文化形式和审美标志，饲料也许最为污秽，最不起眼，但它是最贴近北爱尔兰地气的东西。希尼要拥抱当地的饲料，而沃尔科特的圣卢西亚接纳着外来的饲料（炮灰）。S.Smith 分析本诗这句时，提到了希尼那首诗，见 *Poetry and Displacement* (Liverpool University Press, 2007)，第 139—140 页。J.L.Olson 的比较希尼和沃尔科特的博士论文中也提到了这一句，见 "Rooted Cosmopolitanism in the Poetry of

Seamus Heaney, Derek Walcott, and Joseph Brodsky"(University of Michigan, 2008), 第49—50页。

25 这两个词的读音很像蝙蝠的叫声。

26 sloe-lidded sloops, 两词押头韵, sloop 同于 schooner, 但更精确说, 这些船是下面说的沿海船(coastal vessel)。sloe 也称为 blackthorn, 黑刺李, 拉丁名为 Prunus spinosa, 灌木, 有刺。黑刺李盛产于欧洲, 著名的黑刺李金酒(sloe gin, 金酒即杜松子酒, 但黑刺李酒不使用杜松子)就是用它的果实酿制。sloe 在英语中常用来形容眼睛, 比如 sloe-eyed, sloe-lidded eyes(虽然这里没有明说眼睛), 这首先指眼球颜色乌黑, 如同黑刺李果; 但是其次, 由于眼球大, 所以又引申出"眼梢斜长"这层意思, 如同杏眼。作者这里是形容纵帆船的船身如同眼梢斜翘的、大的黑眼睛。我选择用杏眼这个译法, 第一是因为词典中, 比如柯林斯词典, 把 sloe-eyed 解释为, having dark slanted or almond-shaped eyes, 其中解释为"扁桃仁眼", 扁桃仁形似杏仁。如果直译为"黑刺李眼", 那么只能反映出眼睛颜色黑, 眼球大, 因为黑刺李是圆球形, 体现不出"船身斜长"这个关键的特征, 而杏眼即杏子眼、杏仁眼, 有船的形状。第二是因为, 汉语中, 杏眼是现有的名词, 读起来比较自然; 用黑刺李翻译, 很拗口, 如"黑刺李眼", "如同像黑刺李一样的眼睛"等等。第三, 黑刺李在这里没有特殊的文化含义, 是 sloe-lidded 是日常用法。

27 admired, 剑桥词典解释为 to find someone or something attractive and pleasant to look at, 核心动作就是"看", 这呼应了 sloe-lidded (eyes), 船如同眼睛, 在看着反光。

28 见《海歌》。这里列举的都是船的名字, 有的是船主的名字。它们反射在水面上。

29 指沃尔科特家旁边的房子。

30 dark rooms, 没有比喻的含义上, 指屋子昏暗, 房客进屋, 开灯, 关灯, 人影显现。比喻意义上, 指暗房, 人影如同照片, 曝光, 冲洗出来。作者首先想体现比喻意义，所以我直接译为暗房。这里的照片意象，前面多次出现：作者在冲洗自己回忆的负片。

31　shot，也有拍摄的意思。

32　creoles，这里指说法语克里奥尔语的人。下面说的马提尼克即法属地区。这一家是"宝石"号的船主，船长叫福卡德（Foquarde）。

33　très égyptienne，法语，用法语是因为他们家说法语，同时，埃及学的兴起与法国有关。这也呼应了前面的"圣书字"的比喻。

34　sapodilla-seed eyes，sapodilla，或 sapota，拉丁名为 Manilkara zapota，sapodilla, sapota 和 zapota 同源，均来自中美和墨西哥的纳瓦特尔语 tzapotl 一词。该植物为山榄科，铁线子属，是中美洲和加勒比地区的特产水果，椭圆形，状如人心。这里对眼睛的修饰类似上面的"杏眼"。见 *A Nahuatl-English Dictionary and Concordance to the Cantares Mexicanos*，第373页。

35　pompadour，来自法国的路易十五的情妇蓬巴杜夫人的经典头型，头发高耸，卷立，向上梳起。这种发型男性也可以留，梳成背头。这个词体现了她的法国特点。

36　ziggurat，这个是苏美尔人、阿卡德人和巴比伦人建的金字形塔，与埃及金字塔外形有所不同。作者这里一方面继续埃及的比喻，另一方面，美洲的阿兹特克和玛雅的神庙也与这种金字塔相似，作者为了联系美洲的元素，借此来"干扰"这家人的欧洲性。这个词也见《奥马罗斯》18.1，which he had loaded in a *ziggurat* from the library。

37　船长经常外出航海，多日不在家，留守的妻子出轨几率很大。孩子们的称呼有嘲讽的味道。

38　窥视正在出轨的船长太太。

39　Gentile，不作为名字时，表示非犹太人，异教徒。

40　孩子们知道船长老婆正在出轨，也知道船长什么时候回来，等着看好戏。

41　a gulf of air，gulf 意象也联系《海湾》。

42　ulysseed，尤利西斯作动词用，《尤利西斯》里，利奥波德·布鲁姆的妻子莫莉出轨，布鲁姆对应尤利西斯。本诗中，福卡德太太也出轨了。出轨这个意象联系了题词的 male fida。

43　房客和蝙蝠，这两个同时出现的意象，作者建立了比喻。作者先以房客指代，但又说房客很多而且"也许住在屋檐下"，这其实是说回来的很可能是蝙蝠。

44　指着急再嫁。寡妇是比喻她耐不住寂寞，仿佛丈夫已死。

45　pomegranate，既指颜色，也指光泽。《另一生》1.6.4 说福卡德太太是，pomegranate-skinned/ Martiniquan Penelope。这里再次提到石榴，也提到了佩涅罗普。荷马在《奥德赛》中提到过两次石榴。奥维德《变形记》10.825 讲述了阿芙洛狄特和阿多尼斯的爱情，阿多尼斯死后，他的血化出了如石榴一样的花（Adonis，侧金盏花）。石榴的意象也见希腊神话德墨忒尔、珀耳塞福涅和石榴籽的故事（见荷马《致德墨忒尔颂诗》），见《另一生》1.3.1。在这两个传说中，石榴都与情欲有关，作者有可能暗示这一点。按照一些犹太学者的说法，"禁果"就是石榴（古代，石榴也称为迦太基苹果，或布匿苹果）。文艺复兴时期，很多宗教画中，圣母或耶稣手中握着石榴。

46　sheen，莎士比亚的词语，见《哈姆雷特》第三幕，第二场，这个词比较古奥，常用来形容女性的美艳，这里修饰水，字面上指水的光泽，引申指女子皮肤光鲜。

47　vixens，古英语 fyxen，与 fox 同源，即母狐狸，引申指泼妇，但这里不是强调福卡德太太的脾气暴躁，而是妖冶和风情万种。这个词也见《仲夏夜之梦》第三幕，第二场，She was a vixen when she went to school。

48　stink，比喻义上指狐狸的臭气，实际中指福卡德太太身上的体味，形容她的妖冶和魅惑。童年的作者对这位太太的身体非常迷恋，所以觉得她的体味"又甜又酸"（暗示石榴）。这个词不宜直译为臭气，因为它并不难闻，是一种撩人的气味，汉语的"腥"也许适合，它可以指臭气，也可以形容刺激性的香气，比如吴文英的"腻水染花腥"，"岩上闲花，腥染春愁"。

49　指福卡德太太和情人云雨之后。

50　作者用复数，福卡德太太的出轨对象不止一人。

51　Foquarde，也见《另一生》1.6.4（本诗集未收），Heureux qui comme Ulysse, / ou Capitaine Foquarde/.../Foquarde.Coquarde。BN，第255—256页指出，第一行法文出自约阿西姆·杜·贝莱（Joachim du Bellay，1522—1560）的商籁《伤感》("Les regrets")，这一句说尤利西斯是幸福的。沃尔科特用它来反讽福卡德。BN认为Foquarde与Coquarde谐音，后者在法语俚语中指，在性方面过分自信的老人。E.Greenwood还提示，Foquarde谐音英语的Fock'ard。这暗示了Fuck hard，fock是fuck的口语和方言说法。见 *Afro-Greeks: Dialogues Between Anglophone Caribbean Literature and Classics in the Twentieth Century*，第63页。

52　stack，即smokestack，轮船的高烟囱。

53　即约瑟·康拉德（1857—1924），他1874年开始从事水手工作，在19世纪，他一直周游航行，后来改行当作家，写了很多旅行小说。康拉德的作家生涯大都在20世纪，作者想指的是康拉德当海员时期、欧洲19世纪的船。

54　船叫宝石，即Jewel，这是一个女性的名字，宝石也与女性有关，作者用she指代。

55　Canaries，来自法语canari，金丝雀（英语相似，为canary）。这个不是前面注释说过的加那利群岛，而是圣卢西亚的村庄，读音近似加那威，在昂斯拉雷和苏弗里埃（Soufrière）之间，都在圣卢西亚西海岸，卡斯特里以南。

56　litter，把木艇比喻为小动物。后面的偎依为nuzzle，这个词也见《村中生活》，那里形容猫。

57　feet，加勒比英语里，"脚"指腿。也见《另一生》1.4的"肿脚"。

58　BN，第251页，推测这一句来自列维-施特劳斯的作品。

59　uncoiling，下面的"蜿蜒盘绕"为coiled，都是把海岸的轮廓比作线。

60　BN，第252页，指出这一句出自列维-施特劳斯的《忧郁的热带》，列维-施特劳斯描述的是一座巨大的山脉，这座山脉之所以说巨大，不是因为高度，而是因为它绵延不变，总在重复，人们好像总是走不出去。所以这里，沃尔科特借这句话来形容这个村落沿海的海岸线之长。

61　Malgrétoute，名字来自法语的malgré tout，尽管如此，无论如何。这个村在苏弗里埃。

62　leper colony，即麻风病人隔离站，往往设在隔离船，或教堂。在教堂，麻风病人可以祈祷痊愈。这里的"石头教堂"不同于下面的森林围着的那座教堂。后者是正式的教堂，下面说的神父在这里工作。colony一词双关，它表示异类或特殊群体的聚居地，也表示殖民地。圣卢西亚是英国的殖民地，为英国控制，英国视之为异类国家，仿佛一个麻风村，这正如圣卢西亚的人看待麻风病人。每一个强势的群体，都会自动地隔离弱势的异类。

63　这是神父下船的地方，他回教堂。每次在这里摇铃，大家就知道是神父下船，因此铃就是为麻风病人准备的。早期的版本为，"摇响小铃"。我使用的早期的版本见 Savacou, No.1—5（Caribbean Artists Movement, 1970），第119页。

64　早期的版本为，The passengers prayed, or turned away their gaze。去掉了略显做作的prayed，把turned away their gaze改为"转向了神父"。

65　早期的版本为，He'd rise, sighing, perhaps, as the canoe appeared。去掉了sighing。

66　早期的版本为，a man condemned. I searched for splotches on his skin。作者略去了a man和splotches，后一个词过于明显。

67　早期的版本为，The dark green water heaved, bilious, foetid。这

一句还是比较做作，作者改后的版本更为简洁。dark green（黛绿）放到了后面，修饰树林。白色法袍，既表明神父的衣服，也表明"麻风斑"。

68　早期的版本，这一句还有一个 desperately。

69　这一句和下一句，早期的版本为，green, green/ bay and the greener ocean of the leaves, a speck。连续的 green 非常拖沓，不如现在的 dark green。作者还添加了"白色"和"帆"，这是为了让白帆和麻风病的白斑互喻。

70　早期的版本中，这一句下面还有一句，I thought him either stricken, or very brave。这一句干扰了前面的景色描写，加入了很突兀的主观推理。总体上，早期的版本节奏和句式非常整齐，但有些做作的地方，修改后的版本更有意境。

选自第二篇　致敬格里高利亚斯

1　Gregorias，这个名字在《另一生》1.7.1（本诗集未收）中第一次出现，即，邓斯坦·圣奥马尔，奥马尔这个名字与《奥马罗斯》这个题目有关，而且暗合了荷马，Homer 这个名字，当 h 为默音时可以省略，在一些语言中，如意大利语，就称荷马为 Omero；希腊文荷马的主格为 Ὅμηρος，即，Homeros，省去 h，即为 Omeros（奥马罗斯）。格里高利亚斯这个名字，联系著名的画家格列柯，这见《群岛传奇》第四章注释。埃尔·格列柯（El Greco）这个名字即西班牙语中的"希腊人"，英语还有一些拉丁语族的语言，其"希腊和希腊人"都来自拉丁文 Graecia 和 Graeci（单数为 Graecus），罗马人用这个词称呼今天的希腊地区及其居民——对于 Graeci，希腊文也有对应的单词 Γραικοί，亚里士多德也用过，它指希腊西部的伊庇鲁斯的多里安人。古英语中，希腊为汉语的"希腊"则来自希腊人自己的传统叫法

Ἑλλάς（词首有送气符，读音时读如 h）。沃尔科特有个邻居叫格里高尔（Gregor），是音乐家，所以沃氏借这个词在诗歌中称呼邓斯坦，同时给 Gregor 加了希腊式的词尾，谐音希腊名字 Gregorios。但是，Gregor 和 Gregorias，就其词根来说，它来自 Gregory 这个名字，源自希腊文形容词 γρηγόριος（警惕的，作为名字，即 Gregorios），词根的动词为 γρηγορεῖν，即，警醒，警惕。在通俗的解释中，它又接近拉丁文的 grex（greg-），即畜群。由于这两层意思，所以基督教人士非常喜欢用格里高利这个名字，比如多位教皇，它表明了教皇如同牧人，在坚守牧群。沃氏用这个名字，主要是突出它的希腊风格（-as 也是希腊人名字主格的常见结尾，如古代的 Lysias, Pausanias），同时谐音 Greek 和 Greco，但也有意让读者联系带有西方基督教色彩、尤其是天主教特点的"格里高利"。另外，这个名字经过了变形，所以它暗示邓斯坦是一个特殊的希腊人，也就是"黑色的希腊人"或"非-希人"。

BN，第 188 页分析了格里高利亚斯这个名字的四层含义，第一，指邓斯坦。第二，他像格列柯，是新世界的创造者。第三，他是世界之光（等同于圣卢西亚）。第四，他是《另一生》结尾说的 Apilo，这是他的绰号，拟音 Apollo（太阳）。BN，第 260 页介绍了邓斯坦·圣奥马尔，他 1927 年 10 月 24 日出生于卡斯特里，父母都是天主教徒，父亲在英国军队服过役，在卡斯特里海关工作。奥马尔在天主教小学里接受的教育，中学时期，1941—1946 年就读于圣玛丽公学，这段时期，他与沃尔科特求学于西蒙斯。毕业后，1946—1949 年，他去荷属库拉索（Curaçao）从事建筑学研究，受到了希腊画家潘德里斯（Pandelis）的影响。回到圣卢西亚后，还在西蒙斯的资助下，与沃尔科特举办过联合画展。奥马尔一生大部分时间都在圣卢西亚，1956 年曾受奖学金资助赴波多黎各进行研究。在继承和传播圣卢西亚本土的黑人宗教文化上，他做出了卓越的贡献。BN 引用了他的一段话，表明了他的艺术观点，这也符合沃尔科特的诗歌理念："如果我的人民必有一位白人上帝的话,那我就看不到他们培养并找到自己的幸福,看不到他们变得安然、自由,看不到他们成为无比可爱的人民……。因此我觉得,身为圣卢西亚的艺术家,我正在做出而且已经做出的最伟大的贡献、我的丰碑,就是:我能在'黑人'的教堂里画出基督、圣母和约瑟。你们的上帝属于你们,你们属于你们的上帝"。奥马尔欣赏印象派对光的使用,他更喜欢用自然的日光。这一特点以及他的创作理念,都会被沃尔科特描写在诗中。

在第一篇,作者描述了种种分裂,最终的结论就是,只有通过对艺术的爱才能解决这些分裂,想象着分裂的弥合。在第二篇,作者开始讲述自己的艺术生涯,首先是与邓斯坦一同接受西蒙斯指导的绘画经历,其次谈到了自己更偏爱诗歌的体验。

2 green,不是说他变成绿色,而是指缺乏经验。印第安人本来应该更熟悉当地环境,但他对本土文化无动于衷,所以在西方艺术面前,他是稚嫩的。这里说的三个人,分别是印第安族的诗人,白人音乐家和黑人画家。他们只关心欧美的艺术发展,丝毫不想深入了解这片丛林,尽管新的世界近在咫尺。他们只是把这里当作了异国情调的来源。印第安人始终掌握不了现代艺术技巧;白人总是想寻求更现代的怪异性;黑人则失去了本真的质朴和快乐。

3 指巴黎艺术圈的人。

4 R.A.Chansky 引用这一段题词分析了沃尔科特的诗学观念。更重要的是,他引用了巴赫金《话语类别问题》("The Problem of Speech Genres")中的一段文字:"在任何特定的话语中,说话人的言语主题,无论是什么,它都首先不是言语的对象;特定的说话人并不是第一个谈论这一主题的人……说话人不是《圣经》中的、仅仅应对处女(指夏娃)和一直未曾命名的事物、并第一次给它们命名的亚当。"这段话否认了作家成为亚当的可能性,这正如齐玛布埃和乔托那段题词,每个人都只是重复先天的语言形式。对于这种结构主义的观点,沃尔科特在《克鲁索的日记》中也有反讽的描述,克鲁索的命名仅仅是移植西方的话语。但是,结构主义的语言观点忽视了历史的能动性和创造性,而与卡彭铁尔相同,沃氏自信地相信,非西方世界的艺术家可以借助西方世界的艺术形式来重新命名和想象自己的世界,在这个意义上,他就不是白人克鲁索和亚当,他是有色的亚当,他的命名不再是巩固殖民主义,而是反抗和分化。见 *Auto/Biography Across the Americas: Transnational Themes in Life Writing*(Routledge,2016),第115页。

亚当命名的观念,沃尔科特受到了卡彭铁尔的影响。但除此之外,他很可能也受了但丁的影响。Fumagalli指出,但丁在《论俗语》23—24中描述过亚当的命名,随着巴别塔倒塌之后,人的语言就变得混乱,而但丁试图寻找清晰的意大利方言,他也像亚当一样命名。沃尔科特用平白的西印度英语和克里奥尔英语写作诗歌,就类似但丁用通俗明白的方言写作《神曲》。另外,在《神曲·天堂篇》26.130—132中,但丁让亚当阐明了人类语言的不确定性,Opera naturale è ch'uom favella;/ ma così o così, natura lascia/ poi fare a voi secondo che v'abbella(人的言语是自然的活动;/ 但是,自然又以这样或那样的方式让你们 / 随心所欲地进行)。由此,人类的语言会变化,会衰败,不会永恒。但是,上帝的超验存在却在符号之中。沃氏对于自然的命名和隐喻,也是要寻找更自然和原始的命名法。见 *The Flight of the Vernacular*,第122—123页。

5　Alejo Carpentier(1904—1980),古巴著名作家,拉丁美洲文学和魔幻现实主义文学的领军人物,他影响了加勒比和拉美的不少作家。他生在瑞士,但长在古巴,自认为是加勒比人,致力于书写这里的民族性。这里引用的《消失的足迹》(*Los pasos perdidos*, *The Lost Steps*, 1956)为西班牙文小说,作者用的是英译本,由哈里埃·德·奥尼斯(Harriet de Onis)译出,Knopf出版社出版,这一段出自第72页。在前面《克鲁索的日记》中提到的"亚当的命名",正是源自卡彭铁尔的这部小说。小说的情节有点类似《桃花源记》,它以日记形式展开,讲述了一位古巴音乐家深入亚马逊丛林，发现了很多原始的乐器和一个全新的世界，在这个世界中，他目睹了原始的巫术仪式，结识了印第安女子，经历了如同音乐节拍一样的时间。当他返回外界拿了纸笔打算回来记录乐谱时，发现他留下的标记都被大水冲走，他的足迹已经消失，再也回不去了。

第八章

1　对比《美国哥特式》，见《哀歌》结尾注释。不过，《美国哥特式》描写的是新教家庭，而"西印度哥特式"描写的格里高利亚斯一家，是天主教家庭。

2　都指向《美国哥特式》一画。前面的题词中也有消瘦（gaunt）一词。这里暗示格里高利亚斯或邓斯坦及其父母，他的父母对应《美国哥特式》的那对清瘦的美国夫妇。BN，第 262 页提示格列柯的人物也是消瘦的。

3　fretted，见《另一生》1.2.1 的 fretwork borders。本章的很多内容都对比了《另一生》1.2.1（以及第一篇其他章节）描写沃尔科特一家的文字，作者隐含地要对比天主教家庭和新教家庭。不过，殊途同归，两人虽然宗教背景不同，艺术道路不同，但都像卡彭铁尔的那位音乐家一样，试图重返雨林中的原始世界。

4　canal，比喻屋檐下水的管道，这个词也可以表示管道，但由于后面用了"桥"，所以这里用的就是"运河"这个比喻义。

5　vault，这里动词用，名词指拱顶，这里指哥特式拱顶。这个词本身也可以表示跳跃。另外它也表示墓穴，同义于下面的 crypt。

6　sacrophagus，来自希腊文的 σάρξ（肉体）和 φαγεῖν（吃），石棺就是"吃肉体"的东西。

7　同样的表达也见《另一生》1.5.1，那里形容圣书字。

8 crypt，教堂的地下墓穴，陈放棺材、圣髑等。这个词来自希腊文的 κρύπτω，隐藏。vault、sacrophagus、cathedral（大教堂）和 crypt 都暗示了哥特式和天主教。

9 fluted stone，有凹槽和褶皱纹路的石头。flute 也见《另一生》1.1.1 的 chiton-fluted，指希腊衣服的褶皱，这里指哥特式的石头凹纹。两处都联系了海。

10 sail，作者用 fluted stone 比喻海，凹纹如同海的波纹，他没有明说，而是用 sail 来暗示。石头之梦合并了现实的做梦活动和比喻义上的石头。

11 把母亲瘦长笔直的身体比作修剪后、用来盖屋的树。

12 dark house，指这座房子光线暗，但这个词在莎士比亚那里也指疯人居住的地方，作者以此比喻格里高利亚斯一家严格古板，保守封闭。下面还把格氏一家的屋子比作 hothouse（温室），实际上也指格里高利亚斯的母亲。

13 Gregorias elongatus，拉丁文，作者用了生物学的命名法，elongatus，形容词，这里为单数阳性，即伸长，延长，是生物学命名的常用词，比如，Synechococcus *elongatus*（长形聚球藻）等等。沃尔科特认为格里高利亚斯的父母对他看护严格，如同温室中的植物。

14 spear-lowering，见《另一生》1.1.1，那里指椰子树的树干的影子在夕阳中变长，如同长矛放下。这里也指某种植物，作者没有言明。上一节和本节有很多与军事有关的语境，这里用长矛的落下比喻战争的结束。这个意象后面还会出现。

15 这是另一个午后，因为下面提到了母亲过世。

16 格里高利亚斯身材高大，所以步伐也大。比较卡彭铁尔的雨林意象，猎人往往与丛林和探险联系，因此沃尔科特暗示格氏有一种重返原始、探究本源的气质。

17 crested，比较《另一生》1.2.1 提到的威尔士亲王的羽冠。

18 Lewis gunner，美国人刘易斯发明的机关枪，英军在一战和二战期间普遍使用。

19　oracular，形容这股傲慢有神性，只能服从，不能反抗，如同军人发出军令一样。

20　lurid Madonnas，复数，指一系列红色圣母像。Madonna 即意大利语的"我的女士"（mia donna，英语多为 my lady 或 our lady），特指圣母玛利亚。意大利裔、出身天主教家庭的著名歌手麦当娜就以此为名。

　　BN，第 262 页引了一段文字介绍说，圣母像是邓斯坦最为擅长的题材。他极为崇拜圣母，认为女性自然而然高于男性，他说："太初之时，女人控制世界，万物始于母。男人只是巨兽，创造出来保护生育孩子的女人"。邓斯坦的作品都是献于玛利亚，无论作品的主题是不是与她有关。每幅作品的签名都是 PLSV，即 Pour La Sainte Vierge（献于圣母，vierge 即 virgin）。邓斯坦最早看到红衣圣母像，是在邵塞路的贝尔格雷夫商店（Belgrave's Shop），这促使他创造属于自己的圣母形象，他说："我有一种极度想成为自己的冲动，但是我弄不清哪个才是我自己；突然间，有人在公共场合惊呼'黑色为美'，这声音数年后还在我的脑海回响。我觉醒了，画出了红色圣母。我找到自己。我画出了圣母子宫的红色永恒；在创生之时的旋转的星云中，可以看见神性之母自己的胎形浮现出来，与胎儿处在相同的螺旋中。这是一瞬间的成功。我找到了我与非洲的脐带关系。"邓斯坦的圣母像都是圣坛画，它们模仿了非洲的面具，非洲式的西方圣母正对应了沃尔科特的非洲-加勒比风格的英语诗歌。

　　邓斯坦的"鲜红圣母"有很多幅，主色调都是红色。我查找了一下，上面那段话说的是他比较经典的一幅：其背景色为血红色，风格类似印象派，圣母孕育着胎儿状的圣子，而圣母也如在一个蛋形的胎中，她与圣子都呈螺旋状。圣母肤色棕褐，淡黑，露出侧脸和一只黑色深邃的眼睛，身披红衣。圣子也是棕褐色，手搂住圣母脖颈。这幅画可以见 The Missing Slate 网站：http://themissingslate.com/2015/05/11/

sunday/，这幅画由 J.R.Lee 提供。

邓斯坦的"鲜红圣母",选择用红色,并非他异想天开,而是有宗教文化根源。在天主教的圣像传统中,"红衣圣母"是经典形象之一(也有蓝衣圣母的形象)。"红衣"有着重要的象征意义,它主要表明神性。圣母是凡人,但蒙圣恩,所以披绛红色外氅,表明沾有神性,内衬象征人性的蓝衣,其衣着颜色与耶稣正好相反。很多著名的圣母像都用醒目的红色突出了圣母的红衣(这也许还因为《马太福音》27:28 说耶稣受刑时穿上朱红色衣袍,而且红色表示耶稣流的血,所以红衣暗示了年幼的耶稣将来的受难,也预示了他的复活。):比如 15 世纪早期尼德兰画派的扬·范·艾克(Jan van Eyck,约 1390—1441)的《圣母圣子与范·德·佩拉教士》(*Virgin and Child with Canon van der Paele*,1436—1436)和《司铎罗兰的圣母》(*Madonna of Chancellor Rolin*,1435);归于范·艾克模仿者的《内厅圣母》(*Ince Hall Madonna*,也叫 *Virgin and Child Reading*);荷兰画家范·德·韦登(Rogier van der Weyden)画有一幅著名的《红衣圣母》,由杜兰收藏,捐赠给普拉多博物馆,故也称《杜兰圣母》(*Durán Madonna*)。16 世纪提香的《圣母升天》和 17 世纪卡拉瓦乔的《圣母之死》也让圣母的红衣格外明显。范·德·韦登的那幅画,圣母在哥特式的壁龛之中,她身上完全是红衣,并未露出里面的蓝衣,红色如同鲜血,衣服镶着金边,怀抱白衣的耶稣。我相信,邓斯坦画的红衣圣母像,肯定受到过这幅画的影响。邓斯坦让黑色圣母在胎中,这表明了"非洲的上帝"孕育了新的圣母——当然也孕育出了艺术家邓斯坦(如他所言,"我与非洲的脐带关系")。

21 指父亲的手和手指,战争结束,不再有握枪的机会了,衰老干枯的手指就像树枝,一个个散开,聚拢不到一起。

22 bungalow,这个词来自 Bengal(孟加拉)和 Bangladesh(孟加拉国),源自印地语,这种房子有一个游廊,多为单层,即使是多层,层高也不大,是孟加拉地区的乡村的独特建筑。这种建筑样式和概念,尤其流行于英美等英语国家,是乡村的主要建筑,有的是粗陋的房舍,有的则是高级别墅,海边别墅也常会盖成这种样式。英语有一个词 bungaloid,含贬义,意为,全都是平房的,指的是乡村的平房。

23　近代时期,朗姆酒最早起源于西印度地区,由种植园的奴隶发明,甘蔗是酿酒的原料,该酒由提炼蔗糖后剩余的糖稀加工而成,制作简单,草草酿制后,就可以饮用,多为劣质酒。加勒比海盗的最著名的标志就是朗姆酒。它廉价,好喝解渴,酒精度高,可以御寒,抑制败血症,深受海盗和船员的喜爱,所以也叫海盗之酒。作者这里将"海盗"一词首字母大写,斜体,专指一种朗姆酒的牌子。

24　dog-eared,直译就是如同犬耳,引申指书页的卷角。

25　turpentine,由松树和杉树的树脂蒸馏出的松节油,透明,发黄,用来稀释颜料。这个词也见前面的"琥珀"。

26　Old Masters,专指 15—18 世纪欧洲早期绘画史中的名家。如前述,"大师"一词也是《另一生》的关键词。这里说的画册应是克拉文的《艺术名作选》。

27　暗示军人的腰带。

28　暗示他摔倒后受伤。

29　MIND YOUR OWN BUSINESS,这句在《圣经》中未见,但常用,也许来自《新约·帖撒罗尼亚前书》4:11—12,钦定本为,to do your own business,希腊文为 πράσσειν τὰ ἴδια。用在墓碑上,意思就是,别担心生者,安心去吧。

30　joiner,英式英语指细木工,联系前面的 fretwork 和哥特式建筑。这里不是说两人喝松节油,而是沉浸在绘画中。

31　指海滩。

32　tannic,即单宁酸(tannins),一种酚类化合物,红葡萄酒中富含单宁酸,或是因为葡萄籽含有这种成分,或是贮存葡萄酒的橡木酒桶含有它。饮用葡萄酒时,会觉得发涩,就是单宁酸的效果。

33　亚麻籽油是油画中重要的调和剂,可以稀释难调的颜料。煤油在油画中与松节油作用相似,让颜料更为稀释,达芬奇很早就使用过。

34　BN,第 263 页引邓斯坦的回忆,他说青春时代,在影响他最深的书中,有一本就是欧文·斯通的《梵高传》(*Lust for Life: A Novel of Vincent Van Gogh*)。这本书中收录了《播种者》(*The Sower*)一画,沃尔科特此处指的就是这幅作品。下面说的塞尚和高更,也都是这本书里的人物。为艺术献身的塞尚(艺术立足本土)、梵高(为穷人的艺术)、高更(去非西方世界寻找艺术本源)都是邓斯坦和沃尔科特的榜样。

35　大约在 1875 年,塞尚和毕沙罗有一张合影,其中塞尚一身农民的打扮,脚下一双大靴子。塞尚还有很多照片,都穿着这双靴子,它可以算是塞尚的标志之一。与之相同,梵高对于鞋也格外钟爱,有过多幅画鞋的作品,最著名的一幅,还被海德格尔分析过。

36　Aix,即普罗旺斯的艾克斯。这是塞尚的出生地,也是他绘画的风景来源。BN,第 263 页指出,这里指的是塞尚的《埃斯塔克》(*L'Estaque*,1879,埃斯塔克是法国马赛南部的村庄)一画,这幅画上蓝色的大海让沃尔科特想到了维吉耶海角的海蓝。

37　shales of slate, ochre and Vigie blue,这里列举了三种塞尚画中(尤其是《埃斯塔克》)常用的色彩。shales 指页岩,比喻油画画面的纹理和质地,也能联系埃斯塔克的石头和页岩。slate,也叫 slate gray,暗蓝色,灰蓝色,更精确说,是淡而发灰的 azure(蔚蓝)。slate 不同于下面维吉耶的"蓝"(blue),那里指海蓝色。"石青色"是中国古代的一种常用颜色,用于国画和服饰,与 slate 有些近似,为了避免重复使用"蓝色"一词,姑且用它来翻译。ochre,赭黄色,赭石色。加上维吉耶的海蓝,塞尚常游走埃斯塔克周边,记录当地的风景,因此是用靴子把这里的石头"磨成了"这些颜色的画。

38　umbrella yams,yam,通常指山药和红薯(sweet potato,美式英语),但在这里指加勒比和南美的木薯,拉丁名为 Manihot esculenta,也叫 cassava 或 manioc,是大戟科植物。这种植物的叶子是伞状。

39 gin-colored，金酒即杜松子酒。这种酒一般无色或显淡黄色。杜松子酒和上面说的苦艾酒都是画家爱喝的酒。

40 sun-struck，后面也会出现 sunstroke（中暑）和 noon-struck（正午暴晒）。

41 这一句的黄昏、涂上光泽（glaze）、景色均见《另一生》1.1 的注释。

42 指路灯，见《另一生》1.3.1 的德墨忒尔的火炬。

43 BN，第 263 页，引用了《另一生》笔记中的一段，名为"格里高利亚斯的灵光一现（epiphanies，顿现或顿悟）"，记录了格氏灵感到来之时的狂喜。这里的浅滩位于圣卢西亚玛丽亚岛。

44 tin glare，指锡箔纸的反光，比喻树叶阴影间透出的光。下面也出现了 flashing tinfoil，那里指海面。

45 重复"编成的阴影"，是为了表明影子的"编织"，也呼应下面的"白昼交织着白昼"、

46 Trades，大写首字母，专指信风，这里是北半球的东北信风。按照东北信风，加勒比诸岛被划分为向风群岛和背风群岛。

47 combers，梳毛器，通常用来梳理羊毛或亚麻。

48 姜百合花瓣如同小鸟的嘴。

49 O Paradiso，这是一首咏叹调（aria），来自德国歌剧家贾科莫·梅耶贝尔（Giacomo Meyerbeer，1791—1864）的歌剧《非洲女》(*L'Africaine*)。这部大歌剧，曲子由梅耶贝尔谱写，法文歌词出自欧仁·斯克里布（Eugène Scribe）。但格里高利亚斯唱的是意大利文版，最早的意大利文歌词出自西格诺尔·桑托－曼戈（Signor Santo-Mango）（下面会引用）。也见《另一生》2.10.2（本诗集未收），"Listen! Vasco da Gama kneels to the New World.// O Paradiso!..."

这部歌剧的主题与达·伽马有关，梅耶贝尔原定的题目即为《瓦斯科·达·伽马》。题目的"非洲女"叫赛丽卡，是非洲土著女王，她爱上了达·伽马，与之结合，但后者心有所属，最终离去，赛丽卡为

他死在毒树之下。这首咏叹调是达·伽马在马达斯加岛上所唱,当他来到此岛,便以为自己来到了梦中的乐土,故歌唱这里是天堂。这段歌词带有明显的殖民主义色彩,沃尔科特当然不是仅仅因为邓斯坦爱唱,才会在这里提到它,他肯定希望我们关注一下,所以,我把意文版录在下面,O Paradiso in terra, / Ciel azzur senza egual...che incantate il mio cor, / Tu m' appartieni, o nuovo mondo!/ Dono feci di tè, all' amato mio suolo natal!/ A noi queste apriche campagne!/ A noi quest' incanto divin;/ Ricchi tesori! O meraviglie!/ Ah salute a voi! O bel paese!/ Alfine mio sei tu...si nuovo sol, / Si mio sei. O bel paese/ Alfine mio sei tu! (啊,地上的天堂 / 天空之蓝,无与伦比……你迷住我心 / 哦,新世界,你属于我! / 你是礼物,我会把你献给我亲爱的祖国! / 阳光明媚的土地是我们的! / 神性的奇景是我们的! / 富饶的财富,多么美妙! / 为你欢呼! 哦,美丽的国度!/ 新的土地,你终究是我的 / 你是我的。美丽的国度,你是我的 / 你是我的!)。

沃尔科特引用这首经典的咏叹调,有几个含义:(1)达·伽马与赛丽卡的故事,类似埃涅阿斯与狄多,而前面引用过改编自《埃涅阿斯纪》的圣卢西亚的座右铭,因此,圣卢西亚也可以比作马达加斯加岛,赛丽卡就如同狄多,海伦,是被玩弄和抛弃的殖民地女人。(2)达·伽马把马达加斯加岛比作天堂,正相似于马维尔把百慕大比作乐土,见《绿夜》,也相似于沃尔科特把圣卢西亚比作拔摩岛,见《像约翰去拔摩岛》。但是,达·伽马最终还是离开,所谓的天堂,仅仅满足了西方人的想象。(3)格里高利亚斯(邓斯坦)唱这首曲子,是为了把圣卢西亚也比作天堂(正如《像约翰去拔摩岛》),但是,这种想象迟早会破灭,这个天堂仅仅是次生的,被殖民的边缘天堂。(4)咏叹调中不断出现的"我",都是殖民者自称的"大我",邓斯坦唱它的时候,是想让自己融入进去的,但这个大我并不会接受他。很显然,他自己也会意识到这一点。另一方面,由于这片殖民地(马达加斯加或圣卢西亚)本就属于他的族群,他根本无需宣言,故这首曲子一唱出来,就带有反讽的味道,邓斯坦也会察觉这一点(沃尔科特已经察觉到了)。(5)咏叹调的"新世界"也联系《克鲁索的日记》。

50 canvas,帆布,指油画用的帆布,这个词也可以指画完的帆布油画作品。这里是在海边作画,所以作者也会让读者联想船帆。

51 astigmatic,指西蒙斯,他是散光眼、戴着厚厚的眼镜。这里有一个文字游戏,astigmatic 由否定前缀 a- 和 stigmatic 组成,后者来自 stigma(来自希腊文),即耻辱,基督教中既指污点(如该隐的),或基督受过的伤、圣痕,有圣痕者即 stigmatic。若按前一种意思,这个词的字面意义就是"没有污点",修饰圣者正好合适;若按后一种意思,即西蒙斯没有圣痕,是圣人,但又是凡人。

52 手相是前科学的技艺,这表明作者并不是以"科学逻辑"的方式去考察圣卢西亚,相反,他用的是诗歌和艺术,但这两者也有自身的逻辑,就如手相,它们不是天马行空、胡乱想象,而是用开放和灵活的隐喻来把握这个社会的本质。在这个意义上,沃尔科特的诗歌是不同于严格"科学"的科学,就如《另一生》1.1.2 说的,他要在诗歌中加入其他艺术没有的社会学研究。更重要的是,艺术本身就是在创造历史和文化,而这一点却在一般科学的目的之外。也见 V.Figueroa 的分析,*Not at Home in One's Home: Caribbean Self-fashioning in the Poetry of Luis Palés Matos, Aimé Césaire, and Derek Walcott*(Associated University Press,2009),第 154—155 页。

在下面的描写中,明显可以看出,与那首咏叹调截然相反,圣卢西亚并不是"天堂",它是一个普通的,甚至带有没落迹象(落叶,受到无视的水湾,年老的寄居蟹,燃烧后的棕榈等)的地方,也许类似《气息》中的雨林,它没有达·伽马眼中的美景和财宝。它只有原生的、未知的、无人在意的风景和沸腾的生命,这是诗人必须要探寻的,他要重新命名这里,寻找这里的根基。也见 "The Contemporary Long Poem: Spatial Practice in the Work of Kamau Brathwaite and Derek Walcott; Ed Dorn and Susan Howe; Robert Kroetsch and Daphne

Marlatt",第 61 页。

53 old soldier crabs,也影射格里高利亚斯父亲这样的、生活在圣卢西亚的英军老兵。

54 这里是说诗人走在小路上吟诗,诗句未成,小路到了尽头,作者不说自己吟诗,将之安在小路身上。BN,第 264 页引《另一生》笔记的记录,沃尔科特和邓斯坦就是在圣卢西亚北部一条废弃的小路上,决定要将圣卢西亚的一切记录下来。

55 goyave, corrosol, bois-canot, sapotille, goyave,法语,即英文的 guava,拉丁名为 Psidium guajava,这个词来自阿拉瓦克语 guayabo,16 世纪进入西班牙语,为 guayaba。

corrosol,法语,标准写法是 corossol,圣卢西亚法语克里奥尔语写为 kòsòl,即英文的 soursop,它通常指刺果番荔枝,拉丁名为 Annona muricata,也叫红毛榴莲,番荔枝科,番荔枝属。corrosol 也可以指牛心番荔枝,拉丁名为 Annona reticulata,与刺果番荔枝同科同属,两种果子形状比较接近,只不过牛心果没有刺。葡萄牙语把它们都称为 coração(心),这也许就是 corrosol 的词源,刚果法语把它们都称为 cœur de boeuf(牛心)。另外,英语的 soursop 也可以泛指番荔枝属的植物。

bois-canot,法语,bois 即树林、树木,canot 即 canoe,小船艇,确切来说,指木筏(如英语的 raft)。但这个词组,并不表示木筏,而是指制作木筏的木材。加勒比英语(主要是多米尼克、特立尼达和多巴哥、格林纳达)为 bwa kano,也叫 bacanoe, bacanole, bois canon 等。这种木材来自喇叭木(Trumpet-bush),它类似软木材,树干中空,适于制作木筏。见 *Dictionary of Caribbean English Usage*,第 125 页。

sapotille,法语,即 sapodilla,见《另一生》1.5.2 的 sapodilla-seed eyes。

结合上面的语境,作者用法语,为了表明这些植物最早由法国殖民者所起，它们是被殖民化的东西。所以，他强调的并不是这四个所谓的"专名"，而是四种等待本土人重新命名的"实物"或"生命"。在这个意义上，四个词与实物是同级的，它们并不能作为"所指"先天地代表四个事物。如前面，作者用人心果种子比喻眼睛，其其实也是说人心果种子就"是"眼睛，这正是一种命名。对于这种实物，可以称之为"眼睛"，它的法文名，拉丁名等等都只是可能的、与实物并列的命名。这种隐喻可以打破生物学的命名，回到福柯《词与物》开篇提到的博尔赫斯提到的"混乱无序的"分类法。

56 比喻棕榈叶。

57 wonder，联系《非洲女》中的咏叹调，作者如达·伽马一样也发出赞叹，但后者赞颂的是殖民地的财富和资源，前者赞颂的是原始的本土性。结合下面的撒哈拉意象，wonder 也可以理解为沙漠中的蜃景，前面也出现过蜃景（mirages）一词。

58 扇子扇风可以消暑，所以奇景让人振奋，忘记暑热。

59 比喻温度和沙滩，如同撒哈拉沙漠（撒哈拉在阿拉伯文中表示沙漠），也比喻圣卢西亚被人遗忘和无视，如同沙漠。

60 荷马的比喻，《奥德赛》20.13—14，κραδίη δέ οἱ ἔνδον ὑλάκτει./ ὡς δὲ κύων ἀμαλῇσι περὶ σκυλάκεσσι βεβῶσα（[奥德修斯的]心在[胸]里面狂吠起来/如同母犬围着弱小的幼崽走来走去）。荷马的"心"是自然的、身体性的器官，它不同于柏拉图的"灵魂"。在荷马那里，心要高于灵魂，它是身体的主导，人的同一性的标志；"灵魂"仅仅是人死后的无知的魂灵。沃尔科特的这种比喻恰恰消解了西方主导的灵魂论，返回了实在的原生的身体上（他个人的身体，加勒比民族的身体）。关于荷马的"心"与柏拉图的"灵魂"的区别，见 A.A.Long 的 *Greek Models of Minds and Self*（Havard University Press, 2014），详见导论和第一章；中译本见《心灵与自我的希腊模式》（北京大学出版社，2015）。这里引用《奥德赛》不是偶然的，见下面 Burnett 的分析。这一句的语境是奥德修斯回家，发现家里让求婚者弄得混乱不堪，他内心忧虑。

61　圣卢西亚东北曾有个区（后撤销）叫 Dauphin（法语，海豚），法国王太子的徽章有海豚形象，因此 dauphin 也专指王太子。沃尔科特有部戏剧名为《道芬之海》。

62　原文为 as firm as...，主语指代不明。有的学者认为指风景，有的学者认为指沃尔科特和格里高利亚斯，比如 D.Punter，我比较倾向这个解释，因为前面提到了"我们的画架"跌落，与之对比，我们并未被海浪冲倒。Punter 还结合了下一节开头，解释了最后一句，为何像"征服者"一样发现"家乡"？因为沃尔科特想要寻找的是一种"比地理学还要古老的生活"（a life older than geography，见下），它先于"绘图"、"命名"和"征服"。所以，他必须要像刚刚来到的征服者一样，面对陌生的土地。但与征服者不同，他必须避免用语言和文化的暴力，侵袭家乡（这区别于克鲁索）。见 *Postcolonial Imaginings*，第 92，93 页。G.B.Handley 也理解为沃尔科特和格里高利亚斯，他们使用艺术时，如同"征服者"，因为要对未开化的土地进行处理，但他们又与征服者不同，必须用诗抵抗"失忆"——当艺术达到了"新的天启的命运"之后，艺术家就会产生失忆，忘记过去。见 *New World Poetics*，第 304—305 页。Burnett 认为这一句影射了奥德修斯回家，他引了 L.Brown 的观点：沃尔科特自己就是"孤独的奥德修斯"，诗人和奥德修斯也是"西印度寻求完整性和创造性之追求"的缩影。他必定陷入了既是征服者，又是返乡者的悖论中。奥德修斯本人也是如此（特洛伊的征服者，伊萨卡的返乡者，回家清除求婚者，也如一位征服者）。见 *Derek Walcott: Politics and Poetics*，第 119 页。

63　BN，第 264 页指出，这一句运用了亚里士多德《诗学》中的"突转"（περιπέτεια）。沃尔科特在《另一生》中使用了不少《诗学》中的理念，比如诗人是创造者，诗与画的关系，普遍的诗与特殊的史学的区别等等。我个人认为，这个突转（虽然 BN 的联系有些牵强）也可以联系顿悟。当画板被冲倒后，作者顿悟到了自身的处境。

64　解释上一节结尾他们像征服者的原因。

65　that it was possible，指这片没有书写过的风景曾经具有被书写的"可能"，或者当地人有可能写过（比如用阿拉瓦克象形文），因此，它将来也"可能"被书写，书写者就是沃尔科特。见 J.Thieme 的 *Derek Walcott*，第 91 页。

　　BN，第 264 页提示了这里的 possible 是亚里士多德《诗学》中的用法。这见《诗学》1451a36—51b10，诗术的功能（ἔργον）不是 τὸ τὰ γενόμενα λέγειν（言说已经发生的事情），这是历史叙事，而是言说 οἷα ἂν γένοιτο καὶ τὰ δυνατὰ κατὰ τὸ εἰκὸς ἢ τὸ ἀναγκαῖον（那些按照可能性或必然性而有可能发生的事情）。所以，这个"可能"，不是"偶然"（也许，或许），而是"潜在"（能够，有确定的概率），它具备了实现的条件和潜能（δύναμις）。诗学就是要完成这个可能的任务，它不是像历史叙事一样，仅仅记录过去。

66　bastard children，私生子为非婚生，空有其名，但不是正式的子女。比如殖民地的一个植物 x，它有当地的名称 A，但殖民者按照自己的语言称之为 B。名为 A 的 x，就如同私生子，隐藏在 B 之后。被殖民者也是如此，起了西方人的名字，但也如同私生子，不再欧洲正统文化之列。很多殖民者在殖民地都留有与当地人的私生子，私生子也是殖民文学中的经典主题。

67　unchristened，指受洗后取名，这个名字是欧洲式的、带有基督教传统色彩的教名，不能起当地语言的姓名。既然当地人没有受洗过，也就没有名字，他们自己的名字是无名。

68　比较《气息》一诗的雨林。这一句堪称对加勒比地区历史的精妙概括。这里的历史是原生的自然时间。与之相对的是按照西方时间（公元）的历史叙事和记录。在这两者之外，还有诗人的诗性叙事。初看起来，似乎历史叙事更客观，更科学。但是，亚里士多德早在《诗学》中就指责过历史学不如诗学更有"哲学性"，因为前者重视特殊和具体的事实记录，不重视普通规律的概括（他的说法适用于修昔底德之前的史学家，如希罗多德），而诗学更具有概括性和普遍性。上面刚刚引了《诗学》中关于"可能性"的内容，紧接着那一段，亚氏说，φιλοσοφώτερον καὶ σπουδαιότερον ποίησις ἱστορίας ἐστίν: ἡ μὲν γὰρ ποίησις μᾶλλον τὰ καθόλου, ἡ δ' ἱστορία τὰ καθ' ἕκαστον λέγει. ἔστιν δὲ καθόλου μέν, τῷ ποίῳ τὰ ποῖα ἄττα συμβαίνει λέγειν ἢ πράττειν κατὰ τὸ εἰκὸς ἢ τὸ ἀναγκαῖον, οὗ στοχάζεται ἡ ποίησις ὀνόματα ἐπιτιθεμένη: τὸ δὲ καθ' ἕκαστον, τί Ἀλκιβιάδης ἔπραξεν ἢ τί ἔπαθεν（诗比史书更哲学和更严肃：因为诗更谈论普遍，史书则谈论具体。所谓一般，即，什么样的人恰好说或做了哪些什么样的事，或可能或必然而为之，诗针对的就是这一点从而[为不同种类的诗歌]命名）；所谓具体，即，阿尔基比亚德做了什么事或承受了什么事情）。在这个意义上，沃尔科特的诗歌，不是要（仅仅）记录过去的事情，相反，它要"创造"，这也是 poem 一词的原始含义，来自希腊文的 ποιεῖν（制作）。创造就是像亚当一样重新命名。当这片风景被书写时，它并不是被"反映"，而是被重新塑造和转型。历史事实——历史叙事——诗学叙事构成了一个渐进的过程，这个过程又恰恰是历史本身的进程。诗人不是柏拉图指责的撒谎者，而是历史和民族想象的开拓者。在他的努力下，一个民族会从失忆中走出。

69　即殖民者带来的名字，因为原来的名字已经被遗忘了。

70　海浪褶皱如同衣服，此处为了强调圣卢西亚的环境并非天堂，故比喻为破衣，并散发出破衣的咸涩味道。这比较前面将海水比作希腊绉衣。作者在这里直面圣卢西亚简陋的自然环境，虽然简陋，但却有一种属于自己民族的美。

71　maingot，法语的克里奥尔语。BN，第 264 页指出，这个词指红树林湿地。mangrove 为红树林，这个词来自西班牙语 mangle 和 mangue，也许源自加勒比语或阿拉瓦克语。英语 mangrove 是受了 grove 影响，改变了拼写。maingot 受法语 mangle 的读音的影响，由

maingro 变来。在《群岛传奇》第七章中，Maingot 作为了人名。在《采海螺者》("The Whelk Gatherers")中，这个词也联系《奥赛罗》第三幕，第三场的曼陀罗（mandrake, mandragora）。

72　指夕阳时分，将近入夜，森林湿气弥漫，有一股潮气。

73　非洲被认为是落后文明，课程上排在最后，排在第一位的肯定是希腊罗马文明史。

74　比较《另一生》1.1.1 的海的书页，作者已经合上了海的书页，此处打开了森林的"树页"。

75　BN，第 264—265 页介绍，西蒙斯曾经在圣卢西亚东北的道芬（Dauphin，海豚）附近的丛林里用粉笔写下过一些阿拉瓦克的象形文，后来被雨水冲掉。这个场景有照片存留，他似乎是在给一个学生上考古学的课。

76　指青苔。

77　德里达的《论文字学》出版于 1967 年，正好在《另一生》写作期间内。我不清楚沃尔科特是否读过，但这里，象形文与声音的对立是非常明显的，另外，沃尔科特提到并看重的地图、地形、掌纹，它们都是先于声音的"痕迹"。沃氏的任务就是穿过西方语言的声音，寻找这些遗迹，然后将自己的声音与这些痕迹并列，重新命名。我相信，作为对声音极为敏感的诗人，沃氏意识到了语音的控制力。

78　ironwood，叫这个名字的树非常多，加勒比地区常指鼠李科（Rhamnaceae）的乔木黑铁木，拉丁名为 Krugiodendron ferreum，ferreum 这个修饰语，即拉丁文"铁的"。该木料黑色，稠密，坚硬。见 *Dictionary of Caribbean English Usage*，第 51 页。在其他诗篇中，还会看到愈创树（Lignum vitae），即生命之木，它是最为坚硬的树木，也俗称铁木，作者一般用 Lignum vitae 的叫法。另有一种金黄花风铃木，拉丁名为 Tabebuia serratifolia，也被称为铁木，它在特立尼达常见。

79　logwood-heart，见《奥马罗斯》1.2 和 3.1，即洋苏木，墨水

树，拉丁名为 Haematoxylon campechianum，法语为 *campêche*，英语叫 *logwood*，法语克里奥尔语称为 choeur campêche，对应这里的 *logwood-heart*，*choeur* 即 *coeur*（心）。这种树木，可以提取苏木精作为黑色染料，阿兹特克人很早就开始使用。

80　这里指金苹果树，呼应上面说的"树"。有两种可能，最有可能指番橄榄，拉丁名为 Spondias dulcis，巴巴多斯称之为金苹果。在《历史的缪斯》中，沃尔科特提到过番橄榄，他用的法文 Pomme de Cythère。其次，也可能是黄酸枣，拉丁名为 Spondias mombin。两种植物同属。这个名字当然是欧洲人所起，为了配合希腊神话的金苹果。而金苹果正是特洛伊战争的导火索，沃尔科特必定有这个暗示，因为他常用海伦和特洛伊的典故。

81　cedars，这个名字来自希腊文 κέδρος，拉丁文为 cedrus，可以指柏科（Cupressaceae）植物，但通常也会泛指与柏科相近而且有香味的树木，尤其是松科（Pinaceae），或楝科（Meliaceae）植物等。此处的 cedar 应来自楝科，洋椿属（Cedrela），拉丁名为 Cedrela odorata，即西班牙柏木或古巴柏木（叫柏，但不来自柏科），也叫南美香椿，主要产于热带地区。这种木材可以抵抗白蚁，而且非常轻便。也见《另一生》2.12.1，odorous cedar。我没有译为"柏"，因为它不是柏科植物。译为香椿，是因为它来自洋椿属，而且汉语所说的"香椿"（Toona sinensis）就属于楝科。

　　《另一生》4.20.4 还有 glory cedars，即 gliricida，但那是豆科植物。这个通俗的叫法为了模仿《圣经》的黎巴嫩雪松：钦定本用 cedar 来译，这种雪松拉丁名为 Cedrus libani，即黎巴嫩雪松，和合本译为"香柏"，如《诗篇》29:5，The voice of the Lord breaketh the cedars; yea, the Lord breaketh the cedars of Lebanon。不过这种香柏来自于松科，雪松属（Cedrus）。

82　were nearly，联系《创世记》1 和 2 中上帝造物（"事就这样成了"）、亚当命名。这四种植物，呼应了前面四个以法文出现的植物。

沃尔科特就像亚当一样，呼唤事物的名字。而其他部落的诗人，也会有当地的命名。当然，矛盾的是，这几个名字都是殖民者带来的，当地人不可能再用自己的语言去书写这里。随着这些名字命名事物，事物就反过来被这些"声音"塑造——与此同时，人的心灵也被塑造，加勒比人就被殖民化。M.McKinsey 描述了沃尔科特面临的上述悖论，在《奥马罗斯》中，沃氏更成熟地表达了这种含混性。见 *Hellenism and the Postcolonial Imagination: Yeats*，*Cavafy*，*Walcott*，第 143 页。按照我的理解，沃尔科特非常清楚，这种统一的殖民化过程不可能实现，当地人会用自己的命名方式来使用英语和法语（这几个名字都不是学名）；甚至他们的英语和法语发音也是变体（克里奥尔语）；而作为亚当的沃尔科特，也会不断地创造多样的隐喻与命名，他要打破一种语音的中心性，让声音与痕迹并列。他要重返本土的风景，本土的一切事物，返回到现象本身。总而言之，殖民地无需排斥和清除殖民文化，殖民者恰恰提供了一个让被殖民者像亚当一样开创自己历史的机遇。创造历史，想象和建设自身，这就是对殖民者最好的反抗和复仇。

第三篇　单纯的火焰

1　A Simple Flame，见《神曲·天堂篇》33.80—85，Oh abbondante grazia ond' io presunsi/ ficcar lo viso per la luce etterna,/ tanto che la veduta vi consunsi!// Nel suo profondo vidi che s' interna/ legato con amore in un volume,/ ciò che per l' universo si squaderna://sustanze e accidenti e lor costume,/ quasi conflati insieme，per tal modo/ che ciò ch' i' dico è un semplice lume（哦，丰盛的恩典，凭着你，我才敢 / 定睛凝视那永恒之光，/ 久久凝视，让我目力用尽！// 在它的深邃中，我看到 / 整个宇宙散开的叶子 / 被爱汇集、结成一卷，// 实体、偶性及

其各种关系／仿佛融合在一起，其方式／即我所说的单纯的火焰）。在《克鲁索其人》中，沃尔科特引用过英译文（分行与原诗略有不同），Oh grace abounding, wherein I presumed to fix my look on the／eternal light so long that I consumed my sight thereon! / Within its depths I saw ingathered, bound by love in one volume, the／scattered leaves of all the universe; / Substance and accidents and their relations, as though together fused,／after such fashion that what I tell of is one simple flame。见 *Critical Perspectives on Derek Walcott*，第 34 页。这段译文出自 J.A.Carlyle, P.H.Wicksteed 和 T.Okey 的经典译本（A. S. Barnes & Co.,inc., 1944）。之前还有一段讲火焰的，出自《天堂篇》33.70—72，e fa la lingua mia tanto possente,／ch'una favilla sol della tua gloria／possa lasciare alla future gente（赋予我的舌头有这般力量吧，／它能为将来之人留下／你的荣耀的简单的火花）。用词不同，但意思一致。

"一卷"，即宇宙之书，天堂中所有美好有德的事物都会聚其中，但丁通过"审美"之眼看到了它。这卷书将散落的叶子汇聚在爱中，汇聚在神性之内。它就是"单纯的火焰"，也就是"普遍的形式"（forma universal）。它会变形为悖论性的"单纯的方面"（simplice sembiante），而呈现为三个旋转的光圈（giri），它们最终会反射出"我们的形象"（nostra effige）。见 R.Lansing 的解释，*Dante Encyclopedia*（Routledge，2010），第 233 页。田德望先生的译本把最后一句意思译错了，译为"致使我在这里所说的仅仅是真理的一线微光"。semplice 和 simple 不是说火焰"微小"，而是说它简单，纯粹，不可分割，是世界最基本的形式。这种对火的理解，类似赫拉克利特的观点。万物有大小，但都归为这个火焰，这个"一"。万事万物都由火焰构成，因为它们都在"光"、"视觉"、"现象"中，都只有具备"形式"（感性形式和理念），才能具有"存在"。在这个意义上，火焰也联系了柏拉图《理想国》线喻和洞喻对光的论述。

当然，但丁的"单纯"，首先来自《圣经》传统，如《马太福音》

6:22，钦定本为，The light of the body is the eye: if therefore thine eye be single, thy whole body shall be full of light。其中 single 一词，希腊文为 άπλοῦς，和合本译为"了亮"，其实不如译为单纯，它指眼睛绝对、无条件地明亮，而眼睛就是身体的光，所以这是"单纯之眼"，可以通达单纯的世界之光。

概言之，"单纯的火焰"是世界创造性的本质或原则（άρχή，始基），万物的（无论善恶）根本形式，根本的真，它具有单纯性和存在于世界之中的内在性。它更接近亚里士多德意义上的"形式"，就在世界之内，而不是像柏拉图的理念一样在世界之外。

但丁的神性的"凝视"（ficcar lo viso）与乔伊斯的"顿视"有相通之处。这两种看，都是要看到最简单的本质，它们都不是一般的经验，而是现象学意义上的本质直观。只不过但丁那里，他的宇宙之书包含的仅仅是美好的事物，他的火焰与一个理想的世界有关（仅在这方面相似于华兹华斯）。而乔伊斯和沃尔科特的书里面（还有希尼），包含了一切可以看到的现实的事物。在沃氏这里，还包含了非西方、异教文化的事物。与"看"相关，那么"单纯的火焰"就是"光"或视觉和现象。沃氏"看到"的所有属于加勒比的事物，都是"火焰"，只要看到，写下，就满怀着"爱"。

BN，第 188，291 页介绍说，这个短语包含四层意思，第一指卡斯特里大火时，首先燃起的裁缝店的灯火。第二，比喻沃尔科特对安娜的爱，安娜是"单纯的"女孩，这联系了但丁对贝阿特丽采的爱。第三，指圣卢西亚，即世界之光（Lucia 来自拉丁文 lux，光），进而表示沃尔科特和邓斯坦对圣卢西亚的爱。第四，即但丁的"单纯的火焰"。在《另一生》中，沃尔科特与但丁一样，都致力于达到与"上帝或神"面对面交流。太阳就是神的代表，即《另一生》结尾的 Apilo，这是邓斯坦的绰号。在全部四篇中，光是指引作者走向上帝的向导：第一篇是西蒙斯，头上有光环，促使沃氏顿悟，指引他走上诗歌道路。第二篇是格里高利亚斯及其父亲，还有西蒙斯，该篇结尾提到了"世界之光"的熄灭,作者心中之光点燃,他开始穿越黑暗。第三篇是安娜,她的身体和灵魂都是光,该篇是黑暗之篇,"失忆"之篇,写黑暗多于光明,是作者成长的关键阶段。第四篇是西蒙斯之死,见后。

"单纯"也联系了沃尔科特的诗歌风格,沃氏一向推崇海明威、托马斯和阿赫玛托娃那种平白的诗风,以俗语和日常语入诗。但是,他又明白,单纯之上又存在着复杂、吊诡和含混。所以,他在平白之中,又喜欢用典,喜欢说隐语,他的隐喻,表面平白,实质又极为复杂艰深,这方面又是他受艾略特、乔伊斯和纳博科夫等人影响的结果。关于这种单纯和复杂的辩证关系,见 BN,第 203—204 页。

我不得不提一下深深影响沃尔科特的艾略特,上面第三行到结尾的英译文,艾氏在论但丁的散文中也引用了(只有划线的 tell 一词,艾略特的译文为 speak)。见 D.E.X.Maxwell, *The Poetry of T. S. Eliot* (Routledge, 2015), 第 72 页。Maxwell 还举了考利(Cowley, 1618—1667)《阿纳克里翁》("Anacreon")中的两句,认为其隐喻类似但丁,Love was with thy life entwined/ Close as heat with fire is joined。在这种"分析式的"比喻中,"火"就是一种单纯的火焰,无需增减,就是火本身,而爱也如热一样,"分析地"作为生活的属性。在艾略特这里,"单纯的火焰"就是视象(visual image)。

在《四个四重奏·小吉丁》第五节中,艾略特表明了他对"单纯性"(simplicity)的推崇,而且提到了火焰,A condition of complete simplicity/ (Costing not less than everything) / And all shall be well and/ All manner of thing shall be well/ When the tongues of flames are infolded/ Into the crowned knot of fire/ And the fire and the rose are one。这里还引入了玫瑰的意象。基本的意思都来自但丁。但艾略特这里有一种时间性,他的时态表明了这个"火焰"或"一"是未完成的,我们仅仅身处"现在",火焰的"一"会超越我们,囊括过去,现在和将来。艾略特也揭示了人的经验的有限性。从抽象的哲学角度来看,艾略特比沃尔科特要深刻,但后者的长处在于历史性,这恰恰消解了西方的形而上的追求。沃尔科特的世界本质就是历史本身,他的火焰之"一"就是演进中的历史。

我认为"单纯"也与影响沃尔科特很深的帕斯捷尔纳克有关,在其"日瓦戈医生诗篇"中,《秋之夏》("Бабье лето",直译就是"女性般的夏天",即秋天时分如同夏季的气候,类似汉语小阳春)一诗也有相似的表达,И того, что вселенная проще, / Чем иной полагает хитрец(宇宙如此单纯,/比精明者思考的还要如此)。проще 为 просто(单纯,简单,对应英文 simple)的比较级。诗中认为这是悲伤的事情,因为宇宙的单纯超出了人的算计和思考,它的单纯就体现在万物都要终结。

最后,沃尔科特极有可能也受布朗《瓮葬》的影响——见《大宅废墟》——那篇散文的第五章明确指出,Life is a pure flame, and we live by an invisible Sun within us。

《另一生》第三篇本来是全诗的最后一篇,在其最后一章最后一节(3.17.4,本诗集未收),沃尔科特提到了三种生活以及三种爱,No metaphor, no metamorphosis, / as the charcoal-burner turns/ into his door of smoke, / three lives dissolve in the imagination, / three loves, art, love, and death...。它们分别是"艺术之爱"、"爱之爱"、"死亡之爱",对应了格里高利亚斯、安娜和圣奥马尔。它们是人类对于命运问题的三个关注点,也是三种"存在焦虑"。《另一生》要研究一种"人之哲学",其主题就是探索这三者之间的关系。"单纯的火焰"是这三种爱的交点和核心。见 *Abandoning Dead Metaphors*,第 192 页。

2 the organ, the gerundial or circular agent,西班牙文为,el agente en gerundio y en circulo。gerundio 即动名词,agente 即语法学的施事者,由于最后一句提到了主语(subject, sujeto),所以巴列霍有意使用语法学的术语。动名词是动词的一种形式,它的意思是,该动词作为一个动作或活动。施事者对这个活动进行施动。但中文译成动名词,有些别扭,我采取了意译。

3 在上一段,巴列霍指出,一所房子进入世界,是当有人居住以后,而不是刚建成。居住后,房子就有了人气,从活人那里获得养分。因此,当人离去了,人本身,仍然与房子一体,房子是他们器官的延续,他们是房子的延续。

4 Cesar Vallejo, Poemas Humanos,塞萨尔·巴列霍(也有译为瓦叶霍)(1892—1938),秘鲁著名诗人,共产党员,有印第安人血统。《人类之诗》(1959)是他去世后出版的诗集,收录了他生前出版的三部诗集之外的诗歌。巴列霍在诗歌上最大的贡献,就是打破了西语诗歌的规范,将土语和南美风物入诗。他对沃尔科特有很重要的影响。这段题词出自他的《那房子,没人住了》("No vive ya nadie en la casa",原诗无题,常以首句为题)。作者的题词为英译文,《人类之诗》经典的英译本出自 C.Eshleman(Grove Press,1969),但我查了一下,与沃尔科特给出的英译文不同,也许这一段出自沃氏本人之手。

沃尔科特引用这段题词,是为了说明他虽然离开圣卢西亚,但依然在家。第三篇中,作者讲述了自己离开圣卢西亚求学的经历。之前他曾发誓,永不离开,这一篇会自明心志,解释离开的缘由。与《回家:昂斯拉雷》中,虽然回家,却并不在家相反,在《另一生》中,作者却表明了,自己离家,却时时在家。显然,他已经走出了小资艺术家的个人伤感。

题词的西班牙文,兹录如下,供读者参考,我手头是 1959 年版(Peru Nuevo,Lima),我尽可能保留沃尔科特英译的句式,但也会参照原文,Todos han partido de la casa, en realidad, pero todos se han quedado en verdad. Y no es el recuerdo de ellos lo que queda, sino ellos mismos. Y no es tampoco que ellos queden en la casa, sino que continúan por la casa. Las funciones y los actos se van de la casa en tren o en avión o a caballo, a pie o arrastrándose. Lo que continúa en la casa es el órgano, el agente en gerundio y en circulo. Los pasos se han ido, los besos, los perdones, los crímenes. Lo que continúa en la casa es el pie, los labios, los ojos, el corazón. Las negaciones y las afirmaciones, el bien y el mal, se han dispersado. Lo que continua en la casa, es el sujeto del acto。

第十四章

1 即 Andreuille Alcée，见《圣约瑟修女会》《海风》《海歌》，以及《另一生》1.1 的注释。沃尔科特在安琪薇尔 16 岁时与她相识，恋爱三年，但安琪薇尔的父亲没有意思发展他们的关系。在《离校》中，沃氏回忆，他父亲觉得他会"像一颗流星划过圣卢西亚黑色的午夜"，他有才华，但没有前途。他父亲会用沃氏的画装点自己的餐馆，礼貌待他，但不会接受他成为女儿的丈夫。后来沃氏离开圣卢西亚，去牙买加读大学，两人关系结束。见 *Critical Perspectives on Derek Walcott*，第 30 页。安娜是白人女孩，在《另一生》笔记中（见 BN，第 175 页），沃尔科特写到自己看见安娜时，如同看到了海伦、埃及艳后（"有着埃及式的眉"）、雷诺阿笔下有着"丰盈的金色身体"的女子和英格丽·褒曼（Bergman）。对她的神化，代表了沃尔科特早期憧憬西方的梦想，白色女性是美的象征，安娜形象成为了白色的圣像。见 *Derek Walcott: Politics and Poetics*，第 74 页。本章的诗歌风格就可以印证这一点，沃氏的确在圣化安娜，表达他对西方正统文化的尊崇，但是，诗中的意象又带有加勒比的风格和景物，安娜始终与本土性联系在一起；所以，沃氏用安娜代表的是圣卢西亚之光（Lucia 也是女性），进而代表人类的普遍之光。

在《另一生》3.13（本诗集未收）结尾，安娜和安琪薇尔两个名字并列在一起，表明是同一个人，但作者称之为"姐妹"，她们分别代表理想和现实两个层面。4.19 中，安娜与贝阿特丽采的名字并列一起。除此之外，H.Ryan-Ranson 认为安娜也对应了华兹华斯《序曲》中华氏的初恋安奈特·瓦隆（Annette Vallon）。安奈特与华氏未婚，育有一子，因为英法矛盾，分隔两国。这也类似沃尔科特后来与安娜分离。见 *Imagination, Emblems, and Expressions: Essays on Latin American, Caribbean, and Continental Culture and Identity*，第 182 页。Anna 这个名字来自希伯来文חנה（Hannah），即恩典，恩宠。按照《圣经·次经》的说法，圣母玛利亚的母亲就是圣安娜（Saint Anna，英语中为 Ann，Anne）。

本章一共三首诗，描述了安娜的觉醒过程。这个"觉醒"有几个环节：第一，她意识到单纯的火焰的"内在性"，领会了世界具有一个纯粹的本质。她对世界本质的领会，不是抽象和思辨的，而是自然的，素朴的，完整的。这也是安娜的"顿悟"过程。第二，她意识到了自己与这个本质的和谐，由此，她对周边的风景和事物，萌生了更深刻的爱意。第三，她感觉到了女性的爱欲，这引导她指向了具体的恋人，同时也让她对世界的本质萌生了更高贵的爱意。她和恋人共同与世界本质产生了和谐。第四，她意识到了生与死，光明与黑暗，快乐与痛苦，都是世界本质的表现，没有永恒的感官和情欲的快乐，但在通达世界的本质之后，这会带来的永久、自然、原始的宁静和欢欣，而这种永恒之美，需要诗人去表现，它不会在现实中为人永远存在。这样，作者描述的和谐与世界的形式，带有西方古典的艺术风格，但并不具有天国式的理想性，相反，他着眼的是圣卢西亚这片土地以及显现在眼前的现实世界。由此，结合前面的介绍，艺术之爱、爱之爱、死亡之爱都紧紧围绕着在世的"单纯的火焰"，安娜是这三种爱中的"爱本身"，她提供了诗人和人类的爱的动力，促使他们投入到生活中，面向死亡和有限性。

BN，第 295 页指出，本章三首诗带有古希腊悲剧、但丁、弥尔顿和圣经的风格。也与波德莱尔《恶之花》中的《忧伤、流浪的她》（"Moesta et Errabunda"）略有相近（《另一生》中也提到过波德莱尔），这首诗献给一个神秘的女人阿佳特（Agathe）。题目两个拉丁文单词，一个形容词，一个分词，都是阴性，修饰阿佳特。

2 oil-green，即铬绿，作者在《海歌》中用过铬绿（green chrome），oil green 是油画中对绿色颜料的俗称，通常指铬绿或不莱梅蓝等。这里指海的颜色，而且联系了绿焰现象。见《另一生》1.1.2 和 4.21.3。

3 指安娜，下面都是她的体验，唤醒它的是自然之光和爱；这也是一次顿悟体验（epiphany）。她醒来的地方是卡斯特里港口北部的家。海边的觉醒，也联系维纳斯的诞生。作者的时态都是一般现在时，因为他不是在记录安娜觉醒的过程，而是如同戏剧一样，为读者上演她的觉醒。

在《离校》中，沃尔科特描述，"安琪薇尔散发着一种灵光（nimbus），它的品质是金色的，也就是光本身的颜色；这让他促使木舟黄昏返程，促使水面平静。她没有柔弱之处。她有着坚定的力量和心意，这有时会让她性急，好争，固执，粗率。但她还是优雅，温和，果断。我的心完全被她俘获，就像我的想象力完全被她的风景俘获"。见 Critical Perspectives on Derek Walcott，第 30 页。这一段基本就是本章中安娜形象的概括，第一，她代表了金色的光。第二，光有神性，是万物的基本元素。第三，安娜质朴单纯，神性中有纯洁、原始的人性。第四，安娜代表了圣卢西亚本身的美。第四点是沃尔科特区别于但丁之处，但丁的贝阿特丽采之美没有异域性，不属于有色人种，她在理想无时的天国；而安娜在具体的海边，在特殊的历史中。

4 安娜后面还会用它来自比，所以这里说的"孩子"，也暗示了"单纯的"安娜。见《忧伤、流浪的她》，Vers un autre océan où la splendeur éclate, / Bleu, clair, profond, ainsi que la virginité（去往另一片海洋，那里光芒四射，/ 蔚蓝，清澈，深邃，如处子）。这是诗人对阿佳特的期待，她已然身处"不洁之城的黑暗之海"（noir océan de l'immonde cité）。

5 指浅滩的水波纹，见下。绉痕的意象也联系维纳斯的诞生，尤其是波提切利的那幅画，维纳斯贝壳的褶皱模仿的是希腊的绉衣（chiton）。也见《另一生》1.1.1，那里也提到了维纳斯。

6 表明安娜在屋中,她的家就在海边。此时,她做完家务,擦了屋里的壶。但上面形容水的那个"光泽"一词,也是 burnish,这里作动词用,作者暗示壶如同水面。比较《另一生》1.4 中反射影像的酒杯。

7 安娜意识到了,风是创造性的原始的自然元素,它独立于人。她的觉醒,就是意识到那种在她之前早已存在的原始之物,也就是单纯的火焰,她明白了,世界由它构成。见 *Abandoning Dead Metaphors*,第 192 页。这里的风就是"单纯的火焰"的一个表现形式。这种观点都来自前面说的但丁的《神曲·天堂篇》。

8 lie to,下面又出现一次,whoever I lie to,lying close to。安娜开始萌生对身体的依恋。

9 鸭子在水上,一要入睡,为了避免落水,下意识地有节律地摇摆起来。安娜从中体悟到了自然的规律。见 *Abandoning Dead Metaphors*,第 192 页。"会意地",knowingly,鸭子仿佛有一种"逻辑性的知识":如果入睡,就会落水。这是无人教授的自然知识。这一节频繁出现 know 一词(也出现了一次同义的 understand),安娜的"知"也是自然的,这是一种"无知(单纯)之知"。

10 processional,名词 procession,通常指宗教列队行进或游行。这个词来自拉丁文 processio,晚期拉丁文用法中,专指宗教行进,比如列队前进,口唱行进圣歌。作者在这里描绘出了一种仪式感。

11 见前面引的《离校》,安娜可以促使木舟在黄昏返程,她就是天光,自然的吸引力,让木舟有规律地回到原始的安宁中。

12 acknowledging,仍然联系 know,一词两义,即表示打招呼(呼应"招手"),也表示承认,确认,彼此相知,这仍然是自然的知识。

13 可以联系《旧约·创世记》1:2,上帝的"灵"运行在水面上,希伯来文为 רוּחַ (roo'-akh),即风,气。英文译为 spirit,这个词来自拉丁文 spiritus,动词 spirare,即吹气。《创世记》2:7,上帝吹气(用另一个词 נפח)造人,就是从自己的"灵"中呼出"风"。风在创世第一天之前就存在,所以比世界还古老。

14 "它"指单纯的火焰,它如风一般。

15 风如少女,少女如风。

16 dimpled impish,可以断为,dimple dimpish,dimple 即酒窝,双重的 dimp-,暗示两个酒窝,两个 d,两个 p 互相和谐;-ish 呼应上面的"如少女一般"(girl-ish)。这种文字游戏本身就体现了"调皮"。

17 cavernous,洞穴的,联系下面的"洞穴",这里指声音如同从洞穴中发出,瓮声瓮气。

18 联系柏拉图的洞穴,出了洞穴看到的正是日光。但与柏拉图不同,沃尔科特更相信单纯的安娜和诗人可以用自然的直观、直觉和顿悟来通达世界之光,而柏拉图相信只有经过学习的哲学家,用心灵之眼才可以"看到"理念。与柏拉图不同,沃氏的世界本质就在这个世界;而柏拉图的理念世界在现世之外。布罗茨基就说沃尔科特,是"形而上的实在论者",因为他信仰"单纯的火焰"的内在性(immanence),内在于世界本身。见 *Abandoning Dead Metaphors*,第 193 页。

此外,安娜也如同夏娃一样。上面出现了多次"第一"(下面的"第一个清晨"),暗示了这是安娜"第一次"觉醒,如同夏娃作为第一个女人(处女)被造出,被大地之母的"子宫"(洞穴)生育出。与之相应,圣卢西亚的风景也具有"处女性"和"无历史性"。*Abandoning Dead Metaphors*,第 194 页。

19 下面说烧火的火光,这里对光的描写显然永远不会出现在但丁的天堂。沃尔科特有意引入咖啡这种日常事物,这对于安娜的圣化有消解的作用(咖啡源自非洲和亚洲,与基督教信仰毫无关系),但恰恰又增强了安娜的现实性,她不是虚幻的天国的贝阿特丽采,她就是日常之光,日常之火。光普照所有事物,因此一切事物,无论雅俗尊卑,都有神性。

S.J.Marks 分析了本章第一节人称的变化,沃尔科特用"我"指安娜,这个"我"是逐步在现实中建构起来的,首先是家务,其次是爱欲，第三是男性，下面的"他"。见"That Terrible Vowel, That I: Autobiography and Derek Walcott's *Another Life*"，第61—62页。

20　指水汽，也指安娜的汗水，这暗示光就是安娜。到此，上面几行，都用将来时，表明安娜的觉醒即将到来。

21　"单纯的火焰"是"存之光"，并不是相对于黑暗的光。这种火焰会兼有光明与黑暗，清晨与夜晚。万事万物，无论善恶，均在光的普照中。安娜在自然的促动下，对这种单纯的法则产生了信仰，她明白，这种法则既包含快乐，也包含痛苦。见 *Abandoning Dead Metaphors*，第193页。作者具有一种矛盾心理，他一方面想抓住安娜的独特性，但另一方面又想把她作为所有爱情和情感的化身。见 *Historical Thought and Literary Representation in West Indian Literature*，第157页。这个矛盾心理是他区别于但丁的一个特征，也源于我前面说的，沃尔科特关注的是普遍具体的本土的现实，他的天堂就在这片土地。沃氏尽一切可能避免去描绘一个超验的理想世界。他也不想把加勒比描述为异域的、桃花源式的幻境。他在世界的光中看到什么，就写什么。

22　这个"他"有两重意思：一方面，就个体之爱而言，"他"是现实中的一个具体的安娜的恋人，这个恋人代表着世界唤起她的爱，也就是诗人沃尔科特，后面，作者会换成"他"的视角。另一方面，就普遍之爱而言，他是一般意义上的恋人，相当于上帝和神的具体化身，也即单纯的火焰的化身，所以作者会暗示，安娜未必爱上某个具体的"男人"，也许她爱的是世界本身。而且，安娜也是世界本质的化身，她的爱欲是自足的，单纯的，并没有目的和对象，没有占有欲，所以，她对"他"的爱，就是意识到自身的"单纯"，意识到两人与世界是一体的；这个意识过程反过来也适用于"他"。两人的爱不是那种彼此占有的、分裂的个体之爱（见《星》一诗注释引奥登说尼金斯基的那几句诗）。

　　从天主教的角度来说，既然安娜家是天主教徒，安娜在约瑟修女会的学校上学，天主教又崇敬玛利亚，因此，安娜就如同玛利亚受孕一样，萌生了对上帝的爱，但是，作者并不赞同天主教的教义，他让安娜感觉到的是自然的、现实的爱欲，她爱上了恋人，由此爱上她所处的世界，爱上单纯的火焰并成为其化身。可以认为，安娜是一个去除了天主教色彩、有自然情欲的"圣母玛利亚"，一位神性的首字母小写的 virgin（Virgin，大写即圣母）。

S.J.Marks 认为从这里到下面六行，都突出了男性的视角，女人适应着男性的快乐。见 "That Terrible Vowel, That I: Autobiography and Derek Walcott's *Another Life*"，第 61—62 页。但与 Marks 不同，我相信，沃尔科特试图超越性别，或者说，他不想考虑性别问题，他并没有突出安娜从属于男性的品质，安娜的自然的爱欲冲动，并不是男性给予的，它先于安娜的性别意识。

23 in him，上面使用了两次。这种表达屡见于《圣经》，作者这里化用了《约翰福音》1:4 的一句，钦定本为，In him was life; and the life was the light of men。him 即上帝。也见《约翰一书》4:15—16，Whosoever shall confess that Jesus is the Son of God, God dwelleth in him, and he in God.And we have known and believed the love that God hath to us. God is love; and he that dwelleth in love dwelleth in God, and God in him。这里的 him 指信奉上帝的人，他与上帝互为一体。

24 it，指安娜与"单纯的火焰"，见前面，如"它一次总化为一物。/ 此时，它总如少女一般"。

25 由"它"变为"她"。

26 这一句的主语为上面说的男性的"他"，即下面的"我"，用 that 来指代。作者改变了视角，由"他"来观察安娜。叙述者是下面的男性的"我"。见 "That Terrible Vowel, That I: Autobiography and Derek Walcott's *Another Life*"，第 62 页。这一小节将安娜与作者并列交融，下一节两人以情侣的方式出现，统一在一起，最终又分裂。

27 serene humility，serene，比较华兹华斯《序曲》112—113，The

self-congratulation, and, from morn/ To night, unbroken cheerfulness serene。humility，谦卑首先指安娜为人恭顺，勤劳家务；其次，与安娜信奉上帝有关，因为谦卑是《圣经》中重要的美德。如《新约·歌罗西书》3:12，举了几种美德，钦定本为：mercies, kindness, humbleness of mind, meekness, longsuffering。《新约·路加福音》14:11（也见《马太福音》23:12），For whosoever exalteth himself shall be abased; and he that humbleth himself shall be exalted。《旧约·箴言》22:4，By humility and the fear of the Lord are riches, and honour, and life。《新约·雅各书》4:6，God resisteth the proud, but giveth grace unto the humble。谦卑是对上帝谦卑，放弃人自身的骄傲和虚妄。人的灵分有上帝的灵，因此人的谦卑，就是靠近普遍的上帝，所以安娜的谦卑，就是体现神性。

28　这个"我"在下面，指作者，相对于"她"；而上面的"我"指安娜，相对于"他"。人称的变换，表明了两性的相对、统一和分离。

29　联系单纯的火焰。

30　指"他"。

31　nakedness，前面也用了naked，仍然联系单纯的火焰。

32　指碟子，倾斜着如同山坡，但同时，也许窗外就是山坡，碟子映出了它。作者用同时出现的事物进行比喻。

33　fullest，上面的"充盈"为fullness，它们指一种圆满成熟的平和状态，安娜是自足的，无需增减。

34　lens，指镜头，也指眼睛的晶状体。作者把湖面比作镜头和眼睛，湖水如同半神，他用自己的镜头和眼睛瞄着这对情侣，摄录他们的影像，即映出他们的倒影。见J.Thieme的*Derek Walcott*，第93页。这个镜头一开始摄录动态的"电影"，当他们站住时，则拍下他们的"相片"。比较洛威尔《收场白》，The painter's vision is not a lens,/ it trembles to caress the light。沃尔科特将镜头放置在自然物上，这可以在洛氏的画家视觉（主观）与摄像镜头（客观）之间达到平衡。

35　frame，动词，这里意译，frame 是电影和摄影术语，名词表示布景，画面，动词表示取景，或将人和事物框入画面。

36　measured loss，指慢慢踱步，好像在测量。measure 在旧的用法中可以指走路和经过；名词也可以表示舞步。这对情侣目前在热恋中，但又在考虑着得失，似乎作者预感到了将来的离别。

37　两人看着湖中自己的影像，这联系了那喀索斯的神话。

38　others，指其他的情侣。两人重演着前人的场景，就像在扮演角色一样，进入自然的布置中，最后被湖水拍下。相机一样的湖水就像"希腊古瓮"（联系济慈），虽然湖水无法保存他们的形象，但《另一生》这部长诗却可以。见 J.Thieme 的 *Derek Walcott*，第 93 页。

39　the self-delighting, self-transfiguring stone/ stare of the demi-god，stone stare，即，使事物变成石头的凝视或目光。"半神"指美杜莎，她是戈耳工三女妖之一，她的凝视会让事物变为石头。作者把湖水比作这位半神的眼睛，它可以随心所欲地凝视来往的情侣，使之变为石头，不受任何干扰。湖水摄录情侣的形象或将其变为石头，这都比喻了单纯的火焰的永恒性。与之前的情侣不同，作者"顿悟"到，情侣虽然如走马灯一样变幻，但不变的就是这神性的自然湖水，而且"情侣"这种彼此相爱的"形式"也是永恒的，个体在变化，但男女之爱却永恒，这种永恒是自然的，不假人工。但如下面所言，这种永恒不可能为可朽的人实现出来，它只能在诗的思想和形象世界中表现出来，被诗人和读者顿悟到。

戈耳工的比喻也见《另一生》2.9.3（本诗集未收），or gorgonizing Judith/ swinging the dead lantern/ of Holofernes。这里用了《圣经·犹滴传》（新教列入次经）犹滴（Judith）杀荷罗孚尼（Holofernes）的故事——在《切》一诗，沃尔科特提到过卡拉瓦乔，那么沃氏肯定知道卡氏绘画的《砍下荷罗孚尼头颅的犹滴》。与美杜莎的故事相对，女性犹滴用美貌"石化"并斩首了男性荷罗孚尼；而男性的珀耳修斯斩首了有石化之力的美杜莎。这样就存在一个两性的相对关系：沃尔科特／荷罗孚尼／珀修斯，对，安娜／犹滴／美杜莎。沃氏与安娜最终的分离，正如这种残忍的"石化"和"斩首"的关系。概言之，《另一生》第三篇中有三种"石化"：第一，自然的石化：泻湖将情侣石化，留住他们的影像。第二，女性的石化：安娜将作者石化，迷住他。第三，男性的石化：作者用诗记录两人的爱情，将之石化。这三种石化都联系了"摄像"这个比喻及其两重性：既是客观记录现实（肯定现实），又是主观的艺术创造（否定现实）。因此，三种石化也有三种两重性：第一，这对情侣随着时间和自然流逝，但又与自然一体，被自然留住。第二，女性的石化让男性想象了永恒的爱情和美好的爱人，但这意味着对现实的偏离，男性如同荷罗孚尼一样，被现实的犹滴杀死。第三，男性的石化，以艺术的方式创造现实，但背离了现实的两性的关系，甚至"杀死"了安娜，仅在想象中求得永恒。沃尔科特认为"诗"就如同摄影，也具有这种两重性，它既不完全是反映现实，也不是单纯地创造可以取代现实的、理想的艺术世界。它的两重性见本章的最后一节。与之相应，沃氏的诗歌中表达的男女之爱，既有永恒的一面（上升到人类的博爱），也有短暂，冲突和斗争的一面，这也与他坎坷的恋爱史和婚姻史有关。

我这里关于戈耳工和犹滴典故以及摄影理论的解释和说法，有一部分参考了 J.Robinson 的论文，"The Gorgon's Eye: Visual Imagery and Death in *Wide Sargasso Sea* and *Another Life*"，*Journal of West Indian Literature*, Vol. 4, No. 2 (November, 1990)，第 46—64 页。Robinson 从现当代摄影理论入手（本雅明、桑塔格、罗兰·巴特等），将出生于多米尼克的英国女作家珍·瑞丝（Jean Rhys）——本诗集还收有以她名字为题的诗作——的著名小说《藻海无边》（*Wide Sargasso Sea*）与《另一生》进行对比，指出两部作品，均以相似的方式体现了视觉形象与死亡和现实、视觉形象与时间的关系：视觉形象作为艺术，它让死去的人和事物依然鲜活，它与现实是"掠夺性的关系";静态的视觉形象,是对动态的历史的抗拒和攻击。这两种关系均体现在了"摄影"这个意象上。

石头意象可以对比《另一生》3.13.4(本诗集未收),We sit by the stone wall// all changes to grey stone,/ stone hands, stone air,/ stone eyes, from which// irisless, we stare,/ wishing the sea were stone,/ motion we could not hear。两人的欲望仿佛让自己定住,成为了"眼中没有虹膜"(irisless)的希腊石雕,周围的世界也都如石头一样。还是这一节,作者说,We were the first guests of the earth/ and everything stood still for us to name。他们就如同处于伊甸园之中。但是,既然周围的事物不可能成为永恒的石头,因此他和安娜就不可能处在伊甸园中,不可能成为亚当和夏娃,他们只是世界的过客。石头世界只能在诗中表现出来。关于这几句的详细分析,见 *New World Poetics*,第315页。

此处的"石头",也对比叶芝《1916年复活节》("Easter, 1916", 1916)一诗,其中的石头意象最为经典,Hearts with one purpose alone/ Through summer and winter seem/ Enchanted to a stone/ To trouble the living stream;Minute by minute they live:/ The stone's in the midst of all;Too long a sacrifice/ Can make a stone of the heart。该诗讲述了爱尔兰兄弟会起义、受到镇压一事。这些斗争者的心就化为石头,在变化的世界中,毫无变动,永恒地存在。叶芝与沃尔科特的"不变"的石头都是一种力量形式的变现,只不过前者强调的是代代相传的、人为的牺牲精神,后者强调的是自然的本质。这样的石头都是艺术作品的想象产物。

将写诗与"摄像"结合这一观念,来自洛威尔,如《收场白》("Epilogue"),Yet why not say what happened?/ Pray for the grace of accuracy/ Vermeer gave to the sun's illumination...We are poor passing facts,/ warned by that to give/ each figure in the photograph/ his living name。详见《罗伯特·特雷尔·斯彭斯·洛威尔(1917—1977)》。

40 stunned,比较《另一生》3.13.4（本诗集未收），Magical lagoon, stunned by its own reflection! 说泻湖被自己的反射惊住。而这里说作者和安娜被自己的倒影惊住。这暗示人与自然是合一的，只迷恋自身，不假外物。按照 J.Robinson 的意思，这里用了那喀索斯的故事。见 "The Gorgon's Eye: Visual Imagery and Death in *Wide Sargasso Sea* and *Another Life*"，*Journal of West Indian Literature*，第 58 页。

41 poetry，严格来说，是诗性，诗本身，不同于 poem，见《致敬爱德华·托马斯》。这里等同于下面说的"艺术"（诗艺），作者区分了两种艺术。一种处于夜间睡眠的和平状态，它不讲述男女感情的破裂，只表现爱情的永恒，它不包含矛盾，只有光明，美好等等正面的理念。另一种诗艺是下面说的"叛逆的艺术"。

42 the noble treachery of art，作者认为真正的艺术是叛逆的。既然作者无法处于伊甸园中，他就不再想象那个石头世界，即爱情永恒的世界，因此，他就会让艺术以高贵的方式"背叛"理想的艺术，背叛伊甸园和天堂，堕入尘世，寻找流变中的第二座伊甸园，即"次好的"天堂。仅当诗直面有限性、可朽性（死亡）和矛盾性时，世界"单纯的火焰"才会在艺术品中显现出来。如果艺术品一味地堆砌辞藻，空谈永恒和理想，世界的真理反而会被掩盖。在《大教堂内》（"Inside the Cathedral"，1987，未刊）一文中，沃尔科特指出："事实上，艺术的失败所带来的唯一希望，比成功还要有力；它是圣徒在夜间祈祷时经历的失败，他不断复诵'我毫无价值'。充分的复诵之后，奇特的力量就能产生，如同源自催眠一般的连祷。主体就是顺从（subject's subjection）。" 见 *New World Poetics*，第 315 页；*Abandoning Dead Metaphors*，第 186, 191 页；Baugh 的 "Painters and Painting in 'Another Life'"，*Critical Perspectives on Derek Walcott*，第 247 页。

这种"背离"可以对比苏格拉底的"第二次航行"（《斐多》99c-d），这次航行不再寻求世界的本源，它"背叛"了前苏格拉底哲学家的哲学，转向了现实生活（上一节恰恰出现了"美好生活"一词，这是苏格拉底哲学的核心目标），因此是"次好的"哲学，但恰恰是直面世界真理的最高哲学。而亚里士多德贯彻了这一思想，进一步"背叛"了柏拉图的理念哲学，更深入地转向经验世界。而作为诗人的沃尔科特非常清醒地意识到探寻"理想或理念世界"是不可能的，相反，当它直面流变的现实和人的有限性时，"失败的艺术"也许会比"成功的理念艺术"更充分地通达世界的本质，这种永恒的本质就在世界之中，不在那个虚无缥缈的伊甸园里。如果说柏拉图的理念世界就是石头世界，那么亚里士多德的质料-形式的世界就是流变中的世界，后者更接近沃尔科特的世界观。前面一再提到的"顿悟"，就是在流变的现象中窥视到不变，在顿视的那一刹那，事物就变为石头，但仅仅是在这一瞬间，才会如此。

43　candor，指月亮，见《另一生》1.1.1。

44　即前面说的三种爱：艺术、爱、死亡。艺术的"叛逆"，爱的"背离"，死亡的"可朽"，这三个方面都是相通的。沃尔科特看重永恒的爱，但他又清楚，现实中不可能直接得到，必须要投入三种爱的生活中，在艺术的帮助下，方能理解永恒之爱。

45　永恒不朽的身体，只能以隐喻的方式存在。隐喻的不朽（短暂之爱）与实际的不朽（不朽之爱），存在着"微妙的"差异。

46　指两人最终分别。诗人对爱情的结束做的自我解释是，因为选择艺术，所以放弃爱情；因为爱情是短暂的，诗人才会有感而发，在诗中描写永恒的爱和美，将之作为自我安慰。当作者要用诗描绘永恒之爱、把安娜描绘为贝阿特丽采和永恒之美时，这就表明了现实中，他"背离"了安娜，因为否则的话，他无需写诗。这种矛盾性体现了沃尔科特并不想完全像但丁一样书写天国，或像柏拉图和华兹华斯一样追求理想世界，他看重的仍然是日常的生活或日常的艺术化。

第十五章

1 本章描写的是第十四章 20 多年后的情况,反思了作者与安娜爱情破裂的原因。作者的理由就是,他选择了艺术,所以失去了爱情。在诗中,他一方面试图让 20 年前的安娜凝固,保留在记忆中,另一方面,为了缓解爱情破灭的痛苦,他又必须升华这份感情,将安娜提升为美的化身,从而让自己的内心在艺术中得到补偿。

2 sisters,参见《圣约瑟修女会》一诗,在天主教语境中,sister 指一同修道的修女。安娜的学校是修女会,女学生们都是修女。受到围攻的原因,就是安娜与沃尔科特暧昧的感情。沃尔科特是新教徒,是黑人,是凡人,所以安娜与他相爱,触犯了天主教的教义。就诗歌世界来说,安娜犯下的错,就是她纯洁无瑕,如同贝阿特丽采,但这种圣洁是世俗中的自然神性,因为她萌生了对凡人的爱,而非修女们的那种超凡脱俗,不食人间烟火。

3 prize,配合"围攻"一词。作者虽然用了战争方面的词,但未必是说修女们凶恶地攻击安娜,而是比喻安娜受困在众多修女营造的封闭的世界中。

4 指二战,1945 年结束。BN,第 296 页指出,作者说的"又一场战争",一方面相对于"一战",另一方面相对于作者与安娜为了结合而向其他人展开的爱情"战争"。

5 见《另一生》1.4 的注释,沃尔科特家里用一战时的废弹壳来装点圣坛,它能映出影像。沃尔科特和安娜在家里见面时,弹壳是背景,映出过他们的影像,这联系了下面照片的意象。另外,弹壳的颜色发黄,也联系了《另一生》1.1.1 说的琥珀,作者联想到弹壳,就想起了两人的形象,他们的形象就如同封存在弹壳的表面。而 20 年前的照片也已经发黄,它也如同琥珀和弹壳,封存了两人的影像。

6 brassy,一词双关,既指弹壳是黄铜色的,也指人"厚着脸皮",因为作者与安娜在家里私会,在天主教盛行的卡斯特里的环境中会被认为是厚颜无耻的。作者这里用现在时,说的是 20 年后的秋天,他回想起了 20 年前。这里暗示了,他们 20 年前私会的时间也是秋天。由于黄铜的黄色是秋天的颜色,因此作者用来比喻秋天。黄铜类似秋天,因此说是"仿制的"。

7　指头发的火焰,作者现在在看照片,旧照片失去了真人的光彩,因此头发的火焰熄灭了。

8　联系上一章说的美杜莎的典故。安娜的美杜莎般的目光是作者的诗歌的石化之力的来源。

9　all that perusing generality,在旧版中,perusing 为 pursuing。persue 是细读,审视,这个词比 pursue 更突出了"看"。all 指安娜的"凝视",Robinson 的理解是正确的,见"The Gorgon's Eye: Visual Imagery and Death in *Wide Sargasso Sea* and *Another Life*",第 59 页。这样,peruse 就比 pursue 更能配合"凝视"一词。

10　旧版中,下面没有空行。"普遍性",指"安娜"的无处不在,即,每张照片上都有安娜,每个地方都有安娜(如下面的俄国),她是美和爱的化身。之所以说这种普遍性是"报复",有两重含义:第一,就女方而言,因为上一章作者说,他的诗背叛了爱情,所以,安娜照片中的凝视就反过来报复作者,借助自然的力量,化成普遍之美,就像犹滴一样,继续迷住作者,将其杀死。第二,就男方而言,作者在后面将安娜变为不同文化的"安娜",用"暴力"的方式将安娜等同于一些堕落的"安娜",这正是对自己恨意的补偿。这种做法就像珀修斯杀美杜莎一样。但作者非常清醒,他在报复之余,会有反思:这种"普遍化"其实是诗人自己的想象,它不可能完全弥补现实。这两重报复都表明了,20 多年,作者依然迷恋安娜。他为了安慰自己,就将特殊的安娜普遍化,这跟但丁对待贝阿特丽采的做法相同——但丁在《新生》中也反思了自己利用贝阿特丽采写诗,给自己带来快乐,但自己却并未为她奉献什么。

11　sly,词典一般解释为巧妙的,狡猾的,但当与表情方面的词配合时，指秘密地，暗暗地，知道其他人所不知道的事情，但又不明说，比如 sly smile，即会意的微笑。照片中的凝视不会说话，但好像在表达着什么。后面的"目的"为 objects，结合语境，理解为目的或意图更佳。这里透露出的意图就是自然的意图，单纯的火焰的意图，即天意和命运的设计，它不可言说。

12 说完照片后，作者又回到了自己当前写作诗歌的活动中。前面说"无数"相片和"普遍性"，这里则与之相反，说"一张"相片。前者是普遍的、无处不在的美的化身的安娜，而后者仅仅是一个具体时刻中的个体安娜，她已经"死去"，封存在了一张照片中——作者不是专指某一张照片，他的意思是，一张照片只能有一个安娜，因此安娜只有一个，更确切说，年轻时迷人的安娜只有一个。显然，作者又在抗拒将具体的安娜"普遍化"为爱和美的化身，他只想让照片封存 20 年前的安娜，其中的影像仅仅代表安娜自己。当时的安娜已经"死去"并且"冻结"，就像封存在琥珀中的昆虫。见 *Historical Thought and Literary Representation in West Indian Literature*，第 157 页；"Painters and Painting in 'Another Life'"，*Critical Perspectives on Derek Walcott*，第 247 页。但是在下面，作者又认为安娜可以出现在其他时间和地点——比如俄国——因此安娜是"普遍的"，是爱与美的普遍形式，她不断重生。沃氏越是思念安娜，就越是将之普遍化，但由此又加重了对安娜的思念和对过去的遗憾。这种矛盾性，是但丁在描写贝阿特丽采时可以克服的，它体现了沃尔科特的现代性。

13 下面会提到安娜·卡列尼娜和安娜·阿赫玛托娃，她们都暗示了安琪薇尔，同时联系了俄国。沃尔科特对于俄国和苏联诗歌非常感兴趣，也见前面《幽谷中的爱》。阿赫玛托娃的诗中提到过"金色的麦田"，见 J.Kenyon 的译本，*Twenty Poems*（Eighties Press and Ally Press，1985），第 35 页。下面说的"另一国度"也指俄国。

14 yours arms are downed and ripening pears，downed，不是指向下或垂落，指覆盖着绒毛，down 作为名词，可以指鸟的柔软羽毛，比如，

eiderdown（鸭绒），或树枝或果实上的绒毛；动词用法，即使之覆盖上绒毛，downed 意同于 downy，见下。这里，它分别配合 arms 和 pears，作者省略了一次，这是他常用的句式。pears，指西洋梨（*Pyrus communis*），不同于中国梨，它的树枝和花梗都有绒毛。梨比喻下面说的安娜的"柔软的乳房"，与之呼应，前面曾用青柠作为比喻。也见《另一生》2.9.3（本诗集未收），body downed with the seasons, gold and white, Anna/ of the peach-furred body。这里还用了沃尔科特另一个常用词 fur，而且把安娜比喻为桃子。

关于 downy 一词，《另一生》3.14.1，描写安娜的头发，will singe the downy edges of my hair（会烤焦我柔柔的发边）。莎士比亚《安东尼和克莉奥佩特拉》第五幕，第二场，说死去的埃及艳后，眼睛是 downy windows。我相信沃尔科特暗示了这里，因为如前所述，在《另一生》笔记中，他曾说安娜有埃及式的眉；《埃及，多巴哥》一诗也用到了这出戏剧。更需要注意的是，这个词也是弥尔顿特别爱用的，如《失乐园》9.851，A bough of fairest fruit that downy smil'd。7.437—438，Others on silver lakes and rivers bath'd/ Their downy breast。一个说"禁果"的绒毛，一个说鸟的胸部有绒毛。这两处必定影响了沃尔科特。弥尔顿对沃氏的影响很深，《另一生》有很多地方指向了《失乐园》。此外，还有两处，一处为 5.282，Skirted his loins and thighs with downy gold，这是描写拉斐尔翅膀的金色绒毛，非常精妙。我们也可以联想同样金色的安娜的绒毛。最后一处在 4.334, soft downy Bank damaskt with flow'rs，这里是描写亚当和夏娃的乐园的堤岸。

就俄语语境而言，我相信沃尔科特想到了帕斯捷尔纳克笔下的梨，如著名的《二月》("Февраль")，Где, как обугленные груши,/ С деревьев тысячи грачей/ Сорвутся в лужи и обрушат/ Сухую грусть на дно очей（在那里，成千的白嘴鸦/如同一只只烧焦的梨，/从树上落入水洼/干枯的忧愁坠入眼底）。又如《灵魂的定义》("Определение души")，Спелой грушею в бурю слететь/

Об одном безраздельном листе（成熟的梨在暴风雨中飘落 / 还与一片叶子依依不舍）。梨脱离了树，但仍然带着一片叶子，表明它不愿意离开，这比喻了诗人离不开祖国，诗歌离不开诗人。

15　月台和车站暗示了下面提到的《安娜·卡列尼娜》，这是她与沃伦斯基相遇的地方，也是最终自杀的地方。

16　这里还是指二战。阿赫玛托娃在二战期间转移去了塔什干，二战结束后又回到了圣彼得堡。回来后，发现自己的情人医生迦尔洵背叛了爱情，娶了一位护士。就安琪薇尔而言，这个战争指她与沃氏为了相爱，同世俗环境的斗争。

17　gooseflesh，汉语说鸡皮，英文是鹅。这里指雨打沙滩，如同激起鸡皮疙瘩，同时也表示天气冷，人身上会起鸡皮疙瘩。

18　绿色表示不成熟，它也许暗示作者早期的诗集《绿夜》，而且其中的《海歌》就提到过安琪薇尔。上面几行从俄罗斯又回到了圣卢西亚。但如果联系阿赫玛托娃的话，在《致爱人》("Милому")一诗中，她提到过一个绿色的天堂，Я вошла вчера в зеленый рай,/ Где покой для тела и души/ Под шатром тенистых тополей（昨天我走入一个绿色的天堂，/ 在那里，身心皆得安宁 / 就在白杨帐幕的阴影下），在后面，本章第二节还提到了"白杨"（poplar）。在《绿岛》一诗中，阿赫玛托娃称英国为绿岛，她谴责朋友安烈波（Anrep）在革命时期逃往外国，离开俄罗斯。在这个意义上，阿赫玛托娃与安琪薇尔相似，她们都留在了祖国，而对应的男性去往了外国。

19　hardened，对比下面的柔软（mellowing），绿色意味着不成熟，所以生硬。但 BN，第 298 页认为它暗示了"石头"：首先，这与安琪薇尔家是石头船屋有关；其次，石头联系了阿赫玛托娃的《判决》（收入《安魂曲》）一诗，Today I have much work to do:/ I must finally kill my memory,/ I must so my soul can turn to stone, I must learn to live again。这几行也联系了美杜莎的典故，并且与沃尔科特对待"回忆"的态度一致。《安魂曲》的主题也与《另一生》第三篇相近，处理爱情、分别和受难。

20 火烈鸟一般生活在泻湖旁，上一章提到过泻湖。

21 这种缝纫用的顶针是套状，可以套在大拇指上，很粗大。用两个顶针可以研磨粗盐，也可以盛盐。这里的"盐"，见后面，与《马太福音》5:13有关。此外，也许暗示阿赫玛托娃的诗作《罗得之妻》("Лотова жена")，Взглянула-и, скованы смертною болью, / Глаза ее больше смотреть не могли;/ И сделалось тело прозрачною солью,/ И быстрые ноги к земле приросли（她转身去看。令人痛苦的景象燃烧着，/ 她的眼睑紧紧合住，痛苦地闭上。/ 她的身体变成了透明的盐，/ 原本快速的步伐，在地上定住）。其中用了《创世记》19:15—29罗得妻子变成盐柱的典故。下面引用的帕斯捷尔纳克的《致安娜·阿赫玛托娃》的诗中也提到了这个故事。

22 bather，这是指安娜是浴女，在微笑。沃尔科特一定想到了多幅西方著名的"浴女"画，比如安格尔的《瓦平松的浴女》(*La Baigneuse de Valpinçon*)（只有背影）和《土耳其浴女》，雷诺阿和库尔贝的《浴女》等。

23 作者在上面几行频繁使用"Anna of+名词"的句式，这个of有不同的功能，有时让后面的名词成为属格，有时成为位格，有时成为同位语。这个句式不应该直译为"……的安娜"，那样比较生硬，而且意思不通，因此，我的中译按照这几种用法，做了不同的处理。

24 cynical，汉语其实很难简单地翻译这个词，它表明了一种态度，即认为世界是阴暗和负面的，人性是自私的。这里不适宜译为愤世嫉俗，因为它联系了下面的克里斯蒂和卡列尼娜这两个"堕落"的女人。

25 BN，第297页，指尤金·奥尼尔的《安娜·克里斯蒂》。克里斯蒂的母亲早逝，舵工父亲酗酒，不负责任，她被表兄强奸后，就到大城市漂泊，最终沦为妓女。她的爱人在知道她是妓女后，也离开了她。这部戏的场景均与海有关，海也是克里斯蒂自我救赎的自然本源。沃尔科特用这部戏,并不仅仅是因为女主人公叫安娜,还是因为这个安娜陷入了情感和爱的纠葛中,而且迷失过,当然,与安琪薇尔一样,她也是海边的安娜。

下面的卡列尼娜就是安娜·卡列尼娜,她因为和沃伦斯基通奸,最后自杀而死。沃氏的这种将安琪薇尔普遍化的做法,就是一种"报复",带有男性或男权的色彩,其中透露着他对安娜的怨恨(即使他对克里斯蒂和卡列尼娜是同情的)。但这种日常式的恨意是真实的,可以理解,并且作者已经反思了这一点。此外,由于安娜是白人女性(他列举的几位安娜都是白人),这里也隐隐流露了黑人对于白人文化的恐惧和恨意。这种对女性或白人女性的复杂情绪,前面有多首诗表达过,典型如《幽谷中的爱》。沃氏的爱情诗从不歌颂爱情单纯的梦幻和美好,他也不会激烈地去谴责安娜,发泄情绪,相反,它立足于一种现代式的矛盾和平衡中。

26 Revolution,首字母大写,指十月革命。

27 comissar,俄语为комиссáр,指苏联的政治长官。苏联的政治体系由各级人民委员会组成;其中央机关是苏维埃人民委员会(1922年苏联成立以来)。人民委员会管辖多个部门,部门长官即人民委员(People's Comissar,俄语为нарком),1946年之后,委员会改为部长会议,人民委员改称为部长。在苏联军队中,还设有政委(политрук,这个汉译专用于军队中的政治委员)和军事委员。

28 literal,BN,第297页,这个词暗示了帕斯捷尔纳克对阿赫玛托娃诗歌风格的评价。在其自传中,帕氏评价阿氏说:"我羡慕这位作者的方法的'单纯性'及其方法所捕捉到的现实。"在《致安娜·阿赫玛托娃》中,帕氏说:"你的形象源自你的第一本诗集,/里面遍布散文式的、闪耀的虚词,/处处都有一个活跃的导体/把事件转变为悸动的现实"。沃尔科特读过这首诗,他也熟悉帕氏对阿氏的评价,而这个评价符合沃氏的诗歌理念(也见《群岛》《致敬爱德华·托马斯》),literal 表明了不虚夸,平白如散文,同时联系了"单纯性"——

进而联系了单纯的火焰。阿赫玛托娃与丈夫古米廖夫,还有曼德尔施塔姆开创的"阿克梅派"更强调感知和明晰,而不是象征主义者看重的声音和含混的图像。这与沃氏的诗歌观相似。

29 圣卢西亚是热带地区,与雪几乎无缘,而俄罗斯常见下雪。这个比喻表明了俄罗斯的安娜其实只是幻景。所谓的普遍的安娜也只是诗歌的想象。把内容的"真实性"作为诗歌艺术水平的标准,显然是错误的,诗歌都是在虚构和想象真实,但真正的真实是这个想象或创造的活动。

30 再次遇见安娜时,她已经嫁人。

31 A Visit to the Pasternaks,作者加了引号,类似是一篇文章的名字。BN,第 298 页推测,很可能指一些拜访帕斯捷尔纳克的文章,尤其是 Olga Andreyev Carlisle 的《与帕斯捷尔纳克对谈》,收入帕氏诗集《生活,我的姐妹》(Сестра моя — жизнь)。BN,第 203 页指出,上面这篇对谈中帕氏对海明威风格的论述影响了沃尔科特:"作家的伟大与主题无关,它只与这个主题对作者的触动程度有关。这导致了风格的'稠密',而这种稠密最为关键。从海明威的风格中,你能觉得很有质感,像铁,像木。"《另一生》有用木头和铁来比喻诗歌风格的文字。帕氏的评价与"单纯的火焰"和阿赫玛托娃的诗歌风格相通,也是沃尔科特诗歌风格的核心。

32 falling on the ear,ear 一词双关,指麦穗,也指作者的耳朵,因为上面提到了"词",这个词的声音响在耳边。

33 圣卢西亚没有雪,因此安娜是在喂养白兔。这里联系了前面的"雪"的意象,暗示往日的爱情一去不回,犹如异国的雪,只是幻觉。

34 thrumming,这个词专指弹动琴弦。作者用得很妙,它传达出了音乐性,体现了沃尔科特将日常生活艺术化的风格。

35 clouds,虽然这个词可以指围巾,但我更认为指云,用来比喻衣服,尤其是床单、衬衣之类的白色衣物。这样理解,比较符合沃尔科特的诗歌风格,如《另一生》1.2.2,云彩和新熨的衬衣互喻。译为围巾,这句话就寡然无味了。

36 something died,按《另一生》笔记的记录,明确用第二人称指"安娜"(见下),但在定稿的诗作中,作者写得较为隐晦,用了something,因为死去的并不是安娜本人,而是作者心中的梦和过去的爱情。这个常用的平白的词,反而突出了作者对爱情和梦的心死。

37 BN,第298页指出,在《另一生》笔记的1966年5月2日部分中,沃尔科特记录自己做了几个梦:Years later you remind me/ of 'A Visit to the Pasternaks.' Why, two dreams coincided,/.../ Are dreams signs?/ Did you die, sighing, just this minute/ when I woke from snow, from white paper/ to white paper? This pen keeps flying, a tireless rook/ as far as Russia, as far as Luna Park(安琪薇尔家的所在地)。5天后(5月7日),作者得知了西蒙斯去世,笔记中也有记录,5月8日开始,笔记转向了对西蒙斯的描写。而巧合的是,阿赫玛托娃去世也在这一年,是1966年3月5日。作者的梦很可能是梦到了安娜的死,由她的死,联系了三个人的死亡:西蒙斯、阿赫玛托娃、安娜(年轻的安娜)。——当然,也可以推出,他必定联想到了安娜·卡列尼娜的死亡。

38 沃尔科特幻想的安娜已经死去,现实的安娜还活着,所以后一个安娜的灵魂来自一种别样的生命,也就是现实生命或生活(A)。沃氏在艺术中试图复活安娜,这个艺术世界不同于生活(A),它是生活(B),也就是"另一生"。

39 还是前面一再使用的圣卢西亚没有雪的含义。雪做成的梦,是梦中之梦。

40 plow,表示犁,这里暗示海峡,见《流亡》一诗,把海峡比作犁耕过一样,鸥鸟在海峡啄食弃物。鸥鸟沿着海峡飞,就仿佛随着一架犁地的犁。

41 这几行,呼出(blown),雪(snow),追随(following),犁(plow),如今(now)均押韵,而且意义有联系。

42　指上面说的白纸，按照前引《另一生》笔记的记录，指作者书写的空白纸页。

43　wake to，wake 当然不是随意用的，它联系了"觉醒的安娜"。安娜在作者的诗中觉醒，但在现实中，她已然衰老，这促使作者从自己的诗歌世界中"醒来"。

44　见《遗嘱附言》中说的培尔·金特的谜。BN，第 299 页提示了叶芝的，Things fall apart-the center cannot hold。

45　BN，第 299 页，这句话也许是安娜说的。《另一生》笔记中为，"你说过：还是我说过：？/ 只要是岛，就会让你发狂"。BN，第 174—175 页指出，这呼应了《另一生》2.10.2（本诗集未收），He had his madness,/ mine was our history；4.18.4（本诗集未收），My hands, like those of a madman's,/ cannot be tied。这些都暗示了莎士比亚《仲夏夜之梦》的 The lunatic, the lover, and the poet/ Are of imagination all compact。疯狂的诗人，痴狂地描写本土，为事物命名，把安娜写成各种形象。在《另一生》中译本的单行本中，我还会在评注里详细引用 BN 的论述。

46　iconography，指宗教上的象征性的图像。用这个词还是暗示安娜的天主教背景。

47　风和新娘的比喻，都见上一章第一节。

48　flock，见《城市死于火》的注释。

49　novitiate，专指见习修士和修女以及他们的见习期，下面的"见习修女"为 novice，见《圣约瑟修女会》。这联系了安娜在圣约瑟修女会的经历。

50　BN，第 214 页，这几句的意象来自 19 世纪美国鸟类学家和画家约翰·詹姆斯·奥杜邦（John James Audubon）的画作《如雪的苍鹭或白鹭》（*Snowy Heron or White Egret*）。这幅画收入了克拉文的《艺术名作选》。该画描绘了沼泽和草坪上的苍鹭，画中还有小圣堂。克拉文对奥杜邦这幅画的评价为："他将诗人的想象力赋予自己的鸟"。这几句集中体现了沃尔科特诗画结合的风格。

51 安娜的职业就是护士。这里是用护士和修女比喻苍鹭，下面又反过来比喻，这还是用同时出现的事物互相比喻的手法。

52 这一句前面的所有动词都是过去时，说以前的场景。

53 calling，指护士职业。

54 married to，按照日常的转义用法，指投入某种工作和事业。但为了与下面说安娜出嫁联系，我还是采取了直译。作者的意思是，安娜不会真地出嫁，如果"嫁"，也只是"嫁给"病人，投身自己的事业，他似乎不太相信安娜会爱上其他人。下一行说的"丈夫"，还是指病人。

55 virginal New Year's，这句极为精妙。英语中，New Year's 指元旦或新年，即新一年的1月1日（也可以指新年前夕）。作者这里说"还是处女的新年"，即指"新年前夕"。这个短语比喻出嫁的安娜，她是在1965年12月31日正式结婚登记。"处女"一词，首先暗示安娜在登记时，仍然是处子之身，但其次，登记之后，也就是31日当天夜里，她就会与丈夫同房，她就不再是处女了，而此时，时间也进入了1966年。1965年12月31日是新年的前一天，尚未同房，因此"还是处女"。作者将时间与安娜联系在一起，仿佛安娜就是自然的运转。但是，随着安娜处女之身的丧失，作者也从诗歌的梦中醒来——这个醒来也被他反思性的诗歌记录。可见，他的诗歌世界并非如处子一样纯洁无瑕，而是渗透着矛盾和破裂，他的自然和现实是单纯的，但并不是像处女一样绝对地纯粹，而是单纯中有复杂和变化。另外，处女（virginal）也暗示了圣母（Virgin），前面提到过红衣圣母。

56 指新年前夕。

57 for a light's flash，for 用来描述时间。闪光指结婚时的合影。女方婚后要换为夫姓。

58 "她"还是指新年前夕，同时比喻登记签名、写日期的安娜。登记当天还是1965年,但人们已经开始展望新的一年,而婚姻制度的时间是严格的,所以不能写1966年。上面引《另一生》笔记的记录,1966年,沃尔科特梦到过安娜的死,也就是因为前一年,安娜出嫁了。与之相似,但丁也是得知了贝阿特丽采的出嫁后大为失望,而且不久,贝阿特丽采也像安娜一样死了,虽然是真实的死亡。

59 ministering,一词双关,首先指护士照顾人,其次指牧师执行职务。分别暗示了这群"苍鹭"的护士和信徒的双重身份。

60 盐的寓意,见下一节注释。

61 天堂显然暗示了《神曲》的《天堂篇》,贝阿特丽采就在天堂,安娜也去往天堂。这个"另一座天堂",呼应前面的"另一种生命",是人间。

62 sensual,指给人的感官带来愉悦,虽然有时专指性感,类似sexual,但这里并不是要暗示"性",而是指"感性的、没有占有欲的爱情"。安娜的单纯可以让人萌生感官的快乐,引起爱情的感觉,这是一种单纯自然、没有占有欲的情感。爱慕安娜的人,并不会要占有她,而是意识到安娜是单纯的火焰,意识到自身与世界的统一。

63 以下都是过去时,安娜描述20多年前的自己。

64 creak,拟声词,即嘎嘎叫,形容鸭子、海鸥、大雁等。戛然在汉语里形容鸟鸣,戛用来拟声,而且就是拟嘎嘎的声音,比如《后赤壁赋》说鹤的"戛然长鸣"。

65 selflessness,当爱慕安娜的人"忘我"或无我,他爱的就不再是作为"性爱"或情欲对象的安娜,而是这个世界的本质。因为安娜就是世界,是普遍的爱的化身。这里的反身的我(self),下面的宾格我(me),还有主格我(I),构成了安娜的几种状态,但它们都是"无",它们与爱慕安娜的人(你)合为这个世界。

66 联系前面作者对自己诗歌的反思。它一方面揭示了世界的真实本质,但代价是,不得不将安娜艺术化,这就背离了现实的爱情,安娜成了符号和隐喻,而且带有了矛盾性。但作者反思到了这一点,所以，他要让安娜摆脱符号化，把她比作普通的"盐"（还有苍鹭），而非什么超离凡间的神圣象征。爱情自然会破灭，它只是作者人生中必经的环节；他的诗歌要揭示更高的真理，而不是弥补爱情的缺失，那样会让诗歌格局狭窄。当诗将安娜带到人间，不让她离开现实生活后，诗就克服了"矛盾"，这就是沃尔科特的诗歌"辩证法"。

67　前面提到过阿赫玛托娃的《罗得之妻》，安娜本身就是作者的创造，因此如同盐柱一样久久固定，这也体现了男性作者对女性的"暴力"，沃尔科特反思到了这一点，所以他拒绝沉浸在对安娜纯粹的艺术虚构中，他要体现更高的真实。BN，第299页指出，也见《马太福音》5:13，钦定本，Ye are the salt of the earth: but if the salt have lost his savour, wherewith shall it be salted?《另一生》2.12.3，称格里高利亚斯是世界之光，这呼应了《马太福音》5:14，Ye are the light of the world。可以看出，安娜是盐，为世界带来滋味，她也是光，与（诗中的）沃尔科特、格里高利亚斯一样，为世界带来光明，他们都是单纯的火焰，进而言之，圣卢西亚也是世界之光。

68　指安娜，两人在家中幽会。

69　指一战。

70　黄蔓和叶子花，均见《另一生》1.2.3。

71　Morne，见《另一生》1.1.1。

72　呼应前面说安娜"嫁给"病人。单纯的安娜只"嫁给"自己的天职，她既在尘世中，又能超脱肉欲，而作者是无私的，而且能够理解她的本质，所以他把自己比作伤员，安娜要"嫁给"他。

第四篇　隔绝之海

1　The Estranging Sea, estrange 即，使人疏离和陌生。这句话来自下面的题词。其语境是，海水在神力的作用下，让人分隔两岸，彼此失和。关于这个意象可以联系前面的"海湾"意象。也可以对比《大宅废墟》引邓恩的"没有人是一座岛"。在那里,邓恩认为,所有人都是整体,谁都不是超然的,彼此影响,而在阿诺德这里,人们也曾经组成过大陆,但最终都孤立为一个个岛,因为他们的爱(实际上不仅限于爱情)在某种力量的掌控下丧失了。阿诺德论述了人类整体中的疏离感,这是他的现代性所在。这一点在当今世界似乎越来越得到证明,在全球化趋势中,个体和民族之间反而更加疏远和孤独,"每个人都成了一座岛"。

2 关于马修·阿诺德对沃尔科特的影响,见《另一生》1.4,以及"另一生"和"分裂的孩子"这两个题目的注释,还有《克鲁索的岛》。马修·阿诺德的这篇《致玛格丽特》,首版时,收入诗集《埃特纳火山的恩培多克勒,及其他诗作》(*Empedocles in Etna, and Other Poems*, 1852),当时的题目为《致玛格丽特,归还一卷奥尔蒂斯书简》("To Marguerite, in Returning a Volume of the Letters of Ortis"),"奥尔蒂斯书简"指的是意大利文学家乌戈·福斯科洛(Ugo Foscolo, 1778)的小说《雅科波·奥尔蒂斯的最后书简》(*Ultime lettere di Jacopo Ortis*)。1853 年,这首诗的题目简化为《致玛格丽特》,收入了一组诗中,题目为《瑞士》,它是第五首,1854 年调整为第六首。1857 年,它又更名为《分隔》("Isolation"),列为了第七首,而它的前一首题名为《致玛格丽特》。1869 年,它又更名为《再致玛格丽特》("To Marguerite: Continued"),而 1857 年的《致玛格丽特》,更名为《分隔:致玛格丽特》("Isolation: To Marguerite")。关于这首诗题目的变更,以及内在的含义,见 A.Ferry, *The Title to the Poem* (Stanford University Press, 1996),第 124—125 页。

1848 和 1849 年,阿诺德曾经游历瑞士,他也许在那里遇到了一位法国女子玛格丽特,与之相爱,又分离。有学者认为是,他去瑞士要见爱人玛丽·索菲亚·克洛德(1820—1912),但后者未曾露面,故而阿诺德有失落之感,写下此诗;也有学者认为这名女子并不存在。

上面提到的"奥尔蒂斯书简",是福斯科洛受《少年维特之烦恼》和《新爱洛绮丝》影响所写的书信体小说,讲述了奥尔蒂斯因为爱情失败,游历意大利,最后自杀的经历,主题也是爱情。这两个隐含的文本与《另一生》中"我"和安娜的爱情故事有着直接的联系。

阿诺德这首诗并不仅仅讨论两性爱情这个狭隘的主题,更重要的是,它探讨了人的"存在"问题。它揭示了"一种限度:如海一样的无限和永恒,它让我们与我们所渴望的、彼岸的绝对者分隔,而且固定出了距离"。见 Abandoning Dead Metaphors,第 207 页;见 "Colonizing Consciousness in Walcott and Wordsworth",第 175—176 页。这种与绝对者的永恒的疏离感,最终可以归结于人与存在/死亡的永恒的隔阂。这正是存在主义哲学的核心问题。在第三篇中,恰恰涉及了存在主义思想家克尔凯郭尔(4.18.1 还直接提到了克氏的《畏惧与颤栗》),这正是上世纪 60 到 70 年代的主流哲学思潮。而自古以来,死亡以及对待死亡问题就是哲学的核心问题之一,甚至是哲学定义的一部分。关于哲学处理死亡的情况,见柏拉图的《斐多》64a,κινδυνεύουσι γὰρ ὅσοι τυγχάνουσιν ὀρθῶς ἁπτόμενοι φιλοσοφίας λεληθέναι τοὺς ἄλλους ὅτι οὐδὲν ἄλλο αὐτοὶ ἐπιτηδεύουσιν ἢ ἀποθνήσκειν τε καὶ τεθνάναι(那些恰好正确掌握哲学的人很可能让其他人没有意识到,他们只是关心死去和死亡)。在沃尔科特的哲学思想中,死亡也是最为重要的主题。

随着前三篇描述了艺术成长经历以及对单纯的火焰的顿悟之后,本篇回到了写作《另一生》的现实世界中,地点就是特立尼达的兰帕纳尔加斯,他开始从存在主义的角度讨论死亡和对死亡之爱的问题,这是受西蒙斯自杀的影响,他由西蒙斯的死,联想到自己对世界的幻灭和生存的危机感。"隔绝之海",不仅存在于爱人之间,存在于每个个体、每个民族或文化之间,也存在于生者与死者之间,以及自己的生和死之间。前三篇的主题,随着西蒙斯自尽这个事件,促成了沃尔科特进一步提升了自己的主题。2017 年,沃尔科特去世,生死间的

"隔绝之海"终于被他跨过，他的诗作让他永生于此岸。

BN，第308页介绍，本篇的六章依次处理导致西蒙斯死亡的环境；谴责那些该负责的人下地狱；思考格里高利亚斯如何能逃脱相似的命运；解释为什么这些该负责的人应该进入地狱，因为他们的漠视；考察自史前至西班牙征服者以来的兰帕纳尔加斯的"漠视"的历史；用全新的和重生的艺术力量来克服诗人自己和格里高利亚斯将来面临的死亡。

除了爱情和死亡主题之外，本篇也涉及了加勒比民族性问题，如《气息》及其注释所言，西印度的文化和历史在奈保尔那样的作家看来，完全是虚无的，它不可能建立自身的文学传统。因此，这片地区就与欧洲被大海"隔绝"。S.P.Paquet 在其专著中，就以"隔绝之海"为题讨论了几位加勒比作家及其自传作品对民族身份性的建构，如牙买加诗人克洛德·麦凯的《远乡》和《我的牙买加青山》；乔治·莱明的《在我皮肤的城堡里》和《流亡之乐》C.L.R. 詹姆斯的《越界》；沃尔科特的《另一生》。这几部作品对身份性的"虚无"问题的讨论，都体现了"隔绝之海"这个意象。见 *Caribbean Autobiography: Cultural Identity and Self-Representation*（University of Wisconsin Press, 2002），详见第二部分，尤其第7章论《另一生》。

此外，沃尔科特第二任妻子也叫玛格丽特，名字用英文的写法，为 Margaret，与法文的 Marguerite 略有不同。整部《另一生》就是题献给她，关于玛格丽特的生平，见《群岛》。BN，第309，329，332页指出，玛格丽特长住特立尼达的迭戈·马丁，她会开车去兰帕纳尔加斯的海滨之屋，而沃尔科特经常会去那里度假和写作，她代表着家的位置，因此是沃氏的神圣向导。但一语成谶的是，这段婚姻最终也如阿诺德的诗句描写的那样宣告终结，两人在关系上彼此分离，地理上也分居两地，间隔海洋。很有可能，对两性关系颇为敏感和悲观的沃氏，在写作《另一生》时，就已然预见到了这一点。BN，第309页指出，玛格丽特这个名字在法语中意思为"雏菊"（daisy）——拉丁文名称为Argyranthemum或Argyranthemum frutescens，中文为木茼蒿——这种花是"疏远"和"隔绝"的象征；此外，玛格丽特的昵称是Marge，这个词作为名词，又表示"边缘"（通margin），孤立的岛彼此分离，也就是彼此划出了界限。

按照BN，第308—309页的说法，在《另一生》笔记（也许是1965年9月27日）中，沃尔科特抄录了《致玛格丽特》（《再致玛格丽特》）全诗，想要与它作为《另一生》某处的题词。为方便读者理解题词，兹录全诗如下：Yes! in the sea of life enisled, / With echoing straits between us thrown, / Dotting the shoreless watery wild, / We mortal millions live alone./ The islands feel the enclasping flow, / And then their endless bounds they know.// But when the moon their hollows lights, / And they are swept by balms of spring, / And in their glens, on starry nights, / The nightingales divinely sing;/ And lovely notes, from shore to shore, / Across the sounds and channels pour-// Oh! then a longing like despair/ Is to their farthest caverns sent;/ For surely once, they feel, we were/ Parts of a single continent!/ Now round us spreads the watery plain-/ Oh might our marges meet again!// Who order'd, that their longing's fire/ Should be, as soon as kindled, cool'd?/ Who renders vain their deep desire?-/ A God, a God their severance ruled!/ And bade betwixt their shores to be/ The unplumb'd, salt, estranging sea。

《分隔：致玛格丽特》，全诗如下，其中有些意象和诗句，都与《另一生》有关，尤其是第三篇和第四篇，我用下划线标出：We were apart; yet, day by day,/ I bade my heart more constant be./ <u>I bade it keep the world away,</u>/ And grow a home for only thee;/ Nor fear'd but thy love likewise grew,/ Like mine, each day, more tried, more true.// The fault was grave! I might have known,/ What far too soon, alas! I learn'd—/ <u>The heart can bind itself alone,</u>/ And faith may oft be unreturn'd./ Self-sway'd our feelings ebb and swell—/ Thou lov'st no more;—Farewell!

Farewell!// Farewell!—and thou, <u>thou lonely heart</u>,/ Which never yet without remorse/ Even for a moment didst depart/ From thy remote and sphered course/ To haunt the place where passions reign—/ Back to thy solitude again!// Back! with the conscious thrill of shame/ Which Luna felt, that summer-night,/ Flash through her pure immortal frame,/ When she forsook the starry height/ To hang over Endymion's sleep/ Upon the pine-grown Latmian steep.// Yet she, chaste queen, had never proved/ <u>How vain a thing is mortal love,</u>/ Wandering in Heaven, far removed./ But thou hast long had place to prove/ <u>This truth—to prove, and make thine own:/ "Thou hast been, shalt be, art, alone."</u> // Or, if not quite alone, yet they/ Which touch thee are unmating things—/ Ocean and clouds and night and day;/ Lorn autumns and triumphant springs;/ And life, and others' joy and pain,/ And love, if love, of happier men.// Of happier men—for they, at least,/ Have dream'd two human hearts might blend/ In one, and were through faith released/ From <u>isolation without end</u>/ Prolong'd; nor knew, although not less/ <u>Alone than thou, their loneliness</u>。以上两首诗正文，录自 V.Shea 和 W.Whitla 编选的 *Victorian Literature: An Anthology*（John Wiley & Sons，2014），第 538-540 页。

第二十章

1 上一章，作者将那些负有罪责的人送入了地狱，而从这一章开始，作者要书写自己的"万神殿"（pantheon，见本章第一节末尾）的英雄谱。按照 BN，第 317 页的描述，他针对的是奈保尔，后者认为加勒比没有英雄。本章共四首诗，第一首叙述格里高利亚斯与自杀的斗争。第二首记录作者的预感和西蒙斯的死亡。第三首描写人们对西蒙斯遗书的反应以及相关的环境。第四首是一篇献给西蒙斯的哀歌。

2 题词来自托马斯·哈代的诗作《风雨中》("During Wind and Rain", 1917)的最后一句,原文为一句,但沃尔科特做了跨行的处理,这是一种修辞手法,为了突出"雨滴"(raindrop)一词,因为在本章有一句 The rain falls like knives,哈代用"犁",沃氏用相似的"刀";本章也有 waterdrop 一词。关于哈代这首诗的诗意,哈罗德·布鲁姆曾有专门的分析。这首诗是自传诗,其中也涉及了哈代想象的他的第一任妻子艾玛·季福德(Emma Gifford)在普利茅斯的少女生活及其家庭场景。全诗的主题是希望和快乐的无常和易逝,探讨了人的有限性和可朽性。该诗分四节(stanzas),每一节,作者首先描绘了艾玛快乐的生活,突出了乐观的精神,然后加入自己对这种快乐随着时间的流逝而破灭的思考,转而描绘美好生活的消逝和落寞——每一节倒数第二行都有 Ah, no; the years 一句为转折。四节分四个季节:冬天室内场景;春天的花园场景;夏天的户外早餐;秋天下雨时,搬入新居。最后一节更加悲观地表明,虽然搬入高大的新家,但随着时间流逝,有关这个家庭的一切回忆都会逝去,雨水就像犁,把屋宅刻上的名字抹去,而家庭的所有记录终究会被时间否定。雨水成了大自然野蛮的破坏工具。见 *Thomas Hardy* (Infobase Publishing, 2009),第 48—50 页。

这首诗是哈代的名作,全诗的内容和主题都深刻影响了沃尔科特,所以兹录全诗如下: They sing their dearest songs-/ He, she, all of them-yea, / Treble and tenor and bass, / And one to play; / With the candles mooning each face.../ Ah, no; the years O! / How the sick leaves reel down in throngs!// They clear the creeping moss-/ Elders and juniors-aye, / Making the pathways neat/ And the garden gay; / And they build a shady seat.../ Ah, no; the years, the years, / See, the white storm-birds wing across.// They are blithely breakfasting all-/ Men and maidens-yea, / Under the summer tree, / With a glimpse of the bay, / While pet fowl come to the knee.../ Ah, no; the years O!/ And the rotten rose is ript from the wall.

// They change to a high new house, / He, she, all of them-aye, / Clocks and carpets and chairs/ On the lawn all day, / And brightest things that are theirs.../ Ah, no; the years, the years; / Down their carved names the raindrop ploughs。

3　指沃尔科特第一次婚姻。

4　BN，第317页，皮亚科即特立尼达国际机场。见《另一生》4.22.3，下面提到的甘蔗是皮亚科机场旁的甘蔗田。

5　tarmac，指机场的柏油路、跑道和停机坪。

6　上面的"四散"为breaking，这里的"凌乱"为broken，下面的"破裂"为broke，再下面的"处境颓唐"为broken down。同一个词以不同词义出现，但彼此相关。分别描述人群，格里高利亚斯（两次）和我。其核心含义就是孤独，衰败，散乱；丰富的世界最终是由单纯的元素构成，一切浮华现象都会瓦解，消亡。

7　Apilo，《另一生》结尾再次称格里高利亚斯为阿皮罗，如前注所述，这个词是格氏的绰号，谐音Apollo，联系了"世界之光"。格氏也是沃尔科特伪史诗中的英雄，是阿波罗的戏仿。BN，第317页介绍，2000年，圣奥马尔曾回忆说，阿皮罗这个词常用来称呼"高大、红皮肤、长着啤酒肚的水手"，由于又高又大，肚子圆，故而像太阳（阿波罗）。BN还指出，这一声喊，是为了惊动格氏，让他立刻返回到从前的自己。

8　O, the years, O...，即出自上面说的哈代的《风雨中》。这一句是现在的作者引用，他在回忆数年前，他与格里高利亚斯（邓斯坦）的相逢。而如同哈代的诗一样，年复一年，人的境遇渐渐变差，一切都在衰败。

9　车窗为car glass，玻璃为glass，汉译采取不同译法。到此，已经出现了三次玻璃的意象。如前面注释所言，沃尔科特善于使用与视觉、玻璃、光有关的意象，这些都与顿现理论有关。

10　指开车时，两人控制着自己的尖叫和兴奋，这为下面的沉默做了铺垫。搜寻一词为 fish for，符合特立尼达岛国的语境。

11　glazed，这是沃尔科特最爱用的一个词，寂静如同釉或玻璃层一样覆盖在每个词上，也就是说，两人沉默不语。这个词联系前面的 glass 意象。

12　这是在车上，格里高利亚斯自述自杀未遂的经历。这个梦就是关于自杀的，也比较《另一生》3.15.2 的沃尔科特的"梦"。

13　引号的这句话来自奈保尔的散文《中途》，为了让读者理解这一句的含义，我把之前的原文也译出："我从未审视过这种对特立尼达的恐惧。我从来不想这么做。我只在我的小说里，表达过这种恐惧；但就在现在，在我写下这些文字的时候，我却可以试着审视它。我所认识的特立尼达，无足轻重，毫无创造力，玩世不恭。仅有的职业就是律师和医生，因为其他职业，毫无用处；最成功的人士都是委托代理人，银行经理，还有经销商。权力得到推崇，但无人有尊严。每位名流都被认为是腐败堕落，应该鄙视的。我们生活在一个排斥英雄的社会。"见 The Middle Passage: Impressions of Five Colonial Societies (Pan Macmillan, 2012)，第二章"特立尼达"。无论奈保尔有多么轻视加勒比世界，但这段话揭示了这里的劣根性。但是，与奈氏不同，沃尔科特更看重积极的方面，悲观中带有乐观。他试图发现并描写加勒比的英雄，格里高利亚斯就是这里的英雄，当然还有西蒙斯，还有他自己，以及所有为加勒比奋斗的本土知识分子和艺术家——这个"英雄"，比《另一生》1.3 中的"平民英雄或伪英雄"，层次要更高。他坚定地相信这个地区会摆脱缺陷，独立发展。关于《中途》一文，以及沃尔科特与奈保尔的关系和两人观点的分歧，见《气息》和《长眠于此》的注释。

BN，第 318 页，《另一生》笔记中记录了一段话，它描述了格里高利亚斯的自杀，并引用了奈保尔这句话——上面引的带有这句话的那一段文字，沃尔科特把它影印了下来，粘贴在了笔记中手写的《克鲁索其人》一文中，显然这篇文章也是在回应奈保尔的那句话——它解释了为什么在加勒比地区会出现格氏这样的英雄，其中的一些文字与下面几行诗有联系："我们生活在一个排斥英雄的社会。格里高利亚斯一心承担的就是为艺术献出生命。他遵循自己的使命。这一使命就是自尽。但是，他并不将之视为殉难，也不视为英雄精神。因为他信仰上帝，所以排斥英雄精神。而他既不怪罪社会，也不怪罪自己。那些把他当作英雄榜样加以效仿、提出这种要求的人，有祸了（Woe unto）！……大人物们都想当然地认为，我们全都呼吸他们的天气（climate），否则大多数情况下，我们会觉得窒息。他们天真地相信，而且还要求：所有生灵都得靠他们那个稀缺的世界来呼吸。格里高利亚斯不需要人们赞美他的受难，不需要人们称赞他的坚忍，因为他的胜利是毫无希望的。他已经进入永生（enter life）。"按我的理解，沃尔科特顺着奈保尔的那句话，得出了相反的结论：加勒比有英雄，但这个英雄并不认为自己是"英雄"。不能因为加勒比掌控在资本家和有权势者的手中，就说这里没有英雄。格里高利亚斯正是加缪"默尔索"那样的"反英雄"，他对社会绝望，而且力量微小，甚至选择赴死，但这种精神恰恰使得他代表了西印度的平民精神。沃尔科特和格里高利亚斯并不想成为凌驾于人民头上的充满优越感的精英，相反，他们是痛苦地看到现实的弊病，并为此抗争的反英雄。进而推之，每一个加勒比的个体都是英雄，都在荒诞的社会中苦熬和反抗。而奈保尔，则选择用其他的强势文化来弥补自己的心理缺失，他选择去其他文化当英雄，然后反过来鄙视加勒比。这正是沃氏和奈氏后来势同水火的深层次的文化原因。

BN还指出，这段话中"信仰上帝"这个描述与克尔凯郭尔《畏惧与颤栗》中对"亚伯拉罕杀子"的解释有联系（译文来自BN使用的W.Lowrie英译本），克氏指出，亚伯拉罕信仰此世（this life），而不信仰死后的来世："亚伯拉罕的信仰，是为了此世才信仰。是的，如果他的信仰是为了来世……他就会对上帝哭号……'不要让以撒知道：他的青春可以慰藉他自己'。他就会用刀子插进自己的胸膛。他就会在现世受到赞扬，他的名字也不会被遗忘；但是，受赞扬是一回事，而成为引导之星（guiding star）、拯救苦难之人，却是另一回事。"当沃尔科特叫格里高利亚斯"阿皮罗"时，他试图让后者明白，他（还有沃氏本人）都应该成为那个"引导之星"，不为自己的来世，不为在人间留下美名，宁愿寂寂无闻地为现世中的苦难者服务。当格氏明白了这一点，他就不会再选择毫无意义的自杀了。BN，第318—319 页指出，克尔凯郭尔影响了沃尔科特，以及沃氏引用过的巴列霍和帕斯捷尔纳克。沃氏读过巴列霍的《发现生活》（"Hallazgo de la vida"），开篇为，"人民！从今天起，我第一次关注现世的生活（la presencia de la vida）"，结尾为，"就在现在，我才发现，有一扇门，还有另一扇门，一个远处的入口／我们出发吧！就在现在，在我彻底的死亡中，我被赋予了生活（La vida me ha dado ahora en toda mi muerte）"。BN 用的是英译本，我补充了关键词句的西班牙文，见 *Poemas escogidos*（Fundacion Biblioteca Ayacuch, 1991），第 41—42 页。BN，第 319 页指出，格里高利亚斯就是克尔凯郭尔《畏惧与颤栗》中说的"理智的悲剧英雄"，就像苏格拉底。对于这样的英雄，在告诉他，他要死之前，他其实已经先死了。2000 年，圣奥马尔回忆，西蒙斯自杀时就毫无畏惧，他也是这样的英雄。

BN，第 318 页引述了《另一生》笔记中的一段话，沃尔科特指明了圣卢西亚艺术家和知识分子的努力方向，就是"把自己的生活与圣卢西亚穷人的生活混合在一起"，当自杀临近时："他能辨别那些［让他警醒的］征兆，但他始终觉得，他们单纯的技艺和他们的生活也能吸收作家的技艺和生活。// 这就是为什么他要寻求他们。不仅为了描绘和记录，还要与他们相仿。但他了解得越多，他们之间的裂隙就越大。当他越是理解那种对他们的生活抱以绝望的漠视态度时，他对他们生活的不敬和愤怒，就会越来越取代热爱"。这个过程也是沃尔科特经历过的，他对民众是"怒其不争，哀其不幸"，但即便如此，自杀并不是正确地拯救民众的手段，它只能让艺术家发泄怒气，逃避现实。真正的民族艺术家，要直面现实，勇于生活，生其实比死还要艰难。

14　指汽车的外壳，它的闪光，依然让作者"顿现"。外壳也比喻格里高利亚斯这样的遭受苦难的人，因其苦难而更加闪光耀眼。"划痕"比喻格氏割腕的刀痕——诗中暗示了，他最终还是割腕了。

15　weathered，weather 动词表示经受，但其名词含义呼应了下面的"天气"一词。

16　《另一生》3.14.1 提到了安娜的谦卑以及《圣经》中的例子。谦卑是自然性的"单纯"。

17　climate，上面引《另一生》笔记用了这个比喻，指那些有权有钱的人，就像稀缺的天气环境，供民众生存和呼吸。但其实，格里高利亚斯才是民众的天气。

18　had entered life，语出《新约·马太福音》，钦定本为，but if thou wilt enter into life, keep the commandments。希腊文为，εἰ δὲ θέλεις εἰς τὴν ζωὴν εἰσελθεῖν, τήρει τὰς ἐντολάς。和合本译为，"你若要进入永生，就当遵守诫命。"有的英译本，如 ESV，NIV 等，都更简单地译为，enter life。同样的句式也见《马太福音》19:17；《马可福音》9:43, 9:45。上面引《另一生》笔记也用了这一句。

19　self-exhaustion，上面的"精疲力竭"为 exhausted，这里不仅仅指力量耗尽，而是指自杀。

20　BN，第 319 页指出，在《另一生》笔记中，沃尔科特解释了这段话："所以，为什么要赞扬生者呢？因为格里高利亚斯不再活着了。因为他知道了自己的死，死让他厌倦。如果他失去了兴奋的劲头，他也就失去了恐惧。"这句话的意思就是，格氏赴死、失去对生活的兴奋感，但当放弃自杀的念头之后，他对于生存的认识更为深刻，从此毫无畏惧。正是这一点，让他受到赞扬。仅仅苟且求生，或以死来逃避，都不值得称赞。

21　living within that moment where he died，比较上面引的巴列霍的

那句，La vida me ha dado ahora en toda mi muerte。这句恰恰以庄子的方式把生和死（方生方死／方死方生）两个对立面统一了起来。这种生死的辩证关系，是存在主义思想中的核心，出自上面引的克尔凯郭尔的观点，也来自海德格尔的向死而在（Sein-zum-Tode）。死亡不是偶然的，或生理学意义上的衰竭，而是存在／生存的必然的先天的方式。因此，无论生死，都是"永生"，执迷于生死的区分，人就会用死来逃避生。沃尔科特与海德格尔的联系，见《另一生》4.21.2 的注释。

22 *Safe Conduct*，帕斯捷尔纳克的散文集，这里也暗示了克尔凯郭尔，这位作家也是沃尔科特常读的。BN，第 319 页指出，在《安全通行证》第三部分，帕氏悼念了开枪自杀的马雅可夫斯基——下面提到了他——并指涉了《畏惧与颤栗》中"信仰骑士"的寓言以及"信仰的跳跃"的思想。这个寓言讲述了爱慕公主、但又无法得到她的骑士，在精神中实现这份爱。这种"无偿的爱"，就是马雅可夫斯基自杀的部分原因。帕氏认为，马雅可夫斯基的"每份激情，都是从不可避免的滚动中盲目的'跳离'"。克氏认为，"每一个这样的无限的运动，都是激情所致，反思则产生不了这样的运动。这就是存在中的连续的跳跃，它可以解释这种运动"。这种跳跃，就是凭借信仰，纵身跃入深渊，如亚伯拉罕跳入杀子的信仰中；默尔索跳入荒谬的世界；如格里高利亚斯跳入没有英雄的庸俗社会；如骑士跳入对公主无偿的爱里。马雅可夫斯基，与西蒙斯一样，都跳入了死亡。既然都是"跳跃"，那么按照沃尔科特的意思，格里高利亚斯不如继续生存。

BN，第 320 页，引用了《另一生》笔记中的一段话，也与"信仰骑士"的跳跃有关，它描写的是沃尔科特去安娜船屋码头见她时的心理活动："他的脉搏适应着新的韵律，狂喜让他尴尬，因为他现在做出的每个举动似乎都笨手笨脚，矫情做作，难以驾驭。这些举动中，就包括……体面、顺利、稳稳地上岸，因为，如果下船太过突然，混凝土的码头就会让他的脚弓砰地一声落下，他就失去了平衡，但是，他又不想在她的注视下登陆，就仿佛他是巡视地方的总督。但是，总有一个时候，他的笨拙会暴露无遗。……船会碰撞、擦过自己的边沿，这正是这位船夫不希望发生的。要离开了：码头比船沿还高一块，他在船上倾斜，摇摆，颠簸，失了分寸地蹬向了码头"。这里说的上岸过程，就是日常生活中的一次克尔凯郭尔式的"跳跃"，它就像一次顿悟。BN 认为，登上码头这个活动，象征了诗人、格里高利亚斯、西蒙斯都是信仰骑士，他们都承受着沮丧的爱，诗人是为了安娜，格里高利亚斯为了岛，哈里为了民众。

23 指格里高利亚斯。

24 蛙来自阿里斯托芬的《蛙》，也见《另一生》1.3.2 的字母 B。知了见他的《云》，如第 1360 行。蛙和蝉都是歌者的象征。柏拉图《斐德若》258e—259d 也提到了作为歌者的蝉的故事。蛙和蝉，代表了世俗对于马雅可夫斯基的议论和叙述，无非就是怀念，或是鄙视。BN，第 319 页，没有提到阿里斯托芬，但认为，"蛙"也联系了克尔凯郭尔"信仰骑士"寓言中的"蛙"。骑士由于难以实现对公主的爱，他试图用信仰在精神中"实现"它，因此在卑微的奴隶和"陷入生活沼泽的蛙"看来，这是愚蠢的。这个提示也正确，不过作者已经点明了"古老的"，而且与蝉相并列，显然首先指向了阿里斯托芬和古希腊传统。

25 指《安全通行证》这样的书或纪念文献，它们的共同点是：在人去世后，追悼死者，将之神化。但是，在沃尔科特看来，这最多就跟悼念亡灵的"花环"一样，这种神化的行为太迟了。而他在西蒙斯死之前（见《另一生》1.1.1）、在格里高利亚斯自杀未遂而且继续生存的时候，就将两人神化了，这比帕斯捷尔纳克要早。他看到了生和死的辩证关系，而帕斯捷尔纳克和马雅可夫斯基都没有看到，尽管后者毅然地选择"跳跃"，前者将之作为神加以纪念，但他们并未明白生存和死亡的意义。

26 即下面的粒子（particle），指单纯的火焰，也就是神或上帝的分有，世界的简单原子。

27 votive flame，基督教语境中，指 votive candle 的烛火，votive，来自 vow，兼有两个含义，一为许愿的，祈愿的，二为还愿的。进行这两种活动时，信徒都会点起蜡烛。作者在这里没有表明，是指许愿，还是还愿，但是在《另一生》笔记中（见下），他表明是死后燃起的火焰，显然是祈愿，为了求得神性的荣耀和启示，它们来自被神化的死者。帕斯捷尔纳克对马雅可夫斯基的"神化"，只能让他享受到祈愿的烛火，他的荣耀和启示也如烛火，早晚会熄灭。帕氏并没有揭示出不同于祈愿的火焰、而且会永恒存在的"单纯的火焰"。

28 BN，第 320 页，《另一生》笔记中有对应的散文式描述："但是，在所有这样的书里，那元素已经烧焦；荣耀和启示就像死后突然出现的祈愿的火焰。存留下来的，是烟雾一样、渐渐消失的回忆。每个鬼魂都有尊严。我们之所以尊崇死者，是因为他们不可能卑躬地背叛我们。但是，当始源（principle，指单纯的火焰）如此炽烈地借助其他始源达到繁盛时，对生命始源的赞美也应该成为始源的一部分。"这一段文字在西蒙斯自杀之前几个月（1965 年 10 月）就写在笔记中了，当他写完之后，过了一段时间，与格里高利亚斯相逢，才知道他试图自杀过。

29 结尾有三个动词不定式，按照句式，施动者首先是"粒子"，但也是这一句开始的"我"（酒精一词也暗示了这一点），实际上，"我"也是粒子或单纯的火焰，"我"的写作活动，就是粒子与粒子的作用，最终从单纯的火焰，变出复杂多彩的艺术品。

30 指格里高利亚斯，他试图自杀，所以不负责任。

31 BN，第 321 页，之所以用两次"太迟了"，一是指，作者写的诗，西蒙斯没有机会读到，因为他已经自杀了。二是指，格里高利亚斯读到时，太晚了，因为他在尝试自杀后才读到，如果他之前就读了，也许就不会试着自杀了。这两个"太迟了"，是就上面那一小节诗而言的。

32 对比本章题词那一句。BN，第321页，指出，这一节以雨为主要意象，雨代表死亡，同时也和生命，春天和爱有关。首先，雨联系了巴列霍的一段诗，never like today have I turned, / with all my road, to find myself alone.// ...witnesses are/ all Thursday and humerus bones, / aloneness, rain, the roads（我一路上 / 从未像今天，发现自己那么孤独。//……星期四和肱骨 / 孤独，雨，路 / 都在见证）。

BN对这段诗未作深入的介绍，我试着补充一些对读者有用的内容。该诗出自巴列霍的名诗《白石上的黑石》（"Piedra Negra Sobre Una Piedra Blanca"，"Black Stone on a White Stone"），这首诗开篇就说，Me moriré en París con aguacero（我会在暴雨中死于巴黎），他认为自己会死于秋天，这算是对自己命运的一个预言，尽管略有偏差，因为巴列霍是1938年4月15日星期五，死于巴黎，葬在蒙帕纳斯公墓。当他发现自己是孤独的（a verme solo），这就是他的死期。这个孤独就是海德格尔说的存在的"向来我属性"的体现，他意识到了这一个存在仅仅属于自己，他是一个纯存在或纯实体。诗中的"路"，西班牙文为camino，这个词，BN用的英译本译为road，其实译为journey要更佳，因为在西班牙文中，它指从一个地方去往另一个地方的旅程，它标明了一个行动者的方向和终点，不是指外于行动者的路，因此，行动者的"向死而在"就是一段旅程。这个词也比较但丁《神曲》开篇，Nel mezzo del cammin di nostra vita。意大利文的cammin与camino同源。该诗倒数第二节非常奇特，César Vallejo ha muerto, le pegaban/ todos sin que él les haga nada; / le daban duro con un palo y duro（塞萨尔·巴列霍已死，每个人都曾打过他 / 现在，他对他们什么都做不了了；/ 他们用棍子狠狠打他，狠狠地）。le pegaban是过去时，而到了下一行，les haga nada，又转为了现在时。意思就是，当他被人们打死时，人们的行为不受任何惩罚，不会得到报复。这个

1117

遭遇正类似西蒙斯和格里高利亚斯的处境（与巴列霍一样，他们遭受的打击，并不在于肉体，而是精神）。

第二，BN，第321页指出，还联系了帕斯捷尔纳克的《"生活，我的姐妹"》（原诗无题，首句为名），BN用的英译本译得不是太准确，我按照原文，自己翻译了一下，Сестра моя—жизнь и сегодня в разливе/ Расшиблась весенним дождем обо всех,/ Но люди в брелоках высоко брюзгливы/ И вежливо жалят, как змеи в овсе；"生活，我的姐妹！今夜，春雨/在我们之中，如潮奔涌！/但佩戴坠链（брелок，指单片眼镜的坠链）之徒，还牢骚满腹，彬彬有礼地/蜇人，就像燕麦田中的蛇"。蛇的意象见《另一生》4.18.4（本诗集未收）。虽然沃尔科特所写的季节不是帕氏的春天，但雨水仍然如春雨滋养了沃氏热爱的土地，在《另一生》笔记中，他写道："这是雨。我们认出我们所爱的土地。// 有时，雨就像悲伤，流入大地。它似乎浸透了全岛。"这里的雨，区别于巴列霍的雨，它联系了生机。

33 这一句原文为过去时，上面的"落"是现在时。抽屉由于太沉，拉得过猛，使刀具落到地上。抽屉和刀，比喻天空和雨，但这两者也是此时现实存在的事物，作者必定是在厨房拉开抽屉，刀掉落，他感受到了抽屉的沉重，看到了刀的锐利刺在地板，同时注意了外面的雨水，由此，他产生了"顿悟"，在同时存在的事物间做出比喻，将自己的身体比作"季节"，它的行动促使"刀落"和"雨落"，作者有了不祥的预感，联系了死亡——西蒙斯的死亡；同时也隐含地指涉了哈代、巴列霍和帕斯捷尔纳克的文本。这一小节是沃尔科特顿现与隐喻手法的经典例子，带有现代的"意境"，只能用妙不可言来评价。

34 raw，气象语境中，指天气的阴冷，《另一生》3.15.1，用这个词描述过多雨的清晨。

35 航海中，释放橙色烟雾，表示船舶遇难。这只猫是橙黄色的，如一团烟雾，预示了有人去世。小猫（kitten）与厨房（kitchen）押头韵，音近。猫比作雾的手法，来自艾略特，见《村中生活》。

36 黄色在口语和日常用法里，也表示胆怯。在英国，黄色信号表示慢行，有警惕的意味。

37 watershed，可以指分水岭，也可以指分水岭所划分的水文流域。闪电闪现时，线条如同河流的水系，有主干，有支流，就仿佛被分水岭分开一样。另外，这个词也联系了下雨的语境。在引申义上，这个词暗示了闪电后会有雨水，下雨前和下雨时，这两者之间存在"分水岭"（转折点）。

38 这是沃尔科特比较爱用的比喻，见《散步》，珠子指念珠。雨水落在电线上，由于雨急，雨珠迅速落下，如同电线在扔珠子一样。

39 单车比作蝗虫，蝗虫喜欢干旱，干旱之后就是雨水，仿佛蝗虫带来的降雨。蝗虫也呼应"干巴巴"一词。

40 预感西蒙斯出事，因为如前面所述，在《另一生》及其笔记中，沃尔科特都做过不祥的、梦到爱人或朋友死去的梦。

41 waterdrop，指雨水，它呼应了哈代那首诗中的 raindrop 一词。邮差送的信上有水，水滴烫伤了作者的手，这比喻信的内容不祥。

42 指自己的手。

43 见《另一生》1.1.1。指作者看信时，由于内容提及了西蒙斯去世，因此他想起了西蒙斯看自己画的样子，西蒙斯是近视，所以离画很近，而作者看信时，不敢相信死讯，所以也离信很近，也许看了很多遍。

44 BN，第 321 页，1974 年，哈里的兄弟伊拉·西蒙斯爵士回忆说，哈里死了两天后，才被发现。

45 银器和刀都比喻鱼。

46 与上面的劳作都是 work，这里指沃尔科特这样的诗人创作的文学作品，他的作品如同史书，记录了圣卢西亚劳动者的活动。这一句的时态为现在完成时，时间上要早于上一句的一般现在时。

47 At Garand, at Piaille, at L'Anse la Verdure, BN, 第 321 页介绍, 三个地方都是圣卢西亚村庄名, 一般的地图上都查不到。珈琅也写作 Garrand, 在卡斯特里东部, 靠近卡斯特里和道芬（Dauphin）交界处, 哈里就死在这里。皮艾叶, 很可能就是 Piaye, 在拉波利（Laborie）和舒瓦瑟之间。昂斯拉凡尔杜, 在昂斯拉雷和加那威之间, 在加那威东北。关于圣卢西亚的村镇的名字, 也见《另一生》1.5.3。

48 pewter, 铅和锡的合金, 镴表面上像银, 但质量和价值都不如它。汉语就有银样镴枪头的说法。它比喻天空没有意义。这个比喻联系下面的愚人金。BN, 第 322 页, 引帕斯捷尔纳克的《"生活, 我的姐妹"》中的几句, BN 用的英译文不是太准确, 我按照原文, 翻译了一下, И рушится степь со ступенек к звезде.// Мигая, моргая, но спят где-то сладко,/ И фата-морганой любимая спит/ Тем часом, как сердце, плеща по площадкам,/ Вагонными дверцами сыплет в степи；"草原从层层台阶, 向星辰坍落（坍落, 为 рушится, рушиться, 这个词很难译, 几乎一个译本一个译法, 指火车前进, 草原向后倒下, 好像从车站台阶朝天空和星辰塌落）。// 星在闪烁, 眨眼, 它们在某个地方, 甜蜜地熟睡,/ 如时而入眠的蜃景（фата-морганой, 源自女巫摩根勒菲）和爱（指星如同幻影, 如同爱, 爱人, 在沉睡）。/ 我的心拍打着月台,/ 将一扇扇车门撒向草原"。帕氏这几行的意象奇诡, 与这里和下面的诗句相似；天空对应遗书；落日对应割开的手腕。BN 认为, 天空缺少意义, 它向哈里的遗书"坍落", 遗书是有"意义"的, 就它有语言而言。当然, 下面也说了, 遗书从另一个角度来说, 还是"无意义的", 因为生总比死有用。

49 scuttles back, scuttle 指迈着小碎步跑, 但这个词也指煤仓或煤箱, 联系下面的 bin of coal。所以猫跑回煤仓, 有着自然的联系。到这里, 作者描写了两次猫, 在《村中生活》中, 他也写了猫。猫在古埃及就是圣物, 西方文化史中, 它也是有灵性的动物, 所以猫联系了对未来的预感。

50　煤箱（bin of coal）一词，作者用了跨行处理，把 of coal 放到了下一行，突出了 bin。bin 在俚语中可以指疯人院，如 loony bin，这联系了下面的比喻 fool's gold，loony 和 fool 同义。

51　sheathing, unsheathing，把猫的牙比作剑，一时收回，一时露出，暗示着死亡。作者并未纯粹玩弄文字，比较《另一生》4.22.6，combing, uncombing my hair。沃尔科特后面会说到自己是自相矛盾的双面雅努斯，所以他写的意象都具有两重性。

52　fool's gold，黄铁矿，看似如金，蠢人会把它当作金子，故而得名。

53　note，指 suicide note。

54　BN，第 322 页，克尔凯郭尔《畏惧与颤栗》论述了遗言的价值，"这样的理智的悲剧英雄，他应该拥有那种在其他环境下只能用荒唐的方式取得的东西，他应该留有、应该保留'遗言'。人们对每一位悲剧英雄的要求都一样，他们身上要有相同的崇高的行为。但除此之外，他们还需要留下哪怕一句话。当这样的理智的悲剧英雄承受了极致的苦难时（死亡），他会在死前，因遗言而不朽，而普通的悲剧英雄，当其死后，他就不会变得不朽"。哈里留下了遗书，所以扮演了克氏的悲剧英雄。遗书让西蒙斯成为不朽，区别于马雅可夫斯基。他的遗书既有"意义"（语言意义，或表达死因的价值），又没有意义。这个"没有意义"，作者说了两次，这并非简单的重复。类似的重复修辞，沃尔科特在《另一生》中多次使用。它表明有两种"无意义／意义"，按照 BN 的解释：第一个"意义"，它意味着，生命的存在是荒谬的，没有理性的"意义"——无论是在克尔凯郭尔的信仰，还是在萨特的无信仰的意义上。自杀和遗书是针对这个无意义的。第二，但它又意味着，就日常看法来说，自杀是"无意义的"，没有用的，没必要的。《另一生》笔记中，沃尔科特说，民众"把设计那种功能无用、多余的东西，视为无意义之举"，所以从民众的角度，哈里的死是没意义的，恰恰因为他是有用的。在下一节，哈里就被比作"水罐"、"教堂"等等有用的日常器物。因此，西蒙斯与民众是融为一体的，为民众所用。沃尔科特在惋惜他的死，因为他继续生存下去，更会展现自身的价值——这也为格里高利亚斯（邓斯坦）和自己面对死亡提供了力量。

55　西蒙斯最后割腕而死，他两天后才被发现，因此手腕一直出血。作者把出血的手腕比作落日，所以说"一整天"，它都在出血；落日也暗示了死亡。这里的手法是典型的沃尔科特的比喻，首先，它在两个同时实际存在的事物之间进行比喻。第二，其中的喻体（流血的手腕）才是真正的本体，本体（落日）才是真正的喻体，由于落日不可能一整天都出现，读者就会去理解喻体的现实性。第三，本体和喻体达到了统一的效果，让人与自然的太阳融为一体。

56　Well, there you have your seasons, prodigy！，这个口语化的句子，意思就是，西蒙斯的死，让作者真切地或前所未有地感受到了季节的变幻和时间的流逝。这里的季节虽然是复数，但作者强调的是象征凋零的"秋季"。

　　prodigy，见《另一生》1.1.1，这里是作者自称。这一节有多处都指向了1.1.1，作者是在死亡的层面上，返回去，继续升华第一篇的主题。除了自称外，它当然联系了本章频繁指涉的克尔凯郭尔的《畏惧与颤栗》。在该书中，克氏把信仰骑士将"跳跃"的生活转变为"走路"一样从容的行为，称赞为独一无二的"奇迹"。丹麦文的"奇迹"为 Vidunder（ved 和 undre），相关动词为 forundre, beundre，词根为 undre，与英语 wonder，德语 wundern 同源。克氏有时也用 Mirakel。英语学者，多用 wonder, marvel, prodigy 或 miracle 来翻译。沃尔科特读的《畏惧与颤栗》，来自 W.Lowrie 的英译本，在上面所提的文本中，Lowrie 用的就是 prodigy。按照克氏在《论阿德勒》中的解释，这个词的根本源头是希腊文 τέρας，指反常的，易于常规的事情。在希腊神话中，它指怪兽，怪物，《圣经》语境中指奇迹。丹麦文中，动词forundre，即，感到敬畏，崇拜；forundring，表示惊呆麻木。forundre与beundre有时是同义词，后者意为赞叹，在克氏这里，有时与wonder同义。克氏受拉丁文admiratio的影响，将beundring和forundring视为同义词。Vidunder，首先是wonder的"对象"；进而等同于miracle，在这个意义上，Vidunder等同于Mirakel。Vidunderet（Vidunder的单数限定性形式）是"一种令个体敬畏的现象，个体直觉地将之与神联系在一起"。《畏惧与颤栗》以及《哲学片断》中，Vidunderet分别促使信仰骑士和爱情诗人发生了转变。它所激起的"惊奇"，是一种"先天的直觉"，但并不是与生俱来的。《哲学片断》中，诗人就"直觉"到了"奇迹"和"惊奇"，而非人的创造力，才是促使诗歌（道成肉身之诗）完成的推动者。与之相关的Forundring和Beundring都是与Vidunderet有关的情感。诗人认为Forundring摄住了他的灵魂。这样的情感，不是外在的现象，而是内心的畏惧（Angst）、负罪、惊奇之情，人会"绝对地惊奇"（beundrer jeg absolut），"被巨大的畏惧摄住"。无论是外部现象，还是内心惊奇之情，都与"信仰"相关，"信仰是惊奇，无人能够例外；因为让一切人类生活统一在一起的是情感，信仰就是情感"。所有人，无论老幼、贤愚，都有"惊奇"的能力。沃尔科特将"惊奇和奇迹"引入诗歌，其真正是对《哲学片断》的诗学观的运用。西蒙斯这样的信仰骑士，他们将"跳跃"当作行走一样，这就做出了"奇迹"。这个奇迹让同样可以做成奇迹的沃尔科特感到惊奇，将之写入诗中，以能让同样有潜力感到惊奇的民众也会觉得惊奇，从而完成提升和救赎。上面关于克氏的惊奇和奇迹概念，均来自R.Wyllie撰写的"Wonder"词条，收入J.Stewart等编，*Volume 15, Tome VI: Kierkegaard's Concepts: Salvation to Writing*（Ashgate Publishing, Ltd., 2015），第259页开始。在《论阿德勒》的英译本中，H.V. Hong和E.H. Hong也用了prodigy一词来翻译，见*Kierkegaard's Writings, XXIV: The Book on Adler*（Princeton University Press, 2009），第162页。

信仰骑士的行为是"奇迹"（对象），因此，骑士本人就是一个奇才（创造者），人们连同骑士，都会为此惊奇（情感），故而，沃尔科特自称 prodigy，正是在表明，他是一个信仰骑士，因为他领悟了季节，他为季节"惊奇"，而同时，这一领悟本身是一个"奇迹"。1.1.1 中，prodigy 指他是绘画天才；这里则表示，他是领悟到季节的神童——此时他已经是中年人，这里是回到受教于哈里的少年时期来反思当前（下面也出现了"孩子"的意象）——同时还带有自嘲的意味，仿佛在自问：你不是神童吗？为何现在才领悟？

他之所以"惊奇"，是因为，当他想到自己的死时，他明白，四季并不随着自己的死而消亡，继而顿悟到一个道理：自己的生/死，对于自然来说是没有意义的，他与自然是一体的。他也许会赞同庄子《齐物论》的"天下莫大于秋毫之末，而泰山为小；莫寿于殇子，而彭祖为夭。天地与我并生，而万物与我为一"，或《前赤壁赋》，"自其变者而观之，则天地曾不能以一瞬；自其不变者而观之，则物与我皆无尽也"。单纯的火焰就是这个"一"，沃尔科特、西蒙斯、安娜、格里高利亚斯皆与天地为一，生死都是这个火焰的外显和变化，他们都是"无尽的"。但与庄子和苏轼不同，这个火焰是古希腊的活火，它要不断斗争、反抗、书写和创造。

57　the autumnal fall of bodies，"身体"，比喻义上指秋天时掉落的果实或麦子等丰收物；本义上指死者的身体，死亡如同秋天一样，"收获"死人。

58　repetition，我非常肯定，这指向了克尔凯郭尔的著作《重复》（*Gjentagelsen*'*Repetition*），其中的"重复"概念联系了柏拉图的回忆说，但与之有别。回忆是向后的，怀旧的，本质不变的理念，否定了将来的生活。而重复是向前的，崭新的，不断变化的新的内容，否定着过去。生活就是重复，旧有的形式，进入新的生活，充盈着新的内容。重复可以比作婚姻，每一天，夫妻关系都是重复着旧有的婚姻的承诺，但每一天的内容和生活又是崭新的。因此，人们的认识能力和道德能力的提升，靠的不是"回忆"，而是投入新的生活中所获得的"领悟"。这就联系了克氏的惊奇以及沃尔科特的顿悟概念。沃氏的诗学观，强调的就是重复地再创造，他用的英语表达，就在不断重复着前人，但又不断创造着崭新的隐喻，每一个隐喻就是一次顿悟，一次惊奇。

有一点可以证实我的推测，这一节有多处都恰恰"重复"了《另一生》之前章节（1.1.1和2.9.3）中的意象—少年时期的景象在中年时期"重演"—这一手法正呼应了克氏的重复观：作者在"死亡"的立场上"重复"并深化了之前在"生存"的立场上对世界的思考。

还有一点也可以作为证据：《重复》这部作品的第二部分涉及了婚姻和爱情问题，这也是《另一生》的主题之一。《另一生》本身就是献给第二任妻子，其中还提到了初恋安娜，第二次婚姻就是爱情在新的时间的"重复"。与沃尔科特一样，克尔凯郭尔也面临着婚姻和爱情问题，这对他的哲学深有影响。信仰骑士的寓言就是对自己爱情失意的心理慰藉。我相信，《重复》中对于爱情的探讨，是沃尔科特必定关注的。

也见《另一生》4.22.5，I shall repeat myself，在注释那里时，BN提到了《重复》，此处并没有。

59　Book of Hours，中世纪开始，基督徒使用的祈祷书，有的专门为富裕阶层所有，装帧和配图极为华丽。书中按照时间，标有教内法定的节庆日，祈祷用的经文选，赞美诗，《圣经》故事等等。这里"重复"了《另一生》2.9.3, Was the love wrong that came/ out of the Book of Hours,/ and the reaper with his scythe。那里描述了作者和安娜的爱情，因为《时辰书》收有《圣经》里的爱情故事。那里的reaper，是《时辰书》中的意象，是田园中的收获者，象征了生活和爱情的成熟与美好。

60　"重复"了《另一生》1.1.1，琥珀之光，指黄昏时的世界，也就是艺术世界，如同"另一生"和另一座天堂。在以前，作者还没有意识到死亡的迫近，所以《时辰书》代表了美好的世界，那里没有死亡，或者说，艺术世界的"另一生"是现世之后的归宿。但如今，哈里的自杀让他明白，死亡就在自己眼前，他人的死让自己领会了本己的死亡（可参海德格尔《存在与时间》中对他人之死的论述），这样，死亡这个"另一生"就通向了毁灭或未知的彼岸和"来生"，而不是可以确定的琥珀色笼罩的天堂。作者必须在艺术中思考死亡问题，这样，第四篇的主题较之第一篇就有了深刻的提升。

琥珀引申至死亡，这个过渡是很自然的：第一，琥珀的黄色，表明了黄昏和金黄的秋天，而黄昏和秋天又预示了衰败；其次，琥珀"封存"昆虫，就是使之死去，故而琥珀是死亡的象征。与之相反，在第一篇中，琥珀的"封存"恰恰象征了艺术的"永生"之力。

61 Reaper，指死神。对比《另一生》2.9.3，那里的《时辰书》中的reaper，首字母没有大写，指田园中的收获者，象征着爱情的美好和成熟，此处则转为了Reaper。这个转换非常自然，同时也让《时辰书》的"时辰"含义得到扩展，指向了死亡。田园牧歌般的"收获者"，他的另一面恰恰是死亡的"收割者"。作者已经意识到，之前的美好中早就预示了死亡，因此生死并无严格的界限。到此，可以总结一下上述几个意象在第一篇和第四篇中的对照与重复：

第一篇	reaper和收获的镰刀	丰收的秋天；果实和麦子坠落	"另一生"：艺术世界；用艺术使现世永生的琥珀光	祈祷上帝，超脱现世的《时辰书》；"时辰"是走向上帝的时间
第四篇	Reaper和收割死者的镰刀	死亡的秋天；人如坠落的麦子一样倒下，死去	"另一生"：死亡世界；使生命死亡的琥珀光	不断出现死亡的、喜剧一样荒诞的《时辰书》；"时辰"是自然时间，上帝也无法让人摆脱死亡

62　指黄昏时分。

63　hurry，音近Harry（哈里）。苍蝇的意象也见《另一生》1.4"契约"。这里的"你"，指诗人，苍蝇是在催促诗人在自己也去世之前，赶紧赞颂哈里。BN，第322页提供了《另一生》笔记中的另一个版本："赶快[听起来就像哈里]，赶快[诗人，死之前去赞美吧]"。

64　指当前写诗的页面，西蒙斯死了，所以看不到了。同时也呼应《另一生》1.1.1开头：书已经合上了。

65　read，呼应下面的"读"，死者念不出生者的名字，死者的名字，以后的生者也会遗忘。

66　pilgrims，指《另一生》1.1.3开始提到的《黑夜行者》("The Pilgrims of the Night")，因此指送葬者和所有面向死亡的人。作者这里暗示了他在参加西蒙斯的葬礼。1.1.3中，作者第一次目睹了葬礼，感受了死亡，在经历了多次身边人的死亡之后、直至哈里的去世时，他对于命运的逻辑大彻大悟。

67　指哈里的墓碑，人们为他痛哭，所以说泪水浸染过。也见《另一生》1.1.3，讲萍琪葬礼时，提到过墓碑的石头。《另一生》2.8.3提到了写有阿拉瓦克文的石头。"名字"和"泪水浸染"指向了本章的题词。哈里的名字最终也会像哈代说的那样，遭到自然或时间的侵蚀，被人遗忘。由此推之，所有夜行人也都会有被后人永远遗忘的时候。

68　mooning，表示孩子在沉思，同时为了突出moon，这是《另一生》1.1反复出现的意象。

69　staring，凝望表明孩子在顿悟。另外，这个词也形近star，配合moon一词。

70　早期版本中，这里还有一个sleek-headed。

71　早期版本为，a lacertilian/ looseness about the mouth。

72　描述西蒙斯的相貌，均见《另一生》1.1.1。字句多有重复，还是呼应了"重复"概念。

73　waspish，词根为wasp，沃尔科特很爱用wasp这个意象，见《哀歌》和《蜂房》。

74　a dimpled pot for a belly，俗语 pot belly，即啤酒肚。dimple 一般指脸上的酒窝，这里指肚子上的凹窝。被比作 pot 的西蒙斯，有两种用途，一种是水罐，一种是装画笔的罐子，见下。

75　指西蒙斯肤色红棕色，圆滚滚的肚子如同红土做成。前面注释也指出了 Apilo 这个绰号，指的就是高大肚子圆、如同太阳的人。所以这里暗示，就"圆肚子"而言，西蒙斯也算是阿皮罗，象征太阳，即"伪阿波罗"。这个太阳是滑稽不起眼的，但却是平凡的英雄。

76　指海玻璃，海滩上经常可见的散碎的废玻璃片。这个比喻并不随意，它表明：西蒙斯的目光散落在圣卢西亚的海滩，他尽力观察这个国家，虽然平凡不起眼，但却与这片土地相随，永远都会出现在海滩。

77　understanding，指西蒙斯对民众了解深刻，熟悉他们的生存状态和下面说的"苦恼"。

78　把前额比作墙，西蒙斯谢顶，前额很宽，是棕红皮肤，如同红土。

79　指前面描写他肚子时说的"罐"。"有用"，呼应了前面的"无意义"。哈里的死之所以无意义，因为他是"有用的"。虽然他仅仅是平常的有用的器物，但这正让他与民众密不可分。他所蕴含的意义，"百姓日用而不知"，但沃尔科特清楚，他要书写出来，让民众认识到意义，从而推动他们的启蒙。这样的启蒙者，在社会身份和地位上，与民众是平级的，并不高高在上，但是在引导民众上，却有着超越他们的深刻的思想。

中国读者可以对比海子的自杀，海子一方面认识到了自己的平凡，但另一方面，他清醒地意识到自己和自己的诗对于民众是无用的。而且他也不会像西蒙斯一样，愿意去当民众的"水罐"。他不是克尔凯郭尔式或加缪式的信仰骑士或反英雄，因为他希望自己的死能够"有意义"，这从他死前诗歌的复杂矛盾的意象中就能看出。事实上，对于沃尔科特来说，死毫无意义，它只是生存的一个必然的范畴，指望死亡能够带来崇高的意义，就会堕入虚无。所以，海子那些描写平凡生活和日常情感的短诗（即使里面出现的意象仍然是抽象的类概念，如麦子，粮食，石头等，而沃尔科特则使用那些能精细地描述日常事物的专名和摹状词），反而比长诗更容易流行，即使被通俗化。

80 midden，该词与 dung 同源，指粪堆或堆肥，也包含生活废物。作者这里列举了四种生活中的日常事物，西蒙斯把它们及其使用的部落名一一记录下来。Paquet 认为这里的几行实际上也是在说作者自己。沃尔科特的自传方式，就是将自己作为一个权威或代言，来书写集体文化，而这其实又是集体文化自我创造的过程。见 *Caribbean Autobiography: Cultural Identity and Self-Representation*，第 165 页。

81 《另一生》4.18.1，for the white rum growling in his gut for lunch。BN，第 311 页，哈里经常跟沃尔科特还有朋友痛饮白朗姆酒，而且一醉方休。

82 指卡斯特里的海湾，所谓年轻，是因为这个海湾被现代殖民者占领和使用的历史相对于它的自然历史来说并不长。这里写各种事物和景物，其实就是在写哈里这个人，他已经与卡斯特里融为一体。

83 plaited，plait 即辫子，这是一个沃尔科特常用的词。这里的地图就是西蒙斯考察圣卢西亚地理之后绘制的地图。作者前面多次引用过圣卢西亚的村庄名，就是在暗示这张地图。这种地理考察也联系《致敬爱德华·托马斯》。值得一提的是，像沃尔科特这样的民族诗人，都非常看重生物学、地理学、社会学的知识，他们的诗中会频繁出现动植物的名称、地名和社会性的概念，这恰恰是一些城市生活、词语贫乏、只能使用抽象概念的诗人需要学习的。这样的名词恰恰可以展现诗人自身的生存处境，书写民族性。

84 in the evocation of...smoke，宗教仪式中往往会用烟雾，增强神秘性，用它来象征超验的存在。《另一生》2.1.1，提到了后院的烟雾，是烧木头的烟气。那里有一个重要的词 epiphany，这里的 evocation 与之对应。那里涉及了沃尔科特父亲的死，这里则是西蒙斯的死。后院的烟雾如同有灵一般，召唤来各种意象，这其实就是作者的顿悟过程。

85　BN，第 323 页提示，比较《纵帆船"飞翔号"》中的名言，either I'm nobody, or I'm a nation。帕斯捷尔纳克就曾把马雅可夫斯基比作新俄国的精神化身，沃尔科特这里的做法与之类似，西蒙斯成为了圣卢西亚的象征。见 *Nobody's Nation*，第 183 页。

86　都是西蒙斯认识的圣卢西亚的平民，作者召唤他们一起为哈里哀悼。见 *Nobody's Nation*，第 183 页。这四人都是木工，下面还有烧炭人、渔夫、剥壳人等。

87　plane，多米尼克是木匠，刨子刨木头时会发出有节奏的声音。这里也用"声音"比喻刨花。作者在日常的劳动中找到了诗性，这一句也是沃尔科特"将日常生活艺术化"的诗学观的典型例子。

88　singed，指眼睛熏黑了，抬头仰望是为了休息眼睛，但也指仰视西蒙斯。烧炭工和渔夫都是西蒙斯精神的对应者，西蒙斯的精神就是被绝望"烧焦"和"烤干"。见 *Nobody's Nation*，第 184 页。

89　nothing between him and Dahomey's coast，我采取了意译，即渔夫去往达荷美海岸，中间并无险阻，比喻加勒比与非洲在文化和血缘上联系紧密。作者用这个表达，是为了对比"隔绝之海"，加勒比与欧美隔绝深远，但与非洲毫无阻隔。达荷美是 17 世纪非洲贝宁的王国，20 世纪被法国殖民，1958 年获得自治，达荷美人建立了达荷美共和国，独立后，1975 年又改名为贝宁人民共和国。达荷美王国有着漫长的奴隶贸易中转站的历史，因此被称为奴隶海岸。这里是加勒比巫毒术的源头。西印度非洲后裔的人，多来自这里。《猴山梦》主人公马卡克就自比达荷美黑武士。作者提到达荷美，是为了表明，西蒙斯除了发掘加勒比的文化之外，还致力于探究其非洲源头，因此西蒙斯的文化精神也带有非洲的特征。

90　用的法文Monsieur，后面的"先生"为缩写Msieu，后一个"为了"为法文pour。渔夫舀取雨水是为了自己喝，但由于渔夫是西蒙斯精神的化身，所以也是为西蒙斯。圣卢西亚的所有人民，只要为这里劳作奉献，就都是西蒙斯的化身。

91　husker，指给椰子去壳的劳作者。椰子堆成山形，如同金字塔。金字塔意象前面多次出现。

92　前面将加勒比世界拟人化为各种劳动者，因此，"肖像"指描绘加勒比社会形象的艺术品。这幅肖像，西蒙斯未完成，沃尔科特是继任者。见 *Nobody's Nation*，第184页。

93　这一节，既可认为作者把一位老女人描绘为南洋樱，也可认为是在描写一棵南洋樱，将它比作老女人。

94　glory cedar，cedar，见《另一生》2.8.3。BN，第323页，引 *Dictionary of Caribbean English Usage* 中的解释，这种树为豆科的南洋樱属（Gliricidia），花朵盛开时如同樱树。glory cedar不是学名，南洋樱与cedar所指的三科植物（松科，柏科，楝科）都有区别。南洋樱的树干可以搭建篱笆，圣卢西亚东南岸一带常见这样的篱笆墙。南洋樱的树枝细长柔韧，是加勒比人跳舞时舞动的用具。《另一生》4.23.1也有gloricidia一词，谐音gliricidia，并联系了glory。BN认为这里的glory可以联系morning glory（牵牛花）之类的意思，glory与清晨对应，因为日出象征着光辉荣耀。因此有如下意象的关联：哈里去世——日落，象征荣耀的日出或清晨结束——肖像的眼睛熄灭——老女人"变成黑夜"（见下）。

95　一指老女人敲打的鼓，二指南洋樱扎根的土地。同理，"血管"既指老女人的血管，也指南洋樱的枝干。

96　指笔管和笔罐的红色，红色代表加勒比人的肤色，而红色在西方文化史上也是恶毒的象征，比如它是禁果的颜色，所以相对于欧美白人，加勒比人是"恶毒的"。笔管虽然弯曲，僵硬，但红色却没有。

97　最后的比喻也联系琥珀的意象，西蒙斯如同琥珀中的昆虫，永久封存在圣卢西亚——圣卢西亚岛的形状也如同一块琥珀——这标志着西蒙斯与国家融为一体。由此,个体的死亡焦虑就被超越,因为个体所属的民族精神永久的存留,致力于发扬本土精神的个体也会得到自我的满足,这比任何单纯个人性的满足都要永久而让人有成就感。所以,一个脱离自己民族的人,往往难以通过其他民族文化来克服自己以及家族死亡或衰败的焦虑,因此,很多移民者总倾向于晚年返回故土,正如身为英语诗人的沃尔科特总是返乡,一生不变国籍一样。

第二十一章

1 这是作者自问。BN,第 323 页,询问哈里自杀的原因,询问格里高利亚斯为何考虑自杀,询问为什么要把一些人放入地狱。第一行简短的问句,表明了一种不加反思或行动的直接发问。从一般的角度来说,这个简单的问句也是探问人的可朽性的原因,或者说是直面死亡。下面,作者会从自己的生活环境出发,描写一些暗示死亡的意象,它们传达了个体的不安全感和原始的恐惧感。见 *Abandoning Dead Metaphors*,第 208 页。

2 staves, stave 指木桶的侧板,棚屋就像快要散乱的木桶。这个比喻暗示了人的瓦解和死亡。见 *Abandoning Dead Metaphors*,第 208 页。

3 basin,把整片海或海盆比喻成浴盆。这个词后面还会出现,指停船处。本章用词上有一个显著的特点就是一些词语重复出现。

4 暗示哈里割腕自杀。按一种说法,割腕自杀时,为了防止血液凝固不再流出,自杀者会把手泡在热水或温水的盆或缸中。在很多艺术作品里,割腕往往与浴缸或水盆的意象联系在一起。上一章提到了落日出血的意象,因此这里的太阳指夕阳。这两行的比喻也是典型的沃氏风格,非常奇诡。

5　caked，指外表结块，这里没有明说结的是什么，但应为泥块。这个词下面又出现了，即盐饼（salt-caked）。

6　death-rattle，指垂死者，由于唾液和痰卡在喉咙里、无法吞咽或吐出而发出的声响。在一般意义上，也用来象征衰亡。

7　gargle，这个词来自古法语 gargole，源头为拉丁语 gula，指咽喉（咽喉意象下面也出现了），也许最初是模拟咽喉发出的咕咕的声音。英语中表示口中含水漱口的动作，这里指死前含着唾液或痰，发出咕咕噜噜的声音。固定用法中，这个词也可以指气泡或浪花的声音。

8　既是用河流比喻破衣，也是用破衣比喻河流。清晨时河流会有雾气蒸腾，也散发出臭气。

9　这几行继续回答"为何"，从上两小节到此，可以看出，答案与贫困有关。见 *Nobody's Nation*，第 184 页。

10　horizon tightens/ the throat，比较《另一生》3.17.1，the horizon tightened round his throat。那里描述的是沃尔科特去往牙买加前的不安心情。这里则是作者体会到了西蒙斯自杀时的痛苦。BN，第 324 页认为这个意象是结构全诗的关键意象之一。也见 *Nobody's Nation*，第 184 页。

11　指金星，这个"第一星"，指它黄昏时第一个出现，也见《另一生》3.13.4，但此处是黎明的语境。3.17.4，称之为"最后一星"，那里的语境是黎明。"硫磺色"形容金星的光亮黯淡，见《另一生》2.10.1，Over the village the dim stars smelt of sulphur。关于金星，见《星》。

12　比较《另一生》2.10.1，fluttered like midges round the glare/ of the gas lantern。那里是在描写格里高利亚斯作画。"为何"的答案实际上早已给出，作者开始回忆起来。本章这种"重复"的手法也联系上一章的"重复"概念。

13　no more，指作者不再自问了。本节诗的最后一句"无话可说"为 no more to say，这两处相互呼应，而且也都联系了下一节诗开头。

14　这几行连续出现 round（四周，围着，周围）一词，将昆虫、苍蝇和人，以及煤气灯，伤口和电影院大厅分别联系在一起。这里说影院（cinema），实际上，身为剧作家的作者去那里是要排演话剧。

15 指下面提到的两处幻象：一是海水在笑，二是香蕉林在前进。这两种幻觉代表两个世界，由丛林分开，它的两边，是海洋和城市（见《另一生》1.4，"出城一步，就是树林"），以它为界，卡斯特里（也象征整个圣卢西亚）分为"原始自然"（丛林和海）与"文明开化"（城市和种植园等）两个世界。见 *Abandoning Dead Metaphors*，第209页。幻景也呼应了影院的意象，影院的戏剧还没有上演，但是作者已经在现实中看到了如戏剧场景一样的影像。

16 basin，指船坞，港池。

17 shallop，17世纪出现的一种小舟，双桅帆，有桨。战争时期，它可以改用为炮艇。

18 也见《另一生》3.2的字母 E。

19 formal march，指香蕉林整齐的分布，因为是人种植和规划的，仿佛列队正式行进一样。这对应了"文明开化"。见 *Abandoning Dead Metaphors*，第209页。

20 椰子比作头的比喻，前面多次出现。BN，第324页，这两句来自当地谚语，"给嘴里灌水"，即，要说的话太多，不得不嘴里放点水，好控制自己。言外之意就是，太想说话了，有很多话要倾诉。BN 还指出，圣 - 琼·佩斯《颂歌》（*Eloges*）中对椰子意象的使用与这里相似，Mais le coco que l'on a bu et lancé là，tête aveugle qui clame affranchie de l'épaule/ détourne du dalot（但是，人们饮用后、扔在那里的椰子，那盲首，喊叫着，从肩膀上脱落 / 滚离了排水沟）。《沃尔科特诗集：1948—1984》的封面用的就是他的一幅画有去壳椰子的水彩画。

21 联系前面注释说的，丛林分开了两个世界。

22 master，见《另一生》1.1.1。

23 the service/ of praising or humbling men，service 的含义很多，我

倾向于译为仪式。作者的意思就是，人们的道德性活动——就作者而言，也包含艺术活动——为世人确立善恶，是人为法，其基本原则都来自不证自明的自然法。但是，大自然真正的本质，即下面所说的"一些地方"，却超越了人的良知世界，是人难以企及的领域。既然存在着这样的超越性的地方，因此生死问题就不再是一个需要提问的问题，它始终都是被解答的，答案就是"是"，即，"去存在"，"去向死而在"。在可怕的自然面前，人只能做出这样坚定又无助的回答。这里其实带有了《存在与时间》中对良知和死亡的解释，海德格尔的良知（Gewissen，与英语良知 conscience 构词相似，均来自中世纪哲学的 conscientia 概念，如阿奎那那里）相当于是对沃尔科特的大自然和死亡的良知，也高于一般的道德良知。我确信沃尔科特这里明显指向了海德格尔，他曾经提到过，自己听过 C.L.R. 詹姆斯对海德格尔的讲座，见 H.Rowell 对他的访谈，*Conversations with Derek Walcott*，第129 页；在报刊文章中，他也提到过《存在与时间》一书以及其中提到的"平均生存状态"，"边界处境"（死亡）。这些都与向死而在有关。他还提到了雅斯贝尔斯和萨特。见 *Derek Walcott, The Journeyman Years, Volume 1: Culture, Society, Literature, and Art: Occasional Prose 1957—1974*，第 292 页。我认为 BN 多次强调克尔凯郭尔对沃尔科特的影响，这是对的，但忽视了海德格尔的死亡观所带来的也许更为重要的作用。

24　a yes without a question，首先呼应上面的丛林。回答为 yes，那么这个问题就是一般疑问句，也即，"要生存下去吗？"或"要走向死亡吗？"之类的问题。前面说的"为何"，是特殊疑问句，指的是"为何而死？"。这两个问题都暗示了《哈姆雷特》中的那个经典的与"存在"有关的问题。BN，第 324 页指出，第二节诗的核心是克尔凯郭尔式的，因为它主张，不要用理性的方法来处理那种蔑视理性的问题。

25　高于良知和理性知识的"知"，正是一种自然的纯真和无知。

26　联系上一章对"重复"的注释。为了表现重复，作者也重复描写了"手腕浸没的红树林"。

27　原始的空间，先于人就存在的空间，它会引起人的恐惧。这种"未命名的"虚无之地或混沌之所会带来一种比良知承担的危险还要可怕的威胁。见 *Abandoning Dead Metaphors*，第209页；这个空间超越语言，但可以在绘画中描绘出来，成为艺术品。也见 *New World Poetics*，第307—308页。这个空间可以见《沼泽》和《气息》，也就是上面说的丛林和海洋代表的自然世界。如果从殖民地语境来看，这个空间就是指加勒比的原始民族性，凡是遗忘掉自身民族性的人，就会仅仅遵守道德和法律的良知，而失去了对自然和传统的敬畏，这样的人也就丧失了自己的身份性。而下一章，作者正是要叙述特立尼达和加勒比的历史。

28　道德良知，即理性对道德律的认知。

29　老者永远显得年轻，因此也算在了"英年早逝"的人中，他们都是其死亡不曾被他人预料到的死者。他人的死引发作者对死亡进行思考，这一点也应来自《存在与时间》，其中讨论了他人死亡的意义，正是通过别人的去世，个体自身才能意识到自己的向死而在。

30　指学习了语言表达，字母的排列就不再按照字母表了。但是，深层意义上，这里的字母表指《另一生》1.2中的"字母"意象，指作者从童年时开始认识的圣卢西亚的民众，他们的死亡并非按照字母的次序。

31　clove，我想到弗罗斯特的《面向大地》("To Earthward")提到过丁香，I crave the stain// Of tears, the aftermark/ Of almost too much love,/ The sweet of bitter bark/ And burning clove。clove 与 love 押韵，而且有联系。

32　something，指的是西蒙斯及其精神，它源于那个比良知还要广阔的空间。"保持平衡"（balance）指与死亡保持着平衡，即，死亡是损耗，但西蒙斯及其精神却不断地增益，所以西蒙斯代表的就是人间生生不息、知道必死却仍然努力生存的精神，也即前面说的无条件的"是"和建立于无知的"赞同"。这种精神恰恰是西蒙斯在自尽中表现出来的，所以他的死不是逃避轻生，而是一种鼓励人们继续生活的仪式。

33　shafts，本义是杆，轴，这个词可以形容光束，适合这里的语境。

34　the easel rifling his shoulder，呼应《另一生》2.8.1，the easel rifled on his shoulder，那里说的是格里高利亚斯。

35　each steeply pricked/ by its own wooden star，这一句的 steeply，BN 版为 steeple，即教堂的尖塔，如按照 steeple 来译，则为，每座尖塔都刺刻着木头之星。如按照 steeply，则 each 指屋顶。wooden star，也见《另一生》4.23.4，and set above it your crude wooden star,/ its light compounded in that mortal glow。圣卢西亚房屋的山形墙上都会刻有星的图案作为装饰。pricked by，意同于 pricked out with 或 pricked with（见下），这不是说"星"在"刺"屋顶的山形墙，而是说，后者装饰着星，作为标记。

　　首先，这一整句的典故来自《另一生》4.18.2（本诗集未收），to ease into the terrifying spaces/ like Pascal's bloated body pricked out with stars。也见 4.18.4, to hoist him heavenward towards/ his name, pierced with the stars/ of Raphael, Saint Greco, and later, / not stars, but the people's medals/ with Siqueiros, Gauguin, Orozco, / St. Vincent and St. Paul。这两处的 pricked out 和 pierced 意同于上面的 pricked，前者指身体上被刺出星的印记，后者指名字上刺着（或绣着和佩着）星和勋章。对于前者，BN，第 313 页介绍，帕斯卡由于提倡禁欲和虔敬，为了激励自己，就将一根带着尖头的带子绑在身上，用它来刺身体。身体上被刺的伤口如同"星"一样。帕斯卡可以算存在主义思潮最早的源头之一，他相信理性无法解决一切，人们必须依靠对上帝的绝对的信仰。所以，"星"象征着超越理性的信仰或信仰的对象。按这个典故，对于后者，也可以这样解释：星和勋章都是超越理性之后所

"刺"上的荣誉，激励着西蒙斯和格里高利亚斯。同样，此处也暗含了这样的意思：被星标记的屋顶，仿佛刺出了星。为了体现帕斯卡这个典故，我在此处译出了"刺"这个意思。下一节还会出现星的意象和帕斯卡的典故：I wore the stars on my skin。

这样，连同此处的教堂语境（还有上面天使、光等意象），以及帕斯卡的典故，星这一象征与基督教相联系。基督教建筑往往会安有星形标志，有以下几种：（1）四角，与十字架形状相似，标志着耶稣的出生；（2）五角，象征人形，标志着道成肉身，四角和五角星都是"伯利恒之星"；（3）六角，造物主之星，"六"代表创世的六天以及上帝的六种属性；（4）七角，"七"代表圣灵的七种天赋；（5）八角，"八"喻示耶稣出生第八天受割礼；（6）九角，"九"代表圣灵结出的九种果子；（7）十二角，"十二"代表以色列十二部落或十二使徒，也代表圣诞季第十二天的主显节。此外还有十二星（五角星）环绕日月的图案，日月代表雅各及其妻子，星代表十二子。以上均见W.E.Gast 的 Symbols in Christian Art & Architecture 网站：http://www.planetgast.net/symbols/stars/stars.html。无论是哪一种，星都代表了上帝和基督，当然，在这里，它代表的是西蒙斯、格里高利亚斯、沃尔科特这些圣卢西亚人民的"艺术基督"，由于他们只是乡土的、地方的、可朽的、力量有限的上帝和基督，所以作者强调"星"是"木头的"，它的外形粗糙朴素，它的光芒短暂而并不耀眼。

Terada 指出了这里与 4.23.4 的联系，"星"象征了转瞬即逝、一闪而过的火热的艺术之光。见 *Derek Walcott's Poetry*，第 129 页。在《星》中，作者用"星"描述的是人间的爱。艺术之光和人的爱都会随着人的死去而消亡，但不朽的是生活、艺术和爱本身，它们如同上帝和基督一样不朽。"星"的意象也见《另一生》1.2 结尾的注释。

36　BN，第 324 页，圣卢西亚会把不合时宜的人描述为穿衣服太早的人，比如还没到葬礼，就穿上了相应的衣服。这也联系《另一生》1.1.1，作者描述自己是生错时代的"神童"。

37　见《另一生》1.1.3 和 4.20.4。这是指作者童年参加葬礼时的场景。

38　这是作者在重复妻子的问话，后者在询问作者对初恋是否还念不忘。这种重复问句的表达是西方语言中常见的。BN，第 324 页提示，这里的"她"还指圣卢西亚。按照 BN 的说法来推，"你"就象征了旧世界或西方世界。

39　have her gold ring true,《另一生》3.13.3，写道了安娜"金色的身体"。ring true，即听起来真切，仿佛真切，它强调的不是"事实"真切，而是"表达"得真切，即，作者相信而且也能让人相信，存在着一个女孩安娜，她是金色的，如同单纯的火焰。但是否真的存在过这样的女孩，却很难从作者的诗中得到确定。另外，ring 也暗含双关，可以指表示爱情的戒指。

40　这是作者回忆 14 岁时"坐忘"的体验。"忘怀"指深谷处于自忘的状态，由此影响了作者，他也遗忘了各种差异（即下面的"矛盾"），如男女，父母和子女等身份，还有"陈述"及其"逻辑矛盾"之别，从而超越了自我和犹豫不定的状态。见 Nobody's Nation，第 184—185 页。当然，最根本的是，他悟出了生死的差别也是不存在的。这相似于《庄子·大宗师》关于坐忘的论述："堕肢体，黜聪明，离形去知，同于大通，此谓坐忘。"以及《达生》："忘足，履之适也；忘要，带之适也；知忘是非，心之适也；不内变、不外从，事会之适也。始乎适而未尝不适者，忘适之适也。"超越逻辑矛盾（正反命题构成）也就是庄子说的"忘是非"。但与之不同的是，坐忘之后，作者反而毅然地相信此世生活的价值，而不是彻底出世，他走向的是绝对的信仰，而不是庄子的相对的逍遥。也见下面克尔凯郭尔的信仰骑士的"忘却"。"深谷"的意象也见《幽谷中的爱》。

41　扬弃了母子之别，生理和伦理上，每个人都有母亲，但是在哲学上，这一个身体自己确立自己，因为它是最高存在者（上帝，神，单纯的火焰）的分有，它是没有父母的。

42　世界因我而起，我是世界的创造者。世界之泉同于"世界之光"

的说法。

43　I wore the stars on my skin，见上面注释。这里的"星"，也是如帕斯卡一样用尖物"刺"在皮肤上的，同时也喻示着"勋章"。

44　reflections，就水的意象来说，也可以指反射的影像。水只反射其他事物，它不会映出自己，因此它超越了矛盾，矛盾是反思后的产物。BN，第325页指出了这与克尔凯郭尔的联系，信仰骑士靠反思是无法跳跃的。

45　sign，省略了zodiac一词，指黄道十二宫的星座。BN，第324页介绍，沃尔科特的星座是水瓶座（Aquarius，词根aqua为水，水瓶座符号为流动的水：♒），因此他列举的标志都与水有关。由于他出生于1月，故而将自己与雅努斯联系在一起。我认为，沃氏很可能想到了但丁对自己星座的描述，《神曲·天堂篇》22.152，volgendom'io con li etterni Gemelli（我随着永恒的双子座转动）。但丁是双子座，这个星座的人有文学天赋，靠文学可以不朽，见《神曲·地狱篇》15.84—85的暗示。水瓶座和双子座恰好都是风象星座。

46　Janus，罗马的双头门神，象征初始和结束，一个头看着过去，一个头看着将来。拉丁语1月Januarius(英语January) 就来自这位神，因为1月是一年之始，除旧布新。奥维德《岁时记》（*Fasti*）1.89—288写到了诗人与雅努斯的对话，雅努斯回答了自己名字的由来以及两重性的根源，也谈到了他在罗马宗教和社会中的功能。他提到自己是混沌（Chaos）之神，双头表明了正反对立，而自比雅努斯的沃尔科特，说自己所言都自相矛盾，正合"混沌"和双头之意。这里也表明了作者的诗歌具有"辩证法"的特点，这与作者接触过黑格尔哲学以及克尔凯郭尔对黑格尔辩证法的批判和超越密切联系。

47　everything I say is contradicted，contradict，即产生反题，如S是P，反题为S不是P，两者不能同时成立，这就是逻辑上的矛盾律。作者的意思就是，他说的所有话，都可以找出一组矛盾。比如，他说，A是白的，但他又说，A不是白的，因此自相矛盾。如果不考虑朗读的节奏感，严格来译，我应该译出这里的 is，以体现这句话的逻辑意义，即，我说的一切，都是自相矛盾的。有意思的是，按照说谎者悖论，这句话本身就蕴含了一个反题而且自相矛盾：我说的一切，都不是自相矛盾的。

BN，第 325 页，也指出了这句话的矛盾性，他还着重论述了"忘怀"和"自相矛盾"与克尔凯郭尔信仰骑士的关系。他引了《畏惧与颤栗》中的一段文字，里面指出，骑士从不自相矛盾：他不会一方面为了进入永恒而"忘记"整个生活的内容，另一方面又保持不变，因为这是自相矛盾。所以他要回忆过去的生活，然后无限放弃。他追求公主是不可能的，但却在精神上始终追求这一不可能的理想，不断回忆对她的爱，将之变为对永恒的爱。

所以，沃尔科特并未像庄子一样彻底遗忘一切对立，他的遗忘是加深对生活的回忆和热爱。无论是对于经验事物，还是超验对象（在康德的意义上，这种认识性的反思超越了经验，所以才出现矛盾或二律背反），只是当人们"反思"时，才会出现正反的对立，而在实际中，将跳跃变为行走这一运动超越了矛盾，它是信仰骑士与生活和解并进入永恒的关键方法，他永远爱着永恒，这就够了，因而不会出现矛盾。正如作者"像水一样"绵延不断地永远爱着已经成为永恒的安娜，而这个安娜又不是超验的，她的另一面就是作者曾经经历过、难以"忘怀"的初恋安琪薇尔，所以她不会与现世永隔并相互矛盾，她就是人间生活、圣卢西亚乃至加勒比世界的代表。

在讨论这几行时，Handley 联系了惠特曼对"矛盾"的理解。当诗人试图表达原始的自然——即沃尔科特所说的，比良知还要广阔的地方——时，诗人就会陷入自相矛盾。诗人应该超越语言，进入自然的活力中。这里的自然并不是超验的，而是现实的，原始经验的，先于语言的世界。诗人应该努力回返到自然之中。见 *New World Poetics*，第 313—314 页。但与惠特曼不同的是，沃尔科特经历了"忘怀"这一环节，他看到了生命的荒谬，他不是像惠特曼一样直接通过自然的冲动来写作。

从书写民族性的角度来看，这几行也表明了作者是社会的镜子和良知，他反映一切矛盾，书写民众的情感，为他们命名。见 *Historical Thought and Literary Representation in West Indian Literature*，第 159 页。换言之，现实世界本来就充满着运动和变化，因此，只要作者如实将全部事实都表达出来，就很自然会"自相矛盾"。比如，某个时间 T，A 是白的，但在时间 T'，A 不是白的。作者只要把这些全都写出，他的话肯定是自相矛盾的，但恰恰是真实的。

48 with the linear elation of an eel，指水的线形如同欢快游动的鳗鱼。也见《另一生》2.9.2（本诗集未收），while Gregorias would draw,/ with the linear elation of an eel。这一句，还有下面几行，分别对应了格里高利亚斯、沃尔科特和西蒙斯，三位"圣徒"合为一体，如同三位一体。

49 前面曾把西蒙斯比作装水的陶土罐。这里巧妙地将西蒙斯与自己结合在一起，暗示了自己的星座。同时，前面曾将民众及其苦恼比作清水，因此作者是水，也就是平民的象征。

50 舌头，首先比喻水，因为舌头的流动和线条，如同水流。其次，指作者的语言，他是诗人，而且诗风朴实清新，意义表达清晰。

51 an abounding bolt of lace，bolt 这里表示一卷，但作为动词，它也有跳跃的意思。由于作者自比水，因此水流如同无尽的带子。下一章还会出现这个比喻。

52 Sauteurs，法语，跳跃者，跳远者，来自动词 sauter。这里首字母大写，用复数，有专门所指。BN，第 280 页介绍，指 1651 年抵抗法国殖民者坚强不屈、最终集体跳崖自杀的 40 多名阿拉瓦克人。这几行的意象也见《另一生》2.11.3（本诗集未收），The leaping Caribs whiten,/ in one flash, the instant/ the race leapt at Sauteurs,/ a cataract! One scream of bounding lace；2.11.4，Sauteurs! Their leap into the light? I am no more/ than that lithe dreaming runner beside me, my son...。在

《另一生》的汉译评注本中，我会按照 BN 本详细介绍这一复杂事件的经过和意义，此处略过。

53　the Gadarene swine，见《新约·路加福音》8:33，钦定本为，Then went the devils out of the man, and entered into the swine: and the herd ran violently down a steep place into the lake, and were choked。"猪"的希腊文为 χοίρων。加大拉有人被群鬼（δαίμονες）附体，耶稣驱之，它们就附在了猪身上，然后跳崖，死在下面的湖中。这里，作者将阿拉瓦克人（也暗指加勒比族人以及其他加勒比地区的人）比作魔鬼和猪，并不是暗含贬义。首先，由于加勒比地区的民族是非西方的异族，而且肤色偏深，因此作者常会自嘲地比作魔鬼，事实上，在历史中，西方殖民者就是这么认为的。其次，群鬼和猪毅然跳崖，这正符合阿拉瓦克人跳崖的事件，它们恰恰是被异族人逼下了悬崖。第三，跳崖的行为正对应克尔凯郭尔信仰骑士的"跳跃"活动，魔鬼代表了超理性的力量。此外，BN，第 314 页的解释，克尔凯郭尔在《畏惧与颤栗》中认为诗人能窥探他人的秘密，拥有魔鬼的力量。所以作者把阿拉瓦克人比作魔鬼，同时也是自喻。

54　I was struck like rock, and I opened/ to His gift，His 首字母大写，指上帝。BN，第 325 页指出，这一句来自《旧约·民数记》20:1—13，在上帝的指示下，摩西击打石头出水，供以色列人饮用。作者以此自喻，他具备了上帝赐予的天赋，即，向人民奉献自己，可以被他们发泄、击打（指被民众误解，受到他们攻击），并提供他们泉水。BN 指出，克尔凯郭尔在《畏惧与颤栗》中认为，亚伯拉罕与摩西不同，前者坚定地相信上帝，而后者虽然击打了石头，但他却并不相信。沃尔科特也许是说，民众对他抱有怀疑，但却会无偿地将自己奉献给人民。

55　指海浪声，由于作者是海，所以说海浪声是自己垂死的喘息声。但既然是海，所以无所谓生死，因而作者会嘲笑自己的死亡。

56　见前面关于"星"意象的解释。

57　见后面《海即历史》。

58　求西蒙斯原谅自己将他作为诗歌中的人物。下面说的素描,就是指诗篇。见 *Nobody's Nation*,第185页。后面也会求玛格丽特原谅。之所以求原谅,因为作者如实地刻画了他们,他笔下的西蒙斯相貌平平,甚至有些滑稽,而且自杀而死,他笔下的妻子也透露着隐秘的一面,但正因此,平常的人物才能表现出真实的神性。

59　with one stroke,见《另一生》1.1.1结尾,暗示了西蒙斯割腕自杀。

60　指曼陀铃的弦。

61　神经线如同弦一样。

62　见《另一生》1.1.2, where colonels in the whisky-coloured light/ had watched the green flash, like a lizard's tongue。这里仍然指绿焰,也指单纯的火焰。关于lime,见《另一生》3.14.1的注释。关于绿色的水,也见《海歌》和《另一生》3.14.1。

63　"I have swallowed all my hates",加引号,因为这一句出自维庸。BN,第326页指出,来自维庸长篇自传诗《遗嘱集》(见《海歌》注释),En l'an de mon trentiesme aage(古法语,同 âge)/ Que toutes mes hontes j'euz beues/ Ne du tout fol, ne du tout saige(在而立之年/我的一切耻辱,我都吞下/我既不全愚,也不全智)。"吞下",暗指《马太福音》26:39,耶稣被捕之前的祈祷,钦定本为,let this cup pass from me: nevertheless not as I will, but as thou wilt,和合本为,"求你叫这杯离开我。然而不要照我的意思,只要照你的意思。"耶稣被犹大出卖,即将被捕,但此时,他只愿宽恕,而不是复仇。

64　指现任妻子玛格丽特。作者并未把玛格丽特推举到神一般的地位,她首先的功能是繁衍和培养孩子,其次是为丈夫提供安全感,这是世俗的妻子形象。而通过她,作者才能写出"韵律",这可以联系沃尔科特的日常诗学观。见 *Nobody's Nation*,第185页。前面说了,作者爱过的女人都从安娜而来,因此玛格丽特与安琪薇尔一样,都代表了安娜世俗的一面。也正因此,作者其实爱着玛格丽特,因为他还爱着安琪薇尔和安娜,但如果玛格丽特不理解他的诗(如上一节开篇,作者重复的她的疑问),她就会以为作者还爱安娜,而不是爱自己,而这一点也证明了玛格丽特仅仅代表安娜世俗的一面,她似乎不懂得爱情超验和普遍的一面(当然,作者似乎也意识到了,他是从男权的角度强行让她理解,这也让自己颇为犹疑),而由于她是叶子深邃的树,因此作者似乎也理解不了她的内心,这就预示了她与作者后来的离异。悖论的是,正因为世俗的爱情会结束,这也恰恰证明了超验的爱情是永恒的——如信仰骑士永远追求不到公主,但在理想中,爱情却永远实现。另外,有意思的是,通过作者所写的诗歌来看,他的爱情观(包括诗歌观)颇为符合占星术对水瓶座的解释:这一星座的人喜欢追求如水、单纯、平白的精神之爱,他们的爱情往往空灵出世,细腻多变,难以被世俗理解。既然作者对自己的星座特质颇为自觉,他肯定也会赞同这一点。

65 BN,第 326 页指出,阴翳(darkness)正与安娜的金色相反。阴翳指树荫,它为孩子们提供了阴凉。此处用作喻体(也是实写)的"群鸟",按照沃尔科特《安的列斯:史诗回忆之断章》中的介绍,指黄昏时返家的红鹦,它们如同开花的树。

66 bayed,动词 bay,即困住,往往用来修饰野兽,所以后面说嚎叫(howl)。这里暗示《另一生》3.13.6(本诗集未收),But this as well; some nights, after he left her,/ his lechery like a mongrel nosed the ruins,/ past Manoir's warehouse;也见《山羊与猴子》中 lechery 一词的注释。作者把自己比喻成好色觅食的狗或狼,他还用了曼诺瓦的传说。所以这个词暗含了作者被妻子驯服的关系,以及自我被欲望控制的处境,后面的窒息一词也暗示了这一点。妻子满足了自己的欲望,但也许,她的功能仅仅是满足欲望。另外,bay 作为名词,表示海湾,这里也暗示妻子如同海湾,抱住如水的作者。沃尔科特很多用词都隐含着与圣卢西亚岛国这一特征有关的意义。还有,动词 bay 也表示狼或狗的狂吠,呼应后面的嚎叫。在语法上,第一种解释是正确的,但在诗歌的歧义中，后两个词代表的意象会显现出来。

　　Burnett 分析了 bay 这个词，认为作者的身体之爱返回到了身体，如同水手返乡，作者也返回到了男性的身份，这带来的是欲望和痛苦。见 *Derek Walcott: Politics and Poetics*，第 45 页。BN，第 190 页指出，这里暗含了弥尔顿对于人的定义，他认为人处于动物和天使之间，理性时现出天使一面，不理性时则为动物。所以作者请求妻子爱自己，原谅自己对她的"如狼一般的行为"（BN 语）和兽性的欲望。我认为，这里的"原谅"还有一层意思，作者把天使般的爱给了诗中的安娜，而性欲给了现实中的妻子，他在妻子身上满足了自己在安娜身上享受不到的快乐。正因此，他才能超出欲望，描写更高层次的事物。但妻子恰恰成了一种过渡的中介。作者似乎并不是像爱安娜那样爱着她，只是需要她。沃尔科特对自我的剖析相当真诚和真实，这正对应了他返回本土，面对现实的精神，他的欲望的自我就如同家乡一样，惟其如此，他才能塑造神性的安娜，同时让自己也如同单纯的天使一样。他的每次返乡（回归本土和自我欲望）、再出航（远离本土和超越欲望），就像信仰骑士的跳跃一样，又像一位不断离开故乡、又归来的西西弗斯式的奥德修斯。

67　月光是喻体，但又是实写。

68　韵脚自然押韵，而不是矫揉造作而成，就像孩子自然而生，没有人的设计。"单纯地"联系单纯的火焰。

第二十二章

1　本章曾以《兰帕纳尔加斯的历史缪斯》（"The Muse of History at Rampanalgas"）为题单独出版，刊于《纽约客》1972 年 10 月 28 日。沃尔科特的散文《历史的缪斯》是它的姊妹篇。本章可以视为特立尼达和加勒比地区的文学性简史（尽管不是按照时间顺序），涉及了这里的政治、经济、种族和文化问题。BN，第 326 页指出，本章是对上一章"我是不是还爱着她，就像爱你一样？"这个问题的回答。这个回答是作者用新世界的声音、而非旧世界的声音来回答。他的回答表明，尽管这里是瘴气横行，令外来者疯狂的文化虚无之地，他也仍然深爱这里。在《历史的缪斯》一文中，沃尔科特试图超越西方哲学（尤其是前面提到过的帕斯卡、克尔凯郭尔、萨特的存在主义），他明确表示"这不是存在主义"。因为他要重新建立加勒比自己的历史与哲学。所以本章的立意进一步超越了本篇的前几章，作者不再沉浸于对普遍的生、死、爱等问题的纠结，他开始面向文化和种族问题。

2　acedia，来自希腊文 ά-κηδία，词根 κηδία 表示心，加了否定前缀，意为，无心；拉丁文与英文相同，英文也常用 sloth 翻译它。这个词在西方文化中非常重要，属于天主教七宗罪之一。天主教七美德中，与它相对的是"勤奋"（diligentia）。但丁《神曲》中就介绍过它，它指逃避现实，无责任心，懒惰和厌倦从而不尽义务。现代文学理论中，本雅明在《德国悲剧的起源》中将 acedia 定义为道德层面的无力感，忧郁感，它促使行动者逃避或犹豫不定，他举了哈姆雷特的经典例子。我相信沃尔科特不是随意使用这个词的，它表面上指雨林湿气和瘴气很重，让人慵懒，但还有几个深层含义：第一，表明了这里是有罪之地，异教之地。第二，这里的人和文化并不具备西方殖民者或资本主义开拓进取的精神，所以相对来说，处于倦怠之中，都是"无心"之人，等待着外来者赋予他们秩序（见后面洋葱的意象）。

3　the beaten, corrugated silver of the marsh light，marsh light，即 marsh fire，或 will-o'-the-wisp，沼泽上的鬼火。beaten silver，捶打过的银，即银箔。鬼火如同银箔片，呈固态，但微微晃动，泛着波纹。这一句是典型的沃尔科特创造的比喻。

4　heron，见《热带动物寓言集·鹭》，联系下面的 egret，都被近似于 ibis。

5　pirogue，来自西班牙语 piragua 和法语 pirogue，最终源头是加勒比语 piraua，意同于 dug-out，加勒比海盗常使用这种小艇或独木舟攻击船队。此处所描写的独木舟并不是远古遗物，而是当地废弃的船，但由于加勒比地区不在西方构建的历史之中，故而犹如"史前"遗迹。

6　acid grasses，即 sourgrass，指酢浆草属（Oxalis）的植物，富含草酸（oxalic acid），加勒比地区的酢浆草一般是该属之下的一个种，学名为 Oxalis corniculata。

7　set the salt teeth on edge, set the teeth on edge，俗语指酸得牙都倒了，酸到牙根了。草本身有绿酸，因此如牙一样的盐粒或盐斑也被酸倒，实际上指绿草酸渗入了盐中。这一句将颜色、味道甚至还有听觉（牙齿被酸后，嘬牙花的声音）联系在一起，也是沃尔科特的风格。重要的是，这里其实透露出了人的感觉（人即下面说的史学家，人的牙被草酸酸到），这一切事物都是被人所观察的，因此暗含了人对原始自然的考察和追溯。《历史的缪斯》中出现过这个短语，沃尔科特用"酸"代表了加勒比本土的味道，均见《海葡萄》。

8　russets，russet 是颜色名词，这里表示褐色或棕黄色的粗皮苹果。它也被称为 leathercoat，莎士比亚戏剧里提到过。

9　按下面的描述，指西蒙斯。上面三种东西都难以解渴，所以史学家几乎渴死。

10　water rat，这个俗称可以指多种水边的啮齿动物。加勒比和南美地区应为泳鼠属（Nectomys）的动物。

11　egret，见《热带动物寓言集·鹮》，这里用它近似于 ibis，因此下面提到了埃及圣书字，再后面还有一些埃及文化的意象。鹭和鹮与文字的联系，也出自格雷夫斯的"鹤"，见《新世界地图》。这里用水鼠和白鹭的书写活动来表明，此地没有人类写作的历史，只有自然史，或者说，此处即便有文字（用圣书字来比喻的原始文字），但在西方文明看来，也是难以读懂的"动物文"。

12　指远来的奴隶晕船，这些奴隶都是非洲黑人。上面的探险家，还有下面的考古学家，都是欧洲白人。下面还有地中海人和中国人（代表亚洲人）。沃尔科特在《安的列斯：史诗回忆之断章》中提到了这些人，他认为加勒比人种的多样性，比乔伊斯笔下的都柏林还要"让人兴奋"。这就为诗人构建新的史诗提供了基础。当然，对于探险家、考古学家和西方诗人来说，这里的人种多样性毫无价值，他们没有英雄传奇，完全都在百无聊赖的混日子，不会让人"兴奋"——下面会写到这些人"呆滞无聊"的生活，但在沃尔科特这样热爱本土、目光敏锐的诗人来看，这一切都充满诗性。

13 Mediterranean，这不是地理概念，而是人种概念。20世纪的人种学，定义了地中海人种，他们的肤色暗白，甚至发黑，不同于高加索人种。如希腊人，爱尔兰人，阿拉伯人，柏柏尔人，南法人，南意大利人都是。后面《名字》一诗提到的黎凡特人也在其中。

14 tables，暗示了上面泥板一词，mud tablet，当然，table 也可以表示铭文的石板。就像水鼠和鹭画出自然的"文字"一样，会计写的账目也是毫无意义，他陷入了百无聊赖、毫无憧憬的现代生活。这也是整个加勒比现代社会的缩影。

随着现代文明进入这里，原有的白鹭、水鼠、象形文被使用现代文字的人（主要是西方化的当地人和其他非西方世界的人）取代，但其实质却是经济的进入。沃尔科特虽然是诗人，但如他在《另一生》的自述所言，他的诗作都具有社会学考察的功能。当考古学家来到这里，他们肯定找不到什么远古文明的痕迹，同时，这里的日常生活，也让诗人和文学家发现不到什么美学意义。但在沃尔科特眼中，这里每一天单调的生活，每一个平常人都是史诗中的英雄。这种单调的生活描写，也可以对比奈保尔《毕司沃斯先生家的房子》，沃氏和奈氏都看到了当地生活的无聊，但其评价却截然不同。

15 19世纪开始，就有华人移民加勒比地区，多以广东人和福建人为主，分布在特立尼达，牙买加，圭亚那，古巴等地，主要在种植园劳动，20世纪前半叶是移民高峰。经过不断劳动，有的华人开始成为有产者,从事经商和贸易。牙买加和特立尼达是华人主要定居国。特立尼达首府西班牙港的夏洛特街就有华人商店和华人的同乡会和社团。在《安的列斯:史诗回忆之断章》中,沃尔科特提到了中国杂货商和中国的龙舞(Dragon Dance)。

16 BN,第327页(也见BN,第252页)指出,这里说的会计和杂货商与康拉德《吉姆老爷》笔下的"水上店员"(如吉姆)有关,如《另一生》1.6.2(本诗集未收),a water clerk under a cloud。另外也与克尔凯郭尔《畏惧与颤栗》有关,其中将信仰骑士比作"在繁杂的看店规矩之中迷失灵魂的店员"。BN还指出,在《谈谈选择西班牙港》一文中,沃尔科特写道:"商人的盘货,一点意思也没有,所以西班牙港的历史就是克里奥尔语写成的抠抠缩缩的(penny-pinching)存货单,其吸引人之处很可能就像一些葡萄牙零售商在牛皮纸(brown paper)上算的账一样。"

17 lbs.,缩写,表示磅,这个缩写来自拉丁文 libra。

18 spiked shop paper,BN,第327页,这指西印度商店的一种独特的经商习惯:店主会把顾客赊的账记在牛皮纸上,牛皮纸穿在墙上一截末端有钩的铁丝中。奈保尔的《毕司沃斯先生家的房子》中就写到了这种做法。这里也能看出中国杂货商的生意不太好,欠账太多。

到这里为止,沃尔科特用了 Ismond 所说的"还原的"方式,将现代加勒比的经济和日常生活还原为无聊,无意义,毫无史诗性的贫瘠状态。这与其自然状态是一致的。见 *Abandoning Dead Metaphors*,第214页。

19 mummified,与前面的圣书字和象形文一样,都与埃及有关。这个词引申义指干枯,皱褶,所以这里指发干的洋葱,作者将形态与气味联系在一起。

20 spikenard,语音上联系了 spiked,这个词的 spike- 部分也与 spike 同源。这是甘松香属植物(Nardostachys jatamansi 或 Nardostachys grandiflora)中提取的精油。这种甘松盛产于喜马拉雅山和印度地区,后来传入欧洲，进而传入新大陆地区，它区别于北美原生的美洲甘松（Aralia racemosa）。在这里，甘松油的意象有两层含义，第一，由于加勒比地区不产这种油，它是杂货商带入加勒比地区的，因此象征欧洲文化，尤其是基督教文化，在《圣经》中，甘松油就是重要的香料，《约翰福音》12:3，抹大拉的玛利亚就把这种油涂在耶稣的脚上。第二，它与埃及有关，早在古代，甘松就已传入埃及，古埃及人的香料"奇斐"（Kyphi）就含有它。它会涂在法老的木乃伊上，象征着复生。1923年发现的公元前14世纪的图坦卡蒙（Tutankhamun）法老木乃伊中就有甘松香油。这个词的使用仍然是沃尔科特的典型手法，它从一词中显现各种文化背景，而沃氏则在一个意象上"顿悟"了东西文化漫长的交流史。——另外，甘松香也联系了"琥珀"的意象。

21 上一句实写洋葱，木乃伊是喻体，这一句则将实写的洋葱作为喻体，木乃伊中的法老作为本体，从而转换到了文化问题上。考古学家就像剥洋葱一样，想要一探加勒比的文化，但洋葱的中心却是虚无，即开篇说的"无心"（acedia）——也见《遗嘱附言》中"培尔·金特"的典故。

按照Ismond的解释，之所以用埃及法老为意象，第一个原因是，它产生了地中海文明，而后者又是西方文化的源头，具有非常鲜明和突出的历史意义。第二，金字塔和木乃伊是为了永生，但这是徒劳的，它们就像洋葱一样，最终也是虚无，与毫无遗迹的加勒比文明没有什么区别。这样，沃尔科特就消解了宏大的历史叙事，如Ismond所言，"戳穿了史诗性、纪念碑性的历史的形而上学和缪斯"。见*Abandoning Dead Metaphors*，第215页。我还想补充的是，选取埃及，更是因为它正是"西方发现的非西方文化"的代表，有关它的文明和历史的叙事是法国人和欧洲人发现和建构的产物，它成了考古学家判定非西方文化是否存在文明的标准，他们到了加勒比其实正想找这样的符号，但大失所望，找到的只有"洋葱"。沃尔科特不是否定埃及的文化价值，他主张多元的文化标准，尽管加勒比没有这样的文化，但它仍然拥有自然、自己的人和历史，它的独特性——如多种族、多语言混融——需要在消解纪念碑性的历史之后才能发现。

22 the muse of history，希腊神话中，缪斯主管艺术、科学和历史，"历史的缪斯"即宙斯之女克莱娥（Κλειώ），这个名字来自希腊文动词 κλέω，意为，使之广为人知，宣告。英文 cliometrics（计量历史学）就来自于她的名字。这里的 history 一词，不是指自然的时间演进，也不单单指严格的历史科学，它是文化或文学概念，指的是加勒比人有可能创造出的、拆解掉西方线性历史观之后的"历史"、叙事或"史诗"。在《历史的缪斯》中，沃尔科特有一句名言，The vision of progress is the rational madness of history seen as sequential time（进步观乃是被视为连续时间之历史的理性之疯狂）。这里的"历史"，指西方建立的时间谱系，它不同于沃尔科特的"历史"。沃氏不是反对"进步"本身，而是反对单一模式的进步标准。

总的来说，这一句的意思就是，上面的各种事物都"宣告着历史"，如同缪斯，但反讽的是，这些东西其实没有什么考古价值，没有记录什么信息。不过，在作者看来，这样的事物恰恰具有"史诗性"。需要改变的不是这些东西，而是艺术家和考古学家的思维和目的。所以，他不但不去从这些东西中寻找西方式的意义，相反，他要"解构"加勒比的历史性，"拆解"西方线性的进步的历史，他坦然地接受这里的文化虚无。因此，克莱娥正是他的自喻，他主张，加勒比本土诗人的任务不是追忆和怀旧过去，也不是一味批判当前的落后，而是如实地描写日常生活，歌颂和想象将来。这样，他写的史诗就是伪史诗，他写的历史就是虚无的历史。只有这样，加勒比民族才能向前发展，摆脱西方历史，不再自卑自怜，而从边缘位置挣脱出来。在这个意义上，沃尔科特这位缪斯，他的职责不再是追寻历史，而是记录和创造历史。N.W.-Tagoe 分析了沃尔科特对于西方线性时间的超越，其中一些观点很有启发，详见 *Historical Thought and Literary Representation in West Indian Literature*，第六章。

23 potsherds，也叫 potsshard，专指考古学上发掘的陶器碎片，但这里指殖民者用的酒壶碎片。

24 the crusted amphora of cutthroats，下面第三节还有相似的句子，the broken rum jugs of cutthroats。crusted，指酒的沉淀物，酒渣。cutthroat，指残忍的西方殖民者，如种植园主，海盗，野蛮发掘的考古者等。amphora，双耳形的酒瓶，尤其是朗姆酒酒瓶，即下面会出现的 jug。但值得注意的是，作者在这里有意使用 amphora 一词，因为它来自古希腊语 ἀμφορεύς，最初指古希腊标志性的器皿双耳瓶，作者用古希腊的意象来对比埃及的意象，表明它是外来的东西：在加勒比地区，是不可能像在希腊一样发掘出绘有图像和文字的古代双耳罐，如果能发现，也仅仅是近代殖民者带来的酒壶及其碎片。

这句话也出现于《历史的缪斯》中，那里的意象更丰富："有颗史诗之心的诗人，环顾这些岛屿，却并未发现遗迹，而既然所有史诗都以可见的、被风蚀过或海蚀过的遗迹为本，那么诗人可以歌颂的东西就寥寥无几，无非是糖厂生锈的从动轮（slave wheel，暗含奴隶一词），加农炮，铁链，**结着沉淀的、割喉者的双耳瓶**，所有这些丑陋残忍的用具，我们把它们展览出来，当作历史，而不是受虐（masochism），就仿佛奥斯维辛的火化室（ovens）和广岛都成了族群的庙宇"。（粗体为我所加）这段话的意思就是，加勒比如果有历史，那就是受虐、被殖民、迫害、侵占的历史，它没有荷马史诗那样的辉煌的、形成了后来西方文明的历史，诗人如果仅仅盯着过去，那就会养成一种沃尔科特所谓的"病态"（morbidity），诗人以受虐为历史，供奉起自己民族的伤疤，这就意味着当前的文化正在衰落。加勒比人既然没有历史，就没有必要寻找历史，没有必要寻根，因为倘若如此，就必定要以先进的西方文化为参照，诗人就必定会陷入奈保尔的绝望和自我鄙视之中。所以，从加勒比的日常生活出发，重新创造和想象"伪史诗"，自己成为自己的荷马和亚当才是当地知识分子、诗人和艺术家的关键任务。

有很多学者分析了这段经典的话,如 N.Roberts,指出了这段话是后来《奥马罗斯》写作的基础,此外,哈里斯的一段文字也有同样的精神,哈里斯认为,"把世界分为有力与无力两个部分非常容易。加深一种线性的偏见或功能、直到在技术明显进步的群体和技术落后的群体之间出现一道鸿沟,这也很容易。这种线性的偏见如此熟悉,它似乎是历史的完全自然的特质。我们变得目盲(且让我这样来说),看不见另一种阅读现实的方式"。见 *Narrative and Voice in Postwar Poetry*,第 99 页。哈里斯这段话也抨击了西方的线性历史观对加勒比这样的发展中国家的压制。再如 M.Thurston 的分析,他谈到了《奥罗莫斯》阿喀琉游非洲地府的经历,阿喀琉沉浸于过去,他难以返回现在,正如这一段话中谈到的病态的诗人。见 *The Underworld in Twentieth-Century Poetry: From Pound and Eliot to Heaney and Walcott* (Springer, 2009),第 139—140 页。其他分析也见 *Abandoning Dead Metaphors*,第 215—216 页。

BN,第 328 页介绍,在 1964 年 1 月 12 日《星期日卫报》的专题文章《左右为难》("A Dilemma")中,沃尔科特写道:"当一文明爱上自己的遗迹时,这便是堕落之始。正如某个时代的诗歌,其末期是哀歌和讽刺诗:前者是对伟大过去的怀旧,后者是大肆抨击当下;爱陵墓,爱残片,爱破损的雕塑,探挖贝丘(middens),崇尚考掘也都正是'垂死衰败'的序曲"。

25 前面出现过,指葡萄酒中的单宁,这里则指洋葱。

26 这里的"诗"指牛皮纸上记的账目。牛皮纸是黄色的。下面说的废旧胶卷,也是指牛皮纸,由于旧胶卷也泛黄,所以用作牛皮纸的喻体。

27 见《气息》,指加勒比人的黄金国神话。

28 lyrical arrow,下面提到了史诗,与之相对,lyrical 指抒情诗,它们都是希腊乃至西方文学的主要诗歌体式。这句的意思就是,"箭"虽然是当地人的武器,但它可以写入西方文化的抒情诗。

29 BN，第239页，指加勒比人袭击阿拉瓦克人，抢夺他们的妇女。这里暗含了海伦的故事。

30 见《另一生》2.8.2，指西蒙斯。

31 deciphering，这个词后面会接文字，密码，符号之类的宾语。而作者在后面马上就说"一个符号也破译不了"，因为这里没有西方地质学家读得懂的符号。当然，从另一个角度来理解，西蒙斯不再是被动地破译现成的符号，而是创造符号，再赋予其意义。

32 BN，第181页介绍，加勒比的史诗"断章"——该词也见《安的列斯：史诗回忆之断章》——如同叶子一样飘散，这表明了当地的史诗还没有"破译"，等待着命名。而《另一生》就是一部与复兴有关的史诗。

33 在《安的列斯：史诗回忆之断章》中，沃尔科特在特立尼达发现了史诗，one of the greatest epics of the world was seasonally performed（随季节上演的最伟大的史诗之一）。事实上，荷马史诗也是这种自然的史诗，但由于被赋予了西方历史和艺术之起源的意义而且西方文化成为强势文化，故而它成为了"文明的史诗"，以它为标准，加勒比就没有史诗了。但沃尔科特认为，史诗不依赖文物遗迹，也不是用来怀旧往昔的古典文学，史诗是创造，是民族发现自我的话语体系。

34 horsemen，指中世纪的骑士，比较《另一生》1.2的字母A。

35 Castilians，来自Castilla，英语发音为卡斯蒂利亚，西语发音为卡斯蒂亚，英语写作Castile或Castille。它是西班牙历史上著名王国（1035—1715），是西班牙王国的重要组成，15世纪与阿拉贡王国组为邦联，标志着西班牙的诞生，它的鼎盛时期也是西班牙帝国强盛之时，但进入波旁王朝时期，王国被废除。作者这里显然指的是卡斯蒂亚语写成的史诗《熙德之歌》（*El Cantar de mio Cid*）中的卡斯蒂亚骑士。欧洲中世纪骑士以蓄须来凸显男人的英气，将之作为高贵的象征。卡斯蒂亚人熙德（El Cid，原名Rodrigo Díaz de Vivar，熙德来自阿拉伯文，是对男性的尊称）就留着漂亮的胡须，被形容为"花团锦簇"一般。作者这里却用了有反讽意味,没有体现出高贵气的"叉"。前面提到了希腊的意象,暗示了荷马的史诗,这里又加上欧洲中世纪史诗。用西班牙史诗,也是因为西班牙是强大一时的殖民国家。

36 invisible ink,即情报工作中常用的无形墨水,写上去之后需要特殊手段才能显出文字。这个比喻指的是溪流,配合了 decipher 一词,非常精妙。它的另一层含义是,这里其实并没有文字,西蒙斯的破译恰恰是创造。

37 cataracts,可以指瀑布,也可以指凶猛向下冲的急流。这个词来自古希腊语 καταράκτης,希罗多德《历史》7.26 就记载弗里吉亚有一条河,名字就是这个词。作者有意使用这个词,也许想指向希腊史诗。荷马史诗中就描写过瀑布和大河,尤其是冥河汹涌的洪流。这里之所以不宜译为"瀑布",因为下面提到的兰帕纳尔加斯河就有瀑布,只不过流量很小,没有那么洪大汹涌。

38 half-shell,BN,第 328 页,当地小孩子把椰子一分为二,饮用果汁后,吃掉中间部分,用壳当小船放在水上玩。这个意象也可以联系提到过的《沃尔科特诗集:1948—1984》的封面。

39 Rampanalgas River,BN,第 328 页介绍,兰帕纳尔加斯是特立尼达岛东海岸的小渔村,面向大西洋,在大桑格雷(Sangre Grande)和托科(Toco)之间。它的名字为西班牙人所起,nalgas 即,西班牙语"背向"之意,rampa 即斜坡(ramp),这描述了它的形态高高翘起,背部向海,如同从海中冒出。这条河就是作者说的淡水小溪,水很浅,所以大人允许孩子在岸边玩耍,比海边要安全。

40 儿子彼得是前妻莫伊斯顿所生,两个女儿安娜(夫家姓哈代)和伊丽莎白是玛格丽特所生。作者用单数 child 指代这三个孩子,下面又用它指自己,所以,他描述的不是具体的孩子,而是刚刚进入文明的童年的加勒比地区。

41 椰壳如同船,流过大西洋,这一方面暗示了"中途"(Middle Passage)的历史,另一方面,椰壳是从加勒比流向大西洋,所以是中途的逆向，但作者表明了，这不是去复仇，因为孩子代表了天真无辜，他对殖民史并无认识。

42　dead almond leaf, almond 见《海歌》，指海扁桃树或榄仁树。也见《另一生》3.17.4（本诗集未收），I shook Gregorias's hand. Dead almond leaf./ There was no history. No memory。BN，第328—329页指出，暗示这个帆没有征服旧大陆的含义。

43　pre-world，这个"世界"指文明或史后世界。

44　runneling，runnel 为名词时表示小河，沟渠，这里用作动词，表示穿出沟渠。

45　比较《另一生》4.20.1 的题词，哈代的那句诗。BN，第329页，哈代的诗中，雨水滴落在坟墓上，而这里则是自然的石头，因此，这里的水保证了人在自然界存活并成为自然的一部分，立意与哈代相反。

46　whelk，这个词也表示青春痘，下面会用到同义词 conch。我认为，此处的语境与孩子有关，所以很可能也有这层意思。沃尔科特经常会使用这种文字游戏，为了丰富语境。

47　这个史学家不是指西蒙斯，而是西方历史学家。J.Thieme 指出，这表明了本土的孩子对于当地历史以及"中途"历史的理解要比历史学家还要深刻。见 *Derek Walcott*，第159—160页。

48　grandfathers，不是指沃尔科特或其孩子的祖父，指经由"中途"来到加勒比地区的先祖，他们来自欧亚非三个大陆。下面提到的几种族人都是先祖。BN，第329页指出，作者就像克尔凯郭尔《畏惧与颤栗》中写到的亚伯拉罕，他"被上帝拣选，他继承了这样的应许：在他的子孙中（诗中对应沃尔科特的孩子），世界的所有种族都会得到祝福"。

49　巴别塔即《旧约·创世记》11:4—9 中的那座通天塔，《创世记》解释"巴别"的含义为混乱。这里用巴别塔比喻漩涡，也暗示了加勒比地区多种族、多语言错综复杂的环境，同时，由于这个典故来自《创世记》，故而也表明了加勒比的历史正处于开端阶段。布罗茨基在

《潮汐之声》中指出，加勒比世界就如同"现实中的《创世记》的巴别塔"（a real genetic Babel）。*Derek Walcott*（Bloom's Modern Critical Views），第35页。

50 fellaheen，fellah的复数，也写作fellahin，来自阿拉伯语فلاح，指阿拉伯的佃农和农夫。斯宾格勒在《西方的没落》中用这个词泛指一种社会类型，即，费拉赫类型，这一社会是大一统的帝国，有着顺从农民，比如古罗马，古代印度和中国都是费拉赫社会。这种农业社会比原始社会先进，有过辉煌，但最终衰落，处于文明社会的边缘。这个词也见《另一生》2.11.1, I butchered fellaheen, thuggees, Mamelukes, wogs。2.11.5, In the child's mind/ dead fellaheen were heaped in piles of laundry。

51 Madrasi，也写作Madrassi，狭义指印度南部马德拉斯地区（Madras）的人，广义指肤色暗黑的印度南部人，是贬称。马德拉斯管辖区（presidency，相当于省）在印度沦为英国殖民地时期是重要的省份，首府为马德拉斯（后改名为Chennai）。马德拉斯这个名字很可能来自葡萄牙语。加勒比地区，尤其是特立尼达，有很多印度移民，奈保尔就是其中之一。沃尔科特对于印度文化非常喜爱，在《安的列斯：史诗回忆之断章》中，他描绘了加勒比存在的印度文化。他的第二任妻子玛格丽特就有印度血统（也有非洲和加勒比血统），这一血统也传给了两个女儿。见*Nobody's Nation*，第185页。

52 Mandingo，也拼作Mandinka, Mandinko, Malinke等，西非族群，分布在马里，塞拉利昂，塞内加尔，几内亚等国。该族10世纪曾建立马里帝国。宗教方面，在当代，该族人大多为穆斯林。奴隶贸易时期，有大量族人被卖往美洲。

53 the echoing green fissures of Canton，echoing green，化用了布莱克的《回声阵阵的绿色》（"The Echoing Green"）（收入《天真之歌》）的题目兼主题句。该诗描写的是孩子，与这里的语境相同，诗中还写到了老人对自己少年时的回忆，表明了一代代人的更迭。

Canton，来自葡萄牙语 Cantão，这个词也见《名字》，the stonecutter from Canton。《安的列斯：史诗回忆之断章》中有，the crevasses of Canton...vibrating not under the earth but in our raucous, demotic streets。crevasse 与这里的 fissure 是同义词。移民加勒比地区的华人，以广东人为多，出石匠。粤式石头建筑的缝隙，里面会长出青苔，而且能听到回声。这句的意思是，声音仿佛来自遥远的中国广东的石缝，但其实就来自于加勒比，因为广东人在这里留下了建筑。

沃尔科特这里描写的是特立尼达广东人，这里是华人移民较早的地区之一。1802年，英国政府就正式准许特立尼达从中国进口劳动力，第一批有23名华人；1806年，又有147名华人乘坐"坚毅号"（*Fortitude*）轮船从澳门来到这里，其中多为广东人，男性为主。由于经济和语言方面的障碍，1814年有些华人回国，只留下了30人定居。随着太平天国运动和两次鸦片战争，清政府准许更多的华人移民海外，1852—1866年，有1800多名华人来到特立尼达，女性比例开始上升，很多都是全家移民。早期特立尼达华人说粤语和客家话。很多华人后来皈依了基督教，特立尼达有一些华人教堂，比如圣詹姆斯（St.James）长环街（Long Circular Road）的恩典堂（Grace Chapel）。上述以及更详细的内容均见，T.M.Millett 的论文，"The Chinese Community in Trinidad and Tobago: A Case Study of a Commercial Ethnic Minority"，*Entrepreneurship in the Caribbean: Culture, Structure, Conjuncture*（University of the West Indies Press, 1994），第177—202页。也见 W.L.Lai 的两部力作，*The Chinese in the West Indies 1806—1995: A Documentary History* (University of the West Indies Press, 1998); *Indentured Labor, Caribbean sugar: Chinese and Indian migrants to the British West Indies, 1838—1918* (The Johns Hopkins University Press, 2004)。沃尔科特的很多诗歌带有社会学性质，他不会忽视任何一个少数群体，这体现了他世界性的视野，他不是一个狭隘的民族主义者。加勒比的华人及其生活也同样是"历史或史诗的缪斯"。

54　by the mud tablets of Indian Provinces，by 表示临近。mud tablets，区别但又呼应前面提到的埃及的泥板。这里的 tablet 不是指写字板，而是碑，类似 stele，比如藏于大英博物馆的印度著名的诃利诃罗石碑（Hari-Hara Stele），它是供奉于神庙中的刻有神祇的大石板，如印度教，石碑会刻有毗湿奴或湿婆，或两神的合体诃利诃罗等神及其化身；佛教的则会刻上各种佛像。这里指的是印度教的碑。C.B.-Picron 将之定义为一种建筑设设计，即，"一位站立/坐着的神祇，或单独，或由一位、多位次神相随，他们都在基座的上方，在一块直立的石板（slab）前方"。见 "The 'Stele' in Bihar and Bengal, 8th to 12th Centuries Symmetry and Compostion", *Indian Art and Archaeology*（Brill，1992），第 3 页以及整篇文章；另见 A.Ghosh 编的 *An Encyclopaedia of Indian Archaeology*, Volume I（Brill, 1990），第 153，262 页等；Pratapaditya Pal 的 *Indian Sculpture:700—1800*（University of California Press,1988），第 32, 204 页等。Indian Provinces，指英属时期（1858—1947）的印度，包括今天的印度共和国，巴基斯坦，孟加拉和缅甸等地，这个阶段，印度的一级行政区域按"省"（province，或管辖区）划分，印度独立后改为"邦"（state）。这句的意思是，兰帕纳尔加斯海岸边，存留着印度殖民地时期的泥碑，仿佛如恒河之岸，但其实是当时的印度移民制作的；现在，孩子听到了当时或此时的印度人在日落时分面对泥碑进行仪式。

55　the twigs of uplifted hands，把细长的手比喻成分叉的树枝。"高举"是祈祷时为了让自己精神飞升的象征。

56　of manacles, mantras, of a thousand kaddishes，在描写印度教的祈祷仪式同时，作者又加入了与其他群体有关的意象。manacle，词根表示手，指非洲黑人奴隶的镣铐。mantras，mantra，与 manacles 押头韵，即印度密咒，印度教，佛教，耆那教和锡克教都有这样的咒文，汉语佛教称之为真言，词根 man- 意为思考，后缀 -tra 表示工具，手段。后面会提到哈瑞奎师那密咒。kaddishes，kaddish，来自亚兰语

שידּ，神圣之意，指犹太人的神祷，常用于葬礼表示哀悼。卡迪什由亚兰语写成，版本多有不同，如全篇卡迪什，部分卡迪什，拉比卡迪什，哀悼卡迪什等。犹太诗人艾伦·金斯堡有首名诗也叫《卡迪什》。这里的"一千"指卡迪什由千人一同念诵，代指一千个（虚指）犹太人，不是说有一千篇卡迪什。由于卡迪什常用于哀悼，所以这里，它暗示了犹太人遭受的大屠杀和迫害（尤其是纳粹的屠杀），这也联系《历史的缪斯》中提到的奥斯维辛。

犹太人在16—17世纪就随着殖民者来到拉美及加勒比地区，19世纪达到顶峰，二战时期，很多德裔犹太人为了避难也流亡到美洲。特立尼达就有少数犹太人定居。因此，沃尔科特的诗中总会描写到犹太人。但除此之外，还有深层原因。在《历史的缪斯》中，沃尔科特指出，加勒比新世界的史诗源自西方，这正如受迫害而流亡（出埃及）的犹太人一样，犹太人越过红海，加勒比人的奴隶祖先越过大西洋，但区别在于，与犹太人不同，非洲奴隶来到新迦南时，却并未摆脱束缚，反而戴上了新的锁链。由于远离了故乡及其宗教，他们的后人就开始寻找自己的根和锡安，比如黑人发起的返回非洲的运动和锡安运动。而在沃氏看来，这种寻根和怀旧恰恰是病态，他们应该在加勒比建立自己的历史，他们的史诗也应该从这里的生活出发。E.J.Sundquist 在谈到犹太人流亡时，联系了沃尔科特，见 *Strangers in the Land: Blacks, Jews, Post-Holocaust America*（Harvard University Press, 2009），第282页。

这里将非洲、印度、希伯来三重文化（加上前面的欧洲人、地中海人、中国人）放在一起，表明了加勒比是一个外来文化交汇之所，它兼具了如印度和希伯来（还有基督教文明，中国文明）等旧世界的神圣之根。它的自我解放，恰恰体现了人类普遍的争取自由、摆脱束缚的诉求。见 *Abandoning Dead Metaphors*，第221页。显然，沃尔科特跳出了加勒比文学家普遍坚持的民族主义的立场，他追求的不是地方的解放，而是世界性的自由。

57 the saffron, sacred Benares, saffron, 关于其含义，见《山羊与猴子》注释。这个词在这里，一方面指印度教的火，藏红花表示火，暗示火葬和死亡，另一方面指夕阳日落时分。Benares，印度教圣城，也是佛教圣地，这里有著名的鹿野苑。作者这里描绘的是加勒比的印度教教徒，而不是佛教徒。贝拿勒斯位于恒河畔，印度教教徒认为在这里的恒河畔沐浴，可以洗涤灵魂，如果在这里火化，可以超脱痛苦，所以远在西印度的印度人在祷告中期待自己能回到贝拿勒斯或贝拿勒斯能在加勒比显现，从而让自己火葬，超升。

58 Ismond 分析了这段描写印度教祈祷仪式的文字指出，其中有些意象与当地的自然事物有对应，而且都暗含死亡的气息。如，教徒对应鹭，这两者都如同幽灵；印度泥碑对应鹭栖居的泥地；教徒如树枝的手对应作为桅杆的细枝，表明了脆弱。此外，枯（dead）扇桃叶暗示死亡，它相似于泥土和碎石的颜色，而土地也暗示死亡（入土）。见 *Abandoning Dead Metaphors*，第 221 页。

59 accepts them, them 指上面的各个来到加勒比的族群及其后代。Breslin 认为还可以解释为记忆本身。见 *Nobody's Nation*，第 186 页。在分析上面这几行诗时，V. M.-Dickman 联系了艾米·塞萨尔在某篇诗作中反复出现的诗句，J'accepte, j' accepte tout cela（我接纳，我接纳一切），这是塞萨尔的宣言，他要接纳本土的一切现实。见 "*Return*" *in Post-colonial Writing: A Cultural Labyrinth*（Rodopi, 1994），第 9 页。塞萨尔是自称接纳加勒比地区，沃尔科特则反过来说该地区接纳外来者，其实含义都是一样的。外来者要书写这里，这里等待着历史的创生。

M.-Dickman 所指的那一句出现于塞萨尔的《返乡笔记》，我相信沃尔科特读过塞萨尔的诗。这首诗中还有两句与此处意象相似，O mort ton palud pâteux!/ Naufrage ton enfer de débris! j' accepte!（哦，死亡，你泥泞的沼泽！/ 船骸，你地狱般的残片！我接纳！）。见 C.Eshleman 和 A.J. Smith 编译的双语版《塞萨尔诗集》（University of

California Press，1983），第75—76页。《黄昏之言：序曲》中，沃尔科特也引用过塞萨尔的诗句。

60　palate，也见《另一生》1.1.3。

61　结尾这几行的语言形式如同曼坦罗和卡迪什一样。这些外来人航行的历史和过程都被加勒比记录下来，他们的历史不再是原来的文明传统，而是混融交汇后的加勒比地区本身。P.Burnett 指出，这一节最后两小节与哈里斯的诗作《白令海峡》（"Behring Straits"，1954）中开篇的意象有一定的关系，既是致敬，也与之构成辩证关系并作出了质疑，The tremendous voyage between two worlds/ is contained in every hollow shell（这里指贝壳），in every name that echoes/ a nameless bell,/ in a tree-trunk or a cave/ or a sound: in drowned Asia's bones that glisten in nameless/ shifts: the white bones are a proud fleeting/ incongruity like a Mongolian journey, a log book in the clouds:/ no Dutchman on that solitary visionary ship。见"Opening New Doors: Harris and Walcott"，*Theatre of the Arts: Wilson Harris and the Caribbean*（Rodopi，2002），第70—72页。

在沃尔科特看来，只有经受过历史的人才会对过去的历史有痛苦，而孩子是天真无辜的，他不会感觉到过去的磨难，他也没有必要故意想象过去的磨难并沉浸其中，他会看到自然之美，不受人类历史的影响。加勒比地区的诗人就应该像孩子一样，走出苦难的记忆，彻底遗忘（又是深深的记住）受奴役的历史，从而建设自己的现代社会。孩子们既不是欧洲人，也不是亚洲人，也不是非洲人，他们是新的族群，他们要建立一个比乔伊斯的都柏林还庞大、多元、世界性的城市。也见 BN，第326页。

62　这里描写的是阿兹特克人的人祭，这种人祭非常残忍，是将活人开膛，取出还在跳动的心，用来祭祀太阳神。被开膛者是外族人，主要是战俘。整个仪式非常复杂，牺牲者要用火烤后，然后取心。祭祀雨神时，会用小孩子为祭物。有些祭祀，一次会屠杀成千上万的活人。这方面文献很多，可以见 M.Graulich 的"Aztec Human Sacrifice as Expiation"，*The Strange World of Human Sacrifice*（Peeters Publishers，2007），第 9 页。他将"补偿或赎罪"理解为人祭的核心。献祭的是外族人，但作者说"开膛的阿兹特克人"，这是修辞手法，用阿兹特克人对他人的残忍行为指代他们的自身。引用这个例子，证明了沃尔科特并未将拉美和加勒比世界认为是天堂，这恰恰相反于他早年诗作《像约翰去拔摩岛》的观点，他的史诗不是要把这里描写成与世隔绝的梦幻天堂或伊甸园。这里一样有残忍和邪恶，并未比殖民者善良多少。

63　指红色和黄色，是西班牙国旗的颜色，暗示了血（屠杀）与黄金（掠夺）。为了证明西班牙帝国的残忍是正当的，史学家会强调阿兹特克人的残忍，从而将西班牙解释为如希腊和罗马一样辉煌的文明。这种解释只是用一种残忍来解释另一种残忍。

64　purple，《圣经》中，紫色表示尊贵，如《旧约·以斯帖记》8:15。

65　指羽蛇神，下面描绘为长着鸟喙的羽王（feathered king），见《哈特·克兰》。

66　golden excrement，阿兹特克人把金子和金矿称之为"太阳的粪便"，银子是"月亮的粪便"。见 C.Olson，*Celibacy and Religious Traditions*（Oxford University Press，2007），第 306 页。由于太阳是神，因此金子是神性的粪便。纳瓦特尔语称金子为 teocuitlatl，这个词也可以指银子。见 F.F.Berdan，*Aztec Archaeology and Ethnohistory*（Cambridge University Press，2014），第 230 页；见 *A Nahuatl-English Dictionary and Concordance to the Cantares Mexicanos*，第 308 页。按照上述的解释，作者这里指的就是金子。用粪便一词，暗含反讽，削弱了阿兹特克人的神圣性，呼应了镀金一词——削弱了西班牙帝国的神圣性。

67　hawk-bright，《另一生》2.11.3（本诗集未收），an inflamed hawk，鹰在高空飞翔，阳光照射，如同一团火光，或者，鹰的眼睛在光下闪亮。西班牙帝国的奠基人是卡洛斯一世，即神圣罗马帝国皇帝查理五世，属哈布斯堡家族。由于神圣罗马帝国的标志是双头鹰，所以卡洛斯一世加冕西班牙国王后，将双头鹰作为了西班牙王国乃至后来的帝国的标志。哈布斯堡（Habsburg）一词的高地德语为 Habichtsburg，即，鹰之城堡，hawk 与 Habicht 同源。

68　conquistador，来自西班牙语和葡萄牙语，专指西班牙帝国（也包括葡萄牙帝国）的军队和征服者。作者之前先举了史学家（尤其是接受西方历史的本土学者）粉饰西班牙人暴行的行为，这里又讲到他们的第二种倾向，即，痴迷于被压迫的历史，产生了作者所说的"受虐"，他们放大自己的落后，美化殖民者，将之视为英雄。见"Derek Walcott and Alejo Carpentier: Nature, History, and the Caribbean Writer"，第 121 页。

69　malarial eye,/ crying，西班牙人来到美洲，染上了疟疾，疟疾时，眼睛充血发红，有时伴随黄疸，会发黄，这是前面提到的西班牙国旗的颜色，所以上面说"金色"和"荣耀"，联系前面的"荣耀之色"。crying，得了疟疾，眼睛疼痛，会流泪。作者暗含讽刺，西班牙人的泪水不是因为仁慈，而是疾病。后面说的"出了点毛病"，指眼睛。

　　值得注意的是，这里暗示了《新约·加拉太书》4:15，保罗说加拉太人会把自己的眼睛给他，因为如《哥林多后书》12:7—8 所写，保罗眼上有刺。这是《新约》的经典典故。一般的解释是，保罗去海外传教，如《使徒行传》13:13，去旁非利亚的别加传道，身染疟疾，眼睛疼痛。这个解释是著名《新约》研究者和考古学家 W.M.Ramsay（1851—1939）提出的，见其研究保罗的名著 *St. Paul: The Traveler and Roman Citizen*（Kregel Academic, 2001），第 90—91 页，解释"肉中刺"。我用的是新版，老版刊于 1895 年。我确信沃尔科特要指向这里，除了疟疾这个联系之外，原因还有，第一，保罗的传教是向海外，与西班牙殖民者一样，向异教传道。他受到迫害，最终殉道，而相反，西班牙人则残忍和暴力，作者以此表明，西班牙殖民者遵循了保罗的先例，表面传道，但实质是杀戮。第二，保罗去的环境也是潮湿之地，相似于美洲。第三，保罗其实正是一个"漂流者"，他一生有三次远行，面临着文化的冲突。

70 absolve us from，上面说那些人在祈祷，用圣杯，指他们接受了西方的基督教，在他们眼中，作者这样立足本土的人（尽管也是教徒）就成了异端和魔鬼——下面会提到一些这方面的标志——因此作者希望他们赦免自己，毕竟，他不是背叛基督教，而是建立加勒比自己的宗教和艺术形式。

71 begin again，这相当于沃尔科特的诗学口号：像亚当或孩子一样，重新命名，从虚无中开创历史。当然，还可以理解为重新开始之后，会再次重新开始，轮回进行，如同西西弗斯，但虽然荒谬，这就是生存。BN，第 191 页指出，这里可以联系弥尔顿《失乐园》中亚当和夏娃的重新开始，因为天使拉斐尔承诺要给他们一个比失去的乐园更幸福的天堂，《失乐园》8.585—586，Then wilt thou not be loath/ To leave this paradise, but shalt possess/ A paradise within thee, happier far。BN 指出，paradise within 这个短语正是《另一生》中弥尔顿式结构的关键。作者一家在兰帕纳尔加斯海滩上找到了内在的幸福。

72 carnal slime of the garden，garden 指伊甸园，carnal 指加勒比地区是异教之地，只顾肉体快乐，不重视精神。《安的列斯：史诗回忆之断章》中提到过伊甸园的意象。

73 incarnate，这个词在基督教常专指道成肉身，作者用在蛇身上。在《圣经》外典中，伊甸园中的蛇化身为女人形的狸狸（Lilith）。由于加勒比是异教之地，相当于旧世界，属于蛇、魔鬼、肉欲的范围。

74 mud's entablature，entablature，词根与 tablet 一致，作者还是重复 mud tablet 一词，但变换表达。这个词在建筑学上指希腊建筑的柱顶横楣部分，比如横饰带（frieze）就属于这部分，其中会雕刻精美的图案。这里暗示了希腊，但意有反讽，加勒比的泥土无论如何也达不到希腊建筑的层面，它与更原始的埃及是等同的。

75 呼应第一节,鹭踩在泥土上,如同画着埃及的象形文,让人觉得来到了古埃及。

76 ibises,见《热带动物寓言集·鹮》,它是特立尼达国鸟,这里是实写。

77 the silver-hammered charger of the marsh light,第一节出现的 beaten,这里换为 hammered。charger 是一种扁的圆盘。下面的"压成箔的",为 beaten,还是指沼泽光。

78 "虚无"见《气息》,由此可以看出,那些沉迷于过去,美化自己的受害,成为受虐狂的人,也许就是奈保尔。

79 含义见本节末尾。

80 patchwork, sunfloor, seafloor of pebbles,patchwork 指卵石拼缀的沙滩。sunfloor,指日照的沙滩。seafloor,指海底,与 sunfloor 谐音。

81 Resthaven,海港或码头的名字,表明这里风平浪静,与上面的"安息,天堂"(rest, heaven)谐音,但 heaven 与 haven 的词源不同。

82 sick of black angst,black,与情绪搭配时,形容忧郁和抑郁的状态,但也暗示了作者的肤色。这里的病人就是指作者自己。见 *Derek Walcott: Politics and Poetics*,第 74 页。

克尔凯郭尔的《恐惧的概念》中,恐惧一词即与英文 angst 同源的 Angst。这种恐惧是没有对象的惶恐不安。sick 也暗示了克尔凯郭尔的《致死的病症》,H.V.Hong 的英译本把丹麦文"病症"(Sygdom)译为 sickness,这种病症就是绝望,当不愿在绝望中成为上帝规定的那个自我时,人就有罪,所以下面就联系了"忏悔"(penitential),后面也出现了"绝望"。惶恐呼应了《遗嘱附言》中的精神分裂和前面的"分裂的孩子",作者不确定对历史应何种态度,自己既有非洲奴隶的血统,也有欧洲殖民者的基因,所以体会到了不安。下面说"忏悔"和"废奴",这都是从殖民者后代的角度来说。

83 histories,作为可数名词,指各种历史事件,下面开始列举。

84 passing/ for poems,pass for,意为充作,冒充,被认为。作者用

了跨行修辞，passing，可以单独表示历史在作者眼前重演。for 表示"为了"诗歌。

85　Lucknow，印度北方城市，1857 年印度爆发民族起义，该市成为了主要据点。

86　Cawnpore，1857 年起义时义军的主要据点，英军在这里制造过多起屠杀。这两个地名呼应了《另一生》1.2.11（本诗集未收），在那里，作为分裂的孩子，作者难忘历史，但在这里，他明确表示，历史可以忘却了，因为他和自己的家人要"重新开始"。

87　一行行诗句如同蔗糖厂的一排排机器，加工"原始"的神话，提取糖分后，甘蔗就成了废料。

88　1833 年英国通过了《废奴法令》（Slavery Abolition Act），规定殖民地的奴隶制不合法。1834 年 8 月 1 日正式执行，加勒比的英属殖民地也执行了法令。当然，早在 18 世纪，英国本土（不包括海外殖民地）就已经废除了奴役黑人的奴隶制。1807 年，英国又废除了奴隶贸易，对贩奴者处以罚金。作者忠于历史，所以他不会一味地批判或妖魔化英国殖民者，上面刚举了殖民地的反抗，这里又讲到了殖民者的改过。既然奴隶制早已废除，那么 20 世纪（下面说的"一个世纪之后"）的诗人和文学家就不应该再纠缠过往的受奴役的历史，眼光应该向前。作者不是鼓吹虚伪的仁慈，而是说，沉浸于过去的痛苦，只能让自己更加脆弱，变成下面说的受虐狂。

89　这几行也见其前面第一节引用过的《历史的缪斯》中的文字。

90　ratoon，这个词的使用再次体现了沃尔科特的笔法精妙，它的含义很多：第一，指根蘖，截根苗，即植物根部重新长出的芽，加勒比地区，尤其指甘蔗的根蘖，比如 ratoon cane（宿根甘蔗），砍下蔗杆后，留下的甘蔗桩会继续长出甘蔗芽。因此，甘蔗根蘖，一方面可以比喻种植园和糖厂的黑人——以及印度人等所有移民劳工，呼应了上面的甘蔗厂的意象，另一方面，根蘖又可以比喻黑人在劳动中不断衰亡，但又生生不息。第二，20 世纪 60—70 年代，加勒比出现了一些以 Ratoon 为名的左翼知识分子组织，如 1969 年圭亚那大学的 Ratoon Group，它是一个激进的民族主义团体，主张黑人权力（Black Power）。它与美国黑人运动同时展开，与美国的黑人组织也有往来。见 P.Mars 的 *Ideology and Change: The Transformation of the Caribbean Left*（Wayne State University Press，1998），第 51 页；A.M.Bissessar 和 J.G.La Guerre 的 *Trinidad and Tobago and Guyana: Race and Politics in Two Plural Societies*（Lexington Books，2013），第 127 页。类似的团体也出现在牙买加、特立尼达和多巴哥等地。沃氏用这个词指代所有类似的黑人和外来族群的民族主义组织。第三，这个词词形上联系了 rat，暗示了水鼠的意象。

联系上面以及之前多次出现的甘蔗、糖厂和根蘖等意象，我认为，沃尔科特对这个词的使用也受到过布拉斯维特的《劳工》（"Labourer"，1971 年收入 A.Salkey 编的加勒比诗选 *Breaklight*）的影响，诗中也用 ratoon 比喻黑人，the crunched bone was juicy/ to the iron; there was no difference/ between his knuckle joints/ and ratoon shoots: the soil/ receives the liquor cool and sweet;/ three fingers are not even worth/ a stick of cane...。这首诗把糖的生产视为黑人的消耗，糖如同吃掉黑人，而黑人又不得不以此为生。由于黑人不停地生产，所以劳作时断掉指头的关节，如同"根蘖"还得继续长出新的甘蔗。布氏用这个意象比喻黑人的不断消耗；沃氏则视野更为宏大地将之比喻不断扩张的移民群体。关于这首诗的分析，见 C.Plasa 的 *Slaves to Sweetness: British and Caribbean Literatures of Sugar*（Liverpool University Press，2009），第 99—100 页。Plasa 这本专著很有意义地研究了加勒比文学传统中的"糖和甘蔗"这两个经典意象。

最早描写加勒比"甘蔗"的文学家就是苏格兰诗人詹姆斯·格兰杰（James Grainger），他有一篇著名长诗《甘蔗》（"Sugar-Cane"，1764）。这位诗人晚年去往西印度的圣基茨岛，并在那里去世。他还出版过研究西印度疾病的作品。《甘蔗》描绘了西印度种植园的场景，作者对于奴隶们的状况颇有同情。这首长诗是加勒比诗人都熟悉的作品，也是他们描写种植园、甘蔗与糖时会有所暗示的隐含文本。

91　downed，甘蔗在生长中后期，甘蔗秆高大，叶子茂密，常因为风等自然因素倒伏。

92　soughing，飒飒响，形容风吹在甘蔗叶子上的声音，以及甘蔗倒伏时的响声。这个词也可以表示喘粗气的声音，下面提到了黑人患的蠕虫病，这种病症会造成发烧，让他们胸闷气短，所以这个词也暗示了病中的黑人的呼吸。

93　sickled，sickle 为镰刀，这里作为动词，由于镰刀是收割甘蔗的工具，所以必须译出这个含义。这个词也暗含了 sick。

94　mal d'estomac，法语，estomac 即 stomach。肚子痛因蠕虫病或钩虫病所致。BN，第329页，引 K.Kiple 和 V.Kiple 研究加勒比疾病的论文：这个短语可以作为病症名称，指代钩虫病，西班牙语叫作 mal de estómago，当地语言也叫 hati-weri，拉丁名称为 cachexia africana，俗称 dirt-eating（见下），这些名称都是用不同的症状来命名蠕虫病或钩虫病，这是西印度黑人普遍易患的疾病。

95　earth-eating，患食土癖产生的吃土行为，也叫 dirt-eating，热带贫困地区流行的异食癖，因为蠕虫疾病或营养不良所致。Earth eating 可以表示食土癖，同义于 geophagia，食土癖的另一个表现就是下面说的"精神萎靡"。BN，第329—330页，引 K.Kiple 和 V.Kiple 的文章，为了让病人摆脱食土癖，医生会给病人戴上铁面具。

96　metal despondence，精神不振，也叫作 African cachexia（非洲恶病质）和 Negro cachexia（黑人恶病质），African lethargy（非洲嗜睡症），African sleeping sickness（非洲嗜睡症）。lethargy 和 cachexia 与这里的 despondence 同义。这种嗜睡源自蠕虫病（helminthiasis）、钩虫病（ankylostomiasis）或锥虫病（trypanosomiasis）。

97　helminthiasis，比较《另一生》1.6.3（本诗集未收）的 Bilharzia enters the intestines of small children。这句话，作者有两重反讽：第

一，戴面具是为了不让食土，但看起来好像是遮掩麻木的表情，这无异于自欺欺人；第二，如果不是自欺欺人，那就是为了治疗蠕虫病，但其实治标不治本，这并不是科学的方法。另外，蠕虫病使用了科学名称，意味着，自然科学找到了黑人的病根，但实际上，心灵的"绝望"才是病因。沃尔科特看到的不仅仅是生理上的精神萎靡，而是文化和心灵上的绝望感。重要的是，沃氏不仅仅看到了底层民众的疾病，他之前也认为自己是病人，他们有着共同的绝望感，尽管来源不同，但这正是"重新开始"的基础。

98　Pour la dernière fois, nommez! Nommez!，见《另一生》1.4"契约"部分的结尾，神父说，Name! Déparlez!。与那里的语境相同，这一句的节奏合乎法语克里奥尔语，意义也近似。这里的 name 可以对比作者一直致力于的亚当的"命名"活动，但亚当的命名是创造语言世界，而这里的"说名字"是回顾历史，作者就要抛弃这种做法了，所以说"最后一次"。用法语克里奥尔语，是表明，作者也像神父一样，要驱走魔鬼。如 Breslin 所言，现代的魔鬼就是"对历史的崇拜"，它会把活人变为被死人束缚的 gens gajé。见 *Nobody's Nation*，第 186 页。BN，第 330 页指出，这句话本身的语境是逼供囚犯，告诉他们这是最后一次招出同伙名字的机会了，否则就上刑了。

99　Abouberika Torre commonly called Joseph Samson./ Hammadi Torrouke commonly called Louis Modeste，BN，第 330 页，这些特立尼达的曼丁戈人 1838 年请求英国女王，让他们回到非洲，但遭到驳回；沃尔科特很可能是在 Gertrude Carmichael 的《西印度特立尼达和多巴哥群岛史》(*The History of the West Indian Islands of Trinidad and Tobago*) 知道的这些人；Earl Lovelace 在小说《盐》中也用到了这个典故。

　　所提的曼丁戈人都是穆斯林，前面的名字是阿拉伯＋非洲式的名字，后面是英国名字。我想作者很可能觉得这两组姓名的文化含义比较鲜明，所以选择了它们，当然在音节上，它们也让这两行非常整齐。两个英国姓都比较典型，Samson，也可以写为 Sampson，即斗士参孙，沃尔科特一定意识到了这个姓的含义，因为他写过《斗士参波》，见《克鲁索的岛》注释，这个姓也呼应了下面的 sergeant。Modeste 来自拉丁文 modestus，即适度，温和，暗示非洲原始的蛮性会让文明节制，变得适度。

关于两个非洲姓，Torre 即 Touré，这是典型的法语化的非洲人名字，英语也写作 Turay，来自西非索宁克语（Soninke language），意为大象。见 J.Winders 的 *Paris African: Rhythms of the African Diaspora* (Springer, 2007)，第 25 页。他有可能是塞内加尔、冈比亚或几内亚的马林克人（Malinke，曼丁戈人的一支）。Torrouke 即 Toronke，名字来自塞内加尔河的福塔·托罗（Futa Toro），-nke 这个后缀表示族，他有可能是富拉尼人（Fulani）或图库洛尔人（Tukulor）。关于上述两人的名字以及非洲穆斯林移民加勒比的历史，见 S.A. Diouf 的 "From West Africa to the Americas: Muslims and the Transatlantic Slave Trade"，*Seasons Journal* (Spring-Summer, 2005)，尤其是第 10 页。Diouf 这位女学者是专门研究加勒比非洲移民，尤其是穆斯林移民问题的学者。也见 *Derek Walcott: Politics and Poetics*，第 152 页。

100　sergeants，英国军队中的中士，这里指出那些曼丁戈人都是英国军人。强调这个军衔，表明他们早就英国化了，因此那种重返非洲的举动仅仅具有仪式感罢了。

101　indentured，见《流亡》。

102　Caroni，特立尼达河流。BN，第 330 页指出，印度契约劳工在卡洛尼河畔的甘蔗田劳作，甘蔗田在西班牙港东南，靠近皮亚科机场。

103　pyre，来自古希腊文 πυρά，词根为 πῦρ（火），即火葬时的柴堆，荷马史诗中常见，它还引申指祭坛；另一种用法上，表示营火，篝火。这里说的是父亲们的骨头在燃烧，意即，父辈已经焚化，新人应该与之告别了。由于这个词可以表示篝火，BN，第 191 页指出，它暗示了篝火前的鲁滨逊。

104　ashpit，见《遗嘱附言》。

105　Grandfather，指前面说的"父亲"的父亲，他们是初代移民群体。在《火车》的注释中，我举了纪廉的《双祖谣》，BN，第 272 页指出，沃尔科特读过这首诗，另外，纪廉还有一首商籁《祖父》("El abuelo")，讲的是黑人祖先。

106　lotus yogi，lotus 指打莲花坐，双腿盘起，身体如同坐在莲花上。印度瑜伽行者身着橙红色衣服，如同一团火焰。他坐在燃烧的煤床上修炼自己。印度有赤脚步行走在燃烧煤床的修行，来自《罗摩衍那》悉多的故事。"煤床"既是喻体，也是实物，因为西班牙港与卡斯特里一样，也要进口煤炭，海边沙滩上有散落的煤，在日照下，如同燃烧一般。lotus 也见《群岛传奇》第七章，那里是忘忧果，这个词联系了加勒比和印度两个世界。

107　指太阳，见《另一生》1.1.1 的 halo，一轮太阳如同圣人的光圈，作者已经在沙滩上成圣。而若太阳每天出现，则作者每天都是圣者。太阳，火焰等意象呼应了单纯的火焰。

108　O，象形太阳的圆形。BN，第 326—327 页指出，本节讲述诗人一家向太阳的祈祷。

109　resurrection，专指耶稣的复活，联系下面上帝，此处应理解为，太阳如同基督。"重复"仍然可以联系克尔凯郭尔，因此太阳的复活，有神性，却又是荒谬的，因为它象征着反复无聊的日常生活。由此，作者的"重新开始"，也是一种反复的开始，作者的诗就是反复的日常生活。下面的奎师那密咒也是"重复"诵念的。

110　Hare hare Krishna，即哈瑞奎师那密咒（曼怛罗），整个密咒为，Hare Krishna Hare Krishna,/ Krishna Krishna Hare Hare,/ Hare Rāma Hare Rāma,/ Rāma Rāma Hare Hare（哈瑞奎师那，哈瑞奎师那，/ 奎师那，奎师那，哈瑞，哈瑞，/ 哈瑞，罗摩，哈瑞，罗摩，/ 罗摩，罗摩，哈瑞，哈瑞）。Krishna 也译为克里希那，这个词在梵语中意为，黑色的，深色的，青色的，所以他在汉语中也译为黑天。他是印度教重要的神祇，毗湿婆的化身，在《摩诃婆罗多》中，他向阿周那讲诵的《薄伽梵歌》最为知名。注意，黑天不是大黑天（Mahākāla），后者是湿婆的化身。这个词的本义"黑色"表明了他吸引一切的能力，因为黑色吸收一切颜色，同时暗示了加勒比的深色人种的肤色。由于黑天与《摩诃婆罗多》的关系，因此这里暗示了沃尔科特关注的另一种史诗——印度史诗（前面我们曾提到过荷马的史诗，西班牙的史诗）。按 Rosen 的解释，krish 表明吸引一切的能力，-na 表示精神的快乐，因此合起来表示：一位绝对者，他能通过吸引一切的力量提供一切精神快乐。hare，即 hari，Hari 是毗湿奴的另一个名字，指他为信徒"去除障碍的能力"。另一种说法，Hare 是 Hara 的呼格，Hara 即毗湿奴的爱人拉达（Rādhā，梵语意为成功）。也见下面 BN 的解释。密咒中的 Rāma，一般认为即《罗摩衍那》的罗摩，他是奎师那的化身之一。Rosen 认为，一指奎师那长兄大力罗摩（Balarāma）；二指罗摩（Ramachandra）；三指拉达·罗摩那·罗摩（Rādhā Rāmana Rāma），这是奎师那的另一个名字，意即"给斯里·拉达带来快乐的人"。上述一些看法，一部分可见 S.Rosen 的 *Essential Hinduism*（Greenwood Publishing Group, 2006），第 222—223 页。

BN，第 330—331 页（也见第 178，181 页）指出（引了 Daner 等学者的观点），在《历史的缪斯》中，沃尔科特谈到了宗教与文学的关系："无宗教，无史诗"（epic poetry cannot exist without a religion），因此，新世界的史诗也必定建立于宗教。哈瑞奎师那教就是这样的宗教。它起源于印度，但却成为新世界的信仰体系。1966 年，该教在纽约汤普金斯公园的树下成立。20 世纪 60 年代至 70 年代早期，迅速在新大陆蔓延。该教的信徒相信，唱诵奎师那的名字可以让人们对奎师那的爱从休眠的状态重新复活。梵语 hari 的含义之一指黄色、黄褐色、棕色和琥珀色，因此可以指太阳（BN 没有明说，但黄褐色和棕色暗示了加勒比有色人种，与奎师那相同）。hari 对应的动词表示"祛除邪恶或罪恶"。哈瑞奎师那教认为，哈瑞意味着主神促成至高无上之快乐的能力。奎师那是主神本名，意思就是"吸引一切"（all-attractive）。BN，第 172 页还指出，Hare 与哈里（Harry，包括 hurry）有谐音和联系。

111　BN，第 331 页，在《一部伟大的俄语小说》（"A Great Russian Novel"，1964）中，沃尔科特赞扬纳博科夫的《天赋》（*The Gift*）"敬重的是生活，不是历史"。见《另一生》题目注释，Ismond 曾经比较过《另一生》与《天赋》。

112　enter the knowledge of God，下面的"知晓"为 know。这是两种不同的"知识"，前者是神学和玄学的理论知识，后者是沃尔科特哲学意义上的常识，甚至就是一种"无知"，上帝就显现在日常生活中，"上帝就是生活"，民众或是熟知，或"日用而不知"。对于基督教的上帝，作者念起了异教的曼怛罗，因为他不觉得宗教和文化的差异会影响到人类普遍的对"生活"本身的投入和热爱，而这正是他的新型宗教的根本。作为新教徒，而且作为加勒比新教徒，作者致力于用自己的艺术将基督教本土化，消解那种单一信仰形式的宗教。这样，哈瑞奎师那教（以及珀科曼尼亚，奥比术……）+ 基督教（新教）= 加勒比的新型宗教，也即沃尔科特等本土艺术家的艺术创造。这种宗教，它信仰上帝，但不会去认识上帝，因为上帝就在日常生活中。上帝并不给加勒比人线性的历史，而是循环往复的生活。

113　bread，首先指日常的面包，但更重要的是，下面提到了葡萄酒（wine），再联系上面的上帝，因此也指圣餐礼中的饼。作者一家祈祷，感谢太阳日日带来光明，感谢生活带来面包，酒，还有下面说的新娘，见 BN，第 327 页。这里的"这个人"指作者的某位家庭成员，他/她会按照作者的要求祈祷，感谢"生活"带来饼、酒和太阳。

　　作者用 bread 和 wine 这两个词用意是：第一，饼（圣体）、葡萄酒（圣血）指上帝或耶稣，在英语中既有神圣含义，也有日常用法。第二，加勒比人像英国人一样，也开始在生活中使用它们，当与太阳，新娘并置一起，赋予了它们更日常的意义。——如在作为当地人的作者看来,太阳也可以指上帝,因为它每天复活,永恒不死。而《圣经》中,太阳没有这种至高无上的含义,比如参孙,他的名字表示太阳之人,但他显然达不到上帝的能力。——即便一个人不信基督教,他也会赞同饼、酒、新娘、太阳的神圣性,因为它们是最简单的、如同"单纯的火焰"一样必不可少的东西,它们比任何虚无缥缈的神祇都更能代表"生命或生活"本身。或许耶稣当初用饼和葡萄酒作比喻时,也是这么想的。第三,加勒比人说出它们时,就如同亚当命名一样,诗人是自觉地意识到这一点的代表。这样,随着作者在加勒比建立新型的面向生活的艺术宗教,在这种宗教中,饼和葡萄酒的神圣性就体现在它们反复出现于日常生活这一点上——如同太阳每天升起。

Burnett 指出,在《黄昏之言:序曲》中,沃尔科特让自己像艾米·塞萨尔一样,使宗主国语言具有加勒比的独特意义,他译了一段塞萨尔《返乡笔记》中的文字,Storm, I would say. River, I would command. Hurricane, I would say. I would utter "leaf". Tree. I would be drenched in all the rains, soaked in all the dews。塞萨尔如同上帝一样,用宗主国的语言进行命名。宗主国语言虽然还是中心语言,但它的使用和表达是地方性的。leaf 就可以表示树。见 *Derek Walcott: Politics and Poetics*,第 132 页;也见 J.E.Chamberlin 的 *Come Back to Me My Language: Poetry and the West Indies*,第 122 页。如果查 R.Allsopp 和 J.Allsopp 的 *Dictionary of Caribbean English Usage*,可以看出,很多英语的常用词,都有着不同的加勒比式的用法。再加上英语克里奥尔语,加勒比人通过自己的创造,恰恰在丰富着英语。而当诗人和文学家的作品最终进入英语文学的经典行列,加勒比英语就超越了与宗主国语言的"对抗——被同化"的对立。

114 staggered,这个词可以表示脚步踉跄,但这里指内心的犹豫和踌躇,因为作者在祈祷,没有行走。《另一生》3.13.4(本诗集未收),I asked her, "Choose," / the amazed dusk held its breath,/ the earth's

pulse staggered,/ she nodded, and that nod/ married earth with lightning。这句里,earth 指作者,stagger 指土地的脉搏紧张跳动,lightning 指安娜,两人确定关系,正好符合下面"新娘"的语境。新娘肯定是作者要祈祷的话,感谢太阳赐予自己妻子。但是,他爱的还是安娜,所以会踌躇和懊悔。《另一生》3.14.1 描写神性的安娜时,说过她如同一位新娘,所以新娘与饼、酒一样,都是太阳、上帝或单纯的火焰的化身。

115　到此为止,Burnett 认为这几行诗句呼应了乔伊斯的《一位青年艺术家的肖像》中对语言的看法。在那部小说中,乔伊斯揭示了,语言帝国总是被它所容纳的语言污染。政治要确立中心,因而在文化上,也会确立一种中心语言,宗主国语言。爱尔兰人就处于英语的阴影之下。沃尔科特认为,乔伊斯面对着焦虑,他试图超越莎士比亚和荷马,他的上帝就是语言,他处理的是"语言的历史"和"语言的起源史"。与之相对,加勒比人就羞于自己的语言,他们就像演员,总是在等着语言,而实际上,他们拥有丰富的本土语言。需要用本土语言来命名事实。如果说乔伊斯试图消解宗主国语言的中心性,使之异化变形,那么沃尔科特就是展现宗主国语言在加勒比的日常使用,以及当地人如何赋予它新的意义并将其神圣性还原。均见 *Derek Walcott: Politics and Poetics*,第 131—132 页。

116　很明显指向海明威的《太阳照常升起》(*The Sun also Rises*),沃尔科特很喜欢海明威,前面多次指出。这个题目来自《旧约·传道书》1:3—5,钦定本为,What profit hath a man of all his labour which he taketh under the sun? One generation passeth away, and another generation cometh: but the earth abideth for ever. The sun also ariseth, and the sun goeth down, and hasteth to his place where he arose;和合本为,"人一切的劳碌,就是他在日光之下的劳碌,有什么益处呢?一代过去,一代又来。地却永远长存。日头出来,日头落下,急归所出之地。"海氏的小说也引了这几句为题词,另一个题词就是"你们都是迷惘的一代(lost generation, *génération perdue*)"。在《另一生》

1.2.3 中，作者已经暗示了《传道书》1:2 讲虚空的一句。这些内容也可以联系哈代的那个题词。海明威的这部小说并不像人们误读的那样要宣扬并沉溺于"迷惘"，他与沃尔科特一样，强调的是太阳与地的长存。人是短暂的（"我不在这里"），人的"迷惘"毫无意义，对于太阳无足轻重，但这正是生存的前提。对于加勒比人来说，除了普遍的生活的荒谬之外，他们在文化上还承担着另一层历史虚无的荒谬，他们必须要在荒谬中继续生存。

117 I shall repeat myself, BN, 第 331 页指出，这里的"重复"，首先指哈瑞奎师那密咒的重复念诵。此外，它指向了克尔凯郭尔的《重复》——与《畏惧与颤栗》写作时间相同——"重复"概念也是这两部作品的关键之一。在《畏惧与颤栗》中，克尔凯郭尔指出，用信仰"自我重复"可以让自我移动到比"普遍"更高的层次，BN 引了《畏惧与颤栗》中的一段话："因为信仰是这样的悖论，特殊者比普遍者更高——但要注意，是以运动重复自身的方式进行，结果，个体者，当他已然处于普遍者之中时，这之后，他作为特殊者，将自我隔离，使自己高于了普遍者。"与沃尔科特的历史和回忆概念相关，克氏的"重复"呼应了希腊人的"回忆"观，但是方向相反，按照克氏的方式，"一个人向前进入了永恒"，而像苏格拉底那样，当他认识自己的不朽时，他在"自我回忆"中，"返回了永恒"。BN 认为，回忆或记忆是幻象；失忆（amnesia）是更新。BN 引了《新约·腓立比书》中保罗——克氏提到过他，他接受过希腊哲学的训练——一段话（我引和合本译文）："忘记背后努力面前的，向着标竿直跑，要得神在基督耶稣里从上面召我来得的奖赏。"

我在《另一生》4.20.4 的注释中介绍了《重复》的内容，BN 没有提及。我试着解释一下上面引文体现的克尔凯郭尔的哲学思想。那段文字致力于颠覆黑格尔的辩证法。所说的"普遍者"，指"伦理"，个体需要抛弃自己的个体性，进入其中，追求相应的目的。如果个体试图影响普遍者，他就犯罪了。但是，在亚伯拉罕的例子中，当他杀子犯罪变成恶人又毫无悔意时,他没有爱儿子(伦理准则)胜过爱自己(个体),而他却因此成为了信仰的楷模,这就是信仰的悖论。信仰让个体超越了世间最普遍的伦理准则,悬置了它规定的目的,这是个体对自我的挑战。这一挑战是重复性的,如同受罚的西西弗斯的重复一样,又是荒谬的,因为个别高于普遍,没有任何中项可以证明这样的逻辑命题成立。——三段论中,个体需要借助一个中项与普遍者建立关系,如,所有人(M)都是应该爱子的(P);亚伯拉罕(S)是人(M);亚伯拉罕(S)是应该爱子的(P)。"人"是中项,大前提是一个普遍的伦理准则。但在信仰中,会出现"S 不是 P"的悖论情况。无论如何,都找不出一个 M 来推出这个结论。

亚伯拉罕是一个纯粹的个体,不再是抽象意义上的人,因为信仰首先是个体性的。作为信仰骑士的亚伯拉罕区别于在冲突的伦理中面临困难而超越不出伦理的悲剧英雄,他杀子仅仅为了"个人",不为任何普遍的东西,如国家,民族等等。他将个体自我直接与绝对者关联起来。克氏不是要鼓励为了信仰上帝而灭绝人伦,他的意思是,信仰是一种超理性的"激情",理性无法解释一个人为何以纯个体的方式去信仰。

信仰的表现就是前面说的跳跃,不断重复着的跳跃。与之相应,沃尔科特的跳跃就是"重新开始",这不是一个线性历史的开始,而是不断重复的开始。但与克氏不同,沃氏追求的不是"绝对的上帝",而是"绝对的太阳或单纯的火焰",也就是加勒比的日常生活。就生活的普遍本质而言,它是绝对者,就它在西方历史之外而言,它是"绝对的虚无"。为了让生活有意义,奈保尔选择西方的历史,以此来取代加勒比的生活,而沃氏则毅然投身进虚无之中。看到了生命和本土生活的虚无,他就如同亚伯拉罕一样,违背了日常的伦理。当他每次顿悟这一点,投身于诗歌中时,他就是不断重复跳跃的信仰骑士。关于克尔凯郭尔的哲学思想,也见 D. W. Conway 和 K. E. Gover 编,*Søren Kierkegaard Critical Assessments of Leading Philosophers, Volume*

1 & Volume 3（Routledge，2002）；王齐，《生命与信仰》（江苏人民出版社，2010），以及京不特，《黑格尔或基尔克郭尔》（金城出版社，2013）。

118 "相同的"和"如一的"，都是 same，但前者有量的变化，后者始终如一。祈祷和火（太阳）都是"重复的"，但方式不同，我采取了不同译法。自我的重复，也如同太阳，是独一的重复。

119 for what else is there/ but...?，很长的修辞问句，作用是排除其他目的，but 之后的都是唯一的目的。

120 均见《另一生》1.1.1，这些意象的再次提及，就是"重复"的表现。那里讲到，书后来合上了，此处又说海之书是重复的，因此，作者再次打开了书，他还会反复如此。

121 见《幽谷中的爱》和《另一生》1.1.1 的"无风之火"。BN，第 170 页指出，这里联系了雪莱《为诗一辩》中的"无常的风"（inconstant wind）。

122 见《另一生》4.20.2，那里有蛇和刀的意象。

123 son 和 sun 读音相同，而且有重复的效果。

124 holy is...，表示祈愿，意思就是，使系动词之后的人或事物"成为神圣"。见《另一生》1.1.2，这样的句式来自坎贝尔《神圣》和《圣经》，如《启示录》20:6，钦定本为，holy is he that hath part in the first resurrection。和合本一般译为"为圣洁"或"圣洁了"，放在句末，我选择按原文译在开头，下面出现多次，是首语重复（anaphora）的修辞手法。下面，作者还使用 and 的首语重复，这也是钦定本《圣经》的典型风格。作者虽然有意使用长句子，但与前面的太阳祷告一样，其中的隐喻和意象是本土的，因而，这样的祝圣仪式仿佛是在海边，在街边，在市井进行，而不是在庄严的大教堂。而下面第六节，句式又骤然变短，回到了加勒比英语的简单风格。

J.E.Chamberlin 分析了这几句的句式风格，还论述了其他差不多同时期的西印度诗人对《圣经》的句式和仪式性语言的使用，他们都将本土的表达方式与《圣经》结合，其方法可以对比沃尔科特，有的也影响了沃氏。我这里引述几例，如牙买加诗人约翰逊（Linton Kwesi Johnson）的诗《青年》("Youtman"，即 youthman，克里奥尔语），里面就充满了拉斯塔法利式的表达和《福音书》式的风格，如第一段，youtman,/ today is your day say di time is now./ site?（即 sight）ovastan（即 understand）. youtman./ check out di shape yu haffe faam;/ mind who yu harm。还有牙买加诗人莫里斯（Mervyn Morris）的《论圣周》("On Holy Week"），他让与耶稣一同钉十字架的罪犯使用牙买加街头语言来跟基督讲话，改写了《路加福音》23:39—42 中庄重严肃的长句式，Malefactor(Left)/ So you is God?/ Den teck wi down! Tiefin doan bad/ like crucifyin!/ wha do you, man?/ Save all a wi from dyin!。影响过沃尔科特的布拉斯维特，有一首著名诗作《山姆老爷》("Sam Lord"，模仿吉姆老爷，收入《母亲诗》），它将巴巴多斯的历史和本土生活同《诗篇》23 的语言结合在一起，并让"口语和书面语的传统"同"语言形式的人为创造和诗中命名的地域与事物之自然性"展开了对话，这场对话也确立了"西印度文学尽可能达到的新的疆界"。主人公山姆是一位英国海盗，他进行着巴巴多斯仪式（Bajan ritual），口中念着如同《诗篇》的句子，但其中都是当地的风物：黑肚绵羊，蜘蛛，蒜香草（gullyroot），青柠果林，愈创树（lignum vitae），面包坚果，车前草，葡萄柚，奴隶歌，还有仪式用的书、钟和蜡烛，迎神用的"符"（vèvè）。布氏展现了巴巴多斯如何沦为外人之手，就像当地的黑人以前也是他人的财产一样。布氏回答了"黑人的家在何方？"这个问题，答案就是：在此。那么，西印度人如何能保证自己不再失去这个地方，不再失去自我呢？这是很多西印度诗人要回答的另一个问题。这些论述均见 *Come Back to Me My Language: Poetry and the West Indies*，第 144—148 页。沃尔科特也面临着这个问题，他对第一个问题的回答也与布氏一样，此处的祝圣词表明了，对于加勒比各族移民和本土后裔，只有此地是神圣的乐土，他们只有在此地才是神圣的。

125 tortured，修饰树时，表示树干扭曲，不直，由于扁桃树也象征着加勒比受苦的历史，所以这个词暗含饱受折磨之意。这个词词根来自拉丁文动词 torquere（扭动）的被动分词 tortus。

126 rust-caked，前面的"生锈的"为 rusted，这是叠叙修辞（polyptoton）。这样的重复呼应了前面论述过的"重复"概念，而且配合了重复的 holy 和 and，符合祝圣词的语境，进而暗示加勒比不是一个线性历史中的地方，而是重复着重新开始的伊甸园。

127 指榄仁树，见《海歌》。暗示了伊甸园的智慧树，但语义反讽，这里的树虽然也生长在伊甸园一样的海外，但又粗又盲，树干不直，所以它不像智慧树能让人分辨善恶。见 *New World Poetics*，第312页。如 D.Delmaire 所言，作者的庆祝词取消了善恶的分别，对它们全都加以庆祝，见 "Derek Walcott's *Another Life*: from Death to Celebration"，第32页。

128 torturing limbs，与上面的 tortured 构成了又一个叠叙修辞。这里还是写树，上面从被动描写实际生长的树"被扭曲或被折磨"，这里又从主动来说树枝（或是过去残留的树枝，或通过实景来想象）"能使之扭曲或折磨"，即，"树枝"曾用来拷打和折磨奴隶。这样，"被折磨的树"（"你们"）指奴隶后代（如作者本人）以及受奴役的历史，"折磨他人的树"指奴隶主先祖（如作者父系）以及殖民史。无论是被折磨的人，还是折磨人的人，他们都是移民，而且早已血缘融合，是"同一片树"，属于同一片土地，所以，他们必须和解，忘记过去的仇恨。

129 takes blows on its back，指海浪连连拍打石头。比较《另一生》4.21.3，"我如岩石一样被击打"。BN，第331页（也见序言第 viii 页）指出，艺术家唐纳德·杰基·辛克森（Donald Jackie Hinkson, 1942—）当时也在兰帕纳尔加斯度假，他曾画过一幅描绘当地岩石的水彩画，岩石突出，就像温斯洛·霍默（Winslow Homer, 1836—1910）的《炮石》（*Cannon Rock*）。在《唐纳德·杰基·辛克森》一文中,沃尔科特曾将之比作霍默。

关于这位艺术家,读者可以参观他的网站:http://www.jackiehinkson.com/bio.html。霍默的画收藏于大都会艺术博物馆,作于1895年,是一幅油画,画中远景是海,近景是海岸,右方有一块突出的岩石,如同大炮,仿佛向着冲击它的海浪开火。

130 作者省略了这个"最神圣"。

131 is more rock,即,这块不断受到海浪打击的石头,才更是石头本身,更能代表石头。之所以赞扬这块石头,按照Breslin的看法,因为它坚忍,不屈从于海浪。由此,沃尔科特表达自己的理想,即,压迫者(海浪)和被压迫者(石头)彼此和解。见*Nobody's Nation*,第186页。

132 renewed, exhausted, renewed 呼应"重新开始",呼应了"另一生"和"新生"。exhausted 指作为男人和父亲,因生活而疲惫,但呼应了"平静"和下面的 inured,疲惫意味着岩石的坚忍。BN,第191页指出,这里都表明了作者一家如同亚当和夏娃及其子女,他们得到了弥尔顿《失乐园》中承诺给亚当和夏娃的第二天堂。

133 伊丽莎白和安娜两个女儿保持着作者的平衡,她们分别代表"过去"的压迫者和受压迫者两极。这里提女儿,呼应了祝圣词开头写的如同太阳的儿子,儿子是"将来"的希望。三者形成稳定的三角结构,中央就是作者,而下面开始提到妻子。

134 Holy were you,这里用过去时陈述一个事实:玛格丽特帮作者度过了艰难的时光,已然是圣洁的。所以这里就不用再祝圣了,作者只需要坐在阳光之火旁边,像鲁滨逊一样重新开始。

135 原文省略了系动词,仍然是过去时,呼应上面的"平静",意思就是,自从与玛格丽特相识和结合,他们就必定会找到平静的乐园。

136 见《另一生》1.1.1。指月亮,太阳之时,月亮还是盲目的。

137 combing, uncombing my hair,见《另一生》2.11.4(本诗集未收),I am one/ with the thousand runners who will break on loud sand/ at

Thermopylae, one wave that now cresting must bear/ down the torch of this race, I am all, I am one/ who feels as he falls with the thousand now his tendons harden/ and the wind god, Hourucan, combing his hair...。BN，第282页，用温泉关战役之典故，斯巴达人开战前，会梳理自己的长发。所以梳头意味着赴死。在战役中，很多斯巴达人如同阿拉瓦克跳崖者一样跳入海中。作者这里表明自己就像斯巴达人、阿拉瓦克人、信仰骑士（之前为安娜而跳）一样毅然跳入现实。

combing 和 uncombing（不梳，下面说的"逃避"）呼应了作者的"自相矛盾"和两面性，但其实这两个动作就是辩证的，先有"不梳"的状态，才能"梳"。"不梳"就是对于现实超然漠然，"梳"就是坚决行动，但只有对现实漠然（indifference，作者多次使用这个词，见《遗嘱附言》），才能毅然跳入生活。

138　Inured. Inward，两词押头韵，押尾韵，而且谐音，但不仅仅是语音的游戏，inured 指习惯了外部世界，inward 指面向内在世界，作者如同"雅努斯"，一张脸向外，一张脸向内。如前引 BN，第191页的看法，inward 呼应了《失乐园》的 paradise within。

139　上面说的被海浪不断拍打的石头。

140　and nothing, which is,/ the loud world in his mind，第一行结尾的逗号，让这里的 is 有两个意义，第一，nothing 表明了一个空集，is 在逻辑上确定这个空集成立，不对集合的元素做存在判断。第二，is 作为存在判断，在本体论层面上判断这个"虚无"是实存的，它不是如麒麟或"圆的方"那样是绝对的虚幻，因此虚无"是"实际存在的内心世界。但其实，另一个外在的虚无就是加勒比的历史与文化。而无论多么虚无，它都是"真实的"（real），因为作者直面万物，直面内心的声音，他比任何只沉迷于过去的历史、抽象观念和虚构意象的诗人都更实在。

BN，第327页指出，本章既联系了乔伊斯的《一位青年艺术家的肖像》和克尔凯郭尔的信仰骑士，又有所区别和发挥。之于前者，在小说结尾,斯蒂芬还需要继续锻造自己的作品,但沃尔科特已经找到了自己的声音和完成了相应的作品。之于后者,信仰骑士有着绝对的信仰,但沃尔科特是两面的雅努斯,他既信,又不信,处于和自然一样的漠然中。另外,本章当然回应了鲁滨逊,作者就是鲁滨逊(白人)与礼拜五(黑人)的合一。

我需要补充的是,沃尔科特之所以比信仰骑士更"不信",是因为,他更加直面现实,他不会如亚伯拉罕一样,绝对地或纯个人化地忽视普遍的伦理,沃氏的"信"恰恰是对民族伦理及其重建的绝对的信仰,因为作为民族诗人,他不仅仅是个体的,而是普遍族群的代言。就黑格尔的辩证法而言,克尔凯郭尔试图克服它,但沃尔科特在更现实的层面上又返回到了辩证法:对于上帝这样的绝对物或绝对精神的"不信",才是他毅然"相信"现实生活的起点,而在生活中,他又不断怀疑生活的意义,这为他进一步投入虚无荒谬的生活、面向死亡提供了动力。就存在主义观点而言,沃尔科特其实更近似于加缪或萨特,但比起这两人,他的跨种族、跨文化的背景,让他更是一个"局外人"。

第二十三章

1　Malabar,马拉巴尔是圣卢西亚卡斯特里北部的马拉巴尔海滩,也叫维吉耶海滩。这里的马拉巴尔海滩旅店还有附近巧克力海滩(Choc Beach)的 Villa Beach Cottages,都是沃尔科特经常来度假的住宿地。这一句表明了"回家",作者从特立尼达或牙买加回到圣卢西亚,但是,他仍然住在旅店,所以本质上已经成了游客,而不是当地人。

2　本章会频繁使用一般过去时,按照 S.J.Marks 的看法,这是一种"宣告式的"(declarative)陈述完结的过去时。上一章"向内心",而本章又朝向外部的"喧嚣的世界"。这种时态的用法表明了,之前那个私人的、反思的"我"要做出一个决断,他决定要解决过去的种种问题、冲突和矛盾。见"That Terrible Vowel, That I: Autobiography and Derek Walcott's *Another Life*",第126—127页。

3　framed,建筑,搭建,但也指外面的红树林被窗框框住。

4　这几行有多处暗示重复,如"每个早晨","醒来"(每天都要醒),"连续不断的",还有语词上的重复,如"防波堤般的红树";"防波堤般的"为 groyned,"红树林"为 mangroves,其中的 gro- 为重复;"面对"和"重复"均为现在分词,重复了 -ing。下面还有多处重复的例子。所有重复都指向了克尔凯郭尔。BN,第332页指出,这里的防波堤不是人为建筑的,而是自然的,哲学意义上的。

5　BN,第333页指出,比较《另一生》3.13.4(本诗集未收),The disc of the world turned/ slowly, she was its centre;3.17.4(本诗集未收),Gregorias laughing, "Jamaica just up the road, man,/ just up the road." Harry hustling. Anna had not moved。在沃尔科特但丁式的宇宙中,圣卢西亚岛本是不动的中心,如同安娜。但是,在此处,"起锚"表明了该岛是可动的,如同船。这一想法来自《畏惧与颤栗》,当某些条件满足时,生命就是无趣的,比如人类像船穿过海洋一样穿过世界,那么生命就是空虚和无趣的。沃尔科特就认为圣卢西亚如同克氏的船,因此生命是空虚和无趣的。

6　BN,第333页指出,这两行来自《畏惧与颤栗》,"如果一代人继另一代人之后兴起,就像森林的叶子,如果一代人代替另一代人,就像森林中的鸟的歌唱",下面会提到叶子。

7　petaled and perished,押头韵,也是重复的例子。petal 即花瓣,这里为动词。perish,通常可以修饰花朵,指其凋谢。

8　hammerhead,锤头,但结合语境,指锤头鲨,鲨鱼困在浅滩,急于觅食。这个词也表示傻瓜。《星苹果王国》中还有"锤头海龟"。

9　"浅滩"为 shallows,"影子"为 shadow,也是重复例子。be afraid of one's shadow 是习语,指极度恐惧。

10 BN，第333页指出，这两行来自《畏惧与颤栗》，"如果永恒的遗忘总潜藏、饥饿地寻求猎物，如果力量并不强大，不足以将猎物从它的口中夺回"。而格里高利亚斯就不畏惧自己的影子。BN认为指向《畏惧与颤栗》是完全正确的，上述以及这里所涉及的内容均集中出现于"亚伯拉罕颂辞"。

11 inward，见上一章注释。叶子也联系"一切史诗都随着叶子吹散"。BN，第333页指出，吸入叶子，是对历史的"反抗"，也就是"将作者的环境和民众吸收、保存、同化并具体地实现出来"。百万片叶子就是《另一生》的史诗的叶子，也是回馈给民众的礼物。

12 BN，第333页指出，克尔凯郭尔说过，诗人是"回忆的天才"，但是在此处，诗人的记忆无法恢复，因为在更高的层面上，一切都枯萎了。

13 shrunken，这一节的语境多跟植物有关，因此译为枯萎，一切回忆枯萎，基于回忆的艺术也枯萎了。作者的外部环境没有变化，但他的内心出现了转变（如克尔凯郭尔的比喻，他驾驶着如同船一样的圣卢西亚穿过世界）：他悟到了世界重复、荒谬、空虚的本质，历史毫无意义。他必须像信仰骑士一样彻底遗忘过去，而非像苏格拉底和柏拉图追寻回忆，他要遗忘哈里的死、安娜的爱、加勒比的苦难历史，遗忘欧洲之根等等，因为他是亚当和鲁滨逊，他要重建一个"日常的"伊甸园。

14 nameless arthritic twigs，比较上一章说印度教祈祷者的 the twigs of uplifted hands。作者的手伸向灌木的细枝，它的手其实也如同细枝一样；也许他的手患有关节炎，所以将之比喻树枝。"无名"，即 nameless，指细枝还没有名字，尤其是英语名字，它等待作者命名。作者其实已经给出了一个名字，就是他的隐喻："关节发炎的"（arthritic）。

多说几句，这个比喻，在帕斯捷尔纳克儿子叶甫根尼写的帕氏传记的英译本中出现过，见于"日瓦戈医生诗篇"的《秋之夏》

("Бабье лето"),有一句 высохших старых коряг,英译者——传记中诗的译者为帕氏妹妹莉迪亚的女儿安及其诗人丈夫克雷格·雷恩)译为 ancient, arthritic twigs,与沃氏完全一致,读者可以对参。высохших 的意思是枯萎,干枯的,译者用 arthritic 一词,也许是因为帕氏曾身染关节炎。见 *Boris Pasternak: The Tragic Years, 1930—60* (Collins Harvill, 1990),第 168 页。

15 a toothless giggle,tooth 与下面的"根"(root)有语音和文字上的重复。giggle 的 gl 与下面的"英语"(English)一词的 gl 重复。当然 giggle 这个词也重复出现了三个 g 字母。

16 指灌木的根,或其他一同生长的植物的根,这样的自然物,英语无法表达,更适合于法语克里奥尔语等其他语言。沃尔科特写过法语土话(patois)的诗歌。见 *Derek Walcott: Politics and Poetics*,第 135 页。由于上面将自己的手比作树枝,那么这个根也可以理解为作者的根——文化之根,他的文化背景中不止有欧洲的语言文化。比较《游廊》中的 uprooted 一词,见那里的注释。

17 awe,见《提埃坡罗的猎犬》1.3,my awe of the ordinary, because even as I write。《恩赐》,praise in decay and process, awe in the ordinary/in wind that reads the lines of the breadfruit's palms。对日常和当地事物的敬畏。BN,第 334 页,推测这与克尔凯郭尔的"畏惧"概念有关。但沃尔科特敬畏的不是超验的、与人隔绝的上帝,而是单纯的火焰。

18 BN,第 334 页联系了《畏惧与颤栗》,"骑士回忆一切,但这种回忆恰恰是痛苦"。

19 含羞草并没有像老朋友一样问候作者。作者的"主体性"与周围的环境不再和谐。见 *Nobody's Nation*,第 187 页。含羞草的闭合,仿佛没有见过作者而感到害羞,其实是作者已经不想再回忆这里的一切了。

20 gloricidia,见《另一生》4.20.4 的荣耀樱,glory cedar,拉丁名为

gliricidia，gloricidia 是作者针对这个名字生造的词。

BN，第 334 页指出，gliri-cidia 意为，这种植物的叶子和根会杀死（词根 cid- 即杀死，来自拉丁文动词 caedere 和后缀 -cida）睡鼠（glires, dormice）。这样，gloricidia 即 glori-cide，杀死荣耀之意。一方面，当地人为诗人提供了 glory cedar 这样的名字，它本自《圣经》中的植物，就像"黎巴嫩的 cedar"（BN 指的是拉丁名为 Cedrus libani 的黎巴嫩雪松，松科，雪松属，但与荣耀樱目科属均不同）。另一方面，20 世纪 30 年代后期，当地人又唱着"荣耀死了 / 白人来了，荣耀死了"的民歌。"荣耀死了"（Glory Dead）这个短语被英国作家阿瑟·考德尔 - 马绍尔（Arthur Calder-Marshall）用作了他描写特立尼达的一本书的书名。诗人用跳舞的老妇人比喻荣耀樱，由此又造了 gloricidia 一词，这都是他对当地民众的回应：当地人造成了西蒙斯这样的艺术家的自杀，他们"杀死荣耀"，荣耀即"荣耀之王"耶稣基督，他们将他钉在十字架上。

21　对比前面说的圣卢西亚"从未移动"，当地人仅仅是因为成为了旅游的景观而无聊地重复，但实际上，他们都会死去，这里的景观也会被改造，消失。作者看到了这一点。下面的"重复"，如连续多个"旅店"，表明了圣卢西亚世界的本质，但这样的重复只有诗人这样敏锐的人才能洞察和记录，而且他还能创造个体性的重复——信仰骑士坚决主动的重复跳跃。

22　圣卢西亚没有四季，四季温差不大，只分雨季和旱季，后者从 12 月到次年 6 月，旅游旺季也在这段时间。秋季正好是圣卢西亚的旅游淡季，当地人看到游客变少，客房空荡，才能意识到秋天来了。

23　the line of Martinique，Martinique，岛名，位于向风群岛，法国海外领地，首府为法兰西堡，高更曾经去过那里，当地也建有高更博物馆。马提尼克在圣卢西亚北部，距离很近，作者看到了从那里来的游客，所以使用了高更的典故。line，按照 BN，第 334 页的提示，是从马提尼克开来的巡游班轮（cruiseliner）航线。

24　single wave，也叫 soliton，孤立波，即单波峰向前匀速移动的非线性波，波长无限长。自然界中，这种波出现在浅滩，而且往往是由船舶引起的。作者这里就是用孤波暗示游轮的到来，line 这个词是进一步的暗示。游轮靠岸，孤立波涌起，航线与波正好是垂直交错，当波传到沙滩，上面的骑手（游客）驾着马从波浪旁或波浪中经过。这两句能看出作者对生活观察极为细致，而且巧妙地将三种动态的事物并置在一起。

25　la mer，法语，海洋。BN，第 334 页指出，这是个文字游戏，表明旅游局和游客读音时都分不清 mer 和 mare（英语母马）。骑手和 mare 均暗示了高更的画作《沙滩上的骑手》（*Riders on the Beach*）。我再补充一点，《海歌》中出现过"白马"一词，习语中就是指波浪，所以沃尔科特这个文字游戏很自然。

26　圣卢西亚旅游局为了增添景观，就把马提尼克的高更搬了过来，也许会编造一些跟高更有关的东西。board 双关，也表示船舷和甲板，习语 by the board，即，在船外，比较 go by the board，被忽视，落空。这暗示了"高更"是虚造的。

　　Breslin 认为，作者看到了沙滩上的骑手，就仿佛看到高更的画，但比起他和格里高利亚斯要创作的"孤独的、英雄式的艺术"，这只是一种"浓妆艳抹"（tarted-up）的版本，来自旅游局"高更"的"帆布油画"。见 *Nobody's Nation*，第 187 页。这种俗艳的高更并不是"伪史诗"，但可以作为后者的素材。

27　这是比较明显的重复的例子。这些旅店既是圣卢西亚的，也是作者旅行在外所住过的旅店，呼应了一开头的"马拉巴尔旅店"。见 *Mapping Memory: An Itinerary Through Derek Walcott's Poetics*，第 221 页。BN，第 335 页指出，这种重复，不是祝圣，而是诅咒，有点像《忧郁的热带》中的一段话："就像有种动物，它的甲壳随着年代变厚，形成一面不可穿透、让表皮无法呼吸的硬壳，从而加快旧时代的开始，大部分欧洲国家都允许自己海岸堆满别墅、旅店和赌场。""甲壳"也比较《另一生》4.20.1，poor scarred carapace/ shining from those abrasions it has weathered。

28　Bitter End，这里是专名，见下。非专名时，在海洋语境中，指锚链的终端，尤其是固定在船上的那端。这个短语直译也是痛苦的结局或下场，就是死亡。所以作者把它放在一串旅店之后，是重复的终结。BN，第334页指出，Bitter End这里指20世纪70年代卡斯特里圣路易街的一家夜总会和餐馆。所有者叫乔治·奥德伦（George Odlum），他是沃尔科特的好友，夜总会的名字是两人的一位朋友所起。据莱顿·托马斯给E.Baugh的信中所言：奥德伦还主办了一份报纸《改革斗士》（*Crusader*），报纸就放在大厅一楼；这个地方是艺术爱好者聚集之地，他们总在讨论社会热点问题；这里也成为了"论坛"（Forum）组织——该组织由年轻职业人士构成，经常在哥伦比亚广场（今德里克·沃尔科特广场）集会——的前身；论坛组织中的一些人后来进入政界，但从政后就取缔了该组织。BN还指出，沃尔科特在格林尼治村居住时，附近有家俱乐部也叫这个名字，著名歌手尼尔·戴蒙德（Neil Diamond）和克里斯·克里斯托弗森（Kris Kristofferson）都是从这里出道。——基于BN的解释，这里的"夜总会"一词虽然为club，但指的是nightclub（夜总会），所以我不再译为俱乐部。

29　prodigal，联系《另一生》1.1.1的prodigy，两处呼应，但是，两词并不同源。prodigy来自拉丁文prodigium（预兆），它有可能来自pro（之前）和aiere（说）。prodigal来自拉丁文prodigalis（挥霍的），prodigus（挥霍的，浪费的）和prodigere（挥霍，消费），pro（向前）和agere（运动）。关于浪子的故事，见《路加福音》15:11—32，故事讲了一个父亲的两个儿子，小儿子是浪荡子，喜欢去外地游乐，最后浪子回头，得到了父亲的原谅和爱。这段经文中没有与prodigal或prodigalis及其同族词对应的词，但按OED的解释，武加大译本的边白上，这个故事被记为filius prodigus（浪荡之子），这是拉丁文文献中最早（1525年）使用形容词prodigus与"儿子"搭配的地方，由此英语也出现了prodigal son这个固定短语，有时只用prodigal，指漂泊在外，后来幡然悔悟的浪子。莎士比亚戏剧中，prodigal一词常用，与《圣经》有关的地方如《错误的喜剧》第四幕，第三场。

经文中的含义，不仅指儿子挥霍钱财，而是浪荡海外，远离自己的父亲（象征上帝和基督）。这个主题也是沃尔科特诗歌的主题，他就是远离欧洲之父，后来又远离圣卢西亚之父，海外漂泊的浪子或异乡人。《鲁滨逊漂流记》第一章中也用了这个典故，显然影响了沃尔科特，I resolved that *I would*, *like a true repenting prodigal*, *go home to my father*。这句的父亲，指的更是上帝。沃尔科特有部长诗就名为 *Prodigal*（2004）。浪子是西方文学中的经典主题。对于沃尔科特，他既是神童、奇才或怪才（prodigy），在精神上异于外部，同时，他也自我流放，是浪荡子（prodigal）——甚至婚姻上，他也不断漂泊——但他与社会的冲突和隔阂却在这种异化和放逐中得到了缓解。

异乡人即stranger，比较加缪的"局外人"（*étranger*）——这个词在首要意义上指外乡人，因为默尔索是巴黎人，呆在阿尔及利亚——指作者回到家乡，仍然像一个格格不入的外来人。异乡人近似于prodigy，它代表"差异"，而浪子毫不停留，代表"重复"，他总是游荡，是一个不断"重复"的"差异者"。这里的句意看似是比较，其实意思就是，异乡人和浪子都是艰难的，甚至异乡人反倒更难，但作者反过来说，安慰自己。关于异乡人，也见《回家：昂斯拉雷》。

30 均见《另一生》1.1.1，这还是重复。前三行为过去时，后面变为现在时。

31 这个问句很长，要到本段结尾，我在这里先标出。

32 bungalows，见《另一生》2.8.1，这里暗示了上面出现过的和下面还会出现的格里高利亚斯。

33 Higher Purchase plan，BN，第335页指出，这句是文字游戏，实

际要说的是 hire purchase plan，即分期付款购买。分期付款要付利息，所以价格更高。

34　bulldozed and bowdlerized，两词又是重复的例子。bulldoze，来自于 bulldose，字面意思就是鞭打公牛时所需的力度（dose，剂量），1876 年美国大选，白人恐吓和威胁黑人，其做法被称为 bulldoze。1930 年时，一种履带式推土机被称为 bulldozer。这里既说推土，也表明了威胁。bowdlerize 来自于 Thomas Bowdler，他在 1818 年编订了删节版的莎士比亚作品集，去除了很多不雅的文句。这里指把维吉耶弄得面目全非，以至于把这个"名字"都快删除了，这个动词也配合下面卡图卢斯的诗句。

35　our *ocelle insularum*，our Sirmio，这句也见于沃尔科特的《根》（本诗集未收），出自卡图卢斯诗集中的第 31 首开篇，Paene insularum, Sirmio, Insularumque/ ocelle, quascumque in liquentibus stagnis/ marique vasto fert uterque Neptunus（西尔苗，半岛和岛屿中的 / 微眸，无论那岛是在尼普顿化出的清澈之湖（指内陆之水）/ 还是广袤之海（指陆外之水））。paene insularum，即"几近之岛"，指半岛；ocelle，ocellus 的呼格，oculus（眼睛）的指小形式，即小眼睛，可以指宠儿，尤其可以比喻珠宝。西尔苗，意大利语称为 Sirmione，是米兰以东、维罗纳西部的加尔达湖（Lake Garda，拉丁语称为 Benacus）之南的狭长的湖中半岛。由于它的形状又像半岛，又因为细长（如微眸）而尤当水涨之时会完全脱离陆地、如同岛屿一般，故而卡图卢斯有此描述。他之所以把西尔苗形容为世界之岛中的珠宝，这不是因为它有多么迷人和美丽，它其实并不如卡氏之前游历的地方，而是因为，卡氏为维罗纳人，他的家宅就在西尔苗。这首诗是他从比提尼亚（Bithynia）游历之后返乡所作，他如同见到了故友一般。这首诗之前几首，情绪负面，而这一首变得欢快，但是诗律仍为讽刺诗的跛脚抑扬格（choliambic），所以是过渡性的诗作。上述内容可见 P.Y.Forsyth 的 *The Poems of Catullus*（University Press of America,

1986），第209—210页；C.J.Fordyce 的 *Catullus: A Commentary*(Oxford University Press, 1990)，第167—168页。

丁尼生在他的《兄弟啊，永别了》("Frater, Ave Atque Vale"，题目来自卡图卢斯悼亡兄弟的哀歌）中还提到了西尔苗，Gazing at the Lydian laughter of the Garda Lake below/ Sweet Catullus's all-but-island, olive-silvery Sirmio。他还也提到了所谓的卡图卢斯故宅"罗马废墟"，这也是当地著名景观。哈代在游历过西尔苗之后，也写了一篇《卡图卢斯第31首诗》(1887)，有几句写出了卡氏返乡的主题，With what high joy from stranger lands/ Doth thy old friend set foot on thee!。卡氏这首诗的主题就是返乡，沃尔科特引用其诗句就是想指向这一点，而不仅仅是为了说维吉耶有多么宝贵。他们的故乡同样都不如外乡美丽，但都是诗人的挚爱，而卡氏可以一次性的返乡，但沃氏要在故乡成为异乡人，他还要不断去外地游荡。另外，哈代那首诗是从游客的角度描写西尔苗及其荒废的宅院，有几句颇合沃氏此处的诗意，Is there a scene more sweet than when/ Our clinging cares are undercast,/ worn by alien moils and men,/ The long untrodden sill repassed,/ We press the pined for couch at last,/ And find a full repayment there?。

36　pink and pastel，这里显然是贬义，比较《热带动物寓言集·鹮》，Loses its colors in captivity,/ Blanches into a pinkish, stilted heron. 作者非常喜欢红色，它也象征自然和生命，粉色意味着失去了原有的色彩（除了形容孩子的语境）。英语中，pink 会指衣着入时的头面人物和名流，指他们打扮阴柔和娇气，所以表明了新城是华丽的，但丧失了自然之美。

37　unhope，用这个词是为了与下面的"山坡"(slope)押韵，形成重复，而且意义上有联系。

38　amnesia blues the slope，比较《另一生》1.1.1, Darkness, soft as amnesia, furred the slope；1.2.1 和 1.2.2, blue soap。BN，第335页（第171页）指出，这里的 blue 一词双关，而且表明两种颜色，首先是指黄昏时分的蓝雾，比如牙买加的蓝山（Blue Mountains，蓝山咖

啡最为著名）的蓝雾，从金斯敦就可以望见。其次，它是名词"蓝剂"（blue）的动词用法，它可以用来漂白画布和衣服。1.1.1 是"黑暗"笼罩山坡，孩子已经完成了帆画布油画；这里则是山坡"变白"，如同一张新的帆画布。这种重复其实是哲学式的更新和不重复。

39 指西蒙斯，所以下一段最后仅仅提了邓斯坦和安娜。

40 Breslin 认为，这一段揭示了一种紧张关系：一方面，作者渴望保持圣卢西亚文化的完整；但另一方面，他认识到，这种文化基本上根植于贫穷。而出于"审美原因"去抵抗社会经济的发展，这会很危险地将"众民"（folk，见下）当作浪漫的背景。见 *Nobody's Nation*，第 187—188 页。

41 见《另一生》1.1.3。大海意味着死亡。

42 desertions，复数指作者会不断"离弃"故乡，他之前离开圣卢西亚仅仅是其中的一次。这里指离弃大海，也就是离弃众民。见 *Nobody's Nation*，第 188 页。

43 上面说了让格里高利亚斯安息，但作者觉得还需要再解释一下他的名字，也就是专门为他祝圣，或重演一次"施洗取名"。对于作者而言，西蒙斯已死，安娜已嫁，只有格里高利亚斯还在用艺术继续抗争，所以诗人要把他奉为楷模和沉思的对象，以便让自己与他并肩、甚至超越他。本节以过去时为主，是表明一种完结，不是回忆（因为回忆已经没有意义了），就像《圣经》叙述上帝创世一样，事实已成，不会再改变。

44 christened，施洗取名，这个词还表示给新下水的船取名，格里高利亚斯就像一艘船，即将启航。BN，第 336 页指出，这里对格里高利亚斯的赞美以及对他的命名，呼应了克尔凯郭尔对诗人的定义，见《畏惧与颤栗》："上帝塑造了英雄、诗人或演说家。诗人做不了英雄做的事情，他只能为英雄赞美、热爱和欣喜。但他同样是幸福的，幸福一点也不少，因为英雄可以算作诗人的更优秀的本性……这是他的成就，卑微的工作，是他在英雄的家中忠实的服务。如果他以这种方式始终忠实于自己的爱,如果他日以继夜地与那欺骗他、让他离开英雄的'遗忘'的狡诈作斗争,那么,他就会完成自己的工作,他就会与英雄团聚,英雄也忠实地爱着他,因为诗人也算是英雄的更优秀的本性。"格氏就像克氏所言,与世界斗争,就比世界更伟大,与自己斗争就比自己更伟大,与上帝斗争而且具有信仰,就比所有人更伟大,这样的人靠自己的"无力"战胜了上帝。信仰就是伟大的作为,而"对信仰者沉思"是神圣的——联系下面的blest。这样,格氏是信仰者、被命名者;沃尔科特是"对信仰者沉思"的人,是命名者,他和格氏一样神圣。他们在"异乡人"的感伤中得到了欣喜。

45 blest thunders,Gregorias这个词读音低沉有力如同雷声般的海水。前面也提到过雷鸣的海水,blest意同于holy,指上天祝福和保佑,英文《圣经》的常用词。这就将雷声与上帝联系在一起。见《诗篇》29:3,钦定本,The voice of the Lord is upon the waters: the God of glory thundereth: the Lord is upon many waters。下面还讲到了上帝的雷声产生的效力和荣耀。《耶利米书》10:13,钦定本为,When he uttereth his voice, there is a multitude of waters in the heavens, and he causeth the vapours to ascend from the ends of the earth; he maketh lightnings with rain, and bringeth forth the wind out of his treasures。雷、水、树叶、天空、闪电,都是作者前面经常使用的意象。这些自然物本身就是神圣的,因为是上帝的体现,也是格里高利亚斯(单纯的火焰之一)的体现。

46 frescoes,比较《另一生》1.4,I envied them their frescoes。那里与达芬奇和韦罗基奥有关,是旧世界的壁画。《另一生》1.10(本诗集未收)的题词,Frescoes of the New World;4.19(本诗集未收)的题词,Frescoes of the New World II。这均指格里高利亚斯在新世界所画的壁画。他模仿了文艺复兴的希腊风格,因而有一个希腊式的名字。

47 stands back,指格里高利亚斯皮肤黑色,虽为太阳,但并无真正太阳的那种绝对的火焰,他有影子,不过他的影子也在闪耀。事实上,单纯的火焰本身就可以构成明和暗,它不是绝对的光亮,这才是生活中真实的"光"。下面提到他是"阿皮罗",即黑人版的或有影子的太阳神阿波罗,阿波罗则是白色太阳。如 Breslin 所言,这也表明他既具有艺术家的激情(如太阳),也具有艺术家的超然态度(置身于火焰之外)。他对自己影子无愧,也就是无愧于自己黑色的皮肤,他摆脱了殖民主义带给他的自卑。见 *Nobody's Nation*,第 188 页。

48 听(listen)、点亮(lit)、光(light)构成联系。也呼应《创世记》的"要有光"。这一句也见《另一生》2.12.3(本诗集未收)。

49 沃尔科特有首诗就叫《世界之光》,O Beauty, you are the light of the world! ;There was nothing they wanted, nothing I could give them/ but this thing I have called "The Light of the World"。Loreto 分析了贯穿《提埃坡罗的猎犬》全诗的光的意象,联系了此处。他指出,在这里,光是世界的属性,但这是个人视角的理解。而在《世界之光》中,作者开始思考美的本质,美是世界之光。见 *The Crowning of a Poet's Quest*,第 93—95 页。Baugh 指出,结尾提到光,并不是一种"怀旧",而是"感激",他感激自己有特殊的权利可以分享这样的光,他相信,"光虽然会变,但任何已经存在的事物都在光中",对光的记忆会鼓励作者继续坚持下去。见 *Derek Walcott: Memory as Vision : Another Life*,第 77 页。

50 也见《另一生》3.17.2(本诗集未收),I knew where they(指银鸥)hid behind the walls of cloud。"墙"也联系前面的壁画,整个世界都是等待绘画的墙。

51 Masaccio,15 世纪意大利文艺复兴的开创性的画家,他的壁画最为著名。从乔托和马萨乔开始,欧洲艺术真正具有了文艺复兴的风格,摆脱了哥特和拜占庭风格。见《另一生》2.9.3(本诗集未收),every brushstroke a prayer/ to Giotto, to Masaccio,/ his primitive, companionable saints。BN,第 269 页指出,克拉文的《艺术名作选》中介绍了马萨乔对乔托的发展。由于这两人是欧洲艺术的开创者,因此沃尔科特将之类比格里高利亚斯,格氏是加勒比艺术的开创者。那两位是"原始的"——见上面提到的"原始的壁画"——因为他们是前拉斐尔时期的；而格氏也是原始的，因为他在欧洲历史之外原创了借鉴西方艺术风格的加勒比的艺术。克拉文还提到了马萨乔的《亚当和夏娃的驱逐》，而既然作者的任务如亚当一样，因此，他与安娜正是被驱逐的亚当和夏娃。

52 见《另一生》4.21.2。

53 glow，这个词首先指那种微弱的闪光，这里指木头之星的光芒，如同微亮的火，也就是单纯的火焰。见 *Derek Walcott's Poetry*，第129页。格里高利亚斯是有影子的太阳，所以他的光就如木头之星。

54 BN，第336页，指出七年时间暗合了《创世记》上帝创世的七天。第七天是安息日，所以前面会说"安息"。

选自《海葡萄》（1976）

海葡萄

1 本诗为扬抑抑格六音步，这是史诗与英雄体诗的格律，诗中也提到六音步；全诗用不严格的三行体（terza rima），没有遵循但丁式的韵脚。这两种形式后来都在《奥马罗斯》中进一步使用。按照诗中"奥德修斯"名字可知，作者有意指向希腊史诗。本诗标志着作者从鲁滨逊向奥德修斯的转变，这合乎《另一生》中制定的诗歌创作规划。实际上，早在《回家：昂斯拉雷》中，作者就将自己描绘为奥德修斯，不过那里更带有个人体验；经过《另一生》的写作之后，本诗的立意更为宏大。L.James指出，20世纪70年代后期开始，沃尔科特散居并往来于美国、圣卢西亚、牙买加，也会短期赴欧。他就像奥德修斯一样在地理和文化上漂泊。见 *Caribbean Literature in English*（Routledge，2014），第180—181页。

2　That little sail in light/ which tires of islands，旧版为，That sail which leans on light,/ tired of islands。本诗是沃尔科特重写过多次的作品，早期版本题目为《酸葡萄》（"Sour Grapes"），共有两版。有些颇有意义的改动，我会引出，供读者参考。此处，有一版《酸葡萄》为，That sail in cloudless light/ which tires of islands。

较早的一版《酸葡萄》与本诗的内容差别最大，我多选录一些，That sail, in cloudless, Sophoclean light/ which tires of islands/ like any schooner beating up the Caribbean// archipelago home, that husband's/ pain, shaded by sea-grapes which repeats/ Odysseus hearing Nausicaa's name// in any gull's outcry/ these parallels do not soothe./ Between home-truths and poetry there's a sea, // the finished war/ between obsession and responsibility/ is classic simply for being the same// to the sea-wanderer and the one on shore/ now wriggling on his sandals to walk home, / since Troy sighed its last flame...。

3　beating up，航海语境中，指迎风而行。由于是加勒比海上，因此风指"东北信风"。最早的殖民者自欧洲来，就是乘着信风，顺风而行，他们也因此命名了向风群岛和背风群岛。纵帆船既然是背风，那么方向就是迎着信风，从背风群岛向圣卢西亚驶去。

4　home-bound，be bound for，即开往。奥德修斯家在伊萨卡，伊萨卡在爱琴海西边的爱奥尼亚海。但这个词还有一种用法，指因疾病或年迈，不能离家，bound 表示束缚。这个歧义表明了奥德修斯似乎不曾离家，或者，他十年漂泊，爱琴海已经成了困住他的新家。

将爱琴海联系加勒比海这种做法是有历史根据的。如巴哈马的安德罗斯岛，其命名就来自爱琴海的同名岛。《气息》中提及的弗鲁德的《西印度群岛的英国人，或尤利西斯之弓》，以及费摩尔（P. L. Fermor）的《旅行者之树：加勒比群岛游历》（*The Traveller's Tree: A Journey through the Caribbean Islands*，1950），都建立了这样的连接，而且还援引《奥德赛》来加强这种关联。见 *Afro-Greeks: Dialogues*

Between Anglophone Caribbean Literature and Classics in the Twentieth Century,第 20 页。

5　海葡萄树皮粗糙多节,关于这种植物,见《海歌》。这种酸象征了困在贪恋(obsession)和责任之间的人的酸楚和苦闷,尤其是当贪恋压制了责任时。贪恋指流浪者想要安定,贪生,留恋他乡的女人和生活。奥德修斯在漂流中遇到了一些喜欢他的女人,如下面的瑙西卡,还有卡吕普索。J.Thieme 指出,"海葡萄"也是整部诗集的中心意象,"酸"是圣卢西亚本土困境和新世界自身体验的隐喻。他引了《历史的缪斯》中的描述,沃氏认为,新世界伟大诗歌的"滋味"混合了"酸和甜","第二座伊甸园的苹果有着酸涩的体验。""正是这种酸味提供了能量。这个太阳的金苹果被注入了酸味。聂鲁达的滋味是柠檬的(citric),而塞萨尔的番橄榄(Pomme de Cythère)酸到了牙根(sets the teeth on edge),佩斯的味道是海边的盐味的果子:海葡萄,'椰李'(fat-poke),海扁桃。"见 *Derek Walcott*,第 94—95 页。

6　Nausicaa,来自希腊文 Ναυσικάα,名字意为"烧船"(ναῦς 和κάω)。《奥德赛》6 记奥德修斯漂流到斯凯利亚岛(Scheria,也叫费阿吉亚,Phaeacia);在雅典娜的暗示下,当地国王阿尔吉诺斯的女儿瑙西卡来到海边,发现了奥德修斯并爱上了他。但是奥德修斯有家庭责任在身,毅然离去。瑙西卡美貌非常,如同女神阿尔忒弥斯。斯凯利亚是奥德修斯十年旅途的最后一站,之后就将返回伊萨卡。在这里,他讲述了自己在特洛伊战争之后流浪的经历。《另一生》中提到过克洛德·洛林,沃尔科特关注过他的画,洛林就画过一幅帆画布油画描绘了奥德修斯离开费阿吉亚时港口的场景(1646)。

7　指留恋瑙西卡并与之发生关系的奥德修斯,相对于佩涅罗普,他是通奸者。但是,实际上,在《奥德赛》中,奥德修斯并未与她发生性爱或爱情关系。瑙西卡为奥德修斯提供了第二次生命的机会,两人的感情是纯真的。与之相对,奥德修斯与卡吕普索之间发生了性关系,两人同居七年,按照赫西俄德《神谱》1019 的说法,两人生有两个孩子，Ναυσίθοον δ' Ὀδυσῆι Καλυψὼ δῖα θεάων/ γείνατο Ναυσίνοόν τε μιγεῖσ' ἐρατῆ φιλότητι。《神谱》1011 还说奥德修斯与漂流途中遇到的擅长魔法的女神喀耳刻（Circe）生有孩子。在乔伊斯《尤利西斯》第十三章中，瑙西卡对应了美少女葛蒂·麦克道威尔（Gerty MacDowell），对应奥德修斯的布卢姆在晚上 8 点的海滩上遇到了葛蒂。葛蒂是瘸子，试图勾引布卢姆，引发他自慰。尼采《超善恶》4.96 说，人应该像尤利西斯远离瑙西卡一样远离生活，祝福它，而不是对它怀有热情。由此可见，瑙西卡象征了"通奸者"对自己情欲的"无法克制的克制"，他也许只是精神出轨，就像布卢姆一样（我相信熟读乔伊斯的沃尔科特想要指向布卢姆），但他又达不到奥德修斯和尼采说的那样崇高和超然，也不会像奥氏一样一次性地返乡，他心理上还是难以摆脱情欲，还是会有下次远行。贪恋与责任不是分开的，而是交缠在一起，没有人崇高到只想责任，全无贪恋。通奸者可以呼应《另一生》4.23.2 中说的"浪子"。

8　贪恋（第三节）与责任（第二节）的斗争是普遍的，自古就是如此，没有人可以自己与自己和解。这里也暗示了特洛伊战争，海伦也是在贪恋和责任之间选择了前者。

9　前者是贪恋海外诱惑的人，后者是履行家庭责任已经返乡的人。这里是说两类人，但他们又会体现在一个个体身上。

10　sandals，实景中指作者的化身"现代奥德修斯"穿的鞋，但它暗示古希腊经典的凉鞋或带子鞋。

11　wriggling，指因为内心的斗争，导致步伐不齐，行走缓慢。流浪者以责任为重上岸回家，但内心有愧，同时又难以摆脱贪恋的诱惑。

12　lost its old flame，旧版为，sighed its last flame。old flame，作者之所以改为这个表达，因为它在习语中也指旧情人，旧爱之火。一指特洛伊战争的战火，战争结束，战士回家；二指浪子在海外的爱欲之火，责任战胜贪恋，他不得不回家。

13　the blind giant's boulder，巨人就是《奥德赛》9 中的波吕斐摩斯，

波塞冬之子，独眼巨人（Cyclops）之一，眼睛被奥德修斯刺瞎。当奥德修斯一行人逃脱之后，在船上向他挑衅时，巨人曾将大石头投入海中，差点砸中他们。引用这个故事，还有一个重要的暗示就是，奥德修斯曾欺骗巨人，说自己的名字是"无人"（Οὖτις），巨人被刺瞎之后，寻求同伴支援，但同伴问他是谁所为，他回答"无人"，同伴都不再当真。沃尔科特在《纵帆船"飞翔号"》中有一句名言，either I'm nobody, or I'm a nation，那里就是指向了《奥德赛》的典故。沃氏就是加勒比的"无人"。Breslin 对无人的解释最为详细，无人也与普罗透斯（Proteus）有关。另外，这个概念在政治上则相对于"西印度群岛联盟"解体后的西印度的状况。见 *Nobody's Nation*，第 2 页。

按照 P.Boitani 的论述，策兰就用过"无人"这个典故。他描述过自己的奥德修斯，也写过返乡诗。在《诗篇》("Psalm"，选自诗集 *Die Niemandsrose*）中，他描写了纳粹的"大屠杀"（Shoah）；指称上帝就是"无人"或"无"（Nichts），Niemand knetet uns wieder aus Erde und Lehm,/ niemand bespricht unsern Staub./ Niemand。雅典和耶路撒冷就此分裂，旧大陆的历史终结于奥斯维辛。见"The Shadow of Ulysses beyond 2001"，第 9 页。本诗中也出现了"无人"，如果说上帝是和平的，那么只有这个"无人"能摆脱贪恋和责任的战争，但他是虚无的，因为如沃氏所言，加勒比是虚无的。

14　to finish up as Caribbean surf，旧版为，to the conclusions of exhausted surf。显然新版更佳，《奥德赛》可以在任何文化中阅读，被人想象，所以当作者回家途中，也会觉得自己是奥德修斯，也会圆满返乡，夺回自己的妻子，继续成为家乡的英雄和领袖，但如下所述，"还不够"。

15　classics，这个词在西方语境中，专指古希腊罗马文化典籍及其知识，作为学科的"古典学"就是这个词。在《回家：昂斯拉雷》中，作者讲到了希腊化的非洲人要接受西方古典学的教育。在一些反殖民主义学者看来，这种教育是殖民化的手段之一，殖民者将希腊罗马文明彻底西方化，去除了其中东方的因素，用来同化外族。当然，沃尔科特并不极端反对古典学及其教育，但是他认为，这无法彻底解决非西方世界的贪恋与责任的斗争；加勒比民族无法从古希腊罗马文化中找到自己的根和归属感，无法将自己的民族绑定在这种古老的传统中，因为在这里，不存在任何与之有关的遗迹和英雄史诗。他们需要放弃寻找这种传统的努力，建立自己的民族史诗，即使是伪史诗。作为地方性的爱尔兰文化的代表，乔伊斯改动和消解了《奥德赛》，而作为加勒比文化代表的沃氏，则在本诗中规划了他将来的任务，《奥马罗斯》和戏剧《奥德赛》(The Odyssey: A Stage Version, Faber & Faber, 1993) 就是最终的成果，它弥补了古典的不足，但又消解了其中的崇高。

本诗通过援用《奥德赛》这部古典作品，揭示了贪恋与责任的永恒战争，我相信，它与另一部利用古典的丁尼生的《尤利西斯》针锋相对，后者同样表明了"还不够"，但弥补不足的是执着又浪漫的贪恋：丁氏的尤利西斯并不安于家乡，I cannot rest from travel；他时而在海上，时而在岸上，on shore, and when/ Thro' scudding drifts the rainy Hyades/ Vext the dim sea；始终饥饿漂泊，For always roaming with a hungry heart；停留是无意义的，How dull it is to pause, to make an end；他的内在目的是超越人类的思想限度，Beyond the utmost bound of human thought；外在目的是追寻新世界和乐土，seek a newer world，和，the Happy Isles；他是与神争斗的英雄，Not unbecoming men that strove with Gods。有意思的是，希腊世界一分为二：一方面，奥德修斯把自己的王国描述为野蛮和落后，并自认为是颁布不公法律的人，因为相对于基督教世界，希腊属于蛮族；另一方面，他认为年轻的儿子可以教化民众，因为希腊又是西方文明的源头。父子两代人相互交叉：代表古风的老人反而负责开拓进取，代表新兴阶层的青年反而负责引导落后群体。最终，古老的希腊在欧洲世界中会孕育出新的文明。显然，这首诗带有很强的殖民倾向，英雄式的浪漫漂泊，其内核就是贪恋和掠夺，古典资源成为了宣扬殖民的手段。沃尔科特的奥德修斯最终要返回的家乡，正是丁氏的奥德修斯要去的新世界和乐土，就像鲁滨逊，他要在海外留下自己的子孙来教化那里的蛮族。而沃氏的奥德修斯无法在这种开拓中"与神争斗"，他的神是不在场的，他只能面对孤独的个体，进行自我斗争，他要返乡——漂泊——再返乡；他没有丁氏奥德修斯的、必须用风景充饥的、游客般的饥饿感，他感受到的是永远与自己的快乐相冲突的"责任"。

另外，Boitani 指出，返乡的奥德修斯本身就是一个破坏外邦的人，就像第一代去海外贩奴的欧洲人。而重写《奥德赛》，恰恰是重新开始叙述，超越历史，把握其中最原始的部分。另外，索因卡、布拉斯维特、哈里斯、大卫·戴比登（David Dabydeen, 1955-）这些前殖民地的文学家都用过尤利西斯的故事，他们都是要重新开始一个历史。均见"The Shadow of Ulysses beyond 2001", *Comparative Criticism: Volume 21, Myth and Mythologies*（Cambridge University Press, 2000），第 9, 14—16 页。我相信，殖民地作家以变形的方式使用《奥德赛》，是要借这个经典的象征（象征西方文化的根源以及西方的殖民）来消解古典学乃至西方文化中的"殖民"意义。西方古典值得敬畏，但这"还不够"，因为那不是本土的文化，不是"家"。在这个意义上，对西方古典以及整个西方文化的"贪恋"与重建本土文化的"责任"构成了更为宏大的战争，这是沃尔科特最后要指向的。

Greenwood 引了 Hartog 和 Payen 对希罗多德《历史》第四卷中斯基泰人的分析。斯基泰人是游牧民族，之于希腊文化来说，完全是反文明的种族，但这让他们免于波斯人的入侵。他们没有波斯人的文明，后者也就没有制约他们的手段。Greenwood 试图从游牧（来自德勒兹）的视角来解读《奥德赛》，这样，奥德修斯就不再是一个殖民者，而是无家的、不希腊的、反文明的游牧者。他不再代表文化的持续,而是无家的漂泊。加勒比人可以从这种角度理解奥德修斯,这正是沃尔科特的视角。见 *Afro-Greeks: Dialogues Between Anglophone Caribbean Literature and Classics in the Twentieth Century*,第51—52页。

J.Mc Connell 提示最后一句,呼应了《奥马罗斯》结尾,54.2,Why not see Helen// as the sun saw her, with no Homeric shadow。叙述者认识到了,想要在圣卢西亚为古希腊英雄"绘图",这对于加勒比人物来说,毫无用处。见 *Black Odysseys: The Homeric Odyssey in the African Diaspora Since 1939*(Oxford University Press,2000),第109页。

亚当之歌

1 本诗结尾引出了亚当唱给夏娃的感恩之歌,他感谢有夏娃相伴。但惊世骇俗的是,作者似乎表明人应该感谢堕落和离开天堂。与《城市死于火》一致,本诗体现了沃尔科特重要的世俗化的宗教观:信仰是克尔凯郭尔式的反省自身的个体行为,而不是教会或某个集团控制他人的手段。这首亚当之歌,就是沃氏本人所唱,他的"亚当命名"的任务,不仅是纯诗性的,而是社会性的,他要用诗歌影响社会的宗教观念。

如 Burnett 所言,本诗提出了一个"异端的观点":造物可以让上帝流泪;后者可以学习前者。Burnett 认为沃氏的这种用艺术影响宗教的做法,其力量就类似俄耳甫斯以及源自西非洲神话的加勒比蜘蛛人阿南西(Anansi)所具有的魔力。借此,沃氏的诗歌可以在政治和形而上学层面分别产生影响,前者即,用艺术战胜宗主国的中心主义;后者即,将自己的艺术奉为人类可以庆祝的最伟大的圣礼,用它超越专断的神性概念。他的艺术并不是要把白人神化为神,而是要展现 Burnett 所引的乔治·莱明的一句话:"卡利班(象征被殖民者)是普洛斯珀洛(殖民者,白人神)的风险,正如亚当意识到差别而让人给上帝带来风险一样。"见 *Derek Walcott: Politics and Poetics*,第112页。

W.Brown 认为,本诗是让成为肉身的言不再是圣言,即,神圣之爱保证了不朽,但是,世俗或人间之爱(profune love)才让我们"成为人",让我们最终死去,但这是值得的。"夏娃,她迫使亚当违抗上帝的同时,却在他身上赋予了其人性(his nature as a man)。亚当对夏娃歌唱的——情歌——恰是他以前不可能歌唱的,这情歌正是要感激所赐予的这种可朽的壮美"。见 *Derek Walcott: Selected Poetry*,第126页。Baugh 的观点与之相同(他也引用了 Brown),他认为,本诗庆祝了亚当发现自己人性、脆弱性和力量的时刻。人在堕落之后才真正是人。见 *Derek Walcott*,第104—105页。这种观念也类似克兰《芒果树》的思想。结合上面几位学者的看法,可以看出,对俗世人性的重视,对日常生活的敬畏是加勒比地区这个新世界、第二伊甸园的诗人所达成共识的诗歌理念,他们不会歌唱崇高却抽象空乏的类概念,他们只讲事物、生活和情爱。

《海葡萄》诗集中,本诗前面还有一首《新世界(新大陆)》("New World"),本诗集未收,我引出两节供读者对照,该诗句式有《圣经》的风格,So when Adam was exiled/ To our New Eden, in the ark's gut,/ the coined snake coiled there for good/ fellowship also; that was willed.// Adam had an idea./ He and the snake would share/ the loss of Eden for a profit./ So both made the New World. And it looked good。另一首《云》,本诗集未收,也是描写亚当和夏娃,有两节可以参考,the clouds given a mortal destination,/ the silent shudder from the broken branch/ where the sap dripped// from the torn tree./ When she, his death,/ turned on her side and slept,/ the breath he drew was his first real breath。

2 adulteress stoned to death,《旧约·申命记》22:20—21,对不贞洁

的妻子，惩罚方法是用石头砸死她；22:23—24，对于已经许配他人的处女，如果与人通奸，也要石头砸死。adulteress 一词，《海葡萄》的 adulterer（男通奸者）与之对应，那首说的是"亚当"，这首说的是夏娃。

3 killed.../ by whispers, by the breath, by 的重复（是 palilogy 的手法），还有 breath 的 b，这些都暗示了 betray。whispers，指恶意的中伤和流言，这也象征着魔鬼。《提摩太前书》3:11，提到了"谗言者"，希腊文为 διάβολος（来自动词 δια-βάλλω），这个词在《圣经》中往往指魔鬼，如《马太福音》4:5，《启示录》12:9 等提到的魔鬼，钦定本为 devil，而希腊文正是这个词。breath，窃窃私语，与 whisper 同义，俗语 under one's breath（低声细语），breath of slander 都是这个意思，往往表示中伤人的流言蜚语。当然，这个词与下面的污泥，也暗示了《创世记》2:7，上帝用气息和尘土造亚当，与之相对，魔鬼的声息让夏娃蒙上污泥。作者认为，中伤和诽谤的人，尤其是以宗教、道德和礼法的名义非议他人的人，才是真正的魔鬼，而他们却把夏娃弄成蛇或妖魔。

4 films her flesh with slime，slime，粘稠的物质，常指污泥，黏液等。这个词与上面的时代（time）押韵，有意思上的联系。《旧约·创世记》11:3，钦定本用过这个词，指建造巴别塔时用的灰泥或沥青之类的东西。污泥暗示了蛇，因为蛇常居污泥，而且污泥象征了腐朽和肉欲。films 和 flesh，押头韵，两个摩擦音，让人感觉到了某种邪恶感。另外，这两行有很多咝音词，如，whispers，films，slime，都暗示了蛇的声音；而 sing 和 song 这两个频繁出现的词也都有咝音。

5 the first，指夏娃是第一个有罪的人，第一个 adulteress，第一个受诅咒的人，《创世记》3:16，上帝先诅咒的是夏娃。但值得一提的是，诅咒当中，第一条是让夏娃怀胎；第二条是让夏娃"恋慕"（欲望）丈夫，钦定本为，thy desire shall be to thy husband。作者注意到了其中的悖论：夏娃因受诱惑被惩罚，而上帝的诅咒，恰恰是让夏娃"重复着"受情欲或蛇的诱惑。但是,这又恰恰联系了人的繁衍,人因其有罪,所以有情而生生不息。就这个意义而言,亚当是第一个伊甸园中人,而夏娃是第一个人间之人。

6 horned God for the serpent,动词 horn,意为,用角抵触,指夏娃反对和背叛上帝,同时暗示了魔鬼,因为魔鬼长角。Brown 认为这里的 for,表示 for an image of...,成为……样子。见 *Derek Walcott: Selected Poetry*,第 126 页。学者们基本上都按这个解释。但除此之外,我觉得还有两层有趣或者更为大胆的读法:第一,horn 还可以表示给东西安上角,即,夏娃让上帝长角,成了蛇,for 仍然适合 Brown 的理解,只不过修饰上帝。诅咒亚当和夏娃的上帝反倒成了魔鬼,因为他忽视了人真实的情欲,他也并没有阻止蛇的诱惑。

第二种读法,我认为可能性并不小,因为它也出现在《圣卢西亚》中。horn 这个词在"西印度英语"里表示"不忠于"配偶或恋人,或者有性关系,或者是约会。比如,horn sb. with another,即,与他人出轨,欺骗配偶或恋人。这个词在英语旧式用法里就有这层意思,动词指给他人戴绿帽,如 OED 解释,意同于动词 cuckold(名词指被戴绿帽的男人),名词复数 horns,就表示绿帽;也见《奥赛罗》第四幕第一场,奥赛罗说自己戴了绿帽,A horned man's a monster and a beast。西印度英语里,名词 horn 表示通奸行为,如 take a horn,即忍受配偶或恋人出轨;horn-child,即通奸所生子女;hornerman,即通奸男人。参见 R.Allsopp 和 J.Allsopp 的 *Dictionary of Caribbean English Usage*,第 297 页。horn 的这层意思就是与魔鬼有关,魔鬼象征爱欲或性欲,现代英语习语,give sb. the horn,即,使某人产生了性的快感。这样,夏娃背叛上帝,就如同背叛自己的丈夫,否则的话,她不会成为"淫妇",因为她并未与蛇通奸,她的"通奸"是象征性的,是因为她成为了人间之人,能分辨善恶。沃尔科特似乎暗示,上帝无法再控制夏娃,因而心生嫉妒(见下),就像被出轨的丈夫一样惩罚她。当然,无论哪种解读,沃尔科特都不是要"亵渎"《圣经》,他本身是循道宗新教徒，只是把经文作为寓言，他有自己的解经原则，他的立场更接近下面注释提到的耶稣。

7 for Adam's sake, for one's sake 是钦定本《圣经》最常用的短语，和合本译为，"为……缘故"。作者有意用这个短语模仿经文语气。夏娃是为了爱亚当，才受的蛇的诱惑，否则夏娃是不会给亚当带来肉欲之爱，换言之，从分辨善恶之后，人间之爱与神圣之爱就被区分开了。

8 明确指向了《新约·约翰福音》8:5：文士和法利赛人抓着一个淫妇来找耶稣，说摩西律法规定，淫妇要用石头砸死，问耶稣如何处置。耶稣则说出了那句经典的话："你们中间谁是没有罪的，谁就可以先拿石头打她。"耶稣的宗教观是让人自我反省，而不是用古代的律法来代替上帝任意处决他人，当法利赛人用淫妇来为难他时，这些人已经心生邪念，何况他们都有原罪。另外，处决犯人，需要罗马政府来进行，犹太人没有自己的处罚权，耶稣巧妙地避免了自己违法。由于法利赛人没有带来奸夫，所以事有蹊跷，耶稣也必定有所察觉。

9 with the lights coming on in the eyes/ of panthers in the peaceable kingdom, panthers, 呼应黑夜，黑暗中，只有黑豹的眼睛聚光明亮，这光似乎表明了上帝来到。这里暗示《以赛亚书》11:6，钦定本，The wolf also shall dwell with the lamb, and the leopard shall lie down with the kid。钦定本用的是 leopard。peaceable, 也是钦定本常用词，与 panthers 押头韵。"王国"指亚当在人间的王国。如《以赛亚书》所言，只要敬畏上帝，豹就不会害人，但是，亚当由于唱了忤逆之歌，他就处于了危险之中。而且可以看到，他并不是在黎明或光明时分歌唱，而是守着黑暗、黑豹、森林、死亡，他的歌本身就不适合光明正大地唱出。

10 his death coming out of the trees, coming out 与上面 coming on 是重复修辞。黑豹正在林中潜伏要袭击亚当，所以死亡临头。《圣经》中，森林常指野兽群居之处，如《诗篇》104:20，Thou makest darkness, and it is night: wherein all the beasts of the forest do creep

forth。森林也象征着自然和原始世界，万物最终要归于这里。所以死亡会浮现。

11　《出埃及记》20:5，for I the Lord thy God am a jealous God。作者利用了这一句，因为它表明上帝有情感。上帝嫉妒亚当如此爱夏娃，宁愿承受诅咒和死亡，也许他也嫉妒夏娃为了爱情，背叛自己。

12　heart，称呼爱人夏娃，即俗语说的心肝。如果按照作者的宗教观，那么亚当也是在唱给上帝，是赋予自己活生生情欲、并不诅咒而是祝福自己堕落的上帝。

13　dew，《圣经》常见意象，和合本译为"甘露"，它和雨水都暗示重生。如《以赛亚书》26:19，Thy dead men shall live, together with my dead body shall they arise. Awake and sing, ye that dwell in dust: for thy dew is as the dew of herbs, and the earth shall cast out the dead。人的生命不是永恒的，而是生死交替，生死和繁衍的力量就是起起落落的"情欲"——这也可以比较《会饮》中狄俄提玛对身体情欲的论述。

14　Burnett 提示，结尾呼应了沃尔科特的戏剧《小让和他的兄弟们》的结尾，小让唱了一曲，感动了魔鬼，后者说，Tears! Tears! Then is this the/ Magnificence I have heard of, of/ Man, the chink in his armour, the destruction of the/ Self? Is this the strange, strange wonder that is/ Sorrow?。见 *Derek Walcott: Politics and Poetics*，第 111—112 页。这段话完全可以作为上帝听完亚当之歌后的意见。

希尔顿党派之夜

1　party night，双关，也表示派对之夜，这里讽刺党派会议就像娱乐聚会，形同儿戏。本诗是政治讽刺诗，沃尔科特愤怒地批判了独立运动之后、忘记了独立的职责和责任的加勒比地区的政界官员。见 *Abandoning Dead Metaphors*，第 227 页。按照诗中描写，会议中还有非洲的外交官员，作者本人也参加了，但失望而归。全诗用一般现在时，描述现状，而不是叙述过去事件。

2 upside-down，含义双关，首先，它指建筑结构的颠倒，本诗的"希尔顿"正是指特立尼达西班牙港著名的、也是世界第一家"上下颠倒"的希尔顿酒店。这家酒店由康拉德·希尔顿（1887—1979）设计，1962年值特立尼达和多巴哥立国时开业，整个酒店位于谷中，入口是三楼，一楼在顶层，往下的层数数字越来越大。其次，日常用语里，这个词指乱七八糟，颠三倒四。在政治语境中，这家结构"颠倒"的酒店已然成为了特立尼达乃至加勒比地区政局"混乱"的象征。因此，作者描绘的是特立尼达政党的会议，与会的应该还有加勒比其他国家的政客。

3 lunch-drunk，drunk 不是指酒醉，指吃多了，即 food drunk（醉食），是暴饮暴食之后如同"酒醉"一样的生理现象。

4 scotch-drunk，scotch 指苏格兰威士忌。

5 cigar and brandy-stoned，stoned，指吸毒吸多了，或喝酒喝多了，这里同时与烟酒搭配。

6 coherence cracks，指语言逻辑"破裂"，前言不搭后语，呼应了"颠三倒四"，也表明了政客们思考问题和发言，毫无主次，不懂得何为大局，只顾私利。cracks，这里还表明了声音，噼啪作响，声音变高变尖。

7 on the rock of power，on the rock，或 on the rocks，也表示船只触礁，陷于困境，或局面破败，经济破产等。但它也是酒吧和饮酒时的行话，即倒酒之前加冰。《哥林多前书》10:4（也见《马太福音》7:24—25，石头上建房），耶稣是磐石，也就是基础。而政客们则以权力为信仰和基石。

8 drained，drain 的主动用法，也表示喝光。他们喝光了酒，排空了理智。

9 pimp Nkrumahs，Nkrumah 即，夸梅（Kwame）·恩克鲁玛（1909—

1972），加纳政治家，在他的领导下，1951年，加纳前身黄金海岸在英联邦内独立；1957年，正式脱离英国殖民统治，宣告独立；1960年，加纳共和国成立。他历任国家总理和总统，1966年被推翻。恩克鲁玛是泛非主义者，与加勒比很多反殖民者都有来往；他又是马克思主义者，社会主义者，也信奉列宁。恩克鲁玛的意识形态，被称为恩克鲁玛主义，作者这里指的就是接受这一思想的群体。pimp，双关，作为形容词，即打扮光鲜时尚的，但作为名词，指皮条客，联系下面妓女的意象，暗示非洲政治家寄生在民众身上，靠他们出卖肉体养活自己。沃尔科特认为这些非洲独立国家的政客，早先反对殖民，推行民族解放，但建国之后，都腐败堕落，成为了寄生虫。而加勒比的政客与之沆瀣一气，当着他们面装作正义凛然（愤慨为indignation，指义愤）——也许是在抱怨欧美等前宗主国。

10 greased by infanticide，grease是油脂，grease作为动词，指涂油，描写政客们一头油汗，这个动词也可以表示行贿。"杀婴"，首先暗示了历史上黑人奴隶中普遍出现的杀婴现象，为了让后代不再当奴隶，很多黑人母亲会杀婴或人工流产。托尼·莫里森的《宠儿》就讲述过这样的故事。其次，指奥比术杀婴。沃尔科特在《小让和他的兄弟们》中提到过一位圣卢西亚神话中的小鬼Bolom（即beau l'homme），他就是被女人流产的胎儿所变，他喜吃生肉。奥比术会利用这个小鬼，他也是魔鬼的使者和仆人。前面《群岛传奇》第六章，讲到过罗德里克·沃尔科特的戏剧，就是用杀婴作为巫术手段。杀婴的油脂涂在政客脑子里，表明他们只能像玩巫术一样建设社会、谋求私利，但却将新兴的加勒比世界扼杀在摇篮里。

11 famine of imagination，指政客们缺乏想象力，饥荒也暗示了社会的贫瘠。《猴山梦》中，马卡克就是梦想者，与沃尔科特一样，怀有憧憬，但政客们却极为功利现实，寄希望于宿命。见R.E.Fox的"Big Night Music: Derek Walcott's 'Dream on Monkey Mountain' and the 'Splendours of Imagination'"，*Critical Perspectives on Derek Walcott*,

第206页。政客们毫无想象力，这与说话毫无逻辑是相关的，他们的所有运动都是重复以往。见 J.Wieland 的 *The Ensphering Mind: History, Myth, and Fictions in the Poetry of Allen Curnow, Nissim Ezekiel, A.D. Hope, A.M. Klein, Christopher Okigbo, and Derek Walcott*（Three Continents Press，1988），第65页。

12 hot air，双关，也指吹牛大话。

13 Guilt, sweated/ out in glut, sweat out，指费力得出，这里暗示了汗水的意象，所以直译。glut，七宗罪里，暴食是一罪，拉丁文为 gula，英文为 gluttony，与此词同源。政客费尽心力，在空调屋里弄出一身汗和罪恶。

14 second secretary，大使馆专用的职务名称，在参赞和一等秘书之下。这里指非洲的外交官，显然是女性，因为与妓女并列在一切。屋外过去一群黑肤色的妓女，然后屋里出现了茉莉香，但其实是秘书的香味，而作者仿佛闻到了妓女的香气，因而将秘书比作妓女。

15 pissed，piss 是小便，过去分词表示愤怒和醉醺醺。

16 飞升是向高空，但作者却去了地狱，因为他已经醉死，同时也联系了旅店上下颠倒的结构。

17 特务和他们叼的香烟都是实景。

瓦解的联邦

1 federation，在加勒比语境中，指西印度群岛联邦（West Indies Federation），也叫西印度联邦。它是当时的西印度地区英属殖民地和英属领地组成的内部自治而非独立的联邦国家，1958年1月3日成立，但由于内部纷争，1962年5月31日就宣告解体，随即，牙买加、特立尼达和多巴哥于当年各自独立，之后十几年里，巴巴多斯、格林纳达、多米尼克、圣卢西亚等地也纷纷独立，有几个地方依然为英属地至今。该联邦的事实首都为西班牙港,法理首都为查瓜拉马斯,它奉英女王为最高领袖,设总督,采取两院制,设上院和下院,1958年还进行了大选,西印度联邦工党获胜,第一任总理为巴巴多斯的格兰特利·亚当斯爵士(Sir Grantley Adams)。这一联邦从成立开始就充满纷争,它与各地区的民族主义多有矛盾,各地方在政治和经济上各行其是,各自为政。1961年,牙买加举行退出联盟公投,最终通过。之后,其余成员地区试图建立新的联盟,但1962年,特立尼达和多巴哥也宣布退出,这也导致联邦彻底解散。本诗1973年发表于《伦敦杂志》第13卷,原题为"The Federalist";其文句与本版有很多异文。作者写作和发表此诗距离联邦解体已有十年,很多独立的成员国,政局并未有起色,让作者极为失望。

沃尔科特的早期戏剧《鼓与色》就是为了该联邦成立的庆典所写,玛格丽特也参与了排演工作。为了庆祝联邦成立,政府召集了很多西印度的戏剧家,举办了一场狂欢节。见 *Derek Walcott: Politics and Poetics*,第223,224,229页;B.King 的 *Derek Walcott & West Indian Drama: "not Only a Playwright But a Company," the Trinidad Theatre Workshop 1959—1993*(Clarendon Press,1995),第21,60页。

在戏剧《这岛满是喧嚣》(*The Isle Is Full of Noises*)和史诗《奥马罗斯》中,他都虚构过一座西印度的岛,用它代指这个联邦;在前者中,他还设计了一位名叫鲁滨逊的政治家,暗示亚当斯爵士,对应后者的菲罗克忒忒式。沃氏说鲁滨逊/亚当斯,"正是他,是他的力量,让这片群岛绷紧如弓"(It is he whose power drew this archipelago tight as a bow)。弓暗示了奥德修斯那把只有他本人能拉开的弓。沃氏对于西印度的统一和团结怀有理想,鲁滨逊在政治中建立新的联邦,正对应沃氏诗歌中的亚当在第二天堂的命名任务。如 Breslin 所总结,沃氏的所有作品都体现出了这样一个特点:他信奉"那种超越种族和地区差异的根本的共有的人性",他也相信,"西印度群岛恰恰悖论式地通过该地区的特殊文化体现出了那种超越性的统一性"。见 *Nobody's*

Nation，第2，19—20，34，53，97，246—248页。

2　即本诗原题说的"联邦主义者"，但是，作者针对的不是那些积极建设联邦的人，如亚当斯，而是指参与建立联邦、又造成其解体的那些政治家和宗教人士，很可能也包括竭力支持联合，但在反对党压力下决定公投的牙买加政治家诺曼·曼利（Norman Manley）。作者先用单数，这样就好像是在当面指责一个人一样，同时也是在跟联邦本身说话，后面又转入了复数。

3　crawl into rocks，语出《以赛亚书》2:10，钦定本为，Enter into the rock, and hide thee in the dust, for fear of the Lord, and for the glory of his majesty; 2:19, And they shall go into the holes of the rocks, and into the caves of the earth, for fear of the Lord; 2:21, To go into the clefts of the rocks, and into the tops of the ragged rocks, for fear of the Lord。有的圣经英译本用了动词crawl into。全诗有多处内容指向经文，作者的语气也在模仿《圣经》。

4　沃尔科特常用渔夫比喻政治家或政客，后者见《回家：昂斯拉雷》，前者见《奥马罗斯》，理想的政治家都写成了渔夫。见*Nobody's Nation*，第247页。

5　hustings，旧式用法指演说讲坛，后来指竞选活动，尤其是竞选演说集会。旧版用的是platform，下面也用了dais（讲坛）。

6　关于"硫磺"，也见《另一生》1.3.2，字母N，源于《圣经》。

7　旧版这一句，下面列举了很多专名，但新版删除，第一行都是地名，来自特立尼达、牙买加和圣卢西亚，都是竞选演说的地方；第二行是动物名，似乎指演说家: Cedros, Matelot, Negril, Gros Ilet, L'anse Paradis? / Crab.Octopus. Dogfish。

8　arse，也表示白痴，这个词很俚俗，作者在《圣经》的语气中加入了这个词，为了制造反差。

9　crack，呼应上一首的coherence cracks。这个意象比较克莱恩（A.M.Klein）的《致犹太诗人》（"To the Jewish Poet", 1928）结尾两

句，That cup now has a crack, a crack as great/ As the whole length and breadth of Palestine...。上一首注释引过 J.Wieland 的那本专著，他提到了沃尔科特的 crack 意象与克莱恩的相似之处。

10　not like an overwhelming majority，旧版没有 not，上面的"不像选票"，旧版也没有"不"。这一句前面还有 in the canes，这个意象也很形象。这里指的是当初庆祝联邦成立的民众游行的队伍，但在政客眼中，只是选票。

11　旧版为，see the rain that tries to extinguish，新版的语气更为坚决。

12　the processional flambeaux of the poui,/ the immortelles，旧版为，the processional flares of the poui,/ the flamboyant。这句提到了特立尼达和多巴哥的两种常见植物及其花，用它们比喻欢庆联邦成立的游行民众。flambeaux，法语复数，特立尼达和很多加勒比国家都有法国背景。poui，也叫 pui，这是特立尼达对风铃木的叫法，它为风铃木属（Tabebuia），有红花或粉色风铃木（Tabebuia rosea），金黄风铃木（Tabebuia serratifolia）等，花朵三月到五月开放，如同金色的喇叭和火炬。immortelles, immortelle，法文，不凋花，豆科，刺桐属（Erythrina），特立尼达常见花卉，其中一种，当地叫 anauca，拉丁名为 Erythrina poeppigiana，也叫 Mountain Immortelle；另一种为 Swamp Immortelle，拉丁名为 Erythrina glauca，或近似的 Erythrina fusca；另一种为 anauco，拉丁名为 Erythrina velutina。这类树长得较高，生长于可可树中，可以为其遮阳，所以当地也称之为"可可妈妈"。该树的花朵为橙红色，也近似火焰，所以作者说雨水不会浇灭它。均见 *Dictionary of the English/Creole of Trinidad & Tobago*，第 20，719 页。这里提到的 poui，奈保尔在《毕司沃斯先生家的房子》中有过细致的描写。

13　bastard papas，旧版用 papa 的单数。papa，宗教上常用来称呼教皇（Pope），所以可以指宗教权威；另外，作者还用它指搞个人崇拜、煽动民意的独裁政客，因为它显然取自海地的黑人独裁者弗朗索瓦·杜瓦利埃（François Duvalier，1907—1971），其绰号正为 papa doctor（医生爸爸，因为他曾学医）。他 1957 年凭借大选上台掌权，但随即实行独裁，建立特务机构，压制言论，迫害反对派、学生、工人和商人领袖、共产主义人士，收买精英，亲近美国；1964 年规定自己为终身总统。他大搞个人崇拜，信奉巫毒术，打压天主教，宣扬整个国家都靠自己的巫术维持。杜氏死后，传位于 19 岁的儿子让 - 克洛德·杜瓦利埃，小杜氏继续实行独裁统治，直至 1986 年被推翻。

在戏剧《这岛满是喧嚣》中，沃尔科特塑造了鲁滨逊的继任者亨利，亨利影射了杜瓦利埃，他的绰号正是 papa。见 *Nobody's Nation*，第 247 页。也见下一首诗。

14　指人民的震怒，旧版为，"我的震怒"，前面还有 my crying 一句，被删掉。

15　conference，指政治性会议，政党的会议。

16　"秃鹫"为 buzzard，"主教"为 bishop，均相互而且与 bastard 押头韵，buzzard 和 bastard 还押尾韵。"会议正装"指主教的衣服，而秃鹰头部和颈部是白色，就像法袍，由主教来穿。因此主教就是秃鹰，秃鹰就是主教。另外，秃鹰的秃头也是头发剃度的主教的特征。

17　ministers administering/ the last rights to a people，the last rights，音同于 the last rites，指天主教中神职人员为临终者进行的祷告等最后的仪式。last 在英语中，既可以指最末的，也可以指最重要的，这里表面上应指"最重要的权利"，但其实是政客们为民众准备的"最后的"死前仪式。ministers，双关，首先指部长，因为"权利"和下面提到"内阁"；但它也可以指基督教神职人员。神职人员进行仪式的动词，常用 minister 和 administer，而 administer 又在政治上表示行政管理和赋予。

18　crowed，与上面押尾韵的鸦群（crows）和阴影（shadows）联系。

19　corbeaux，法语复数，单数为 corbeau，旧版用的是 buzzard，这

个法语词表示 crow 和 raven，但也表示教士，这就呼应上面的鸦群（crows），鸦群就是指跟着主教的教士，所以作者修改。这个词与 flambeaux（又联系镁光灯）押韵，一暗，一明，彼此相对。

游行，游行

1 parades，parade 不是游行示威，指节庆游行或阅兵，这里是庆祝独立的游行，带有狂欢节的形式，本诗旧版中还提到了 regimental parades，因此游行队伍中还有军服队列，相对于阅兵。如 J.V.-Zapata 所言，本诗谴责了新的统治者犯下的老殖民地曾经出现过的相同的暴行，谴责了家长式领导和个人崇拜。见"Glittering Sea or Mirage: Alternative Visions of the Caribbean Environment"，*Caribbeing: Comparing Caribbean Literatures and Cultures*（Rodopi，2014），第 166—167 页。Baugh 指出，本诗与《另一生》第 18 和 19 章为同一时期，谴责了加勒比的政治和社会经济当权派和独裁者的欺骗和腐败，他们在殖民者掠夺之后，打着独立的旗号开始了新的掠夺，享受着下面人的溜须拍马。见 *Derek Walcott*，第 103 页。

本诗 1973 年首发于《新文学》（*New Letters*），第 40 卷，原题为 Semper Eadem，这是伊丽莎白一世的座右铭，拉丁文，意为，始终如一。波德莱尔也有同名诗，里面有几句挺符合沃尔科特此诗的主题，比如，laissez mon coeur s'enivrer d'un mensonge（让我的心饮醉谎言）；Vivre est un mal（生活即罪恶）。

2 in the pads of caravans，pads，指 saddle pads，pad 本身就可以代指拉车的马。caravans，在沙漠语境中表示行旅队，一般是骆驼队，但在狂欢游行语境中，它指马拉的篷车。这里的"但"，转折之处在于"老"（old），即，游行的人群如同沙漠，但沙漠中出现的还是车马队，并无新意。

3　parallels，指纬线，比喻一排排游行队伍，游行狂欢用的船开过来，人群闪开。这个词与 parades 互相联系。这里的"但"，转折之处在于"古老的"(old)，狂欢之海，也与自然之海一样，毫无新意，仍然有船出现，穿过纬线。

4　the same lines，指天空中飞机喷气留下的每条轨迹都相同。但这个短语还表示老的方式，如 along the same lines，所以暗示了局面还是重复以前，虽然独立，还是老路。这个短语下面又出现了一次。

5　plod，可以表示步伐沉重，也表示埋头苦干。这个词与下面的 pod 有联系。

6　gri-gri palms，拉丁名为 Aiphanes minima，棕榈科，刺孔雀椰子属（Aiphanes）。这是加勒比特产的棕榈，多刺，叶子如羽，常年开花产果，果实红色。gri gri 也可以指这种果实。这个词源于西非，指一种护身符。

7　desiccating/ dung pods like goats，旧版第二行为，dung pods, like goat's crud，crud 指 dung。dung pods，pod 指荚，羊粪如同黄豆大小，粘在一起，如同豆荚中豆子连成一串串。棕榈遮住粪便，保持其干燥。

8　Whitehall，特立尼达和多巴哥总理办公处。这个名字来自英国白厅和白厅街。白厅街是伦敦西敏寺自治市的一条大道，名字也可以音译为怀特霍尔，大道在泰晤士河旁，600 余米，自北边特拉法加广场至南边国会广场。英国政府中枢就在此处，唐宁街与之相交。加勒比地区很多独立的国家，为前英属殖民地，即便独立，也属于英联邦，有的还奉英王为君主，设立总督，比如圣卢西亚，有的如特立尼达和多巴哥，即便废除了君主制，建立共和国，但仍然听从英国，连总理官邸都用同样的名字。"上行"一词体现的不是对总理，而是对英国的顺从。

9　the plumed white cork-hat，white cork-hat，旧版为 tricorne。白色呼应了白皮书和白厅，都指向了白肤色。Baugh 指出，这暗示了殖民地总督的白帽子以及《小让和他的兄弟们》中种植园主的白帽子。见

Derek Walcott,第 103 页。

10　brazen,双关,也表示厚颜无耻。

11　unmarked,旧版后面有 sleekskinned,所以这个词表示孩子皮肤平整,没有皱纹和伤疤。

12　drummed into,也暗示现场敲鼓。

13　老歌也许指《天佑女王》等英国王室的国家歌曲。加勒比很多前英国殖民地国家,有的有自己的国歌,比如圣卢西亚,但仍然会用英国国歌等国家歌曲为礼乐;有的仍然沿用英国国歌,如牙买加,巴巴多斯。

14　殖民地时期,法律都由远在欧洲的英国制定。

15　指维多利亚女王,象征英帝国全盛时期。本诗写作时至今英王为伊丽莎白二世,由于还是女王,所以作者有此联想。女王的形象应该也出现在游行中。

这一节提到的虽然是独立游行中唱歌的孩子,但这种"游行式教育"的做法久已有之,所以作者提到了游行中的女王形象。加勒比各国从英属时期就不断在英王室的重要日期进行游行和庆典,表示纪念和效忠。维多利亚女王的生日(5 月 24 日),1904 年开始定为"帝国日",就是重要的日子,节庆极为隆重。而在校中小学生成为了游行的主力,而且是强制参与。政府同时向他们灌输关于英帝国及其君主的知识。比如牙买加总督奥利维尔爵士 1910 年帝国日时,曾向孩子宣称:英国君主统一臣民,使他们成为唯一一个家庭的成员,在每年的这个时间,大家作为帝国公民相聚,为了让牙买加变得更高贵。有些庆典,孩子还要组织成男女童子军(Scouts and Guides),比如乔治五世的葬礼。通常,孩子还要学习爱国歌曲,演出戏剧,比如牙买加为伊丽莎白二世加冕组织的庆典,有 600 名孩子齐声为女王颂歌,还演出《年轻的牙买加》之类的戏剧。一位上世纪 20—30 年代牙买加金斯敦长大的、有色人种的中产人士曾说:"从我们一出娘胎,我们就被教育说,我们是英国人。……我们被教育说,国王他们人人都爱你们,因为你们是他们的臣民。"一位英属圭亚那黑人木匠回忆说:"每个学校里的孩子,城市里所有学校的孩子,都集合,游行,奔向音乐台,唱着"上帝拯救国王","统治啊,不列颠,不列颠统治海浪,不列颠人永不会成为奴隶!……我们被告知——我们也懂得了——我们是英国的一分子,我们是英国人。我们不是别的,就是英国人"。这些都让西印度的孩子接受了"英国性",它就是自由,独立和反蓄奴。均见 A.S.Rush 的力作, *Bonds of Empire: West Indians and Britishness from Victoria to Decolonization*(Oxford University Press, 2011),第58—61页。沃尔科特显然表明,殖民地虽然独立,但教育方法还是老一套的洗脑,而且所教授的内容仍然与"英国性"有关,其中还要加入民族主义观念和对独裁者的个人崇拜。

16 comfortable,这个词可以表示感觉适,也表示让人舒适,作者用它同时修饰女王的腰身和靠垫。

17 upheld the orb,orb,即查理二世以来英王的 Sovereign's Orb,宝球为金制,中空,上有十字架,镶有大量珠宝,为左手持拿。它源自基督教的 globus cruciger(十字架球),球象征寰宇,拿在基督手上,象征耶稣拯救世界。作者显然不是无意将首字母小写。后面说的"严厉的训诫",也许就是暗示十字架,训诫就是让殖民地听从宗主国。upheld,见《游廊》的 upholder,旧版为没什么含义的 held,作者有意修改。英王托着宝球,就是维护着(uphold)英帝国统治世界的旧秩序,而时代早已改变,但殖民地统治者的心智还停留在殖民时期。

18 作者期望能有变革,但雕像和游行的变化其实还是重复,无非是换汤不换药,下面,独裁者就登场了,这就是游行的变化。

19 papa,见前一首诗的注释。

20 the wind puts its tail between/ the cleft of the mountains,俗语有 with one's tail between one's legs,表示胆怯,谦恭。山缝就像腿之间的缝,风吹过来,就像把自己尾巴夹起来,好像害怕爸爸一样。这是用风比人。

21　为了在爸爸演讲时保持安静，人们在演讲前都不约而同咳嗽一下嗓子，就像海浪涌起。

22　见《谨慎的激情》。

23　circling horns，游行中吹奏的圆号。

24　said nothing，用过去时，指游行过程中，作者一语不发。另一层含义是，他只能说出虚无，因为加勒比的一切都是虚无的。

拉斯塔法利之歌

1　Dread Song，dread，在加勒比英语中，它是非常重要的词汇，首先，作为名词，指拉斯塔法利教派的成员，通常是黑人。该教派成员不剪发，留长辫，蓬乱披肩，这种发型是他们的标志，所以，他们也被称为dreadlocks。由此，这个词也专指该教派的信仰和践行，如他们的穿着、饮食、音乐等等，这里就是修饰歌曲；它还表示教派成员的兄弟关系，可以称呼教友为dread。在普遍意义上，这个词也指留着与该教派相同发式、外表也相同的人，未必是教中人。之所以用这个词，是因为它来自《旧约》，尤见《出埃及记》15:16，钦定本，Fear and dread shall fall upon them。和合本译为"恐惧"，指上帝让人们产生的恐惧。该教派成员都怀有对上帝的畏惧之心。第二，作为形容词，它不是表示"可怕的"，而是意为，拉斯塔法利教派的。由于该教派比较极端，因此在引申义上，这个词又指，作为人，难以相处；作为事，难以解决，因而又衍生出一个可以形容（至少是上世纪60—70年代独立运动和黑人运动期间的）加勒比社会普遍生存状态的名词：dreadness，它指忧惧不安，绝望的状态。见R.Allsopp和J.Allsopp的 *Dictionary of Caribbean English Usage*，第202—203页。因这个教派影响，常宣传其教义的加勒比雷鬼乐手所留的辫子就叫dreads。Baugh指出，本诗模仿的是拉斯塔法利仪式的歌曲。见 *Derek*

Walcott，第 103 页。关于拉斯塔法利，见《珀科曼尼亚》。基于这个词的特殊意义以及本诗的特殊体式，我对 dread 采取意译。本诗除了带有拉斯塔法利风格之外，还使用了《圣经》的句式，多处指向《以赛亚书》和《约书亚记》。

2　Exodus，拉斯塔法利宗教和泛非主义者，都用犹太人出埃及之事比喻非洲裔人逃出加勒比返回非洲。《出埃及记》中，上帝的火是著名意象，如 13:21 的日间云柱，夜间火柱；24:17，上帝的形貌如同烈火。

3　Isaiah，著名先知的名字，希伯来文为ישעיה‎，这个名字就是耶（Yah，耶和华）拯救了，即，耶和华是拯救，这里是插入语，既是呼叫先知，也是呼喊"耶和华是拯救"。狮子指犹大之狮，见《珀科曼尼亚》，指耶稣，耶稣这个名字是希腊文对希伯来文"约书亚"(יהושע‎，Yehoshua，Joshua，耶是拯救，下面也出现了) 的转写，而约书亚与以赛亚意同，所以作者把他们放到一起。在拉斯塔法利教中，耶和华就是塞拉西一世。《以赛亚书》10:16—17，说上帝之火和以色列之光，以赛亚多次提到光，也见 45:7，60:1，60:19—20。

4　对以色列的怒气，《以赛亚书》42:25，Therefore he hath poured upon him the fury of his anger, and the strength of battle: and it hath set him on fire round about, yet he knew not; and it burned him, yet he laid it not to heart。

5　that the crack must come/ and sunder the stone，语出《以赛亚书》27:9，钦定本为，when he maketh all the stones of the altar as chalkstones that are beaten in sunder, the groves and images shall not stand up。"裂隙"的意象，见前面引用过的克莱恩的诗。

6　sky-stone，stone 不是表示石头，而是冰雹。《约书亚记》10:11，the Lord cast down great stones from heaven upon them unto Azekah, and they died。stones，即《以赛亚书》30:30 的 hailstones，和合本均译为"冰雹"，它们在希伯来文中都为אבן‎，原意是石头，但也指与石

头类似的东西。英语中，stone 就可以指冰雹。

7 prison，《以赛亚书》42:7，To open the blind eyes, to bring out the prisoners from the prison, and them that sit in darkness out of the prison house；42:22，But this is a people robbed and spoiled; they are all of them snared in holes, and they are hid in prison houses: they are for a prey, and none delivereth; for a spoil, and none saith, Restore；61:1, the opening of the prison to them that are bound。上帝代表最高的公正，他为受冤屈和蒙昧的民众伸张正义。

8 tenements，英语国家中常见的旧式廉租公寓，位于城区，但多为穷人聚集。

9 比中央 C 高两个八度，几乎是一般人声的的极限，但这里说，还要再高。拉斯塔法利仪式时，教徒都要狂号。

10 tribe，英文《圣经》中用这词指犹太人的"支派"（和合本译法），比如《出埃及记》31:2 提到犹大支派。拉斯塔法利教也自认为是犹太人支派后裔。

11 copper tributes，tributes，与支派（tribe）押头韵。《圣经》中指给上帝的贡物，如《民数记》31:28，贡物都有定额。copper，相对于黄金，表明贡物都是假的。另外，这个词还指警察，人们将一定比例的财物作为抽成献于警察，使之庇护自己。

12 halt，双关，此处利用了这个词兼有的两个彼此相反的含义，它们来自不同的词源，第一，也就是此处的用法，与 hold 同源，表示犹太人站定，立定，扶着亚伦的杖得以支撑。但是其次，它表示动摇，摇摆，跌倒，瘸脚，这呼应下面的"瘸子"。《圣经》中常用这个意义，如《诗篇》38:17，表示跌倒；《路加福音》14:21 表示瘸子，尤其是《列王纪上》18:21，How long halt ye between two opinions，和合本译为"心持两意"，这里是说以利亚让犹太人尽快在上帝和异端神巴力之间做出选择。犹太人如同瘸子一样在两种信仰之间摇摆不定。之所以有这层意义，是因为沃尔科特下面提到了亚伦与摩西的分裂。句意即,拉斯塔法利教徒拄着魔力之杖(也是他们仪式中的器物),看似信仰坚定,但都是精神上的瘸子,盲目信仰,摇摆不定。

13 Aaron's rod,亚伦是摩西的兄弟,他手中有一把杖,这种杖是以色列人放牧用的,是权柄的象征。但是在《出埃及记》4:2和14:16,提到了摩西手中也有一把杖,他用之分开红海,钦定本对这两种杖,均译为rod,但有的译本和学者常将摩西的杖译为staff,沃尔科特下面也使用了这个词。重要之处在于,既然分开红海的杖并不是亚伦的杖,因此沃氏如此表达,就是假意"混淆",而为了指向《圣经》中的一个著名争论,即亚伦的杖与摩西的杖是不是同一把,因为它们都显示过神力。由此,沃氏又联系了另一个著名的故事,即,亚伦的金牛崇拜。《出埃及记》32:4—29记载,当摩西去西乃山领十诫迟迟不归时,亚伦带着犹太人弄了一尊金牛,搞起了异教式的崇拜,摩西下山得知后,愤怒中摔碎石版,砸碎金牛,而且杀死了三千背叛上帝的同族人。沃氏用这个故事,暗示了拉斯塔法利教徒也会陷入同样的信仰分裂(梦想和谎言并存)和自相残杀。沃氏并非在非议《旧约》,他还是秉承了自己的新教理念,他不主张原教旨和狂热崇拜。

14 staff,指摩西的杖,我译为棍,以示区别。"蛇"的故事见《出埃及记》4:3—4和7:9—10,前者是上帝让摩西的杖变为蛇,后者是亚伦的杖在埃及法老面前变为蛇,而且吞掉了法老术士的、也变成蛇的杖。这一点,也是很多学者认为两人的杖是同一物的证据。但如上述所言,沃尔科特暗示不是同一把,虽然他表面上这样说。"兄弟"有反讽的含义,因为根本不是相同的杖,而且最后部族自相残杀。

15 dark glasses,下面用了另一个说法black glasses,戴着墨镜,指他是大佬一样的政客,但由于所罗门表示智慧,而墨镜也是盲人的标志,因此讽刺他们毫无智慧。

16 jiving,源于吉特巴(Jitterbug)和摇摆舞(Swing Dance),是拉丁舞的一种,音乐以爵士乐和蓝调为主。该舞由美国黑人推广,运动时,上身挺直,全身要不停地摇摆和晃动,其摇摆程度超过了很多摇摆舞。但是日常用语里，jive 还表示夸夸其谈，说话假大空，这里是表明，统计学的数字都是虚假的。

17　economics 和 Exodus，押头韵。经济学里，exodus 表示抛售，比如抛售股票。

18　embrace，下面提到了胳膊，所以指拥抱，但也表示把"我们"放入括号，即排除在外。

19　bracket and parenthesis，前一个可以通指所有括号，在美语指方括号，但英式英语指圆括号，与后面的 parenthesis 意同。

20　(the brackets of the bribe)，bribe，brackets，brother，em-brace，押头韵，意义有联系。"拥抱"表示"兄弟之情"，但就是"收买"，其实是"放入括号"，作者为了表达这一点，还加了一个括号，这是他爱用的手法。

21　dread locks，见前面注释，locks 指头发，尤其是辫子。

22　one door yawn wide，《马太福音》7:13，Enter ye in at the strait gate: for wide is the gate。窄门得永生，宽门走向毁灭。这里也暗示了狮子的嘴。

23　mortar，除了指迫击炮，这个词也表示臼，《民数记》11:8，犹太人做吗哪时，要用臼捣，beat it in a mortar。也见《箴言》27:22，将愚人捣在臼中。

24　Brothers in Babylon、Doc! Uncle! Papa!，Papa 和 Doc（医生）指杜瓦利埃；Uncle 指埃里克·盖里（Eric Gairy），格林纳达的独裁者；Doc 单独使用也指特立尼达和多巴哥的极权总理埃里克·威廉斯（Eric Williams），他有博士学位，民间称之为 Doc。Brothers 与 Babylon 押头韵，连同前面的"兄弟"，均暗示上世纪70年代的黑人权力（Black Power）运动，这场运动在特立尼达几乎推翻了威廉斯政府。虽然反对独裁者，但沃尔科特也反对同样极端的民粹式革命，因为其动机可疑，黑人互称兄弟，但彼此怀疑，斗争分裂。见 Baugh 的 *Derek Walcott*，第 103—104 页。

25　the River，指兰帕纳尔加斯河。

名　字

1　Names，这个复数表明，第一，既指人名，也指物名和地名等。第二，指本诗两个部分中出现的两类名字：第一部分讲述了加勒比人要给出自己的"名字"，确立自己的身份。第二部分讨论了如何对待殖民者留下的"名字"、语言和符号。霍米·巴巴（Homi K.Bhabha）在其《文化的定位》中引用了这首诗的部分内容，其认为，在后殖民诗歌中，只有沃尔科特更为深刻地思考了"命名权"（the right to signify，意指权）概念。加勒比殖民化中对空间的占有，是通过"命名"的权力完成的，日常语言体现了"光晕式的权威"和"帝国形象"，因此沃氏要转向另一套建构自己身份的新的命名符号和权利，但他所依赖的文化"位置"，不仅仅具有颠覆性和侵越性，而且还预示着那些在殖民史中分化出的种族会团结为一体。见 *The Location of Culture*（Psychology Press，1994），第 331 页。E.M. DeLoughrey 从更普遍的角度指出，本诗描写了作为起源的海洋，指出了种族的形成伴随着空间的形成，但是在这个过程中，语言与其对象、绘图与空间之间存在着困境（aporia）。海洋是不可理解的，人的语言结构难以解释。海洋会抹平人的语言文字和绘图。见 *Routes and Roots*（University of Hawaii Press，2010），第 22—23 页。本诗 1975 年发表于《安泰》（*Antaeus*）杂志，（Villiers Publications），有多处异文。

2　Edward Brathwaite，即 Edward Kamau Brathwaite（1930—）巴巴多斯著名诗人，也是历史学家，加勒比艺术家运动的奠基人。前面注释中多次引用他的作品，他有很多经典的主题和意象影响了沃尔科特。为加勒比重新命名正是他首先提出的。T.Döring 引用过他的一段话："比起对年年都有的飓风……我们对降雪的敏感程度反而更大。

也就是说，我们还没有音节、没有音节方面的智慧去描述属于我们自己体验的飓风，相反，我们倒是能描述舶来的、外来的降雪的体验。这就是我们的处境。"布氏一生致力于"克里奥尔语诗学"，即，基于民族语言的诗性语言。见 *Caribbean-English Passages: Intertexuality in a Postcolonial Tradition*（Routledge，2003），第 67 页。

3 《奥马罗斯》3.14，安的列斯土语里，mer 这个词表示海，也表示母亲，mer was/ both mother and sea in our Antillean patois。也见后面的《海即历史》。

4 M.Tynan 指出，这几行描绘了"漂流者"一族，他们远离了本源的文化，失掉了祖先的语言和在世界中的位置。"舌下的卵石"，意为，沃尔科特这样的加勒比当代艺术家，在接受殖民者的语言后，遇到了以往被贩卖的奴隶在学习语言遇到的相同的困难。见 *Postcolonial Odysseys*，第 46—47 页。

5 a different fix on the stars，fix 是航海学的术语，指依靠恒星（fixed stars）定位。

6 Levantine，见《另一生》4.21.1，地中海会计。下面很多外族人均见 4.21。黎凡特地区指托鲁斯山脉以南、阿拉伯沙漠以北的地中海东岸，包括塞浦路斯、以色列、巴勒斯坦、黎巴嫩、伊拉克、约旦、叙利亚、一部分土耳其，广义的黎凡特地区泛指整个地中海东部，包括整个土耳其、希腊、埃及、一部分利比亚等等。这个词来自法语动词 lever 的分词 levant，即升起的，指这一地区为太阳东升之处。这里指加勒比的黎凡特人。黎凡特人的眼睛黑色，与这一地区盛产的石油颜色相同。

7 加勒比的原始时间不是线性的，是重复的，但在作者看来，这又是自然的时间。

8 地平线的一分为二，首先暗示语言与对象的区分，指人类运用语言和绘图去理解世界。见 *Routes and Roots*（University of Hawaii Press, 2010），第 22 页。其次，在内部，将心灵一分为二，在外部，打破了原始状态的统一性，在时间上，划分了过去、现在和将来。这个时刻之前，仅仅是"现在"，没有过去，没有未来，就像人类堕落之前的状态。一当这个时刻开始，人们就要寻找这个始点。见 *Nobody's Nation*，第115页。更重要的是，从文化角度，它指向了《加勒比人：文化，抑或模仿》中，沃尔科特提到的"子午线逻辑"（Meridian logic）。沃氏认为子午线是政治象征，它不仅仅是地图定位的产物，它是欧洲中心的象征，是权力和不平等的象征。本初子午线这条零度经线确定了一个"起源点"，它以暴力的方式将世界一分为二。如沃氏所喻，东西半球就像一个水果的两半，切开后用自己的果汁又接合。按照这个意义，沃氏想象了另一条子午线，它隔出了新世界和旧世界。它沿着"地平线"展开，划出了若干由连字符联结的世界：非洲-加勒比、印度-加勒比、英国-加勒比。一旦从旧世界越过这条线走向新世界，一切努力就都成了模仿。这条线就像一面镜子——作者下面用了这个比喻——镜子的东边就是欧洲，是秩序和美德，是记忆和传统。所以，当作者找不到这个"时刻"，就是旧种族及其创造性终结、新种族开始的一刻。均见 *Postcolonial Odysseys*，第46—47页。

9　还是作者善用的重复手法。注意这两行与上面两行恰好分属两节，就如地平线隔开。这条地平线隔开的心灵是接受了西方语言的心灵，但它无法把握加勒比的本质，似乎也没有哪种语言能永远把握，但至少，当作者意识到了这一点，他也就意识到了真正的自我，而不是英语的 I 所代指的自我。但作者并非要抛弃英语，他的诗歌世界就是地平线出现又沉没的重复世界。

10　镜子指那条子午线。融化在镜中，作者就再也找不到那个一分为二的时刻了。所有来到加勒比的外族人，都不再有过去可以回忆。见 *Nobody's Nation*，第115页。这就如同失去了灵魂，其实失去的是镜中像。

11　sea-eagle，下面的鱼鹰为 osprey，一个用不定冠词，一个用定冠词，按照行文，显然作者将鱼鹰视为海鹰的一种。就生物学来说，sea-eagle，指白尾海雕属的鸟类，拉丁名为 Haliaeetus。而 osprey，为鹗属（Pandion），拉丁名为 Pandion haliaetus。但这里，sea-eagle 在日常用语中可以指鹗属的鱼鹰。鱼鹰的叫声如同字母 I 的发音。Tynan 指出，沃尔科特选择海鹰，是用它表示航行和飞翔。高处的石头表明了那是一个陆地景观、海景、天空景观会聚之处。见 *Postcolonial Odysseys*，第 49 页。

12　前面说"没有名词"，指的是排除了外来者命名的名词之后的状态。当本土人意识到自己也有"权利"命名时，他们就成为了亚当。名词的起点始于代词（pro-noun，代替名词或名字），代词中，"我"为先。这个自我标志着自我意识的形成，但有几点需要注意，第一，它是外部的或自然的我。"I"这个声音首先是外部鱼鹰的叫声，而不是复制于其他文化（这里是英语）并形成于内心的已有的语言。英语要以当地的事物为中心，这恰恰是英语得到扩展的机会，这也可以缓和英语同当地语言的矛盾。第二，它允许差异性，广东人、印度人、贝宁人、地中海人的"我"彼此不同——所以作者才会不厌其烦地重复这些族群的特征和名字——支持这个共同自我或普遍人性的，不是抽象的"我思"，而是他们一个个身体所生存的、没有过去和将来的、加勒比的土地和大海。第三，作者不是要将这个"我"作为意识或历史的"起源"，因为那样还是在复制彼岸的欧洲，而它恰恰是地平线消失后的产物。它就是这里的事物，最终还是会被大海冲刷，下一代诗人会再次成为亚当和命名者。

"呼号"（cry），与 I 押韵，这声 cry，也可以理解为"出生时的啼哭"（birth cry），也可以理解为"受苦的哀嚎"。它体现了殖民化将文化源头剥夺走之后的痛苦。同时，作者也喊出了真正的本土化的自我（I）。见 *Derek Walcott's Poetry*，第 99 页；也见 *Postcolonial Odysseys*，第 48 页。

13　这是西方的线性历史，沃尔科特不是要彻底颠覆它，而是提供其他民族的历史和时间观,其实这就是寻找人类最自然的时间和历史。在一次访谈中,沃尔科特道出了海洋的绝对性,它让历史毫无意义。他说,"海中,无物被记下。难以移居海上,难以靠它生存,难以在上面行走。所以海的力量赋予你一种时间观,它让历史变得荒诞。""海不是哀歌","海中没有任何东西可以作为与人有关的纪念品(memento)"。见 J.P.White 对沃尔科特的访谈(1990),*Conversations with Derek Walcott*,第 159 页。

14　foam foreclosed,与上面的"合拢"或"闭合"(fold)和鱼线(fishline)押头韵,f 的柔软的读音,表明这是一个单纯平和的自然过程。天空与海合为一线,加勒比人没有界限可以越过,处在自然的封闭空间内。

15　指字母"I",如同一根棍子,"鱼线"也是一个象征。

16　作者用了过去时,他应该是在沙上写了字,然后被抹去,之后再次书写。就加勒比历史而言,这个"再次"表明,第一,之前被抹去的遗迹,其之前还有一次同样被抹去;第二,这一代人留下的文字,其实也会有同样的结局,这也就是前面《另一生》中哈代那个题词的含义。沙上画字,这是孩子的游戏,标志着"开始"。这个开始,也是"结束",在作者心中,并无所谓的开始与结束的划分,只有永恒的土地和大海。下面的毫不介意,即 indifference,名字抹去不抹去,是毫无差别的,没有关系,抹去了,就再写上。

17　怀旧在于,殖民者起的名字都重复了欧洲大陆的名字和典故;嘲弄(irony)在于,他们起的名字都是"小一号的"——如下述,会带着指小词,或"小"之类的称呼——带有轻视味道。见 *Nobody's Nation*,第 115 页。

18　courts,指卡斯蒂亚王国的王宫庭院,用复数,是因为该王国首都多次迁移,有布尔戈斯、托雷多、巴拉多利德;16 世纪,腓力二世又迁往马德里;因此各地都有王宫。另外,如塞维利亚等地也有王室的宫宇。凡尔赛指,凡尔赛宫,代指法国殖民者,旧版为法国。Greenwood引Pietri《另一美洲》一文的介绍,西班牙人的设想就是要在新大陆建立"新卡斯蒂亚"、"新托雷多",同时恢复骑士制度,建立托马斯·摩尔的乌托邦。见 *Afro-Greeks: Dialogues Between Anglophone Caribbean Literature and Classics in the Twentieth Century*,第50页。

19　cabbage palms,这个俗名指称很多植物,加勒比是Roystonea oleracea,王棕属(Roystonea),这种棕榈高达40多米,嫩叶可食,如同卷心菜。《另一生》笔记中,沃尔科特提到过它,用的是特立尼达的叫法palmiste。沃尔科特似乎是如Fermor一样,用巴巴多斯的王棕大道比喻希腊庙宇的柱列廊,所以下面提到了科林斯廊柱。加勒比缺少"纪念碑性"的建筑,而通过揭示殖民者的错误命名,可以起到反殖民的效果。见 *Afro-Greeks: Dialogues Between Anglophone Caribbean Literature and Classics in the Twentieth Century*,第50页,引Fermor的比喻。

20　Corinthian crests,希腊科林斯廊柱的冠饰,柱头用莨苕(Acanthus)叶,如同棕榈顶叶。旧版下面还有一句,mottled columns that led to no rooms。卡斯蒂亚很多王宫,还有凡尔赛宫都有这种柱式。

21　belittling diminutives,diminutive,指小后缀或指小词,相当于在名词前加一个"小"(little),比如pig,加后缀-let,即小猪,通常表示爱意,所以这个词也意为"爱称",但在殖民者命名时,表示的是轻蔑,最多是怀旧。

22　pigsty,指如同猪圈一样肮脏的地方,这里指棕榈林,如同凡尔赛宫廊柱。轮廓(plans)与pigsty押头韵,猪圈只是外表和建筑结构像凡尔赛宫。

23　酸苹果,即《另一生》4.22.1的褐皮苹果;青葡萄,很可能是海葡萄,它们的味道酸涩。苹果和葡萄在凡尔赛宫花园里也有,但殖民者在加勒比只能尝到酸的,这也是他们命名"小凡尔赛"的原因之一。殖民者尝起来觉得酸,这勾起了他们因流亡而产生的痛苦和嫉妒。这也是他们起那些小名字时的心态。见 *Postcolonial Odysseys*，第 49 页。

24　呼应酸苹果和青葡萄，但也表明记忆变质，变得模糊，殖民者最终也要成为当地人，他们的后人忘记了名字的轻视含义，名字也融入了土地。

25　Valencia，指特立尼达的巴伦西亚，名字来自于西班牙的同名地名。西班牙巴伦西亚有一座著名的大教堂，里面有灯笼，而特立尼达的巴伦西亚只有橙子，如同灯笼。见 *Derek Walcott's Poetry*，第 100 页。

26　Mayaro，位于特立尼达东南角的里奥·克拉罗 - 马亚罗大区（Rio Claro-Mayaro Regional Corporation），这里有马亚罗海湾。这个名字来自于植物 Maya，拉丁名为 Brosimum alicastrum，饱食桑属（Brosimum）。它不是外来地名，但由西班牙殖民者所起，他们也许想到的是巴塞罗那省的马塔罗（Mataró），这个城市历史悠久，还有罗马人的遗迹。"大烛台"（candelabra），蜡烛如同树枝，所以又称烛树。可可树形状如同烛台。橙子灯笼，可可烛台，都是作者的比喻，但殖民者也肯定有这样的联想，后者会借此嘲弄，前者会以此来重新命名。

27　presumed，有两个相反的意思，一指自以为真，但并不确定，只是推测；二指设定某个原则为基础或前提，虽然是主观认定，但在逻辑，经验或直觉上有其依据，这种用法，常出现在法学中。作者用的是第二个意思，将"命名"设定为生存的先天的基本原则。下面的"得名"，即"成为名词"。殖民者是第二亚当，是鲁滨逊，他们在旧世界已经掌握了一套命名。来到新的地方，必须再次命名，他们的命名是变形的，首先是嘲弄性的，但保留下来之后，为他们以及被殖民者的后人提供了语言资源。实际上，作为亚当，被殖民者以及混血后代，也同样要这样认定。

28　非洲人是学习欧洲语言的人，他们接受了名字和语言，但可以变形，从而建立本土文化和身份。见 *Postcolonial Odysseys*，第 49 页。

29 作者模仿教师的样子,教小孩子命名当地事物。前面是法语克里奥尔语,后面是英语。无论哪种外来语,都是以事物为中心,所以英语不会成为中心语言,当孩子想到英语,就会想起法语克里奥尔语,进而想到加勒比世界。

30 hogplum,拉丁名为 Spondias mombin,加勒比英语也叫 yellow mombin,moubain 即 mombin,都是法语克里奥尔语念法,也称为 monbin,monben 等,由 myrobalan 音变而来,mombin 也可以指所有 Spondias 属的植物。之所以叫 hog,因为这种李子常用来喂猪,故有此名。

31 cerise,英语 cherry 来自此词,都源于古希腊文。老师的英文解释为 wild cherry,这是英国对甜樱桃的叫法,作为通俗专名,它不是指"野生樱桃",其拉丁名为 Prunus avium,英语也叫 gean。

32 baie 是海湾,la 是定冠词,克里奥尔语里放到后面。

33 上面几行的尾音都是咝音,体现了轻快的"鲜绿色的嗓音",如同风声。

34 只有自然是帝王,蠕虫之类虽小,但比任何帝国都长久。Greenwood 提示,可以比较塞萨尔《返乡笔记》中对"困境"(aporia)的描述,加勒比虚无的历史,恰恰可以成为积极的拥有。他认为,"不假人工"(no man made them),也就意味着 no man unmade them。自然风景是不可殖民的,它胜过一切文明的纪念碑性的建筑。他还举了希罗多德《历史》第四卷对斯基泰人(Scythians)的描述(引 Hartog 和 Payen 的观点),斯基泰人是游牧民族,文化虚无,与希腊文明截然背离,但他们拥有"积极的困境",反而可以抵御入侵。因为他们不具备敌人(波斯人)的文明,波斯人反而没有制约他们的手段。这就是加勒比虚无性的积极意义。见 *Afro-Greeks: Dialogues Between Anglophone Caribbean Literature and Classics in the Twentieth Century*,第 51—52 页。

35 Betelgeuse,猎户座第二亮星,夜间天空的第九亮星,拜耳命名法称之为猎户座α（α Orionis）。这个词来自阿拉伯语，长期以来，欧洲人都按照字母 b 来理解，它的意思就是"猎户座的腋下"，据现代学者考证，字母 b 应为字母 y（yad al jauza，阿拉伯语中，这两个字母仅差底部一个点符号），故应理解为"猎户座之手"。中文叫参宿四，但由于下面提到了阿拉伯人，我采取直译。al jauza（词根为جوز，中央之意）即阿拉伯人对猎户座的称呼，意为"中央者"，是一位神秘的女性。英语称猎户座为 Orion，来自希腊文，是一位神话中的猎户，叫俄里翁。关于参宿四，见美国天文学家 James B. Kaler 的 Stars 网站：http://stars.astro.illinois.edu/sow/sowlist.html。

36 you damned little Arabs，这是老师"骂"孩子的话，没有侮辱的性质，因为老师也是加勒比人，他之前刚刚教完克里奥尔语。他有意表达一种暗含自嘲的种族偏见，同时鼓励孩子说出不一样的名字：首先，"小阿拉伯人"，双关，"小"表示孩子年龄小，也表示前面说的"小凡尔赛"的"小"，指加勒比人也是非欧洲人，而且还不如阿拉伯人。其次，这句骂人话暗含反讽。由于 Betelgeuse 的阿拉伯文来源，因此欧洲人其实也有借鉴其他文化的历史，阿拉伯人在历史上也曾经比欧洲人先进，所以，欧洲人其实也是"小阿拉伯人"。A.Kirsch 过于把老师和学生对立起来，他认为，沃尔科特既是这个老师，也同样是学生。他自己处于两者之间，处于矛盾之中。见 *The Modern Element: Essays on Contemporary Poetry*（W. W. Norton & Company，2008），第 20 页。

37 fireflies caught in molasses，参宿四颜色红亮，所以比作萤"火"。molasses，是蔗糖生产中的产物，生活中的红糖就是尚未去掉糖蜜的白糖，所以它也叫赤糖糊。它是朗姆酒的原料，也常喂给动物。糖蜜颜色发黑，如同黑色天空；而且粘稠，粘住萤火虫的情况，生活中肯定常有。加勒比英语常称之为 black-strap。这里的 black 并不是纯黑色，就是指糖蜜色；strap，按照 OED 的解释，作为动词，指将奶牛体内最后的牛奶挤出，比喻将事物过滤干，所以指干稠的东西。见

R.Allsopp 和 J.Allsopp 的 *Dictionary of Caribbean English Usage*，第106页。这是一个典型的亚当的命名，完全日常化，既有粗糙的一面，但体现了诗性的美感。要注意，这不是一个修辞学意义上的"明喻"手法——这种手法仍然把专名视为中心，明喻只不过是为了加强效果——它是自由命名的"名字"，它完全可以取代 Betelgeuse，小孩子就是人类初始的亚当，他们有权利这样命名。这种自由是基于事物，人的自由难以超越星座，海洋，所以他们也不会随意胡乱地命名。用猎户座，是为了呼应开头的"星辰定位"，加勒比相对于恒定的猎户座，处于地球上不同的位置，因而就有不同的语言和想象力，不同的"文化的定位"（用霍米·巴巴的话说）。而并不极端的是，加勒比的孩子并没有抛弃英语，这让他们又有了同欧美文化交流的机会，反过来，他们全新的命名，又会丰富英语。殖民者的文化就这样慢慢地被重建和改造。

圣卢西亚

1　Sainte Lucie，法语，用法语是表明圣卢西亚的法国渊源；本诗第三节，就完全是法语克里奥尔语。本组诗是沃尔科特的又一部名篇，由五首诗构成，与《另一生》关系密切，很多意象都出现过，最后一首诗还是对圣奥马尔或格里高利亚斯的赞诗。全篇诗讲述了诗人对国家的爱，肯定了他与国家的关系，尽管彼此隔阂，而且国家让诗人幻灭。见 Baugh 的 *Derek Walcott*，第100页。

R.McDougall 通过沃尔科特的戏剧理论，敏锐地指出，本诗是一种"意识戏剧"，与其说是作者重返圣卢西亚，不如说他是在记忆中重返。按照《黄昏之言：序曲》的说法，"如果借助记忆的手指的摸索，让物体一再还原为知识，还原为事物的翻译，那么一种新的戏剧就成了，它所带有的快乐就在圆满地命名对象之中"。因此，本诗就是作者与事物的命名戏剧。之所以全诗混杂了标准英语、英语和法语克里奥尔语并且有多处中断和省略的地方,是因为作者自身的意识中已经不再有完整的家乡土话和故乡感觉了,它被其他语言侵入,或者说,作者的意识处于流亡的状态。法语土话激起了诗性的"感觉",而标准英语难以道出,只能表达"思想"。见"Music, Body, and the Torture of Articulation in Derek Walcott's 'Sainte Lucie'", *Ariel*, 23, no.2 (1992),第66,71页。

霍米·巴巴曾评价过本诗,其引用了理查德·罗蒂的一个观点:"团结性是由小段成分建构出来的",它不是现成的。"小段"的诗,通过积累,构成了"宏大的移民和流散的语言和景观的历史"。见 *The Location of Culture*,第235页;Burnett 也引了巴巴的观点,同时又引了本雅明关于翻译的理论,譬如器皿的碎片,要彼此契合才能粘合为整体,翻译也是如此,它不是完全相似于原本的意义,而是"周到详细地吸收原本的表意模式,让原本和译本都如同一个更大的语言的片段",就如它们是一个器皿的碎片。这个理论也联系了德勒兹和瓜塔里在定义精神分析时的"人人都是小群"(un groupuscule)的理论。沃尔科特的《安的列斯:史诗回忆之断章》就阐述了自己所理解的与上述这些观念相似的"片段或断章"理论。见 *Derek Walcott: Politics and Poetics*,第26页。本诗中,尤其第二节到第四节,就运用了片段理论,各种语言片段和意象的断章都属于一个更宏大的语言,它就是亚当命名的原语言。

2 Laborie,圣卢西亚南部村庄,名字来自于法国总督拉波利(1784—1789)。该村所在地也是拉波利区。下面的舒瓦瑟,前面多次出现,是村名,所在同名区临于拉波利区以西。

3 Vieuxfort,也写作 Vieux Fort,圣卢西亚南部城镇,所在同名区临于拉波利之东。这个名字为法语,意译为"旧堡",因为这里曾建有堡垒,朝向圣文森特。vieux 读起来如同汉语"无忧",故有此译。下面的丹纳里,既是村名,也是区名,该区在无忧堡区北边,中隔米库区（Micoud），位于圣卢西亚东边。

4 church-bell，本节有很多名词和形容词，都加了连字符（hyphen）。连字符（包括换行时的连字符）是沃尔科特在文本中频繁使用并且用得极为巧妙的符号，也是他爱用的喻体。如《恩赐》之《意大利牧歌》，the horizon's hyphen that fades。Terada 举了《奥马罗斯》63.3，I followed a sea-swift to both sides of this text;/ her hyphen stitched its seam, like the interlocking/ basins of a globe in which one half fits the next。并引了德里达的看法，他认为，"严格意义上，任何象征（symbol）都是连字符"，连字符两端咬合在一起，彼此不分。奴隶航线就像一道连字符。见 *Derek Walcott's Poetry*，第 15，17，37 页。

5 caves in the sides，指棚屋残破，仿佛是被钟声冲垮。

6 played house，即 playing house 游戏。house 呼应上面的屋子，但这里指"过家家"游戏中的"家"和玩具房子。孩子们曾在屋影下，搭建自己的房子和家。他们憧憬的未来永远在旧屋子的影子下，他们将来组建家庭，最终也会死在此地。儿童既是希望，但同样也是延迟的绝望。作者应该是看到了一些玩过家家的玩具，或是自己以前玩过的，或是其他孩子的。这一句过去时，是作者回忆自己童年，而上面都是一般现在时，表示常态，而不是某一个特殊时间下的场景，钟声、棚屋、螃蟹总是重复着同样的状态，已经成为了村庄的特征。下面的阳光等景物都是如此。从作者童年开始，直到他长大成人，这里都是相同的面貌，毫无改变。我相信，"过家家"这个意象必定指向了弗罗斯特的《指路》（"Directive"），First there's the children's house of make-believe,/ Some shattered dishes underneath a pine,/ The playthings in the playhouse of the children./ Weep for what little things could make them glad./ Then for the house that is no more a house,/.../ This was no playhouse but a house in earnest。诗中描写了儿童之家和真实的家，他们都已经废弃。人永恒地困在一个家或家乡中，代代相替，最终死亡。

7　cry out for，与上面海豚的"踊跃"（dive for）一样，重点在于for，它们都在寻求着作者说的"秘密"或"有什么"。这是造成生活贫穷的原因或真相。它是一个避开了定义的问题，如同谜语，如同一个问号，对这个问题的探寻贯穿了沃尔科特的诗作。Baugh 的 *Derek Walcott*，第 101 页。

8　Terada 注意到，本节完全是一句话。它就像一张网，一根鱼线，或确定深度的锤线（plumbline）。它向下延伸，指向的就是海豚跃向的那个东西。沃尔科特的诗歌就如同鱼线，寻求知识。见 *Derek Walcott's Poetry*，第 102 页。我相信，连字符的"线"也有这样的象征。

9　第二节完全是列举圣卢西亚的各种植物，鸟类及其名称，也涉及了一些以前的少女，全诗如同念珠诵，只在几个结尾处有句号。这个列举其实从第一节的地名就开始了。每一个名称自然地构成了一行诗，这是最自然的诗。这些名字不是作者发明的，但他第一次让它们成为了刊印的文字。见 J.Thieme 的 *Derek Walcott*，第 97 页。见 *Critical Perspectives on Derek Walcott*，第 26 页。这一长串事物的罗列，让作者返回到了童年的记忆。其语言为法语克里奥尔语和英语的混合。作者的沉思越深刻，语言就越片段化。这种风格模仿了安息中的心灵的运动。见 A. L. Knee 的博士论文 "Taking Everything in; Poetic Persona and Poetic Voice in the Poems of Derek Walcott"（The Ohio State University，1998），第 122 页。

Fumagalli 指出，这种命名符合艾略特说的，"健康状态的语言就是陈述对象，接近对象，以至于两者同一"。其还比较了希尼的《回望》（"The Backward Look"）与本节，它们都有相同的节奏和句式，而且都使用了"比喻复合法"（kenning）——这种方法出现于古诺斯语、古英语诗歌，德语中也常见，说一物，将之以复合词形式描述出来，如说"海"，则说，"船 - 路"；德语说"电视"，为，"远 - 视"（Fern-sehen，英语 tele-vision）；沃氏的例子，说"猎户座"，为"糖蜜-粘住的-萤火虫"。希尼用的是爱尔兰语,这种手法是他诗歌的主要特色,沃氏作品中也比比皆是(连字符构成的复合词的使用就是一例)。这两位互相欣赏的诗人,都有着共同的诗学理念。"比喻复合法",使诗人更为充分地描述客观的事物,摆脱固化的名称。见 *The Flight of the Vernacular*,第 xxii 页。

10 pomme arac,《奥马罗斯》31.2,Aruac mean the race// that burning there like the leaves and pomme is the word/ in patois for apple。arac 和 aruac 就是 Arawak 的法语克里奥尔语写法,指阿拉瓦克人或该种族。pomme 同标准法语,即苹果,来自中世纪拉丁语 pomum。

11 otaheite apple,英语,otaheite 是殖民者记录的塔希提的旧名字,后来发现,o 只是冠词。塔希提苹果,拉丁名为 Syzygium malaccense,蒲桃属(Syzygium),汉语称之为马六甲莲雾,马六甲蒲桃,加勒比也叫牙买加苹果。它就是阿拉瓦克苹果。

12 pomme cythere,法语,这是特立尼达和多巴哥对番橄榄的叫法,《另一生》2.8.3,称之为金苹果,拉丁名为 Spondias dulcis。cythere,旧版为 cythère,法语,即 Cythera,希腊文为 Κύθηρα,希腊一个岛,阿芙洛狄特/维纳斯的诞生地。

13 pomme granate,法语,古法语为 pome grenade/grenate,英语合写为 pomegranate,石榴,拉丁名为 Punica granatum,granate 来自 granatum,意为,有种子的,有籽的。西班牙格拉纳达的城市标志就是石榴,该城的名字原本来自阿拉伯语叫 Garnata,由于跟 granatum 谐音,当时占据该城的摩尔人就混同了两个词,将该城叫为了 Granada,这个词在西班牙语里就表示石榴。西班牙人后来将石榴引入了加勒比,而格林纳达这个名字很可能来自格拉纳达,这样,石榴又被称为"格林纳达苹果"(apple of Grenada)。我采取了格林纳达这个译法,是因为,上面三个苹果都是以欧洲大陆海外的种族和地名命名,如果译为"有籽的苹果"或"格拉纳达苹果",意味全无。

14 moubain,见上一首诗。

15 z'ananas，这句是解释这个词的含义，下面是解释，所以直录原文。这与上首诗老师教学生的模式一样。该词为法语克里奥尔语，来自les ananas，音变为s'ananas，再变为z'ananas，为了发音节奏方便，之后又延长为四个音节。法语和英语的凤梨为ananas，该名字来自巴西的古代图皮语（Tupi）nanas（佳果）。欧洲人中，哥伦布最早在瓜德鲁普岛发现了菠萝。英语中，pineapple指凤梨属的Ananas comosus，即中文的菠萝或凤梨（台湾菠萝，菠萝的另一品种）。这里显然是用这个土语词指菠萝的"顶部"，它如同阿兹特克人的头盔。

16 pomme，见下，指爱尔兰土豆，法语中，管土豆就叫La pomme de terre（土苹果）。Irish potato，这种叫法在美国比较流行，用这个名字，是为了区别甘薯（sweet potato），后者是旋花科、番薯属（Ipomoea），土豆是茄科、茄属（Solanum）。爱尔兰19世纪曾经发生过土豆饥荒，死人无数，这里也许有所暗示，表明加勒比的贫瘠。另外，也许作者想到了梵高的《吃土豆的人》。——到此，作者罗列了各种"苹果"，这让人联想到了伊甸园，但这些苹果都不是《圣经》中的苹果（有一种古代说法，认为是石榴），它们有不同的名字，甚至都不是严格的苹果（还有土豆），它们属于第二伊甸园。

17 cerise，见上一首诗。这里是要解释这个词的含义，下面给出了解释，所以直接录原文。下同。

18 the cherry，这句是解释cerise的含义，cherry表示cerise所属的李属（或樱属），同属的扁桃，也可以叫cherry。但是，由于这里是日常命名，cherry就不仅指李属，还包括其他属的植物及其果实。比如，巴巴多斯樱桃（Barbados cherry），拉丁名为Malpighia emarginata，金虎尾科、金虎尾属。牙买加樱桃（Jamaican cherry），拉丁名为Muntingia calabura，文定果科、文定果属。还有巴西樱桃，桃金娘科、番樱桃属（Eugenia）。所以，这里译为"樱桃"，但加勒比人用它指涉种类很广，这就像汉语说"薯"，但包含不同种类的植物。

19 z'aman，法语克里奥尔语，来自les amandes（扁桃），音变与"凤梨"一样，尾音被省略。按照下面解释，这里指海扁桃，前面注释已经说过了，海扁桃与扁桃不是同类。

20　crisp，这个词含义很多，修饰海浪时，表示有皱纹的，卷起的。

21　au bord de la'ouviere，法语克里奥尔语，ouviere，旧版为ouvière，显然是 rivière（河流）。土语里，rivière 常与冠词合写为 lawivyè，或 lawouvyè，后者又写为 laouvyè，加分音符为 la'ouvyè。见 D.Frank 等人编的 *Kwéyòl Dictionary*（Ministry of Education Government of Saint Lucia, SIL International, 2001），第 135 页。

22　come back to me/ my language，这句是经典的宣言，秉承了布拉斯维特的精神。这不仅仅是返回到语言符号，而是回到事物和当地的生活方式。前引过多次的 J.E.Chamberlin 的专著 *Come Back to Me My Language: Poetry and the West Indies*，就是以这句命名。

23　cacao，这个词来自纳瓦特尔语，从西班牙语进入英语和法语。

24　grigri，见《游行，游行》。

25　solitaire，法语和英语都有这个词，表示孤独，隐居的，隐士。这里指鸫科，孤鸫属（Myadestes）鸟类。加勒比的孤鸫，如红喉孤鸫（Rufous-throated Solitaire），拉丁名为 Myadestes genibarbis，圣卢西亚就有。

26　ciseau，法语，单数表示凿子，复数 ciseaux，表示剪刀，这里用单数，因为是土语。此处指鸟，下面给出了解释，是 the scissor-bird，指战舰鸟，它的尾羽如同剪刀。但战舰鸟不是严格意义上的剪尾鸟，后者拉丁名为 Tyrannus forficatus。

27　nightingales，夜莺是欧亚大陆的鸟类，新大陆没有。作者也许在牙买加看到过有人从旧大陆带过去的夜莺。即使是当地的夜莺，指的也不是鹟科（Muscicapidae），歌鸲属（Luscinia）的夜莺，也许是"模仿鸟"，属于嘲鸫科（Mimidae），它们会模仿其他鸟类叫声，也被叫作夜莺。作者明显要暗示济慈的《夜莺颂》，新大陆诗人肯定也有人写过夜莺的诗，但他们就像写橡树和降雪一样，完全是模仿欧洲人,从而忽视了本土的"夜莺"。

28 the indigo mountains,即,Blue Mountains,前面注释说过。下面提咖啡,指的就是著名的蓝山咖啡。indigo 指槐蓝属(Indigofera)的植物,蓝色染料可以从中提取。作者用这个词,并不仅仅指颜色或蓝雾,还指山上的这样的植物。下面提到了高更的染料。

29 pimento,西班牙辣椒,火红色,心形,如小灯,甜椒种(Capsicum annuum)。这个词其实还牵涉了很多其他的调料,比如肉桂、豆蔻等,作者试图用它勾起丰富的味觉,与其视觉效果相随。

30 ackee,指西非荔枝木的果实。该植物与荔枝同属无患子科(Sapindaceae),阿开木属(Blighia),它 18 世纪由殖民者从非洲移植到牙买加,成为了该国的国果。牙买加的阿开果鳕鱼菜非常著名。

31 jardins/ en montagnes/ en haut betassion,这三行都为法语克里奥尔语。jardin 暗示伊甸园。betassion,在《离校》中,沃尔科特用过 betassion 一词。这个词就是 bi-ta-si-on,相对于城镇,指乡村,如 i an bitasion,即,他在乡村。也可以指种植园(同于 plantasyon)和庄园地产(estate)。en,也可以 an 或 on。haut betassion,即,high country,高地,山区,同于 hòtè,这个词同义于 haut,表示高,haut。见 J.E.Mondesir 和 L.D.Carrington 的 *Dictionary of St. Lucian Creole*(Walter de Gruyter,1992),第 30 页;D.Frank 等人编的 *Kwéyòl Dictionary*,第 23,88 页。

32 ti cailles betassion,ti 就是 piti,小,年轻。见 *Kwéyòl Dictionary*,第 181 页。caille,即鹌鹑,这里是复数。英文为 quail。这个词可以泛指很多相近的鸟类。

33 candleflies,指各种被灯光或烛火吸引来的飞虫,一般指 moth。这个词在构词上也呼应了萤火虫(firefly)。

34 bending/ cups in its hard palms,palms,这个词也可以表示手。黑夜里,因为风,棕榈叶子向上空弯曲,如同黑夜或天空举杯喝水——即下面的细水。bending cups,意同于俗语,bend one's elbow。

35　important?/ imported?，作者用了重复的手法，他在沉思中，将两个读音相似的词很自然地联想到了一起。important 指水对于生命很重要；imported，指进口，外来，当地的水就是本土的，不是外来的。important 这个词在英语中最常用，尽管它表示意义重大，但几乎"毫无意义"，这正暗示水在生活中的地位。

36　关于水，品达《奥林匹亚颂》开篇就说，ἄριστον ὕδωρ（水最佳），因为是维系生命的重要物质。作者曾把自己的诗歌比作清水，他的诗是维系民族生命的关键。

37　red rust，指植物叶子易染的一种病，叶上生红色的"锈斑"。这里是用当时患有赤锈病的植物的锈斑，比喻夜晚萤火虫飞舞的天空。

38　夜色如咖啡——咖啡是早上必喝的，让人精力充沛——咖啡让村庄闭锁。作者突然联想到了"喝咖啡"和"种咖啡"两个社会世界的差别（他显然是喝咖啡一族），这让他的诗歌意识中断，也关闭了起来。见"Music, Body, and the Torture of Articulation in Derek Walcott's 'Sainte Lucie'"，第68页。

39　呼应第一首诗的状态，村庄凝滞不前，依靠咖啡种植，虽然自给自足，但处于封闭状态。也许又是说，咖啡收获季已过，所以村民不再劳作，村庄安静，如同封闭。

40　dyes, dye，染料的动词用法。上面也是如此用法，dyes from Gauguin。黄色和红色都是高更常用的颜色。前面也提到了塔希提，另外，高更也来过西印度地区。

41　这里暗示了自己的父亲，路等的是太阳（sun），sun 与儿子（son）双关，所以路（土地，父亲埋葬的地方）一直在等作者。正因此，下面没有提到父亲，因为老师知道作者的父亲在他出生前就死了。

42　O，用这个圆形比喻圆太阳，这是沃尔科特常用的手法。

43　so you is Walcott?/ you is Roddy brother?/ Teacher Alix son，均为英语克里奥尔语。Roddy，指沃尔科特的弟弟罗德里克，罗迪是昵称。下面的阿莉克丝是他们的教师妈妈。这些问句是上面说的"死气沉沉"(dead，双关，也指去世的老师，这样，就指作者心中想象的老师所问）的老师问的。

McDougall 指出，这三行就是威尔逊·哈里斯说的"诗的震中(epicentre)"，因为这里有"民族语言"的声音，它"释放了一道突然破裂的裂隙，突然间穿过了墙或门"。标准的英语唤不起曾经的经验，而民族语言让标准语言破裂，让自己与后者形成对话。见"Music, Body, and the Torture of Articulation in Derek Walcott's 'Sainte Lucie'", *Ariel*, 23, no.2 (1992)，第 66，71 页。

44　en betassion。上面的警士为 corporal，军衔时译为下士，但这里指警察中的一级，按下士衔，克里奥尔语叫 ka-po-wal。他们在乡村设有警局（station）。

45　valley，不是指山谷，而是河谷。即下面提到的罗索（Roseau）河河谷。这是圣卢西亚著名的河流，最终流入罗索湾。这片河谷有甘蔗林，还有香蕉园，车站等设施。

46　blue-green，这是一种特定的颜色，如英语的 turquoise。

47　指河谷的糖厂和甘蔗林，已经废弃。特立尼达就有糖厂谷。

48　uttered，把叶子的显露比作被"说出"，下面用了"缄默不语"和"倾诉"（delivers）。

49　frangipani，夹竹桃科，缅栀属（Plumeria）植物，frangipani 来自意大利一个家族的名字，该家族用这种花制作过香水。除去粉色品种外，该花一般中黄，外白，如同蛋芯，称之为蛋黄花。西印度的种类为 Plumeria alba。有一种 Plumeria rubra，常称为赤素馨（Red jasmine），但它并非木犀科素馨属植物。这种花在很多地区文化中都有象征意义，比如在阿兹特克文化，印度佛教文化等等。这里是代表了女性。下面提到了"百合"（lilies），是通俗叫法，百合属于百合科，百合属，与蛋黄花不是同一种类，所以作者也说是"刚硬的"百合，而不是柔弱的。

50　Martina, Eunice, Lucilla，三个女孩名，但三个名字有些含义，

Martina 是 Martin 的阴性名，与战神 Mars 有关，联系了著名圣徒圣马丁。Eunice 来自古希腊文，由好（εὐ）和胜利（νίκη）组成，《新约·提摩太后书》1:5，提摩太的母亲就叫这个名字，和合本译为"友尼基"，"基"是按照希腊文读音翻译的，鉴于这个名字体现不出女孩的特征，我按照英文译为尤妮丝。Lucilla，是 Lucia 的指小形式，即，小露西亚，如前述，露西亚是著名女殉道者。这三个名字暗示了：战争，胜利，光明，暗示了一战和二战的历史；同时又涉及了三位基督教人物。

51 gens betassion，法语克里奥尔语，村民，农村民众。

52 belle ti fille betassion，法语克里奥尔语，fille 即女儿，女孩。

53 moi c'est gens St. Lucie./ C' est la moi sorti;/ is there that I born，前两行为法语克里奥尔语，最后一行为英语克里奥尔语，与标准英语语法有别。sorti 作为名词，表示出生地。

54 Iona: Mabouya Valley，玛布亚谷在圣卢西亚东部，也是河谷，有玛布亚河，丹纳里就在谷中。这个名字来自于当地的蜥蜴，拉丁名为 Mabuya mabouya，南蜥属（mabuya）。Iona 是故事中的有夫之妇，与他人出轨。这个名字也许来自 Joanna（John 的阴性），《路加福音》24:10 出现过，和合本译为"约亚拿"，后来被认定为女圣徒；也许来自 Ione，表示紫罗兰，也是希腊一位海边宁芙的名字。这个名字在第五节也出现了，它实际上是当地女性常取的名字。

55 conte，法语，故事，传奇，来自动词 conter（讲述）。作者后面给出了英文的解释 narative song。因此 conte 指故事歌曲。沃尔科特曾经（1996 年）承认自己写过克里奥尔语的诗和谣曲，所以很多学者相信，比如约翰·菲格罗亚，本诗就是沃尔科特原创。见 *Derek Walcott: Politics and Poetics*，第 136，342 页。沃尔科特曾在某个纪念他获得诺奖的场合朗诵过本诗。

56 如果非要严格区分的话，第三节可以称为 French creole，但还不是完全的法语克里奥尔语（Kwéyòl）。上一节的如 belle ti fille

betassion 或 i an bitasion，这是符合当地人的 Kwéyòl。但是，为了让欧洲读者更容易接受，沃尔科特把作为上层语（lexifier）的法语表现得更为明显，他没有采用太多的土语单词，只是在语法形式和节奏上保持了克里奥尔语的风格。这符合他对"民族语言"的理解，他不想过分追求狭隘、纯地方特色的民族语言，他希望让自己的语言能被所有人接受。

这两节诗，既可以视为一个故事，两种表述，也可以视为两个故事，两种表述。尽管两节诗文字对应，表意上没有差别，而且都为通俗语（有的学者认为第四节是标准英语，并不确切，其中有克里奥尔语的成分和表达方式），但第三节的语法更不标准，更能体现出口语性的特点，它读起来也更为上口，很俏皮，适合歌唱。这种语法的不标准所产生的风格特征，汉语和英语都很难体现，比如，il 作 i，vous 作 ous，与英语译为 he 和 you 一样，汉语还是要译为"他和你"，但口语一读，俚俗性就体现了出来；又如，冠词放在名词尾部（如，-la），物主代词与人称代词形式相同，放在名词尾部（如，-i，即他的，-ou，你的），时态以附加小词的方式而不是在动词上变位（如将来时加 kai，不变位动词）等等，汉语都很难通过自身的语法变化体现其中的俚俗性。因此，我只能以措辞的口语化来弥补。C.Bisdorff 将第三节和第四节的并置联系了巴赫金的对话理论：一种语言只能相对于另一种语言看见自身。他不认为第四节仅仅起到"译文"的功能，这是正确的。这两节构成了一种霍米·巴巴说的"之间性"（in-between）。见"'Toute parole est une terre'：Translating the Poetics of Edouard Glissant and Derek Walcott"，*Caribbeing: Comparing Caribbean Literatures and Cultures*（Rodopi，2014），第 323 页。

57 Eric Branford，即，Milton Eric Branford，圣卢西亚民俗学家，圣卢西亚考古和历史协会负责人。

58 Ma Kilman，Ma，mamma，mama，maman，加勒比英语里指老女人，也可以泛指老人。这里是作为名字的一部分，可以译为，季尔蔓老妈，季尔蔓妈妈等。见 R.Allsopp 和 J.Allsopp 的 *Dictionary of Caribbean English Usage*，第 358 页。本诗的叙述者似乎正在与季尔蔓老妈交谈，不过诗中人称有变化。季尔蔓是《奥马罗斯》中的女先知一样的老妇人，擅长奥比术（gardeuse, sybil, obeah-woman）和医术，如同达荷美的治愈女神，治愈了菲罗克忒忒的伤——也呼应了特洛伊战争中治愈菲罗克忒忒斯的男医师玛卡翁（Machaon）。她开了一家朗姆酒馆 No Pain Café。她没有孩子，但就像母亲一样。M.-H. Laforest 引 Burnett 的观点，Kilman 这个名字似与沃尔夫《达洛维夫人》中的同名人物季尔蔓小姐（Miss Kilman）有关。该名字寓意是"杀死男人"，这暗示了抵御父权制和男权制。见 *La magia delle parole* (Guida Editori, 2007)，第 114 页。

Tynan 指出，这个人物的塑造受到了沃尔科特的朋友和合作伙伴、美国艺术家毕尔登（Romare Bearden, 1911—1988）的影响，如毕尔登的作品集《奥比术仪式》，尤其是《奥比术的黎明》这幅水彩画作。见 *Postcolonial Odysseys*，第 80 页。

季尔蔓是一位典型的加勒比黑人女性，慷慨大方，乐善好施，不分人种和性别地给人治病疗伤，通晓智慧，尽管语言文化方面较为欠缺。她擅长的医术，实际上是在救治整个加勒比地区的心灵创伤，并且抵御外来的强权。加勒比有过一些经商开酒店的女性，都是季尔蔓的前人或原型，最著名的如，牙买加女商人玛丽·简·西科尔（Mary Jane Seacole, 1805—1881，追赠功绩勋章 OM），她精通草药医术，救治过病人。见 A.E.Shaw 的 *The Embodiment of Disobedience: Fat Black Women's Unruly Political Bodies*（Lexington Books, 2006），第 89—90 页。

59 Ma Kilman God will punish you，第三节为，Ma Kilman, Bon Dieu kai punir' ous。kai punir 'ous, kai 引出将来时，而不是用变位。' ous，即 vous，全诗都写为 ous，即，季尔蔓。God，第三节为，Bon Dieu, Good God。季尔蔓是天主教徒，又用奥比术，巫毒术，所以信的教

太多。

60　charity，第三节为，charite l'argent，在钱或银子上爱施舍。季尔蔓，所以上帝会保佑（bless, benir）她。charite 也是天主教美德之一。《奥马罗斯》中用 large 和 generous 形容过季尔蔓高大的身材，也暗示了她的大气和大方。见 *The Embodiment of Disobedience: Fat Black Women's Unruly Political Bodies*，第 89—90 页。

61　Corbeau，故事中的男主人公，名字意为乌鸦。

62　Curacao，即，Curaçao，荷属库拉索，加勒比南部岛屿，靠近委内瑞拉。2010 年，荷属安的列斯解体，库拉索拥有了独立国家的地位，目前为荷兰王国四个构成国之一，首府在威廉斯塔德。第三节中，这一句与上一句不分行。

63　第三节中这一句与上一句合为一句，i' voyait l'argent ba 'ous。季尔蔓老妈把钱借给科伯，科伯赚钱再还给她。

64　rum-shop，第三节为 cabaret，小酒馆。指季尔蔓开的酒馆，《奥马罗斯》中的重要地点，是村民休闲和治愈创伤的地方。这里也相当于是个杂货店，给村民提供各种物资。菲罗忒忒和盲人七海（Seven Seas）都常出现在此。

65　Goodnight，第三节为，Bon soir，对应 good evening，所以这里应为"晚上好"，不是晚安。

66　came back and said，第三节为，virait dire，改变了心思说。

67　niggers，第三节为，les negres。科伯自己就是黑人，这个词虽然有侮辱含义，但黑人可以自称。尤娜也是黑人。

68　第三节为，i，没有用 ils。

69　fell on，第三节为，tomber，扑上去，拥抱。

70　went through me，第三节为，penetrait moin，让我经受，让我痛苦。科伯的死，似乎与他和女性的纠葛也有关系。尤娜和科伯都受原始情欲的支配，不懂得节制。

71　sorry，第三节为，la peine，与上面的"伤心"同词，但那里，英文版用了 sad。

72 第三节为，科伯的萨克斯风。第三节下面不分行。

73 a horn blowing，第三节为，un corne cornait。法文押头韵。

74 reeds，第三节为，roseaux，复数，罗索（Roseau）因芦苇而得名，英文体现不出这一点了。

75 sweetheart，第三节为，doux-doux，甜甜。

76 第三节中，这行与上一行合为一句。"飞鱼"，flying fish，第三节为，volants，飞物，voler 为飞翔。飞鱼为飞鱼科（Exocoetidae）鱼类，下面属很多，巴巴多斯就是著名的飞鱼岛。飞鱼常用来烹饪菜肴。

77 He said that horn you heard/ was Iona horning me，第三节为，I'dit:'Corne-la qui cornait-a,/ c'est Ionia ka cornait moin。法语反而不如英语更简洁。直译是，"号"是尤娜给我安上的"角"（horning）。关于动词 horn，见《亚当之歌》注释，相当于汉语的"戴绿帽"，与"号"（horn）呼应。这里可以证明我在《亚当之歌》注释中列举的一种对"horn"的解读可能是正确的。

Terada 认为科伯已经死了，这里是鬼魂。他之前为了养两个自认为亲生的孩子，所以娶了尤娜。死了之后，尤娜就再婚了。见 *Derek Walcott's Poetry*，第 105 页。J. de P.dos Santos 也是这个看法。他还分析了尤娜和科伯的性格具有的典型性。虽然他把描写季尔蔓的情节误解为描述尤娜，但他的结论是正确的，尤娜（包括季尔蔓）代表了一代与外界在文化和语言上隔绝的加勒比人。而科伯较为单纯，是任凭历史摆布的西印度男人的原型。他没有产生任何积极的东西，他和尤娜身上好像被剥夺了某种东西。见"Caribbean Heteroglossia: the Question of Languge, Originality and Identity in Derek Walcott's Poetry"，*Crop*，Vol.9 (FFLCH/USP, 2003)，第 289 页。

78 第三节下面三行有引号。"吉他手"就是"我"。

79 指两人同行，或者也表明，他们都受了尤娜的骗。实际表演中，这是演奏差的表现。见"Music, Body, and the Torture of Articulation

in Derek Walcott's 'Sainte Lucie'",第73页。

80 she made a fare,第三节为,i' fait un bombe,代词用 i (il),因为法语克里奥尔语可以不用 elle。bombe 即炸弹,但 faire un bombe,即大吃大喝,这里指被痛打一顿,bombe 正好也暗示了这一点。

81 指尤娜再婚的丈夫,即前面的"我","我"也许通过科伯的鬼魂知道了尤娜已婚出轨,所以结婚后对她报复,也许是,"我"本身勾引的尤娜,然后粗暴对她。

82 Iona boiled, she's still not cooked,第三节为,Iona bouillit, Iona pas chuitte,没有括号。chuitte 即动词 cuirer。还是用 faire un bombe 的比喻,指尤娜受伤发烧,但没有烧坏,也就是,挨打得还不够。

83 Baugh 指出,圣坛画指邓斯坦/格里高利亚斯为罗索河畔雅克梅(Jacmel)教堂画的壁画(mural)名作《神圣家族》,本诗就是为了祝贺该画而写。本诗也算《另一生》中格氏部分的续作。那里的幻灭的格氏,在本诗中有爆发了惊人的创造力。Baugh 引 P.Anthony 的《沉默的革命》中对这幅壁画的描述:"在这幅壁画中,邓斯坦用非洲人的母亲面具形式作为圣母玛利亚的脸;用光滑神性的非洲羚羊皮当婴儿耶稣的面部形式。壁画完全是乡村风景:河谷的香蕉绿,修网的渔夫,吹螺号的人(象征着拿金号的末日天使!),举止优雅的(belair)舞者,对歌人(chantwelle)和本地音乐家。"邓斯坦在《圣卢西亚的黑基督》中说自己的壁画,"该场景是当地景色,都是用自己的劳动、爱、舞蹈、音乐来敬拜上帝的平凡人……这是希望和爱的新宗教,而不是奴隶主面前的谦卑"。本节诗将绘画、音乐和诗歌融合一体,展现了一个乡村的、农民的圣卢西亚,展现了农民的汗水、信仰和艰苦获得的生活快乐。见 *Derek Walcott*,第101—102页。

Breslin 介绍,该教堂在一座小山顶上,处于罗索香蕉林中。这幅圣坛画响应了"梵二会议"(Vantican II, 1962—1965)的决议。——这次会议承认了本土教会的权利,强调了天主教与其他文化的教会和其他宗教的和谐关系,是天主教自我改革和开放的标志。对于圣卢西亚这样的天主教国家来说,梵二会议也推动了当地民族宗教的形成,因为教徒,尤其是黑人教徒,可以利用自己的艺术形式和礼仪形式来体现的信仰。——之前在大岛(Gros Îlet)的"劳工圣约瑟教堂",他绘画了约瑟和耶稣的形象,但将之画为金发白人。而梵二会议之后,奥马尔下决心制作以当地人为形象的艺术作品。这幅壁画就是结晶,其中的所有人物都来自于当地,里面还有他自己的形象,身着蓝袍。画中的约瑟的头像,原型是美国黑人篮球明星张伯伦(Wilt Chamberlain);婴儿耶稣是一张非洲艺术中的羚羊脸。之所以这样处理,因为如奥马尔所言,《圣经》并未提到耶稣的种族,把约瑟和玛利亚想象为埃塞俄比亚(非洲古老的基督教国家)犹太人,也是合乎福音书的。壁画的风景是伊甸园式的,群集着香蕉树,叶子的绿色非常醒目,象征了《猴山梦》说的"世界的绿色的太初"。左侧有一个赤脚赤膊的男人搂住一个衣服简单的女子——见下,他们就是诗中的夫妇。见 Nobody's Nation,第116—117页。

84 chapel,汉语一般译为小堂,小教堂,圣堂,礼拜堂(新教),这种建筑一般在更大的教堂内,或在学校、监狱等机构中,没有教会人员驻扎,仅供举行仪式和祈祷等活动,类似 oratory,空间比 church 和 cathedral 小很多。上面标题的"罗索谷教堂"为 church,即该地教区所在地,chapel 即其中的小圣堂,按照本节的语境,这里是天主教的 Lady chapel(圣母堂),圣坛就在此处。

85 这里的思想来自《四个四重奏·烧毁的诺顿》,At the still point of the turning world. Neither flesh nor fleshless;/ Neither from nor towards; at the still point, there the dance is,/ But neither arrest nor movement. And do not call it fixity,/ Where past and future are gathered. Neither movement from nor towards,/ Neither ascent nor decline. Except for the point, the still point,/ There would be no dance, and there is only the dance。旋转,将来和过去,音乐和舞蹈等意象都会出现。

McDougall 指出,本节诗分三个部分,如同三个圆环:第一圈,代表村庄与河谷文化，小圣堂是中心，周围事物环绕它转动；第二圈，代表圣卢西亚岛文化，小圣堂和圣坛画环绕岛转动；第三圈，代表世界的文化，画的内部和外部、如同漩涡（vortex）的小圣堂与宇宙，均合为一体。本节诗的运动，就是"想象性地下到漩涡之中"，并桥接所有围绕三个中心的同心圆。漩涡就是哈里斯所说的"心灵池"（psycical pool），圣坛画就是坠入池中的物体，它是"伪装的物体"，"被石头面具改变了容貌"，当它入池后，就会化为石头。这样，随着圣坛画的下坠，诗也展开了运动，它既是由漩涡之内向外，也是由外向内。"通过思想与形象的动态关系"，本诗"秋平了思想和描述、主观和客观等等范畴的清晰又牢固的区分"。本诗就在主体和客体之间激起了一场"沧海桑田般的巨变"（sea change），它让三个圈的文化得到了救赎和转型。见"Music, Body, and the Torture of Articulation in Derek Walcott's 'Sainte Lucie'"，第74—75页。

86 指壁画上描绘的"外面的生活"本身，但画作却留住了"另一种生活"（比较"另一生"）。与常被喻为镜子的艺术品一样，普通生活也是一面镜子，但它只是不断复制，毫无活力。这见《黄昏之言：序曲》，"二十年前，我们想象过不为权，不为钱，只为艺术的城市，我们满怀着真切的理想。而今，一面沾染汗水、模糊的镜子却成为了其他一切事物，人们可以在镜中找到真实的映像"。镜子模糊，是因为社会失去了纯真，走上了老路，文化患病，陷入危险。沃尔科特的诗（还有奥马尔的这幅画）引发的"巨变"就会净化这一切，留住另一种新的生活。见"Music, Body, and the Torture of Articulation in Derek Walcott's 'Sainte Lucie'"，第75页。

87 botay，法语克里奥尔语，来自法语 beauté，优美，优雅。指一种两步摇摆舞，从一边摆动到另一边，一步重，一步轻点。见 *Dictionary of the English/Creole of Trinidad & Tobago*，第115页。下面之所以改变了行式，就是在模拟这种舞步，左边是重步，右边两个描写河谷的句子是轻点步。即上面说的壁画左侧的夫妇，是夏娃和亚当的象征，它们将世间的"对立"融合在一起，代表了作者的理想。

88 rain-bellied clouds，呼应上面的"富庶"（rich）和"丰腴"（fat）——这两个词也可以理解为中性或贬义词——这些意象为了对比下面一小段，指社会的富人阶层或富庶的层面。这样就第一圈而言——按照沃尔科特诗的含义，而非画本身的用意——劳工的双人舞，重的步点象征强势的资本阶层，轻的步点象征弱势的被掠夺的阶层，它们可以在画中统一。这种统一就像漩涡的转动，它们的对立随着水流动，彼此不分，这才是社会的本质。社会并非像艺术家想的那样理想。但这样的社会，却又是第二伊甸园，一个善恶并存、次好的、属人的天堂。从这个意义，沃尔科特的诗比奥马尔的画还要深刻。

89 神父负责听人忏悔，联了"受诅咒"。

90 ST OMER ME FECIT AETAT whatever his own age now，大写字母部分，还有下面"为了上帝之荣耀"，都是画作通常的落款，me（我）表示作品本身。aetat，拉丁文，来自 aetas，是其属格 aetatis 的缩略形式，相当于，at the age of，后面加具体年龄，即，在……岁。这里，它后面加 whatever，即，at age of whatever age，但这部分已经不属于题词，是作者插入语。作者将这个落款与诗句混合在一起，我用楷体字表示区分。奥马尔对圣母和上帝的爱，连同圣坛、圣坛画及其题词，自乔托绘画宗教画开始——即文艺复兴的开始——就有了（就当时而言，还不知道奥马尔在多少岁画成），奥马尔是必定会出现的一位传承者，而且他的画还是加勒比和非洲风格的。换言之，古典风格并不是注定一成不变的，它也会包含着一切变化的可能。

类似的观念见《四个四重奏·烧毁的诺顿》，And time future contained in time past./ If all time is eternally present/ All time is unredeemable./ What might have been is an abstraction/ Remaining a perpetual possibility/ Only in a world of speculation./ What might have been and what has been/ Point to one end, which is always present。作者在小圣堂中的感觉也类似《四个四重奏·小吉丁》，A people without history/ Is not redeemed from time, for history is a pattern/ Of timeless moments. So, while the light fails/ On a winter's afternoon, in a secluded chapel/ History is now and England。加勒比本身就没有书写的"历史",但是时间的时刻是存在的,作者在圣堂看壁画时,历史就已经展开。壁画是认识到艾略特所说的"历史"的契机。加勒比文化与欧洲文化一样,都在这个历史中,欧洲的历史只是另一种形态。

91 GLORIA DEI, 拉丁文, gloria 为夺格, 即, 凭借荣耀。

92 it is signed with music, 壁画右下角有一位坐着敲鼓的人, 在鼓上有奥马尔的签名。见 *Nobody's Nation*, 第 310 页。这句话首先的意思是, 随着音乐, 画被签名。但, with 也可以理解为引出签名的形式或手段, 即, 画的签名就是音乐。

93 adorations, 天主教独特的敬拜礼, 拉丁文为 latria。这种礼的核心是承认上帝至高无上, 承认自己的有限和微小。所以敬拜时, 要躬身, 屈膝, 表明自己的谦卑。敬拜在小圣堂(chapel)进行, 人们只是向上帝祈祷和行礼, 都没有在意这幅画, 所以画前空荡无人。S.Brown 在引用这几句之后, 认为艾略特的《四个四重奏》在本诗的思想和字句中有深刻的体现。这个说法非常正确, 我上面给出了几个例子。见 *The Art of Derek Walcott* (Seren Books, 1991), 第 96 页。

94 coupled, 指两个现实中的男女在野外交合。《创世记》4:1, And Adam knew Eve his wife。knew 的希伯来文为 יָדַע, 即熟悉, 知晓, 但这里是指在肉体上熟悉, 即男女交合, 和合本译为"同房"。有的译本译为 have connection with, 与之相似, 沃尔科特用 couple, 表明了他们的交合与婚姻关系——后者是非常重要的, 这暗示了他们不是非法的, 而是必要的, 因为这也是诅咒的一部分。

95 re-christening sweat, 这一对夫妇在赤裸着做爱, 而当天为"主日", 下午三点是主日仪式时间, 作者用"受洗"暗示了这天的特殊性。我特意译出这个意思, 没有译为周日或星期日, 礼拜日则略不妥, 因为汉语神学中, 新教称礼拜。这个时间似乎是任意一个"主日三点",永恒的时间。"汗水",一方面指交合时的汗水,另一方面暗示了人的"劳动"本质。见《创世记》3:19, In the sweat of thy face shalt thou eat bread, till thou return unto the ground; for out of it wast thou taken: for dust thou art, and unto dust shalt thou return。汗水联系了耕作劳动,堕落的人必须"劳动"(生产),有了生死(时间),生存于地上(空间),并且如上述,还要交合(性别)。所以汗水是上帝的诅咒所致。

Baugh 也指出,汗水是人类犯下原罪后受诅咒的结果,但对于沃尔科特来说,汗水也是让人成为人、产生敬畏的契机。上帝和魔鬼都不会流汗。而任何夫妇是亚当和夏娃,他们也是如此,他们的"再受洗"是新的受洗,改动了第一次受洗(受洗取名时),让自己成为了人。就社会层面而言,加勒比的新世界由重商主义的开发(奴隶贸易和种植园体系)和美国式的新殖民利益驱动创造出来,它们开发(剥削)工人的汗水,这也是上帝的诅咒的汗水。*Derek Walcott*,第102,105页。

96 paneled torso, paneled,常指用木板镶接或装饰,在绘画上,可以指镶板画(panel painting 或 paneled painting)。这里指男人躯干的骨骼分明,瘦削,身体就像木板拼接上。

97 蛇钻入了树叶丛。Baugh 指出,蛇在沃尔科特这里,象征着出卖和背叛人民的劳动、信仰和骨气的行为。见 *Derek Walcott*,第102页。Breslin 从另一个角度指出,蛇是诱惑的象征,它进入圣杯,这表明了加勒比人的两重性:一是没有堕落(圣杯),他们与世界保持着原始和不自觉的关系,他们可以命名并拥有世界;二是堕落(蛇),他们意识到自己的贫穷,他们必须劳作才能生存,他们不得不知道岛的痛苦的殖民史和奴隶史。见 *Nobody's Nation*,第118页。

98 "对"和"是",表示勉强的承认,意为否定,蚊虫的声音并不会干扰寂静。下面的"是",也是这个意思。

99 指交合后的寂静(silence,沉默),它也是夏娃的寂静。也见《热带动物寓言集·八爪鱼》中引用过的盖伦的观点。"纯粹"，absolute，无条件的，永远都是亚当的寂静。这里不是伊甸园，所以寂静不是亚当和夏娃的那种天堂的寂静，它是人间的寂静，是性爱之后的平静。关于寂静，见《耶利米哀歌》3:26，It is good that a man should both hope and quietly wait for the salvation of the Lord。人应该静候上帝的拯救。经文中，人都要在上帝面前保持静默，听凭安排。伊甸园是绝对的寂静，但对于人来说，寂静是相对的，相对声音而言，所以人间的寂静伴随着躁动和喧嚣——但这恰恰是上帝安排的、属人的生活。

100　little wires of music，指蚊虫班卓琴和梵婀玲的乐弦。作者当然利用了 little 的歧义，因为它也指"少有"或几乎没有。寂静不纯粹，因为还有虫鸣，还有一些人在山中休闲

101　Aux Lyons，Lyons 与 marron 押韵。位于圣卢西亚东部丹纳里区，也叫 Au Leon 或 Oleon，靠近拉·雷苏斯（La Ressource）。这个名字也许来自 The Lion's Den（狮穴）。

102　marron，见《另一生》1.2.2 的 jour marron。marron 在英文和法文指栗子，但这里并不表示这个意思。

103　寂静（受苦，信仰，向下，深处，神性）与音乐（情感，躁动，欲望，艺术，向上，人性）构成了人间的两极。人间的寂静不是纯粹的，但也无法打破，它时刻存在，与音乐相随。音乐作为艺术，作为命名的声音，会引起巨变和重生，它联系了"再次施洗的汗水"。寂静是生活自身的深度，音乐和声音是生活本身的高度。见"Music, Body, and the Torture of Articulation in Derek Walcott's 'Sainte Lucie'"，第 80—81 页。

104　ST OMER AD GLORIAM DEI FECIT/ in whatever year of his suffering，签名的另一部分。但 ad gloriam，表示为了上帝的荣耀。第二行重复了 aetat（这里用 in）后面的部分。作者有意省略奥马尔的创作时间，因为这幅画是永恒的。

105　little fishes，指奥马尔画出的游动的鱼。他之所以画小鱼，是联系了《圣经》五饼二鱼，七饼和数条小鱼的典故，如《马太福音》14:17，五饼二鱼；15:34，提到七饼和小鱼（a few little fishes）。耶稣用很少的食物喂饱了几千人。后一个典故，指耶稣对外邦人的恩典。

106　St.Francis，亚西西的圣方济各（1181/1182—1226），天主教方济各会创始人，圣弗朗西斯科（旧金山）的名字就来自他。方济各喜欢音乐和自然，亲近土地和动物。方济各最著名的事迹，就是他身上现出了五处圣痕（stigmata），在手脚和左胁。

107　novenas，拉丁文 novem，即，九。九日连祷是天主教和一些新教的祈祷形式，一般连续九天，或连续九周，每周一天。九是与耶稣有多方面联系的数字，比如，玛利亚怀胎九月。在加勒比地区，很多奴隶及其后裔都常作这种祈祷。祈祷的对象是圣母，耶稣，还有一些圣徒。祈祷时，口诵玫瑰经，即，念珠诵。在拉美和加勒比，这种祈祷在教堂圣坛前进行，教徒跪拜，面对圣母和耶稣的偶像与十字架，点上蜡烛，供上鲜花。奥马尔作九日连祷，肯定是为了祈求圣母赐予自己灵感。这里说的若干"之后"，指的都是绘制壁画时付出的努力。

108　lift this up，这个 this 所指多义，可以指"微灯"，可以指"圣杯"，可以指"声音"。见"Music, Body, and the Torture of Articulation in Derek Walcott's 'Sainte Lucie'"，第81页。但我认为指手腕最为直接。"绳索"比喻的是手腕的血管，他和女人正在跳舞。也许没有这个女人，她象征的是本土的精神（圣卢西亚可以指女人）。绳索也暗示了奴隶的镣铐，喻示着解放，这里是艺术理念的解放。

109　McDougall 读错了这几行，误以为天使由窗外向内探望，将天使理解为诗人。实际上，天使指壁画上的人物，探望的是来朝拜的民众。民众其实是看生活中的自己，他们可以从生活的重复中走出，他们自己就是天使，只不过还未意识到，艺术品可以启发他们。当然，他们大多还是对壁画无动于衷，但这恰恰是艺术能够出现的条件，伊甸园是没有艺术的,艺术只在人堕落之后。

俄亥俄,冬天

1　James Wright,詹姆斯(诗中称吉姆)·阿灵顿(Arlington)·赖特(1927—1980),美国著名诗人,诗歌受托马斯·哈代和罗伯特·弗罗斯特影响,《诗集》获得过1972年普利策奖的诗歌奖。与沃尔科特一样,他也受到过洛克菲勒基金会的资助。赖特长期酗酒,抑郁,精神衰弱,这些都体现在他的诗中,但他相对还是更乐观积极。他的诗充分描写了美国中西部的风景,这是沃尔科特非常欣赏的。沃氏在访谈中认为人人都想写赖特的诗,赖特的诗中展现了一种自由。见J.P.Write对他的访谈, *Conversations with Derek Walcott*,第164页。这里提到俄亥俄,指赖特的出生地和故乡俄亥俄州东边贝尔蒙特县的马丁渡口市(Martins Ferry,Martin家族是该地最早的定居者,s表示's,后省略了撇号),该市临俄亥俄河,赖特有首名诗《秋天开始于俄亥俄的马丁渡口》("Autumn Begins in Martins Ferry, Ohio")。

2　赖特《感乡》("A fit Against the Country"),The grass, the luring summer/ That summon the flesh to fall./ Be glad of the green wall/ You climbed across one day,/ When winter stung with ice/ That vacant paradise。"草"和诱惑的夏天都指向了夏娃,象征了自然的诱惑,自然诱使人放弃责任。这几句也有著名的"绿墙"的意象。不过沃尔科特说,夏天的草并不存在,因为时为冬天。

3　derailed freight/ trains,赖特《北达科他法戈城外》("Outside Fargo, North Dakota"),Along the sprawled body of the derailed/ Great Northern freight car,/ I strike a match slowly and lift it slowly./ No wind。car就是指火车车厢,不是汽车。

4 buffalo，也暗示纽约州西部的布法罗市，赖特诗中也有提及。

5 赖特常写的意象，《春之魅两首》("Two Spring Charms")，I walked through a spring wind/ Bending green wheat。这里写暮冬，然后回忆起绿色的麦子。沃尔科特写的白色麦子，指覆盖麦子的雪。

6 white/ barns，除了指谷仓，也暗示"仓鸮"，见赖特《裂隙》("Rip")，A little white barn owl from Hudson's Bay。

7 knife，刀，或刀刃（blade），都是赖特常用的意象。这里也许指向了他的重要诗作《致缪斯》，该诗献给他的缪斯杰妮，有几句提到了命运三女神在夜晚持刀而立，Three lady doctors in Wheeling open/ Their offices at night./.../ But they only have to put the knife once/ Under your breast。以及，The blade hangs in your lung and the tube/ Keeps it draining。

切尔西

1 Chelsea，这里指纽约曼哈顿的切尔西，诗中的旅店即切尔西旅店，建成于1884年，位于第23街，在第七和第八大道之间，是很多文化名人居住过的地方，比如狄兰·托马斯（他酗酒后，送往医院，最终去世之前就在该旅店，诗中所说的"酗酒"的大人物就是指他），纳博科夫，库布里克，当然还有沃尔科特。这座旅店的每个房间都彼此不同，顶层还有花园。

2 酒店挂的名人纪念牌。

3 clear-eyed，既指相貌上，眼睛明亮，也指有洞察力，这联系下面的"小心"。

4 watches herself watching him lie，习语中，watch oneself是小心注意，但这里也指少女望着镜中的自己。她也发现了正在看自己的"他"，立刻有所提防——忘记了关水龙头。所谓"谎言"，是指"他"喜欢上了这个少女（出于情欲），但又说为了艺术。

5　West Side Gymnasium，West Side 即曼哈顿西城区，第五大道划分了东西区。上西区是曼哈顿最为豪华的地区之一。
6　萨特戏剧《禁闭》中的名言，L'enfer, c'est les autres。

爱复爱

1　Love after Love，沃尔科特曾解释过本诗，"这是说，当爱人失去了所爱，他发现自己必须回到自身，而且也许，那种并非针对自身的爱和失去爱的体验，加强了他的爱——不是对自身之爱，而是某种对于个体而言的爱本质的意义。此时，这种认同性开始在镜中认出了自己。"见 *The Crowning of a Poet's Quest*，第131页。

除了作者简单的解释外，Burnett 还正确指出，本诗是回应玄学派大诗人乔治·赫伯特（1593—1633）的《爱》（"Love"），该诗收入《庙宇》（*The Temple*）为第142首，由于还有其他同名诗在前，这首诗也称为《爱（III）》。在《奥马罗斯》33.3中，沃尔科特也回应了这首诗。见 *Derek Walcott: Politics and Poetics*，第28，328页。沃尔科特早年就学习过玄学诗，影响他的艾略特也极为推崇赫伯特。这样，标题的表面意思（其他含义见下）就是，赫伯特《爱》"之后"的又一首主题相同的讲"爱"的诗，但又有所超越；after 除了表示时间在后，也暗含了追随，效仿的意思，但"后出"又意味着会有所变化。

赫伯特的诗想象了一场主客在宴席前的交谈，可以理解为赫伯特及其灵魂与上帝的对话——上帝被称为"爱"（更应译为，所爱，爱者）。作者心中惴惴不安，因为自己的原罪而不敢接受主人（上帝）的邀请，不敢望向上帝，最终在主人的解释下（上帝说，眼睛是他造的），他坐下，分享了圣体。

《爱》中的"爱"是爱本身，或就爱自身而言的爱，或建基于"意志"和灵魂本身的精神之爱，而不指"立足于情感或欲望"的爱，如兽欲般的性爱。它是基督教的博爱，即"信望爱"的"爱"（ἀγάπη, caritas, charity，为了避免 love 的情欲含义，英文会用 charity，钦定本同时使用两词），第一是对上帝的爱，第二是对人、友人、自身的慈爱，友爱或慈善。之所以用"爱"代指上帝，因为对上帝的"爱"是人的最高的爱，通过对上帝的爱而有了对自己和他人的爱。关于基督教的"爱"，见《约翰一书》4:7—4:8, Beloved, let us love one another: for love is of God; and every one that loveth is born of God, and knoweth God ; He that loveth not knoweth not God; for God is love（Θεὸς ἀγάπη ἐστίν）。以及《哥林多前书》13 保罗对"爱"的演讲。

对于本诗来说，虽然它与赫伯特的基督教之"爱"有关，但有几点明显的区别。第一，沃氏的爱首先出自对人的"情"或情感，即对异性的爱情，诗中提到了情书，便笺，爱人的相片，表明了日常爱情的美好和失败，诗人试图从爱情的破灭中走出，恢复到完整的自我。个人的自然情爱才是领悟到博爱的基础。即便自己的爱人尚未出现或离开，有情动就足矣，情是人的本质之一。这呼应了《亚当之歌》的观点。实际上，沃氏将 love 区分为"情"（对应 ἔρως）与"爱"（对应 ἀγάπη）。有情，所以才会有克尔凯郭尔的"激情"，才会义无反顾地爱上帝。第二，"上帝"缺场。这不是宣扬"无神"，而是表明，人已经被放逐，离开了伊甸园，远离了神。或者说，爱是人的产物，由人创造。沃氏的"爱"是世俗之爱，只有先爱人，爱己，心中怀着爱，才能领会爱的神圣，这也揭示了赫伯特诗的"真相"：赫氏就是自己在跟自己交谈。第三，主人和客人都是自己。主客的意象联系了"家"，流亡的人，要想重新返家，必须自己邀请自己。所以本诗中，重心其实在于"作为客人的自己"，他找到了自己的主人，这就是他自己。赫伯特那里，第一人称"我"是客人，读者会将自己代入其中，上帝作为至高无上的主人；沃氏使用第二人称，则让读者既代入主人，又代入客人。

结合上述三点，题目 Love after Love 可以进一步理解为，第一，上帝之后的"上帝",两个 Love 是两种信仰观中的上帝。一个立足于对人的爱(还有爱欲),一个立足于对上帝的爱,它们是彼此相随的。第二,由于 after 还可以表示前后相继,比如,one after one,一个接着一个,可以无尽,因此,题目的意思就是,"爱无尽","爱相继",每一次爱的行为之后还有下一次爱;每一个怀着爱的人之后还有同样的个体;每一个自己邀请自己的人,会遇到无数个自己;有无数个客人,无数个主人(诗中提到了"再次爱上")。人的存在必定伴随着爱的反复出现,伴随着各种层次或种类的爱,它们的共性就是爱的个体性和自反性。我译为"爱复爱","复"既可以指再次,也可以指之后和之后的之后,尤其联系了克尔凯郭尔的"重复"。

赫伯特的诗不长,兹录如下(与本诗有关的地方,我用下划线标出): Love bade me <u>welcome</u>. Yet my soul drew back/ Guilty of dust and sin./ But quick-eyed Love, observing me grow slack/ From my <u>first entrance in</u>,/ Drew nearer to me, sweetly questioning,/ If I lacked any thing.// A <u>guest</u>, I answered, worthy to be here:/ Love said, <u>You shall be he</u>./ I the unkind, ungrateful? Ah my dear,/ I cannot look on thee./ Love took my hand, and <u>smiling</u> did reply,/ Who made the eyes but I?// Truth Lord, but I have marred them: let my shame/ Go where it doth deserve./ And know you not, says Love, who bore the blame?/ My dear, then I will serve./ You must <u>sit down</u>, says Love, and <u>taste my meat</u>:/ So I did <u>sit and eat</u>。

《奥马罗斯》的那几行如下,是咒语: House that lets in, at last, those fears/ that are its guests, to sit on chairs// feasts on their human faces, and/ takes pity simply by the hand// shows her her room, and feels the hum/ of wood and brick becoming home。咒语表明了人的流亡,他们需要重返家园,能有一位赫伯特的上帝邀请他们进入新的家园。这个上帝就是新世界的命名者和创造者。见 *Derek Walcott: Politics and Poetics*,第 28 页。

2 time will come,《圣经》常用句式,比如《约翰福音》4:23,钦定

1263

本为，But the hour cometh, and now is, when...；《提摩太后书》4:3，For the time will come when...；《路加福音》21:6，the days will come, in the which...。时候，时间是基督教的重要概念，可以指基督复活之时，末世来到之时，上帝显现之时等等。作者这里指另一个自己到来之时，他就是自己的上帝。比较策兰的《光冕》（"Corona"，笼罩在诗中窗边情侣周围的光晕，比较基督教的 halo）中频繁使用的 Es ist Zeit；Es ist Zeit, daß es Zeit wird。该诗的主题也是关于爱，有很多意象与本诗相近，比如镜子，酒，心。策兰描写的是情侣在身体相拥和性爱中期待让爱永恒，但沃尔科特不认为爱会永恒，永恒的只是不断出现又消失的爱的行为和现象。

3　见下面"饼"的注释。这个简单的日常动词，在《圣经》中含义深刻，指分享基督的身体，食用圣体圣餐。

4　bread，依前例，凡与《圣经》有关的语境，均理解为饼，指圣体，即赫伯特诗中的 meat。wine，均理解为葡萄酒，代表耶稣之血，见《马太福音》26:29。关于饼，见《马太福音》26:26（《马可福音》14:22），And as they were eating, Jesus took bread, and blessed it, and brake it, and gave it to the disciples, and said, Take, eat; this is my body。但这里的圣体恰恰是自己的身体，不过它依然是有神性的。这里也呼应结尾的"享用你的生命"（feast on your life）。生命就是自己"吃"自己，消耗自己，爱是这种消耗的关键表现之一。

5　《以西结书》36:26，A new heart also will I give you。信耶和华可以得到新的心。但这里却说，将自己的心交给心，因为上帝就是自己，心返回到了自己。这句类似苏轼《定风波》（"常羡人间琢玉郎"）的"此心安处是吾乡"。乡就是指家乡，心安时，便是自己邀请自己，自己就是家园。

6　指自己离开了镜子，镜中形象就没有了。既然只有自己在享用生活，没有人替代自己，所以镜中形象是假的，会消失。

7　由于前面《俄亥俄，冬天》献给赖特，那么写下这一句时，沃尔科特也许想到了（或很巧合地呼应了）赖特《卧于明尼苏达松岛、威廉·达菲农场的吊床上》的最后一句，I have wasted my life。那里是孤独的作者在静默，脱离自然，随着时间的流逝等待一个领悟的时刻，他得出了自己在浪费生命，这让自己得到了充实和生活的勇气。而这里，同样是孤独的作者，迎接自己的光临，他得出的结论是，要享用生命。从赖特的角度来理解这句，"享用"就是"浪费"，因为自己依然是孤独的，但这就是生活本身。对他人的爱，都是在享用自己，耗费自己，没有什么崇高和浪漫，但神性就体现在这种平常的爱之中。

黑八月

1　八月是圣卢西亚和加勒比地区的雨季，潮湿闷热。这个月份是沃尔科特常提起的，如《纵帆船"飞翔号"》开篇，In idle August。《仲夏，多巴哥》，drowsing through August。用自然月份，表明了一种自然循环，社会现实就像自然气候一样，有雨季，也有旱季，有阴霾，也有光明。

2　"肿胀的天空"(the swollen sky)、"我的姐姐（sister），太阳（sun）"，都押头韵，嘶音突出了一种忧郁的感觉。"姐姐"指沃尔科特的姐姐帕梅拉。

3　broods，隐隐若现，一般指在云后，所以"黄色的房间"指遮住阳光、但仍然有日光透出的云。但这个词又指忧郁，苦思，描述房间中的姐姐的心理状态，我采取后一种译法。本诗将房中的事物与天上的事物并列在一起，仍然是作者一贯的手法，本体和喻体都是同时存在的事物，互相比喻和呼应。

4　goes to hell，习语表示见鬼、完蛋，但这里必须译出地狱的意象。见《恩赐》之《六小说》，inferno of August at home。

5　rise，也指太阳出云。

6 屋外是雨水水汽蒸腾；房内，厨房中，热水烧开，水流溢出，烟气弥漫，但姐姐并未出屋去关上煤气灶。

7 crash，这个词还可以表示坠机，表示破碎的声音。

8 姐姐不出门，所以太阳也不会出云。

9 fix，呼应上面的"关掉"，指停住，关火，但也表示处理和解决问题，雨水象征着社会的黑暗面。

10 forehead of flowers，forehead 和 flowers 押头韵，后者指花环，象征着太阳。

11 指天晴雨收，黑暗消失，而自己也会既爱光明的世界，又爱黑暗的世界。

12 指黑暗面的一切事物，其实就是指当地让作者感到压抑的环境和人。尽管作者想爱上他们，但这很难。

13 black days，习语也表示凶日，不祥的日子。对故乡真正的爱，并不是只爱它光明和美好之时，还要爱它的黑暗和丑恶，因为这些都是生活的一部分。作者流露出悔意：他既然爱自己和姐姐，就应该早一点热爱黑八月，这样就不用让姐姐发愁了。只要他同时热爱黑暗与光明，姐姐就会出屋，太阳也会出云。

收 获

1 fiscal year，即 financial year，财经年度，会计年，中国是每年 1 月 1 日至 12 月 31 日，外国有的采取跨年制。国家或单位以财经年度为单位进行收支核算，确定下一年的预算。

2 pouis，见《瓦解的联邦》。

3 scattering largesse，指风铃木花瓣飘落，如同金钱，仿佛慷慨解囊，赠予作者。但作者并不领情，嘲讽它是银行家和小偷，其实他嘲讽的就是后两者。

4 wind-shook-down,shake down 指风摇落,但这个词组也表示敲诈勒索。风铃木的花被风摇落,仿佛被风敲诈,因此散财。风暗喻警察。
5 scrub,指紫罗兰,这种花是草本植物,有的为亚灌木。

仲夏,多巴哥

1 sun-stoned,stoned,stone 作为动词,表示使醉酒,使沉醉,见《希尔顿党派之夜》。日晒后出现昏厥眩晕的状态如同醉酒。这是把人的眩晕转接到沙滩上。但是,stone 又暗含了石头的意象,表明沙滩的石头被日光照晒。
2 harboring arms,harbor 的动词用法,指张开双臂,怀抱,保护儿女。按照沃尔科特一贯的比喻手法,女儿应该就在身边;港湾也是实景,所以必须译出港湾这个意象。

归于林木

1 To Return to the Trees,显然来自《创世记》3:19,In the sweat of thy face shalt thou eat bread, till thou return unto the ground; for out of it wast thou taken: for dust thou art, and unto dust shalt thou return。划线部分,和合本译为"归了土","仍要归于尘土"。作者的主题正是在中年时期想象自己的暮年。他没有写尘土,而是说树,是海扁桃树,因为这种树外皮粗糙多节,形似老人,也能代表当地的特征,而且与土有关。
2 John Figueroa,即,John Joseph Maria Figueroa(1920—1999),牙买加著名诗人,加勒比现代英语文学的奠基人。他曾编辑过著名的加勒比文学选集《加勒比之声》(1966,1970)。与沃尔科特不同,菲氏是西班牙后裔,天主教徒,但两人的文学理念都是一致的,推崇民族语言。

3 senex, an oak, senex,拉丁文,老人。用拉丁文,第一是因为下面会提到塞涅卡。塞氏的戏剧中多有老人这一形象,著名的如《俄狄浦斯》,戏剧中称为 Senex。第二个原因是,罗马人对于老年问题讨论甚多,西塞罗就有《论老年》。塞涅卡在书信中也讨论过。由于沃尔科特在本诗中也提到了斯多亚派和塞涅卡,而且其哲学思想和对待老年的态度与之一致,故而不妨列举一二。首先如他去世前不久给路基里尤斯(Lucilius)的信,就从哲学角度讨论了老年。塞氏对老人持同情,而不是乐观的态度。他明白,万事万物都离不开衰老,周围的事物也都在提醒自己已经老去。但《书信》12.4 中,他说,应该"拥抱和珍爱老年"(conplectamur illam [senectutem] et amemus),只要充分利用它,就会充满快乐。书信 26 中,他考察了自己对于衰老的感觉。他认为自己身体已经衰败,因为他晚年身染多种疾病,但心灵强健。他还在其他地方描述老年如同沉船和楼宇塌落。但是,只要有哲学,心灵就会睿智,就能不被老年击垮。书信 34,他说,"在被老年引向死亡的人中,没有谁尚存可希望之事"(nil habet quod speret, quem senectus ducit ad mortem),老年难以停缓。人的终结不会安详,无法拖延。书信 58.32—36,他用了很长的篇幅,讨论了人该不该忍受年老,等待终点,还是应该主动自尽,结束生命。他认为,自己对年老既不拒绝,也不渴求(符合本诗中的观点),而是视自己的精神状况而定,能忍则忍,但不要像懦夫一样苟活,如果衰老侵蚀了自己的心灵,让自己的生命只剩呼吸,疾病无法治愈,那么不如弃世。苟活和恋生,为了老年的痛苦而自杀,都是懦夫;但仅仅因为逞强而活下去对抗这种痛苦,又是愚人。均见 T.G.Parkin 的力作 *Old Age in the Roman World: A Cultural and Social History*(Johns Hopkins Press, 2003),第 69—71 页,以及全书。在前面评注《另一生》的部分中,我没有提及塞涅卡的哲学对沃尔科特处理死亡的影响,这里可以作为补充。

除了学习古希腊语文学之外,沃尔科特还曾系统学习过拉丁语,他也有《拉丁语入门》(本诗集未收)。对于西方传统文化,沃尔科特并不排斥,他需要汲取其中的资源。老年问题是全世界人都要面对的,所以西方的哲学同样适用于西印度人,而且从诗中可以看出,斯多亚派哲学似乎还很适合这个文化虚无的地区,尤其适合一向"漠然"的作者。

oak,橡树寿命很长,在西方文化中,自古就是老人和长寿的象征,具有神性,相当于希腊的宙斯和罗马的朱庇特,拉丁文学中频繁出现橡树(quercus)。这里的比喻,体现了沃尔科特对老龄的认识,他像老人一样看待世界,这让他更清醒和冷静。也见 *Conversations with Derek Walcott*,第68页。关于橡树,见《另一生》1.1.2,面对现实的加勒比文学家不可能描写当地并不生长的橡树,橡树对于他们没有那么崇高的意义。这里,他使用橡树表示衰老,但并不是要写橡树,所以他下面很快就提到了当地的海扁桃。海扁桃树,即榄仁树,寿命也不短,但形态没有橡树那么雄伟壮观,表皮也粗糙,重要的是,它并非西方文学中的经典意象。橡树与海扁桃代表了分裂的作者,他的内心和文化是橡树,外在现实是海扁桃。作者实际上让海扁桃也具有了表示衰老的象征,这在西方文学史上前所未有。

4 geriatric,老年医学的,老龄的,这个词来自古希腊文"老年"(γήρας)和"医生"(ιατρός)。

5 Cumana,特立尼达北部沿海村庄,这里就有沃尔科特提到过的中国杂货商。这个库马纳并不是人们熟知的委内瑞拉苏克雷州同名首府。

6 this burly oak/ of Boanerges Ben Jonson,Boanerges,来自《新约·马可福音》3:17,耶稣给西庇太的两个儿子雅各(James)和约翰起了这个名字,和合本译为"半尼其",希腊文为Βοανηργές,这个词来自于两个闪语词根,"儿子"(bēn)和"雷"(regesh)。吉卜林在《匠人》("The Craftsman")中称琼生为 the overbearing Boanerges。本·琼生的名字与这个词读音相近,但是,Ben 是本杰明(便雅悯)的简称,Jonson 来自 Johnson。这个词也可以泛指狂热的传教士。

这里提到橡树,指琼生的《高贵天性》("Noble Nature",另一个题目以首句,"It Is Not Growing Like A Tree")——该诗原为《品达式颂歌,悼 H. 莫里森爵士之亡》("A Pindaric Ode on the Death of Sir H.Morison")中的十行,后单独收在帕尔格雷夫著名的《英诗金库》(*The Golden Treasury*)中,题为《高贵天性》。这首诗开篇就说,对于人类有益,未必要长得如一棵树般魁梧。比如,橡树,虽然魁梧,最终还是倾落,干枯。而百合,虽然生命短暂,却格外美丽。结论就是,小的事物也有美,短暂的事物也有完美。作者虽然用橡树自比,但其实他是海扁桃树,与百合一样,他们都是在短暂中体现完美。所以下面写到了自己的年老犹如石英,映射着光彩。

诗不长,兹录如下,In bulk doth make Man better be;/ Or standing long an oak, three hundred year,/ To fall a log at last, dry, bald, and sere:/ A lily of a day/ Is fairer far in May,/ Although it fall and die that night—/ It was the plant and flower of light./ In small proportions we just beauties see;/ And in short measures life may perfect be. 另外,《海风》中也提到过琼生。

7 lying, lie 这个动词是墓碑上常用的,一般译为"长眠"。

8 指本·琼生为雷之子;另外,宙斯和朱庇特都是雷神,对应橡树。神是不动情的,符合斯多亚派哲学的主张。旋风般的胡须,是布莱克画作中常见的形象,也许暗示了《旧约》上帝的胡须。见 W.Brown 的注释,*Derek Walcott: Selected Poetry*,第 136 页。

9 指 senex 或老年。前面多次提过,海象征死亡。下面说的"苍白"(gray),日常用法也可以指老年。

10 Morne Coco Mountain, Morne 见《另一生》1.1.1,意为小山,这个名字中,morne 和 mountain 是同义。这座可可山位于特立尼达。

11 flagrant,旧的用法,指燃烧的,炽热的,可以形容太阳。这个义项已经不再用了,现在在用这个词多为贬义,指明目张胆,公然,肆无忌惮。但是,作者也想暗示这层意思,是为了自嘲,形容年轻人的气盛。

12 neutral,修饰颜色时,表示浅灰色,无色,区别于彩色。但也指立场中立,骑墙,所以作者,也是说,他不再中立,而是超越党派纷争,是超然,不是折中,也不是左右逢源。

13 见前引塞涅卡书信 58.32—36。仅仅为了逞强,对抗老年,突显自己勇敢,是愚人的做法。

14 stoic,即斯多亚派哲学的,核心原则就是不动情,不受快乐和痛苦的影响,克制欲望,隐忍苦行。下面提到了塞涅卡。这是一种超然的态度,而不是不作为,消极对世,也不是中立骑墙。

15 bestrides factions,bestride 暗示了武士的骑马。factions,指在一个大的组织或群体中林立的派系,但强调了它们处于内斗和内讧中。作者指的显然是加勒比政党之间的斗争,如圣卢西亚、特立尼达和多巴哥,都是多党制国家。

16 参孙最后抱住非利士人庙宇的石柱,弄倒神庙,与之同归于尽。这里也暗示了弥尔顿及其晚年。

17 Atlas,希腊的泰坦神,擎天之神,受宙斯处罚,在世界西边托起天球。与古代艺术不同,近现代艺术一般将之描绘为托起地球。

18 the toil that is balance,还是指"苍白"或老年。J.Thieme 认为整部《海葡萄》诗集就是这里说的"平衡"。作者对加勒比生活酸涩的感觉(如同海葡萄的滋味)和尊敬的感情达到了平衡。见 *Derek Walcott*,第 100 页。

19 Seneca,小塞涅卡(公元前 4- 公元 65 年),著名的斯多亚派哲学家,戏剧家,以悲剧见长,他的父亲是老塞涅卡。塞氏最终切血管自杀,这个死亡方式必定让沃尔科特想到了西蒙斯。这个名字与 senex 也谐音。

20 fabled bore，bore 呼应前面的无聊（boredom）。这指塞涅卡的古典戏剧，过于冗长，赘言太多。见 W.Brown 的注释，*Derek Walcott: Selected Poetry*，第 137 页。但这不是批评塞涅卡，而是形容其作品的古老。

21 gnarled，前面出现过，译为"树干多节，扭曲"，这里指拉丁文变格复杂，句式错综，也形容拉丁文的古老。

22 L.Callahan 分析了这一行到最后一行，指出，从这几行可以看出，沃尔科特试图创造一种"共享的符码"，可以将加勒比的自然现象表达出来，使之可读，同时也创造了一种美学空间，其中，诗的表达与其指称的事物可以融合在一起。这种符码是《海葡萄》诗集中常见的。无论这种手法是否成功，它都是沃尔科特始终追求的风格。见 *In the Shadows of Divine Perfection: Derek Walcott's Omeros*，第 78—79 页。

23 tempered by whirlwinds，whirlwinds，呼应前面提到的"旋风"，这里指错综复杂的局面和困难的经历，指塞涅卡悲剧中的情节。tempered，指经受过复杂局面的锻炼，养成了应付这种局面的性情，但这个词也指调和和中和，所以也是说，他们经历了复杂局面，性格变得温和，不动于心。这几行有多处呼应了前面，均描绘塞涅卡及其作品的古老，表明自己在后人看来也会如此年老，但重要的是，作者相信自己与塞涅卡一样，不会被后人遗忘。

24 senex 的两个 e，如同眼睛。"看"，see，也有两个 e。eyes 和 trees 一词也是如此。下面的两个"超然"，beyond 同样如此。Seneca 这个名字亦然。但是，这里似乎暗示了失明的俄狄浦斯，而且前面的参孙，还有所暗示的弥尔顿，都是失明者，塞涅卡是自杀者，死亡的双眼也如同失明。他们都在失明之后参透了命运。所以真正能看出衰老的双眼，不是肉眼，而是心灵之眼。

25 going under the sand，前面的"没落的勇敢"，没落为 going under，这里有呼应，虽然 under 的用法不同。海扁桃树，即榄仁树多种植于沙上，其根部稳固，对土质要求不高，生命力颇为顽强。

选自《星苹果王国》(1979)

纵帆船"飞翔号"

1　The Schooner *Flight*，本诗是一篇小说性的叙事长诗，共 11 节，是沃尔科特的名作，为其诗歌生涯中，《另一生》之后的又一座高峰。诺贝尔评奖委员会曾引用过该诗评价沃尔科特的艺术造诣。该诗主人公是水手 / 诗人沙班（Shabine），他与其他船员一同乘"飞翔号"，从特立尼达出发进行远航。全诗前四节叙述沙班出航前的情况以及出航的原因，第 5 到 11 节讲述航行的主要过程，沙班如同奥德修斯一样海外漂流，但实际上，这是一次心灵的或内在的精神之旅，他游向的是意识的深处，个体意识之中交织着对普遍的历史和社会的回忆与思考。本诗在收入《星苹果王国》诗集前，有三个不同版本，时间自 1977 年冬至 1979 年（圣卢西亚独立之年），分别刊于《麻省评论》《圣徒颂歌》（*Chants of Saints*）和《特立尼达和多巴哥评论》。诗作的酝酿在 1976 年，沃尔科特当时与后来成为第三任妻子的诺兰·麦迪威尔有染，这造成了第二次婚姻的破裂，也让特立尼达戏剧工作室瓦解，因为该工作室是玛格丽特资助的。

　　如 Breslin 所言，本诗带有自传的性质，叙述了自己如何重生，如何建立新的婚姻关系和个人 - 国家关系。三个版本的诗，在修订中，从个人的纠葛转向了对后殖民时期的特立尼达的幻灭，对自己摆脱殖民的过去这一奋斗理想的幻灭，作者个人与诗中人格沙班之间也产生了艺术距离。几个版本中，克里奥尔语的使用越来越频繁自觉，它就像戏剧的"面具"一样，让标准语言戏剧化。标准英语的"得体性"与克里奥尔语的"俚俗性"在本诗中完美地统一。就政治方面而言，本诗也有深刻的意义,它完成于加勒比和拉美民族运动如火如荼的时期,它并未宣扬排外的民族主义情绪,相反,它意在展现"标准英语和西方文化"与"加勒比克里奥尔语言文化"之间是连续的,而不是极端对立的。这样,沃氏就将之前《遗嘱附言》和《另一生》中分裂的自我统合了起来。

schooner 和 Flight,均见《海歌》。"飞翔号"这个船名(原文以斜体表船名,中译以引号),预示了一次义无反顾地飞翔般的出行或逃离,本诗前面的部分都指明了这一点,逃离的是个人的纠葛,家乡特立尼达腐败的政治现实。但是,除了逃离之外,它还是"飞向"或"飞往"全新意义上的家,它不仅仅是消极的逃避。所以,这个词的完整含义就是,从起点 A "飞离"(from),"飞向"(to) 终点 B。可以说,全诗的核心就是 fly from 和 fly to。A 和 B 都是它要暗示的,缺一不可:它并未抛弃 A,选择 B,而是,必须从 A,才能飞到 B;之所以离开 A,是因为有目的 B。B 是更高层次的 A,是诗的语言和想象当作"翅膀"之后让作者能够飞到的重生和圆满。作者不是逃避人世,而是寻求更平衡地生存状态,克服自己的情感生活和理智生活的危机。虽然飞翔的终点或目标是"家",但这个家是无常的,变动的,其实是"无家",那么作者一生都在飞翔之中,不断重复和循环:飞离(离乡)——飞行(漂泊)——飞向(还乡)——再飞离(联系《海葡萄》)。作为现代诗人,沃尔科特不相信一劳永逸就能获得的真理和信仰,与他一生都在旅行和漂移相应,他只有与自己原有的精神状态展开这种重复的运动,才能得到平静的内心。

Fumagalli 正确地认为(比较《另一生》对《神曲》的借鉴),flight 这个词,首先指向了但丁《神曲·地狱篇》26.124—126,尤利西斯(奥德修斯)的自述,e volta nostra poppa nel mattino,/ de'remi facemmo ali al folle volo,/ sempre acquistando dal lato mancino。其中,folle volo,即,无智的飞行,有的英译本把这个词组译为 witless flight,这指尤利西斯的航行,之所以是"飞行",因为它"以桨

为翼"（remi facemmo ali）。奥德修斯的航行是"无智的或疯狂的"（folle）。其次，它也指向了《神曲·天堂篇》15.54，ch'a l'alto volo ti vestì le piume。其中，alto volo，即，高处飞行。本诗中，沙班的航行就是如此，因为它在根本上是理智的，克服了无智的欲望和情感，与但丁的游历相同。由此，本诗中与奥德修斯有关的地方也联系了《神曲》中相关的描写。Fumagalli 还用该词作为其专著的题目，诗人沃尔科特的"飞翔"，也集中体现在他对本土语言的使用上。见 *The Flight of the Vernacular*，第 xv，18，113，115 页。按着这个思路以及沃尔科特一贯的诗学观，我确信，诗人沙班/沃尔科特，想要与但丁一样，成为超越荷马的诗人，他们就像《理想国》中批判荷马的柏拉图；而水手沙班就是超越奥德修斯的航行者，他走出了洞穴，而奥氏虽然也游历并走出地府，但在《地狱篇》中又重回地狱/洞穴。因此，"飞翔"是哲学性的，引导性的（针对民众），它不仅仅是个人的体验，或个人的抒情。沃氏的诗歌有着更为高远的面向哲学、社会和政治的理想。

Shabine 这个词，即法语 chabin，阴性为 chabine，指浅肤色（light-skinned）黑人，红黑人（red nigger），混血黑人，往往红发，皮肤棕褐，略淡，有雀斑，眼睛发灰。就皮肤而言，也指白化病人（albino），尤其是白化病黑人。这个词带有浓厚的贬义，但在黑人群体自己使用时，也可以作为玩笑语，可以译为，浅肤色黑鬼，发白的黑鬼。法语中，chabin 这个词指一种毛重的绵羊，又像绵羊，又像山羊。所以，其所指的群体，就是既有非洲血统，又有欧洲血缘的黑人，如沃尔科特。克里奥尔语里，也写作 chaben（阳性）和 chabin（阴性），注意后者与标准法语的阳性拼写相同。这个词主要用于多米尼克、圣卢西亚和特立尼达，也写作，shabeen，对应 chaben 和本诗的 shabine，注意 shabine 不要理解为法语阴性的 chabine。这样的黑人也叫 milat（阴性为 miyatwès），即 mulatto，区别于 dijiné（深肤色黑人）。这种浅肤色会让有的 shabine 充满优越感，自认为比深色黑人要高一等，所以日常生活里，常会听到"深色黑人"嘲笑说，Chaben-an ka kwè i sé an blan（那个浅色黑鬼总拿自己当白人）。有的 shabine 觉得自己不被黑人接受，虽然在日常"种族"划分中，深色黑人还是会称之为 nèg 和 nègwès，区别于 bétjé（白人），但却会加以嘲笑。《蓝调》中有对这种黑人的描述。

  需要注意的是，沙班的阶层比沃尔科特本人的阶层要低，后者属于精英和中产，是前一个阶层的引导者，但两人的心境和面对的危机都是一样的。沙班首先是加勒比红黑人平民的典型，其次是沃尔科特的艺术人格，最后是交织着欧、美、非三种文化的加勒比地区的象征。这个人物可以对比《猴山梦》的马卡克。沙班/克里奥尔语/平民/叙事/民主政治与沃尔科特/标准英语/知识分子艺术家/反思/精英政治，在诗中交替进行。另外，这首诗有些地方与传统英语文学中的《农夫皮尔斯》《漂泊者》和《水手》有密切关联，甚至也暗示了梅尔维尔的《白鲸》，详见下面评注。我个人还认为，本诗与洛威尔早期的名作《楠塔基特的贵格会墓地》("The Quaker Graveyard in Nantucket", 1946)——与《白鲸》有密切关联——有联系。这首诗是悼亡诗，对象是洛氏的表兄弟温斯洛，他参加二战，牺牲在船上。该诗是洛氏皈依天主教后的产物，主题是为了凸显自然的神性，反思人类对自然的破坏。诗中描写了大量海上的事物。沃尔科特在《古老的新英格兰》中也借鉴了这首诗。此外，我也认为，本诗与《恰尔德·哈罗德游记》(Childe Harold's Pilgrimage) 有一定联系。后面的诗集《幸运的旅行者》就与拜伦的这首诗有关。沙班与哈罗德的出身不同，但心境比较相似，哈罗德也具有"之间性"：处于贵族和平民之间，与这两者都不相容；两人的游历也都是诗的漂泊。本诗对深海的无限力量的描述，对沙班最终的虚无感的呈现，尤其联系《恰尔德·哈罗德游记》结尾 IV.179, Roll on, thou deep and dark blue Ocean -- roll!/ Ten thousand fleets sweep over thee in vain;/ Man marks the earth with ruin -- his control/ Stops with the shore; -- upon the watery plain/

The wrecks are all thy deed, nor doth remain/ A shadow of man's ravage, save his own,/ When, for a moment, like a drop of rain,/ He sinks into thy depths with bubbling groan,/ Without a grave, unknell'd, uncoffin'd, and unknown。

上述观点中的一部分，见 *Kwéyòl Dictionary*，第 33，156，163 页；*Dictionary of Caribbean English Usage*，第 501 页；*Dictionary of the English/Creole of Trinidad & Tobago*，第 805 页；*Abandoning Dead Metaphors*，第 229—231，237—238，292 页；Baugh 的 *Derek Walcott*，第 109—110 页；J.Thieme 的 *Derek Walcott*，第 163 页，他提示了本诗开头与乔叟《坎特伯雷故事集》的"绪言"的关系，本诗也是一次朝圣之旅；S.E.Oakley 的 *Common Places: The Poetics of African Atlantic Postromantics*（Rodopi，2011），第 73 页，Oakley 认为沙班联系了柯勒律治《古舟子咏》中的讲传奇的水手形象，他用叙事来缓解心痛（He prayeth best, who loveth best/ All things both great and small）。

也见 *Nobody's Nation*，第 189—193 页，其中引了 L.Breiner，P.J.Wilson 等人的观点，Wilson 指出，加勒比地区，标准英语的"体面"（respectability）与俗语带来的"名气或人气"（reputation）形成了矛盾。前者是教室中的，礼貌规范，由母权来控制，殖民者的英语文化是这方面的典范；后者粗俗，无礼，无厘头，属于街头和酒吧，属于叛逆的青年，他们用俗语来炫耀和表演，让自己获得名气。而 R.D. Abrahams 和 R.D. E. Burton 都证明了这两种性质的语言是社会不可或缺的，它们彼此需要，甚至互相转化和统一，它们不是分裂和二元的。此外，与名气相关的俗语，也不是纯本土的，同样受到了殖民文化的影响，英语克里奥尔语本身就不是独立的语言。

西默斯·希尼给予了这首诗很高的评价，认为它是"划时代的"重要诗作。他指出了这首诗在语言方面的创新（希尼也通过自己的诗歌完成了这一点），通过使用英语克里奥尔语以及在标准英语中变化语域（register）的做法，沃尔科特找到了"一种由方言和文学语言编织而成的语言，它既不鄙俗，也不居高临下，是一种非凡的习语，从他继承的对事物的划分和迷恋中化育而出；这样的习语可以让古老的生活欢欣振奋，但与此同时，又能让'新的生活'冷静沉着"。见其《流亡的语言》("The Language of Exile")。布罗茨基在《潮汐之声》中也对这首诗进行了分析（也见《气息》），他指出，当听到沙班的声音时，"世界就解散了"(the world unravels)。均见 *The Flight of the Vernacular*，第 107，111 页；*Derek Walcott*（Bloom's Modern Critical Views），第 35 页。

早在《黄昏之言：序曲》中，沃尔科特曾经谈到过自己志在继承宗主国语言文化的理想以及面对的现实冲突："我的第一部诗集和戏剧集表达了这种被接纳的渴求，就像私生子渴望他父亲的家庭。我自视是在合法地延长马洛（Marlowe）和弥尔顿的宏大脉络（mighty line），但是，我之所以对自己继承的遗产感觉更强烈，却是因为这种感觉出自疏离。我清楚，每个民族都会极大程度地积聚它的文化，就像积聚偏见一样；英语文学，甚至戏剧，都是神圣之地，是不得擅入的禁区；殖民地文学只能尽量接近它，但绝不能自认为是合法的继承人。是有民间诗歌，殖民地诗歌，英联邦诗作等等，它们也起到了作用，但就其母邦而言，它们都是儿女辈的，是附属国的。当我学习英语文学时，我曾因无比羡慕而叹息，但是，当我写作，试图说话时，我的声音听起来矫揉造作，殊为粗陋。"在本诗中，沃尔科特的确延长了"宏大脉络"，他本人也不仅是加勒比文学的奠基人，同样是英诗传统的经典人物，但他不是仅靠模仿，而是创造，这种创造也符合自己的身份和对民族的认同。

需要说明的是，与前面《圣卢西亚》一样，本诗中标准英语与（特立尼达的）英语克里奥尔语之间的语体差别，汉语不能完完全全地反映，因为它的俚俗性不是体现在词的"不得体性"，而是语法形态的变化和省略上。比如，she 可以代替 her，过去时动词不用变化，be 动词省略等等。对于英语世界的人，他们对此比较敏感。不过，对于使用的粗俗语词，汉语还是可以找出对应的译法。为了方便西方读者接受，沃尔科特使用的克里奥尔语都不晦涩，他的目的就是用语法的错乱干扰西方读者正统的语法。本诗中，有克里奥尔语的地方，我尽可能出注说明。

2 Adios, Carenage, adios，西班牙语再见，词根即上帝（dios, deus），常表示远行前的告别。Carenage 位于特立尼达岛接近西北角处，是一个沿海区（ward），靠近查瓜拉斯，这是纵帆船出航的起点。作者先从西班牙港坐车，去加林纳奇。该名字来自于法语 carénage，船坞，船体整修。也比较英语的 careen，船体倾斜，便于维修。

3 blow out，全诗的时态，凡叙述行程经历时，用过去时；表述内心观点时，用现在时。对于前一种情况，在英语克里奥尔语中，不用变化，因此看起来就像现在时，但其实还是过去时，此处就是一例。

4 Maria Concepcion，沙班情人的名字。concepcion，西班牙语，即 conception，受孕，感孕，天主教用它修饰圣母玛利亚，西语中，写全就是，María de la Inmaculada Concepción。这个名字常送给女孩，拉美有很多地方也叫这个名字，后面会指出玛利亚是多米尼加人，该国以西语为官方语言。玛利亚影射的是沃尔科特的出轨对象诺兰，在沃氏的戏剧《蓝色尼罗河支流》中，有一个人物叫玛丽莲·刘易斯，也叫月光玛丽（Mary La Lune），这个角色是沃氏为诺兰量身而作，玛丽对应了玛利亚。本诗中，沙班最终离开玛利亚，这也预示了沃氏与诺兰短暂的婚姻。玛利亚·康塞普松这个名字表明她在沙班心中是纯洁和神圣的，但沙班的出轨以及玛利亚的肉欲，让她成了不洁的女人。沙班的情妇似乎很多，但玛利亚与众不同，她让沙班诗人的一面产生了诗性的幻觉。所以与沙班的两面性呼应，她也有两面，一面是现实的，世俗的情妇，另一面是缪斯，自然风景的化身，类似安娜，这一面的玛利亚是航行的指路灯，航行的最后，沙班会领悟到，"玛利亚最终会在照耀风景的光 / 生活中得以实现"。见 *Abandoning Dead*

Metaphors,第234页。我们可以对比《另一生》中安娜、玛格丽特与玛利亚,前两者实际上合并入了玛利亚一人。玛利亚比安娜更世俗,更有情欲,比玛格丽特更具体,更真切。

5　指玛利亚并没有做梦,因为睡得安详,但暗示她没有梦想,不会同意他出行。这里预示了后面的《梦书》。

6　to ship as a seaman on the schooner *Flight*,ship 这里是动词,表示上船,尤其指船员上船出航。ship、seaman 和 schooner,以及上面的"柔软的海"(sea soft),均押头韵。这呼应了《农夫皮尔斯》的开头,见下。

到此,这几行化用了朗格兰《农夫皮尔斯》的开篇,也使用了相同的头韵,而且两部作品的主题一致,In a somer seson, whan softe was the sonne,/ I shope me in shroudes, as I a schepe were/ In habite as an heremite unholy of werkes,/ Wente wide in this world wondres to here。见 G.Kane 编的 *Piers Plowman*(University of London, Athlone Press, 1960),第175页。A.V.C.Schmidt 的现代英语译文为,One summer time, when the sun was mild, I dressed myself in sheepskin clothing, the habit of a hermit of unholy life, and wandered abroad in this world, listening out for its strange and wonderful events。mild 译的是 softe,沃尔科特用 soft 来对应。见 *Piers Plowman: A New Translation of the B-text*(Oxford University Press, 1992),第1页。在该诗中,叙述者威尔(Will,象征 will,意志)在梦中寻求真正的基督教的精神生活;与之相应,虽然沙班是在现实中航行,但他寻求的是内心的解脱,所以本诗可以视为沙班的精神漂泊。威尔的引导者就是象征基督的农夫皮尔斯;作为"水手"的沙班,他的引导者是他的另一面相"诗人",即沃尔科特。

Thieme 分析了这里与《农夫皮尔斯》的关系,沃氏的这种做法是为了联系"前文艺复兴"时期或"文学英语"尚未标准化时期的英语。与朗格兰一样,沃氏描绘了充满民间想象的普通语言以及自然世界。见"Derek Walcott", *Amerika und die Norm: Literatursprache als Modell?*（Walter de Gruyter，2007），第42—43页。

7 galvanize，标准英语里是动词，表示通电，刺激，符合作者说的，能够"感动"他。不过更重要的是，西印度英语中，作为名词，指电镀过锡或锌的铁片，用来防锈，这样的铁片可以安装屋顶。下面就提到了屋顶，海、天空和屋顶都是同时存在的事物，这里互相比喻，所以"涟漪"也同时比喻屋顶的波纹。这表明了自己的家和周边的房子都变成了象征死亡的大海。这样，他的出行，既是离家，也是求生，或者说，从他在家决定离开开始，周围就已经变成了大海，他就已经开始起程了。

8 I pass me dry neighbor sweeping she yard，典型的英语克里奥尔语。she 即 her。pass 仍然表示过去时，但土语里，不用变化。

9 went downhill，习语也表示走下坡路，这体现了沙班对未来的迷茫。

10 witch，与下面 bitch（婊子）押韵，而且谐音。这个扫院子的老女人也许如同季尔蔓老妈一样，会奥比术。

11 "Sweep soft, you witch, 'cause she don't sleep hard"，克里奥尔语。she 指玛利亚，沙班把老邻居吵醒妻子。don't 应为 doesn't。soft 与 hard 呼应。Breslin 认为，这个 witch/bitch，是玛利亚的分身。玛利亚在用巫术性诱着沙班。见 *Nobody's Nation*，第195页。

12 look through，克里奥尔语，因为是巫婆，所以有洞察力，她仿佛知道沙班的出行结局如同"死亡"。其实是没有注意到沙班，或者注意也不在乎。

13 A route taxi pull up, park-lights still on，克里奥尔语，下一句同。route taxi，指小型巴士，小中巴，小面包车（van），是共享出租车，拼车用的，车上至少可以载10—20人。

14 "This time, Shabine, like you really gone!"，like，土语表示 likely。司机认出了沙班，因为他多次航行，多次乘坐这辆小巴，所以跟他开玩笑，意思就是下次可不想再见到你了，已经见烦了。但也许如同谶语,让沙班内心不安。

15　Laventille,拉文第勒是特立尼达一个地区(ward),位于圣胡安-拉文第勒行政大区(regional corporation),该区包含了西班牙港大区,加林纳奇在迭戈·马丁大区,位于圣胡安-拉文第勒西边。日出东方,所以作者在西班牙港可以望见拉文第勒上空的曙光。上面三行都是克里奥尔语。

16　这一句是标准英语,延缓了俚俗语句的节奏。表明了自己对玛利亚认真的情感。作者就像一下子摘下面具,但下面马上又戴上了。拉文第勒的黎明也穿着玛利亚的睡袍(gown,即nightgown),证明那里的人也是作者的挚爱,他指的应为那里的穷苦民众。见 *Nobody's Nation*,第195页。

17　表明了作者本人与沙班之间的艺术距离,以及作者自身的分裂。后视镜中的沙班就是沃尔科特本人,他留在了家乡,因为他本人并没有出行。这个沙班代表了陷入克里奥尔语环境中的标准英语和欧洲文学传统和个人生活出现纠葛的沃氏(怀旧,思乡,情感,性欲),出行的沙班则开始使用克里奥尔语和标准英语,他是一位叛逆者和超越者(失忆,形而上)。但既然都是同一个个体的分身,因此两者是一体的。他们不再是同一个个体在空间上的分裂(如《遗嘱附言》,个体"扭曲"),而是两种"形式",两种面相,两种位格,就像普罗透斯变形一样。

18　fucking island,上面说到了女人和男人,睡袍、粉色、睡觉,这里用fuck暗示了这些意象与性的关系,沙班一走,心中最直接留恋的,是与玛利亚的肉体关系。但他将个人情感转向了整座岛。上面三行都是克里奥尔语。

19　From that dog rotting down Wrightson Road/ to when I was a dog on these streets,这两行有意让开头为from和to,对比了全诗的flight from和flight to,作者离开了当地的狗,但自己又成为了狗,一成不变,但flight的经历,会让他脱胎换骨。rotting down,指狗用狗尿腐

蚀了街道。Wrightson Road，西班牙港大区的一条主干道，沿海，临近帕里亚湾（Gulf of Paria），最终连接奥德雷·杰夫斯公路（Audrey Jeffers Highway），然后再上西主路（Western Main Road），就到达了加林纳奇。

20　见《非洲已远》最后一段。毒害源自白人和非白人（黑人及其他少数族裔）各自文化的劣性和腐败。

21　big-time bohbohl，bohbohl，首先来自法语克里奥尔语 bòbòl，意为欺骗，欺诈，骗术，bòbòlis，即骗子，来自 vaval，vaval 是圣卢西亚狂欢节时的一种国王面具。bohbohl，为英语克里奥尔语，也写作 bobol，专指有一定地位的人，在公司或政府机构中，以权谋私，腐败欺诈。见 *Kwéyòl Dictionary*，第 25 页；见 *Dictionary of Caribbean English Usage*，第 109 页；Breslin 曾询问过沃尔科特，他说这个词来自于 bubble。见 *Nobody's Nation*，第 316 页。这三个词都是 big 开头，但含义不同，中译变换了措辞。

22　coolie，也写作 cooli, cooly, koelie，粤语也叫咕喱，汉语中因为这个词读音如"苦力"，故以此来汉译。OED 指出这个词起源于印度，来源很多，或是印地语，或是泰米尔语，突厥语等等。这个词专指南亚，东亚，尤其中国的去往海外的契约劳工。加勒比地区有大量中国苦力和亚裔苦力。

23　见《名字》提到的黎凡特人。

24　French Creole，这个名称不是指某个民族，它主要是语言学和文化意义上的概念。这一行的人都是穷苦人和底层人，其"毒害"指，他们让作者内心痛苦和悲伤。

25　海水浴指自己要重新受洗。沿路而下，人们会一下子想到《理想国》开篇，苏格拉底"下"佩莱坞，想到《查斯图斯特拉如是说》开篇，查氏"下山"。但沃尔科特是逃离民众，让自己重生，再返回，前两者是要引导民众。

26　from Monos to Nassau，Monos，特立尼达岛西北的岛屿，博卡斯

群岛（Bocas Islands）之一，在特立尼达和委内瑞拉之间。mono 即西班牙语猿猴的意思，这里是复数，这座岛有圭亚那红吼猴（Guyanan red howler）。这个名字可以影射红黑人，沃尔科特常用猴子自喻。Nassau，巴哈马首都，位于巴哈马主岛新普罗维登斯岛（New Providence），在加勒比最北，靠近佛罗里达。这里用一北一南两个地方概括整个西印度地区。

27　a rusty head sailor with sea-green eyes/ that they nickname Shabine, the patois for/ any red nigger, and I, Shabine, saw/ when these slums of empire was paradise。这四行非常关键。rusty head，红发，如同生着红色的锈迹。nickname，动词有两个含义，一个是起昵称和绰号，一个是叫错名字。起名者是在前一个意义上做出该行为；被取名者如果不认同，就会在后一个意义上用这个动词，这里就是如此。因此这个动词的意思就是，他们（白人和黑人）取了一个错误的诨号。因为它将红黑人与黑人区别开。patois，指英语克里奥尔语，当地土话。red nigger，即 shabine，从本诗开始，该词的这个义项进入了英语之中。这个词原本指美洲土著人，比如印第安人，因为皮肤红。这里的 red，既指 shabine 的头发红，也指其黑色较浅，发棕。slums of empire，这是英国前首相劳合·乔治（David *Lloyd George*）1917 年对英国西印度地区领地的贬称，因为他觉得这里没有太大开掘价值了。见 E.Williams 的 *From Columbus to Castro: a History of the Caribbean, 1492—1969*（André Deutsch, 1970），第 473 页。

这四行，前两行和后两行分别使用了跨行修辞，第二行中间有一个停顿（caesura）：由主体中心的认知（我认识一个个体），转向了传达给客体的轻视（所有 x 都是沙班）。下面又从客体，转向了主体（我是沙班）。shabine 既是主人公自我的认知，也是客观存在的文化名称。见 R.R.Phillips, *When Blackness Rhymes with Blackness*（Dalkey Archive Press, 2010），第 116 页。

这句开头并无"还有"一词，中文必须补译，因为这句是"我认识"的宾语。这几行可以这样理解（我相信沃尔科特接触过拉康的作品）：这里引入另一个红黑人，是一个无形的"他"（没有用代词指称），如同小他者，主人公的镜像。"他们"，是大他者，用话语建构 shabine。再下面的"我"和"沙班"，除了指主人公，还指想象自己是 shabine 的所有个体。如果作者仅仅说，我（主人公）被称作 shabine，因为是红黑鬼，所以就叫沙班。这只能展现自然视角下某一个个体被贴上标签的偶然过程。作者展现的是：shabine 如何成为必然的本质性内涵，成为类概念（已知，x 是沙班）；如何被他人的话语和目光建构（他们说，x 是沙班）；如何成为红黑人自我想象的身份并根植于红黑人群体的心理结构中（我知道，x 是沙班，我是 x）。红黑人获得的不是标签，而是文化区分，他们意识到了自己与白人和黑人的区别，他们是分裂的。

关于"天堂"，Fumagalli 指出，沙班要逃离的"人间天堂"和岛屿，与，本诗结尾祝福的群岛，分别对应了但丁《神曲·地狱篇》1 旅途开始时的森林（selva selvaggia e aspra e forte）与《炼狱篇》28 中的伊甸园森林或"人间天堂"（divina foresta 和 selva antica）。再引申来说，在《论俗语》中，但丁要从意大利森林（ytalia silva）——对应《地狱篇》的黑暗森林——中开辟出道路，寻找更澄明的意大利方言。而在本诗中，沃尔科特也是要寻找这样的语言，沙班的飞翔就是语言的飞翔。见 *The Flight of the Vernacular*，第 121—122 页。

28 这三行的"我"，是主人公，此时，他与沃尔科特还没有艺术距离。这句描述了自己的三个血缘。由于玛格丽特还有印度血统，因此沃尔科特的两个女儿又多了亚洲的血统。下一句的"我"，又从个体飞升到群体。

29 either I'm nobody, or I'm a nation，这是沃尔科特全部作品的核心句。nobody，这是他最常用的一个词。首先，作为名词，nobody 表示身份毫无意义的小人物，平常人。"沙班"本来就不是个体专名，他其实相当于无名。进一步，它指处于白人和黑人中间的红黑人以及其他混血和少数族裔,无论白人和黑人哪方掌权,都视之为无。"沙班"作为群体名,并没有刻画红黑人的"所是"。而在最广泛的意义上,它影射了整个黑人族群是"看不见的人"(invisible man,无形人),这联系了拉尔夫·艾里森的同名小说。在这两个意义上,"我"不再是个人的自称,而是群体对身份的确认。第二,从沃氏信奉的存在主义哲学的角度,无名喻示着绝对的个体性,本质、身份、关系、社会属性都后加在赤裸的个体上。在这个意义上,"我"又标定了"这一个"沙班,他是沃氏精神的投射。第三,它指奥德修斯,也见《海葡萄》(那里也提到了纵帆船);也指普罗透斯。这是作者本人的自称,他既是漂泊的"无人奥德修斯",也是无穷变化的普罗透斯。在这个意义上,它不再表示"身份"的无,而是绝对的"无",但它又作为了一个奇特的实体,预示着一切可能的"有":存在于前景无尽的国族中。第四,指加勒比地区,因为它以多元文化混融和没有传统为特征。第五,表示无人称的(impersonal)族群或国度。无人可以表示个体人不存在,但它未必否定群体的存在。沃尔科特是所有混血平民(也包括纯欧洲血统的移民)的代表,是这个族群的代表和发声者,族群自然"不是某个人"。第六,表示"新人",不像任何过去的人,是无历史的人。最后三点是此处的主要含义,其他几点也会体现在全诗中。

either...or...,联结了两个矛盾命题。首先,在互斥的意义上,沙班作为黑人(无论何种类型),必须做出选择:是安于籍籍无名的个体,还是成为国族集体的代言。这种不相容选择,让人想到了克尔凯郭尔的"非此即彼"这一表达,它引出了"质性辩证法"或"主体辩证法",从而反对黑格尔三段论的"合题"。克氏深刻地影响过沃尔科特,见《另一生》;本诗中,沙班恰恰也经历了《非此即彼》中提出的审美的、伦理的、宗教的三种生活选择。第二,在排中的意义上,沙班除此之外,别无选择,这就是他的处境,关涉了生存和身份的紧要问题。作者这里也暗示自己永远都是平凡人或国族代言,而不是自我欣赏和鄙夷故土的"名人"。第三，nobody 的否定表明了侧重的是 or，即，我不是任何人，如果是，那就（只能）是国族。这是他必然要做出的带有方向性的选择，选择之后，不再无名。第四，但重要的是，作者又强调了这两个选项是同等的，可以彼此过渡，甚至循环，没有哪个选择是终极的：沙班的个体性不可超越，没有哪个国家或民族的概念能涵盖他（见下面第三节，没有民族，只有想象）；国族虽然是方向，但不是航行或飞翔的终点，本诗结尾暗示了这一点。这可以避免国家主义或民族主义对个体的黑格尔式的否定（见下）。沙班代表国族，但仍然是无名的自我，他会不断重复地选择下去。是国族还是个体，都在乎自己的抉择，而非他人的强加。国族只能以个体来体现，而不是吞噬它。

nation，中译或为国家，或为民族，但合译为"国族"要更佳。沃尔科特有意用这个词，首先将之区分于 country 和 state，它指的是一个存在着语言、文化传统、信仰、道德习惯和种族上的抽象的"共同性"的大族群，如本尼迪克特·安德森所言，nation 是一个"想象的共同体"，得到了族群的认同（他们甚至可以不在一起生活，互不认识）。其次，nation 可以在某个地区（country）实现出一个实体性的政治架构或主权国家（sovereign state），即民族国家。在这个意义上，nation 又同义于 state 或 country。结合"无人"概念，沃尔科特理想的 nation，在实体上，就是建立却又解体的"西印度联邦国"；在抽象意义上，是加勒比虚无、多元、跨种族和民族（race, ethnicity, people）的文化，这也是沃尔科特试图建立的。实体的 nation 是沃氏最终的理想，在这方面，它是一位政治诗人。

这个 nation 与黑人、白人或单一民族要建立的民族国家更为理想、包容和开放。沃尔科特的"民族主义"区别于黑人（"黑人权力"运动，拉斯塔法利运动）狭隘的"民族主义"（nationalism）而且更符合加勒比的现实。虽然其实体消亡，但抽象的 nation 客观存在，因为其所指的加勒比民族，的确不是单一和原生的民族，原生的阿拉瓦克族和加勒比族早已与外来人混血。加勒比民族始终是混融的，不是一个有自己唯一传统和风俗的纯民族，移民来的西欧人、南欧人、中国人、黎凡特人（叙利亚人，阿拉伯人）、犹太人、印度人、阿散蒂人、贝宁人、曼丁戈人以及这些族群的混血后代都属于这个"民族"，它更接近"中华民族"和"美国民族"这个概念，但区别在于，后两者有自己的典章文献、信仰传统和礼仪制度，加勒比完全是虚无，多元式的虚无。但民族中的每个人都可以认同这个虚无，建立多元的加勒比。沃尔科特的作品及其声望就成为了加勒比文化传统的一部分，他并不仅仅属于圣卢西亚。他是无人，所以代表了"无人称的"实体性和想象性的 nation；但这个 nation 又建立于内在和外在的"无"。

多次引用的 Breslin 那本专著就是化用这句为题，他在其专著导论中解释了其标题的含义，但实际上是阐发了这一句的内涵：第一，西印度人是"无人之族"，其身份，如弗鲁德和奈保尔所说（《气息》），是空无的，派生的，他们极度渴望但又绝望地试图从"无人"到"某人"。第二，自西印度联邦的解体之后，西印度就成了"无人之国"。第三，无人联系了奥德修斯，也就又联系了亚当、鲁滨逊、菲罗克忒忒斯这些形象。第四，无人指普罗透斯，他可以变化形象，所以他没有固定的人格。第五，加勒比的文化是虚无的，这里的人没有文化传统，是"无人"。文化需要他们重建，但他们也可以不受英美文化的影响，自由命名。见 *Nobody's Nation*，第 2 页。Chamberlin 认为，无人戏拟了殖民地的状况，奴隶；nation 戏仿了帝国，主人。西印度地区既不是奴隶，也不是主人，是一个中间者。见 *Come Back to Me My Language: Poetry and the West Indies*，第 45 页。Fumagalli 认为"无人"联系了但丁《神曲·地狱篇》2.32 的"我不是埃涅阿斯，我也不是保罗"。这表明了，沙班是没有历史的人。见 *The Flight of the Vernacular*，第 112—114 页。

30　dories，dory，平底小舟，船体纵向如弓形，长约 5—7 米左右，一般作为渔船。

31　可以说，只要有日光反射，就是玛利亚的签名。远航的过程，又是一个回忆的过程。

32　典型的沃尔科特的比喻：夜晚／玛利亚，黑色／黑发，落日／粉红睡袍，海／沙班，星光／玛利亚的笑，夜晚笼罩（folding）大海／玛利亚抱住（folding）沙班。但关键在于，本体和喻体都是同时存在的事物（曾经存在，作者在回忆），它们可以互相命名，就连使用的动词都可以兼用于本体和喻体。"被单"，sheet，这个词动词就可以表示夜晚的笼罩，另外，习语 between the sheets，指男女行床笫之事。

33　is like，克里奥尔语，省略了 it。

34　bow rope，bow 即船首，船身如同弓。这里暗示了奥德修斯的弓。作者已经来到了飞翔号。

35　the sea have more fish，即习语说的，there are plenty more fish in the sea，常用来劝失恋的人。类似汉语的，天涯何处无芳草。

36　marmoset，也叫新大陆猴，卷尾猴科，狨亚科（Callitrichidae）动物，下有四个属。莎士比亚《暴风雨》第二场，第二幕中就提到了这样的猴子。狨猴是小圆眼睛。这里暗示了玛利亚也是红黑人。沃尔科特作品中，猴子一般都指黑人和红黑人。同时，用动物比喻，也暗示了性，对比上面的无性的撒拉弗。

37　见《另一生》1.4 注释，暗示了维米尔画中的"牛奶"。

38　fly from tonight，注意这里暗含了 fly from to-，作者留下的明显的暗示，呼应了 flight 的 from 和 to。作者也如同星辰一样，飞向熔炉和炼狱。

39　这里指的不是玛利亚，玛利亚是情人。作者抛下家庭和情人，为了写诗，远航，这正是 from 和 to。航行和写诗并不是遗忘妻子和情人，而是将之转化，提升。作者陷入道德和责任的危机，他希望用艺术来获得救赎。反过来说，由于诗人如常人一样必然要陷入现实的纠葛中，这就决定了他不得不远航。当然，航行和诗歌都是毁灭性的，有可能或必然让作者葬身，事实上，作为诗人，他最终就会死在自己的诗歌生涯上。

40　Breslin 引 N.Thomas 对这个短语的分析。它指的不是仅仅对西印度人的"普通"或可理解，这不是沃尔科特理解的"民族语言"。所以他用的是"我普通的语言"而不是"我们普通的语言"。沃尔科特的普通语言是国际化的英语，如风一样。Breslin 指出，沃尔科特就像罗马诗人一样，语言的权威性立足于自然，而不是习惯，他的诗是可听的。另外，与罗马诗人、雪莱和布莱克一样，诗是反抗政治强权的武器，航行让沙班回到了与自然原始的接触中，这种自然的"普通语言"，是特立尼达腐败的政治语言无法欣赏的。见 *Nobody's Nation*，第 197, 201 页。沃尔科特不仅仅是为了照顾欧洲读者，他看重的是诗歌的"内在语言"，它立足于所有人共有的想象力和隐喻力。所以，使用英语，并不一味突出克里奥尔语的本土化和陌生化效果，更能让读者理解诗歌的意象和其中的事物。

41　作者并未直接叙述航行（"这事"）的过程，开始插叙航行的原因，但是，诗的航行早已经开始了，插叙也是其中的一部分。航行与诗歌相比，《神曲》，维吉尔《农事诗》都有联系。

42　raptures of the deep，学名即 , narcosis 或 Nitrogen narcosis（氮醉）。深海潜游时，肺部的氮气会造成潜水者出现酒醉一样的状态。本节会写到沙班潜水的经历。也会用到 the rapturous deep 的表达。rapture，既指沙班这样的底层漂泊者承受的精神的崩溃、无序和错乱，也指诗人沙班/沃尔科特本人承受的"精神分裂"。见 *Abandoning Dead Metaphors*，第 237 页。

43　O'Hara，爱尔兰式的名字，加勒比有不少爱尔兰后裔，尤其如蒙特塞拉特岛。奥哈拉有白人血统，在种族等级中处于上层，下面还指出，他也有叙利亚人的身份。"大官"，开头还是 big，呼应前面的几个 big。Ismond 推测，也许影射约翰·奥哈罗兰（John O'Halloran），他是特立尼达和多巴哥埃里克·威廉斯政府的财政部长，牵涉数宗政治腐败。见 *Abandoning Dead Metaphors*，第 292 页。

44　Main，Spanish Main，指环绕着西印度地区、曾是西班牙帝国主要殖民地的美洲大陆地区，但不涵盖北美和南美腹地，加勒比人因为都是岛民，所以称之为"大陆"。"大陆"北起佛罗里达半岛，西为墨西哥湾沿线的中美地区，包括墨西哥等国，南至南美洲北部，但不包括圭亚那（前英属）、法属圭亚那和苏里南（前荷属）。塞德罗斯位于特立尼达岛西南半岛的角上，距离"大陆"的委内瑞拉非常近，这里较为偏僻，适合进行走私。

45　既因为走私路线偏僻，也因为奥哈拉是大官，海警熟视无睹。

46　pirogues，《另一生》4.22.1 中出现过，是一种独木舟。这种舟为加勒比海盗常用，因为轻便、快捷。按照语境，这里应暗示了海盗。这个词还与 pirate 押头韵。加勒比海盗在 17—18 世纪最为猖獗。20 世纪著名的海盗，如 40—50 年代的特立尼达人博伊希·辛格（Boysie Singh）团伙，辛格 1957 年被处决。沃尔科特肯定知道这个著名人物。海盗在 20 世纪仍然出现，反映了特立尼达等加勒比国家的治安混乱。

47　met us halfway，meet sb.halfway，即，妥协，让步，达成默契。

48　提到海盗，插说一句，Helen Goethals 有个比喻，她称沃尔科特为"诗歌海盗"，他的诗法就是"偷和还"，他的"借用"一方面丰富了加勒比文化，另一方面也丰富了古老的欧洲文化。见 S.Pfeffer 的 *"Palms require translation": Derek Walcott's Poetry in German: Three Case Studies*（kassel university press GmbH，2016），第 92 页。

49　big quiz，big 还是呼应前面一系列 big。下面的"奥哈拉"，原文没有，只有 himself，但显然指奥哈拉。政府成立了调查走私和海盗的委员会，但主席还是奥哈拉，沙班被当成了替罪羊，他没法再走私了。下面写到了他去办公室跟奥哈拉理论，但被赶了出去。

50　shark in shark skin，第一个 shark，表示骗子，第二个 shark 指鲨鱼。当然，可以理解为，比鲨鱼还鲨鱼的骗子。

51　pilot fish，拉丁名为 Naucrates ductor，鲹科，舟　鱼属，这种鱼

总是围着鲨鱼，吃它的残羹剩饭。船只快靠岸，或者接近大鱼时，这种鱼会出现，因此称作 pilot，也叫引水鱼或领航鱼。这个名字暗示了"水手或船员"这个重要的身份。

52　I was so broke all I needed was shades and a cup/ or four shades and four cups in four-cup Port of Spain，four cup，连起来读，就是 fuck up 或 fuck-up，一团糟，是忌语和粗俗语，同时，four 也暗示了 four-letter，英语大多数脏词都是四字。墨镜和杯子是流浪者（vagrant）必备的东西，墨镜为了遮阳，掩饰自己的身份。这些流民是当时西班牙港街道上常见的形象。见 *Abandoning Dead Metaphors*，第 233 页。
port，还指波特酒，钵酒，波尔图酒（不是以产地而是口岸地命名），葡萄牙的一种经典甜葡萄酒，英国人非常爱喝，常作为甜点酒和开胃酒。所以，four-cup Port of Spain，即，四杯量的西班牙波特酒（双关西班牙港）。西班牙的雪莉酒与波特酒一样，都是加强型葡萄酒，所以西班牙波特酒指雪莉酒。另外，西班牙的 Tinta Roriz（罗丽红酿酒葡萄）酒也属于波特酒，但酿酒葡萄产地在西班牙。也许还有暗示的是，犹太人逾越节要喝"四杯酒"。

53　海水的一片片反光，也暗示自己有可能死路一条，葬身大海。到此，沙班叙述了自己遭遇的家庭纠葛，他几近如一个流浪汉。这里面也掺入了沃尔科特在第二段婚姻遇到危机时的心理状态。

54　*The Express*，《特立尼达快报》，1967 年发行。《快报》自诩是特立尼达唯一一个敢于直言、能够介入当地争议的媒体，因为其后台是本土商人（创立是 Vernon Charles），它不同于外国人控制的《卫报》和《晚报》。该报志在办成当地的"异见论坛"，其宗旨是同情那些无产业、绝望无助的人，但也反对游行示威中的暴力。西班牙港发生骚乱期间，当地的商业团体都抵制该报。总体上，这个报纸是坚持批判、本土化和反建制的媒体。见 J.A.Lent，*Third World Mass Media and Their Search for Modernity: The Case of Commonwealth Caribbean, 1717—1976*（Bucknell University Press, 1977），第 98 页。所以，这里应指《快报》在曝光部长。不过，如果作者是讽刺《快报》的话，那么就连最批判性的媒体可能也在正面宣传官僚，社会媒体就如下面所说"掉进了钱眼"。

55　through the back door，与汉语一样，指暗暗地，非法地，偷偷摸摸地。

56　minister-monster，押头韵，谐音。

57　ooze，与上面的"走私酒"的酒（booze）押韵，呼应，中文无法让上面的"酒"位于行末。

58　指的应该是那些跟沙班这样的走私犯一样在鲨鱼后面捡残羹剩饭的艺术家，政府可以随意欺辱。而且沙班的意思是，不应该像对待艺术家一样对待自己，因为自己给他们走私酒，这样可以看出，艺术家当时的地位还不如走私犯。

59　bitch，这里用于男性，也许是 son-of-a-bitch 的省略。英语一般用 bastard 或 dick 对应用于女性的 bitch。

60　high horse，习语指傲慢的态度。

61　Limers' Republic，limer，见《团伙》，专指加勒比的街头混混。共和国这个词有深意，第一，它表明了特立尼达和多巴哥的政体是共和制，因为该国不再尊英女王为君主。这自然是它高于如圣卢西亚这样仍然采取君主立宪制的国家。第二，但它却陷入了民粹和独裁腐败之中，还不如君主立宪的国家。

　　这里，沃尔科特通过沙班的诗人面相来表达对特立尼达社会现状的不满，与之相应，在他的另一首诗《捣蛋的归来》（"The Spoiler's Return"）中，他借助了特立尼达著名卡吕普索歌手"大捣蛋"（Mighty Spoiler，1926—1960）来表达同样的感受。捣蛋的著名口号就是"想堕落"（want to fall）。见 *Abandoning Dead Metaphors*，第 233—234 页。

62　salvage diving，呼应了本节标题。打捞潜水，一般打捞沉船货物，救援人等。

63　Mick，爱尔兰人常用它作为 Michael 的简称，后来成为对爱尔兰天主教徒的贬称，下面就提到了米克的姓，显然是爱尔兰人。当然这个词也是 mickey 的简称，俗语 take the mick，即取笑。

64　O'Shaugnessy，Ó Seachnasaigh，O'Shaughnessy，爱尔兰人的姓，奥威尔第一任妻子就是这个姓。用这个姓，一个原因可能是，该姓的源头之一为爱尔兰的利默里克郡（County Limerick），Limerick 与 limer 呼应。

65　limey named Head，limey，原指英国皇家海军水手，因为日常饮水和饮酒常加柠檬汁（lemon juice）或酸橙汁（lime juice）而称为 lime-juicer，简称 limey，19 世纪以后泛指英国佬，有贬义。limey 也暗示了 limer。下一行末尾是 dead 一词，与 Head 押韵，有意思上的联系。

66　silk tent，当然让人想起弗罗斯特的《丝绸帐篷》("The Silken Tent")，里面将女子比帐篷，丝绸线是爱和思念，By countless silken ties of love and thought。沙班潜水时，还是想到了玛利亚，另外，丝绸帐篷也呼应了玛利亚的丝绸衣物。

67　brain，brain coral，脑珊瑚，褶叶珊瑚科（Mussidae），外形如同人脑。

68　fire，fire coral，火焰珊瑚，但它不是珊瑚，是水螅纲（Hydrozoa），多孔螅目（Milleporina）。

69　sea fans，柳珊瑚，软珊瑚目（Alcyonacea）珊瑚，它有个希腊式的名字 Gorgonian（戈耳工珊瑚，蛇发珊瑚）。

70　dead-men's-fingers，拉丁名为，Alcyonium digitatum，软珊瑚目，外形像死人的手掌。

71　其实是沙班把珊瑚看成了死人，当然，他也看到了一些尸体，但未必"淤积"。"死人"暗示了加勒比过去的历史：病死和多余的奴隶在中途上被抛下海，有的奴隶被扔下是因为船主要骗取保险金。在《安的列斯：史诗回忆之断章中》，沃尔科特提到过"中途"中的溺死者。这几行精妙的珊瑚和死人的描写，明显指向并且颠覆了《暴风雨》第一幕，第二场，爱丽儿之歌的第二段：Full fathom five thy father lies;/ Of his bones are coral made;/ Those are pearls that were his eyes;/ Nothing of him that doth fade,/ But doth suffer a sea-change/ Into something rich and strange./ Sea-nymphs hourly ring his knell:/ Ding-dong。爱丽儿这歌是唱给那不勒斯王子腓迪南，他以为自己父亲一行都溺水而死，实际没有，他们都在普洛斯珀洛的岛上幸存。而沃尔科特这里反其意，表明了《暴风雨》的白人航海者都是幸存的，死的都是没有名的奴隶；海外之岛对于前者是天堂，对于后者是地狱。

关于溺死的奴隶，Chiara 在分析沃尔科特这几行诗之前，举了 M.Warner 对透纳的《奴隶船》（1840）的分析。该画原名为，"Slavers Throwing Overboard the Dead and Dying-Typhoon Coming on"，创作完成时，英国本土已经废除奴隶制，但海外尚未如此，透纳志在用这幅作品表达废奴的主张。该画首先赠了罗斯金。画中前景是扔下的奴隶，背景是英帝国的大船。不过，奴隶的身形并不清晰，透纳按其一贯的风格突出了自然风景和崇高感。罗斯金评价它时，几乎不提奴隶制一事，只讨论大海，艺术之美和愉悦。Warner 认为，这表明了西方人注定会遗忘这段奴隶历史。为了反对透纳的艺术表现方式，圭亚那诗人大卫·戴比登创作了一首诗，让溺死的奴隶讲述自己的经历，有几行与本诗有些关联，To these depths.../...where the sea, with an undertaker's/ Touch, soothes and erases pain from the faces/ Of drowned sailors, unpastes flesh from bone/ With all its scars, boils, stubble, marks/ Of debauchery...。见"Derek Walcott: A Ship wrecked Mind"，第 264—265 页。透纳那幅画是有争议的，受到了后殖民理论家的批评和分析，虽然他用这幅画来反对奴隶制，但很多学者认为这幅画并没有真正反映奴隶的历史，相反还将之淡化，作为传奇来玩味。对比而言，沃尔科特和戴比登的艺术表现更忠于实际的历史。我相信沃尔科特知道透纳的那幅名作，这里也有所暗示，就像回应《暴风雨》一样。

72　呼应《暴风雨》中的珍珠。

73　from Senegal to San Salvador，San Salvador，哥伦布第一个到达的西印度的圣萨尔瓦多岛，在巴哈马，拿骚以东。注意不要当作萨尔瓦多国的首府，该国临近太平洋，与大西洋无关。这个名字意为，神圣的救世主，指基督。Salvador 与 salvage 词源相同。作者有暗示。沙班身上沃尔科特的那一面就是一位基督，在打捞/拯救历史。塞内加尔在西非，奴隶贸易时期，重要的奴隶来源地。

74　反讽，尸体大多是黑奴的骨头，死后终于洗去了黑色。

75　salt seeking salt，前一个 salt 指眼泪和自己，《马太福音》5:13，人是世界之盐。后一个 salt 指海。自己就是盐，却要搜寻盐海。

76　flesh of my flesh，《创世记》2:23，亚当形容夏娃说，And Adam said, This is now bone of my bones, and flesh of my flesh。这里，沙班是形容儿女。

77　St.Vincent，即圣文森特和格林纳丁斯国的主岛，位于向风群岛南部。该岛的名字由哥伦布命名，因登岛日为圣文森特节。圣文森特和格林纳丁斯 1979 年宣告独立，但仍为英联邦成员国，奉英王为元首。其首都为 Kingstown，音译金斯敦，与牙买加首都译名相同。

78　船用阴性代词。这艘船应该是在岸边搁浅了。沙班他们从事的是潜水打捞（salvage diving），这个行业的从业者也懂得一般的船舶救助（marine salvage），让搁浅或其他事故的船重新浮起。搁浅的船也预示着沙班想要远航，但目前还有心无力。Baugh 暗示，驳船是下面提到的英国佬的，他从圣文森特来。与上面的莫诺斯和拿骚以及下面出现的各个地名一样，这都表明了沙班知道而且也去过那里。地理描写，有助于读者了解沙班的个人生活与经验，以及加勒比历史。见 Baugh 的 *Derek Walcott*，第 111 页。

79　bends，是 Decompression sickness 的俗语表达，潜水员过于快速地离开高压环境后，身体中的氮气排不出去，形成气泡积聚于组织和血液，造成各种病症。bends 描述的是潜水员的关节疼痛。

80　boobies，鲣鸟，鲣鸟目（Suliformes，传统归于鹈形目），鲣鸟科（Sulidae），加拉帕戈斯有著名的蓝脚鲣鸟。在人看来，这种鸟很笨，不避人，会飞到船上，经常被水手所食。所以 booby 这个词也表示傻瓜。这个词来自于西班牙语 bobo，傻的，愚蠢的。

81　a harpooned grouper bleeding，grouper，鲈形目，鮨科，石斑鱼亚科（Epinephelinae），这个词看着跟 group 有关，但并无联系，来自美洲当地语言和葡萄牙语。这个词与 God 押头韵。石斑鱼体型很大，身体肥厚，有的长达一米。基督教中，鱼曾是基督徒的符号，因为希腊文鱼一词，是"耶稣基督、神的儿子、救世主"几个词首字母的合写。

82　the morning star，见《星》。这里主要指《启示录》2:28，And I will give him the morning star。Tynan 指出，在海洋语境中，也许指北极星，即"海星"（maris stella）。见 *Postcolonial Odysseys*，第 26 页。Tynan 的理解能给人以启发。首先，Maris Stella 也是古代人为圣母玛利亚起的封号，因为古人误解了"玛利亚"的词源。其次，玛利亚在本诗中就是艺术的引导之光，也就如同北极星。所以，放弃肉欲的世俗的玛利亚，作者就能在航行/诗歌中被另一个玛利亚引导。

83　mad house，双关，也表示疯人院。

84　spiky，来自 spike，长钉子，指女人下体毛发尖锐。暗示性伤害了自己。

85　sea eggs，西印度海胆，三列海胆属，腹三列海胆（Tripneustes ventricosus），球状，如同一团刺球。用 egg，表明它好像能孵出东西，但其实不能，表明与女人的不道德关系最终都会无果，只有妻子能生出孩子。这里的海卵仍然是实景，沙班潜水时看到了，自然联想到了女人的下体。沉迷于对女人的欲望和女人的情爱，就如同身陷大海。后面说"我潜不下去了"，指自己不能再潜水了，也指不能再沉迷于性爱了。

86　The chaplain came round，chaplain，军营、监狱、医院、航海中随行的牧师或神父，有的由平信徒担任，他们可以提供精神和心理帮助，前面提到了"布道"。特立尼达和多巴哥以天主教为主，其次是印度教，还有一些民众信奉圣公会和伊斯兰教。所以这里，应译为神父，而不是新教的牧师。还有一个重要的原因就是，沙班对这个神父并不信任，这反映了新教徒沃尔科特对天主教的抵触。come round，上前，来访，但这个词组也表示意识恢复。沙班上岸后有短暂的昏迷，此时复苏。

87　pillow，《马可福音》4:38，And he was in the hinder part of the ship, asleep on a pillow: and they awake him, and say unto him, Master, carest thou not that we perish?。耶稣一行坐船遇上风暴，但众人惊慌，耶稣安稳躺着，后来他显出神力，使风平浪静。枕头是信仰上帝的信心的象征。沙班这里，还暗示了同床共枕的人。下面的"港湾"比喻家，女人的怀抱，都可以。《仲夏，多巴哥》中用港湾比喻自己的怀抱；《另一生》4.21.4，用 bay 比喻玛格丽特的怀抱。

88　与 pillow 押韵。《圣经》中窗意象常见，常说"天上的窗户"，如《创世记》7:11。

89　标题的时态均为标准英语的一般现在时。

90　nation，这里更应该译为国族，单纯译为国家，或民族，含义都不确。这个国族指目前已经存在的独立国家及其族群，比如特立尼达和多巴哥、圣卢西亚、牙买加等。它们其实没有自己的民族，如这三国，它们在种族构成和传统上，都是虚无和多元的，以外来人为主。其次，有些黑人或混血黑人领导者及其煽动的群众试图认同和返回非洲传统，建立自己的民族国家，在沃尔科特看来，这没有意义，他们完全为了对抗欧洲白人。有些领导者则继续依附于欧洲。第三，很多独立的国家陷入了腐败和内乱，虽然有了实体的国，但毫无积极和统一的精神和理想，领导人和很多民众都是如此。就这三点而言，沙班/沃尔科特是无国族的，疏离的，他代表了志在改造国家的公民群体，他们的理想之国与目前存在的共同体产生了隔阂。

关于"想象",指沙班(诗人的一面)想象着一个国族。在访谈中,沃尔科特指出,在沙班想象的"国族"中,"诗人的气质和精神会进入政治的精神"。这个国族"以想象的方式在更高意义的想象中"活动。"按照这个想象创造艺术品的方式,对一个国族的理想也应该是一件艺术品。"这样的国族更有创造性,它不是老套的重复。"艺术家被国族抛弃,所以要求助于想象的国族,这是他自己的国族,自己的想象。所以,通过这种背叛,他成为了艺术家。"被柏拉图赶出城邦的艺术家,被沃尔科特提升为让城邦杀死的哲学家(苏格拉底),他们都是为了某种理想或理念努力。所以,沃尔科特不仅是诗人,还是哲学家,艺术家和想象性的政治家,他的诗歌不是为了让人们无理性,沉溺于情感,而是理性地思考国家和民族的出路。他的想象是个人的,但他认真处理的问题是公共的。见 J. P. White 对他的访谈,*Conversations with Derek Walcott*,第 160 页。

Breslin 也引用了这个访谈。他指出,沙班对于国族的想象是基于个体公民的,它不同于安德森论述的由公共机构巩固的"想象的共同体",后一个共同体已经在现实中实现,但不是沙班理想的。沃尔科特践行了雪莱对诗人的规定(以及爱默生,诗人脱离世界,以艺术来想象社会政治):诗人是"不被承认的立法者",尽管无用,但会为国族提供理想。沃氏遵循的仍然是古代对诗人的要求:以回避的方式参与公共和政治领域,用个人的想象来反对"历史"。见 *Nobody's Nation*,第 199—200 页。

91 指白人,这句用一般现在时,表明这是一般的惯例,但也可能是克里奥尔语的表达。下一句则改回基本时态过去时。

92 指黑人,掌权的黑人,未必就是纯黑人,而且本身已经接受了西式的教育。有些黑人致力于重返非洲,有些则坚决排斥白人,但他们基本上都无视加勒比文化多元的特征。他们对待沙班的态度,也适用于当地的中国人,印度人,叙利亚人等等。S.E.Oakley 指出,这里的

"历史"首先是欧洲人的指向宿命的目的论,接着,又被重写为竞赛(第一拨人和下一拨人),成为了寓言。白人的道歉并不是后悔和遗憾,而是承认这一切是历史的命令决定的。这个道歉让历史从竞争荣誉和胜利的事件记录,降格为了决定论的必然性。见 *Common Places: The Poetics of African Atlantic Postromantics*,第75—76页。

93 unknown rocks,unknown 指这些群众都是没有个性的群体,是常人,见《俗众》。"岩石"见《希尔顿党派之夜》。

94 power,指特立尼达和多巴哥的黑人权力革命主张的权力。"岩石"指民众。下面描述的是特立尼达游行的场景。1970年爆发的黑权革命就始于狂欢游行,而且革命中的很多行为都像狂欢的闹剧。黑人主张的权力都建立在乌合之众上,没有系统规划和纲领。特立尼达和多巴哥以非裔黑人和印裔人为主,作者这里不涉及后者。

95 加勒比的游行中,有军事游行和阅兵,其中有退役和现役军人,士官生,消防队员,还有童子军,红十字队。见 *Bonds of Empire: West Indians and Britishness from Victoria to Decolonization*,第57,60页。

96 首字母大写,将"历史"人格化。这一行到末尾的诗句,沃尔科特从第二版开始补入,并不断修改。鉴于这几行非常经典,而且沃尔科特的文字修改之中也有值得参考信息,故列出本版,以及第二和第三版的原文,供读者参考,后两者引自 *Nobody's Nation*,第191页。

本版:I met History once, but he ain't recognize me,/ a parchment Creole, with warts/ like an old sea bottle, crawling like a crab/ through the holes of shadow cast by the net/ of a grille balcony; cream linen, cream hat./ I confront him and shout, "Sir, is Shabine!/ They say I'se your grandson. You remember Grandma,/ your black cook, at all?" The bitch hawk and spat./ A spit like that worth any number of words./ But that's all them bastards have left us: words。结尾两句,沙班从标准英语,转入英语克里奥尔语,表明了他要脱离历史(标准英语)。

第二版,《圣徒颂歌》:I saw History once, but he didn't recognize

me;/ an old man with a parchment skin as mottled with warts/ as a barnacled sea-bottle, he crawled crab-wise through the shade/ of the Creole Quarter, from Castries to Christiansted,/ through holes in the net that was cast by the thread/ of ironwork balconies, in cream linen and Leghorn hat,/ with blue, rheumy eyes and a neck pink as a buzzard's,/ and, making history, I shouted with affection:/ "Ay, sir! Is me, Shabine, your unhistorical/ grandson; you remember Grandma, your black cook at all?" / The deaf bitch spat. It's worth a thousand words./ That's all those bastards left us anyway. Words。

第三版,《特立尼达和多巴哥评论》: I met History once, but he ain't recognize me,/ a parchment Creole, more mottle with warts,/ than an old sea-bottle, crawling like a crab/ through a net of sunlight cast by the shade/ of a grillwork balcony, cream linen, cream hat,/ I confront him and shout. 'Sir, is Shabine!/ They say I'se your grandson, you remember Grandma/ your young cook, at all?' The bitch hawk and spat./ A spit like that worth any number of words./ But that's all they left us, anyway, words。

Fumagalli 引了沃尔科特《历史的缪斯》一文中的观点解释这里的诗意。历史没有认出沙班,同样,沙班也不再认为历史是"创造性的或应该谴责的力量"。沙班对历史的描述,既不是"反控式的文学"和"奴隶后人所写的复仇性的文字",也不是"绝望"的文学和"奴隶主后人所写的忏悔性的文字"。因为沙班并不认为自己是"捆绑在过去上的造物"。相反,他视自己为"原始的存在者,由'现在'所占据,他否认将历史视为时间这样的观念,因为它原本就是神话性的概念"。见 *The Flight of the Vernacular*,第 112—113 页。

97 sea bottle,第二版还有 barnacled 一词,但后来去掉,也许作者还想暗示一种加勒比的海藻(Valonia ventricosa),它的俗名叫海瓶,形状如球形玻璃。

98 阳台（balcony），栅栏，奶油色（米色）衣服，都是白人殖民者，尤其是种植园主的象征。

99 I'se，I is，即 I am。这里是有意让沙班像小孩子一样说话。黑人厨娘就是沃尔科特的奶奶。

100 The bitch hawk and spat，bitch 指历史，这是沙班/沃尔科特对西方历史的嘲讽。历史本身的确不会说话，所以只会轻蔑地吐唾沫，这个行为胜过一切语言，表明了加勒比人受到的轻视难以言表。hawk，吐痰，这个词是拟声词，与"鹰"那个含义的词源不同，但"鹰"（鹰喙）这个意象却在暗示之中，形容历史的傲慢和暴力。

101 words，见《克鲁索的日记》，影射圣言和西方话语。作者在本节把许多单词都首字母大写，却唯独没有这样处理该词，虽然第二版时为 Words。"历史"朝沙班吐了唾沫，仿佛在说"你也配有历史"。历史恰恰是西方人用来掩饰自己殖民行为的遮羞布，而言说历史的"言词"如同他们带来的基督教的圣言，都如同私生子一样留给了沙班这样的私生子。一些被殖民者的后代，学习用历史来安慰和欺骗自己，就如沃氏所言的"受虐狂"一样，他们会说：殖民过程是一个促进经济发展，带来先进文化的必然的历史过程，殖民地的落后源于它被殖民得还不够云云。这都是沃氏坚决反对的。

102 上面讲完白人及其历史，下面开始谴责黑人的革命。对于特立尼达和多巴哥来说，革命即 1968 年开始酝酿，1970 年爆发的"黑权革命"（Black Power Revolution），也称"二月革命"，它受美国"黑人权力运动"的影响。这场运动由"民族联合行动委员会"（National Joint Action Committee，NJAC）领导，推崇美国特立尼达裔的黑人权力运动领袖卡迈克尔（Stokely Carmichael）。详细内容见 T.Stewart, *The Black Power Revolution of 1970: A Retrospective*（University of the West Indies，1995）。

103 I had seen that moment Aleksandr Blok/ crystallize in *The Twelve*，这一句涉及了勃洛克及其长诗《十二个》（"Двенадцать"，1918）。

这首诗回应了十月革命,描写了十二名布尔什维克士兵巡视圣彼得堡的经历,他们如同十二使徒在寻找耶稣。与之相应,全诗也分为十二章。moment,指《十二个》中描写的悖论性的十月革命:反宗教的革命,又返回了反革命的宗教。这也是黑权革命的矛盾性。

crystallize,使之结晶,使之具体化,透彻和清晰。crystal (crystalline)是沃尔科特非常爱用的词,如《另一生》2.9.2(本诗集未收),in every surface I sought/ the paradoxical flash of an instant/ in which every facet was caught/ in a crystal of ambiguities。下划线那个短语,正是沃尔科特诗歌本质的象征。他也用水晶比喻地球或世界。——BN,第204指出,沃氏把"悖论性的事态"作为了"永恒的存在条件"。水晶代表了简单性和明确性,其中蕴含了复杂和含混。——另外,用这个词还因为《十二个》的叙事时间是冬天,里面写到了雪花和冰这些与水晶有相似性的意象。更重要的是,水晶也与"顿现"理论有关,不仅仅指感性呈现,而是指本质性的呈现。这样来看,此处的crystallize表明,第一,勃洛克"清晰地"展现了十月革命的"本质",他没有流于表面或片面的描写:或与群众一同陷入狂热,或与反对势力一道抨击革命。第二,这个革命本质恰恰"被明确为"沃尔科特所说的"含混性"或"悖论性",在这个意义上,革命就是一块"朦胧的水晶":有进步,也有破坏,有个人的反思,也有群体性的狂乱和无序,有私人的情义,也有集体的道德;很难用善恶和好坏来解释革命,尽管革命的鼓吹者总会标榜自己的崇高伟大,尽管革命朝向了美好和先进的世界,但其中必定蕴含了丑恶,暴力,负面,斗争。《十二个》一上来就写到了赤卫军胡乱开枪,出言粗鲁,狂热盲目地打倒一切资产阶级,要让世界陷入大火之中。他们充满了原始的欲望,当主人公彼得鲁哈看到自己曾经爱过的卡琪卡与敌人(万尼卡)在一起,就将卡琪卡也视为敌人,开枪将她打死(联系《启示录》对淫妇的处罚)。革命像洪流,无理性地席卷一切反对者。但在暴力和狂乱之余,在受制于群体性道德之中,彼得鲁哈又有个人的理性和反思,他后悔自己的行为,怀念个人的情感。

全诗最后,勃洛克让基督引导十二名士兵/使徒(布尔什维克的象征)前行。其中的悖论性在于:第一,这个"新基督"超越了东正教教权和旧秩序,象征了如同末日审判的革命所带来的新世界,但吊诡的是,十月革命的目标是祛魅和消除神权,但重又回到了宗教崇拜中,尽管革命者主张无神论。这涉及了重要的政治神学的问题。第二,就勃洛克的理想而言,如果接受"新基督/无基督"的引导,就会迎来一个红色和白色交织、各自具有矛盾、彼此冲突又和谐的世界:一方面,雪花,冰,白玫瑰,象征纯洁、和平、安宁的天国,但白色又代表反动势力,白军,新政权中,反对派仍然有存留的权利,或者接受改造;另一方面,火,血,都象征基督之火,基督之血,表明了红军的暴力,但红色又象征进步和激情。勃洛克希望红色和白色可以统一和解,但现实中,他对革命感到了幻灭。

与之相似,沃氏将游行队伍中的年轻人比作十二名赤卫军,他们陷入了冲动、迷惘和无政府的状态,受到了警察的镇压,白白牺牲。尽管与十月革命不同,黑权革命完全失败,但其革命的本质依然是含混的和悖论的:尽管理想美好,但仍然存在着负面和缺点;他们主张革命,但又是圣徒,明确崇拜基督,信奉拉斯塔法利这样的宗教。在沃氏看来,与接受白人殖民统治一样,黑人的革命也非祛魅的良药,最终的出路必须是各色人种团结一致,消除矛盾,建立西印度联邦:勃洛克那里是红色与白色和解,这里则是白色与黑色。

104 山指特立尼达的北岭(Northern Range),革命分子占据了这里,当作堡垒。见 *Abandoning Dead Metaphors*,第 236,293 页。

105 nimbus,上面的雨是实景,雨的雾气中,人的上方显出光晕。nimbus 与 halo 同义,即基督教的光环,游行群众就像圣徒一样,这联系了《十二个》的十二使徒。这几行也许暗示了有些青年被打死。

106 turn over the Senate,Senate,特立尼达和多巴哥政体为共和制,总统为元首,下设参众两院,但是其体制沿用了英制,只不过废除了君主立宪,所以它的参议院等同于英国的上议院(House of Lords)。turn over,双关,也指推翻、颠覆,也许还指街上暴动推倒警车之类的行为。

107 sweat in carmine,carmine,颜色分类上通称胭脂红,指法官红袍的颜色,特立尼达和多巴哥是英联邦国家,遵循了英国法官的服饰,英国高等法院(High Court)法官的衣服即为红色。这里影射被杀死的游行民众的血。sweat,指法官忙着满头大汗,为处理游行焦头烂额。

108 Frederick Street,特立尼达西班牙港的南北向的大街,北至女王公园,这条街是商业街,较为繁华。

109 闲人们(idlers)不同于上面的青年(基本为学生),指无业者,失业者,不务工者,或罢工者。他们为了找工作或提高待遇上街,所以下面提到了"预算"。他们没有青年们的理想,只是为了糊口,因此虽然游行,但站着不走,不参与直接的斗争。

110 the Budget turns a new leaf,turn a new leaf,即改过自新,改弦更张。暴动和抗议让国家不得不投入经费维持稳定,提高福利。

111 pit,双关,也表示陷阱。

112 eating choc-/ olate cone,用分字符,让choc-与上面两处Blok(勃洛克)押韵,以反讽的方式,表明黑权革命(对应十月革命)在娱乐面前,失去了崇高性。这里的"勃洛克"比喻革命者和游行者,也许还是诗人自喻,他们在常规的娱乐时间去了电影院。

113 a spaghetti West-/ ern,用分字符,让West-与上面的"无与伦比"(best)押韵,西方就是最好。意大利面西部片是一种类型片,一般由意大利人导演或监制,也会与西班牙和德国方面合作。这种西部片情节设定在美国西部或墨西哥,但却是在西班牙或意大利拍摄的。这种类型片,尤其是下面注释提到的莱翁内的作品,以暴力美学为特色,没有正面的英雄,反乌托邦风格。用这种电影,沃尔科特想表明,第一,当时的革命暴动如同这种电影,没有善恶之分,完全是原始欲望的宣泄。第二，如果不革命，就要接受社会提供的欧美的消费文化和流行文化，现代娱乐产业缓解了群体的冲动，这倒节省了政府的预算。在这样一个时代，革命已经没有神圣性和意义。

114 Clint Eastwood and featuring Lee Van Cleef，这两位是美国著名影星，两人携手演过意大利导演塞尔乔·莱翁内（Sergio Leone，1929—1989）的"镖客三部曲"的后两部《黄昏双镖客》(*Per qualche dollaro in più*，1965）和《黄金三镖客》(*Il buono, il brutto, il cattivo*，1966），这里指的应为这两部中的一部，最后一部最为出色。第一部是更著名的《荒野大镖客》(*Per un pugno di dollari*，1964），翻拍自黑泽明的《大镖客》(《用心棒》，1961），克里夫没有出演，这部电影捧红了伊斯特伍德。

115 Blanchisseuse，特立尼达岛北部沿海村庄，位于图纳普纳-皮亚科（Tunapuna-Piarco）大区。沙班即将远离特立尼达，这是他最后一次观望这座岛，他看见的是理想中的岛，如同天堂一般，处于和谐的状态。这个词是法语，意为洗衣女，Breslin认为，暗示了文化的腐败被冲洗干净。见 *Nobody's Nation*，第203页。

116 gun，似乎理解为枪和炮都可以，但我倾向是炮，沃尔科特描写过几次gunfire。海鸥如果比作子弹，肉眼难以看见。按照沃氏的以实景比喻实景的手法，当时一定有炮声和炮的烟雾。炮很可能是降旗炮(evening gun)。这里说"再次"，表明了"重复"，本节有很多单词和读音的重复。比如这里的again，与gun有读音上的近似和重复。重复代表了永恒和超然。

117 was white，押头韵，也是重复的例子，本节主要时态是标准英语的现在时，表明一种永恒的状态，而这里是过去时，指黄昏前还是白色的海浪。如果围绕"白色"来看，Blanchisseuse，来自动词blanchir，即，洗，本义为漂白，洗白，这个动词来自blanc和blanche。象征白色文化的布朗西瑟斯和海浪，在黄昏时都变成了琥珀色，而这种颜色又介于白色和黑色之间，所以沙班理想的天堂摆脱了黑白的冲突，但他已经离去，所以天堂只在心中。琥珀的意象，也见《另一生》1.1.1，特立尼达被封存在了琥珀中，封存在了诗人沙班的内心。

118　light house and star start making friends，表明了人与自然的和谐。star 与 start 押头韵，是重复的例子。

119　指渔夫的手，也指渐渐降临的夜幕，这两个都是可见的实景。

120　dark hands start pulling in the seine/ of the dark sea, deep, deep inland，seine，一种大的围网，放置在浅滩或海滩，用来收网捕鱼。inland，将海比作内陆，而下面还会把加勒比海称作内海或内陆之海（inland sea）。作者试图将海与陆地和谐为一，也就是将文化与自然融合为一。

121　The Middle Passage，蓄奴贸易时期，欧洲人会带着货物去往非洲，在非洲换取奴隶，再贩卖到加勒比和美洲地区，换取物品，返回欧洲，这条航线呈三角状，加勒比和美洲地区处于欧洲和非洲"中间"，所以从非洲到加勒比和美洲的航线叫"中途"或中途航道。布拉斯维特有部诗集名为《中途》。奈保尔也有部著名的游记《中途》（1962），描写了他自欧洲出发，在特立尼达、英属圭亚那、苏里南、马提尼克、安提瓜、牙买加的游历。奈保尔深刻描绘了"中途"地区阴暗丑陋的负面现象。沃尔科特在这里以及其他地方对中途的描述——在一定程度上针对奈保尔——却揭示了这种落后的历史原因。沙班"逃离"特立尼达之后，立刻遭遇了他必须"逃离"和超越的历史。

122　呼应上一节的"黄昏"，黎明也是黄色为主的时间，区别于白昼。

123　li'l coffee，li'l 即 little，这是土语或口语的念法。

124　coil，克里奥尔语，标准英语是 coiled。这几行用了很多克里奥尔语或标准英语的口语表达，比如"因为"，写为 'cause；还有开头的"朋友"；一般现在时第三人称单数不做变化。

125　沙班看到了幻象，他先看到了当年白人的军舰，下面看见了奴隶船。前者是奴隶制和种植园的捍卫者,这让"半黑人"沙班感到恐惧,但由于他们是主流的白人文化,所以让"半白人"沙班感到"美"——美的话语权在强势文化的手中。需要注意的是,幻象是沙班个人的,但他通过使用"我们"来表明,这是"飞翔号"船员都能看见的景象,因此这个幻象就是普遍的历史的过去。看见幻象这个情节,呼应了《古舟子咏》。

126　admirals, admiral,军衔中指海军上将,但下面的纳尔逊和德·格拉斯都是中将(Vice admiral 或 Lieutenant Général des Armées Navales),所以作者是在泛指的意义上使用。

127　Rodney,即,乔治·布里奇斯·罗德尼(George Brydges Rodney,1718—1792),第一代罗德尼男爵,英国著名海军将领。他最著名的事迹是,1762年,攻占过法国占领的圣卢西亚、马提尼克等地。1782年,在著名的圣徒群岛(Îles des Saintes,多米尼克北部的小群岛,靠近瓜德鲁普)战役中大破法国海军,避免了牙买加被法军入侵。

128　Nelson,即,霍雷肖·纳尔逊(Horatio Nelson,1758—1805),英国著名海军将领,著名的事迹就是1805年在特拉法加海战中大败法军,但他在战役中阵亡。

129　de Grasse,即,弗朗索瓦-约瑟·保罗(François-Joseph Paul,1723—1788),名字来自其爵位,格拉斯·蒂利侯爵(marquis de Grasse Tilly)和格拉斯伯爵(comte de Grasse)。他参加过马提尼克战役,圣卢西亚战役;在美国独立战争的切萨皮克湾海战中,成功牵制了增援英国海军,协助华盛顿攻克约克镇,这场海战是美国独立的关键战役之一,因此,德·格拉斯受到了美国人的纪念。在上面提到的圣徒群岛战役中,他败于罗德尼。

130　指白人水手,他们的地位就像"沙班"群体。

131　cranked water wheel,作者指的是明轮船的大水轮,后来被螺旋桨取代。水轮上装有曲柄连杆。《星苹果王国》中也有这个意象,那里是水车轮。水轮,环形世界,还有下面的地平线的灶圈,表明了历史的循环和重复。本节也有很多用词的重复。

132 a wooden bucket/ dredged from the deep，bucket，是铲斗，勺斗，近似桶状，深海挖掘时常用。这个比喻暗示了沙班眼前的历史如同被挖掘出一样。

133 the sun/ heat the horizon's ring，ring，指煤气灶的灶圈。作者将环绕的地平线（因为是在海上，四周都是地平线）比作灶圈，黎明时，煤气炉点燃，太阳也照亮了地平线。这个巧妙的比喻也见《奥马罗斯》2.2，那里也有煮咖啡的意象，下划线一句与本诗这里有直接联系，Seven Seas rose in the half-dark to make coffee./ <u>Sunrise was heating the ring of the horizon</u>/ and clouds were rising like loaves./ By the heat of the// glowing iron rose he slid the saucepan's base on-/ to the ring and anchored it there。这两处中，ri 这个音节，频繁出现，如，rise，ring，horizon，《奥马罗斯》2.2 中还有 rising，以及两处 rose，来自不同的词，但彼此呼应。头韵也多次使用，这是受《农夫皮尔斯》影响，如，heat，horizon，《奥马罗斯》2.2 中还有丰富的运用。扬抑抑格的使用也非常明显。关于这两处比喻和韵律上的特点和联系，见 L.Henriksen 的 *Ambition and Anxiety: Ezra Pound's Cantos and Derek Walcott's Omeros as Twentieth-century Epics*（Rodopi, 2006），第 266 页。

134 因为本来就是雾，沙班最后确定他们还是雾。这种雾，是沙班在看到殖民者军舰时遇见的，所以它象征了西方的殖民史，这见《安的列斯：史诗回忆之断章》，"整个安的列斯，每座岛，都在努力记忆；每个心灵，每部种族志，却都最终沦入失忆和雾气之中"。雾比作对过去失忆的心灵和失忆的历史叙事。——在这篇文章中，他还把原始语言比作雾。——这个失忆首先指加勒比群体（白人、黑人、混血人、其他种族）对殖民历史事件及其本质的遗忘（或完全遗忘，或筛选式的遗忘），还指历史叙事或史学作品中对事件的"无道德化"，比如，将殖民扩张视为人类发展的必然环节。在《历史的缪斯》中，沃尔科特认为历史是"无道德的文学"，他说，"我们教授过去的方法，即，从动机向事件推演的方法，与我们阅读叙事小说（fiction，虚构作品）的方法如出一辙。迟早，每个事件成为了对记忆的运用，由此，受制于发明"。"事实越深入，历史就越石化为神话。这样，随着我们作为一个种族变得越来越老，我们渐渐意识到，历史是被书写的，它是一种无道德的文学，在它的精算中，种族的自我是不会分解的，一切都取决于我们是否通过对英雄或牺牲者的记忆来写下这部小说。"见Chiara的引用和阐述，其指出，历史（西方历史叙事）的叙述性，表明了它是一门"虚构的知识"，它积累事件，"将之按照因果链加以安排"，这就是权力"设定秩序，因果，排除，清除，歌功，谴责"时运作的方式。失忆的历史就是殖民主义历史观下的历史，即法农（F.Fanon）说的"颠倒的逻辑"。见"Derek Walcott: A Shipwrecked Mind"，第266—267页。

到此为止，L.Sampietro认为，这一段的描写联系了《埃克塞特诗集》（*Exeter Book*）中的古英语诗歌《漂泊者》（*The Wanderer*），其中有一段描写了北海，现代英语译文为（他用的是《牛津英语文学选》），While hailstorms darken, and driving snow./ Bitterer then is the bane of his wretchedness,/ The longing for loved one: his grief is renewed./ The shades of his kinsmen take shape in the silence;/ Old comrades remembered.But they melt into air/ With no word of greeting to gladden his heart。见"Beating a Four-stress Line: Derek Walcott's 'The Schooner *Flight*'"，*Imagination and the Creative Impulse in the New Literatures in English*（Rodopi, 1993），第74—75页。

Sampietro的看法是正确的，但是他用的译文以意译为主，有的地方与原文不太对应。我补上古英语版本和我的译文，供读者参考，见48—57, hreosan hrim ond snaw hagle gemenged.// Þonne beoð þy hefigran heortan benne,/ sare æfter swæsne. Sorg bið geniwad/ þonne maga gemynd mod geondhweorfeð;/ greteð gliwstafum, georne geondsceawað/ secga geseldan; swimmað oft on weg/ fleotendra ferð no þær fela bringeð/ cuðra cwidegiedda. Cearo bið geniwad/ þam þe sendan sceal swiþe geneahhe/ ofer waþema gebind werigne sefan ;"霜雪飘落，混着冰雹。// 此时，心的创伤加剧，/ 它悲伤，渴求所爱［的主］。悲痛复生 / 当心灵穿梭在（geondhweorfeð，穿过，可以引申为浏览，寻视，下面还出现一次）对战士的记忆（gemynd）中；他欢欣地问候他们，急切地寻视 / 战友；他们却总是游走，/ 漂流的灵魂（fleotendra ferð，水手的灵魂）不再能带回 / 熟知的歌（cwidegiedda，中性复数，歌，话语）。忧虑复生，/ 因为他必须不停地 / 让疲倦的心行进在这海浪之上"。我用的是 R.F.Leslie 的编订本，*The Wanderer*（Manchester University Press，1966）。这里，沙班对过去白人水手的回忆，对应了漂泊者对战友的回忆，因为沙班把白人水手也称作沙班。

《漂泊者》描述了一位盎格鲁撒克逊战士（诗中称 eardstapa，漂泊者）在对抗维京人失败后孤独流浪的经历，他通过信仰上帝，凭借"天父的慰藉"（frofre to Fæder on heofonum），获得了力量，参透了生死，超越了个人的悲伤。他成为了"智慧者"（snottor on mode），明白了地上之国充满了"艰辛"（earfoðlic），一切"无常"（læne），一切"沦为虚无"（idel weorþeð）。沃尔科特之所以选择指向这首诗，第一，该诗的漂泊主题与本诗相同，而且同样，该诗的漂泊是心灵的流浪，这也联系了《农夫皮尔斯》。第二，这首诗的漂泊主题，并不具有殖民性解读的可能性——区别于鲁滨逊，《暴风雨》，《奥德赛》——它出现在英语正统文学之前，是纯粹的信仰之旅。就这个意义上来说，沃氏既批判了殖民的历史，同时对白人的水手也怀有同情，他是站在整个人类的高度来观照历史，无论白人，还是黑人，无论殖民者，还是被殖民者，最终都要消亡，而人类对共有的信仰和价值观的坚持和所达成的共识是永恒不变的。

135 关于奴隶船，见前面提到的透纳的《奴隶船》。沃尔科特对奴隶船只写了四行，对于白人军舰描写甚详，这是有意表明，奴隶的历史比白人的殖民史还要被人遗忘，他们的身份荡然无存，看也看不见，就像在甲板之下，或沉入海底——被活活抛下海。

136 奴隶都挤在甲板下的船舱，对比上面提到的甲板上的海军名将和欧洲国家的国旗。

137 巴巴多斯在特立尼达北部，西边由南向北，为格林纳达、圣文森特与格林纳丁斯、圣卢西亚、马提尼克、多米尼克。

138 casuarinas，casuarina 指木麻黄科（Casuarinaceae）木麻黄属（Casuarina）的常绿木本植物，通常算作乔木，因此可以称为"树"，但有的品种也归为灌木；其原产于澳洲，太平洋地区，东南亚，印度，后引入加勒比，其主要的种，如 Casuarina equisetifolia，即，澳洲松树，但它不是松科植物，只是由于多节无叶的绿色细枝如同松树的针叶，因此被人不规范地称为松树。木麻黄种植在海边可以防风，其高度可达 20—30 米，木质坚硬，可用于建筑，家具，染料等。casuarina 来自马来语，与 casuarius（鹤鸵，食火鸡，cassowary）同源，因为鹤鸵的毛与木麻黄的针枝相近，这种鸟原产澳洲和新几内亚。另外，毛姆有部短篇小说集《木麻黄树》（*The Casuarina Tree*）描述了英国人在远东的殖民活动，沃尔科特应该知道。

139 指木麻黄，但作者故意使用隐晦的代词，指的是木麻黄的"事物本身"，下面提到了它的三种不同的叫法。这让人回想起《名字》和《圣卢西亚》中对自然事物的不同命名。既然本节标题用的"木麻黄"，因此作者认同的是这个名字。

140 needles，指木麻黄的细枝，但也见《海歌》，有可能还比喻为尖锐的桅杆。

141 cirrus，可以指植物的卷须，但气象学里指丝缕状的卷云。这里是讲丛生的木麻黄的主干，比作桅杆，枝条比作破碎的帆，然后又比作卷云。

142 cypresses，专指柏科（Cupressaceae）植物，这类植物有乔木，也有灌木，有的形态与木麻黄近似。柏树在西方文学艺术中是重要的意象，与前面提到的橡树一样。这个词来自古希腊神话中的一位男孩基帕里索斯的名字，Κυπάρισσος（Cyparissus），他与一匹牡鹿为伴，在牡鹿死亡之后，他悲痛欲绝，请求爱慕他的阿波罗将自己变为柏树，而且永远流下眼泪，由此，柏树会不断分泌树液。这个神话见奥维德《变形记》10.86—147，106 提到了柏树（cupressus），他将其放置在俄耳甫斯的故事中。后来，他的名字就代指柏树，也专指地中海柏树（Cupressus sempervirens），《奥德赛》5.64 就用它指柏树或常绿乔木。由于基帕里索斯的故事，因此柏树具有了哀悼和悼亡的意味，墓穴坟地都会种植它，它还会用来做棺木，如莎士比亚《第十二夜》第二幕，第四场提到的"柏棺"（Come away, come away, death,/ And in sad cypress let me be laid）。柏树也是珀耳塞福涅的象征，因为她被冥王哈得斯劫走，强为冥后，而象征死亡的柏树正是冥王的象征，如庞德《炼金术士》（1920）曾说，By the mirror of burnished copper,/ Queen of Cypress，这指珀耳塞福涅。沃尔科特肯定熟悉这一句，它也被艾略特用在《荒原》第二部分 77—94 中。音乐方面，人们也会想起德沃夏克的弦乐四重奏《柏树》。

下面，诗人沙班会说柏树"曾经"比木麻黄这个名字更有意义，因为柏树是西方文化的古典或经典意象，而且发音上也比"木麻黄"好听，后者也来自异族文化的语言。接受过殖民教育的诗人沙班或沃尔科特，更愿意用柏树入诗，就像前面提到的橡树。

143　Canadian cedars，如前述，cedar 可以指柏科、松科（Pinaceae）或楝科（Meliaceae）植物。这里指柏科崖柏属（Thuja）的植物，如北美香柏或金钟柏（Thuja occidentalis），原产于加拿大东部。这种香柏外形近似木麻黄，但并非一科。不过，按照语境，作者想让船长的叫法不同于柏和木麻黄，但又近似于后两者，因此是"松"，这样，作者就将一种事物的三个不同名称并列在一起。

144　柏树象征死亡，而木麻黄弯曲的身体如同哀悼亡夫的女人，在这方面，与柏树形似的木麻黄也自然地具有了柏树的象征意义。木麻黄比作女人，很可能本自珀耳塞福涅与柏树的关系。其实，木麻黄本身叫什么名字,都是人的活动的产物,都是平等的,只要具有自然的联系。

145 以前,在沙班或受过殖民教育的加勒比人心里,木麻黄就是柏树,也具有柏树的文化含义,但木麻黄仅仅是柏树的替代和仿象。

146 指木麻黄被当作柏树之后,也具有了表示哀悼的意味,会种在坟墓旁。坟墓显然是沃尔科特描绘过的海滨墓园。

147 下面几行描写的种种行为和爱,都是殖民教育的产物,此时,沙班意识到了这一点,他要放弃,要"逃离"。

148 接受殖民并不会让被殖民者成为殖民者,虽然前者将木麻黄视为柏树,但他们对两者的差别心知肚明,这就会带来痛苦,因为他们的文化和感情永远是次一等的。也见 D.A.Horne 的分析,他用了这一句作为了第二章的标题,同时也联系了美国印第安(切洛基人)、德、希腊裔小说家托马斯·金的《绿草,涌泉》(1993),金的作品就传达出了沃尔科特的历史之痛,揭示了殖民者强加的认知与命名。见 *Contemporary American Indian Writing: Unsettling Literature* (Peter Lang, 1999),第 25—26 页。

149 classic trees,既然柏树的文化含义历史悠久,源自古希腊和罗马时期,它也是经典的意象和标准的西方文化的符号,因此,与之相似的木麻黄也是经典的树,但它永远是柏树的戏仿(mimicry)。

150 mimicry,见《另一生》第一篇"分裂的孩子"标题注释,mimicry 不同于 mimesis(摹仿)。mimicry 是戏仿,摹仿不到本质,模仿者无法成为真正的原本,就像猩猩模仿人类。这恰恰是殖民教育的目的,表面上,似乎给予殖民地民众接近宗主国的机会,但彼此的距离是永远不变的,猩猩就是猩猩,人就是人。猩猩一方面误以为自己是人,从而为人服务,另一方面,又清楚地知道自己的非人身份,而处于心理被压制的痛苦的状态。"命名"与"模仿"针锋相对,前者是主动的,自发的,后者是被动的,依赖于原本。也见 D.Graziadei 的 "Inseln wie wir. Insularität im Blickpunkt zeitgenössischer

karibischer Migrationsliteratur", *Inseln und Archipele: Kulturelle Figuren des Insularen zwischen Isolation und Entgrenzung*（transcript Verlag, 2014），第260页。

沃氏对于欧洲诗歌传统的摹仿，他自觉地将之确定为mimicry，因为他并不想完全与欧洲传统一致，他的mimicry是重新命名，一方面抵抗欧洲文化，一方面让异质文化参与到其中，从而使之发展。这样，模仿就不再具有此处的消极意义，它成为了一种让文明和文化得以建立的积极的"重复"。它的目的就是让模仿者与原本产生差异，而不是为了与之相同。前面引用过多次的Terada的那部专著，就把mimicry作为了沃氏诗作的核心手法。不过，她将之视为一种后现代技巧，是有意针对欧洲传统进行的"戏仿"，虽然她看到了这一手法产生差异的作用，却忽视了其中的建设性和论辩性，即，模仿一方面消解原本并与之争论，另一方面要为模仿者争取独立的位置。见*Derek Walcott's Poetry*，第60页。就继承传统艺术这一问题而言，沃尔科特有篇文章为《加勒比人：文化，抑或模仿》，谈到了mimicry，见《俗众》。

151　Breslin指出，这一节，沙班对这种植物的命名分成了三个阶段：第一阶段，"嫩绿"时期/青年时期，认为它是木麻黄，与此同时，否定它是柏树，但这证明，他也承认木麻黄近似柏树。第二阶段，肯定它是柏树，它更有意义。第三个阶段，不再认为木麻黄是柏树，作者意识到了"柏树"这个词包含的"历史之痛"，它是殖民教育的产物。将木麻黄比作柏树，然后爱慕它，就是一种"次一等"的爱，它比对"真正的柏树"的爱更低微。由此，Breslin解释了本节标题The Sailor Sings Back to the Casuarinas，我译为"水手用歌声回应木麻黄"，这是取最表面的含义，即，船驶过木麻黄，它们弯身，仿佛。但它还有其他意义：第一，命名者沙班"回应"木麻黄的"自然形式"，他歌唱的是"返回""第一直觉"的道路。木麻黄就是木麻黄本身，不是另一种东西的"次级"形式。第二，sing back to即，回应

(answer back)或回击(riposte),回击的是过去的殖民活动所带来的语言上的强加。见 *Nobody's Nation*,第204—206页。

Johnson 认为从这句开始往上 14 行,都在主题和韵律上联系了爱德华·托马斯《老人蒿》中的诗句(在《致敬爱德华·托马斯》一诗中,沃尔科特曾暗示了这首诗),Old Man, or Lad's-love,—in the name there's nothing/ To one that knows not Lad's-love, or Old Man,/ The hoar-green feathery herb, almost a tree,/ Growing with rosemary and lavender./ Even to one that knows it well, the names/ Half decorate, half perplex, the thing it is:...。在这几句,托马斯讨论了名字与事物本质的问题:名本身仅仅是词,但当命名事物之后,它成为了事物"本质"(quiddity)和本身的一部分。这就体现了名字对事物的控制,命名本身有着意识形态的基础。她在注释中还引了安提瓜裔美国作家牙买加·琴凯德(Jamaica Kincaid, 1949—)的散文《在花园:恶之花》("In the Garden: Flowers of Evil")中的看法:"事物的命名对占有如此关键——在精神上扣锁,然后把钥匙无可挽回地扔掉——这是谋杀,涂灭;当人们觉得受(征服)所害时,他们最初的解放行动就是改变名字。"见 *Topographies of Caribbean Writing, Race, and the British Countryside* (Macmillan, 2019),第105-106页。

152 the stars self,克里奥尔语,self 在加勒比英语中可以用作普遍的后置强调词,强调前面的名词或代词的同一性。见 *Dictionary of Caribbean English Usage*,第497页。按照这种用法,这里强调的就是"卡斯特里的"星辰,而不是天文学意义上的世界共有的星辰。比较《名字》的"星辰定位"。这两行有克里奥尔语的痕迹,但下面直到本节结尾都是标准英语,第八节又转为了土语和口语。

153 "你",指《另一生》中的安娜,此时已经嫁人。这里转向了沙班身上"诗人沃尔科特"那个面相。安娜代表了一种完整,不分裂的状态,当然,也代表了沃尔科特的祖国圣卢西亚。"全世界",the whole world,不仅仅表明自己爱的范围,还强调了"不作区分",诗人沃尔科特爱的是一个完整无余的大全世界。虽然水手沙班这个面相肯定不认识安娜，但沙班也有一个关于完整世界的理想。

154　从这行开始，本节的主要时态为标准英语的一般现在时，不再是叙述过去的事件，而是表达永恒的感情。

155　诗人与安娜是分裂的，没有结合，各自都有自己的孩子，不同的生活，但诗人的爱，面向的是全世界，面向的是自己和安娜，还有所有人。个人的婚姻之爱与普遍之爱是不同的。

156　安娜比作海，她是自然的象征。

157　La Toc promontory，卡斯特里港口西部的海角，这里有拉·托克海滩，还有一条拉·托克路。英军曾在这里修建过炮台。

158　keep vigil，vigil 呼应 Vigie（维吉耶），后者法语，瞭望台或守望台。维吉耶海角在拉·托克海角对面。"守夜"呼应了"医院"，因为它是医院中常见的现象。当然，守夜也有宗教的含义，也可以指守灵。守夜和医院暗示了人的可朽，世界的无常。

159　表明了人的可朽性，人生就像航行，安定之处和停靠的港湾都是暂时的，永无定所。见 *Nobody's Nation*，第 207 页；也见《另一生》4.23.1"起锚"的注释。

160　Vincentian，指圣文森特。

161　gommier tree，gommier，法语，gomme 即树胶。该树为橄榄科植物，拉丁名为 Bursera simaruba，树干可以做独木舟。树皮为红色，暗示了这位厨子也是红黑鬼。也见《浪子》18.1；*Dictionary of Caribbean English Usage*，第 262 页。

162　wash-out blue eyes，厨子是蓝眼睛，与沙班不同，这是两位红黑人的差别。blue，双关，也指忧郁，没生气，沮丧。wash-out，即，wash out，洗刷，洗褪色，但也指使之疲惫，或失败，如 washout，指没用的家伙，失败者。

163　Breslin 认为这个厨子是沙班的"反自我"或面具，就像叶芝的渔夫。他认为写诗是没有男人气的行为。见 *Nobody's Nation*，第

207页。

164　hen，俚语也指女人，粗俗的称呼。因为那人是厨子，所以用切碎和母鸡作比喻。"切碎"，mince，与厨子的名字"文西"（Vincie，Vince）和"文森特"音近。本节中，沙班水手的特性显露出来，与上一节诗人沙班正好对照。这符合沃尔科特的诗学观，真正的诗人并不是沉浸在文学幻想中的阴柔的诗人，他也具有男性气概，因为沃氏追求的是完整的世界，他既是爱慕贝阿特丽采（对应安娜）的但丁，也是喜欢航海冒险的惠特曼。

165　厨子有意选这一句，表明沙班对家人的思念和歉疚，也表明沙班离不开女人，思念岸上的舒适生活。见 *Nobody's Nation*，第207页。

166　Vincie，下面也写作 Vince，是文森特的简称，可能是厨子的真实姓名，是就圣文森特来叫的。Breslin 指出，沙班与文西的友谊就像《吉尔伽美什》里吉尔伽美什与恩吉杜（Enkkidu），后两人的原型也出现在多部美国文学中，如马克·吐温《哈克贝利·费恩历险记》的哈克和吉姆；库珀的《皮裹腿传奇》系列（如《大草原》）中的纳蒂·班波（Natty Bumppo）和哈德·哈特（Hard Heart，硬心）；梅尔维尔《白鲸》中的以实玛利和魁魁格（Queequeg）。文西代表了没有文化的西印度水手，他相反于作为文人的诗人沙班；两个同种族的红黑人彼此跨越了文化素质上的隔阂。见 *Nobody's Nation*，第208页。

167　go fuck with，粗俗语，瞎摆弄，也表示看不起。fuck 暗示了文西等船员视沙班和他的诗为女人。

168　*The Book of Dreams*，书名，指玛利亚常用的一本解梦书。比较前面说的玛利亚的"无梦之脸"。本节中，沙班会做梦，需要用该书解释。Fumagalli 指出，玛利亚及其《梦书》，对应了《神曲·炼狱篇》19中的口吃女人（femma balba），在那里，但丁做了一系列的梦。见 *The Flight of the Vernacular*，第118页。

169　沙班掀开窗帘看飞机，同时回忆起了历史。

170　Dominica，多米尼克位于小安的列斯群岛，首府在罗索（Roseau），南邻马提尼克，北邻瓜德鲁普。多米尼克1978年独立，在本诗第一版发表的次年。注意不要与下面会提到的多米尼加或多米尼加共和国混淆，该国与海地共处西班牙岛。多米尼克的一个重要特点就是：目前，该岛是加勒比地区少数的、还有加勒比人（Carib，Kalinago）聚居的地方，他们居住于该岛东面的加勒比人保留区（Carib Territory），面积15平方公里，数量只有几千人。加勒比人是该岛第一拨住民，后来遭到了殖民者的屠杀。前面曾提到过的写作《藻海无边》的珍·瑞丝（Jean Rhys）就出生在多米尼克。多米尼克有丰富的加勒比、非洲民间音乐和克里奥尔语文化。沙班经过这里，追忆起了更遥远的加勒比人的历史。

171 "进步"（progress），包括社会发展，人类进化，政治"革命"，这都代表了历史前进的方向，但加勒比地区的民众在发展中未必能获得福利，要么，他们仅仅是为欧美提供资源和劳动力，尽管独立，但仍然与殖民地没有两样，要么，他们陷入了盲目的革命和激进；由此，沙班和文西开始质疑线性的历史。喷气机代表了历史的前进，几乎快要灭绝、已经被甩在后面的加勒比人代表了更遥远的过去，而混血儿沙班和文西处在中间，进退维谷。他们并没有什么先进的现代技术，除了驾船之外，而船将来也会被淘汰；他们只能走私，当海盗等等。这种质疑是非常自然的，来自民间，它与知识分子和学者在理论上的质疑既不同，又互补。

172 at the wheel，wheel可以联系前面的"水轮"和旋转的世界，这句双关，暗示了沙班在循环的历史中，历史并不仅仅是发展或线性的。也比较艾略特《荒原》第四部分"溺死"（"Death by Water"），Gentile or Jew/ O you who turn the wheel and look to windward,/ Consider Phlebas, who was once handsome and tall as you。该节也暗含了轮回和重生。下面还有与"溺死"一节有关的地方。

173 gaffing，联系前面的提到的、比喻成上帝的、插着鱼叉的石斑鱼。

174 dirty joke，荤段子，黄色笑话。

175 双关，暗示红黑人的命运快要接近加勒比人。

176 这里用"岛"的复数，除了指多米尼克，也指该岛北部不远的圣徒群岛，玛丽·加朗特岛，瓜德鲁普岛等视野可见的岛屿。

177 mangoes pickled in brine，brine 指盐水，也可以指海水。加勒比地区，芒果的一种吃法是腌制食用。腌芒果要用青色的生芒果，所以比喻绿岛，非常贴切。

178 伤口撒盐可以消毒，但又会加剧痛苦。

179 with the sky sparks frosty with fire，精妙的一句，利用了两次头韵和一次重复。星光比作火花，但火花是如霜一样苍白，仿佛冷却。这似乎暗示，沙班进入梦中，看见了梦里的星辰。火与霜的并用，见莎士比亚《维纳斯和阿多尼斯》，She red and hot, as coals of glowing fire,/ He red for shame, but frosty in desire。与之相应，下面还提到了另一个相似的对比："燃烧着的孩子"（暗示火）与"冰冷的"溪水（暗示冰），这可能指向了弗罗斯特的《火与冰》，见下。

180 I ran like a Carib through Dominica，"穿行"也是对多米尼克历史的回顾，这里的笔法类似前面引用过的《农夫皮尔斯》中的 maga gemynd mod geondhweorfeð，geondhweorfeð 即穿行，引申为浏览，回顾，查看。沙班开始进入梦中，既感觉到自我，也感觉到梦中的形象（加勒比人）。也联系《圭亚那》（本诗集未收），奎斯托（Cristo）在圭亚那森林中奔跑，最后陷入幻觉，遇到了从前躲避殖民者的加勒比人。

也比较《奥马罗斯》43.2，I walked like a Helen among the dead warriors。此处也是用一般过去时，配合 like。前者指穿行于死人之中，后者指穿行于记忆和历史中。见 *Ambition and Anxiety*，第266页。

181 指沙班梦见自己的孩子；这也反映了现实中的沃尔科特对自己婚姻危机的焦虑。但同时可以理解为，他梦见自己成为了加勒比人，听见自己的孩子在战争中惊恐尖叫。

182　见《白巫术》。西方文化中，很早就有学者（如希波克拉底、老普林尼）对于不同种类蘑菇的可食和不可食进行研究，而且由于有的蘑菇具有毒性，或形状怪异如类似男性生殖器，或可以致幻，或发光，蘑菇和真菌也被认为具有魔性，或是魔鬼的产物，魔鬼的卵或角。见 N.P.Money 的 *Mushrooms: A Natural and Cultural History* (Reaktion Books, 2017)，详见第一章"蘑菇的迷信"。B.Feinberg 研究了墨西哥的印第安人和外来者关于蘑菇（纳瓦特尔语称蘑菇为 nanacatl）致幻功能的论述。蘑菇可以让服用者见到魔鬼，产生幻觉，它还被用于当地马萨特克人（Mazatec）的仪式中。另外，最著名的研究蘑菇文化和历史的学者是 Gordon Wasson，他的家族本来讨厌蘑菇，但他的妻子是俄国人，喜食蘑菇，这引起了他的好奇，他深入研究蘑菇，还去马萨特克考察，最终写成了 *Mushrooms, Russia and History* (1957) 一书。通过这部力作，Wasson 建立了种族真菌学（ethnomycology），人类文化或种族可以分为两种，一种是"喜菌"（mycophilic）文化（如俄罗斯），一种是"厌菌"（mycophobic）文化。就俄罗斯而言，喜菌文化与萨满教有关。均见 *The Devil's Book of Culture: History, Mushrooms, and Caves in Southern Mexico* (University of Texas Press, 2010)，第 127—128 页以及整个第六章。

墨西哥的印第安文化与加勒比文化有相通之处，沃尔科特在这里也暗示了蘑菇和真菌的致幻功能："蘑菇的脑子"，一方面比喻蘑菇形状如同人脑，一方面暗示蘑菇对沙班脑子的致幻作用，这还是用两个并列的实物互相比喻；真菌是"魔鬼的阳伞"，表明魔鬼让沙班做了噩梦（沙班也应是在阳伞下睡觉）。沙班的梦就像一场利用蘑菇进行的召唤仪式，唤出了死者以及对他们的记忆；如果加勒比文化是"喜菌"的，那么，当地人需要服用蘑菇之类的东西（与之类似，借助诗歌、艺术的致幻），才能想起被遗忘的历史。

183　leaf mold，植物的枝叶在土壤后发酵后形成的营养土，可以用来种植花草。以前的黑人奴隶和西印度土著人，会将之作为食物的替代品。沙班属于底层人，也会用它作为食物。这里提到吃土，也主要是为了联系加勒比人。关于吃土，见《另一生》4.22.3 的注释。

184　progress，双关，联系"进步"。

185　balisier，法语，常指美人蕉属植物（Canna），但这里指火红赫蕉（Heliconia bihai），赫蕉科，赫蕉属植物，盛产于西印度地区，其花红色，直立，杯状。前面曾提到过埃里克·威廉斯，他领导的特立尼达和多巴哥的"人民民族运动党"（People's National Movement）就用这种植物的花作为标志。balisier 也可以指赫蕉属的其他植物，或代指为它传粉的棕胸铜色蜂鸟（Glaucis hirsutus）。见 *Dictionary of the English/Creole of Trinidad & Tobago*，第 43—44 页。这里的长矛和刀的意象，指加勒比人用的武器，因为红赫蕉花是本土的花，代表了当地民众。

186　表明脚步快速，没有声音，怕被敌人发现。也表明脚下踩着苔藓。

187　有些鸟，为了伪装，自然生成了迷彩，土著人学习鸟类，也会化妆迷彩，躲避敌人。这里突出了土著人自我保护时的理智和理性。这个比喻也见于哈里斯的《全副军装》。见 *Abandoning Dead Metaphors*，第 245 页。

188　fall，仅在这里，作者没有用标准英语的一般过去时，改为克里奥尔语。

189　之前提到了火和燃烧，还有霜，这里又提到冰，冰火的对比，及其先后次序，很可能指向了弗罗斯特的《火与冰》（"Fire and Ice"），火代表纯感官的欲望，冰代表理性的仇恨，这首简短的九行诗联系了但丁《神曲·地狱篇》的九层地狱。地狱中最底层为冰冻之所，所以弗氏认为冰对世界的毁灭性不亚于火。梦中的加勒比人，从火中逃出，火代表殖民者的欲望和战争；他最终沉入并死在冰冷的水中，一方面表明他是带着恨意死去，另一方面，沃尔科特用反讽的方式表明加勒比人"堕入"（诗中用了两次 fall）地狱最底层，这样的异教徒，虽然是受害者，但在殖民者的宗教体系中，不配入天堂。

Ismond 提示了威尔逊·哈里斯的小说《全副军装》(*The Whole Armour*)——题目出自《以弗所书》6:11，我按照和合本译法来译。这部小说的主题是寻根，即，将加勒比人确认为祖先。这些土著人代表了一种想象，这种想象"与原始和存在的必然性——立足于自然的力量和脆弱——建立了有机的联系"，相反于沃尔科特批判的西方的物质主义和帝国主义建构的历史时间。这部小说还描述了格林纳达跳崖的加勒比人，这可以联系此处跌入泉水的情节。见 *Abandoning Dead Metaphors*，第 244 页。另外，这个情节，也可以联系下面第十节"飞翔号"险些失事的情节；以及《另一生》中提到的跳崖的阿拉瓦克人，见 4.21.3 的注释。

Breslin 指出，这个死亡伴随着重生，联系后面提到的"海水浴"。也指向了艾略特《荒原》第四部分"溺死"，其中的腓尼基人菲勒巴斯（Phlebas）也是溺死，但暗示了重生和世界的轮回。见 *Nobody's Nation*，第 209 页。

190 "尖叫"，screaming，这个词本节开头已经出现一次，下面还有几处；上面的"溪水"，stream，都联系了 dream。鹦鹉，往往与预言有关，比如莎士比亚《错误的喜剧》第四幕，第四场，提到过，the prophecy, like the parrot。当然，最著名的例子——沃尔科特肯定知道——是约翰·斯盖尔顿（John Skelton，约 1463—1529）的长诗《说吧，鹦鹉》("Speke, Parrot")，鹦鹉被称为"天堂鸟"（a byrde of Paradyse），会多种语言，如同保罗，具有预言或先知的能力，见《哥林多前书》14:1—6。沙班梦中落水，预示了后面遭遇的船难，同时，他需要《梦书》解梦得到预言，鹦鹉就暗示了这两点。下面还会提到《圣经》（对应《梦书》）以及与之有关的意象，这些都联系了"先知"（prophet，预言者），沙班最终成为了先知一样的人物。

191 白人统治世界，有色人种被驱逐走，进步就是"白化"。需要注意的是，沃尔科特也批判过"黑化"，如黑权运动，黑豹党等，他们的革命也是"进步"的一种表现,所以沃氏并不是主张用"黑化"取代"白化",他寻求的是黑和白的共存。

192　首字母大写,这个进步不再是单纯的线性的前进,而是"无时的",永恒的,或者说,线性的前进恰恰是永恒的一种表现。

193　iguana,这个名字来自泰诺语,作为属,指美洲鬣蜥属动物,其下有两个种:一是美洲大陆的绿鬣蜥,二是此处所指的小安的列斯鬣蜥(Iguana delicatissima),它产于多米尼克,马提尼克等地。鬣蜥是自然和生命创造的"无时性"的象征,相反于历史和进步。见 *Abandoning Dead Metaphors*,第 245 页。

194　anchored her sleep,隐含了锚的意象。

195　a cyclop's eye, cyclop,更规范的写法为 cyclops,这个词来自希腊文 Κύκλωψ,词干为 Κύκλωπ-。这里指的是一块污迹,就像独眼巨人的眼睛,这个比喻暗示了奥德修斯遇险逃生的故事以及"无人"。

196　Dominican Republic,不是指多米尼克,而是多米尼加或多米尼加共和国,多米尼克全称则为 The Commonwealth of Dominica。这里是西班牙人最早殖民的地方。多米尼加官方语言正是西班牙语,所以下面说《梦书》是西班牙文的。而且,玛利亚·康塞普松这个名字就是西语式的。与前面提到各种地名一样,这里提到该国,还是为了"绘图"。

197　butcher chart,肉铺贴着的牛羊等牲畜的平面图,上面按照部位划分、编号,方便顾客购买和屠户切割。

198　radiantly ill,一般会说 radiantly well,指身体健康,容光焕发,这里用了矛盾修辞,well 换为 ill,玛利亚发烧生病,但脸红发热,如同放射光彩。radiant 及其同源的词在《另一生》中多次使用,与"顿现理论","单纯的火焰"的意象等相关。玛利亚对应了《另一生》的安娜,虽然前者并不是纯洁如贞女的安娜,而且充满情欲,但她的另一面相也是单纯的火焰,她是生病或有缺陷的单纯的火焰。

199　the end has come,来自《旧约·以西结书》7:2—3,钦定本为,

An end, the end is come upon the four corners of the land. Now is the end come upon thee；7:5—6, Thus saith the Lord God; An evil, an only evil, behold, is come. An end is come, the end is come。有的《圣经》译本与沃尔科特的诗句相同。我按照和合本来译。上帝昭告灾难就要降临以色列人。

200　上一行的"说"为 say，此处为 said，是克里奥尔语和标准英语混用。

201　鲸鱼和风暴显然联系了《旧约·约拿书》1:12—2:10。约拿是为了逃避上帝，所以出海，后来遇到了上帝制造的风暴和大鱼，最终悔悟，成为先知。约拿逃出鱼腹的故事也被类比耶稣复活，如《马太福音》12:40。《楠塔基特的贵格会墓地》第五节也提到了约拿。

202　三个老女人首先取自《麦克白》的三女巫，她们来自北欧神话的诺恩（Norns）三女神。古希腊神话中也有对应的命运三女神。命运三女神纺线，量长短，裁断，以此定人的命运。作者这里说"织"，可以联系命运三女神，但主要取自《诗体埃达》(《老埃达》)中《海尔吉·匈廷斯巴纳第一曲》(*Helgakviða Hundingsbana I*) 中对诺恩三女神的描述，她们织着命运之网。

203　梦中的描述改为一般现在时，回到现实中，改为过去时。

204　Savannah，这个词来自泰诺语，指草地，这里作为专名指西班牙港北部的公共公园，即女王公园萨凡纳，这里可以进行赛马和板球活动，狂欢节时也会搭起表演卡吕普索的帐篷。见 *Nobody's Nation*，第 317 页。沃尔科特住过这里的女王公园酒店。

205　海比作马的比喻，见《另一生》4.23.2。

206　healed/ of being a human, of 后面是要治掉的病。上面说了所有人都是疯子，因此治愈的疾病就是"为人"，病好之后，沙班会成为"非人"。Breslin 认为，非人有两种，一种是超于人的上帝，一种低于人的野兽一样的部长之流。但沙班并未成为他们，所以他的预言只是见证，不是警告。沙班既是以赛亚那样的先知，又是骑士堂吉诃德，后者最终失败，而在怀疑的时代，前者也难免会沦为后者。不过积极的是，沙班终究是街头先知，草根群体的代表，他可以恢复《旧约》中先知的声音和原始自然的力量来反抗当时残暴的当权者。见 *Nobody's Nation*，第210页；*Abandoning Dead Metaphors*，第246页。

207 I shall scatter your lives like a handful of sand, a handful of sand, 当然是来自艾略特《荒原》中著名的那句, I will show you fear in a handful of dust。dust指《创世记》2:7，上帝造亚当的"尘土"；由于加勒比人是海的民族，这里就改为了沙土。划线一句也被伊夫林·沃用作了同名小说的题目。这个短语在邓恩的散文集《危难之际的祷告》的《沉思之四》中最早使用过，what's become of man's great extent and proportion, when himself shrinks himself and consumes himself to a handful of dust。艾略特深受邓恩影响，而这两人也都是影响过沃尔科特的重要诗人。邓恩的文意符合《荒原》和此处的诗意，人生就是虚无的，来如尘土，去如尘土。但是，沃氏更强调了一种积极性，虚无就是回归并不虚无的自然，虚无的只是人的社会性，自然是永恒存在的。无论人处于什么社会阶层，都最终要回归自然。沙班的诗人面相能看到这一点，所以他掌控了所有人。这句的句式也与《圣经》中先知做出预言时的句式相似，但沙班并不预言上帝的降临，与沃氏的宗教观一样，沙班也是自然神论者。他会见证人们如沙土一样化为虚无。联系《约拿书》2:8，They that observe lying vanities forsake their own mercy，约拿经历风暴，在鱼腹中幡然悔悟，将自己区别于"信奉虚无之神"的人，而此处，崭新的沙班却坚定地信奉虚无之神或自然之神，而非某个教会的上帝。"虚无"在《另一生》中也是作者参透的世界的本质。

能参透这一点，沙班就已经不同于常人，但为了不凌驾于同胞之上，又不会堕落为兽类，沙班牢牢地与同胞处在平等的位置上，这也是沃氏诗歌的立场。所以，沙班不再是人之后，并不会超出人的层面，他仅仅会变成一个"新人"，一个自在的个体，一个沃尔科特这样的"先知性的诗人",这样的诗人是民族的引导者和权威,但决不是高高在上的思想的专制者,因为他就在民众中,因为沙班还具有水手、走私犯、流浪汉的面相,文西那种底层的粗人都是他的朋友。

"先知"在犹太教和伊斯兰教当中是重要的政治哲学层面上的概念,古代著名的哲学家阿维森纳在《治疗论·形而上学》X.2 中详细证明了先知的意义,他认为"先知必定是存在的,他必定是人。他也必定拥有在其他人那里不存在的特质(خصوصية),这样,人们会在他身上认识到自己并不具有的东西,他也因此有别于人们。故而,他会展现出奇迹让我们知道","他让人们知道他们有造物主,他是一,是全能者",他让服从他的人幸福,不服从的人不幸。由于"人的存在和存活需要合作(مشاركة)",合作需要"交易"(المعاملة),交易就需要法律和正义(السنة والعدل),而先知就是"立法者和公平者(معدل)",他"能向人们宣告(يخاطب),让他们服从法律","他不会放任人们的关于[法律]的个人意见"。见 *The Metaphysics of the Healing(Kitāb aš-šifā': al-'Ilāhīyāt)* (Brigham Young University Press, 2005), 第 364—366 页。沙班就是这样一位先知,他首先是人,却具有新的品质,其次能让民众认识到新的智慧,他还负责立法,掌握公平——沃尔科特就介入过加勒比的政治,他对西印度联邦的规划,对社会司法和政治腐败的批评都是诗人发挥政治功能的体现。但与阿氏不同,沙班不会宣扬"造物主"和神权,因为上帝就是自然,一切归于自然。沙班并不设定永恒的自然之善,他允许世界有恶出现,世界并不完美。

208 palms,这里不是指棕榈,而是上面说的椰子树,这种用法在其他地方出现过。椰子树高耸如同长矛。

209 Out of the Depths, depths 指海洋,本节描述了沙班他们遭遇了风暴,差点沉入海中。比较《诗篇》130:1, Out of the depths have I cried unto thee, O Lord。处于待拯救状态的信仰者,就如同在深渊中一样。《约拿书》2:3, For thou hadst cast me into the deep, in the midst of the seas; and the floods compassed me about: all thy billows and thy

waves passed over me; 2:5, The waters compassed me about, even to the soul: the depth closed me round about, the weeds were wrapped about my head. 沙班及其同伴就像约拿一样,几乎沉入深渊,但依靠信仰,最终得活。本诗结尾,呼应了这一节题目,Shabine sang to you from the depths of the sea. 他们没有沉没入海,但其实永远都像以前溺死的奴隶一样在海中,是海的民族。

210 arse-aching, 同义于短语, a pain in the arse, 指人或事让人反感、恶心,是粗俗语。

211 Damn wind shift sudden as a woman mind, woman mind 与 wind, 押头韵、押尾韵。

212 The slow swell start cresting, 中间三个单词押头韵。

213 Skipper, sky dark, 押头韵。八月是加勒比雨季,潮湿,但海面较为平静,如本诗开头所言;九月是飓风到来的月份,所以船长很惊讶风暴的来临。

214 A stingray steeplechase across the sea, stingray, 软骨鱼类,如名所示,通常归于鳐形目(ray, Rajiformes),现在归于新鳐总目(Batoidea)下的燕 目(Myliobatiformes)的燕 亚目(Myliobatoidei),有八个科。ray 也泛指所有新鳐总目的物种。steeplechase, 越野障碍赛马,刺鳐在海面飞跃,就像马越过障碍疾驰。

215 man-o'-wars, 见《热带动物寓言集》。

216 back pocket, 俗语说 have sth in one's back pocket, 意为,轻易而且突然拿出某物。后屁股兜是最方便掏东西的,而且可以不让对方看见。Breslin 指出,沃尔科特的戏剧《道芬之海》中也有类似的比喻,this just half the wind. The next half in the sea back pocket。沙班对应其中的加西亚。见 Nobody's Nation, 第 210 页。

217 两处"错",用的是 drong, wrong 的口语。"去它的", fock-it, fock 即 fuck。

218 I have not loved those that I loved enough, 这是沙班的祷告,表

明了悔意，但只有放弃爱人，他才能前进，因为家人——玛利亚——诗是层层递进的，只有"飞离"前一个，才能"飞向"后一个。

219　Kick-'Em-Jenny/ Channel，Kick-'Em-Jenny，直译就是，踢－他们－母驴。首先指格林纳达北部、格林纳丁斯龙德岛（Ronde Island）西部的海底火山，其次指这里的一座岛（也叫钻石岛）和海峡。Jenny 在英语里指母驴，公驴叫 jack，所以作者提到骡子。

Breslin 引了 C.Mitchell《加勒比群岛》(National Geographic Society, 1966) 中一位艇员的描述：这个名字来源不详，有可能是法语 cay que gêne（让人难受的珊瑚岛）变化而来，因为"Kick-'Em-Jenny 岛"周边的海流让旧式帆船很难行驶。或据说，这座岛（周边的海流）踢人就像骡子，因而得名。Breslin 指出，海变化成了各种动物：马（黑色鬃毛），狗，骡子。海就像普罗透斯一样。见 *Nobody's Nation*，第 317，210—211 页。

220　Sampietro 引了从这里开始到下面"我都已准备就绪"的诗句，并指出，其中联系了《埃克塞特诗集》中的《水手》(*The Seafarer*)。该诗描述了一位水手孤独的漂泊，同样也是精神漂流，他最终在上帝那里找到了信心。见"Beating a Four-stress Line: Derek Walcott's 'The Schooner *Flight*'"，第 73 页。这个看法是正确的，我在下面会引用与本诗有联系的《水手》中的一些内容，我用的版本是 I.L.Gordon 编订的版本，译文由我所译，见 *The Seafarer*（Manchester University Press, 1979）。另外，庞德曾经意译过这首诗（1911），Sampietro 也提到了，他的译文对沃尔科特也有影响，我同样会引用。

221　corkscrewing/ to, screw，这是沃尔科特爱用的词，见《热带动物寓言集》。螺旋式地坠入海中，如同坠入但丁锥形的地狱。也联系《荒原》"溺死"一节。

Fumagalli 认为，这里联系《神曲·地狱篇》26.139—142（英译为其所用的 D.L.Sayers 版本），Tre volte il fé girar con tutte l'acque;/ a la quarta levar la poppa in suso/ e la prora ire in giù, com' altrui piacque,//

infin che'l mar fu sovra noi richiuso; And three times round she went in a roaring smother/ With all the waters; at the fourth, the poop/ Rose, and the prow went down, as pleased Another,/ And over our heads the hollow seas closed up。他指出，沃尔科特精确地阐释了尤利西斯说的com'altrui piacque，因为沃氏承认上帝的终极之力和终极惩罚。见 *The Flight of the Vernacular*，第115页。

222 sea worms，这个名字指很多门类的海底生物，此处不是特指使用。形态怪异丑陋的海虫会腐蚀沉船和尸体，由此联系了死亡和腐朽。哈代在描写泰坦尼克号沉没的名诗《两者交会》("The Convergence of the Twain") 中用过海虫作比喻，Over the mirrors meant/ To glass the opulent/ The sea-worm crawls-grotesque, slimed, dumb, indifferent。海虫比喻了沉船之后的达官显贵，他们都失去了光彩，被虫子腐蚀，或者都变成了虫子，露出了丑陋的真实面貌。这首诗也有一个火与冰的对比和转换，Steel chambers, late the pyres/ Of her salamandrine fires, / Cold currents thrid, and turn to rhythmic tidal lyres。全诗每一节的形状都如同让泰坦尼克号沉没的冰山。世界中"内在固有的意志"（The Immanent Will）凭借其力量，为人类造出的华丽的船选择了令其化为乌有的"冰"作为伴侣，A Shape of Ice, for the time far and dissociate。同样，诗中也提到了人的"虚妄"在海的"深处"最终变为虚无，In a solitude of the sea/ Deep from human vanity,/ And the Pride of Life that planned her, stilly couches she。与vanity呼应，下面还用到了vaingloriousness。上面引用的地方都是本诗中会涉及的内容，我比较确信，本诗受到过哈代这首名诗的影响，哈代也是沃尔科特非常推崇的诗人（《另一生》用过哈代的诗作为题词），他的唯意志论与沃氏的哲学观点有相近之处。

223 fathom past fathom，还是指向前引的《暴风雨》第一幕，第二场：Full fathom five thy father lies。在本诗集中，作者凡是描述"沉没"时，都会用这个计量单位，为了暗示《暴风雨》。普拉斯有首诗题目就是"Full Fathom Five"。

224　对于加勒比人来说,信仰的基础就是,信上帝,同时,承认自己的落后和谦卑。这个落后是相对于线性历史的"进步"来说的,但是,在信仰面前,历史发展的先进与落后没有差别。所以沙班("我")与自己的民族只要团结一致坚定信仰,就能改变加勒比的面貌。

225　the winch of His will, winch, 与 will 押头韵,是钓巨型鱼用的吊车装置。与这句一样,上面两个"他",都是首字母大写,指上帝,或不如说,黑人和落后民族"整体的意志"。意志可以联系上面引的哈代的《两者交会》中的"意志",哈代的意志比沃氏的意志更抽象,无关于特殊的文化形态。

226　Leviathan, 见《旧约·约伯记》41:1, Canst thou draw out leviathan with an hook?。和合本译为"鳄鱼"或"力威亚探"。按照本诗语境,沃尔科特将之理解为鲸鱼。这个词在生物学中也命名了一种鲸。另外,它也联系了《约拿书》,因为吞噬约拿的大鱼,也往往被认为是鲸鱼。《约伯记》最后,上帝向约伯提出了一系列约伯难以解答的问题,证明了上帝的力量是无穷的,第一个问题就是,人类能否钓起利维坦。事实上,在沃氏的时代,人类已经可以使用绞车(winch)钓起鲸鱼了,所以,人类整体的活动就是上帝意志的体现,人只要信仰,就可以展现上帝的力量。尤其对于黑人族裔来说,只要他们团结一致,就能钓起利维坦,就能从自己的信仰中建立自己的宗教和王国。

227　lace, 花边,比喻浪花,《海即历史》, the sea's lace dries in the sun。

228　见《另一生》1.4 注释。这里表明了"水手/诗人沙班"与"自传/现实中的沃尔科特"是一体的,他们是同一族群,有着共同的信仰。信仰来自于草根阶层,也为知识分子和其他阶层共有。沙班在风暴中找到信仰,沃尔科特也从婚姻的混乱和政治的乱局中走出得到了重生。需要注意的是,鼓舞沃氏的不是天主教,而是新教循道宗,但确切来说,是不同于欧美新教的、加勒比化的、属于黑人和红黑人的新教。既然新教要求教徒靠信仰或信心，而不是教会规定的善功来得到救赎，从而区别于天主教，因此，加勒比的非白人也同样可以从基督教中获得属于自己民族的信仰。这样的基督教尽管以西方基督教为形态，但加勒比民族可以将之转型，变成本土的信仰体系。而且，它可以被其他类似的形式替代，比如，沃氏的诗歌艺术，格里高利亚斯的绘画艺术。另外，这里提到循道宗，只是从沃氏个人经历来说，他并没有说这样的信仰专属于基督教，它也可以包容其他宗教族群，转变为超越宗教差异的普遍的信仰或精神气质。在这个意义上，这种信仰与加勒比民族共同拥有的、被现代化和"进步"抛弃的固有的传统有关。见 *Abandoning Dead Metaphors*，第247页。与之相比，《古舟子咏》虽然与本诗相似，但它表达的是如何重返在18世纪早期西方文化中已经式微的基督教正统信仰。沃氏要重返的是边缘或地方文化的本土信仰。见 *Common Places: The Poetics of African Atlantic Postromantics*，第99页。

229 whale-bell，教堂召集教徒进行仪式的钟声如同鲸鸣，bell本身也可以指动物的嘶鸣。《水手》中也有与鲸鱼有关的比喻，是比喻复合法（kenning），如hwæles eþel 和 hwælweg，现代英语译为whale-road 或 whale-path，这两种表达成为了经典用法，指"海洋"。下面还用鲸鱼肋骨比作教堂里的长凳。在《约拿书》和《约伯记》中，利维坦或鲸鱼（大鱼）都是启示性的意象，因此作者暗示的意思就是，鲸鸣如钟启迪和召唤人，肋骨如长凳支撑信徒。这两个比喻应是沃尔科特原创，非常精妙，用比喻复合法，可以转换为：教堂钟响 = 鲸-鸣；教堂长凳 = 鲸-肋骨，它们之间的联系就在鲸鱼具有的宗教含义上。《楠塔基特的贵格会墓地》第四和第五节都描写了鲸鱼，也提到了 whaleroad，用来比喻铁路。

230 maw，Sampietro认为这个古词，也许呼应了庞德译本中的mew（海鸥），The mews' singing all my mead-drink./ Storms, on the stone-cliffs beaten, fell on the stern/ In icy feathers。这个说法有道理。但他

又认为，沃尔科特似乎记错了这个单词，误写为 maw。见 "Beating a Four-stress Line: Derek Walcott's 'The Schooner *Flight*'"，第 73 页。后一个看法是错误的，在下一首诗《海即历史》中，沃氏又用了这个词，the foaming, rabid maw// of the tidal wave swallowing Port Royal。

231 Ismond 指出，牙买加女作家厄尔娜·布洛德波（Erna Brodber），在她的小说《简和路易萨很快归家》（Jane and Louisa Will Soon Come Home, 1980）中也曾回忆过自己的童年，与本诗此处的感受相同。她也有与"骄傲又绝望"类似的矛盾式的情感表达："家族勇敢又恐惧地走着"。见 *Abandoning Dead Metaphors*，第 247 页。

Oakley 认为，本诗中唯一溺死的人或群体就是奴隶，但他们的死亡并未破坏非洲－大西洋的精神信仰。因为如此处所言，沃尔科特的种族存活了下来，这就体现了那种信仰。所以，本诗虽然受《荒原》的影响，但与之不同，它是积极的，它表明了奴隶并没有死，而且无需复活，因为他们一直存留下来。如《历史的缪斯》所言，奴隶从抓捕他们的人手中"抓捕"到了奴隶自己的上帝，因为奴隶到达新世界时，"与自然存在着一种原始的亲密关系"，"比起虚弱、伪善的基督徒来说"，他们对"亵渎"有着"更深刻的畏惧"。沃氏以及加勒比诗人就是要完成历史的救赎，这体现了非洲-加勒比式的基督教精神。Oakley 反驳了 Burnett 的看法，即，基督教只是一种神话寓言，在沃氏神话诗学中只是参与因素，而不是主导因素。这个反驳是正确的。见 *Common Places: The Poetics of African Atlantic Postromantics*，第 100, 106 页；*Derek Walcott: Politics and Poetics*，第 120, 105 页。正如上面我所说，奴隶们对基督教上帝的敬拜是基于自然的，反而比虚伪的西方基督徒更为真诚，而且这种信仰的内核是超越宗教差异的，属于加勒比族自身。只有这样，西方基督教的影响才能得到转换，而不是被极端地根除，同时，其有益的教理和教义会得到保留。

232 I was ready for what ever death will, will 表明了死亡本身的"意志"，即上帝的意志。这句见《水手》42—43, þæt he a his sæfore

sorge næbbe,/ to hwon hine Dryhten gedon wille（航海中，他全无忧虑，/无论主会对他做什么）。庞德译本为，But shall have his sorrow for sea-fare/ Whatever his lord will. 也见 106—107, Dol biþ se þe him his Dryhten ne ondrædeþ: cymeð him se deað unþinged/ Eadig bið se þe eaþmod leofaþ; cymeð him seo ar of heofonum（愚人不畏主，临死徒仓促。/福者谦卑活，上天降宽恕）。

233 beard beading with spray, tears salting his eyes, 这一句化用庞德译本的, In icy feathers; full oft the eagle screamed/ With spray on his pinion。《水手》原诗见 24—25, isigfeþera; ful oft þæt earn bigeal,/ urigfeþra. 原诗最后一个词对应庞德译本最后一句。可见，船长被比作鹰，他的胡须比作鹰的羽毛。

下面会看到，船长被比作基督。但是，他还有其他形象。Oakley 指出，这里与《暴风雨》第五幕，第一场有联系，那里描绘贡萨洛（Gonzalo）这位"善良的老大臣"为, tears run down his beard, like winter drops；也写到了他勇敢面对暴风雨的样子。所以船长也具有贡萨洛的形象。见 *Common Places: The Poetics of African Atlantic Postromantics*，第 100 页。他也引了 Burnett 正确的说法，《暴风雨》中贡萨洛这个形象，较之卡利班来说，对沃尔科特影响更深。见 *Derek Walcott: Politics and Poetics*，第 7—10 页。基督是自我牺牲者，他的复活只是一个寓言，但贡萨洛可以实实在在地救人。

234 黑人船长比作了基督，这是黑色的基督，对比格里高利亚斯的黑人圣母。《马太福音》14:24—33, 耶稣一行也遇到了风暴，但耶稣在水上行走，非常安稳，他还可以让彼得同行于水面。《马可福音》4:38—39, 耶稣在风暴中安稳入睡，还能让风平浪静。耶稣就像掌舵的船长指引人们方向。可以认为这个船长，代表了加勒比自身；也可以认为他是沃尔科特的另一个化身，因为在《另一生》中，沃氏试图让自己的诗歌成为加勒比人的宗教，所以沃氏是基督；更可以认为，他代表了加勒比英明的政治家，如《奥马罗斯》中的菲罗克忒忒，对应亚当斯爵士，船长也就是"渔夫王"。

  Oakely非常敏锐地注意到了这里的"交错"现象：船长抓着舵轮，但十字架抓着耶稣。主体和客体是颠倒的，因为船长对应耶稣，似乎应该说，耶稣抓着十字架，但实际上，耶稣是被钉死的，确实是十字架主动钉住耶稣。而船长是主动"钉在"舵轮上的，他自己创造自己的十字架和受难，所以信仰者的主动性是信仰本身的关键。见 *Common Places: The Poetics of African Atlantic Postromantics*，第100页。结合《圣经》四福音的描述，船长似乎比基督还要勇敢，因为耶稣似乎还有犹疑和被动的一面。在这一点上，沃尔科特对信仰的表达，就略不同于或甚至超越了传统的欧洲的循道宗。

235 暗示耶稣的伤口。基督教有一个"圣痕"（stigma）概念，圣徒身上会显现耶稣当时的伤口，圣方济各就有这样的经历。

236 指随耶稣同时受刑的两位罪犯。

237 red-eyed like dawn，用船员眼睛的通红与黎明的红色互相比喻。化用《奥德赛》2.1 的 ῥοδοδάκτυλος Ἠώς（玫瑰色手指的黎明）。

238 watch，指守夜，比较前面第七节的"守夜"，这里也有宗教的意味。《水手》6b-7, Mec oft bigeat/ nearo nihtwaco æt nacan stefnan（焦虑的守夜/常常让我呆在船首）。

239 Thy Kingdom come，语出《马太福音》6:10, Thy kingdom come. Thy will be done in earth, as it is in heaven。这句是祈愿语气，相当于 let thy kingdom come。作者直接用在本诗中，没有把 come 改为 comes，所以，按照标准英语，这里不是说"你的国"已经降临，而是将要或终将降临。但从克里奥尔语的角度，come 又可以取代 comes，因此，这个国确已降临。"国"的最佳体现就是沃尔科特要实现的西印度群岛联邦。

240 lace，上一节用过，比喻浪花。玛利亚成为了《另一生》中安娜一样的"单纯的"少女，成为了自然的象征。如果说维纳斯（爱）诞生于海洋，那么玛利亚则返回海洋；海和自然永远存在，玛利亚就永远存在，无处不在，所以沙班离开了肉欲的玛利亚，得到了永恒的自然的玛利亚——但条件是，要不断的"飞翔"于自然（尤其是加勒比的自然）之中。

如前述，玛利亚对应了《神曲·炼狱篇》19中的口吃女人，按但丁的描述，她是"甜美的塞壬"（19.19, dolce serena）和"古代的巫女"（19.58, antica strega），她曾用歌声引诱尤利西斯（19.22, Io volsi Ulisse del suo cammin vago/ al canto mio），她可以在欲望上完全满足他（19.24, sì tutto l'appago）。巫女对应了《炼狱篇》17.133—135说的"另一种善"，它不是幸福（felicità），不是阿奎那意义上的"第一善"或"至善"。既然，沙班对应奥德修斯，因此玛利亚也如同巫女一样，将沙班引入歧途，比如她对物质的需求，用肉体引诱沙班背叛家人。她对沙班没有引导的作用，所以之前，当沙班求助于玛利亚的《梦书》时，一无所获。而这个梦最后是在沙班陷入风暴时，自己解开的。在梦中，但丁还梦到了一位圣洁、迅速、严厉、高尚的女士（19.26, donna santa e presta；29, fieramente；30, onesta），但丁用了尊称donna而不是有轻视色彩的femmina。梦中的但丁注视着巫女，而梦中的维吉尔注视着那位女士；她或维吉尔（原文主语不明）戳穿了巫女的丑陋面目（19.31, L'altra prendea, e dinanzi l'apria）；维吉尔最后叫醒了但丁。结合玛利亚与安娜的对应关系，这样来看，玛利亚身上兼有这两位女人的特征，而但丁对应沙班/沃尔科特，维吉尔应是对应黑人船长。关于《炼狱篇》，有些观点参考了M.Musa翔实的评注，见 *Purgatory: Commentary*（Indiana University Press，2000）。

S.Mentz在讨论莎士比亚《第十二夜》时，联系了此处。戏剧中，薇奥拉遭遇海难，最终在陆地安定。薇奥拉原本靠海而生，将自己交于"侥幸"（perchance, chance），而到了陆地上之后，她假扮为男人，放弃了真实的自我（她承认，我非我所是），而且承认自己的历史是"空白"，但她最终嫁给奥西诺公爵，从社会边缘进入了中心。而本诗中，玛利亚从陆地走向了海洋，沙班也离开了陆地，没有像薇奥拉一样寻求稳定的陆地生活。见 *At the Bottom of Shakespeare's Ocean* (Bloomsbury Academic, 2009)，第 61—62 页。按照这个重要的对比，沙班选择了不稳定的漂泊生活，这种不确定的状态相反于西方文明一直追求的确定性；沙班立足于自己的虚无和空白，没有像薇奥拉一样，让自己处于中心的位置。当然，沙班要做的，是让加勒比世界具有自己的确定性，只不过他还在航行的路上。

241 沙班进入了一种平静的状态，但并不是幸福，而是没有幸福也可以的状态，他能接受不确定，渴望和无常的状态而不再有所求。如果说有的话，就是他的人民。见 *Nobody's Nation*，第 212 页。Fumagalli 指出，沙班在风暴后的处境，如同《神曲·炼狱篇》1 中的但丁的状态，他已经到达炼狱山山顶，准备向天堂迈进。见 *The Flight of the Vernacular*，第 115 页。沙班处于一种无情的斯多亚式的超然状态，见《归于林木》；在沃尔科特一生中，超然，漠然的状态都是他追求的，他总在克制狂放的情感，选择冷静的思考。《水手》109, Stieran mon sceal strongum mode, ond þæt on staþelum healdan（人必须控制情感，让一切保持平衡）。怀有信仰之后，就有平静的内心。我认为，与但丁不同的是，沙班的天堂还是在地上，在航行之中，确切说，就是这片海；对比《神曲》，贝阿特丽采在天堂，而安娜和玛利亚在圣卢西亚和大海上，结尾处，沙班也在海底歌唱。

242 向雨请求，因为雨具有神性。如《以赛亚书》45:8，雨水代表了上天降落的正义。《诗篇》68:8，上帝显现，就会降雨。《申命记》11:14，上帝令雨水降落，土地有新收成。

243 英语克里奥尔语，动词没有用第三人称单数的形式。这一节有大量这样的用法。

244 inland sea，加勒比海相对封闭，由群岛包围，可以称为内陆海或内海。该海最北部就是巴哈马。

245 coral keys，key 表示礁石，礁岛，与表示"钥匙"的那个 key

的词源不同，它来自泰诺语和西班牙语。

246 J.Gray 指出，从弓桅（船首桅杆）上开始祝福，表明了祝福的"动态"，这让所表达的祝福具有活力和清晰性。祝福比爱要更容易。见 *Mastery's End: Travel and Postwar American Poetry*（University of Georgia Press，2005），第 187 页。

247 the one small road winding down them like twine/ to the roofs below，蜿蜒的路比作晾衣绳。这个比喻也见《另一生》3.17.4（本诗集未收），the roads as small and casual as twine/ thrown on its mountains。同样的句子出现在《群岛传奇》第十章。这两处都是从飞机上望向下面的道路，此处则是从弓桅上，但也表达了相同的心理和感情。N.Thomas 和 Breslin 注意到了这一点。见 *The Art of Derek Walcott*，第 89 页；*Nobody's Nation*，第 317 页。

到这里，沙班祝福的内容，可以比较《古舟子咏》对水蛇的祝福，O happy living things! no tongue/ Their beauty might declare:/ A spring of love gushed from my heart,/ And I blessed them unaware:/ Sure my kind saint took pity on me,/ And I blessed them unaware。

248 bowsprit，bow 即船首，这里双关，作者用它暗示弓，所以下面提到箭。表示船首的 bow 和表示弓的 bow，词源是一致的，形象上，船首斜桅也如同一张弓。因此我意译为"弓桅"。

249 the longing, the lunging heart，lunge 与 long 同源，押头韵，作者用的非常自然。需要注意的是，lunge，表示猛冲，猛刺，同时也表示套马的绳索，作为动词表示驯马。所以向前冲的心，其实又对自己的欲望有所束缚，控制和克制。下面说，飞翔并无目标，指的是加勒比世界的未来不可确定，充满变数，但沙班/沃尔科特心中是有理性的指向（朝向箭靶）和道路（结尾的白月光之路），他们怀着明确的理想，他们并不是漫无目的，凭一时冲动、狂热和无理性的欲望来飞翔，他们的内心是"平静的"，至少，"飞翔"本身就保证了目标的存在。用箭和目标作比喻，显然来自亚里士多德《尼各马可伦理学》

开篇的经典比喻,人的欲求如同箭中靶。亚氏这本著作的主题就是用理性寻找真正的幸福,而沙班下面就说,他忘记了幸福,这就是真正的幸福,亚里士多德式的沉思的幸福,或斯多亚派的不动情的幸福。

250　flight to,如前述,"飞翔"是向更高层次的精神状态前行,而不仅仅是逃离和退隐。飞翔是本诗的主题。

251　There are so many islands!/ As many islands as the stars at night/ on that branched tree from which meteors are shaken/ like falling fruit around the schooner *Flight*,Breslin 的看法是正确的,他认为这几行受到了乔伊斯《尤利西斯》中的一句的影响,The heaventree of stars hung with humid nightblue fruit。见 *Nobody's Nation*,第 317 页。他也提到了,Terada 认为《另一生》2.10.1(本诗集未收)中的一句也受到了乔伊斯这个比喻的影响,dusk, the tree of heaven, broke in gold leaf。见 *Derek Walcott's Poetry*,第 240—241 页。除了 Breslin 的所指之外,《另一生》3.13.5(本诗集未收),stars choiring in gold leaf,这一句也类似。

　　Fumagalli 认为,这几行中的"无罪的地平线","落","果实","树",都联系了伊甸园的典故。比较《神曲·天堂篇》26.115—117,亚当向但丁介绍自己的堕落。也见《炼狱篇》28.139—142,对伊甸园的描写,以及玛泰尔达对诗人(奥维德和维吉尔)歌唱黄金时代的叙述。见 *The Flight of the Vernacular*,第 112,120 页。

252　象征爱和战争,沃尔科特肯定想到了波提切利的名画《维纳斯与玛尔斯》,画的一边是代表爱的维纳斯,一边是代表战争、睡着的玛尔斯,这象征爱平息了战争。不过此处,诗的意思是,新的开始在爱和战争都结束之后。在某个历史阶段,爱和战争都会"坠落",留下空白供诗人想象和书写。越是虚无,越有创造的契机。见 M.Fazzini 的分析,"Shabine's Voyage through Language and History in Derek Walcott's 'The Schooner Flight'", *Bernard Hickey, a Roving Cultural Ambassador: Essays in His Memory*(FORUM,2009),第 132 页。

253　and are one, just as this earth is one/ island in archipelagoes of stars，这两行用了跨行修辞，第一行结尾留下"一"，为了配合前面的"一"；把"岛屿"放到下一行，强调了地球的两重性：既是集合"多"的"大一"，又是"岛"，即，"多"中的"小一"。沃尔科特一生坚持的就是地方性与共同性统一之后的普遍价值与信仰。

对这一句的比喻，Terada 有一些深入的评论，在这里，"沃尔科特扩展了个体与共同体之间的张力，他让自己的视角尽可能拉后"，"地球与繁星的关系让人想起了沙班的无人/国族，前者就像放大镜一样放大了成对出现的后者"，"地球上集合的民族……成为一体，恰如我们能在沙班身上发现一个微观的（microcosmic，小宇宙般的）'国族'"，"但是，沃尔科特的换行（line break）动摇了这些人类的统一体，以及地球和繁星的统一关系：当我们拉后得再远一点来看，这些统一体消失在更多的不统一体中。从现有的广阔的视角来看，'地球是一'，但从更广阔的视角来看，它只是'一/岛，在繁星的群岛中'"。因此，"我们认之为多者，能被视为一，我们认之为一者，又是多"。见 *Derek Walcott's Poetry*，第 114—115 页。Breslin 也引了这几段话，见 *Nobody's Nation*，第 213，317 页。但是，他提出了不同的看法，他认为此处，沃尔科特表达了一种"惊叹"，是对海洋的力量和浩渺的"敬畏"，对上帝的信任和畏惧的"愿望"。这个比喻表明了人在全体造物中是"没有意义的"。我倾向这两位学者的观点可以同时采纳，后者强调了沃氏一直坚持的人生虚无的"否定性"态度（无）；前者突出了沃氏对客观世界的冷静的"辩证性"的思考（有）。

254　cotching，加勒比英语，来自于 scotch，也写作 kotch，指临时睡觉的地方，动词表示休闲，消遣。见 *Dictionary of Caribbean English Usage*，第 171，491—492 页。这个本土性的词表明了沙班的内心已然平静和泰然，仿佛回家一般。

255　I try to forget what happiness was，was 表明了曾经经历或感受过的幸福，尤其是和玛利亚在一起的幸福，但它们都过去了，它们不是真正的幸福，因为是流逝的，不是永恒的。这样的幸福就是那个口吃的塞壬带来的肉欲的幸福。忘记它之后，沙班进入了最高的幸福，这个幸福在不动情的状态中，人无所需求，完全自足。最后两节的基本时态都是现在时（克里奥尔语），沙班已经不再讲述经历，而是陈述已经顿悟到的思想和感受。

这几行，Fumagalli 认为，沙班似乎听到了卡恰圭达（Cacciaguida）对但丁的建议，见《天堂篇》17.68—69，127—128，a te fia bello/ averti fatta parte per te stesso；Well shall it be for thee to have preferred/ Making a party of thyself alone。rimossa ogne menzogna,/ tutta tua visïon fa manifesta；give lies the quick dispatch;/ Make thy whole vision freely manifested。或布鲁内托先生（Ser Brunetto）的话，《地狱篇》15.55—56，Se tu segui tua stella,/ non puoi fallire a glorïoso porto；Follow but thy star;/ Thou canst not fail to win the glorious heaven。见 *The Flight of the Vernacular*，第 118—119 页。

256　上面提到的布鲁内托的话中提到了"星"，这指但丁的生辰星座双子座。《神曲》中，星是但丁重要的指引，分别出现在三篇结尾，如《地狱篇》34.138；《炼狱篇》33.145；《天堂篇》33.145，最后一处提到了"推动着太阳和其他星辰的爱"（l'amor che move il sol e l'altre stelle）。《地狱篇》26，在见到尤利西斯鬼魂之前，但丁提到了星赐予他天赋，不至于堕入歧途。但丁靠星，而鬼魂靠萤火和火焰，由此，既然沙班也研究星辰，那么他身为现代奥德修斯，就高于地狱中的奥德修斯。见 *The Flight of the Vernacular*，第 119—120 页。

257　Sometimes is just me，意思就是，有时候，沙班会觉得只有自己存在，他作为一个孤独的个体存在于世界中，除了他，还有海浪等自然物。上面分别用 I、that、me 表示我，"我"逐渐变为了一个宇宙中的客体。

Fumagalli 认为此处可以联系《神曲·天堂篇》33.140—141，se non che la mia mente fu percossa/ da un fulgore in che sua voglia venne；a flash my understanding clove,/ Whence its desire came to it suddenly。

但丁顿悟到了人与神性者都统一在上帝中,而沙班顿悟到了自己是真理的中心。沙班与但丁一样,也都相信,诗人可以被赋予一种启示性的视像。沙班顿悟后的"灵光一现",套用沃尔科特在《卡里古拉之马》一文中所言,是"这混沌中的一道缝隙";"它的标志是……主是我的亮光(Dominus illuminatio mea,来自《诗篇》27)"。见 *The Flight of the Vernacular*,第 118 页。

Roy Osamu Kamada 就此处的语境分析了本诗中的"后殖民主体性"问题。这种主体性,它的本性"短暂"而且"流动",但它会短暂地"超越"殖民主义。沃尔科特设定了超越性的"创伤",这可以让他完成自己的后殖民浪漫主义的叙事:感伤、克服过去、否定历史并揭示其病态。由此,沃氏就营造了"忧郁"的效果。在这里,沙班放弃言语,研究星辰,就表达出了"后殖民的主体性",尽管它充满了内在的矛盾。短暂的超越性不是永恒和现实的,所以最终,沙班并没有回家,他的旅途未完,还在路上。Kamada 还引了斯图尔特·霍尔的观点,这种后殖民主体性就是"离散的身份"(diasporic identity);这些"文化身份,是证明身份的点,是不稳定的证明身份的点或缝合点,它们在历史和文化的话语中形成……它们不是本质,而是定位(positioning)"。沙班的主体性就像加勒比风景一样,包含了多重性和矛盾性的元素;对它们的表达是不稳定的,短暂的,忧郁的。见 *Postcolonial Romanticisms: Landscape and the Possibilities of Inheritance*,第 107—108 页。

258 the soft-scissored foam,比喻海浪轻柔,如同从海中剪下。这是沃尔科特爱用的比喻,本诗前面有,the bow that scissor the sea like silk,船首剪着海。《另一生》1.3.2,his blades scissor silk,船桨剪着海水。

259 云开月出,如同月亮打开了云上的门,照出的直直的光线,就像一条路,路指向了家,或者确切说,即使无家,但有一条路,被诗人(后殖民的主体性)确立为通往家的路并赋予其意义,而寻觅家,重建家,都需要漫长的时间,诗人的任务就是先将这条路铺出。此处很明显地体现了沃尔科特的"顿现"理论。云和白月光的意象,比较《古舟子咏》,In mist or cloud, on mast or shroud,/ It perched for vespers nine;/ Whiles all the night, through fog-smoke white,/ Glimmered the white Moon-shine。这里的白月光不代表白人文化,区别于《另一生》。

260 最后一句用过去时,指全诗是沙班歌唱的。与第十节题目相关,沙班虽然逃离了被海吞没的危险,但平静的沙班与海是一体的,海也是加勒比本土及其历史的象征(见下一首诗《海即历史》)。同时,沙班将自己比作溺死海底的奴隶,替这些边缘者歌唱,或,他作为奴隶主的后代,在深海中为奴隶发声。

结尾五行,Breslin 认为,呼应了《猴山梦》。前面提到了沙班"梦已醒",《猴山梦》中马卡克从两场梦中醒来,从而返家,他不再追求"白月光"女神,他回想起了自己的真实姓名。而在本诗中,月光不再代表白人文化,它象征了一条通往超验世界的道路;云之门打开后,地上世界与永恒世界就连通了。关于"家",可以有不同的解释,但根据最后一句,沙班并不是在"家"中为我们歌唱,而是在海底,所以,船是一个临时的家,沙班仍然处于在路上、无家的状态,这就是自然中的人的处境。这也呼应《青年的墓志铭》中的"指向"这一主题。见 *Nobody's Nation*,第 213—214 页。Chiara 的理解似乎更"悲观":这是一场"不可能的回家"。见 "Derek Walcott: A Ship wrecked Mind", *Harbors, Flows, and Migrations: The USA in/and the World*,第 260 页。我认为这种观点忽视了结尾明确提出的"回家"。回家的过程就是朝向"家",回家的人主动地向家走去,尽管家还虚无缥缈,但他有明确的道路。回家绝对不是"不可能的",而是始终在行动和实现过程中,尽管面临各种变数。沃尔科特在自己的戏剧《奥德赛》也明确表达了"回家"。

Oakely 分析了最后十行,联系了艾略特的《四个四重奏·小吉丁》；"海是第一位和最后的朋友"一句，联系了，We shall not cease from exploration/ And the end of all our exploring/ Will be to arrive where we started/ And know the place for the first time。"剪出的浪花"，联系了，Not known, because not looked for/ But heard, half-heard, in the stillness/ Between two waves of the sea；Through the unknown, unremembered gate/ When the last of earth left to discover/ Is that which was the beginning。最后五行的观念来自，to make and end is to make a beginning./ The end is where we start from。最后一句，可以对比艾略特《J. 阿尔弗雷德·普鲁弗洛克的情歌》，I have heard the mermaids singing, each to each// I do not think that they will sing to me。见 *Common Places: The Poetics of African Atlantic Postromantics*，第 105—106 页。

　　Chamberlin 认为最后一句联系了中途中溺死的奴隶。沙班就像一位征服恶鬼（duppy，西印度传说中的鬼）的人，为死去的奴隶鬼魂歌唱安魂曲，以让他们不再纠缠生者。但是，这似乎是一个悲伤的循环，受苦者的轮回，用新的伤痛缓解旧伤。他联系了《奥马罗斯》中描写的"让各个部族团结为一个国族"的"鬼舞"，它用死人的亡灵，用梦，来将生者拯救出现实中的苦难。见 *Come Back to Me My Language: Poetry and the West Indies*，第 171 页。我更倾向，既然沙班在本节说了"梦已醒"，那么，之前几节，诗确实是鬼舞一样的虚幻的解救法，而在本节结尾，沙班的诗得到了提升，成为了揭示加勒比民众苦难循环本身的歌，一种哲学之歌。

海即历史

1　Sea is History，全诗中，"历史"一词都为 History，首字母大写，指历史本身。本诗标题、第一小节和最后一小节中的"历史"，指沃尔科特理解的历史，仅在这个意义上，也可以换位来说，历史即海，历史和海是同一的。除此之外，其他的"历史"均指西方意义上的线性的历史概念，以及这种概念形成的、基于文献、人物事迹、文物和考古遗迹的历史叙事，它相关于一整套系统的社会和文化的制度、规则和价值。与之相对，加勒比没有这个意义上"历史"，因为没有任何原始的文字文献、历史叙事和历史意识，直到入侵殖民者的开始书写历史。但是，沃尔科特认为加勒比有自己的特殊的历史形式，就是海，它就是题目说的更广义和原始的"历史"。

需要注意的是，"海"在这里不是用来"比喻"历史，也不是其符号或象征，它就"是"历史本身。当它是历史时，历史概念就得到了扩展和超越。按沃氏自己的解释，"当有人问你，你们的历史在哪里，或者，你们的文化在哪里，你们都做过什么时，这一问题出自某种推定，做出这样推定的人相信历史就代表了成就：所以，它能按照时代连续地编为记录成就的编年史。这就是浮士德式的观念，它导致了纳粹德国或诸多帝国"。"如果有人问我……'你们的历史在哪里时'，我会说：'就在那，在云，在天，在流水。'如果提问者说：'那里什么也没有啊'（There's nothing there），我会说：'是啊，那就是我认为的历史。那里什么也没有。'海即历史。"见"The Sea Is History"，收入 F.Birbalsingh 编的 *Frontiers of Caribbean Literature in English*（Macmillan Education，1996），第 24 页。在最后，沃氏重复了提问者的否定，但他的含义是肯定的，即，"那里有虚无"，虚无就是海。在上面这段话中，沃氏明确反对了欧洲历史主义的思潮，这让他的历史观更为深刻。

"海"，首先指加勒比这片内海，其次指一般意义上的自然之海和自然性。Baugh 指出，海是一种"包容、吸收并超越历史的意识"。如 Ismond 所言，海是时间性/经验性和"无时间性"交汇之处，是结束与开始同时存在之处，它不是西方人构建的进化史。Ismond 指出了 Terada 对本诗解读的偏差，她没有看到沃尔科特积极建构的志向，仅仅从"模仿/戏仿"这个后现代技巧来解释本诗。实际上，可以联系《气息》来看,本诗直接针对了那种认为加勒比"虚无"和"无历史"的观点(弗鲁德和奈保尔),他主张,加勒比不具有的只是西方人理解的历史,但它却有自己的历史。这种历史基于种种内在的"能力和原则",它们是"自然的遗产",固有的人类的原始要素,它们被沃氏定义为"第一原则",它们是真正的历史所包含的实体,也是如同人物、纪念碑或文献一样的"成就"。海就是其象征,这些原则都在"海底"而不可见,沉积在西方传统历史追求的可见的成就之下,需要诗人来发现,这个发现过程也就是废弃旧的隐喻、建立新的隐喻并完成亚当命名的任务。见 *Derek Walcott*,第 169 页;*Abandoning Dead Metaphors*,第 9—10,15,54—56 页;*Derek Walcott's Poetry*,第 60,168—171 页。

M.Tynan 梳理了海在西方宗教和哲学话语(列举了《圣经》,伊斯兰教,罗兰·巴特,巴什拉)中的功能,它都被视为虚无,无意义之物,尽管有时被视为宇宙的起源。但是在加勒比作家中,海成为了重生之处,海是历史的伤口。殖民主义破坏了人类与海和自然之根的联系。在沃尔科特看来,海就是自然史,也就是真正的历史。那些通过纪念碑和遗迹确立的历史,在海和自然史面前,毫无意义。见 *Postcolonial Odysseys*,第 16—18 页。

R.Dove 认为,海就是一部史书,它不断翻动页面,它的页面自己书写,自己抹去。有时,海还是一部诗集。海就是"最根本的虚无"(quintessential Nothingness),"不存在任何不因其真正的本质而被承认的事件"。见"'Either I'm Nobody, or I'm a Nation'",第 60 页。B.Klein 和 G.Mackenthun 指出,本诗中,海"捍卫了一种西方传统的存留过去的形式——叙事,博物馆,纪念碑——所未曾记录的历史",本诗"致力于让海重新成为历史过程的动力(dynamics),激活它,让它可以重新想象、重新书写、重新记录过去,使过去成为一种复杂多义的对话,成为一个不同文化的交汇之处,而非仅仅是敌对力量对抗的战场"。他们按照本诗的主题,提出了将海洋历史化的观点。海不再是地理背景。见"The Sea Is History", *Sea Changes: Historicizing the Ocean*（Psychology Press，2004），第1—2页。

本诗的主要部分用不严格的《神曲》的三行体，可以对比《海葡萄》和《奥马罗斯》。诗中，作者首先将非洲黑人被贩卖到加勒比以及争取自由的经历，类比了《旧约》中从《创世记》开始的犹太人的历史。他引入了一些《旧约》的篇名（还有其他重要的专名），这些篇目本身就有时间顺序。为了体现这种类比，他还使用了一些经文常用的句式。之所以如此，并非为了"戏仿"，而是因为第一，《旧约》中的时间更为古老、原始和自然，先于西方近代形成的历史；第二，它不完全是记录客观事件的史书，还是一部可解释的神话性和寓言性的宗教精神史，它体现了上面说的自然的或神性的原则。这样，以犹太文化作为类比，加勒比的历史也就不是从"殖民时期"开始——按照西方历史概念——但也不是从"民族解放"开始，而是比这更早，更古老。其内在的原始原则，具有人类的普遍性，超越但又包容文化的差异。这样的历史，同样具有自己的成就和自我。这样，沃尔科特一方面反对了西方的历史，另一方面也避免像同样利用犹太文化的拉斯塔法利教一样，将自己民族放在永远被迫害和流亡的位置——因为这仍然没有超出西方的历史概念——忽视了重建和进取。除了犹太文化之外，作者又为西方的文艺复兴和基督教时代（殖民时代和线性时间形成的时代）寻找对应。

2 沃尔科特书写的属于奴隶的历史，直到20世纪末才有了自己的纪念碑。Tynan提示，1999年，纪念溺死奴隶的"中途纪念碑"树立在了大西洋底，位于纽约港正东427公里处。纪念碑面向非洲，拱形，分两个部分，表示过去和将来。见 *Postcolonial Odysseys*，第20页。

3 按照下面"先生们/先生"的称呼，提问者是殖民者或奴隶主。一上来的两个问题都是西方人理解的"历史"存在的要件，加勒比都不具有。

4 heaving oil,/ heavy as chaos，heavy与heaving押头韵，本诗有多处

头韵和尾韵的重复，暗示不同于线性历史的重复的时间性，这种手法在《另一生》中多次使用。这句是把蒙昧的非洲黑人比作黑色的原油和重油。石油是古代有机物形成的物质，可以比喻原始的黑人。《名字》把黎凡特人的黑眼睛比作石油。chaos，见《创世记》1:2，the earth was without form, and void。这个词在希腊神话中指先于光的混沌状态，见赫西俄德《神谱》。

5 a light at the end of a tunnel，英语习语，表示漫长的艰难时期出现的一线希望。显然，作者是反讽，因为来的是抓黑人的殖民者，他们标志着黑人的死期和受难。这句也暗示了《创世记》1:3—4，上帝造光，分开光和黑暗。洛威尔在反越战的名诗《自1939年》（"Since 1939", 1977）中也用过这个习语，非常经典，We feel the machine slipping from our hands,/ as if someone else were steering;/ if we see a light at the end of the tunnel,/ it's the light of an oncoming train。

6 caravel，也被音译为卡拉维尔帆船，这是15—16世纪地理大发现时期欧洲航海家使用的葡萄牙人设计的大三角帆船（lateen），这种船吨位不大，适合逆风而行，非常轻快，它的发明促进了殖民扩张。葡萄牙恩里克王子、哥伦布、迪亚士、达·伽马都曾用过。这里指殖民者去往西非和美洲进行奴隶贸易，帆船上的灯光就像创世时的光。

7 指黑人拥挤在奴隶船中。

8 描述的是奴隶贸易中，黑人被从非洲运到加勒比的过程。但《出埃及记》指的是犹太人逃出埃及，与之相反，黑人则是离开家乡。——加勒比黑人用"出埃及"这个典故，往往指他们要从逃出加勒比，去非洲。——这个过程，后来又类比于犹太人的"流散"（diaspora），被称为"黑人流散"。但是黑人并没有独特的文明，而且也不是单一民族，这使得美洲黑人难以像犹太人一样建立新的以色列。锡安主义和拉斯塔法利教就试图团结黑人，建立属于黑人的国家。见 *Strangers in the Land: Blacks, Jews, Post-Holocaust America*,

第99—100页。但是,沃尔科特认为,黑人应该试图超越这种局面,坦然面对文明和历史的虚无,他们还具有人类普遍的精神,还可以寻找自然的原则,他们应该在加勒比这座巴别塔中,同其他人种和民族一起建立新的、不仅仅属于黑人的国家。

9 mosaics,作者巧妙地使用了双关:mosaic首字母大写,即,Mosaic,摩西的,摩西律。这个双关为了联系下面的约柜。

10 上述的意象均见《纵帆船"飞翔号"》。黑人在中途被抛入海,骨头混着珊瑚,碎片沉在海底,如同马赛克。"鲨",指残暴的殖民者,或者比喻船身如同鲨鱼。"鲨影",shark's shadow,押头韵。

11 the Ark of the Covenant,以色列人的圣物,柜子里面放着摩西的石板,如《出埃及记》25:10—22。但这个词组,是在《民数记》10:33才出现。Ark与"鲨"(shark)押韵,上面是船上的殖民者,下面铺着马赛克——"摩西的"约柜。

Sundquist指出,Ark是双关,还指挪亚的"方舟",但奴隶的方舟是奴隶船。美国著名非洲裔诗人和小说家亨利·杜马(Henry Dumas)写过短篇小说《骨方舟》("Ark of Bones"),方舟比喻奴隶船,满载着死人骨头,如其中说,Son, you are in the house of generations. Every African who lives in American has a part of his soul in this ark。杜马和本诗的这几行受到了《旧约·以西结书》37:11—14的影响,那里提到了死去的犹太人枯骨,以西结预言,上帝会让骨头复活,带他们去以色列。这个预言也成为了非洲和美洲文学和布道传统的主题。见 *Strangers in the Land: Blacks*,*Jews*,*Post-Holocaust America*,第99页。

12 the Babylonian bondage,以色利人在公元前6世纪末,被巴比伦尼布甲尼撒王灭国,犹太人沦为其奴隶。见《耶利米书》29:1—14。作者后面提到了"琴",因此他暗示了加勒比黑人音乐(灵歌)。受拉斯塔法利教的影响,加勒比黑人音乐多以《旧约》中犹太人的经历为主题,巴比伦之囚就是其中之一,它与"出埃及"一样,都比喻了非洲黑人离开本土被贩卖到加勒比的遭遇：黑人在加勒比遭到奴役，犹如犹太人在巴比伦和埃及受苦。现代雷鬼乐中，巴比伦是个常出现的词。比如鲍勃·马利的《巴比伦体制》("Babylon System")，收入《幸存》(*Survival*, 1979) 专辑；他还有张专辑名为《出埃及记》(1977)。牙买加著名音乐人德斯蒙德·戴克（Desmond Dekker, 1941—2006）的雷鬼专辑《以色列人》(*Israelites*, 1969) 也是典型使用了犹太人主题的作品。在《世界之光》中，沃尔科特还用马利的歌词作为题词，所以他对加勒比音乐很熟悉。

13 harps, harp 是《旧约》中频繁出现的词，钦定本用它来翻译希伯来琴；和合本都译为"琴"，没有译为竖琴，我也从和合本，这个译法还可以兼指加勒比黑人用的琴（并非竖琴）。《创世记》4:21，该隐的后代犹八是琴和琴师祖先。这种琴或十弦或八弦，有时需要琴拨。所罗门时代的琴，用檀香木做成。琴是一种圣物，用来致敬上帝，如《诗篇》150:3—5；《启示录》14:2，天上传来琴声。《撒母耳记上》16:23，大卫用琴驱鬼。作者把日光的光线比喻成琴弦，也是为了呼应这种神性，但日光更具有自然性。

14 cowries, 宝螺科（Cypraeidae）生物，其壳被中非和西非人作为货币或装饰品。黑人女人溺死海中，宝螺堆在她们身上，就像戴着的镣铐。

15 the Song of Solomon, 指《旧约·雅歌》，这个名字源自开篇所说，The song of songs, which is Solomon's.《雅歌》的英文名字是 Song of Songs。这部歌诗表达了所罗门与书拉密女之间的爱情，犹太人认为这比喻了以色列与上帝之间的爱。书拉密女的声音在诗中占主要位置，所以作者用《雅歌》联系黑人女人。

16 非洲人的饰品。象牙，见《雅歌》5:14，用象牙比喻良人的身体；7:4，比喻脖颈。《旧约》中多见手镯这种饰品。

17 eyes heavy, heavy eyes, 指眼光呆滞，死气沉沉。这里指黑奴，他们被运到了加勒比，下面写的都是这里的意象。

18 brigands who barbecued cattle,Tynan 认为,这暗示《奥德赛》中奥德修斯同伴宰食了太阳神许珀里翁的神牛。见 *Postcolonial Odysseys*,第 19 页。这个看法是正确的,参见同样使用奥德修斯故事的《回家:昂斯拉雷》,this barbecue of branches, like the ribs/ of sacrificial oxen on scorched sand。那里对这个典故体现得更为明确。

19 maw,见《纵帆船"飞翔号"》第十节。

20 Port Royal,位于牙买加金斯敦栅栏洲(见《星苹果王国》第四节)上的村庄,原为 16 世纪西班牙人建立的城市,17 世纪成为加勒比重要的航运和商业枢纽,但这里不断遭受地震、海啸、飓风和火灾的侵袭,一再受到毁坏,城市也多次被海浪淹没,最终,它的所有城市功能都被金斯敦取代。

21 海水淹没王港,犹如大鱼吞掉约拿;而约拿最终得活,王港也一再重建或被金斯敦代替。

22 onyx-eyed,onyx,缟玛瑙,有多种颜色,《圣经》中常见,和合本译为"红玛瑙",《创世记》2:12,伊甸园就有;也见《出埃及记》25:7。现代英语,onyx 专指黑缟玛瑙,简称黑玛瑙。下面的"珠宝"指玛瑙眼。

23 指伊丽莎白一世,她有秃发病。《纵帆船"飞翔号"》用石斑鱼比喻过上帝,这里比喻女王。伊丽莎白时代是英国文艺复兴时期的一部分,由于加勒比受英语文化影响很重,这里用英国文艺复兴作类比。

24 groined,groin 是哥特教堂的拱肋,穹棱。作者继续描写海底的场景,一方面用之比喻陆地上黑人的建筑物,另一方面将之对比西方历史,此处是"基督教时代"。加勒比黑人逐渐皈依基督教,他们也建立了自己的教堂,但相当简陋,海底的洞穴就像他们的教堂。

25 the furnace before the hurricanes:/ Gomorrah,furnace 在《旧约》中常见,和合本有时译为"炉",有时译为"烧窑"。此处提及蛾摩拉,见《创世记》19:28,And he looked toward Sodom and Gomorrah, and toward all the land of the plain, and beheld, and, lo, the smoke of

the country went up as the smoke of a furnace。这里描写所多玛和蛾摩拉被上帝焚烧的场景。和合本译为"烧窑",中译从之。这里指海底类似烧窑的石穴,如同被焚毁的蛾摩拉城,它比喻陆地上黑人烧炭的烧窑,或者是被飓风和殖民者破坏的建筑。

26　Lamentations,即《旧约·耶利米哀歌》的英文题目。尼布甲尼撒王毁掉耶路撒冷之后,耶利米作哀歌悼之。《哀歌》描述了城市受到劫掠的惨状,将这次劫难视为上帝的惩罚。此处的《哀歌》对应了加勒比经济的贫穷,上面的烧窑、风车和玉米粉都是标志。

27　除第一小节之外,本诗其他部分的时态都是过去时,所以这一句的意思就是,仅在过去,它不是历史。这个历史指欧洲人的官方的历史记录。黑人受苦的经历是他们自己的——如同犹太人——历史,具有人类普遍的精神元素,但不会被历史记录下来。见 *Postcolonial Odysseys*,第 19 页。

28　黑人原来的房屋都是芦苇茅草搭建,殖民者进行城市化改造,将它们拆毁。

29　lancing the side of God,side,见《约翰福音》19:34(也见 20:20,20:25),But one of the soldiers with a spear pierced his side, and forthwith came there out blood and water。和合本译为"肋旁"。钉十字架的人,照例要打断双腿,使其无法呼吸而死,由于耶稣已经死了,士兵就没有打断他的腿,直接用枪扎他的肋旁,检验他是否真的死了。lance,即长枪,这里作动词用,对应钦定本的 spear。教堂的塔尖就像长枪刺入上帝的肋旁,这也暗示了上帝已死,但是,按照《约翰福音》的记载,耶稣又复活了,所以上帝也会复活。加勒比黑人的基督教是异教,它让欧洲人的上帝死去,复活了新的上帝。

30　His son set,son 暗示 sun,这是作者常用的手法,这样,son set,即,sunset,呼应上面的"傍晚"(at evening,黄昏)。基督被钉死,犹如日落,这也影射了英帝国的衰落。

31　progress,见《纵帆船"飞翔号"》第九节。

32 Emancipation，首字母大写，指"西印度奴隶解放"，标志是英国1833年颁布、1834年执行的《废奴法令》（Slavery Abolition Act），从此，英属殖民地全部废奴。见《另一生》4.22.3。当然，作者也许还想暗示美国的《解放黑奴宣言》（*The Emancipation Proclamation*），1862年和1863年分两部由林肯公布。

33 废奴之后，黑人也开始皈依基督教，但这不是历史，而是信仰行为，所以西方的历史书不会记录。然而，黑人的信仰过程却源自对自然的信仰，所以其中有更深刻的历史。

34 暗示了西印度群岛联邦的解体以及各国的独立。

35 见《另一生》4.22.1，那里是白鹭，踏出圣书字，如同文书。

36 jetting ambassadors，jet指蝙蝠急速飞翔的样子，但这个词作为动词，表示乘坐喷气机，大使来往各国，要乘飞机。

37 警察的制服是卡其布做的，与螳螂颜色相近。

38 到此，作者列举了一系列社会上的主要人物：宗教人士、文书或公务员、民主政客、知识分子（思想贫乏如同萤火虫的光亮）、外交人员、法官、警察。他们都是新兴和独立的加勒比社会的重要组成，他们之所以被比成动物，因为一方面，他们（有白人，也有黑人，红黑人）都沾染或自带本土的劣根性，另一方面，较之西方社会树立的标准的"人"来说，是低一等的。尽管如此，作者最主要表明的还是，加勒比有自己的自然历史，虽然政治和国家腐败，但他们却有自己的独立性和自我，他们毕竟走上了独立的道路。沃尔科特并不像奈保尔一样，对他们持绝对悲观的态度。

39 sea pools, tidal pools或rock pools，潮汐池，岩石池，退潮之后，海边的岩石会积有海水，如同池塘，里面有很多如海星，海葵之类的海洋生物。

40 the sound like a rumor without any echo/ of History, really beginning，这一句的断句，我赞同Tynan的看法，最后一行的of指向sound；History与really beginning是同位语。没有回声的传

言，表明了"这是独立的声音，它不需要外界的参照点，也不会在重复中被歪曲"。这个历史是真的开始，因此之前的一切起点都是假的。群岛的真的叙事就在这个自然的历史中，它是第二伊甸园。见 *Postcolonial Odysseys*，第 20 页。

埃及，多巴哥

1 如诗中所示，本诗的题目仅仅指一个地方，而不是两个地方，但它由两个真实的地名虚构而成：一虚一实，埃及，即古埃及，是想象的地方，多巴哥是现实。它们构成了一个想象与现实交织的世界。本诗是一首反思性的爱情诗，主人公取自莎士比亚的戏剧《安东尼和克莉奥佩特拉》（参考了普鲁塔克的《希腊罗马名人传》）中的安东尼和克莉奥佩特拉七世，作者对这部戏剧以及莎士比亚戏剧的用词和意象多有借鉴。这两个人物，对应了现实中的沃尔科特和他的情人诺兰，与沃氏的经历贴合的是，安东尼抛弃了罗马的妻子（两任妻子，第二任是屋大维的姐姐屋大维娅），沉溺于埃及的克莉奥佩特拉。作者把自己想象成多巴哥的安东尼，他重复了古老的爱情故事，但他作出了不同的反思。按照诗中的暗示，就戏剧的时间来看，本诗应为安东尼亚克兴战役大败之前在埃及时。全诗都是安东尼（也即沃氏）的男性视角，他也想象了克莉奥佩特拉的心理世界，诗中只字未提后者的名字，只用"她"来表示。反思中的安东尼，又会让人想起沙班，而克莉奥佩特拉对应了玛利亚·康塞普松；他们也会让人想起思念妻子佩涅罗普的奥德修斯和诱惑他的卡吕普索以及爱慕他的瑙西卡，也见《海葡萄》。虽然本诗涉及了沃氏的个人经历，但反思的哲理是普遍的，涉及了情感与理性，欲望与责任的冲突；同时也涉及了加勒比文化与西方文化让沃氏这样的混血知识分子陷入的分裂。见 Baugh 的 *Derek Walcott*，第 118—119 页；见 *Nobody's Nation*，第 43 页；

N.Schaffeld 的 *Shakespeare's Legacy: The Appropriation of the Plays in Post-colonial Drama*（WVT Wissenschaftlicher Verlag，2005），第100页。本诗1978年发表在《安泰》，有多处异文。

本诗与沃氏后来的戏剧《蓝色尼罗河支流》(*A Branch of the Blue Nile*)也有一定的联系。这出戏于1983年和1985年分别在巴巴多斯和特立尼达上演，诺兰扮演了其中的一位20多岁将近30岁的混血女演员玛丽莲·刘易斯，被称为月光玛丽（Mary La Lune），这个角色是沃氏为她量身而写。这部戏剧的结构是戏中戏，其情节是，一个特立尼达的剧团正在排演《安东尼和克莉奥佩特拉》，导演是白人，而扮演克莉奥佩特拉的是30岁出头的混血女演员茜拉·哈里斯（Sheila Harris）。由于克氏这个角色设定为白人，按照英国习惯，也由白人扮演，所以茜拉完全不能入戏，她在开演时逃离。接替她的就是皮肤略亮的地中海人玛丽莲。她严格按照白人导演哈维的意思、以西方的方式来演。但是，这样的戏剧不伦不类，剧团受到抨击，最终解散。而归来的茜拉并没有放弃，仍然坚持以本土的方式出演，无论是在生活，还是在剧场。这种表演理念也体现在戏剧中的特立尼达演员克里斯身上，同时也符合沃氏本人的观点。见 *Three Plays: The Last Carnival; Beef, No Chicken; and A Branch of the Blue Nile*（Farrar, Straus and Giroux，2014）。

对于这部戏剧的最详细的分析来自松田千穗子（Chihoko Matsuda），她也联系了本诗。按照她的看法，首先，莎士比亚的那部戏剧，是英帝国扩张时期的产物，东方和东方女性成为了西方人眼中的"奇观"，埃及艳后就是供西方观看的"他者"(Other)。结合本诗来看，沃尔科将"埃及/多巴哥"与"罗马帝国/英帝国"对立，前者都是后者侵占过的地方，处于低一等的位置，而性别中处于相同位置的女性又是前者的代表，后者是入侵的男性；前者有着难以抵抗的诱惑和丰富的资源，供后者随意获取。见"'Her Breathing...Fills the Lungs of the Theatre'：A Woman on the Caribbean Stage in Derek

Walcott's *A Branch of the Blue Nile*",第22—24页。在《热带动物寓言集》中,我引用过她的一些观点,那里也谈到了沃氏对埃及意象的使用。但是,她有个看法是错误的,她将含义复杂的本诗简单地作为那部戏剧的对立面,认为前者仅仅是从西方视角描绘和否定东方女性,后者才是反思性的。实际上,本诗中,安东尼并未仅仅将女性作为占有物,因为他恰恰是红黑人,是加勒比的安东尼。他身上的白人部分都在想象中;加勒比的部分都是实景。他就是一个漂泊中被卡吕普索诱惑的红黑人奥德修斯。在两性关系中,安东尼也受制于女性,并非绝对的主动者。

既然这部戏剧体现了欧洲文化与加勒比文化的冲突。那么可以认为,本诗就如同一幕戏剧场景,扮演安东尼的作者,作为男性演员,他内心也产生了矛盾:一方面,他陷入情欲,性爱后对此产生厌恶(性爱后),认为自己如安东尼一样放弃罗马,堕落在异域,进而,他也厌恶加勒比的政治和社会现实,显然,他有一种似乎来自白人血统的优越感,这也是红黑人身上通常会体现的。另一方面,性爱其实给予了他最自然的解脱和释放,让他冷静思考现实,面对自己的本性,如结尾所言,情妇是自己纯真的孩子,这样,他回归了埃及和多巴哥的本土精神。黑人的血统和对加勒比的迷恋,能够缓解他的压力,让他短暂地超越现实,就如沙班独自在甲板上看星辰一样,短暂地感受到自我的存在。抛开文化冲突,从责任与情欲这一组矛盾来看,埃及/多巴哥代表情欲,罗马(安东尼的祖国和家人在那里)代表责任和义务。

2 即沃尔科特第三任妻子诺兰·麦迪威尔(Norline Metivier),她是一位混血的舞蹈家和演员,也是沃氏特立尼达戏剧工作室的成员。1981年开始,沃氏凭借基金会资助先后成为美国哥伦比亚大学、波士顿大学和哈佛大学访问教授,诺兰与他一同去往美国,两人在1982年结婚,但很快离婚,诺兰还经历了流产。沃氏1986年开始,与西格莉德·娜玛同居,但始终未婚。诺兰的名字只用首字母缩写,是为了让它更隐晦，也许是因为，沃氏想隐瞒自己在婚内与诺兰有染的事实，他对玛格丽特和子女心存内疚，但此时，又恰是他与诺兰感情甚笃的时候。之后的事实证明，两人的感情并不牢固。

3 Numb Antony, in the torpor/ stretching her inert/ sex near him like a sleeping cat，旧版为，Numb Antony, in the torpor/ that <u>stretches beyond/ the sex</u> beside him like a sleeping cat。安东尼与克莉奥佩特拉做爱之后，进入了生理学所谓的"性交后忧郁"（见《热带动物寓言集·八爪鱼》），这让他可以反思自己的欲望。sex，即性器官，新版精妙地补充了旧版没有用的 her，这个简单的代词体现了女主人公的"女性"仅仅相对于男性（near him）；在男性的视角下，她如同被创造出来一样，而且一上来所展现的就是性的部位，这个部位几乎成了埃及艳后的本质，这暗示了在西方男性/一般男性眼中，东方女性/一般女性是用来满足性欲及其优越感的工具，但后面，安东尼会反思这一点。cat，这里意同于 pussy，这两个词都可以指女性的生殖器，同时又可以指女性，不过 cat 往往指恶妇和悍妇，pussy 指温柔的女性。stretching，本义是延展、扩张，这里指做爱时女性生殖器的扩张，引申义指过度使用某物，超出其承受力。这个动词的主语是"男性"，"女性"则是客体，但是，客体也让主体陷入了。旧版用不及物的形式，新版改为及物，并补充 inert（没有活力，指女性生殖器已经没有弹性、疲软），为了与下面"荒漠"（desert）押韵；这个词后面也重复了一次，反讽地形容安东尼本人。这个动词，我确信，作者想到了莎士比亚《亨利八世》第二幕、第三场的那个著名的比喻，老妇人说，<u>the capacity/ Of your soft cheveril conscience</u> would receive, / If you might please to <u>stretch</u> it。把软羊皮手套比作女性阴部，那里就是女人的良心所在，但它具有弹性，可以撑到很大，装满地位、金钱、权力，也即，女人可以用私处或良心换取这些。

在沃尔科特的戏剧生涯中，他起初坚持以男性作为主人公，这为了反抗西方文化将异域文化"阴性化"的做法。他反过来认为西方戏剧文化是女性化的,而加勒比的戏剧应该是阳性的,充满男人气。在《意义》("Meanings", 1970) 一文中,他甚至认为加勒比女性不要参与戏剧,显然,他也陷入与西方文化一样的二元结构。但是在《蓝色尼罗河支流》中,茜拉这一角色证明了他放弃了那种男性的沙文主义观念。见 "'Her Breathing...Fills the Lungs of the Theatre': A Woman on the Caribbean Stage in Derek Walcott's *A Branch of the Blue Nile*",第30—31页。实际上,与那部戏剧一样,本诗也是对《意义》一文的超越,只不过是从男性的角度:安东尼放弃了阳性的权力,享受着与女性在平等的交流中获得的宁静。

4 desert,既指多巴哥的沙滩和埃及的沙漠,也比喻女性的生殖器或私密处。"沙漠"这个意象既形容克莉奥佩特拉的情欲旺盛,让安东尼精疲力竭,难以走出,也指其丈夫和情人众多,如同谁都可以去的沙漠:按照史料记载,克氏有过两任丈夫(两个弟弟托勒密十三世和托勒密十四世),除安东尼(为他生有两子一女)之外,情人还有凯撒(育有一子),也许还有庞培的儿子。这个比喻显然来自莎士比亚,见其《商籁集》("黑女士"商籁) 137,形容女性私处,虽然是 a several plot(私地),但其实是 the wide world's common place(伊丽莎白时期的公地)和 the bay where all men ride。这首商籁表达了男人受女人的诱惑,但怀疑她的品质,认为她是"公地"和"海湾",广阔得可以接纳任何一个男人,任其占有和驾驭。另见《商籁集》135,里面说女性私处(Will, 也表示情欲,肉欲), large and spacious; So thou, being rich in Will, add to thy Will/ One will of mine, to make thy large will more。后面,还会把安东尼的腹股沟比作沙漠的战壕。

5 legions,来自拉丁文 legio,专指罗马军团,每个军团共3000到6000人。

6 比喻克莉奥佩特拉的乳房,也暗示了她的肤色。

7 triremes,古希腊人和罗马人使用的三排桨战舰。

8 褶皱的床单比喻海,见《群岛》。

9　temple，自然而且精妙的双关语，但我只能译出一个意思：第一个意思指现实里克莉奥佩特拉的太阳穴。第二个意思指神庙，即克莉奥佩特拉的伊西丝神庙，克氏精通古埃及文化，自比女神伊西丝。凯撒曾经为克氏在罗马建了金像，模仿伊西丝的样子。提到这个神庙，还有一个重要的暗示，克氏最终自杀于神庙之下她自己的陵墓中。

10　苍蝇落在了太阳穴上。在莎士比亚戏剧中，苍蝇总是暗示情爱之事，如《泰特斯·安德罗尼库斯》第三幕，第二场，把皇后身边与之通奸的摩尔人比作苍蝇。《奥赛罗》第四幕，第二场，奥赛罗说黛丝狄蒙娜的贞洁就像肉铺的苍蝇。《罗密欧与朱丽叶》第三幕，第三场，罗密欧说苍蝇们可以接触朱丽叶的玉手和嘴唇。见 G. Williams 的 *Shakespeare's Sexual Language: A Glossary*（Bloomsbury Academic, 2006），第 129 页。这样来看，暗藏的句意就是，苍蝇在神庙门上，想从伊西丝那里得到与情事有关的讯息，也许指安东尼对两人的关系感到不安。

11　头发指克莉奥佩特拉的头发，但诗中没有用任何表示性别的代词，因为克氏被比作了与两性关系无关的孩子。

12　the fallen column，指开头提到的棕榈。本诗第一行，原文为，There is a shattered palm。旧版为，There is a fallen palm，因为与这里重复，作者修改了。

13　a copper palm/ tree at three，"树"（tree）放在下一行，为了与"三点"（three）呼应。安东尼比作棕榈，指其也如现实中的棕榈一样衰落。"红铜色"，即，红棕色，暗示了他的肤色，他不是白人或罗马的安东尼，这一点非常关键。"三"也许暗示了后三头（奥古斯都、安东尼和雷必达），另外，作者，玛格丽特，诺兰则是三角关系。

14　Her salt marsh dries in the heat, salt marsh，比喻克莉奥佩特拉的生殖器。在莎士比亚戏剧中，盐表示了肉欲和性爱。如《安东尼和克莉奥佩特拉》第二幕，第一场，庞培称克莉奥佩特拉为，Salt Cleopatra，指克氏为海中出生的维纳斯，但暗指其情欲旺盛，维纳斯当然也是爱神。第二幕，第五场，说克莉奥佩特拉的潜水者（diver）将腌鱼（salt-fish）故意放在安东尼钩上，这就激起了后者的情欲。因为潜水者暗示"潜入"女性"阴池"（pudend-pond, Partridge 语），"鱼"表示男性生殖器（莎士比亚那里，鱼还可以表示女人，性爱），salt 表示情欲。也见《奥赛罗》第二幕，第一场，伊阿古说凯西奥的情欲，salt and most hidden loose affection。见 *Shakespeare's Sexual Language: A Glossary*，第 126，267 页；E. Partridge 的 *Shakespeare's Bawdy*（Routledge，2005），第 120 页。另外，在《李尔王》第三幕，第六场，说尼禄是 an angler in the lake of darkness。黑暗之湖指冥湖，也指女人的阴部和子宫，意思正合此处的盐沼。heat，莎士比亚那里，heat 表示性交时的体热和性爱的激情。见 *Shakespeare's Sexual Language: A Glossary*，第 154 页。

15 指安东尼在温柔乡中，因为他要脱掉铠甲。《安东尼和克莉奥佩特拉》第四幕，第四场，安东尼从床上起来，要上战场，让克莉奥佩特拉帮他穿铠甲。

16 莎士比亚那里，"汗"暗示性交。见 *Shakespeare's Sexual Language: A Glossary*，第 297 页。

17 the changing surf/ of senators，旧版为 rumourous surf/ of robed senators，显然，surf 比喻的是元老们的长袍和声浪。

18 沃尔科特写作本诗时，头发斑白，而安东尼也是如此，见《安东尼和克莉奥佩特拉》第四幕，第八场，though grey/ Do something mingle with our younger brown。安东尼年轻时是褐发，但现在已经发白。安东尼去世时 53 岁，沃氏写作本诗时年近五十，年龄相仿。"熊"，《安东尼和克莉奥佩特拉》第四幕，第十四场，安东尼说云会变化成龙、狮子、熊或马等，然后说自己就是云，留不住自己的形体，最终消散。这几种动物也是自喻，比喻自己的雄武刚健。

19 sweet stench，见《另一生》1.5.2，用的是 stink。那里也用了狐狸的比喻，是母狐狸（vixen），狐狸比女人，见《仲夏夜之梦》第三幕，第二场。

20　sleep，这个词在本诗中出现多次，有时指熟睡的克莉奥佩特拉，有时指性爱，如 sleep with，即，与人性交。克氏具有一种让男性宣泄欲望、进入平静的安眠的力量。

21　dead soldier，双关，指空酒瓶，现实中的安东尼可能拿着酒瓶，这个短语是一战时出现的，

22　mare，让人想起狄俄墨得斯的四匹牝马。莎士比亚那里，牝马可以指女人，联系了性方面，也可以指放荡的女人，或妓女。《安东尼和克莉奥佩特拉》第三幕，第七场，爱诺巴博斯阻止克莉奥佩特拉出征，他说，公马和母马一起上战场，公马迷失，母马驮着士兵和公马。暗示维纳斯（克莉奥佩特拉）会让战神玛尔斯（战争）迷失。见 *Shakespeare's Sexual Language: A Glossary*，第 202 页。

23　creep up，见《另一生》1.1.1。

24　brass brow，《以赛亚书》48:4，Because I knew that thou art obstinate, and thy neck is an iron sinew, and thy brow brass。和合本译为"铜额"。形容人顽固强硬，难以控制。

25　autumnal lust，旧版后面还有 obsession 一词。《安东尼和克莉奥佩特拉》第五幕，第二场，克莉奥佩特拉形容安东尼，For his bounty,/ There was no winter in 't, an autumn 'twas/ That grew the more by reaping。说安东尼慷慨犹如丰收的秋天，这不仅仅指财物，还指感情。lust，《温莎的风流娘儿们》第五幕，第五场，Lust is but a bloody fire, Kindled with unchaste desire。这句相当于一个通俗的 lust 的定义，合乎这里的语境。按照这个定义，安东尼最终身死，是因为 lust，但沃尔科特认为不是，应该是爱。

26　《安东尼和克莉奥佩特拉》第四幕，第十二场，亚历山大里亚战役中，安东尼统治的埃及军队还有罗马军队纷纷倒戈，投奔屋大维，安东尼认为克莉奥佩特拉背叛自己，愤怒地赶走了她。两人之后的死亡与这个"背叛"的误会有关。

27 指震怒中的安东尼,因为旧版为 he。

28 指克莉奥佩特拉的皮肤棕色。克氏的人种情况是一个争议颇多的问题。实际上,克氏更近似白人,因为她是马其顿人,近似于希腊人,她并非埃及人。仅在《安东尼与克莉奥佩特拉》中,莎士比亚把她塑造为棕色或暗色皮肤的人,如第一幕,第五场,Think of me/ That am with Phoebus' amorous pinches black/ And wrinkled deep in time。无论克氏的皮肤和人种如何,莎士比亚都把她当作了文化上的"他者",这也是沃尔科特注意到的地方。见"'Her Breathing...Fills the Lungs of the Theatre': A Woman on the Caribbean Stage in Derek Walcott's *A Branch of the Blue Nile*",第 26—27 页。

29 Caesars,这里的 Caesar 不是指尤里乌斯·凯撒,而是指"凯撒"(其家族名或第三名)这个头衔。在《安东尼和克莉奥佩特拉》中,凯撒即屋大维(Gaius Julius Caesar Octavianus),尤里乌斯·凯撒曾指定这位养子接替自己,后者就将"凯撒"加入自己的名字并作为自己的称号。

30 旧版有 look like,新版为了简练,去掉,但意思没变。

31 who,上面一直说睡眠,这里转为写人,指睡着的克莉奥佩特拉。

32 ready to lose the world,/ to Actium and sand,第一行,旧版为 about to lose,表明安东尼即将去亚克兴作战。第二行是新版所加。to,表明了 lose 的原因,即,因为亚克兴和沙滩,而失去了世界。Actium,即亚克兴海角,希腊西北部的海岬,位于爱奥尼亚海,临近安布拉西亚湾。公元前 31 年 9 月 2 日,安东尼与克莉奥佩特拉(掌控海军)的联军在这里与屋大维军队展开了决定性的海战。安东尼败走埃及,屋大维最终成为了罗马共和国元首。"沙滩",指埃及亚历山大里亚的沙滩,安东尼在这里与屋大维进行了最后的战斗,死于此处。按照这两句,本诗的场景发生在亚克兴海战之前,这是他即将衰败之时(如同倾落的棕榈),而且这是注定的。显然,沃尔科特模仿了《百年孤独"（马尔克斯也是影响沃尔科特的重要作家，《星苹果王国》一诗体现了这一点）的开头，将过去、现在和将来放在这两行没有动词的句子中：此时，安东尼即将出征，在亚克兴战役之后，他将会想起战败之前与克莉奥佩特拉缠绵的午后。

33　对孩子才是真正的超越性欲的"爱"，它的内在是平和和宁静的，是理性和"单纯"的。这种状态是一瞬间的永恒，沙班在甲板看星辰时也有这样的感受。就这一方面而言，安东尼对克莉奥佩特拉的爱，就是对自然的那种单纯性的爱，也即，对自然的"虚无"的爱。对情妇则是 lust，它会引起冲动和震怒，是纯感性的或无理性的。这样，本诗就超越了莎士比亚的戏剧，戏剧体现的是 lust 对安东尼的毁灭，本诗则是安东尼主动寻觅到的积极的幻灭，这种幻灭，即消解了殖民者的权力，也消解了作者本人对情欲的痴迷以及对婚姻危机的痛苦。如 B.DeMott 所言，本诗"最终创造出了一种悬置英雄的体验，一种间隔，在其中，掠夺性的权力感觉到了自身的空虚，同时，一种新的栖居于世界和时间的方式被暗示出来，这两方面固定住了那种权力。"见"Poems of Caribbean Wounds"，*Critical Perspectives on Derek Walcott*，第 301 页。

在《蓝色尼罗河支流》中，茜拉说，在扮演克莉奥佩特拉时，她的体内仿佛盛着"一个死胎（a stillborn child）"，她就像一副"石棺"装着克氏。联系这个比喻，本诗中，克氏如同孩子在熟睡，就像孕育中的"活胎"，她是超越种族和肤色的原始的精神象征，但她需要借助男性诗人的目光。

罗伯特·特雷尔·斯彭斯·洛威尔（1917—1977）

1　R.T.S.L.，原题为洛威尔全名 Robert Traill Spence Lowell 的缩写，加了洛氏的生卒年，因此本诗是悼亡诗，诗的主题相关于洛氏的诗歌艺术本质,以及读者应该如何了解洛氏。本诗的句式和风格也是洛威尔式的。洛氏60岁时,死于心脏病突发,这似乎与他长年患有的躁郁症(manic depression)有关。但恰恰是这种病,让洛氏写出了很多重要的诗作,也影响了他的风格。沃尔科特曾写过散文《论罗伯特·洛威尔》,发表在《纽约书评》(1984年3月1日),文中提到了洛氏的疾病与他的诗歌写作的关系:他"一生的大部分时间都在治疗……精神病的发作上……这种创造诗歌的力量,虽然损害了他的精神,但也拯救了他。……疯人院,收容所,医院,他的精神病发作,这些从未离开过他,但是,它们并没有让他疯癫"。

洛威尔有三位关系密切的年轻朋友,他对他们有着深刻的影响,这三位朋友后来都获得了诺贝尔文学奖,沃尔科特是其中一位,另两位是布罗茨基和希尼。后两人也都写过哀悼洛氏的诗作。见C.Benfey的 *American Audacity: Literary Essays North and South*(University of Michigan Press, 2010),第127—128页。

在《另一生》标题的评注中,曾介绍过洛威尔致沃尔科特的书信及其影响。在E. Hirsch的访谈中,沃氏承认洛氏对他有重要的影响,也谈及了他与洛氏的友情和交往,那里也提到了本诗。沃氏先回忆了20世纪60年代他和玛格丽特与洛氏一家在特立尼达的会面,然后提到了在纽约时与他的往来,他还会叫上金斯堡。洛氏对于一切诗人开放接受的态度深深影响了沃氏,他说,洛威尔"不是那种自称'我是美国诗人,我独一无二,我要有我自己与众不同的声音'的诗人",相反,他是"自称'我要接纳一切'的诗人"。他有"多层次的想象力"。在J. P. White的访谈中,沃氏评论了洛威尔的著名诗集《生活研究》(*Life Studies*),他扼要地总结了这部诗集的特点:它具有一种"随意腔",就像把夹克扔在椅子上一样,听起来就像说话;洛氏创造了一种有节奏的、流畅的、随性的诗句,用自己的声音,自己的对话。但是,他不认为这部诗集是绝对的创新,其他诗人以及洛氏之前的诗作早已体现过这样的风格。这部诗集依然体现了它与经典作品的张力。见 *Conversations with Derek Walcott*，第 116—117, 163—164 页。洛氏也影响了沃氏将小说与诗结合，也见《恩赐》之《六小说》。

本诗的最后一节阐述了洛威尔的核心诗学观，与沃尔科特的"顿现"理论有相通之处，这两位诗人都是善于描写光影和日常事物的大师。另外，洛氏一生也是三次婚姻，他的诗中也同样有对爱情和婚姻危机的思考。关于洛氏对沃氏的影响，见 C.Bedient 的 "Derek Walcott: Contemporary"，*Derek Walcott*（Bloom's Modern Critical Views），第 12—14 页；J. D. McClatchy 的 "Divided Child"，*Critical Perspectives on Derek Walcott*，第 359 页；*Nobody's Nation*，第 157 页；Abandoning Dead Metaphors，第 134, 144 页。顺便一提的是，1981 年开始，沃尔科特受基金资助去往美国，先后成为美国哥伦比亚大学、波士顿大学和哈佛大学的访问教授，并在波士顿大学担任了讲席教授，他接替的正是前几年去世的洛氏。

《仲夏》32（本诗集未收），还描写过洛威尔的外貌，常被引用，诗中提到了他的绰号 Cal（来自卡利班和卡里古拉），The city of Boston will not change for your sake./ Cal's bulk haunts my classes. The shaggy, square head tilted,/ the mist of heated affection blurring his glasses,/ slumped, but the hands repeatedly bracketing vases/ of air, the petal-soft voice that has never wilted。

2 指身后事，尤其是下面提到的葬礼事务，这方面的问题，无法询问死者。

3 glazed，沃尔科特的常用词。这里指尸体美化后，眼帘有光泽，如同涂釉；glazed 修饰眼睛时，习语里也表示呆滞无神。

4 dry mouth，显然指向了艾略特《小老头》("Gerontion")，Here I am, an old man in a dry mouth,/ Being read to by a boy, waiting for rain。1956 年 6 月 19 日致艾略特信中，洛威尔也提到了这首诗，并且联系了这一句。见 S. Hamilton 编辑和注释的 *The Letters of Robert Lowell*（Macmillan, 2007），第 260, 725 页。这个短语也出现在《生活研究》的《给哈

特·克兰的话》("Words for Hart Crane"), When the Pulitzers showered on some dope/ or screw who flushed our dry mouths out with soap。

5　洛威尔死于心脏病，这里死后，人们打开他的衣服，检查他的心脏。这里开始引入了两个死后的问题。

6　a rage of swallows，用燕子比喻洛威尔躁狂时的愤怒，他已经死了，所以打开衬衫，怒气就释放出去了。燕子是洛威尔常写的鸟，沃尔科特很可能指的是《不归》("Will not Come Back")开头，Dark swallows will doubtless come back killing/ the injudicious nightflies with a clack of the beak。

7　worms，指死后长在尸体脑中的蛆虫。这几句可以联系洛威尔的《醉渔夫》("The Drunken Fisherman")，A whiskey bottle full of worms;/ And bedroom slacks: are these fit terms/ To mete the worm whose molten rage/ Boils in the belly of old age?。

8　library，联系洛威尔《一年末》("End of a Year")，gods die in flesh and spirit and live in print,/ each library a misquoted tyrant's home。诗人死后，他的思想仅仅成为印刷出的图书被固定下来。

9　ironical adieux，法语，adieu 的复数，即再见、告别，葬礼时常用的正式语，表示最后的道别。ironical，联系了洛威尔诗歌反讽的风格。

10　作者非常仓促，也可能没有经验，没有佩戴黑领带，而且也不清楚什么时候该致哀。在 E.Hirsch 的访谈中，沃尔科特描述了自己的尴尬，他说，在葬礼上，他正好坐在当时还不认识的布罗茨基旁边。为了合乎程序，他一直偷偷看着布氏，打算等后者哭的时候，自己再哭。但布氏表情严厉，而沃氏也趁机控制住了眼泪。见 *Conversations with Derek Walcott*，第 119 页。这样反讽的场景和"不严肃"的感受其实就带有洛威尔的风格；而按 S. G. Axelrod 的记载，这场在波士顿灯塔山降临教堂举行的葬礼就有"反讽"的味道，它被某位朋友描述为，"它本身就像卡尔的诗——只不过他没有在这里写它"。见 *Robert Lowell: Life and Art*（Princeton University Press, 2015），第 233 页。沃氏也应该是这样想的。

11 洛威尔曾有一部《模仿集》(*Imitations*, 1962)，其中按照年代收录了洛氏对荷马、里尔克、帕斯捷尔纳克、兰波等诗人的"意译"——洛氏的翻译带有再创作的成分，因为他认为平常的可靠的译者仅仅译出字面意思，而诗歌的语气（tone）才是关键——其中就有里尔克的《鸽子》("Die Tauben")一诗，洛氏把这首译诗献给研究过人类精神问题的阿伦特。这首诗的主题是回家，合乎本诗的主题，因为死亡就是回家。当然，也可以理解为，鸽子冲出牢笼这个意象比喻了洛氏自由写作、毫无拘泥的风格，这就联系了《模仿集》。该诗有几句与此处有联系，the pigeons gets clear of the pigeon-house.../ What is home, but a feeling of homesickness/ for the flight's lost moment of fluttering terror?。

12 指"（1917—1977）"这个生卒年标志。在《论洛威尔》中，沃尔科特说过，去世的洛威尔成为了卷首插画的椭圆像，他的日期闭合，生卒年之间的连字符完整，换言之，洛氏被符号化和肖像化。由此，诗人的传记成为了主要情节，他的诗作反而成了次要情节，但是，传记并不可信，如同小说。而对一个人加以了解的真知，不在于这个人的生活，而是他的"姿态"。所以，洛氏去世之后，读者是否真的了解他，沃氏心存疑虑。在前面提到的访谈中，他已经指出，读者们只会把他标签化。

13 a world, a wholeness,/ an unbreakable O, O，比喻两个圆括号，它们闭锁后，洛威尔的世界就成了一个圆满的整体（wholeness）。world 和 wholeness 两词押头韵，而且都有一个 o 字母；Lowell 这个姓也是。

14 something that once had a fearful name/ walks from the thing that used to wear its name,/ transparent, exact representative，a fearful name，这个短语一般指上帝的名字，如《申命记》28:58；《诗篇》111:9 说上帝的名字神圣可敬（reverend）；86:11，大卫说要敬畏上帝之名（to fear thy name），也见 102:15；《利未记》24:14，圣名不可亵渎，亵渎

的人要用石头砸死。上帝在《旧约》中称雅威（יהוה），即四字神名，后来被拉丁化为耶和华。犹太人为了避讳，往往称为主。这个名字的含义，《出埃及记》3:14有解释，上帝说自己的名字是，I AM THAT I AM（אהיה אשר אהיה）或 I AM。

因此，这一句的 something，就是指上帝、"存在"本身、绝对的"存在"，永恒、独一、名实合一的"存在"。洛威尔在《楠塔基特的贵格会墓地》第三节中，依此称上帝为 IS，将之比作白鲸，Of IS, the whited monster（初版为，Of Is, the swashing castle）；与《启示录》密切相关的《彩虹尽头》（"Where the Rainbow Ends"）也有，Who fans the furnace-face of IS with wings（IS 初版为 Is）。按 Staples 的意见，洛威尔那里的 IS，也可以表示 Iesus Salvator（救世主耶稣）的首字母合写。但这仍然与上帝和存在相关。关于这两处，均见 F.Bidart 和 D.Gewanter 的注释，*Collected Poems*（Faber & Faber, 2003），第1009, 1024—1025 页。

沃尔科特也沿袭这个用法，如《恩赐》23, the invincible IS。IS 或 I AM，虽然是现在时，但不是相对于过去和将来，而是表明永恒。由此，这几句的意思是，"存在"本身，从带着它名字的事物（教堂、汽车、公园）中浮现出来。"存在／是"是万物中最普遍、最具代表性、最透明的事物，没有它，就没有万物，它就是世界的光，甚至超越于日光。沃尔科特曾直接称"光"为存在，the is, the light, the is, the thing that is at the heart of being。光等同于爱，等同于上帝。见 J. P. White 对他的访谈，Conversations with Derek Walcott，第 155 页。《恩赐》一诗第五节，称存在是透明的，every presence is transparent。

洛威尔和沃氏对于存在的关注，也可联系柯勒律治。他在《文学传记》中将"第一想象力"（primary imagination）定义为，a repetition in the finite mind of the eternal act of creation in the infinite I AM。见 J. Engell 和 W. J. Bate 编订的 *Biographia Literaria*（Princeton University Press, 1983），第 lxxxix, 304 页。I AM 就是 IS，无限的存在；人作

为小我（I am），在有限的心灵中通过想象活动或想象出的意象与自然存在交汇；而具有第二想象力的诗人会在更高的层次上把握存在，为世界赋形，创造新的理想世界。——第二想象力区别于无意识层面的第一想象力，其程度更强，处于意识层面，也涉及了无意识的元素。但作为现代诗人的洛威尔和沃氏关注的是如何将第一想象力所形成的意象表达出来；我们从诗的语言和意象中，就可以直接目睹存在本身。他们创造的不是语言中的理想，而是生活中的语言和名字。

这几行暗示了洛氏的宗教背景以及信仰转变：从背离新教、信奉天主教开始，最终放弃宗教，转向个人体验和日常事物。洛氏生于新教家庭，但他20世纪40年代皈依天主教，因为天主教能赋予他诗歌写作的形式以及观察自然和特殊事物的态度。不过很快，洛氏又拒绝了天主教以及新教，信奉弗洛伊德，但是，他并未放弃信仰活动，而且天主教提供的对事物的认识方式以及本体论的哲理，仍然被《生活研究》之后的诗歌继承，尽管宗教象征和主题已经淡化。

从洛威尔诗学观来看，这几句概述了他所认为的诗歌本质。首先联系其《收场白》("Epilogue")，The painter's vision is not a lens,/ it trembles to caress the light./ But sometimes everything I write/ with the threadbare art of my eye/ seems a snapshot...Yet why not say what happened?/ Pray for the grace of accuracy/ Vermeer gave to the sun's illumination...We are poor passing facts,/ warned by that to give/ each figure in the photograph/ his living name. 与之相应，在与I.Hamilton的访谈中，洛氏阐明了自己的诗学观，与这里也有联系，"我想要描述直接的瞬间。比如某一天，我看到某事，我就在那天写下来，第二天，就写第二天的。我感觉到或看到，或读到的事情，都在漩涡中漂流……在《生活研究》中——这是一个极限——我希望每首诗看起来都是敞开和单面的，就像一张相片。……要严格地限定于表达现象（appearances）。《战争与和平》那种方式似乎最完美，但诗歌更简练的才华会让它变平（flattening）……有时候，自由诗就像呼吸赤裸

的空气，只靠它而活"。在上述内容中，洛氏规定了现代诗人的任务和诗歌的本质，这都被沃尔科特、希尼等诗人继承，即，像拍照或写实画一样简练地揭示现象，在物理光影和主观视见之间达到平衡；为人和事物命名，在日常现象中展现事物的存在或本质——如《收场白》中提到的维米尔，这正如沃氏的亚当和克鲁索，以及乔伊斯的斯蒂芬的顿现。从沃氏的理解来看，洛氏的诗学不能仅以所谓的"自白"（confession，忏悔告白）这样的标签来概括，他的作品不仅是处理个人情感和对自我的精神分析，还是对世界的观察和认识，他仍然坚持着诗人自古以来的命名任务。而洛氏的长短不一、自由无韵的诗句，也是为了这个任务服务。关于洛氏的诗学理念及其宗教信仰，见 *Robert Lowell, Interviews and Memoirs*（University of Michigan Press, 1988），第 66，158，162 页；Hamner 也认为这几行是对洛氏诗歌本质的概括，见 *Derek Walcott*（Twayne, 1993），第 113 页。

15　sunlight，洛威尔非常爱写日光，因为光是上帝的象征，它让世界显现出来，供诗人命名。如《波士顿洛根机场》（"Logan Airport, Boston"），Bright sun of my bright day,/ I think God for being alive—/ a way of writing I once thought heartless。《笔记本 1967—1968》第 11 首，sun baking a bright fluff of balsam needles,/ loose yellow swaths; and yet the scene confines;/ sun falls on so many, many other things。这两处对日光的描写是典型的洛威尔的风格，影响过沃尔科特。

16　Boston Common，波士顿市中心的公园，有一座墓地。提到这个地方，当然是指洛威尔非常著名的《献给联邦死难者》（"For the Union Dead"），I pressed against the new barbed and galvanized// fence on the Boston Common。这首诗也描写了上面提到的"教堂"（the old white churches hold their air/ of sparse, sincere rebellion）和"汽车"（giant finned cars nose forward like fish），这两处描写也是典型的洛威尔式的，符合上面概括的他的诗歌本质，也影响过沃尔科特。

　　布罗茨基的俄文悼亡诗同样联系了《献给联邦死难者》；而希尼

的悼亡诗则分两个方面，一方面谈到了洛威尔是自己的诗歌之父，you found the child in me/ when you took farewells/ under the full bay tree/ by the gate in Glanmore,// opulent and restorative/ as that lingering summertime...；另一方面将洛氏树立为诗人生活的榜样，The way we are living,/ timorous or bold,/ will have been our life。本诗实际上补充了第三个方面，就是诗人如何用平常的名字写诗。见 *American Audacity: Literary Essays North and South*，第 128 页

17　如果指一般意义上的书，显然可以联系洛威尔《阅读自我》（"Reading Myself"）的最后一句，this open book... my open coffin。仅当写作完成时，书才被打开；作者被一种模式概括，供读者理解，但他也就如同死去一样，书就像棺材。洛威尔本人的去世，标志着他会被模式化；而他的诗虽然揭示了鲜活的存在，但假如通过某种模式去涵盖它，也会使之死亡。因此，为了让他和他的诗继续活下去，我们不需要借助书来理解他的思想，而是要通过他的目光去亲自静观事物的存在；存在以及见证存在的诗，都是不死的。关于洛威尔的这一句，S. Matterson 的理解非常到位，见 *Berryman and Lowell: The Art of Losing*（Macmillan Press，1988），第 81 页。如果联系上面的"存在"概念，这里也可指《圣经》，Bible 的含义本身就是书。洛威尔的诗就是生活本身，它比《圣经》更能够揭示存在。

欧洲森林

1　Joseph Brodsky，苏联出生的美籍诗人，犹太人，1987 年获得诺贝尔文学奖，是沃尔科特的好友。布罗茨基在苏联长期受到压制，1972 年被剥夺国籍，流放至欧洲，后赴美任教。在 E.Hirsch 的访谈中，沃氏谈到过他与布罗茨基的友情。两人相识于洛威尔的葬礼上，之后一起去了毕肖普家。沃氏认为布氏是一位"纯粹的诗人"，一心把诗

歌视为艰苦的工作，诗就是他的生命。在 S.Birkerts 的访谈中，布罗茨基也谈到了与沃氏的相识。《另一生》给他留下了深刻的印象，他认为"我们的手中有一位巨人"，他甚至要把沃氏比作弥尔顿，或介于马洛和弥尔顿之间。而且更重要的是，他不认为沃氏仅仅是地区性的、加勒比诗人。见 *Conversations with Derek Walcott*，第 119 页；*Joseph Brodsky: Conversations*（University Press of Mississippi, 2002），第 85 页。

本诗描写的是两位诗人游历冬季的俄克拉荷马，沃氏通过美国的森林想象了欧洲（俄罗斯，英国）的风景，也联系了亚洲和加勒比地区，其中也写到了著名诗人奥西普·曼德尔施塔姆，同时还谈到了美国印第安人的受迫害历史。但，本诗并非在意识形态上批判苏联，而是针对几个永恒普遍的主题。如希尼的概括，本诗的"目标在于沃尔科特的核心主题——语言，流亡，艺术，在这首诗的写作中，涌动着一种志向，它标志着沃氏成为了主流的声音"。见 "The Murmur of Malvern"，*Derek Walcott*（Bloom's Modern Critical Views），第 10 页。

R.Grübel 从"视觉"和"声音－印象"的角度分析了本诗中的"象型"（imagotype）。它区别于"定型"（stereotype），后者是一成不变的，与语义学和意识形态有关，而且简化了现象的含义；前者则指向了"现象的知觉层"。诗中的声音和象型都围绕着"森林"这一现象，它不仅指自然的树林，还指"文化现象"，包括布罗茨基和曼德尔施塔姆的"文本"。以森林为中心，布氏以"你"和名代替，相对于抒情性的"我"；曼氏以"他"和姓代替，是抒情性"我"的言说对象。三位诗人分属三个人称，而且他们各自都是"跨文化"的诗人。这样，美国文化与欧洲文化（西欧和俄罗斯）通过"森林"的象型接连在一起。本诗的主题就是将美洲与欧洲文化连成一体，将主人与奴隶，殖民者与被殖民者统一在作为诗人的自己的身上，诗人的根仍然在欧洲。另外，他也提示，受维吉尔《牧歌》影响的布罗茨基的《牧歌之四》（*Eclogue IV*, 1977）与本诗有一定联系。如最后的部分（译文出自于他），That's the birth of an eclogue. Instead of the shepherd's signal,/ a lamp's flaring up. Cyrillic, while running witless/ on the path as though to escape the captor,/ knows more of the future than the famous sibyl:/ of how to darken against the whiteness,/ as long as the whiteness lasts. And after。其观点均见"Joseph Brodsky and Osip Mandelstam in Forest of Europe: Derek Walcott's American Construction of a Europe Imagotype", *Deutschlands östliche Nachbarschaften:eine Sammlung von historischen Essays für Hans Henning Hahn*（Peter Lang，2009），第643—644，660，668页。

他的文章分析得极为细致，但是我认为，他将主题理解得过于狭窄，比希尼的看法要更狭隘，而且忽视了诗中广阔的空间性。事实上，除了美洲与欧洲之外，本诗也涉及了亚洲（曼氏的流放地）和非洲（沃尔科特的非洲血统以及普希金），只不过沃尔科特没有引用相关的文化文本加以扩展。他的意图是要表明，全世界的"森林"和土地其实是连成一片的，文化和文学是共通的。三位流亡诗人遍及亚欧美三大洲——西至洛杉矶，东至海参崴，北至大天使城——流亡中自由的诗性是共通的。三位诗人虽然都承继欧洲的文化传统，但其他土地和文化中的诗人也会具有相应的流亡精神，也会在欧洲诗歌中找到共鸣。

2 leaves，Grübel 指出，与英文 leaf 一词相同，俄文的一词，树叶与书页也可以由同一个词指称，即 лист。由此，一开始，"树叶"就指向了文化现象，会让人联想到美国和俄国文学中以"树叶"为题的"文本"，如惠特曼的《草叶集》（*Leaves of Grass*）和洛扎诺夫（Rozanov）的《落叶集》（1913；1929年译为英文）。"树叶"也联系了曼德尔施塔姆的《钢琴》一诗（译文出自 Grübel），I did not leaf over the leaves of List/ and not the preludes and waltzes,/ In him grew up and played the gulfs of inner rightness。这几行与音乐有关，其中的诗人的 inner rightness，恰恰在苏联难以通过审查。见"Joseph Brodsky

and Osip Mandelstam in Forest of Europe",第 648,659—660 页。

3 指音符的椭圆符头和椭圆形叶子。

4 copper laurel of an oak,laurel 是月桂树,西方传统中用来做桂冠。窗外橡树上的树枝正好成一个环形,如同桂冠。但作者之所以联想到桂冠,还因为,他要指的是 laurel oak,美国生长的栎树或橡树,有两种,可以叫作月桂栎树。copper,指橡树树枝和叶子的颜色,后面用了 brazen。

5 "The rustling of ruble notes by the lemon Neva",这句应为布罗茨基翻译的曼德尔施塔姆的诗句,俄文为,над лимонной Невою под хруст стоублевый。布氏是将曼氏引入英语世界的介绍者,1977 年出版的英译本《奥西普·曼德尔施塔姆:诗五十首》,即由他撰写导论。在 B.Raffel 和 A.Burago 翻译、S.Monas 撰写导论和注释的《曼德尔施塔姆诗全集》(SUNY,1973)中,这首诗收入"未收入诗集和未出版诗作"中,为全集总第 222 首,前一首就是著名的《列宁格勒》。这首诗无题,通常以首句为题,即,I was only childishly tied to the mighty world;俄文为,С миром державным я был лишь ребячески связан...。全集版把布氏朗诵的这一句,译为,the lemon Neva, never, to the crackle of hundred-ruble notes。crackle 对应了 rustle,作者下面也用到了前者。这个声音意象,联系了"森林",既有听觉,也有视觉,贯穿了全诗。

6 crisp under heel,用脚下踩树叶的脆声(上文用卢布比叶子,下面直接提到树叶)比喻布罗茨基朗诵的声音。under heel,习语也表示受压迫,受践踏,这也表明布氏被流放,但声音依然清脆有力。

7 Trail of Tears,见《哀歌》一诗。1830 年,美国颁布了《印第安人迁徙令》,在西进运动中,开始驱逐和屠杀印第安人,印第安人流亡的路线被称为"泪途",也译作"血泪之路"。作者之所以提到泪途,因为位于美国中部的俄克拉荷马州是当时美国人安置印第安人的地区,目前也是美国印第安人后裔最多的州,这个州名就来自印第安族的乔克托语，下面也提到了乔克托人。作者不是用泪途比喻布罗茨基的流亡和曼德尔施塔姆受迫害，而是将前者与后两者并置。在写作本诗时，冷战仍然继续，所以作者同时将美苏两个大国暗示出来，他们都有或曾有自己的"古拉格群岛"。

8 the Writers' Congress，首字母大写，专指苏联的作家会议，The Soviet *Writers Congress*，1934 年开始举行。会议会对作家的创作思想进行统一的规范，同时批判和开除异议作家。

9 把苏联的哥萨克骑兵与美国的乔克托人联结在一起。哥萨克骑兵是沙皇俄国重要的武装力量。十月革命期间，他们有的参与红军，有的成为白军。二战时期，哥萨克也参与了对德作战。托尔斯泰的《哥萨克》、肖洛霍夫的《静静的顿河》与巴别尔的《红色骑兵军》都描述了哥萨克的故事。

10 18—19 世纪，美国人与印第安人签订了一系列条约，用来驱逐后者，划分边界，限定其权利。

11 white papers，指作家用的白纸，比喻雪，这联系"作家大会"。看起来，可以指白皮书，配合"条约"，但最早的白皮书出现在 20 世纪 20 年代。

12 the single human，美国语境中，指乔克托人的尸体；苏联语境中，指大会上被开除的曼德尔施塔姆。另外，human 指人类，所以这个短语可以指一般意义上的个体或个性，由此暗示苏联政治环境对个体的压制。

13 leaves，同时表示书页，上面将树枝与书架联结，这里将图书馆与树叶联结。树枝春天长出树叶，如同图书馆放入新书。

14 tortured icons，指树就像钉着的耶稣和受难的圣人。在讲到这几句时，Grübel 认为，这里对森林的描写也许暗示了曼德尔施塔姆诗中的森林（诗无题，首句为"Возьми на радость из моих ладоней"，译文来自于他），They rustle in the transparent thickets of the night/ Their homeland is the forest Taigetos,/ Their food is time, langwort, mint./ But

take for your own joy my wildest gift,/ The unprepossessing dry necklace/ From dead bees, who transferred honey to sun. 他还指出，icons 一词，与诗中常出现的 like 谐音，而诗中有元音 i（发音也如 i）的单词通过声音的相似（正是 icon 和 like 的含义）构成了一个意义网络。见 "Joseph Brodsky and Osip Mandelstam in Forest of Europe"，第 659 页。

15　freight yards，火车站的货运地。"砰然作响"，指铁轨的撞击声，货物落地声等。这个比喻是实景，指火车始点的货运场，火车即押送曼德尔施塔姆等犯人的列车，犯人押送至货运场，再送上火车，去往流放地。冰是曼德尔施塔姆爱用的意象。这里联系了曼氏写过的"春冰"，冰在破裂，预示春天将至。见 "Joseph Brodsky and Osip Mandelstam in Forest of Europe"，第 659 页。

16　frozen years，旧版都为 frozen tears，如果新版没有错误的话，这个短语指解冻时代之前或爱伦堡 1954 年发表《解冻》之前的斯大林时期。

17　曼德尔施塔姆的第一本诗集就是《石头》（1913），石头也是他重要的意象。1937 年被捕流放至劳改营时，他曾说："我的第一本书是石头，最后一本也还是石头。"见希尼为《伦敦书评》（*London Review of Books*）写的散文，"Osip and Nadezhda Mandelstam"，Vol. 3, No. 15（20th, August, 1981）。

18　显然，从上一节到这一节，作者描写的都是曼德尔施塔姆 1938 年第二次被捕流放，因为终点在遥远的符拉迪沃斯托克（海参崴），他同年就死在这里。而他第一次被捕在 1934 年，流放至乌拉尔的切尔登，那里还是属于欧洲，在最东部。作者在一首诗中，利用这位诗人将美洲、欧洲和亚洲联系在了一起，这体现了沃尔科特的空间诗学。

19　these tree-shaded prairie halts，prairie 即 steppe，指西伯利亚没有树的草原，只有车站会有树荫。halt，严格来说是小车站，有的都没有建筑物，只有台子。由于草原广袤，小车站众多，而且重复，总是不到终点，所以"让终点变得无望"（mocked destinations）。但反讽的是，终点正是劳改营，"无望"反倒是生的希望。

20　Grübel 认为，这指普希金。他祖上是非洲的黑奴，从巴黎，送至彼得堡。茨维塔耶娃甚至明言"普希金是黑人"。因此，普希金被民族主义者视为俄罗斯民族诗人，但他身上恰恰有非洲的血统。见"Joseph Brodsky and Osip Mandelstam in Forest of Europe"，第 655 页。我个人认为，这里也暗示了沃尔科特自己，下面的泰晤士河表明了沃氏自己的英国血统，而且他也去过伦敦；赫逊河也是说自己在纽约的时候。

21　指彼得堡涅瓦河的桥栏杆，这里暗示了俄罗斯实质上是欧洲国家。

22　sovereigns，Pfeffer 极为敏锐和正确地指出，这个词指英国的金币（British gold coin），1816 年开始铸造，1914 年退出流通。见"*Palms require translation*"，第 69 页。作者把水面的反光比作金币。同时，这个词也暗示"君主"，因为金币上要印君主像，但作者用"权力"代指君主，与"诗人"对比。

23　tributary，双关，就河水语境，指支流；在政治上指附属国，进贡国，流亡美国的人如同一个从属国家，有着自己的公民和语言，他们的领土是流动的，因人而定。

24　classless，感冒面前，没有阶级；流亡者无论身份贵贱，都是流亡中人。Grübel 指出，布罗茨基来自社会主义国家，那里提倡"不分阶级"，但反讽的是，他被驱逐后才成为无阶级者，所以苏联并非"不分阶级"。见"Joseph Brodsky and Osip Mandelstam in Forest of Europe"，第 653 页。

25　指布罗茨基，下面提到了英语，表明他离开俄国，在美国用英语写作。再下面提到"南方"，指加勒比地区，在美国以南。

26　worth its salt，习语，胜任，称职。

27　from hand to mouth，习语，勉强度日。

28　曼德尔施塔姆构思诗歌时就是如此。

29　marble sweat，指大理石天使像上凝结的冷凝水，水珠如同汗水，所以作者会说诗歌"凝聚"（condensation，凝结）。

30　Borealis，拉丁文，首先指北风神，来自希腊神话的北风神Βορέας（Boreas），它是冬天的标志。北风神有一双翅膀，合上翅膀就表明北风已经退去。他的形象也联系了天使。其次，Boreas和Borealis都表示北方，这里也是用北风神象征北方。另外，Borealis也是Aurora Borealis（北极光）的简称，呼应后面的"光"。"北方"呼应了上面说的"南方"，指美国北方（下面的洛杉矶）和俄罗斯或欧洲北方（下面的大天使城），代表了流亡地；而南方的加勒比也是如此，有流亡至此的黑人，也有在其中漂泊的沃尔科特。

31　L.A.，Los Angeles，洛杉矶的名字来自西班牙文，意为"众天使"。

32　Archangel，即俄罗斯欧洲部分北部的城市阿尔汉格尔斯克（Arkhangelsk），城市的名字即大天使或天使长，该城的徽章就是米迦勒（随东正教则译为米哈伊尔或弥哈伊尔）。布罗茨基曾被流放到这里的劳改营。

33　指布罗茨基，另外，曼德尔施塔姆的"奥西普"，即俄语中的"约瑟"。两人的经历相似，都是犹太人。Grübel指出，Osip和Joseph的元音o，是本诗（包括题词）的主要的视觉意象。如，Brodsky、forest、Borealis、vowel、stone、one、metaphor、foreheads、slow等等。见"Joseph Brodsky and Osip Mandelstam in Forest of Europe"，第655页。这个看法是正确的，因为前一首给洛威尔的悼亡诗正好用了字母O，这个字母及其视觉形象也是沃尔科特特别爱用的。

34　mastodons，比喻铲雪车，它们把雪铲成雪堆（drifts）。乳齿象呼应了作者自比的灵长类动物。这些原始的意象，表明了诗歌是与人类智慧、语言和社会制度同时出现的文化形式。

河之科尼希

1　Koenig of the River，Koenig，即 König，来自德文，即，国王，这里是人名，但如诗中所述，这个人物恰恰是一个鬼魂之王，所以题目也可以理解为"河王"。本诗中的"河"，没有具体所指，可以指任何欧洲之外的殖民地的河流（诗中提到了几个具体的河名），但它是永恒的自然之水，不受殖民者的影响。科尼希是19世纪的传教士，一行人去海外殖民地传教，后遭遇海难，只有他逃生，其他人都死了。他与河为伴，沿河而行，依然要去传教。这个人物可以对比《纵帆船"飞翔号"》的沙班以及那里引用的《古舟子咏》《水手》和《漂泊者》的主人公。但与沙班不同，第一，科尼希是白人，西方正统文化（或它的衰败）、政治和宗教的代表，从这个角度，也可以联系《游廊》中的鬼魂。第二，科尼希是海难唯一的幸存者，而沙班一行人全部逃生。Baugh 认为这个人物类似康拉德《黑暗的心》中的象牙商人库尔兹（Kurtz）。见 *Derek Walcott*，第 119 页；Hamner 的 *Derek Walcott*，第 114 页。

2　本诗的主要时态为一般过去时。诗中的时间性有三个层次：首先，作者描写的是科尼希海难后的"某一天"的经历，此时他是活人。第二，诗中又说科尼希如同一个世纪前的人物，因此作者描写的是死后依然传教的鬼魂科尼希，他海难时虽然幸存，之后还是死去，死后，阴魂不散，继续传教。第三，从无时性的角度来看，作者描写的是一个不断重复的科尼希，他就这样永恒地在河上行进，永无止境。读者看到的场景是一个循环：科尼希出现在河上——忘记动机——想起动机——继续前行——再忘记动机。由此，第一句"无人"，它的歧义，也呼应了这三方面：没有其他人；没有人类。

3　dugged，dug 即乳头，乳房，名词作动词用。香蕉头如同奶牛的乳头，但已经干瘪，没有白色如奶水的果实。

4　fastened on his neck，《李尔王》第五幕，第三场，fastened on my

neck，即，拥抱，紧握脖子。

5　savages，《黑暗的心》提到过"国际清除野蛮习俗协会"（International Society for the Suppression of Savage Customs），库尔兹还为该协会写过报告。

6　也见《另一生》1.6.3（本诗集未收），Baron, ship chandler, merchant, water clerk,/ the fiction of their own lives claimed each one。这里指向了康拉德小说中的种种人物。BN，第255页指出，康拉德的主人公都有着雄心壮志，想要过一种小说中而非现实里的生活，他们的理想生活与现实生活并不匹配。作者这里是反讽带有殖民色彩的《黑暗的心》，里面的库尔兹受到了土著人的崇拜，尊为神，他志在消除野蛮，而本诗中的科尼希，无人问津，落后于时代，是鬼，不是神明。

7　这句暗含一个矛盾：科尼希没死的充分条件是，他知道自己死了；但知道自己死了，他又不可能活。反推的话，如果科尼希没死，但他知道自己死了而且是鬼魂，所以他还是死了；但如果他死了，他又"知道"自己死了，所以他还活着。他就这样，不死不活，永恒地重复。

8　指他向河上游走继续传教。

9　a sunspot haloed his tonsure，见《另一生》1.1.1，a bulb,/ haloed the tonsure of a reader。tonsure，指传教士剃度的头顶。sunspot，这里比喻科尼希头顶上的黑斑，黑斑处较暗，因此周围光亮的部分如同环形，光环就像圣徒头上的光圈。

10　*Ich spreche Deutsch*，德文。

11　rigging，rig，专门指船装备上帆。

12　Queen，指英国女王，再下面提到了英国。女王即维多利亚（1837—1901年在位），由于她出身汉诺威家族，也算德国人，所以科尼希说"我们"。

13　Kaiser，德国皇帝的称呼，来自于"凯撒"这个称号。这里指德意志第二帝国（1871—1918）的皇帝，共有三位：威廉一世，腓特烈三世，威廉二世。由于一战失败，1918年11月，威廉二世退位，帝国结束，德国自此不再有皇帝。所以科尼希问"皇帝哪去了"，表明他是第二帝国的传教士。

14 希尼认为，科尼希就像但丁《神曲》中的鬼魂，还做着帝国之梦。他引了这一节到此处的诗句，对其中的艺术手法做了高度评价，认为它抨击了英国传统的"英联邦文学"的观念。见"The Murmur of Malvern"，*Derek Walcott*（Bloom's Modern Critical Views），第7—8页。希尼的意思是，科尼希是殖民时期的小说中的人物，合乎英联邦文学的传统。

15 "没了"，作者用的是dead，其中的含义指德国不再有皇帝或帝国结束，而不是强调威廉二世本人已死。

16 Indians，虽然下面提到了与印度有关的意象，但这里应指美洲印第安人，因为红树林是沃尔科特诗歌中西印度地区的象征，而且"蜂鸟"的比喻意同于《纵帆船"飞翔号"》第九节描写印第安人的文字，那里是比作迷彩鸟。

17 German Eagle，Reichsadler，即德意志帝国的象征鹰。鹰本是罗马帝国的标志，后来被神圣罗马帝国继承，之后又被德意志第二帝国、魏玛共和国、纳粹德国、联邦德国使用。

18 英格兰和英国的象征，英格兰自诺曼王朝开始用狮子作为标志。

19 howdahs，印度的大象轿，这里指英帝国占领过的印度。

20 指棕榈叶投射在虎上的影子，也指虎自己的斑纹。虎应为孟加拉虎。

21 dhows，阿拉伯人用的单桅杆的帆船。19世纪末至20世纪上半叶，埃及一直被英国占领或作为英国的附属国。

22 Congo，只有刚果河流经的赞比亚与英国有过关系，其他的几个国家与德国和英国并无关联。作者也许想暗示康拉德和刚果河的关系，他曾受雇于比利时的贸易公司，去往刚果河。这段时期的经历，是《黑暗的心》的素材来源。

23　最后一句，作者转为了一般现在时，表明科尼希在作者写作本诗时，还在河上行船。

星苹果王国

1　The Star-Apple Kingdom，star-apple，拉丁名为Chrysophyllum cainito，在加勒比也称为caimite，山榄科金叶树属的热带植物，原生于大安的列斯群岛。它的果肉如星的放射，因而得名。它叫苹果，但与之并非同科，此处只是俗名。用这个俗名，是为了突出本土特征，也强调"星"的意象及其指引和启迪的功能，这联系了本诗的主人公，见下。这种植物盛产于牙买加，作者写的"国"，就是指那里。kingdom，在政治上通译为王国，牙买加本身是英联邦国家，独立后仍尊英王为牙买加国王，目前是伊丽莎白二世，所以算君主立宪制的"王国"。另外，这个词在《圣经》中指天国或上帝之国，国王为上帝，《纵帆船"飞翔号"》第十节，提到过，Thy Kingdom come，指沙班他们在风暴后会看到自己的天国。因此，这个标题又意为，牙买加天国；牙买加也正是基督教国家。牙买加1962年独立后，开始建设自己理想的天国或乐土，但现实很残酷。这个题目初看起来，似乎带有"田园牧歌"之风，但从本诗第一句起，作者就表明，自己并不想写一篇优美的加勒比田园诗，相反，他要指出，这个王国/天国并不完美，甚至动荡混乱，它不是殖民者理想的田园之地，而是牙买加人建立的、善恶共存、正陷入困境的人间之国。

　　Baugh指出，在《圣徒颂歌》中发表的那一版《纵帆船"飞翔号"》最后一节中，有一句提到了"星苹果王国"，但本诗集版删除，I now had no home,/ and no destination but the star-apple kingdom/ of that branched sky from which meteors are shaken/ like full fruit. 最终版为，

As many islands as the stars at night/ on that branched tree from which meteors are shaken/ like falling fruit around the schooner *Flight*。这样，在早期版本的《纵帆船"飞翔号"》中，沙班的唯一家园是结着"星苹果"的"超验之地"，那是一个梦的王国，区别于本诗的"星苹果王国"这个地上王国。见 *Derek Walcott*，第 113—114 页。删除的做法，证明作者放弃追求理想的天国。在定版的《纵帆船"飞翔号"》中，沙班永远在驶向终点的路上，有"飞翔"的方向，但还没有到达"王国"，"星 [苹果]"既是地上的、等待建设的群岛，也是天上可见的、为人指引的星辰，它不是超越性天堂中的"星苹果"。如果说那里是"诗人/哲人"的沙班寻找自己和国族的方向，那么本诗中，沃尔科特则是从"政治家和民众"及其建立的人间"王国"入手，去分析它的困境和可能的发展方向，同时，本诗中的小曼利形象弥补了沙班/沃尔科特身上缺失的"政治家"这一身份，换言之，给予沃氏能够从政治家的角度来思考政局的机会。

在谈到题目的法文翻译时，E.A.Wilson 提示说，星苹果的叶子，上面绿色，底面是棕色，这表明了"两面性（duplicity，表里不一）/欺骗性"，正合主题：表面是天国和美好的理想，实质却陷入无序。见 "Translating Caribbean Landscape"，*Traduire la littérature des Caraïbes: La plausibilité d'une traduction : le cas de La disparition de Perec,* tome I (Presses Sorbonne Nouvelle，2000)，第 21 页。Burnett 注意到了沃尔科特对于水果，尤其是苹果意象的使用。苹果（包括此处的星苹果）与伊甸园（联系本诗的"王国/天国"）的苹果有关。见 *Derek Walcott: Politics and Poetics*，第 2 页。星苹果的意象，也出现在其他加勒比诗人中，它是本土景物的象征，如牙买加诗人薇薇安·弗求 (Vivian Virtue，1911—1998) 的《三月天》("March Days")，Mid the rusted brown of the star-apple boughs/ How the light south wind leaps and soughs/ In the gay days of March, the glad days of March,/ When the sky is a stainless violet arch。见 *The Art of Derek Walcott*，第 79—80 页。

本诗是政治诗，主题与政治和历史有关，其基本时态是过去时，这是为了体现对政治状况和事实的"历史叙述性"。以它的标题作为整部诗集的题目，这表明了沃尔科特这一阶段写作的核心主题：独立前后的西印度各国如何经营自己的政治；它们遇到了什么样的政治、文化、经济等社会问题；这些问题的历史根源是什么；政治家和民众如何解决这些问题，如何探索出路。《纵帆船"飞翔号"》对特立尼达和多巴哥有所描写，而本诗则致力于另一个加勒比大国牙买加，这两国的政治环境都具有代表性。本诗中的政治主张和诉求以及一些诗歌的笔法，为后来的《奥马罗斯》做了准备，那部史诗则是以圣卢西亚为中心。

本诗的主人公是沃尔科特的朋友、牙买加第四任总理迈克尔·诺曼·曼利（Michael Norman Manley, 1924—1997），曼利是有一半白人血统的混血政治家诺曼·华盛顿·曼利（Norman Washington Manley, 1893—1969）的次子——老曼利1955—1959年任尚未独立的牙买加的首席部长（Chief Minister），1959—1962年牙买加加入西印度联邦时期，他担任总理（Premier）。小曼利隶属于"人民民族党"（People's National Party, PNP），1972年，在他的努力下，该党获得了执政权，他担任总理，着手实施改革，直到1980年。1989—1992年，小曼利再次执政。现今的牙买加元1000面额的纸币正面，就是小曼利的头像。全诗的内容正是以曼利第一次执政期间的历史为中心，叙述他的心路历程和牙买加独立之前和之后——自17世纪黑人起义至黑人解放（1834年以后），再到19世纪60年代成为直辖殖民地，加入西印度联邦，联邦解体后独立，最终至20世纪70年代牙买加的后殖民时期——的政治局势和社会状况。

Ismond指出，与父亲走精英路线不同，小曼利的执政方针是民主社会主义，致力于政治经济改革、消除贫富差距。他尤为亲民，受拉斯塔法利派和底层民众的支持。但是，他在政治和经济方面的种种不当举措，引发了社会危机，比如，破坏私营经济；损害中产阶级的利益；经济衰退之后，不得不采取紧缩政策，同时向国际货币基金组织借贷，从而让财政更加恶化。同时，人民民族党内部也有温和派与极端派的纷争。另外，美国中央情报局对牙买加的干预也是重要因素，因为小曼利奉行社会主义，亲近古巴。但是，小曼利又是一位爱国政治家，他承担民族理想，志在激进地改革牙买加。他的社会主义理想，也是要弥补历史造成的社会不平等。他是一位坚持自主，公平和正义的理想者。本诗描绘了小曼利这个形象及其政权的外部和实际现实，但虚构了他的"内心过程"，即，"内省或沉思"的经验，通过这一虚构，可以投射出，"在这一地区必然出现的曼利的那种政治思维是如何形成的"。全诗的"情节"处于外部政治现实与小曼利对现实的内在反应和冲突之间，又表现在"白天世界的视见、场景和噪音及其混乱状态"（意识层面的行动）与"夜晚睡眠/梦境世界"（意识的内在层面或无意识）之间。见 *Abandoning Dead Metaphors*，第249—253页。

S.Posmentier 从政治和经济的角度解读本诗，观点深刻。其指出，本诗表明了"对另一种现代性逻辑的需要"，沃尔科特调转了种族化的奴隶史，他"重新将加勒比想象为一个栖居而非所有权（ownership）的空间"，他既批判了"殖民体系中的私有产权的逻辑"，也批判了在曼利领导的牙买加"这个民族主义的后殖民国家中重新构想的产权制度"，他同时质疑"殖民性的和民族主义的对国家和环境的占有模式"。沃氏将加勒比特有的碎片化的群岛和海洋意象作为美学形式，将民众想象为群岛和碎片，用群岛与大陆的关系来重新定义一种新的占有环境的模式。这种模式符合加勒比的现实。本诗的形式和主题都与"碎片"有关，解读本诗就是汇拢这些碎片。Posmentier 还联系了2008年奥巴马就职总统时，沃尔科特为他所写的《四十英亩》一诗，该诗的主题与本诗有关。"四十亩地一头骡"是19世纪美国重建时期政府给解放的黑人农民的承诺，奥巴马试图实现这一没有履行的方针，这与小曼利的政策相同。但是，美国大陆上的黑人，除了需要经济上的产权房屋等空间，他们还需要缓解自身与土地所有权（私有和公有）之间的风险。他们是外来的移民，并不是固有的完整的民族，他们也犹如"碎片和群岛"一样分散在大陆。现代所有权模式是西方历史的产物，是否适合黑人，其中存在着各种可能和风险。见"The Slave in the Great House:"The Star-Apple Kingdom," Property, and the Plantation", *Race and Real Estate*（Oxford University Press，2015），第295—298页。

Baugh指出，本诗受到了马尔克斯《族长的秋天》(The Auntum of the Patriarch, 1975) 的影响，沃尔科特认为这部小说其实是"诗"。小曼利带有族长的特征，两人都异常孤独，但前者并非暴君和拉美加勒比地区西语世界的独裁者。见*Derek Walcott*，第118页；也见*Abandoning Dead Metaphors*，第257页。

希尼曾经简练地概述并评价过本诗，"《星苹果王国》是推理性和沉思性的诗篇，是向后殖民时期的牙买加的文化和政治事务的沉潜，但是，这部作品的基调却并不能描述成沉思性或推理性的。此外，诗中还有一种梦一样沉重的内容在起作用，就好像是，对于诗人来说，多年的分析和思考理所应当而且合理地处在了啜泣与叹息的正中间。……它的基调和魄力创造出了一曲海洋之音和历史之音的动听的管弦乐。"见"The Murmur of Malvern"，*Derek Walcott*（Bloom's Modern Critical Views），第8页。

2 本诗篇幅很长，分多节，并无序号。由于我的评注和一些研究文献会提及节数，为了方便读者查找，故而加上序号。

3 shards of an ancient pastoral, ancient, 不是指西方古代，按照诗中暗示，指19世纪至20世纪上半叶牙买加英属殖民时代，尤其是殖民地全盛时期和大英帝国鼎盛时期。牙买加1509年被西班牙人占领，1655年转由英国占领，1866年提升为直辖殖民地（Crown colony），设立总督，1958年入西印度联邦，1962年独立。shards, 陶器或玻璃的碎片。按照后文，首先，它指旧时的陶瓷画或纪念品的残片；其次，它比喻银版相片。第三，在这一句中，它还代指观看者的视野截取的一片片风景。pastoral，指各种田园主题的艺术形式（诗歌、散文、绘画、音乐、摄影等），下面会联系田园画和摄影。这个词非常关键，它指的不是"纯粹的自然风景"，而是"人为的"西方传统的田园艺术或"文化景观"，包括与之相应的生活方式。英国田园艺术传统历史悠久，承继古希腊罗马，文学方面，埃德蒙·斯宾塞、蒲柏、德莱顿、弥尔顿、彭斯、托马斯·格雷、华兹华斯都有名作，绘画方面也有著名的透纳。英国近代的诗人和艺术家往往用田园风格的作品表达对工业文明的反抗。这句的意思就是，旧时的田园风格的艺术品还存在于牙买加，而旧时艺术品对应的景观，也还可以在岛上见到——这个风景只有接受过西方田园牧歌文化影响的观看者才能发现。

本诗第一节，描写的是小曼利看窗外的景色，他之前刚刚看过旧时的英国田园画和牙买加殖民地时期的田园风光的相片。他有英国血统，接受过英式文化教育，所以从景色中看到了田园牧歌式的景象。但由于他的执政造成动荡，所以这样的景象如同过去的艺术品一样，都只是"残片"，都只在他的梦和怀念之中。

Posmentier 以 shard 和后面的 speck 意象为中心，认为它们象征了加勒比的群岛特征。他指出，本诗表明了，欧洲的田园抒情诗学与加勒比的风景、历史和政治是不匹配的。英国田园艺术传统意味着"抹去历史"，沃尔科特明确将"反田园"与政治抵抗结合在一起。田园风光的背后是庄园奴隶主与奴隶的所有权关系。见 *Cultivation and Catastrophe: The Lyric Ecology of Modern Black Literature*（JHU Press，2017），第 113 页。

4　shires，即 county，牙买加全国设 14 个行政区（parishes），分属三个郡：康沃尔、米德尔塞克斯、萨里，这是受英国的影响。作者用这个名字，也是为了表明牙买加的殖民历史。

5　their pools of shadow，pools，双关，这个词表示一片、一滩，可以修饰光和影，但"喝"与"倒影"又暗示水塘。牛的倒影与天空的倒影都在水塘中，牛喝水，就好像喝着天空里自己的倒影，倒影也在喝它，彼此对称。这个意象联系了下面的"复制"。

6 "Herefords at Sunset in the Valley of the Wye"，这是一幅陶瓷画的"主题、题材或动机"（subject 或 motif），也可以视为题目。Herefords，指原产英格兰赫里福德郡（Herefordshire）的牛，或这种牛的品种。该郡牧草丰茂，适合养牛，这种牛体色发红，脸白，肉质上佳，是世界上较早的家牛和肉牛品种。赫里福德郡郡治在赫里福德，位于怀河畔。怀河是英国第五大河，流经英格兰格罗斯特郡、赫里福德郡和威尔士蒙茅斯郡，怀河谷也依此分布，该谷风景优美，是观光胜地。我认为沃尔科特首先想到的是透纳的水彩画《赫里福德郡东南汉普顿厅风光》（*View Of Hampton Court, Herefordshire, from the Southeast*），画中描绘了赫里福德牛在河边吃草的场景。透纳还有《赫里福德大教堂》和《赫里福德汉普顿厅小圣堂》。其次，他应该想到了伊丽莎白·巴雷特·勃朗宁的长诗《奥若拉·莉》（Aurora Leigh）中的对赫里福德郡风景的描写。勃朗宁童年在该郡度过，这部长诗第一卷结尾描写了莉回到英格兰时见到的如画一样的田园景色，均来自勃朗宁幼时的记忆，其中就写到牛和河谷，And palpitated forth upon the wind,–/ Hills, vales, woods, netted in a silver mist,/ Farms, granges, doubled up among the hills,/ And cattle grazing in the watered vales,/ And cottage-chimneys smoking from the woods,/ And cottage-gardens smelling everywhere,/ Confused with smell of orchards。

Roy Osamu Kamada 的提示有些牵强，但也不妨一提，他认为这句暗示了华兹华斯《抒情歌谣集》第一卷最后一首诗《诗作于丁登寺数英里外》（"Lines Written a Few Miles above Tintern Abbey"）。1798年，华兹华斯游历了威尔士的丁登寺（建于1131年），离开后写下这首诗。而丁登寺也在怀河畔，只不过是在威尔士。*Postcolonial Romanticisms: Landscape and the Possibilities of Inheritance*，第125页。

沃尔科特的"复制"一词，用得平常却很巧妙，看似在庆幸英国的田园牧歌还存在于牙买加，但意有反讽，表明了一种"颠倒"情况：艺术品本来是"复制"自然风景，但牙买加的风景却在"复制"宗主国的艺术品——田园牧歌的艺术形式。这里的自然风光被殖民者人为构建成文化景观，放到了"前现代"那一极，用来弥补工业文明中的精神缺失。但是，这样的景观又永远低于宗主国的风景。到了牙买加进入现代发展的时期，这种前现代的牧歌自然就没有了。

Ismond 指出，这一句表明了英国殖民者试图将英式文化的田园模式，转移到牙买加。这个绘画的"主题"以及下面提到的各种英式地名都体现了这一点。见 *Abandoning Dead Metaphors*，第 253—254 页。Baugh 引用了一段材料，是沃尔科特 1978 年在西班牙港朗读本诗时介绍的一段与此处有关的故事：沃氏在莫纳分校就读时，有次和英国教授夏洛克一同穿过"牙买加景色优美的沼泽路（Bog Walk）"。沃氏对这里大为赞叹，而夏洛克说："也就是怀河谷的平庸版"。沃氏说，"这就意味着，牙买加的风景就是拼命努力，但还是达不到要求"。"这集中体现了我们在殖民地生活的每个神经末梢和每个方面上都不得不承受的那种体验——低人一等的生活，甚至在这样的评价中也是如此"。*Derek Walcott*，第 115 页；也见"*Palms require translation*"，第 53—54 页。

7 Mission School pickaninnies，Mission School，西方传教士在殖民地为土著人建立的宗教学校，既教授基督教知识，也进行职业培训和文化教育。pickaninnies，pickaninny，也写作 piccaninny，是歧视性语言，指非洲裔的黑人孩子，尤其指黑奴的孩子。按 OED 的解释，该词起源于 1653 年，是西印度群岛的土语，源自西班牙语和葡萄牙语。

8 这几句有大量字母 m 的重复，还有多次重复的 mill，如 mountain, mill wheel, windmills, sugar mills, moved, mules, treadmill, Monday, Mission, remembering。pickaninnies，也重复了三个 n。treadmill，指骡子踩的踏车，这个词可以引申指单调重复的工作。殖

民地的牙买加处于停滞不前的状态，重复着劳动，重复着宗主国的行政区划和政治体制。

9 Parish Trelawny, Parish St. David, Parish/ St. Andrew，牙买加的三个区，第一个位于康沃尔郡，这个名字就来自于英格兰康沃尔郡佩林特区（Pelynt）的一个准男爵采邑名，该家族的一位准男爵威廉曾任牙买加总督，故而以自己的采邑命名这里。第二个是已经废除的区名，现属于圣托马斯区，位于萨里郡，圣大卫是威尔士的守护圣徒。第三个也位于萨里郡，圣安德鲁是苏格兰的守护圣徒，该区也是小曼利的出生地。三个名字不是随意选取的，它们都移植自英国，而且分别代表英国的三个组成地区，具有典型性。

10 a docile longing, an epochal content，这是小曼利看到眼前安宁美满的景象时内心做出的审美判断。这句话是典型的沃尔科特式的反讽，句子简单，意味深长，直刺小曼利的内心。epochal，开创纪元的，划时代的。第二节结尾提到了"两个时代（epochs）"，所以此处这个形容词有两个含义：第一，就小曼利回想以前而言，指牙买加成为殖民地之时，尤其是1866年成为直辖殖民地。第二，就小曼利的执政现状而言，指牙买加1962年独立。小曼利从现实的风景"残片"中看到了以前殖民地时期的"满足"，他用想象的"满足"弥补现实的缺失，他觉得过去的民众那么"满足"，现在却不同以往，好在还有"满足"的景象存留。这就有两重反讽：第一，殖民时代的牙买加人并无满足。满足是殖民者一厢情愿。第二，现实的民众也无满足。政绩的糟糕，让小曼利不得不怀念起独立前的状态，他看到的满足是虚幻的，来自于他的怀旧——由此也牵扯出他的出身——而这又截然违背了他反殖民的民主社会主义的政治立场。docile，与epochal一样，也有两层含义和反讽：第一，指殖民地时期民众的顺从。反讽在于，那时的民众并不顺从，顺从是压迫所致。第二，指独立后民众的顺从。反讽在于，现实的民众也不顺从，小曼利只是从眼前平和的景象怀念以往的"顺从"。

11　the boas and parasols，boa，feather boa，羽毛围巾，19 世纪流行的女性时尚品，劳特雷克，克林姆特都画过戴这种围巾的女子。parasol，遮阳伞，也是时尚女性的标志，雷诺阿的画里常见。这些本属资产阶级和殖民者的时尚品，是执政的小曼利坚决清除的，他本人走平民路线，自己的衣着相当朴素。但当政局混乱时，他翻出旧物，怀念起过去。

12　daguerreotypes，法国艺术家达盖尔（Daguerre）1839 年发明的最早的实用性摄像法，这个词以他名字命名。这种照片的载体是镀银的铜板（所以比作 shard），图像黑白，逼真立体，但很容易损坏，19 世纪后半叶逐渐被其他摄像法取代。——这暗示了照片的时间：1839 年至 19 世纪末。

13　epochal，除了前面解释过的含义之外，还有两层意思，联系上面的"孩子"：第一，婚纱是小曼利母亲用过的，他回想起父母感情和睦时自己作为孩子的幸福，这样的幸福，孩子只能在自己父母身边才能体会到，他之前是没有过的。第二，对于小曼利的孩子来说，他/她应该像父亲一样，也在同样的幸福之中。但第二层意思暗含讽刺：与父亲只有一段婚姻不同，小曼利一生结过五次婚，执政期间是第四次婚姻，他每次婚姻都有一个孩子，这个孩子不可能感到小曼利的那种幸福。而婚姻的多变似乎也呼应了小曼利执政的混乱。

14　the great house road to the Great House，Great House，见《大宅废墟》一诗，首字母大写，是专有名词，小曼利正在大宅上观望。这个短语不同于 great house，Ismond 认为后者指殖民地政府大厦或总督官邸（government house），政府大楼通向大宅，表明了权力来自于种植园主。见 *Abandoning Dead Metaphors*，第 254 页。诺曼·曼利的祖父是英国商人，移民牙买加，成为种植园主，颇有势力。这个背景正是他们家掌握政治权力的历史根源。家族的血统、威望和人脉，均有助于小曼利走上政坛，但是，他始终不希望被认为依靠父亲，执政后，坚持与自己出身相悖的平民方针。从上四行都本节末，正好是一个连续的长句,作者有意让它类似"大厦之路"。

15 实景中未必有马,而是木麻黄的针枝如同马鬃在晃动,观看者会以为是马。这暗示牙买加金斯敦的德伦布莱尔(Drumblair),诺曼·曼利夫妇曾居住于此,以养马为好。小曼利的女儿拉结·曼利(Rachel Manley)写过一本回忆德伦布莱尔生活的作品,*Drumblair* (1996)。见 *Abandoning Dead Metaphors*,第 255 页。

16 lorgnettes,这种眼镜没有镜腿,只有一边有长柄,边手持,边使用。这种眼镜是 19 世纪的时尚品,贵妇人常用它来看戏。小曼利在阁楼也发现了这种眼镜,作者用它的镜片(disc)比喻太阳和月亮,复数指每天重复出现的日月。旧时的生活已经没有,只剩下眼镜和穿衣镜这样的旧物,它们是过去生活简化后的"残片"。

17 nannies,英国殖民地的大宅中都雇有这一类家庭佣人,由年长的女性担任,负责照料孩子。她们几乎一生都在大宅中生活,会照管很多代主人。牙买加这里,年长的黑人女性往往担任保姆。这个词后面还会出现,那里是专有名词 Nanny。保姆和红木楼梯在穿衣镜中都缩小了,这暗示以前的大宅生活也衰退了。

18 见《另一生》1.2.3。游廊和糕点都是实景。

19 Cuyp-like,Cuyp 即阿尔伯特·盖伊普(Albert Cuyp,1620—1691),荷兰黄金时期风景画家,画作有田园牧歌之风。这里指的是他的几幅与牛有关的作品,如《河边母牛》,《多德雷赫特远处马斯河畔的牛群》等。

20 lurid,这个词含义很多,沃尔科特用它描述过红衣圣母,而下面又提到落日,所以理解为火红。

21 开头那句话写在陶瓷画上,后面会继续说明,画放在壁炉台上。

22 前面写过实物阳伞,小曼利在梦中也会梦到以前贵妇人打阳伞的浪漫生活。这个梦是对混乱的政治现实的弥补。但在美好的梦中,小曼利却听到了被压制的黑人奴隶的憎恨和尖叫,他回忆起了黑人反抗的历史。黑人正是小曼利要扶助和解放的对象,不过他完成了这一任务，却并未领导他们建立稳定的国家。

23 good Negroes，区别于坏黑鬼，是接受白人教育，学习白人文化，顺从的黑人，但这个称呼依然是贬义。G.Mixon 有一篇文章讨论过 19 世纪美国亚特兰大对好黑鬼和坏黑鬼的区分。见 "'Good Negro-Bad Negro': The Dynamics of Race and Class in Atlanta During the Era of the 1906 Riot"，*The Georgia Historical Quarterly*，Vol. 81, No. 3（Fall, 1997），第 593—621 页。

24 作者所列的这些人物都是"边缘人"，家庭合影时，都站在两边。他们的脱落，就如同照片边缘的银盐颗粒因为各种因素减少一样，导致相片边缘重量变轻，从而卷皱。

25 "风"指黑人的起义和暴动，这促成了牙买加的独立，黑人翻身。但是，旧有的秩序和体系并没有瓦解，依然存留。见 *Abandoning Dead Metaphors*，第 255 页。

26 blew Nanny floating back in white，Nanny，这里首先指一般意义上的保姆，呼应前面出现过的 nannies，为了暗示大宅生活。但在更深的含义上，它作为专有名词指一位牙买加民族女英雄，可以音译为娜妮（约 1686—约 1755），也称 Queen Nanny 或 Granny Nanny，或"逃亡黑人的娜妮"（Nanny of the Maroons）。她生于加纳，是阿散蒂人，在中途贸易时被贩卖到牙买加，然后逃亡。她擅长奥比术，聚集很多信徒，来抵抗英国殖民者。1739 年，英国不得不签订条约，给予牙买加黑人聚居地。波特兰区的蓝山中曾有一座以她命名的娜妮镇，1734 年被英军毁坏，。2015 年联合国总部还首映了一部以她为主人公的纪录片。布拉斯维特曾写过一部关于她和其他起义领袖的历史作品《娜妮，山姆·夏普，和为民族自由的斗争》（*Nanny, Sam Sharpe, and the Struggle for People's Liberation*，1977）。这里提到的娜妮，加上"风"的意象，都暗示了历史上牙买加黑人的多次起义。在西印度地区，牙买加黑人最为顽强，他们一次又一次规模庞大和激烈的斗争为整个加勒比地区的自治和独立奠定了基础。这些战争有，第一次逃亡黑人战争（First Maroon War，1665—1740），塔基（娜妮的合作者）战争（Tacky's War，1760），第二次逃亡黑人战争（Second Maroon War，1795—1796），山姆·夏普领导的浸礼派战争（Baptist War，也称圣诞起义，1831—1832），莫兰特湾起义（Morant Bay Rebellion，1865）。第二次逃亡黑人战争就发生在作者多次提到的特莱劳尼区；浸礼派战争是促成1833年《废奴法令》的重要动因之一；最后一次起义，促使牙买加提升为直辖殖民地，尽管黑人的地位仍然较低。

Ismond没有解读出这个重要人物（整部书中似乎也未提），忽视了此处首字母的大写，仅仅将之理解为一般意义上的保姆，从而错误地将本诗叙述的历史上限设定在19世纪。而Baugh和Posmentier则正确地解读了娜妮的形象。见 *Abandoning Dead Metaphors*，第255页；*Derek Walcott*，第117页；*Cultivation and Catastrophe: The Lyric Ecology of Modern Black Literature*，第119—120页。

27　from a feather/ to a chimerical, chemical pin speck that shrank...，feather，很可能指娜妮与英国人签订条约时使用的秃鹫羽毛，这种秃鹫拉丁名为Cathartes aura，牙买加人称之为john crow，也叫新世界秃鹫。按照记录，订立条约时，双方将自己的血混合，然后共饮，之后，娜妮用秃鹫羽毛蘸着血，写下：逃亡黑人与白人不再相斗。见K.Bilby的"Swearing by the Past, Swearing to the Future, Sacred Oaths, Alliances, and Treaties Among the Guianese and Jamaican Maroons"，*Origins of the Black Atlantic*（Routledge，2013），第238页。

a chimerical, chemical pin speck，前两个形容词押头韵。pin speck，见后面《珍·瑞丝》一诗，In their faint photographs/ mottled with chemicals。指相片上的感光化学物颗粒，即银盐颗粒。无论是哪种摄像法，银盐都是主要的感光材料。过去大宅的保姆，如今都存在于相片中，成为回忆；娜妮的画像照片（她没有真人照）存在于出版物中作为纪念。

that shrank，前面重复了多次定语从句，都修饰"风"，所以我认为主语不是 speck。前两节有很多表示缩小或收缩的动词，如 reduce，diminish，shrivel 等。它们呼应了"残片"和 speck 意象。过去的田园牧歌和黑人的暴动反抗，全都缩小，变成影像和艺术品的残片。

28 Custos，即 custos rotalarum，拉丁文，看管卷宗者。英国（除苏格兰）在各郡设立的维护治安，维持法律的职位。英国海外属地中，只有牙买加设有该职位，由总督从太平绅士（justice of the peace）中任命，各区一位，作为总督的代表。

29 这两行暗示了开头的 shard 也比喻照片。在相册中，银版相片都要封在一个镀金边的相框中，便于保存。值得注意的是，这两节中，相片作为艺术品的例子，这是作者有意选择的。相片往往被认为是自然景物的单纯复制，没有文化性，但恰恰相反，作者认为，旧日的田园相片是一种文化产物，拍摄者的侵略性和占有性的目光已经带有特殊的文化形式。我相信，沃尔科特选择相片是受了他的好友苏珊·桑塔格《论摄影》（1977，恰在本诗集前两年出版）的影响。后面也有沃氏献给她的诗，两人还曾一起去参加洛威尔的葬礼。虽然摄影是沃尔科特常用的意象，如在《另一生》中多次使用，但是，沃氏并没有强调影像本身的文化性和艺术性，直到写作本诗。

30 指黄昏，首先，这个意象表明了下面说的"两个时代"（epochs，联系 epochal 一词）的"转换"。殖民地时期如同白昼（太阳比喻英帝国，见《游廊》一诗），此时已经结束，但独立却是黄昏时分，而且之后是长夜，这反讽了牙买加的独立，社会的"曙光"还需要时间。第二，这个意象又表明了两个时代的"连续"。虽然独立属于变革，但社会的结构没有太大变化，矛盾依然存在，就如同白昼和黄昏是连续的，所以后面马上说，两个时代其实是一体。

31 Botanical Gardens，即，Hope Botanical Gardens，也称皇家植物园，1873 年由英国军官霍普（Hope）在自己的私地上所建，目前是加勒比最大的植物园。该园位于圣安德鲁区（金斯敦），莫纳分校就在植物园附近。

32 指小曼利的财政节俭政策。黄昏笼罩植物园,天光就仿佛按照政府要求一样为了省电自己熄灭。

33 governors,双关,这个词还指总督。黄昏暗示了牙买加殖民地时期结束,但是总督依然存留,总督只对女王负责,任命总理,所以政治压力不大,如同闲庭信步,但总理却恰恰相反,小曼利一定想到了这一点。

34 黑人剪除贵妇人的阳伞,暗示黑人翻身成为主人,但黑人仍然是园丁这类劳工,剪除的其实是类似阳伞的百合。

35 flame trees,也称 royal poinciana,拉丁名为 Delonix regia,凤凰木属植物,花朵血红如同火焰。火焰树花落,火焰减弱,如同自己捻低灯芯一样,而捻低灯芯是为了省油,这也暗示小曼利实施的节俭政策。

36 magnolia's jet,木兰花花蕊如同煤气灯的喷嘴,喷嘴暗淡,是为了省煤气,还是暗示节俭政策。

37 bulb,也许是双关,植物园的语境中,还可以表示球茎。

38 用橘子(tangerine)和星苹果的颜色比喻黎明和黄昏。

39 torrent of dust/ that carried,Martens 的德译本把 carried 译为 hinabspülte,冲走,冲刷,这个译法比较贴切。见"*Palms require translation*",第 83—84 页。

40 root-rock music,root-rock,在现代摇滚乐中,一个意思指"根源摇滚",是 20 世纪 80 年代兴起的摇滚形式,号召返回摇滚之"根",即 20 世纪 60 年代的原始摇滚,其风格混合了民谣,乡村摇滚,南方摇滚,迷幻摇滚,蓝调等,代表人物如鲍勃·迪伦。但这里是另外一个意思,指美洲黑人的"根摇雷鬼",即 roots rock reggae,代表人物如鲍勃·马利。这种音乐兴起于 1966 年海尔·塞拉西一世访问牙买加,由拉斯塔法利派推动。小曼利执政后致力于提升黑人的生活,也促使黑人通过这种音乐表达自己的情绪和生活状态。根摇雷鬼的内容涉及了对上帝的敬拜，穷人的悲苦生活，对社会的反抗和不满，对非洲的怀念等，音乐带有灵歌的性质，以寻根为精神。见 S.Foehr 的 *Jamaican Warriors: Reggae, Roots & Culture*（Sanctuary，2000），第 196 页以及全书。Pfeffer 的看法是正确的，她指出了 Martens 的两个译本的译法都有问题，后者译为 grundsätzlicher Musik 和 tiefverwurzelter Rockmusik，第二个译法勉强合理。见"*Palms require translation*"，第 84 页。

41　Yallahs，牙买加圣托马斯区的小镇，这里的亚拉斯河为金斯敦提供水源。

42　August Town，牙买加金斯敦东南城郊小镇，就在莫纳分校附近。

43　thorns of maca，牙买加土话里，maca 即 macca，也叫 macaya，指 macaw 的刺。macaw，西印度地区叫作 grugru palm，即格鲁格鲁椰子，拉丁名为 Acrocomia aculeata，棕榈科，椰族，刺茎椰子属植物。这种植物果实可以制油，树干分泌树液，可以酿酒。它的刺是其显著的特征。见 *Dictionary of Jamaican English*，第 284 页；*Dictionary of Caribbean English Usage*，第 555，269 页。

44　black Warieka Hills，也叫 Wareika Hills，牙买加圣安德鲁区的山丘，山丘将牙买加黑人贫民区（ghetto）与金斯敦市区隔离开来。所以这里的 black，既表明黑夜，也暗示了山与黑人的关系。这里是拉斯塔法利派的重要据点，该派年轻的信徒也称为"瓦列卡武士"。见 J.Christensen 的 *Rastafari Reasoning and the RastaWoman: Gender Constructions in the Shaping of Rastafari Livity*（Lexington Books，2014），第 69—70，99 页。

45　收音机调谐板发光，而且随着调动旋钮，在调准电台之前，会传来刺耳的声音。这比喻黑人贫民区躁动混乱的环境。小曼利一心要改善黑人的状况，但执政多年，毫无进展。

46　grid，指点唱机上的网格，网格闪亮，写着曲目，旁边有按钮，可以操纵选歌。

47 dread beat, dread, 见《拉斯塔法利之歌》。著名雷鬼乐队"诗人与根"(Poet and Roots) 有一张专辑 *Dread Beat an' Blood* (1978)。这张专辑运用了拉斯塔法利音乐,同时还创立了属于根雷鬼的"回响诗"(Dub Poetry) 雷鬼,乐队主唱就是著名诗人约翰逊 (Linton Kwesi Johnson)。这种雷鬼,除了音乐之外,加入了诗歌说唱,它也被归入"政治雷鬼"。事实上本诗,比如这一节,从音律节奏上就很适合用雷鬼来演唱——作者有意提及了雷鬼,似乎有这个暗示——而且也可以归为政治雷鬼。

48 jukebox, 19 世纪发明的机械选歌机,一般是投币式,机器里存有唱片,按照人工选择,可以自动播放。juke 来自美国南部(南卡罗来纳州,佛罗里达州,乔治亚州)的非洲黑人的克里奥尔语嘎勒语 (Gullah),意为混乱,恶劣。这里是把金斯敦比作点唱机,里面传来了混乱刺耳的拉斯塔法利黑人音乐。

49 quadrilles, 18 世纪兴起于法国宫廷、源自骑兵方块队列的舞蹈,19 世纪传入英国,进而传播到英国和法国的殖民地。这个词词根来自拉丁文 quadra (四方)。这种舞蹈一般由四对(也可以两对)男女站成四方形来表演。它是美国方块舞的前身,在牙买加,圣卢西亚等加勒比地区颇为流行,但逐渐大众化和通俗化。对于小曼利来说,他想到的是黑人和底层民众跳的四方舞。

50 country dancer, country dance 是专有名词,特指英国乡村舞,多对男女一同表演,可以成列,可以围圈,也可以形成四方形。

51 bay leaves, bay leaf, 通常指月桂叶,但这里指西印度的多香果叶,拉丁名为 Pimenta racemosa, 也叫西印度月桂,但与月桂不是一科,它属于桃金娘科,多香果属。pimenta 西班牙语指胡椒,因为最早发现它的哥伦布以为多香果是胡椒,但两者并非一科。多香果可以作香料,所以沐浴时会用。

52 气流振动时,在口腔咽喉不受阻碍的音是元音,因此比较悦耳,听起来流畅,没有元音,也就意味着声音刺耳,如同噪音。第一节提到过，河水念着几个区的名字，名字中元音较多，让小曼利觉得悦耳，想起田园牧歌。

53　rock stone，双关，rock 可以表示石头，也可以指摇滚乐。石头的粗硬和摇滚乐的噪音，打破了田园牧歌的梦。这一节和下一节有很多指向摇滚的意象，除了 rock 和 roll，还有 sway 这样的同义词，以及"石头"（rock, stone）这个意象。摇滚代表了黑人和底层民众的文化，它动摇着当权者和政府。

54　rolled，暗示了摇滚，Rock and Roll。

55　fathoms，英寻。比较《纵帆船"飞翔号"》第二节和第十节中曾经暗示过的《暴风雨》第一幕，第二场，那里也用了这个词。沙班沉入海底与小曼利睡梦中沉入海底，有相似之处，两者也都反思了历史。

56　black power，联系黑权运动。小曼利盲从于黑人的民粹运动，深受黑人族群爱戴，但其实并没有解决他们的问题。

57　Ismond 指出这句联系了《族长的秋天》。他分析了本节描写的睡眠中和梦中的小曼利的两个层面：第一，心理学层面上，小曼利从白天的混乱中得到修复，坠入意识深处，行动和时间都停止，他面对着"赤裸、没有防卫的自我"，处于"无权力"的状态。第二，就视觉层面，小曼利在水中经验到的是地上的历史记录，已经分解为"无时性的维度"。见 *Abandoning Dead Metaphors*，第 257 页。

58　rocking，还是联系摇滚。

59　月光象征迷狂，失去意识，见《月》以及《另一生》对月亮的描写，月光是沃尔科特常用的意象。

60　green buccaneers，buccaneer，海盗的一种，专指 17—18 世纪加勒比海的海盗。green，指经验不丰富，生手，所以说"空眼袋"——指钱袋空，抢不来东西，也指长时间眼望海上，两眼的眼袋变深，但还是等不来可以抢劫的船只。同时，这个词也在颜色上呼应了下面的"苔藓"。海贼和海盗常常聚集于上面和下面提到的王港，这里的地理环境能为他们提供庇护。

61　parrot fish，用这种鱼比喻海盗常养的鹦鹉。另外，下面还会再次出现这个意象，比喻学者，因此，学者与海盗似乎是共谋关系，一个抢财物，一个抢思想——当然也比喻学者鹦鹉学舌，人云亦云。

62　Palisadoes，牙买加金斯敦的连岛沙洲或沙颈岬（tombolo），如同狭长的半岛。沙洲东段连接牙买加主岛，西边尽头连接王港，诺曼·曼利国际机场就在沙洲上。这条沙洲如同一道栅栏，护卫着主岛，因此称为栅栏。palisado，即 palisade，围栏，护栏，尤其指军营护栏。

63　steeple，教堂尖塔，螃蟹还有梦中的小曼利（用了相同的动词谓述两者）在教堂做礼拜。

64　the evening lights came on in the institute，evening lights，evening light 指落日光，这里用复数，还指学会里的灯光。institute，虽然首字母小写，但指的并不是普通的学会，而是位于金斯敦的著名的牙买加学会（The Institute of Jamaica），它 1879 年由时任牙买加总督的安东尼·马斯格雷夫爵士创立。学会为学术机构，致力于推广人文艺术和科学研究，下设博物馆、美术馆等多个分支机构，并出版一本刊物《牙买加学刊》，还设有马斯格雷夫奖章，沃尔科特和布拉斯维特分别于 1986 年和 2006 年获得金奖；诺曼·曼利的妻子、小曼利的母亲、著名女艺术家艾德娜·曼利 1941 年也曾获金奖。其官方站点为：http://instituteofjamaica.org.jm/。

Ismond 指出，学会的学者困在传统的历史观之中：把历史视为连续事件的累积和连续时刻的记录——如本节最后两行的事件。这里也呼应了《兰帕纳尔加斯的历史缪斯》一文中对历史的批判。小曼利必须避免这种历史观，展开新的革命。见 *Abandoning Dead Metaphors*，第 258—259 页。

65　kingdom，这里呼应了标题，但首先强调的是天国，因为水天反转，海底成了天堂。就"王国"的含义看，这表明田园牧歌的人间王国已经沉没。

66　mouthing，很妙的一个词，指鱼嘴张开，但没有声音，同时，这个词表示装腔作势。

67　Penn and Venables，指英国军队将领威廉·宾（他的儿子就是"宾"夕法尼亚州的建立者，也是该州名字的源头）和罗伯特·维纳布尔斯，两人1655年击败西班牙人，占领牙买加，这标志着牙买加英属时代的开始，也算一个"划时代"。从英国殖民者的角度看，牙买加开始了自己的"历史"；从欧洲殖民者的角度看，1494年哥伦布发现牙买加是其历史的开端。

68　cataclysmic，来自cataclysm，源自希腊文κατακλυσμός，专指挪亚经历的大洪水。虽然可以泛指灾难，但作者是为了指向《圣经》，把地震比喻成毁灭世界的洪水。王港多灾多难，1692年和1907年两次大地震严重摧毁了这座港口。关于王港和地震，也见《海即历史》。

69　Santiago to Caracas，Santiago，智利首都。Caracas，委内瑞拉首都。这两个地方都是重要的天主教大主教教区（archdiocese），有大教堂和大主教，它们一南一北，标定了整个南美大陆以及天主教在南美的所有教区。之所以联系南美，因为加勒比地区正好在南美大陆的关键位置，南美的西班牙帝国的文化和宗教让加勒比处于奴役和受压迫的地位。关于南美大陆的描写，可以联系《圭亚那》（本诗集未收）第五，"大陆地图"。另外，西印度的西班牙化的国家，也影响了小曼利的社会主义路线，比如古巴。这一节描述了小曼利对于加勒比历史的回顾，这让他可以"思辨地分析这一地区的社会政治和文化语境"。见 *Abandoning Dead Metaphors*，第259页。

70　基督教有洗脚礼，《新约·约翰福音》13:1—5（也见13:14），耶稣吃完最后的晚餐，为门徒洗脚。复活节前的星期四就是濯足节（Maundy Thursday），天主教教会在这一天会安排濯足服事，大主教为选定的十二人洗脚。洗脚这个意象下面还会提到。需要注意的是，耶稣为门徒洗脚，表现了自己的谦卑和对门徒一视同仁的爱和赦免，之后，耶稣受难；但殖民地的大主教仅仅只是做样子，他们并没有为人受难，他们反倒是凌驾在民众之上的宗教势力，无论他们主观上是否怜爱贫苦的民众，他们都成了殖民掠夺的掩饰。

71 parenthetical moment，括号指作者自己加的括号，这种手法是沃尔科特常用的。parenthetical，parenthesis，确切说专指圆括号，作者在这里强调了"圆"，所以我译为括弧：加勒比海椭圆的形状正像一个括号括出的地方，左括号是中美洲，右括号是小安的列斯群岛，而且两个圆括号，形状像洗脚盆和洗礼盆。句意就是，当南美传播天主教时，加勒比的边缘状态就像一个括号引出的"插入句"，其功能类似水盆，供大主教为穷人洗脚和洗礼。Posmentier 指出，这一节，沃尔科特描述了"双重受洗"。第一次受洗就是括号中的这个时刻。第二次受洗在这之前，即下面三行。见 *Cultivation and Catastrophe: The Lyric Ecology of Modern Black Literature*，第 124 页。实际上，小曼利之前梦中沉没入海，也是一次受洗，哲学式的受洗。见 *Abandoning Dead Metaphors*，第 259 页。

72 baptismal font，加勒比海如同一个内海，椭圆的形状像一个盆。濯足是另一种礼事，并不是"洗礼"（baptism），所以这里是从洗脚盆过渡到洗礼盆。同样是殖民地，但加勒比地区还不如南美，其功能和地位如同盆，是天主教的工具和器物。

73 was borne，borne 双关，指被端着，也指降生，加勒比如同等待受洗的新生儿。见 *Cultivation and Catastrophe: The Lyric Ecology of Modern Black Literature*，第 125 页。

74 a people were absolved/ of a history which they did not commit，history，指加勒比人受殖民之前的历史。commit，意为记录，一般是记在纸上或回忆中，因此这里的 history，既指历史事件，也指在回忆和史书中的对事件的叙述。absolved，基督教中指免除罪恶，这里说免除历史，意思就是，加勒比地区在西班牙人到来之前的历史被西班牙人像除罪一样去除掉了，过往的历史是野蛮的、异教的，因此是罪恶的。加勒比接受洗礼和被殖民就是为了除罪，他们应该感谢大主教们。作者显然意在反讽。

75 the dispossessed，指被剥夺产业，被放逐、流离失所，无家可归的人，这个词在本诗集中只出现在这里（dispossession 出现一次），但很关键。前面引用过的 Hamner 的专著 *Epic of the Dispossessed: Derek Walcott's Omeros*，其题目和主题就涉及了这个概念。实际上，作为漂泊诗人，沃尔科特自己也是这样的人，他的根和心灵（不是财产）都处于流离失所的无家状态，正如奥德修斯、鲁滨逊和沙班。小曼利在梦中的漂流也是如此。

76 列岛当作玫瑰诵的念珠。见《海歌》一诗。

77 作者想到的肯定是加勒比海著名的大蓝洞，今属伯利兹。

78 比喻长跪不起。信奉上帝，就是信奉天主教宗教制度，这样就不得不接受自身有罪的事实，听命于教会，不断祈祷和忏悔，希望对自身以及社会变革能有帮助。如 Ismond 所言，"人民的状态困在了宗教奴役的传统之中"。这种状态还处于一个矛盾之中：时代在变，但剥削制度却不变；而"徒劳无功的连续的孤立的革命却难以克服这种制度"。见 *Abandoning Dead Metaphors*，第 261 页。

79 La Revolución，西班牙语，指一系列的拉美革命，有独立革命，也有古巴卡斯特罗和格瓦拉推翻独裁者的社会主义革命，以及游击队形式的革命。

80 San Salvador, pray for us, St. Thomas, San Domingo，这句提到几个专名，首先指人物，同时又巧妙地暗示了地名，这些地名大都是按西语所起，而且是哥伦布（意大利人，但为西班牙服务，命名以西语）发现的。它们如同连珠一样被祈祷者按顺序拨动。San Salvador, 作为人名，这个短语是西班牙语里对耶稣的称呼，即神圣的救世主，指基督。作为地名，见《纵帆船"飞翔号"》第二节，与那里一样，这里也不指萨尔瓦多的首都。St.Thomas，见《马太福音》10:3 和《约翰福音》11:16，耶稣门徒，现代英语直译为托马斯，但和合本译为"多马"，天主教的汉译经文译为多默，这里是天主教语境，中译为圣多默。作为地名，我确定，这里指美属维尔京群岛的圣托马斯岛。圣托马斯岛西边是波多黎各,东边为英属维尔京群岛,再往东是安圭拉。San Domingo,作为人名,指很多圣徒,但最著名的就是圣多明我,作者要指的应为他。作为地名,它指多米尼加,见下面第十五节,其首都也正是圣多明各(Santo Domingo)。但是按顺序,多米尼加在圣托马斯岛之前,我认为,也许更应该指多米尼克(Dominica)。Domingo 和 Dominica 都来自拉丁文 dominicus,即,主的,上帝的,哥伦布发现多米尼克时是主日或周日,因此命名。作者用这个典故把圣徒名与地名联系在一起。当然,也许作者没有考虑到顺序问题。

81　ora pro nobis,"为我们祈求吧"(pray for us)的拉丁文,出自天主教《圣母经》(Ave Maria),这一句和上一句为,Sancta Maria, Mater Dei/ ora pro nobis peccatoribus(圣母玛利亚,神之母/为我们这些罪人祈求吧),祈求的对象是上帝,让上帝宽恕罪人。在巴西某些地方,这个短语也表示一种植物木麒麟,拉丁名为 Pereskia aculeata,仙人掌科,木麒麟属植物。这种植物在南美和加勒比常见,作者前面也提到过仙人掌。

82　intercede for us,还是像圣母或基督祷告,见《新约·罗马书》8:34, It is Christ that died, yea rather, that is risen again, who is even at the right hand of God, who also maketh intercession for us。和合本译为"祈求",意同于 pray,中文换了说法。

83　Sancta Lucia,这里提到"无眼",那么指的不仅是"圣卢西亚"地名,还指这个地名的来源,女圣徒露西亚。露西亚被叙拉古总督(一说是自己)剜去了双眼,埋葬时,眼睛又复原。这里可以证明,作者首先用这些专名指人,然后才暗示地名,所以我以人名来译。

84　circular chaplet, chaplet,一种念珠祈祷,与念珠诵或玫瑰经(rosary)相似,著名的 chaplet,如《圣母七苦连珠诵》(*The Chaplet of the Seven Sorrows of Our Lady*)。这个词也可以指念珠本身。所以这里的短语有两个意思,指重复循环的祈祷,也指环形的念珠串。

85　Sancta Trinidad, Trinidad,西班牙语的"三位一体",作为地名,

即特立尼达岛,哥伦布最早命名。顺时针数起,从圣萨尔瓦多——圣托马斯——多米尼加/多米尼克——圣卢西亚,加勒比地区最后一座岛就是特立尼达,再往下就是南美大陆的委内瑞拉,所以特立尼达岛是最后一颗珠子,而且是黑珠子,因为以深色人种为主。

86　Colón,西班牙语里的哥伦布(Columbus)。哥伦布到达美洲时,发现的第一座岛就是圣萨尔瓦多岛,所以,念诵西印度岛名的连珠诵,重新开始,还要从这里。——Ismond 理解为西班牙,那是哥伦布开始航行的地方,但我认为距离过远。

87　西班牙语"革命"是阴性,所以用女人来比,另外,女人处于男权之下,这也符合南美受殖民的状况。Ismond 称这位女子是"革命缪斯",象征了冷酷无情和悲苦,同时也代表加勒比受奴役的女性。革命联系了南美的暴力传统:殖民者的压迫和暴行造成了南美的武装斗争以及军事主义意识形态的盛行,也造成了底层民众的反抗暴动。既然小曼利选择了卡斯特罗的路线,他就必须选择革命,所以革命缪斯在梦中出现,但革命的暴力又困扰着他——甚至他的支持者也发生过暴动——他不得不思考一条可行的革命之路。见 *Abandoning Dead Metaphors*,第 260—261,263 页。

88　这个比喻在第十五节再次出现,那里是耳朵的钥匙孔,显然,钥匙孔指耳洞,门是梦。

89　让人想起海明威《印第安人营地》描写过的割喉自杀的印第安人,他的妻子是剖腹产——这个意象,本节也用到了。

90　La Madre Dolorosa,西班牙语,悲苦母亲,指圣母玛利亚。按天主教对福音书的总结,玛利亚一生受七苦,也称七苦圣母。

91　virgin,不是指一般意义上的处女,指圣母。圣母受的第一苦,是西面预言她的心被剑(sword,和合本译为"刀")刺中,见《新约·路加福音》2:34—35。因此在天主教艺术中,有的圣母像被设计成七把剑直刺心脏,七剑暗示七苦。沃尔科特这里用"箭"代替。

92　curdle the blood,习语,让血凝固,即,吓住,使受惊吓。

93　Caesarean，双关，一个意思是，凯撒的，与凯撒有关的，作为名词，指独裁者。另一个意思是，剖腹产，即 Caesarean section。女性（尤其圣母）象征"自然"的孕育和创造，但剖腹产不是正常生产（如《麦克白》中的麦克德夫），因此军事斗争的结果就是"无创造"（uncreation）。革命注定悲剧和无效。见 *Abandoning Dead Metaphors*，第 262—263 页。

94　Trujillo, Machado, Trujillo，拉斐尔·莱昂尼达斯·特鲁希略·莫里纳（Rafael Leónidas Trujillo Molina，1891—1961），特鲁希略是父姓，莫里纳是母姓。此人绰号"老板"，1930—1938 年、1942—1952 年两次出任多米尼加总统，实则为大独裁者，最终被暗杀。他统治期间，极力镇压异议人士，还制造过针对海地人的香芹大屠杀，造成 2—3 万人死亡，但多米尼加国势和经济却有发展。马尔克斯的《族长的秋天》正是以他为原型，略萨的《公羊的节日》也是如此。特鲁希略是加勒比和南美地区独裁者的典型和样板，影响了后来一系列独裁者。Machado，格拉多·马查多-莫拉莱斯（Gerardo Machado y Morales，1871—1939），马查多是父姓，莫拉莱斯是母姓。此人 1925—1933 年任古巴总统，为大独裁者，他是古巴独立的英雄，受美国支持上台，最后被推翻，流亡美国。

95　Maroons，见《另一生》1.2.2。

96　Gordon，George William Gordon（1820—1865），牙买加混血政治家，在 1865 年莫兰特湾起义时，被时任牙买加总督的爱德华·艾尔怀疑策划了起义，遭到处决（绞刑）。戈登被牙买加定为民族英雄，他的头像印在牙买加元 10 元纸币上。

97　the bandanna'd mammies outside the ward，bandanna'd，即 bandannaed，来自名词 bandanna 或 bandana，印花的包头巾，三角或方形。mammies，即 nanny，照顾白人孩子的黑人保姆。ward，指病房，但这里应为 maternity ward，即产房。

98　peppermints，作为可数名词表示辣薄荷糖。辣薄荷或胡椒薄荷是一种杂交薄荷,拉丁名为Mentha piperita。

99　SAVIOR!,指小曼利,这些标语都是底层民众贴的。拉斯塔法利派视小曼利为救世主,称之为"约书亚",见下。见 *Abandoning Dead Metaphors*,第251页。这个名字的含义就是"耶和华是拯救"。它其实也是说小曼利是耶稣,因为"耶稣"这个名字与"约书亚"在希伯来语里本就是一个名字,《圣经》希腊译本做了变化,到英语这里就不同了。

100　LACKEY!,lackey,即男仆,马屁精,应声虫,指曼利没有帮助穷人,成了当权派或资本势力的代言人。与这个标语相应,反曼利的人——也是底层的拉斯塔法利派民众——还曾写过"Joshua=Judah"的标语,意为曼利背叛而且没有拯救他们,任由经济形势越来越恶化。见R.Hammond的"'Towards what?'Walcott and the Dynamics of Change",*L'ecrivain Caribéen, Guerrier de L'imaginaire*(Rodopi,2008),第335页。

101　三个首字母缩写分别是美国中央情报局(Central Intelligence Agency),小曼利隶属的人民民族党(People's National Party),石油输出国组织("欧佩克",Organization of the Petroleum Exporting Countries)。中央情报局干预过牙买加政治。小曼利的政党内部也有纷争。小曼利第一次执政期间,牙买加赶上了第二次石油危机,石油价格暴涨,国家难以承受。三个政治经济组织搅乱了牙买加政局,让它如同一锅混乱的热汤。

102　头发和胡须都是拉斯塔法利黑人的特征。头发即dread lock,见《拉斯塔法利之歌》。双眼泛红,是因为吸食大麻。见 *Abandoning Dead Metaphors*,第265页。

103　见《珀科曼尼亚》一诗。

104　也许指圣灰星期三,复活节前四十天(不计主日),大斋首日,这一天开始,离基督复活就越来越近了。

105　Jericho,在今巴勒斯坦约旦河西岸,见《申命记》34:3,称之为棕榈城耶利哥。约书亚在摩西死后成为以色利人的领袖。他带领民众的第一场战争就是耶利哥之战,由此进入了迦南地。按《约书亚记》5:13—6:27的记载,上帝让约书亚令七名祭司,拿着七个羊角,走在约柜前,带领民众围着又高又大的耶利哥城绕行一圈,连续七天,最后祭司齐吹羊角,城墙骤然倒塌,以色利人得以入城,大肆屠杀。拉斯塔法利派视小曼利为约书亚,他们也想像攻占耶利哥一样(还有推翻巴比伦)攻入富人阶层中大肆掠夺。小曼利怀着政治理想,要改善民众生活,但最终被民粹控制,民众又反噬他本人。

106 富人都逃往了美国,转移了财产。

107 这一节列出的前三个命令,代表了三个元素:空气、水、土,火在"烟囱"这个意象上似乎有暗示。恩培多克勒认为爱与恨联结和分离四元素,而本节暗示了"爱"(婚戒),"恨"在前两节体现出来。经济的匮乏,让小曼利只剩下这些自然的元素,别无所有。但这也表明,至少加勒比的自然还在,也许还有希望。

108 Key West,美国佛罗里达半岛以南佛罗里达群岛最西边的礁岛(key)。基韦斯特南边就是古巴首都哈瓦那。美国的间谍会从这里进入古巴。因此"渔区的界线"不仅划出捕鱼区域,还划分了意识形态。

109 沃尔科特的表达法,把本体当作喻体。云的形状浮现出父亲的脸——小曼利看完相片,再看云——但反过来说,脸如云。这一节和下一节,小曼利转向了加勒比的英语世界,涉及了西印度联邦解体等事件,这一联邦与加勒比西语国家没有联系。英语国家亲欧美资本主义,与古巴等西语国家相反,而小曼利时期的牙买加国家政策在两者之间摇摆,也被两者撕裂。

110 the mouth of mahogany winced shut, mahogany,前面第一节说楼梯的"红木"也是这个词,那里是泛译。确切说,它是西印度桃花心木,拉丁名为Swietenia mahogani,桃花心木属,盛产于西印度群岛,尤其是古巴、牙买加。该树,树皮红色,鳞状,就像老曼利的嘴巴,干枯褶皱。红木也与老曼利夫人有关,见下。winced,指龇牙咧嘴，因痛苦抽搐，这里指老曼利在重压下，屈从于公投。

111 resigned/ to the first compromise,/ the last ultimatum,/ the first and last referendum, resigned, resign 做及物动词，后面加 to，表示让谁屈从，使之听从。但这个词又表示辞职，虽然这里没有这个用法，但有所暗示，指老曼利辞去西印度联邦时期牙买加总理（Premier）一职。"妥协"，指老曼利在反对党的压力下，同意举行公投。"通牒"，指反对党牙买加工党及其领袖布斯塔曼特（Bustamante，1884—1977）对老曼利下达的举行公投的通牒。布氏是老曼利的表哥，也是独立后牙买加的第一任总理。"公投"，即退出西印度联邦的牙买加全民公投，退出最后通过，这也造成了西印度联邦的彻底瓦解。

112 Ismond 指出，这暗示 1968 年东加勒比的几个英语国家建立的加勒比自由贸易联盟（Caribbean Free Trade Association，CARIFTA），它 1973 年演变为加勒比经济同盟（Caribbean Economic Union）。这样的经济联合体取代了西印度联邦。见 *Abandoning Dead Metaphors*，第 267，294 页。但他没有讲是哪七个国家的总理。实际上，CARIFTA 成立于 1965 年，由巴巴多斯、圭亚那、安提瓜和巴布达建立。1968 年，又有 8 个加盟地区。这些地区中，有 6 个在作者写作本诗时已经独立：巴巴多斯、圭亚那、特立尼达和多巴哥、多米尼克、格林纳达、牙买加，算上已经准备独立的圣卢西亚，正好 7 个。

113 leagues，老单位，适用于陆地和海上，海上指 3 海里。

114 二战时，英国把加勒比的大量海岛基地租给美国，换取军舰。见 *Abandoning Dead Metaphors*，第 268 页。

115 唯一的账户就是国库。

116 Caribbean Economic Community，即 Caribbean Community（CARICOM），加勒比经济同盟。

117 saris，印度纱丽，暗示了西印度的印度族群，尤其是特立尼达和多巴哥。底层民众和少数族裔只能拥有一小片自然资源，大部分资源都被政府、资本寡头、军队征用。

118　white cruise ships/ taller than the post office，cruise ships，运送游客的游轮。游轮来自运送邮件的"邮轮"（mail ship），邮轮快捷，干净，而且准时，很多游客都会搭乘。再后来，邮轮的邮政功能淡化，越来越豪华舒适，成为了专门的"游轮"。泰坦尼克号就是大型邮轮。所以中文里，往往用邮轮指游轮。正因此，作者才会把游轮与邮局放在一起。邮轮高大壮观，比平房的邮局要高，而邮轮是海外游客的象征，它的地位比当地机构要高。

119　政客在争功，争的是谁先引进的资本和商业化。但这种举措的结果是，加勒比成了规模不大的连锁商店，贩卖自己的资源和景观。沃尔科特在本节批判了物质主义、消费主义、个人主义的思潮。见 *Abandoning Dead Metaphors*，第268页。

120　a tree of grenades，grendades，手雷，手榴弹，grenade 与石榴（pomegranate）和格林纳达有词源关系，来自拉丁文 granatus（有种子的）。也见《圣卢西亚》第二节。希尼《爱自然者之死》（1966）也用过手榴弹的意象，比喻蛙，Some sat poised like mud grenades。

121　doves，象征和平，圣灵。

122　martial law，1976年6月，由于金斯敦贫民区发生暴动，愈演愈烈，小曼利下达戒严令，宣布国家进入紧急状态，戒严持续一年。见 *Abandoning Dead Metaphors*，第269页。

123　dials，收音机，电报机等机器的调节钮。这里是中情局特工等待着古巴卡斯特罗政权被颠覆。

124　a phalanx of Yamahas，雅马哈是乐器公司，这里指游行的民众拨弄的乐器。雅马哈早在1958年就在墨西哥开设分公司，这一品牌在南美和加勒比地区颇为流行。之所以引入日本符号，因为沃尔科特总是有意呈现或暗示加勒比多元文化的环境——之前的诗作里还有中国，此处则顺便提及日本，沃尔科特本人也研究过日本的浮世绘。另外，他或许还想到了拉美有大量的日本移民，如巴西和秘鲁等。当然，雅马哈也属于外来的资本企业，民众示威为了对抗资本主义，但他们用的恰恰又是后者带来的。

125　They left/ a hole in the sky..., hole in the sky, 指天之门，如《创世记》28:17, 雅各梦见天梯从天之门下来。这里说声音震天，甚至打开了天门，仿佛上帝降临。

126　in circles, 习语表示毫无进展，原地踏步。

127　in the mineral oblivion of night, "矿石"象征自然的赤裸，小曼利在睡眠中忘却历史，回到了历史之前的原始自然。自然具有生殖力，让小曼利从现实的混乱中恢复。见 *Abandoning Dead Metaphors*, 第270—271页。布罗茨基在后来的《水印》中描绘画廊作品给他的印象时，有类似的比喻，It was a mine of heavy porphyry in a state of abandonment, in a state of perpetual evening。

128　whose, 看起来指小曼利，但下面写到了花辦，所以是一个女人形象，指睡眠，忘境，最终指本土的自然。本节最后一句用了 her, 所以这里译为"她"。Ismond 认为这里到下面四行，联系了《另一生》中"醒来的安娜"。这个女人形象兼有"感官/爱欲和哺育/母性"，弥补了"革命缪斯"。见 *Abandoning Dead Metaphors*, 第270页。

129　sweet-potato, 虽然这个词通常指红薯，拉丁名为 Ipomoea batatas, 旋花科植物，但 Pfeffer 的意见是正确的，这个词在这里指加勒比和南美的木薯，拉丁名为 Manihot esculenta, 也叫 cassava 或 manioc, 是大戟科植物，它的块茎可以食用，如同红薯，有的种类带有甜味。在有的作品里，沃尔科特也称之为 yam, 虽然 yam 通常指山药和红薯。见 *"Palms require translation"*, 第72—73页。

130　frangipani, 指太阳，海的闪光像钉子，好像把太阳钉在天上。关于蛋黄花，见《圣卢西亚》第二节。

131　"呵欠"（yawn）、"锯"（saw）、"黎明"（dawn），三次押韵，而且发音如同呵欠。w 字母的对称如同"锯成两半"。

132　Ismond 认为这个短语呼应了布拉斯维特的《母亲诗》。见 *Abandoning Dead Metaphors*, 第271页。

133　布拉斯维特诗集《太阳》中有几句讲到了黑缪斯，most forgotten/ umbilical chord of the dark muse his mother/ barely unbroken。*Ancestors: A Reinvention of Mother Poem, Sun Poem, and X/self*（New Directions Publishing，2001），第183页。

134　head-tie，专指非洲妇女，尤其西非女性戴的头巾。

135　bleached-sheets-on-the-river-rocks，沃尔科特擅长使用连字符，这里又是一例。这个名词性短语是"母亲"的同位语，它刻画了母亲的社会属性。本土的自然，现在又化为了加勒比"母亲缪斯"——尤其是黑人底层母亲和保姆（未必自己有孩子），也许还融入了沃氏对自己母亲的情感，如《另一生》1.2.2——它相反于"革命缪斯"。

136　指黑人女性对宗教信仰的信奉。基督教虽然自欧洲传来，但对于黑人的确有精神上的帮助，而且成为了黑人本土信仰的载体。沃尔科特并不把基督教一味视作"文化侵略"。

137　lignum-vitae，拉丁文，直译为生命之木，即愈创木，蒺藜科，愈创木属（Guaiacum），它是世界上木质最为坚硬和结实的树木，所以也俗称铁木，其芯木可以治愈疾病。它的花是牙买加的国花。《恩赐》之《标志》中提到了它，也做了翻译，the lignum-vitae, the tree of life。布拉斯维特在著名的《山姆老爷》一诗中就提到过这种树。马尔克斯《霍乱时期的爱情》还提到过这种树木可以用来药浴。特立尼达著名卡吕普索歌手山姆·曼宁（Sam Manning，1899—1960）有首歌曲就叫作《生命之木》（"Lignum Vitae"）。

138　the young grand' who, grand'，即grandy，牙买加英语里指grandmother（grandma）和grandam（grand dam，老女人，祖母）；也可以指比自己或比母亲年长的女人；更重要的是，可以指接生婆，意同midwife和granny。见*Dictionary of Jamaican English*，第205页。这里指大宅的保姆，除了照顾孩子，她也收拾屋子。如前述，这样的保姆，年轻时就在大宅服务，无论年龄大小，都被称作grandy，她一生都会在大宅服务。

139　Clio，见《另一生》4.22.1。这里指大宅中摆的雕像。西方"历史的缪斯"已经失去，加勒比看起来成为孤儿，但他认识到了自己的"生母缪斯"，他找到了自己真正的身份。

140　Anadyomene，维纳斯，见《海中升起的她》。这里是黑人维纳斯。

141　第十一节提到了绷紧的拳头，此时，拳头松开（棕榈，也代表小曼利），黎明预示着（暂时的）解脱和希望。

142　dray carts and curses，cart 和 curse 押头韵，dray cart 就是 dray。这是说劳动的人很早就开工了，边驾着马车，边咒骂（当然是咒骂政府），声音嘈杂。"雪崩"指白昼时的噪音，雪与白昼的颜色相似，所以这样比喻；雪崩也可以形容社会的衰落。

143　patties，patty 指牙买加肉饼（Jamaican patty），半圆形，很像一个大饺子，颜色金黄，一般是肉馅，可以放牛肉，羊肉，鸡肉或鱼肉等。上面说的"烤炉"就是馅饼小车的炉子，炉子放这一句说的"铁箱"里。

144　nosed，nose 作为动词，表示缓缓前进，小心行驶，但又表示嗅探，可以联系气味的意象。风吹过，又在闻着味道，但其实是风把气味传给了人的鼻子。

145　lathered，lather，名词指泡沫，动词表示身上有泡沫，小曼利正在洗澡。这个词作为名词还表示激动，动词意为使之焦急，这可以配合"愤怒"。下面的"挨着鞭打"（喷头向小曼利喷水），也是 lather，只不过是另一个用法，而这个用法又暗示了 lather 的另一个意思：马身上的汗沫，见《玉米女神》。这个例子体现了沃尔科特的一个手法：将一个词的不同含义自然而且在日常生活里集中展现出来。仅仅一个词就可以顿现出不同的意象和心理。这正是英语的特点，汉语缺乏这种效果，难以用一个词丰富地体现各种意义，虽然它也有自己的独特之处。

146　refreshed，洗澡的语境中意为使之凉爽，暗示小曼利的爱在冷却。但这个词另外一层意思是更新,小曼利还是爱着牙买加,他也许要换一种爱的方式,放弃以前的爱产生的不切实际的理想,就像他多次的婚姻一样,放弃旧情,迎接新爱。但有意思的是,小曼利是作为新娘——比较醒来的安娜以及那里新娘的比喻,以及成为新娘的玛利亚·康塞普松——他性别的变化,是因为他回归了本土——注意他洗澡时是赤裸的,如同土地和婴儿。

147 vows,表层意思指婚誓,实际指政治家就职时的誓言。

148 dark hide,hide 指兽皮,配合下面说的母马的意象。Ismond 提示,艾德娜·曼利的很多雕刻艺术品都是用红木做成,色泽光亮,她有一个作品叫《晨马》。V.Reid 为老曼利写的传记就叫这个名字。曼利夫妇在德伦布莱尔也养马为乐。马和红木都是自然物,象征了曼利夫妇的天赋与创造力都根植于本土。桌面映出老曼利的形象,表示他的品德会持久下去,他的光芒会永存。见 *Abandoning Dead Metaphors*,第 275 页。

149 Ismond 认为,这里表明小曼利继承了老曼利的精神,他变得成熟。沃尔科特是在肯定老曼利的政治勇气和智慧:身为牙买加国父的老曼利,是联邦主义者和民主社会主义者,领导牙买加对抗殖民制度,走向民族解放。见 *Abandoning Dead Metaphors*,第 274—275 页。

150 这个池塘引出下面的加勒比海。

151 behind the Great House columns of Whitehall,Whitehall,见《游行,游行》,首先指英国白厅,但白厅已经焚毁,仅存遗迹,所以按下面的华盛顿来看,它更暗示白宫,如《罗马前哨》一诗,作者是一词多喻。Great House,在白宫语境中,指 White House。加勒比地区,大宅是标志性建筑,风格也是希腊式,外观同白宫。沃尔科特将白宫比作更大的"大宅",加勒比成了英美的池塘。见 *Cultivation and Catastrophe: The Lyric Ecology of Modern Black Literature*,第 116 页;见 "Translating Caribbean Landscape",第 21 页。

152 这个经典的比喻来自柏拉图《斐多》109b,ἐνσμικρῷ τινι

μορίῳ, περὶ τέλμα μύρμηκας ἢ βατράχους περὶ τὴν θάλατταν οἰκοῦντας。说地球很大，希腊人生活在海边很小的一部分，就像蚂蚁和青蛙生活在池塘。这个比喻也被后人用来描述希腊地区诸城邦围着地中海林立的情况，这正合加勒比海群岛的局面。而希腊不能统一，导致了这一地区的衰败，也符合西印度联邦不成功，各国发展不佳的状况，这应是沃尔科特用这个比喻的深层用意。《瓦解的联邦》中用牛蛙做过比喻，指政治家，这里的"膨胀的（bloated，兼有形体膨胀和人格膨胀两义）青蛙"也正比喻独立后得意洋洋的政客。

153　turtles，复数，但表示双数。海龟交配是雄海龟爬到雌海龟身上；群岛中，有大的岛屿，还有小的岛屿，小岛如同被大岛生下。

154　Caymans，牙买加西北群岛，英国属地，牙买加独立之前，属于牙买加管辖，独立后脱离。这里又是巧妙地加入了西印度的地名，符合沃尔科特的地理诗学。

155　Haiti-San Domingo，连字符巧妙地表示交配和地理上的相邻。San Domingo 指多米尼加，它与海地共处西班牙岛。

156　Tortuga，西班牙语的龟，与多巴哥（Tobago）押头韵。这座小岛位于海地北部，加勒比海盗曾以此为据点。哥伦布最早为它命名，因为形状像龟。

157　lemmings，北极旅鼠，啮齿目仓鼠科动物，这种动物会大量迁移，漂洋过海，溺死在水中。见 *Abandoning Dead Metaphors*，第294页。中途溺死的黑人奴隶就如同旅鼠。

158　加勒比黑人的源头是非洲，非洲如同有磁力一样，吸引着这里的黑人。黑人也发起过重返非洲的运动。当然，加勒比还有其他洲和民族的移民，沃尔科特不仅仅是描写黑人。见 *Abandoning Dead Metaphors*，第276页。

159　older death，older 是相对于 New World，欧洲、亚洲和非洲都属于旧大陆或旧世界。旧世界的制度和传统已经死亡，新世界（这里主要指西印度地区，是哥伦布最早发现的新世界）也是如此，因此旧世界的死亡更为古老，它的死亡是新世界死亡的源头。见 *Abandoning Dead Metaphors*，第277页。

160　非洲狮子，也暗示犹大之狮，见《珀科曼尼亚》。

161　战舰鸟准备向下俯冲，捕食旅鼠。

162　见第二节，那里是黑人和底层民众的尖叫，这里是小曼利的尖叫，虽然都是"沉默的"，但前者是因为处于边缘，被人无视，后者是因为，它是"内心"的尖叫或心声。他感觉到了"跳跃"的紧迫和必然（如同《另一生》和《纵帆船"飞翔号"》中跳崖的加勒比人和阿拉瓦克人，克尔凯郭尔的信仰骑士），他发出的尖叫是为民族国家呐喊，是要引导民族意识走向重生。这种沉默是一种"深刻、神圣的觉悟时刻"，就像艾略特在《四个四重奏》中窥见到了无时性。这种觉悟（enlightenment）代表了全社会受到的启迪，包括拉斯塔法利派民众得到的启蒙。见 *Abandoning Dead Metaphors*，第277—278页。

163　wheels in a film，电影胶片的转轮，wheel 与"水车"（water wheel）呼应。

164　the sea buzzards receded and receded into specks，秃鹫和下面的鱼鹰也许指前面等待捕食旅鼠的海鹰，也许还指第五节的如同秃鹫的革命缪斯——那里也提到了围绕垃圾盘旋的秃鹫。receded，呼应了第一节和第二节表示缩小和缩减的动词。specks，呼应了第二节的"微粒"。

165　knee-hollowed，腘窝，楼梯板凹陷如同膝盖弯曲的部分。就教堂语境来看，"膝盖"也暗示了下跪。

166　革命缪斯再次出现。这一次，她成为了小曼利和拉斯塔法利派的中介/渠道（intermediary/conduit）。见 *Abandoning Dead Metaphors*，第278页。

167　Day of Thorns，圣灰星期三之后的星期五。荆棘指耶稣戴的棘冠。

168　以下三个动词都是bore，即bear，中文需要变换表达。bear双关，也有生育的意思。

169　underdogs，呼应"犬"，所以直译，指拉斯塔法利派的民众，他们都是社会的失败者，他们在革命缪斯的引导下，倾听小曼利的呼喊。

170　预示着丰收，牙买加无论政局多么混乱，但自然的资源依然存在，这就是希望。

171　creak of light，creak，日光晒着木头等东西，使之胀裂，然后发出这种声音。第二节曾用这个词形容过水车，第七节形容过绞架。这是一种并不优美的声音，但它具有启示性，打破了沉默。如 Ismond 所言，在这种光中，能窥见"创造性的有机生命 - 原则的奇迹及其欢欣的状态，它内在而且活跃于周围的自然世界，它持续不竭地贯穿于同自然有着天然纽带的我们人类的空间"，也就是说，人们"尤其是世间的无产者""在自己的本土之中，感知到了这种天生的创造性能力——也是自我具有能力的最终根源——以自然的方式被自己继承"。在戏剧《回忆》（Remembrance）中，主人公曾经评论过托马斯·格雷的《哀歌》，有一段话与这里主题相近："无论你出生在哪里，无论你有多么微贱无名，那名声和财富都自在你身。你的身体就是这土地，身体从中源出，在此消亡。他关心的……正是这世间卑微的人。"见 *Abandoning Dead Metaphors*，第 279 页。

172　equally divided，equally，意有反讽，世界"平均"分为穷富、黑白等，但并不是"平等和公平"划分，富/白/北/北美都优于其对立面。

173　见《珀科曼尼亚》。

174　valley of Tryall，牙买加汉诺威区的风景区，这里有和谐山（Harmony Hill）。

175　the woman's face, had a smile been decipherable/ in that map of parchment so rivered with wrinkles,/ would have worn the same smile with which he...，作者用了一个假设性的虚拟语气的条件式，从句省略了 if。这个逻辑推论是小曼利心中做出的：他认为，要是以前，女人脸

上的笑容（像现在一样）可以辨认，那么之前，就能看出，她是微笑的。也就是说，之前，女人脸上的笑容"不好辨认"，所以小曼利认为自己没有看出她在微笑，因此，革命缪斯之前在梦中出现时，她就是微笑的。不过，既然这个推论是小曼利心中得出的，那么，他也许是"想当然地认为"革命缪斯之前是微笑的，只是自己没有辨认出。所以，革命缪斯过去是否面带微笑，就"事实"来看并不确定，只有小曼利自己清楚。但是，至少此时，小曼利用早餐时，她的确露出了笑容，这是事实。见"'Either I'm Nobody, or I'm a Nation'"，*Derek Walcott*（Bloom's Modern Critical Views），第 69 页；见 Baugh 的 *Derek Walcott*，第 117 页。

革命缪斯是否面带笑容，是否能被辨认出，这其实都是小曼利内心所决定的，换言之，小曼利露出乐观的微笑时，他仿佛看到了革命缪斯的笑容；当小曼利认识到革命的原因或本质，并且相信，革命者以及拉斯塔法利派的民众会理解自己的政治主张导致的困境时，他就会看到革命缪斯对他的会心一笑，甚至认为她一直都在对自己微笑。小曼利并未想到解决政治困局的药方，但他明白，困局和困难是正常的，社会不可能完美，成熟的政治家，必须有勇气面对困境，必须立足于本土的自然精神，去引导民众。在资本主义和殖民主义、革命主义、精英主义、民粹主义、社会民主主义中探索一条属于牙买加自己的道路。

176　cracked，crack，意象和读音都联系 creak 和 break（打破蛋壳，也联系破晓和早餐）。小曼利早餐吃鸡蛋，打破了蛋壳。蛋壳和蛋白颜色如同白昼，更巧妙的是，这里暗示了蛋黄—太阳，比较第十三节的蛋黄花。这样，从生物或天文的角度，鸡蛋都象征了开始和诞生，小曼利就像"创世"一样，但是，他创造的开始仅仅是早餐（breakfast，联系 break）和鸡蛋（还是没有生命的鸡蛋）。这个典型的沃尔科特式的日常又幽默的比喻，消解了小曼利上帝般的崇高性——在拉斯塔法利派眼中——他是平常的"反英雄"，他不得不面对每天的生活，他会引导新的白昼，但也要面对黑夜和痛苦。他就是西西弗斯，他无法承诺什么，只能投入不断重复的私人生活，政治生活和社会生活。见 Baugh 的 *Derek Walcott*，第 117 页；*Abandoning Dead Metaphors*，第 280 页。

选自《幸运的旅行者》（1982）

古老的新英格兰

1　Old New England，题目是一个矛盾修饰语，表面意思是，所谓"新"，但地名却是"旧"，其中暗含反讽：美国立国为了建立新的不同于英格兰的国家，但却重蹈覆辙。本诗以及整部诗集都是沃尔科特在美国的思想产物。这首诗的风格、意象、甚至某些韵脚都与洛威尔有密切的联系，尤其是《楠塔基特的贵格会墓地》（下简称《楠塔基特》）和《礼拜日清晨早醒》（"Waking Early Sunday Morning"），前者也影响了《纵帆船"飞翔号"》。见 C.Bedient 的"Derek Walcott: Contemporary"，*Derek Walcott*（Bloom's Modern Critical Views），第 13 页；*Nobody's Nation*，第 216—217 页；见 *Derek Walcott's Poetry*，第 73 页；Baugh 的 *Derek Walcott*，第 154—155 页。本诗与《欧洲森林》也有一些联系。诗歌分三节，第一节讲越战和美国人；第二节讲印第安人；第三节涉及黑人奴隶，进而扩展到所有新世界人。

2　clippers，《楠塔基特》第七节，Mart once of supercilious, wing'd clippers。

3　New Bedford, New London, New Haven，三个带"新"的城市，前两个名字都来自于英格兰。新贝德福德位于麻省南部布里斯托尔县，这里曾是捕鲸业的重镇。贝德福德是英格兰同名郡的郡治所在市。这个地名出现在梅尔维尔《白鲸》中。新伦敦在康涅狄格州新伦敦县，也是捕鲸城市。这两个地名呼应了洛威尔的"楠塔基特"，那里也是捕鲸重镇。纽黑文，这里采取中文通用的译法，其实是新黑文，位于康涅狄格州纽黑文县。Haven 的意思是港口，英国并没有城市（除了小村镇）叫黑文，之所以叫"新"，是相对于英格兰的旧港而言。

4　whistles into space/ like a swordfish，见《楠塔基特》第五节，Sailor, will your sword/ Whistle and fall and sink into the fat?。教堂尖塔如同剑鱼，就像水手的剑，呼啸中朝天上刺去。见最后一节，这把剑/尖塔是上帝的。关于"尖塔"，也见《礼拜日清晨早醒》，His white spire and flag-/ pole sticking out above the fog。

5　chevrons，指冰的裂纹，比喻美国军人的 V 形臂章，这里带有军事的意义。见 *Here and Elsewhere: Essays on Caribbean Literature*，第 153 页。W 开头的词在《礼拜日清晨早醒》第四节中密集出现，那里也提到了冰，w 恰好是两个 v。

6　race/ down hillsides，泉水顺流而下的意象，本诗中多次出现，见《礼拜日清晨早醒》，Fierce, fireless mind, running downhill。沃尔科特将心灵外化为泉水，mind 出现在最后一节。

7　Old Glories flail/ the crosses of green farm boys back from' Nam，这句描写的是墓地的场景，作者将之比作农场。Old Glories，Old Glory，即星条旗的别称，由于 old 对比 new，所以直译。19 世纪一位叫德莱弗的船长珍藏了一面美国国旗，他称之为"古老的荣耀"，这个说法被后人沿用。' Nam，即 Viet Nam，暗示越战。洛威尔曾极力反对越战。Nam 一词，与 New 都是 n 开头，呼应上面的 Old。为了维护古老的荣耀，美国在战争中将新人推向死亡。flail，名词表示农场用的连枷，颇像双节棍，动词指用连枷拍打谷物，使谷粒脱落。这种农业器具后来还成为了武器。此外，这个词作为名词，还指扫雷装置，如 flail tank，扫雷坦克，这可以联系越战语境，因为越战遗留的地雷问题非常严重。这种农具也见《楠塔基特》第五节，The gun-blue swingle, heaving like a flail。洛威尔用连枷比喻捕渔矛（lance）

或鱼叉，称之为"死之矛"，正合此处语境，也让人联想到魔鬼的镰刀。crosses，墓地的十字架，农场语境中，可以指安放稻草人的十字木架。green，双关，指军服颜色，也指男孩年轻稚嫩（正值青春就被送上战场）。

8 trail，指"泪途"（Trail of Tears），见《欧洲森林》，所以下面用了"滴流"（trickle），暗含泪水的意象，同时联系了血滴。

9 《圣经》与木材的联系，见《礼拜日清晨早醒》，O Bible chopped and crucified。

10 war whoop，专指印第安人战斗时的呐喊和嚎叫。

11 北美印第安人的一支或几个部落印第安人的联盟，分布在美国东北部和加拿大。因此这里的"山岳"，指阿巴拉契亚山脉中的山。

12 Spring lances wood and wound，spring，指春天，这个词后面再次出现，指泉水。lances，联系上面注释提到的"渔矛"。wood 和 wound，押584韵和尾韵，而且读音相近。前面的 war 和 whoop 也是如此，《礼拜日清晨早醒》中也有 w 的头韵，I watch a glass of water wet，wood 也是该诗反复出现的意象。

13 桦木的倒影在泉水中，一行行，如同光滑的地板；桦木本就是地板的常用木材。

14 见《欧洲森林》"条约"。

15 Bedient 认为，沃尔科特本来不是美国诗人，但他使用了这个第一人称复数，虽然这并不是伪托，但本诗读起来犹如一场梦，"吸收新英格兰和洛威尔"的沃氏沉浸其中。见 "Derek Walcott: Contemporary"，*Derek Walcott*（Bloom's Modern Critical Views），第13页。这个说法把沃尔科特理解得过于狭隘，这里的"我们"指所有美洲人（土著和移民），见下面"缸"的意象。

16 meek，钦定本《圣经》常用词，如《民数记》12:3，说摩西，和合本译为"谦和"。经文用这个词指信仰上帝的人，但这里反而用来形容上帝。

17　His harpoon is the white lance of the church,/ His wandering mind a trail folded in birch，两句押韵，中文难以体现。这个押韵及其意象见《礼拜日清晨早醒》，Better dressed and stacking birch,/ or lost with the Faithful at Church。桦树的意象，上面已经出现，它是北美常见的植物，树干颜色不一，有白桦（不同于俄罗斯和中国的白桦），也有其他颜色的种类，印第安人会用桦树做独木舟。弗罗斯特曾写过《白桦》("Birches"，1915，诗中明确表示是白桦)，该诗与一战有隐约的联系，洛威尔和沃尔科特必定熟悉。

18　vats that boiled the melted beast，vats，指殖民地奴隶熬煮糖的缸，所以野兽会融化。这个沃尔科特独创的意象也见《奥马罗斯》4.1，The abandoned roads runs/ past huge rusted cauldrons, vats for boiling the sugar,// and blackened pillars. These are the only ruins/ left here by history, if history is what they are。那里谈论的是历史问题。"缸"这个意象及其与历史的联系，很多学者都没有读解出来。它表明，沃尔科特已经扩展了"我们"，他指的是整个美洲和新世界。这样，结尾的"东方"，就不仅指越南，还包括黑奴的故乡非洲（进而包括美洲东部的所有地区，这些地区的人都移民到美洲），最后一节的"黑色快帆船"不同于第一节，前者暗示了"黑人"。与越战士兵相反，奴隶来到美洲，并不是返乡，而是流亡。美国一开始是清教徒远离欧洲的"新"乐土，但后来成了与欧洲人一样对外征伐、对内输送奴隶的"旧"地狱。当所有美国人都团结起来，不分种族，新英格兰才真正是"新"，上帝也是一切民族的上帝，甚至超越了基督教本身。

19　knotting each shroud/ round the crosstrees，shroud，在轮船语境中，指横桅索，但这个词也暗示了尸布，这是沃尔科特很爱用的词。crosstrees，船上的横杆，在竖的船桅之上并与之十字交叉，这呼应了前面的十字架意象。

20　His rage the vats that boiled the melted beast/ .../ round the crosstrees) our sons home from the East，最后一句和倒数第三句押韵。这个押韵

及其意象见《楠塔基特》第二节，Cry out in the long night for the hurt beast/ Bobbing by Ahab's whaleboats in the East。洛威尔诗句提到了《白鲸》中的船长亚哈，而"野兽"指鲸鱼。

北方与南方

1　题目来自毕肖普的著名诗集《北方与南方》（1946），毕肖普对沃尔科特有很大的影响，两人也熟识。"北方与南方"的对立，也见《星苹果王国》第十五节。本诗中，美国和欧洲代表北方强势文化，加勒比、南美和非洲代表南方弱势文化；同时，美国内部也有南北之别。就作者本人的出身和血统来看，他自己也分为北方与南方。确如P.Balkian所言，本诗是一首"只有大师才能写出的政治诗"。见"Derek Walcott: Contemporary"，*Derek Walcott*（Bloom's Modern Critical Views），第14，49-50页；*Conversations with Derek Walcott*，第119页。

2　金星以及这几行的诗意自然是来自毕肖普的《犰狳》（"The Armadillo"），这首诗献给洛威尔，Once up against the sky it's hard/ to tell them from the stars—/ planets, that is-the tinted ones:/ Venus going down, or Mars,// or the pale green one。沃尔科特认为翻译也许会损害诗意，但他的"命名"——金星命名为"灯"——其实可以避免翻译的"背叛"，诗性可以超越语言。

3　raj，指英占时期的印度。这里暗示1947年印度独立，这导致了一系列英属殖民地脱离英国，大英帝国宣告瓦解。

4　Reich，德文，这个词指神圣罗马帝国和德意志第二、第三帝国以及魏玛共和国，按语境，这里指德意志第三帝国即纳粹德国。该帝国与大英帝国的瓦解，标志着欧洲不再有帝国存在。到此，以上三行，有多个r开头或带有r的单词，"喉咙里的……哀鸣"（guttural...rattle）、"撤退的喧闹"（withdrawing roar）、raj和Reich，它们的发音都模仿了"哀鸣"。

5　Fort Charlotte，这个堡垒的名字出现在很多地方，这里指圣卢西亚卡斯特里幸运山的堡垒，它原本由法国人修建，1803年英国夺取卡斯特里后重新命名。

6　这一节有一些意象和诗意相近于马修·阿诺德的《多佛海滩》。

7　Sidon up to its windows in sand, Tyre, Alexandria，这句见《旧约·以西结书》26:1—32，西顿、推罗和亚历山大港——指埃及，都是以西结预言将要毁灭的国家。他一共预言了七国，这里是其中三个。它们都与海和水有关，所以沃尔科特会有此描述。推罗位于耶路撒冷西北，是沿海之城，以商业贸易为盛，国小富庶，是耶路撒冷的竞争对手，曾为其陷落幸灾乐祸。《以西结书》27:27—34，推罗被预言沉入海底。西顿在推罗以北，也是沿海城市，因此也会如同推罗一样沉没，虽然经文未提。亚历山大港，不见于《以西结书》，《使徒行传》中出现，和合本译为"亚历山大"。沃尔科特指的应为《以西结书》30:15—16的"挪"（No），拉丁文武加大译本译为Alexandria。《那鸿书》3:8，挪是富庶的沿河城市。亚历山大港正是亚历山大重建挪之后命名的。这里描写的都是加勒比海海底的景象，诗人幻想下面沉没着古代的王国（包括亚特兰蒂斯这种传说中的也被水淹没的王国），以此比喻大英帝国在西印度统治的终结。但是，这些王国作为西方的历史文化，在世界中继续靠"语言"流传，因此大英帝国虽然瓦解，英国乃至欧洲文化历史继续传播。这一节描写是"南方"，下一节讲"北方"，美国，尤其是曼哈顿。

西顿和推罗也见《另一生》2.10.3（本诗集未收），那里的诗意与此处相似，I prayed for it to go/ under the fisherman's heel,/ for the clods to break/ in epochs, crumbling Albion/ in each unshelving scarp,/ Sidon and Tyre,/ an undersea museum,/ I saw in the glazed, rocking shallows/ the sea-wrack of submerged Byzantium,/ as the eddies pushed their garbage to this shore.

8 把有气孔的珊瑚比作神殿的残片,暗示加勒比残存的西方文化。W.Senn 指出,沃尔科特把握到了一个"两难处境":帝国的一切都逝去了,但语言仍然存在,语言成为了帝国的一切。诗人有一种微小但又重要的自我安慰的报复心理,他看到了帝国只剩下残片。但这些残片又在全球范围重新流行,甚至由从前的被殖民者出售给游客。16—18 世纪的诗人如同工具,用来塑造英国利用和平贸易统治全球的神话,而沃尔科特这一代诗人则是消解和解构这样的神话。"'Around the world each needful product flies': England's Global Expansion and the Poets' Trade", *Globalisation*(Gunter Narr Verlag, 2002),第 81 页。

9 *Delenda est Carthago*,Carthago 跟 Tobago 押尾韵,斜体表明是引文。这句话是老加图演说时的名言,原句为,Ceterum censeo Carthaginem delendam esse。加图是强硬派,坚决主张灭亡迦太基,在他的鼓动下,罗马发动第三次布匿战争,最终将之毁灭。迦太基指的是西印度或其他被欧洲人侵占的美洲殖民地,虽然大英帝国解体,但殖民地后人还是担忧自己难以摆脱被毁灭的结局——比如资本入侵和文化殖民。

10 sown with salt,比喻下雪。另外,撒盐是古代的一种仪式,征服城市后,撒盐来表明城市永不可能再建,已经荒废,如《士师记》9:45,亚比米勒攻城后撒盐,钦定本为,beat down the city, and sowed it with salt。传说第三次布匿战争后,罗马人就在迦太基撒盐。Burnett 提示,《暴风雨》第二幕,第一场,贡萨洛提到了迦太基。这暗示了加图的那句话。见 *Derek Walcott: Politics and Poetics*,第 58 页。

11 those,这个代词应为下面出现的 capitals,中译将它提前。它不是指首都,而是指都会或都市,也许还让人联想到"资本",尽管这个含义不可数。

12 that white glare/ of the white rose of inferno,《神曲·天堂篇》31.1, 10—11, 97,说天堂如同一朵"纯白玫瑰"(candida rosa),装饰着许多叶子,如同一座乐园。艾略特在《圣灰星期三》2.32—33 也用了这

个典故。《尤利西斯》结尾,乔伊斯在出版前,特地加了一个情节:莫莉在考虑是戴上白玫瑰,还是红玫瑰;前者是天国之爱,后者是人间之爱。见 M.T.Reynolds 的 *Joyce and Dante: The Shaping Imagination* (Princeton University Press, 2014),第 79—82 页。沃尔科特这里说地狱的白玫瑰,暗含反讽,白色象征了白种人。见 *Derek Walcott: Politics and Poetics*,第 58 页。

13 Sheridan Square, syllables of Nordic tongues, Sheridan Square,见《上帝赐你们快乐,先生们》。铜像指菲利普·亨利·谢里登将军(1831—1888)的塑像。他是南北战争时期北方联邦军(Union,下面提到)的著名将领,后担任美国陆军总司令。这个人物暗示了美国的"北方与南方"。Nordic,指斯堪的纳维亚人,来自 Norse 一词,源于荷兰语 noord,指北方,与 north 同源。沃尔科特提到北欧,一方面是引出北方——美国之北,另一方面是因为,美国-斯堪的纳维亚基金会(The American-Scandinavian Foundation,ASF)的总部就位于曼哈顿帕克大街,沃氏一定是在那附近遇到了北欧移民,所以有联想。北欧人的发音沉重有力,如同大雪——碎纸片比喻雪。

14 Obeah priestess sprinkles flour on the doorstep, flour,指玉米粉,即 corn flour 和 maize flour,比喻雪。这句又说"南方"。奥比术中,为了加害对象,就给受害者家中撒上有法力的尘土、花、种子、谷粉等。此处是相反的用法,为了防范魔鬼。这种做法,在奥比术与巫毒术中相同,后者里,被称为 vèvè,有时也会撒灰、咖啡粉、砖沫。它们表现了超自然存在者洛瓦(lwa,loa,家族和祖先的灵)的痕迹。见 L.P.-Gebert 的 *Creole Religions of the Caribbean: An Introduction from Vodou and Santeria to Obeah and Espiritismo*(NYU Press,2011),第 256 页;*Dictionary of the English/Creole of Trinidad & Tobago*,第 642 页。这种操作来自于非洲约鲁巴宗教,男祭司或女祭司,在门口做法,撒谷粉象征了奥利沙(orisha,一种灵)。见 R. L.Fanthorpe 等的 *Mysteries and Secrets of Voodoo, Santeria, and Obeah*(Dundurn,

2008), 第 93 页。

15　见《纵帆船"飞翔号"》第一节。

16　rime forms, rime, 双关, 冰的结晶, 如雾凇, 但这个词也是 rhyme 的另一种形式, 所以联系嘴, 结晶即韵律。

17　"他"指作者, 尤其指他的嘴, 区别于上面的"我"。"我"与普通或通用的英语及其韵律形式相关;"他"与沃尔科特非洲起源相联系。沃氏的身体与精神是分裂的, 但诗歌让它们统一。"非洲之地"为"南方"。下一节出现了第二人称。

18　上面四行里, 沃尔科特暗示了三个死去的朋友。第一个是洛威尔, 他 1977 年死在了出租车上, 他正要去看自己的前妻。第二个就是西蒙斯。第三位是一名女性。见"*Palms require translation*", 第 79 页。

19　heart of darkness, 暗指康拉德的《黑暗的心》, 但那里指非洲腹地, 这里却指发达的美国东部。见 Baugh 的 *Derek Walcott*, 第 156 页。这个暗示也比较《河之科尼希》。

20　talking over palings by the doddering/ banana fences, talk over, 连在可以表示谈论, V.Araguas 就是这样理解的, 他的西班牙语译本译为, estén hablando...de estacadas。见 *El viajero afortunado*（Huerga Y Fierro Editores, 2003), 第 29 页。但是, 这种理解与语境不合, 而且没有意义, 我认为 over palings, 表示隔着栅栏。纽约这种大城市没有香蕉林, 所以邻居之间交谈, 不会透过如同篱笆的香蕉林——这是"难以相信"的重点。

21　built round the single exclamation of one statue/ of Victoria Regina!, Regina, 拉丁文, 女王。exclamation, 指 exclamation mark, 这一句结尾也用叹号标点体现了这一点。见 Thieme 的 *Derek Walcott*, 第 165 页。这里说的, 也许指的是牙买加金斯敦的维多利亚塑像, 1897 年女王钻石大庆时树立。

22　patois, 这个词等同于指克里奥尔语, 所以这一节描写的是加勒比地区。见 M. McMorris 的 "The Parthenon In Tobago: Encountering Derek Walcott After The 1970s", *Calabash*, Vol.4, No.2, Spring/Summer, 2007, 第 28 页。前面说的红铁市场, 在卡斯特里耶利米街, 20 世纪初建立, 后来翻新。市场由红色铁板搭建而成。见 J.Henderson 的 *Caribbean & the Bahamas*（New Holland Publishers, 2005), 第 218 页。

23　根据描述，指咖啡壶，咖啡豆自然来自南方，尤其是加勒比地区和南美。咖啡是城市文化和品味的代表。

24　Burnett 正确地指出,"煮熟的文化"(cooked culture) 和"原生的文化"(raw one), 这组对立出自列维-施特劳斯，他的《神话学》第一部即《生食与熟食》(*Le Cru et le cuit*, *The Raw and the Cooked*)。第三世界口头文化对应"生"，文字社会的文化，对应"熟"。沃尔科特反对列维-施特劳斯的西方中心主义，他认为边缘文化比西方文化更可取，后者是做作和堕落的。他的立场与卢梭相似。见 *Derek Walcott: Politics and Poetics*, 第 57 页。列维-施特劳斯另一部作品《忧郁的热带》，在《另一生》中有多次暗示。

25　I stand paralyzed/ by the rows of shelves, by, 双关，表示介词，旁边，但也引出 paralyzed 的施动者。

26　behemoths, 也音译为贝希摩斯,《圣经》中的一种巨兽，所指有不同说法，见《约伯记》40:15—24, 和合本译为"河马"。见《欧洲森林》结尾，这里同样指铲雪车。

27　Eighth Street, 曼哈顿第八街，西边临近第六大道和格林尼治村，在第三大道和 A 大道之间，这条街被称为圣马可坊，是著名文化街。

28　burly,《归于林木》中用这个词形容过橡树，沃尔科特这里是说自己的身材，也是指洛威尔，见《罗伯特·特雷尔·斯彭斯·洛威尔(1917—1977)》。

29　stag, 我比较确信，这个意象来自影响过洛威尔而且也皈依天主教的艾伦·泰特（Allan Tate）的《十字架》("The Cross"), A stag charged both at heel and head。泰特恰恰陷入一种上面说到的"矛盾"之中,如果信仰上帝,就会弃绝生活;如果回到生活,又会陷入异教的自然主义,洛威尔也是如此。关于这首诗矛盾的分析,见 R.H.Brinkmeyer, Jr. 的 *Three Catholic Writers of the Modern South* (University Press of Mississippi, 1985),第 27 页。

30 spanieled, spaniel, 西班牙猎犬,名词在后面会出现,动词表示像猎犬一样追赶,通常表示忠心追随,摇尾奉承。这里指文学批评家紧紧追着作家,对之批评和研究,他们也依靠作家而活。这个动词,沃尔科特应该想到了《安东尼和克莉奥佩特拉》第四幕,第十二场,The hearts/ That spanieled me at heels, to whom I gave/ Their wishes。

31 literature is an old couch stuffed with fleas,Pfeffer 极为敏锐地指出,couch 双关,它还指亚瑟·奎勒-库奇(Arthur Quiller-Couch, 1863—1944)爵士。他曾编选著名的《牛津英国诗选,1250—1900》(1900)。自奎勒-库奇之后,再也没有人重新编修这样的诗选,后人只有修订和增补,所以作者用了 old。见 "*Palms require translation*",第 75 页。这本诗选影响了一代大英帝国时期的读者,当然包括沃尔科特这样的接受殖民地教育的人,所以 Pfeffer 的理解是正确的。此外,下一节也提到了 cold couch(冰冷的沙发),cold 既与 couch 押头韵,又巧妙地暗含了 old。

32 taxidermist,这里暗示了洛威尔《模仿集》的"导论",在那里,洛氏批判了以往的某些诗歌翻译者,"严格按照格律的译者仍然存在。他们似乎生活在当代诗歌难以触及的纯粹世界中。他们的困难就在于既要大胆,又要诚实,但他们是做标本的人(taxidermists),不是诗人,他们的诗也许是被填充过的鸟。更佳的策略似乎是现在颇为流行的自由体或无规则的诗歌译法。"这段话也是文学翻译界常引用的,P.France 对之有引用和分析,见其编的 *The Oxford Guide to Literature in English Translation* (Oxford University Press, 2001),第 94—95 页。

沃尔科特化用了洛氏的比喻，讽刺当代文化形式的僵化和形式化。

33　choked，这个词的两个含义联结了两组意象，对于水沟是"淤积"，对于喉咙，是"窒息"，我把两层意思都译出来了。

34　下一首《新世界地图》中曾提到过格雷夫斯，格氏写过《白色女神》（1948）一书，这位女神是欧洲的神祇，甚至是母神，受月相变化影响，所以作者说欧洲是老妇人，将之阴性化，同时白色也联系了本诗中雪的意象。月亮在本诗中也出现了。另外，《猴山梦》中也描写过白色女神。

35　ducks，duck，复数表示帆布衣服，但也暗示鸭子的含义。见《仲夏》19，the dawdling white-ducked colonists/ drinking with whores。那里是直白的讽刺殖民地官员沉湎酒色，这里是自嘲：作者客居美国，离开加勒比，就如同英国官员在非洲殖民地工作一样，既想家，又一时"乐不思蜀"。

36　罗马军团代表英帝国；同时也联系《埃及，多巴哥》，就个人而言，在非洲的殖民官/沃尔科特，如同安东尼。

37　pyre，确切说是柴火堆，为了火葬用，这联系了下面的特雷布林卡。"猎犬"，还是spaniel，它搜寻发红的树叶，仿佛要舔舐血液。

38　Treblinka，特雷布林卡集中营，与奥斯维辛齐名，有80多万犹太人死于此处。"他们"指黑人奴隶。弗吉尼亚曾经有种植园，很多黑人奴隶死在此处，但并没有相关的纪念物，所以作者有此联想。见 *Strangers in the Land: Blacks, Jews, Post-Holocaust America*，第283页。

39　ovens，表面指烤面包的烤箱，但这个词也专指纳粹焚烧犹太人尸体的火化室。后面的"一条条面包"（loaves）比喻尸体。前面的"烟"联系了火化室冒出的烟。

40　its brakes jaggedly screech，jaggedly，jag，缺口，尤其指锯齿；jagged，表示有锯齿的，这里描述刹车器，也联系卐字符号，所以中译译出了锯齿的意象。另外，这个词也可以形容声音刺耳，所以作者用它描述"尖叫"。

41 swastika,与Treblinka押韵,佛教和其他宗教的符号,有顺时针和逆时针两种。这里暗示的是纳粹的万字符,顺时针,有倾斜。为了体现这个意象,中文用象形符号。

42 指三K党,他们穿白袍,罩面,为了让南方解放的黑人以为是当年联盟军死去的士兵鬼魂。所以,上面的"口音"(accent),指南方口音。虽然弗吉尼亚在美国东部而且偏北,但在南北战争中属于南方军(西弗吉尼亚州之前分裂,属于北方军),而且是南方蓄奴州和美利坚联盟国的中心,所以弗吉尼亚被视为保守的"南方州",英语也带有南方口音。南方口音喜欢拖长,停顿较少,如同蛇在卷起,而蛇在捕猎时,会用卷起的身子勒死猎物。沃尔科特一听到这种口音,就想起了被迫害死的黑人奴隶,心生恐惧。

43 Diaspora,专指犹太人的大流散,犹太人的后裔永远不会忘记流散,而作为黑人的后代,作者也不会忘掉黑人离开非洲的"流散"。

44 作者在弗吉尼亚,这里又将视角(或在头脑中)转回了曼哈顿,前五行是南方,后四行是北方。

45 "蓝",双关,指蓝色,也指忧郁的,这联系寒冬。蓝眼睛和锈色的头发(红发)是犹太人(尤其是欧洲混血犹太人)的特征,所以沃尔科特认为自己的姑姑(也可能是姑祖母)也有犹太人血统。S.P.Casteel 的 *Calypso Jews: Jewishness in the Caribbean Literary Imagination*(Columbia University Press,2016),第76页。沃尔科特在诗歌中常将自己比作犹太人,后面的《提埃坡罗的猎犬》中,曾自比犹太画家毕沙罗。B.Ivry 在他为沃氏逝世写的纪念文章中谈到了这个问题,那里也引用了这里的诗句,见"How Nobel Prize-Winning Poet Derek Walcott Identified With The Jews",*The Forward*,March 18,2017。在《奥马罗斯》和《鼓与色》中,犹太人与非洲人的对应也有体现。见 *Epic of the Dispossessed*,第82—83页。

46 Schubert,提到舒伯特,那么我相信,作者要指向的是他的《冬之旅》(*Winterreise*),这是一组声乐套曲,根据缪勒的诗歌改编,由长笛和钢琴演奏。证据就是，这组曲子也是描写冬天，同样写到了雪；第五首题目是《椴树》（"Der Lindenbaum"），而本诗前面恰恰提到了这种树；曲中也写到了鬼火和幻象；该曲情绪阴暗，是舒伯特病入膏肓时期的作品。

47 sheeted in snow，sheet，可以指裹尸布，这里作为动词用，雪比作尸布。这里把季节变换比作军事，指的是南北战争。

48 old Union，指南北战争时期的北方联邦，南方为美利坚联盟（the Confederate States of America）。这个老人代表北方，他出现在南方弗吉尼亚。Baugh 推测，这个老人也许是蓝调歌手，这样，也就是黑人。见 *Derek Walcott*，第 157 页。Burnett 认为，他与游吟诗人荷马、《猴山梦》马卡克、克鲁索都是"林中人"这一类人物。见 *Derek Walcott: Politics and Poetics*，第 170, 347 页。这个人物也是作者自比，他很可能是在药店附近遇见，老人唱了歌，但收银员或顾客没有施舍他零钱。

49 je suis un singe，法语，前面的"烧焦"，英语为 singe，与法语"猴子"相同，"烧焦"和猴子都是"黑色的"。收银员有种族歧视的表现，她对黑人沃尔科特产生了反感。singe 也暗含了 sing。用法语，是因为沃尔科特来自圣卢西亚，这里暗示法语克里奥尔语文化——相对于它，美国南方成为了北方。见 *Derek Walcott: Politics and Poetics*，第 150 页；"*Palms require translation*"，第 64 页。

50 all the silver quarters in the till，quarters，双关，指 25 美分硬币，四分之一美元，quarter-dollar；也表示四分之一月相或弦月，如上弦月，即 the first quarter。这个双关非常自然，银色硬币恰如月亮一样。月亮是沃尔科特常用的意象，此处代表了白人文化。黑人为白人创作了音乐，但白人却不给他们报酬——弦月般的硬币——紧紧关着银台抽屉，如同月亮一样遥远不变。黑人用诗歌或音乐抗议，也毫无用处（如同吠月，bay at the moon）。白人的秩序和黑人的无序，都如同自然规律一样不会改变。见 *Derek Walcott: Politics and Poetics*，第

150—151页;"*Palms require translation*",第64—65页。写作本诗时,25美分已经不再使用银,而是铜镍合金,但外形是银色。作者也许讽刺月亮表面是银,但实质已经改变。月亮让人疯狂,所以作者说自己是在月亮面前狂乱或抑郁的类人猿。

新世界地图

1　本诗为组诗,含三首,使用了荷马史诗特洛伊战争、希腊神话和中世纪伊索尔德传奇三种典故。见Baugh的 *Derek Walcott*,第158页。这些神话素材都与第三首提到的格雷夫斯有关,他曾翻译过荷马史诗,精研爱尔兰和凯尔特神话。前面多次指出,特洛伊战争的"海伦"曾用来比作圣卢西亚,因此本诗与圣卢西亚独立有关。

本诗有两个版本,一个为此处的三首版,另一个为之后出版的两首版,后者发表于《凯尼恩评论》(*The Kenyon Review*, Winter 1981, Vol.III, No.1),两首诗没有标题,第一首以"龙"为主要意象,第二首就是本组诗的第三首,其中有些异文,但总体差别不大。

两首版并非旧版,其第一首也很重要,兹录于下:Dragons once, with webbed hands, serrated fins, / circled this unknown sea. Their scales/ flake now like scurf, their skins/ aged with this wrinkled chart./ Where they were feared to rise was usually written:/ IBI DRAGONES, there are dragons here, / in dragonish letters of mediaeval Latin.// They threshed the ocean's pastures with hooked flails, / then, as new islands grew, dragons were gone, / reduced to symbols puffed up by the Trades, / a bellying escutcheon/ to knot the Indian's heart.// But in the light that lanced through abbey stone/ pinning a shape to the map-maker's chart/ remained one dragon; / drowned in history/ it rises in a mirror:/ with webless hand, no fins, it can draw dragons。

2 At the end of this sentence, rain will begin,沃尔科特自己做过解释,这句化用帕斯捷尔纳克自传中的一句,英译为,If the reader continues to read this sentence, a snowstorm will begin。他指出,这一句的意象就是"当你沿着这一句移动,第一场雪开始飘落;当你到达这一句结尾,页面全白,因此暴风雪已至。本诗的一个景象就是,你能看见加勒比的地平线,当雨沿着地平线移动,就能看见它清晰的轮廓(definition),这很美。这一句就这样写成,它的方向,在地理上,就是荷马和《奥德赛》的方向,由此,你就看到,这句话如同地平线。"见 *The Crowning of a Poet's Quest*,第 132 页。

3 《奥德赛》第一行为,ἄνδρα μοι ἔννεπε, μοῦσα, πολύτροπον, ὃς μάλα πολλὰ(告诉我,缪斯,那四处辗转的男人,他[漂泊]如此之远)。这一行诗说奥德修斯,也是说沃尔科特,见《海葡萄》。眼有云翳的男人表面指荷马,他是盲诗人,实则指沃氏自己。加勒比群岛类比于希腊地区。见 Thieme 的 *Derek Walcott*,第 167 页;*Postcolonial Odysseys*,第 54—55 页。

4 Yseult,亚瑟王传说中的特里斯坦和伊索尔德的故事。两人偷情的经历和结局类似沃尔科特与诺兰。

5 manchineel,也叫毒番石榴,拉丁名为 Hippomane mancinella,名字来自西班牙语 manzanilla(小苹果),植物及其果实如同苹果,但有剧毒,原生加勒比地区,通常种于沙滩,可以固沙。用这种植物,是为了联系金苹果。

6 frigate hawk,即战舰鸟,战舰的意象配合这一节军事的语境。

7 leaves,与上面"页面"相同,指海水如同书页。下面的"她",指海,圣卢西亚。

8 Robert Graves,Robert von Ranke Graves(1895—1985),英国著名诗人,神话学家,翻译家。格雷夫斯精研古希腊、罗马、爱尔兰和凯尔特神话。他提出了白色女神是诗人的缪斯,这一学说影响了特德·休斯和普拉斯夫妇,尽管格氏的理论有很大争议,甚至缺乏理据。

这里的引言见格氏的演讲《鹤与马》("Crane and Horse"),与之相关的还有一部《鹤囊》(*The Crane Bag*)。关于鹤,在《白色女神》中,他将之前讨论鹤的文字加以总结,将各种欧洲神话中鹤(包括鹮、鹭、鹰)的意象彼此联系:爱尔兰海神玛纳南(Manannan)用鹤囊;住在马恩岛的安温世界(Annwn)之王的阿劳恩(Arawn)以三只鹤守门;而在古希腊,鹤是雅典娜和阿尔忒弥斯的圣物,阿波罗曾变形为鹤,珀修斯的囊也是鹤皮所制,戈耳工就是鹤,赫尔墨斯看见飞翔的鹤,发明了字母——这也联系了埃及圣书字和古爱尔兰的奥甘字母(Ogham)——最重要的是,鹤与诗人相关。由此,鹤与文字和诗歌相连,鹤是诗人的灵感之一。关于马,按照格氏的描述,马也是古希腊的圣物,如神驹帕加索斯,其蹄踩过的地方有泉涌,诗人喝了可以获得灵感。德墨忒尔也曾化身母马。而英国史前时期开始,马就是圣兽。他多次引用格温(Gwion,13世纪北威尔士教士)的《马之歌》(*Can y Meirch*),其中描述了马和鹤。其他例子,不尽其数,此处不再多引。通过这些不同神话的共同的圣物,格氏开始探寻一元的欧洲女神。见 *The White Goddess*(Faber & Faber, 2011),第45,183,335,367,377—379,641—643,692页。

按照上述,这一句的含义是,诗要成为诗,就需要自然,需要自然的神圣灵感。2000年5月15日,沃尔科特在米兰大学与学生会面、同Loreto交流时,他先称赞了格雷夫斯是大诗人,然后解释了这句话:"他[格雷夫斯]说过,只在有鹤与马的社会里,诗才能幸存。你们觉得如何?是愚言吗?文化,只在拥有鹤与马的时候,它才能靠诗幸存,无论什么原因。他说了一句了不得的话。他说的是基本事实:诗本身不可能在城市里幸存。城市中出来的一切东西都必须靠自然哺育。这与安泰(Antaeus)故事的思想完全一致,就是这样的观念:为了产生精神,精神必须接触地面"。见 *The Crowning of a Poet's Quest*,第60,118页。需要注意的是,这种灵感来自生活和自然,而不是超验世界。

格氏对沃氏颇为欣赏，他盛赞《绿夜》，说作者"在处理英语时，运用了对其内在魔力的精确理解，这方面，他胜过了大多数（甚至任何）英国出生的同时代人"。这一评价常被引用。见 King 的 *Derek Walcott: A Caribbean Life*（Oxford University Press, 2000），第182页。在访谈中，沃尔科特高度认可了格氏的缪斯和诗本体理论："有一个化身叫作缪斯；有一种集体记忆叫作诗。只有作为诗而存在的诗才是我们会充分记住的诗"。见 R.D.Hamner 对沃氏的访谈，*Conversations with Derek Walcott*，第30页。

9　见《诗篇》104:18，The high hills are a refuge for the wild goats。山羊栖居山岭，这是上帝的安排。

10　meter the ring of the anvil，砧板往往指向了火神赫淮斯托斯，暗示着神功创造，如布莱克的《老虎》，"被锻造"的老虎，可以比较这一节提到的各种动物。另外，这里可以联系希尼的《熔炉》（"The Forge", 1969），Inside, the hammered anvil's short-pitched ring,/...The anvil must be somewhere in the centre。希尼用德里郡铁匠的制造比如诗人作诗，与此处诗意一致。诗就如同老虎、鹤、马一样，是上天自然造出的东西，诗人的灵感来自神灵，如缪斯。

11　generous，两首版为 regenerate，这个词反倒更突出了主题，而且联系了后面《恩赐》诗集的"恩赐"（bounty, bountiful）主题。

12　sheets，Araguas 的西班牙语译本译为 escotas，即帆船的缭绳。见 *El viajero afortunado*，第51页。

13　the deep troughs of the swine-black porpoise，porpoise，来自拉丁文 porcus，猪，所以名为海豚，也称为 mere-swine，可以比较《浪子》18.4 对海豚的描绘，那里用的是 dolphin；也见《奥马罗斯》7.3。troughs，也见《遗嘱附言》，Araguas 正确地译为 abrevaderos，即食槽。见 *El viajero afortunado*，第51页。不过这个词同时也指波谷或海槽。

14　这句很隐晦，结尾的"这里"应指新世界，"此处或这里"与

"别处"是沃尔科特诗歌的一贯主题,尤其是后面的《仲夏》。另外,"这里"也指一般的生存世界,或存在,诗人永远都要先面对生活本身。

罗马前哨

1 Roman Outposts,原题为单数。Roman,指美国。outpost,该词暗示了边界或边疆,远离国家中心的地区。作者来自加勒比地区,那里的美国军事或商业基地都属于罗马,是"前哨"。本诗延续了北方与南方的主题。

2 Pat Strachan,女编辑和出版人,曾长期任职于美国著名的出版公司"法拉尔,施特劳斯和吉鲁"(Farrar, Straus and Giroux, FSG),这家公司现隶属于麦克米伦出版社,出版过多部经典的文学作品,尤其是诗歌类,如艾略特、洛威尔、布罗茨基、贾雷尔、拉金、米沃什等,当然也有沃尔科特的作品,其中有不少都是斯特拉坎编辑的。

3 Silver Age,指古罗马或拉丁语文学的白银时代,自公元17年奥古斯都驾崩开始,一说至117年图拉真去世,一说至180年奥勒留去世。本诗中的罗马表示美国,美国统治的时代次于大英帝国,所以称之为白银时代。

4 capitol,专指美国华盛顿的国会大厦或国会山庄,该建筑白色圆顶如同月亮。这个词来自罗马的卡匹托尔山,山上有供奉朱庇特的神庙。托马斯·杰斐逊最早称国会大厦为卡匹托尔。美国立国以共和制为主,因此自比罗马。

5 还是指老加图,见《北方与南方》。

6 Caterpillar tracks,卡特彼勒是美国著名的工农业设备制造商,这个词意为毛毛虫,引申指履带车。这个词也谐音capitol。考古学家发现了苔藓的化石(碳质)及其印迹,同时,附近也有履带的花纹及其留下的痕迹，两个实景互相比喻。

希 腊

1　这里的橄榄树就是海扁桃树，后者是加勒比的"橄榄"，但没有古希腊世界常见的橄榄那么美观。

2　the weight，这个词的含义在下一节才能明白。作者描述自己驮着"一具身体"爬上悬崖，周围的风景与荷马史诗相似，最后，他将那身体（重物）抛下悬崖。那具身体其实是"巨著"，也许是《伊利亚特》，或指整个古典传统。见 Baugh 的 *Derek Walcott*，第 159 页。这个身体也是旧的自我：他试图模仿"原本的故事"（荷马史诗），但最终放弃，弃绝旧的自己，预示着新故事的开始。

3　it，本节多次使用这个代词及其物主代词，初看起来指称不明，但根据谓语可以断定所指。作者的意图是将风、嘴、词三者联系在一起，风也联系"灵魂或生命"。

4　fluttering like chitons on a frieze，chiton，见《另一生》1.1.1。frieze，指古典建筑、尤其是希腊建筑柱石横梁和屋檐之间的装饰带。

5　sphinxes，sphinx，天蛾科（Sphingidae）的昆虫，这个名字暗示了斯芬克斯。

6　怪兽指希腊神话中的各种怪物，如弥诺陶等，作者在脑中清空了以前阅读过的希腊经典，摆脱"希腊化"，他的精神和思想成为了"虚无"和"空白"，得以重新面对本土。但是，他并不是抛弃希腊传统，而是再创造。本诗预示了《奥马罗斯》的诞生。

7　指阿里阿德涅给忒修斯的线，下面提到了弥诺陶洛斯（弥诺陶）。"签署"，指进入图书馆借书，要签字登记。

8　书脊烫金，一排书脊如同金线。书架之间的路是"墓穴"，"死人"指去世的古代作者。

9 calf，旧时的书籍常用牛皮作为封面，这个词也暗示了弥诺陶。

10 作者是异族而且非白人，因此对应了弥诺陶，他长期学习希腊文化，但永远不可能成为忒修斯，与其如此，不如砍死旧的自我，将自己创造为加勒比的忒修斯。

11 他用的还是英文，但要写的是物，语言文字只是载体。从第四行的"我"之后，这里终于再次出现主格的"我"——倒数第六行的"我"，是中译补译——这是崭新的"自我"。

爱上群岛的男人

1 如 Baugh 所言，本诗模仿了电影脚本，电影是美国流行的硬汉片。诗中处理了"诗性的定格画面或长镜头"与"流行片需要的热闹的动作（action）"之间的"张力"。见 *Derek Walcott*，第 161 页。本诗用到了很多电影方面的术语。按照沃尔科特的观点，诗如同照片——比较洛威尔《收场白》——它是静相，或定格画面，或静止的远景；而流行片，则是运动的影像，两者不可避免会有冲突。诗中，作者有时会以"导演"的口吻对"诗人编剧"表达自己的要求：导演代表主流的美国文化，诗人则是加勒比地区的艺术家。导演虽然利用这里的风景作为背景，但关注的还是美国类型片的模式，而诗人意在表达当地的现实，这就干扰了对动作片英雄的展现。关于沃尔科特对电影的热爱和运用，2017 年，J.A.-Dunne 出版了专著 *Derek Walcott's Love Affair with Film*（Peepal Tree Press，2017），专门研究了这一问题。

2 Charlotte Amalie facing St. John，Charlotte Amalie，美属维尔京群岛首府，位于圣托马斯岛，东面即相对较小的圣约翰岛，两岛距离不远，可以互相眺望。沃尔科特喜欢的画家毕沙罗出生于此。

3 James Coburn，好莱坞动作片影星，李小龙的徒弟，1997 年凭借

《苦难》获得奥斯卡最佳男配角奖。科本主演的《谍海飞龙续集》(*In Like Flint*, 1967)——中文通行的译名相对于之前的《谍海飞龙》(*Our Man Flint*, 1966)——就以维尔京群岛为背景,科本扮演特工德里克·弗林特(Flint,名字恰好也是德里克)击败了伊丽莎白为首的一群女性,她们试图控制该群岛上的美国的太空设备,实现女人统治全球。由于以维尔京群岛为背景的电影并不多,因此,作者暗示的极有可能就是这部影片。女性处于反美的立场,美国则是男性的一极,而加勒比地区往往被设定为阴性,如圣卢西亚 / 海伦。

4　still,双关,还表示定格画面和静相。见 *Derek Walcott*,第161页。

5　银光就是浮油,美国开发和掠夺维尔京群岛,破坏了这里的环境,这些经济和环境问题,动作片是不会关心的。

6　No soap,俚语,不行,行不通,但结合"水"来看,颇为幽默。

7　action,指动作片的动作,包括人物的肢体动作,情节的推动,场景和事件的运动等。表现动作的镜头变换迅速,刻意制造紧张和刺激的气氛。这句话其实是有传统的,亚里士多德《诗学》就把戏剧定义为对行动者和行动的摹仿,现代动作片是极端版。

8　movie,这个词就是来自运动(move)。

9　still,仍然是前面出现的双关。

10　establish,下面有"定场镜头"(establishing shot)一词,这个动词的含义就是设定远景作为定场镜头。

11　hits the bloody fan,hit the fan,俚语,表示酿成大祸。

12　*if*,加了斜体,表明前面的承诺是有条件的,而条件才是重要的。

13　P.O.V.,point of view 的简写,也叫主观视角,指将镜头作为人物的眼睛直接目击景物。

14　美属维尔京群岛17世纪由丹麦人占领,19世纪,丹麦把圣托马斯岛和圣约翰岛出售给美国,所以岛上有的地名与丹麦有关。作者引入这一点,是为了暗示维尔京群岛就像商品一样被殖民者卖来卖去。

15　THE END，字母全部大写，表示影片结尾的"剧终"。

珍·瑞丝

1　Jean Rhys，珍·瑞丝（1890—1979），前面注释中也提到过她，她是前英属殖民地的多米尼克的女作家，母亲是加勒比混血人，所以她虽为白色人种，却是克里奥尔人。她16岁之后定居英国，但对多米尼克时期的生活颇为留意。她的代表作就是著名的《藻海无边》（*Wide Sargasso Sea*，1966）。这部小说相当于《简·爱》的前传，但反其意用之，描写了罗切斯特的疯妻子伯莎（Bertha Antoinetta Mason，原名 Antoinette Cosway）在牙买加的童年和爱情经历，她被以殖民者姿态到达这里的罗切斯特娶走，带到英国桑菲尔德庄园，受到折磨和囚禁，被宣称是疯女人。伯莎最后纵火烧毁庄园，葬身火海。这部小说有明显的反殖民倾向，疯女人/加勒比人处于了被压迫的一极，白人罗切斯特/英国殖民者处于压迫者一极。本诗描写的内容，都是瑞丝童年时在多米尼克的生活场景，这些场景有一部分也被瑞丝写入了《藻海无边》。

N.R.Mahanta 对比过沃尔科特与瑞丝这两位加勒比作家，前者是"通过想象重建历史中失去的东西"，后者则截然相反，她描写的是"事物崩溃造成的虚无"。见 *V.S. Naipaul: The Indian Trilogy*（Atlantic Publishers & Dist，2004），第12页。关于这两者的对比，前面还引用过 J.Robinson 的论文，"The Gorgon's Eye: Visual Imagery and Death in *Wide Sargasso Sea* and *Another Life*"。1962年8月致艾略特·布利斯信中，瑞丝评价了沃尔科特，她说自己"倾心于"沃氏的诗，因为沃氏的出现，她相信加勒比会诞生艺术家和诗人，这里的"气候、环境、种族的混杂，都恰恰是［艺术家和诗人］需要的"。

2　瑞丝自己留存的多米尼克生活时期的老照片，这也可以比较《星苹果王国》中的老照片。

3 spinster aunt, aunt 这里指姨妈，尤其指瑞丝母亲的孪生姐妹布兰达（Brenda），瑞丝称之为 Auntie B。布兰达和瑞丝母亲给瑞丝童年造成了一些阴影，这位姨妈并不喜爱读书的瑞丝。关于瑞丝童年生活，见 L.Pizzichini 的 *The Blue Hour: A Portrait of Jean Rhys* (Bloomsbury Publishing PLC, 2009)，第二章。《藻海无边》中有对应的人物克拉姨妈（aunt Cora），她最后嫁给了英国人，去往英国。

4 Whistlerian, 指美国著名画家詹姆斯·惠斯勒，他很多幅画以白色为主色，比如《白色交响乐》系列，主人公都是白衣少女，布景也以白色为主。白色是本诗的主导颜色，象征瑞丝的克里奥尔人肤色（不同于白种人的白色），象征作家的即将会书写的白纸，象征少女瑞丝的纯真。

5 指 19 世纪，瑞丝出生于 19 世纪，伯莎生活的时代也是 19 世纪。下面的"斧劈"指时间之斧，劈开了 19 和 20 世纪。

6 Chinese white, 锌白，一种白色颜料。

7 瑞丝离开多米尼克到英国之后，康沃尔是她的主要定居地之一，她老年时期一度在此隐居。

8 white hush, 两行语句之间有一行空白，是无言的，因此是寂静，这比喻叹息、兰花的 V 形、分开翅膀的海鸥。hush, 即，嘘，表示安静，对应"叹息"的声音。中译难以译出这层意思。Araguas 的西班牙语译本译为 la quietud，也没有译出。见 *El viajero afortunado*，第 89 页。上面的"海鸥"（seagull）和"康沃尔"（Cornwall），结尾的双 l，摹仿"两行"的意象。A.Mukherjee 认为这个"白色的寂静"可以比喻"瑞丝的诗学"，它是"白色克里奥尔人的失范状态（anomie）的诗学"，它"拒绝加入文化对等（cultural equivalency）的区域，拒绝完全翻译为宗主国的语言，或是地区性的语言"。见 *What Is a Classic?: Postcolonial Rewriting and Invention of the Canon* (Stanford University Press, 2013)，第 107 页。

9 after church, 专指礼拜日去教堂礼拜之后。

10 瑞丝的每次"觉醒"的时刻,就像船的"倾侧"(lurch)。最终,她意识到了自己作家的"天职"。见 Bedient 的"Derek Walcott: Contemporary",第 22 页。

11 calalu,加勒比英语,也写作 calaloo, callalloo,泛指任何一种可食的、肉质植物的(succulent)树叶,可以作为绿色蔬菜烹调,尤其指苋菜属(Amaranthus)植物,也指芋头等植物的叶子。这个词也指喀拉鲁和其他食材做成的浓汤,通常在周日食用。它还指一种材料相同、制作方法不同的固体食物。见 *Dictionary of Caribbean English Usage*,第 130 页。

12 Sargasso,大写是为了暗示《藻海无边》。这种海藻是马尾藻属(Sargassum)植物。

13 hush,既比喻风声,如同嘘声,又指风声之后的寂静。

14 见结尾,指瑞丝的手,她的《藻海无边》写于 70 多岁。

15 petit-point,也叫 tent stitch 或 needlepoint stitch,来自法语,意为小针脚,是一种精致的帆布刺绣,斜针刺绣,纹路是单一整齐的经纬组合,基本类似十字绣。这里指这种刺绣的针脚,比喻水面的反光。这里连用针绣方面的比喻,开始的"拱",指拱桥,也比喻刺绣图案的拱形;"针",指国会尖顶,也指刺绣的针。《藻海无边》里多次描写了刺绣。伦敦的场景都变成了对多米尼克的回忆——变成吊床——宏伟的伦敦其实不如一张吊床让瑞丝感受真切。

16 her right hand married to *Jane Eyre*,右手是写作用的手,《藻海无边》与《简·爱》在情节上的联系如同结婚。这一句的手法也用到了《奥马罗斯》13.2,写沃里克·沃尔科特要求自己的儿子,Do just that labour/ which marries your heart to your right hand。也见《另一生》3.16.2,年轻的沃尔科特离开圣卢西亚时意识到了自己的诗人的任务,"飞翔"与"手(右手)"结合,let my ribs bear/ all, doubled by/ memory, down to the emerald fly/ marrying this hand, and be/ the image of a young man on a pier,/ his heart a ship within a/ ship within a ship。同

为作家,"瑞丝/沃尔科特"用自己的"右手"与"《简·爱》/内心/飞翔"结合,这表明了作家的写作要忠于(就像忠于配偶一样)自己内心的创造和想象。婚姻的比喻也暗示,虽然瑞丝一生婚姻坎坷,一共结过三次婚,与沃尔科特相同,但作家在创作上与"艺术"的婚姻是牢不可破的。

17 白纸如同处女,统一了"性"和"禁欲",瑞丝也如同与缪斯成婚。见 Bedient 的 "Derek Walcott: Contemporary",第 22—23 页。

捣蛋的归来

1 The Spoiler's Return,Spoiler,指特立尼达著名卡吕普索歌手"大捣蛋"(Mighty Spoiler),原名为提奥菲鲁斯·菲利普(Theophilus Philip,1926—1960)。"捣蛋"1960 年酗酒而死(诗中也写到了),本诗借此描写他从地狱再次"复活"("归来"),评价西班牙港以及加勒比地区的政治和社会状况。这个从地狱复活的经历,也可以比较奥德修斯游地府之后的归来。

本诗主要与菲利普的卡吕普索《臭虫》("Bed Bug")有关,也与罗切斯特伯爵约翰·威尔莫特(John Wilmot, Earl of Rochester, 1647—1680)的诗作《讽理性和人类》("A Satyr against Reason and Mankind")和邓恩的《跳蚤》("The Flea")有联系。在沃里克大学朗读本诗时,沃尔科特曾明言,威尔莫特是"又一位英国卡吕普索歌手"。显然,沃氏认为加勒比的卡吕普索"讽刺歌"传统,与英国讽刺诗(古罗马以来)传统实质是一样的,本诗其实也是对"理性和人类"(加勒比地区)的讽刺。如 Thieme 所言,将这两个传统在本诗中并合,这种做法产生的效果是"表明了[加勒比文学]和[欧洲经典作品]这两种话语是互相渗透的,而不是各自具有对立的本性",加勒比卡吕普索讽刺传统和古罗马以来的讽刺传统是"重叠的"和"缠绕的"。诗中的"捣蛋"也呼应了《纵帆船"飞翔号"》的沙班,与那首诗一样,本诗也交替使用英语克里奥尔语和标准英语。本诗的诗风就如同卡吕普索,但有些地方又转为严肃的抒情,全诗极为上口,与威尔莫特那首诗一样,用"英雄双行体"(heroic couplet),两句一押韵(有的韵脚有意义联系;有的地方押韵不严格),但中文难以传达。见 Thieme 的 *Derek Walcott*,第 18—19, 21 页;Baugh 的 *Derek Walcott*,第 162, 164 页;*Abandoning Dead Metaphors*,第 233—234 页;*Nobody's Nation*,第 218 页;L.Winer 的 "Comprehension and Resonance: English Readers and English Creole",*Creole Genesis*, *Attitudes and Discourse*(John Benjamins Publishing, 1999),第 395 页。

D.Caplan 指出,沃氏有意在盛行自由无韵诗的 20 世纪后期,使用过时的双行体。作为通俗歌手,捣蛋却向一系列写入经典文学史的大诗人致敬;而他的形式虽然正统,但其语言却比自由诗还要直白和通俗。见 *Questions of Possibility: Contemporary Poetry and Poetic Form*(Oxford University Press, 2005),第 101 页。沃氏的意图在于打破雅俗的对立,试图让自己在经典与通俗之间达到平衡,实际上,以往的很多正统文学家(如本诗提到的但丁、拉伯雷、蒲柏)都有通俗的一面。这种意图的深层含义是,沃氏希望自己成为民众的一员,而不是与之隔阂,高高在上;但他反对民粹式的民主,希望成为他们的引导者。

2　Earl Lovelace,特立尼达和多巴哥小说家和剧作家。本诗暗示了他的代表作小说《龙不能飞》(*The Dragon Can't Dance*, 1979)和戏剧《贾斯汀娜的卡吕普索》(*Jestina's Calypso*, 1978);本诗与拉夫雷斯的这两部作品一样,都和卡吕普索有关。

3　见《纵帆船"飞翔号"》第一节。

4　limers,《纵帆船"飞翔号"》第二节。

5　bones in a sack,即习语,a bag of bones,骨瘦如柴,皮包骨头。

6 limeskin，即下面提到的帽子，帽子黄色、皮质发干，如同柠檬皮。帽子放低，遮住了捣蛋的脸。

7 macajuel，即 boa constrictor，美洲的大蟒蛇，这是特立尼达的叫法。这里不是说蛇"死了"，而是说巨蟒暴食后处于麻木的状态，这种蟒蛇捕食后，就会昏沉，如同死去，所以有"巨蟒综合症"（Macajuel syndrome）的叫法。见 *Dictionary of the English/Creole of Trinidad & Tobago*，第547页。这个词和下面的"地狱"（Hell）押韵，有意义联系。

8 Hell，西班牙港拉文第勒区有一个地方就叫"地狱之园"（Hell's Yard）。见 V.Pollard 和 D.Whitley 的 "Understanding and Teaching Walcott in Two Settings"，*Teaching Caribbean Poetry*（Routledge，2013），第61页。

9 crown，狂欢节时卡吕普索歌手会有歌唱竞赛，获胜者为"卡吕普索王"，会获得"王冠"。见 *Dictionary of Caribbean English Usage*，第131—132页。《臭虫》让捣蛋1953年获得了卡吕普索王冠。

10 Hot Boy，指打扮俗艳光鲜（flashy），寻欢作乐的人。词典给出的一个例句正好是形容卡吕普索歌手的，也许这个词常指这种歌手。见 *Dictionary of the English/Creole of Trinidad & Tobago*，第438页。

11 caiso，指卡吕普索，见《金斯敦——夜曲》一诗注释。

12 floccy，即 flocky。

13 Desperadoes，特立尼达的钢鼓交响乐队。"山区"，拉文第勒的重要地区，在山边。见 "Understanding and Teaching Walcott in Two Settings"，第61页。这也让人想起老鹰乐队的 "Desperado"（1973）。由于拉文第勒是穷人区，所以山区是穷人区中的穷人区。

14 "腐烂"（decompose）和"作曲"（composing）同词根。下面四行，原文为，I going to bite them young ladies, partner,/ like a hogdog or a hamburger/ and if you thin, don't be in a fright/ is only big fat women I going to bite。均为克里奥尔语，化用了《臭虫》中的四行，这四

行在整个歌曲中出现三次，由合唱完成：Ah want to bite them young ladies, partner/ like a hogdog or a hamburger/ If you know you're thin, don't be in a fright/ It's only big fat females I want to bite。

15　hogdog，猪肉热狗（hot-dog）。热狗和汉堡都是形容太太们肥胖。

16　蟹指加勒比的岛，这个比喻见《星苹果王国》第十五节海龟的比喻。"水桶"指加勒比海。"蟹爬上蟹的后背"，"蟹在桶里"，这联系了特立尼达的俗语，crab in barrel，指人们没有能力协同工作、共同提升，而是试图牺牲别人，让自己成功。因为，蟹在桶这样的容器中时，会爬到其他蟹的背上，踩着后者逃出去。见 *Dictionary of the English/Creole of Trinidad & Tobago*，第257页。

17　shirt-jacs，政府官员的制服，英属圭亚那开始推行。

18　见《纵帆船"飞翔号"》第二节。

19　back me up, Old Brigade of Satire, back me up，呼应了 calypso 和 caiso，见《金斯敦——夜曲》注释。Satire，首字母大写，指讽刺文学，尤其是古罗马以来的讽刺诗，这个词来自拉丁文 satura（杂烩，来自 satur，满、丰盛）和希腊文 σάτυρος（森林神撒提尔）。前面提到的威尔莫特的那首诗就是 Satyr。Old Brigade，Thieme 引厄洛尔·希尔（Errol Hill）的介绍，"在20世纪40—50年代，有两个主要的卡吕普索'帐篷'（tents，即特立尼达狂欢节时演出卡吕普索的场所），一个叫'老队伍'，一个叫'新队伍'（Young Brigade）。歌手通常按照年龄列队。资深歌手属于前帐篷，卖弄传统表演风格；年轻的、试水的卡吕普索歌手列入新队伍。无需多言，这两个帐篷之间有着激烈的竞争"。见 *Derek Walcott*，第20—21页。老队伍包括阿提拉、执行者（Executor）、狮子和老虎等歌手；新队伍是二战后涌现的歌手，有厨师大人（Lord Kitchener），大麻雀等。见 Baugh 的 *Derek Walcott*，第163页。上面说的"没什么变化"，指捣蛋的讽刺艺术与西方经典文学在实质上没有区别。

20　Martial, Juvenal, and Pope，三位经典讽刺诗人。Martial，即

Marcus Valerius Martialis，古罗马讽刺诗人，以短篇讽刺诗见长。Juvenal，即尤维纳利斯，Decimus Iunius Iuvenalis，古罗马讽刺诗人，影响了萨缪尔·约翰逊和斯威夫特。Pope，亚历山大·蒲柏，英国大诗人，他的《夺发记》就是讽刺诗。

21 to hang theirself I giving plenty rope，习语 Give sb. enough rope, and sb. will hang himself，让某人自取灭亡。讽刺诗人讽刺社会权贵和世间百态就如同反抗社会，选择自杀。

22 罗切斯特即威尔莫特，他的《讽理性和人类》中并没有跳蚤，Thieme 认为应该暗示了邓恩的《跳蚤》。见 *Derek Walcott*，第 19 页。以下六行，原文为，Were I, who to my cost already am/ One of those strange, prodigious creatures, Man,/ A spirit free, to choose for my own share,/ What case of flesh and blood I pleased to wear,/ I hope when I die, after burial,/ To come back as an insect or animal。前四行来自罗切斯特的那首诗，最后两行却转向了捣蛋的《臭虫》。罗切斯特原文的这一节最后三行为，I'd be a dog, a monkey, or a bear,/ Or anything but that vain animal,/ Who is so proud of being rational。这里其实包含了"跳蚤"、臭虫和虫子。注意第二行的 prodigious，与《另一生》中 prodigy 和后来的《浪子》的 prodigal 的联系。

23 "area of darkness" with V. S. Nightfall，V.S.Nightfall（日暮黄昏），影射奈保尔（V.S.Naipaul），暗示他对加勒比悲观的态度；area of darkness，指奈氏的《幽暗国度》（*An Area of Darkness*，1964），均见《长眠于此》。这里并不是完全嘲讽奈保尔，首先，奈保尔对西印度地区和印度都采取过"讽刺"的态度，奈氏讽刺的笔法也承继了欧洲文学的讽刺传统，这与本诗的讽刺一致。其次，对于西印度地区的问题，奈保尔看得格外透彻，与沃尔科特一致。1960 年奈保尔重访加勒比之后，在《中途》中描写了自己的所见所感，"七个月以来，我游历了一片片只对它们自己才重要的土地，当它们面对各种问题时，却为了微小的权力争来吵去、维系着微小社会中微小的偏见，他们为此耗尽自己的精力。我看到,几乎在西印度的每个地方,无论发达还是落后,种族的偏见都如此之深;这些偏见那么习以为常地植根于自轻自贱之中;我也看到了他们究竟干成了何等大事。人人都谈论民族和民族主义,但没有人想要放弃特权,甚至放弃群体的分裂"。见 Bedient 的"Derek Walcott: Contemporary",第 16 页。因此,奈氏与沃氏有相通之处,只不过后者并未放弃这里,并不是一味地冷嘲热讽。

24 bohbohl,见《纵帆船"飞翔号"》第一节。

25 Rodney,Walter Rodney(1942—1980),圭亚那加勒比史学家,左翼政治活动家,1980 年遇刺、被汽车炸弹袭击而死。见"Understanding and Teaching Walcott in Two Settings",第 63 页。这里说自杀是反讽。

26 what sweet in goat-mouth sour in his behind,特立尼达谚语,也写作 Or some sweet a goat mote he run he belly,或,What sweet in goat mouth does sour in he bambam。意为,开始不错,后来很糟。见 L.S.Winer 的 *Trinidad and Tobago*(John Benjamins Publishing,1993),第 241 页。

27 Attila,即匈人阿提拉(Attila the Hun),是特立尼达卡吕普索歌手雷蒙德·克维多(Raymond Quevedo,1892—1962)的绰号,来自公元 5 世纪的著名匈人王阿提拉。见 J.Guilbault 的 *Governing Sound: The Cultural Politics of Trinidad's Carnival Musics*(University of Chicago Press,2007),第 23 页。

28 Commander,Lord Commander,也叫 Mr.Action,特立尼达著名卡吕普索歌手,一生潦倒,最后死在街头垃圾箱里。见 H.Liverpool 的 *From the Horse's Mouth*(Juba Publications,2003),第 209 页。他的歌曲《无罪无法》("No Crime, No Law")影响了沃尔科特。

29 提到乌干达是因为,第一,卡吕普索起源于非洲,在加勒比唱卡吕普索,在非洲也可以。第二,乌干达与加勒比国家的政局一样混乱,同样需要讽刺。乌干达 1962 年独立后,十分动荡,1971 年阿明上台后,国家陷入腐败和恐怖。

30 picong，来自法语的 piquant，意为叮人的，辱骂的。卡吕普索竞赛时，对手之间的取笑和口角。见"Understanding and Teaching Walcott in Two Settings"，第 30，63 页。

31 电视台和报社都被政府把持，曝光卡吕普索，指责它破坏社会秩序。

32 Savannah，见《纵帆船"飞翔号"》第九节，这里是一些卡吕普索帐篷所在地，也是狂欢节举行地。这个词含义是没有树的平地，草地或围场，通常是娱乐和运动场所。见 *Dictionary of the English/Creole of Trinidad & Tobago*，第 790 页。记者推广狂欢节文化，将之作为当地标志，但理解得颇为肤浅，没有看到民族文化的本质，他们的"语言"不过是椰子车吱呀作响的声音。

33 brought to earth，指椰子扔在地上，化用了习语，bring sb. down to earth，让某人知道天高地厚，回到现实中。记者可以胡乱报道，让名流身败名裂。

34 Kojak，1973 年美国上映的悬疑电视剧《侦探科杰克》的主人公，光头形象。

35 locks，即 dreadlocks，拉斯塔法利派的发辫，见《拉斯塔法利之歌》。

36 见《纵帆船"飞翔号"》第三节。

37 Hell is a city much like Port of Spain，化用了雪莱的《彼得·贝尔三世》的名句，Hell is a city much like London。见 *Nobody's Nation*，第 218 页。这首诗也是讽刺诗，讽刺了华兹华斯的《彼得·贝尔》，讽刺了英国社会的腐败。这首诗用语辛辣，韵律奇异，也如同卡吕普索。

38 spending spree，即消费热潮，疯狂消费，过度消费。spree，即狂欢，指狂欢节。作者从狂欢节引向了经济。

39 blow，指扬帆，让帆"鼓起"(bloated)，所以上面用了"水手"，而"石油"被比作风。

40 Lord，双关，一指上帝，二指卡吕普索歌手，这样的歌手，往往在艺名前冠以 Lord，比如 Lord Kitchener。

41 特立尼达和多巴哥是为数不多的探明并且开发天然气的加勒比国家之一。

42 scrunter，特立尼达英语，潦倒贫困的人。见"Understanding and Teaching Walcott in Two Settings"，第 63 页。

43 blood squeezed out of stone，习语，get blood out of a stone，让铁公鸡拔毛，让吝啬鬼出钱，意即，根本借不到钱。

44 Commonwealth，指西印度联邦，捣蛋死时是 1960 年，西印度联邦还没有解体。

45 比较里尔克《秋日》的两句，Wer jetzt kein Haus hat, baut sich keines mehr./ Wer jetzt allein ist, wird es lange bleiben。

46 饼和酒（葡萄酒）联系《新约》。

47 O，象形工厂的轮子。

48 cogs，双关，也指 COGS（Cost of Good Sold），销货成本。

49 Arnold's Phoenician trader，埃德温·莱斯特·阿诺德（Edwin Lester Arnold，1857—1935）的通俗幻想小说《腓尼基商人弗拉奇遇记》（*Wonderful Adventures of Phra the Poenician*，1890）的主人公。见"Understanding and Teaching Walcott in Two Settings"，第 63 页。作者用腓尼基商人指代加勒比的叙利亚地区的人。前面有一些诗作提到过这些人。

50 比喻加勒比印度人的服饰。

51 curry favor and chicken from the crowd，curry favor，习语，溜须拍马，这里的 curry 双关，在这个短语中，意为给马梳毛，擦拭马身，但另一个意思是烧咖喱菜，因为印度人爱吃咖喱，这个含义与下面的鸡相联系。

52 ecumenical，促进全世界基督教大联合的，普世教会的。这里指天主教，即大公教（东西分裂前），试图建立普世教会，因此一直"耐心"等待这个时候。

53　Beetham Highway，西班牙港南部公路，在拉巴斯以南，向西通向西班牙港市中心。名字来自特立尼达过去的一位总督。上面的"拉巴斯"（La Basse），来自 labasse 或 la basse，特立尼达英语，意为垃圾堆，出自法语 la basse（浅滩，低处）。作为专名的拉巴斯正是比瑟姆公路旁的垃圾场，在西班牙港市中心以东。见 *Dictionary of the English/Creole of Trinidad & Tobago*，第 507 页。所以捣蛋提到了乌鸦和"腐败的臭气"，说自己在比瑟姆公路，暗示自己在垃圾场附近。

54　鹮（ibis）是特立尼达和多巴哥的国鸟，会印在邮票上。

55　见《另一生》4.22.4。

56　见《流亡》一诗。

57　flags，指玉米杆上部，这个词一般指甘蔗杆上部，即成熟甘蔗顶部长出的黄色纤维杆，3 英尺长，结着白色丝状、流苏一样的花；该词也可以用于玉米等类似的植物。巴巴多斯和圭亚那叫 cane-arrow，也简称 arrow；在牙买加一般叫 flag。见 *Dictionary of Caribbean English Usage*，第 40，234 页。

58　flags of distress，海上求救时悬挂的旗号，这个词组也表示生活困难。这里的 flag 呼应了上面表示"茎秆"的 flag，但意义转换。

59　whatever arse they catch，arse，作形容词，修饰穷人，表示该死的、该诅咒的，表达沮丧。见 *Dictionary of Caribbean English Usage*，第 41 页。

60　brown patches，草地的褐斑病。

61　Point，法语，海角，即 cape，这里指菲列特角（Filette Point），因为下面提到了与之邻近的特立尼达北部渔村拉菲列特（La Fillette）。特立尼达岛有多处以"角"命名的地理位置，如 *Point* Lisas, *Point* Galera, *Point Mono*, *Point* Galeota 等等。

62　暗示了但丁的"地狱"结构，但沃尔科特这里用了"高升"，颠倒了地狱，因为这个地狱就在人间。

63　拉伯雷写过《巨人传》，里面的高康大和庞大固埃都是大肚子。

64　指卡吕普索帐篷。

65　Maestro，即 Lord Maestro，特立尼达卡吕普索歌手，原名塞西尔·休姆（Cecil Hume），这个绰号意为音乐大师。见 *Governing Sound: The Cultural Politics of Trinidad's Carnival Musics*，第 174 页。

66　the Duke of Iron，与捣蛋同时代的卡吕普索歌手的艺名，这个绰号原本属于威灵顿公爵一世，他也是拜伦讽刺的对象。见 "Understanding and Teaching Walcott in Two Settings"，第 63 页。Iron 与"讽刺的"（irony，本身也表示铁制的）相联系。这三行名字中，有三位卡吕普索歌手。

67　指卡吕普索竞赛争夺王位，但也暗示弥尔顿的撒旦，他想在地狱称王，而不是去天堂效命。见 "Understanding and Teaching Walcott in Two Settings"，第 63 页。

68　re-minor key，卡吕普索常用 D 小调。

69　捣蛋对社会失望，所以又返回，走向了地狱。

诺曼底酒店泳池

1　The Hotel Normandie Pool，Hotel Normandie，西班牙港的酒店，位于圣·安谷（St. Ann's valley），皇家植物园北边。酒店为法国人建立，因此以诺曼底命名。本诗写于 1980 年新年（诗中提到），沃尔科特住宿在这家酒店，他 50 岁的生日即将到来，诗人反思了自己第二次婚姻，对妻子和女儿表达了忏悔，更重要的是，思考了诗歌艺术的独立性和社会的政治问题。他之所以提到泳池（pool，即 swimming pool），是因为诗人自比流亡者，如同被奥古斯都流放黑海托米斯（今罗马尼亚康斯坦察）、最终死在那里的奥维德，泳池如同黑海。作者把池边的一位白人游客想象为奥维德，他仿佛与来自宗主国的后者共同被流放，他是黑人／殖民地的"奥维德"。但是，诗人的流放是"在家的"(在加勒比)，他是心灵的流放，受离异和中年危机的影响，而奥维德是身体的流放。沃氏认为自己的流放并不比奥维德轻松，甚至更艰难。奥维德流放的故事是现代诗人常会使用的题材，曼德尔施塔姆、希尼和布罗茨基都曾以之入诗。见 Thieme 的 *Derek Walcott*，第 166 页；Baugh 的 *Derek Walcott*，第 160—161 页；见 *What Is a Classic?: Postcolonial Rewriting and Invention of the Canon*，第 86—87 页；T.Ziolkowski，*Ovid and the Moderns*（Cornell University Press，2005），第 139—141 页；S.Harrison，"Ovid and the Modern Poetics of Exile"，*Two Thousand Years of Solitude: Exile After Ovid*（Oxford University Press，2011），第 210, 213—217 页；P.Mariani，*God and the Imagination: On Poets, Poetry, and the Ineffable*（University of Georgia Press，2002），第 209—211 页。沃氏非常喜欢住宿在这家经典的酒店。1982 年 3 月 14 日（本诗集出版于 1982 年）米尔恩（Anthony Milne）就在这座酒店的泳池旁的伞下（本诗也提到了），采访了沃氏。见 *Conversations with Derek Walcott*，第 70 页

2 triggers the usual fusillade of coughs，用了战争词语，联系第二段。体内的咳嗽带来的刺激就如同遭到枪击，这里也暗示了自己的中年危机。

3 "倒影"（reflections）和"一行波纹"（line，本诗中频繁出现的词，有不同的含义和意象），表示作者的"反思"和"一行诗句"，池水稳定住倒影，作者也写出了一行诗。

4 prince，这个英文只能勉强翻译俄罗斯的这个爵位，它并非通常翻译的亲王，王子，而是公爵，大公（Князь）。这里很可能暗示《战争与和平》的安德烈公爵（Prince Andrey）。安德烈战争中负伤，回家后遇到妻子分娩后去世。他在俄国舞会中如同旁观者，厌倦了贵族生活，也与这一段沃尔科特旁观酒店新年宴会有相似之处。Terada 的推测与我一致，见 *Derek Walcott's Poetry*，第 239 页，注释 22。另外，安德烈的第二任准妻子娜塔莎出轨，这似乎在想象中补偿了沃尔科特

的出轨。

5　in my own gauze，表示纱布，配合战争语境（呼应安德烈），in gauze，即绑着纱布。见 *Derek Walcott's Poetry*，第139页。诗人想到了昨夜时分，他在窗户上看到战争的场景，他在窗帘的"薄纱"中，觉得自己裹着纱布，纱布如同雪——特立尼达不会下雪，所以是想象，来自于俄国小说。作者自己的人生也遭遇了战争，但相比小说的战争，其实并不崇高，这也是作者痛苦的地方。

6　sign，沃尔科特是水瓶座，他以水为标志，见《另一生》4.21.3。下面还称水为"元素"。既然水为标志，所以沃尔科特可以变形（暗示奥维德《变形记》）；水也是典型的"承载者"。

7　立柱倾斜后，呈现了放射状，呼应最后一句。按照沃尔科特一贯的手法，放射表明了"顿现"。

8　The pool is blinding zinc，zinc比喻水面，省略了sheet之类的词。这个比喻也见《仲夏》27（本诗集未收），the sea's corrugations are sheets of zinc/ soldered by the sun's steady acetylene. This/ drizzle that falls now is American rain。

9　ride on the rayed shells of both irises，沃尔科特想象女儿如同两位维纳斯，一同诞生（贝壳的比喻）。iris，一指眼睛的虹膜，二指希腊的彩虹女神伊利斯，她也是信使，这联系了奥维德的《变形记》。见 *Derek Walcott's Poetry*，第141页。

10　还是双关，也表示反思。

11　Terada指出，"韵律"在广义上，指语言系统与视觉系统的联结。见 *Derek Walcott's Poetry*，第139页。

12　red rubber ring，三个词押头韵，中文无法体现。作者说事物的"韵律"重新开始，他的视觉看到了红色橡胶泳圈，同时语言呈现出了韵律。另外一处韵律就是这一行和本段最后一行的尾韵。

13　Narcissi，Narcissus的复数，用那喀索斯、水仙和自恋的典故，故事见《变形记》。

14 buries，指把钥匙收好，这是认真谨慎的表现，作者为了呼应"肃穆"（graveness）——grave 的另一个词源的含义为"坟墓"——和下面的木乃伊。

15 a negotiable bronze，bronze，表示铜币，尤其暗示古罗马铜币，加上"流通的"这个修饰语，可以配合商人的身份，实际上指皮肤晒成古铜色。要注意的是，这位商人是白种人。

16 shades，shade 也表示鬼影，暗示奥维德的出现，虽然他在作者想象中，但如同鬼影。

17 toga-slung, toga，古罗马独特的男子长袍，作者把浴巾比喻为托加。

18 foam hair repeated by the robe's frayed hem，frayed hem 与 foam hair，分别押头韵，音节数和重音相同，所以说"重复"，这还是表明前面说的"韵律"。

19 Quis te misit, Magister?，拉丁语。magister 即 master，呼应了《另一生》中的"导师"的含义之一。

20 Ziolkowski 认为，沃尔科特把黑海误记为波罗的海。见 *Ovid and the Moderns*，第 140 页。但这个说法是错误的，《变形记》中多次提到松树，松香，这种松树均见于波罗的海附近。见 B.More 的 *Ovid*（M. Jones Company，1978），第 462 页。所以，沃氏并非要暗示黑海，而是指向《变形记》。而且，本诗既然以奥维德流放一事入诗，作者很难会记错这个众所周知的流放地。更何况奥维德是沃氏极为欣赏的诗人之一。另外，松树代表了西方，棕榈代表加勒比，见下。

21 proconsul，专指罗马的地方总督，这里比喻英帝国的总督（governor）。

22 level，指人公平，同时在比喻义上，指水面平静。诺曼底酒店是法国人建立，法国人也是罗马人、拉丁文化的后裔，所以说泳池是"罗马水池"。

23 boy-god，boy 是加勒比英语，指奴隶。奴隶没有资格称为 man 或 woman，只能叫 boy 或 girl。见 *Dictionary of Caribbean English*

Usage，第 113 页。

24　Augustus，这里除了指屋大维，还指他所获得的"奥古斯都"（神圣的，崇高的）这一封号，屋大维也由此被封神。这一封号也成为罗马皇帝的头衔。这里指奴隶信奉的神，因此是加勒比的"奥古斯都"。

25　negro Neros, chalk Caligulas，每一对都押头韵，用两位罗马皇帝作比喻，表明自己的双重血缘。

26　民兵都是加勒比独裁者的工具，加勒比独裁的政局如同屋大维的专制。见 *Ovid and the Moderns*，第 140 页。

27　sugar-apples，番荔枝属植物及其果实，拉丁名为 Annona squamosa，原产西印度地区。果实如同手榴弹的形状和样子。

28　奥维德的女儿，所以沃尔科特前面会主要描写自己的女儿。

29　reflections，仍然双关，暗示反思。

30　篝火是为了驱狼。

31　Tibullus，奥古斯都时期的诗人，擅长哀歌，描写田园，回避政事，对屋大维的统治冷淡相对。

32　松枝用来拂尘，树脂的气味也有清洁作用。这里比喻政府"清除"异己。

33　上面的凯撒是封号，指罗马皇帝，尤其是屋大维，但这里的凯撒除了指屋大维，还用了尤里乌斯·凯撒的典故：老凯撒颇为风流，经常淫人妻女。

34　Tristia，奥维德流放时的诗集，而《变形记》写于流放前。两部诗集也代表两种不同的取向。

35　pitched，涂沥青，但确切说是涂上"沥青涂料"（bituminous paint），泳池的蓝色是防水涂料的颜色，不是真正的地中海的蓝。这句配合下一句，表明这里是人工建成的次级景观，低于自然的（欧洲的）风景。

36　an orange wash，wash，指水彩画中的薄涂层，也可以译为淡彩。

37　envoi，诗歌结尾的最后一节诗，起源于中世纪的叙事诗和行吟诗，有自己重复性的套路，比如经常会向上帝祈祷，本诗就是如此。它的功能一般是总结前面诗节的主题；但也可以以"反讽"的方式推翻前面的诗意。作者这里用了后一种方式："谎言"指诗（源自柏拉图古老的批评），作者想要表达真理，但假意说自己撒谎，正如他虚构奥维德。而他并不需要怜悯，不需要"上帝"，但假意祈求。这一节诗意很隐晦，就个人来说，它表达了作者艰难的处境，处于被怜悯和不被怜悯之间。但也许扩展为指整个加勒比地区。D.Punter 就是这样理解的，在分析最后一节的"怜悯"时，他先指出了 envoi 的含义："重复"，重复令人恐惧。进而，他认为本诗的主题是文化隔阂和殖民入侵，它表达了加勒比诗人想要为自己的文化争取空间的努力，但这一努力又是艰难的。所以作者在结尾提到了"怜悯"，为了得到怜悯，加勒比人要处于"黄昏"、"谎言"、"悬停"一样"朦胧、模糊"的"恐怖的"处境，在黑夜中慢慢"淡去"，这样，在被怜悯时，就不会让自己降格，才能在黑夜中摆脱死亡，存活和重生。见 The Literature of Pity（Edinburgh University Press，2014），第 146 页。

38 pitch，沃尔科特非常爱用的词，常用它的名词，沥青或柏油，这里也暗示了这一点，用来加强"黑暗"，也强调芒果和果蝠具有的"粘稠的植物和动物的丰富性"。芒果，连同下面果蝠的"钟"——丧钟——都暗示了奥维德（幻象）的死或消失，以及意识的死亡。见 Derek Walcott's Poetry，第 142 页。

复活节

1 Him，大写，指耶稣的"灵"，联系了上帝，本诗中的"他"都如此。"影子"，耶稣的影子，比喻成黑狗，诗中描写时，也会按照狗来描写影子。本诗就是描写耶稣受刑和复活的过程，以隐晦地方式讲给女儿安娜。作者把耶稣的影子比作狗，并非为了丑化他；首先，他的女儿喜欢狗，狗如同女儿的影子，用狗来讲述，可以让女儿感兴趣。其次，耶稣自己也从善意的角度用过狗的比喻，《马太福音》15:26和《马可福音》7:27，称一个叙利亚腓尼基妇女为狗，虽然狗通常形容非犹太人，但耶稣没有侮辱的意思，他用的是 κυνάριον，钦定本依然译为 dog（对应 κύων），其实是 puppy，耶稣的态度很和蔼，甚至有玩笑的意思。所以，把耶稣影子比作狗，未尝不可。

2　it，但"也"字表明，指的不是影子，而是"他"。

3　指耶稣的"影子和身体"与"圣灵"。

4　But life had been lent to one/ only for this life，这句利用歧义涉及了复活问题。如果承认耶稣复活，那么句意是，复活的生命只能在复活前来过，复活后的生命亦然。如果否认复活，this life 则专门表示此世，因而没有 afterlife。这句联系了《哥林多前书》15:19，If <u>in this life only</u> we have hope in Christ, we are of all men most miserable。保罗论证了基督复活对信仰的意义，如果不相信复活，希望只在今世，这是最为可怜的。也见《约翰福音》3:7 和 11:25，以及《尼西亚信经》的正统观点，Et expecto resurrectionem mortuorum, Et vitam venturi saeculi（我盼望死后复活，以及来世的生命）。沃尔科特隐含地否认了复活，也就否认了永生（eternal life），如《约翰福音》3:15-16。

5　uncontradicting night，天主教有"矛盾标志"（sign of contradiction）的概念，即指耶稣，如《路加福音》2:34，a sign which shall be spoken against，和合本译为"毁谤的话柄"。耶稣的神人两性构成了矛盾，复活就是典型的体现。但是，作者却说耶稣复活之夜没有矛盾，这表明：从信仰角度来说，复活这一矛盾只是看似如此，可以解释；从反信仰来说，根本没有复活，也就没有矛盾。uncontradicting 这个不太常用的词，让我想起了拉金的《最佳社会》（"Best Society"，1951），Uncontradicting solitude./ Supports me on its giant palm。

6　crumbs，《马太福音》15:27，《马可福音》7:28，钦定本用了这个词，指的正是饼渣。

7 it，作者用这个代词含蓄地指耶稣的影子和肉身。上面的蜡烛也暗示耶稣的身体，耶稣死时就是燃尽了，天堂也许永远有光，所以不需要再燃烧了。

8 《哥林多后书》2:14—15，耶稣身体有"馨香"（savour）。

9 pallet，福音书中常提到褥子，钦定本译为bed，希腊文是κράββατος，如《马可福音》2:9，《约翰福音》5:8，故事是耶稣治愈躺在褥子上的瘫子。

10 巧妙地用影子间接描述了耶稣身体入土。

幸运的旅行者

1 The Fortunate Traveller，题目来自托马斯·纳什（Thomas Nashe）的著名流浪汉小说《不幸的旅行者，或杰克·威尔顿生平》（*The Unfortunate Traveller or the Life of Jack Wilton*，1594）。这部小说中的主人公离开家乡，去欧洲游历，但颇为坎坷。而本诗虽然名为"幸运"，但暗含反讽，实则"不幸"。本诗以一位英国使者的口吻，讲述自己出访欧洲（"北方"）并游历第三世界国家（"南方"）的经历，他的工作是充当南北方的经济中间人。他虽然"幸运"，享受着旅行的快乐，但无心欣赏，他终于明白西方世界的发达建立于第三世界的破败，他试图帮助后者走出饥荒和经济困局，他以同情的方式将第三世界的不幸转移到自己身上。这个主人公带有沃尔科特的影子：不考虑情感波折的话，沃尔科特在美国其实相当"幸运"，他获得了美国文学界和批评界的认可，取得了任教资格，结交了很多朋友，名利方面都有收获，但他觉得这种幸运仅仅属于个人，对于加勒比和第三世界国家毫无帮助，所以他仍然是"不幸的"。关于本诗与整部诗集，按有的学者（McCorkle）的看法，与康拉德和兰波处理过的主题类似，即，研究关于恶的认识以及恶的行动如何重复；有的学者（Wyke）认为，本诗集与拜伦的《恰尔德·哈罗德游记》在如下方面有近似之处：拜伦在这部诗集中展示了"艺术与生活、艺术家与文学游历（pilgrim）之间的和谐"。Wyke 还认为，本诗集描绘了一种"备受折磨的矛盾心态"（tormented ambivalence），"诗人与诗中角色共有这种心态，使他们汇合在一起的艺术过程，其特征就是这样的意象模式：它们绘制出了一次既退回过去，同时又不可避免地前进到将来的旅程"。以上见 C.H.Wyke，"'Divided to the Vein': Patterns of Tormented Ambivalence in Walcott's 'The Fortunate Traveller'"，*Ariel*，20, no.3（1989），第 55，57 页；*"Palms require translation"*，第 74—75 页；第 75 页；S. Brouillette, *Postcolonial Writers in the Global Literary Marketplace*（Macmillan, 2007），第 34—36 页；*Nobody's Nation*，第 216，219—220 页；"Derek Walcott: Contemporary"，*Derek Walcott*（Bloom's Modern Critical Views），第 19 页。M.Morris 指出，比起"法利赛人"，主人公更像是"税吏"，他最终明白，自己正是第三世界问题的制造者之一，他谴责那种"高高在上的漠然"。这种理解，是认为本诗设定了一个转变：主人公原本无心帮助第三世界，反而为自己谋利，后来良心发现。见"The Fortunate Traveller"，*The Art of Derek Walcott*，第 101—111 页。

Burnett 从互文性角度对本诗做了极为详细的分析，难以全面引述，仅概述若干要点如下：第一，本诗与康拉德《黑暗的心》有联系，诗中有多处直接体现，主人公如同马洛（Marlow）。第二，本诗受阿契贝的散文《非洲形象》（"An Image of Africa"，1977）的影响。这篇文章批驳了康拉德对非洲的歪曲（比如"黑暗的心"这个比喻）。文章讨论过的史怀哲、兰波、纳粹、海地，都出现在本诗中。如阿契贝一样，本诗明确表示，"北方"才是黑暗的心。第三，本诗开篇呼应卡罗尔·里德（Carol Reed）的电影《第三人》（1948），这改编自格雷厄姆·格林的同名小说，里面也有一位库尔兹。本诗的主人公也是"第三人"，类似电影中的角色莱姆（Lime）。另外，本诗与科波拉的电影《现代启示录》也有联系,结尾涉及了《启示录》。这两处互文关系符合沃尔科特利用电影和通俗文学入诗的手法。第四,联系了艾略特《荒原》。第五,与洛威尔《彩虹尽头》("Where the Rainbow Ends")一诗有关,这首诗也联系了《启示录》。第六,联系了苏珊·桑塔格的散文《悲剧之死》。桑塔格认为,悲剧拒绝基督教承认的"世界的道德充分性(moral adequacy)",但沃氏认为,艺术家也是信仰者,需要解构世界的"道德的不充分性",承诺救赎,介入道德。见 *Derek Walcott: Politics and Poetics*,第 58,175—183,190—197,205 页。

Breslin 介绍,1989 年 4 月 10 日,在对话中,沃尔科特有一段话,与本诗诗意有关,"我认为这就是历史观念的高峰,我认为它达到了顶点,它神化了,大屠杀之后,它成为了戈雅式的魔鬼。我认为,有种东西成型了,魔鬼出现了,新的魔鬼在 20 世纪从那种体验中出现了。如果你能理解大屠杀时科学的精致,那你也就能理解玻璃室、玻璃墙后冒烟的人,然后低头瞧瞧,说,我能从我脑子里把这些清除出去,我能做到。我现在就在做自己的工作,我做的就是看起来可怕的事情,但会变得还不错;你懂的,看起来很可怕,但这就是过程的一部分。那种无情的'中立',以前从来没有过,从来没有。""有一个没有脸的职员,他就做自己的事情,这家伙为历史干活,历史是他老板。他不为斯大林干活,他也不为希特勒,他为了'意志',不得不实现意志,不得不遵守意志。所以,没有人负责。"见 *Nobody's Nation*,第 220 页。本诗中也提到了纳粹屠杀;作者明确反思自己的那种安于"幸运"的"中立"和"漠然"态度,他认为这是出现大屠杀的社会原因,也是第三世界国家陷入经济困难的根源。魔鬼就是人心的冷漠和中立,没有信仰,安于个人的幸运和意志,不再关注社会。另外,现代"历史"也成了中立性的科学,它不关心价值,只考虑事实和记录年代,这样,纳粹屠杀就成了事件,过去也就过去了。在之前诗歌中,沃尔科特提倡"漠然"的态度和存在主义的哲学,但那是不同流合污的超然，为了解决个人的心理危机。

2 作者用钦定本英文，按诗的节奏分行，中译文来自和合本，And I heard a voice in the midst of the four beasts say,/ A measure of wheat for a penny,/ and three measures of barley for a penny;/ and see thou hurt not the oil and the wine。这里说的"四活物"，与基路伯类似，各有六个翅膀，满身是眼，分别为狮、牛、人、鹰的形象，有人认为代表了耶稣的四种属性，有人（如奥古斯丁）认为对应了四福音，有人认为对应了耶稣四大门徒、四大教会、四个犹太支脉，等等。四活物说这句话的时候，第三印刚被揭开，一个手持天平的红马骑士出来，所引这几句话连同第三印的景象都预示了饥荒和经济崩溃——这一点正是本诗的核心主题：第三世界国家的经济困局。

3 指公文包，里面装着小国的申请表。

4 in treble-spaced, Xeroxed forms, treble, 高音部的, 三倍的; space, 五线谱的"间"，相对于"线"，一共四个间。这个短语一是比喻表格如同五线谱；二是暗示请求的"声音"很高。Xeroxed, Xerox, 施乐打印机，这里作为动词。

5 两个有色人种，有学者说是海地人，有说是非洲人，前一个看法更合理。对话暗示了"我"一开始就是为了利益，他并没有让对方有信任感，因为他没有坦白解释自己为什么要做中间人，而且他们的交易似乎也不是正规的。这两人在最后一节再次被提到。

6 A.Mukherjee 指出，开头联系了《荒原》中"不真之城"（Unreal City）和波德莱尔《七老人》（"Les Sept vieillards"）的"拥挤之城"（Fourmillante cité）。见 *What Is a Classic?: Postcolonial Rewriting and Invention of the Canon*，第 94 页。

7 壁虎的"专注"，是因为饥饿，等待捕食。

8 weevil, 分开就是 we evil, 我们是罪恶。这一节有大量的昆虫比喻，都比喻官员和政客，而饥饿的第三世界平民却是吃虫的壁虎（gekko, 有的版本也作 gecko）。

9 飞机起飞，下面的事物变小，如同望远镜倒置；"数字"指望远镜上的刻度。

10 《藻海无边》中，珍·瑞丝就曾把白人奴隶主比作蟑螂。见 *Derek Walcott: Politics and Poetics*，第 189 页。

11 本诗写作和出版时，西德尚未与东德合并，伯恩是西德首都。

12 Hampstead Heath，北伦敦自然公园。沃尔科特肯定会想到康斯太勃尔（Constable）的画。

13 planes，伦敦常见的植物，尤见于汉普斯特德荒野，也叫 London Planetree，悬铃木属，英国悬铃木拉丁名为 Platanus acerifolia，汉语常称为英国梧桐，是二球悬铃木，区别于法国梧桐。

14 Margo，Burnett 猜测，这个人物也许是本诗主人公的妻子，她呼应了康拉德寡居的嫂子、作家玛格丽特·珀拉朵夫斯卡（Marguerite Poradowska），康拉德在非洲与她长期通信。沃尔科特第二任妻子也叫玛格丽特，Margo 是昵称。见 *Derek Walcott: Politics and Poetics*，第 348 页。

15 *And have not charity*，斜体，因为这句出自《新约·哥林多前书》13:2，全句为，And though I have the gift of prophecy, and understand all mysteries, and all knowledge; and though I have all faith, so that I could remove mountains, and have not charity, I am nothing. 这里用和合本的译法。charity，信望爱之爱，表示慈善，仁慈，指对上帝和教徒的爱。J.Westerholm 从这句话入手分析了本诗中的基督教内容，他联系了布拉斯维特《抵达者》（*The Arrivants*）中汤姆叔叔与本诗的主人公。在这两部作品中，基督教的伦理观都失败了，无神的、尼采式的意志理论成了西方世界的主流。《抵达者》表明了基督教的和平主义和宽容要求都不能根除恶，没法改变西印度人。而本诗并未表明基督教的失败，失败的是那些知道规则但不遵守的人。见"'And have not charity': New Testament Ethics and the Caribbean Poet", *The Strategic Smorgasbord of Postmodernity: Literature and the Christian*

Critic（Cambridge Scholars Publishing，2011），第 275 页。

16 也许指印度的一些圣湖，因为"我"是英国人。

17 bordered our temples/ with the ceremonial vulva of the conch，ceremonial，仪式性的，在仪式中起到象征功能的。这句的比喻也见《奥马罗斯》7.2, their palates arched like the sunrise,// delicate as vulvas when their petals open。Pfeffer 解释了这一句：圣卢西亚常用海螺壳装饰矮的混凝土墙或水泥墙。见"*Palms require translation*"，第 70 页。这里的"我们"，是主人公站到了第三世界民族的立场上来说的。

18 field，指专业领域，研究方向，主人公曾任大学老师，教授历史，所以后面说"16 世纪晚期"。由于上一节刚提过一些与农业有关的词，因而，这个词很容易让读者先理解为"田地"。而下一行，作者的确又转向了这个意思。

19 A Sussex don，don，指英国大学教师，尤其是牛津和剑桥的老师，这里指萨塞克斯大学老师。主人公以前担任大学教员，专门研究詹姆斯一世时期的（Jacobean）戏剧和历史。这一时期的戏剧以复仇剧最为流行，而本诗主人公恐惧着欧洲雇主和海地人的复仇，也恐惧着曾经被杀死和现在被饿死的前殖民地鬼魂的复仇。

20 *The White Devil*，加斜体指作品名，即英国戏剧家约翰·韦伯斯特（John Webster）的一出剧作《白魔鬼》。这出戏上演于 1612 年，正是詹姆斯一世在位时期（1603—1625）。韦伯斯特的戏剧直到 20 世纪才受到关注，其中的爱欲、死亡、复仇颇受现代人欣赏，沃尔科特在这一句显然认为，韦氏的戏剧反映了这一时期人们在政治和社会中的焦虑和压抑的心境。关于这一时期的复仇剧与政治、女性地位、权力的关系，详见 E.Allman 的 *Jacobean Revenge Tragedy and the Politics of Virtue*（University of Delaware Press，1999）。

《白魔鬼》是当时流行的复仇剧，根据意大利真实事件改编：布拉恰诺公爵（Duke of Brachiano）与维多利亚·科隆博纳（Vittoria Corombona）陷入了爱情，但两人均已婚。维多利亚的兄弟弗拉米内奥（Flamineo，本诗下面就会提到）担任前者的秘书，他为了晋升，试图撮合两人。但计划被公爵夫人伊莎贝拉（Isabella，本诗下面也会提到）干扰。为了不让事情泄露，公爵与弗拉米内奥谋杀了维多利亚的丈夫和伊莎贝拉。事情没有败露，公爵与维多利亚成婚。伊莎贝拉的兄弟弗朗切斯科和情人洛多维科（Lodovico）及其朋友加斯帕罗（Gasparo）设法复仇，先杀死公爵，然后维多利亚的女仆道出内情，东窗事发。最终，洛多维科和加斯帕罗杀死弗拉米内奥、维多利亚及其女仆，复仇成功。这出戏中有两个细节值得注意，一个是弗朗切斯科在复仇时，伪装成了摩尔人，另一个是维多利亚的女仆也是摩尔人，而且情欲旺盛。这两个深色皮肤的人与"白魔鬼"形成对照：戏中的白人基本上都是狡猾、残忍，受欲望控制的，所谓的"复仇"，并非正义战胜邪恶。

关于白魔鬼，它还有一个联系，沃尔科特曾写过一篇散文《白魔鬼：圣诞故事》（"The White Devil: A Story of Christmas", *Sunday Guardian Magazine*, 25, December 1966）讲述了圣卢西亚的白魔鬼的传说和街头戏剧："鬼戏"。后者是一种化妆戏，一般在圣诞节时期上演，魔鬼都是"白色"，象征白人。这篇文章也解释了戏剧《小让和他的兄弟们》中魔鬼的形象。见 Baugh 的 *Derek Walcott*，第 77—78 页。

21 Flamineo's torch startles the brooding yews, 关于这一句，见《白魔鬼》第一幕，第二场，布拉恰诺公爵送维多利亚珠宝（暗示性器官），后者讲述了自己的梦：她夜间坐在紫杉下，她丈夫和伊莎贝拉要把她活埋，但紫杉的树枝杀死了两人。维多利亚暗示布拉恰诺除掉各自的配偶。C.Luckyj 指出，yew 有多重含义，首先，它是死亡的标志。其次，指维多利亚的丈夫和没有出轨的布拉恰诺，也就是指合法正当的丈夫。第三，yew 谐音 you，维多利亚专指布拉恰诺。见 *White Devil*（Bloomsbury Publishing PLC, 2014），第 22 页。torch 是剧中出现过的意象，暗示爱情和婚姻，因为希腊罗马婚礼要举火炬，英语就有习语 carry a torch（单恋）。

22 旧版"剑"作 end。

23 Duchess，指韦伯斯特的另一部更为经典的戏剧《马尔菲的女公爵》(*The Duchess of Malfi*, 1613—1614)。这部戏的主人公是马尔菲公爵夫人，她守寡多年，被兄弟阻拦，不能再婚，但她与管家安东尼奥相爱，生有三子。夫人的两个兄弟（斐迪南和红衣主教），大加反对，杀害了夫人和两个儿子。两兄弟派去监视夫人的博索拉，转而替夫人复仇，杀死了斐迪南和红衣主教，但也误杀了安东尼奥。最终，夫人和安东尼奥的长子继承了财产。这出戏的公爵夫人，与维多利亚截然相反，她纯洁，真诚，集各种美德于一身，她衬托了政治的腐败和黑暗，她是真正的"白色的"女性，不是白魔鬼。

24 green meat，习语指喂动物的青菜，meat 为了配合"残忍"一词，中译采取直译。

25 Severn，英国境内最长的河流，最终流入布里斯托湾。主人公到了布里斯托，然后乘船从这里离开，去往了西印度。

26 Iscariot，出卖耶稣的加略人犹大的修饰语，但含义不明。这里用水面反光，比喻三十银钱。主人公不再想当中间人，他同时背叛了交易双方，所以自认为是犹大。

27 Ponce，指胡安·庞塞·德·莱昂（Juan Ponce de León, 1474—1521)，西班牙探险家，随哥伦布参加了第二次航海。他 1513 年登上了佛罗里达，佛罗里达（La Florida）也是他的命名，意为"花"，所以下面提到了百合。他也登上过波多黎各，该岛有以他命名的城市。

28 phantoms，这里联系了下一首诗《幻影和平之季》。

29 treble clef，高音谱号图形是涡旋状，如同蜗牛的壳。

30 Tantum Ergo，拉丁文，意为，"因此，如此皇皇"，后面省略了 Sacramentum，我采取的是汉语宗教界一般的译法。这是托马斯·阿奎那创作的赞美诗《诵吧，口舌》(*Pange Lingua*) 最后两节的开头两词。这两节常会用于天主教的"圣体降福"(Benediction of the Blessed Sacrament) 仪式中，所以上面提到了"祈福"。

31 圣卢西亚村名，前面的诗作中多次出现。

32 Albert Schweitzer，提到史怀哲，是因为他在西非呆过；同时，他也擅长演奏风琴，对宗教音乐的风琴演奏做了革新。后面提到了小风琴（harmonium），也即脚踏风琴。更重要的是，阿契贝曾指责史怀哲的人道精神建基于种族主义。见 *Derek Walcott: Politics and Poetics*，第 187 页。

33 *Lebensraum*，德文，德国地理学家拉采尔（Friedrich Ratzel）提出的地缘政治学概念，他将生物学与政治学相结合，指出国家是一个有机生命体，为了生存，必须扩张自己的空间。这一概念在两次世界大战中被德国人使用。这个词与"小风琴"押韵，史怀哲本人极为看重生命，主张尊重每一个生命，而这一主张与"生存空间"暗含的民族主义和社会达尔文主义格格不入。

34 croton，这个词指两种不同的植物，一般指巴豆，但这里指变叶木（Codiaeum variegatum），大戟科，变叶木属（Codiaeum）植物，是常见的园艺植物。见 *Dictionary of Caribbean English Usage*，第 683 页。这种植物在中文中叫法很多，我选择了更简单的译法，在《提埃坡罗的猎犬》1.2 中还会反复出现。

35 见《河之科尼希》。

36 aping，ape，名词用即猿猴，这是沃尔科特常用的词。黑人像猿猴模仿白人，正如人像猿猴模仿上帝。"雅各"对应了马克斯·雅各，巴黎的犹太人，超现实主义作家和画家，1944 年死于集中营。见 *Derek Walcott: Politics and Poetics*，第 190 页。

37 not Anno Domini: After Dachau，Dachau，纳粹的达豪集中营，造成 3 万多人死亡，这里泛指纳粹的所有集中营。句意是，公历纪年不再用"公元或公元后"，而是用"达豪后"。见 "*Palms require translation*"，第 82 页。这句意有反讽，当人们如同上帝一样冷漠时，"达豪"就成了干巴巴的时间点，等同于"二战后"或"纳粹后"，实际上，达豪指明了残酷的屠杀。这句讽刺的就是现当代历史学，它完全成了记录事实的科学,不关乎价值,价值评判是相对的,纳粹屠杀成了客观时间中的事件。但"雅各"认为,历史与价值有关,所以自达豪之后,人类历史已经自我毁灭,需要重新计年。这几行诗的意思是,上帝也会入睡,不会时刻拯救人类,否则就没有纳粹大屠杀了。

38 draws the blinds, blind 作为可数名词,表示百叶窗及其窗帘,但作者有意让读者联想到"盲"的含义,the blind 即盲人,而且"灯"的意象有意"误导"读者,但复数 s 又把读者引上正途。"盲"暗示了主人公一直都无视世界上的贫苦者,如同盲人。

39 Cetus,希腊神话的大鱼,在传说中,它曾被珀修斯或赫拉克勒斯杀死,一般认为是鲸鱼,或鲨鱼。这个词现代也指鲸鱼座。这里音译,因为它不是类概念。Burnett 指出,拉丁文武加大《圣经》用这个词翻译"鲸"。《约拿书》的约拿通常认为是基督的前例,但沃尔科特反认为鲸鱼是基督,这是利用了梅尔维尔《白鲸》的神话:白鲸被杀是耶稣受难的重演,他为白人殖民者赎罪。见 *Derek Walcott: Politics and Poetics*,第 199 页。

40 化用《麦克白》经典的洗手场景,下面还会提到。

41 暗示尼采,欧美发达国家,推崇个人意志,宣扬超人精神,所以酿成了纳粹的恶果。见 *Derek Walcott: Politics and Poetics*,第 178 页。

42 His Body,指上帝的"身体",上帝已死,仅剩遗体。

43 deya,特立尼达英语,也写作 deeya,dia,diya,意为,灯,一排灯。这种灯是一种小型红色陶灯,形如圆碗,直径 6 厘米,高 3 厘米,里面装满油,棉线为灯芯。印度人通常在他们的排灯节(Divali)时大量用这种灯,放在竹片上。排灯节是为了庆祝罗摩和妻子悉多回归。见 *Dictionary of the English/Creole of Trinidad & Tobago*,第 293,300 页。

44 "消息"就是"上帝死了"。

45 本诗题词中,第三位骑马的人,手持天平,就是正义的天平。

46 fodder,见《另一生》1.5.1,这个词通常带有不太正面的含义。

47 罗马人头盔装饰羽毛,"日期"就像罗马武士。罗马人指代西方人，他们靠征服掠夺埃及，记录这里的历史，历史只是客观事件的记录。

48　兰波也是旅行家，去过爪哇岛和埃塞俄比亚，这里指他在埃及的时期，"水"指尼罗河。他旅行的目的是经商，而不是写诗。放弃诗歌后，在海外，他卖过咖啡，也贩卖过军火。Gray 指出，旅行者的"幸运"就在于，他可以自由地离开成为文本的世界，或者，将那世界转变为文本，平息它的要求。见 *Mastery's End*，第 184 页。阿契贝论述了兰波"诚实"的一面，当他从事奴隶贸易后，他就放弃了诗。兰波对于殖民地的生活感到痛苦，但他并没有内疚和同情。见 *Derek Walcott: Politics and Poetics*，第 187，191 页。

49　暗示了奥登的散文《染工之手》("The Dyer's Hand")，这篇文章认为诗歌具有"染色"的功能。见 *Derek Walcott: Politics and Poetics*，第 192 页。

50　见《欧洲森林》，河水反光如同钱币，天变黑，钱币失去光泽，变暗。

51　前面已经出现过一次，《启示录》第二位和第四位骑马的人都持剑。

52　几行平淡的话，预示了一种威胁，主人公没有完成交易，开头那两个海地人找了上来。

53　这一节开头到此，G.Guinness 读出了庞德《诗章》和艾略特《荒原》的感觉。本诗体现了一种"别处"（Elsewhere）的焦虑。见 *Here and Elsewhere: Essay on Caribbean Literature*（La Editorial，UPR，1993），第 155—156 页。

54　stalks，上面的茎秆为 stalks，这里是动词，s 表示第三人称现在时，作者有意制造这样的重复。最后四行有多个单词，都有 s 和 th，其读音表明了一种萧条，破败，"末世"悄悄逼近的状态。

55　third horseman，回到了本诗的题词。最后一小节描写了作者想象的末世，用现在时。这个末世未必是真有末日审判，但如果人心的魔鬼继续存在，北方不顾南方，南方的崩溃就会影响全球，人类也会自取灭亡。

幻影和平之季

1　The Season of Phantasmal Peace，phantasmal 联系前一首诗的 phantom。Burnett 指出，本诗与《幸运的旅行者》有着密切的联系，没有本诗，后者就无法读解：《幸运的旅行者》结尾是末世般的景象；本诗描写的则是天堂般的"和平"状态，前一首诗的正义和仁慈在本诗中统一为"爱"。本诗联了洛威尔《彩虹尽头》的结尾。见 *Derek Walcott: Politics and Poetics*，第 177，198—199，204 页。本诗用过去时，表明客观记录一段目睹过的场景，如《启示录》；但这段场景并非像"末日审判"一样在线性时间的尽头，它是循环往复，自然而合乎季节，就在人间。"和平"如同《四个四重奏》中的无时性的时刻，寓于变动的时间之中。本诗分两节，各为一句话，体现了季节的循环，以及世界与光和上帝的统一。

2　《启示录》19:17, 19:21，天使召集群鸟吃魔鬼军队的腐肉。但本诗中，群鸟没有那么残忍，而且作者提到了多种鸟类，鸟不再是吞噬魔鬼的象征，而是具体的生命物，它们迁徙的特征也与"季节"相关。"一切民族"，如 Breslin 所言，首先指加勒比地区的各民族，其次可以指全世界民族。文化混融的加勒比正是后者的"微观"版。见 *Nobody's Nation*，第 223 页。

3　鸟群飞起之后，投射到地面上的影子如同一张网，其他事物的影子都在这张网中。随着鸟越飞越高，影子都被带走。这张影子之网转变为光之网，光辉将世界转变为和谐、和平，还有爱。但这种状态只能持续一季，一季只有一刻的时长。见 Baugh 的 *Derek Walcott*，第 166 页。《新约·希伯来书》8:5，**Who serve unto the example and shadow of** heavenly things。地上祭祀的事物都是天上影像，推而言之，地上一切事物都是影子，如柏拉图的理念论所言。与之相应，"南方"、边缘族裔，尤其是深色人种、黑人，都是殖民者或宗主国的影子。当影子消失，天下大同，没有影像与理念之分、黑人（幽灵）和白人之分。

4 《幸运的旅行者》第一节提到的"光"，这种光，肉眼难以看到，如同柏拉图洞穴寓言中的超验的"日光"。

5 fluttering，这个词原本形容鸟拍打翅膀。

6 no one hearing knew，这里出现了转变，之前人们听不见鸟声，现在可以听见，却不能解释声音。而在伊甸园时，亚当和夏娃就可以理解鸟的语言。见 *Nobody's Nation*，第 224 页。

7 killdeer，拉丁名为 Charadrius vociferus，鸻属鸟类，爱鸣叫，叫声如英文的 killdeer，故得名；胸有两条黑色带，中文名为"双领"。

8 the wingless ones，指人，没有翅膀，后面提到了他们住在屋中。《彩虹尽头》结尾中有意描述上帝带着翅膀，IS with wings。

选自《仲夏》（1984）

1 本诗集按照编号有 54 首诗，只有 3 首有题目，其余均无题。但"十九"有两部分，"四十三"有八个部分，也可以分别算作独立诗，这样总计 62 首诗。每首诗行数不一，最少有 17 行，最长 28 行，韵律格式多变不一；诗风一部分受洛威尔及其《笔记本 1967—1968》的影响，很多地方也与《另一生》和诗集《幸运的旅行者》有联系。诗集大部分写于特立尼达期间，在两个夏天之间完成，夏天或仲夏是诗集重要的意象，因而以之为题。如诗集所述，夏天，尤其是"仲夏"即"盛夏"，有两个辩证的层面：一方面，它象征生命力和生成力的"热"，代表生殖和欲望，日光是它的标志；另一方面，它具有虚无化的力量，"热"让一切萎靡、耗尽、静止，它如同炼火，让地理、种族、历史、文化、社会地位等一切差别全部熔化、归于一元，如《仲夏》47（本诗集未收）所言，midsummer is the same thing everywhere。仲夏的独特象征意义，可以联系《另一生》的"单纯的火焰"，它也正是诗性创造力的源泉，热情、多产，却又狂热、躁乱，如《仲夏》18（本诗集未收）所言，Midsummer bursts/ out of its body, and its poems come unwarranted。

本诗集集中体现了热爱旅行的沃尔科特的"地理诗学"或"地图诗学"，其中涉及了大量国家、地区、岛屿和城市，按顺序为：特立尼达（西班牙港、马拉瓦尔、迭戈·马丁）、罗马、纽约（格林尼治村）、汉普顿、蒙托克（Montauk）、阿默甘西特（Amagansett）、布宜诺斯艾利斯、圣卢西亚、塔希提（帕皮提）、西苔岛（Cythera）、巴勒斯坦、布里克斯顿（南伦敦）、南非、沃里克郡、雅尔塔、圣托马斯岛（美属维尔京群岛）、波士顿、鳕鱼角（Cape Cod）、多巴哥、艾克斯、圣塔菲、阿尔勒、康涅狄格、威尔士、伦敦、圣马丁、布鲁克莱恩、德国、芝加哥、波兰、蒙古、圣基茨、贝尔法斯特、阿金库尔、索姆河。本诗第一首就是他返回特立尼达时所作，之后诗篇都在描述自己的游历，他如同世界诗人，从容自如地像流水一样流经和考察整个世界存在的种族、政治、经济、文化方面的问题。在夏季的炎热中，大部分这些地方，它们的差别就消除了。

与地理诗学相应，诗集还体现了沃尔科特的"绘画诗学"。如Bensen所言，整部诗集如同写生册，语言的绘画，这类似《另一生》和后来的《提埃坡罗的猎犬》中的某些章节。其中也提到了很多画家，如，皮耶罗·德拉·弗兰切斯卡、老勃鲁盖尔、毕沙罗、丢勒、维米尔、凡·雷斯达尔、佛兰德斯画派、夏尔丹、塞尚、华托（Watteau）、高更、毕维·德·夏凡纳、透纳、梵高。

Baugh指出，"无题"这个特征表明，整部诗集具有"凝聚性"，而且它在一种"自我更新、向前的冲动"中，"无法抑制地前进转动"。本诗的主题是"理解自我与世界，理解世界中的自我"，诗中表达了各种私人和公共的体验，它们"构成了诗人的世界和自我结构"；本诗也是"精神自传，印象式的回顾"。"家"和"这里"，以及"词"和"世界"的关系构成了诗集的两个核心论题。

Breslin介绍，在散文《群岛再发现》("A Rediscovery of Islands", *New York Times*, 13, 1983) 中，沃尔科特谈到了返回家乡圣卢西亚的体验，这与本诗的基调有直接关联。沃氏住在圣卢西亚玛丽格特湾 (Marigot Bay) 的"飓风洞"度假村，他不喜欢这个取悦游客的名字，他试图说克里奥尔语、像本地人一样，但又觉得自己像外来者。在文章结尾他描绘了黎明时分的景象，他希望在"第一缕含光的风"(the first wind with light in it) 中消除掉"抱怨的自我"，他感受到了事物自身的存在，这是最值得珍贵的。《仲夏》诗集的两个论题就是由此生发而来。

以上观点可见Baugh的*Derek Walcott*，第166—168，239页；Thieme的*Derek Walcott*，第169—170页；"*Palms require translation*"，第74页；*Nobody's Nation*, 第224—225页；R.Bensen, "The Painter as Poet: Derek Walcott's Midsummer", 第338页。

一

1 silverfish，这里不是指鱼类，指昆虫类的蠹鱼、衣鱼或蠹虫。该句化用了《幸运的旅行者》的一句, see the jet/ fade like a weevil through a cloud of flour, 都是以虫子作比喻；也见《浪子》1.4。这个比喻配合后面的"一卷卷"(volumes, 书卷, 案卷)、"记录"和"羊皮纸"——最重要的是联系"词"，词与世界是整部诗集的两个核心概念，在第一首诗第一句就体现了出来。飞机蠹掉云的自然文字（世界）；现实的蠹鱼可以蠹掉人写的文字（词）；自然是词的来源，词不能完全代表自然，只能成为自然的一部分。就历史"记录"来说

（下面就转入这个问题），加勒比世界从未进入西方历史的文字中，但却随着自然被书写，而西方建立的历史叙述模式注定会逝去，因为它是人为构建地脱离自然的观念产物。

2　not the coral busy with its own/ culture，culture，双关，一指人为的文化；二指自然的增殖，常指微生物或细胞组织。这两个意义恰好对立：前者指高级的、属人的、社会性的、文明的形式，后者指低级的、自然的、非人的形式。沃尔科特有意制造一种"矛盾"的效果，他强调的是前者，即，"繁殖"的珊瑚也有自己的"文化"。上面将云比作书，海比作镜子，都是将非文明事物与文明事物联合："云／海／珊瑚"与"书／镜／文化"；而下面又说"潮湿的文化"（比较《北方与南方》的生文化与熟文化），则是为了凸显此处的"文化"含义。为了兼容这两层意思，中译为化育，这个词既可指自然的繁殖，也可指文化上的培养。

珊瑚的"文化性"，可见《海即历史》，提到珊瑚的柱廊。而后来出版的《奥马罗斯》59.2（也联系《暴风雨》），发展了此处的诗意，如，Because strong as self-healing coral, a quiet culture is branching from the white ribs of each ancestor。59.2 多次将珊瑚比喻成建筑，说，coral parthenons（珊瑚帕台农神殿），而这样的建筑是 parodic architecture，都是戏仿的。珊瑚的"自然的文化"正是"戏仿的"。加勒比虽然没有希腊罗马的建筑，却还有自然，自然是人类文化的源头，自然没必要也无心记录人类的活动，它只管接受人类的产生与消亡。S.Senk 指出，《奥马罗斯》59.2 中的 culture，是"无形的文化（增殖）"，它生于祖先的肋骨，如同夏娃生于亚当的肋骨。这种文化由"海蛞蝓的粘液焊接"。在"自我修复的"珊瑚中，沃尔科特描述了另一种"时间性"，其中"没有明确的起源，没有完满的、走向终结的进化"。见 S.Senk 的"Mourning's Spiral: Trauma, Time, and Memory in Derek Walcott's *Omeros*"，*Symbolism*，Volume 16（Walter de Gruyter），第 46 页。

3 见《纵帆船"飞翔号"》第三节。

4 dereliction of sunlight，Baugh 认为这个短语是矛盾修饰法（oxymoron），既指岛（特立尼达）的被边缘、被抛弃、有罪的虚无，也指原始的祐护力，原初的活力；日光具有救赎的力量。见《仲夏》49（本诗集未收），Though I curse the recurrence of each shining omen, / the sun will come out, and warm up my right hand。见 *Derek Walcott*，第 171 页。所谓矛盾是说，日光不会被遗弃，因为它是自在的。遗弃的是日光下的特立尼达，而日光永远存在，保佑着加勒比，它就是仲夏热力的来源。

5 to the traveller Trollope, and the fellow traveller Froude，Trollope，即安东尼·特罗洛普（1815—1882），英国小说家，也是旅行家，写过研究论著《西印度群岛与西班牙大陆》(*The West Indies and the Spanish Main*，1859）。弗鲁德，见《气息》一诗。"一事无成"即弗鲁德的论断，加勒比什么都没有，只有虚无。

6 minnow，通常指鲤科（Cyprinidae）鱼类，但在加勒比语境，指鲤齿鳉科（Cyprinodontidae）鳉属（Cyprinodon）鱼类，尤其如羊头米诺鱼（sheepshead minnow，Cyprinodon variegatus）。Pfeffer 认为这一句体现了沃尔科特将陆地（喷气机）与海洋（米诺鱼）并置的思想，而且在他看来，归根到底，加勒比是海，不是群岛。见 "*Palms require translation*"，第 104 页。关于这一比喻，也见《奥马罗斯》32.3，then watched our minnow plane/ melt into cloud-coral over the horned island。

7 罗马指代西方和北方，日照无分南北，人人都可以享受。《仲夏》43（本诗集未收），there is no ideology in the sunlight。日光超越政治，超越历史。

8 指布罗茨基，整部《仲夏》有多处指向了布氏及其经历，布氏在诗中起到的功能类似《欧洲森林》。上面提到罗马，是因为布罗茨基写过《罗马哀歌》("Roman Elegies")。

9　Maraval，Diego Martin，自然景观都是有名字的，在视觉中变成了词。马拉瓦尔在西班牙港北部，是迭戈·马丁大区的一个地区；诗中的迭戈·马丁是同名大区的地区，商业中心，玛格丽特长住的地方。这两个地方都在西班牙港郊外，因此说"市郊"。飞机飞过它们，它们不再可见，只剩下脑海中的"名字"，但这些名字留住了那些地区，它们不是抽象空洞的符号。

10　minarets，伊斯兰教宣礼塔，西班牙港有穆斯林社区和清真寺。这里的比喻也见《安的列斯：史诗回忆之断章》，Consider the scale of Asia reduced to these fragments: the small white exclamations of minarets；The palms and the Muslim minarets are Antillean exclamations。沃尔科特强调了自然和人工事物对自身的书写。

11　this shelving sense of home，shelving，下滑，指飞机着陆。前面说的"降低的窗户"，也暗示这一点。K.E.Bishop 指出，这也暗示了书架（shelf），作者如同一本书放置在（shelved）架子上，书架就是家园，它让作者感到安心，作者这本书就不用打开了，可以放置安存。见"Introduction: The Cartographical Necessity of Exile"，*Cartographies of Exile: A New Spatial Literacy*（Routledge，2016），第 11 页。

12　"世界"指特立尼达，不是指整个世界，所以用了不定冠词。作者仿佛终于确定这个世界还存在，因此才放心，这表达了他对这个第二家乡的热爱。

二

1　pensione，原本是意大利语，也一般指意大利的小旅店，膳宿公寓，家庭短租房。

2　like young St. Jerome/ with his rock vault，教堂拱顶下的圣哲罗姆画或雕像，比如亚西西的圣方济各大教堂，就有乔托绘画的拱顶下的圣哲罗姆像。我相信沃尔科特暗示的就是这幅画。

3 tonsured,指布罗茨基秃顶,但这个词原义是僧侣剃度,呼应这里意大利天主教的语境,尤其是把布氏比作圣哲罗姆。《另一生》也有过这样的用法,形容西蒙斯。

4 Ibi dracones,即 Ibi sunt dracones,古代和中世纪绘制地图时,对于危险的区域,会标龙或其他怪兽的图案,这一做法后来演化为直接写这句拉丁文。关于这个短语,也见《新世界地图》。诗意就是,厨房是奴隶居住的地方,他们都是异族,所以厨房是危险区域。

5 Ugolino,意大利多诺拉提科伯爵(count of Donoratico),被控叛国,与儿孙关在一起活活饿死。《神曲·地狱篇》33 暗示他饥饿垂死时,吃了儿孙的尸体,所以他被后人称为"食人伯爵"。希尼有首诗就叫《乌格里诺》(1979)。

6 Pompeii's,指庞贝古城的灶台遗迹。

7 Roman elegies/ that the honey of time will riddle like those of Ovid,"罗马哀歌"指布罗茨基的作品。riddle,沃尔科特很喜欢用这个动词表示布满,而不是猜谜的意思。奥维德也写过哀歌,他与布罗茨基一样,都是流亡者,见《诺曼底酒店泳池》。哀歌是痛苦的,但时间会让它如蜜。关于蜂蜜,奥维德《岁时记》3.736 有一个著名的说法:酒神巴库斯发现了蜂蜜。沃尔科特写过一篇谈翻译的文章名为《蜜与炼金术》("Honey and Alchemy"),蜜指翻译顺畅的效果。见 *Beautiful Translations*(Pluto, 1996)。

8 合用了《海即历史》与《北方与南方》的诗意:古迹沉入海底,只露出窗户,珊瑚在旁边,历史被自然吞没;对于加勒比人来说,他们只有珊瑚当穹顶,自然就是历史。

9 catacombs,地下墓穴,这个词一般专指罗马的基督教墓穴,后来可以泛指各种地下墓穴。但这里的墓穴在海底。

三

1 西班牙港的女王公园酒店。

2 Parnassus,希腊山脉,传说是缪斯的故乡,所以比喻为诗人的家园。蟑螂能去,诗人却不能去,因为蟑螂有自己的语言,或者,蟑螂运动轨迹就是自然的诗句;诗人却觉得自己的语言不能通达自然。

3 Piero della Francesca,文艺复兴初期意大利画家。这里说的《复活》(约15世纪60年代)是一幅壁画,在意大利托斯卡纳大区阿雷佐省桑塞波尔克罗(Sansepolcro)。

4 the small palms up,palm,双关,指棕榈,也表示手掌,而且棕榈叶也如同手掌,我把两个意思都译出了。

5 见《纵帆船"飞翔号"》第九节。

6 马的脚踝精细,精美(delicate),而且也是棕色——很可能作者想指的是奔跑的马,脚下如烟——就像面包店中烤面包的烟气,烟气闻起来香甜(delicate也有这个含义),马也让人悦目。作者从视觉印象转到了嗅觉印象。

7 sweat,这一句所指,读者会首先认为还是说马,但说的是计程车,作者有意这样处理,也是用马比喻车。sweat,就马来说,指汗,就计程车来说,指凝结的水汽。

8 Traherne,托马斯·特拉赫恩(1636/1937—1674),英国玄学派诗人。下面一句原文为,The corn was orient and immortal wheat。沃尔科特早年写过《东方不死的麦子》("Orient and Immortal Wheat",收入《绿夜》,本诗集未收),就是受特拉赫恩影响,题目用的就是这一句。见 *Abandoning Dead Metaphors*,第38页。特拉赫恩那句出自他的《世纪沉思》(*Centuries of Meditations*)之"三世纪"第一节,The corn was orient and immortal wheat, which never should be reaped, nor was ever sown. I thought it had stood from everlasting to everlasting.

四

1 旧版的句意更直白,作者是反讽:这里(西班牙港)一切都落后像非洲,但美中不足的却是先进的库尔兹的蒸汽船。
2 Hindu Kush,亚洲中南部山系,大部分位于阿富汗。
3 in the gutters,双关,gutter 也指贫民区。

五

1 muslin midsummer,muslin,与"仲夏"押头韵,很容易误读为 muslim,R.Shrott 的德译本就是如此。见"*Palms require translation*",第 98 页。上面一首刚出现了"穆斯林",作者选这个词有文字游戏的用意,带有乔伊斯的风格,以文字游戏引导读者走上"歧途",是他常用的手法。我推测,他有意让读者误读为 muslim,他很可能想象到了穿裹严实的穆斯林女性,盛夏酷热,但她们依然如此,这会给人留下深刻的印象。
2 Fourteenth Street,曼哈顿十四街,西段以南就是格林尼治村。本首诗的地点就在纽约。
3 Big Apple,Big Apple,纽约的绰号。小贩们卖芒果,所以这样比喻,而且芒果金黄,如同仲夏的日光。广告纸用来包东西。
4 wallflowers,舞会或其他社交场合中,害羞不跟人跳舞会交际的人。
5 rock to reggae and salsa,salsa,拉丁风格的舞蹈,这里指该舞的音乐以及舞步,这个词来于西班牙语,意为酱料。rock,玩摇滚,摇摆,这里单指摇滚乐,与雷鬼和莎莎并列。大厦晕眩,是因为天热,人晕眩,以为大厦在晃动。
6 with no bar to the barrio,barrio,美国的西班牙人社区。该词与 bar 押头韵,但两词没有词源上的联系。这句体现了作者"反民粹"(负面意义上的民主,不是正面意义的民主制度)的思想。美国开放,吸收各族文化,但代价是民粹的盛行。

7 the Hamptons,复数是表示南汉普顿和东汉普顿,在长岛以东,这里有海滩,是度假胜地,也是富人区。"大规模的逃亡"一词,用的是exodus。

8 指纽约州诸岛。

9 from Montauk to Amagansett,两地都是东汉普顿的村子。

10 the salt of the earth,出自《圣经》,《马太福音》5:13,这里从和合本的译法,这个短语表示社会精英。

11 propositions a seersucker suit,proposition,动词表示向女性提出性要求,挑逗,勾引。seersucker,一种布料,轻薄,上面均匀分布凹凸的小泡泡,常用来做套装,这里代指女人,因为耶稣是男性。

12 transistor,晶体管,口语可以代指晶体管收音机。爱尔兰警官与天主教有关,所以作者用念珠比喻。

六

1 西班牙港广场,也是公园,北边是市政府和法院。

2 Casa Rosada,阿根廷总统府,外墙玫瑰红,称为玫瑰宫。这里是类比阿根廷,特立尼达仿佛具有拉美的气质,一样迷人,一样混乱。后面联系了博尔赫斯。

3 指黄昏的天空。

4 Belmont,西班牙港东北地区,在拉文第勒山边,奴隶后裔多居住于此。

5 博尔赫斯早年自费出版过一部诗集《布宜诺斯艾利斯的热情》(*Fervor de Buenos Aires*)。

6 旧版作veins,字面上更适合"涌动"(swell),夏天天热,血管会膨胀，流动加快。但改为streets，效果更佳，首先会与"觉得"（feel）有声音上的联系，其次，swell不仅仅让人联想血管。此外，我确信，沃尔科特想要让两个e代表双眼，一对眼睛在主观感觉上，另一对眼睛在街道上。这个手法见于《归于林木》，那里也涉及了失明的文学家。

七

1 palanquins，《奥马罗斯》59.2，over him the tasselled palanquins of Portuguese man-o'-wars/ bobbed like Asian potentates。将水母比作轿子，尤其是亚洲君主的轿子。结合下面的文字，作者把野甜薯叶和芋头叶比作象耳，所以轿子就是象轿——联系印度和本首诗的特立尼达的语境——它比喻的是丛林。上面的"空地"（empty lots），暗示了尚未经验的世界或领域。从社会经济的角度，lot指私人或公共占有的土地，"空地"就是尚未动工建设的地方，原有的部分自然丛林被烧毁，空出了土地。自然与社会的对立，也是这里要表达的。

2 K.E.Bishop从沃尔科特的地图诗学的角度详细分析了本诗，其指出，这里的"第一张世界地图"，是诗人初次游历特立尼达时对世界的"表象（再现）、安排、导航定位"，但是，这个表象世界会穿透实际的世界。所以这句话的意思是，表象世界通过地图的绘制、从游历的空间产生；它让鲜活世界的"人行道"上出现了裂缝，这表明人进入了未知的领域。见"Introduction: The Cartographical Necessity of Exile"，第12—13页。

Gray正确地指出，对地图意象的使用，是受毕肖普《地图》（1935）一诗的影响，这首诗与（比如）本诗都处理了"地图-疆域"（map-territory）关系这一问题。见 *Mastery's End*，第257页。地图-疆域问题由柯日布斯基（Alfred Korzybski）1931年提出。他有句名言"地图非疆域",他区分了疆域与疆域的表象,并怀疑地图能否再现实际的地理域;人们了解的疆域永远都是构造出来的地图;疆域就是表象的建构。这与沃尔科特的怀疑是一致的,他的"词-世界"问题就属于地图-疆域理论。关于这一理论,也可见博尔赫斯的一篇短篇小说《论科学之精确》(*Del rigor en la ciencia*),他描述了一位绘图师能够精确再现实际的领域。我认为,沃尔科特倾向词与世界的一体,他并不想把自己封闭在词中。

3 流浪超越了家的界限,让未知的世界变为可知的世界和表象的世界——此处所说的"世界"——如同绘制地图;流亡主动地"建构"出世界;流亡是一种生活状态。脚步进入未知世界,踩出"孔洞"和"网眼"(因为脚步不可能整齐地踩满所有地方),使之变成可知世界。见"Introduction: The Cartographical Necessity of Exile",第12—13页。

4 Tomas Venclova,立陶宛诗人,诗歌翻译家,阿赫玛托娃、帕斯捷尔纳克、米沃什和布罗茨基的好友,目前居住在美国,任教于耶鲁大学。在立陶宛时期,他是持不同政见者,1977年被迫流亡。

5 Heberto,指古巴诗人埃贝托·帕迪亚(Heberto Padilla, 1932—2000),1971年,他由于批判卡斯特罗政府,被捕入狱,这是拉美著名的埃贝托事件。几十天后他被释放,但一直禁止出国,20世纪80年代才移居海外,定居美国。

6 must, Bishop 正确地指出这里不是指模态意义上的"必定",而是伦理命令意义上的"必须":必须画出地图,这个表象世界才能持存。作者的流亡只能画出他自己的地图,所以他要关注温茨洛瓦和埃贝托的流亡。见"Introduction: The Cartographical Necessity of Exile",第13,249页。

7 unaligned,不结盟的,没有对齐。流亡画出的只是自己的地图,流亡者之间都是孤立的。

十三

1　Baugh解释了最后七行,生活是展开的叙事,它赋予生活形态和意义,其中最关键的表现是:作品中的人格不仅要时时向后看,如《另一生》,面对年轻的自我,还要向前投射形象,塑造所希望的将来的自我。而这七行诗,"让过去和将来的自我形象在某一时刻几乎达成了一致",这一刻包含了对生活的全部叙事。见 *Derek Walcott*,第6页。

十四

1　弟弟就是罗德里克,"她"就是姑祖母希顿妮。本诗的场景在圣卢西亚。

十五

1　Bensen的理解是正确的,"它"表示死亡,比作潮汐。作者感觉到了死亡的迫近,他会收集微小的生活经验,储存感觉印象,将它们画下。死亡为艺术提供了动力。见"The Painter as Poet: Derek Walcott's Midsummer",第343页。"妈妈"一词暗示了死亡。

2　passed its turn,turn指潮水的转流,也就是潮汐退去,习语turn the tide,扭转潮流,力挽狂澜。潮水/死亡退去,"我"感觉到了它下次再来的威胁,于是感觉变得敏锐,更加关注自然。

3　catches the green,catch表示反光,反射,海鸥的腹部反射出了海的碧绿。见"The Painter as Poet: Derek Walcott's Midsummer",第343页。这个词在绘画语境中也表示再现,画出。

4　"用到",按照本诗的语境,指将景物(如海鸥)画在画中。见

"The Painter as Poet: Derek Walcott's Midsummer",第343页。

5 指片段的回忆,都被忘记,如同海中的废物,但死亡/海水将它们带回。

6 chattel houses,巴巴多斯的英语用词,房屋完全木制,不直接建在土地上,可以拆解、移动、买卖,工人阶层多使用这样的房屋。飓风多发地区,这种屋子也常使用。这个词组后来也在其他加勒比国家使用,如特立尼达、英属维尔京群岛。

7 Albrecht Dürer,丢勒(1471—1528)对野兔细腻的笔法以及对水彩画的运用都影响了沃尔科特。见《另一生》2.9.3(本诗集未收),that fine-drawn hare of Dürer's, clenched and quivering/ to leap across my wrist;也见BN,第266—268页。

8 coherence,指向并相反于上面的"迥然无序"(disparate),这指死亡和海,死亡对任何人都是一样的,而且如潮汐般随周期而来。

9 cannonballs of calabash, calabash,通常指葫芦科葫芦属的葫芦,但在加勒比语境中,它指一种紫葳科(Bignoniaceae)植物,拉丁名为Crescentia cujete,中文也称之为"葫芦",但与一般说的葫芦科属种均不同。这种树是圣卢西亚的国树,果实如同炮弹,中文也有称为炮弹树。通常说的炮弹树,即英语的cannonball tree,拉丁名为Couroupita guianensis,这是玉蕊科植物,沃尔科特曾提到过,也见*Dictionary of Caribbean English Usage*,第134页。

十六

1 "漠然"(indifferent)与"差别"(differences)对比。

2 hoard,这个词暗含反讽,它指收藏藏品,囤积财物,活人存留纪念品,是满足自己的需求。

3 wait neither to end nor begin,指死人,在彼岸,那里没有时间。

这句呼应了弥尔顿《商籁》十九,They also serve who only stand and wait。见"The Painter as Poet: Derek Walcott's Midsummer",第343页。

十七

1 母亲在缝纫,关于缝纫机见《另一生》1.2.2。
2 "我"的"线",指诗行(也是 lines)。
3 指日光,提到柠檬当然是指维米尔的《女子与两个男人》(*Woman and Two Men*),画的左侧有剥掉皮的柠檬。因为看不到那幅画,需要从其他事物上感受阳光,桉树与面包果树都是欧洲画家不会涉及的海外的事物,但阳光是一样的。
4 van Ruysdael,画史常提的凡·雷斯达尔有三位,一位更著名的是雅各·伊萨克松(约1628—1682),荷兰黄金时期风景画家,画过很多树的叶子,应为这里所指,另两位是他的叔叔所罗门及其子雅各·所罗门斯。
5 一指沃尔科特母亲有荷兰血统,二指沃氏对事物"细节"的描绘受了荷兰黄金时期画家的影响。
6 上面提了荷兰画派,这里引入了佛兰德斯画派。下面说的书即克拉文的《艺术名作选》,见《另一生》1.4。

十九、高更

1 Papeete,法属波利尼西亚首府,位于塔希提岛(大溪地)。殖民者试图将这里建成一个欧洲风格的都会。
2 Breton,法国西北布列塔尼大区,高更居住过这里,受到了当地原始艺术的影响。这地区产马,所以作者会联系骡子。

3　colon,双关,英语表示结肠,法语表示殖民者,意同 colonist。高更或"我",虽然去往原始社会,但带有殖民者的身份,而且随着海关一起前往,所以这一句用"尽管"表示转折。

4　I am Watteau's wild oats,Watteau,让－安东尼·华托(1684—1721),法国画家,代表作《舟发西苔岛》(*L'Embarquement pour Cythère*)。wild oats,双关,习语表示年轻人放荡不羁,如 sow one's wild oats。

5　clerks,高更在银行当过职员。第一部分是高更的自白,但作者的主要目的是将高更等同为诗人(等同于沃尔科特自己)。本诗有多处意象呼应了《另一生》。见 *Derek Walcott's Poetry*,第145—146页。

6　the fruits of my knowledge,暗示"禁果",禁果是知善恶果。

7　amber,"镀上琥珀的东西",指画,琥珀比喻黄色的颜料。琥珀的象征意义,见《另一生》1.1.1。

8　Puvis de Chavannes,皮埃尔·毕维·德·夏凡纳(1824—1898),法国象征主义画家,以壁画见长,画面优美自然,如同梦境。

9　chancre,梅毒导致的下疳,糜烂,溃疡,一般认为高更在塔希提染上了梅毒。

10　climbs to the sibilant goddess with its hiss,sibilant,咝音,咝咝声,这句本身就有许多咝音,表明岩浆迫近的状态。女神即下面的摩耶。

11　I have baked the gold of their bodies in that alloy,alloy,指合金颜料,金属颜料,呼应上面的"琥珀"。bake,烘烤,指镀金,呼应前面的"镀"为 plate。金色是高更常用的颜色。

12　高更早年在耶稣会神学院接受教育,后来放弃,所以说"被褫夺法衣"(defrocked,除去圣职)。

13　见《另一生》4.20.4。

14　in sackcloth,高更的很多画,都画于粗糙的麻布,如著名的

《我们从何处来？我们是谁？我们向何处去？》，这里也许就是暗示这幅画。

15 the goddess Maya，Terada 的理解是正确的，Maya 即印度教和佛教中的"幻"。壁画最终如同"幻象"。见 *Derek Walcott's Poetry*，第 147 页。两种宗教都将之描述为女性，佛教还认为她是释迦牟尼的母亲。高更受过佛教的影响，有些画还以佛命名，如《大佛》(*Great Buddha*，1899)。

16 papaya，热带地区木瓜，拉丁名为 Carica papaya，番木瓜属，树笔直，高 2—3 米，因此比作阿特拉斯。

二十一

1 《以赛亚书》多次提到献祭的公羊。这里是说以赛亚买羊献祭，作者把羊比作牵羊人，因为信上帝者也是羊。

2 desert，《圣经》常见词，和合本均译为熟知的"旷野"，按照本诗语境，还是译为沙漠。

3 Martha，《新约》人物，和合本译为"马大"，我改为玛妲，她是拉撒路的姐姐，见《约翰福音》11:1，11:5，信仰耶稣并受之眷顾的有德性的女子。我认为，这里的玛妲代指作者童年时的女仆。对女仆工作以及家庭事物的描写，都是在向维米尔致敬；说她"光彩熠熠"，按照维米尔的光影技术来看，她就是一幅画中被光照射的点。

二十二

1 影射苏联入侵阿富汗一事。

2 napkins，指为耶稣包扎头上伤口的头巾，见《约翰福音》20:7，

And the napkin, that was about his head。和合本译为"头巾"。叶芝有首诗《维罗妮卡的巾》("Veronica's Napkin"),用了这个典故,最后一句为,A pattern on a napkin dipped in blood,与这里描写相似。

3　sounds,从语境来看,作者是指海湾,不是指声音。sound 的这个义项,沃尔科特用过,比如《奥马罗斯》25.1,sound 指 inlet;也见《浪子》1.4。

4　指标语、口号、横幅,广场是政治意识形态对抗的场所。每个族群都有自己的"信仰或需求",表达不同,但殊途同归,都是为了对抗、斗争、划清敌我。这是沃尔科特要批判的。Thieme 指出,本诗对比了"仲夏疗伤的力量"与"内在于语言之中的政治差异所导致的分歧和苦难"。见 *Derek Walcott*,第 172 页。Ismond 指出,本诗关注的是"族群的偏执、对彼此信条和制度的盲目的不宽容",沃尔科特试图超越意识形态的对垒。见 "North and South-A Look at Walcott's Midsummer",*Kunapipi*(8(2),1986),第 81 页。

二十三

1　a Brixton riot,1981 年 4 月 10—12 日伦敦南部布里克斯顿爆发的骚乱,骚乱群体为非洲和加勒比裔族群,这里也是他们的聚居地。由于参与者以年轻黑人为主——所以作者说"稚嫩",还不懂得如何对付政府。

2　Boer,南非荷裔人,作者用南非的种族问题来类比英国的种族问题。

3　fairy rings,蕈类生物自然排列形成的圈,民间传说中认为是仙女或精灵做成。

4　dog roses,蔷薇属植物,拉丁名为 Rosa canina,欧洲是原产地之一。仙女环与犬玫瑰如同种族隔离的界限,将黑人孩子封锁起来。

5 作者在英国剧院参与过活动,这句的含义是,他是有色人种,为白人增添了颜色;同时,也仅仅是为白人锦上添花。

6 "商籁集",指莎士比亚十四行诗,作者显然要指的是 127—154,即"黑女士商籁",按一些文学理论家的看法,这些商籁含有种族主义的色彩,作者或许也是这样认为的。摩尔人指奥赛罗,见《山羊与猴子》。E.Fernie 最近在分析莎士比亚作品时,联系了本首诗,其指出沃尔科特试图反抗莎士比亚的"英国性",他愿意站在卡利班的立场,卡利班才是自由和反抗的象征。本诗证明了莎士比亚事实上相关于"无自由",但又承认,它想象不到一种非莎士比亚式的自由。见 *Shakespeare for Freedom*（Cambridge University Press，2017）, 第12—14 页。

7 Caedmon,公元 7 世纪英国诗人,英国史上有名可查的最早的诗人,诗用古英语写成,主要留存的作品为基督教内容的《赞美诗》,诗中描写过露水。他并非无关种族,沃尔科特意有反讽:诗人自身的民族身份更接近凯尔特人,而不是盎格鲁－撒克逊人。

8 关于透纳的船,见《纵帆船"飞翔号"》第二节。

二十八

1 Bensen 分析了这几行,他指出,本诗是作者与女儿在海边度假,他随手写在笔记本上,同时他也是在作画。《仲夏》诗集的封面就是海扁桃树。前两行在声音运用上颇有特点,第一行的"原始"(primal)、"脊柱"(spine)、"孩子"(child) 三个单词的长元音就像秋千一样稳定住了作者的"摇荡"。primal 的 i,呈现出了作者沉思的心态,它如同 I,如同身体的躯干／树干,"诗的沉思性的理智"会在上面分支而出。诗（声音）与画（形象）就这样结合在一起。提到梵高的果园,是为了将海扁桃树比作梵高的橄榄树。见"The Painter as

Poet: Derek Walcott's Midsummer",第340页。

2 hand over claw,通常都说hand over hand,左右手交替,这里是将蜥蜴爪子比作手,因为后面会把它比喻为卡西莫多,它仿佛忽而是蜥蜴,忽而是人。Bensen指出,蜥蜴和钟表的形象,如同它们在达利画中的样子,几近于融化,但作者让它们以无时的方式保持自己的姿势,就这样无限重复。见"The Painter as Poet: Derek Walcott's Midsummer",第340页。

3 Lizzie,伊丽莎白的昵称。

4 孩子的摇动就像节拍器上的指针,暗示了生命的"可朽性"。见"The Painter as Poet: Derek Walcott's Midsummer",第341页。

二十九

1 济慈与契诃夫都曾患病,为了休养,分别居住在罗马和雅尔塔。

2 leaves,旧版前面有those,指云,联系《仲夏》一开头,云比作书。云是镀银的,实际不是银,这是作者对作为书本的云(词和诗)的怀疑。

3 the lines I cast bulge into a book,cast lines,即抛线,投线,指钓鱼,上面刚提到渔人,但双关,表示诗行。比较《仲夏》25(本诗集未收),那里提到的是"网线", the poet as laborer, working his physical and metaphoric lines;the lines I love have all their knots left in。Bensen和Pfeffer都指出,诗人并不确定自己诗作的质量,不确定是否成功,这就如同捕鱼和钓鱼时的感受。见"The Painter as Poet: Derek Walcott's Midsummer",第341页;"*Palms require translation*",第102页。

4 空鱼钩比喻问号,所以比喻"疑问"。

三十

1　transcendental，用这个词是暗示波士顿出生的爱默生及其领导的新英格兰先验主义（transcendentalism）哲学思潮。该思潮主张人的原始的先验直观能超越客观的经验；人可以借助先验知识，通达上帝。先验派的思想来源复杂，有直接也有间接，主要是德国浪漫主义（赫尔德与施莱尔马赫）、休谟怀疑论、德国先验哲学（康德），以及印度哲学，也受卡莱尔和柯勒律治作品的影响。有些译者将transcendentalism 译为超验主义或超越主义，但在康德哲学里，汉语哲学界通常将 transcendental 译为"先验的"，transcendent 译为"超验的"，故我也遵循了这样的译法。下面提到的亨利·詹姆斯，也信奉这种哲学。

2　hansoms，一马两轮的双座小马车。下面提到的"稻谷"，指马车流苏。

3　Storrow Drive，波士顿东西向大道，沿查尔斯河，东段开始偏东北。道路东边就是波士顿公园，路与河对岸就是麻省理工学院。

4　指隧道里的灯。

5　brownstone，这个词指一种建筑材料，但在美国语境中，通常指这种材料建造的房屋，联排，狭长，约3到6层，屋子正面为红棕色，非常醒目。褐石屋常见于纽约、波士顿等美国城市。这个词后来也指一种房屋样式，其材料未必用褐石。旧式用法，这个词作为形容词，指美国富裕家庭。

6　Beacon Hill，波士顿历史悠久的街区，在波士顿公园北部，实际是高地，麻省议会大厦坐落于此，这里也是富人区，街边有旧式煤气灯，所以下面提到了灯柱（standards）。

三十一

1　Cape Cod，马萨诸塞州的一个半岛，位于大西洋。
2　offering，双关，表示饭馆提供的菜品，但"正统"一词让它具有另外的含义，宗教祭祀的供物。
3　ground bass，音乐术语，音乐中反复出现的低音组。
4　on the rocks，双关，一指海豹皮放在石头上晒干，二指加冰。"烘干"（parched）也是双关，表示焦渴。海豹皮的喉音指烘干时皮上发出的声音。
5　sibyl，西比尔，代指印第安人的女巫，下面的水中仙女（naiad）和塞壬也是，它们都是异教神和巫师。
6　Pilgrim，第一批移民美国的清教徒。

三十四

1　Thalassa! Thalassa!，Thalassa，希腊语，意为海，即 θάλασσα，阿提卡形式写作 Thalatta。这里指色诺芬（见下）《远征记》（*Anabasis*）——本诗中的"远征"就是这个词——的著名故事，希腊远征军看到了黑海，开心地喊道"海，海"。乔伊斯《尤利西斯》里也用过这个典故，沃尔科特肯定知晓。
2　the Eastern shuttle at LaGuardia，LaGuardia，纽约机场之一，靠近曼哈顿。Eastern shuttle，即 Eastern Air Lines Shuttle。air shuttle，即穿梭航班，穿梭班机，快线航班，这种航班路程短，班次频繁。Eastern 是航班公司名。
3　Pigeon Point and Store/ Bay，都在多巴哥岛西边。
4　艾克斯见《另一生》2.8.1。圣塔菲（Santa Fe），这里指美国新墨西哥州首府，美国最为古老的州首府。阿尔勒，南法城市，因梵高而知名。

5 the Charles，因为一直都在写美国，之前还写到了波士顿，所以我确定这指波士顿的查尔斯河。

6 两部荷马史诗都没有标准的开场：《伊利亚特》直接进入战争最后阶段；《奥德赛》直接写奥德修斯的漂流。它们也没有正规的总结性的收尾。

三十五

1 Mud. Clods. The sucking heel of the rain-flinger，这一行都是不完全的句子，它想象雨水是由一个"神"抛掷，他的脚后跟是土地。脚踵也让人联想到阿喀琉斯。Bensen 在指出沃尔科特诗歌的画的特点时，认为它既能"变淡如淡彩"，也能"变厚如厚涂"，此处这一句体现了后一个效果，"厚涂"达到了这样的"密度"：冗言中的名词，让句法"停住"。"泥土"（mud）和"土块"（clods）这两个单音节词，"厚实"又"凝结"，"稳住了灵活、柔弱的句尾"。这一句恰好兼取荷马与希尼。见"The Painter as Poet: Derek Walcott's Midsummer"，第 341—342 页。

2 Avalon，亚瑟王传奇中的仙岛，亚瑟王在剑栏之战负重伤后被女神送到该岛疗伤，一说他最后死于此处。岛周围笼罩着雾气。按一种说法，该岛在威尔士，名为苹果岛或玻璃岛。

3 Plowman，指朗格兰的《农夫皮尔斯》，见《纵帆船"飞翔号"》第一节。

4 旧版有一句，and shook words from their roots, their syllables dew。这句其实也不错，能配合下面的"诗节"。

5 kitchen sink，双关，表面指厨房洗碗池，洗涤池。习语中，这个词作为形容词，形容那种关注负面现实的戏剧或文艺作品。英国上世纪50—60年代，盛行过极端抨击现实丑恶、描绘日常生活的文学和艺术思潮。最初，一位画家布拉特比（J.Bratby）把日常的厨房等事物画入画中，批评家西尔维斯特（D.Sylvester）将之命名为"洗碗池现实主义"，这个词遂流传开来。J.Bate分析本诗时，指出了这一点，他认为沃尔科特在怀念骑士精神，而不是批判殖民主义。见 *English Literature: A Very Short Introduction*（Oxford University Press，2010），第165页。但我认为，沃尔科特不是怀念西方的骑士精神，他是要超越洗碗池现实主义的极端批判，其实，他的诗里大量描写日常事物，他的"放逐"（dispossession，见《星苹果王国》第五节）是寻求日常生活中的、个体的骑士精神。这可以联系《另一生》中的信仰骑士。

三十六

1　此处用莎士比亚的比喻，"弓"比喻阴户，"箭"比喻阳具。见 *Shakespeare's Sexual Language: A Glossary*，第50页。弓弦的伸张也如同阴户，因此比作"少妇"，即wench，这个词有调侃的意味，指年轻女性，但往往强调的是女人有女人味、丰腴、风骚，有时还可以指荡妇和妓女。
2　硬币比喻河水上的反光，这个比喻见《欧洲森林》。
3　cables laid，lay，将绳子绞成或搓成多股。
4　bastard，暗示了私生子，这里指沃尔科特的祖父等在加勒比留下私生子的英国殖民者。
5　Shallow or Silence，莎士比亚《亨利四世》下篇中的两位治安法官，名字是浅薄和缄默的意思。前者也出现在《温莎的风流娘儿们》中。

三十八

1 palms require translation，前面多次引用的 Pfeffer 的专著题目就来自于这一句。棕榈并不见于欧洲主流诗歌，它是加勒比和热带地区的植物，因此需要翻译，这个翻译不是指简单意义对应，而是一种异质文化让另一种文化接受的过程。

2 Vergilian Brookline!，马萨诸塞州诺福克县的镇，美国前总统肯尼迪的出生地，沃尔科特尝居于此，上面提到的褐石屋，见《仲夏》30。维吉尔呼应上面的《农事诗》，这本书并不包含加勒比的自然物。

3 比喻天黑回家，看不见了。就后面的戏剧语境来看，暗示"下场"。

四十一

1 camps，简单的词，其实指纳粹集中营，本诗与纳粹大屠杀有关。见"'Either I'm Nobody, or I'm a Nation'"，第 77 页。本诗结尾提到了三个集中营。

2 goose-step，即正步，这里为了配合鸽子的意象，中译直译。

3 bubble in umlauts，umlauts，这个词来自德语，指元音的变音或变音符，德语（还有其他语言）中 a、u、o 三个元音有变音，即元音上加两点，如 u 变为 ü。鳟鱼的气泡如同这两点。鳟鱼和变音符都影射德国，鳟鱼也联系舒伯特的《鳟鱼》和《鳟鱼五重奏》，舒伯特是纳粹德国非常推崇的音乐家。关于舒伯特，也见《北方与南方》。

4 lederhosen，德文，是德国巴伐利亚、奥地利、瑞士等阿尔卑斯山地区的男性的传统服饰，短裤上面有吊裤带。它通常被视为农民的服饰，也被巴伐利亚人视为标志。这种男性服装，作者让象征德国的女神穿上了她，让她代表所有德国人，但意有反讽，这样的女神其实是男性化的，扭曲的。

5　Hans and Fritz，两个常见的德国人的名字，在英语中成为固定单词，指德国佬。

6　与农业有关的句子，但暗示将犹太人的骨灰埋入土中。

7　cornflower，呼应玉米丝（cornsilk），矢车菊因为常生长在稻田，故名字有个 corn（广义指谷物）。矢车菊一般都是蓝色，蓝色矢车菊是德国国花。这里暗示的就是蓝色，指蓝色的眼睛。

8　蕨叶有齿，如同耙子。作者来自加勒比，那里没有纳粹的屠杀，但屠杀却让一切现代诗歌都软弱无力，诗歌似乎没法避免屠杀，而且会成为屠杀的背景，诗人也会成为受害者、看客或帮凶。所以，过去的诗歌乃至一切艺术都没法让人类逃离屠杀，所以沃尔科特认为，如果他早就明白这个道理——通过加勒比的蕨叶、沙滩、灰土来"顿悟"——他可能就不会再写诗了。

四十二

1　ghettos，指黑人聚居区，见《海湾》。本诗所指的是芝加哥南区的黑人区。

2　"华沙和波兰"暗示了本诗与冷战有关。"队伍"指排长队等待购物的人，冷战时期东欧经济不景气，物资匮乏，商店门前往往都有标志性的长队伍。作者对比了冷战期间美苏两个阵营（诗中的"两个帝国"）中的两个城市，它们都陷入了混乱和无序，芝加哥是白人与黑人的种族问题，华沙是团结工会领导的反对派与执政党的冲突。

3　El，elevated railway（高架铁，高架轻轨）的简称，本诗指芝加哥城铁，现在通常称为 L。芝加哥城铁 1892 年开始运营，城铁都是高架、露天，但有的线路或路段在地下。

4　the set，指上面提到的比作电视（a TV set）的天空。V.Araguas

译为 el decorado（舞台布景），这个读法有误。见 *Verano*（Huerga Y Fierro Editores, 1999），第 101 页。作者看着天空，想象一副画面，它如同电视图像一样放映了出来。

5 ponies，指蒙古的矮种马，一种小型马，耐力持久，蒙古人征服世界用的就是这种马。这几句也比较《浪子》1.4，a soup that tamed shaggy Mongolian horsemen,/ in steaming tents while their mares stamped the snow. 用蒙古做比喻，也许是说，从前的蒙古帝国会灭亡，而如今的美苏两个帝国，也会有衰败的一天。

四十八

1 Balandra，特立尼达岛东北岸海滩，靠近兰帕纳尔加斯。
2 Prospero，《暴风雨》中的人物，见《克鲁索的日记》的注释。
3 snake-knotted staff，《暴风雨》中普洛斯珀洛精通魔法，有一根杖。本诗说的缠着蛇的杖，是西方的阿斯克勒庇俄斯之杖（Staff of Asclepius），阿氏为医神。这把杖代表了医术，世界卫生组织的旗帜上就绘有它。另外，赫尔墨斯也有一把蛇杖（caduceus），缠两条蛇，也象征医术。
4 指摩西的让海分开的杖。作者用两种传统的杖比附普洛斯珀洛的杖。见《拉斯塔法利之歌》。

五十

1 The Yellow Cemetery，《二十五首诗》中的作品。
2 上面四行多次出现 move 一词，中译分别为：触动、摆动、运动、移动。

3 也就是移动到诗歌当中。

五十一

1 作者一向自嘲地将自己和黑人比喻为猴子和灵长动物。上面的西比尔和斯芬克斯都是异教的女巫和怪物,也是自比。
2 见《克鲁索的日记》。
3 mongoose,似暗讽那些看轻当地文化的人,因为 2008 年,沃尔科特写过一篇《猫鼬》,讽刺轻视加勒比的奈保尔。另外,由于西印度的猫鼬从印度传来,所以猫鼬和上面的象一样都暗示了印度后裔聚居的特立尼达,见《长眠于此》。
4 *Oeuvres Complètes*,法文,即 complete works。

五十二

1 division,这几行用军事色彩的语言,因此这个词指"师"。
2 redcoats,指旧式的英国陆军士兵,身穿红衣,见《另一生》1.1.2。这种军服现在也被一些英联邦国家继续使用。作者用黑人士兵和英国士兵指代自己身上的两个文化和语言传统。
3 mortar,双关,一指灰浆,胶泥,二指迫击炮。
4 Brimstone Hill,圣基茨岛上的山丘,英军 18 世纪在这里建立了要塞,这座目前保存完善的要塞也是加勒比和美洲的重要景观。
5 暗指北爱尔兰问题。
6 the dropped aitches,英国有些地区在发音时会漏掉单词开头的 h 音(aitch),语言学上叫 H-dropping。
7 rival shires,我认为沃尔科特想指的就是英国历史上著名的相互对抗的约克郡和兰开夏郡。这两个郡也都有漏掉词首 h 的习惯。

8 Agincourt，位于法国加莱海峡省，1415 年 10 月 25 日百年战争期间的英国和法国在此交锋，英王亨利五世以少胜多。

9 the gas of the Somme，索姆河位于法国北部索姆省，一战期间，英法与德国进行了交战。一战期间，德国开始使用毒气，其他国家后来也纷纷效仿，索姆河战役就是用例之一。

10 Poppy Day，英国国殇纪念日，为每年 11 月 11 日。这一天人们要佩戴虞美人花（Papaver rhoeas），这种花为罂粟属，所以泛称为罂粟花日。

11 Flanders，佛兰德斯是一战的主战场，交战双方死伤惨重。参战的加拿大军医约翰·麦克雷（John McCrae）目睹战友牺牲，遂写了一首回旋体纪念诗《在佛兰德斯战场》（"In Flanders Fields"），其中提到了战场上开放的虞美人，由此，虞美人成为英国国殇日的纪念花，象征战士的鲜血。

12 Hotspur，英格兰第一代诺森伯兰伯爵的长子亨利·珀西（Henry Percy，1364—1403）的绰号，他发动叛乱，反对亨利四世，最后被杀。在莎士比亚《亨利四世》上篇中，他是重要人物，叫 Harry Hotspur（中译为霍茨波）。英格兰著名足球队托特纳姆热刺队就是他的后人所建，以这个绰号为名。

13 popinjay，见莎士比亚《亨利四世》上篇第一幕，第三场，To be so pester'd with a popinjay。珀西形容一个大臣（lord），他啰里啰嗦，不男不女，装腔作势，劝珀西交出战俘。"烟"也许指这个大臣抽的鼻烟。

14 Thersites，忒耳西忒斯是《伊利亚特》第二卷中出现的希腊联军的将官（也说是士兵），貌丑言多，多次冒犯他人，被阿喀琉斯杀死。柏拉图《高尔吉亚》、莎士比亚《特罗伊斯和克瑞西达》和《辛白林》中都提到过，我认为沃尔科特主要想指向荷马与莎士比亚那里。在戏剧《奥德赛》中，沃氏也塑造了这个人物，将之设定为雇佣军，赋予其重要的地位,用他的丑陋和卑贱消解希腊的善和高贵的意识形态。J.McConnell 有详细的分析。见 *Black Odysseys: The Homeric Odyssey in the African Diaspora Since 1939*,第 136—142 页。

五十四

1 razor grass,珍珠茅,拉丁名为 Scleria scindens,莎草科,珍珠茅属植物,西印度常见植物。
2 Forest Reserve,指特立尼达的护林区,在该岛西南。
3 特立尼达的巴伦西亚,见《名字》一诗。
4 Nunc Dimittis,《路加福音》2:29—32,西面做的颂歌,武加大译本首句为这两个词,即,如今,你释放。天主教常将这首颂用于晚祷。这个歌名也表示永别,离别人生。
5 还是指布罗茨基,这个名字——希伯来文意为,上帝将要提升——也符合此处基督教的语境。他是流亡者,所以不会死在自己的国度。

选自《阿肯色圣约》(1987)

1 The Arkansas Testament,1985 年,沃尔科特以访问作家和学者的身份赴阿肯色大学,本诗集就是这段访学经历的产物。其题目来自其标题诗的情节:沃尔科特设想作为艺术家的自己如同使徒保罗一样,得到了上帝的启示,从而顿悟,这本诗集就是信仰的告白或声明(testament)。继《仲夏》之后,"此处"与"别处"的矛盾再次成为主题,诗集洋溢着对圣卢西亚的怀念和热爱。本诗集与《仲夏》在诗体上的显著区别为,诗行变短,大部分为三音步,前七首诗全部为四行体（quatrain），韵式基本为abab。见 *Derek Walcott: Politics and Poetics*，第60，116页；Baugh 的 *Derek Walcott*，第175—177页。

之所以把 testament 译为"圣约"，是因为 testament（希腊文为 διαθήκη）在和合本中译为"约"，该词仅出现在《新约》中，如《马太福音》26:28, this is my blood of the new testament（τοῦτο γάρ ἐστιν τὸ αἷμά μου τῆς διαθήκης），又如与本诗相关的《哥林多前书》11:25, This cup is the new testament in my blood。《旧约》（*Old Testament*）和《新约》（*New Testament*）便依此而分。

死路谷

1　Cul de Sac Valley，圣卢西亚卡斯特里区死路河（本诗中称为小溪）的河谷。cul de sac，法语，即口袋底，通常作为习语指死路。
2　这个代词所指不明，我认为指上面的"诗节"（stanzas）。沃尔科特认为木匠削刨花时的声音，如同在作诗，这是自然的诗人，而他也想在本诗中成为这样的诗人。见《另一生》4.20.4。在与 Hirsch 的访谈中，沃尔科特形容自己是木匠，他想写那种"简单切削、紧致、易读、具有挑战性的成韵的四行诗"，本诗就是这种理想的体现。见 "The Art of Poetry XXXVII: Derek Walcott"，*Critical Perspectives on Derek Walcott*，第71页。显然，沃氏想让一节节四行诗看起来如同一块整齐的木料——中译也试图保留诗行的这个形象。沃氏很喜欢将诗艺比作简单的手工技艺，这是为了让自己的诗歌能服务于加勒比的平民。他也用木工联系造船和驾船，进而让自己的诗艺在海上扬帆。见 *Postcolonial Odysseys*，第87—88页。四行诗体也受了奥登的四行诗的影响，诗集《阿肯色圣约》中就收有《悼 W.H. 奥登》（"Eulogy to W.H.Auden"，1983，本诗集未收），其中的第二节和第三节也均为四行诗。该诗处理了风格与形式上的一个辩证关系：自由体与韵律体，语言的平白与隐晦和层次富密，无形式与修辞。使用四行诗体这个做法本身就是为了将上述对立统一在一起。见 Baugh, *Derek Walcott*, 第 176 页。

3　root，双关，表示树根，也表示词根。

4　叶子比喻书页。"它"指克里奥尔语——之前比喻为树。

5　*bois canot*, *bois campêche*，法文，bois canot，见《另一生》2.8.2；campêche，见《另一生》2.8.3。

6　指字母 O，黑人的呼啸声就是 O，这是作者常用的拟声符号，也相似于月亮。

7　《创世记》3:7，亚当和夏娃用无花果叶遮挡下体。这里的云和面包张开，有暗示下体的含义。

8　a lime tree，关于青柠，见《另一生》3.14.1，与那里一样，青柠暗示了少女的乳房。

9　In His countenance/ are all the valleys made/ shining，取自《诗篇》31:16（也见 119:135），Make thy face to shine upon thy servant；和合本译为，"求你使你的脸光照仆人。"母亲化用这句经文，为了安慰女儿，梳头会让她漂亮。作者用河谷和小溪比喻少女的发辫，当然也是用后者比喻前者，少女是本土的象征，如同《另一生》的安娜。

10　斯芬克斯比喻山丘。它们提出的问题与语言相关，即，作者是否有能力用语言（英语）为圣卢西亚的自然事物和现象命名；词是否能够恰如其分地表达世界。Terada 把这个问题联系了《奥马罗斯》58.3 中奥马罗斯提出的问题——问题中的眼睛和石头的意象都在此处出现，whether a love of poverty helped you/ to use other eyes, like those of sightless stone。见 *Derek Walcott's Poetry*，第 208，31 页。

11　Mahaut，位于圣卢西亚苏弗里埃区。

12　Forestière，地区名，在死路河流域，位于卡斯特里区。这个词来自法语，意为森林的，护林员。

13　见《圣卢西亚》第三节。这几个名字都是地名，但也代表了当地的山脉。

14　eats/ from my hand，习语 eat from/out of one's hand，即，听命于，顺从于某人，如同动物温顺地被喂食。山丘本来是斯芬克斯，但"我"解开了他的谜——回忆并且叫出正确的地名——他就听命于我。

15　sap，沃尔科特很爱用的词，指树液，也指体液，引申为活力。

16　诗歌如同一面镜子，而且在纸上，方向与现实相反。本节转为了一般过去时，描写的是记忆和诗歌世界记录的过去。

17　Orléans, Fond St. Jacques，这里的奥尔良在圣卢西亚。丰圣雅克在苏弗里埃区。fond，法语表示底，远端。

18　见《另一生》1.3 的字母 W。

19　Pigeon Island，圣卢西亚大岛区（Gros Îlet）的小岛，人工建的堤道将它与主岛相连。作者用岛比猫，它按住大海，其实是暗示，它按住名字中的"鸽子"。

三乐师

1　Hunter François，洪特·约瑟·弗朗索瓦（1924—2014），圣卢西亚政治家，律师，担任过教育部长，曾是联合工人党成员，后转入工党。在访谈中，沃尔科特介绍过他与弗朗索瓦的友谊。此人也写诗，出过诗集，喜欢弹钢琴，与沃氏一样都就读过圣玛丽公学。见 C.H.Rowell 对他的访谈，*Conversations with Derek Walcott*，第 128 页。本诗的题目也许会让人想起委拉斯凯兹和毕加索同名的画作，但实际上指的是《马太福音》中的东方三博士。

2　这一句开始，出现了一些克里奥尔语的用法，直到第十节，之后又反复出现，全诗整体上不分时态以及动词变位。关于本诗语体的变化，见 *Nobody's Nation*，第 232—233 页。

3　cedars，《另一生》2.8.3。

4　见《圣卢西亚》第一节。

5　也见《仲夏》7。似乎是圣诞的习俗，用红铁罐装饰屋外，但也表明了贫穷。

6　夹竹桃科玫瑰树属（Ochrosia）的植物，与通常的玫瑰不同科属。

7　break a lime leaf，语出自《约伯记》13:25，此处按和合本译。约伯形容自己如同叶子，被上帝惊扰。

8　make cedars lift, cedars，见《另一生》2.8.3，这里不再指上面说的"香柏"——那里与伯利恒和《旧约》有关——而是加勒比的香椿，为了保持联系，中文译为香柏。lift，按照句意，这里指消散，消失，通常形容雾或云，同样的用法也见倒数第四节，那里形容窗帘。加勒比香椿与香柏一样都很高，《以赛亚书》2:13 说，上帝降临，让种种高者降为卑，香柏树就是其中之一。

9　Gilead，《旧约》中指人名，也指山名和地名，这里指山，在约旦河东，见《创世记》31:21, 31:47。山名意为，见证之丘。

10　伊西多太太的丈夫是约瑟，他们未曾生育，显然是约瑟和玛利亚的化身，不过他们都是黑人——"也"这个词暗示了这一点。他们等待的客人就是三位乐师，"这位是"是太太模仿客人的提问。他们希望三乐师的到来能给自己带来生育的好运，但显然这是不可能的。

11　Johnnie Walker，苏格兰威士忌的一种，标志是一个走路的英国绅士。

12　Half/ the Herald Angels，约瑟酒喝多了，口齿不清，他要唱的是，Hark! The Herald Angels。这是一首著名 18 世纪的圣诞颂歌《听啊，传讯的天使在歌唱》（"Hark! The Herald Angels Sing"）的第一句，词作者是著名循道宗创立者和领袖查尔斯·卫斯理，另一位著名的循道宗领袖乔治·怀特腓（George Whitefield）做了改动，让这一句成了首句，原句前两句为，HARK! the Herald Angels sing/ Glory to the new-born King! 这一句的引用实际上暗示了这对黑人夫妇的新教背景。

13　in a transport，后面《世界之光》中用了 transport，即 minibus。

但 in a transport，也表示欣喜若狂。

14　a cannon of linoleum，漆布油毡卷起来的时候如同炮筒，由于有客人到来，家里铺上了油毡。

15　black cake，西印度圣诞节和婚礼时常用的糕点，用水果和朗姆酒做成，布丁类型的蛋糕，由于使用红糖，所以颜色暗黑。见 *Dictionary of Caribbean English Usage*，第 105 页。

16　the Innocents，指希律王屠杀的婴儿，见《马太福音》2:16—17，希律王派博士去察看星，上帝告诉博士不要回去，希律王觉得受到愚弄，就屠杀了伯利恒周边两岁以下的孩子。约瑟和玛利亚事先受到天使的警告，已经逃离。

17　poinsettias，一品红，圣诞时的装饰花，叶子硕大，如同刀片，红色，会被误认是花朵。

18　sorrel，加勒比的茶品，来自木槿属的玫瑰茄（Hibiscus sabdariffa）的花，英文为 roselle，汉语也依此音译为洛神花，多在圣诞节期间饮用。见 *Dictionary of Caribbean English Usage*，第 694 页。

19　Bon Noel，Ma' Isidor，法语克里奥尔语。

20　I am Frank Incense, / Mr. Gold, Mr. Myrrh，三位客人的名字正好对应东方三博士的三个礼物：乳香，黄金，没药，作者也用了钦定本的译法，见《马太福音》2:11，they presented unto him gifts; gold, and frankincense, and myrrh。

21　指婚纱，伊西多太太梦想结婚生子，但事与愿违。

22　在基督教解释传统中，东方三博士也被一些人称为"三王"（three kings），希腊文称作 μάγος，钦定本译为 wise man。

23　belt two straights，belt，即 belt down。straight，指 straight whiskey，前面提到了威士忌。三个人每人喝了两杯酒。

圣卢西亚初次圣餐礼

1　见《另一生》1.2.1。BN，第232页，指出，在圣卢西亚，初次圣餐礼标志着孩子正式进入天主教会，对于穷人家庭是"重大的社会宗教仪式"。邓斯坦有一幅画，画的就是他的长女身穿长裙参加初次圣餐礼。BN还引D.J.Crowley（1955）的介绍："初次圣餐礼对任何天主教背景的孩子都非常重要，尤其是在将儿童纳入同龄制度（age-grade）的圣卢西亚……初次圣餐礼是历时一周的仪式，包括弥撒、列队游行、宗教训导。最近以前，[在仪式期间]，人们每天都要穿上新的白衣，但现在，他们似乎只是在最后一天才如此。女孩子按照新娘的方式穿着，身着精致的白长裙和面纱……在初次圣餐礼之后，还有为每个孩子准备的宴席，吐司配苦艾酒、羊首鱼（sheephead，应指羊首米诺鱼）、南瓜汤，还有精美装饰过的蛋糕，以及亲戚、教父和教母的来访和赠礼。"

2　caterpillar，指手风琴的履带，也指毛虫。

3　pods，动词，生出荚，这里是棉花长出荚，棉花比喻圣餐的圣饼。

4　没有"如果"就是没有条件，即康德说的定言命令。

5　指圣露西亚，见《星苹果王国》第五节。

6　指车的头灯，但说成是沥青的头灯，因为车也是黑色的。

大　岛

1　Gros-Ilet，法语，圣卢西亚大岛区，在岛的北部。本诗的诗行构成的图形略如这个区的形状，中译尽可能保留。

2　All Souls' Night，指每年10月31日万圣节前夜，而不是11月2日的万灵日（All Souls' Day）的夜晚。这一夜是狂欢之夜，秩序颠倒，鬼怪出没，如同倒挂的蝙蝠。

3 Elpenor,见《奥德赛》10,奥德修斯的同伴,在喀耳刻的岛上,喝醉酒后,整晚呆在屋顶,白天滑落而死。

4 见《另一生》1.1.3。

白巫术

1 White Magic,白巫术的"白"指其功能正面,比如治病救人,驱魔驱鬼等,是奥比术正面的用法,即本诗中说的"驱魔术"。白巫术在牙买加即迈亚尔术(Myal;迈亚尔术的实践和使用为Myalism)。奥比术连同第一行的"立约者"(gens-gagée),均见《另一生》1.4,也见《金斯敦——夜曲》。关于迈亚尔术,见 *Dictionary of Caribbean English Usage*,第395页。

2 Leo St. Helene,沃尔科特和邓斯坦的朋友。他也是业余摄影家,通过自己的景色相片,他与西蒙斯一样,让沃氏与邓斯坦领略到了圣卢西亚的美。见 *Nobody's Nation*,第13页。

3 censers,指基督教的香炉,如《启示录》8:3, 8:5,天使拿着香炉,炉中有圣坛的火,落到地上,变成雷,闪电等。

4 griot,西非以及加勒比地区西非裔的民间流浪艺人,口头表演音乐和诗歌,以叙事为主,类似说书人。

5 见《纵帆船"飞翔号"》第九节。

6 anachronize,这个词让我想到了洛威尔《草火》("Grass Fire"),the tree grandfather planted for his shade,/ combusting, towering/ over the house he *anachronized* with stone。

7 Dryads and hamadryads, dryad,来自希腊文 δρῦς(橡树),希腊神话中,首先指橡树的宁芙,后泛指林中宁芙,树精,不同的树有不同的树精。hamadryad是树精的一种,长在树中,与树同生同死。

8 Papa Bois,法语,直译就是森林之父,克里奥尔语按读音也写为Papa-bwa，这是圣卢西亚和特立尼达民间故事中的人物，是森林神，形象是强健、衣衫褴褛的老者，有胡须，浑身生毛，偶蹄，是森林和林中动物的父亲和保护神，能随意变身动物，让猎人迷路。见 *Dictionary of Caribbean English Usage*，第427页。森林老爸，类似希腊神话的潘（Pan）和撒提尔（satyr，希腊神话半人半羊的森林神），但之于欧洲文化，加勒比的林中神层次要低。

9　撒面粉或谷粉的奥比术方法，见《北方与南方》。

10　*beau l'homme*，法语，美男子，意有反讽。我相信这个短语指的是《小让和他的兄弟们》中的魔鬼的使者Bolom，见《希尔顿党派之夜》。这个名字就是这个短语的克里奥尔语的表达，在圣卢西亚，它指第一次怀孕流产的胎儿，圣卢西亚作为天主教国家，流产被认为是恶事，所以将之与魔鬼相关；本诗与那部戏剧也有关联，均见Baugh的 *Derek Walcott*，第77，180页。这个人物也出现在沃尔科特前几年的戏剧《月孩子》中，a voice that sings so nicely,/ who answers to "*beau l'homme*"?/ An apparition scary/ behind its gum sealed eyes,/ the Devil's emissary/ who brings his messages。见 *Moon-Child:A Play*（Farrar，Straus and Giroux，2014），第20页。

11　西方的希腊神话是文学，加勒比的神话是无知。

世界之光

1　The Light of the World，这是沃尔科特常用的短语，见《布鲁克林来信》（那里用了拉丁文）、《另一生》2.12.3（本诗集未收）和4.24.4。它来自《约翰福音》8:12（耶稣为世界之光）；《马太福音》5:14称信仰耶稣的民众为世界之光（和合本为"世上的光"）。这个短语也联系了之前提到过的拉斐尔前派画家亨特的同名画（和其中的"灯笼"意象），以及"圣卢西亚"这个国名，因为lucia来自拉丁文lux（光）。

本诗描绘了一位黑人美女,她被形容为"世界之光"——圣卢西亚的海伦,象征整个国家及其民众,包括沃氏本人——其中联系了《另一生》1.1.1 中的"阿尔伯蒂娜"和《另一生》笔记中提到的德拉克罗瓦(诗中有提及)。另外,光的意象也与沃氏的取自乔伊斯的"顿现"理论有直接关联。整部诗的立意与《另一生》1.3 相似。也比较《纵帆船"飞翔号"》第十一节,沙班顿悟后的"灵光一现"。《阿肯色圣约》出版后两年,沃尔科特在《卡里古拉之马》一文中要求批评家通过诗人如何接近"神或诸神"这一主题来评价他们,他解释说,"这主题的来源是混沌,无知,它的标志是……主是我的亮光(Dominus illuminatio mea,来自《诗篇》27),主,是我生命之光"。因此,世界之光/神,就是沃氏追求的超验的、本体论式的中心。在一次访谈中,沃氏也承认自己的诗歌与广义的、非制度性的宗教有联系,尽管他不认为诗歌来自宗教灵感。见 BN,第 227,237,290 页;*Nobody's Nation*,第 233—235 页;*The Flight of the Vernacular*,第 118 页;J.Thieme,"Derek Walcott and The Light of the World",*Cross Cultures*,58(2002),第 75 页。

在《另一生》4.24.4 的评注中,曾简要提过 Loreto 对"世界之光"的分析,光的意象与但丁、阿奎那的哲学有关,它也频见于后来的《提埃坡罗的猎犬》。其还指出,"世界之光"联系了《另一生》3.13.4(本诗集未收)对安娜的描写,The sixteen-year-old sun/ plates her with light. 所以"世界之光"也就是"单纯的火焰"。见 *The Crowning of a Poet's Quest*,第 93—95 页,尤其是第五章。

2 Bob Marley,牙买加雷鬼教父,音乐界的诗人,沃尔科特极为欣赏他,《奥马罗斯》中还提到马利的《水牛士兵》("Buffalo Soldier")。这里引用的是马利的《卡亚》("Kaya")中经典的副歌部分(chorus),Kaya now, got to have kaya now,/ Got to have kaya now,/ For the rain is falling. kaya 就是 ganja(大麻,或刺激较强、劲头较大的大麻),这是拉斯塔法利派和牙买加的叫法,也叫 caya,因马利的使用而广为人知。这首歌收入专辑《灵魂革命》(*Soul Revolution*, 1971)的第二面,后又收入专辑《卡亚》(1978)的第一面,整张专辑涉及了大麻与爱的问题。1976年2月,马利在访谈中解释了"卡亚"及其同名歌曲的文化和象征含义:"卡亚的意思是药草(herb)。是牙买加兄弟们使用的隐语。所以《卡亚》实际上涉及了团结、人性与和平,[因为]和平之事遍及全球。"抽卡亚是拉斯塔法利的仪式性的行为,也是马利日常生活的一部分,用《卡亚》的歌词来说,这让他"感觉有劲头"(feelin' irie,牙买加土话)。见D.Moskowitz, *The Words and Music of Bob Marley* (Praeger Publishers, 2007),第87—89页。

在本诗的《巴黎评论》版中,kaya now这两个词被沃尔科特误听为Zion-ah,这似乎表明,当时的沃氏对马利并不热衷和熟悉,但也证明,本诗似乎渴望着地上的、超越性的中心"锡安"(Zion)。见*Nobody's Nation*,第239页。Breslin的这个解读比Terada的要更合理,后者更倾向本诗是后现代的、"视角主义的",没有中心,而且修辞形式并不清晰。这种解读实际上忽视了世界之光的意象的含义及其与《圣经》的联系。见*Derek Walcott's Poetry*,第225页。

3 transport,本诗中的核心意象之一。它就是《纵帆船"飞翔号"》的圣卢西亚常见的route taxi,本诗中也称为van。这里的小巴往返于卡斯特里和大岛,它在诗中是"社会"以及"诗歌"的象征。Baugh指出这是个文字游戏,transport还表示狂喜和兴奋(也见同诗集的《三乐师》),指作者对那位美女的爱。Gray注意到了这个词与卡亚的关系,卡亚能让人兴奋——但如上所述,沃尔科特用这个词时,他并未听清卡亚——马利可以用卡亚般的音乐成为民族诗人,他大众、偶像化、可舞、催眠一般让人兴奋、让人麻醉(high),而沃氏则是失败的,如《回家:昂斯拉雷》。见*Derek Walcott*,第179页;*Nobody's Nation*,第237页;*Mastery's End*,第190页。

Terada敏锐地指出,transport就是"隐喻"(metaphor)的同义词,

两个词从词源上都来自"运载"(port 和 phor)。隐喻或狂喜意义上 transport 都"将其所设定的主题留下，使之成为了不狂喜的生与死，或将主题一扫而空，运载着它们进入被遗忘的状态"。为此，她认为沃尔科特像尼采一样主张，"一切语言都是修辞"，所以沃氏追求并不清晰的修辞形式。他将本诗中的黑女人"视为诗艺，在一系列框架和辞格中操控她的形象"，"在她成为美之前的瞬间，除了'轮廓'和强光之外，没什么留下。在沃尔科特神化她的瞬间，她完全有可能消失了。"因此，本诗成为了后现代的辞格的游戏，辞格之后没有真实，辞格就像那个女人总是远离作者。这种解读显然是偏颇的。见 *Derek Walcott's Poetry*，第 215，217，219 页。

4 《奥马罗斯》7.1，将海伦比作黑豹 (panther)，那里也提到了小巴 (van)。

5 the head was nothing else but heraldic，头指那位女人的头，但就纹章而言，也会让人以为是黑豹的头。关于 heraldic，见《另一生》2.12.1（本诗集未收），to make out of these foresters and fishermen/ heraldic men!。诗人力图将圣卢西亚的民众变为"纹章"一般的英雄。I.Gregson 以本诗为例，分析了沃尔科特的"亚当视角"。这里的 nothing else 像是一种男性做出的挑衅的话，他强行用男性目光去物化和非人化女性，下面将她想象为雕像也是如此。沃氏仍然采用了西方中心式的将圣卢西亚女性化的方法，不过他的做法是自然的，而不是文化建构的。见 *The Male Image: Representations of Masculinity in Postwar Poetry* (Palgrave Publishers, 1999)，第 102—104 页。这种解读是有道理的，如果结合 Terada 的后现代解读，可以看出：沃氏恰恰用后现代的方式消解了西方的中心，但又以自然的方式（超越了 Terada 的解读）获得了属于边缘民族的中心。

6 a black Delacroix's/ *Liberty Leading the People*，中文通常把德拉克罗瓦这幅画的名字译为"自由引导人民"，但法文（"La Liberté guidant le people"）和英文的题目里，中心语为"自由"，即"自由女

神",就是画中心的赤裸上身的白人女性,而guidant和leading都是修饰语。沃尔科特这里就是利用了这个题目,他的意思是:黑色的自由/自由女神。所以,为了配合句意,中文改变了通行的汉译名。

7 O Beauty, you are the light of the world!,注意这个Beauty首字母大写,虽然是因为位于句首,而上面提到美人时,用的是"the beauty"。前者超越了具体的后者,作者也从肉欲的感官美上升到了超验的美本身。他最终不但爱那个美人,也爱所有的民众。本诗中出现的各种"光"的意象都是世界之光的化身,是人的自然存在的表现,尤其是光亮的"小巴"。见 *Nobody's Nation*,第236—237页。这个过程与柏拉图《会饮》完全一致。这样,美本身就是圣卢西亚的民族之美,本土的日常之美。

访谈中,沃尔科特指出,这个女人就是他的海伦,也即《奥马罗斯》女主人公的原型——他一开始打算称之为Elena,后来改为Helen——因此沃氏自比诗中的阿喀琉,不过如下面所示,他认为这不可能。《阿肯色圣约》诗集中的《墨涅拉奥斯》("Menelaus")和《别墅餐厅》("The Villa Restaurant")都较为明显地涉及了海伦的故事,本诗集未收,单从《世界之光》中不太能看到这一点。见J.P.White对沃氏的访谈,*Conversations with Derek Walcott*,第174页;*Epic of the Dispossessed*,第26,49—50页。

8 指"世界之光",见前面评注,在早期诗歌里,沃尔科特就提过。

9 the Market,首字母大写,专指卡斯特里中央市场。

10 winding up their week, winding down their week, winding up, 虽然这个词组有结束的意思,与wind down几乎同义,但这里应是用up和down对比,wind up也指给钟表上弦,wind down为使钟表松弦。

11 本诗写作时,街上已经没有煤气灯和点灯的灯夫,作者是从电力的路灯想到了童年时的场景,见《另一生》1.3。

12 cramp,见《冬日之灯》,与那里一样,既指痉挛(比喻意义),也指逼仄的环境。

13　Morris chairs，安乐椅，英国著名设计家、艺术家威廉·莫里斯设计的经典躺椅。

14　指圣心基督的画像，基督胸口有他的红色心脏。

15　nut cakes，即 nut-cake，巴巴多斯叫 glassie，牙买加叫 pindar-cake，一种平的、脆的甜品，由花生做成，花生上裹着厚厚的糖。见 *Dictionary of Caribbean English Usage*，第 410 页。

16　法语克里奥尔语，单词都是法语标准单词，但语法和句式不标准，直译是，别把我丢在这个地方。

17　Don't leave me stranded，这是作者对那句土话的第一种翻译，是意译，并不符合原文。strand，使之搁浅，无依无靠。

18　Don't leave me on earth，重音在 moi 上，意思变为，要让我去天国，不要扔下我在人间。小巴仿佛是天国之车。

19　Don't leave me the earth，重音在 à terre 上，指不愿意再继承加勒比的土地——代表屈辱的历史，只想去天国。

20　make out，勉强度日，熬日子。

21　把座位比作独木舟。

22　white rum quarrels，争吵是喝酒引起的，另外，朗姆酒酒精含量高，辛辣，也可以形容争吵的激烈。《另一生》4.18.1（本诗集未收），the white rum growling in his gut。说朗姆酒在咆哮。

23　corporals，即 police corporals，见《圣卢西亚》第二节，军衔为下士，这里是警察的警士，衔级为下士。《猴山梦》里的警士雷斯垂德最为著名。

24　那个黑女子必定是非洲裔，贝宁代指非洲，如果女子想要返回故乡，作者希望能为她实现。沃尔科特很喜欢提贝宁以及与之相关的达荷美，见下一首《海上之夜》。

25　great love，博爱，类似基督教的 agape，因为作者不再仅仅从情欲出发爱那个女人，还爱所有的民众。

26　claiming，向作者提出要求，不要把他们留在地上。

27 descend，双关，指下车，也指下到地面，人间。

28 他要去别墅海滩的屋舍（Villa Beach Cottages），20世纪80年代，沃尔科特回到圣卢西亚期间通常住在那里，那里在翠鸟酒店北边，离之有几百码远。见 *Nobody's Nation*，第319页。

29 小巴这个社会可以让陌生人与之和睦，但陌生人下车后进入了分离的世界。沃尔科特的诗也如同小巴，他让诗立足于自己对"社会"的情感的忠诚，但它又不可能完全成为社会。他下车之后，诗这个小巴就无法与社会一体。见 *Nobody's Nation*，第237页。我个人认为，小巴也是天国的象征，是一种短暂的，临时的天国，让人们有共同的目标，和谐前进，沃氏的诗就是这样的天国，它无法让人们彻底救赎，但能载着人们，记录和隐喻社会，成为"渡人"的艺术宗教。

30 but this thing I have called "The Light of the World"，世界之光加引号，表示题目，诗题通例用引号表示，这里就指本诗。Terada 解读了 but 和 this thing 这两个平常又关键的表达：but 如同"水闸"，从它之中，"诗的宏伟和语言的超越都流走了"。他称本诗为 thing，将之隐喻化和物化，他进入了"无法判定"的领域。最后一句是修饰性的，但也是"重言的"。诗最终仅仅是"诗"本身，"世界之光"的引号让本诗远离了"诗歌荣耀的观念"。见 *Derek Walcott's Poetry*，第224—225页。这种解读依然将沃尔科特视为后现代主义者。其实，沃氏仍然追求中心和终极的价值，他并不认为自己的诗是无意义的。他之所以"轻视"自己的诗（称之为"东西"），是因为，他认为民众拥有着或就是世界之光，民众未必需要本诗来认识这一点，他们的生活本身就是光的展现；而作为诗人，他也并不自视甚高，因为他能给的无非是"诗""这个东西"而已。但是，他的诗又可以鼓励民众维系"小巴"这个社会或天国，因此"诗"具有深刻的社会价值和形而上的意义，诗是揭示"世界之光"的艺术。一方面，他试图让自己的诗具有马利的雷鬼的社会功能，但另一方面，在超越性的神学层面，他的诗又远高于后者的拉斯塔法利式的宗教。

海上之夜

1　Oceano Nox，拉丁文，见《埃涅阿斯纪》2.250，ruit oceano nox（夜从海上飞泻而下），由于省略了与 oceano 配合的动词 ruit，只能权且译为海上之夜。这句来自《奥德赛》5.294，ὀρώρει δ᾽ οὐρανόθεν νύξ（夜从天上飞泻而下）。雨果有同名诗（1836）。本诗的主题与《月》《猴山梦》《世界之光》和《另一生》1.1 一致，旨在为西方的月亮祛魅，将之恢复为自然的月亮，同时寻求加勒比自己的黑色之美。

2　Robert Lee，约翰·罗伯特·李（1948—），圣卢西亚诗人，2017 年出版了他的《诗集：1975—2015》。沃尔科特获得诺奖之后，李曾这样写道："如果德里克·沃尔科特生活在这里（指圣卢西亚），他不会受欢迎……德里克必须去海外。不要为此愚蠢地责怪他。我们这一代人必须呆在故乡，必须在这里成功。这里是坚实的地面。但他，已经为我们开辟了清楚的道路。"见 *Mastery's End*，第 180 页。

3　伊朗匕首弯如新月。提到它，是为了影射同样使用这种匕首的阿富汗。下面会提到戈尔巴乔夫，因此最终指向苏联－阿富汗战争。

4　见《罗马前哨》。

5　戈尔巴乔夫头顶有明显的胎记，如同地图。本诗集出版时，苏联-阿富汗战争接近尾声，战争后面的阶段都由 1985 年开始担任苏共总书记的戈氏指挥。他上台之际，布罗茨基与沃尔科特还曾聊起过他，布氏对他不置可否。见 *Joseph Brodsky: Conversations*，第 118 页。

6　Infanta，西班牙和葡萄牙国王的女儿，这里暗示加勒比的西班牙和葡萄牙的背景。

7　Sancta，Sancta/ Regina，拉丁文，regina，女王，皇后，指英国女王，如伊丽莎白和维多利亚。

8 armadas，常用来专指西班牙无敌舰队，这里也暗示英帝国的舰队。

9 wedding cake，见《奥马罗斯》41.1，A wedding-cake Republic。那里是形容罗马和旧世界，这里是形容西班牙帝国。婚礼蛋糕是西方的特色，这里很可能指英女王维多利亚婚礼时经典的蛋糕，蛋糕顶部有不列颠尼亚女神，她身前是新郎和新娘，新娘（比作月亮）的笑容自然是"凝固的"。从维多利亚婚礼开始，蛋糕和婚纱都以白色为主色，作者显然也要用蛋糕暗示白色。另外，"婚礼蛋糕"一词也指华丽的建筑，因为蛋糕精雕细琢，这样，它也象征了堂皇的帝国。

10 Virgin Queen，指伊丽莎白一世。

11 galleons，见《大宅废墟》。这种帆船是西班牙使用的，英国战胜无敌舰队后，俘获了这样的帆船，加以改装，这里指英国的大帆船。

12 *Invincible*，*Revenge*，英国皇家海军有多艘叫"无敌号"和"复仇号"的军舰。前者的第一艘于1747年下水；后者的第一艘于1577年下水，改装了西班牙的大帆船。

13 rolls，音乐语境中，指击鼓。

14 doubling the moon's arc light，arc light，弧光是人工的灯光，酒店或乐队的照明设备制造的光。乐队用人工弧光复制出月的弧光，这个人工的月即上面说的"一个月"（a moon，用不定冠词），但加勒比的文化只能仿造出低一级的月和月光。

15 Marlovian clouds，马洛（Marlowe）是沃尔科特很喜爱的戏剧家，他的作品里常描写云，比如《帖木儿大帝》（*Tamburlaine the Great*）下篇第二幕，第四场，Raise cavalieros higher than the clouds。下面恰恰引了这出戏剧中的句子。马洛是英国文学的典范，让来自加勒比的作者认为高不可及。

16 jet，与两种宝石并列时，这个词也许还双关，表示黑玉。这两个意思，沃尔科特都常用。后面的绿宝石和红宝石指碧绿的海水和阳光在机身上的反光。

17 "Black is the beauty of the brightest day"，Baugh 提示，这句出自

马洛的《帖木儿大帝》下篇第二幕,第四场。见 *Derek Walcott*,第 180,239 页。

18　环绕月亮的就是"黑色",作者不再关心象征西方的月亮。

19　the mesmerizing wake of History,wake,诗歌中还可以表示清醒,这与 mesmerizing 构成矛盾修饰法。关于"催眠",见《月》。历史(人为构建的历史)或月,自身是清醒的,但可以给人催眠。

20　沃尔科特排演戏剧时的黑人女演员,这一节和上一节可以联系《世界之光》。

21　intact from Benin,intact,形容女性时,还指处女,这里当然也强调她们精神上的纯洁无瑕,尤其是保留了原始的非洲的美。我意译为完璧,这个词既指纯洁,也可以形容处女。

22　sable/ and velvet,两种衣料,呼应了后面的"有领"。OED 释义,sable 有两个词源不同的含义,一个是紫貂或貂皮,一个表示黑色。后一含义可以形容云,如弥尔顿《科莫斯》(Comus),did a sable cloud Turne forth her silver lining on the night? 该例与此处的意象相近。它也可以指衣服的黑色,象征哀悼。该含义只是略有可能来自于第一含义,因为貂皮不是黑的,而是棕色的,尽管会染黑。沃尔科特实际上兼用了这两个含义,既可以形容云的颜色,也可以形容质地。velvet,让我想到了毕肖普《佛罗里达》(见《沼泽》一诗),the charring is like black velvet,那里也涉及了黑色。与《仲夏》50 的海一样,云也具有记忆,但这样的记忆是黑色的,不如说是遗忘。

23　whitecaps,双关,指人戴的白帽子,也指海浪的浪帽和浪尖。

24　比较《猴山梦》中马卡克的噩梦。

25　shores,指国家,习语有 these shores, our shores。在故土上使用新的语言,就是从事全新的命名活动。

致诺兰

1 关于诺兰,见《纵帆船"飞翔号"》和《埃及,多巴哥》。

2 passage,双关,指燕鸥的迁徙(燕鸥是著名的候鸟,以迁徙距离长著称),也指文段。

3 Philipps 认为,本诗表达了作者用想象弥补时间和记忆时遇到的边界。本诗是情诗,"爱澄清了风景与意图之间的模糊",但它还需要异质的时刻,即需要"其他人"的到来,靠他来记住诗人描写的意象,吸引他,让他不要"翻页"。"描述性的想象"需要一种"共同性",可以"让想象的本体论层次上的画面减慢",从而"描绘和再描绘、表达和弥补民族的特性"。本诗可以视为《纵帆船"飞翔号"》中所说的沙班写给玛利亚·康塞普松的诗作之一。见 *When Blackness Rhymes with Blackness*,第 139 页。结合上述看法,我认为,可以概括诗意如下:作者无法永远留住他与诺兰的爱情(在文字上和在实际生活中),但当这段经历写入诗里并与本土的自然结合时,却可以永恒地借助他人(本土人或外来的读者)来流传;尽管自然的"诗行"("岸线")不会铭刻在沙滩上,候鸟的"文段"("迁徙")也是多变,尽管作者的诗行也会被遗忘,但自然永远存在,自然就是诗,作者的诗只是它的分有。这样,个人的爱情提升为个体(一代代的个体)对故土的爱。

冬日之灯

1 本诗的主题属于"别处",涉及的是"婚姻破裂之后的失落和空虚"。描绘了主人公"在结冻、大雪覆盖的布鲁克莱恩(Brookline),沮丧地走回空荡、无趣的家中"。见 Baugh, *Derek Walcott*,第 184 页。诗中提到了失去孩子的事情,因此暗示诺兰在特立尼达流产的、只有七个月大的女儿。沃尔科特为此还写过献给诺兰的诗《早期庞贝风》("Early Pompeian", 收入《幸运的旅行者》, 本诗集未收), 如, Child, wherever you are,/ I am still your father;/ let your small, dead star/ rock in my heart's black salt；You knew neither this world nor the next。见 *Derek Walcott: A Caribbean Life*, 第 408 页；*The Oxford Encyclopedia of American Literature*, Volume I (Oxford University Press, 2003), 第 276 页。因此, 本诗的婚姻危机正取自沃氏与诺兰的离异, 但沃氏将之放在了美国。

2 指标题的灯 (lamps, 路灯)。

3 flaw, 双关, 也表示狂风和暴雪。

4 指"开放时间"的牌子。

5 surplice, 白法袍, 这里或是用它指红衣主教的 rochet, 或是直接代指红衣主教的红色的 cassock。这里用红色法袍比喻火。

6 raking, rake, 名词为耙子, 这里比喻舌头, 作者看见了窗内人用耙刮炉灰, 故有此比喻, 进而联想到自己家中的壁炉, 无人生火。这样, 胡髭/木柴, 嘴/壁炉, 舌/火焰。这是典型的沃尔科特的手法。

7 winter's cramp, cramp, 双关, 就"我"来说, 指寒冷导致的"痉挛"；就冬天而言, 指寒冷的束缚, 如同"夹子"。连同前面出现的"白内障", 沃尔科特在《道芬之海》中也用它们来描述老人胡纳金 (Hounakin), He is suffering from cataract and a cramp has stiffened one hand。

8 佩戴面具是希腊戏剧的特点, 前面已经出现过面具, 与这里一样, 都是指"我"的僵硬的脸。

9 comic opera, 有喜剧特点的歌剧, 这里指"我"的婚姻, 有反讽之意。

10 hanging, 双关, 指衣服悬挂, 也指问题悬而未决, 所以有此比喻。

献给阿德莲

1 本诗的主题是哀悼诺兰流产的女儿阿德莲，诗的叙述口吻和视角都来自于这个孩子。见 Hamner, *Derek Walcott*，第 140 页；Baugh, *Derek Walcott*，第 184 页；*The Oxford Encyclopedia of American Literature*, Volume I, 第 276 页。阿德莲即 Adrian，通常是男性名字，但也可用于女孩。

2 Grace, Ben, Judy, Junior, Norline, Katryn, Gem, Stanley, and Diana，都是沃尔科特家族的成员，其中也包括了诺兰，不过写作本诗时，两人的关系濒于破裂。Judy 即诗中的茱蒂丝（Judith）。

3 指"你"（沃尔科特）的皱纹。

上帝赐你们快乐，先生们：第二篇

1 第一篇见《漂流者》诗集。

2 Richard Pryor，美国著名黑人喜剧演员，导演，以幽默和讽刺见长，反对种族歧视。题词中的"企划"（Project），似指"耶稣电影企划"（Jesus Film Project），这是 1981 年美国福音派人士比尔·布莱特建立的组织，目的是为了宣传电影《耶稣》（1979）。

3 Magi，复数，单数为 Magus，即东方来的博士和圣贤，见《马太福音》2:7，钦定本译为 wise man。这里是比喻街上酒醉的穿黑大衣的人，很可能是神职人员。

4 black overcoats，即 black coats，后面会出现这个短语，该词组专指牧师和教士。

5 hookers，美国俚语，指妓女，后面用动词 hook。

6 cribs，双关，一是美国俚语，指娼寮，妓女拉客的小屋或棚子。

二表示马槽，常专指耶稣诞生的马槽。

7　acids，俚语中，acid 是迷幻药（LSD，Lysergic acid diethylamide，麦角酸酰二乙氨）的简称，上世纪 60 年代开始，这种药物在西方世界流行。

8　l tt rs，即 letters，作者有意漏去两个 e，表达霓虹的字母的熄灭。

9　shebeens，来自爱尔兰语，南非标志性的酒吧，种族隔离时期，黑人只能去这样的酒吧，不能去合法的酒馆。

10　这两句引入了南非，20 世纪 80 年代，正是南非黑人反抗种族隔离的高峰时期，而曼德拉领导的黑人反对种族主义，同时也就反对美国。而纽瓦克曾发生过黑人反对白人（相当于反美）的骚乱，见《海湾》，因此"反美"让作者由纽瓦克联想到南非。

11　圣诞树上的金星，下面有树的尖梢。

12　竞选时期，车尾贴上常贴竞选者的名字以及有关的标语和口号。

13　Daughter of your own Son, Mother and Virgin，这一句是祈祷和呼告，出自《神曲·天堂篇》33.1，圣伯纳德对圣母的祷告，Vergine madre, figlia del tuo figlio。希尼在《斯特森岛》("Station Island") 第十二节中化用这一句来致敬乔伊斯 (Old father, mother's son)，因为《尤利西斯》中也引用过。对于《神曲》那一句，沃尔科特曾有评论，他指出，这一句前半句没有用叹号，而是用逗号，这是方言的用法，体现了语音的平和稳重，这是真正的人的声音。见 *The Flight of the Vernacular*，第 143 页；*The Crowning of a Poet's Quest*，第 21 页。这句其实揭示了圣母的人性，她也是上帝（"你"，下面出现的"他"）的造物。

14　这句开始用《圣经》常用的 great is 的句式，如《诗篇》48:1，这里按和合本译法。

15　yellow star，指天上的星，但也暗示纳粹为了隔离犹太人而让他们佩戴的六角黄星。六角星本是犹太人的象征符号，即大卫之星。本诗中有多处提及或暗示了"星"的意象。

16 ghetto，前面的诗作中多指黑人区和贫民区，这里专指犹太人区，在这个意义上，汉语常音译为隔都。
17 暗示圣父、圣子、圣灵。

阿肯色圣约

1 本诗是沃尔科特巅峰期的名作，属于"别处诗"，其中，他自比顿悟、皈依基督教的保罗，而诗中也频繁使用"顿悟/顿现"的手法。在W.Januszcak与沃尔科特的访谈中，前者指出，本诗关乎"选择"，沃氏一直在考虑是否应加入美国国籍，但是，经过本诗的心灵探寻之后，他还是选择圣卢西亚的身份。见Baugh，*Derek Walcott*，第182—183页。如J.Thieme所言，本诗的"圣约"是"使徒般的祈福，它认识到，虽然无法治愈美国国旗上始终存在的历史的'鞭痕和伤疤（见评注）'，但是，可以通过艺术，努力提供一种属于艺术自身的启蒙"。见"Derek Walcott and The Light of the World"，第82页。
2 Michael Harper，即迈克尔·斯蒂芬·哈珀（1938—2016），美国黑人诗人，其诗歌在声律和用词上借鉴了爵士乐的元素，他也是"爵士乐诗"的代表诗人。L.Lieberman有篇常被引用的论文就比较了哈珀和沃尔科特，"*Derek Walcott and Michael S. Harper*: The Muse of History"，*Yale Review*，62（October 1973），第284—296页。
3 Fayetteville，美国有三个同名的地方，这里指阿肯色州华盛顿县的县府，沃尔科特访学的阿肯色大学所在地。南北战争期间，还发生过激烈的战役。阿肯色州在南北战争中加入南方联盟国，是典型的南方州。本诗在主题上也延续了《北方与南方》，是"南方诗"。
4 山坡指阿肯色州的欧扎克山脉（Ozark Mountains），费耶特维尔市区以东的该山脉的山脊上有联盟军的墓地。
5 the Confederacy，指南方联盟军和联盟国。

6　Saul，使徒保罗的本名，见《新约·使徒行传》13:9，扫罗来自希伯来文，但他出生是罗马公民，所以后来取了拉丁名字保罗。

7　Damascus，大马士革，保罗在这里遇到了显灵的耶稣，见《使徒行传》9:3—4，和合本译为"大马色"。按照这两节记载，保罗看见了光，然后落下马来（按照一种解释），扑倒在地，摔在同行人的马前，随后失明，三日不吃不喝，最后在圣灵的作用下，复明，由迫害基督徒转而皈依基督。沃尔科特在本诗中主要使用了这个典故。

8　旅店的登记册中"姓名"一栏。

9　"我"出于胆怯（见下），用了假名。如Thieme所言，身份是"流动的建构"，仅当个体与"社会虚构的统一自我"形成"共谋关系"时，身份才稳定。见"Derek Walcott and The Light of the World"，第80页。

10　charge，指charge card，签账卡，与信用卡类似，但每月账单必须一次付清，没有消费上限。下面提到了美国运通（American Express），这是美国著名的信用卡公司，在世界上最早发行了签账卡。

11　in kind，用实物或劳役来支付和偿还。这句是作者心里的回答，他在自嘲，但也是在揣测旅店店员的心理：黑人还如同奴隶，不会用现金和信用卡，他们只能用自己"黑色"的劳动力。

12　corn-country，指阿肯色州，暗示该州是南方州，美国南方常食用玉米，如corn-pone（玉米饼），就是称呼南方人的贬义词。

13　razorback，尖背野猪。阿肯色大学的体育队以野猪为标志，红白色三角旗是校队旗。

14　with its shag, pine-needled floor，这一句的用词比较《丧钟为谁而鸣》的开篇，乔丹匍匐在遍布松针的林中地上，松针地面的意象反复出现。那里的floor指林地，这里虽然指地板，但暗示了屋外的树林。

15　Gideon Bible，美国福音派基甸协会免费发放的《圣经》，旅馆中常见。这一节描写了旅店条件的匮乏，暗示了南方的精神空虚，尤其体现在没有《圣经》上。见J.Thieme,"Derek Walcott and The Light of the World",第81页。

16 "Little Brown Jug",美国爵士乐名曲,约瑟·温纳作词谱曲。

17 that other,上面刚提到了两个自我,指镜中的像,可以联系拉康的"小他者"。

18 "不去刮胡"为unshaven,"不要拯救"为unsaved,两词相近,所以"我"产生了联想。

19 disposable,一次性的,用完就丢弃的,作者想用一次性剃刀,就联想到了黑人和第三世界的被殖民的民族,也包括自己。

20 见第八节,指霓虹灯,即下一节开始说的"它"。暗示了三K党的十字架。见J.Thieme,"Derek Walcott and The Light of the World",第81页。

21 needed my fix,俚语,也如get one's fix,fix指吸毒注射,引申为对某种东西的渴望,尤其是上瘾时,这里指要喝咖啡。

22 Confederate gray,南方联盟军穿灰白军服。

23 the First Epistle of Paul's/ to the Corinthians,即《哥林多前书》,虽然它叫first,但它是保罗为哥林多人写的第二书,第一书已经散佚,称"第一",是相对《哥林多后书》,另有伪篇《哥林多三书》。哥林多即科林斯,在希腊,相对于基督教世界,是异端,正如加勒比和非洲之于西方。而作者自比保罗,那么他似乎是在为西方书写劝导的文字。

24 本节有多处地方与犹太教和基督教有关。安息日涂膏油,以表清洁。另外,《马可福音》16:1,安息日后抹大拉的玛利亚等人,去给耶稣尸体涂油,目睹他复活。

25 straight and narrow path,指喷水的路径,但这句也是习语,指规矩之路,来自《马太福音》7:14,Because strait is the gate, and narrow is the way。

26 two rabbinical willows,《利未记》23:40,安息日第一天,要用柳

枝以及其他三种植物的枝条或果实来庆祝。这四种植物也在拉比犹太教的住棚节中使用。

28 nicotine，虽然指尼古丁，但作者是为了联系烟草（Nicotiana），冬季的柳条如同含尼古丁的黄色烟草。

28 送报人在扔报纸，但他们不是天使，传的不是主的福音，而是人间的新闻。

29 the peace that passeth/ understanding under the black elms，化用《新约·腓立比书》4:7，And the peace of God, which passeth all understanding，和合本译为，"神所赐出人意外的平安"，为了合乎此处与声音有关的语境，平安改为平静。这一句下面，就提到了基督，神的平安/平静让人的内心存于基督中。需要指出的是，该书为保罗写给腓立比基督徒的信。

30 hop，单脚跳，指下面的"捷舞"，A. Resines 和 H. Bevia 的西班牙语译本就译为 danza（舞蹈）。见 *El Testamento de Arkansas*（Visor，1994）。"我"为了躲警车，跳到墙边。

31 关于这种舞蹈，见《拉斯塔法利之歌》。"曳步"，即 shuffling，拖脚走路，一种舞步，捷舞和曳步舞都会使用。捷舞暗示了"黑人"身份。

32 stay black and invisible/ to the sirens of arkansas，轮胎凹凸的花纹如同老女人的牙龈，仿佛说出"箴言"（字母全部大写表明这一点），它警告"我"，黑人还是轮胎一样的黑色，无形——联系艾里森的《看不见的人》和《纵帆船"飞翔号"》的无人——还是要畏惧白人警察。

33 Lee's slowly reversing sword，"李"即著名的南军总司令罗伯特·李，据说他投降时，按照传统仪式，将自己的剑交给北军的尤利西斯·格兰特。如果是这样，剑肯定要倒过来，"剑把"给对方，"剑刃"朝向自己。所以在南方人看来，翻身的"黑人"，如同反过来的剑，伤害着南方。

34 交通标志柱，上面的 V 字纹牌子，如同棕榈的叶子。

35 glazed，做馅饼时，指浇糖浆之类的液体。但这个词前面诗歌中多次出现，指上釉，它暗示光，是"顿现"的标志。

36 mornin'，方言，表明女侍者南方身份。这个发音听起来声音很甜，如同枫糖浆，

37 DEERE caps，Deere，约翰·迪尔 1837 年创建的公司，生产农业、建筑、林业等机械设备，标志是鹿，deere 也是 deer 的另一种拼法。该公司也出售带有公司标识的帽子、衣服等日用品。这里暗示了南方以农业为主的特点，也联系美国的"猎鹿"活动。

38 Sherman，威廉·特库姆塞·谢尔曼（William Tecumseh Sherman），北方联邦军名将，以营造战争的恐怖和残酷为手段，奉行焦土政策，曾远征并火焚亚特兰大，也进军亚拉巴马州的蒙哥马利。这里的"如烟"既暗示其奔袭之快，也表明他的焦土政策。

39 桌面比作湖面，每张桌子都映着人脸。服务员上菜，"我"因为肤色感到了自卑。这一节时态变为了现在时，仿佛叙述仍在眼前的场景。

40 黑人的黑色如同所有人种的深渊。

41 咖啡杯是泡沫塑料的。这里反讽，虽然法令已经撤销，但黑人还是会提心吊胆。

42 veld，非洲南部没有树的大草原，联系了下面的南非。这里暗示了南非黑人的抵抗运动，见下。雅利安的光，如同日出——联系雅利安人的白皮肤（light skin）——刺激了黑人的反抗运动。

43 Witwatersrand，南非豪登省和西北省的山脉，在豪登省，该山脉临近约翰内斯堡，形成了著名的同名金矿，所以说"金色的"。该名由于过长，简称为 Rand，这个简称也是南非货币"兰特"的名字，而 50 兰特的背面正是上面说的狮子——veld 上常见的动物——正面则是曼德拉。下面提到的布尔人（Boer），即南非的荷裔人。

44 burger haciendas，hacienda 来自西语，指庄园，费耶特维尔很多

拉美餐馆都起这个名字。

45　its red earth dust in the mouth，也许来自《耶利米哀歌》3:29，He putteth his mouth in the dust，表示屈服。

46　divisions and dates，指南军士兵墓碑和纪念碑上的师团和生卒年，见《滩头堡》("Beachhead"，本诗集未收)，Divisions, dates, and armor/ marked here are not enough./ The surf, a plasterer,/ smooths afresh cenotaph。

47　dropped its limp，limp 指跛足，同时也表示不整齐、混乱的韵脚。本诗的押韵，时而严整，时而自由。严整的诗节仿佛整齐的步伐，其押韵基本为：abab cdcd efef ghgh，比如上面第十四和十五节。但自由的诗节，就在这个基础上出现错乱，如同凌乱的脚步，比如上面第十二和十三节；本节亦然，这一句的 limp 与第一行的"灯"(lamp)押韵，但已经走乱了基本的"步伐"，仿佛跛行一般。本诗韵脚上的特点，中文难以传达。

48　balsam，树中提取的香脂，这里应指枞树或冷杉，尤其是胶冷杉(Abies balsamea)，其叶子如同针。太阳如同给山用针按摩，按摩时要涂油，"我"是从自己的关节炎联想到了这一点，因为关节炎需要按摩。

49　见《另一生》1.1.1，指黄昏之光，就是前面 Thieme 说的"启蒙"之光。

50　全部字母大写，指招牌，也许还有霓虹，下面的"印度工艺"也是。本诗中，提到了很多现代商业品牌，都以大写方式标出（或首母，或全部字母），社会虽然发展迅速，但种族的矛盾并未消除。

51　Saab，瑞典汽车品牌。

52　squirreling，squirrel，即松鼠，动词表示（像松鼠一样）贮藏，这里实际上就是出现了松鼠及其影子，用影子暗示光。

53　piercing the dead with the quick，见《群岛传奇》第四章。

54　见《哈特·克兰》。

55　Hessians，美国独立战争期间，英军雇佣了德国兵，这些士兵一般来自德国黑森地区，统称为黑森人或黑森雇佣军。华盛顿·欧文的《见闻札记》的《沉睡谷传奇》和蒂姆·波顿的电影《断头谷》中都展现了黑森兵的"无头骑士"。这里其实还暗示了美国独立后的美国与加拿大/英国的1812年战争，加拿大人为主的英军还火焚白宫。这些都是"北方的历史"。

56　dogwood，山茱萸属（Cornus）植物，小乔木和灌木，北美常见，花朵多白色，如同泡沫。

57　Shawmut，指波士顿，这个名字来自阿尔冈昆语（Algonquian），波士顿很多地名都有这个词，如肖马特半岛，肖马特街。

58　muzzles，双关，这个词也表示枪口，本节第一个词"哦"，正好在形象上摹仿了枪口和口鼻。

59　log-cabin，小木屋是美国传统的民居建筑，有多位总统都出生于小木屋，比如林肯。它象征了美国及其领导人的平民出身和亲民精神，很多没有这种出身的总统，也会把小木屋作为口号。

60　quotas，也许是暗示美国的"种族配额"，按照种族，分配资源，尤其是为了照顾黑人，这样可以体现民主，但其实并不公平。

61　这一句是问句，比较长，连同整一节，描绘的都是入籍仪式，作者一直在思考是否应该加入美国国籍，但想到这个国家仍然在歧视黑人，他心生犹豫，与其成为美国的"后续的陪衬"（afterthought），不如建设自己的国家。其中提到了多次改动（暗示领土的扩张）、如同手稿的美国国旗，还有当时存在而且存在至今的南方的三K党。

62　picket lines，工人抗议时，站在单位门口，形成一行人墙，不让同行进入。这里指为了抗议种族歧视，而在单位或事发地点组织示威的队列。

63　《旧约》中橡树是拜神之地，如《创世记》13:18，18:1等。

64　passbook，南非种族隔离时期颁发给有色人种的通行证或身份证，为了禁止其他有色人种进入南非，同时便于管理本国有色人种，限制其流动。

65　hooded eyes，内双眼，眼皮过大的眼睛，这里指巡警不愿意搭理黑人，不抬眼皮。

66　把箱子比作棺材，樟木箱类似松木。

67　Raleigh，即 Walter Raleigh（1552—1618），英国著名探险家，诗人，政治家。之所以上面提到伦敦塔（Tower）——此地是著名的监狱，英国历史上，不断有人关进关出，所以"忙碌"（rush）如停车场——是因为罗利两次关入其中，第一次是被伊丽莎白一世，因他与女王的侍女相爱成婚，第二次是被讨厌他的詹姆斯一世，罪名是谋反，虽然之后被释放，戴罪远征，回国后还是被处死，这里指的应为第二次关入塔中。他主张英国应该加强海权，作为殖民者，他最早登陆了特立尼达和英属圭亚那，在北卡罗来纳州建立了据点，该州首府即以他的姓命名。戏剧《鼓与色》中，沃尔科特也将他作为主要人物；也见《大宅废墟》。访谈中，他还称赞罗利是伟大的诗人，可以对比当代的拉金，他虽然具有种族偏见，但他的诗是纯粹的。见 *Conversations with Derek Walcott*，第 204 页。

68　Villon and his brothers，指维庸的《绞死者之曲》（*Ballade des pendus*），这首诗也称为《维庸的墓志铭》，或以首句的前两词为题《人之兄弟》（*Frères humains*），本诗此处所说的"兄弟们"即首句提到的人类兄弟。这首诗写的是绞刑犯，因此"绳结"，即绞架的绳索。维庸本来被判处绞刑，但后来改判流放（之后下落不明），他在狱中等待行刑时写下此诗。维庸并未关入伦敦塔，所以此处的"伦敦塔"泛指一切监狱。本诗也收入了洛威尔的《模仿集》，沃氏一定读过洛氏的译本。沃尔科特举罗利和维庸的例子，来对比和影射被私刑绞死的黑人，尤其是被三 K 党处死的黑人，无论是黑人还是白人，都难逃死亡的命运。

69　这一节与下一节有联系，结尾没有句号。

70　Cowardice，首字母大写，也许作者将之视为一种"罪"，七宗罪中的"怠惰"（acedia）包含了胆怯。"我"招待"先生"，因此准备了两杯饮品，作者将胆怯与杯子联系在一起，胆怯就是"圣约"（个人），"拯救"（宗教）和"困境"（民族社会）。这句和下一句呼应了第六节。

71　the bars of a flag，bars，暗示星条旗的条纹。

72　the stripes and the scars，谐音 the stripes and the stars，stripe 表示鞭痕，是旧的用法，我相信沃尔科特会想到莎士比亚《暴风雨》第一幕，第二场，普洛斯珀洛骂奴隶卡利班，Thou most lying slave, / Whom stripes may move, not kindness!。

73　Narragansett，罗德岛州华盛顿县的镇，东部是同名的海湾，这里很可能就是指海湾。"我"打开了电视，里面传来了新闻图像，内容的范围自美国东部开始，最终到西部和西海岸。这些景象相反于本诗回应的"心灵狭隘、精神庸俗、心怀仇恨的人"它们表明，"美国对于诗人来说，一直都是有可能在想象中去爱，去进入的地方"。见 Baugh, *Derek Walcott*，第 183 页。

74　its gold bars explode/ on the wagon axles of Mormons，摩门教徒在 1856—1860 年曾有过迁移，迁向犹他州盐湖城，由于缺少牛马，只能人力拉车，他们的手拉车（handcart，类似 wagon）有两个大轮子，类似黄包车，后来成为了摩门教徒拓荒精神的象征。gold bars，金条，这里指车轮的辐条，如同光（此处的"它"）的辐射。

75　Zion，指犹他州的锡安国家公园，摩门教徒迁徙到这里，认为景色雄丽，是庇护之所，就在此定居，这里就是他们的锡安。

76　embalming the Black Hills，Black Hills，也叫布拉克山，位于美国南达科他州，拉什莫尔山及其总统雕像就在这片山脉上。embalm，为尸体涂香膏，防腐，引申指使之不朽，铭记，balm 即香油，香膏。黑山的颜色发黑，如同腐朽的尸体。另外，作者也可能暗示总统像，总统也是死人。

77　Mojave，美国西南部的莫哈维沙漠，横跨加利福尼亚、犹他、内华达等州,也临近上面说的锡安公园。

78　Vegas,拉斯维加斯,这里最初也是摩门教徒建立的。

79　sequoias,这里指加利福尼亚州的内华达山脉(Sierra Nevada)的红杉树国家公园。这里的红杉更为巨大,属于红杉亚科的巨杉属(Sequoiadendron)。比作管风琴,是为了暗示基督教,因为结尾的"光"带有这方面的色彩,联系前面的第十七节。但这种基督教是沃尔科特式的,自然的,它的教堂和用器来自自然事物。

80　*Today*,1952年首播的美国著名的早间新闻和脱口秀节目,也叫《今天秀》。

选自《恩赐》(1997)

1　The Bounty,该词来自拉丁文的bonus和bonitas,指馈赠,恩赐,但尤其指慷慨的赐予,所以这个词也表示赐予者的慷慨大方和丰富,这层意思不能忽视,诗集中就出现bountiful(慷慨的,丰饶的)和abundant,以及象征丰饶的cornucopia。J.Talens的西语译本译为abundancia,它把握了"丰饶"的含义,但没有体现最核心的"赐予";而J.L.Rivas的西语译本译为gracia,较为准确。严格来说,bounty应译为"丰饶的恩赐",但为了简洁,只译为"恩赐"。这个题目仿效了叶芝的《瑞典的恩赐》,见《恩赐》28。意大利小说家A.Molesini的意大利语译本(Adelphi,2001)用了*Prima Luce*(第一缕光,黎明)这个标题,虽然不是直译,但切合了主题,恩赐的第一来源就是光(单纯的火焰),在诗集的标题诗中就有the light's bounty的明确表达。

　　本诗集名为"恩赐",首先,如Baugh所言,是因为,其中的主要情绪和思想是对生活或生命之"恩赐"的感恩,这一点也体现在第一首诗中——诗集的标题诗。King的解释更详细,bounty指"一切来自上帝的赐予":"黎明、每一天、光、自然世界及其造物、圣卢西亚和特立尼达之美、成为作家、诗的天赋,甚至还有沃尔科特接受教育、努力运用这种天赋的过程"等;本诗集中有大量的"类比",这些手法也是"恩赐"。其次,bounty 也暗示了英国皇家海军的"邦蒂号"(HMS Bounty),这艘船将面包果(breadfruit, bread,可以理解为基督教的"饼"),从太平洋带到了加勒比,而面包果如同生命的"恩赐"。但是,这种赐予黑人奴隶的"恩赐",却标志着耻辱的历史。而"邦蒂号"最终被付之一炬(见《恩赐》一诗)。第三,按照 Burnnett 的引述,Bounty 也是圣卢西亚一种朗姆酒的牌子,因为该国酿酒的糖自圭亚那进口,这也是一种"克里奥尔化"的表现。第四,需要指出的是,bounty 不仅指单纯的和理想的美好,还包含毁灭、腐朽等"恶",因为这些也都是自然的赐予,同样需要感恩。

本诗集是《奥马罗斯》之后以及获得诺奖之后的第一部诗集,属于沃尔科特"后荷马"阶段的力作。如 Breslin 所言,本诗集是沃氏最为"忧郁"的作品,这归因于他母亲和朋友的去世,而其中弥漫着"不安和疲倦",因为沃氏一方面在圣卢西亚定居,一方面定期去波士顿教课,还要参加各种随诺奖而来的国际性活动和应酬。就其艺术生涯来说,诺奖恰恰标志着终结,如同"华丽的墓碑",这给沃氏带来了压力,他需要探索新的可能。Thieme 指出,本诗集中,死亡"投射的阴影"超过以往的诗集;沃氏本人也承认了这一点。有的学者(King 和 W.Logan)指出,本诗集与《仲夏》有相似之处,因为其中有大量无题诗,也使用五音步和六音步,诗行在 21 到 25 之间,诗中同样有全球性的视野,另外,《仲夏》的写作恰是处于沃氏人生中另一个"突变和不定"的阶段。

上述一些观点见 Baugh, *Derek Walcott*, 第 203 页; Thieme, *Derek Walcott*, 第 194 页; B.King, *From New National to World Literature: Essays and Reviews* (Columbia University Press, 2016), 第 353—354 页, 第 27 章专论诗集《恩赐》; *Nobody's Nation*, 第 273—274 页; *Derek*

Walcott: Politics and Poetics,第121—122,340页;Burnett 还为《恩赐》写过书评,见"Elegies at Ebb Tide from St. Lucia",*The Independent* (July 12, 1997)。

恩　赐

1　Alix Walcott,沃尔科特的母亲,1990年5月去世,本诗也发表于这一年。诗歌以《奥马罗斯》的三行体写成,是哀悼诗或哀歌,共7节。关于这位女性,见《我十八岁》和《另一生》1.2。Baugh 认为,本诗与《另一生》1.2和《奥马罗斯》32构成了描写母亲的三部曲。见 *Derek Walcott*,第203页。对自然和生活之"恩赐"的感恩,首先应该感谢母亲。本诗是《恩赐》诗集的第一部分,没有序号,从第二部分开始,诗作标明序号,共37首,其中有的是组诗。

2　Tourist Board,见《另一生》4.23.2,旅游局的景观都是人为设计的,不是纯自然的。

3　《以赛亚书》35:1,The wilderness and the solitary place shall be glad for them; and the desert shall rejoice, and blossom as the rose.《神曲·天堂篇》31.1,10—11,97,说天堂如同一朵"纯白玫瑰"(candida rosa),装饰着许多叶子,如同一座乐园,也见《北方与南方》的评注。

4　The thirty-third canto,沃尔科特的母亲埋葬在圣卢西亚海滩,如同玫瑰,这场景如同《神曲·天堂篇》第三十三章(canto)。见 *From New National to World Literature*,第353页。需要注意的是,第三十三曲开篇为伯纳德祈祷玛利亚,见《上帝赐你们快乐,先生们:第二篇》,显然,沃氏把母亲比作圣母。

5　concentric radiance,《神曲·天堂篇》把天堂描述为九重同心圆,中心为地球,第九重即水晶天,其上为最高天,充满光芒。

6 *bois-pain*，tree of bread，都是"面包树"的意思，中译不再重复译出，因为体现不了多语言并置带来的效果。bois-pain，法语克里奥尔语，bois，树，pain，即面包，也会让人联想英语的"痛苦"。"面包"，联系基督教的"饼"，同时暗示"邦蒂号"。前面曾提过的牙买加·琴凯德有一篇散文《面包果树》介绍了这种植物及其果实与加勒比历史的关系，指出了它是船长威廉·布莱（William Bligh）带到西印度的给奴隶吃的食物，见该文第十七节。

Thieme 指出，在沃尔科特后期诗歌中，面包果和面包果树是加勒比身份的象征。它为因丧母而精神混乱的沃氏提供了"恩赐"，让他没有陷入克莱尔和汤姆（见下）的境地。在《浪子》14（本诗集未收）中，"面包果"不仅代表加勒比的现实，它还成为了"近似精神实体"的东西。见 *Postcolonial Literary Geographies: Out of Place* (Macmillan，2016)，第51页。

7 the bliss of John Clare，约翰·克莱尔（1793—1864），英国19世纪浪漫主义诗人。之所以引入他，因为他是沃尔科特效仿的先例：他是农民之子，自然诗人，因此如同亚当一样，为万物命名。另外，他也是哀歌诗人，诗中批判了当时存在的圈地运动（enclosure），表达了悲痛之情，他认为将公用之地圈作私用，是"奴役、监禁和隔绝"，而"对自然犯罪的人和软弱无力的人，正是动不动就对自由夸夸其谈的人"。克莱尔将"穷人受富人的压迫"与"野生和自立的植物群（flora）的根绝"联系在一起，这种做法，与沃氏如出一辙。克莱尔敬畏自然的精神，他认为自然"既容易受伤，又有抵抗力"，它具有"强烈的伦理智慧"，与人类世界一样都是综合又复杂的。克莱尔对自然的"悲痛"，"苦恼"和"田园诗式的赞美"，对植物的描写，都是《恩赐》一诗的特征。见 E.Savory，"Toward a Caribbean Ecopoetics: Derek Walcott's Language of Plants"，*Postcolonial Ecologies: Literatures of the Environment* (Oxford University Press，2011)，第84—85页；也见 *From New National to World Literature*，第353页。

克莱尔患有精神疾病，曾住进精神病院，在病院时期，写出了著名的《我是》("I Am")一诗。克莱尔的诗中常描写 bliss，尤其描写童年的"极乐"，但他一生恰恰是痛苦和疯癫的。克莱尔在20世纪被诗人和学者重新发掘，希尼曾有专论，见"John Clare: a Bi-centenary Lecture"，*John Clare in Context*（Cambridge University Press，1994）。

8　wandering Tom，Tom，《李尔王》中埃德加假扮的"苦汤姆"（Poor Tom），也叫"疯人院汤姆"（Tom O'Bedlam）。Bedlam 一词，见《哈特·克兰》；Tom O'Bedlam 本是英国17世纪著名的"疯人诗"的题目，后泛指疯子、愚人和乞丐，莎士比亚借用它作为绰号。wandering，双关，一指埃德加被父亲格洛斯特伯爵驱逐，流浪在外，二指他假扮的傻子，精神混乱。沃尔科特通过既疯癫又理智的克莱尔和汤姆，揭示了诗歌创作中的一个悖论：诗需要非理性的情感，超越日常交流语言；但无理性的疯癫，却又干扰了形式严格的诗艺。而为了作诗，需要克服情感，走向理性；但这恰恰又违背了内心自然的情绪。解决这个悖论的关键就是重新倾听自然的语言，参透自然的本质："单纯的火焰"（恰是《天堂篇》33的核心意象），最终达到超越理性和非理性的"不动情"的状态（即《另一生》中对西蒙斯的自杀的态度）。

9　fiddling，fiddle，小提琴，这里是作动词用。

10　the Baptist，联系施洗者约翰。《马太福音》3:4，约翰生活于林野，穿骆驼毛的衣服，吃蝗虫野蜜，在约旦河为人施洗。他的生活状态也是返回自然。

11　《神曲·天堂篇》3.85，原文为，E'n la sua volontade è nostra pace。译文在下一行，In His will is our peace。"灵魂和帆"（souls and sails），与这一句的 -ce 押韵，两词也押头韵。从这一行开始，直到这一节诗最后，每一句结尾都是 /s/ 音，有 /ns/、/rs/、/nts/、/ds/ 等不同组合。/s/ 音摹仿了海鸥嘶哑的鸣叫。

12　returns...to my surprise,/ to my surprise and betrayal，两个 to 用法不同，后一个接 returns。关于"背离"，见《另一生》3.14.2 以及那

里的评注，The hand she held already had betrayed/ them by its longing for describing her。见 Baugh，*Derek Walcott*，第 204 页。

13　蚂蚁比喻加勒比无名的劳动者。见 *Nobody's Nation*，第 274 页。如 Handley 所言，此处表明，汤姆和克莱尔（此处说汤姆，也是说克莱尔）"被实体性的世界压制"，他们的诗很难描绘"物理世界的精神性重量"，所以会被蚂蚁推动。"疯狂"只能理解事物，只能感知到"自然最渺小的奇迹"。诗人的任务也只是集中于"有限"。"自然实体的世界先于语言，诗歌是摹仿性的，不是创造性的。"因此，语言和诗歌低于自然。但悖论的是，随着像汤姆那样远离语言的"生成性功能"，自然反倒"拥有并且生成语言（圣言）"。另一个悖论是，正因为"日常的奇迹是不断死去的自然世界的活动"，那么，"对恩赐的意识会很容易地落入对存在的哀伤中"。见 *New World Poetics*，第 362 页。

14　黄蔓的花朵如同喇叭和钟，钟声暗示丧钟。黄蔓和叶子花，见《另一生》1.2.3。

15　vetch, ivy, clematis, 之所以说"别处"，因为它们都是克莱尔诗中描写过的植物，第三种，克莱尔称之为 old man's beard。

16　"事业"和"生涯"都是 career，用了不同译法。冒号替代原文的 that，表明寓言的"寓意"。下面说的"桂冠"指诺贝尔文学奖，母亲去世两年后，沃尔科特获奖，他认为母亲的生命换来了奖项。

17　原谅自己没有像他那样因为悲痛陷入癫狂、丧失理性。Savory 还指出，原谅的原因在于，"当诗在由权力统治的世界中获得成功，而且这种权力有意破坏环境、伤害民众时，那么诗就与那种权力结成了同盟。"这是沃尔科特焦虑之处，"他变为了成功的诗人，却由此贬低了环境"。"Toward a Caribbean Ecopoetics"，第 87 页。

18　沃尔科特诗中，凡出现牛奶，都基本指向了维米尔的《厨娘》，见《另一生》1.4 和《纵帆船"飞翔号"》第一节。牛奶的自然白色，加入人工的白糖，类比第一节第一句的"旅游局的景色"和"真正的天堂",自然与人为构成了沃氏诗歌中的主要矛盾。

19 harden,虽然也表示使人坚强,但结合下面语境,应理解为让人变得冷峻,冷酷,因为在作者看来,母亲已经去世,儿子还要按照格律作诗,讲求诗艺,而不是直抒情感,似乎显得不近人情,也是前面说的"背离"的表现之一。

20 Mamma,前面用 mother,都是描绘埋葬的母亲,而此处,穿寿衣的母亲就在眼前,所以用更亲切的称呼。

21 关于甲虫,见克莱尔著名的《悼斯沃迪洼》("The Lament of Swordy Well"),The beetle hiding neath a stone。这首诗就是哀悼自然被破坏的作品。

22 关于露珠,见克莱尔《清晨》("Morning"),The morning comes- the drops of dew/ Hang on the grass and bushes too。他也有散文诗《露滴》("Dewdrops")。

23 tinder-dry,见克莱尔《樵夫》("The Woodman"),The warey wife keeps tinder every night。"火"在克莱尔那里常见,或比喻生命,或比喻爱,如上面的《樵夫》,还有《致弥尔顿》《梦》《爱》《生之虚无》等。同样哀悼自然的名篇《倒落的榆树》("The Fallen Elm")也提到了火。

24 这两句指李尔王,李尔王流浪在外,与老鼠为伍,让雨水拍打。下面的"你"也是指他。

25 earl of the doomed protectorate/ of cavalry under your cloak,earl,指埃德加/汤姆的父亲格洛斯特伯爵,他双眼被剜去,也许代表沃尔科特自杀的父亲,因为他自比汤姆,下一节就提到了父亲。protectorate,受保护国,也许暗示圣卢西亚,它受英国保护。

26 如 Savory 所说,这一节里,沃尔科特表达了"他对诗歌能力的信仰危机",在母亲去世时,诗的能力似乎"肤浅",几近"可耻"。另外,还可以看出这样一个观点:表达痛苦情绪的诗,它的成功主要在于达到一种平衡:在"痛苦的敏感"和"精湛地掌控语言音律、使之符合诗人意愿和目的"的做法之间。"Toward a Caribbean Ecopoetics",第86页。

27　babble,联系《李尔王》中李尔王、汤姆、弄人的胡言乱语。

28　面包果树叶子上的纹路如同诗行。

29　for Thine is the Kingdom, the Glory, and the Power,《马太福音》6:13,但"荣耀"和"权柄"的顺序与这里不同。译文从和合本。

30　the bells of Saint Clement's, Saint Clement's, 按照语境看,是圣卢西亚的教堂。这句会让人联想到英国的著名儿歌《橙子和柠檬》("Oranges and Lemons"), Oranges and lemons,/ Say the bells of St. Clement's;这里指伦敦的教堂,该儿歌《1984》引用过。

31　imperial lilac,西方紫色象征权贵,所谓 imperial purple,紫丁香的紫色略浅,但也可以这样联系。

32　见《马太福音》等福音书,指耶稣受刑。"下来"(dismounting),双关,指耶稣尸体下十字架,但前面提到了驴,也指他生前下驴,因为经文描写他骑驴进耶路撒冷。这一节的"他"都是首字母大写。

33　a widow's immaculate husband, widow, 沃尔科特的母亲,她长年守寡;同时暗示圣母玛利亚,按照一般的看法,至少在耶稣受难前,约瑟就去世了。husband,指沃氏的父亲;暗示约瑟,也暗示圣父上帝。immaculate,这个修饰语用于圣母,这里改用于父亲。

34　stalls,双关,指畜栏,信徒如同畜群,也指教堂的座位或长凳。这句开始用过去时,作者回忆童年在圣卢西亚参加循道宗宗教仪式的场景。

35　《圣经》钦定本由詹姆斯一世下令编纂,其英语影响了这之后所有英语文学家,包括沃尔科特。沃氏欣赏钦定本清水一样平白简练的语言。下面"让灵魂新鲜的水"也是指钦定本《圣经》。

36　把母亲比作母鹿,下面的三只小鹿是沃尔科特兄弟和姐姐帕梅拉。

37　"as the hart panteth for the water-brooks",《诗篇》42:1,文字来自钦定本,此处从和合本的译法。

38　*Bounty*,斜体,这里表示邦蒂号,同时暗示恩赐。下面提到了船长布莱(Bligh)。

39　Faith grows mutinous,"邦蒂号"上最著名的事件就是一场士兵的叛变,由大副弗莱彻·克里斯蒂安(Fletcher Christian)发起,船员流放了酷虐的布莱,去往塔希提或皮特凯恩群岛。邦蒂号在船员上岸之后,被焚烧。他们的后裔现仍定居于皮特凯恩群岛。这段历史多次拍成电影,名为《叛舰喋血记》(*Mutiny on the Bounty*),盖博,马龙·白兰度都有出演,喜欢电影的沃尔科特必定看过。Baugh 指出,沃尔科特认为自己背叛了童年时母亲教他的信仰,正如弗莱彻背叛了布莱。*Derek Walcott*,第 204 页。

40　in its doldrums,双关,先指赤道无风带,赤道附近南北纬五度间。另外,表示忧郁,消沉,配合"抛锚",如习语说 in the doldrums。

41　Christian,双关,指弗莱彻的姓,也指基督徒,呼应"上帝"。

42　*Argo*,用伊阿宋找金羊毛乘的船名,比喻邦蒂号。

43　the soul's Australia is like the New Testament/ after the Old World,巧妙的一句,暗含了"旧世界"/"新世界"=《旧约》/《新约》。邦蒂号暴动后,布莱在 1806 年担任了澳大利亚新南威尔士总督。Burnett 指出,本诗中,作为世界性诗人的沃尔科特终于关注到了澳大利亚,澳洲象征着南半球。见 *Derek Walcott: Politics and Poetics*,第 121—122 页。

44　the code of an eye for an eye,《旧约·出埃及记》21:24,但是《新约·马太福音》5:38—39,却打破了这种报复的法律。所以,虽然邦蒂号在南半球、"新大陆"附近,如同"《新约》",却没有脱离"《旧约》"的法。

45　Him,首字母大写,指上帝。弗莱彻/沃尔科特/圣子,背叛了布莱/母亲/圣父。

46　母亲要念的经文段落,都不再新鲜,孩子会感到反感,但长大之后,他们也会变成船长那样的权威,维护信仰。这里面似乎揭示了,如果具有信仰，就会陷入权力关系，因为信仰的对象是权威者：父母／船长／上帝。但如果没有信仰，就会叛逆，陷入暴力和虚无。

47　There Is a Green Hill Far Away，爱尔兰女赞美诗作家塞西尔·弗兰西斯·亚历山大（Cecil Frances Alexander, 1818—1895）做的赞美诗，收入《给孩子的赞美诗》。

48　Jerusalem the Golden，见《另一生》1.4。

49　miter，主教的教冠，这里比喻诺贝尔文学奖。"统治"，ruled，双关，表示用尺子画出，因为诗行都是直线，前面用这个词描述"地平线"。但自然的法冠和桂冠，却是水雾。

50　presences，确切说，是在场，当下存在，尤其指这种存在的超越性形式。人们能解释的只是存在的质料和形态，永远不能解释"存在"的形式，它源自神性的光辉，下面会说它是"透明的"，见《罗伯特·特雷尔·斯彭斯·洛威尔（1917—1977）》。这句的"这"，是诗或作诗。

51　almonds，这个词指扁桃，被西方人用来指加勒比的海扁桃，它源自拉丁语和希腊语，拉丁语为 amygdala，早在普林尼的《博物志》中，这个词就被使用。通俗拉丁语里叫 amandula，这是受 amandus（可爱的）的影响。所以海扁桃这种东西，得到了一个源自拉丁语的专名，它没有自己的名字。

52　海扁桃是次一级的橄榄，橄榄是希腊罗马文化的象征，见《希腊》。这句意思就是，母亲的身影具有本土的风格，即加勒比式的希腊和罗马风格。

53　通过下面放入括号的插入句"别打断！"可以看出，这句话是作者摹仿读者所说。他虚拟了一个场景：由于上面的问句（Should I 开启）太长，他自己的声调没有在句末保持升调，所以说"语调有问题"；而下面为了避免读者再次插话，才会说"别打断"。

54　因为一般人已经不再相信天使及其光辉，所以作者害怕打断，插入了一句，其实也是克制自己的怀疑。天使的光辉虽然不存在，但它所象征的存在的神性是难以否定的。

55 作者的理智告诉自己，他不应该再盼望见到自己的母亲，但是仍然有一种本能推动他如此。见 Baugh, *Derek Walcott*，第 204 页。

56 shining ones, 指上帝和天使，他们都是光的化身，如《哥林多后书》4:6, For God...hath shined in our hearts, to give the light of...。《马太福音》17:2,《启示录》21:23 等等。

57 there I have said it, 当某人对他人说出了令自己尴尬，或者伤害他人，或者有争议的话之后，会用这个短语缓和气氛，相当于：不吐不快，实话实说，我说话直,。作者在这里表达了"冷漠无情"的看法，不再盼着见到母亲，但这是实话实说。

58 substance, 上面的"实实在在的"为 substantial, 实体是形而上学或存在论的核心概念，这里等同于 presence, 指"个体存在"。

59 "钟形"暗示丧钟，见《诺曼底酒店泳池》结尾。

60 见《圣卢西亚》第二节。

61 这个问号的问题就是上一节那个很长的问句，也就是对存在（生和灭）的发问。

62 蠓虫的盘旋，如同葬礼的花环。

63 Nothing is trite, 爱人去世后，习以为常的与之有关的东西，都没有意义，化为虚无。

64 vegetal fury, 死者不再具有动物和人的情绪和欲望，但仍然具有植物性的特点，也就是自然的生生不息。

65 mammy-apple, 即, mammee-apple, mammey-apple, mamisiporte, abrikot peyi, z'abricot, 拉丁名为 Mammea americana, 果实如杏。mammy 来自西语 mamey, 最终来自泰诺语，含义不明，有的中译为曼密果或马米苹果。作者用 mammy, 是为了联系"妈妈"——指自己的母亲和自然——因此我这样翻译。

66 ground-doves, 加勒比地鸠不属于通常的鸠鸽科地鸠属（Columbina），而是棕翅鸠属（Leptotila）。

67 their absence in all that we eat, absence 对比前面的 presence。死者去世后,返回自然,成为自然元素,进入食物,供人和动物食用。死只是自然的循环,没有什么可畏惧的。死者如同基督,将自己的身体作为圣餐,供后人食用。与基督教将野蛮的"食人"宗教化和仪式化不同,沃尔科特将之自然化,他不是主张真的吃人,而是隐喻自然的循环。

如 Breslin 所言,本节"展现了圣卢西亚的风景之美",展现了"一片自我更新的活力之土",还有"死亡的象征"(memento mori)。"自然的活力丰饶地消耗和更新自身",循环往复。第六节和第七节都是在思考本诗的核心主题"可朽性"。这一节否认了基督教传统的"来世"的思想,因为其所描述的"自然的腐朽和变形都是不定的":"食用面包果、石榴或木薯也就是吃死人",这是一种倒置的 kélé(见《群岛传奇》第五章),祖先哺育今人。本节也反转了史蒂文斯的《拉·傅丽叶夫人》("Madame La Fleurie")中叙述者的悲伤: grief is that his mother should feed on him, himself and what he saw。见 *Nobody's Nation*,第 274—275 页。

Burnett 指出,"悲伤和亡故,让诗人重返他的当下存在,即,他会像雨中的岩石一样栖居的、没有未来的存在,会在他视野的循环中感恩,满怀'对日常的敬畏'。死亡是永恒的回归,是自然循环的一部分。"见"'Where else to row, but backward'Addressing Caribbean Futures Through Re-visions of the Past", *Narratives of Resistance: Literature and Ethnicity in the United States and the Caribbean*(Univ de Castilla La Mancha, 1999),第 106 页。

68 cassava,前面多用俗称 yam,中译为甜薯,见《另一生》2.8.1,《星苹果王国》第十二节,甜木薯的根部可食。木薯块切成楔形,便于食用。

69 questions,松鼠及其尾巴的外形,如同问号,就像在提问。为了保持形象性,译为"问号",这是沃尔科特常用的意象。

70　viridian，油画用的一种绿色，同义词也见《另一生》3.14.1，oil-green；《海歌》，green chrome。直译是为了体现沃尔科特诗画结合的特点，同时表明，自然如同有艺术感觉的画家。

71　甲虫死了，尸体上才会有种子。

72　blackbird，见《另一生》1.3.2 的字母 K，圣卢西亚语境中，译为黑鹂。

二、标志

1　Signs，首先指云的形态和迹象，诗中也联系了其他的标志。本诗中，作者用云的形象，想象了欧洲 19-20 世纪的历史。见 Baugh, *Derek Walcott*，第 207 页。

2　Adam Zagajewski，波兰诗人，1945 年生于利沃夫（二战前属波兰，时为苏联占领，今属乌克兰），随即迁往波兰，1982 年受到政治压力，移居巴黎，之后也在美国任教，现为芝加哥大学社会思想委员会成员。扎加耶夫斯基是沃尔科特的好友，写过献给沃尔科特的诗，如《我的工作室》("The Room I Work in")。在《哀歌诗人》("The Elegist"，*The New Republic*，May 2002）一文中，沃氏评论了扎氏的诗集《无止境》(*Without End*)，前者问后者，是否信仰幸福，后者的回答非常奥妙："他不信仰幸福，他信仰快乐。幸福是为了独立宣言，为了政治状态，为了电影的尾声。与之相反，快乐是启明，正如布莱克、华兹华斯和里尔克，是降福，是显灵。在 20 世纪，要信仰天使，无需其他。"这段话也符合沃氏的宗教观，与《恩赐》诗集的诗意相似。波兰是沃尔科特常会涉及的国家，在《仲夏》42，就描写过，涉及了冷战；《奥马罗斯》42.1，结尾提到扎氏，还有另两位波兰诗人，兹比格涅夫·赫贝特与米沃什。

3　见第四节，云的轮廓如同欧洲的版图。第一节的精妙在于，处处写云，但没有用这个词。

4　inventory，指商家囤积的为了出售的丰富的物品或其清单。沃尔科特敏锐地注意到了19世纪欧洲社会及其文学中的"庞大的商品堆积"以及对资本的欲望。见W.Logan为《恩赐》诗集所写的书评，"The Fatal Lure of Home"，*New York Times Book Review*，29（June 1997）；M.Bailin引了这一句分析了维多利亚时代的丰富的商品，这种欲望"归根到底是在物质世界的、沉默和华丽的确定性中体验到救赎的希望"。"The New Victorians"，*Functions of Victorian Culture at the Present Time*（Ohio University Press，2002），第43页。关于存货，我想到的是巴尔扎克（下面提到了）的《驴皮记》（*La Peau de chagrin*）中古董店里的物品，那篇小说写的也是欲望。这一句写了物质商品，下一句迅速转向思想市场，19世纪也是精神商品多样化的时代；之后又将书籍与城市并行来描述文化和经济的扩张。

5　《仲夏》1的第一行就用云比喻书卷，作者用云将天上、地下、社会、政治、历史串联在一起。

6　如维多利亚时期，养鸽子是时尚。

7　括号比喻咖啡馆的门，也如上面提到的门廊。

8　光比喻上帝，20世纪是上帝已死的时代，沃尔科特诗学的核心就是平凡但神圣的光。

9　除了巴尔扎克的作品，还有维多利亚时代的小说。19世纪是一个道德规范扩大的时代，但如巴尔扎克小说所揭示的，恰恰也是道德伪善的时代，作者其实意有反讽。

10　这两行分别指水晶之夜和纳粹集中营，这是沃尔科特和扎加耶夫斯基持续关注的主题。扎氏曾写过《未写的哀歌，献给克拉科夫犹太人》（"Unwritten Elegy for Krakow's Jews"），收入《看不见的手》（*Unseen Hand*，2009）。《无止境》中的名诗《去利沃夫》（"To Go to Lvov"）也论及了犹太人，比如这一句，why must every city/ become Jerusalem and every man a Jew。

11　Kollwitz，即深受鲁迅推崇的德国表现主义艺术家凯绥·珂勒惠支（1867-1945），擅长木刻画和炭笔画，她反对纳粹，受到迫害，全家饱受两次世界大战之苦。

12　émigré，法语，特指因为政治和社会原因移居国外的人士。Loreto 注意到了这个词，其指出，沃尔科特与纳博科夫从思想上来说，可以被视为漫游者（traveller 或 wanderer），相反于 émigré，漫游者是"自愿流亡"：他"选择属于不止一个文化，而且自由地在不止一个文化间迁移"，他"归根到底停泊于自己岛屿的海岸"。这种看似后现代的立场，其实被"一种强烈的、必然的积极气质所占据"。按照哈罗德·布罗姆的看法，这样的立场可以解释为"对试图恢复和矫正意义、而非解构意义的语言的批判"。见 *The Crowning of a Poet's Quest*，第 XV 页。

13　aura，云中的日光光晕。这是本雅明论述过的概念，就是圣徒背后的光环，诗歌的光环在翻译中被人为的"合成"（synthetic，强调技术性），失去了原有意义。这里指扎加耶夫斯基的诗，他常用波兰语写作，但其他世界都用译文来理解他。

14　hay country，指波兰乡村，见扎加耶夫斯基的《略夸张》，it felt oddly familiar, more from dreams than from reality, perhaps from a Ukraine before my birth, a provincial manor smelling of hay and the long-gone Commonwealth。这里提到了灭亡的波兰第二共和国，以及当时归属该国的西乌克兰。译文来自 C.Cavanagh, *Slight Exaggeration: An Essay* (Farrar, Straus and Giroux, 2017)，第 93 页。

15　通感，日光随着门窗打开而照入，仿佛发出声音。这种杂音和下面的亚麻桌布都代表被遗忘的细部。翻译者给流亡者贴上了一般化的标签，比如处理为某种精神的代表，将他的经历戏剧化，过滤掉他的生活细节。

16　echo，流亡者读过的所有欧洲文学，都在欧洲找到了呼应。echo 是沃尔科特特别常用的词，有时表示声音的回响，有时单纯表示重复和模仿。

17　从欧洲小说里读到的景物，在来到欧洲后，终于才看到。

18　这里也是谈论作者自己，他嫉妒欧洲的文化传统，像饕餮一样吞噬欧洲的文化遗产。

19　指欧洲。页面还是比喻云，来自加勒比的作者被西方"白化"。

20　还是把语言与自然合并起来说，外来者之于欧洲文化，心灵只像田野一样荒芜。

21　convert，沃尔科特常用的表示模仿的词，也暗含皈依的意思。欧洲之外的艺术家试图在本土的自然环境中仿造出欧洲的高雅的艺术。

22　adieu，歌剧的常用词，如马斯奈《曼侬》的咏叹调《永别我们的小桌》("Adieu notre petite table")。不确定这里是否要联系《群岛传奇》第十章的题词"永别了，头巾"，但可以肯定，作者的意思是，飘动的云如同女歌手挥动的、表示告别的围巾。

23　cornucopia，希腊罗马神话中的一种角状的器物，丰饶的象征，很多神都持有，比如罗马的丰饶女神Abundantia，里面能倾倒出花朵和水果等。这里指歌剧院墙上的石头雕刻角，它虽然也表明了bounty的"丰饶"含义，但它不是自然的，只能倒出"石果"。到这里，卷云的形状继续比作了基路伯（画有它的歌剧院屋顶）和丰饶角。

24　见《上帝赐你们快乐，先生们：第二篇》。墙上的裂纹如同纳粹的　字在宣判犹太人。

25　这句暗示纳粹党的靴子和水晶之夜；漠然的德国人就像月亮拉上窗帘，回避犹太人的灾难；钻石也指被抢劫的犹太人的财物。

26　soot-eyed extras are waiting/ for one line in a breadline，breadline，bread暗示了犹太人逾越节领的"饼"（无酵饼）——也是基督教圣餐礼"饼"的源头——见《出埃及记》12:8，12:15等。extras，双关，指临时演员，也指额外的人，多余的人，指犹太人的地位。soot-eyed，联系第二节最后一节的"煤灰"，指焚化炉的灰。

27　shot，双关，指镜头，也指枪击。

28　Old Town，克拉科夫（Cracow）老城，扎加耶夫斯基在波兰时期定居于此。波兰曾有过表现主义运动，为了反对现实主义。第四节提到了克拉科夫。

29　paraphernalia，指犹太人的器物，上面有大卫之星。

30　cantor，犹太会堂唱诗班的领唱或祈祷时的领诵。

31　graven images，即idol，雕刻的崇拜偶像，这个词引申指伪神。这里指向《出埃及记》20:4-6，十诫中规定不得崇拜偶像神，Thou shalt not make unto thee any graven image。钦定本用的词与此处相同，和合本译为"雕刻偶像"。这里实际上指出犹太人自古以来也是排斥他族及其异端信仰。

32　lignum-vitae，见《星苹果王国》第十三节。用生命木比云，联系了自己的家乡。

33　云比作驳船和塔。这里指圣彼得堡清真寺的两座宣礼塔。联系俄罗斯/苏联，是为了暗示波兰冷战时的背景，但作者没有用苏联时所叫的"列宁格勒"，这也暗示了苏联的权威如同沙俄。宣礼塔是沃尔科特很爱关注的意象，也见《仲夏》1。

34　All that seems marmoreal is only a veil，all指云，如同大理石像，但变化后又如罩着石像的幕布。marmoreal也表示冷静和冷漠，veil表示遮掩和借口，因此句意是，冷漠的人（all指人），都仅仅是故意掩饰，不愿面对现实，无所作为。这暗示了战争和罪恶的根源。veil在字形上也呼应上面的evil（恶），显然，关于两个词的近似，沃尔科特想到了雪莱的《被解放了的普罗米修斯》（*Prometheus Unbound*）第三幕，第三场，veil by veil, evil and error fall。那里是认为恶是veil，可以轻易去掉，或者也可以重新戴上。这一手法也用在雪莱的《为诗一辩》，他多次使用两词，而且主张，诗可以揭开veil，去除evil，Poetry lifts the veil from the hidden beauty of the world；And whether it spreads its own figured curtain or withdraws life's dark veil from before the scene of things。沃尔科特这里也隐含了对诗歌期待，但他并没有那么乐观。

35 Timon，指《雅典的泰门》，泰门道德高尚，乐善好施，但对卑劣的同胞彻底绝望，愤世嫉俗，孤独而死。沃尔科特承认，《奥马罗斯》中斐洛克忒式的原型之一就是泰门。见 D.J.R.Bruckner, "A Poem in Homage to an Unwanted Man", *Critical Perspectives on Derek Walcott*, 第 397 页。泰门也是诗人自己的写照，面对民众的劣性，只能自暴自弃。但云的变化又给他带来希望，云意味着春天——这也许暗示《雅典的泰门》第二幕，第二场，那里用冬天的云作比喻，one cloud of winter showers。冬云来到，贪婪的门客就散去了。

36 Babylonian willows，拉丁名为 Salix babylonica。这里是把云比作杨柳，联想到了荷兰。

37 毕沙罗经常描绘人群，如《歌剧院大道，阳光，冬晨》(*The Avenue de l'Opera, Sunlight, Winter Morning*, 1898)，《新桥午后阳光》(*Afternoon Sunshine, Pont Neuf*, 1901)。

38 Notre Dame，指圣母院，按照诗意，译为圣母。如联系毕沙罗的法国身份，可指巴黎圣母院；如联系克拉科夫，可以指圣玛利亚教堂 (St. Mary's Basilica)，波兰是天主教国家。

39 云比作在克拉科夫看到的弹孔墙，又像布满孔隙的棉絮，这里应暗示药棉，弹孔也像伤口。

五、帕琅

1 见《帕琅》一诗。
2 吊灯和灯线的影子如同扫帚把。
3 烛光、星辰、眼泪（作者的泪水）联系在一起。
4 Saddle Road，特立尼达西班牙港北部街道，分西段、北段和东段，西段南边通向萨凡纳。叫"马鞍"，是因为萨凡纳附近常有赛马，马匹会经过这条街。

5　Santa Cruz，该河谷临近马鞍路，在马拉瓦尔和圣胡安之间。《恩赐》诗集中有一首《圣克鲁兹四重奏》(本诗集未收)。沃尔科特还有《圣克鲁兹风景》的画作。本诗集中所有的圣克鲁兹都是此处。

6　blissful indifference，等于常说的 blissful ignorance，因为极度幸福，忘记一切，所以 blissful 也有无忧无虑的意思。bliss 是作者爱用的词，前面都译为极乐，但此处和下面，分别译为无忧无虑和忘忧。

7　Paramín，特立尼达北山脉（North Range）的高峰之一，位于马拉瓦尔。

8　goodness，这个词也可以指上帝，指基督教的美德，如《加拉太书》5:22，也可以指恩惠，如《诗篇》31:19，145:7 等。我倾向最后一种意义。

9　bits，指鸟叼的碎木、碎土之类的东西。作者把云比作鸥鸟。

10　la rivière Dorée，见《群岛传奇》第一章。

11　La Divina Pastora，天主教中圣母的形象之一，怀抱圣子，带着羔羊。这里指圣卢西亚的敬拜这种形象的圣堂。另外，特立尼达的印度人也接受了这一形象，称之为 Supraree Mai 或 Sipari Mai。见 *The Encyclopedia of Caribbean Religions: Volume 1: A - L; Volume 2: M - Z*，"Suparee Mai/ La Divina Pastora"，第 333，996 页。

12　这段长问句以 remember 开头，中间都是"记得"的内容。作者有意如此，因为长问句会让疑问减弱，作者其实想表达的是肯定：他还记得。这种手法在之前的作品和《恩赐》诗集中常见。

六

1　海扁桃的树干比喻耶稣的身体。这一句表明了，这里不是爱尔兰，而是加勒比，是特立尼达，但这两地都有相似的、不同于欧洲主流文化（如英国）的特征和精神。沃尔科特常常会提及爱尔兰，这是受乔伊斯和希尼的影响。此外，爱尔兰与圣卢西亚也都面对着一些相似的矛盾，如天主教和新教，英语与本土语言，本国与英帝国。

2　见《纵帆船"飞翔号"》第四节。

3　*chantwell*，法语克里奥尔语，也写作 chantwel, chantelle, chantrel, chantuel 等，有可能来自法语 chantuelle（领唱）或 chanterelle（鸟叫）。它首先指劳作时唱歌的领唱，歌曲形式一问一答，领唱唱主歌，其他人唱副歌。第二，指卡林达（Kalinda 或 Calinda，加勒比的一种武术或搏斗表演）时的歌手，用歌声鼓励搏斗者。第三，指狂欢节赛歌时，帐篷中乐队的领唱。第四，指卡吕普索或卡里索（caliso 或 cariso）乐队的歌手。见 *Dictionary of the English/Creole of Trinidad & Tobago*，第 191, 157 页。此处应指最后两种歌手，尤其是领唱。

4　加引号，是用路比喻血管。

八、回家

1　Sesenne，原名 Marie Selipha Charlery（1914—2010），夫家姓笛卡尔（Descartes），圣卢西亚国宝级民族歌手，生于米库区的乡村家庭。由于在保护本土文化，尤其是圣卢西亚克里奥尔语言文化上做出了卓越的贡献，她 1972 年获大英帝国奖章（BEM）），2000 年，获大英帝国勋章的爵级司令勋章（Dame Commander），因此被称为瑟森妮夫人（Dame Sesenne）。沃尔科特极为推崇和喜爱她，她就是沃氏诗歌中本土性的源泉。本诗的第一节也是描写瑟森妮的代表诗作，常被引用。

2　这句和下面都是描绘声音，但也是描绘瑟森妮，她年岁已大，嗓音和皮肤都皲裂。

3　shac-shacs，见《珀科曼尼亚》。

4　bel-air，也作 bele, belair, bel-aire, bel-lair, beHaire，一般认为来

自法语 belle air（美妙的声音，妙音），但也有可能来自刚果语 bwela，vèlélé，指一种运动髋部和臀部的舞蹈，或金邦杜语（Kimbundu）的动词 belela（舞蹈）。加勒比女性的集体舞蹈，起源于非洲。舞蹈时配有音乐和击鼓，使用"沙克沙克"，也有歌唱，分领唱和合唱，女性着杜埃裙（douiette）。见 *Dictionary of Caribbean English Usage*，第 91 页；*Dictionary of the English/Creole of Trinidad & Tobago*，第 68 页。

5 《星苹果王国》第三节。

6 见《绿夜》诗集的《帕琅》。

7 Ishmael，《创世记》16:11—12，上帝为亚伯拉罕的妾夏甲生的儿子，取名以实玛利（神听见），而且预示说，他的手要"攻打人"，人的手也要攻打他。伊斯兰教中，以实玛利即易司马仪，为阿拉伯人和穆罕默德的先祖。作者的意思是，瑟森妮的歌声给予他力量和斗争的精神，同时赋予他异族的身份。

8 见《圣卢西亚》第二节。

9 the Rose and the Marguerite，圣卢西亚的两个文化社团，克里奥尔语为 La Woz 和 La Magwit，分别以玫瑰和千日红这两种国花为象征。两个社团设有国王、王后、亲王、公主、大臣等角色，定期举行节庆。在圣卢西亚，marguerite 不像通常那样，表示雏菊（daisy），而是指千日红，拉丁名为 Gomphrena globosa。

10 用云下的马比喻天上云的形状，它们都在闪耀。

11 圣卢西亚诗人完全用乔伊斯的风格，这就脱离了本土，犹如乔伊斯写圣卢西亚的风景。但是，沃尔科特试图成为世界诗人，在他眼中，所有地区和民族（用四种树做比喻）都有共同的本性，因为都是自然的组成，在这个基础上，各自又有自身的特性。所以，圣卢西亚诗人也可以写爱尔兰，也可以用英语，这并不影响普世的诗性，但是，诗人自己会陷入一种分裂和焦虑中。

12 *bois-campêche*，见《另一生》2.8.3。

13 让人想到济慈的《海边》（"On the Sea"）。

14　Les Cayes，caye，法语，珊瑚礁。该地在卡斯特里附近。
15　法语克里奥尔语，沃尔科特基本没有用过——除了《圣卢西亚》第三节——尽管他非常熟悉。他虽然用英语写作，但命名的事物和方式都立足于本土，等同于也在使用法语克里奥尔语。

十

1　the hermit，指"我"，沃尔科特一向自比隐士；而寄居蟹为 hermit crab，也是"隐士"。人与蟹在自然面前没有分别。
2　"运河"指苏伊士运河，兰波描写过，欧洲如同孩子，蜷伏在它旁边。
3　Harmattan，西非的沙尘风或该风盛行时的季节，一般出现在11月末至次年3月中。
4　Diogenes' lantern，犬儒派的第欧根尼，白昼打灯笼上街，为了找正人君子。因此，月亮比作灯笼，它的对公平和正义的寻觅也带有反讽的含义：这两者似乎很难找到。

十六、西班牙

1　José Antonio，即西班牙诗人安东尼奥·马查多（1875—1939）。本诗第三节就是"读马查多"，曾单独发表。除他之外，本诗还提到了洛尔卡、戈雅等人，他们及其作品让作者建立了对西班牙的主观想象，而非实景的客观描绘。本组诗共四首，体现了"沃尔科特如何想象和进入一些在时空上遥远的国家，如何通过它们的艺术文学、通过他在'此处'和'别处'之间发现的联系来做到这一点"。本诗相关的与其说是西班牙，不如说是"诗人的感激的欣喜"，这是因为

"心灵具有建立这种联系的能力";它也相关"想象将自然重构为艺术时的棘手",以及"风景如何被想象的艺术'说出'和命名"。见Baugh, *Derek Walcott*,第206页。我个人认为,本诗也有一些地方呼应了沃尔科特的《塞维利亚的小丑》(*The Joker of Seville*, 1974)。早在这出戏中,沃氏就关注了西班牙,将之与特立尼达的西班牙克里奥尔文化结合在一起,塑造了加勒比的唐璜。

2 诗人厨房的楣梁上有西班牙雕塑家制作的陶土的公牛,这让他联系了加勒比牧场的公牛。见 Baugh, *Derek Walcott*,第206页。这里的"你们"相对于"我们",包含这位雕刻家,以及西班牙人。按照第四首诗的描述,作者应在特立尼达,从文化传统上,这里也很自然地可以联系西班牙。

3 Rioja, Aragon, Rioja,即 La Rioja,西班牙自治区,东临阿拉贡自治区,这里是葡萄酒产地。下面的"纳瓦拉"自治区在里奥哈和阿拉贡北部,与两地接壤。上面说的名词指的就是这些西班牙地名。

4 这句还是说陶制的牛,但四方(是伊斯兰教的重要图案)与新月暗示了西班牙的伊斯兰历史。《奥马罗斯》40.3提及伊斯坦布尔时说,the curved scimitar/ of a crescent moon。

5 like the shoal, an inlet of intaken breath,这里将本土的沙洲边的牛比作西班牙斗牛场的牛,它的叫声和呼吸如同实景中沙洲的水声和水湾的桨声。shoal,沃尔科特经常描写沙洲处流水的声音,而且联系死亡,如《北方与南方》, its guttural death rattle in the shoal。《恩赐》22, death-rattle of surf on the gargling shoal。因此,这预示了斗牛场上的牛的命运。intaken breath,见《另一生》3.13.3(本诗集未收),the oars, / each stroke concluding with the folded gurgle/ of an intaken breath。

6 the cockerel's strut,转而暗示斗牛士,但是,这个不太严肃的比喻本身是加勒比式的,它"戏拟"了西班牙的对应者。如见《另一生》1.2.2的字母J。我相信,沃尔科特必定也想到自己的《塞维利亚的小丑》,唐璜说, young cockerels/ would shake their wattles, / fan their

tails/ to pluck you from me。剧中，雄鸡与孔雀等动物，都暗示了男性的性强健——这在加勒比会受到赞誉。

7　olés，olé，西班牙语，表示鼓励和加油，这里是用海浪声比喻斗牛场的呼喊。

8　arena，将加勒比的大海比喻为斗牛场。《塞维利亚的小丑》开篇也提到了特立尼达的arena，可能是斗牛的、斗鸡的，或是斗棍的围场，最后一种叫gayelle，是特立尼达曾经流行，后来遭禁的民间格斗游戏。剧中的唐璜是stick-man（斗棍士），该词在俗语中，也暗示了性强健。见Baugh, *Derek Walcott*，第122页。所以在这里，沃尔科特有可能也想到了本土的arena。

9　陶土的牛提醒了诗人：虽然按照文化等级，西班牙高于加勒比，人们会说木麻黄像柏树，但两种文化没有高下，是平级的，也可以说柏树像木麻黄。

10　这句依然是诗人想到的内容，八月炎热的加勒比被想象为西班牙。

11　马查多那里就有燕子的意象，我首先想到的是《哦，光辉的黄昏！》（"¡Oh tarde luminosa!"），las golondrinas se cruzan, tendidas/ las alas agudas al viento dorado,/ y en la tarde risueña se alejan/ volando, soñando...// Y hay una que torna como la saeta,/ las alas agudas tendidas al aire sombrío,/ buscando su negro rincón del tejado（群燕交错，舒展/尖锐的翅膀，向金色的风，/它们在欢快的黄昏离去/飞翔、入梦……//有一只回返如箭，/尖锐的双翅向昏暗的空气舒展，/寻觅铺瓦屋顶处的黑色角落）。离群的燕子象征诗，寻找的是心灵的黑暗角落；这里的如记忆的燕子也是诗，寻找的是异国的风景。下一节，燕子带作者来到了曾经去过的格拉纳达。

12　巧妙的比喻，阿拉伯文是从右向左，如同回溯；而且历史上，阿拉伯人统治西班牙近八百年，影响极深，因此回溯西班牙的历史，绕不开他们。这种文字也如同起伏的山峦和道路。

13　联系《恩赐》26，The sublime always begins with the chord "And

then I saw"。山峦和柏树只要看到,就已经从车边经过,而且是过去时了。这让作者想到了历史。

14 加西亚·洛尔卡生于格拉纳达,也在此被杀害,草草埋于诗中说的"石坡",在比斯纳尔(Víznar)和阿尔法卡尔(Alfacar)附近,遗骸至今未能寻到。这方面的内容可见 I. Gibson, *Lorca's Granada: A Practical Guide*(Faber & Faber, 1992)。马查多写过悼念洛尔卡的诗《格拉纳达发生的罪行》("El crimen fue en Granada"),其中反复强调了洛尔卡死于家乡,… Que fue en Granada el crimen/ sabed —¡pobre Granada!—, en su Granada(罪行就发生在格拉纳达 / 你们要知道—可怜的格拉纳达! —在他的格拉纳达!)。

15 staccato,音乐术语,五线谱里常用音符上加一小点表示。

16 flamenco,西班牙安达卢西亚地区(格拉纳达位于这里)的民间艺术,包括歌唱、音乐和舞蹈,由摩尔人和罗姆人创立。

17 *The Third of May*,指戈雅的名作《1808 年 5 月 3 日》(*El tres de mayo de 1808*, 1814)。作者用里面受刑者的形象来比喻戈雅,也联系洛尔卡。

18 指死后所去之处,这些都是西班牙的受苦者,包括洛尔卡和戈雅,他们在作者的回忆中出现。

19 out of the blue,习语,blue 指蓝天,空中突然出现雷电,引申指,突然间,意外的,如汉语的"晴天霹雳"。蛋黄花发黄,如同闪电在空中出现。这种花是沃尔科特常用的意象,它表明,本诗的地点在加勒比。

20 暗示马查多的《格拉纳达发生的罪行》。

21 cadenzas,音乐术语,装饰段,华彩段。

22 a white throat,一般指白喉莺(Sylvia communis 或 Sylvia curruca),但该鸟并不分布于加勒比,因此有可能是白喉雀(white-throated sparrow, Zonotrichia albicollis),也可能是特立尼达的白喉鹰(engoulevent à collier blanc, Podager nacunda)或蝙蝠隼(bat falcon, Falco

rufigularis），或一种蜂鸟（Amazilia chionopectus），在特立尼达常以法语称为 colibri à gorge blanche，意为白喉或白胸蜂鸟。

23 ruffles，指鸟颈上褶皱的毛，呼应涟漪（rippling），这个词也指鸟的毛发竖立，还表示愤怒和激动。

24 作者将读到的马查多的语言与眼前本土的土、石和墙联系在一起。S. Gill 指出，在声音上，这里的 earth（土）联系了 verb；stone（石头）联系了 noun。土地与名词交织在一起，而这也是马查多诗歌的特征：它描绘了卡斯蒂亚的风景，"将之黏合为主人公来表达人的体验"。见 *Communication Images in Derek Walcott's Poetry*，第 229-230 页。我还要补充一点，walls（墙）在声音上联系了本诗中反复出现的 all（一切、全是）。

25 ponies，pony 对应西语 jaca，可以联系洛尔卡《树啊，树啊》（"Arbolé, arbolé"），sobre jacas andaluzas（在安达卢西亚的矮马上）。

26 rope，Rivas 的西语译本译为 ristra，这个词在西语里专指串大蒜和洋葱等物的绳子。

27 这里很自然会让人想到洛尔卡的《死于爱》（"Muerto de amor"），Ajo de agónica plata/ la luna menguante（垂死的银蒜 / 亏缺之月）。洋葱可以想到米格尔·埃尔南德斯的《洋葱摇篮曲》（"Nanas de la cebolla"）。

28 Esperanza Lerdá，原诗集中没有这个致意，本诗选后加。我认为，有可能排版有误，这个人物应为 Esperanza Cerdá，全名为 Esperanza Cerdá Redondo，阿尔卡拉大学女教授（本诗也提到了阿尔卡拉），专研英语诗歌，是沃尔科特的朋友；沃氏 1994 年还在该所大学接受了荣誉博士学位。同名的女性，也出现在《浪子》9.5（9.4 是地名），或许是这位女学者。伊妲·达斯（Ida Does）导演的沃尔科特记录片《诗即岛》（*Poetry Is an Island, Derek Walcott*，2013）由她译为西班牙文。

如果不是错误（比如沃尔科特有意改写），仅就这个名字而言，它不是没有意义，西语里：esperanza，即希望；lerdá 是形容词 lerdo 的阴性，意为，笨拙的，没有希望的。所以这个名字即，无望之希望。而这个寓意恰好联系了马查多的短诗《希望说》("Dice la esperanza")，Dice la esperanza: un día / la verás, si bien esperas./ Dice la desesperanza:/ sólo tu amargura es ella./ Late, corazón... No todo/ se lo ha tragado la tierra（希望说：终有一天 / 你会看到她，如果你好好等待。/ 失望说：/ 她只是你的痛苦。/ 跳动吧，我的心……并非一切 / 都被土地吞噬）。本诗也与"希望"有关，诗意与马查多那首诗相近。

29 这里提及了三种鸟类，均见于马查多和洛尔卡的一些较为有名的诗作，而且具有不同的象征。我略举几个与本诗可能有关的例子。鹳（storks），前引马查多的《哦，光辉的黄昏!》中就有鹳（cigüeña）的意象，也见《回忆》("Recuerdos")，Tendrán los campanarios de Soria sus cigüeñas（索里亚的那些钟楼会占有它们的群鹳）。另见洛尔卡《吉普赛谣曲》中《西班牙国民警卫队谣曲》("Romance de la Guardia Civil española")，La media luna soñaba un éxtasis de cigüeña（新月入梦 / 鹳的迷狂），鹳代表新生。《废弃的教堂》("Iglesia abandonada")，Yo vi la transparente cigüeña de alcohol（我看到透明的如鹳的酒精）。乌鸦（ravens，下面用了 crow），都对应西语的 cuervo，如马查多《回忆》，por donde busca el cuervo/ su infecto expoliario（乌鸦在此寻觅 / 它的恶心的残腐）。《梦》("El sueño")，brinca/ un cuervo de negras alas（跳起 / 一只黑翼之鸦）。鹤（cranes），西语对应 grulla，如洛尔卡《餐室中的恐惧》("Susto en el comedor")，Grulla dormida la tarde,/ puso en tierra la otra pata（黄昏，鹤入睡，/ 把另一只脚放在地上），这一句原文放在括号中，鹤象征午后黄昏。

30 Alcalá，位于马德里自治区，塞万提斯的故乡，全称为 Alcalá de Henares，Alcalá 来自阿拉伯文，意为堡垒，因此该城直译为，埃纳雷斯堡，有时简称阿尔卡拉。

31 指诗歌和散文，尤其指诗，诗行与诗节之间留有空白。

32 指特立尼达岛和多巴哥岛，两岛如同一副天平的两边。特立尼达更大，因此天平向它这边倾斜。

33 Las Cuevas，特立尼达北部地名，这里有海滩和同名海湾，其东边是拉菲列特。

二十一、六小说

1 Six Fictions，fiction，小说，或虚构性的叙事散文作品，但在本诗中，作者试图质疑或反思"虚构"，他看重的是 fiction 的"叙事"特点，而且试图将之与现实结合，消除 fiction 与 fact 的界限。本诗讨论了在诗中"让诗与散文性的小说相互作用、相互交织的可能性"。它"改进了作为诗的短篇小说（short story）的技艺"，这一方面，借助于"对意识和感觉、而非事件的叙事"，另一方面，"明确而自省地思考叙事的局限和挑战"。Baugh，*Derek Walcott*，第 207 页。

这种将诗与小说结合的做法，按沃尔科特的介绍，主要受洛威尔自白风格的影响（当然还有其他，如艾略特、乔伊斯、纳博科夫、普鲁斯特、庞德等），洛氏前所未有地"试图为诗注入小说般的力量"（get into the poetry a fictional power），仿佛你的生活是"小说（novel）的一章"，"这不是因为你是英雄，而是因为某些在诗中不曾存在的东西、某些十分日常、平凡的细节可以被照亮。洛威尔强调了平凡性。在某种意义上，让平凡性保持平凡，却依然使之具有诗性，这是伟大的成就。"见 E. Hirsch 对他的访谈，*Conversations with Derek Walcott*，第 118 页；BN，第 204 页。

S.Gill 进一步认为，沃氏使用小说作为一种意象，让它"将现实生活的平凡性吸收入他诗歌的叙述中。通过小说，历史成为了故事（story）——对他的生活的自我描述——并且展现了他使用元叙事（metanarrative）的能力"。见 *Communication Images in Derek Walcott's Poetry*（Vernon Press，2016），第 91—92 页，也见第 2 章对 fiction 的详尽又精妙的分析。Baugh 指出，沃氏的诗尤其是"一种想象性的自我探索、自我创造，是相关他自我的小说与戏剧。这种自我写作涉及了自我表达和自我探询的过程"，"他的作品整体上……可以被视为一种连续的小说，一种故事：它的主人公就是诗人－角色（poet-persona），一个通过各种变形、矛盾、连续而逐渐被发现、被创造的'人物'，但他未必在任何特定时刻都能够被认出。"*Derek Walcott*，第 5—6 页。

可以看出，沃氏的"小说"是"诗性的元小说（metafiction）"，它体现了如下特点：日常性、元叙事（反叙事）、反情节、戏剧性（尤其是长诗）。更重要的是，它紧密地联系了自我，如本诗所说，I myself am a fiction；又见《奥马罗斯》5.2, every "I" is a/ fiction finally，这不是说，"我"是虚构出来的，而是，作者自我就是虚构活动本身，是他通过自我的生活来创造人物（包括人物的"我"），作者与人物之间并没有等级的关系，作者反思自己的虚构，甚至还让人物自己做出这样的反思（如《河之科尼希》，也可以联系博尔赫斯的小说）。这样，诗的抒情与小说的叙事结合在一起：这避免了像传统小说一样以虚构给人事实感，也超越了传统诗歌拒绝接纳日常生活的倾向。这样的 fiction 已经不再是通常理解的作为杜撰的"虚构"，而是基于生活的"创造""想象""叙述"，它将虚构本身作为生活的一部分来消解和解释，将之与现实结合，从而构成了一种自传性的写作：在沃氏看来，每个人的生活本身都是 fiction，即使尚未用语言呈现出来。沃氏的观点非常近似于保罗·利科的历史叙事和虚构叙事的理论。

沃氏曾经说过，"我相信，诗人比小说家或小说作家会本能地更亲近戏剧，因为从结构上说，诗的感受就是戏剧的感受，或者说，戏剧的感受就像一首长诗。""抒情的冲动一般需要戏剧经验来加强，反之亦然。"但在谈及《奥马罗斯》时，他又承认，"在长诗中，写作就像小说，小说的方方面面，长诗里面都有——地理描述、天气、人物、行动等等"见 N. Schoenberger 和 R. Presson 对他的访谈，*Conversations with Derek Walcott*，第 92—93, 190 页。这里，戏剧与诗共同具有某种相同的诗性，但最终都与小说结合在一起，沃氏打通了各种文体。

2 《圣经》中常见的灾象，如《出埃及记》10:12-15，《启示录》9:3，9:5 和 9:7 等。这里用本土的蜻蜓来虚构蝗灾。

3 symmetry，Baugh 理解为这指小说的次序结构，即开头、中段和结尾的对称。*Derek Walcott*，第 207 页。但这里应指小说与原本（这里是《圣经》）的对应，可联系下面用到的"重复"（echoes），正因为要对称原本，因此复本肯定是"说谎"。沃尔科特谈到过他们那一代加勒比作家"想为没有被定义的生命赋予更多的对称"，他们首次描写了本土的地点和人，但背后又有英国文学传统。见 E. Hirsch 对他的访谈，*Conversations with Derek Walcott*，第 105 页。因此，对称指沃氏一生要处理的模仿问题，如何在欧洲经典中为加勒比人和事找到对应；如何在对应中寻找原创。这让人想到萨义德在《论原创性》（"On Originality"）中的主张，"考虑原创性的最佳方式不是寻找一种现象的第一批例子，而是看到对该现象的复制、平行、对称、戏仿、重复、呼应——方式例如，文学作品让自己进入写作的传统主题（topos）。现当代的想象所思考的，并不是将某事限定于一本书，而是在写作时将其从书中释放出来。"如乔伊斯释放《奥德赛》，将之放入都柏林。见 *The World, the Text, and the Critic*（Harvard University Press，1983），第 135 页。沃尔科特也在这样利用对称，而且他的"虚构"总是将创造对称的"自我"呈现出来。

4 蜻蜓即 dragonfly，因此比作龙。

5 这里译为虚构，因为它与科学（这里等同于 fact）相对，一个绝对假（主观），一个绝对真（客观），而作者的 fiction 介乎之间，但恰恰是真正的现实。

6 这里表明流亡的痛苦是上一首联系《圣经》的动机，但《圣经》中的灾难是会重复发生的。

7 be there，歧义，指在那里，在家乡，但也指存在或实存，比较德语的 dasein，沃尔科特必定想到了这个概念。这个虚构的"他"肯定会实存，因为他就是"我"。

8 person，这个语境中，联系了 persona，这个"他"就是作者自己。

9 I myself am a fiction，比较《奥马罗斯》5.2，every "I" is a/ fiction finally。此处不是说我是"虚构"出来的，虚假的，而是，我自己的经历就是故事，故事的讲述者和主人公都是作者。之所以从第三人称"变形"为第一人称，可见《另一生》笔记中的思想，"一切自传都应该是第三人称的。如果忏悔（自白）的真实的目的不是探索生活，而是抬高生活，那么忏悔的借口就是最高的小说……所以，在确实有运气或重复的地方，一旦我们开始这种发现进步和启示的谎言，它就会不断繁殖……因此，'我'应该称为'他'——一个足够遥远的对象，足以冷静地看待……其他一切做法都是那种古老而狂热的异端，它认为自我才是中心，因而至高无上。真正的自传作者会培养精神分裂的才能。这就是为什么诗人很少写自传，甚至在他们的诗里也是如此。他们的'我'，如兰波所言……：'就是他人'。Je est un autre。" *Derek Walcott*，第 90，207 页。

S. Gill 指出，"fiction 似乎包含了一种空间弹性，在其中，沃尔科特可以将创伤与历史联系起来，产生多变的身份。从第三人称向第一人称的转换正是关键。……自我反思性——如'我自己是一部小说'——表明了元诗（metapoetry）。"fiction 通常是创作想象性的作品，而沃氏"用想象来铸造身份"；"他隐喻地让自己面对镜中的自己，随着他成为一部小说、故事或一部后来具有自传性的、借助叙事视角的文档"。"他是一部小说，而非，他像一部小说；这更加确定"；"第三人称在某种程度上提供了距离和全知来客观地考察他自己的故事"。"Fiction 具有空间的赋形（configuration），可以将作者的思想演进封入不同的感知中，这些感知展示了人们的各种社会与文化角度。小说的元素——核心角色、冲突、主题和结尾——成为了诗人研究他的人物的生活环境的手段。"见 *Communication Images in Derek Walcott's*

Poetry，第 96—97 页。

这里可以联系《恩赐》35（本诗集未收），and in Vieuxfort continuous whitecaps/ that are not fiction, as the Atlantic is not, but nothing/ is as fresh as the salt wind that comes off its lines。如 Breslin 所说，"大西洋元素性的力量标志着，世界会在自我这部'小说'消融后继续存在。"但大海依然有自己的诗行（lines），不同于"可朽的、有意识的诗人"所写的诗作。见 Nobody's Nation，第 278 页。这里其实喻示了自然也是一部小说，是没有自我的小说，它永久存在；每一部个体自我的小说最终都消融于自然。也比较《恩赐》之《意大利牧歌》第四节，那里明确表示海和太阳是更伟大的小说。

仅就这个句式来看，不得不想到洛威尔《臭鼬时光》（"Skunk Hour"），I myself am hell;/ nobody's here；这句来自弥尔顿《失乐园》4.75，Which way I fly is Hell; myself am Hell。

10　豹的意象见《我双腿交叉顺着日光，看……》。

11　thorn-trees，即 macca palm, macaw palm, 拉丁名为 Acrocomia aculeata。见《星苹果王国》第三节。

12　上面的诗意见《亚当之歌》，也见《以赛亚书》11:6, The wolf also shall dwell with the lamb, and the *leopard* shall lie down with the kid。上面的"平和"即 peace，与这里呼应。

13　暗示圣餐礼领圣体，喝圣血。

14　本节的形状像岛屿，中译试图保持原诗的形态，尤其是最后七行。这种手法也比较《大岛》。

15　见《瓦解的联邦》。

16　Manet in martinique, Manet, 首先指著名的法国画家爱德华·马奈。沃尔科特在访谈中讲述过自己"诗画合一"的创作原则：当看到颜色时，比如看见一个酒瓶的绿色，他想到了马奈的画作，然后，他就像马奈一样"画出"诗，而不是"写出来"。见 *The Crowning of a Poet's Quest*，第 196 页。而本节诗名为"小说"，但也同样是画。马奈没有到过马提尼克（虽然他影响的高更曾经去过），沃氏的意思是，主人公"我"在马提尼克联想到了马奈的巴黎。除了这个马奈，沃氏也许还想到了法国女作家珍妮·马奈（Jenny Manet），1891 年，她去往马提尼克的圣 - 皮埃尔，1896 年撰写连载小说《马伊奥特》（*Maïotte*），这部作品描写了法语克里奥尔的家庭。J. Couti 在新近出版的一部专著中重新发掘了这位女作家，见 *Dangerous Creole Liaisons*（Oxford University Press, 2016），第 19，128，149，154 页。Couti 的书中还分析了同样去过马提尼克的小泉八云（见下）。

17　*grandmère*，法文。

18　Lafcadio Hearn，即小泉八云（Koizumi Yakumo），他本生于英属时期的希腊琉卡地亚（Leucadia, Lefkada, Lafcadio 这个名字来于此地），喜欢日本文化，后来改名。《星苹果王国》诗集就以小泉的一段话作为题词，本诗集未收。之所以提到他，是因为，一，小泉也来过加勒比，包括马提尼克，写过游记《法属西印度两年》（*Two Years in the French West Indies*，1890），下一行的"游记"就是指这部作品。二，这部游记文风朴实简洁，善于写物，影响了沃尔科特的诗风。三，小泉是一个跨文化的国际性作家，与沃氏相似。

19　指福楼拜文风朴实，直白。在访谈中，沃尔科特提过庞德在诗中对福楼拜的描述：他如同"佩涅罗普"，因为福氏以精确和耐心的方式塑造事物。他的散文（小说）就如同诗，而庞德与沃氏都是以文入诗。见 *The Crowning of a Poet's Quest*，第 180 页。

20　Fort-de-France，法属马提尼克的首府。

21　*Notre âme est un trois-mâts cherchant son Icarie*，出自波德莱尔《旅行》（"Le Voyage"）第二节。伊卡利亚之名，取自希腊神话的伊卡洛斯，他翅膀上的蜜蜡被太阳烤化，坠海而死。沃尔科特一定也想到了奥维德的《变形记》8.183-235，老勃鲁盖尔的名画《伊卡洛斯坠落之景》（存摹本），以及奥登《美术馆》（"Musée des Beaux Arts"）中分析这幅画的第二部分。马奈与波德莱尔关系密切，彼此影响，马奈也为后者画过肖像。

22 马奈的画中常见扇子，如《持扇的夫人》(*La dame aux éventails*, 1873)，尤其是为波德莱尔的情人和缪斯珍·杜瓦尔（海地出生）所绘的画像（*La maîtresse de Baudelaire allongée*, 1862）。莫泊桑小说中也常写到，莫氏与福楼拜的文风一样，也是简单直白，小说如诗。

23 slipper，室内穿的休闲拖鞋，与扇子一样都曾经是女性的时尚物品，尤其在马奈的时代。马奈的《奥林匹亚》中画到了白缎拖鞋，鞋子脱落，有性的暗示。后面的"她"指鞋，或指鞋的主人。

二十二

1 Loreto 在比较爱默生与沃尔科特时（见《恩赐》26）分析了这里。作者将自己同化入"元素性的自然"，"再次降至他的身体层面"，"继续而且重新拥有自然的韵律，再次变成整体"，因此他认识到"失去和爱是同一的"。见 *The Crowning of a Poet's Quest*，第 20 页。

2 这两行都是比喻海浪，见《恩赐》26。

3 指《思想录》348，即著名的"思想的芦苇"一段，人的尊严并非来自占有外部空间，而是思想，有了思想，就可以囊括世界，正如宇宙囊括个体的自我。本诗所描写的也完全是"我"（即《六小说》中的"他"，也见下一首诗）的思想中的"存在"，即上面说的"某种东西"和下面的"没有繁星，没有对立的世界"，这是属于自然的、纯思的、一元的、大全的世界，是自然与思想、生与死的统一。

二十三

1 the sequence of tenses，语法名词，专指主从句的动词的时态一致。此处所指的焦点在于"看"一词出现的两个句子：第一行的一句，主从句时态都为过去时（I saw stones that shone with stoniness）。第二、第三行的一句，主句一般现在时，从句现在完成时（Now I see nothing after/ the lizard has scuttled）。时态的变化，是受线性时间的影响，作者领悟到，并没有人为的时态所标定的物理时间；他希望语言不再表示时态，甚至不再刻画线性的时间，如亚当堕落前的命名话语，即如第六行所言："我不见过去，不见将来"。过去与将来都是现在的延展，但这不是主观性的，如胡塞尔所说的，因自前摄与持留的活动，相反，沃尔科特追求自然的时间，他相信有一种恒定的本源在万物之中为时空奠基。

由此，see 这个形式就无所谓时态，而是超越时间。所以第三行，他说"一无所见"（see nothing），这表面指蜥蜴从眼前消失，更深的意思为：当看不再作为对象化行为时，看的主体与对象合为整体，这就无所谓看见"什么"了，只有看本身；进而，"看"与"看的说出"之间就没有《恩赐》26 第一行所说的时间差了。这样的看法，一方面可以联系下面的 IS，以及伊甸园中的语言特点，另一方面是受克里奥尔语对时态性并不敏感的影响。作为分析语的汉语，动词本身也不体现时态，只是依靠附加虚词，因此汉语读者应更能体会作者的思想。

上一首诗结尾，"我"想象了一个思维与自然合一的纯粹的世界，本首诗继续描写这个世界：无时，无情，无对立。它是虚无的，因为只有自然与自然的思维（并非笛卡尔式的、通过怀疑获得的"我思"），但又是丰饶的，有着自然的恩赐，如结尾的慷慨的（bountiful）大海，这就是诗人创造世界的起点，就是此世。

2 加勒比的植物不会被编成耶稣的荆棘冠，即，无所谓耶稣受难或复活，这个状态超越了基督教的时间。石头、洋苏木和蜥蜴都是自在的，不为人而存在，它们也不会期待或提防人的行为，它们与人是整体。

3 this，表示永恒的现在，暗含了下面的 IS。

4　the invincible IS，IS，最高的存在，存在自身，也就是上帝，虽然这个词是现在时，但它并非"变格"形式，即，并非相对于 was、been 和 will be，而是表明永恒存在，如同上面说的 see 的超时态性。关于该词，见《罗伯特·特雷尔·斯彭斯·洛威尔（1917—1977）》。invincible，上帝的称号之一，钦定本没有用这个词，但现代很多版本的《圣经》用到过。《诗篇》48:8，59:5 等，都称上帝为万军之神，自然就是不可战胜的。"此刻"没有过去和将来，也非相对两者的现在，而是 IS 自身的展现，因此，不是对 IS 的"纪念"（commemoration）——"纪念"是对过去事情的追记，而 IS 没有过去。

5　这里的"透明"指风，又联系"存在"，如《恩赐》一诗第五节，every presence is transparent；invisible（无形）与 invincible（无敌）形近。作者如风，因此与存在和上帝融为一体。此处可以比较爱默生的《自然》，my head bathed by the blithe air and uplifted into infinite space, --all mean egotism vanishes. I become a transparent eyeball; I am nothing; I see all; the currents of the Universal Being circulate through me; I am part or particle of God。Loreto 引了这段话联系了本诗以及《恩赐》22 和 26，见 The Crowning of a Poet's Quest，第 20 页。

二十六

1　the sublime，指崇高这种美学性质，或崇高的事物和景象。沃尔科特认为，崇高与诗既非戏剧，也非悲剧，因为对于诗，生活也是如此，它最终是崇高的，这是通过信仰，或是对神，或是对诗的信仰。这两种信仰不可分割。即便是悲剧，它与诗相比，也是闹剧（farce），但悲剧的诗性弥补了这一点。他对崇高的理解不同于康德，因为他接受了自我与自然和上帝的一体。见 J. P. White 对他的访谈，*Conversations with Derek Walcott*，第 170 页。本诗中，生活、上帝、诗与信仰都结合在了一起,典型地体现了沃氏的诗学核心。

2　And then I saw,《启示录》里常用的开头句式,不过钦定本为 And I saw (5:2) 或 And I beheld (5:6)。这句之后,就开始描写崇高的事物和场景。关于本诗的诗意和第一句的含义有不同解释。Loreto 认为,沃尔科特与爱默生都针对"被培养出的被动性"(cultivated passivity)这一"诗歌创造性条件"构想出了种种意象,他们的意象具有相似性。突出的例子就是《恩赐》中一些诗作——如上两首和本诗——与爱默生的散文《自然》。从这个角度来看,全诗描述了崇高到来时,伴随着诗人与"自然的元素性韵律和谐一致",而且"在韵律的循环中,也包含着死亡"。见 *The Crowning of a Poet's Quest*,第 19-20 页。Y. Christiansë 则认为,沃尔科特"将崇高的到来书写成这样一种经验:它出现于视像之后的语言时刻","对超越任何时间的视像的书写"具有"延迟性"的特征,写作就试图克服这一点。见"'Monstrous Prodigy': The Apocalyptic Landscapes of Derek Walcott's Poetry",*Mapping the Sacred: Religion, Geography and Postcolonial Literatures* (Rodopi, 2001),第 211 页。P. Triplett 分析了本诗及其第一句涉及的两个负担,第一,作者"在文学上迟到于场景",如史蒂文森所说,诗的许多意象已经堆积在经典的垃圾堆上——Triplett 指的是史蒂文森的《垃圾堆上的人》("The Man on the Dump")。第二,作者总是"涉足于殖民主义的巨大历史影响已经踏足过的地方","殖民主义在层叠的风景上发挥作用,殖民者带来的对新世界的强加的意象和错误的印象始终充斥在风景中"。见"The 'Multi-Homelanded' Sublime",*Poet's Work, Poet's Play: Essays on the Practice and the Art* (University of Michigan Press, 2008),第 65 页。

3　《启示录》14:14-16,提到了云,是天使的标志。

4　《启示录》四骑士的典故,见《幸运的旅行者》。

5　beginneth,begins 的古写法,常见于钦定本《圣经》。

6　见上一首,风和作者都是佚名的,因此黑暗与作者一体。

7 指石头上的藤壶。这一句依然是"我看见"的对象。

8 见《海歌》,《启示录》就有白马的形象。

9 vaulted,在海浪的语境下,该词具有歧义,除了跳跃,也表示呈现拱形。

二十八

1 the bounty of Sweden,叶芝获得诺奖之后,回到爱尔兰,写了一篇散文《瑞典的恩赐》(手稿中原题为《斯德哥尔摩:沉思》),讲述游历斯德哥尔摩的体验,以及对文化问题的思考,叶芝发现斯德哥尔摩有一种传统的、高贵的美。沃尔科特同样也会感激瑞典的恩赐——此处可见,bounty 这个题目也是受叶芝的影响——但他更要感激的是圣卢西亚的恩赐,尽管不如叶芝眼中的瑞典那样精致和优美。Baugh 指出,这句的表面意思是,沃氏用诺奖奖金在大岛的梭鱼角(Becune Point)建了座房子,所以要感谢瑞典。见 *Derek Walcott*,第 241 页。

2 in the glare of reputation,习语,the glare of,指受到广泛关注,比如,the glare of publicity,这里指,诗人在湖面的闪光中,仿佛在名声或评价中。

3 这几行说加勒比,这里不如爱尔兰,树木生不出琥珀和树脂。

4 great speech,speech 与 beech(山毛榉)押韵,前者比喻后者,呼啸的山毛榉仿佛在演说。

5 Coole,爱尔兰戈尔韦郡(County Galway)戈特(Gort)的公园,这里有本诗中所写的铜山毛榉和天鹅。叶芝有名诗《库尔的野天鹅》("The Wild Swans at Coole"),最后一行的"他",即指叶芝,也暗示了这首诗。

三十

1 Sigrid，即西格莉德·娜玛，见《群岛》。后面的《提埃坡罗的猎犬》就是献给她。

2 nurse，比喻风，但实景中，也许娜玛在身边披着披肩，也许窗外有其他女性是如此。下面提到了"奥德赛"，因此暗示奥德修斯的奶妈和保姆欧丽科蕾亚（Eurycleia），她在《奥德赛》中起到了关键作用，通过奥德修斯身上留下的伤疤（下一行立刻提到了"伤疤"）认出了他。奶妈和保姆在加勒比地区上层和中层家庭常见，《另一生》和《星苹果王国》都描写过。在戏剧《奥德赛》中，沃尔科特也塑造了说克里奥尔语的埃及保姆欧丽科蕾亚。

3 small odysseys，odyssey，首字母小写表示像《奥德赛》一样的冒险经历，加勒比的奥德修斯都是次一级的。

4 见《海歌》。

5 launch his waking house，launch，航海上表示让船下水。waking，双关，wake，名词也表示船尾的余波。

6 对黎明和自然恩赐的感谢，更是对娜玛的感谢："他"刚醒来，坐起，而娜玛还在躺着，后背对着"他"。

7 cover，下面把家猫比作豹，"他"的床就是隐蔽之处。

8 窗外的劳动女性在拖船。沃尔科特的母亲守寡，所以他很喜欢用寡妇（widow）这个词。这里象征了加勒比的女性，她们生出的孩子是"怪物"，见《另一生》1.1.1。

三十一、意大利牧歌

1 Italian Eclogues，布罗茨基极为喜欢意大利，他的妻子玛利亚·索萨尼（Maria Sozzani）就是意大利人。他曾效仿维吉尔的《牧歌》写了很多苏联的牧歌或田园诗,但更多的带有"反田园诗"的风格,如《牧歌》《乡野牧歌》《罗马哀歌》(见《仲夏》2)。写作本诗时,布罗茨基已经去世,本诗正是经典的纪念之作。沃尔科特认为,"比起诗人朋友的亡故,用体现朋友精神的诗来纪念他,才是更深刻的哲学"。见 Z.M.Torlone, *Vergil in Russia: National Identity and Classical Reception*(Oxford University Press,2014),第 185 页;*The Crowning of a Poet's Quest*,第 205 页。在接受 M. Jaggi 的采访时,沃尔科特谈到了《恩赐》诗集,尤其讲到了本诗:"我不想忘记任何我爱过的人,我无法忘记约瑟。但是,对于海上午后的日光和朋友的故去,对于这样的现实,你又会做些什么呢?你所做的,就是讲述:你自己也会消失;然而,你不想让任何人错过欣赏那日光:你又不可能把它留给你孩子或你爱的人。所以,这本诗集就是在直面、接受死亡,在死亡中尽力挣扎。"见 Baugh, *Derek Walcott*,第 208 页。由此可见,本诗也是整部诗集的核心诗之一,它延续了《另一生》中的"死";另一篇是《恩赐》,继续了《另一生》中的"生和收获"。

2 Mantua,意大利北部城市,属于伦巴第大区,维吉尔出生于该地附近的村庄。

3 the brown dogs of Latin panting,作者想暗示"犬拉丁语"(dog Latin),即改变英语词形所仿造和"翻译"的拉丁语。

4 translation,双关,指车的平移或直线运动,也指翻译。

5 in character,双关,在语境中,character 也表示字母,即农场如同文字一样呈现。这里的"石头"(stone)联系了下面的名词(noun),见恩赐之《西班牙》第三节。

6 沃尔科特从小就系统学习过拉丁语,见《拉丁语入门》(本诗集未收)一诗。

7 stubble,双关,指胡茬,也指收割过的残株。离别时拥抱,布罗茨基的胡茬刮蹭过作者的脸颊。

8 Naso,奥维德全名 Publius Ovidius Naso,英语中通称 Ovid。奥

维德与布罗茨基一样，都有流放的经历。下面第五节继续提到了奥维德（普布留斯·纳索）。

9　vaporettos，来自意大利语，小蒸汽艇，专指意大利威尼斯的水上巴士或摆渡船。本节即描写威尼斯，这是布罗茨基最为迷恋的地方，他曾写有散文《水印》（*Watermark: An Essay on Venice*）；他最后也埋葬于威尼斯圣弥额尔岛（Isola di San Michele，圣米凯莱岛）的公墓里。

10　威尼斯密布鸽子，尤其在圣马可广场，鸽子也象征圣灵，本节中用它比喻布罗茨基的灵魂。

11　威尼斯的象征是守护圣人圣马可的飞狮。

12　gondolas，威尼斯传统的划艇。

13　Biography，书店"传记区"的标志。

14　见《罗伯特·特雷尔·斯彭斯·洛威尔（1917—1977)》。

15　即威尼斯泻湖（laguna Veneta），在亚得里亚海（下面说的"大海"）北部，威尼斯全城就在泻湖内。

16　雾是威尼斯常见的气象。布罗茨基是流亡诗人，没了国家，就像雾。

17　gapes，表示云形的洞裂开口，但这个词也表示目瞪口呆，永恒仿佛呆住的洞口。云洞露出蓝天，仿佛一道小门，天上开门，这暗示《圣经》，见《星苹果王国》第十一节。

18　等待云变化成这些事物的样子，云就是诗人想象力的象征，见《恩赐》之《标志》。诗人通过云建立了联想和呼应（echoes），见《恩赐》之《西班牙》第三节。

19　cyrillics，指俄文字母，比喻细枝，提俄文是联系布罗茨基。

20　指水上的反光如同钱币。

21　Montale，即意大利诗人埃乌杰尼奥·蒙塔莱，1975年获诺奖，沃尔科特对他非常推崇。见 *The Crowning of a Poet's Quest*，第79页。下面还提到了夸西莫多，意大利诗人，1959年获诺奖。

22　lines，双关，指鱼线，也指诗行。

23　aqueducts，古罗马标志性的水渠拱桥。

24　lines，双关，指海浪的水波，也指诗行。

25　见《仲夏》48。

26　fiction，见《恩赐》之《六小说》。这里非常明显，fiction 不是虚构，是包含生活的自然本身。

27　lines，双关，指唱诗班的队列，也指诗行。

28　指布罗茨基谢顶，《另一生》也用这个比喻形容过西蒙斯。

29　Wystan，即奥登，全名为，Wystan Hugh Auden，布罗茨基对奥登推崇有加。

30　提到八月，因为沃尔科特与布罗茨基谈到过这一月的特点，俄语里，八月是阳性的，类似男人；而沃氏曾经把八月比作女仆。见沃氏为《致乌拉尼亚》写的书评《魔术业》("Magic Industry"，1988）。

31　a silhouette's medallion，这里暗示诺贝尔文学奖奖章。作者在夜幕上回忆起了布罗茨基的形象，而且人眼中的视野近似圆形，因此如同圆形奖章。也见阿奇博尔德·麦克利什（Archibald MacLeish, 1892—1982）的《诗艺》("Ars Poetica")，诗被比喻为，Dumb/ as old medallions to the thumb。这个比喻，沃尔科特曾经提到过，见 Baugh, Derek Walcott，第 39 页。

32　海岬的形状如同狮子，像圣马可的飞狮。

33　屋顶上既有蜂巢，也有高空的星座，蜂巢也像星座，这里还是用同时存在的实景互相比喻。

34　lines，仍然双关，也指诗行。

三十二

1　Nina，第一行的"海鸥"暗示了这里的妮娜是契诃夫《海鸥》中的女主角，她梦想成为演员。下面提到的"科斯佳"（Kostia）是这出戏的男主角康斯坦丁（特里波列夫）的昵称，他最后自杀，所以诗中写到了葬礼。作者用戏剧的人物展现了他自己的现实，诗中有些地方暗示了加勒比。沃尔科特在《魔术业》中谈到了这出戏，他将八月比作妮娜。

2 N，指 Nina，在《海鸥》中，妮娜自称海鸥，还以此署名。

三十四

1 阳台是合金的，蓝色如同大海，但远处也实际存在着海，鸥鸟会越过这两者。
2 underlines，地平线比作下划线，标出了落日。
3 联系了基督教的"窄门"。

三十七

1 Colonus，这里指明了本诗说的"流浪者"是自己刺瞎双眼、弑父娶母的俄狄浦斯，他在女儿安提戈涅的引领下（本诗第三行说的"女儿的手"）流浪到科洛诺斯，最后死于此处，当然作者还是用之自比，场景设置在加勒比。沃尔科特与俄狄浦斯有几个相似之处：第一，两人都是流浪者。第二，沃尔科特也有两个女儿，相对于儿子来说，女儿更是他的指引，他在诗中常提。第三，作为诗人，沃氏自比过荷马，荷马也是盲人。第四，在去往科洛诺斯之前，俄狄浦斯处于彷徨无路可去的境地，而沃氏处于暮年，虽功成名就，但境况也是如此。按照索福克勒斯《俄狄浦斯在科洛诺斯》的叙述，他一到科洛诺斯，就坐在复仇女神圣地的石头上，所以本诗这一行提到了"基石"。
2 knuckled toes，俄狄浦斯这个名字，意为肿脚，他的脚小时候被父亲刺伤。

3 tyrant，指俄狄浦斯，这个词不适宜译为"暴君"，它在这里没有贬义，而是政治学上的中性词，指统治者，君主，或更狭义的僭主（对应政治上的僭主制）。tyrant 来自希腊文 Τύραννος，拉丁文多译为 rex，即王。索福克勒斯戏剧《俄狄浦斯王》的"王"，用的就是这个词。

选自《提埃坡罗的猎犬》（2000）

1 Tiepolo's Hound, Tiepolo，乔瓦尼·巴蒂斯塔·提埃坡罗（Giovanni Battista Tiepolo，也叫 Giambattista Tiepolo，1696—1770），生于威尼斯，洛可可风格的画家，他的画中常见猎犬和狗的形象，如《克莉奥佩特拉之宴》（1744），最重要的是《摩西的发现》，提埃坡罗创作了两幅，一幅藏于爱丁堡苏格兰国家美术馆，另一幅在墨尔本维多利亚美术馆，它们都在不同程度上使用了本诗提到的委罗内塞的风格。引入犬的形象，标志着文艺复兴时期的画家朝向了世俗的内容，而这正是沃尔科特诗歌的主要来源：他并不关注文艺复兴时展现的神或基督，而是关注狗这样的日常的动物。这条混血的猎犬（比较沃氏混血的身份）就是拉康意义上的实在界，在神圣题材的画中，是边缘的（连同看狗的黑色的摩尔人），而寻觅它的过程就是寻找真实的自我（见20.2）。

本诗是沃尔科特诗歌生涯的最后一部长诗，与《另一生》和《奥马罗斯》齐名。沃氏的爱人西格莉德本来要给他的画集写一部导论，沃氏受此启发，决定创作一部配以绘画的长诗。全诗共 4 卷，凡 26 章，每章 4 节，诗体用抑扬格五音步，双行体，押韵格式为 abab cdcd，双行体既像毕沙罗画中的沟垄，又像自我反思的阶梯。而每两对双行句，又构成了四行诗。全诗以小说或散文的虚构方式，叙述了19世纪著名画家卡米耶·毕沙罗的故事,同时加入了沃氏的生活经历,以及对艺术的思考,即:加勒比艺术与世界艺术的关系;地理和历史与艺术的关系;艺术与现实的关系。沃氏认为,诗人与画家都是在"虚构",虚构在事实性的现实中释放出一种"想象"。沃氏最终关注的是,作为人类代表的艺术家的成长(Bildung)及其道德和精神的培养过程。之所以选取毕沙罗为人物,首先因为,他是沃氏在绘画艺术上效仿的重要对象。第二,与沃氏一样,毕沙罗也有加勒比背景,他出生于美属维尔京群岛的夏洛特阿马利亚(时为丹麦领地),但去往了欧洲,而沃氏则是返乡。第三,毕沙罗的父母兼有葡萄牙、法国、犹太三重血统,这种多元的出身,与沃氏相同,而且他更看重毕沙罗的犹太身份,见《北方与南方》。以上见 *The Crowning of a Poet's Quest*,导论部分,Loreto 的这部力作也是对本诗的专门性研究;Baugh,*Derek Walcott*,第209—211页;J.Hannan,"Crossing Couplets: Making Form the Matter of Walcott's Tiepolo's Hound",*New Literary History* 33.3(Summer 2002),第555—579页。

第一章

1 Dronningens Street,Dronningen,丹麦语,dronning 的单数属格,即王后,皇后,该街位于圣托马斯岛夏洛特阿马利亚,下面再次提到时,Street 换为了丹麦语的 Gade。这里开始讲毕沙罗和家人在街上漫步,时间是19世纪中叶。
2 couplets,指奴隶的一唱一答,但也暗示本诗的"双行体"。
3 ghetto of Braganza,毕沙罗的祖父是葡萄牙犹太人,原住于葡萄牙的布拉干萨的犹太人隔都,后来迁到法国波尔多。
4 Mission,即上面说的"传教奴隶",他们从非洲而来,认为自己如同犹太人离开家乡,去往埃及。

5　指海湾，为阴性。

6　Sephardic family，Sephardic，指西班牙和葡萄牙的犹太人，这里简译。

7　The Synagogue of Blessing and Peace and Loving Deeds，位于夏洛特阿马利亚的犹太人会堂，19世纪时为木制建筑，毁于火灾，之后又重建。

8　指作者上面写的诗，都是用字母写成。

9　mezzotint，汉语常音译为美柔汀，是制作版画的网线铜板雕刻法，在铜板上划出网线或凹凸网孔，涂以油墨，用刮刀以不同程度刮平网线或网孔，使得油墨受容度不同，最后印刷出明暗相间的画面。作者在某本书上看到了这样的版画。

10　这个广场在西班牙港，见《仲夏》6。作者开始讲述特立尼达，他有可能是在女王公园酒店向外眺望，他曾在这里创作风景画。

11　这句也是在重复第一节的一句话，这种手法从《另一生》开始就是沃尔科特常用的。

12　Traveller's Tree，即旅人蕉，拉丁名为Ravenala madagascariensis，树叶呈扇形。

13　见《幸运的旅行者》。

14　雨滴落在炎热的沥青上，起了水汽，如同火烤沥青时冒出的白烟。

15　下面会提到板球手，因此这里指板球场。

16　the Tuileries，指巴黎杜伊勒里公园，原为焚毁的杜伊勒里宫的花园。

17　Rock Gardens，位于西班牙港萨凡纳公园北部，对面是皇家植物园。

18　brush-point cypresses，cypresses，指木麻黄，见《纵帆船"飞翔号"》第六节。毕沙罗后期的画法吸收了点彩画的方式。

19　hoop，指hoop skirt，19世纪的裙服。

20　Cazabon，米歇尔－让·卡扎本（1813—1888），特立尼达第一位具有国际声誉的知名画家,以风景画见长,风格为自然主义。他与毕沙罗不同,他深深植根于加勒比。作者身处20世纪,但西班牙港有些地方保留了以前的痕迹,令他想起了上世纪的夏洛特阿马利亚。

21 萨凡纳是西班牙港的赛马地和牧场地,这里也进行板球运动。在《安的列斯:史诗回忆之断章》中,沃尔科特描述了这里,可以与本诗对看。

22 culture,双关,也指文化,配合"变得文明的"。

23 *fin de siècle*,法文,专指19世纪末的文化风格和社会特征。

24 Five Islands,位于西班牙西部帕里亚湾的群岛,一共六座,统称五岛。

25 prayer flags,专指西藏、尼泊尔的佛教和印度教的幡旗。这里指特立尼达印度教教徒的旗。

26 blackbirds,加勒比用这个词指所有黑色的鸟,但在特立尼达,专指一种从喙到尾部有10英寸长的黑色鸟,它属于拟八哥属(Quiscalus),拉丁名为Quiscalus lugubris,一般称为加勒比椋鸟(Carib grackle)或大小安的列斯椋鸟。见 *Dictionary of Caribbean English Usage*,第104—105页。另一种鸟也见《另一生》1.3.2的字母K,那里指黑鹂。

27 Maracas,见《珀科曼尼亚》。

28 the Modern,指大都会美术馆的现代馆。本节讲沃尔科特自己的艺术经历,他第一次在这家美术馆看到了塞尚等现代艺术的真品。见Baugh, *Derek Walcott*,第213页。

29 这句联系了本诗的双行体的形式。作者在画馆上楼,也是走在提升自己艺术的阶梯上。

30 *The Feast of Levi*,下面再次提到,名字有变动。这是委罗内塞的帆布油画,题材是耶稣及其门徒在税吏利未家举行宴会时的场景。委罗内塞本来要画最后的晚餐,但由于画中加入了大量世俗的事物(即本诗上面说的"广度"),因此受到谴责,不得不改变主题。画的正中有一条狗,就在基督面前,颇为引人注目。但是,这幅画并不在大都会美术馆,而是在威尼斯学院美术馆。按下述,作者似乎有意描写自己记错了这幅画,因为他的注意力都在狗的色彩上。大都会美术馆还有一幅委罗内塞的《男孩与灰猎犬》,其中的猎犬也非常传神。

31 Holbein,即小汉斯·荷尔拜因,他画过一些肖像画,被用在徽章上。下面提到了维米尔及其《戴珍珠耳环的少女》以及博施(Hieronymus Bosch)著的《人间乐园》。它们都不在大都会美术馆,均为作者的联想。

32 这两行还是阐述了顿悟或顿现理论,也联系前面引用过的洛威尔《收场白》中的照相理论。正因为诗中要写日常,从日常的光中出发,所以他很难再次复现当时观看猎犬的体验(甚至记错了展览的位置),但他一生的创作目的仍然是要试图留住一个个真实的瞬间。

33 本诗第一次提到他,是诗中核心形象。保罗·委罗内塞(1528—1588),提香的名徒,而且与之齐名,生于维罗纳,名字来于出生地,后来移居威尼斯,成为威尼斯画派的代表人物。他的画作擅长色彩,利用光线,注重在神圣题材中描绘日常。

34 把钟爱的画家比作女性爱人。

35 Time,首字母大写,指 Father Time,时间老人,本诗中这个形象频繁出现,我会用引号加以标示。文艺复兴时期出现了"时光"这个拟人化形象:有胡须的老者,生有双翅,身披长袍,手持镰刀和沙漏,他是真理的揭示者,一切真相都躲不开他。沃尔科特这里明显是指向提埃坡罗的作品《时光揭示真理》(*Time Unveiling Truth*)——有两幅,我以波士顿美术馆藏版为例——画中的"真理"是性感的、赤身裸体的金发女人的形象(恰好对应本诗这里的"她"),而"时光"是丑陋的老人,将真理暴露在画正中,画中还有象征世俗之爱的丘比特,他在时间面前无能为力。提埃坡罗还有《维纳斯与时光》《时光追逐嫉妒并发现真理》等作品。

36　Lucullan，来于罗马将军鲁库鲁斯（Lucullus），他经常举行豪华的酒宴。

第二章

1　parallels，指墙的倒影仿佛是意大利那里的墙。这个词也暗示了本诗的双行体。圣卢西亚的墙本来应该是意大利的倒影，但作者颠倒了过来。他注定不会像毕沙罗那样，离开加勒比。

2　L'Estaque，南法村庄，位于马赛以西，印象派和后印象派钟爱的地方，塞尚有同名画作。上面的乔托见《另一生》的评注，乔尔乔涅也是威尼斯派画家，与提香一同受教于贝利尼，他是沃尔科特学画时期主要的学习对象。

3　for what they were，即，它们的是其所是，沃尔科特不想研究抽象的存在，而是研究物自身，尤其是本土的事物，从事物中探明存在的原因。

4　*The English Topographical Draughtsmen*，见《另一生》2.9.3（本诗集未收，也见 1.1.1），In my father's small blue library/ of reproductions I would find/.../...volumes of *The English Topographical Draughtsmen*/ Peter de Wint，Paul Sandby，Cotman。这本书收录的都是 18—19 世纪的绘图员，他们很多都是英国著名的风景画家或工艺美术家。

5　Girtin，Sandby，and Cotman，Peter De Wint，Girtin，《另一生》2.9.3 中未见，即托马斯·戈尔丁（1775—1802），透纳的好友，英国水彩画发展史上的关键人物。Sandby，保罗·桑德比（1731—1809），桑德比早年是职业绘图员，后来转为画家，是庚斯博罗的好友。Peter De Wint，1784—1849，英国水彩画中具有创新性的人物。Cotman，约翰·塞尔·柯特曼（1782—1842），诺维奇画派代表人物，他的两个儿子也都是画家。

6 *The Fighting Téméraire*,透纳的名作,原题为《被拖去最后的泊位、为了解体的战舰无畏号》(*The Fighting Temeraire tugged to her last berth to be broken up*, 1838),这艘船在特拉法加海战中立下功勋,退役后被废弃。下面会涉及到这幅画的全名。

7 mimicry,还是前面出现过的重要的词,沃里克的画不是模仿或戏仿,而是超越。

8 ticking clerk,谐音 ticking clock,文员的工作死板严格,如同钟表在走,下面提到了时间。

9 Battersea,位于伦敦旺兹沃思区,在泰晤士河南岸。惠斯勒有多幅画作——也包括透纳和柯特曼——描绘了巴特西的风景,比如《夜曲》系列。十字影线(cross-hatching)把巴特西分割成小块的部分,又统合为整体。这里是说沃里克仿效惠斯勒画的泰晤士河和巴特西。

10 可能指查令街的查理一世像,也可能指特拉法加广场的乔治四世像,但前者的卷发更明显。

11 最后一句时态转为现在时,作者写的是眼前实景。

12 Millais,约翰·埃弗利特·米莱(1829—1896),英国拉斐尔前派著名画家,这里指的是他的《盲女》(1856)。

13 这里指的是米勒的《播种者》(1850)。

14 指沃里克和沃尔科特,他们都学习西方绘画,本地人会有疑问,他们是不是瞧不起当地的风景。作者认为,对艺术的信仰是超越地域的。见 Baugh, *Derek Walcott*,第 213 页。下面的云比喻艺术,它是普遍的,不分欧洲还是加勒比。

15 Pontoise,巴黎西北城市,毕沙罗长居于此。

16 教堂的长凳,宗教也是超越地理和种族的,这里的宗教是艺术化的基督教或艺术本身。

17 *A Silvery Day near the Needles*,全名为 *A Silvery Day West of the Needles, Isle of Wight*,作者为英国画家亨利·摩尔(1831—1895)。Needles,专指英国怀特岛海岸边的三块尖锐的白垩石。

18 piazzas，意大利语，露天市场，广场。

19 Umbria，意大利内陆大区，曾出现翁布里亚画派，如弗朗切斯卡，拉斐尔的老师佩鲁吉诺。

20 grottoes，人工洞室是天主教敬拜圣母的神龛或圣祠，乔托画中常见的形象。

21 锡耶纳也有著名的画派，与佛罗伦萨画派相抗衡。

22 见《另一生》1.5.3。

23 the apostolic succession，基督教的术语，指圣职的传承均出自最早的十二使徒，而且要继续这一传承。作者用它比喻艺术的传承，沃里克一开始学画，只能借助于复制的出版物，见不到真品，因此加勒比的艺术统绪承自复制品。

24 Fra Angelico's *Annunciation*，安杰利科修士（fra）是早期文艺复兴时代的画家，生于佛罗伦萨。《报喜》是祭坛画，描绘了天使加百利向圣母报告耶稣即将诞生的讯息。安杰利科这个名字也与天使同源。

25 A hill town in Mantegna，Mantegna，安德里亚·曼特尼亚（约1431—1506），早期文艺复兴时代的画家，以壁画见长。山城是意大利山区常见的城市类型，但作者也许想指的是曼特尼亚名作《圣塞巴斯蒂安》（卢浮宫版）中的山城，山的顶部是天上的耶路撒冷，当然，作者描述的是卡斯特里的景象。

26 见《恩赐》之《回家》。

27 Troumassee，圣卢西亚米库区的河流。而施洗者（约翰）并非在此施洗，而是在另一个世界。

28 Guardi，18世纪意大利威尼斯画家，擅长景观画（veduta），运河是其画中的景物。

29 Uccello，保罗·乌切洛（1397—1475），意大利早期文艺复兴时代的画家，作者这里指的是他的名作三联画《圣罗马诺之战》（*Battaglia di San Romano*）。

30　信仰指艺术，艺术不分地域，因此加勒比的事物不需要"变形"（metamorphosis）来模仿欧洲的艺术形象。

31　圣卢西亚有自己的狮子和圣徒，就是自然的石头。

32　eyed and spotted，eyed，指身上有眼睛大小的斑点，但作者也有意让人误解为"被看见"。

第三章

1　鲁本斯画过《黑人头部的四习作》，有四张黑人面孔。

2　cotton，指 cotton canvas，棉质帆布，油画常用的帆布。

3　still，双关，作为副词，表示依旧，作为形容词和名词，表示静物，如 still life，见《爱上群岛的男人》。

4　见《仲夏》19，夏凡纳的画过于理想，因此是"错误的"。

5　our creole painter of *anses*，*mornes*，and *savannes*，画师指高更，他与毕沙罗是相对的，他离开欧洲，去往了其他世界。见 *Nobody's Nation*，第 285 页。最后的三个词都是法文。下面又将高更比作去海外传教的保罗。

6　pawpaws，见《仲夏》19。

7　fleur-de-lys，欧洲纹章上常见的花形，实际指百合花或与之相近的花卉，汉译译为鸢尾花。面包树是加勒比的植物，但也有欧洲的鸢尾花般的美和高贵。

8　red road to Damascus，red road，指信仰之路，来自美国诗人奈哈特（J.Neihardt）的《黑糜鹿说》（*Black Elk Speaks*），这部作品也受到了荣格的推崇。在海地三部曲的《海地之土》中，沃尔科特也用到了这个词组。保罗在去往大马士革的路上遇到了显现的基督，见《阿肯色圣约》；road to Damascus 已经成为了英语的成语，指洗心革面之路。

9　高更的名字为保罗，所以比作圣保罗；梵高名字为文森特，因此比作萨拉戈萨的圣文森特。

10　指绘图纸上拱形和立方形的结构图。

11　processional,指宗教的游行队列。

12　Micoud,既指圣卢西亚东部区,也指同名的村镇。

13　这些名字都来自法国。

14　D'Ennery,上面的丹纳里是Dennery,所以后面说"撇号"。

15　见《死路谷》。

16　D'elles Soeurs,位于圣卢西亚舒瓦瑟区,《浪子》13.4（本诗集未收）也提到了这里。

17　La Fargue,位于圣卢西亚舒瓦瑟区,这里也有同名河流。连同戴勒索尔,它们也出现在《奥马罗斯》54.1。

18　Moule à Chique,位于圣卢西亚最南端的海角。

19　Courbet and Corot,即法国画家居斯塔夫·库尔贝（1819—1877）和让-巴蒂斯特-卡米耶·柯洛（1796—1875）,两人均为影响印象派的重要人物。

20　Bal en Bouche,位于圣卢西亚拉波利区。

21　college,圣玛丽公学,沃尔科特的母校,位于维吉耶半岛。

22　见第一节,指作者年少时立下的成为著名画家的誓言。

第二十章

1　见1.3,指《利未家之宴》。

2　指委罗内塞或提埃坡罗,作者还未能回忆起是谁画的猎犬。

3　Ver-o-nes-e,作者按照诗的节奏来念。

4　*The Meeting of Antony and Cleopatra*,提埃坡罗的画作,其中的克莉奥佩特拉正随安东尼逃跑,画的右边有猎犬和摩尔人。

5　见《埃及,多巴哥》。

6 *The Banquet of Antony and Cleopatra*，提埃坡罗的画作，画的右侧有猎犬和摩尔人，克莉奥佩特拉的腿上还卧着一只小狗。作者还是在寻找《利未家之宴》那幅画，但一直没有找到。

7 Veron-easy，化用了委罗内塞的名字，作者长期学画，最终以画入诗，但其重视日常生活的本质与委罗内塞的画风是相通的。

8 Holy Family，指耶稣、圣母和约瑟一家。

9 putti，putto的复数，文艺复兴绘画中的儿童形象，尤其是小天使，丘比特之类。这里可以联系《另一生》1.2.2。

10 指威尼斯，威尼斯共和国时期，这里多出商人，商业发达，这是威尼斯政治开明、信仰自由——信天主教，但不受教皇节制——产生威尼斯画派并用艺术描绘日常生活的社会原因，沃尔科特看得非常透彻。

11 连续使用"猎犬"一词，并非啰嗦，是为了体现猎犬形象的反复出现。

12 用阿里阿德涅之线的典故，也见《希腊》。下面，作者自比弥诺陶。

13 the brocaded channels，日出时，阳光在海面上如同锦缎，杜甫有"绝壁过云开锦绣"，锦绣比夕阳。

14 作者自比弥诺陶，他是人牛所生的污秽的产物，而作者是混血儿。"交配的"，coupling，也暗合了双行体（couplet）。作者在寻找猎犬中，发现了自我，意识到自己并非欧洲文化的后代，是野兽一样的人，这是真实的、摆脱镜像的自己。

15 作者靠诗名，获得了欧美的"承认"，加勒比民族及其文学被接受，地位因此提升，但作者反省到，他还是借助了某些"策略"，用本土的景观来迎合和获利，所以他与西方是共谋的，也是杀人者。

16 正午和午夜十二点时，表针合并，就像祈祷时并拢的手。

二十一

1　Blessed Mary of the Derelicts，对意大利语的 Santa Maria dei Derelitti 的译文，这个名字指威尼斯的奥斯佩达累托（Ospedaletto，意大利语，小医院，小收容院）教堂。

2　提埃坡罗 19 岁（1715 年）时，图绘了奥斯佩达累托教堂的拱肩部分的图案。

3　*Apelles Painting Campaspe*，阿佩莱斯是古希腊著名画师，与亚历山大大帝过从甚密，按老普林尼《博物志》的记载，后者曾莅临画室，让前者为自己的爱姬康帕斯珮（Campaspe）绘画，但画家爱上了康帕斯珮，亚历山大于是将之赐予画家。此处所提的这幅画就涉及了这个故事，提埃坡罗有两幅作品。作者指的当然是其中有狗的那幅（约 1725—1726，藏于蒙特利尔美术馆），白色小狗在画面右下角，旁边有一个摩尔人。这幅画是提埃坡罗以自己的妻子塞西莉娅·瓜尔迪（Cecilia Guardi）为模特所作。画中的康帕斯珮背身，裸露右肩，并没有像很多作品那样，将上身包括乳房朝向画外。关于这个故事及其绘画作品的历史，见 J.B.Jiminez 编的 *Dictionary of Artists' Models*（Routledge，2013），第 99—101 页。

4　allegory，寓言的寓意就是，里面的画家是提埃坡罗本人，他将自己等同于大师阿佩莱斯——这个名字后来也成为了很多文艺复兴时期画家的自喻——模特是妻子，美丽如康帕斯珮。

5　frame，双关，指画册中，图画所处的方框，但也指 time frame。随着时间流逝，穹顶壁画上的形象都脱落，而康帕斯珮这幅画也会传承下去，摩尔人就是继承者之一。

6　conversion，双关，第一层意思是，提埃坡罗那幅画上，画家正扭头看着康帕斯珮，而作画时，他要背过身去，因此，他在模特和画像之间"转换"，而摩尔人也要学习这种绘画方式；第二层意思，作为黑人，摩尔人学习绘画，就是在学习一种信仰体系，他要将自己"文明化"或"西方化","皈依"基督教。

7　Santa Maria del Rosario, Sant'Alvise, 两座威尼斯的教堂, 前者位于卡斯泰洛区, 后者位于卡纳雷吉欧区。两处分别留有提埃坡罗的穹顶壁画和墙壁画。

8　Santa Maria della Visitazione, 威尼斯卡斯泰洛教堂, 名字取《路加福音》1:36—41, 圣母受孕六个月后"往见"亲戚以利沙伯的典故。该教堂留有提埃坡罗的穹顶画。

9　Star of the Sea, 即 Stella Maris, 圣母玛利亚的封号之一。

10　calabash, 见《仲夏》15。

11　见《诺曼底酒店泳池》。

12　Scuola dei Carmini, 位于威尼斯的多尔索杜罗区, 是天主教加尔默罗的兄弟会, scuola 即学校、学院, 这里指兄弟会或社团。这里也有提埃坡罗的画作。

13　用爱奥尼亚柱式, 因此有涡卷。作者身在加勒比, 看见了棕榈, 联想到了威尼斯的圆柱。

14　沙上有犬, 颜色与沙一样, 犬在拣食垃圾, 因此将两者并置在一起。

15　本节描述了牙买加的拉斯塔法利信徒, 一些意象见《珀科曼尼亚》和《拉斯塔法利之歌》。

16　丢勒的画板油画, 画有圣约翰、圣保罗、圣彼得和圣马可。

17　指安杰利科的《谦卑圣母》, 圣母着蓝衣, 作者将画的形象与作者并置在一起。

18　vessel, 这个词可以指具有某种品质或情感的人, 这里表示学习中的自己, 如同容器。

19　white Easter/ linen, 复活节会使用白色的事物象征耶稣的纯洁, 比如复活节百合。linen, 耶稣的尸体是用亚麻布包裹的。

20　吕西安是毕沙罗的儿子, 也擅长风景画。多米尼科是提埃坡罗的儿子, 也画过猎犬, 提埃坡罗还有一个儿子洛伦佐也是画家。作者用这两人比喻自己和罗德里克。

21　hyphen，按照句意，作者是把它等同于 em dash，所以中译不再译为连字符，后面就用到了这个标点。

二十二

1　此处和下面加引号的词都是首字母大写，为拟人化的形象。"记忆"和"理性"设定为阴性（塞壬是女性形象），这是有根据的：希腊神话中，记忆就是女神，是摩涅莫辛涅（Mnemosyne）；法国大革命时期，"理性"也作为女神受到崇拜。

2　Cerberus，看守冥府之门的猎犬，一般描绘为三头。

3　蛋黄花主色是白色，如同浪花。

4　Old Masters，指 15—18 世纪文艺复兴时期的艺术大师。

5　scumbling，原义是绘画中的薄涂淡色法。

6　decades，指某个世纪中 10 年一记的年代，比如 19 世纪 20 年代。

7　Ramada Inn in Albany，奥尔巴尼即纽约州首府。《阿肯色圣约》的《萨尔萨》（"Salsa"，本诗集未收）中也提到过这家华美达客栈。

8　sisal hat，sisal，龙舌兰属的植物，拉丁名为 Agave sisalana，加勒比地区常用它的纤维作为布料。

9　Mr. Melbye，即弗里茨·梅尔比（Fritz Sigfred Georg Melbye，1826—1869），丹麦著名画家，定居圣托马斯时期，他成为了毕沙罗的老师和朋友。他也是旅行家，曾到过北京。作者想象自己与毕沙罗相遇，后者为他画了一张剪影速写。

10　这个形象联系沃尔科特一直描写的"漂流者"的形象，实际上也是自喻。这条混血狗就是沃氏真实的自我。相对于西方文化，他和西印度地区也是"滑稽的仿品"（parody），接近不了真品——提埃坡罗的猎犬，这条猎犬的"混血"被文化隐藏了起来。实际上，整个西印度都如同混血犬,在诺贝尔文学奖的演讲中,沃尔科特就说,"加勒比依然被观看,不合法,无根,混血化(mongrelized)。"见 Baugh,*Derek Walcott*,第 220 页。

11　指娜玛。这里的狗是沃尔科特自喻,那么作为白人女性的她,也是对沃氏心生怜悯,她是后者晚年唯一的精神寄托。

12　指戈雅《暗黑画》系列中的《狗》(*El Perro*),藏于普拉多博物馆,画的大部分空间都是墙壁,只在接近底部,有一只小狗从裂隙中露出头来,按照一般理解,这条狗已经被埋葬,是从地下张望。

13　信望爱三者中,这里唯独缺少了"信",也许艺术本身或这部诗就是"信"的代表。

二十三

1　1979 年沃尔科特在圣托马斯的维尔京群岛大学(the College of the Virgin Islands,后将 College 改为 University)开设了研讨班。此时,圣托马斯已经是美属领地。

2　原版排版有误,Fritz(弗里茨)误作 Fitz。

3　下面是作者——以毕沙罗画出的素描形象为化身——与毕沙罗的对话。

4　Mission accomplished,Mission,见 1.1 的 Mission slaves,传教的黑人奴隶。奴隶哼唱的都与《圣经》有关,尤其是 1.1 提到的《出埃及记》。

5　Adieu,Monsieur Gauguin,法语。

6　Île de Paris,即 Île de la Cité(城岛),巴黎市中的一座沙洲岛,汉译也多音译为西堤岛。这座岛是巴黎建城的起始之地。这里是说毕沙罗的画挂在巴黎的美术馆的墙上。

7　见《恩赐》之《帕琅》。

8　见《星苹果王国》第三节。

9　"If I forget thee...",来自《诗篇》137:5,If I forget thee, O Jerusalem, let my right hand forget her cunning。cunning,有的译本译为art。作者的重点是省略的部分,因为它适用于诗人、画家等艺术家。

10　乌蝇嗡嗡的声音,如同哼唱赞美诗。

11　前面提到过锌皮的屋顶,这里的"海"是屋顶的反光,也许还反映出了海。

12　见《另一生》1.1.2。

13　Doge's Palace,Doge,旧时威尼斯共和国或热那亚共和国的总督,这个词与dog谐音,所以下面说水沟"讥笑"。

14　Dinard,位于法国布列塔尼大区的伊莱-维莱纳省,这里有罗马的遗迹,如引水桥。

15　这里描述的是沃尔科特获诺贝尔文学奖的经历,学院指瑞典学院。

选自《浪子》(2004)

一

1　The Prodigal,Prodigal,见《另一生》1.1.1和4.20.4(prodigy),4.23.2(联系《路加福音》15:11—32的"浪荡子"故事)。这个故事在后世的文学中成为了经典的主题,本诗集就是一例,也可以比较纪德的小说《浪子的回归》(*Le retour de l'enfant prodigue*)和吉卜林的《浪子》("The Prodigal Son")一诗。

　　本诗集中,沃尔科特说这是他的"最后之书"——尽管后来尚有诗集《白鹭》——尤其是诗集的最后四行概括性地总结了沃氏的诗歌生涯。诗集主题以"回家"为核心,表明了不断漂泊、陷入情欲波动、背叛家乡的浪子最终彻底返乡,回归自我。整部诗集分18

首诗——从整体的角度来说,也是 18 章——每首有 3—5 节,每一节也可以视为独立的诗,这种结构类似《提埃坡罗的猎犬》和《奥马罗斯》。从诗意来看,诗集分为三个部分:第一和第二部分为"别处",主人公游历海外;第三部分为"此处",主人公返乡。诗集的"运动和存在方式",相反于"传统所说的历史",就像沃氏 1990 年与 J.P.White 的访谈中所说:"随着大海,你能沿着任何方向游历地平线,你能从左走到右或从右走到左,而不是从 A 推进到 B,再到 C 到 D,依此延续"。整部诗集与《仲夏》相似,也涉及了多处国家和地区:美国宾夕法尼亚州、纽约、马萨诸塞州、策马特(Zermatt)、日内瓦、佛罗伦萨、阿布鲁齐(Abruzzi)、佩斯卡拉、热那亚、西班牙、德国、哥伦比亚。如 Logan 所说,"这是一部转途之书,是自愿流放、几近病态不安之书,无聊的忧郁引导着旅行,忧郁甚至布满了诗人漂泊的眼睛,因为这本书也涉及了情欲的暧昧(liaisons)、会意的眼神、私密的欲望——简言之,本书想要固定住所有移动的事物。作为上年纪的男人,他浪漫的机会随着自己的条件越来越少。看起来,沃尔科特有时候像亨利·詹姆斯的人物,他等待又等待着自己的时刻,直到他认识到,这个时刻已经过去。"以上见 Baugh,*Derek Walcott*,第 222—224 页;W.Logan, *Our Savage Art: Poetry and the Civil Tongue* (Columbia University Press,2012),第 72—73 页。也见牙买加诗人莫里斯(Mervyn Morris)为本诗集写的诗评,"The Wandering Eye",*Washington Post*(Sunday, November 21,2004)。

二

1 宾州和新泽西州(下面的"泽西")都有很多意大利移民和意式建筑(下面提到锡耶纳)。
2 pilgrims,外国游客,来美国的游客如同朝圣者,就像当年的"朝圣先辈",但仅仅是外来人,这也是主人公的自喻。从这一句开始,下面一段非常长,摹仿了火车的连续行进。

3 美国比作外衣,主人公显然不是第一次来美国。

4 Wilmington,北卡罗来纳州的城市,这个地方也出现在沃尔科特的戏剧《步行者》(*Walker*)中。

5 括号中是两个不愿意错过列车的补充原因。其中的"乐趣"在本节倒数第二行重新提到。

6 书脊如同拱顶,书比喻建筑,也见《希腊》。"他"回想起了一些小说,记忆中,小说朦胧晦暗,对比于下面的"明亮的县城"。

7 counties,美国州以下最大的单位,汉译均为县。

8 Lautréamont,洛特雷阿蒙伯爵,伊西多尔-吕西安·杜卡斯的笔名,法国诗人,1846 年生于乌拉圭,1870 年去世。巴尔扎克生于 1799 年,去世于 1850 年。下面提到的波德莱尔生于 1821,卒于 1867,作者把他描写为一个"车站",因为他在诗歌史上具有阶段性;魏尔伦生于 1844 年,卒于 1896 年。

9 指柯洛的画作《废弃的采石场》,柯洛连同上面的库尔贝,见《提埃坡罗的猎犬》3.2。

10 West Side Highway,纽约的一条南北向公路,在曼哈顿西区,沿赫逊河。下面说的"村"即格林尼治村。

11 smoldering,烧着闷火,生烟但没有火焰。这里指路边烧的叶子。

12 all those Susannas for a single elder!,Susannas,Susanna,见天主教和东正教认定为正经、新教认定为次经的《但以理书》13,苏珊娜是犹太女子,因美貌被两位长老(Elder)垂涎,遭到拒绝后,后者指认她通奸,判其死刑,后被先知但以理查明。伦勃朗有一幅表现这个故事的名作。《路加福音》8:3 也出现过这个名字,和合本译为"苏撒拿",中译变为苏珊娜,因为作者还想暗示美国 19 世纪著名的民谣《哦!苏珊娜》,用这个名字指代美国的女子。"他"自比长老,因为他年岁已老,但对少女还有欲望,而少女也会像苏珊娜一样拒绝他。

情欲问题是《浪子》的主题之一，这里有所暗示。

13　指电视新闻节目开始的世界概况之类的环节。

14　grays，"他"想起了南方军的军服色，尽管他在北方，见《阿肯色圣约》。

15　"Such, such were the joys"，出自布莱克的《天真之歌》的《回声阵阵的绿色》（也见《另一生》4.22.1），后面几句为，When we all, --girls and boys--,/ In our youth-time were seen,/ On the Echoing Green。奥威尔的自传就以这一句为题目，作者的用意与奥威尔相同。

16　波士顿的一家韩国餐馆。"我"由此联想到了蒙古人和亚洲。关于蒙古，见《仲夏》42。

17　the Prudential，即 The Prudential Tower，位于波士顿的博伊斯顿街，全城第二高的高楼，Prudential 是美国的金融集团，汉译为保德信。

18　Gloucester，下面提到了安妮角（Cape Ann），因此这个地名指麻省埃塞克斯县的城市，它位于这个海角。这里说的灯芯，指海上的灯塔。

19　Salem，麻省的撒冷，位于埃塞克斯县，著名的撒冷女巫审判案就发生于此。

20　the sound，上面从麻省北部的格洛斯特开始，沿海向南到撒冷，那么这里，我认为应指楠塔基特湾（Nantucket Sound），这里有鳕鱼角，海豹是常见的景观，也见《仲夏》31，那里也提到海豹。

21　Hopper，爱德华·霍普（1882—1967），美国著名画家，垃圾箱画派（Ashcan School）的代表人物，画作以美国生活为主，他的画其实与沃尔科特的诗歌风格一致。他曾在鳕鱼角造屋，夏季到此避暑。

22　American light，作者还是暗示了霍普，霍普是善用光线的大师，画作中多有人造的灯光，如著名的《夜游者》（*Nighthawks*, 1942），

《空屋中的日光》(*Sun in an Empty Room*, 1963); 霍普也画过海边的灯塔。他对于光的重视也符合沃尔科特的诗歌理念。

23　going out the window, 双关, out the window, 指被遗弃, 丧失, 被遗忘。

24　见《仲夏》1 开头, 显然指有飞机经过。作者当然不是随意这样安排, 他有意将相差二十年的《仲夏》与《浪子》联结在一起, 构成了时间和空间上的循环: 此处, "他"开始思乡, 而那里, 他正好回到加勒比, 之后又离乡, 再返乡, 直至二十年后: 浪子是一个循环重复的流浪者, 已不再是《遗嘱附言》中的精神分裂者。

二

1　cantons, 州, 瑞士的行政区, 飞机在瑞士上空。

2　white-knuckled, 本节的主色调是白色, 这个短语暗含了白色, 中译没有译出。

3　primed, prime 即涂上底色, 但又双关, 作为形容词的 prime, 暗含原初的, 原始的: 白色文化的历史, 它的开端也是白色的, 其他颜色都是后加上去的。

4　okapi, 偶蹄目长颈鹿科的动物, 原生于非洲, 身上有条纹, 汉语里也称为霍加狓。

5　lesson, 见《另一生》1.4。

6　alp, 专指欧洲的高山, 来自拉丁语的 alpes, 阿尔卑斯 (Alps) 这个名字就来自于此。

7　ogling horn, horn, 指下一节提到的马特洪峰 (Matterhorn) 的山峰, 它属于阿尔卑斯山脉, 在瑞士和意大利边境, 它的名字就含有 horn (角峰, 德语 Horn 与英语 horn 同源)。horn 是本诗中重要的意象, 它也有性的意味, 就男性来说, 英国俚语里, horn 指直立的阴茎,下面第三节将山峰比作阴茎;而下面第五节,又将horn与女性相关,所以此处用ogling(挑逗性的注视)来修饰。也可对比《亚当之歌》和《圣卢西亚》中的horn。

8　Zermatt,瑞士瓦莱州的城镇,在马特洪峰北麓。

9　答案肯定是火/光,即单纯的火焰,这里用的是"纯粹"(absolute),即无条件存在的,自在存在的。

10　关于白色的狼,也见《奥马罗斯》43.3。

11　Ilse,德语地区对伊丽莎白的昵称,这是"他"遇到的女子之一。

12　horn,依然指马特洪峰的山峰,这里有明显的性暗示。

13　这两个地方是后面会写到的,这里是从回顾的角度来说。

14　*Auf Wiedersehen*,德语。

15　还是说自己身上的非洲/加勒比和欧洲的血缘,如同两个磁极。

16　见《幽谷中的爱》,这个故事就发生在阿尔卑斯山。

17　Whittier's "Snow-Bound", Whittier, 约翰·格林利夫·惠蒂尔(1807—1892),美国诗人,炉边诗人群成员,积极主张废奴。《大雪封门》为他的著名长篇叙事诗,全名为《大雪封门:冬季田园诗》(1866),讲述了一户家庭因大雪封门,不能出户,遂在家中轮流讲述故事的经过。

18　infernity,合成了infinity和eternity,但似乎也暗示了inferno。

19　an eternity ago,习语表示很久以前,但eternity与上面infernity相联系,指加勒比地区在永恒的之前,是无时间的地区;可以对比第一节的"比远古还要原始……白色的静默",加勒比比瑞士的雪地更为远古。

20　仍然指马特洪峰,这句指山峰高大,无论到哪里都能看到,但也暗示"他"的情欲难以磨灭。

21　湖即日内瓦湖,洛桑在湖北岸,该湖在法国称为莱芒湖。

22　old gentlemen,双关,指上面说的灵魂,这里指瑞士的绅士,但这个短语也是撒旦的绰号。

23 *Syndics of the Drapers' Guild*，也叫 *The Sampling Officials*（1662），伦勃朗的名作，油画群像，描绘了布商行会在检查布料样品。

24 dark-paneled，伦勃朗时期，油画使用帆布，而 16 时期之前，油画以画板为载体。

25 指希律王杀施洗约翰，莎乐美捧其头的故事。

26 Saint Martin，指荷属圣马丁，沃尔科特母亲的出生地，这里用于本诗的主人公，可以与伦勃朗和布商理事相联系。

27 trace，指路或路标，尤其在西印度英语，但也指自己出身的线索。关于这个词，见《克鲁索的日记》。

三

1 conjugating Horace，conjugate，语法术语，即将某个动词的全部变位列举出来，这里将贺拉斯比作动词，农庄都是他的变位。

2 *chelidon*，希腊文 χελιδών 的拉丁字母转写，意为燕子。

3 *Pervigilium Veneris*，古罗马的诗歌，传为提波利阿努斯（Tiberianus）所作。《北方与南方》中暗示过的亚瑟·奎勒-库奇爵士曾经翻译过该诗。

4 Firenze，这里用了佛罗伦萨的意大利文。该城城中有阿诺河流过，所以上面说一分为二。

5 Abruzzi，为意大利东部的山区，原为阿布鲁齐－莫利塞大区，1963 年大区解体（晚于下面提到的《永别了，武器》），阿布鲁齐地区改为阿布鲁佐大区，下面提到的佩斯卡拉是其中的一个省。

6 *A Farewell to Arms*，海明威的这部小说是沃尔科特非常喜欢的，其主要情节发生在意大利和瑞士，男主人公是下面提到的亨利。沃氏常引用该小说的第一章来展示海明威小说中的"水彩画"的特质：这一章，比如在颜色的使用上，受到了塞尚的影响。见 D.Montenegro

对其的访谈，*Conversations with Derek Walcott*，第137—138页。

7 detached，下面会谈到寻求独立的科索沃，这个词的含义才凸显出来。

8 阿尔巴尼亚与意大利隔着亚得里亚海，按照这一节的战争语境，作者也许是想暗示阿尔巴尼亚1997年的内战。与关注波兰一样，作者也是将该国视为苏联阵营的成员加以考察。

9 这里是暗示1996—1999年的科索沃内战，科索沃地区的阿尔巴尼亚民族主义者是主张独立的一方。如果是这样，那么上面的阿尔巴尼亚或许是泛指阿尔巴尼亚和与之相邻的科索沃地区，从而指科索沃战争。

10 阿尔巴尼亚和科索沃的阿尔巴尼亚族均以伊斯兰教为主要宗教。

11 Leon. Yehuda. Joseph，三个犹太人常用的名字，第一个是源自希腊语，指狮子，犹太民族以狮子为象征，见《创世记》49:9。

12 Luigi Sampietro，米兰大学文学教授，沃尔科特的好友，曾邀请沃氏来访，开设诗学研讨课。在《纵帆船"飞翔号"》的评注中，我引用过他的论文。他与P.Loreto合写过一篇比较重要的论文，"Derek Walcott in Italia"，*Poesia* 164（September 2002）。

13 见《仲夏》41。

14 上面遇到那个阿尔巴尼亚族的女子，是另一个奇迹，所以说"再次"。

15 显然是马多克斯（B.Maddox）的 *Nora: The Real Life of Molly Bloom*（Hamish Hamilton, 1988），这里所指的当然不是第一版。诺拉，即诺拉·巴纳克（Nora Barnacle, 1884—1951），乔伊斯的缪斯和妻子。这本著名的传记被导演P.墨菲拍成了电影《诺拉》（2000），下面提到了女主演苏珊·林奇（Susan Lynch），她生于北爱尔兰，父亲是爱尔兰人，母亲是意大利人。

16 epiphany，指领悟到这次相遇"如神谕一样难解"，"命中注定"。这个概念即前面反复提到的，受乔伊斯影响的顿悟或顿现，是沃尔科特诗学的核心。

17　untouched by fame，双关，也表示碍于名誉，没有触碰林奇的手。

四

1　热那亚南边是利古里亚海，海滨是城市的"最后一行"，热那亚的海岸线恰好相对笔直。而作者在本章第一行这样说，也就用首行摹仿了海岸线。

2　conjugate themselves，见《浪子》3.1，依然有语法上的含义，将自然与语言结合是沃尔科特诗歌的主要特点。

3　the psalms，指《圣经》的《诗篇》，这个词与上面"手掌"（palms）形近，因此共用"闭合"这个动词。

4　utilitarian monument of the Fascists，指的是热那亚的哥伦布纪念碑（Monumento a Cristoforo Colombo），上有哥伦布的雕像，因此下面所说的火车站即王子广场火车站（Piazza Principe railway station），就在海边。哥伦布是热那亚人，是此地的象征，下面会再次提到（"发现者"，"舰队司令"）。关于哥伦布，也见《克鲁索的日记》。这个纪念碑并非纳粹政府所立，作者是将它与"法西斯之徒"并置在一起，暗示了这两者在"对外扩张和殖民"上的相似之处。实际上，意大利目前为止还有大量纳粹时期的建筑，建筑师也多为法西斯主义者，王子广场车站东面的凯旋门就是一例。关于哥伦布与热那亚，沃尔科特肯定能想到克兰的《桥·万福玛利亚》。

5　The cedar's agitation/ repeats the rustling of reversible almonds，意大利的香柏重复了加勒比的海扁桃树的声音，而海扁桃与地中海的扁桃树没有分别。cedar，即 Italian cypress 或 Mediterranean cypress，拉丁名为 Cupressus sempervirens，树状直立就如铅笔。但在这里，作者也从 cedar 联想到了加勒比的香椿，它与香柏也可以互换。

reversible，这个词虽然使用次数很少，却是沃尔科特诗学的关键概念，这里就体现了它的重要含义。也见《恩赐》29（本诗集未收），In maps the Caribbean dreams/ of the Aegean, and the Aegean of reversible seas。首先，该词在描述一个事物时，指其可以在两种相反的状态之间转变。沃氏更强调这个事物与其他事物在时空和等级中的关系状态。如 A（爱琴海和扁桃树）与 B（加勒比海和海扁桃树），A 的发现与命名在先，B 如同镜像在后，A 是 B 的范本。但在沃氏看来，这个单向的次序是可逆的：B 也能在先，成为 A 的样板；边缘与中心互换。因此，当说 B 是 reversible，意味着 B 具有两面性，它承载着 A→B 与 B→A 双重的次序，就任一次序而言，它都是"可逆的"。A 实际上也是 reversible，不过，对于 A 来说，当它"可逆"时，也就意味着瓦解；而对于 B，则意味着重建。但沃氏不想建立另一个单向的次序，他要的是双向的互动。这里的 almond 就具有双面性，既指海扁桃，又指扁桃树（尽管首先指前者），同时代表了两种次序。我没有译为"可逆的"，因为过于抽象，但在评注中，一般还是用这个表达。

另一个重要而且更深刻的用例，见《奥马罗斯》41.2，I re-entered my reversible world. Its opposite/ lay in the autumnal lake...。沃氏想象了一个正反可逆的世界，这是一个后殖民状态的理想环境，但可以在某种程度上实现，比如在文学中。

Breslin 最为透彻地专论了这个概念。它体现在如下几点：首先，就历史而言，记忆与遗忘互为镜像，彼此可逆。专注历史就要记住它，但会成为它的囚徒，从而遗忘当前的亚当的创世任务；而记住亚当的任务，就要遗忘历史，但又是记住了更为远古的时刻。第二，就空间而言，微观世界与宏观世界可逆，如欧洲（中心）与加勒比（边缘）的互换。第三，就时间而言，难以达到的"时间可逆"被沃尔科特转变为"空间可逆"。加勒比的欧洲与非洲裔人通过返回故乡，让过去与现在得以交流。这就创造出了《奥马罗斯》41.2 的可逆世界。

这个非单向性的世界,它的两端都可以进入,我们可以无穷地穿梭其中,穿梭于过去和将来,我们暂时地"塑造了我们是谁、我们从哪儿来、我们到哪儿去"。沃氏使用 re-enter 而非 enter(初版的用词)就体现了可逆过程的无尽性。第四,时空的可逆挑战了等级秩序。第五,就隐喻和神话而言,存在着诗性语言的可逆,如本体与喻体界限的消弭。见"Derek Walcott's 'Reversible World.' Centers, Peripheries, and the Scale of Nature", *Callaloo*, Vol. 28, No. 1, Derek Walcott: A Special Issue (Winter, 2005),第 17—20 页。

Terada 最早关注到这个概念并指出,沃氏的"reversibility"出现于他的散文《加勒比人:文化,抑或模仿》中,沃氏"1974 年之后的整个诗学都建立于"这篇散文的"结论上",他"从未放弃他在那里定义的'可逆的'世界地图"。Breslin 指出,沃氏的理念也可以联系威尔逊·哈里斯《传统与西印度小说》("Tradition and the West Indian Novel",1964)中的看法,"人们将过去的'既定'条件复活而且逆转(reverses)"。详见 *Derek Walcott's Poetry*,第 14,25 页;*Nobody's Nation*,第 160,253,277,313 页。

这种"可逆性"开创了新的对待欧洲文学的方式,而且获得了承认与成功。C. Dougherty 认为,"诗歌影响是双向流动的;所有诗歌世界都是可逆的(reversible)。《奥马罗斯》当然属于一条在很大程度上由《伊利亚特》和《奥德赛》来界定的史诗传统,但是,沃尔科特的诗歌反过来补充而且重塑了这个传统,这有助于我们学习重新'阅读荷马'"。见"Homer after *Omeros*: Reading a H/Omeric Text", *South Atlantic Quarterly*, Vol.96, No.2 (1997),第 355—356 页。K. A. Knauth 指出,后殖民跨文化的动力创造了某种"跨大陆性"(transcontinentality)。它通过"可逆的形象(reversible figures)来发挥作用",在这些形象中,"欧洲的世界交通(Weltverkehr)成为了可逆世界(verkehrte Welt)"。"后殖民'世界文学'的形态允许非欧洲的文学作品以某种方式比欧洲作品还要欧洲,同时并没有失去非欧洲的立场或地位。"他认为沃氏的作品就是一例。见"The OdySea of Polyglossy", *Migrancy and Multilingualism in World Literature*（LIT Verlag, 2016），第247页。Tynan认为，沃氏的可逆的诗歌世界"在采取古典模式时，并不是通过西方文学传统的目光来阐释加勒比的现实，相反，是从加勒比现实的有利位置来阐释西方文学传统"。见 *Postcolonial Odysseys*，第xvi，80—81，91，111页。

6 Vespas，首字母大写，指意大利的一种小型摩托，由比亚乔（Piaggio）集团生产，在意大利街头常见。

7 the Muse of shutters and cabinets，缪斯即历史的缪斯，见《另一生》4.22.1。"柜子"用来装下面说的留声机，它的门铺着百叶。留声机在大教堂，作者将两个事物并置在一起。关于留声机，见《另一生》1.2.2。

8 2001年7月9—11日，沃尔科特在米兰大学开设了三次创意写作研讨课。课程内容可见 *The Crowning of a Poet's Quest*，第135—189页。

9 即朱塞佩·加里波第，他的纪念碑在米兰市中，斯福尔扎古堡旁，米兰大学西北。

10 the Duomo，即米兰主座教堂，米兰大教堂，天主教米兰教区的座堂。

11 de Chirico，即乔治·德·奇里柯（Giorgio de Chirico, 1888—1978），意大利超现实主义画家，善用平行线条。

12 指米兰大教堂正面的意大利国王埃马努埃莱二世（Vittorio Emanuele II, 1820—1878）的纪念碑像，国王骑在青铜马上。

13 面包屑和血（葡萄酒汁），暗示了圣体和圣血，按照此处的表层语境，bread没有译为饼，而是面包。

14 Via Veneto，罗马的著名购物街，南边通向巴贝里尼广场。

15 prima luce，意大利语或拉丁语，表示黎明，前面提过的，A. Molesini翻译的意大利文版《恩赐》诗集就用的这个短语。他也是《提埃坡罗的猎犬》和《奥马罗斯》的意大利语译者。

16　Gros Ilet,见《大岛》。

17　见《仲夏》3。

18　Ministerio del Lavoro e delle Politiche Sociali,Ministerio,排印有误,应为 Ministero。

19　沃尔科特一向认为自己虽然是民族诗人,但也是世界诗人和自然诗人,因此他的国籍是"光"或单纯的火焰。本节反复提到灯和光,也体现了这一点。

九

1　Guadalajara,墨西哥第二大城市,本诗集第二部分,主人公来到了南美。

2　指罗德里克·沃尔科特,他 2000 年 3 月 6 日去世,下面会简称罗迪(Roddy)。作者接到这一消息时,正在墨西哥。

3　jacaranda,紫葳科蓝花楹属植物,花朵蓝紫色,盛产于拉美。《另一生》1.7.2(本诗集未收)也提到了它。

4　fog,/ thick as your clogged breath, thick,形容雾浓密,也形容呼吸厚重,短促,如邓恩《哀歌》之一《嫉妒》,Drawing his breath, as thick and short。

5　本节有多处描写灰尘和尘土的地方,都暗示了死亡和火葬。

6　threescore years and ten,见《诗篇》90:10,古时认为人的一生寿命为七十岁。

7　Moroni,乔瓦尼·巴蒂斯塔·莫洛尼(Giovanni Battista Moroni),16 世纪意大利画家,这里指的是他的一幅帆布油画《裁缝》,画中的裁缝衣着光鲜,态度高傲,并非普通之人。

8　calabash,见《仲夏》15,这里配合战争的语境,译为炮弹树。

9　见《恩赐》之《西班牙》,也比较《白鹭》诗集的《西班牙组诗》

(本诗集未收),提到了安达卢西亚和埃斯佩兰萨,还有橄榄油。这里是从特立尼达的圣克鲁兹联想到西班牙,特立尼达也有与安达卢西亚"媲美的景象"。

10 shawls,即西班牙语的 mantón,指马尼拉披巾,流行于西班牙,尤其是安达卢西亚地区。女性在舞蹈(如弗拉门戈舞)和节庆场合会穿戴。

11 指星辰用来导航,它们都是被前人使用过的。

12 assembling,上面的"解体"为 disassembled,两词对照。

13 Cartagena,哥伦比亚西北沿海城市,北部几乎正对着牙买加。

14 Castilian,卡斯蒂亚王国的语言,后来发展为共通的西班牙语,这里指的就是西班牙语。

15 指梅赛德斯汽车的标志如同面具,沃尔科特的戏剧《最后的狂欢节》也提到过这种汽车。

16 见《哈特·克兰》。

17 Santiago de Compostela,西班牙加利西亚大区首府。

十一

1 Ponte Vecchio,意大利语,意为老桥,在佛罗伦萨阿诺河上,是古老的中世纪的石桥。

2 见《另一生》4.20.3。

3 For *la mer,/ soleil- là*, the bow of the *arc-en-ciel*,这两行有三处法语,法语的彩虹(arc-en-ciel)直译就是天空之弓或拱。下面还会用英语的 arc 指彩虹。

4 Inge,很可能是著名女摄影师英格堡·莫拉特(Ingeborg Morath,1923—2002),昵称英格,她是阿瑟·米勒的最后一任妻子,为沃尔科特拍摄过一些照片。

5　Devindra，德文德拉·杜奇（Devindra Dookie），特立尼达男演员，出演过沃尔科特的《蓝色尼罗河支流》。

6　关于托马斯见《致敬爱德华·托马斯》，诗句来自《雨》，这一句下面的句子与此处诗意更贴近，作者有意省略，感激雨，就是在怀念死者，But here I pray that none whom once I loved/ Is dying tonight or lying still awake/ Solitary, listening to the rain,/ Either in pain or thus in sympathy/ Helpless among the living and the dead。

7　from Massade to Monchy，Massade，在圣卢西亚大岛区。Monchy，位于圣卢西亚道芬区，临近大岛区，也见《群岛传奇》第六章。

8　manchineels，见《新世界地图》。

9　impotence or barrenness，这两个词还分别引申指性无能，不能生育。

10　loin-longing，loin，腰部，常用复数，也委婉地代指生殖部位，比如《洛丽塔》的开头，Lolita, *light of my life, fire of my loins*。莎士比亚那里这样的用法很多，如说孩子是，the effusion of thy proper loins。见 *Shakespeare's Sexual Language: A Glossary*，第193页。钦定本《圣经》的《使徒行传》2:30，也说孩子为，fruit of my loins。

11　见《阿肯色圣约》，黑森兵多炮兵和投弹兵（下面提到了），炮火如同不凋花的"火焰"。

12　flamboyant，见《星苹果王国》第三节，就是flame tree。

13　scuds，这一节有军事的语境，很可能双关，指苏联的飞毛腿导弹（Scud），这是冷战时期的标志之一，上面刚刚提到黑森兵，联系了美国独立战争，这些战争都是"历史"。

14　五种油画常用的颜色，最后一种群青（ultramarine），本诗集中只一次见，它是著名的昂贵的颜料，圣母的蓝衣常用它，也是维米尔擅长使用的颜色，如《戴珍珠耳环的少女》。

十二

1 Sesenne,见《恩赐》之《回家》。

2 a hieratic language,前面用过 hieroglyph,见《另一生》2.8.3 和 4.22.1,指自然的文字,但作者没法继承,他的创作是人为的产物,只能使用文化赋予或强加的英语,但人为的文字却又是自然的一部分,其中的自然意象就是自然文字。

3 这个问句很长,问号在这一节句尾,但疑问点在倒数第五行。

4 蜥蜴的花斑如同花格,将花格看作蜥蜴取下,本来就是错觉。

5 Queen Anne's lace,野胡萝卜在北美的俗称,拉丁名为 Daucus carota,一说得名于英女王安妮,一说为她的曾祖母詹姆斯一世的妻子丹麦的安妮,这里按前一种说法来译,后一种则是"安妮王后"。该植物花为白色,伞形,中有红点,相传安妮纺织花边刺破手指,血染白色,如同野胡萝卜的花。

6 Northern Range,特立尼达北部山脉,前面提到过其中的山峰帕拉敏。

7 *lauriers canelles*,这是解释前面的月桂(laurels),因为西方的月桂(做桂冠的月桂)是樟科的月桂属(Laurus)植物,而此处的月桂,虽也是樟科,但为安尼巴樟属(Aniba),种名为 Aniba firmula,是圣卢西亚本土植物。《奥马罗斯》1.1 提到过,写为 laurier-cannelle,cannelle 即法语的肉桂;canelle 是克里奥尔语。这个名字把两种香料放在了一起,肉桂也是樟科,但为肉桂属或樟属(Cinnamomum)。另外,加勒比其他地区也会用 lauriers canelles 这个名字指称樟科的另一种奥寇梯木属(Ocotea)的植物 Ocotea cernua。见 *Dictionary of Caribbean English Usage*,第 683 页。关于 canelles,也见《海歌》。

8 见《另一生》1.8.1。

十八

1 见《圣卢西亚》第二节。

2 见《提埃坡罗的猎犬》2.4。

3 the Folies-Bergère bar,显然指马奈的名作《女神游乐厅的吧台》(*Un bar aux Folies Bergère*),画中有一位女招待,目光茫然,吧台上有明亮的酒的标签。

4 April Glory cedar,见《另一生》4.24.4。

5 *gommier maudit*,见《纵帆船"飞翔号"》第八节。maudit,法语,被诅咒的,这个修饰语是圣卢西亚人加上的。在《致夏穆瓦佐书》("A Letter to Chamoiseau")中,沃尔科特解释了这种植物为何叫"可恶的"(cursed),因为它白色的花总是不停地脱落,不分季节,所以让人气恼。

6 Mon Repos,法语,我的休息,我的安眠。该村在圣卢西亚东部的普拉斯兰区(Praslin)。

7 Saltibus,位于圣卢西亚拉波利区。

8 Amalfi,意大利坎帕尼亚大区的城市,靠西海岸,在那不勒斯以南。

9 见《纵帆船"飞翔号"》第五节,还是将地平线比作煤气炉圈,蓝色是海天的颜色,如同煤气炉的蓝色火光。本节与那首诗有很多呼应的地方。

10 frieze,古希腊和罗马喜用海豚作为建筑饰带——刻在三角墙或山形墙(pediment),下面会提到——最著名的例子就是克诺索斯王宫。

11 关于海豚,可以比较《新世界地图》的结尾。Baugh 分析这几行时,认为可以对比叶芝《拜占庭》的最后一句,dolphin-torn, that gong-tormented sea. 我想到的是洛威尔的《海豚》,My Dolphin, you only guide me by surprise;When I was troubled in mind, you made for

my body/ caught in its hangman's-knot of sinking lines ; I have sat and listened to too many/ words of the collaborating muse。海豚是缪斯的象征，让诗人找到了艺术的自我。

12　dorado，来自西班牙语，意为金色的，英语里借用这个词指鲯鳅或剑鱼，拉丁名为 Coryphaena hippurus，而 dolphin 一词也被用来指鯕鳅。沃尔科特必定想到了《老人与海》，其中的 dolphin 就指鯕鳅，而不是海豚。但此处，则是用鯕鳅来代指海豚。下面还会近似地将海豚叫作鱼。

13　A.MacDonald 的总结很贴切，作者年轻时认为海豚只是神话，但最终目睹，他重返了年轻时的自我，带着孩子般的好奇看待世界。而海豚象征了新生，象征了大海赋予灵感的艺术自我。见"There is a Sob in There Somewhere"，*Anthurium*，Vol.10，Issue 1（April，2013），第 11 页。

14　天使和海豚的并列，也见弥尔顿的悼亡诗《利西达斯》（"Lycidas"），Look homeward, Angel, now, and melt with ruth; / And, O ye dolphins, waft the hapless youth。溺死的利西达斯是天使，海豚是保护水手的吉兆。

15　结尾的意象非常奇特，浪子在船上，朝向"彼岸"，那里传来光，但眼前的地平线（"明亮的边缘"）在后退。光的本源与人天然地相联，但难以追寻和认识，人向前一步，光就后退一步。诗中的"彼岸"初看起来是圣卢西亚，但似乎更为超验。Hamner 指出，结尾表明，较之于作者热爱的圣卢西亚岛，他还有更大的目的地。光越过后退的地平线，来自彼岸，这喻示了"与永恒的家园相隔绝"的人类状态，这个家园在生活中不可能得到。这里也体现了《圣经》中浪荡子的寓意。Baugh 指出，诗的结尾并不是老人在和平之地安歇，而是"海上航行"和"地平线延展"的形象。结尾的光就是沃尔科特诗歌一贯探索的对象。在《殖民地人眼中的帝国》一文里，沃尔科特曾经指出过荷马与但丁所讲的奥德修斯漂泊故事的差异：前者的奥德修斯

"回到家中,一切顺利";而后者的奥德修斯却决定,"我必须离开,我必须出去,学习更多的东西,寻求对世界的经验"。沃氏显然自比但丁的奥德修斯。见"The Present Absence of the Father in the Poetry of Derek Walcott",第33页;*Derek Walcott*,第229页,引了沃氏的那篇文章。